已升起的或将沉没，已沉没的或将升起。无尽深渊中的可憎之物在等待着梦境，岌岌可危的人类城市弥漫着腐朽。在劫难逃——我不愿去想，也不能去想！

克苏鲁神话 合集

CTHULHU MYTHOS

（美）霍华德·菲利普·洛夫克拉夫特 著
熊瑶 程闰闰 范娟 译

重庆大学出版社

图书在版编目（CIP）数据

克苏鲁神话合集/（美）霍华德·菲利普·洛夫克拉夫特著；熊瑶，程闰闰，范娟译. —重庆：重庆大学出版社，2017.6（2023.3重印）

ISBN 978-7-5624-9854-4

I. ①克… II.①霍… ②熊… ③程… ④范… III.①神话—作品集—美国—现代 IV.①712.73

中国版本图书馆CIP数据核字（2016）第127373号

克苏鲁神话合集

KESULU SHENHUA HEJI

［美］霍华德·菲利普·洛夫克拉夫特 著
熊瑶 程闰闰 范娟 译

责任编辑 王伦航 李佳熙
责任校对 张红梅
装帧设计 媛 子
内页插画 陈 华
责任印制 张 策

重庆大学出版社出版发行
出版人 饶帮华
社址 （401331）重庆市沙坪坝区大学城西路21号
电话 （023）88617190 88617185（中小学）
传真 （023）88617186 88617166
网址 http://www.cqup.com.cn
邮箱 fxk@cqup.com.cn（营销中心）
印刷 重庆升光电力印务有限公司

开本：700mm×1000mm 1/16 印张：47.25 字数：748千
2017年10月第1版 2023年3月第18次印刷
ISBN 978-7-5624-9854-4 定价：116.00元

序

“海底城市的大章鱼”业已成为当代流行文化中的名“梗”之一，无论在游戏、电影、动漫还是文学领域，它出现的频率之高，受到的推崇之广，仿佛每个创作者都恨不得拿来玩一玩，以了却心愿。反过来，如果你到现在为止还从没见过它、听过它，那真可以算得上是孤陋寡闻了（因此更应当“补番”啦！）。

话虽如此，知道这条“大章鱼”名叫克苏鲁的朋友也许只有一半不到吧？进一步说，知道克苏鲁神话源自美国作家H.P.洛夫克拉夫特的朋友也许没有十分之一吧？以这条大章鱼——克苏鲁——为代表的系列故事看似荒诞不经，统统描绘的是在人类认知所不能达到的地理角落或者横亘千百万年的岁月中所潜藏的种种恐怖事物。这些事物说来恐怖，但人类无从了解，也无法对抗，事实上，它们代表了现代性的人类对自身存在的再认识和对科技万能理论的反叛。从宏观上看，克苏鲁的创造乃是必然的思潮，而从微观上讲，H.P.洛夫克拉夫特此人的出现又是个异数。

H.P.洛夫克拉夫特全名霍华德·菲利普·洛夫克拉夫特，在文坛上活跃于20世纪20年代至30年代前半期，是一个从小思维独特甚至到偏激程度的创作者，四十多岁时便英年早逝。他以自己生活的美国新英格兰地区的风物人情加上自己对宇宙的想象为蓝本，为克苏鲁神话体系奠定了基础……并且写出了该体系下最优秀的一批作品。别看他的创作活跃时期距今已有八九十年，但到目前为止，还没有任何一位相关作家能接近他的水准，更不用提超越他的影响力，所有人都仍在他划出的范围内转圈——这就好比中国武侠小说界的金庸大侠一样，成了本文类的永远“暴君”，可想而知他的成就有多大。

对于克苏鲁神话作品的优秀之处，或对于它的文学价值，我不想在此多做赘述，读者可以从这本堪称精华的集子里去自行欣赏认定，留下美好的第一印象（或者对早已熟络的读者来说，是加以收藏）。值得说明的是，这远不是国内发行的第一本《克苏鲁神话》故事集，当然也绝不会是最后一本——事实上，这本集子本身是把重庆大学出版社曾经出版过的几本《克苏鲁神话》重新润色并增加新篇后结集出版——但它没有收录任何后继作家的作品，也没有任何同人或恶搞之作，它的成色是最纯正的、全部来源H.P.洛夫克拉夫特本人的小说。

H.P.洛夫克拉夫特一生中留下的出版和未出版的小说、随笔等（包括童年和青少年时代作品、残稿、与人合著小说）共计百余篇，本书收录有27篇，虽只占到总篇目四分之一左右，但包含了大部分较长的篇目和一半以上的核心篇目（《克苏鲁的呼唤》《梦寻未知卡达斯》《超越时光之影》《疯狂山脉》《印斯茅斯镇之阴影》《敦威治恐怖事件》等作品），因此在国内出版的各种洛夫克拉夫特选集中，本书具有独特价值。它提供了一条相对完备地了解克苏鲁神话主干的道路，尤其对于提高新读者的鉴赏品位，具有不可估量的价值。

是为序。

屈畅

目 录

CONTENTS

克苏鲁的呼唤

我们可以想象，在各种巨大能量和顽强生物之间，也许有这样一种残存物——远古时期就已出现的残存物——我们对其的意识早在人类文明开化之前，就逐渐淡化了——这种意识表现为：人类通过源远流长的诗歌和传说捕捉关于这些残存物简短而模糊的记忆，并称呼其为神、怪物或各种各样的神奇生物……

——阿尔杰农·布莱克伍德

一、泥塑中的恐惧

在我看来，世界最为慈悲之处，是人类无法将自身的思维内容相互关联。我们栖身在一个波澜不惊的无知岛屿上，处于一片浩瀚无尽的黑色汪洋中，但这并不意味着我们就该为此远航。迄今为止，各门自然学科的纵深发展尚未对世界酿成灾祸；然而在不久的将来，孤立学科的知识最终会拼凑整合为一体，并将开辟出一番关于现实世界的恐怖景象，人类的地位也将岌岌可危。到那时，我们要么是被逼得发了疯，要么是逃跑，逃离光明，逃往一个新的黑暗时代去寻求和平与安全。神智学[①]者们已经猜测到宇宙的循环运动是何等的恢宏壮观，世界和人类于其中只是转瞬即逝的存在。他们用来形容这些残存物的字眼比较温和与乐观，不然会吓得大众毛骨悚然。虽然并非源自神智学者们的言辞高论，但我对这些还算有所了解。我曾瞥见过一次被禁止的永世，每当想起那个场景就让我发抖，梦到它就会使我抓狂。那一瞥，如同对真理的感知一般，是令人敬畏的一瞥。被禁止的永世闪现于分离的事物拼凑在一起时——一张旧报纸和一本已故教授遗留的笔记。我希望不会再有其他人来完成这样的拼凑。当然，只要一息尚存，我绝不会有意为这个可怕的链条提供连接。那名坚决对自己所了解的事情保持缄默的教授若预料到自己会突然辞世，一定也会事先销毁笔记。

我对这类事情的了解始于 1926—1927 年的冬季，当时恰逢我叔祖父乔治·甘默尔·安吉尔逝世，他作为名誉教授，在位于罗得岛州首府普罗维登斯的布朗大学专门从事闪族语研究。众所周知，安吉尔教授是古代铭文方面的权威，许多知名博物馆的负责人也时常向他请教，估计许多人都很难忘怀这位以 92 岁高龄离世的老人。教授的死因仍是谜团，但无疑是引起了当地民众高度关注的。有目击者称，教授下了纽波特的船后，抄近道从轮船码头赶回位于威廉姆斯街的家，在经过一条昏暗诡异的山间小道时，一名水手模样的黑人男子趁机猛地将其撞倒在地。医生们没有在教授的遗体上找到任何明显的伤痕，经过一番争辩后他们得出结论：由于年事过高，教授在快步攀登如此陡峭的山坡时，心脏出现了某些不明原因的病变，最终酿成了死

①神智学（Theosophy）：泛指所有的神学学说、宗教教义、神秘主义，等等。——编者注

亡悲剧。当时，我觉得医生的诊断倒还合情合理；但最近，我对此却颇有疑虑——并且不只是疑虑。

叔祖父离世的时候是个没有子女的鳏夫，我作为合法继承人和遗嘱执行人，对其论文进行了彻底的整理，为此，还将他所有的文件和箱子都搬到了我在波士顿的住所。教授绝大多数的资料将由美国考古学会出版，但有一个十分奇怪的箱子，我却不愿意拿给别人看。箱子是锁着的，我也没找到钥匙。突然，我想起教授随身的衣兜里有一串私人钥匙，试了试，果不其然开了锁。我没料到箱子打开后会为自己树起了一扇更大更神秘的屏障：我对发现的古怪、可疑的泥塑浮雕，脱节无序的摘记，不着边际的手稿和新闻剪报完全摸不着头脑。难道叔祖父晚年竟轻信了那些最肤浅的欺诈把戏？我下决心一定要找到那位古怪的雕刻家，问问他为何要搅乱老人平和的心境。

这尊浮雕大致呈矩形，厚度不到 1 英寸[①]，长约 5 英尺[②]，宽 6 英寸，很明显是现代造的工艺品，然而，它的设计却与我们现代的审美观念相去甚远。即便是变幻莫测、狂野不羁的立体派和未来派艺术家们，也不会在他们的作品中频繁地展现神秘的规律性——那种只潜伏在史前著述中的规律性。我记得某本著述中就有大量类似的设计，但无论如何我就是想不起具体是出自哪里。我翻遍了叔祖父所有的论文和收藏品，终究还是一无所获，就连与之相似的东西也没发现。

浮雕上刻有清晰的象形文字，文字上方则是一幅极富印象画派艺术风格的图案，很难辨清具体画的是什么，只看得出是某种物体的轮廓。这个图案像是一头怪物，或是一个象征怪物的符号——只有病态的幻想才能构思出此般外形的怪物。如果我告诉你，在我天马行空的想象中同时出现了一只章鱼、一头恶龙和一个人的画面，我保证我想象的绝不是图案的完整展现。图案描绘了一具浑身覆盖着鳞片的怪诞身躯，身上长着个泥状多汁、触角横生的头，背部还有一双初步成形的简陋翅膀。出人意料的是，这个怪物的整体轮廓才让人感到最可怕的寒意。怪物图案后方可模糊辨出一个巨石式建筑背景。

和这个怪胎泥雕一起装在箱子里的除了一叠剪报外，还有安吉尔教授新近写的一篇文章，文笔无丝毫矫揉造作。有一份看似最主要的手稿上写着

---

① 1 英寸 =2.54 厘米。

② 1 英尺 =0.3048 米。

醒目的标题“克苏鲁崇拜”，可以看出标题的每个字母都是煞费苦心地印刷上去的，以避免有人误读这个闻所未闻的单词。手稿分两部分，一部分题为“1925——梦与梦之作，H.A.威尔考克斯（著），罗得岛州普罗维登斯托马斯街7号”，另一部分题为“巡官约翰·R.莱格拉斯的故事，路易斯安那州新奥尔良比安维尔街121号，1908年的美国天文学会会议——包括此次会议的相关记录以及韦伯教授的笔记”。此外，还有一些各式人群怪异梦境的录述，甚至还有关于神智学的书籍和杂志的摘抄（W.斯科特·艾略特的《亚特兰蒂斯》和《失落的里莫利亚》），剩余部分资料是对残存至今的秘密社团、地下邪教的评论，其中引用了弗雷泽的《金枝》、默里女士的《西欧的女巫崇拜》等神话和人类起源类图书中的大段文字。至于那些剪报，绝大多数都是关于发生在1925年春季的怪异精神疾患、群体愚行和群体狂躁现象。

这份重要手稿的前半部分讲述了一个很特别的故事。1925年3月1日，一个神经质的黑瘦青年兴致高昂地来拜访安吉尔教授，带来一尊刚完工、还未干的泥塑浮雕。青年名叫亨利·安东尼·威尔考克斯，出生在叔祖父也略有所闻的一个名门望族，排行最末。他最近在罗德岛设计学院[1]学习雕塑，住在学校旁边的鸢尾楼。威尔考克斯是个早熟的天才，但性情乖张，从小就对诡异故事很感兴趣，并养成了讲述自己奇特梦境的习惯。他称自己有高度的“精神过敏性”，但在他曾经居住的古代商业重镇里，性格稳重的乡亲们只把他看作是“怪人”。由于从不和自己阶层的朋友交往，他逐渐淡出社交圈，现在只有一个外镇的唯美派小团体知道他的事情。就连急于保持自身保守性的普罗维登斯艺术馆也觉得他已经无可救药了。

教授的手稿记录了这次拜访。出人意料的是，雕塑家此行的目的是希望能够凭借教授渊博的考古学知识辨认雕塑上的象形文字。青年说话时满脸如临梦幻的表情极不自然，不由得使听众觉得他有些装腔作势，更谈不上认同他的言谈内容。叔祖父说话的语气有点愠怒了，也难怪，就是傻子也看得出这尊浮雕明显是刚完成的，与考古学毫不沾边。然而，叔祖父被年轻的威尔考克斯接下来的回答深深地吸引了，并一字不漏做了记录。从两人的探讨看来，这青年简直就是个极富诗意的演员，我认为这同时也是他显著的个人特

①罗德岛设计学院（RISD）：美国艺术与设计学院的先驱。——编者注

征。青年回答道："它是新完成的，这不假，是我昨晚在梦到许多陌生城市时做的。梦的起源很早，比忧郁的提尔古城①、沉思的斯芬克斯②以及空中花园城市巴比伦还早。"青年漫无边际的故事唤醒了一颗沉寂的心，引起了叔祖父狂热的兴趣。前一天晚上发生了轻微的地震，是新英格兰地区近几年来震感最强烈的一次，威尔考克斯的想象世界深受其影响。当晚他做了一个前所未有的梦，梦见受太阳神管辖的巨大城市和直冲云霄的巨型石柱，到处都在滴着绿色稠浆，暗示着潜藏的恐怖。象形文字布满了每一面墙壁，每一根石柱，从地底某个不知名的方向传来阵阵不能称之为声音的响动——那是知觉的混乱碰撞，唯有丰富的想象力才能将它们破译成具体的声响。青年用了几个几乎快不能发音的词语来表示他所听到的声响："克苏鲁—弗坦。"

正是这句胡言乱语在安吉尔教授的回忆中久久挥之不去，不断地刺激和骚扰着老人。老人询问了雕刻家一些科学方面的细枝末梢，又带着几近痴狂的热情再次仔细研究了这尊在梦境中无意识完成的泥雕作品。青年说，那天清晨，当他终于从神奇的梦中清醒过来时，不禁一阵寒战，原来自己只披了件单薄的睡衣在房间里制作雕塑。叔祖父埋怨自己人老不中用了，在识别象形文字和图案设计时稍显迟缓——而事后，年轻的威尔考克斯也承认此事。叔祖父大部分的询问，在青年看来都是令人费解的，特别是那些试图把青年和奇怪的邪教、社团相联系的问题。教授甚至还再三向年轻的威尔考克斯保证：如果对方真的加入了一些分布广泛的神秘或异教徒的宗教团体，教授一定会守口如瓶。当安吉尔教授确认青年雕刻家真的对任何邪教、组织、神秘传说毫不知情后，就趁机说服他提供以后的梦境内容。青年在之后的一段时间里，果然天天都打电话告知教授自己的梦境内容，就这样，教授不仅记录了两人第一次的谈话情况，还把青年后来每天的电话内容也一一记录在案。在这期间，青年描述了几个深夜梦境的恐怖画面，画面中老是出现由黑漆漆、湿漉漉的岩石堆砌而成的可怕的巨城场景，伴随着熔岩的嗞嗞声，还有单调的呼喊声——似乎是在传递机密消息，然而所有声音都如同谜一般难以

①提尔古城：位于黎巴嫩首都贝鲁特以南约 80 公里。曾是一座雄伟的腓尼基古城，曾在地中海一带称霸一时，统治着加白斯、马迪克等繁荣的殖民地，直到十字军东征之后才渐渐衰落。——编者注

②斯芬克斯（Sphinx）：狮身人面怪兽，最初源于古埃及的神话，被描述为长有翅膀的怪兽，通常为雄性，是"仁慈"和"高贵"的象征。——编者注

理解——除了杂乱无章的声响外，一无所获。青年最常听见的两种声音可以表述为“克苏鲁”和“拉莱耶”。

手稿里接着写道，3月23日威尔考克斯没有露面，教授才知道他因患某种不知名的高烧卧病在床，现已被送回位于水手街的家中养病。晚上，青年时常会惊恐大喊，吵醒了好几个住在同一栋楼的艺术家们；白天，他要么昏迷不醒，要么精神错乱。我叔祖父立即致电他的家人密切关注病情的发展，同时打听到青年的主治医生是塞耶街的托比先生。青年高烧不退的脑袋里显然充斥着许多怪异的事件，托比医生不时因为他昏迷时说的胡话战栗不止。青年的梦境里除了以前梦到过的东西，还恐慌地提到了一个巨大的、“好几英里”高的傲然大物四处乱走，笨重地隆隆缓行。

托比医生再三强调威尔考克斯从来没有完整地描绘过这个东西，只是偶尔会喊出几个疯狂的词语。叔祖父为此坚定地认为，青年在胡话中描述的物品与他之前在梦中制造的雕塑就是同一个东西。医生补充道，这个东西，无疑是揭开了青年倦怠昏睡的序幕。然而，有一点让人不解：青年的体温并未高出正常体温许多，他的整个症状与其说是发烧，不如说是精神紊乱。

4月2日下午3点左右，威尔考克斯的所有病症一下子就全都消失了。他直愣愣地坐在床头，摸不着头脑，不知自己何时竟回到了家中。他对于在3月22日晚之后发生的事，无论是现实或梦境，都统统不记得。医生宣布他已经痊愈，三天后，青年重新回到自己的住所，但对于安吉尔教授而言，他已经没法提供任何帮助了。所有关于诡异梦境的痕迹都伴随青年的康复而消失殆尽。我的叔祖父又对青年的梦境持续了将近一周的记录，但全是些重点全无、互不相关、彻头彻尾的寻常梦境。

手稿的第一部分就到此结束，但另外一些供参考的零散笔记也在很大程度上拓展了我的思维——事实上，我人生观中那根深蒂固的成见使我一直以来对那个艺术家极不信任。笔记记录了同样是在威尔考克斯突访教授那段日子里，不同人群的具体梦境。看来我的叔祖父已经快速地制定了一个庞大而广泛的受访团体，包括他认识的、可以询问而又不会被认为无礼的所有朋友，他要求他们提交每晚梦境内容的报告，以及以前的印象特别深刻的梦境出现的日期。叔祖父收到了各式各样的回复，比任何一个普通人所能独自处理的最大信件量还多。原始信件没有保持下来，但他的笔记做得很详尽、重点突出。社会和商业领域的一般大众——新英格兰地区的中坚力量们——给出的几乎都是消极的结果，只有少许人出现了心神不宁的情况。但是令人不安的、无定形的夜间印象到处存在，而且全都出现在 3 月 23 日到 4 月 2 日之间——也就是年轻的威尔考克斯精神错乱的那段时间。科学工作者却几乎不受影响，虽然其中有四例梦到了瞬间出现且让人难以捉摸的奇怪景观，还有一例则提到了某种恐怖的异常事物。

参与调查的所有人群中，给出中肯答复的是诗人和艺术家们，我相信他们若有机会对彼此的梦境进行比较，定会引发一阵恐慌。因为没看到原始信件，我有些怀疑此次梦境调查的组织者问过引导性的问题，或是对原始信件做过二次编辑，以获得自己下意识想得到的结果。这也是我依旧对威尔考克斯没有好感的原因，我坚持认为他通过某些途径事先就知道叔祖父掌握的相关数据，进而欺骗了这位资深的科学家。这些来自唯美主义者们的信件都提到了一个令人不安的故事。在 2 月 28 日到 4 月 2 日期间，他们中的大部分人都梦到了十分离奇的事情，在雕塑家精神错乱期间，所有梦境爆发的力度和强度都达到了无与伦比的制高点。从反馈看来，超过四分之一的人声称梦到了与威尔考克斯梦境一致的画面和模糊声响。有些则坦白自己梦到庞然大物最后出现时强烈的恐惧感。笔记中有一个重点描述的伤感事例：主人公是个倾向于神智主义与神秘主义的知名建筑师，他自年轻的威尔考克斯患病之日起就突然狂乱发癫，不停地尖叫着说他是从地狱逃亡客的魔掌中逃脱的，几个月后就不幸断气了。如果当初我的叔祖父在引用这些案例时采用了具体命名而不是用数字替代，我肯定会亲自上门拜访，寻找佐证。尽管如此，我还是成功追查到几个案例。这几人都证实了笔记内容完全属实。我常常会想，参与叔祖父调查实验的人大概都认为这真是个奇怪的调查，但是，不告知他们真相或许更好。

正如我之前讲过的一样，叔祖父搜集的新闻剪报主要涉及给定时间内的恐慌事件、狂躁症和古怪行为等。安吉尔教授当时一定雇用了搜集剪报的专职人员，因为他的搜集不仅数量庞大，而且分散在全球各地。其中有伦敦的夜间自杀事件：一个孤独的人睡到半夜时，起身来到窗前，惨叫声毕便纵身跳出窗外。同样的例子有，一名南美洲的报社编辑在收到一封漫长的信函后就推断自己已经看到了可怕的未来。一个来自加利福尼亚的快件这样描述道，神智主义者们集体身着白袍，等待着永远也不会来到的“光荣的圆满”，同时，来自印度的新闻谨慎地称，严重的全国暴乱将于3月22日、23日左右结束。

爱尔兰以西散布着很多疯狂的谣言和传说，其中一个名叫阿杜瓦·博诺的疯子画家在1926年的巴黎春季沙龙上展出了一幅亵渎神灵的世外桃源风景画。另外，无数精神病院不断地发生骚乱事件，似乎唯有奇迹才能阻止医疗互助会的友人们停止对类似事件的捕风捉影，并胡乱抛出扰乱人心的结论。直到今天，我还是无法用一种近似冷酷的理智面对这捆剪报上的异闻怪谈，而这捆剪报也被我丢置一旁很久了。同时，我还是一如既往地坚持认为，年轻的威尔考克斯对教授提及的古老事物一定是早有耳闻的。

二、巡官莱格拉斯的故事

雕塑家的梦境和那尊雕塑都与古老事物有着紧密联系，因而对教授来讲，古老事物是那本漫长笔记第二部分的主题，虽然它在第一部分也出现了一次。当时，安吉尔教授目睹了那尊泥塑地狱般的轮廓，困惑于未知象形文字们代表的含义，还听到了接近于“克苏鲁”发音的邪恶的音节，它们之间的联系令人激动却又惊悚万分，也难怪教授会不辞辛苦从年轻的威尔考克斯那里取得相关资料数据。

这次的经历要早些，发生在1908年，距今已有整整17年了。当时，美国考古学会在圣路易斯召开年会，安吉尔教授由于其权威和造诣成了那次大会的主角，在所有的讨论中都显得非常突出。一些非专业人士借此机会也向专家们提出问题，希望得到正确的答案和专业的解决方案，安吉尔教授无疑是被首先提问的专家之一。

这些非专业人士的领头者是一个相貌普通的中年男子，他很快就吸引了全体与会人员的目光。他千里迢迢从新奥尔良赶来就是为了获取一些当地无法获取的信息。该男子名叫约翰·雷蒙德·莱格拉斯，是当地警察局的巡官。他还带来了一个怪诞的、令人厌恶的、十分古老、来源有待考证的石头雕像。遗憾的是，莱格拉斯巡官本人对考古学毫无兴趣。相反，他纯粹是出于工作需要才去了解考古学。几个月前，有情报称在新奥尔良南边一个树木繁茂的沼泽地里正在举行伏都教[1]集会，莱格拉斯巡官当即带领警员们进行了突袭，并缴获了一尊雕塑，或者叫偶像、迷信之类的东西。伏都教的仪式非常怪异，甚至骇人听闻，警方意识到他们在无意中发现了一个完全未知的，比非洲巫术界最残忍的邪教还要恐怖的黑暗邪教。被捕人员只交代了关于该教起源的一些古怪和令人难以置信的传说，除此之外毫无所获。任何关于古文物的知识都有可能帮助警方鉴定那个可怕的符号，从而追查到邪教的源头。

莱格拉斯巡官完全没料到石像的故事会引起如此轰动。在场的科学人士只看了那个雕塑一眼，就高度兴奋起来，团团围住巡官，盯着那个小物体看——它让人不禁感到陌生和深不可测，仿佛在暗示着一幅未开启的古老景象。这尊雕像不是出自任何被大众公认的雕塑流派之手，但是这暗绿色的、来历不明的石头似乎记载了数百年甚至是数千年的历史。

雕像在人群中相互传递并被仔细研究，它高七八英尺，做工十分精美。它是一个有着几分类人猿轮廓的怪物，布满了触手的章鱼头，橡胶质的身体满是鳞片，前后腿都长有巨大的利爪，身后还有一对细长的翅膀。这个东西充满了恐怖的恶意，形态略显臃肿肥胖，邪恶地蹲在一个矩形块或是一个刻满无法辨认字母的底座上方。怪物的翅膀尖触及底座的后缘，后腿蜷缩，长而弯曲的利爪紧紧扣在底座的前沿往下约四分之一的地方。这个头足类动物头部向前弯曲，使面部触手的末端轻轻拂过紧握住膝盖的巨大前爪。雕像的各方面都异常逼真，由于不知晓它的来源，大家更加地感觉不寒而栗。它的年代非常悠久，悠久到让人感到可怕和难以估量，这点是明白无误的，但它与人类早期文明开化时期或是任何一个已知时代的艺术流派都无丝毫关联。这雕像十分与众不同，它的材料也是一个谜，无论是考古学还是地质学方面的知识都不知晓这种绿中带黑，散布着金色、彩虹色斑点和条纹的石头。底座上的字符同样让人费解，在场的所有人中，其中有一半是全世界最顶尖的专业学者，可没有一个人可以说出丝毫与其相近的语言。这些字符正如雕像的设计和材料，都非常古老，与我们所知的人类毫不相干。它们恐怖地暗示

①伏都教：又称“巫毒教”，源于非洲西部，是糅合祖先崇拜、万物有灵论、通灵术的原始宗教。流行于西起加纳东迄尼日利亚的西非诸国，信仰的民族有芳族、约努巴族等等，也盛行于海地与加勒比海，美国南部路易斯安那州及南美洲。“伏都”在芳语中是灵魂的意思。——编者注

了一个古老的、亵神的生命循环，我们的世界和概念都不属于这个循环。

然而，就当在场人员纷纷摇头表示对巡官的难题无能为力时，人群中有一个人猜想自己或许对这怪异的造型和字符有些许熟悉，就羞怯地把他知道的都讲了出来。此人现已去世，是普林斯顿大学人类学教授威廉·钱宁·韦伯，也是一个知名的探险家。48 年前他曾前往格陵兰岛和冰岛寻找古代北欧文字刻的碑文，结果未能成功。当时，他在格陵兰岛西海岸岸边碰到一个怪异的部落，或者叫作已堕落的爱斯基摩教派。他们崇拜魔鬼，有着奇特的宗教仪式，嗜血且恶心，这一切让韦伯教授毛骨悚然。其他的爱斯基摩人对这群已堕落的同胞的信仰所知甚少，他们用颤抖的声音说道："那个邪教起源于恐怖而古老的亿万年前，那时世界还未形成。除了不知名的宗教仪式和人类祭品外，还有古代流传下来的拜祭至高无上的古老魔鬼或是拖拉萨克的仪式。"韦伯教授从一个年老的巫医或巫师那儿仔细地记录了祭祀的声音信息，并尽力将之用罗马字母表示。在当时的祭祀仪式上，最主要的是邪教徒们所崇拜的神物，他们在极光高照冰崖时就围绕着神物翩翩起舞。教授说，神物是个粗糙的石质浮雕，由可怕的画面和神秘的字符组成。据他讲，那个东西的基本特征与会议厅前面摆置的酷似野兽的雕像基本符合。

在场人员都对这个资料感到惊奇和震惊，莱格拉斯巡官更是加倍地兴奋，立即开始对资料提供者抛出一连串的问题。由于之前巡官让手下记录和复制了沼泽地带邪教仪式的声音资料，他压抑不住心中的激动恳求教授最好还记得爱斯基摩邪教的声音。接下来就开始对细节进行详尽的比较，一段敬畏的沉默后，侦探和科学家就这两种分跨世界两端的地狱般的宗教颂词达成了共识：本质上，爱斯基摩的巫师和新奥尔良沼泽的教士是在用相似的音节向他们同族的偶像唱颂。大声颂唱的祭词及其各个单词间的间隔按传统习惯断开：

"芬格鲁—玛格那弗—克苏鲁—拉莱耶—乌伽那格尔—弗坦"。

莱格拉斯巡官提供的声音信息似乎比韦伯教授更为详细，因为他抓捕的好几个混血囚犯从古老的司仪口中得知了这些话语的意思，并向警方据实供认了，如下所示：

"在拉莱耶的宫殿里，沉眠中的克苏鲁正等待着复苏。"

此时，应所有在场人员的强烈要求，莱格拉斯巡官尽可能详细地介绍了与沼泽地邪教分子接触的经历。从笔记可以看出叔祖父对这个故事十分关注。故事谈到了神话制造者和神智学者们最疯狂的梦想，揭露了混血儿和贱民——这些最不可能的人竟然怀抱着令人惊讶的宇宙想象力。

故事发生在1907年11月1日，新奥尔良警方收到了沼泽地区及其以南的咸湖地区的紧急召唤，当地居民生性善良，古朴老实，大部分是拉斐特[①]一行人的后代。每当夜幕降临他们就会因为一个不明的东西而吓得心惊胆战。很明显这是伏都教在作祟，不过是一种更加恐怖的、闻所未闻的伏都教。当地有片受到诅咒的黑森林了无人烟，自从森林深处响起短暂而急促的鼓声后，相继出现了妇女和儿童的失踪事件。受惊的报信者称，当地人再也无法忍受耳边回荡的悲惨嘶叫、令人毛骨悚然的圣歌和舞动的魔鬼火焰了。

因此，由20名警察组成的小分队分乘两辆马车和一辆汽车在下午晚些时候出发了，还有一个瑟瑟发抖的当地人作向导。到了车辆无法通行的地方时，他们只得下车步行，这是一片郁郁葱葱、暗无天日的柏树林，大家都沉默不语、静静地向前行进。周围那些丑陋的树根、有毒的藤条和烦人的西班牙苔藓显示着树林的古怪异常，每一棵畸形的树、每一株海绵状的真菌愈加令人压抑，不时还会出现一堆潮湿的石头，或一段古老的残垣，更是加深了压抑的气氛。终于，杂乱的简陋小茅屋映入眼帘，这就是当地人的住所。那里的居民看到手提灯笼的警察就欣喜若狂地蜂拥而至。此时，远处传来阵阵闷响的鼓声，那声音仿佛是从很远很远的地方传来，在风向改变时会夹杂着令人毛骨悚然的尖叫声。无以计数的林间小路尽头是苍白的灌木丛，一道道微微发红的亮光穿丛而过，若隐若现。居民们宁肯单独留在家中也不愿朝邪恶祭拜的方向踏出一步，莱格拉斯巡官只得和19个同事一起在无人带路的情况下，迈向黑暗的恐怖未知地。

警员们现在走进的地区自古就充满邪恶气息，白人甚至不知晓它的存在，更谈不上涉足了。这里有一个肉眼无法看到的隐形湖泊，传说湖中栖息着一个巨大无形的，像是白色息肉的东西，一双眼睛闪闪发光。当地人私底下都说，每到午夜，长有蝙蝠翅膀的魔鬼们会飞到地球内部的溶洞进行祭拜。这些魔鬼的存在早于迪伯维尔[②]，早于拉萨尔，早于印第安人，甚至还

①拉斐特（1776—1823年），当时墨西哥湾一带的海盗首领。——编者注
②迪伯维尔（1661—1706年），侨居北美洲的法国探险家。——编者注

早于凶猛的野兽和林间小鸟。它们本身就是噩梦，看到它们也就等于看到了死亡。这些魔鬼们会让人做梦，所以人们会绕道而行。最近几次伏都教祭神仪式都只是在这个地区的最深处举行的，而那里就已是邪气漫绕，更别提伏都教中心地带有多糟糕。

莱格拉斯一行警员在黑沼泽地追踪红色怪光和沉闷鼓声途中听到的声音，或许只有用诗歌或疯话才能将它们描述出来。这些声音中，有的具有人说话的特色，有的具有野兽吼叫的特色，然而让人理不出头绪的声音才是最吓人的。恶魔一般粗粝的号叫声仿佛撕裂了这暗无天日的树林，并在林中久久地回荡不息，犹如地狱深渊里刮起的阵阵狂风。有时，杂乱无序的啸号暂歇，时而响起的是仿佛经过训练的嘶哑的颂唱声，那恐怖的唱词如下：

“芬格鲁—玛格那弗—克苏鲁—拉莱耶—乌伽那格尔—弗坦。”

接着，警员们走到了一个树木稀少的地方，目睹了终生难忘的壮观。他们中有四人举步维艰，一人昏倒在地，两人吓得惊声尖叫，不过这一切马上就被祭神仪式上疯狂的杂音覆盖。莱格拉斯从沼泽中取水试图浇醒昏倒的警员，全体警员都吓得全身发抖，几乎快被恐怖催眠了。

沼泽地中央有个占地约 1 英亩[①]的绿色小岛，没有一棵树，相当干燥。岛上一群十分怪异的人在跳跃、扭动，任何文字都无法表达当时的畸形情景，也许只能借助塞姆和安加罗拉般卓越画家的画笔才能勾勒出来。这群混血怪人们一丝不挂地围着一个畸形的环形篝火扭动躯体，时而嘟嘟囔囔，时而大声怒吼。熊熊的火焰织成一块巨大的幕布，火幕布偶尔被风撕开时可以看到一座高约 8 英尺的巨型花岗岩，顶部雕刻着一尊小得极不协调的、败坏道德的塑像。以篝火堆为中心，按一定间距安置着脚手架，上面倒挂着作了奇怪标记的失踪居民的尸体。狂欢放纵的信徒们在环形篝火堆和 10 具尸体围成的圆圈间从左往右地尽情跳跃，放声咆哮。这场祭神活动仿佛会一直进行下去，永不停止。

一行警员中有名极易兴奋的西班牙男子或许是受到自身想象力或耳边古怪回声的影响，竟然产生了不可思议的幻觉，他坚持认为这片远古传说中就已经存在的恐怖树林中那不见阳光、永无天日的深处传来了歌声，与仪式上

---

① 1 英亩 =4046.86 平方米。

的人在交互轮唱。男子名叫约瑟夫·D. 加尔韦，我后来亲自拜访并向他问了一些问题，确实，我发现他想象力极其丰富，但精神涣散。他竟然暗示自己听到了巨翅的扇动声，瞥见了一对闪闪发光的眼睛，一个巨大的白色身躯游走在林子尽头。我当然不会相信这种胡言乱语，只认为他听了太多的本土迷信而已。

工作始终应该放在首位，事实上，警员们很快就从恐惧状态中调整过来。尽管有整整百余号混血祭祀者，配备了枪只等武器的警员义无反顾地冲进了令人作呕的祭神人群中间。接下来就是长达 5 分钟无法形容的喧嚣和混乱。在激烈的扭打和精准的枪击下还是不免有漏网之鱼，所幸最后一共生擒了 47 个沮丧得若丧家犬的囚犯。莱格拉斯命令他们快速穿上衣服，整齐地排在两列警员中间站好。这次抓捕行动中，5 名祭拜者毙命，2 人受重伤由他们的同伴用简易担架抬行。至于巨型石块顶端的神秘雕塑自然被小心取下，由莱格拉斯巡官带回警局。

囚犯们在缓除了旅途奔波所产生的疲劳和紧张后，警局总部对他们进行仔细的调查，发现全体祭神分子都是精神异常的低等人种混血儿，这些人中除了零星几个非洲黑人和白黑混血儿外，大部分是来自西印度群岛和佛得角群岛的布拉瓦葡萄牙人，他们使得这个由多人种组成的邪教染上了伏都邪教的色彩。警方在讯问邪教分子大量的问题前就意识到，这些犯人们信奉的宗教里存在着某种比非洲拜物教还要黑暗而古老的东西。

犯人们坦白交代，他们崇拜的神是旧日支配者，在人类诞生前就已存在了很久，它们穿过天空来到了年轻的世界，但现在已远离人类，住在地底和海洋的深处。旧日支配者们暂时死去的躯体通过梦境把这些秘密告诉了第一批人类，于是先人们就创建了一个永不殆灭的宗教，即现在的伏都邪教。犯人们还称，伏都教从过去到现在一直都存在，并将源源不断地继续在世界范围内流传，不管是远在他乡的废墟丛林，还是遮天蔽日的漆黑之处。当伟大的邪神克苏鲁从强大的海底城市拉莱耶苏醒，他便成为最强的存在，整个世界也将重新受他掌控。在群星的宫位按一定顺序排列时，克苏鲁将重返世界，伏都教的信徒们也随时待命帮助克苏鲁苏醒。

警方能获取的情报只有这些了，要知道有些秘密即使用酷刑也无法获取。地球上存在意识的生物绝不仅仅只有人类，因为极少数忠诚的信徒有幸在夜深人静时看到过异态，但谁也说不清这些异态是否就是旧日支配者，因为没人见过旧日支配者们的真容。警方缴获的雕塑就是伟大的克苏鲁的石像，但是没人说得清那究竟是不是邪神的真容，也没人能读懂那些古老的文字。有关克苏鲁的内容全凭口授流传至今。唱赞歌的祭神仪式不再是秘密——不过不是大声相告，而是低声耳语。唱词只有一种含义："在拉莱耶的宫殿里，沉眠中的克苏鲁正等待着复苏。"

当时，仅有两名囚犯的清醒程度达到了可以判死刑的标准，剩余的囚犯们则被遣送到不同的疯人院。所有囚犯均称自己与仪式上的谋杀案件并不相干，并断言是长着黑色巨翼的怪物所为，它们来自有鬼魂出没的上古集会地。关于这个神秘的犯罪同党，囚犯们却各执一词，没有提供任何有意义的情报。警方最有价值的收获是一个非常老的梅索蒂斯混血儿（欧洲人与印第安人的混血儿）卡斯特罗，他声称自己在航海途中到过一个奇怪的港口，在那里与中国深山地区的一名邪教领袖进行了交谈。

老卡斯特罗讲述的可怕传说有部分内容使神智学者们的推论相形见绌。它把人类和世界看成是微不足道的新近访问者和匆匆过客，其他"存在"曾经统治地球长达几十亿年，它们曾拥有过伟大的城市。那位长生不老的中国人告诉他，这些城市的遗迹是可以追寻的，比如太平洋某座小岛上树立着的巨石堆。它们在人类诞生的许多个世纪前就沉睡不醒，但是当星星再一次在永恒的循环里运行到正确的位置时，法术可以将之唤醒。它们由天上的星星变化而成，随身带着自己的影像。

卡斯特罗接着讲道，这些旧日支配者并非血肉之躯。不过它们是有形的——之前的"星星构成"一说就是最好的证据——但不属于物质构成的形态。当星星们处在正确的宫位时，它们可以穿越天空，游走在不同的时空；当位置不对时，它们就沉睡不醒。尽管它们没有生命，但也不会真正意义上地死去。它们躺在伟大拉莱耶的石头宫殿里，受邪神克苏鲁魔咒的保护，当星星和地球做好迎接准备，为了它们的光荣复苏再一次运行到正确宫位时，必须有外力去解放它们的身体。魔咒在保证它们完好无缺的同时也阻碍了它们的自由行动，因此它们只能清醒地躺在黑暗中思考，任凭数个世纪疾驰而过。它们清楚地了解宇宙间发生的每件事，却只能在自己的坟墓中走动。先民在无限的混沌后诞生了，旧日支配者走入敏感的先民梦中，与先民们交谈，把它们的语言传达给人类这种拥有血肉之躯的哺乳动物。

接着，卡斯特罗低声说，先民根据旧日支配者托的梦，围绕着高高的神像建立了邪教组织，神像从黑暗时代的黑暗之星而来。群星的宫位正确之时同样是邪教的消失之日。到了那一天，神秘的教士们将把克苏鲁带出墓室，唤醒仆从们，恢复对地球的统治。复苏的具体时间很快就能知道，自那刻起，人类可以像旧日支配者般自由和狂野，没有善恶之分，法律规则和道德伦理将被抛至一旁，所有人都会快乐地呼喊，快乐地杀戮，快乐地狂欢。重获自由的旧日支配者会教人类呼喊、屠杀、狂欢及享受人生的新方式，整个地球也会燃起喜悦和自由的熊熊大火，那是燃烧着屠杀喜悦和不羁自由的灿烂烈焰。与此同时，先民所流传至今的邪教应该举行适当的仪式纪念古代的祭神活动，并且暗示旧日支配者回归的预言。

在更远古的时代，有幸被旧日支配者选中的先民通过梦境与邪神们交流，但不久发生了一些变故。伟大的石城拉莱耶连同城中的巨型石柱和墓室一起陷落在浪涛下方。深不可测的海洋充满了原始的神秘，就连意念也难以穿透，邪神之间的交流也因此中断。但记忆是永不磨灭的，虔诚的巫师们都说，当星星运行到正确的位置时，拉莱耶城将再次浮上海面。然后，腐朽、暗沉的黑色幽灵将重新出现，被遗忘在海底的石窟中充斥着关于邪神们的模糊谣传。老卡斯特罗不敢透露过多，匆忙地结束了讲述，再怎样劝说和诱导他也不再多说一句。他竟然也拒绝谈论旧日支配者的体型大小。谈到邪教崇拜的中心地，卡斯特罗认为是千柱之城埃雷姆，位于人迹罕至的阿拉伯沙漠，那里有隐藏不变的梦境。邪神崇拜与西欧的女巫崇拜不同源，也不为教派以外的人所知。那个长生不老的中国人称，阿拉伯人阿卜杜拉·阿尔哈萨德的《死灵之书》可以读出两层意思，新入教的信徒可凭自己的爱好进行理解，人们讨论最多的是下面这个句子："那永恒长眠的并非亡灵，漫长而奇异的万古之中，死亡亦有其终结。"

莱格拉斯被深深触动了，他接着想问出这个邪教的历史关联，毫无悬念这是不会有结果的。卡斯特罗说这是绝密的时候并没有说谎。图兰大学的权威人士们毫不了解邪教崇拜和邪神形象的相关信息，现在侦探遇到了全国最高的权威，却无一人能胜过韦伯教授的格陵兰岛故事。

莱格拉斯的讲述和那尊怪异的雕像激起了会场里狂热的兴趣，其他与会人员也积极地相互提问和解答，但社会上的正式出版刊物却很少提及当时的详细情况。杂志社的编辑们时不时地会遇到吹牛和欺诈行为，因此对此次事件的报道小心谨慎。莱格拉斯曾经把雕像借给韦伯教授一段时间，但在教授死后重新回到了巡官手中，我不久前看到雕像仍是他在保管。那个可怕的东西很明显与年轻的威尔考克斯在梦中制作的浮雕属同一种类。

现在我终于理解了叔祖父听到雕塑家故事时的激动心情了，他在掌握了莱格拉斯巡官所得到的相关邪教信息后，突然出现一个敏感的年轻人——他不仅梦到了沼泽地石像和格陵兰岛石板中那个邪神的形态，竟然还有确切的象形文字；不仅如此，他还在梦中精准地耳闻到与爱斯基摩信魔者和路易斯安那混血儿的祭司唱词发音相同的三个单词——这还真是一番巧遇。安吉尔教授对事件立即展开调查的举动是自然的，虽然我私底下还是怀疑年轻的威尔考克斯间接地听说过邪教崇拜，并捏造了一系列的梦境，以牺牲我叔祖父为代价，来提升整个事件的神秘感并使之持续下去。叔祖父的梦境叙述和新闻剪报当然是最强的佐证，但我头脑中的理想主义和整个事件中多次的离奇巧合还是使我理性地坚持了自己的看法。我再次深入研究了叔祖父的手稿、莱格拉斯巡官提到的邪教崇拜，参阅了相关神智学笔记和人类学笔记，并亲自拜访了住在普罗维登斯的雕塑家，毫不留情地谴责他欺骗一名博学老者的贸然行径。

威尔考克斯仍然一个人住在托马斯街的鸢尾楼，那是一幢丑陋的维多利亚时代的建筑，模仿 17 世纪法国布列塔尼地区的建筑风格，楼房的向街一面粉刷一新，在一座座可爱的殖民地时期的楼群中格外惹眼。值得一提的是，鸢尾楼刚好被笼罩在美国最负盛名的格鲁吉亚尖塔的影子下。青年看到我来造访就立马停下了手中的工作，从房间散乱摆放的雕塑样品看得出他确实是个造诣深厚、不折不扣的天才。我相信，威尔考克斯在不久的将来定会被世人唤作“最伟大的颓废派艺术家”之一。阿瑟·玛沁的散文所唤醒的噩梦和克拉克·阿什顿·史密斯的诗歌和画作所描绘的幻想都已经被青年用泥塑现实化了，将来还可能会借助大理石还原这些形象。

他肤色偏黑、体质虚弱、蓬头垢面。听到我的敲门声后，他疲倦地转过身子，头也不抬，问我有何贵干。在得知我的身份后青年才显出些许的兴趣，因为我的叔祖父激发了青年探索奇怪梦境，却从没解释为什么要研究他的梦。我也没有向青年过多透露相关情况，只希望能够从他那里套出些实话。不一会儿，我确信他绝对是真诚的，只要亲耳听过他描述梦境的人都不会怀疑其真实性。这些梦境和梦境在青年潜意识里的残留物深刻地影响到他的艺术风格。他给我展示了一尊病态的雕像，雕像散发的邪恶暗示吓得我瑟瑟发抖，它的原型就是上次青年在梦境中完成的雕塑，外形在他手中不知不觉地就已完成。毫无疑问，这尊雕像是在他精神错乱的状态下完成的。他真不知道什么地下邪教，只能从叔祖父的大量的提问中猜出整个事态的一两分而已。接下来我就开始揣度青年究竟是以何种方式得到这些古怪印象的。

他以一种奇怪而充满诗意的方式谈论他的梦境，让我仿佛真切地看到那座由一层层黏糊糊的绿色石头堆砌而成、恐怖、潮湿的巨城。青年很怪异地说道，这个城市完全与几何学原理相违——心怀恐惧却又希望地底能传出不绝于耳，且一半出自肉体一半出自精神的呼喊声："克苏鲁—弗坦，克苏鲁—弗坦。"

这些词语在可怕的祭神仪式的赞美词中出现过，唱的是伟大邪神克苏鲁在拉莱耶城的石室中沉睡不醒，等待着复苏。这恶毒而煽情的唱词，竟能打动我这样理性的人。我敢肯定，威尔考克斯曾无意识地听说过这个邪教的相关传说，然后在阅读怪异作品和发挥奇特想象的过程中，很快就暂时把这些传说抛到脑后了。不久之后，这些无意中得到的鲜明印象最终借助潜意识表现在梦里，表现在泥塑雕像里，表现在我面前的恐怖塑像里。看来威尔考克斯对叔祖父的欺骗行径纯属无心之举。他那时而做作的举动，时而粗野的个性一点不讨我喜欢，但我还是很乐意承认他的天赋和诚实。我友善地结束了此次拜访，并真心祝愿威尔考克斯的过人天资能伴他在成功大道上越行越远。

我至今仍对邪神崇拜的相关情况很着迷，有时甚至幻想自己能够因为研究这方面的起源与关联而声名远扬。我曾去新奥尔良，拜访了莱格拉斯巡官以及其他参与了那次突袭行动的警员，并亲眼看到了那个可怕的雕像，甚至希望有机会对存活至今的混血儿囚犯提问。不幸的是，老卡斯特罗好几年前就不在人世了。我现在得到的第一手资料，都只是更加详细地佐证了叔祖父的笔记而已，但我还是为此激动万分，因为我确信自己正在逐步发现一个非常真实而且隐秘的古老宗教，这个发现会助我成为知名的人类学家。

我之前只是对叔祖父的死心存疑虑，现在却很担心自己已经知道了真相：叔祖父绝不是正常死亡的。他从挤满了外国混血儿的码头往家走，途中被一个黑人水手不经意地推倒在狭窄的山间小道上。我没有忘记路易斯安那的邪教信徒都是混血儿以及他们对于海上探险的追求。在了解邪教信徒们的秘密方法、祭神方式和邪恶信仰后，我也不再感到惊奇。莱格拉斯巡官和他手下的警员能幸存至今真可算是逃过一劫，挪威有一名海员就因为知道得太多而离奇死掉。叔祖父在偶然得到年轻雕塑家的相关资料后又开始更深入的调查，这会不会传到了邪神的耳朵里呢？我认为安吉尔教授的突然死亡是因为他知道得太多，或是他可能会知道得太多……我会不会像叔祖父那样死去还是个未知数，因为我现在所知晓的东西绝不算少。

三、来自海底的疯狂

如果上天对我有一丝的垂青，希望它能够抹去我因偶遇一张纸片而带来的所有后果。平日里我绝不会遇到这样一张隔板垫物纸，它是一家澳大利亚报纸《悉尼公告》1925 年 4 月 18 日发行的旧号，在那期报纸发行的时候，叔祖父雇佣的专职剪报人员正在如饥似渴地为他搜集研究材料，而它竟逃过了那些人的剪刀。

我的大部分时间都投身于安吉尔教授所称的“克苏鲁崇拜”研究中，但当时我正在拜访一位家住新泽西州帕特森的朋友。这位朋友见多识广，是一位著名的矿物学家，也是当地一所博物馆的馆长。一天，我在博物馆的后屋观赏储物架上随意摆放的标本，突然注意到垫在标本下方的其中一份旧报纸上有一张奇怪的图片。这份旧报纸就是我前面提到的《悉尼公告》。要知道世界上所有你能想到的地方都和我这位朋友搭得上关系。这张图片是一尊丑恶雕像的半色调裁剪图，图中雕像几乎与莱格拉斯巡官在沼泽中找到的那尊一模一样。

我急切地从标本下方抽出了报纸，仔细浏览了报上的每一条新闻。让我沮丧的是，关于这尊雕像的报道并不多，只有中等长度，但是它暗含的内容却对我低落的学术研究热情影响很大。我小心地将这则新闻撕了下来方便以后随时阅读，上面写着：

海上发现神秘弃艇

“韦记兰特号”轮船拖着损失惨重的新西兰武装舰艇返航。罹难艇上有一位幸存者和一具男尸。幸存者讲述了海上的鏖战以及死亡，但拒绝透露细节。行囊里发现了奇怪的崇拜物。详情待续。

莫里森公司的“韦记兰特号”轮船从瓦尔帕尔所出发，今天上午抵达达令港口的瓦尔弗。这艘船拖拽了新西兰达尼丁的“警备号”汽艇，很明显该汽艇经历过一场激战并严重受损，已不能运行。有人在南纬 34° 21′，西经 152° 17′看见过“警备号”汽艇，艇上仅一位幸存者和一具男尸。

“韦记兰特号”于 3 月 25 日从瓦尔帕尔所出发。4 月 2 日，遇上罕见的狂风巨浪，船被向南推离航线甚远。4 月 12 日，有人看见过这艘船，显然是被丢弃了，甲板上有一个半疯的男子，还有一具估计已经死了一周多时间的尸体。那个幸存者紧紧抓着一块约 1 英尺高的石头，石头似乎是某个邪教的崇拜物，看起来很可怕，悉尼大学、皇室社交界以及学院街的所有专家都公开承认对这个崇拜物一无所知，无从下手。船上这位唯一的幸存者说，他是在汽艇的船舱中找到的，雕像最初是被存放在表面刻有普通浮雕的船舱神龛里。

幸存者恢复知觉后，讲述了一则关于海盗和杀戮的极其荒诞古怪的故事。他叫古斯塔夫·约翰森，一个机灵的挪威人，是奥克兰“艾玛号”双桅纵帆船上的二副。该船于 2 月 20 日与 11 名船员一同前往卡亚俄。他说道，“艾玛号”因受 3 月 1 日的强风暴影响而延迟，并被卷至南部太平洋南部广泛海域。3 月 22 日，“艾玛号”在南纬 49° 51′，西经 128° 34′遇到“警备号”船。“警备号”由一群长相怪异且邪恶的南洋群岛土著人和混血儿操控。他们蛮横地要求“艾玛号”折回航行，“艾玛号”上尉科林斯断然拒绝了对方的无理要求继续往前行进。随即，这群怪模怪样的船员居然开始疯狂地向“艾玛号”开火，还冷不防地用重火力的铜制大炮向“艾玛号”双桅纵帆船猛攻。男子接着讲道，“艾玛号”的船员骁勇善战，在纵帆船的吃水线下方被铜炮击中开始慢慢下沉的紧急时刻，船员们急中生智，尽力靠近“警备号”船身及时登上对方的甲板与那群野蛮土著人扭打在一起。敌人在这场厮打中有着不顾一切、铤而走险的高昂士气，只可惜战术笨拙不精，再加上人数上的劣势，最终被“艾玛号”的船员全部消灭。

“艾玛号”有3名船员受害，其中包括科林斯上尉和格林大副。剩下8名船员在约翰森二副的指挥下继续驾驶俘获的游艇按原方向前行，打算验证“警备号”究竟出于何种原因而要求“艾玛号”返航。第二天，他们看到了一座小岛，真是怪事！这片海域本应该没有任何岛屿的，但他们还是收帆上了岸。之后，有6名船员莫名其妙地死在了岸上，约翰森对该部分事件缄默不言，只说他们掉进了岩石鸿沟。接着，他和唯一的同伴登上游艇并试图驾驭“警备号”，不幸的是，4月2日他们再次遭遇强风暴袭击。一直到4月12日，也就是他获救那天，约翰森几乎忘记了所发生的一切事情，甚至记不起自己的同伴布里登·威廉已经死了。布里登的死因尚不明确，也许是兴奋过度，也可能是体力透支。据达尼丁发来的越洋报道称，“警备号”是著名的海上贸易商船，在滨水区一带臭名昭著。该船由一群古怪的混血儿掌控，他们频繁进行集会，经常在夜里穿梭于丛林之间，这些举动在人群中引起了轩然大波。“警备号”在3月1日遭遇大风暴和强地震后又匆忙起航。我们的奥克兰记者对“艾玛号”及其船员给予了很高的评价，并把约翰森描述为一个沉着冷静、值得尊敬的优秀海员。对事件的整个经过，海军部队将从明日起做全面的调查，并尽一切努力劝服约翰森能更坦白详细地交代事件经过。

所有这一切，连同那地狱般恐怖的画面一下子浮现在我的脑海里，真是令人后怕。这是一份关于克苏鲁邪教的宝贵资料，资料表明，该邪教不管是在海上还是在陆地领域都有着强大的影响力。究竟是出于什么动机混血儿船员们迫使载有狰狞雕像的“艾玛号”返航？导致6名船员丧命的那鲜为人知的岛屿有何蹊跷？约翰森二副又为何对整个事件遮遮掩掩？海军部的调查会有什么新进展？达尼丁那众所周知的邪教又是个怎样的教派？而最神乎其神的是，这一连串事件的发生日期与我叔祖父笔记中出现的日期25又有什么超乎寻常的联系呢？

经过对国际日期变更线的研究发现，在3月1日或2月28日前，那片区域就曾遭受过地震和强风暴袭击。就在那时，从达尼丁驶出的“警备号”及那帮令人不快的船员像是受到了某种傲慢威严的召唤，一个劲儿地向前航行。在地球的另一侧，一名年轻的雕塑家在梦中塑造了恐怖的克苏鲁邪神雕像；诗人和艺术家们梦到一座奇怪阴湿的巨石城。3 月 23 日，“警备号”在一座不为人知的岛屿上登陆，其中 6 名船员命丧于该岛，死因不明。就在那一天，一些敏感的人梦见了有凶猛怪物对他们紧追不放的、栩栩如生的惊险画面，其中一名建筑师发疯，一名雕刻家突然精神错乱。4 月 2 日这天又到底发生了什么？关于这座潮湿城市的所有梦境都戛然而止；而被一场突如其来的高烧而困扰的威尔考克斯也在这天痊愈康复。这一切说明了什么？老卡斯特罗所述关于由星星构成现已沉入海底的古神、他们即将到来的统治、忠实的邪教信徒和操控梦境的能力，这些都有何暗示？难道我正踽踽独行在人类能力范围以外的宇宙大恐怖之边缘？若真是这样，那它们只在人的内心造成了恐惧。自 4 月 2 日起，一切可怕的骇人听闻都戛然而止，而后来，人类内心受到的长期折磨才刚刚开始。

这天我忙着发电报，收拾东西，到傍晚时分向主人道别，踏上了开往旧金山的列车。不出一个月我就到了达尼丁，发现那儿的人居然对神秘的邪教成员所知甚少。那些教徒曾经在海边破败的小酒馆逗留，消磨时光。但那些在海边游荡的无耻之徒也不值一提，尽管沿海一带流传着这帮混血儿去过一趟内陆的流言蜚语。在奥克兰，我打听到关于约翰森的一些传说。他从悉尼回来时一头金黄色头发全变成了银白色。据说他在悉尼遭到了质疑，在回到奥克兰以后，他卖掉了位于西街的住所，携妻子回到故乡挪威首都奥斯陆。关于自己那次震撼人心的航海历险，约翰森透露给朋友的内容并不比告诉给海军部官员的多，因此，他们能做的只是告知我约翰森在奥斯陆的住址。

之后我去了悉尼，与海员和代理海事法庭的成员交谈，却一无所获。在悉尼湾的环形码头，我看到了那艘“警备号”船正被当作商品出售。但从它那莫可名状的巨型块头来看，也无多大用处。那尊崇拜物——长着乌贼头、龙身、鳞状羽翼的怪物匍匐在刻有象形文字的底座上，现保存于海德公园博物馆。我研究这尊雕像已经有相当一段时间了，发现它做工十分精致、造型神秘、年代久远，就连那奇异的材料也非地球上所有。我感觉这尊雕像简直就是莱格拉斯巡官所缴获雕像的小版本复制品。身为地质学家的馆长告诉我，它是一个巨大的难题，他信誓旦旦地说，世界上没有哪块岩石长得像它这样。我不禁打了一个寒战，想到了老卡斯特罗曾告诉莱格拉斯巡官的一句古话：“它们从遥远的星球而来，还随身带着自己的影像。”

我的内心受到了一次前所未有的巨大震动，于是决定马上去拜访住在奥斯陆的约翰森。航行到伦敦，我立马乘船去了挪威首都，并于一个秋日在位于艾格玛格阴暗处的整洁码头上了岸。我在哈罗德·哈儿德拉达国王的古镇上发现了约翰森的地址，经过几个世纪，这个不小的城市伪装成“克里斯蒂娜镇”，却依然保留着奥斯陆的名字。乘出租车作短暂旅游之后，怀揣一颗激动不已的心，我敲开了一幢整齐古老建筑的大门，它的前门还涂有灰泥。一个满脸沮丧的黑衣妇人回应了我，当她用结结巴巴的英语告诉我古斯塔夫·约翰森已经不在了的时候，我遗憾不已。

约翰森的妻子说，1925 年的那次海上历险击垮了他，回来后不久就去世了。不过，约翰森告诉妻子的相关内容也不比告之公众的多，但是留下了一份长长的手稿，用他自己的话来说——关于一些技术问题的相关材料，而且还是用英语写的，显然是为了保护妻子，免去她随意翻阅带来的潜在危险。约翰森是在哥德堡码头附近的一个夹道散步时，被楼顶阁楼窗口坠落的一捆文件击倒在地。两个东印度水手立马过来扶他站起来，但没等到救护车到来，就一命呜呼了。医生没有找到充分的理由来解释他的死因，只归结于心脏问题以及身体虚弱。现在，我感觉黑暗恐怖无时无刻不在啃噬着我的命脉，一刻也不肯放过我，直到我“偶然地”或是以其他方式倒下。我告诉他的妻子，自己与约翰森的“技术性材料”有关联，她才让我得到了这份资料。与她道别后，我返回伦敦，在船上阅读了这份手稿。

这份资料的内容很简单且杂乱无章——无非就是一个天真的水手对事件的记录——成天都在竭力回忆和记录最后那次糟糕的航行。我虽不能试图将其晦涩及冗繁的文字逐字抄录下来，但光是我对文稿的理解就足以表明为什么海水拍打船沿的声响会使我难以忍受，我不得不用棉花塞上耳朵。

感谢上帝！即使约翰森目睹了那个海底城市和恐怖邪神，也并非就对整个事件了如指掌。而对于我，每当想到那些不间断潜伏在时间和空间背后的恐怖；想到那些来自古老星球上的亵渎神灵的污秽物正躺在深海沉睡不醒；想到那些如噩梦般狰狞的邪教信徒们等待着下一次地震的到来把可怕的邪神们释放，恐怖的石头城拉莱耶也会从海底升起，升向天空、太阳……每每想到这些，我就再也无法从容入睡了。

正如约翰森对代理海军部讲述的一样，他的远航开始了。2 月 20 日，仅装有压舱物的“艾玛号”轮船虽扫清了奥克兰道路上的障碍，但同时也感受到，地震引发的大风暴所带来的强大威力必定会把那些一直充斥在人们梦里的恐怖之物从海底抛出。这艘船再次得到了控制，虽然3月22日遭到“警备号”的拖延，仍然顺利航行。这名二副在信中写到船只所经历的爆炸、沉船等危险，还能感受到他的些许遗憾。在对“警备号”船上那些黑黝黝的邪教恶魔说话时，也明显感受到了他的恐惧。“警备号”的船员身上独有的恶劣特质使约翰森一行人的自卫性杀戮如同本职任务一样理所应当。在法庭进行调查时，约翰森及其同伴被指控对“警备号”一行船员残酷无情时，约翰森对这一指控十分不解。在好奇心的驱使下，由约翰森指挥的“警备号”重新出海了，他们看到一块大石柱伸出了海面。在南纬47° 9′和西经123° 43′处，出现一道海岸线，混杂着泥浆、污流以及布满杂草的、酷似巨石城的石屋，那石屋简直比地球上最惊悚之城——噩梦般的死尸城还要恐怖。拉莱耶城历史相当悠久，它那巨大、令人厌恶的形状从黑暗的星光中渗透出来。克苏鲁以及它的一大群从众藏匿在绿色黏稠的穹顶下，周而复始，它们终究会把令人恐惧的想法散播在那些神经敏感之人的梦里，这也就算了，它们还妄自尊大地号召信徒们继续为自由和复辟朝圣。所有这一切都没有引起约翰森的怀疑，但是上帝知道他迟早会了解真相！

我推测冒出海面的只是一个山顶，建在山顶的那个骇人听闻的巨石城堡里就埋葬着邪神克苏鲁。当我想到这海底很有可能藏着的其他东西时，简直觉得毛骨悚然，几乎都想立即杀死自己。约翰森和他的手下都畏于古老邪神那潮湿的、巴比伦城式的雄伟和恢宏。但是这群魔鬼若没有被召唤苏醒，压根就算不了什么，不管是在地球还是其他什么地方。约翰森一行人都被那巨大的绿色石块震慑住了，那令人眼花缭乱的巨型雕刻石块的高度，那令人目瞪口呆的巨大雕像的特性，就连在“警备号”神坛上发现的浮雕的奇异形象，所有的一切都令人敬畏。这些恐怖的描述出现在二副的讲述中，仿佛就发生在眼前一般。

约翰森虽然不知道未来主义是什么，但在他描述到拉莱耶城的古怪和宏大时，其实已经很接近这个概念了。他没有描绘确切的结构或建筑，而是仅仅从宽泛的角度对该城市给出大致的景象——石材表面太大不适合这片土地，图像可怕且刻有象形文字。我之所以提及他所谈的角度，是因为其中暗含的一些东西曾出现在威尔考克斯的噩梦里。他说看到自己梦中之地的几何图形是不规则的，不符合欧几里得原理，使人很厌恶地联想到地球以外的球体和次元。现在，一个胸无点墨的海员凝视着可怕的现实也产生了同感。

约翰森一行人在城堡泥泞的斜岸上登陆了，他们穿越过一大片污泥，上面没有人类可用的楼梯。透过偏光瘴看，浩瀚宇宙中那独一无二的太阳似乎被扭曲了，从这浸泡着一切的海面倒影中涌现出来。扭曲的威胁和悬念潜伏在巨石疯狂而无法捉摸的角度之中，石头表面的凹陷一个接着一个。

探险家们在这小岛上能看到的只有岩石、软泥和杂草，但是仿佛还有什么恐怖的东西就在四周。要不是怕会被别人蔑视为懦夫，他们应该早就逃跑了。一行人就在岛上漫不经心地寻找，希望能找到一些轻便的纪念品，可结果只能是徒然。

突然，葡萄牙人罗德格斯爬上了那巨石的根部，大叫着他有了新发现。其他人随他爬上去，好奇地观望那扇刻有浮雕的巨门，门上的章鱼龙浮雕早已不陌生了。约翰逊说它就像一扇巨大的仓库之门，大家之所以这样认为是因为其华丽的门楣、门槛及周围的侧板，然而他们不能决定它究竟是水平放置的活板门，还是倾斜着的地窖外门。就像威尔考克斯曾经说过的那样，那地方的方位是完全错误的。因为在这里无法确定大海和地面是否水平，所有事物的相对位置如变化莫测的幻影一般!

布里登推了推好几个地方的石头，都毫无结果。多诺万仔细地揣摩着门的边缘，边走边按各个凸起的石桩。他顺着这巨大的石头模型无止境地攀爬着——若不是因为所有事物都在水平面之下，则可以称之为攀爬。大家都想知道宇宙之中怎么会有如此之大的一扇门呢！渐渐地，慢慢地，这以亩计量的巨大门楣在顶部开始向内移动了，然后又恢复了平衡。

多诺万或是滑下来，或是被推下来，他回到同伴们的身旁，看到这骇人的巨型石雕门开始奇怪地往后面移动。在棱柱失真的幻象当中，那门沿着一条奇异的对角线的方向移动，这样一来所有的物质和角度规则都颠倒了。

门缝里一片漆黑就像是充斥着有形物质一样。这里的漆黑可真算是个优点，它模糊了里面本该显现的墙壁。实际上是这漆黑像被长期禁束、等待喷发的浓烟一样。当这烟雾挥舞着膜状的翅膀逃离了束缚冲向萎缩拱起的天空时，太阳被遮盖得了无影踪。从另一深处飘来的气味太让人无法忍受了，最后，听觉敏锐的霍金斯称他听见门内深处传来了一阵令人厌恶的喷溅声。大家都不禁侧耳倾听，正当听得正入神时，一个怪物已经挪动着笨重的身体出现在众人眼前。它拖着庞大的绿色凝胶状身躯，摸索着挤过那道黑漆漆的门廊，瞬时，到处都笼罩在一片被疯狂之城所污染了的毒气之中。

写到这里时，可怜的约翰森几乎要停下来了。他手下共有6名船员没能返回“警备号”，其中两名纯属是在那一瞬间受惊吓而丧命的。这东西简直无法描述——没有语言可以描述那充满尖叫和远古疯狂的深渊；没有语言可以描述出所有物质、力量和宇宙秩序的怪异矛盾。那怪物就像一座小山般蹒跚而来了。上帝啊！地球上一个伟大的建筑师突然发疯，可怜的威尔考克斯在心灵感应的一瞬间头脑发热，这多不可思议啊！那个被信徒们崇拜的东西，一个由星星聚集而成的绿色黏稠状怪物已经苏醒并即将重掌世界。星星又一次以正确的方式为它排列，有意助它成功的信徒们失败了，一群无知的水手却无意促成了这桩大业。很多年很多年以后，伟大的邪神克苏鲁将再次重获自由，肆意地掳掠世界。

三个人还未来得及转身就已经被那松弛的爪子给掳到一边去了，如果宇宙中真的有安息地一说，那么上帝肯定会让他们安息。他们是多诺万、圭雷拉和艾格斯特朗。帕克滑倒在地，其他两人疯狂地扎进无尽的绿色地壳岩石上，踉踉跄跄地滚到船上。约翰森还信誓旦旦地说自己被石头的一个角撞到，那块石头本不应该在那儿，而且它的角很尖锐，可看上去却很钝。所以只有布里登和约翰森到达了小船，他们拼命地拖拉着“警备号”，就在这时，那个形似小山般的怪物“砰”地一声摔落在了黏糊糊的石头上，它在片刻犹豫之后，就开始在水边笨拙地扑腾起来。

尽管全部人都已经离开船上了岸，蒸汽发动机并未完全熄火。正是涡轮和引擎间那一阵狂热的上下滚动发挥了效用，使“警备号”得以正常运行。慢慢地，扭曲的恐怖出现在难以形容的场景中，它开始在这片致命的水域里翻腾。在阴暗的岸边的石头上，怪物流淌着口水，嘴里说一些无法听懂的话，就好像独眼巨人波吕斐摩斯没完没了地诅咒着奥德修斯和他远去的舰队一般。传说中有名的赛克洛普斯也比不上克苏鲁有勇气，它顺顺溜溜潜入水里，挥动有力的四肢，激起层层翻滚的波浪。布里登望着身后，嘴里不时发出阵阵尖笑，直到一天晚上死神降临船舱，带走了处于疯狂状态的布里登，留下精神失常的约翰森在船上谵妄地来回徘徊。

但是约翰森还保存有一定体力，因为他知道，“警备号”若不全速前进定会被那个东西追赶上来。他决心要抓住最后一丝希望，调整发动机，然后光速般冲上甲板转动方向盘。“警备号”划过恶臭熏天的海水，搅起了强大的漩涡和无数白沫。趁着船越行越快，勇敢的挪威人掉转船头义无反顾地迎面冲向胶质怪物，这个怪物一直紧跟在“警备号”后面，好像是魔鬼大帆船的尾部。只见怪物那扭动着狰狞触角的乌贼头不断向前挪动，几乎要碰触到了坚固游艇的船首斜桅杆，约翰森依旧面不改色地向前行驶。紧接着，怪物如同囊状物般轰然爆裂，状如太阳鱼撕裂后那泥泞般龌龊，散发的恶臭犹如一千个坟墓同时打开，伴随着的巨响连编年史家也无法用笔记载。天啊！一瞬间，船被一团遮天蔽日的、散发着酸臭的绿色气体弄得肮脏不堪。只看见船尾似乎在毒液中沸腾——四处飘散的无名太空生命体呈星云状聚拢，重新组成之前那令人生厌的样子，随着“警备号”不断地获取动力越开越快，与怪物落下的距离也越来越远。

一切都结束了。之后的时间，约翰森整天都待在舰长室，面对那尊诡异的邪神雕像沉思，只给自己和身旁不停傻笑的疯子布里登准备了简单的食物。他在经历了这一次的海上历险后就再没驾驶过船舶，因为他的内心已经丢失了某种东西。紧接着是 4 月 2 日发生的大风暴，似乎乌云不仅遮盖了天空，也紧紧围绕在他的意识四周。当天，仿佛妖魔鬼怪们都在清澈的无限深渊里回旋；仿佛经历了一场眩晕之旅，乘坐在彗星的尾巴穿过喧闹宇宙；歇斯底里地从深渊猛扎到月球，又从月球猛扎回深渊；一切都在扭曲可笑的旧日支配者和长有蝙蝠翅膀的绿色小鬼的哄乱合唱中活跃起来。

在那场噩梦之后，约翰森经历了“韦记兰特号”的搭救，接着是代理海事法庭，达尼丁街道以及乘坐艾格伯格号回到老家的漫长旅程。他不能全盘托出整个事件——别人会认为他是疯子。他只能把自己知道的情况赶在死前写下来，还不能让妻子起疑心。若死亡可以抹去那可怕的记忆也算是得到恩惠了。

以上就是我看到的资料内容，现在它和那尊泥塑雕像、安吉尔教授的笔记放在一起。一并放入锡铁盒中的还有我自己的记录——一份我的头脑是否健全的检测报告，我希望再也不会往盒子里塞东西了。我已经目睹过全宇宙蕴含的所有恐怖，从那以后，即使是春日的天空和夏季的花朵在我眼中都是致命毒药。我知道自己时日不多，如今叔祖父走了，可怜的约翰森也走了，我很快也得追随他们的步伐。我知道太多的东西，而邪神依旧存在。

我猜测邪神克苏鲁仍然沉睡在石室中，那个自太阳还很年轻时就一直庇护着它的石室。受到诅咒的克苏鲁之城再一次沉入海底，“韦记兰特号”在四月风暴后碰巧从那里驶过，邪神的信徒们还在孤独的远方，围绕着顶端放置着克苏鲁雕像的巨型石块们，继续吼叫、跳跃和杀戮。克苏鲁肯定也在为自己陷落深渊而困扰，否则，世界定是另一番景象，它每到一处便会激起狂热而恐怖的尖叫声。天知道结局到底会是怎样！已升起的或将沉没，已沉没的或将升起。无尽深渊中的可憎之物在等待着梦境，岌岌可危的人类城市弥漫着腐朽。在劫难逃——我不愿去想，也不能去想！如果这份手稿比我活得更长，我的遗嘱执行人请一定将之小心保管，确保不会再有他人看到。

黑暗中的低语

一

我很清楚地记得，直到整个故事的最后我都没有看到任何一幕真实的恐怖场景。我之所以对此事作出这样的猜测，完全归结于这件事情给我带来的强烈心理冲击与无法比拟的精神震撼，我只有这样做才能逃避最后这段经历中隐含的事实真相。而这种猜测也正是我的救命稻草。

那晚我从偏僻的埃克利农场疯狂地跑出来，驾驶着从路边抢来的一辆汽车，在佛蒙特州荒凉的山野林间一路飞驰。尽管我也曾经听过并见过一些阴森晦涩、玄奥莫测的东西，尽管我也承认那些东西确实在我脑海里留下了栩栩如生的画面，但是，哪怕是现在的我也无法去判断自己对此事作出的那种骇人听闻的推断是否正确。毕竟单凭埃克利失踪一事根本无法证明什么。除了室内外墙壁上留下的弹孔，人们并没有在他住的房子里面发现其他证据。就好像他只是临时到山间闲逛，至今还没有回来，甚至没有一丝迹象表明那里曾经有其他人来过，也没有任何痕迹显示在他的书房里曾经存放着某些恐怖的圆缸和古怪的机器。而他对于那些紧紧簇拥的葱翠群山，以及山间淙淙流淌的溪流，这一片他出生并成长的土地所表现出来的异常的恐惧，也同样说明不了任何问题——世界上有成千上万的人都会出现这种病态的恐惧。而且，这些怪癖也极易被人用来解释他在最后那段时间里所表现出的古怪行为与极度恐惧。

对我而言，整个事情始于1927年11月3日佛蒙特州那场史无前例的洪水。那时的我和现在一样，是马萨诸塞州亚卡汉姆镇密斯卡塔尼克大学的一个文学讲师，同时也是一名热衷研究流传于新英格兰民间传说的业余爱好者。在那场洪水后不久，报纸上全是一些关于灾区的艰苦以及有组织的救援活动之类的报道，还有一些是关于发现了古怪之物的，说是在一些汹涌的河面上发现了怪异的漂浮物。为此，我的很多朋友出于好奇，开始对此事讨论了起来，并询问我一些关于这方面的问题。我很高兴自己关于民间传说的研究得到了他们的重视，同时也竭尽所能地去贬低那些过于荒谬且不明确的说法，很明显，那些离谱的说法源自那些流传于偏远地区的古老迷信传说。在对此事的讨论中，我发现有好几个受过高等教育的人竟然坚信，在那些传闻之下很可能掩藏着某些隐晦的、扭曲的事实真相，这让我觉得很可笑。

不过，这样一来，那些传说倒是吸引了我的注意。它们大多都来自新闻剪报上的报道。不过也有一个奇谈是从口头传到我耳朵里的。我一个朋友的母亲就住在佛蒙特州的哈德威克镇上，在她给我朋友的来信中多次提到了一件怪事，怪事似乎在三个不同的区域都出现过，其中一例发生在蒙彼利埃附近的威努斯基河；另一例则发生在纽芬那边流经温德姆郡的西河；还有一例发生在以林顿维尔上方加勒多尼亚郡中的、以濒帕苏姆西克河为中心的那片水域。尽管如此，在流传的几个版本里，关于这件怪事的描述都大致相同。当然还有一些说法也提到了一些零零散散的现象，但通过分析，它们似乎都可以直接归结到以上三例中去。在每一例事件中，村民都声称看到在洪水里出现了一个或是几个怪异得令人不安的物体，而洪水都是从人迹罕至的山谷中奔涌出来的。村民们将看到的这些怪异的东西与一连串几乎已被人们遗忘的隐晦传说联系了起来。这些隐晦传说都是从老一辈那里挖掘出来的，在这种情况下，又流传开来了。

那些村民认为他们看到的都是一些长有器官的生物，不过与他们以往所见过的任何生物都完全不同。这其实是很自然的现象，在大洪水后的那一段悲惨日子里，有许多人类的尸体被洪流挟带着冲向下游；但是村民们却很肯定他们所看到的东西绝非人类的尸体，虽然从尺寸大小和外观轮廓上的确与人类的身体有相似之处。甚至还有目击者称，那些东西也绝不会是佛蒙特州境内已知的任何种类的动物。在这些人的描述中，那些东西身体上有一层外壳，呈粉红色，大约有 5 英尺长。背部生有一对很大的鳍或是类似于膜状双翼一样的器官和几对铰接式的肢体。而在本该是头部的位置上，却长着一个结构复杂的椭球体，上面覆盖着大量短小的须。在这些不同来源的报告

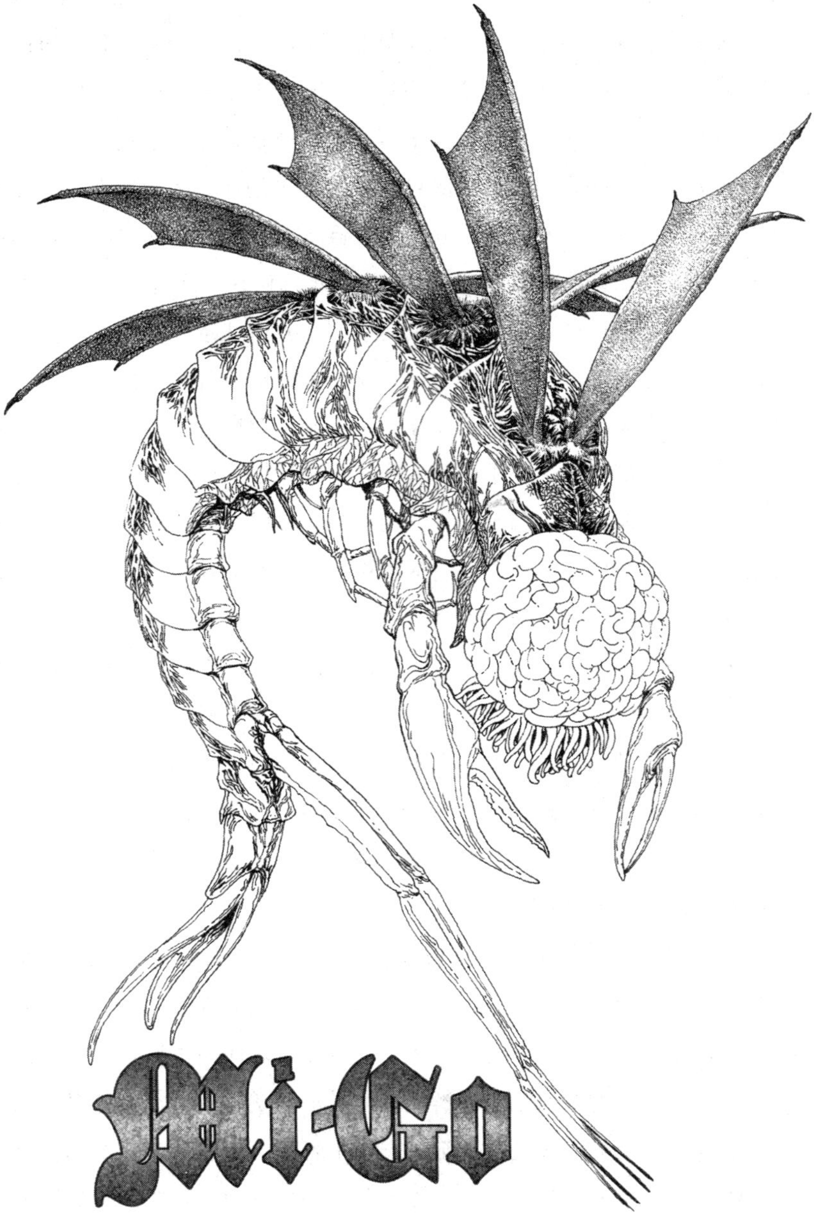
Mi-Go

中，竟然出现了如此一致的描述，的确很不平常，令人惊讶不已。在这一段时间，这一片山区都流传着同样的古老传说，而这些古老传说中的生动画面很可能会令相关的目击者产生更为生动的想象，所以在描述中会出现相仿的想象与实体交织在一起。基于这一事实，让我对此事不再感到那么惊异。于是，我给出了这样的结论：在每一件类似的事例中，居住在偏远地区的那些未受过教育、头脑简单的村民们在洪流中所看到的只是被水泡得已经肿胀起来的、残缺不全的人类或是农场动物的尸体；这些愚昧无知的村民却任由头脑中那些模糊不清的民间传说为那些浸泡在水中的尸体强加上一些怪异的因素。

这个古老的民间传说极为阴郁，有些地方甚至闪烁其词，其中大部分内容早已被现代人遗忘了。不过，中间的一些东西显得特别异常，显然可以看出它们受到过某些更为古老的印第安传说的影响。我从未去过佛蒙特州，但是我读过伊莱·达文波特留下来的那本极其珍贵的著作，通过著作中所述的一些文字，我对这个民间传说了解得并不少。在那本著作里，伊莱·达文波特记载下了1839年以前他从这个州里最年老的本地人口中得到的一些描述。而且，这些记述与我从新罕布什尔州的群山之中的上了年纪的老人那里亲耳听到的传说也很相像。简单地说，这个民间传说暗示有一种隐匿着的可怕生物种族潜伏在那些遥远的群山之中——在那最高峰顶的密林深处，在那些不知源自何处的溪流冲击而形成的阴暗山谷之中。

很少有人类能瞥见这些生物，但总有极为少数的人们声称这类生物确实存在。在人迹罕至的山林之中，或是某些连狼群都会回避的悬崖峭壁之下的峡谷之中，曾发现它们存在的证据：在林间溪边的泥地里或是荒芜贫瘠的干土上留下了怪异脚印或是爪印；一些用石头堆砌而成的环形怪圈，石圈四周的野草已被踩踏殆尽。那些怪异的东西看起来并不像本来就存在于此，从形状上来看它们也不像是自然天成的。另外，深山中还存在一些深不可测的洞穴，洞穴的出口被巨大的岩石堵住。依照洞口的情形来看，绝非天然。在这些洞穴入口处也发现了奇怪的脚印进进出出，数量远远比在其他地方发现的要多——如果人们对那些脚印的指向判断正确的话。最为可怕的是，那些冒险来到这深山老林里的人曾经看到过那些东西——在日暮黄昏之时，在最偏远的山谷之中，或在那些超出普通人攀登极限的峭壁上的密林之中看到过它们。当然，这种情况实在罕见。

如果村民们对这种生物的零散描述并不是那么众口一词，也不会给人带来极为不安的怪异感觉。可事实就是如此，几乎所有的传言都有很多相似点。所有的描述都对这种生物作出了这样的断言：体型巨大，身上呈浅红色，是一种蟹类生物；生有几对对足，背部中央的位置生出像蝙蝠一样的双翼；有时候，它们用所有的对足行走；有些时候只用最后的一对对足前行，其他的对足用来搬运一些不知是什么的大型物件。曾经有一次，有人竟然看到大量的此类生物聚集在一起，数目可观。遇到林地间的水流时，它们分队行动，从浅水处涉水而行。每三只一起并肩而行，俨然像是受过训练的士兵。还有一次，有人看到其中的一只正在飞行——在夜空下，从一个孤寂的、光秃秃的山头起飞，扇动着翅膀。在那一刻，圆月的光辉勾勒出它身体的巨大轮廓。随后，它便消失在夜空之中。

基本上，这些生物看起来很满足于现在的生活，并没有打扰人类。但是有些时候，它们可能与那些胆大冒险者的失踪事件有很大关联，尤其是当人们把房子修建在靠近某些山谷，或者是某座大山的深处时。很多当地村民已经意识到在这里安家是很不明智的做法。在当地，这种感觉已经延续了很长一段时间。不过，当地的人们却早已遗忘这种感觉到底源自何处。即使当地的村民已无法确切记起在那些低矮的绿色山间沟壑之中，到底有多少村民消失不见，又有多少农舍被焚毁化为灰烬，他们还是会战栗着抬起头，恐惧地望向邻近不远处的山峰绝壁和山间悬崖。

根据最早期的传说描述，这些生物似乎只会伤害那些贸然闯入它们隐秘居住地的人类。但后期的传说中则提到这些生物对人类有很强烈的好奇心，它们曾试图在人类世界建立秘密前哨。有一些记载中还描述到有人一早醒来发现窗户旁边有奇怪的爪印；另一些则记载了在一些明显不属于这些生物居住的地方，偶尔也发生过一两件同一性质的失踪事件。此外，还有些故事描述：有少数孤身走在深山密林中的小路和车道上的行人曾经听到某些生物模仿人类语言向人类寻求帮助，这让他们感到无比惊异；还有一些住在原始森林山脚下的人家里，在院子里玩耍的小孩常会被一些他们听到的声音或是看到的怪物吓得惊慌失措、魂不附体。这些传说一直流传着，直到它们逐渐被人们当作是一种迷信，与所发生的那些可怕的地方渐渐脱离了关系。有些记载中竟然还涉及一些隐居在深山之中的隐士以及生活在偏远山区的村民。据说这些人好像在生活中的某一段时期会经历一次思想灵魂上的巨大转变，这种转变让人感到一种说不出来的厌恶之情。身边的人刻意地避开他们，不再和他们交往，会窃窃私语地谈论着他们古怪的言行，四处流传着这样的谣言：这些普通人把自己出卖给了那些古怪的生物。大约在1800年，东北地区的一个郡里，人们开始指责一些行为古怪且被当地人排斥的隐居者，控诉他们正在慢慢被那些让人憎恶的异类生物同化，或是已成为那些异类生物的傀儡。这种控诉行为在那段时期愈演愈烈，竟然演变成一种普遍的现象。

至于那些东西到底是什么，答案也是各式各样。它们普遍地被人们称作“那些东西”或是“古怪的东西”，在各个地方某一短期时间内也出现过其他的叫法。数量众多的清教徒居民则直接把它们看作是魔鬼的使者，并推测它们就是那些令人畏惧的鬼神之说的根源。那些继承并一直保留着凯尔特传说的人们是一少部分居住在新罕布什尔州的英格兰移民的后裔，他们在获得了总督温特沃思的殖民许可后一直定居在佛蒙特州；他们在潜意识里总是会把那些古怪的生物与邪恶的妖魔，以及生活在泥沼之中的矮小人类联系在一起；他们靠着世世代代留传下来的一些零星的咒语保护自己不受侵害。然而，最为离奇的是印第安人关于这些东西的看法。尽管印第安人不同的部落中流传着不一样的传说，但是在某些重要的方面各个部落的传说却是相似的：他们都一致认为那些古怪的生物并非属于人类所在的这颗星球。

在各式的传说中，最为生动的当属在彭纳库克人中流传的故事。故事中有这样的描述：一群生有双翼的生物自大熊星座中的行星而来，从天空降落到地球上的深山之中，并在山中开采矿产。它们要从这里寻找某种在其他星球都无法找到的石头。这群奇怪的生物并没有在这深山之中居住，只是留下了看守前哨，而它们会带着在山中寻找到的石头飞回自己位于北方的星球。除了受到迫近或窥探，它们一般不会伤害人类。山间的动物会主动避开它们，只是出自兽类本能的敌意，并不是因为害怕被它们捕食。传说称，这类生物无法以地球上的动物和其他东西为食，它们会从自己的星球上携带食物。人类千万不要去接近它们，有些时候总有一些年轻的猎人进山狩猎，之后就再也没有回来过；也不要去倾听它们在深夜的林间窃窃私语，那是一种嗡嗡声，就像是蜜蜂试着模仿人类的声音。这种生物懂得人类所有的语言——彭纳库克人、休伦人以及北美印第安五个部落所使用的易洛魁语系的所有语言。但它们似乎并没有属于它们自己的语言，或许它们并不需要。事实上，它们用头部来和同类交流，它们靠头部变幻出不同的颜色，表达想法。

所有与此相关的传说，不论是流传于白人之间的还是流传于印第安人部落之中的，偶尔会在短期内骤然流传于人群之中，不过到了19世纪时已渐渐地销声匿迹。而佛蒙特州人的生活方式已固定了下来——他们曾根据某个计划，把族人走过的路径和居住过的地方确定下来，并在此繁衍生息。可是，到底是怎样的恐惧致使他们作出了逃避的决定？知道这其中缘由的人越来越少，甚至就连这些人都记不清自己的族人曾经有过某种趋于逃避的恐惧。绝大多数人只是知道山中的某些区域非常危险，即没有生财之道，不能在那里居住，否则人生将会遭遇厄运。一般情况下，离那些地方越远越好。最终，风俗习惯和经济利益结合之下产生的传统逐渐在那些人们居住的土地上产生了极大的影响，深深印在人们心里。不管怎样，他们都不愿再走出自己那片安全的世界。那些经常出没在山林里的东西也被人们放弃了，这并不是有意识的行为，只是意外的结果。除非是在当地一些不常见的集体恐怖时期，不然也就只有那些大惊小怪的老祖母们，或是那些怀旧的90多岁的老人会念叨着那些生活在深山老林的生物；甚至就连这些老人们也承认那些生物已经习惯了在那里居住，既然人类已不再去打扰它们所处的领地，那么也不用再害怕它们的侵害。

事实上，在很早之前我就已经知晓此事。因为我在一些书中看到过与此相关的传说，在新罕布什尔州听到的某些民间故事中也对此有所提及。所以，当洪水泛滥期间开始流传起那些谣言时，我很容易地就能猜到这些荒诞不经的传闻是从什么样的虚构想象背景之中衍生出来的。我费了很大的精力向朋友们解释，可还是有人对此产生异议，仍然坚持那些新闻报道中存在着一小部分合理的成分，我也只能对此一笑了之。这些执拗的人指出：那些早期的传说已经流传了相当长的一段时间，并且这些传说中都存在着某些一致的地方；另外，佛蒙特州的那些深山并没有被勘查过，谁也不能武断地去说那里有什么居住着，或是断定根本没有东西在里面，这样的结论并不明智。我告诉他们所有的这些传说都是人类早期阶段创作出来的天马行空的经历，这种经历会产生同一种类型的幻想，它们使用的是一个众所周知的、对绝大多数人都适用的固定模式。即使如此，他们仍然还是坚持已见。

我想说服这些顽固不化的朋友们，那些佛蒙特州传说虽然与那些普遍存在的，把自然现象人物化的传说有些许差别，但从本质上来看并没有什么不同。接着，我试着以传说中的描述来论证我的观点：在那些远古传说中，世界里充斥着半人半羊的怪物、树妖以及半人半兽的萨特[①]；希腊近代传说中也描绘了邪恶的卡里坎若里亚妖精[②]；在威尔士和爱尔兰的荒野中出现了某种身材矮小、极为怪异且可怕的异类种族，它们在地下掘洞并穴居于地下。但是，我所说的这些对他们都没用。于是，我又指出尼泊尔的山地部落中也流传着一些与佛蒙特州传说极为相似的东西，在那些传说中，令人畏惧的米·戈或是原始雪人还潜伏在喜马拉雅山顶的岩石和冰山中。可事实证明，这对于他们来说也同样无济于事。当我以此为论据时，反对者们却反过来借用它作为他们辩驳的实例，声称这肯定暗示了那些古老的传说中的某些方面确有其事，也表明了在人类出现之前地球上确实存在着某些古老怪异的种族，它们在人类出现并处于支配地位之后不得不隐匿起来了。不过，可以想象得到，这些幸存于世的生物数量虽少，但在后来的时期内仍然还存在，甚至到现在可能依然存活于世。

我越是觉得这些说法很可笑，我的那些朋友就越是坚持他们的看法。此外，最近的这些报道并没有古老传说的背景，在这种情形下，报道的文字描述竟然能如此清晰、一致和具体，而且以一种趋于平淡并没有夹杂个人感情色彩的方式叙述事件的经过，单从这些来看也绝不容小觑。其中，有两三个狂热的极端主义者越说越远，他们提到了那些流传于印第安人之中的古老传说，并认为这些传说暗示了那些隐匿起来的生物并非地球上的物种。他们还引用了查尔斯·福特[③]所著的荒诞不经的书籍里的句子——“总会有一些来自其他世界以及外太空的时空旅行者会经常造访地球”来证明自己的观点。不过，他们当中的绝大多数还仅仅只是些浪漫主义者。他们正试图为把亚瑟·梅琴[④]出色的恐怖小说中所塑造出来的那些具有奇异智慧，潜伏着的“小人”转移到现实的世界中来。

---

①萨特（Satyrs）：希腊及罗马神话中半人半兽的森林之神。——编者注

②原文为 kallikanzarai，但疑似 kallikantzaroi，希腊民间传说中一类坏心肠的小妖精。——编者注

③查尔斯·福特：美国作家，著有《说谎：你所不知道的一切》。——编者注

④亚瑟·梅琴（1863—1947 年），威尔士作家，主要从事恐怖、幻想和超自然方面的写作。——编者注

二

在这种情形下，这场激烈争论最后终于以往来书信的形式出现在了《亚卡汉姆商报》上；其中的一小部分还被佛蒙特州那些传出过此类传闻的地区的报纸转载了过去。《拉特兰先驱报》从争论双方的书信中摘录了一部分内容，以半个版面的形式刊登了出来。而《伯瑞特波罗改革家报》则完全转载了我其中一篇关于历史和传说学的摘要，并在“庞德伏特”思想专栏里附上了一些与此相关的评论，支持我的结论。到了1928年的春天，我几乎已经成了佛蒙特州家喻户晓的人物，尽管之前我从未去过那儿。也正是在那一段时间，我收到了亨利·埃克利寄来的一封有争议的信。这封信给我留下了极为深刻的印象，他向我描述了一个迷人的地方：那里群山簇拥、绿崖险立、溪水淙淙、树木葱郁。如此美丽的景色让我深深地陶醉了，并开始对这片土地着迷——这是第一次，也是最后一次。

我对亨利·温特沃思·埃克利的了解绝大多数都来自信件——与他的邻居交流的信件，以及在我住进他那栋偏僻农舍之后与他来自加利福尼亚的儿子互通的信件。通过这些信件，我了解到：他的家族在当地历史悠久，而且相当有名望。他属于这个家族中辈分最低的一代。这个家族中曾经出过法官、行政官员以及温文尔雅的农场主。然而，到他这一代时，家族的重心已经从实际事务转向纯学术性的研究；他曾经是佛蒙特州州立大学里一个相当出名的学者，在数学、天文学、生物学、人类学以及民俗学等方面颇有建树。我之前从未听说过他，在与他的交流中他也从没有和我说过他的个人情况。但是，从一开始，我就感觉到他是个很有教养、智商很高、富有个性的人，他喜欢独处，对世俗之事知晓不多。

尽管埃克利在信中所说的一切令人难以置信，但很快我对他所说的一切极为重视。之前，我从未这样严肃地对待过其他反对者提出的观点。一方面，他确实近距离地接触过那些异象——亲眼见过，也亲手触摸过，并对此作出了一些荒诞离奇的猜测；另一方面，他能像一个真正从事自然科学的人那样，暂且把自己的推断放在一边等待论证，这着实令我感到惊讶。他没有一上来就把个人对此事的偏好提出来，而是用确凿证据一步步进行推论。当然，我还是会考虑他在推论中出现的错误，但是他所犯下的高智商错误仍然值得肯定。看完信之后，我并没有像他的朋友们那样将他对郁郁葱葱的群山所产生的想法和恐惧归因于他的精神错乱。我能感觉到在他的身上发生过很多事情；也能肯定他所说的一切都来自一些值得调查的奇异情形，不过这些情形应该和他推测出来的那些不可思议的说法没有什么关系。过了些时候，我收到了他寄来的一些实物证据。正是这些实物，将整件事推置到一个与我之前推测完全不同，并且让我极度困惑的怪异层面之上。

我认为最好还是尽可能地把埃克利的信件完全誊抄下来，好让读者更清楚地了解所有的情形。在埃克利的这封长信中，他大致介绍了自己遇到的情况。这封信在我的思想发展中是一个意义重大的里程碑。此刻，这封信已经不在我这里了，但是，我能记住信中的每一个字。在这里，我要重申一遍：我坚信写下这封信的人心智健全。下面就是这封信的内容——我收到信时，看见信纸上面写满了难以辨认的潦草古体字迹，显然写这封信的人一直在静心地做学问，很少涉入学术以外的世界中。

乡村免费邮递 #2

汤恩森德，温德姆郡，佛蒙特州

1928 年 5 月 5 日

阿尔伯特 · N. 威尔马斯先生 索顿斯托尔大街 118 号

亚卡汉姆，马萨诸塞州

尊敬的先生：

我怀着极大的兴趣阅读了《伯瑞特波罗改革家报》（1928 年 4 月 23 日那一期）上刊登的您的那封信。在信里，您谈论了您对于最近一些关于去年秋天洪水泛滥之时，在水面上发现的奇怪的漂浮物的故事，以及对那些与此相吻合的奇异民间传说的一些看法。从您的看法之中，可以很容易理解一个局外人为何会站在您这样的立场上来看待此事，也不难理解“庞德伏特专栏”为何也会支持您。佛蒙特州内外所有受过教育的人一般都会对此事持有这样的看法。这也是我年轻时（我现在已经 57 岁了）还没进行那些研究之前的看法。但是，后来我开始进行广泛地研究调查，而且也开始钻研达文波特的一些书籍。正是在那些书籍的引导之下，我对这附近的一些人迹罕至的深山进行了探测，从而改变了当初的想法。我以从那些愚昧无知的年老村民那里听来的奇怪传说为出发点对它们进行研究，但现在我真的希望自己从来就没有涉足过这整件事情。

在面对这个人类学及民俗学的主题时，我可以稍作谦虚地说，我对这些略知一二。我曾在大学里对类似的主题进行过大量相关的研究，也熟知这一领域绝大多数的权威专家，如泰勒、卢布克、弗雷泽、卡·特勒法热、默里、奥斯本、基思、G. 艾略特·史密斯，等等。另外，那些与人类一样古老的隐匿种族的传说对于我来说也并不少见。我已经读过了您被刊登在报纸上的信，也浏览过那些《拉特兰先驱报》上对您的观点深表赞同的一些看法。所以，我想我应该能猜出目前您对此事的辩论正停留在哪个阶段。

但是，现在我想说的是：尽管从目前所有的推理来看，您的看法似乎是正确的；不过，对于此事，您的辩论对手恐怕要比您更接近事实真相，甚至可能连他们自己都没有意识到他们所说的几乎就是事实真相。当然，他们仅仅只停留在理论层面上，而且他们也并不知道那些我所了解的详情。如果对于此事，我只是和他们一样只了解一些皮毛的话，我觉得相信他们所说的那些看法也是合乎情理的，但我完全站在您这边。您看，对于此事我现在还是没能直截了当地说出重点来，也许是因为我真的害怕去谈论这件事情。但是，我确实想告诉您的是，我有一些确凿的证据可以证明在那些人迹罕至的深山老林中，住着那些可怕的生物。我并没有亲眼看到那些报道中所说的漂浮在水面上的怪异东西，但是我曾经在一些情形下见过类似于那样的东西，到现在我都害怕再提起见过它们的那些地方。我还曾见过它们留下的脚印，甚至直到最近，我还在我住的房屋周围见过这些脚印（我住在汤恩森德村南边埃克利家族的旧居，就在黑山的旁边），那些脚印距离我住处很近，我现在想起都心惊胆战不敢再多提。我也曾无意中听到从山间深处传出来的一些诡异的声音，我不愿在纸上用笔把这种声音再描述出来。

在一个地方，我听到过很密集的这类声音。于是，我就拿着一台带录音设备的留声机录了下来，我会请您来听一听我录下的这些声音。我也曾专门找到一些住在这里的老人，并用机器在他们面前播放过这些声音，其中有一个声音将他们吓得四肢僵硬、瘫倒在地。因为他们听到的那个声音（达文波特曾在书里提到的密林里传出的“嗡嗡”声）跟他们的祖母那一辈人提到过并且模仿过的声音一模一样。我知道，当一个男人说他听到了一些奇怪的声音时，大多数人会用怎样的眼光来看待。但请您在下结论之前先听一听我录下的这些声音，并且去问问那些住在偏远地区的，上了年纪的村民们对这些声音又是什么反应。如果您还是认为此事没有什么奇异古怪，完全是正常的，那也只好如此。但是，在这些背后绝对隐藏着一些东西。毕竟无风不会起浪，您也知道的。

我现在给您写这封信的目的并不是要和您展开一场辩论，而是要告诉您一些关于此事的信息，我想像您这样有品位的人都会对这些信息感兴趣的。这些事情，我只会在私下里和您交流。到了公开的场合，我还是会支持您的观点。因为就此事而论，我明白还是不要让人们知道得太多为好。我现在对此事的调查研究完全是在私下里进行的，极为隐秘，我也不想说出一些事情来吸引公众的注意力并导致他们争相寻访我曾经发现过的那个地方。那些非人类的生物一直在注视着我们的一举一动，在人群之中还有一些它们的间谍在收集信息！这是真的，千真万确。这些，我都是从一个不幸的家伙那里听来的，如果他精神还是正常的（我想他之前是神智健全的），他也是那些间谍中的一员。从他那里，我得到了大部分关于此事的线索。后来，他自杀了。不过，我相信现在肯定还有其他和他一样的间谍混杂在我们之中。

那些古怪的生物来自另一个星球，能够在宇宙空间里存活下来。它们凭借那对显得笨拙却强有力的翅膀在星际之间飞行。它们的双翼极其结实，能以某种方式抵抗住太空中的气流，得以飞行。不过，到达地球之后，双翼在掌控方向的过程中太过笨拙，反而没有多大的用处了。如果看到这里，您还没有把我当成一个疯子，懒得加以理睬的话，我以后再和您继续谈下去。

这些生物来到地球是为了寻找深埋在深山之下的矿藏，这种矿藏包含一种金属，这金属正是它们想要的东西；而且我想我已经弄清楚了矿藏是从哪儿来的。如果我们不去理会它们，它们也不会伤害人类，但是如果我们太过好奇的话，就没有人知道将来会发生些什么事情。当然，一支完整武装的人类军队就可以把它们的矿藏给全部摧毁掉。正是因为如此，它们才会有所顾虑。不过，如果我们真的这样做了，就会有更多的这种古怪生物从宇宙飞到地球上来。它们能很轻易地征服我们的地球，但到目前为止它们还没这么做过，因为没必要这么做。它们宁愿让一切顺其自然，免得招来不必要的麻烦。

我想它们可能会杀死我，因为我发现了一些不该发现的东西。我在东边圆顶山的深林里发现了一块黑色岩石，石头上面还有一些难以辨认的象形符号，有一半已经被磨蚀得看不太清。我把它搬回了家。从此，所有的事情都和以前不同了。因为我对它们的事情知道得太多，我琢磨着它们很有可能会杀掉我，或者把我带到它们的星球。它们偶尔会把一些知识渊博的人类带走，以便了解人类世界的种种。

接下来，我要说给您写这封信的第二个目的。那就是，我想劝您停止对此事的辩论，不要再公开地发表您的一些看法引发公众对此事的关注。人类绝对不能靠近那些深山，正因为如此，您才要停止公开辩论以免让人们对此事越来越好奇，直到最后一发不可收拾。如今在佛蒙特州里挤满了推销商和房地产商，成群结队的夏日观光客也出现在佛蒙特州荒原之上的各个角落，各处的山上出现了不少做工简陋的木屋提供给观光客们居住。总之，依照如此情形，天才知道现在是不是已经处于危险的边缘。对于此事，我很期待与您进行更进一步的交流沟通。如果您愿意，我会尽快将我录的声音与那块黑色石头快递给您（石头上面的字迹图案已被磨损得太厉害，用照片显示并不清楚）。

我刚刚说会把东西寄给您，是因为我察觉到那些怪异的生物会用某种方式来干涉我住处附近的事情。在村子附近的一座农场里，有一个名叫布朗的家伙，他总是闷不言语，行为又有些鬼鬼祟祟，我猜想他应该是那些生物安插在这一带的间谍。它们正在试图逐渐切断我和外界的联系，因为我对它们的世界已经知道得太多了。它们总有些令人惊异的办法查出我都干了些什么。您甚至有可能看不到这封信。如果这种情况继续恶化下去，我想我会离开这片地区，搬到加利福尼亚的圣地亚哥去和我的儿子一起生活。不过，要离开这片生我养我的土地，这片我家族在此生活了六代之久的土地实在不是一件容易的事情。况且，现在那些生物已经注意到了我这里，我也不敢再把这栋房子卖给其他人。它们正试图把那块黑色的石头夺回去，并且想毁掉我录好的唱片。不过，如果我有其他方法，就绝不会让它们得逞。我在这里养了几只警犬，这些凶猛的犬类能吓退它们，因为现在那些古怪生物的数量还不是很多，而且它们的移动都很笨拙缓慢。之前我说过，它们的双翼在地球上进行短距离飞行并没有多大的用处。

近期我一直在试着用一种极为可怕的方法去破译那块黑石上面的符号，很快就能得出结果。您在民间传说方面的知识储备应该对我很有用处，能为我提供充足的信息弥补我遗漏的环节。我想，您应该很清楚那些人类出现在地球上之前就已经存在的恐怖的远古传说——《死灵之书》里面提到过的关于犹格·索托斯和克苏鲁的那些传说。我曾经弄到过这本书的复印本，听说您手上有一本，正妥善收藏在你们大学的图书馆里。

最后，威尔马斯先生，我想如果我们能合作，凭借着我们各自对此事的探索研究应该会对彼此都带来很大的帮助。但是，我实在不希望让您陷入任何危险的境地，所以我想说，拿到那块黑色石头和我录制的唱片之后，您的处境将会变得危险；不过，我想您会发现这些东西能提供给您的信息是值得您去冒任何风险的。如果您还需要什么，我会开车到纽芬或伯瑞特波罗去邮寄给您，因为那个地方的快递收发服务处更值得我信任。我现在是一个人孤单地生活，我根本没有办法雇佣仆人。那些古怪的生物一到了深夜就试图接近这座房子，每当这时我门外的那些警犬总是会不停地狂吠起来，所以根本就没有人愿意住在这里。当我妻子还在人世时，我并没有深陷于此事，不然她很可能会被吓疯的，这一点让我深感欣慰。

希望我的这封信没有打扰到您，也希望您在看完信后决定与我联系，而不是把这封信当成是一个疯子的胡言乱语而扔进废纸篓里不再理会。

你真诚的

亨利·W.埃克利

附：我把之前拍下的一些照片复印了几份出来。我想这些照片会有助于证明我在信中谈到的几件事情。那些上了年纪的老人认为这些照片真实得可怕。如果您对此感兴趣，我会尽快地寄给您。

我很难描述自己第一次看完这封奇怪来信后的波动情绪。这封信比以往那些平淡而可笑的怪谈更加夸张荒谬，通常情况下，我一定会嗤之以鼻；不过从这封信的字里行间所流露出来的某些东西却让我不得不用一种严肃的态度来看待。在经过了一番深思熟虑之后，我逐渐感觉到写这封信的人是神智健全的，也是极为真诚的，也能肯定他所提出的相异看法的确是基于某些真实的存在——这种存在是一种古怪离奇、不同寻常的现象，连他自己也只能通过幻想的方式来对此作出解释。我也觉得自己对这封信内容的肯定来得有些奇怪。我想，实际的情形可能和他想的并不一样。不过，从另一方面来说，这些事情也确实值得下功夫去研究。这个人似乎对于某些事情过分激动和惊恐了，但是我确实很难想象他会毫无缘由地如此激动和惊恐。他在某些方面描述得很详细，他的某些想法也是合乎逻辑、条理分明。毕竟，他的描述确实与某些古老传说、甚至是最疯狂的印第安传说吻合，这不得不使人为之困惑。

他在深山的林间无意中听到了令人烦扰的声音，并发现了那块他所提及的黑色石头，这些都极有可能真实存在。尽管他之后以此推论出了那些疯狂的想法——这些想法很可能是受到那个自称是星外生物的间谍，之后自杀了的家伙的言论影响后幻想出来的。这样就很容易推断出那个家伙肯定是疯了，但是他生前的一些违背常理的言论说法可能从表面上看还是有清晰的逻辑条理，而埃克利当时正好又在以民俗传说为基础研究类似的事情，所以就单纯地相信了那个疯子的言论。这样一来，事情渐渐发展成埃利克附近那些愚昧无知的村民也像他一样，以为有一些神秘的东西会在深夜时分把埃利克的房屋团团围住，以至于引起了狗群的吠声，所以没有人愿意来埃利克这里做事。

而关于他录的唱片，我只能相信他是通过他所说的那些方法录下来的。这声音一定代表着什么，可能是某种动物发出来的、很像是人类的语言，或者是某些隐匿于密林之中，只在夜晚出没的人类所发出的声音，这些人类可能在深山之间已经退化到一个比那些低级动物高不了多少的阶段。想到这里，我的思绪又回到了那块刻有象形符号的黑色石头上，并开始推测它可能蕴含的深意。接下来，我又想起了埃克利在信中提到他准备寄过来的照片，也就是那些令上了年纪的老人们深信不疑且惊恐万分的照片，上面到底是些什么东西呢？

我重新读了一遍那封用难以辨认的字体手写出来的信件，我突然有一种前所未有的感觉，那些与我持相异看法的反对者们在这件事情上猜测推论出来的东西可能比我所认为的要多得多！毕竟，即使传说里提到过的那些来自外来星球的异类种族并不存在，也可能会有某些古怪的、可能是世代畸形遗传的人类为逃避世人而隐居在那些人迹罕至的深山老林之中。如果是这样的话，那些漂浮在洪水中的怪异东西也不是完全地让人无法相信。以此推断出那些远古传说和最近的新闻报道的背后确实存在大量的真实情况，这种假想是不是太过狂妄冒失呢？即使我对此事还是存在着一些疑惑，但是亨利·埃克利的这封信所带来的奇异想法还是让我觉得有些惭愧。

最后，我还是以一种对此事感兴趣的亲切语气回复了埃克利的信，希望他能告诉我更多的具体细节。他很快就用邮件回复了我。他兑现了之前在信中的承诺，寄来一些用柯达胶片拍摄下来的场景和实物，用这种生动的画面来证实他之前在信中所描述的事情。当我把这些照片从信封里拿出来时，那些照片里的画面让我产生了一种极为古怪的恐惧感，就像是我在接近一些禁物一样。尽管照片中的影像大多都有些模糊，但是却很强烈地表现出它们都是真实存在的这一事实。这是那些东西所显见的、最为直观的视觉影像，这种影像的传递过程不会带有任何的偏见、谬误或是虚假，只有真实。

我越是盯着这些照片看，就越觉得之前对埃克利及他所描述的事情所作出的推论的评价并不正确。很显然，这些照片显示出一些确切的证据证明在佛蒙特州的深山之中确实存在着某些东西。这些东西的存在已经极大地超出了我们的理解范围，以及我们的普遍看法。其中最让人震撼的就是那些脚印——那张照片拍摄到了阳光之下的荒僻的山地上某一处泥地上的脚印。我一眼就能看出来，这绝对不是廉价的假照片；画面上的鹅卵石与草叶清晰分明，显现出正确的画面比例，这绝不可能是二次曝光这种小把戏所能形成的图像。我刚刚称照片中的印迹为“脚印”，但“爪印”这个词或许更为贴切。即使到现在，我仍然无法准确地描绘出这种印迹，只能说它非常像螃蟹留下的螯印，人们很难推测出这些印迹的去向。这脚印并不深，也不像是最近才留下的。它的尺寸似乎与正常人脚印的大小差不多。从脚印的中间部分看，一对对像是锯齿状的螯印延伸至相反的方向。如果这个东西只有这一种可以移动的身体器官，那么这种移动的方式确实令人感到困惑。

另一张照片很显然是在很深的暗影里长时间曝光拍摄下来的。画面是一个位于山林间的洞穴入口，一颗巨大的、滚圆的鹅卵石正好堵塞在洞口。在洞口前面光秃秃的地面上，可以分辨出一些密集成网状的线路痕迹，当我用放大镜仔细观察这张照片时，我能不安地肯定这些线路痕迹中的印迹与上一张照片中的脚印极为相似。在第三张照片中，荒凉的山顶上有一处用石头堆砌着的圆环，像是德鲁伊教派中使用的那种圆环标志。这个神秘石环的四周，我却没有找到任何脚印，虽然石环附近地上的野草大多数都被踩踏过，甚至有些地方草已经被磨蚀光了。照片背景中那些极为遥远的地方显然是无人居住的山区，群山一直绵延到远方模糊不清的地平线。

但是，如果说在这些照片中最令人心存不安的是那些怪异的脚印，那么最让人觉得匪夷所思的则是那块在圆顶山林间发现的黑色石头。埃克利显然是在他的书桌上拍下了这块黑色的石头，因为我看到在石头后堆放着几排书籍以及弥尔顿的半身塑像。埃克利拍摄的是黑色石头不太规则的曲形面，石头宽约 1 英尺，高约 2 英尺；如果要对这个表面或是对整个物体的大概形状进行具体描述，任何人类的语言都显得苍白无力。我甚至都无从猜测它是依照哪种古怪的几何学原理进行切割的，只能确定这块石头绝非自然而成，而是有人为加工的痕迹。之前，从未有其他任何一样东西能让我感觉到如此怪异，这石头明显不属于我们这个世界。至于石头表面的象形符号，我只能辨认出其中的一小部分，其中的一两个符号让我为之一惊。这些字符很可能是伪造出来的，因为除了我之外肯定还有其他人也读过疯癫的阿拉伯人阿卜杜拉·阿尔哈萨德所著的那本可怕而又令人憎厌之极的《死灵之书》；虽然我心里这样想着，但那些象形文字仍令我惊恐地战栗起来，因为我认出了其中的某些表意文字，这让我将这些象形文字与那些最令人毛骨悚然、最为亵渎神明的一些传闻流言联系在了一起——关于一些早在地球和太阳系内其他星球诞生之前就已成形的某种东西的疯狂传说。

还有五张照片，其中三张是一些沼泽和深山的场景，好像这些地方曾有某些隐匿而危险的居民生活。另一张是一个留在空地上的奇怪记号，埃克利说他是在一天早上起床后发现它并拍摄下来的。头一天晚上，他养的那几条狗比以往咆哮得都要厉害，而第二天就发现了这个记号。记号很模糊，没有人能从中得出确定的结论。不过，它和那张拍摄于荒山之上的痕迹或是爪印一样，让人感觉到恶魔般的邪恶。最后一张照片是埃克利自己住的地方：一栋白色的两层小楼，还带着阁楼，看起来整齐干净。小楼大约有一个世纪的历史了，房前的绿色草坪修整得很漂亮，一条用石子镶砌的小路，通向一扇精致雕刻的乔治时代艺术风格的大门。草坪上有一个笑意盎然的男人，留着剪得很短的灰色胡子，身边蹲坐着几只大型的警犬。我猜这人应该就是埃克利自己，这照片也是他自己拍出来的——从他右手里捏着的那个连接着管子的球状按钮就能推断出来。

看完这些照片，我开始阅读那封最近才收到的冗长信件。接下来的三个小时里，我一直都沉浸在一个无法用语言表达出来的恐怖深渊之中。之前埃克利只在信中提到了一些大概，现在他在信中开始描述起那些地方的具体情形。他用较长的篇幅描述了那些他在夜里无意间听到的声音；黄昏时分他在山间密林中看到正在灌木丛中探头探脑的红色怪物；那个可怕的宇宙间的传说——他将自己丰富渊博的学识与那个自称是间谍，而后自杀了的疯子之间的对话结合起来，构成了这宇宙传说的来源。我发现自己面前充斥着某些我曾在其他地方耳闻过的名字和术语，而且它们都能和一些极为可怕的出处联系起来：犹格斯星、克苏鲁、撒托古亚、犹格·索托斯、拉莱耶、奈亚拉托提普、阿·撒托斯、哈斯塔、伊安、冷原、哈利湖、贝斯穆拉、黄色印记、利·莫里亚—卡斯洛斯、布朗以及马格南·克萨诺斯。我感觉自己被强行拖拽着，穿越亿万年的远古岁月以及无法想象的维度空间，回到了那古老的世界，那个世界里存在着一些从外星际来的异类实体，哪怕是《死灵之书》的作者也只能用一种极为隐晦的方式去猜测。我看到了那些原始生命生活的地方和从那里往下流淌的溪流。最后，那些溪流分流出来的无数细流，各自汇聚成一处，从此与地球的命运纠缠在一起，形成了海洋。

我的大脑开始高速运转起来。之前，我一直试图弄清事情的原委，而现在，我已经开始去相信那些最为反常、最难以置信的奇谈。一系列至关重要的证据堆积起来，繁多却又无可反驳，让人心生恨意。而埃克利冷静、科学的态度将那些源自精神错乱、狂热兴奋、歇斯底里，甚至狂妄推测的想象统统排斥在外，对我的想法和判断产生了极其深远的影响。当我看完信把它搁置一边后，我已经能够理解他内心的恐惧了，我决定尽自己最大的力量去阻止人们接近那片荒凉偏僻、阴郁沉沉的山林。即使是现在，时间已经磨蚀了我脑海里的印象，并且使我开始对自己的那些经历和可怕的想法心生疑虑，但我仍不会再去提起那些埃克利在信里描述的东西，甚至不会以文字的方式将其诉诸纸上。很难想象，当这封信、录着声音的唱片以及埃克利拍摄的照片都消失之后，我竟然感觉到了欣喜。现在我希望那颗远在海王星之外的新行星永远也不会被人类发现。至于这其中的缘由，我很快就会作出解释。

看完那封信之后，我彻底终止了关于佛蒙特州恐怖事物的公开辩论。对于那些反对者所提出来的观察，我已不再去回应或是答应推迟到以后再作应答。如此一来，关于此事的争论越来越少，直到最后慢慢地被人们遗忘。五月下旬及整个六月这段日子，我一直保持与埃克利通信。不过，偶尔会有一封信丢失，我们不得不重述我们的观点和想法，再试着花费大量的精力重写一封。总的来说，我们努力做的事情就是把那些晦涩的传说记载的、与此事有关的记录拿出来进行对比，找出佛蒙特州出现的恐怖事物和远古世界的传说之间的关联。

首先，我们已经差不多能确定这些怪异的东西和那些出现在喜马拉雅山脉里的、可怕的米·戈是同一种东西，是梦魇的化身。另外，我们还从动物学的角度出发做了一些非常有意思的推测。如果不是埃克利曾强调过不能向任何人透露我们之间的事情，我肯定会就这个问题向我的同事德克斯特教授请教了。就算我现在违背当初的承诺把这事情告诉了第三人，也是因为我认为在现阶段对佛蒙特州偏僻的深山发出警告比保持沉默更有益于公众的安全——同样，也要对那些越来越多打算去喜马拉雅山探险的人群发出警告。另外，我们正在谈论一件具体的事情，就是破译那块邪恶的黑色石头上的象形文字。这也许能使我们挖掘出在此之前无任何人知晓的、更多的、更有深度的秘密。

三

到了六月底，我收到了那张留声机唱片。因为不相信当地以北的陆运支线，埃克利从伯瑞特波罗通过水路把它寄了过来。他的心里早就产生了一种被窥探的感觉，后来因为我们之间时不时地会丢失一些信件，这种感觉就变得愈来愈强烈了。在信中，他还提到了某些人暗中进行的许多阴险活动，他认为这些人就是那群隐匿种族生物所利用的工具和傀儡。在这类人之中，他最为怀疑的就是那个乖戾阴沉的农民沃尔特·布朗——这个家伙一个人住在山腰上一处靠近密林的地方，那里荒芜一片、了无人烟。人们经常看见他漫无目的地在伯瑞特波罗、贝洛斯福尔斯、纽芬以及南伦敦德里各地的角落游手好闲，这个行为让人极其费解。

另外，埃克利确信，曾经有一次在某种场合下，他偶然听到了一段非常可怕的对话，而布朗的声音就出现在这对话之中。还有一次，埃克利在布朗的住处附近发现了一个脚印或是爪印，这带有极为邪恶的意义。因为这个脚印竟然很奇怪地就陈列在布朗自己脚印的旁边，并且是相对的方向。

所以，埃克利才驾驶着他的福特车穿过佛蒙特州荒凉的乡间小路到达伯瑞特波罗，从那里通过水运把录制的唱片邮寄给我。随着唱片一起寄来的还有一张纸，他在纸上写道：他现在已经开始害怕走那些乡间小路，除非是在阳光明亮的大白天，不然他都不敢去汤恩森德镇里购买日用品。他一遍又一遍地说，对这些事情知道得太多不会有什么好下场，除非远离那些寂然又可疑的深山，离得越远越好。他还说，打算最近就搬去加利福尼亚，和他儿子生活在一起，他不得不放弃这里——放弃一个留下了自己所有的记忆和对先辈们有深厚感情的地方。这并不是件很容易的事情。

我从学校行政处借来了机器，在把唱片放进去之前，我又翻看了埃克利寄来的所有信件，仔细查看了信件中对此事的描述。他告诉我，这张唱片是1915年5月1日凌晨一点左右时，他在一个入口被石头堵住的山洞口录下的。那个洞穴在黑山的西面山坡上，山脚下就是里斯沼泽区域。那里经常会出现奇怪的声音，正是这样，埃克利才会带着留声机和空白唱片，期待能从那个地方有所收获。以往的经验告诉他，五月前夕的那天晚上可能会比其他时间有更多的收获——据一些欧洲隐晦的传说中记载，那一天信魔者会聚集在一起举行半夜集会活动。果然，事实没有让人失望。不过，很显然，从那以后他再也没能在那个地方听到类似的声音。

与大多数在森林中听到的声音完全不同，刻录在这张唱片上的声音倒像是举行某种仪式时发出的声音，其中有一个很可能是人类的声音，但埃克利对此一直未能确定。那声音不是布朗的，似乎来自一个有良好教养的人。不过，唱片里的另一个声音才是这件事情的关键所在——那是一种邪恶的嗡嗡声，尽管那些语句都符合正规的英语语法，而且带着一板一眼的文化腔调，却与人类的声音毫无相似之处。

当时，埃克利用留声机在那里录音。在整个录音过程中，这些设备并不是一直工作得很顺利。那个位置也并不利于录音，因为他离那仪式的场地并不近，那些发出来的声音很低沉，听不大清楚；所以最后录到的一些能听清的声音都只是一些对话片段，相当零散。埃克利给了我一份根据录音整理出来的文本。在准备播放那些声音之前，我又重新看了一遍那份文本。从文本的内容来看，并没有直接地表现出令人惊骇的恐怖，而是透露出一种隐晦的诡秘。但是，一想到这份文本从何而来，又是怎么得到的，我便能从这些文字中感受到，甚至联想到更多文字以外的东西，从它的第一个字开始都渗透着骇人的恐怖。我在这里写下我所能记得的所有，我坚信自己能准确无误地把它复述下来，不仅仅因为我反复地嚼读了那些文本，而且一遍又一遍地去听了那些刻录下来的声音，我把那一切都记在了心里。那绝不是能迅速或轻易就忘掉的东西！

……（一些无法辨识的声音）

（一个文雅的男人声音）……是森林之王……以及冷原之人的礼物……从那黑暗之源到时空之渊，从那时空之渊到黑暗之源，对伟大的克苏鲁的颂扬、对撒托古亚的颂扬，以及对那未透露名讳的“他”的颂扬永远长存！对他们的颂扬永存，遍及黑山之羊。耶！莎布·尼古拉斯！那孕育着成千上万子民的黑山之羊！

（一个模仿着人类语言的嗡嗡声）耶！莎布·尼古拉斯！那孕育着成千上万子民的黑山之羊！

（人声）它已经穿过森林之王，正在……七步，九步，走下了黑色玛瑙铺砌而成的石阶……颂扬深渊之中的“他”，阿撒托斯，汝教会……吾等奇迹……用黑夜之翼穿越星际之外，穿越那……犹格斯是最年轻的幼子，独自在边沿处那黑色太空之中旋转起伏……

（嗡嗡声）……走出去吧，到人类世界中去，去找通往那里的道路。那里是深渊中的“他”希望知道的地方。奈亚拉托提普，伟大的信使啊，所有的一切都将会让你知晓！而“他”将会进入新的形体，以人类的姿态出现在众人面前，那蜡质的面具还有那掩藏一切的长袍，从七日之界降临人世，去俯视……

（人声）奈亚拉托提普，伟大的信使啊，穿越虚空之界为犹格斯带来异样的愉悦之人，无数蒙受福音者之父，阔步向前行于……

（声音戛然而止）

我一开始播放唱片就听到了这些古怪的词句，心里真正感觉到了一丝恐惧，不情愿地用手压下了留声机的支杆。唱针蓝宝石的针头发出刮擦声，唱片最开始是那个模糊不清而且断断续续的人声，这让我多少感觉到一点欣慰。那是一个淳厚且有教养的声音，听起来似乎略带着一点波士顿的口音，绝对不是佛蒙特州当地的村民。这微弱的声音让我急不可待，我好像从埃克利用心准备的文本上找到了这一部分的文字。当那个声音开始吟诵，用那醇厚的波士顿口音吟道：

“耶！莎布·尼古拉斯！那孕育着成千上万子民的黑山之羊！”

接下来，我听到了另一个声音。虽然我已经看了埃克利的所有文本，有了心理准备，但声音给我带来的震撼程度依然无以言述，直到此时此刻，我回顾起自己那时的震惊，仍然会止不住地颤抖起来。之后，我向其他人描述起这张唱片中的声音时，他们却作出这样的定论：那张唱片里只是一些低劣的欺骗和疯狂的元素，除此之外什么都没有。可是，他们亲耳听过那张该被诅咒的唱片吗？或是亲眼见过埃克利书写的大量信件吗？尤其是充斥着详细的恐惧描述的第二封信。如果他们听过那张唱片中记录的声音，如果他们见过那些信件中的内容，那么他们的想法就会完全改变。我终究还是没有违背对埃克利的保证——不把那张唱片播放给其他人听，而我们交流的那些信件也全部丢失，这些让我感到极其遗憾。了解事情的背景以及相关情形的我，在直接听到那些真实的声音时，感觉到了异常的恐惧。那个紧跟在人声之后响起的声音只是仪式中的应答，但在我的想象里，那仿佛就是一种从无法想象的地狱中发出的，穿越无法想象的时空隧道传到这里的让人战栗的回音。我最后一次播放那张亵渎神灵的唱盘是两年前的事了，即使如此，直到此刻，甚至是以往的每时每刻，我仍能听到那微弱、恶魔似的嗡嗡声，就像是那声音第一次传到我耳朵里一样。

“耶！莎布·尼古拉斯！那孕育着成千上万子民的黑山之羊！”

那声音一直在我耳边回响，我却一直无法将它详尽地分析出来并进行形象的描述。这声音就像是一只令人作呕的、发出嗡嗡声的巨大昆虫生硬地发出异族使用的清晰语言。而且，我能百分百确定发出这种声音的器官，与人类或是任何哺乳动物的发声器官没有任何的相似之处。那种声音的音色、音调的幅度和泛音音频，都相当怪异，它完全处在地球生物的声音范围之外。所以，第一次直接听到这种突兀的声音时，我几乎震惊了，茫然不知所措，感到阵阵晕眩，心不在焉地听完了后面部分。当播放到一长段嗡嗡声时，我才从之前较短的那一部分回过神来，顿时生出一种亵渎神明的感觉，这种感觉越来越强烈，深深地刺痛了我。最后，在一个操着波士顿口音且表达异常清晰的人声中，唱片戛然而止。而我，却还是傻傻地坐在那里，目不转睛地盯着那台已经自动停止的机器。

后来，我又多次播放那张唱片，试图分析和推断那声音的意义，努力地与埃克利的文本作比照。但我们对此所作出的结论并没有多大的用处，这使得我们更加烦扰不安。但是我仍可以透露一部分信息，我们一致认为在这声音中找到了一条线索，其根源是那些神秘而古老的人类宗教中某些令人无比厌恶的、最为古老的习俗。对我们来说似乎显而易见的是：那些隐匿起来的外来种族生物与人类种族中的某些成员之间存在着古老悠久且错综复杂的同盟关系。这种联系究竟到了怎样广泛的程度？和远古时期的情形相比，他们现在的状况究竟有什么不同？关于这些，我们完全无从推断。不过，这条线索至少给我们留下了空间去进行无止境的恐怖猜测。在几个明确的阶段，人类与那未知的无限时空似乎存在某些极为古老的、无法揣测的联系。这一切都暗示了那些曾经出现在地球上的不可思议的东西都来自那颗位于太阳系边缘的星球——阴暗无比的犹格斯星球。而且，这颗行星还只不过是一个被一种可怕的星际种族所占据的、生物稠密的警戒前哨，这个可怕种族的主要源头肯定在太阳系之外更加遥远的地方，甚至远在爱因斯坦所设想的连续统一的时空之外，或是远在我们所知晓的无限宇宙之外。

与此同时，我们继续探讨那块黑色石头相关的事情，试图找到一个最好的方法把它弄到亚卡汉姆来。埃克利认为在他进行这些噩梦般的研究期间，我前去佛蒙特州找他是极其不明智的。所以，我们只能想个法子把那块石头从他那边给运输过来。埃克利总是为了某种原因不再相信一些平常的交通路线，或是那些在人们看来更方便的交通路线。最后，他决定自己带着那块石头穿过乡村到达贝洛斯福尔斯，在那里利用波士顿至缅因州的铁路系统经过基恩、温彻顿以及菲奇堡等城市运到我这里。但这种寄运的方法需要他独自驾车行驶在一些更为偏僻的地方，而且需要他穿过更多的森林路线。埃克利告诉我，他在伯瑞特波罗给我邮寄留声机唱片时，曾留意到一个男人在邮局周围不断地徘徊，那个男人的举动和表情让人感到一种强烈的不安。那个男人正对着邮递工作人员，看起来很焦虑却并没有说出什么话。后来，他还上了运寄那张唱片的火车。埃克利承认他在这期间一直担心唱片的运寄，直到后来他收到我的信件得知唱片顺利寄到才放下心来。

就在这个时候——七月份的第二周——我寄出的另一封信又丢失了。我之后在埃克利寄来的一封焦虑不堪的信里才得知此事。自那之后，他让我不要再把信寄到汤恩森德去，叮嘱我把所有的邮件都寄到伯瑞特波罗的邮局的邮件存领处。这样一来，他会经常开着他的车或者乘坐长途公共汽车——当时铁路支线的客运业务已经衰落了——赶到那边去。我能感觉得出来，他变得越来越焦虑，因为他已经开始在信件中详细地描述起在那些没有月光的深夜里，门边的警犬越来越频繁地咆哮；描述起有几个清晨他在农场大院后边的小路上和泥地里发现的新鲜爪印。还有一次，他告诉我他发现了一行行整齐而密集的脚印，那些印迹正留在了一行他的警犬留下的密集脚印的正对面，很显然是对立的。埃克利还寄来了一张令人严重不安的照片用以证明此事。而这些，正是在狗厉声咆哮了整整一夜后所发现的。

6 月 18 日星期三上午，我接到一封来自贝洛斯福尔斯的电报。埃克利在电报中说他刚刚将那块黑色石头寄出，它现在已经在波士顿—缅因州铁路系统的 5508 号列车上，于中午 12 时 15 分的标准时间离开贝洛斯福尔斯，应该在下午 4 点 12 分抵达波士顿北站。我推算出这块石头最晚会在第二天中午抵达亚卡汉姆；因此，整个星期四上午我都没有外出，一直等待它的到达。但直到中午之后，那块黑色石头仍未寄到。于是，我给邮局打了电话，却被告知他们并没有收到任何寄运给我的东西。这样的回复让我愈加感到惊慌，接下来我便立刻给波士顿北站的快递代理员打了长途电话；当得知我的货物根本就没有在那里出现时，我的惊讶之情却几乎消失了。前一天 5508 号火车只晚点了 35 分钟，但是那上面并没有邮寄给我的盒子。不过，工作人员答应我会对此展开搜索调查。那天晚上，我连夜给埃克利写了封信，在信中对这一天中的情形作了大致的描述。

第二天下午，波士顿铁路办公室就以值得夸奖的快捷速度完成了对此事的调查报告，那里的工作人员在得知整件事情之后立刻给我打来电话。在 5508 号列车上工作的铁路快递职员回忆起了当天的一件事情，而这件事情似乎与我的货物丢失有关：刚过下午一点，火车在新罕布什尔州基恩暂停，这个职员与一个男人发生过争执。那是一个瘦小的男人，操着奇怪的口音，身上满是灰尘，看起来土里土气的。职员声称，当时那个男人对一个很重的盒子极感兴趣，并且坚持那是他的东西。但是列车乘客的名单上和公司邮寄的记录里都没有他的名字。他自报叫作斯坦利 · 亚当斯，口音很古怪，带着厚重的嗡嗡声，表达极不清晰，这种声音让那名职员很反常地感到头脑晕眩、昏昏欲睡。这个职员根本就无法回忆起他们之间的争执最终是如何结束的，只记得当火车从站台开走时，他才开始清醒过来。波士顿办公室的工作人员还告诉我，那个职员是一个年轻人，非常诚实、为人可靠，这点是大家公认的；而且他的家庭背景也明明白白，在公司已经工作了很长时间。

当天晚上，我从邮局大厅得到了这名职员的名字和住址之后，亲自赶到了波士顿与他会面。他坦诚直率，很是讨人喜欢。不过，我发现他向我陈述的信息与之前我听到的没多大区别，我并没有得到更多的信息。奇怪的是，他甚至都不敢确定他能否再次认出那个言行古怪的争执者。经过此次交流，我意识到他没法向我提供更多信息，于是我返回了亚卡汉姆，当天晚上分别给埃克利、快递公司、警察局以及基恩车站的代理员写了信，做完这些时已经到了次日凌晨。我感觉到那个操着怪异浑浊声音的男人既然能够如此古怪地影响那个年轻职员的精神状态，肯定在整个邪恶的事件中占据着一个非常关键的位置。于是，我试图从基恩车站的雇员以及电报局的记录入手，希望那里的人员和记录能帮我追踪到一些关于那个古怪男人的事情，并且查出那个男人是在何时、何地、用何种方式向车站职员进行询问的。

然而，我得承认自己所作的调查均没有任何结果。的确有人曾在6月18日下午一两点的时候在基恩车站的附近看到过那个发出奇怪声音的男人，而且有一个当日在此闲逛的人模糊地记得好像看到那个男人带着一个沉重的箱子，但是这个目击者对那个奇怪男人一无所知，以前从未见过此人，在那天之后也再未看到过。从目前所知道的信息来看，这个奇怪的男人并没去过电报局，也没有从那里收到过任何的物件；而办公室也从未透露过任何一条信息告知任何人那块黑色石头置放在5508号列车上。这件事发生后，埃克利当然也加入对此事的调查行列中来，甚至他还专门为此事去了一趟基恩，去那里向车站附近的人们打探情况；但是他对这件事情所持的态度相对于我的来说，更倾向于宿命使然。他似乎认为那个装着黑色石头的盒子在运寄中丢失是一种不可避免的邪恶结果，这种结果充满了威胁的成分。而且，我们也不用对它还能失而复得抱有任何希望。之后，他还谈到那些隐匿在深山里的异族生物以及它们的傀儡毫无疑问地都具有某种神奇的催眠力量以及心灵感应的力量；在一封信中他还暗示说他不再相信那块黑色石头还在地球上的某个地方。就我而言，这种离奇的事情已经将我激怒了。我认为自己原本还有一个机会能从那刻在石头上的年代久远、模糊不清的象形文字中寻找到一些隐晦深刻、让人惊异的东西。如果不是埃克利在此事之后很快给我邮寄过来了一系列信件的话，这件事情也许会令我一直遗憾下去。在埃克利随后的信件中，他提到了那些隐匿在深山中的恐怖有了新的变化，这立刻吸引了我全部的注意力。

四

从埃克利战抖的笔迹便可知道他在写这封信时心中到底怀着怎样的畏惧，这让我深感怜悯和同情。他在信中写道：最近，那些未知的东西像是下了决心一样把他包围起来，慢慢逼近他的住所。每当不见月亮或月光暗淡的夜晚，他的猎犬就会发出让人毛骨悚然的咆哮嘶号；即使在白天，在穿过僻静的小路时，他也能感觉到总有些东西在监视着他，试图阻挠他做一些事情。8月2日那天，埃克利驾车开往乡村，他发现在前方的公路上横着一截粗大的树干挡住了去路。那时，他随身带着的两只巨大警犬开始猛烈地狂吠。这种情形明白无误地告诉了他：那个时候那些东西就潜伏在他的附近。如果没有随身带上这几只警犬，将会发生什么事情，他根本就不敢去想。不过现在，只要出门，他都会至少带着两只忠实、强壮的警犬。另外，在8月5日和6日两天，公路上也发生了一些状况：有一次有人向车里的他开枪，子弹从车身擦过；另一次，门前的警犬又开始咆哮，提醒主人有邪恶的东西隐匿在房屋周围的林间。

8月15日，我接到一封内容混乱的信件。这封信严重扰乱了我的心绪，我感到极度不安。看完信后，我希望埃克利能够撇开他之前一直坚持的独自忍受和沉默寡言的态度，去报警，寻求合法的援助。他在信中告诉我，在8月12日夜里，有人在他的农舍开枪，一时间子弹横飞。第二天清晨他发现自己驯养的十二只警犬中有三只中弹身亡。房屋附近的路上留下了数量众多的爪印，而沃尔特·布朗的脚印也夹杂其中。在这种情形之下，埃克利立刻向伯瑞特波罗要求再送些警犬过来，但是他在电话中没说几句话就发现电话线路被人切断了。之后，他专程驾车赶往伯瑞特波罗，并在那里得知，线路工人们在纽芬北部荒无人烟的深山某一个地方发现，从这里铺设的主要电缆线已经被齐整地切断了。另外，他在那里又弄到了四只健壮的警犬，还为他那支大口径步枪弄到了几箱弹药。他正打算带着狗和弹药返回家去，顺便就在伯瑞特波罗的邮局给我写下并邮寄了这封信。这封信没有延误，顺利寄到了我的手上。

此时此刻，我对这件事情的态度已迅速地从科学的严谨对待转为私下的惊恐。我一边为独身一人居住在偏僻孤寂农场里的埃克利感到担忧，另一方面也为自己的安危惴惴不安，因为我本人在这一段时间也已经卷入这深山中的诡异事件。此刻，这件事情已经在延伸了，它会将我一同卷进去并完全吞噬吗？我在回复埃克利的信件中焦急地催促他去寻求救援，并示意他，如果他依旧对此保持沉默的态度岿然不动，我这边会亲自采取必要的行动。我不顾他之前对我的劝阻，仍在信中提到自己要亲自去一趟佛蒙特州，帮助他向有关部门解释清楚现在的状况。然而，我只收到了一封从贝洛斯福尔斯发来的电报，上面写着“感谢你的支持，但是没用。千万不要过来，那只会伤害到我们两人，之后再作解释。亨利·阿克利”。

但是，整个事情在不断地恶化。就在我回复了这封电报后不久，我便收到了埃克利的回信。让我极为震惊的是，埃克利在信中说他根本就没有向我发出过任何电报，也没有收到我之前寄出的那封信件。他在接到信件之后就立刻赶往贝洛斯福尔斯去询问相关的情况，得知这封电报是由一个毛发浓密，发出奇怪而低沉的，嗡嗡声的男人发出的，至于更多的细节，邮局的工作人员也无从得知。之后，工作人员还让他亲眼看了那封由发件者用潦草的铅笔字书写的电报原文，埃克利对那笔迹却是完全陌生。显而易见，那电报上的签名被错误地拼写成阿克利，而不是埃克利。这当然会引起埃克利的猜想，即使是在这样显而易见的危险处境之下，他还是对我详述了他的一切情形。他告诉我，驯养的警犬又被人弄死了几只，之后他又去买了不少；他还买了枪支弹药。因为在每一个无月之夜，这玩意儿已成了他必不可少的防御武器。而且，最近一段时期，他经常会在农场庭院的后面发现布朗的脚印，还有至少一两个鞋印混杂在路上那些奇怪爪印的中间。埃克利承认此时事情已趋于恶化，还说不管能不能卖掉那片庄园，他都要尽快地离开那里搬到加利福尼亚和他的儿子一起生活。但是，要离开唯一一处自己把它真正当作家的地方并非易事。他必须尽力再坚持久一点，或许他能吓退那些可恶的入侵者——尤其是他已经公开地放弃所有的行动，不再进一步去刺探它们的秘密所在。

我立即回信给埃克利，重申对此事的帮助性意见，并再次说到要过去和他会面，并竭力帮他向相关部门作出解释，以使得他们相信埃克利此时的危险处境。在他的回信里，他好像已不再像过去一样坚决反对，只说他想再拖延一段时间好整理所有的东西，并说服自己完完全全地接受这种想法——离开那片他极为热爱的出生地。况且，他周围的人们一直都用怀疑的眼光来看待他所作的研究和推测，所以他最好还是安静地离开那里，这样不至于引起整个村庄的骚动，也不会让村民生疑。他承认，他受够了现在的一切，如果有可能，他还是希望能体面地离开那里。

我在 8 月 28 日收到了这封信，阅完信后我尽自己所能地写了一封振奋人心的回信去鼓励支持他。显然，我的回信起到了一定的作用，因为当他回信确认收到我的信件时，已经很少再提到一些让人感到可怕的事情。尽管如此，他还是不太乐观，并且在信中表示他认为近期的可怕情形之所以要比之前少得多仅仅是因为现在是满月时节，明亮的月光使得那些可怕的生物不敢造次。他希望最近这一段时期的夜晚不要云雾遮月，并也在信中含糊地提到当月亏之时，他就会搬到伯瑞特波罗去生活。之后，我又写了一封回信继续鼓励支持他，但9月5日那天，我却收到了另一封显然不是针对我那封信而写的回信，而是埃克利寄来的又一封新信。对于这封信，我无法再作出像之前那样充满希望的答复。鉴于它的重要性，我认为最好还是凭着记忆，尽可能地在这里将全文引用出来。大体内容如下：

星期一

亲爱的威尔马斯：

这是我紧随上一封信所写的另一封信件，我要叙述一些令人沮丧的情形。昨天晚上阴云密布，尽管并没有下雨，却也没有一丝月光能穿透浓密的云层照耀大地。事情糟透了，我想我的结局已经迫近了，尽管我们一直期望事情能够往好的方向发展。午夜过后，不知道是什么东西降落到了屋顶上，警犬迅速地冲了过去查看。我能听到它们在房屋附近急躁地撕咬和狂猛地乱窜，还有一只打算从低矮的侧房往屋顶上跳。那上面发生了一场可怕的打斗，而且我还听到我永远都不会忘记的恐怖的嗡嗡声。接着，传来了一种可怕的气味。几乎就在同一时间，数颗子弹朝室内发射过来，打破窗户上的玻璃，从我身边擦过。我想正是在警犬忙着应对屋顶上的东西时，那群深山怪物的主力军趁机逼近了这座房屋。我并不清楚屋顶上究竟发生了什么。不过，我担心那些东西已经学会了怎样更好地控制那可以飞越星际的双翼。我熄灭了室内的灯光，利用窗口来进行射击，把步枪倾斜到刚好不会打中警犬的高度向房屋的四周扫射了一圈。似乎正是因为我的反击，它们结束了当晚的进攻。第二天早上，我在院子里发现有几大摊血迹，在血迹旁边还有几摊绿色而且黏稠的东西，并散发出一股闻所未闻的恶心气味。我爬上屋顶，在那儿发现了更多的绿色黏稠的东西。之后，我检查了一下，有五只警犬被杀死。我想其中一只应该是我当时由于瞄得太低而误杀的，因为它是后背中枪。现在，我正在整修那些枪击后受损的窗户，之后准备去伯瑞特波罗再买一些警犬。估计那些养狗场的工人以为我疯了。就此搁笔，迟些日子我再给你写信。我可能会在一两周之内搬走，尽管一想到要离开这里就好像要杀了我一般，但我不得不离开。

埃克利于仓促中书写

这并不是埃克利随后寄给我的唯一一封信件。到了第二天早上，9月6日，我又收到了他的另一封信。这一次，信中疯乱的草书彻底让我感到气馁，陷入迷茫的境地，完全不知道接下来该说什么或是该做什么。我只能再一次地根据我的记忆尽可能如实地在这里引用信件的原内容：

星期二

天上的云层还没有消散，今晚依旧没有月亮。不论阴晴，月亮总是在渐渐亏缺。如果不是我知道它们会在电缆线修好之后会立刻再次把它切断，我肯定会把房屋里全通上电，并安装一个探照灯。我想我是疯了。可能我写给你的一切都只是描述了一个梦境或是疯狂状态下的胡言乱语。之前发生的一切已经够糟了，而现在的情形更加糟糕。

昨天夜里，它们和我说话了——用那种邪恶的嗡嗡声和我讲述了一些我根本不敢对你复述的事情。在警犬猛烈的吠声中，我清楚无误地听到了它们的声音，甚至在某一刻我还听到了它们的人类帮手的声音。威尔马斯，你不要再卷进来了！这件事情比你我猜想的更可怕。它们现在已经打算阻止我去加利福尼亚——它们不想让我继续活着，或者说想让我的精神崩溃——它们不仅仅要把我带去犹格斯星球，而且还可能是在那之外，银河系之外，甚至可能是超越宇宙最后弧形边缘之外的空间。我告诉它们，我不会去任何它们希望我去的地方，也不会让它们以计划的可怕方式把我带走，不过我的这种告诫恐怕毫无用处。我住的地方太过偏远，不久之后它们就能如同夜晚一般，在白天来我住的地方了。今天我发现又有六只警犬被杀死了，而且白天我驾车驶往伯瑞特波罗穿过林间的公路时，一路上都能感觉到它们的存在。我之前试图把录了声音的唱片以及那块黑色石头寄给你本身就是个错误。你最好赶紧毁掉那张唱片，否则一切都太晚了。如果我还在这里的话，明天再给你写信。希望我能整理好书籍以及其他东西，并带着它们一起到伯瑞特波罗去。如果可以，我一定会抛下一切东西逃离这里，但是我大脑里有些东西却阻止我这样行事。我可以悄悄地溜到伯瑞特波罗去，在那里我应该是安全的，但我感觉到即使到了那里我也会和在这边的房子里一样，像是一个被囚禁起来的囚徒。我已经清楚地明白，即使抛开一切去做更多的努力也不会有多大的用处了。这种情形太可怕了，你别再卷进来了。

你忠实的朋友，埃克利

看完这封可怕的信，我整个晚上都无法入睡，怀疑埃克利的神智是否还正常。这封信的内容完全是疯狂的，毫无理性可言。不过从之前发生的一切事情来看，埃克利在此信中的表达内容尽管显得可怕却仍具有一种强大的说服力。我不打算回复这封信，而是认为最好还是等埃克利什么时候有时间回复我寄出的最后一封信后再说。在第二天我还就真的收到了我期待的回信，但信中描述的新的状况却让我在回信的时候无从下笔。下面就是那封信的内容，信笺上的笔迹很凌乱，满是污渍，像是在一个极度疯狂和仓促的情形下写出来的：

星期三

威——

我已经收到了你的信，但是现在再讨论任何东西也不会有什么意义。我已经完全听天由命了。我开始怀疑自己是否还有足够的意志力去与它们抗争。即使我愿意放弃一切从此处逃离也无法再避开它们，它们还是会抓住我的。昨天我收到了它们的一封信——我到伯瑞特波罗时，乡村邮递员送到了我的手中，信上面印的是贝洛斯福尔斯的邮戳。信里面说了它们打算怎样对付我，具体内容我不能和你复述了。你自己也要小心！赶紧毁掉那个录音。今天夜晚仍是多云，月亮一直在亏蚀。我希望自己敢于去寻求帮助，外界的帮助可能会让我打起精神并坚定意志，不过我想凡是敢到这里来的人都会以为我的精神出了问题，除非他们恰好能获得某些确凿的证据。我不可能没有任何理由就请求其他人到这里来，我已经很多年没有和外面的人联系了。另外，威尔马斯，我还没有告诉你最为糟糕的事情。打起精神来看看下面的事情，它会令你更加震惊。在这里，我正在告诉你真实的情形。

现在，我确实真的见过并接触过这些怪物中的一个，或者是这怪物的一部分。老天啊，那太可怕了！当然，它已经死了。我的一条狗逮住了它，今天早晨我在狗屋旁边发现了它。我试图把它保存在柴房里，用来说服人们去相信整件事情，但它在几个小时内就自己分解消失了，什么都没有留下。你知道的，那些曾经漂浮在河面上的东西，只是在大洪水之后的第一个早晨被人看到过。而最为可怕的是，我当时就想着把它拍下照来邮寄给你，但当我冲印出相片时，上面除了柴棚之外什么也没有。这些东西到底是什么构成的？我亲眼看到了它，也用手摸到了它，而且它们也留下了脚印，由此可以断定它们肯定是由物质构成的。但究竟又是什么样的物质呢？我根本无法描述出它的形状。它像是一只巨大的螃蟹，在应该是头部的位置上长着许多由黏稠厚实东西构成的角锥状的肉环或是肉瘤，上面覆盖着数量极多的触角。我之前提到的黏稠的绿色物质便是它的血液或是体液。现在每一分钟都有更多此类的东西降临到地球上来。

另外一件事就是沃尔特·布朗失踪了。我在他经常游荡的村庄街角附近都没有再看到他的身影。一定是我在开枪时射中了他，但这些生物好像总是会将它们的死者和伤者带走。今天下午我去了镇里，并没有遇到任何麻烦。不过，我恐怕它们不想再接近我了，因为它们已经肯定我无法逃避了。我现在在伯瑞特波罗的邮局写下这封信，这可能就是永别信了——请写信给我儿子乔治·古迪纳夫·埃克利，他在加利福尼亚的圣地亚哥，普利斯特大街176号。但是你不要到这里来。如果一个星期后你还没收到我的任何信件，也没有在报纸的新闻里看到我的消息，就写信告诉我儿子。

我将要掷出我手中握着的最后两张牌——如果我还有意志力去做的话。首先我会尝试用毒气对付这些东西（我已经弄到了合适的化学制品，并为我自己和警犬们准备好了防毒面具）如果毒气对它们不起作用，我会告诉警察局长。如果他们认为我疯了，会把我关进精神病院。不过这种后果总要好过那些怪物要对我做出的事情。也许我能让那些警察注意到房子周围留下的脚印，尽管这些印迹都很模糊，但是每天早晨我都能发现它们。不过，我想警察会认为那些印迹是我以某种方法伪造出来的，因为他们都认为我性格古怪。我一定要留下一个警察在这里过上一夜并亲眼看看所发生的事情——但是，可能那些生物会通过某种方法知道这件事情，然后在那个夜晚不再逼近我住的地方。现在只要我在晚上试图去拨电话，它们就会切断我的电话线——线路维修工觉得这种情形非常奇怪，如果他们没有离开这里，也没有猜测是我自己切断了电话线，就可以为我作证了。我已经有一个多星期没有让他们帮我维修电话线了。我可以找些愚昧无知的村民来为我证明那些恐怖东西的真实存在，但其他人都会对他们说的嗤之以鼻并加以嘲笑。而且，他们很久以来就一直刻意避开我的房屋，所以他们并不知道这件事情最新的情况。无论如何都没法在这些邋遢的农夫们中找出一个家伙，带着微笑来到我房子里。邮递员经常听到他们所说的一些话，并常常为此笑话我。天啊！要是我敢告诉他这事情到底是怎样的真实该多好！我想我会让他去看那些爪印，但是他只在下午过来，而到那个时候那些脚印通常都消失不见了。如果我用盒子或者平底锅盖在一个印迹上保存下来，他又肯定会认为那是假的或者只是我的一个玩笑。

我真希望自己没有如一个隐士般孤寂地独自生活，那样人们就会像过去那样常常过来拜访。除了一些愚昧无知的村民外，我从来不敢向其他人展示那块黑色石头和柯达相机拍下的奇怪照片，或是去播放那张唱片。因为他们只会认为是我伪造了整个事件，并且对此除了嘲笑别无其他。不过，我可能会让他们看到那些照片。即使那些东西不会在照片中留下影像，但是它们留下的爪印却被照片清晰地显示出来。今天早晨那东西消失殆尽之前居然没有其他人看到，真是可惜！

我知道我并不在乎这些。经历了这么多荒诞离奇的事情之后，疯人院对我来说也算是个生活的好地方了。那里的医生能帮我重构思想让我彻底忘记我住的这间屋子，让我彻底摆脱一切。那将会是拯救我的方法。如果你之后没有听到我的消息，请尽快写信给我的儿子。再见，毁掉那张唱片，不要卷进此事！

你忠诚的朋友，埃克利

坦白地说，这封信让我陷入最为黑暗的恐惧之中。我不知道该如何回复，只能拼凑一些毫不连贯的语句来提议和鼓励，之后用挂号信把回信邮寄出去。我在回信中催促埃克利立即搬到伯瑞特波罗以置身于政府的保护之下；并告诉他我将带上那些拍摄的照片去他所在的城镇向当地法院证实他神智健全。我想现在也是我该写些东西警告公众注意防范混杂于他们之中的那些生物的时候了。可以看出，在这紧要的时刻，我已经完全相信埃克利所告诉我的一切，尽管我认为他未能拍摄下那种怪物尸体的照片并不是因为奇异的某种原因，而是把它归结于埃克利过于兴奋而产生的失误。

五

9 月 8 日星期六下午，我又收到了一封信件，却并不是我之前那封信的回信。这封信与之前的信截然不同，是用打字机整齐划一打印出来的。信件中所写的让人安心的东西和邀请我前去的建议与那些发生在深山中噩梦一般恐怖的事件形成巨大的反差。这里，我再次根据记忆引述这封信的原文。由于某些特殊的原因，我尽可能保留了这封信原本的风格。信封上盖的是贝洛斯福尔斯的邮戳，而且就连寄件人签名也和信件的正文一样是打印出来的——这种情形在刚学会打印的新手里极为普遍。不过，文本的内容极为准确，不太像是初学者做出来的。由此我推断出埃克利以前肯定使用过打字机，可能是在大学的时候。要说这封信完全让我放下心来是不可能的，它只是放松了我一直紧绷着的神经，不过在这种心理放松之下仍然局促不安。如果埃克利在极度恐惧之中神智还能保持正常的清醒，那么他写这封信时是不是也处于正常状态呢？另外他在信中提到了那种“得到改善的关系……”究竟指的是什么？整封信的意思与埃克利之前的态度截然相反！下面就是根据我那还算不错的记忆力细致复述下来的那封信的原文。

汤恩森德，佛蒙特州，

寄至密斯卡塔尼克大学，亚卡汉姆，马萨诸塞州

阿尔伯特 · *N.* 威尔马斯先生

星期四，*1928* 年 9 月 6 日

我亲爱的威尔马斯：

我希望你能对我之前在信件中告诉过你的那些愚蠢之事安下心来。我之所以用了愚蠢这个词是用来形容我受到惊吓之后对事情的看法，而不是我在信中所描述的那些怪异的事情。那些情形确实是真实的、意义重大的。而我的错误在于自己以一种并不恰当的、极为反常的态度去对待它们。我想我在

信中提到过那些奇怪的拜访者正试着与我沟通，并竭力地与我进行交流。昨天晚上，我们实现了这种语言上的沟通交流。我对它们发出的某种讯号作出了回应，经我允许之后，那些围绕在房屋外面的生物派出一个使者进入了我的房子——那是一个人类。下面，我大略地描述一下当时的情形。他告诉我很多你我连想都没有想过的事情，并且向我证明了那些外来生物一直在这个星球上建立秘密基地这件事情，我们到底存在着怎样的错误判断及扭曲看法。至于那些关于它们曾给人类带来过什么，以及它们希望从地球上获取什么的邪恶传说都是源自对古老传说愚昧无知的误解及扭曲。那些传说都是建立在我们人类的文化背景和思维习惯的基础之上，已经被模式化了，实际上和我们所想象的任何东西都有很大的不同。我那天马行空的推测已经远远超越了那些没有文化的村民以及野蛮未开化的印第安人的任何一种猜想。那些我曾认为恐怖的、猥亵的以及可耻的东西，它们实际上是令人敬畏的、可以拓宽人类的思想，甚至可以说是辉煌壮丽的。我之前的猜想和判断只不过是人类永恒时代其中一个阶段的思维趋势，在这个阶段里人类总是会对与他们完全不同的东西产生憎恨和恐惧，因而想着要逃避。

现在我已为自己在那些夜晚发生的小规模冲突过程中对这些令人不可思议的异类生物所造成的伤害感到懊悔和歉意。要是在一开始我就同意与它们和平理智地交谈该有多好啊！但是它们对我也未怀恶意，它们的情感构成和我们人类有很大的不同。另外，它们在佛蒙特州找了一些处于社会底层且品质低下的人作为代理人，这的确是它们的不幸。不久前的沃尔特·布朗就是个典型的例子，他使我对这群异类生物抱有极大的偏见。事实上，这群异类生物绝不会有意地伤害人类，反倒是我们人类粗鲁残忍地误解并严密地窥探它们。有一群邪恶的人类组成了一个完全秘密的组织（当我把这个组织与哈斯塔、黄色印记联系在一起，像你这样有渊博的神秘主义学识的人应该会理解）代表着某些来自其他层面的凶恶力量，致力于跟踪追击它们。那些外来生物们所采取的程度激烈的预防警戒措施正是用来对付这些攻击者的，而并非针对普通人类。顺便提一下，我们之间那些遗失的信件也不是被那些外来生物所偷走，而是那些怀有恶意的神秘组织所派出的间谍所为。那些外来生物对人类抱有的希望就是和平共处、互不干涉，逐步加强智力方面的交流。由于我们的发明和装置扩大了人类的知识范围及行动能力，这些科技知识的进步使得那些外来生物不可能在这个星球上设立秘密前哨站，所以对它们来说，增进与人类的沟通交流是绝对有必要的。它们渴望更加全面地了解人类的世界，也希望有少数处于哲学和科学前沿的人能更好地了解它们。通过知识的交流，存在于它们和人类之间的一切危机都会成为过去，还会建立起一种令双方都满意的生活方式。它们绝不会试图去奴役人类或是迫使人类退化，这种说法极为荒谬可笑。这种关系的改善才开始起步，那些外来生物自然而然地选择了我作为它们在地球上主要的解释人员，因为我对它们这个种族的了解已经相当可观了。昨天晚上它们还告诉了我一些惊人的事实真相，这着实让我拓宽了眼界。随后，它们还会通过口头和书面的方式让我了解更多的事情。它们希望我近段时期不要外出旅行，不过在这段时间之后，我很渴望而且很可能会外出——以一种极为特别的方式去体验一种迄今为止没有任何人类体验的神秘历程。它们也不会再来围攻我住的地方了，一切事情都会回归到正常状态，我也不需要再驯养那些警犬了。现在的我不再陷入恐惧，取而代之的是一种学识智力的冒险所带来的精神上的满足，这种愉悦的感觉只有少数人才能体验得到。

根据目前的了解，那些外来生物可能是存在于宇宙中或是宇宙之外的所有时空种族成员里最了不起的有机生命体。与它们相比，其他的生命形式都只是低级退化的变体种族。如果非要用地球上动物和植物的术语来说明它们的物质构成，它们的生命形式更像是植物。它们带有几分菌类植物的构造，身体里却存在着一种类似于叶绿素的物质，还有一种非常奇特的营养系统，这使得它们与真正的真菌类植物完全地区分开来。事实上，这个物种是由另一类物质构成的。这种物质完全不同于我们所处空间的任何物质，它们本身带有截然不同的电子振动率。虽然我们能用眼睛看到它们，却无法用人类已知世界中寻常的相机捕捉到它们的影像，这就是其中的原因。不过，如果掌握了正确的知识，任何一个化学家都能制出一种感光照相乳剂帮助摄影机记录下它们的影像。这一物种的独特之处在于它们能够以有形的实体在既没有热量也没有空气的星际空间中穿行，而它们的一些变异种族却只能依靠机械装置的协助或是某种怪异的外科手术来完成此行。

而且，种族中只有少数变种才拥有像身处佛蒙特州的这种群所生长的，能在太空中翱翔的双翼。至于那些栖息于某些深山老林之中的种群，则是通过其他方式来到地球的；这一种群从外表上看则更像是动物，而且它们的构造看起来也像是我们所理解的物质构造。它们与佛蒙特州种群是进化过程中的平行分支，并不是密切的亲属关系。佛蒙特州种群生物的脑容量大过了现存的其他任何生命形式，尽管如此，这并不意味着生活在我们这一带丘陵地区的有翼物种是这一物种中进化的最高级的生命形式。它们通常用心灵感应来进行内部交流，但也有基本的发声器官，通过一种小手术（它们对这种令人难以置信的手术相当地精通，而且将这种手术视作寻常的事情）就能大致地模仿出那些还在以语言为交流方式的有机体种族所使用的各种语言。这一种群主要生活在位于太阳系边缘的一个行星之上。这个行星在海王星之外，是太阳系中的第九颗行星，人类现在尚未发现，因为它几乎不发光。

正如我们之前推测的那样，那些古老的禁书中作出种种隐晦指的“犹格斯星球”就是这颗行星。考虑到我们的世界正极力地促进精神上的沟通交流，那里很快就会成为一个奇特的聚集地。如果天文学家能够充分地感受到这些精神交流，他们就会发现这个犹格斯星球。当然这是在外来种族生物愿意的前提下，对此，我一点也不会感到惊讶。不过，犹格斯星球只不过是一块踏脚石。大多数的此类种族生物都聚居在一些有序的奇异深渊之中，那些深渊完全地超出了任何人类想象力中的极限。人类认为所有时空中的实体构成了宇宙，这种宇宙只不过是那些种族真正的无垠世界里的一粒原子。那无垠世界同样承载着无垠的知识，人类的大脑根本无法承载。而如今，那些浩瀚无垠的知识正慢慢向我敞开了大门。自地球上出现了人类这一种族以来，不会有超过五十个人有过这样神奇的经历。

威尔马斯，你一开始很可能会认为这是我的胡言乱语，但总有一天，你能领悟到我偶然撞到的这个机会是怎样的巨大。我希望尽可能地与你一同来分享，我想向你透露千万件事情，却无法在纸上以文字描述。过去，我一直告诫你不要贸然前来和我会面。现在一切都安全了，我很高兴能收回那些告诫，并诚挚地邀请你到我这里来。不知你能否在开学之前来这里旅行一趟？如果你愿意的话，我想这段旅程肯定会让你感受到不可思议的奇妙愉悦。来的时候请您带上那张唱片以及所有我给你写的信件作为讨论探索的素材，我们需要用这些素材来拼凑出令人惊异的整个事件详情。在近期如此刺激的经历中，我把拍摄的底片和洗出来的照片都给弄丢了。可是，我必须要为这些最初摸索而来的第一手资料加上大量的事实，还得为这些附加的事实做出一个巨大的设计，所以，你最好能把那些相片的复印件也一起带来！

不要犹豫了！现在的我已经不再生活在那些怪异生物的刺探窥视之下，而你也不会遇到任何让你感到不安的反常之事。你过来吧，我会开车在伯瑞特波罗车站去接你，你做好准备要在这里待上尽可能长的一段时间，我期待着和你一起整夜地讨论那些超出所有人类想象的事情。还有，一定不要把这件事情告诉任何人，因为这件事不能让公众知晓。开往伯瑞特波罗的列车服务还不错，你在波士顿可以查到具体的时刻表。你可以乘坐波士顿—缅因州的火车先到格林菲尔德，然后再换乘短途车抵达。我建议你乘坐下午4：10分从波士顿出发的那趟火车，它于晚上7：35分抵达格林菲尔德，晚上9：19分那里有火车驶往伯瑞特波罗，并将于晚上10：01分抵达。定好以后，告诉我具体的日期，我会开车去站台接你。

请原谅我用打字机来写这封信。你知道的，最近我书写的笔迹都过于潦草凌乱，而且我感觉到自己无法再进行长篇的书写，所以才会用机器来完成。我昨天去伯瑞特波罗买下了这台新的日冕牌打字机，它用起来似乎很不错。期待着你的回复，希望你能带上那张唱片、我所有的信件以及那些柯达照片的复印品尽快来到这里。

期盼着您到来的亨利·W.埃克利

我一遍又一遍地阅读这封出乎我意料的奇怪信件，并陷入了沉思。此时，我心里的情绪复杂到了极点，根本无法用语言来描述。我之前曾说过，看完这封信后我立刻感觉到稍许的放松，却总是心神不宁。但这种说法只是大致地描述了那种复杂的心理感觉。这种极为复杂的感觉中既包含一种放松的情绪，也有一种极为不安的局促，连我自己都说不太清楚。首先，这封信的内容与埃克利之前描述的那一系列恐怖情形有了巨大且截然相反的变化——从之前完全的恐惧转化为冷静的满足甚至狂喜，这种情绪上的转变实在出乎我的意料，而且转变得如此之快，如此彻底！无论埃克利在信中提到的那一天到底披露出了怎样的秘密，我都难以相信单单一天的时间就能让一个人内心的想法，让情绪发生如此巨大的转变，况且这个人在星期三的那天才用疯狂的语句写了最后一封告别信。过了一会儿，一种完全矛盾的不真实感让我开始对这一切产生了怀疑：那发生在远方深山里的整个事件中的一大部分是不是我自己大脑里产生出来的幻境？接着，我又想到了那张唱片。于是，一切变得更加让人迷惑、茫然。

这封信似乎与我所预料的任何一种情况都大不相同！当我开始分析自己的感受时，我意识到它是由两种迥异的部分构成。首先，我认定埃克利之前是正常的：头脑清醒、神志健全，现在也仍然正常。但在这种情形下，信中个人态度的转变实在过于迅速，让人不敢想象。另一方面，埃克利在表达方式、表达态度甚至于语言表述上也出现了巨大的变化，远远超出了正常的或是可预料的范围。就好像这个人整个的人格、个性经历了一种暗地里的突变。这种变化如此之大，他这两种截然不同的态度与我假设他前后都神智正常的定论产生了不可调和的矛盾，对此我茫然无措。连语言的措辞、拼写的习惯等，所有的一切都发生了微妙而奇特的变化。在学术上，我对行文风格相当敏感。凭着这种敏感，我能从这封信中察觉到他平常的反应和行文中的回应之间存在着很大的分歧。能让一个人的情感从根本上产生颠覆性转变的感情波动必定是极端、偏激的！不过，从另一方面来看，这封信看起来很有埃克利的特点，依旧怀着之前那种追求无限可能的热情，也就是那种学者才具有的强烈的求知欲。我不止一次地怀疑过这封信是不是假冒者所为，或是信件被某人恶意调换过。可是这信中的邀请——让我亲自去探究信中所述内容真假的意愿，也不能证明这封信的真实性吗？

当天晚上我一直没有休息，整晚都端坐在椅子上思量着这封信背后隐藏的阴暗和神奇。我头痛欲裂，大脑里一直循环回放着过去四个月以来被迫面对的一系列恐怖情形，又在一系列怀疑和信任中去思索着这令人惊异的全新材料。在此过程中，我又重新回顾了之前面对那些诡异之事时我的思想历程。直到夜深，一股强烈的兴趣和好奇逐渐取代了之前困惑和不安交织在一起的混乱情绪。不论陷入疯狂还是依然理智，不论是从里到外的根本转变还是只是暂时的缓解，埃克利确实已经对自己进行的危险探索研究的看法有了巨大的转变；某些情况的变化很快就消除了他之前的危险处境——且不论这情形是真的或仅仅是幻想，这些根本的转变同时也让他以一种全新的视角去了解宇宙空间以及某些超越人类的知识。看到这信中的内容，我自己对未知情形的热情也突然燃烧了起来。同时我感觉到自己被一种蔓延而来的、突破障碍的念头给深深触动了——摆脱那些令人郁闷并深感厌倦的关于时空和自然的条条框框，与浩瀚的外界联系起来，从而去接近那些如黑夜一般深不可测的无限终极秘密。这确实是一件值得以个人的生命、灵魂以及智力去冒险的事情！况且埃克利告诉我现在已经没有任何危险了，他没有再像之前那样告诫我不要过去，而是力邀我前去和他会面畅谈。一想到他可能要告诉我的那些事情，我就分外激动。我禁不住想到自己坐在那个不久之前还被围攻过的偏僻农庄里，和埃克利谈论那些真实存在的、来自外太空的异类物种，身边堆放着一摞埃克利早期的信件以及一张可怕的唱片。这样的情形着实有着一种让人迷失其中的魔力。

于是，周日上午我就给埃克利回复了电报：如果方便的话，我将在下个星期三，也就是 9 月 12 日去伯瑞特波罗与他会面。只有一个方面，就是在选择车次的问题上我没有按照他信中的建议执行。坦白来说，我不希望在深夜抵达佛蒙特州那个充满着诡异的地方，所以我并没有选择他建议的那趟列车，而是打电话到车站预定了另一时刻的列车。我早起后搭乘上午 8：07 分的列车到达波士顿，然后在那里能搭乘 9：25 分的一趟列车，于中午 12：22 分到达格林菲尔德。这样我就正好可以赶上一列火车于下午 1：08 分抵达伯瑞特波罗。相对于夜晚 10：01 分才与埃克利碰面，之后又与他一同驶进那片隐藏着秘密的林间区域来说，这个时间更让我觉得安心。

我在发电报时提到了这种车次选择，晚上就收到了埃克利回复的电报，得知我未来的东道主已赞同我这一乘车计划。他的电报内容如下：

满意安排，星期三下午一点八分接站，勿忘唱片、信件及照片，行踪保密，期待会面。

埃克利

我收到的这封电报是埃克利直接答复的，这就必然需要官方的信差，或是通过修理好的电话线服务把我电报的内容从汤姆森站传达到埃克利那里。考虑到这些，我之前对那封令人困惑的信件所产生的疑虑就统统消除了。我终于放松了紧绷的神经，事实上那种倍感轻松的感觉我现在也无法描述出来，所有的疑虑都被我抛到了一边，不再在我心头萦绕，让我终日惶惶不安。那天晚上，我睡得很沉并且睡了很久。接下来的两天里我热切地为前去伯瑞特波罗做着一些准备。

六

按照计划，我星期三动身出发，随身携带了一个小型旅行箱，里面装着日用品和一些数据材料，包括那张令人生惧的唱片、柯达照片的翻印品以及埃克利写给我的所有信件。应埃克利的要求，我没有将此行的目的地告诉任何人。因为我能想到即使事情已经出现了有利的转机，还是需要保持极度的隐秘。与某些来自地球之外的异族生物进行实质性的接触并交流思想，即使是我这样了解并且有心理准备的人都会目瞪口呆，如此推测，那些对此事毫不知情的芸芸大众们知道此事后又会做何反应呢？我在波士顿换乘了列车，开始了向西的旅行，火车渐渐驶出了那片熟悉的区域，进入了一片完全陌生的土地。此时，我自己都不清楚复杂茫然的情绪中到底是恐惧要多一些，还是对这次冒险的期盼多一些。火车一路经过了沃尔瑟姆、康科德、艾耶尔镇、菲奇堡、加德纳和亚索尔。

我乘坐的火车晚点七分钟才到达格林菲尔德，不过还好，往北行的那列快车还未离站，我匆忙地转搭上了北行的快车。在午后的阳光下，火车轰隆隆地驶入一片我常在信里看到却从未涉足过的土地，我突然感觉到了一种莫名的紧张，这种奇怪的感觉压得我喘不过气。我知道我正在驶向新英格兰地区，比起我这么多年一直生活的那些机械化、都市化的海岸城市以及南部地区，这里显得更为原始，还保留着一种古老的气息。在这片先人们曾经待过的地方，没有污染，没有外国人，没有工厂的烟雾，没有华丽的广告宣传，没有用水泥铺就的道路，这是一片现代化物质不曾涉足过的土地。这里还残存着一些不断繁衍的土著居民，他们深深地扎根于此，是这片土地上结出的真正的果实。这些代代相传的土著居民至今仍保留着某些奇异而古老的记忆，而这些正好为那些很少被人提及的神奇而阴暗的信仰提供了肥沃的繁衍之地。

偶然间，我看到车窗外蓝色的康乃迪克河在阳光下波光粼粼，闪烁着微光。火车经过诺斯菲尔德后从康乃迪克河上穿行而过。正前方是一片郁郁葱葱的群山，隐隐可见，有些神秘。列车员来到车厢后，我才知道自己现在已经进入了佛蒙特州。列车员告诉我要把表拨后一个小时，因为北方的丘陵地区不使用最新的夏令时制。我将时针往后拨的那一瞬间，好像自己把日历也往前翻回了一个世纪。

火车一路驶过，慢慢靠近这个地方的河流，接着又穿过了新罕布什尔州。透过车窗，我看到了陡峭的怀特斯提奎特峰那渐渐逼近的陡坡，就在那里的深山之中衍生出一簇簇古老而怪异的传说。然后，我看到左边出现了街道，而右边的是缓缓流淌着的河流，河的中间矗立着一座绿色的小岛。这时，人们纷纷起身并向车门边拥挤了过去，我也跟着他们过去。车停了下来，我下了车后走到伯瑞特波罗车站的站台上。

站台外边停着一排正在等候的汽车，我的目光依次从这些汽车上扫过，想找出那辆埃克利开的福特车，但就在我前去辨认车辆之前，有人竟然认出了我。他径直向我走过来并伸出手，用一种成熟且磁性的声音询问我是否就是亚卡汉姆的阿尔伯特·N.威尔马斯。不过，他显然不是埃克利本人。这个男人与快照上那个头发斑白、蓄着胡须的埃克利根本就没有一点相似之处。他穿着时尚，蓄着一撮黑色的小胡子，人很年轻也很有教养，彬彬有礼。这个人的声音却让我产生了一种奇异的似曾耳闻的感觉，这感觉令我隐隐有些不安，可是我怎么也回忆不起来之前到底在哪里听到过这个声音。

我向他询问埃克利，他解释说他是埃克利的一个朋友，代表我那位东道主从汤姆森过来接我。埃克利的哮喘病突然发作，无法出门开这么远的车来站台接我。不过，病情并不是很严重，所以并没有改变让我来访的计划。我不清楚诺伊斯先生——他是这样介绍自己的——对于埃克利之前一直在做的研究和发现知道多少，但是我从他那若无其事的随意表情中似乎能看出他对这整件事情并不知情。我想到了埃克利一直过着一种类似于隐士的孤寂生活，所以为他竟然还有这样一个随时可以帮忙的朋友感到了一点诧异。不过，这点小小的疑惑并没有阻止我钻进那辆他指给我的汽车。根据埃克利信中的描述，我曾设想过他的车应该是那种老式的小型车，可我上的这辆车并不是。这辆车是最新的款式，车身很大，洁净完美，显然是诺伊斯自己的车。它用的是马萨诸塞州的车辆牌照，牌照上印制着那个当年引人发笑的神圣鳕鱼图案。我猜测，我的这位向导应该只是在夏季才来汤姆森居住。

诺伊斯上了车，坐在我旁边的驾驶位上，立刻发动了汽车。

一路上，他并没有一直和我说个不停，这让我感到高兴。因为空气中弥漫着的一种莫名奇怪的紧张气氛让我不想多说话。我们的车驶过一个斜坡后转向了右边的主干道。此时，午后阳光下的小镇看起来很有一番味道，吸引了我的目光。它就像是少年记忆里的那些新英格兰地区的古老城市一样显得昏昏沉沉。屋顶、尖塔、烟囱和砖墙勾勒而成的轮廓中，某些东西触动了我内心深处怀旧情绪的那根琴弦。我可以这样来描述，我走在一条通道上，这条通道将把我带到一处时光沉积的地方，在那里生长着一些古老而奇异的东西，那些东西在这个地方自由地生长逗留，不曾受过任何的打扰。

当车驶出伯瑞特波罗时，群山高耸、郁郁葱葱、山势险峻、连绵不断。那冷漠险陡的花岗岩峭壁以及这深山乡野特有的一种氛围隐隐暗示着一些秘密，让我想起一些自远古残存下来的不明敌意的怪异之物，心中不禁一阵紧缩，竟然慢慢生出一种不祥之感，而且这种感觉变得愈来愈强烈。有一段路程，汽车一直在水面宽广的河流一侧行驶，河水并不深，可能源自北边一些未知的山涧。当诺伊斯告诉这就是西河时，我不由得打了个寒战。我想起了那些新闻报道里提到过这条河，那次大洪水过后，就是在这条河里发现了一只蟹类一样的怪物漂浮在水面。

渐渐地，周围变得越来越偏僻，越来越荒凉。一座年代久远的石桥破旧不堪地架在山涧之间，令人心中生寒；一条几乎废弃的铁轨沿着河流一直平行地延伸下去，隐隐散发出一种朦胧的荒凉气息；轮廓鲜明的巨大山谷令人生畏，其间悬崖陡壁兀然矗立。嶙峋的山间郁郁葱葱、翠意盎然，这苍绿之间更显露出新英格兰山岩原始的阴郁及险峻；峡谷之中，激流来势凶猛、冲涌而下，水流在那人迹罕至且隐藏着无数秘密的深山谷壑之中蜿蜒而行，流向山下。不时地，总会出现一些岔路，那些道路大多处于繁茂的林间，极为狭窄和隐蔽，很难发现。这片原始深山中生长着无数的参天古树，或许也有成千上万的精灵隐匿在这林间。看到这些时，我不由得想起当初埃克利开车沿着这条路行驶时曾感觉到被一些他看不见的怪异东西所阻挠。此时此刻，我绝对能体会到他当时的那种感觉。

不到一个小时，我们便到了纽芬一个古老的村庄，这里风景秀丽，别具一番风味。在我们生活的世界里，人类完全可以通过努力去开发和占有大自然，而这个古老的村庄就是与现实世界的最后联系。离开那里，我们便抛开了一切可见的、能在时间的流逝中发生改变的实物，进入一个不太真实的虚幻世界，一个寂然无声的世界。了无人迹的葱郁之中，荒凉萧索的峡谷里，缎带一般狭窄的幽然小路起起伏伏，像是带着一种故意的情绪在这林间千回百转，蜿蜒延伸。一路上，除了汽车发出的声响以及经过的寥寥无几的农场里传来的微弱声音之外，唯一还能传进我耳朵的便是从那幽暗山间无数泉眼中流淌而出的涓涓细流所发出的汩汩水声。

那些凸起的低矮山林紧促地凑在一起，只留下了细狭的通道，两边的山崖如此逼近让我真正地感觉到了呼吸的紧迫。这里的山势比我根据传闻想象的情形更为险峻，与我们熟知的那个平凡世界相去甚远。那些无人能及的峭壁之上覆盖着葱郁的密林，似乎隐匿着某种不可思议的诡异。我感觉这些群山本身所构成的轮廓也都暗含了一种被岁月遗忘的怪异内涵，仿佛它们就是传说中描述的巨人族留下的奇异象形符号——这巨大种族的辉煌只有在极少的梦境中才会出现。所有关于过去的传说，所有由亨利·W.埃克利的信件与相关物件得出的让人瞠目结舌的结论源源不断地出现在我的脑海里，使渐渐萌生的危险感觉更加强烈。我此行的目的以及之前发生的那些令人恐惧的奇异事件在这一瞬间通通向我袭来，我的心中生出一阵刺痛的寒意，几乎压过了我迫切想要探索奇异之事的热情。

坐在我旁边的诺伊斯可能注意到了我惶惶不安的情绪。当行驶的道路变得越来越荒芜崎岖时，我们的汽车也越走越慢，不停地上下颠簸。他原本只是偶尔的解说逐渐演变成滔滔不绝的讲述。他和我说起乡间的秀丽风景和离奇的杂谈，从他的话语之中我能看出他对埃克利进行的民间传说方面的研究很是熟悉。从他那些礼貌的问题中，显然可以推测出他知道我来这里是出于科学探索的目的，并且随身带来了一些重要的数据资料；但他对埃克利最后所触及的那些令人畏惧的知识并没有表示出任何欣赏。

他举止优雅、言谈正常，举手投足之间体现出了良好的教养，他所作出的相关评论本应让我能感到安心而平静下来，但随着汽车一路颠簸地驶向未知的深山密林和萧然荒野，我只感觉到越来越强烈的心神不宁。偶尔，我察觉到诺伊斯是试探我，试图探出我对这片土地上的可怕秘密究竟知道多少；他每和我说一句话，我心中对他的声音产生的那种模糊的熟悉感觉也在加强，这让人十分困惑。尽管这个声音并没有什么特别之处，而且语调很有教养，但是那种熟悉的感觉绝不平常，也不正常。不知怎么回事，我总会把这种熟悉的感觉与一些已被遗忘的噩梦联系起来，并且有这样一种感觉：如果我辨认出了这个声音，自己也会因此崩溃。如果能找到什么合适的借口，我想我会放弃此行折返回家。实际上，我没办法这么做。况且我考虑到我到达之后埃克利会亲自和我进行一次冷静而科学的交谈，这种交流一定会让我情绪稳定下来。

汽车在这起伏的山地中颠簸行驶着，一路上的自然美景似乎具有一种镇定人心的效用，让我慢慢静下心来。置身于这座巨大的迷宫之内，时间也失去了意义。四周是花的海洋，像是仙境一般，层层叠叠一直延伸。在这里我重新感受到那已逝去年代的美好：灰白的小树林洋溢着古老的气息，未被污染过的草地绿意盎然，周边镶嵌着秋日的簇簇繁花；在与树林相隔较远的地方，小小的棕色农庄安顿在生长着参天古木的林间，位于几乎垂直矗立的峭壁的下方，那壁崖上遍布芳香扑鼻的野蔷薇和葱郁的绿草。甚至就连阳光也呈现出一种不同寻常的魅力，就好像这整个地方都弥漫着与众不同的空气。除了在意大利原始艺术的创作中偶尔看到过以此为背景的魔幻般景象，我之前从未亲眼见过这种真实的场景。索多玛[①]与莱昂纳多[②]曾经构思过这种广阔的景象，并将其展现在文艺复兴时期拱形游廊的穹顶上，但那仅仅是距离上的景象。而现在，我们真正地从这样一幅广阔的画景中穿过。而我，好像在这种类似于幻境的场景中发现了一些神奇的东西，这种东西好像源自遗传，与生俱来，可我却一直在徒劳地寻觅着。魔法之中我发现一些我生来就知晓，甚至是继承自先祖的东西，一些我曾经一直在徒劳寻觅的东西。

翻越过一个陡坡后车驶上了一段平缓的道路。突然，车停了下来。在我的左面，是一片精心护理过的草坪，一直边延伸到路边，边界处立着一块用

---

①原名乔万尼·安东尼奥·巴齐（Giovanni Antonio Bazzi），1477 年出生于意大利，文艺复兴时期的著名画家。——编者注

②即莱奥纳多·达·芬奇，意大利文艺复兴三杰之一，也是整个欧洲文艺复兴时期最完美的代表。——编者注

石灰刷白的石头作出标示。草坪的另一边是一栋两层半高的白色房屋。在这块区域，房屋的大小很特别，还带着几分罕见的雅致。房屋后面靠右的位置以拱廊连接着谷仓、柴房和磨坊。我曾经在埃克利寄给我的快照中看到过这个地方，所以能立刻辨认出来。看到路边邮箱上标识着亨利·埃克利的名字时，我根本就没有感到丝毫的惊讶。离房子后面较近的地方，平缓地延伸出一片树木稀少的沼泽地。再往后面，矗立着一座险峻的山峰，山峰上覆盖着繁茂的森林，在峰顶处显得参差不齐。我知道那就是黑山的峰顶，而我们现在已位于它的半山腰。

我正准备带着自己的行李箱从车上下来，诺伊斯让我稍等一会儿，让他先进去通知埃克利我的到来。随后，他又补充说自己在其他地方还有一些重要的事情要处理，不能在这里多待了。接着，他迅速地走上那条通向房子的小路，我自己从车上下来，伸展一下自己的腿脚，希望接下来能专心致志地和埃克利进行一场长时间的座谈。埃克利曾在信中描述过那些可怕而怪异的围攻，他用以描述的语言至今在我心头萦绕。而此时，我正置身于这现实的场景之中。当我想到这些，那紧张不安的感觉又一次迸发到极点。说实话，想到接下来要进行的有关知识禁界和星际异类的讨论，我心中已经充满了畏惧。

通常情形下，近距离接触异族给人的感觉绝不是期待与向往，而是万分惊骇。埃克利正是在这一满是尘土的路上发现了那些可怕的爪印；在经历了无月之夜的恐惧和死亡之后，也正是在这里发现了那些印迹，一想到这些怎么也不会让我产生愉悦的感觉。我无所事事地看了看周围，并没有看到埃克利驯养的警犬。难道那些外来种族生物与他谈和之后，他就立即将所有的狗都卖掉了吗？换作是我，我绝不会完全相信埃克利最后那封奇怪的信中所描述的真诚的和解。不过，他毕竟是一个涉世未深的单纯之人，没有多少社会经验。在这个和解的表层下面是否还涌动着某些隐匿得更深的邪恶暗流呢？

在思绪的引导下，我的目光转向那满是粉尘的路面，那里曾经留下了那些可怕的证据。之前的几天都是晴天，不太平整的路面上布满了各式各样的印迹。尽管这个地方太过偏僻，鲜有人来，可是我还是看到路上被压出了不少车辙。我心中生出一丝好奇，开始去察看各式各样痕迹的大体轮廓，同时努力地在抑制记忆中关于这个地方的那些让人惊骇万分、天马行空的可怕想象。这个地方寂静得让人觉得阴郁，隐隐能听到从远处传来的溪流声，目之所及全是层层叠叠的葱郁山峦，险峻非常的悬崖峭壁上覆盖着黑色的密林，我在这里感觉到某种威胁的气息，这引起我心中更为强烈的不安之感。

就在这时，我的脑中闪过了一个念头，这使得那些原本模糊不清的凶险和一系列的可怕想象显得微不足道。我之前提到过，自己出于一丝好奇去观察地面上各种不同的痕迹。但是，就在突然之间，我感觉到一阵巨大的恐怖，全身都僵硬了起来，它彻底扼杀了我的好奇心。路面上的各种痕迹大多都凌乱不堪地混杂重叠在一起，我只是随意地去看看，并没有太多地去注意。但是，当我把焦虑的目光投落到通向房屋的小道与公路交接的岔口附近时，我看到了某些细微的痕迹，同时也毫无疑问地意识到了这些痕迹所能带有的可怕含义，并使得我感到绝望。我曾经盯着埃克利寄来的外来生物爪印的照片足足几个小时，这绝不是徒劳，在这里便起到了作用。对那些令人憎恶的螯爪所留下的痕迹，我已是再熟悉不过，那些不明方向的爪迹绝不会是这个星球上的生物留下的，我也绝不可能把它们弄错。我确确实实在那里看到了客观存在的爪印，至少三个。这些爪印混杂在从埃克利家进进出出的大量人类脚印之中，充满了一种邪恶的气息。而且，它们看起来应该是数小时之前留下的，正是那些来自犹格斯星球，看起来像菌类的生物留下的足迹，让人不寒而栗。

我及时地抑制住了自己的尖叫。毕竟，如果我真的已经相信了埃克利在那些信件中描述的内容的话，这种情形也并没有超出意料之外。他告诉过我，他已经和那些外来的生物达成了一致，和平相处。那么，几个外来生物来到他这儿来拜访又有什么奇怪呢？但是，我确实没有感到任何的安慰，还是感到无比的恐慌。难道有人在第一次见到来自宇宙深渊里的生物留下的那些活生生的怪异爪印时会表现得无动于衷吗？就在此时，我看到诺伊斯从房子里出来，正快步向我走来。我寻思着自己必须得保持正常的表情，因为眼前这位友好的朋友可能对于埃克利进行的那些隐晦深邃且骇人惊闻的调查研究还不知情，我不能让他生疑。

诺伊斯急切地对我说，埃克利很高兴我的到来，正打算出来见我；不过，突发性的哮喘可能使得他在这一两天内无法成为一个称职的东道主。这次突发的哮喘给他带来了很大的影响，随之而来的高烧使他全身无力、虚弱不堪。病情一直在持续，他目前的情况一点也不好——只能低声交谈，动作迟缓，也无法四处走动。他的脚一直肿胀至脚踝处，所以他只得将它们包扎得像是患上痛风的老卫兵。今天，他的状况很是糟糕，所以我可能需要一切自便，自已招呼自己；不过他仍然渴望和我交谈。他此时正在前厅左边的书房里，窗帘都被拉上了，房间很暗。因为生病期间，他的眼睛对光很敏感，不能暴露在阳光里。

然后，诺伊斯礼貌地和我告别，开着他的车往北边驶去。我慢慢地走向那座白色的房子。大门半开着，走到门口我异常谨慎地把这整个地方又察看了一遍，试图确定到底是什么东西让我产生了一种模糊不清的怪异感觉。库房和谷仓看起来很整齐，没有什么特别的；宽敞的车库没有锁，敞开着，里面停放着埃克利那辆破旧的福特车。紧接着，我就发现了这种古怪感觉的原因——这个地方竟然完全寂静无声。通常来说，一个农场里养着各种牲畜，最起码也会传出一些骚动的声音。但是在这里，没有一丁点生命的信号。那些鸡和狗哪儿去了呢？埃克利在信中曾提过的他饲养了几头奶牛，很可能是被放牧到草原上去了，而那些警犬也可能已经被卖掉了；可是，如果就连鸡群发出咯咯咕咕声也没有的话，那就相当地奇怪了。

我并没有在这房前的小路上停留太长的时间，还是毅然地走进了那扇大门，随手关上了它。当时我的心理相当矛盾，这样做意味着我现在被封闭在这个房子里了。有一瞬间我特别想从这里逃离出去：这并非因为这个地方看起有些凶兆或是危险；正好相反，房内的殖民时代晚期风格的走廊洁净高雅，我也很欣赏布置室内家具和装饰的人所拥有的品位。促使我想从这里逃离的是一些难以确定的细微之物：可能是我觉得自己闻到的某种奇怪的气味，不过我也清楚即使是在最豪华的农舍里也会闻到一些霉烂的味道，这很正常。

七

我竭力不让这些阴郁的疑虑在心里蔓延，依照诺伊斯刚才的指示推开了左边那扇白色的门。门上饰有六块镶板，配有黄铜制的门锁。门后的房间比我之前想象的还要暗一些。而当我走进里面时，我留意到房里那种奇怪的气味变得更加强烈，空气里好像隐现着某种节奏或是震动的韵律。有一瞬间，紧闭的百叶窗处漏进来的一点光线让我能看到一点东西，不过一阵带有歉意的声音或是低沉的私语将我的注意力转移到了摆放在房内黑暗角落里的那把安乐椅上。在这室内的一处阴暗中，我隐隐地看见了白色的脸和双手；我立刻朝那个正想和我说话的人走了过去，向他问好。虽然这里的光线非常暗淡，但我还是能够感觉得出这个人的确是邀请我过来的主人。我曾经反复地看过他的那张照片，坚毅的表情、饱经风霜的脸、灰白的短茬胡子，就是他，我绝没有认错。

但是，当我再次打量此人时，心里生出了一丝焦虑和难过。这是一张重病患者的脸：他脸上的皮肤紧绷，面部僵硬得没有任何表情，目光呆滞，连眼都不眨一下。我想这肯定不是突发性哮喘所出现的症状。同时，我也意识到他长时间经历的恐怖事件对他的身体健康的影响是多么严重。难道这一切还不够让一个普通人崩溃吗？即便是比这个勇敢的学者更年轻的人，也一样会被那一系列匪夷所思的恐怖折磨成这样。恐怕，那突然之间的身心放松来得太迟，还不能把他从全面崩溃的状态中解救出来，恢复正常。他瘦骨嶙峋的双手搁放在膝盖上，毫无生气的迟钝模样让我心生怜悯。他的身上套着一件宽松的睡衣，一条鲜艳的黄色围巾或是头巾裹在头上，遮住了脖子。

我看到他试着要和我说些什么，仍然用的是那种低沉的语调。一开始，我很难听到他在低低地说些什么，因为花白的胡子遮住了他嘴唇的动作，而且他说话的这种音调让我极度地不安。在我努力地集中注意力后，很快就弄明白了他要表达的意思。他的这种口音绝没有乡下的味道，而且说出来的语言比我根据他的信件内容所推测的更为文雅：

“我猜，您是威尔马斯先生吧？请原谅我不能起身。正如诺伊斯先生告诉你的一样，我现在病得很重。但我还是坚持邀请您过来。您已经看过我给您写的最后一封信了，等明天好点了，我会告诉你很多事情。在和您通了那么多的信后，您不知道见到您本人我有多高兴。您已经把那些信件带来了吧？还有那些照片和唱片？诺伊斯把您的行李箱放在大厅了，可能您已经看见了。恐怕今天晚上您要自己接待自己了。您的房间就在楼上，这个房间的正上方，楼梯口旁边就是浴室，门开着。从这扇门出去，右边是餐厅，里面已经为您准备好了饭菜，您想什么时候吃都行。明天我会尽地主之谊，但是现在不行，全身虚弱，连我自己都很无助。”

“您就当在家一样——带包上楼的时候您可以把那些信件、照片，还有那张唱片先拿出来放桌子上。我们明天就在这里讨论这些东西，留声机就放在那个角落里。

“不用，谢谢，您不用做些什么，这些都是老毛病了，您也帮不了我。您可以在附近走走，太阳落山前回来我们谈一会儿，您要是困了就上楼休息。我就在这里休息，可能整晚都会待在这里，平常也是这样。等到明天早上，我就会好很多，可以和您去探讨那些我们必须要谈论的事情。我们所要面对的事情绝对会让您大吃一惊，将会有一些超出人类科学与哲学概念之外的关于时空的浩瀚知识——一扇只向地球上极少数的一部分人类敞开的大门，其中也有我们。

“您知道吗？爱因斯坦错了。在宇宙中存在着某种物质和力量，它们的运动速度已远远超过了光速。借助于某种正确的方式，我也可能在时光隧道中自由穿梭，穿越到过去或是未来，真实地去目睹和感受遥远的过去和未来的新纪元。您根本无法想象那些生物所掌握的科学技术已经达到了怎样的程度。它们能够对有机体生命的思想和身体做任何事情！我渴望着能去其他的行星，甚至其他的恒星和星系。首先要去的将会是犹格斯星球，那里是那些外来生物居住的离我们最近的地方。它是一个黑暗的奇异星球，位于太阳系的最边缘，至今还未被天文学家们发现。我之前应该在信中告诉过您这些。您应该明白，在适当的时间里，那些外来生物将会直接与我们进行思想交流，让地球上的人类知道那个世界的存在——很可能是让它们的一个人类同盟向科学家们展示这些。

“犹格斯星球建有很多巨大的城市。城市中矗立着一排排用黑色岩石倚着斜坡而建的巨大高塔，我曾经要邮寄给您的就是那种黑色岩石的样本，它就来自犹格斯星球。在那里，太阳光比星光还要暗淡。但是那些生物并不需要光线。它们有更为微妙细致的感官，不同于地球上的生物。他们也不会在巨大的房屋和神庙里设置窗户。光线会对它们造成伤害，妨碍它们，造成混乱。因为它们最初生活在一个超越时空之外的黑暗宇宙，那里根本就不存在光线。任何心智脆弱的地球人类去犹格斯星球肯定会崩溃而疯狂，就算这样我还是要去。犹格斯星球上还有一些神秘的巨桥，是一种被遗忘的种族修建了那些桥，他们早在那些生物从终极虚空来到犹格斯星球之前就已经灭绝，巨桥之下黑色的黏稠河流缓缓流淌着。如果有此经历的人类还能保持正常的神志将这一切讲述出来，那么此情此景足以让任何人变成诗人但丁或是爱伦·坡。

“这个建有菌状葱绿园和无窗建筑的黑暗城市实际上并不可怕，只是对我们来说好像是让人畏惧的。或许在远古时期，当那些生物第一次探索我们这个世界时，也表现出像我们一样的畏惧。您知道，它们在很早很早以前就来到了地球，那时传说中的克苏鲁时代还没有终结，传说中沉没的拉莱耶之城还存在于水面之上，它们记住了所有的一切。它们进入地球的内部世界，人类对其却一无所知。它们中的一些就生活在佛蒙特州的深山里，那里还存在着一些未知生命的世界：散发着蓝光的坎杨、点点红光的尤斯、暗不发光的恩凯。那邪恶可怕的撒托古亚就来自恩凯种族。您应该知道，在《纳克特手抄本》《死灵之书》以及经由亚特兰蒂斯的高级牧师卡拉卡什·唐保存下来的康莫尼姆传说体系中提到过的生物——像蟾蜍一般无定形实体的强大生物。

“这些我们晚点再谈。现在应该四五点了。您最好先把那些素材资料从旅行箱里拿出来，去吃点东西，然后慢慢再谈论这些。”

我遵从了埃克利的提议，缓缓地走出去拿我的行李箱，并取出那些需要的文件资料，放好之后我走进了为我安排的房间。此时，我大脑里还想着路面上那些爪印，埃克利近乎于私语的低沉话语也给我带来了一种奇怪的感觉。他话语中透露出他对那个菌类生物聚集生活的未知世界的熟悉程度，让我毛骨悚然。我深深地为埃克利的重病感到遗憾，却也不得不承认，他沙哑低沉的语调虽勾起了我的怜悯之心，却也让我感到一种莫名的厌恶。要是他没有那么贪婪地盯着犹格斯星球上那些黑暗的秘密该有多好！

埃克利给我安排的房间设备齐全，很是舒适。这里没有那种霉烂的气味，也没有那种让人不安的振动感。我把行李箱安置在房间后又下楼去和埃克利招呼了几句，然后去享用他早已为我准备好的饭菜。餐厅就在书房旁边，厨房在同一方向的更远处。餐桌上的食物很丰盛，摆放着三明治、蛋糕和奶酪，杯碟的旁边放着一个用来热咖啡的保温壶。吃完美味的东西之后，我为自己倒了一大杯咖啡，却很快发现在这个细节上厨房的工作有失水准。

我刚喝了一勺咖啡就察觉出其中有一种淡淡的辛辣，这味道让我很不舒服，所以我就把杯子放到一边，不再喝了。用餐的过程中，我想埃克利应该一直在隔壁黑暗房间里的椅子上静静地坐着。

中途，我曾走过去邀他一同进餐，但他低声地说他现在还吃不下，入睡前，他会喝点麦芽精。这一天他也就只吃了这么点东西。

吃完午饭，我坚持要自己收拾桌上的盘碟并在厨房的水槽里把它们清洗干净，顺便也把那杯我不喜欢的咖啡倒掉。干完这一切后，我回到书房，搬来一把椅子放在靠近主人的位置，准备和他谈论一些他想谈论的东西。那些信件、照片和唱片仍旧摆放在房中间的大桌子上，但我们暂时都还用不到它们。不久之后，我遗忘了那股奇怪味道和振动感觉。

我曾经说过埃克利在信件里描述过某些情形，尤其是篇幅最长的第二封信。我甚至不敢去引用其中的词句，不敢把那些内容用文字表述出来。这种胆怯的犹豫也同样适用于这个傍晚，我在那偏远山区中的黑暗房间里所听到的窃窃低语。我甚至都不敢在此提及那种沙哑的声音所述说宇宙间的恐怖。埃克利早就知道很多隐晦而神秘的事情，但是自从他与那些外生物达成和解之后，他获悉了更多让正常人根本无法接受的诡异之事。他和我讲述了一些关于终极无限的结构体，维度空间层面并置的知识，还描述了我们所知道的这个宇宙在超级宇宙中的位置——宇宙原子所组成的无尽链条交织在一起，构成了那个由物质和半物质的电子组织构成的有弧线、有角度的超级宇宙。即使是现在，我也不愿去相信他所说的这些。

从来没有一个正常人能如此危险地接近那些基元存在的奥秘，也从来没有一个生物的大脑能如此接近那超越一切形式、力量和对称性的混沌中所存在的彻底毁灭。我从埃克利的叙述中得知了克苏鲁根源于何处，也明白了那些历史上记载的短暂出现过的星体为什么多半都只是昙花一现。从那些连埃克利也会因胆怯而犹豫不决的讲述中，我猜到了那些隐藏在麦哲伦星云和球状星云背后的秘密，以及掩藏于那古老的“道学”之下的阴暗真理。那些讲述明确地揭露了杜勒斯的本性，让我了解了廷达洛斯猎犬的特质（虽然我并不知道它们的起源），同时去除了关于伊格、巨蛇之父传说中那些象征的虚无。当他讲述到宇宙之外的那个巨大无限的曾在《死灵之书》里被仁慈地以阿撒托斯这个名称掩藏其本质的原子混沌空间之时，我心中开始产生了一种厌恶之感。以具体详尽的方式来揭露那些秘密传说中邪恶梦魇的事实着实让人感到极度震撼。而那些近乎于病态的直白讲述已经远远超过了那些远古时期和中世纪年代的神秘主义者最大胆的讲述，令人更加憎恶。我开始相信第一个私下流传这些邪恶传说的人类必定和与埃克利一样接触过那些外来生物，并进行过思想的交流，甚至可能真正去过宇宙之外的地方，而那里正是埃克利现在所期望要去的地方。

我知道了那块黑色石头到底是什么以及它本身又意味着什么，并为它最终没有被寄到我的手中感到欣慰。我之前对石头上的那些象形符号的猜想竟然完全正确！然而，埃克利现在似乎已完全接受了他偶然间发现的这一系列极其可怕的事情，不仅如此，而且还渴望进一步去探索恐怖的深渊。我很想知道，在给我寄了最后一封信之后他到底和一群什么样的异族生物进行过交流，也想知道那些生物中是否真的有一些会和他提到的那个间谍一样以人类的模样出现。这一刻，我的大脑已是高度地紧张，让我无法忍受。同时，对于这阴暗房间里的那些无法散去的怪异气味以及能感觉到的颤动，我的大脑里滋生出了各种各样的荒诞想法。

此时，夜幕已然降临。我想起了埃克利在信中关于那些夜晚的描述，又想到今晚是无月之夜，心中不寒而栗。我极不喜欢农舍地理位置——处在被密林覆盖着的山坡下，山坡通往人迹罕至的黑山顶峰。在得到埃克利的允许后，我点亮了一只较小的油灯，把光亮调小，并把它放置在远处的书架上，紧靠着幽灵般的弥尔顿半身像；但是之后，我又后悔这样做，因为在油灯昏暗的光亮下，主人面无表情、紧绷僵硬的脸和萎靡消瘦的双手显得极其怪异，如同死尸一般。他看起来几乎已经不动了，但我偶尔又看见他在生硬地点头。

他讲述完之后，我几乎已经无法想象明天他又会告诉我一些怎样更加深奥的秘密。但是，最后他还是告诉了我明天将要讨论的主题是他要去犹格斯星球和宇宙之外的计划，而且我也可能会参与其中。当听到我自己也被计划加入这一次穿越太空的旅行时，立刻开始表现出一种惊慌失措的恐惧表情。这表情一定让埃克利感到可笑，因为当我表现得很惊恐时，他的头开始剧烈地摇晃起来。随后，他非常温和地告诉我人类应该如何进行这种看似不可能的穿越星际的真空飞行，事实上已经有人完成过这种壮举。人类完整的身体的确无法完成这种星际旅行，但是那些外来生物利用它们匪夷所思的外科手术、生物、化学以及机械方面的技术探索到了一种方法：只将人类大脑里的思想输送出去，而不用转移人类思想所依附的身体结构。

这种方法能将人类的思想和身体剥离开来，并且能让剥离下来的人体器官在失去思想的状态下继续存活下去。而那没有任何依附、体积较小的思想被浸泡在某种液体之中，装在一个真空的金属圆筒里，时而还会往里添加液体。圆筒是用从犹格斯星上开采的某种金属铸造而成的。电极从圆筒中穿过并与某种精密仪器相连，从而仿制视觉、听觉和语言这三种重要功能。对于这些有翼的真菌生物来说，携带这些圆筒穿越太空并将之完整无缺地带到另一个星球是一件轻而易举的事情。然后，在覆盖着它们的文明的每一个星球上，它们就能找到很多可调节功能的设备，让其与密封在圆筒中的思想相连接；通过一些简单的调试之后，这些思想就具有了生命，在连续不断的时空穿越旅程中，每一个阶段都会获得完整无缺的感官、知觉和语言能力，尽管它只是一种没有躯体的机械形式。这就像是随身携带着一张留声机唱片，只要找到与之相匹配的留声机就可以播放。原理就是这么简单。至于这种方法是否可行，埃克利一点也不担心。难道这种方法已经一次又一次地被用于实践中并辉煌地完成了星际穿越的壮举了吗？

这时，埃克利那几乎没有动弹过的近似于废弃的手第一次举了起来，僵硬地指向房间另一边的书架。书架上很整齐，上面摆着十多个我之前从未见过的金属圆筒。圆筒大约 1 英尺高，直径略小于 1 英尺，每个圆筒凸起的表面上都设置了三个呈等腰三角形的怪异插槽。其中有一个圆筒的两个插槽正连接着摆放在后面的一对机器。它们的用途不言而明，我像是得了疟疾一样地打起了冷战。然后，我看到那只手指向了一个很近的墙角，在那里堆放着一些做工复杂的仪器，上面附有线路和插头。其中有几个与书架上圆筒后面摆放的设备很是相像。

“这里有四种不同的仪器，威尔马斯。”埃克利用低沉的声音说道，“每种仪器都有三个功能，共十二个部分。你看，那上面的圆筒代表着四种完全不同的生物。三个人类、六个不能以实体在太空中穿行的菌类生物、两个海王星上的生物（老天，如果你能看看这些生物在它们自己星球上时的形体就好了）。剩下的生物全都来自银河系外一个特别有意思的暗星，它们生活在那个星球的中央洞穴里。在位于圆顶山之中的主要前哨里，你会不时地看到更多的圆筒和机器，这些圆筒里有一些装载着从宇宙之外来的思想，它们是来自遥远外太空的同盟者和探索家。它们的器官和你我所知晓的完全不同，不过却有专门的机器能很快给它们提供合适的感觉和表达的能力。圆顶山，与这些生物在各个宇宙大多数的主要前哨站一样，是一个宇宙综合化的地方。当然，它们只会把最普通的类型用于我们进行实验尝试。

“现在，把我指给你的那三台机器搬到桌子上——那个前面装配着两个玻璃镜的较高的机器，那个装有真空管和传音器的盒子，还有那个顶端装有金属圆盘的机器。然后，你把那个贴着‘B—67’标签的圆筒也拿过来。够不着书架，就站在那张温莎椅上去。重吗？别担心！必须要确定是‘B—67’，不要弄错了。不要去动那个和两台测试仪器相连接还在闪着灯的圆筒——就是那个上面标着我名字的。把‘B—67’放在桌子上，要靠近那些机器，然后把三个机器上的转盘开关都调到最左端。

“把那台装有透镜的机器连接到圆筒最上面那个插槽，就在那儿！把装有真空管的机器接在往下左手边那个插槽里，带金属碟的仪器连接到最外面的那个插槽。现在，把机器上所有的开关都转到最右端——先转透视镜的那个，再是金属碟的那个，最后是真空管的那个。对，就是那样。我还是先和你说说那个人好了，就像我们中的任何一个。明天再让你试试其他的。”

直到今天，我都想不清楚自己为什么要那么顺从地按照那低沉沙哑声音的指示去做，也不知道我把埃克利当成正常人还是失常者在看待。经历过之前一系列的事情之后，我应该已经准备好了去应对任何状况；但是这种机械的体力表演看起来像极了那种典型的疯狂发明人和科学家的异常行为，并让我产生了怀疑——即便是之前那些荒诞离奇的讲述也没有引起过如此多的疑虑。这个窃窃低语的人所做出的言行都超越了人类所持有的观念。然而，难道地球之外更远的太空就不存在其他的东西吗？难道仅仅因为缺乏具体确凿的证据就认为这一切离奇荒谬吗？

当大脑还在这混沌之中晕眩时，我听到了刚才连接上圆筒的三台机器都发出一种摩擦和转动的混合声音。很快，这种混杂的声音就平息下来变得寂然无声了。将会出现什么状况？我会听到机器发出的声音吗？如果是这样，我有什么证据能证明它并不是由某个一直隐匿着去密切监视着我们一举一动的人正通过某种巧妙混制的无线电装置在发出声音呢？即使到现在我也不愿承认我听到了什么，或者是在我的面前真正出现了什么现象。但是看起来确实有什么事情发生了。

简单地说，那个装配着真空管和传音器的机器开始说话了，而它所表达的言语要点清晰、很有智慧。这一切都毫无疑问地表明了说话者的确就在现场，而且正观察着我们。那个声音很响亮，带有金属的脆质，毫无生气，从发音的每个细节都能明白无误地听出它的机器特性。没有音调变化，也没有感情的融入，只是极度精确沉稳地发出声音，喋喋不休，那声音犹如刮擦金属片般刺耳。

“威尔马斯先生，”那个声音说道，“我希望没有吓着您。我和您一样是人类，但我的身体现在正安全地存放在从这里往东大约有1英里半路程的圆顶山之中，在接受营养补给。我的思想和您在一起，就在这里。我的思想就装在那个圆筒之中，我能通过这些电子振动器去看，去听，还能说话。一周之内我将会像之前做过的很多次尝试那样再次穿越时空，我期待着埃克利先生的同往，希望您也能参与其中。之前耳闻过您的大名，也仔细查看过您与我们的朋友之间的书信，现在又见到了您，我非常高兴。地球上的人类只有很少一部分与外来生物通过思想的交流结成了同盟，而我就是这少数人中的一个。我第一次与它们结识是在喜马拉雅山脉一带，并且在很多方面给予过它们帮助。作为回报，它们让我体验了只有少数人类才有过的经历。

“如果我说我曾经到过三十七个星球，有行星、暗星，还有一些难以定义的星体——其中八个位于我们银河系之外，还有两个已经超出了我们时空的宇宙范围，您知道这意味着什么吗？而所有这些对我并未构成任何损害。那些外来生物通过裂变熟练地把我的思想从身体里取走，这个过程如此的简单，根本就不能称之为外科手术。那些来到地球的生物掌握了很多技术，使抽取思想的过程变得相当容易，甚至已经习以为常。当人类的思想被从身体里提取出来以后，他的躯体就不会在时间里慢慢衰老。另外，我得补充一点，那些外来生物会不时地更换用于浸泡的液体，通过这种方式来提供机械的功能以及营养供给。这样一来，提取出来的思想实际上已经是长生不朽了。

“总的来说，我衷心希望您能够和埃克利先生，还有我一起体验这种经历。外来生物渴望能认识像您这样知识渊博的人，同时也希望让这些人亲眼看到那些我们大多数人在愚昧无知的幻想中曾经梦到过的伟大深渊。与它们的第一次会面好像会觉得怪异，但我知道您不会在意这些。我想诺伊斯先生也会和我们一起去，就是那个开车把你带到这里的人。他早在几年前就是我们中的一员了，我猜您能辨识出他的声音，就是埃克利先生寄给您的那张唱片中的一个声音。”

听到这里，我的反应很强烈。说话者停顿了一会儿，又继续他的讲话：“所以，威尔马斯先生，我希望您好好考虑一下；另外，我知道您一直很热爱奇异之事与民俗传说的探索研究，像您这样的人绝不应该错过如此珍贵的机会。没有什么好畏惧的！所有的转变过程都没有疼痛，况且在完全的机械感官状态下会享受到很多乐趣。当断开电极连接后，人只会进入一个特别生动的梦境状态。

“现在，如果您不介意的话，我们就结束这次谈话，等到明天再说。晚安！您只用把所有的开关都转回到左边就可以了。不用担心它们的顺序，不过您最好能把装有透视镜的机器放在最后关掉。晚安，埃克利先生，好好招待我们的客人。准备好关闭开关了吗？”

就是这些了。我机械地遵循着指示，关掉了三个开关，但对刚刚发生的一切充满了怀疑，头脑恍惚。当我听到埃克利用低沉的话语告诉我不用管摆放在桌子上的所有仪器时，我仍然处于眩晕状态。他并没有对刚才发生的一切作出任何评论，事实上，也没有什么方法能够很好地表达出我所感受到的压力。我听到他说我可以把油灯带到自己房间里去用，看来他希望独自在这片黑暗里休息。这时候他也确实该休息了，因为从下午到晚上，他一直在向我讲述，即使是一个精力充沛的人，到这个时候也会感到精疲力竭。我神情恍惚地向主人道了晚安，尽管随身还带着一支质量不错的小型手电筒，我还是带着那盏油灯往楼上走去。

楼下的那个书房里一直弥漫着一种怪异气味，而且我总能隐约感觉到一种颤动。从那里出来，我的心情也好多了。然而，当我想到自己现在所处的环境以及将与之碰面的神秘力量时，还是无法从心底摆脱那种毛骨悚然的感觉，那是畏惧之中交织的危险以及担忧。这里偏僻荒凉，房屋的后面就是那高耸的黑林山脊，那一片诡异的密林与这里如此之近。我又想起了路面上的怪异脚印；还有坐在黑暗中生了病的埃克利，他低低地发出声音，却总是一动不动。那些邪恶的圆筒和仪器，尤其是奇怪的手术和时空旅行的邀请更是无比诡异。这一切对我来说都显得那么陌生，它们突如其来闯进了我的生活。这种渐渐累积起来的外力不断地磨蚀着我的意志，甚至几乎消耗掉我所有的体力。

今晚我知道了把我带到这里来的诺伊斯居然就是唱片录音里的那场邪恶仪式里的人类司仪，这个事实让我尤为震惊，尽管我在之前就已经从他的声音里觉察到一丝模糊厌恶的熟悉。另一种特别的惊异则来自我对主人的态度，不论什么时候都不愿去细细琢磨；我本能地喜欢那个写信的埃克利，但是现在我发现他让我产生了一种明显的反感。他的病原本应该激起我的同情，却反而让我感觉到了一种恐惧。他看起来身体僵硬，面部呆滞，像是一具死尸；还有那连续不断的完全不像是人类发出的低语声让人深深感到厌恶。

我突然想到他的这种低语与我曾听到过的任何声音都有很大的不同。虽然说话者被胡子遮住的嘴唇很奇异地几乎没有动过，但是这样一个突发哮喘的患者发出的声音却携带着一种潜在的力量，就算是完全隔着一个房间，我依然能理解说话人的语言。甚至有一两次，我总觉得那声音虽然低弱但带着一种渗透人心的力量，这表明说话人并非真的虚弱无力，更像是出于某种原因而故意压抑了自己的声音。至于他这样做的原因，我无从猜测。从一开始，我就从那音调中感觉到了一些令人不安的特质。而现在，当我试着去权衡整件事情时，我认为能够从那种感觉中追溯到一种潜意识里的熟悉，就像我从诺伊斯的声音里能觉察出一丝模糊的不祥一样。但是，到底是在何时何地听到过这种声音，我却无从说起。

不过，有一件事是可以确定的——我绝不会在这里多待一晚。我对科学的那种热情已经在恐惧和厌恶之中完全消失。现在，我什么都不愿意去想，只希望能从这张由离奇的恐怖与反常的事实所编织出的网中逃脱出去。我现在所知道的东西已经够多了，我不想再知道任何更多的内容。宇宙时空中的联系可能确实存在，但这些联系绝不意味着我们人类可以涉足其中。

邪恶的力量似乎环绕在我的周围，令人窒息地压迫着我的思维意识。这样的情形下，我想睡觉已经是不可能了。所以我只是吹灭了那盏油灯，却穿着衣服躺在床上。这种行为无疑显得有些荒谬，但我当时确实准备着要应对一些未知的紧急情况。我的右手紧紧地握着随身带来的左轮手枪，左手抓着小型手电筒。楼下没有任何声音，我能想象到主人此时正怎样如死尸一般僵硬着身子坐在那一处黑暗之中。

我听到从某处传来的时钟滴答声，竟然对这种正常的声音略带感激。可是，这声音也让我回想起这个地方的另一个怪异，让我感到不安的怪异——这里完全没有动物。可以肯定这附近一带并没有家畜，而此刻我意识到那些野外动物在夜间发出的那些声音在这里也完全听不到。除了从远处的某个地方传来的看不见的水流所发出的让人感觉到凶险的声音之外，这里完全是一片死寂，极为反常，像是星际间的那种沉寂。我想知道到底是怎样的星际间无形的荒凉在笼罩着这片土地。我想起那些古老传说里提到过狗和其他兽类总是会对那些外来生物持有敌意，极度厌恶它们。我也开始思考路面上留下的那些印迹可能意味着什么。

八

我竟然出乎意料地陷入了沉沉的昏睡。不要问我睡了多久，也不要问我紧接着发生的事情有多少是梦境。如果我告诉你，我在某一时刻醒来后听到和看到了什么，你只会说我那时候还没有醒来，我所描述的那一切都是梦境，直到我从房子里冲出去的那一刻。那时，我从那座房子里冲了出来，跌跌撞撞地向停着福特车的车棚跑去。我疯狂地驾驶着那辆古老的汽车，漫无目的地在这片外来生物经常出没的深山之中急驰，经历了几个小时的颠簸之后，我费尽了力气终于穿过了那片危险的森林迷宫，最后到了一个村庄，后来才知道那个地方是汤恩森德。

你们当然也不会相信我之前经历的那些事情。你们会断言所有的照片、唱片里的声音，圆筒和机器发出的声音，以及其他类似的证据都是某些有经验的老手利用亨利·埃克利的失踪给我布下的一个纯粹的骗局；你甚至会说这是埃克利与其他一些有怪癖的家伙精心策划并执行的一个恶作剧——他自己在基恩拿走了快递物品，也是他让诺伊斯制作了那张唱片。不过，诺伊斯的身份还一直未能确定，这一点极为古怪。因为他应该经常到这个地方来，可是住在埃克利附近的每一个村民都不认识这个人。我真希望自己那时能记下诺伊斯那辆车的车牌号码，或者我什么都没有做反而更好。无论你们怎么断定，无论我如何时不时地去试着说服自己，我都知道那些来自外空令人畏惧的外来生物就潜伏在那人迹罕至的深山密林之中，知道那些外来的生物还派遣了大量的间谍和密使潜伏混杂于人类的世界里。从今以后，我所希望的就是远离那些外来生物的影响以及它们的秘密使者，有多远离多远。

我向当地警察局讲述了这近乎荒诞的事情。当一队警察赶到那栋房屋时，埃克利已经不见了，也没有留下任何线索。他宽大的水浴袍、黄色的头巾以及脚上的绷带都还在书房里，被扔在那把安乐椅周围的地板上，却无法确定他的其他衣物是否与他一同消失了。他驯养的警犬以及饲养的一些家畜确实是失踪了，并在房子内外的几面墙上发现了一些奇怪的弹孔。除此之外，并没有发现其他异常线索。屋内没有圆筒和仪器，没有古怪的气味和颤动的感觉，我用行李箱带来的那些资料不见了，屋前路面上那些怪异的印迹也消失了，直到最后我也没有发现任何可疑的证据。

离开那里之后，我在伯瑞特波罗逗留了一个星期。在这期间，只要是认识埃克利的人，我都去向他们询问一些相关的情况。询问的结果让我相信这件事并非由梦境或是幻觉虚构出来的。埃克利曾经很反常地购买过警犬、军火，还有一些化学药剂，他的电话线也总是被切断，这些情况都是记录在案的；所有认识他的人，包括他在加利福尼亚的儿子都承认他对那些古怪的研究所提出的零散杂乱的看法存在独特的一面。思想顽固的人们认为他已经疯了，而且坚定地宣称所有的证据只是他神智不清后像搞恶作剧一样设置出来的，甚至很有可能是在某些有怪癖的同谋的唆使下弄出来的东西。而那些没有受过什么教育的村民却都能肯定他讲述过的每一个细节，坚持确有其事。他曾经让一些村民看过那些照片和那块黑色的石头，也让他们听过那张录有骇人声音的唱片，这些村民都说那些照片中的脚印和那嗡嗡的声音与古老传说里记载的很相像。

他们也告诉我，在埃克利带回了那块黑色石头之后，村民们就越来越频繁地在埃克利的房屋四周看到一些可疑的景象，听到一些怪异的声音。现在，除了邮递员和少数几个意志坚定的人，其他所有的人都会回避埃克利的住处。在当地，黑山和圆顶山都是众所周知的诡异地方，几乎没有人深入过那里的密林。偶尔会有本地人在那里失踪，这些在历史记录上都有记载，可以证实。失踪人口里也包括埃克利在他的信里提到过的那个经常无所事事、四处游荡的沃尔特·布朗。我甚至去找了一个在发洪水时曾亲眼在泛滥的西河河面上看到那种古怪东西的村民，但他的描述实在太过混乱，没有什么真正的价值。

从伯瑞特波罗离开时，我决心再也不去佛蒙特州，而且我很确定自己一定会做到。那些深山密林绝对就是那外来种族的恐怖前哨——当我看到一条新闻声称观测发现了位于海王星之后的第九大行星时，我更是对此坚信不疑。那些外来生物说过“它”必然会被人类观测发现，竟然如此吻合。天文学家把那个行星命名为“冥王星”，或许他们自己根本就没有意识到这个名字有多么的贴切。我认为“冥王星”这个名字毫无疑问地与那黑暗的犹格斯星球完全相符。可是，那个星球上的怪异生物为什么要在这个特别的时间让地球上的人类探测到它们的星球？当我力图找出这其中的缘由时，心中滋生出阵阵寒意。我想说服自己，那些可怕的生物不会对我们的地球以及居住在地球上的正常生物带来危害，可是这一切说辞不过是徒劳。

不过，我还是要把自己在那间农舍里度过的那个恐怖的夜晚发生的所有事情讲述出来，作为这个事件的结尾。我在前面说过，那晚我在不安中陷入了昏睡。睡眠中却充斥了一些奇怪的梦境，看到了一些怪异的景象。后来究竟是什么把我弄醒的，我也说不清楚。但是那时我的确醒了，这一点我能确定。我先是模糊地感觉到房间外的地板上发出了一种微弱的“咯吱——咯吱——”声，然后是一阵迟缓地摸索门把的声音。然而，这声音几乎在一瞬间就消失了。寂静之中，我听到了下面书房里传出的声音，意识的真正清醒便是从这里开始的。我好像听到那里有几个人在说话，而且能够断定他们正在进行一场争论。

等我听了几秒钟之后，我已经完全清醒了。因为那些特殊的声音根本无法让人继续睡下去。那些语调很是古怪，各式各样但却完全相同。只要是听过那张邪恶的唱片的人，会毫不犹豫地辨识出其中的两个声音。我脑海里闪过一个毛骨悚然的念头：此时此刻，我和那些从外太空而来的未知生物处于同一个屋檐之下；因为那两个声音正是那邪恶的嗡嗡声，那些外来生物就用这种声音与人类交流。这两种声音本身也存在着个体上的差异——不同的音调、不同的口音、不同的语速。然而，相同的是，两者都带着邪恶的特质。

第三个声音无疑是把机械传音器连接到一个置放着思想的圆筒所发出来的。对这个声音的确认是因为那种声音非常响亮，带着金属感却毫无生气的刮擦声，并且没有语调和情绪变化，是一种客观的、精准的喋喋不休，之前已经给我留下了深刻的印象，我绝不会记错。有一会儿，我根本就没有想过这个刺耳声音之后的思想是否就是之前与我交谈的那个人，而是想当然地以为就是他；但是之后我立刻想到如果那些思想所连接的是同样的传音器，那么任何思想发出来的声音都将会是完全一样的，唯一可能的区别在于声音表达所用的言辞、节奏、语速以及发音等方面。在这场邪恶的讨论中，实际上还有两个真正的人类的声音——一个显然是乡下人的粗俗声音，比较陌生；另一个则是之前的向导诺伊斯文雅的波士顿口音。

我努力试着去听清楚它们到底在说什么，那些声音却被结实的地板阻隔了部分。与此同时，我也能听到楼下的房间里传出阵阵骚动声，像是有什么东西在地面上来来回回地拖曳行走。由此，我自然而然地推测出下面的房间里一定有很多活着的生命，远远超过我能辨识出的几个说话者。对于这种骚动声，我很难用语言对其进行准确的描述，因为几乎没有什么适当的声音可以用来作类比。时不时地总会有些什么东西在下面的房间里穿行移动，像是有意识的实体存在；它们的脚步声听起来像是坚硬的外壳和地板碰撞发出的咔嗒咔嗒声，很像是表面不平整的兽角或是硬橡胶。如果要用一种更为形象的比喻来描述的话，那就像人穿着宽大破裂的木屐在平滑的地面上拖沓着行走发出的声音，但这个比喻并不精确。那些发出这种声音的东西到底是什么？会是什么样子？我根本不敢去多想。

不久之后，我意识到自己根本不可能分辨出这种连续对话表达的意思。一些分离的词语不时地从下面传到我的耳朵里，尤其是在那个机械的传音器所说的话语中，我还听到了埃克利和我的名字。但由于缺乏上下文的关联，我还是没有弄明白它们所表达的意思。时至今日，我都不愿意根据当时听到的只言片语作出明确的推论，即使那些字句的确暗示了一些东西。我感觉到也能确定自己的下方正在召开一场可怕的秘密会议。至于此时这个会议正在商议怎样一些骇人听闻的内容，我却无从得知。虽然埃克利此前向我确保过那些外来生物的友善，但奇怪的是，我无疑感觉到了一种充满恶意的邪恶气氛已在四周弥漫开来。

我耐着性子继续监听。终于，我能清楚地分辨出不同的声音了。尽管还是不能弄明白每一个声音所表达的内容，但我似乎已经捕捉到了一些说话者特有的表达方式。比如有一个嗡嗡的声音表现出了明显的权威；那个机器发出的声音，尽管仿造出了正规响亮的人类声音，却能听出它处于一种从属的地位。诺伊斯的语调里流露出一种缓和安抚的语气。其他的声音我不再作具体诠释。我并没有听到埃克利那熟悉的低沉的声音，不过我很清楚像那样的声音根本不可能穿透这结实的地板传进我的房间。

在这里，我要把当时听到的一些杂乱的词句和其他的声音写下来，尽可能地标示出每个说话者。下面的文本是从那个传音器表达的内容开始记录的，因为直到那时我才能辨别出一些词句。

（机器传音器）……我自己引起的……把信和唱片送回去……结束它……吸收进来……看见听见……该死的……非人类之力，毕竟……有光泽的新圆筒……老天……

（第一个嗡嗡声）……我们停下来的时候……弱小和人类……埃克利……思想……说……

（第二个嗡嗡声）……奈亚拉托提普……威尔马斯……录音和信件……拙劣的骗局……

（诺伊斯）（一个很难正确发音的词语或是名字，可能是恩伽·克恩）无恶意……和平……好几周……夸张的……早就告诉过你

（第一个嗡嗡声）……没有理由……原定的计划……影响……诺伊斯能监守圆顶山……新的圆筒……诺伊斯的汽车

（诺伊斯）好吧……都给你……就在这里……休息……地方

（同时响起的几个声音混杂于一段无法辨别的话语里）

（响起很多脚步声，包括那种古怪的骚动声或咔嗒声）

（一种奇怪的拍打声）

（汽车的发动声和之后开走的声音）

（一片寂静）

以上就是我的耳朵所能捕捉到的楼下谈话的大体内容。当时，在那位

于深山之中的诡异房屋里，我在二楼房间的床上僵直着身体，一动不动地躺着，右手紧紧握着一把左轮手枪，左手抓着小型手电筒。我之前说过，那时的我已经完全清醒了，却感觉到自己全身僵硬无力。直到楼下的那些声音消失了很久之后，我的身体依然处于一种麻痹的状态，极为迟钝。我听到楼下某处传来了古老的木质康涅狄格大钟不缓不慢地发出的嘀嗒声。到了最后，我终于听到了一阵不规律的鼾声。我猜测，刚才那场怪异的秘密会议之后，埃克利应该已经感到困倦了，此时肯定在熟睡，而且我能确定他现在确实需要休息。

只是，我现在还无法决定自己该怎么打算或是该怎么行动。毕竟，我所听到的东西已远远超出了根据之前的信息所作出的推断。难道我不知道那些未知的外来生物已经可以自由出入于这间房屋了吗？毫无疑问，埃克利肯定也对它们这次意想不到的来访感到吃惊。我听到的那些支离破碎的对话中隐含的一些意思让我从心底感觉到无尽的寒意，并滋生出了一种极为奇怪的疑虑。我强烈地希望自己赶紧醒来证明这一切只是一个梦境。我想，我的潜意识应该已经嗅出了某些特别的东西，只是自己还没有真正地察觉而已。那么埃克利呢？难道他不是我的朋友？如果有什么会对我造成伤害，难道他不会维护我吗？我心中的恐惧突然间变得更加强烈，从楼下传来的安稳平和的鼾声似乎正在嘲笑我此时的寒栗。

有没有可能埃克利已经被它们利用了，并被作为诱饵引诱我带着那些书信、照片和那张唱片进入这深山之中？那些东西会不会因为我们已经对此事知道得太多而试图把我们两个一起干掉呢？我再一次想到在埃克利的倒数第二封信和最后一封信之间的那段时间里应该发生了什么事情，导致整个情形突然发生了奇异的变化。本能告诉我，这中间有什么东西被完全弄错了，事情并不像我看到的那样。我又想起了那杯我没有喝下去的带有辣味的咖啡——难道有什么隐匿着的东西往里面下过药？我必须立刻和埃克利谈一谈，让他明白这些，重新衡量事情的严重性。那些外来生物以揭示宇宙秘密的承诺让他为此着迷并深陷其中，但他此刻必须清醒，必须理智。我们必须在一切还不算太迟之前逃出去。如果他没有足够的意志力离开这里获得自由，我会帮他；要是我无法说服他离开这里，至少我可以自己离开。如果这样，我会借用他那辆福特车，开到伯瑞特波罗之后把车留在那里的车库里。

我已经留意过这里的车库，因为埃克利认为现阶段危险已经过去了，所以那里并没有锁上。这种情形对我来说是个很好的机会，我可以利用它逃跑。此刻，我对埃克利产生的那种短暂的厌恶感已经全然消失。他现在的处境和我差不多，我们必须一起抗争。我知道他现在的身体状况很不好，也不想在这个时候把他叫醒，但我知道我必须这样做。在这种情况下，我不能待在这个地方什么也不做，一直等到明天早上。那时，一切都将成为定局。

最后，我觉得是时候行动了，精神抖擞地舒展开了身体，放松了紧绷着的肌肉。我并没有深思熟虑，而是在潜意识里开始小心谨慎起来，戴上帽子，提起行李箱，然后借助手电筒的光亮往楼下走。我很紧张，右手牢牢地握着那把左轮手枪，左手抓着行李箱和手电筒。我自己也不知道为何要作出这种防范，因为那时的我只不过是要去叫醒睡在这幢房子里的另一个人而已，而且是唯一的一个。

我半踮着脚尖走下楼梯，来到了楼下的大厅。走到那里时，我能更清晰地听到熟睡的人发出的鼾声，并且推断出他一定睡在我左边的房间，就是那间我没有进去过的卧室。而之前曾听到从那里传出了声音的右边书房却敞开着，黑漆漆一片。卧室的门并没有从里面锁上，我轻轻推开了它。然后借着手电筒发出的光循着鼾声的源头小心翼翼地往前走，最后手电筒的光落到了那个人的脸上。但是，在接下来的一秒钟之内，我慌忙关掉了手电筒，像只猫一样轻轻地退回了大厅。一退回到大厅，我的小心谨慎在这一刻得到证实，不仅仅是出于本能，更是一种理性的明智。因为睡在床上的那个人根本不是埃克利，而是之前领我来这里的诺伊斯。

真实的情形到底是怎样的，我无法去猜测。但常识告诉我，现在最安全的做法就是在任何人醒来之前尽可能地去弄清楚事情的原委。回到大厅后，我轻轻关上了身后卧室的门，并带上了门锁，不希望弄醒诺伊斯。接着我小心谨慎地走进了那间黑暗的书房，希望能在那儿找到埃克利。我想，不论他是否醒着，此时都应该会待在房间角落里的那张安乐椅上，那显然是他最喜欢的休息处。往前走时，手电筒发出的光照在了摆放在桌子中央的邪恶圆筒上。我发现这个圆筒已经连接上了视觉和听觉的机器设备，旁边就是传音器，随时可以连接上。我想到，这一定是刚才那场可怕的会议中说过话的那个装置在圆筒里的思想。有那么几秒钟的时间，我心里产生了一种强烈的冲动，想把它和传音器连接起来，听听它会说些什么。

我想，它即使现在无法发声，也一定意识到了我的到来。因为那些连接上的视觉和听觉设备肯定能觉察到手电筒发出的光亮以及我在地面上行走时发出的微弱声音。但是，我最终还是不敢去摆弄这个东西。不经意间，我发现这是那个带着光泽的新圆筒，上面还标示着埃克利的名字，之前我在书架上看到过它，主人还让我不要去动它。回顾当时的那一刻，我现在只能为自己的胆怯感到后悔，真希望自己当时能够勇敢地把它与传音器连接起来听听它要说什么。天知道它可能会澄清怎样一些隐晦的秘密、恐怖的疑虑和问题。但当时，我没有这样做或许也是一种幸运。

手电筒的光线转向了房间里的那个角落。我以为埃克利会在那里，却极为困惑地发现那张安乐椅上空空如也，并没有任何人在上面熟睡或是醒来。那件熟悉的晨衣搭在椅子上，一部分垂落到了地上，旁边的地上散落着那条黄色的头巾，还有那块缠在脚上的绷带，这一切显得如此的奇怪。面对这些，我犹豫不决，努力地去猜测埃克利现在可能在哪个地方，他又为何脱下了身上的病服。这时，我觉察到这间房里弥漫的那种怪异的味道和振动的感觉都已经没有了。究竟是什么东西产生了那样古怪的气味和颤动的感觉？我突然有一个古怪的想法：它们只出现在埃克利的周围，尤其是在他坐着的地方，那种感觉最为强烈。除了他待着的这个房间以及这间房的门口，其他地方完全感觉不到那种怪异的气味和空气中颤动的感觉。我停下了脚步站在这黑暗的房间里，任由手电筒的光亮在室内漫无目的地四处游荡，绞尽脑汁地想弄明白这一切究竟是怎么回事。

我多么希望自己在手电筒的光亮再次落在那张空椅上的时候，我已经安静地从这里退出去了。但事实上，我并没有安静地从这里离开，而是发出了低声的惊呼，惊呼声肯定惊扰到了大厅那头熟睡中的诺伊斯，但他没有被彻底吵醒。那声惊呼以及诺伊斯持续不断的鼾声，是我在这遍布密林的诡异深山之中，在这山脚下弥漫着恐怖的农舍之内听到的最后声音。方圆四周绵延着苍翠群山，远处的林间传来邪恶的溪流声，这一片幽灵般的土地全然被一种超自然的恐怖所笼罩。

在慌乱的逃窜中，我并没有抛下手中的电筒、行李箱以及那把左轮手枪，在慌乱的情形之下要做到这些简直不可能。不过，我确实没有落下它们中的任何一件。事实上，我小心翼翼地走出了这间书房以及这座房子，没有再发出任何声响。接下来，我拖着沉重的脚步把行李安全地放到那辆破旧的福特车上，然后发动了汽车，在这没有月亮的黑夜里向某个我认为安全的地方疾速飞驰而去。之后那一路的驾驶行程就像是出自爱伦·坡或是兰波[1]的诗歌，或者是多雷[2]的画卷，充满了狂乱的幻境。但是最后，我还是到了汤恩森德。所有的事情就是这样。如果在经历了这一切之后，我的神智还是正常的，那么这绝对是一种幸运。有时候，我还是会感到恐惧，总是担心这几年之中会发生些什么怪异的灾难，尤其是当那颗被命名为“冥王星”的新的行星被人类如此离奇地发现之后，我更是惶惶不安。

刚才我提到过，我用手电筒把这屋子巡视一圈之后，又将光亮重新投射到那张空椅之上。这是我第一次去留意那椅子的座位，上面竟然还有一些东西。由于紧邻着那件松散挂在椅背上的浴袍，那些东西并不显眼，我开始根本就没有注意到。那些东西共有三件，但后来赶到的调查警员却没有找到它们之中的任何一个。我之前也说过，从视觉上看来，它们其实并不恐怖。真正的噩梦是根据那些东西所作出的联想和推理。即使是现在，我仍然时时会产生怀疑，并能够部分地去接受那些怀疑论者的看法，他们把我的全部经历都归结于噩梦、妄想以及神经错乱。

那三个物件的构造极其精致，上面还配置了精巧的金属夹使它们可以附加在某些生物上面。至于那些生物到底是什么，我已不敢妄加猜测。不管我内心深处的恐惧告诉我那些物件是什么，我多么希望——虔诚地希望它们只是一个工艺巧匠制造出来的蜡质品。老天啊！那个藏在黑暗之中，散发着可怕气味和颤动气流的窃窃低语者！那是巫师、间谍、替代者、外来生物……那压抑着的嗡嗡声，那让我毛骨悚然的声音……还有那一直被放在书架上，崭新的散发出光泽的圆筒里所置放的东西……可怜的人啊……那些令人惊异的外科手术，以及生物、化学、机械方面的精湛技能……

---

①让·尼古拉·阿蒂尔·兰波（法语：Jean Nicolas Arthur Rimbaud，1854 年 10 月 20 日—1891 年 11 月 10 日），19 世纪法国著名诗人，早期象征主义诗歌的代表人物，超现实主义诗歌的鼻祖。——编者注

②古斯塔夫·多雷（Gustave Dore，1832—1883 年），19 世纪法国著名版画家、雕刻家和插图作家。1832 年生于斯特拉斯堡，自幼喜爱绘画，此后潜心练习。他以幽默画成名。——编者注

那些放在椅子上的东西，制作得极度完美，即使在显微镜下，每个微小的细节也和实物完全相似，或者可以说那些就是实物，它们是亨利 · 温特沃思 · 埃克利的脸和双手。

阿撒托斯

当时光在这个世界漫漫流逝，人类的思想中便产生了怀疑；当灰色的城市耸入烟雾弥漫的天空，高塔林立，在这昏暗丑陋的阴影之下，便不会有人再梦到太阳或是春天里开满花儿的绿地；当获悉地球被剥去美丽的外衣，满目疮痍，诗人除了用内心已然模糊的眼睛看到扭曲的幻影之外，别无其他可再吟唱；当这些情形纷扰而至，人类天真的希望荡然无存时，有一个人进入了生命之外的旅程，他在太空中去追寻探索，尽管这个世界的梦想已流逝。

关于这个人的姓名及生活所在地，几乎无记录可寻，只有天和地知道，尽管传说中那时的世界也是混沌一片。所知道的只有他生活在一个有着高高围墙的城市里，那里只有昏暗中的一片荒寂；他每天都在阴影和混乱中辛苦劳作，傍晚时他回到一个房间之中；那间房中只有一扇窗户对着一处昏暗的场地，没有原野或树林，其他的窗户之外除了无尽的失望别无其他。从窗户往外望，只看到围墙和窗户，有时如果身体倾得再厉害一些，也能窥视到天上的星星。一个心存学识和梦想的人面对仅有的这些围墙和窗户，用不了多久就会变得疯狂；住在那房间里的人夜夜把身体倾向窗外，仰望苍穹，去追寻这个世界灰色城市之外的点点星光。数年之后，他开始为那些稍大一些的星星命名，当它们从眼前飞逝而过时，他便在幻想中追随而去。最终，他的视野日渐广阔，能看到许多秘密的远景——那是一些普通的眼睛无法看到的所在。在一个夜晚，一个强大的气流漩涡产生了，梦幻般的天空膨胀起来，压向那个孤独的观察者的窗户，紧逼而来的还有那沉闷的空气，最终使得那个人成了那令人难以置信的奇迹中的一部分。

在那个紫色的午夜，闪着金光的尘土聚集成漩涡，带着其他世界的芬芳从宇宙空间旋转而来。宁静的海平面巨浪呼啸，闪耀着金光，倾泻而来，令人无法直视；在漩涡的深渊处，出现了奇怪的海豚和海仙女。那漩涡在那个满怀梦想的人身边旋绕，海浪并没有碰到他呆呆地倾斜在窗户之外的身体，却让他飘浮了起来；人类的日历计数已是数日之后，遥远星球所带来的潮汐才消退，把他轻柔地推到人类的视线之中，带他进入他一直渴望的梦想——那是人类早已失去的梦想。人们一圈圈地围绕着他，把沉睡的他放在太阳升起的那片绿色海岸，那片海岸散发着莲花盛开时的芬芳，闪耀着点点红色的光亮。

奈亚拉托提普

奈亚拉托提普……伏行的混沌……我是最后一个……我要向无尽的虚空讲述所有的一切……

我无法准确地回想那是从什么时候开始的，应该是数月之前的事情了，公众情绪紧张不安至极。这为当时的政治和社会动荡增添了令人浮想联翩的恐惧感，那是丑陋的实际存在之物所带来的危险；对危险的恐惧感在人群中扩散，吞噬着一切，那种危险只能在最可怕的深夜时分才能被想象出来。我想起四处走动的人们那苍白而焦虑的面孔，以及在人群中窃窃私语相互传递的警告和预言，没有人敢去重复或是确认自己所耳闻之事。一种极为荒谬的负罪感在这片土地上蔓延，苍穹之外的星球间有闪电划过，令那些身处黑暗和孤独境地的人们不寒而栗。四季的顺序也出现了不正常的变化——秋季时分，天气一直热下去，人们感到害怕，每个人都认为这个世界和宇宙可能逃脱了那些已知天神或是未知力量的控制。

也就是那个时候，奈亚拉托提普走出了埃及。他是谁？没人知道，只知道他身上流淌着那个国家最为古老的血液，看起来像个法老。农夫们看到他就会屈膝向他跪下，尽管他们自己也说不清楚为什么要这样做。他说，他重生于那片二十七世纪之久的黑暗之中，还说他曾经在其他星球上听到一些信息。奈亚拉托提普来到了这个文明的土地上，他皮肤黝黑，身体细长，外貌险恶，总是买回一些奇怪的玻璃和金属仪器，并把它们组装成更为奇怪的仪器。他对科学知识知之甚多——电力学和心理学——并且经常向人们展示电力的应用，这使得他的观众们哑口无言地离开。不过，他的这一举动也使得他的声名以不可思议的魔力极快地增长。人们总是会推荐其他人去看奈亚拉托提普，又总是以战栗的恐惧结束。奈亚拉托提普走到哪儿，那里的人群总会像消失一般地噤声无语，之后伴随着数小时噩梦中的尖叫声。在此之前，噩梦中的尖叫绝不会成为这样的公众问题，如今聪明的人们大多希望在那数小时之内都不要睡觉，那样，城里的那些尖叫声就不会显得可怕，尤其是在那轮苍白的月光洒落点点光亮，在桥下流淌着的绿色水面上，或是那耸入天际的塔顶之际。

我记得，当奈亚拉托提普来到我的城市——一个伟大的、古老的、拥有着无数罪恶的城市。我的朋友告诉了我关于他的事情，以及他的举动所具有的令人无法抗拒的魅力和诱惑，于是我的心燃烧起来，迫切地想去探索他的神秘。我朋友说它们很可怕，那种可怕超越了我最为大胆的想象；把某样东西呈现在一个置放于黑漆漆房间内的屏幕之上，除了奈亚拉托提普之外，没人敢作出这样的预言；他擦出的火花可以吸引所有人的视线，哪怕从未有东西吸引过这些人的视线。有一种流言在国外流传甚广：认识奈亚拉托提普的人能看到旁人看不见的景象。

那是一个炎热的秋天夜晚，我随着焦躁不安的人群走进夜色，看着奈亚拉托提普；在那个令人窒息的夜晚，我踏上那无尽的阶梯来到那处压抑的屋子。屏幕上呈现出一片阴影，我看到废墟之中戴有头巾的身影，黄色的邪恶的面孔在塌落的石碑后窥视。我看到了一场世界战役，对抗黑暗，对抗来自无限虚空的毁灭之浪；漩涡在昏暗阴冷的太阳四周呼啸、盘旋、挣扎。火花在观众头顶上方呈现，当那片无比诡异的阴影走出来并蜷缩在头顶上方之时，观看者的头发竟都竖了起来。在那时，比其他人更为冷静且受过科学教育的我，战栗着吐出含糊不清的几个词以表抗议，大概是“欺骗”和“静电”之类。奈亚拉托提普撵走了所有观众，我们从那长长的昏暗楼梯走下去，来到大街上。午夜的大街上潮湿且炎热，一片荒芜。我大声吼叫我不害怕，我从来都不会害怕；其他人也和我一起吼叫起来以自我安慰。我们互相对其他人说，那个城市只是极为相似，它依然存在；当电灯的光亮变得不那么明亮时，我们开始一遍又一遍地咒骂电力公司，随后又对着大家脸上所呈现出来的怪异的表情大笑起来。

我相信，我们都能感觉到有某样东西从那泛着青绿的月亮上落下，因为那时我们都只能借着月光行走，带着好奇的求知欲，无意识地往前走，仿佛都知道自己要去哪里一样，其实我们都不敢去想。我们看到街道宽泛，路面都是草，仅有一排生锈的金属让人知道这里曾经是电车的轨道。接着，我们又看到一辆电车独自停放在那里，没有车窗，荒废已久。当我们环顾四周时，我们没有看到倚立在河边的第三座高塔，看到了第二座塔的轮廓，顶部已是破烂不堪。之后，我们一群人分成了几队，每一队像是要走向不同的方向。一队人走向左边狭窄的巷子，消失了身影，只听到骇人听闻的呻吟声所传出来的回响。另一队往下走进了杂草丛生的地铁入口，咆哮声中夹杂着一阵疯狂的笑声。我所在的一队走向一个开阔的郊外，我们感受到一股寒意，那种寒冷并不属于这火热的秋季；当人群行至一处黑暗的沼泽地时，我们看到四周竟然有雪，在那地狱般的月光之下，雪面闪耀着光亮。没有路迹可循，令人费解的雪，只通往一个方向，在那里是一处深渊，闪闪发光的黑色壁面。队伍看起来更窄了，梦魇般地拖着沉重的步伐走向那处深渊。我在后面徘徊着，因为那黑色裂缝在闪耀着点点青光的雪的映衬下更加令人生畏。当我随行的人们在前面慢慢消失时，我想我听到了阵阵哀号所传来的回响，可是我徘徊的力量太过于微弱了。像是被前面离去的人们召唤着一般，我因恐惧而战栗的身体在巨大的风雪之中半漂浮起来，进入无法想象的黑暗漩涡之中。

我的知觉在尖叫，但我却神志不清地沉默着，只有神祇才知道是怎么一回事。我看到一个令人恶心的影子，它的双手在扭动，不，那根本不能称之为手。那影子盲目地旋转，越过这午夜腐烂的产物，越过那遍地死尸、满目疮痍的世界——那曾经的城市，在阴森的狂风冲刷下，惨淡的星星在天空中显得更低。在这个世界之外，是身影模糊的怪异幽灵；虚空之下，那一排亵渎神灵的庙宇——坐落在难以名状的岩石之上，顶部高耸令人昏眩之空，若隐若现，超越发光球体与黑暗之上。穿过这墓地一般的令人恶心的领域，传来一阵模糊不清却令人发狂的鼓声，还有那尖细、哀怨的单调笛声，那声音自超越时光的黑暗之地而来，根本无法想象；在那重击声和尖细声之下，某种巨大的东西正在慢慢地舞动着，荒谬不堪、令人厌恶之极，那是黑暗的终极之神——盲目、无声、愚蠢的暗夜使者，奈亚拉托提普正是它的灵魂之所在！

犹格·索托斯

聆听我的召唤

虚空之王

星球迁移者

固本之源！地震之掌控者！恐怖修罗！恐慌之王！毁灭者！荣耀之胜者！混沌虚空之子！地狱守护者！最外层的黑暗之神！多维空间之神！解谜者！秘密守护者！迷宫之主！角度之主！夜鹰之神！最终指向！门之神！开拓者！太古的全能的永生之主！乌姆尔·亚特·塔维尔！伊阿克·塞萨斯！犹格·索托斯·纳弗尔·弗特哈格恩！你的仆人在请求您！

——出处不明

大 衮

我是在精神明显十分紧张的状态下写这篇文章的，因为过了今晚，我就将不复存在。我身无分文，毒品来源也断了——那可是唯一支撑我容忍生活的东西，所以我再也受不了这种折磨了。我将从这个阁楼的窗户纵身跳到下面那条肮脏的街道上去。不要因为我对吗啡上瘾就断定我是个懦弱或者堕落的人。等你们读完这几页我在仓促中草草写就的文字后，大概就可以猜到为什么我非得忘却一切，或者非得寻死了——但你们绝对没有办法完全体会。

故事发生在辽阔的太平洋上最为开阔，也最为人迹罕至的一片海域，我押运的邮船成了德国军舰的受害者。那时第一次世界大战才刚刚开始，德国的海军军力尚未像后来一样完全衰落，所以我们的船只自然成了他们的战利品，而我们这些船员则被当作海军俘虏，受到了公平、客气的对待。德军的军纪很松散，所以，被俘后的第五天，我逮住机会，带上能够维持很长一段时间的水和粮食，乘上一艘小船，独自逃走了。

当最终发现自己已经漂远并且重获自由的时候，我对自己身处的环境几乎一无所知。我从来都不是一个合格的航海者，所以只能凭借天上的太阳和星星大致猜出我现在正处于赤道偏南一点的某个地方。至于经度，我就完全不清楚了。当时也看不到任何岛屿或者海岸线。天气一直晴好，我在炽烈的骄阳下漫无目的地漂浮了不知多少天，期待能遇到路过的船只，或者被海浪推向某块可以居住的陆地岸边。但船只和陆地都没有出现，而在那片波涛汹涌、一望无际的蔚蓝中，我渐渐开始因为孤寂而感到有些绝望了。

改变是在我睡觉的时候发生的。我对具体情况一无所知，因为虽然当时我睡得不太踏实，做了很多梦，但还是一直处于睡着的状态。醒来的时候，我发现自己大半个身子陷在一片可怕的黏滑泥沼里——那片宽阔的黑色泥沼单调地起伏着，从我周围一直延伸到我视线之外的地方，而我的小船就搁浅在附近，离我几步之遥。

你们可能会觉得我的第一反应是惊讶，因为毕竟我眼前的景象发生了如此意想不到的巨大变化，但事实上，当时我的恐惧之情远远超过了讶异，因为这里的空气和烂泥里都充斥着一股令我内心深处不寒而栗的不祥气氛。这一带到处都是死鱼和其他一些我无法描述之物的尸体，它们半陷在这片无边无际的腐泥平原里，散发出一股股恶臭。也许我根本不应该寄望于仅仅用文字就将那种难以言述的恐怖传达出来——那是一种无法形容、只存在于绝对沉寂且广袤无垠的不毛之地的恐怖。我听不到任何声音，目之所及除了黑沉沉的黏泥外再也看不到任何东西，那种极其彻底的静寂和完全没有丝毫变化的景象压迫着我，令我感到恶心、害怕。

阳光从天上直射下来，但对我而言，万里无云的天空似乎反射着我脚下那片漆黑的泥沼，也是黑压压的，残酷无比。当我爬上那艘搁浅着的小船时，我意识到只有一个理论可以解释我目前的处境，那就是经过某次史无前例的火山爆发后，某块千万年以来一直隐藏在深不可测的海水之下的海底隆到了海面上，形成了陆地。我脚下这块隆起的新大陆十分辽阔，所以就算我竖起耳朵也根本听不到涌动的大海发出的微弱声音。此外，这里只有些死物，所以海鸟也不会前来掠食。

接下来的几个小时，我都坐在船上沉思默想。小船侧身搁浅着，随着太阳在天空中移动，船上才有些许阴凉之处。后来，随着白天的逐渐消逝，这片泥沼失去了一些黏性，看上去似乎干涸得足以让人短时间行走了。当天晚上，我几乎没怎么睡着。第二天，我整理了一下食物和水，准备进行一次陆上旅行，寻找那消失的大海，并寻求可能出现的救援。

第三天早上，我发现泥土已经干涸得可以在上面自由行走了。死鱼的臭味几近令人癫狂，但我的注意力都集中在更为严肃的事情上，所以对这种小灾小难也变得不甚在意。我大胆地向着一个未知的目的地出发了。那一整天我都以远处一个隆起得最高的圆丘为目标，稳步向西。当天晚上，我露宿在路边，第二天一早，又继续朝着圆丘前进，不过那个目的地离我的距离似乎并没有比我第一次发现它时近多少。第四天傍晚，我终于来到了圆丘的脚下，发现它其实比远远看去要高很多，中间还有一个峡谷，令它显得更为陡峭。疲惫不堪的我并没有继续往上爬，而是在这山丘的阴影处睡了下来。

不知道为什么，那晚我老是做噩梦，而且，在那轮渐亏的奇异凸月在那片平原东部的上空升起之前，我就已经醒了，还惊出一身冷汗，所以我决定不再继续睡了。我实在是无法再经受一遍我曾看到过的那些景象了。在月亮的幽光下，我突然发现自己选择在白天行走实在是愚蠢至极。避开烈日的灼烤可以让我节省很多体力。事实上，我当时就觉得自己可以攀爬那座曾在日落前阻止过我的山坡了。于是我拾掇好行李，开始向圆丘顶爬去。

我之前说过，这片起伏平原那无法打破的单调是我那种模糊恐惧感的来源，但当我登上圆丘顶，顺着另一侧的山坡往下，看到一条广阔无垠的凹坑（或者叫峡谷）时，我的恐惧感更加强烈了。那时月亮升得还不够高，无法照亮凹坑的深处。我感觉自己正站在世界的边缘，凝视着那深不可测的永夜混沌。惊骇之下，我不禁想起《失乐园》里描写的情景，以及撒旦在尚未成形的黑暗领域中狰狞爬行的怪异场面。

后来，随着月亮在天空中越升越高，我开始看清那凹坑的斜坡并不如我想象的那般陡峭。如果想下去的话，岩架和突起的岩石都可以作为落脚点，而且向下几百英尺之后，斜坡就十分平缓了。我被一股自己也说不太清楚的冲动驱使着，开始艰难地往下爬，最后终于站在了下面那片较为平坦的山坡上，注视着尚无任何光亮穿透的阴森深渊。

突然，我的注意力被对面山坡上一个巨大而又异样的物体吸引住了。那个东西陡然而立，距我约100码，在月光下微微地闪着白光。我很快便确定那只是一块大石头，所以也放下心来，不过我十分清楚，就轮廓和位置而言，它并非完全是大自然的杰作。细看之下，我产生了一种难以名状的感觉。尽管此物体型庞大，且位于一个自世界初期就已在海底豁开来的深渊之中，但我敢肯定，它是一块经过精雕细琢的独石，而且它那巨大的体积应该与某种会思考的生物的手艺或者崇拜有关。

一时间，我既茫然又害怕，同时还感到了一丝科学家或考古学家才应有的激动，于是便更加仔细地环顾四周。此时月亮已经快升到天顶了，月光古怪而又生动地洒在峡谷四周的悬崖峭壁上，所以我能看清谷底有一条宽阔的溪流，正蜿蜒着向两个方向奔涌而去，直至视线之外，流水几乎能拍打到我站在山坡上的双脚了。峡谷对面，水波正冲刷着那块巨型独石的底部。此时我注意到独石表面刻着一些碑文和粗鄙的雕刻。碑文采用的是一种我完全看不懂，也从未在书里见到过的象形文字，其中大部分都是由约定俗成的水生生物符号构成的，比如鳗鱼、章鱼、甲壳类动物、软体动物和鲸等。而某些字符代表的则明显是世人所不了解的海洋生物，不过它们腐烂的样子我倒是在那片因海底隆起而形成的平原上看到过。

然而更吸引我的却是雕刻在独石表面的那些图案。它们都很大，所以尽管隔着溪流，我还是能看清。那其实是一系列浮雕，它们的主题肯定能让多雷这样的插画家羡慕不已。那是一些奇怪的生物，被雕得像鱼一样在某个海洋洞穴里嬉戏玩闹，或者在浪涛之下的某个巨型圣坛里虔诚参拜，不过我觉得它们的作用是描绘人类——至少是某一种人类。我不敢过于详细地描述它们的面孔和形体，因为仅仅回忆一下就已经让我相当无力了。它们的怪异程度甚至超越了埃德加·爱伦·坡或布沃尔的想象，不过除了手脚都带着蹼、嘴唇又宽又厚、眼神呆滞、眼球突出，以及其他一些回忆起来令人更加不舒服的特征之外，它们大体上还是有人类的样子。最奇怪的是，它们像被雕坏了一样，与背景里的东西完全不成比例，比如其中一幅雕刻的是一个那种生物正试图杀死一头鲸，但那头鲸竟然并没比它大多少。正如我之前说的，我的确注意到了它们的怪诞风格，以及它们那不同寻常的尺寸，但当时我只认定它们是某个原始的打鱼或航海部落臆造出来的神灵，而这个部落早在皮尔当人或尼安德特人的始祖出生前就灭亡了。面对这番恐怕连最大胆的人类学家都不敢想象的情景，我呆若木鸡，而与此同时，月光则投射到我面前的沉寂峡谷里，留下了一些古怪的映像。

然后，我突然就看到了它。伴随了些微的水波搅动，那个东西悄然出现在黝黑的水面上。它硕大无朋、面目可憎，酷似独眼巨人波吕斐摩斯。它像一头只会在噩梦里出现的巨大怪物一般猛然冲向那块独石，然后在独石旁挥动那长满鳞片的巨型手臂，同时低下那颗可怕的头颅，还发出了某种有节奏的声音。我觉得自己当时肯定已经疯了。

对于自己是如何癫狂地爬上山坡和悬崖，又是如何神志不清地冲回那艘搁浅的小船上的，我几乎回忆不起来了。但我相信自己肯定疯叫了很久，叫不出来的时候就古怪地大笑。我依稀记得自己回到船上不久后就发生了一场很大的风暴，至少我清楚地听到了轰轰的雷鸣和其他一些只有大自然在最为

野蛮粗暴的时候才会发出的声响。

当我清醒过来的时候，我已经在旧金山的一家医院里了。一艘美国船在大洋中央发现了我的小船，船长将我带到了这儿。我那时精神错乱，说了很多话，但我知道别人对我的言辞并不怎么在意。对于那块隆起在太平洋中间的陆地，救我的人一无所知，而我自己也认为没有必要坚持一件别人都不会相信的事情。后来，我辗转找到了一位大名鼎鼎的人种学者，开着玩笑向他询问一些与古老的菲利斯传说中的鱼神——大衮（Dagon）有关的奇怪问题，但我很快发现他也极其传统，令人失望，所以便没有继续追问下去。

现在，每当夜幕降临，尤其是当天上出现渐亏的凸月时，我都能看到那个东西。我试图用吗啡来麻痹自己，但毒品只能带来短暂的平静，还让我像个绝望的奴隶一般陷入了它的魔爪，任它摆布。所以现在，我将整件事情详细地记录下来，你们可以参考，当然也可以不屑一顾；然后我便会结束这一切。我常常问自己，那些会不会只是我的幻觉——只是我从德国军船逃走后在敞篷的小船上被阳光暴晒太久而导致的结果。但每当我有这样的想法的时候，面前总会出现一幕栩栩如生、极端恐怖的景象作为回应。我不能想到深海，每次想起都会因为那些难以名状的东西而吓得发抖，此时此刻，它们可能正在自己那黏糊糊的床上蠕动、辗转，可能正在拜祭它们那古老的石头偶像，也可能正在将自己的可恶形象雕刻在海底那些渗满水的花岗岩石碑上。我还梦见有朝一日它们跃出了海面，用散发着恶臭的爪子将残存的那些弱小不堪而且已经被战争搞得筋疲力尽的人类拖下海去——有朝一日陆地会沉陷，而黑色的海底则会升到宇宙的喧嚣之中。

就快结束了。我听到门外一阵响动，似是某个庞大的黏滑身躯正在缓慢而笨重地撞着门。它不能找到我。天啊，那是它的手！窗口呢！窗口！

梦寻未知卡达斯

伦道夫·卡特已经梦到那座奇迹般的城市三次了，但三次他都只在城市上方的高露台短暂停留了一下，便被拖离了梦境。那座城市和城里的城墙、庙宇、柱廊，以及由带纹理的大理石建成的拱桥，全都在落日的余晖中闪烁着金光灿灿的动人光辉，银色底座的喷泉在宽阔的广场和芬芳的花园里喷洒着五彩的泉水，宽敞的街道两旁排列着精巧的树木、繁花锦簇的花坛和闪闪发亮的象牙雕像，北面陡峭的斜坡上层层叠叠地布满了红色屋顶和老式尖型山墙，长满青草的卵石小巷就藏匿其中，隐约可见。它一定是诸神狂热的产物，是由天堂喇叭吹奏出的优美乐曲，是由不朽铜钹演绎而成的奇迹乐章。神秘的气息笼罩着它，就像云层笼罩着传说中无人抵达过的圣山一般。当卡特屏住呼吸，满怀期待地站在那筑有围栏的矮墙上看着这一切的时候，复杂的情绪席卷了他，那些几乎已经消逝的记忆带来的辛酸与忧虑、失去心爱之物造成的痛苦，以及重回那令人叹为观止而又意义重大的地方的疯狂渴望等，几乎将他完全淹没。

他知道那座城市对他而言一定曾有过至高无上的意义，但却不记得是在什么过程或哪个化身中得知它的，他甚至连自己究竟是在梦里还是清醒着都不太清楚。那个地方隐约唤醒了一些早已被他遗忘了的年少时期的记忆。那时，神秘的一天总是充满了好奇与快乐，黎明和黄昏同样如预言般大步前进，走向鲁特琴和歌声交织的渴望之音，走向更遥远、更惊人的奇迹：洞开着的火焰之门。可是每晚，当他站在那个高高的、装饰着怪异瓮坛和雕花栏杆的大理石露台上，俯瞰夕阳下那座寂静、美丽而又超凡脱俗的城市时，他总感觉那些统治梦境的暴虐神灵在束缚着他，所以他才无法离开那个高台，不能沿着那条无穷无尽向下延伸的宽阔大理石阶梯走上那些在城里蔓延的、充满古老魅力的诱人街道。

当他第三次从这样的梦境中醒来时，还是没能走下那条阶梯，而那些街道仍然静悄悄地笼罩在落日的余晖下，空无一人。于是，他开始长时间地向那些隐匿着的梦境诸神虔诚地祈祷——他知道，这些反复无常的神灵就住在杳无人迹的寒冷荒野，徘徊在未知卡达斯上方的云层里。他在梦里向它们祈祷，甚至还通过蓄着胡须的祭司那许和卡曼－扎向它们传达了自己的献身请求——这两位祭司掌管的带火焰柱的洞穴神庙与通往清醒世界的大门相距不远——但诸神却没有任何回应，既没有显现出丝毫怜悯，也没有给出任何对他有利的启示。非但如此，诸神似乎还在阻挠他，因为自他第一次祈祷开始，他便再也没有梦见过那座奇迹般的城市了，仿佛前三次他能远远地看到它仅仅只是因为某种意外或疏忽，完全违背了诸神的某些秘密计划或意愿一般。

最后，卡特对那些在夕阳下闪闪发光的街道和隐匿在古老瓦屋顶之间的山路的无限渴望几乎成了一种病，无论是睡着还是醒着，他都无法将它们赶出脑海。于是，他决定大胆地前往那些此前从未有凡人涉足过的地方，决定无惧冰冷的荒漠，穿越黑暗，找到那以云层为面纱、以无法想象的星辰为王冠的未知卡达斯，以及坐落在卡达斯峰顶的诸神居所——一座永远笼罩在夜色中的神秘玛瑙城堡。

他在浅睡中走下了七十级台阶，来到火焰洞穴，与蓄着胡须的祭司那许和卡曼－扎讨论他的计划。祭司们摇晃着戴有双重冠的头，发誓说那绝对会让他的灵魂毁灭。他们说诸神已经表达了自己的意愿，而坚持不懈地用祈祷打扰诸神是会让它们不高兴的。此外，他们还提醒卡特，不仅从来没有人到过卡达斯，而且它所处的位置也根本无人知晓。根本没人知道它到底是位于那环绕着我们这个世界的梦境之地，还是坐落在那环绕着北落师门或毕宿五的未知伴星的梦境之地。如果卡达斯位于我们的梦境之地，也许还有可能抵达。但如果不是，那么从古至今，仅有三个人类灵魂曾穿越那不敬的暗黑深渊，抵达其他梦境之地并折返回来，而且这三个人中，又有两个在回来的时候已经完全疯癫了。这样的旅程无疑处处充满了危险，而在有序宇宙之外，在任何梦境都无法抵达的地方，还存在着一些令人惊骇，甚至令人不堪提及的最终险恶。那就是存在于混沌最深处的无形毁灭力量——无所限制的恶魔之王阿撒托斯。没有哪张嘴胆敢大声提及它的名讳。它霸占了所有无限的中心，肆无忌惮地亵渎着神灵。它在超越时间之外、令人难以置信的黑暗空间里饥饿地啃噬着，给它伴奏的是邪恶之鼓那低沉而又令人发狂的击打声和诅咒之笛那空洞而又单调的哀号声。此外，伴随着那令人生厌的击打和哀号，还有些庞大的终极之神在缓慢而又笨拙地跳着荒诞不经的舞蹈。它们就是盲目而愚昧、阴暗晦涩而又无声无息的外神，伏行之混沌奈亚拉托提普就是它们的灵魂兼使者。

火焰洞穴的祭司那许和卡曼－扎对卡特的这番警告并未能打消他前往寒冷荒野的念头，他暗下决心，不论未知卡达斯在哪儿，他都将抵达，找到居住其中的诸神，从他们手里赢回自己重新看到和记起那座美妙绝伦的日落之城的能力。他知道此行必将离奇而漫长，梦境诸神也会对他百般阻挠，不过，由于他已经是梦境之地的常客了，所以可以借助很多非常有用的记忆和手段来帮助自己。于是，在得到两位祭司的虔诚祝福后，卡特精心安排好自己的行程，随后便勇敢地走下了七百级阶梯，穿过深眠之门，向迷魅森林进发了。

那片古怪的森林里，低矮而巨大的橡木盘绕着向四下探索的树枝，奇异的蘑菇散发出黯淡的磷光，而那些鬼祟而隐秘的祖格（Zoogs）就住在交相缠绕的树木组成的通道之中。它们知道梦境世界的许多隐晦秘密，对清醒世界也有一定的了解，因为这片森林有两个地方与人类世界接壤，当然，如果说出这两个地方的具体位置的话，肯定会引发灾难性的后果。当祖格出没在梦境世界之外的地方时，一些无法解释的谣言、怪事和人类失踪事件总会发生，所以它们无法离梦境世界太远实属一件幸事。但它们可以自由地出入那些靠近梦境世界的地方，它们那不易为人觉察的、小巧的棕色身影常常在那些地方一掠而过，然后带着许多有趣的故事回到它们钟爱的森林里，围着火炉消磨时间。大部分祖格都住在地洞里，也有一些住在大树的树干上。它们大多数时候都以蘑菇为食，不过，传闻它们对肉类也很感兴趣——无论是血肉之躯还是精神躯体——因为确实有许多入梦者进入森林后就再也没能出来。但卡特并不害怕，因为他是一个很有经验的入梦者，他不仅已经学会了它们的翼语，还跟它们签订了不少条约。他甚至曾在它们的帮助下找到了塞勒菲斯（Celephais）——那座恢宏壮丽的城市就位于塔纳利亚丘陵（Tanarian Hills）另一侧的欧斯－纳尔盖（Ooth-Nargai）山谷里，每年有一半的时间被伟大的库拉尼斯王（King Kuranes）统治着。卡特在现实世界里也认识那位库拉尼斯王，当然，他在那儿用的是另外一个名字，他就是那个曾经抵达群星峡谷并安全返回，而且唯一没有疯癫的人。

现在，卡特正穿行在那些两旁都是巨大树干，还散发着黯淡磷光的通道里，他按照祖格的发声方式发出了振翼的声音，并时不时地停下来聆听它们的回音。他记得在靠近森林中央的地方有一个由这些小生物组建起来的村落，村里有个由长满青苔的巨大石块围成的石圈——显然说明了那儿曾居住过一些更加古老、更为可怕，但却早已被遗忘了的居民——卡特向那个方向加快了脚步。他根据那些怪诞的蘑菇确定着自己的前进方向，越是靠近那些古老先民用来舞蹈和祭祀的恐怖石圈，蘑菇就长得越茂盛。最后，在那愈发茂密的蘑菇发出的明亮光辉下，一片散发着不祥气息的绿灰色广袤之地出现在他眼前，它一直蔓延至森林顶端，渐渐消失在视线之外。这里非常靠近那个巨石圈，而卡特也知道自己离祖格的村落已经不远了。他又发出了一阵振翼的声音，然后耐心地等待着，不一会儿，他便觉察到许多双眼睛正注视着自己。那些就是祖格了，人们最先注意到的总是它们那双奇怪的眼睛，然后花很长时间才能辨别出它们那小巧、油滑的棕色轮廓。

它们从隐匿的洞穴和蜂窝状的树干中蜂拥而出，很快，整片闪烁着昏暗光芒的区域都塞满了它们的身影。一些比较粗鲁的祖格开始轻触卡特，这让后者感到十分不舒服，其中一只甚至还十分可恶地夹住了他的耳朵。但这些不懂规矩的小生灵很快便被它们的长辈管束了起来。当认出来访者是卡特后，祖格的智者委员会为他献上了一瓢发酵后的树汁——那树汁取自一棵鬼魂萦绕、与众不同的大树，据说它是由月亮上的某人掉落的一粒种子长成的。卡特郑重地喝下了树汁后，一场怪异的谈话便开始了。不过很遗憾，祖格并不知道卡达斯山峰在哪儿，也不知道寒冷荒野究竟位于人类的梦境世界还是其他梦境之地。有关梦境诸神的传说到处都差不多，只能说人们在高耸的山峰上找到它们的可能性要比在河谷里大得多，因为当月亮升起、云层下沉时，那些神灵会在高高的山峰上按传统方式舞蹈。

这时，一只非常年长的祖格回想起一件其他祖格从未听说过的事情。它说，在史凯河（River Skai）对岸的乌撒（Ulthar），现在仍然存留着那古老得不可思议的《纳克特手抄本》中的最后一本。那些抄本是由居住在被遗忘的北方王国里的清醒之人撰写的，当浑身是毛、以人为食的诺弗·刻（Gnoph-kehs）征服庙宇众多的奥拉索尔（Olathoe）城，屠杀洛玛（Lomar）大陆的所有英雄时，抄本被带到了梦境之地。那只年长的祖格说，那些抄本记载了很多与诸神有关的事情，此外，在乌撒还有人曾目睹过神迹，甚至还有一位老祭司曾爬上过一座巍峨的山脉，希望可以亲眼看到诸神在月光下舞蹈的情景。他失败了，不过他的同伴却成功地看到了，但那个同伴很快就莫名其妙地消失了。

听完这些，伦道夫·卡特向祖格表示了感谢，祖格们也友善地振动翅膀给他回应，并献给他另一瓢由月亮树汁液发酵而成的美酒，让他随身带着。随后他便再次出发了，继续穿越这片散发着磷光的森林，前往它的另一侧。在那儿，奔涌的史凯河从雷利昂山（Lerion）的山坡上倾泻而下，而哈提格（Hatheg）、尼尔（Nir）和乌撒就分布在那里的平原上。他身后鬼鬼祟祟地跟着几只不易觉察的好奇祖格，它们想知道他身上将会发生些什么事情，还想将那些传奇故事带回来讲给它们的同类听。随着卡特离村落越来越远，巨大的橡树也愈发茂密起来，他仔细地寻找着某个树木较为稀松的地方——在那里，一些已经枯死或者垂死中的树木挺立在稠密得极不自然的蘑菇、腐烂的泥土和已倒下的橡树残存的腐坏原木之间。他得在那儿拐个急弯，因为那个地方的地面上摆着一块巨大的厚石板。一些大胆的人曾靠近过石板，他们说那上面附着一个3英尺宽的铁环。祖格们都记得那个由长满青苔的巨大石头构成的古老巨石圈，也猜到了它可能的用途，所以它们绝不会在那块带有巨大铁环的宽阔石板附近停留片刻。因为它们非常清楚，被遗忘了的东西并不一定就是已经消亡了的东西，而它们可不愿意看见石板在某个时候缓慢而又从容不迫地升起来。

卡特在正确的地方拐了弯，绕开了那个地方。这时，他听到了身后那几只比他更加胆小的祖格发出的受了惊的振翼声。他早知道它们会跟着他，所以并没有感到不安，他已经习惯这些爱打探的生物的奇怪举动了。当他到达森林边缘时，天空正泛着微弱的光亮，那愈发明亮的光芒说明此刻已经是清晨了。在那沿着史凯河蔓延而下的肥沃平原的上空，他看到农舍的烟囱冒出阵阵浓烟，左右两边都是篱笆、耕地和茅屋顶——这是一片祥和而宁静的大地。当他停在一间农舍前的井边，想讨杯水来喝时，所有的狗都冲着他身后那几只毫不起眼地趴在草地里的祖格大肆狂吠起来。后来，他又在另一间聚集了不少人的农舍边停了下来，打听有关诸神的事情，询问他们是否经常会在雷利昂山上翩翩起舞。但那个农夫和他的妻子并没有多说什么，他们只划了个旧印，给卡特指了前往尼尔和乌撒的路。

待到中午的时候，卡特已经走在尼尔城内一条宽阔的大街上了。他曾来过这里，在他以往的那些旅行中，这个方向上他曾到过的最远的地方就是这儿了。很快，他便来到那座横跨史凯河的雄伟石桥前——这座石桥建于一千三百多年以前，建桥时，石匠们曾将一个活人当作祭品封印在中央的桥墩里。过桥之后，越来越多的猫开始频频出现（察觉到跟在卡特身后的祖格，那些猫都充满敌意地弓起了背）。这说明这里离乌撒已经很近了，因为根据乌撒那条古老而又重要的律法，人类是不能杀猫的。乌撒郊区的景色十分宜人，淡绿色的农舍和围着篱笆的整洁农场四下分散了。而乌撒这座古色古香的城镇就更是讨人喜欢了，这里有古老的尖形屋顶、突出的悬垂楼层、数也数不清的烟囱管，还有狭窄的山间小道——如果那些优雅得体的猫没把小道占满的话，还可以看到铺在小道上的古老鹅卵石。时隐时现的祖格让那些猫微微散开了一些，卡特趁机径直走向一座古朴的庙宇——那里供奉着远古的神灵，据说祭司和那些古老的记录也都待在那儿。他在一座由石头砌成的庄严圆塔——就是坐落在乌撒最高的山峰顶上，爬满了常青藤的那座——里找到了主教阿塔尔，也就是那位曾爬上砾石荒漠中的禁地哈提格－科拉（Hatheg－Kia）山峰并活着回来了的祭司。

神庙顶上有一个饰有彩花的圣坛，阿塔尔就坐在其中的一张象牙高台上。他已经整整300岁了，但仍然思维敏捷、记忆清晰。卡特从他那儿了解到了许多关于诸神的事情。据阿塔尔所说，梦境诸神实际上只是地球上的神灵，软弱无力地掌管着我们的梦境之地，除此之外，他们再无其他任何力量，也没有别的居所。他还说，他们心情愉悦的时候可能会注意到人类的祈祷，但凡人是绝不应该寻找他们那坐落在寒冷荒野上的居所，也就是那座位于卡达斯峰顶的缟玛瑙城堡的。没人知道卡达斯上的高塔的所在地其实是一件幸事，因为试图攀登它的后果一定是极其悲惨的。阿塔尔的同伴，智者巴尔塞，只是因为爬上了那座为人们所熟知的哈提格－科拉山峰，就在尖叫中被某种力量拖进了天空。如果爬上未知卡达斯，情况肯定比那还要糟糕得多。这是因为，虽然某些卓越的凡人有时可能会超越那些掌管地球的神灵，但后者却受到来自宇宙之外的外神的保护，而对于外神的存在，凡人最好连提都不要提。在世界历史上，那些外神至少曾两次在地球的原始花岗岩上打上自己的封印。其中一次发生在上古时代，那是人们根据那些由于太过古老而根本无人能够读懂的《纳克特手抄本》中的一幅图片推测而知的。而另一次就发生在哈提格－科拉山峰，当智者巴尔塞试图窥探地球之神在月光下舞蹈的情景时。因此，阿塔尔说道，除了在机警地祈祷的时候，凡人最好还是不要去打扰诸位神灵。

虽然阿塔尔的劝告令人泄气，而能从《纳克特手抄本》和《玄君七章秘经》中得到的帮助也少得可怜，但卡特并没有完全绝望。他先是向那位年迈的祭司问起他在带有栏杆的露台上看到的那座精妙绝伦的日落之城，想知道是不是可以不通过神灵的帮助独自找到那座城市，但阿塔尔却什么也不能告诉他。不过，阿塔尔说，那个地方很可能存在于卡特独有的梦境世界里，而非大多数人都熟悉的普通梦境世界。当然，认为它存在于另一个星球也不是不可以，而如果是那样的话，那么就算地球之神愿意，它们也根本没有能力指引他。不过这种可能性非常小，因为卡特现在已经梦不到日落之城了，这明显说明梦境诸神并不想让他看到那个地方。

然后，卡特做了件不太正派的事情。他把祖格送给他的月亮美酒拿了出来，请这位坦诚的主人喝了不少，很快，老人就变得不负责任的健谈起来。可怜的阿塔尔开始含糊不清却又毫无保留地说起那些本是禁忌的事情来。他谈到旅行者们曾报告说在南海（Southern Sea）中的奥里亚布岛（Oriab）上发现过一幅巨型图画，就雕刻在岛上的恩格拉尼克山（Ngranek）里的坚硬岩石之上。而且，他还暗示说，那可能是一幅肖像画，也许就是地球之神在那座山上随月光舞蹈时根据自己的容貌刻成的。阿塔尔打了个嗝，继续说道，那幅画上的形象十分奇怪，任何人都能轻易认出它，而且，它们肯定具备了诸神的真实特征。

有了这些消息，寻找诸神对卡特而言就容易多了。据说诸神中比较年轻的那些常常化装成人类，与凡人女子通婚，所以，那些生活在卡达斯的所在地，寒冷荒野的周边的农民肯定全都继承了神灵的血脉。如此说来，想要找到寒冷荒野，就必须先去看一看那张刻在恩格拉尼克山上的面孔，记下它的特征，然后，只须在活人中间仔细搜寻同样的特征就可以了。特征越明显、越密集的地方，一定就是离诸神居所越近的地方，而那个地方的村落后方的砾石荒野肯定就是卡达斯的所在地了。

那些地方的人肯定知道很多与诸神有关的事情，而那些继承了神灵血脉的人甚至可能也继承了一些对寻找诸神很有帮助的记忆。不过他们可能完全不知道自己的出身，因为神灵非常讨厌为人所熟知，这也是根本找不到任何一个曾意识清醒地见过神灵面孔的人的原因——早在决心攀登卡达斯之时，卡特就已经清楚意识到这个事实了。但那些人却可能拥有总是被同伴们误解的古怪而又高傲的思想，还可能经常歌颂远方和花园——他们歌颂的这些与人们所熟知的，甚至与梦境之地里存在的那些都完全不同，所以，普通人会把他们视作傻瓜，但也正是通过这些，卡特才可能知道卡达斯的古老秘密，或者得到与那座被诸神当作秘密来守护的精美日落之城有关的提示。而且，在某些情况下，他也许还能因此而抓住某个神灵的爱子作为人质，甚至还可能俘虏一个伪装成人类，与他的新娘——某个美丽的乡间少女——一起生活在凡人之中的年轻神灵。

但阿塔尔并不知道怎样才能找到奥里亚布岛上的恩格拉尼克山，不过他建议卡特跟着在石桥之下欢唱前行的史凯河往下游走，这样可以一直走到南海。乌撒的居民从未到过那个地方，但那些乘着船，或驾着骡拉大篷车、推着两轮货车到达乌撒的商人都是从那个方向上来的。那儿有一座很大的城市，叫狄拉斯－琳（Dylath－Leen），不过，由于总是会有满载红宝石的黑色三层多桨大帆船从不知名的海岸驶向那座城市，所以它在乌撒的名声并不太好。从那些帆船上下来与珠宝商进行交易的商人都是人类，或者说几乎就是人类，但却从来没人见过划船的桨手。在乌撒，商人如果与不知来自何处、又从不让桨手见人的黑色大船交易的话，便会被认为不合规矩。

说完这些，阿塔尔已经昏昏欲睡了。于是，卡特将他轻轻地放到嵌有乌木的睡椅上，并礼貌地把他那些长长的胡须聚拢放在他胸口。正当打算离开的时候，卡特突然发现那些一直跟在他身后的振翼声不见了，他感到十分奇怪，那些祖格为何会在它们那好奇的追踪之旅中变得如此懒散呢？不过，他随即便注意到乌撒那些毛皮光滑、洋洋自得的猫咪都在舔舐自己的下颌，还带着一种不同寻常的兴奋之情。他想起当他专注地与老神父谈话时，曾隐约听到从神庙下面传来过吞唾沫的声音和喵喵的猫叫声。此外，他还想起之前在神庙外面的鹅卵石小道上，一只异常粗鲁的幼年祖格打量一只小黑猫时所表现出来的那种邪恶的饥渴。在这个世界上，卡特最喜欢的东西无疑就是小黑猫了，所以他只是弯下腰，摸了摸那些正舔着自己下颌的小猫光滑的毛皮，并没因为那些好奇的祖格无法再护送他到更远的地方而做过多哀悼。

此时已是日落时分了，卡特决定在陡峭小道边一间能俯瞰整个小镇的古旧旅舍暂作停留。他走上自己房里的阳台，低头凝望下方那一片红瓦屋顶海洋、一条条由鹅卵石铺就的道路，以及远处那片令人愉悦的田野。当他看到斜阳下这柔美而充满魔力的一切时，他敢发誓，如果不是记忆中那座更加恢宏壮丽的日落之城在不停激励着他去面对那些未知的危险的话，那么乌撒肯定是一个能吸引他留下来的地方。随后，暮光渐渐淡去，刷有石灰的山墙逐渐从粉红色变成更加神秘的紫色，淡黄色的灯一盏接一盏地亮了起来，灯光从古老的格子窗里透出来。神庙高塔上传来悦耳的钟声，而在史凯河对岸的草地上空，入夜后的第一颗星辰也开始静静地闪烁起来。随着夜色降临，阵阵歌声也飘扬出来，当鲁特琴手在单纯质朴的乌撒那些饰有金银丝的阳台上和棋盘格形的庭院里颂扬那些古老的岁月时，卡特也随之轻轻地点着头。就连乌撒众多的猫咪发出的声音似乎也透着一丝甜美，不过，由于之前那顿奇怪的餐宴，此时它们大多都比较阴沉静默。一些猫咪悄悄地离开了乌撒，前往那些只有它们才知道的神秘国度——据村民所说，那些国度都位于月亮上的阴暗面，只有猫可以从高高的屋顶上跳到那儿去。而一只小黑猫却缓缓地爬上了楼，跳上卡特的膝盖，一面发出快活的呜呜声，一面与他玩闹。后来，当卡特躺到小小的睡椅上，靠着填塞有具有催眠作用的芬芳草药的枕头沉沉睡去时，小猫也在他脚边不远处蜷起了身子。

次日清晨，卡特加入了一支由商贩组成的大篷车队，他们带着乌撒出产的纺织羊毛和从乌撒繁忙的农场上收来的卷心菜，一起前往那座叫狄拉斯-琳的城市。伴随着叮当作响的铃铛，他们在史凯河旁边那条平坦的大道上足足走了六天。晚上，他们有时在奇特而有趣的小渔镇上的旅舍落脚，有时则直接在星空下安营扎寨，伴着从平静的河面上飘来的船夫歌声入眠。一路上，绿油油的篱笆和树丛、优美如画的尖顶农舍和八角风车，构成了一片非常漂亮的田园风光。

第七天的时候，前方地平线上升起了一片雾蒙蒙的景象，接着便出现了狄拉斯－琳那些大多由玄武岩建成的黑色高塔。远远看去，狄拉斯－琳和那些零零落落的尖角塔有点像巨人的堤道，城里的街道都很阴暗，没有一丝魅力。这儿的码头数不胜数，码头附近遍布阴沉的海岸酒馆。整座城镇挤满了形形色色来自世界各地的海员，据说其中一小部分甚至并非来自地球。卡特向城里那些穿着古怪长袍的居民打听奥里亚布岛上的恩格拉尼克山峰，结果发现他们对那个地方非常了解。

这里有些船就来自那个岛上的巴哈那港，其中一艘预计在一个月内就会返回，而从那个港口骑斑马到恩格拉尼克山峰只需两天的时间。不过，却很少有人曾见过那块刻有神灵面孔的石头，据说它位于恩格拉尼克山非常险峻的一侧，俯瞰下去，只能看到陡峭的绝壁和一个充满险恶熔岩的山谷。诸神曾对居住在那一侧的凡人感到异常愤怒，并将问题告诉了外神，所以那个地方就变成那样了。

在狄拉斯－琳的海岸酒馆里向商人和水手打听这些消息并非一件容易的事情，因为显然他们大多都更喜欢低声谈论那些黑色的多桨大帆船。根据日程安排，一周之内就会有一艘那样的船满载红宝石从某个无人知晓的海岸驶到这个码头。镇上的居民都十分害怕看到它停靠在这里。那些从船上下来交易的商人嘴巴都太宽了，而且他们缠头巾的方式会让头巾在前额上隆起两处，实在是很难看。另外，那些人穿的鞋子大概是整个六国中最短小、最奇怪的。不过最让人害怕的还是看不到桨手这件事。那些三层长桨划动得太过轻快、太过协调、太过有力了，给人一种很不舒服的感觉。而且，对一艘连续几个星期都停靠在港口里的大船而言，只看到商人来来往往做生意，却完全看不到任何一个船员，这实在是一件诡异的事情。而且，对于狄拉斯－琳那些酒馆的老板，以及杂货商和肉贩们而言，事情多少有些不公，因为从来没有人能往那船上送过一丁点儿补给品。那些从船上下来的商人只会带走黄金和来自河对岸的帕格（Parg）的强壮黑奴。这就是那群模样让人感觉颇不愉快的商人与那些不见人影的桨手会带走的全部东西——不是杂货商和肉贩们出售的任何东西，而是金子和从帕格买来的、按体重计价的肥胖黑人。从码头上吹过来的南风有时会将那些大帆船的气味带进港口，那味道简直无法用言语形容，就连老旧的海岸酒馆里那些忍耐力最强的常客都得不断用浓烈的塞格草进行烟熏才能忍受。如果那些黑色多桨大帆船运来的红宝石能在其他地方弄到的话，狄拉斯－琳的居民肯定就不会让它们靠岸了，但可惜的是，没人知道地球的哪个梦境之地里的矿场能开采出这样的宝石。

这些就是狄拉斯－琳城里那些来自世界各地的人们主要闲聊的内容。卡特一边听他们闲聊，一边耐心地等待着从巴哈那港开来的船只。他也许可以乘那艘船到奥里亚布岛，而那座雕刻着神灵面容的贫瘠山脉——恩格拉尼克山，就高高地耸立在岛上。与此同时，卡特还到那些远游的旅行者们经常出没的地方打探消息，希望可以听到一些与寒冷荒野上的卡达斯，或者与他在夕阳中，从露台上俯瞰到的那座有大理石城墙和银色喷泉的奇迹之城有关的故事。可惜，他并没有得到任何相关的信息。不过有一次，当他提到寒冷荒野时，他觉得一位年龄非常大的斜眼商人的表现十分奇怪，看上去像知道些什么一样。据说那位老人在与恐怖的石头村落里的人做生意——那些村落分布在寒冷而又荒芜的冷原上，没有哪个正常人愿意造访，每当夜晚降临的时候，那儿都会燃起邪恶的火光，很远就能看到。另外，还有传言说他甚至与那个无法描述的高阶祭司也打过交道——那个脸上永远遮着黄色丝绸面纱的祭司独自住在一座非常古老的石头修道院里。这样的人肯定也曾与许多按照人们的想象居住在寒冷荒野里的存在进行过小规模的交易，但卡特很快便发现，向这个人提问毫无作用。

不久之后，人们口中的那艘黑色多桨大帆船来了。它静静地驶过由玄武岩建成的堤岸和高耸的灯塔，以怪异的方式滑进港口，同时也带来一股奇怪的恶臭，南风一吹，恶臭便弥漫了整个小镇。这一切让码头边上那些酒馆弥漫着一阵不安的情绪。过了一会儿，就有肤色黝黑、嘴巴宽大、头巾上还隆起两处的商人迈着短小的双脚，笨拙地上了岸，寻找珠宝商聚集的集市。卡特近距离地观察了他们一会儿，可他越看越不喜欢他们。后来，他又看到那群商人驱赶着从帕格买来的结实黑人走上了踏板，他们汗流浃背，嘟哝着坐进了那艘古怪的大帆船里。卡特不禁好奇，那些肥胖而又可怜的黑人会被送到哪片大陆去劳作呢，或者说，他们到底会不会被送到陆地上呢？

在那艘大帆船进港停靠后的第三天傍晚，一个令人不安的商人跟卡特攀谈起来。他一边邪恶而得意地讪笑，一边暗示他在酒馆里听说卡特正在寻找什么东西。他表现得好像知道很多不方便公开谈论的秘密一样。虽然他的声音可憎得令人难以忍受，但卡特仍然觉得像他这样远道而来的旅行者的见闻是不应该轻易忽视的。所以卡特邀请他到楼上带锁的房间里做客，还拿出仅剩的一点祖格送的月亮酒请他喝，以便让他开口。那个陌生商人大口大口地喝着酒，但他脸上的讪笑却一点也没变。后来，他掏出一个奇怪的瓶子，那里面装着他自己带来的酒。卡特发现，那个酒瓶其实是一颗完整的红宝石，只是中间被挖空了，上面还古怪地雕刻着一些太过奇特而无法理解的图案。那位客人把自己的酒分了一些给主人，卡特非常谨慎，只是浅浅地抿了一小口，但他还是立刻就觉得天旋地转，身体也难以想象地燥热起来。这期间，商人脸上的笑意越来越明显；卡特在失去意识前看到的最后一样东西就是他那张黝黑而可憎的脸——在邪恶的笑声中，那张脸呈现出一种难以表述的神色，抽搐了起来，而他那橙色头巾在额前的两块隆起也有一处在他癫狂的大笑中被弄乱了。

再度恢复意识时，卡特发现自己被一阵可怕的臭味包围着，正躺在一艘船的甲板上，一张像帐篷一样的雨篷遮挡着他，而南海那些奇妙的海岸正在以一种极不自然的速度向后飞驰。他并没有被链条锁起来，但三个面带讥讽的黝黑商人就咧着嘴站在他附近。当看到他们头巾上的隆起时，卡特就像闻到那股从险恶舱门处渗透上来的恶臭时一样，几乎差点晕厥过去。他看着那些壮丽的大陆和辉煌城市在他眼前飞驰而过——就是那个和他一样来自地球的入梦者，住在远古金斯波特港的灯塔守望者过去常常讲述的那些大陆和城市。他认出了遗忘梦境的容身之所扎克（Zak）的梯台群庙，臭名昭著的恶魔之城萨拉利安（Thalarion）——它由幽灵拉西（Lathi）统治，城里有一千个奇迹——的教堂尖塔，还有欢乐从未造访过的苏拉（Zura）大陆的阴森花园和孪生水晶海岬——那对海岬在空中交汇成一座灿烂夺目的拱门，守护着索纳-尼尔（Sona-Nyl）港，那个受神灵眷顾的幻想之地。

随着甲板下不见人影的桨手以极不寻常的快速节奏划动着长桨，这艘散发着恶臭的大船飞速地驶过那些辉煌绚丽的大陆。在那一天快要结束前，卡特发现舵手一直驾着大船向西方的玄武石柱林航行。据某些头脑简单的凡人所说，石柱林后面就是壮丽的卡里苏亚（Cathuria）。但更为聪明的入梦者则很清楚，玄武石柱林其实是通往一座巨型瀑布的大门。地球梦境之地的海洋都会汇集到那里，然后整个坠向深不可测的虚无，穿过空洞的空间，涌入其他世界和其他星球，甚至涌入那位于有序宇宙之外的恐怖虚空里——在那片虚空中，恶魔之王阿撒托斯正在混沌中饥饿地啃噬着，而在他身旁，那些盲目愚昧、阴暗晦涩又无声无息的外神和他们的灵魂兼使者奈亚拉托提普正伴着击打声和哀号声，令人毛骨悚然地翩翩起舞。

在此期间，那三个面带讥讽的商人并没有对他们的目的作任何解释，但卡特清楚，他们与那些意图阻止他追寻卡达斯的存在肯定是一伙的。生活在梦境之地的人都知道，人类之中混杂着很多外神的代理人。这些代理人要么是完完全全的人类，要么与人类略有不同，但无论如何，他们都热衷于替那些盲目而愚昧的神灵执行意愿，以换取神灵那令人恐惧的灵魂兼使者——伏行之混沌奈亚拉托提普的青睐。所以卡特推断，那些头巾上有两处隆起的商人在听说他竟然胆敢寻找居住在卡达斯城堡里的梦境诸神后，便决定将他带走，交给奈亚拉托提普，以换取某些莫名的奖励。可是，卡特却猜不出那些商人到底来自哪片大陆，甚至连他们是来自我们所熟知的宇宙还是来自已知宇宙之外那些怪异的空间也不清楚。而且，他也无法想象那些商人会在哪个地狱般的幽暗地方与伏行之混沌见面，以便交出自己，索要他们的奖赏。但他清楚，像他们这样与人类十分相似的生物是绝对不敢靠近那无形的中央虚空的，因为恶魔之王阿撒托斯的终极暗夜王座就位于那个地方。

那天夕阳西下的时候，那三个商人纷纷舔着他们过分宽大的嘴唇，眼中发出了饥饿的光芒。其中一人走下甲板，从某个隐秘而令人作呕的船舱里拿出了一个小锅和一篮盘子。然后，他们相互靠拢着蹲在雨棚下，开始分食烟熏肉。他们也给卡特分了一块，但当他看到那块肉的大小和形状时，他发现了某些非常恐怖的事情。他的脸色因此而变得更加苍白了。趁那几个商人没注意的时候，他将那块肉扔进了海里。他又一次想起了甲板下那些始终不见人影的桨手，以及为他们提供如此强大力量的可疑食物。

当帆船行至西方的玄武石柱林时，天已经完全黑了。那座巨型瀑布就在前方，发出不祥的咆哮之声，瀑布的水花和飞沫高高溅起，甚至模糊了天空中的星辰。甲板愈发潮湿，帆船也在瀑布边缘那汹涌澎湃的浪潮中打起旋来。随后，伴着一阵古怪的尖啸，船只向前跃了出去，坠入深渊。大船离地球越来越远，如同彗星般无声地射向行星空间，卡特只感到噩梦般的恐惧。他以前从来不知道太空之中竟然有这样无形的黑色东西在潜伏、蹦跶和挣扎着，它们不怀好意地注视着像这艘帆船一样偶然经过的航行者们，冲他们咧嘴嗤笑，有时候，如果那些移动的东西激起了它们的好奇心，这些黑色物体还会用它们那黏滑的爪子去感受一下。它们其实是无可名状的外神幼体，与外神一样盲目愚昧，而且还拥有极其强烈的饥饿与渴望。

不过还好，这艘冒昧的帆船并没有像卡特所害怕的那样航向太空深处，因为他很快就看到舵手在调整方向，让船径直向着月亮驶去。此时的月亮还是一轮新月，随着他们越来越靠近，那散发着皎洁月光的月亮也越变越大，显露出它表面那些独具一格却又令人深感不安的凹坑和高峰。帆船逐渐向月亮的边缘靠去，很快卡特就清楚地意识到它的目的地正是月亮那神秘莫测、总是背对着地球的一面，可能除了入梦者斯尼瑞斯－寇（Snireth–Ko）之外，其他还没有任何一个人类曾目睹过月亮的那一面。这时，帆船已经靠得很近了，月亮上的近景让卡特感到十分不安，他很不喜欢那些零零落落散布在各处的残破遗迹，它们的大小和形状都让他无端地感到厌恶。月亮上的山峰之上矗立着一些毫无生气的神庙遗迹，它们所处的位置说明它们根本不可能供奉着理性正常的神灵。而那些断裂立柱的对称方式也十分诡异，其中似乎隐藏着什么极度邪恶，并且不愿被人破解的内在含义。至于那些曾在这里顶礼膜拜的远古礼拜者究竟长什么样子，卡特则坚决不愿再去揣测。

当帆船绕着月亮边缘，航行在那些人类不曾目睹过的土地上时，卡特发现那片奇异的风景中竟然显现出有生命存在的迹象。他看到一片田野，上面长满了奇形怪状的白色蘑菇，还散布着许多低矮、宽敞的圆形小屋。他注意到那些小屋都没有窗户，它们的形状让他想起了爱斯基摩人的小棚屋。接着，他又瞥见了一片黏滞的海洋和那上面翻滚着的油腻波浪，他意识到这次航行将再一次回到水里——至少是回到某种液体里。帆船冲破水面——或者说冲破液体表面时，发出了一阵奇怪的声响，而那些波浪接纳船体时那种古怪而又充满弹性的方式也让卡特感到十分困惑。

接下来，他们以极快的速度在这片黏滞的海洋里滑行起来。其间他们曾超越了另一艘外形相似的大帆船，并向上面的人欢呼致意。但总的来说，除了这片奇怪的海洋和头顶的天空外，他们几乎什么也看不到。此时太阳正在他们头顶散发出灼热的光芒，但天空一直是黑色的，甚至还点缀着颗颗繁星。

不久之后，前方出现了一道嶙峋的海岸线，上面林立着很多参差不齐的山丘，而且卡特还看到了一座城市以及城里那些令人生厌的灰色高塔。那些密密麻麻的高塔倾斜着、歪曲着，它们簇拥的方式和完全没有任何窗户的事实都让这个囚犯颇感不安。他不禁痛苦地为自己的愚蠢懊恼起来，正是因为愚蠢，他才会去抿那个头巾隆起的商人拿出来的奇怪烈酒。海岸越来越近了，从那座城市里传来的令人惊骇的恶臭也愈发强烈起来。同时，卡特看见那些嶙峋的山丘上长着大片的森林，他认出其中一些树木与地球上迷魅森林里那棵孤单的月亮树正是一类，那些小小的棕色祖格正是用这种树的汁液酿造出它们那奇异的美酒。

这时卡特已经能分辨出前方散发着恶臭的码头上那些移动的身影了。可是，他越是看得清楚，对那些身影的恐惧和憎恶就越发强烈。因为它们根本不是人，甚至一点儿也不像人。那是一些高大而黏滑、能够随意胀大缩小的灰白色生物，它们的外形经常变化，但大致与蟾蜍类似，不过它们没有眼睛，只是在那轮廓模糊而且非常迟钝的鼻口部前端长了许多粉红色的短小触角，一直奇怪地颤抖着。那些生物在码头周围忙碌地蹒跚而行，用超乎自然的力量搬运包裹、板条箱和各类盒子，并时不时地用前爪抓住长桨跳上或跳下停泊在码头边的大帆船。有时还能看到一个这样的生物驱赶着一群脚步沉重的奴隶前行。那些奴隶的长相与人类十分相似，不过他们的嘴巴要宽大得多，就跟那群在狄拉斯-琳做生意的商人一样。不过他们既没戴头巾，也没穿鞋子和衣物，所以看上去才不太像人类。其中一些较为肥胖的奴隶会被它们的监工挑选性地捏一捏，挑出来，赶下船，装进板条箱里钉牢。然后，一些工人会将那些板条箱推进低矮的仓库或装到巨大而笨重的货车上。

当一辆装满板条箱的货车缓缓离开时，卡特才看到拉车的竟然是一只庞然大物。虽然他到这个可憎的地方后已经看到不少巨大而丑陋的怪物了，不过那东西还是让他倒吸了一口冷气。不时会有一小群穿戴与那些黝黑商人一样的奴隶被赶上一艘大帆船，它们身后跟着一大群那种长得像蟾蜍的黏滑生物，那些就是它们的指挥官、领航员和桨手。卡特看到那些与人类十分类似的生物都被留下来，做一些不需要太大力气，却也没有太高荣誉可言的工作，比如掌舵、烹饪、跑腿、搬运，还有与地球及其他有生意来往的星球上的人讨价还价等。那些生物在地球上活动起来肯定很方便，因为只要穿上衣物，仔细地套上鞋子、戴好头巾，它们看上去就和人类没两样，足以在人类

Moon-Beast

开的商店里讨价还价，而无须感到窘迫或作出奇怪的解释。不过，大部分这样的生物——除了那些非常瘦弱或病得厉害的——都没有衣物可穿，它们被装进板条箱里，装上笨重的推车，由那种庞然大物拖离码头。偶尔卡特也能看到一些其他的生物从船上下来，被装入板条箱里，其中一些非常像那种半人生物，有些不那么相似，而有些则完全不同。他不禁想知道，那些来自帕格的可怜的壮实黑人是不是也会在这儿被卸下来，装进板条箱里，被那些可恶的大车运到内陆地区呢？

这时，卡特乘坐的帆船停靠在一个由海绵状岩石修建而成、看上去颇为油腻的码头前。一大群噩梦般的蟾蜍状生物蹒跚地走出舱门，其中两只抓住了卡特，把他拖上了岸。这座城市散发出来的气味和它的外观都难以用言语形容，卡特只记得一些零碎的画面——铺着瓷砖的街道、黑色的门廊，还有由没有窗户的垂直灰墙组成的无穷无尽的峭壁。后来，它们把他拖进了一个低矮的大门里，迫使他在一片漆黑中爬了无数级阶梯——显然，对这些蟾蜍状的生物而言，明亮还是黑暗都没有任何区别。最后，它们在一个弥漫着令人难以忍受的恶臭的地方停了下来，把卡特锁进一间囚室，单独扔在了那儿。此时，卡特仅仅只有爬的力气了，他绕着囚室爬了一圈，确定了它的形状和大小。这是一间圆形囚室，直径大约 20 英尺。

从这时开始，时间似乎就停止了。每隔一段时间会有食物被推进来，但卡特却根本不想去碰它们。他不知道自己的命运将会如何，但他觉得自己被囚禁在这儿是为了等待那个可怕的外神灵魂兼使者——伏行之混沌奈亚拉托提普的到来。最后，不知道过了多少个小时，或者多少天后，那扇巨大的石门再次开启了，卡特被推下阶梯，带出大门，来到那座可怖城市里那些被红灯照亮的街道上。此时正是月亮上的夜晚，整个城镇到处都有举着火炬的奴隶站岗。

接着，10 只蟾蜍状的生物和 24 个看上去与人类无异的火炬手——每侧各 11 个，前后各一个——在一个令人讨厌的广场上组成了一列队伍。卡特被带到队伍的中间，5 只蟾蜍状的生物站在他前面，5 只站在后面，另外他身体两侧还各站着一个火炬手。一些蟾蜍状的生物拿出雕刻着恶心图案的象牙长笛，吹奏出令人作呕的声响。伴随着那令人毛骨悚然的笛声，队伍开始前行，穿过那些铺着瓷砖的街道，走进长满污秽蘑菇的暗夜平原，并很快开始攀爬城市后方一座低矮、坡度比较平缓的山丘。卡特毫不怀疑，伏行之混沌肯定就在某片恐怖的山坡，或某个亵渎神灵的高原上等着他。他真希望这样的悬念能快点过去。那些不敬的长笛吹奏出来的哀号之音实在是太骇人了，他甚至愿意献出整个世界来换取哪怕只比那正常半分的声音，但那些蟾蜍状的生物根本不会出声，而那些奴隶也是绝不会开口说话的。

不过这时，那片星光斑驳的黑暗中确实传来了一个正常的声音。它是从一座更高的山丘上传下来的，接着，又有更多同样的声音从四周那些嶙峋的高峰上传来。它们相互交汇、回响，演绎成一片喧嚣嘈杂的大合唱。那是响彻在午夜的猫叫声。卡特这时才知道，村子里的老人们关于那些只有猫才知道的神秘国度的低声猜测是正确的——那些较为年长的猫会在夜里悄悄从高屋顶上跳入一些神秘的国度。确切地说，它们是跳到了月亮的暗面，在这儿的山丘上跳跃嬉戏，并与某些远古的阴影对话交谈。此时，在那些恶臭之物组成的队伍中，卡特听到了它们那平凡而友善的叫声，也想起了那些高高的屋顶、温暖的壁炉，还有家中那亮着微光的窗户。

伦道夫·卡特非常了解猫的发声方式，所以尽管现在身处的境况十分可怕，他还是发出了合适的叫声。不过他其实根本不需要这么做，因为在他嘴唇刚刚张开的时候，猫叫汇成的合唱声已经变得很大，并且越来越近了。在星光的映衬下，他能看到那些小巧而优雅的身形成群结队地在一座座山丘之间跃动，留下一片迅捷的阴影。宗族的召唤已经发出，那支散发着恶臭的队伍甚至没时间感到恐惧，一个由毛皮和利爪组成的令人窒息的方阵已如潮水般铺天盖地地向它们袭来。长笛声戛然而止，取而代之的是黑夜中凄厉的尖叫，那些与人类十分相似的生物在临死前发出了刺耳的声音。小猫们吐着唾沫，时而吼叫、时而咆哮。但那些蟾蜍状的生物仍然没有发出任何声音，就连它们那恶臭的绿色浓浆致命地流出，渗入那长满污秽蘑菇的疏松土壤时，也没听它们哼上一声。

在火炬的照耀下，卡特面前出现了一幅令人震惊的景象。他以前从来没有见过这么多猫。黑的、灰的、白的、纯黄的、虎斑的、杂色的，普通家猫、波斯猫、马里克斯猫、西藏猫、安哥拉猫、埃及猫……全都加入了这场狂暴的战斗。它们身上萦绕着一股深厚而又不容侵犯的神圣之感——正是这种神圣让它们的女神在布巴斯提斯（Bubastis）的神庙里备受尊崇。一些猫以七倍于敌人的力量冲着类人生物的喉咙或蟾蜍状生物那长着粉红色触角的鼻口一跃而起，野蛮地将其拖倒在长满蘑菇的平原上。它们的同类随后便蜂拥而至，在神圣的战争怒火中用狂暴的利爪和尖牙将敌人撕得粉碎。卡特从一个被击倒的奴隶手里夺过一把火炬，但那很快便被他那些忠诚的守护者们带起的汹涌浪潮给扑灭了。于是，他干脆躺在完全的黑暗中，倾听铿锵的战斗之音和胜利者的呼叫，并感受着他的朋友们那柔软的爪子在他身旁前冲后撤地参与打斗。

后来，惊惧和疲惫使他合上了双眼。当他再次睁开眼睛时，眼前出现的又是另一幅怪异的景象：地球变成了一个硕大无比的闪光圆盘，比我们看到的月亮足足大了三十倍，此时，它正在那一大片笼罩着月球景观的诡丽光线中冉冉升起；而远处那方圆若千里的荒凉平原和嶙峋顶峰上，队列般整齐地蹲坐着数也数不清的猫咪，构成了一片无边无际的猫的海洋。它们一圈又一圈地围着他，其中有两三只猫首领离开队列来到他身边，一边舔舐着他的脸，一边冲着他发出宽慰的呜呜声。卡特并没有看到太多死去的奴隶和蟾蜍状生物留下的痕迹，只是觉得自己看到在距他不远的地方——他和他的小战士们之间的空地上——还残留着一小块骨头。

卡特用柔软的猫语与那几个首领说着话，并从中得知他与猫族之间由来已久的友谊早已是众所周知，而且在猫聚集的地方还经常被提起。当他经过乌撒时，它们并非没有注意到他。那些皮毛光滑的老猫清楚地记得在它们处理完那些邪恶盯着一只黑色猫咪的饥饿祖格后，他是如何轻抚它们的。它们也还记得他热情欢迎那只前去旅舍看他的小猫，并在他离开的那个清晨留给它一碟奶油作为款待的情形。那只小猫的祖父就是现在这支军队的首领，正是他在远处的一座山丘上看到了那支邪恶的队伍，并认出队伍中的囚犯正是它那些生活在地球上和梦境之地里的同类们的至交好友。

这时，一声号叫突然从更远处的一座山峰上传来，年长的首领随即中止了谈话。号叫声来自这支军队的一处前哨——它们在那些最高的山峰上布置了很多前哨，用来警戒这些地球之猫所害怕的仇敌，一群来自土星、体型巨大、行为怪异的猫。出于某种原因，那群猫也注意到了月亮暗面的魅力所在，而且它们还曾与那些邪恶的蟾蜍状生物签订条约、结成同盟。它们对地球之猫的敌意是众所周知的。所以，在这个关头与它们碰面肯定是件非常严重的事情。

各位猫将军进行了短暂的商议，随后，猫咪们起身排成一个更加紧密的队形，聚在卡特周围保护着他。它们准备进行一次长途跳跃，穿越空间，回到地球及其梦境之地中的屋顶上。那位年长的元帅建议卡特尽量保持平稳、顺从，任由自己被那些皮毛柔软的跳跃者托着随大队伍前行。同时他还教会卡特应该如何在托着他的那些猫跳跃时跳跃，如何在它们着陆时优雅地着陆。元帅说它们可以让卡特降落到任何他想去的地方，因此他决定回到黑色多桨大帆船启程离开的狄拉斯－琳城；因为他还想从那儿坐船去奥里亚布岛，然后抵达岛上那雕刻着神灵面容的恩格拉尼克山峰，另外，他还想警告那儿的居民不要再与那些黑色帆船做生意了——如果他们真的能明智而谨慎地停止那些交易的话。然后，随着一声号令，猫咪们将它们的朋友安全地围在中央，开始优雅地跳跃起来。而与此同时，月亮山的某座污渎峰顶上的某个黑色洞穴里，伏行之混沌奈亚拉托提普仍旧在徒劳地等待着卡特的到来。

猫咪们迅速、敏捷地跳跃着穿越空间。由于四周都围绕着他的同伴，所以卡特这一次并没有看到那些在深渊中潜伏、蹦跶和挣扎的巨大而无形的黑色东西。事实上，在尚未完全意识到究竟发生了什么之前，他就已经回到狄拉斯－琳城里那间自己熟悉的旅舍房间了。那些友好的猫悄无声息地从他的窗口鱼贯而出，那位来自乌撒的老首领是最后离开的，当卡特与它握爪告别时，它说它在鸡鸣时分就可以回到自己的家了。后来，黎明到来的时候，卡特走下了楼，并了解到此时距他被抓走已经过了整整一个星期。不过他还得再等上将近两周才能等到那艘开往奥里亚布岛的船。在等待的那段时间里，卡特尽他所能地揭露着黑色大帆船所代表的邪恶与无耻。城里大部分居民都相信了他的话，但珠宝商们实在是太喜欢那些大红宝石了，所以他们并没有承诺会完全停止与那些宽嘴商人进行交易。不过，如果将来有任何邪恶之事因为这些交易而降临狄拉斯-琳的话，那也不能算是卡特的过错了。

大约一周后，卡特翘首以盼的那艘船终于穿过黑色的堤岸和高耸的灯塔，驶进了港口。那是一艘飘着黄色大三角帆的三桅船，船侧刷过油漆，船上都是正常人类，还有一位穿着丝质长袍、头发灰白的船长。这一切都让卡特感到十分高兴。这艘船运来的货物是采自奥里亚布岛上小树林里的芬芳树脂、巴哈那的艺术家们烧制的精致陶器，还有用恩格拉尼克山上的远古熔岩雕刻而成的奇怪小塑像。他们用这些货物交换产自乌撒的羊毛、来自哈提格的七彩织物和河对岸帕格城里的黑人们雕刻好的象牙。卡特与船长商量着去巴哈那港的事情，后者告诉他，此次航行将耗时十天。在等待起航的这一周里，他与船长谈了很多关于恩格拉尼克的事情。他从船长那儿得知，其实极少有人曾看到过山上雕刻的面孔，实际上，大部分旅行者只是听了巴哈那的老人、熔岩采集者和雕像艺人讲述的关于面孔的传说便满足了，回到自己千里之外的家乡后，他们便声称自己真的看到了山上的雕像。船长甚至不能确定现在还活着的人中是否曾有人看到过那个雕刻的面孔，因为恩格拉尼克山的背面实在是太过艰险贫瘠了，而且还有传言说在靠近山顶的洞穴里居住着夜魇（Night-gaunt）。不过船长并不愿意对那种生物多加描述，因为大家都知道，像这样的牲畜，你越是经常想起它，它就越会坚持不懈地侵扰你的梦境。后来，卡特又向船长问起寒冷荒野上的未知卡达斯和那座奇迹般的日落之城，但这个好心人对这些完全一无所知。

后来，在某个潮水转向的清晨，卡特终于乘上三桅船，看着照耀在狄拉斯-琳那些零落的尖角塔上的第一缕阳光，离开了这座阴郁的玄武岩小镇。随后两天，他们都向东航行着。除了绿色的海岸外，他们还经常看到一些十分讨人喜欢的小渔镇。那里的红色屋顶和烟囱管从只会出现在梦里的古老码头和晒着渔网的沙滩开始向上延伸，险峻地攀附在海岸上。但在第三天，他们转了个急弯，开始向南航行。这个方向的水流湍急，很快他们就看不到任何陆地了。到了第五天，水手们突然紧张起来，船长还为他们的胆怯向卡特道了歉，他说，他们的船很快会经过一座沉到海底的城市，从那长满水草的城墙和残破的立柱上驶过。那是一座古老得没人记得的城市，当海水足够清澈时，可以看到那个幽深的地方活动着许多阴影，而普通的人类肯定是不会喜欢那种地方的。另外，他还承认，许多船只都在那个地方失去了踪迹，当那些船航行在附近的时候，还有其他船只上的人向它们欢呼致意过，但之后就再也没人看到过它们了。

当天晚上，月光格外皎洁，卡特可以清楚地看到水下有一条宽敞的大路。风很小，所以船航行得不快，海洋也显得非常平静。卡特靠在船栏上往下看，几英寻[①]深的水下是一座巨大神庙的穹顶，神庙前方有一条两侧林立着古怪狮身人面像的大道，一直通往一个似乎曾是广场的地方。海豚们欢快地在那些遗迹里进进出出，而另一些鼠海豚也在各处笨拙地嬉闹着，它们有时也会游上来，跃出海面。随着帆船慢慢向前漂移，海底出现了一片隆起的山丘，可以清楚地看到一行行古老的盘山小道，以及无数小屋被海水冲倒的墙壁。

随后出现在水底的是那座沉没之城的郊区，最后是一座孤零零矗立在小山上的巨大建筑。与这儿的其他房屋相比，那座建筑结构更为简单，维护的情况也要好得多。那是一座低矮的深色建筑，四面都被封锁着，形成一个方形。它的各个角上都有一座塔，中央则是一个精心铺设的庭院。整个建筑到处都开着奇怪的圆形小窗。虽然大部分区域都被水草覆盖了，不过还是能大致看出它是由玄武岩建成的。这应该是座寺庙或修道院，因此才会以这种孤单却又令人印象深刻的方式远远地坐落在一座小山之上。一些闪着磷光的鱼在里面游来游去，看上去就像那些圆形小窗在发光一样，因此卡特并未对水手们的胆怯多加责怪。随后，在如水的月光里，他注意到那个中央庭院的中心还矗立着一块古怪的高大独石，上面好像还绑着什么东西。于是他从船长室借来了望远镜。通过望远镜卡特才看清，那被绑着的是一个穿着丝质袍子的奥里亚布岛水手。那人被头朝下地绑在独石上，双眼已经不见了。这番情景让他十分庆幸此时风已渐大，很快就把船推到海洋上更加安全的地方了。

---

①英寻：海洋测量中的深度单位。1 英寻 =1.8288 米

接下来的第二天，他们遇见了一艘挂着紫色风帆的船，它正满载着能够长出奇怪颜色的百合花的球茎向扎尔（Zar）——遗忘梦境的所在地驶去。而到了第十一天傍晚，他们已经能远远地看到奥里亚布岛，以及恩格拉尼克山上那些参差不齐、白雪皑皑的顶峰了。奥里亚布岛非常大，它上面的巴哈那港也是一座十分繁华的城市。那儿的码头都是用斑岩砌成的，而整座城市就矗立在码头后面那些巨大的石头阶地上。城里的街道都是由层层阶梯构成的，时常还有建筑物和在建筑物之间起连接作用的桥梁拱悬于其上。整座城市的下方有一条巨大的运河，奔涌在一条带有花岗石大门的地道里，一直流入内陆的亚斯湖（Yath）。亚斯湖的远岸残存着一座名字早已被人遗忘的原始城市的巨大黏土砖遗迹。入夜时分，帆船驶进了港口，码头上两座双生灯塔，索恩与索尔（Thon and Thal），闪烁着灯光对他们表示欢迎。与此同时，头顶上的星星在黄昏中开始闪烁，巴哈那港阶地上那些数也数不清的窗户也逐渐安静地亮起了柔和的灯光。很快，这个攀爬在山坡上的陡峭海港就变成了一片闪闪发亮的星群，悬挂在满天星辰和静寂港口中星辰的倒影之间。

上岸后，船长邀请卡特到他家里做客。他的小屋坐落在亚斯湖岸边，就在小镇背后的山坡底下。为了讨这位旅行者欢心，船长的妻子和仆人拿出了很多看上去有点奇怪、吃起来却美味无比的食物。接下来的几天，卡特去了熔岩采集者和雕像艺人出入的所有酒馆和公共场所，打听有关恩格拉尼克山的谣言与传说。但他发现没有人曾爬上过那些较高的山峰，当然也没有人曾看到过雕刻在岩石上的神灵面孔。恩格拉尼克山非常难爬，它后面只有一个受过诅咒的山谷，而且，也没有人敢肯定那些关于夜魇的说法是真的，还是仅仅只是传说而已。

后来，当船长又将驾船前往狄拉斯－琳时，卡特在老城区的一家古老的客栈里住了下来。这间客栈开在一条台阶小巷旁边，是由泥砖修建而成的，就像亚斯湖远岸的那些遗迹一样。他在那儿制订了攀爬恩格拉尼克山的计划，并汇总了他从熔岩采集者那儿打听到的所有与前往那座山有关的路线信息。客栈的主人是一个非常年长的男人，他曾听过许许多多的传说，所以给了卡特很大的帮助。他甚至把卡特领到了他那间古老房子的一个房间里，向他展示一幅粗糙的图画。那幅画是很早很早以前一个旅行者画在黏土墙上的，那时候的人类比现在勇敢，也并不像现在这样不愿意去攀爬恩格拉尼克山上那些较高的山峰。据那位年长的客栈主人所述，他的曾祖父从自己的曾祖父那儿听说，画这幅画的旅行者曾爬上过恩格拉尼克山，看到了雕刻在上面的神灵面孔，所以他把面孔画在这儿，以便其他人也能看到。但卡特对这种说法表示怀疑，因为墙上那幅巨大粗糙的容貌图看上去画得仓促而草率，而且整个都笼罩在一大群小伙伴的阴影中，那些伙伴的样子非常丑陋，既长了犄角和翅膀，又长着爪子和卷曲的尾巴。

后来，收集完他在巴哈那港的酒馆和公共场所所能收集到的所有信息后，卡特租了一匹斑马，在某天清晨启程，沿亚斯湖岸边的一条大路，向乱石林立的恩格拉尼克山所在的内陆地区出发了。他的右手边全是连绵起伏的山丘，讨人喜爱的果园和整洁小巧的石头农舍，这让他不禁想起史凯河两岸那些肥沃的农田。当天傍晚，他就已经非常接近亚斯湖远岸那不知名的古老遗迹了。尽管那些年长的熔岩采集者曾警告过卡特，让他晚上不要在那儿露宿，但他还是在那儿停了下来。他把斑马栓在一堵摇摇欲坠的墙前一根奇怪的柱子上，然后将自己的毯子铺在了一个隐秘的角落。那个角落上方雕刻着奇怪的图案，其中的寓意恐怕无人能够解读。由于奥里亚布岛的夜晚有些冷，躺下之后，卡特又给自己裹上了另一张毯子。那天晚上他醒过一次，感觉似乎有虫子的翅膀正轻轻地刷过他的脸，所以他把自己连头蒙住，再度平静地睡了过去，直到活跃在远处那些出产树脂的小树林里的麦格鸟（Magah birds）将他唤醒。

此时太阳刚刚爬上一座巨大的山坡，那上面散布着方圆数里格[①]的原始砖块地基和风化的墙体，偶尔还能看到断裂的立柱和基座，一直荒凉地向下铺展到亚斯湖岸边。卡特四处寻找他拴着的斑马，却惊恐地看到那匹温顺的牲畜正一动不动地倒在那根拴它的奇怪柱子旁，而当他随后发现那匹坐骑已经死掉的时候，他的惊怒之情更甚了。斑马的喉咙处有一个奇怪的伤口，而它全身的血液都通过这个伤口被吸干了。卡特的包裹被翻得乱七八糟，一些闪闪发光的小玩意儿被拿走了。那片满是灰尘的土地上到处都是巨大的带蹼脚印，但那是什么东西留下的，他根本毫无头绪。这时他想起了那些熔岩采集者讲述的传说和警告，不禁开始思索晚上刮擦他脸的究竟是什么东西。后

①里格：League，早期测量单位。用于海洋测量时，1 里格 =3.18 海里；用于陆地测量时，1 里格 =3 英里 =4.828 公里。

来，他又看到距离自己不远处有一条大道，那条路穿过遗迹中一座古老神庙的墙壁下方一扇洞开着的巨大拱门，变成台阶，一直向下延伸至他望不见的黑暗深处。这些东西让他感到一阵战栗，于是便迅速背起包裹，大踏步向恩格拉尼克山走去。

卡特此时正穿过更加荒凉、部分已经变成树林的乡野，向山上走去，一路上他只能看到烧炭人的棚屋和在小树林里采集树脂的人们驻扎的营地。整个空气中都弥漫着香脂的芬芳，麦格鸟儿一边欢快地歌唱，一边在阳光下炫耀自己的七彩羽毛。日落时分，他来到一个熔岩采集者新搭建的营地里。这些熔岩采集者刚从恩格拉尼克山那些较低的山峰上下来，每个都带着满满几麻袋的熔岩。于是，卡特也在这儿扎了营，倾听采集者们的歌声和故事。他还无意中听到那些人在低声谈论，说他们有一个同伴失踪了。据说那个人爬得很高，想去采集他头顶上的一大块上好的熔岩，但直到傍晚他也没有与其他人会合。第二天，剩下的人到处找他，但只寻见了他的头巾，而峭壁上面也没有任何迹象表明他跌下去了。那些人很快便放弃了继续寻找，因为一个较为年长的人说继续找下去也无济于事。

没有人能找到夜魇带走的人，虽然也没有人敢肯定这种东西的真实存在。卡特趁机问他们夜魇是否会吸血，是否喜欢闪闪发亮的小东西，还会留下带蹼的脚印，但那些人统统摇头表示否定，而且看上去似乎对他询问的这些问题感到有些害怕。卡特见他们都变得沉默寡言起来，也就没再多问什么，缩进自己的毯子里睡了过去。

第二天，他与那些熔岩采集者一同起床。相互告别后，那些人向西走了，而他则骑着刚从他们那里买来的斑马向东行去。那些年龄较长的熔岩采集者祝福了他，并警告他说在恩格拉尼克山上最好不要爬得太高。卡特虽然衷心地感谢了他们，但并没有接受他们的劝告，因为他还是觉得自己必须找到未知卡达斯的诸神，并从它们手里赢得前往那座引人入胜、精妙绝伦的日落之城的方法。中午时分，骑着斑马爬了长长一段上坡路后，卡特看到一些泥砖建成的、早已被山民遗弃了的村落。那些山民曾住在这个非常靠近恩格拉尼克山的地方，用山上那些光滑的熔岩雕刻图案。直到在那位年长的客栈主人的祖父尚且健在的年代，那些山民都还住在这里，但也就是从那个时候开始，他们渐渐感到自己在这儿似乎并不太受欢迎。他们曾一度把家园建到很高的山坡上，但他们很快发现，房屋建得越高，太阳落山后就有越多的人失踪。最后他们决定还是完全离开这个地方比较好，因为有时他们会瞥见黑暗中出没一些不容人乐观解释的东西。所以最后，他们全都下了山，迁移到海边，住进了巴哈那港。他们住在一个非常古老的城区，并把那门制作雕像的老手艺一代一代地传给他们的子孙，直到今天，那些人的后代都还继承着这门手艺。之前卡特在巴哈那港那些古老的酒馆里打探消息时，正是这群背井离乡的山民的后辈向他提供了有关恩格拉尼克山的最有用的传说。

随着时间的流逝，卡特越来越接近恩格拉尼克山，而它那巨大而又荒凉的山坡也随之阴森地向上延伸着，变得越来越高。在那些比较低矮的山坡上还可以看见零星的几棵树和稀稀拉拉的灌木，但再往高处走就只能见着光秃秃的岩石了——那些可怕的岩石如幽灵般直插天空，与峰顶的冰霜和万年不化的积雪交汇在一起。看着这崎岖险峻的山坡和阴沉岩石间的巨大裂口，卡特真不愿意再继续攀登了。这里到处都是已经凝固了的熔岩和火山渣，杂乱地堆积在山坡和岩架上。九百亿年前，甚至连诸神都尚未在它那尖锐的顶峰上舞蹈时，这座山曾吐出过炽烈的火焰，并从内部爆发出雷鸣般的咆哮之音。但现在，它只是安静而险恶地矗立在这儿，将传说中那幅神秘的巨大雕像隐藏在自己的背面。山上还有很多洞穴，其中一些可能是空的，仅仅只有远古的黑暗，而另一些——如果传说是真的的话——则可能住着人类无法猜透的恐怖存在。

地面倾斜着向上，直达恩格拉尼克山脚。那儿稀稀拉拉地长着几棵胭脂栎和白蜡树，还零星散布着石块、熔岩和古老的火山渣。那儿有许多篝火余烬，因为那些熔岩采集者都习惯在那里扎营，此外还有几个粗陋的祭坛，熔岩采集者通过修建它们来取悦梦境诸神或者驱赶他们梦见的那些出没于恩格拉尼克山高处和错综复杂的洞穴里的东西。傍晚时分，卡特抵达了最远的一堆篝火余烬，并在那儿扎营过夜。他将斑马拴在附近一棵小树上，并用毯子将自己完全裹好，这才沉沉睡去。虽然那天夜里一直有一只乌尼斯（Voonith）在远处某个隐匿水塘的岸边号叫，但卡特并不害怕，因为有人曾非常肯定地告诉过他，那种两栖怪物根本不敢靠近恩格拉尼克山的山坡。

第二天清晨，卡特在明媚的阳光里开始了漫长的攀登之旅。开始他还尽量带着斑马这匹得力的助手，但后来那零星长着几棵树的地面变得太过陡峭，他只好把那匹牲畜拴到一棵矮小的白蜡树上，独自继续向山上爬去。最开始，他穿过了一片树林，林间那些杂草丛生的空地上散布着一些古老村落的废墟，后来，他还翻越了一块坚韧的草皮，那上面到处都长着看上去羸弱不堪的灌木。再后来，树木越来越少，这不禁让他感到有些忐忑，因为此时山坡已经变得分外陡峭了，而周围所有东西都让他觉得头晕目眩。最后他发现，当他环顾四周时，可以清楚地看到那些乡野景色在他下方铺展开来——雕像艺人遗弃的小棚屋、出产树脂的小树林和采集树脂的人们驻扎的营地，还有七彩的麦格鸟筑巢和歌唱的树林，他甚至还能隐约地看到遥远的亚斯湖岸和那些名字早已被人遗忘了的、令人生畏的古老遗迹。不过卡特发现最好还是不要四处张望，于是他一心爬山。再后来，灌木都非常稀少了，四周常常除了坚韧的野草外，什么也没有。

这个时候，卡特所在的地方土壤已经非常稀少而且十分贫瘠了，大块大块光秃秃的岩石裸露在山坡上，时不时还能见到秃鹰建在裂缝里的巢穴。再继续往上，就只能看到裸岩了。不过还好，那些岩石尚不算特别粗糙，风化得也不是非常严重，他还能勉强继续往上爬。另外，山上那些圆丘、岩架和尖峰也帮了他不少。偶尔卡特还能看到熔岩采集者在易碎的岩石上笨拙抓擦后留下的痕迹，而这总是让他感到十分开心，因为这说明在他之前还有其他正常人类曾到过这样的高地。再往上走，到达某个高度后，人类留下的痕迹就变成了在需要的地方开凿出来的支撑点和落脚点，以及某些发现精选岩脉或大片熔岩的地方附近的小型采石场和挖掘场。其中一个地方有一条人工开凿的狭窄岩架，它位于主要的攀登路线右边，距离颇远，直达一处异常丰富的矿藏。有一两次，卡特壮着胆子看了看四周，下方铺展开来的景色简直让他目瞪口呆。整个岛屿都位于他和海岸之间，所有景色尽收眼底。他看到了巴哈那港的石头阶地，也看到那儿的烟囱里冒出的轻烟在远处神秘地袅袅升起，还看到更远处那无边无际的南海，以及其中所有的古怪秘密。

由于前方还有不少蜿蜒曲折的小路围绕着恩格拉尼克山，所以对卡特而言，那遥远的、刻着雕像的一侧此时仍然隐藏在暗处。这时，他看到一条岩架向左上方延伸着，似乎正通往他想要到达的地方，所以他一边暗自祈祷它不会半路中断，一边走上了这条路。十分钟后，他发现这的确不是一条死路，而是险峻地通往一个弧形弯道，而那个弯道如果没有突然中断或转向的话，他几小时后就能爬到恩格拉尼克山未知的南山坡，从那儿俯瞰那些荒芜的峭壁和那片被诅咒的熔岩山谷了。随着他的继续前行，下方也逐渐出现了新的乡野景象，看上去比他曾穿越过的那些临海的地方更加贫瘠和荒凉。山这一面的景色也略有不同，这儿到处都是奇怪的裂缝和洞穴——而在他之前走过的那条较直的路线上，这些东西都是看不到的。那些裂缝和洞穴有的位于他的头顶，有的则在他的下方，全部开在几乎完全垂直的峭壁上，仅靠人类的双脚是绝对到达不了的。现在气温已经变得很低了，但卡特爬得十分辛苦，所以也并未太过在意这个问题。唯一让他感到烦恼的是越来越稀薄的空气，他在想，也许正是因为这个原因，其他旅行者才会掉头下山吧。也许正因为如此，那些人才会激动地渲染关于夜魇的荒谬传说，并借以解释那些攀山者的失踪——事实上，他们可能只是从危险的山道上跌下去了。卡特并没有过多地把那些旅行者的传说放在心上，但他还是准备了一把弯刀，以应对可能出现的麻烦。他想要见到那幅石刻雕像的愿望太强烈了，因为它们可能可以帮他找到未知卡达斯峰顶的梦境诸神，因此，其他所有的想法都是次要的。

最后，在高处那可怕的严寒中，他终于来到了恩格拉尼克山隐藏的那面，看到身下无边无际的深渊里那些低矮的峭壁和荒芜的熔岩深渊——它们彰显了梦境诸神在远古时期的愤怒。此外，他还看到南边有一大片看上去似乎无边无际的广阔平地，但那只是一片荒漠，既没有美丽的田野，也没有村舍烟囱。从那个方向完全看不到海洋的踪迹，不过这也并不奇怪，毕竟奥里亚布岛是一座非常辽阔的岛屿。那些几乎完全垂直的峭壁上依旧有许多黑色的洞穴和古怪的裂缝，但攀登者仍然无法接触到。他上方隐约可见一块巨大的突起，挡住了他的视线。卡特有片刻的动摇，唯恐自己无法翻越它。此刻，他正站在海拔数英里的高处，风很大，他随时可能失去平衡，而且他的一侧是代表死亡的深渊，另一侧则只有光滑的岩壁，处境十分危险。那一刻，他感受到了那种让人远离恩格拉尼克山隐藏面的恐惧。但他没有办法转身，而且太阳此时已经快下山了，如果上面没路的话，他就只能一动不动地蹲在原地过夜了，而当明日黎明来临之时，他可能已经不知所踪了。

所幸，那儿有路。他正好看到一条通道，虽然那只是一些几乎让人无法觉察的落脚点，只有非常老练的入梦者才能利用，不过对卡特而言，这已经足够了。他登上了那块向外突起的岩石顶，发现翻越这块岩石后，上面的路就容易多了，因为那儿有一大片巨大冰川融化后留下来的满是沃土和岩架的宽敞空间。他的左边是一处断崖，从那未知的高度笔直地落入深不见底的深渊里，断崖上有一个黝黑的洞穴，在他上方恰好够不到的地方敞开着。不过在其他地方，山体明显向后倾斜着，甚至给他留出了一块可供依靠和休息的地方。

此处刺骨的严寒让卡特意识到自己肯定已经非常接近雪线了。他往上看了看，想知道在夕阳红润的光芒里，那些闪闪发亮的尖峰会闪烁出怎样的光泽。他很确定，往上数千英尺的地方肯定都覆盖着积雪，而积雪之下则是一块巨大的向外突起的危岩，就像他刚才爬上来的那块一样，长年累月以同样的陡峭形态悬挂在那儿。然而当卡特继续往上爬，渐渐看清楚那块危岩时，他不禁喘着气大声惊叫起来，一边还充满敬畏地紧紧抓住身边一块嶙峋的岩石。因为，那块巨型突起的危岩已经完全没有它在尘世之初被塑造出来时的形状了，在夕阳下，它隐约地闪现着红光，显得巨大无比，而它表面则雕刻着一幅经过精心打磨的神灵容貌图。

如火的夕阳将那幅面容照得严肃而可怕。任何人都无法估量它究竟有多巨大，而卡特也立即意识到，这根本不是人类可以完成的作品。这是一幅由神灵之手雕刻出来的神灵面容，它正傲慢而又威严地俯视着这个苦寻它的凡人。传说它看上去非常奇怪，而且绝不会被弄错，卡特也觉得的确如此。它那修长而狭窄的双眼、耳朵上长长的耳垂、细瘦的鼻子、尖尖的下巴都说明了它并非某种人类，而是诸神中的一员。

尽管这正是卡特所期盼并苦苦寻找的东西，但由于已经被完全震慑住了，所以他只是紧紧地靠在那高耸的危险峭壁上呆呆地看着。神灵的面容本身就具有远非预言所能述说的奇迹，而当一幅神灵面容被某位古老存在神圣地雕刻在黑暗熔岩之上，比一座雄伟的神庙还要庞大，而且看上去似乎正在那无上世界的诡秘沉寂中俯瞰西沉的落日时，那种奇迹就更加强烈、震撼了，没有任何人能够逃脱它的震慑力。

此外，那张面孔上的特征也让卡特的震惊之情更甚。他曾计划踏遍所有梦境之地搜寻那些与这张面孔相似的人——也就是那些可能是诸神子嗣的人类。但当他看清那张面孔后，他就知道根本没这个必要了。很显然，雕刻在这座山上的巨大面容对卡特而言并不陌生，他经常在塞勒菲斯海港附近的酒馆里见到与它相似的容貌。那个海港就位于塔纳利亚山丘另一侧的欧斯－纳尔盖山谷，由库拉尼斯王统治着，而卡特在清醒世界里还认识那位国王。每年都有长着这种面孔的水手乘黑色大船从北方来到塞勒菲斯，用他们的缟玛瑙交换雕刻好的翡翠、金丝和塞勒菲斯出产的一种会唱歌的红色小鸟。很明显，他要寻找的神的子嗣就是这群人了。他们居住的地方肯定就在寒冷荒野附近，而未知卡达斯和其峰顶供梦境诸神居住的缟玛瑙城堡就坐落在寒冷荒野里。所以卡特必须到塞勒菲斯去。但那个地方距离奥里亚布岛非常遥远，他必须先回到狄拉斯－琳，从那儿沿史凯河往上走，回到尼尔的大桥，再进入那片生活着祖格的迷魅森林，并在那儿向北转，穿过奥卡诺兹河（Oukranos）岸边的园地，到达遍布镀金尖塔的索兰（Thran），而在那里，他也许就能找到穿越塞达瑟里亚海（Cerenarian Sea）的大帆船。

不过此时夜色已浓，而在阴影里，那幅雕刻在岩石上的巨大面容向下俯瞰的目光似乎更加严苛了。这位苦寻着诸神的凡人靠在岩架上，发现在这样的黑暗里，他既不能往上爬，也没法向下走，只能站在这个狭窄的地方，紧紧地抓住岩石，颤抖着等待黎明的到来。他暗自祈祷自己能保持清醒，深怕睡着后紧抓岩石的双手会松开，然后从这令人头晕目眩的数英里高的地方掉下去，摔到那受过诅咒的山谷里的岩架和尖锐石块上。这时，星星亮了起来，除了它们之外，卡特眼里只能看到一片黑色的虚无，那片虚无联合着死亡，不断地在引诱他，而他能做的只有紧贴岩石，使劲往后靠，远离那条看不见的悬崖边缘。他在黄昏中看到的最后一件大地之物是一只秃鹰，它翱翔着贴近他旁边一处向西的悬崖，但在快要靠近那个他恰好够不到的洞穴时，又尖叫着匆匆飞走了。

突然，卡特感到有一只看不见的手悄悄地从他的腰带上抽出了那把弯刀，而黑暗中甚至没有响起一丁点的警告。接着，他就听到弯刀落在下方岩石上发出的清脆撞击声。与此同时，他感觉自己似乎看到他与银河之间出现了一个非常可怕的轮廓。那东西出奇的细瘦，有犄角、尾巴，还长着与蝙蝠一般的翅膀。另外，其他一些东西也出现了，开始遮住他西面的星光，就像有一大群模糊不清的东西正拍打着翅膀，密密麻麻却又悄然无声地从峭壁上那个他无法触及的洞穴里飞出来一样。随后，一只如橡胶般的冰冷胳膊勒住了他的脖子，同时还有另一个什么东西抓住了他的脚，接着他便被毫无顾忌

Night-gaunt

地抬了起来，在空中左右摇摆。一分钟后，星星已经看不见了，而卡特也明白过来，自己被夜魔抓住了。

它们抬着他，无声无息地飞进了峭壁上的那个洞穴，在里面那错综复杂的迷宫中穿行起来。卡特一开始还出于本能挣扎着，但每当他挣扎的时候，那些夜魔就会从容不迫地挠他痒痒。它们完全不发出任何声音，就连它们那膜状的翅膀扇动起来也是寂静无声的。它们的身体冰冷得吓人，而且十分潮湿，还滑溜溜的，而它们的爪子还在可恶地揉捏着可怜的猎物。不久之后，夜魔们开始令人惊骇地向下俯冲，在周围那如坟墓般阴冷潮湿的空气汇聚而成的令人眩晕作呕的回旋气流里，它们穿过了一片令人难以置信的深渊。卡特感觉自己正被夜魔带着飞速射向那充满惊叫和恶魔般疯狂的终极旋涡。他一次又一次地大声叫喊着，但每次他这样做的时候，那些黑色的爪子就会更加巧妙地挠他痒痒。后来，他看到周围出现了某种灰色的磷光，所以他猜测它们可能会进入那恐怖的地底内部世界——一些隐晦的传说曾提到过这个世界，说它仅靠苍白的死亡之火点亮，而且充满了散发出食尸鬼般恶臭的空气和从地核凹坑深处涌上来的原始迷雾。

后来，他隐约看到下方很远的地方出现了几行不祥的灰色尖峰。卡特知道，那肯定就是传说中的撒克山峰（Peaks of Throk）了。那些恐怖的尖峰险恶地耸立在不见天日、鬼魂萦绕的永夜深渊里，远比人类想象的要高。它们守卫着那些可怕的山谷，而在山谷里，无数巨蠕虫正污秽地蠕动着，或者在地里钻来钻去。不过卡特宁愿看着它们也不愿看着抓他的那些夜魔，因为后者不但十分骇人，还非常粗野。这些漆黑的怪物长着光滑油腻、鲸鱼般的外皮，一对令人讨厌的犄角相对着向内弯曲，它们那蝙蝠般的翅膀拍打起来无声无息，而它们的爪子则极其适合抓取东西但却相当丑陋，另外，它们还有一条长着倒钩的尾巴，正毫无意义又令人心烦地摆来摆去。不过最糟糕的是它们从不发声，也绝对不会大笑，而且由于它们根本没有脸，所以也不会露出微笑的表情。在它们身上那本该长着脸的地方，只有一片象征性的空白。它们会做的事情只有抓取、飞行和挠痒——这就是那些夜魔的作风。

随着那群怪物越飞越低，耸立在各个方向的灰暗撒克山峰也越来越清晰地出现在卡特面前。他发现，那些笼罩在无尽的微光下、贫瘠却又令人印象深刻的花岗岩山峰上并没有任何生物生存的迹象。当夜魔飞得更低时，空气中的死亡之火燃烧殆尽了，卡特所看到的只是一片虚空中的原始黑暗，只有在高处，那些尖细的山峰还如小妖精一般耸立着。但很快，山峰也远去了，周围除了猛烈的大风和风中来自最下方洞穴里的潮气外，什么也没有了。最后，夜魇们降落到一层看不清是什么，感觉起来像是骸骨的东西上，并把卡特独自一人丢在黑暗的深谷里。把他带到这里似乎是那些守卫着恩格拉尼克山的夜魇的职责，完成任务后，它们就安静地拍着翅膀飞走了。卡特试图跟踪它们的飞行路径，但他很快发现这完全不可能，因为此时就连撒克山峰都已经淡出他的视线了。这里除了黑暗、恐惧、死寂和那厚厚的一层骸骨，什么都没有了。

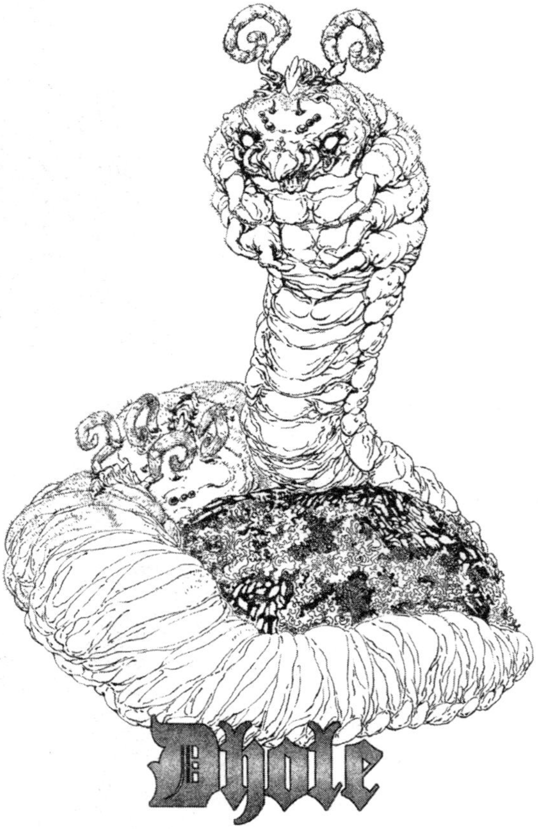

现在卡特已经很确定自己正处在无数巨蠕虫蠕动钻行的潘斯山谷（Vale of Pnoth）里了，但他对接下来会发生什么却一点头绪也没有，因为从来没有人见到过巨蠕虫，甚至从来没有人能猜到它可能长成什么样子。它们只在少数隐晦的谣言中出现过几次，那些谣言提到，它们会在骸骨堆里发出沙沙的响声，而且，当它们蠕动着爬过某人的时候，会让其感到一种黏滑的触感。但人们根本看不到它们，因为它们只会在黑暗中行进。卡特当然一点也不希望遇到巨蠕虫，所以他专注地凝听着从他周围那些骸骨的未知深处传来的所有声响。尽管身处如此可怕的地方，但他仍然制订了一个计划，还确定了一个目标，这是因为很早以前他恰好与一个比较了解潘斯山谷的人攀谈

过。简单来说，这里很可能是清醒世界里那些食尸鬼们丢弃食物残骸的地方。所以如果运气好一点的话，他可能找到一座甚至比撒克山峰还要高的骸骨山——那标志着食尸鬼领地的边缘。如大雨般落下来的骸骨会告诉他往哪儿去寻找，而一旦找到后，他就可以向食尸鬼喊话，让它为他放一条梯子下来。因为，说来奇怪，他与这种恐怖的生物还有一丝非常古怪的联系。

事实上，卡特曾在波士顿认识了一个人——一个创作怪异图画的画家，他的秘密画室就坐落在某个墓地附近的一条古老却污渎的小道里。那个人曾与食尸鬼交上了朋友，而且他还教会了卡特如何理解那种生物发出的令人作呕的咪砰声和咕呤声中比较简单的部分。那个人最后突然消失了，而卡特并不确定自己是否会在这个时候遇到他，如果那样的话，那他将第一次在梦境之地里使用英语这种感觉已经离他很远、只有在模糊的清醒世界里才会用到的语言。无论如何，他觉得自己应该可以说服一只食尸鬼带着他离开潘斯山谷，更何况，遇到一只看得见的食尸鬼总比遇到一只看不见的巨蠕虫要好得多。

于是卡特在黑暗中行走起来，当他觉得自己听到脚下那层骸骨中有什么东西在响动时，他赶紧大步跑开。有一次，他撞上了一个满是石头的斜坡，他知道那肯定是某座撒克山峰的山脚。后来，他终于听到一阵响亮的哗啦哗啦的碰撞声从高处传来，于是他确信自己已经很接近食尸鬼的骸骨山了。但他不敢确定上面的食尸鬼是否能听到他在几英里的山谷底下发出的声音，不过他也清楚，这个内部世界有着非常奇怪的法则。正当他反复思索的时候，一块飞来的骨头狠狠击中了他，那块骨头很沉，肯定是一块颅骨，因此他更加确定自己的确已经离那座决定他命运的骸骨山非常近了，于是他用尽全力向上发出了一声咪砰声——那是食尸鬼语言中的呼唤声。

声音传得很慢，所以过了好一会儿卡特才听到一声作为回应的咕呤声。所幸，那声音最后还是传下来了，而且不久之后食尸鬼就告诉他会为他放一条绳梯下来。等待的过程中他非常紧张，因为他根本不知道自己的呼喊声会在周围这些骸骨中激起怎样的反应。事实上，不久之后，他确实听到远处隐约传来一阵沙沙的响声。随着这意味深长的响声逐渐靠近，他愈发不安起来，因为他不想离开这个地方，错过那随时可能放下来的绳梯。最后，紧张的情绪到了一种令人无法忍受的程度，他几乎就要惊慌失措地逃开了，但就在这个时候，某个东西撞到了附近那堆新落下来的骸骨上，发出砰的一声，这个声音把他的注意力从那些沙沙的响声上吸引了过来。那是一条梯子。他在黑暗中摸索了近一分钟之后，才把它紧紧地抓在了手里。但这时那些沙沙的响声并没有停止，甚至在他爬梯子的时候也紧跟着他。当他爬到离地面足有 5 英尺的时候，下面那些声响明显增大了，而当他爬到离地面 10 英尺的地方时，下面开始有东西摇晃他的绳梯。后来，等他爬到距地面 15 到 20 英尺的高处时，他感到有一段巨大而又光滑的东西从他身旁擦了过去。那东西长着凹凸交替的身体，还在不停地蠕动着。所以他拼命地往上爬，想要摆脱那令人作呕、臃肿肥胖的巨蠕虫，逃离这种任何人都没有见过其身形的生物，那让人几乎无法忍受的摩挲。

他爬了整整几个小时，双手磨得生疼，还起了水泡，最后，终于又一次看到了那些灰色的死亡之火和令人不安的撒克山峰。又继续往上爬了一会儿之后，他发现自己上方就是食尸鬼那座巨型骸骨山的突出边缘了，不过这时他还看不到垂直的那侧是什么样子的。后来，又爬了几小时之后，他看到一张奇怪的脸正从突出的边缘处探出来往下张望，感觉就像卡西莫多从巴黎圣母院的护墙后探出脑袋一样。这幅情景差点没让他晕过去，几乎就要松开那紧握着梯子的手了，不过片刻之后，他恢复了镇定。卡特那位突然消失的朋友理查德·皮克曼曾给他介绍过一只食尸鬼，所以他对这种生物类似犬类的面孔、瘫软的模样以及不堪提及的怪癖都有大致的了解。所以，当那只丑得吓人的食尸鬼站在骸骨山边缘，把他从那令人眩晕的虚空中拉上来的时候，他表现得非常自制，既没有因为旁边那堆大部分已经被吃掉了的残骸而惊慌失措，也没有因为那些围成圈蹲坐着一边啃咬食物、一边好奇地盯着他看的食尸鬼们而惊声尖叫。

他现在置身于一个光线昏暗的平原上，这里唯一的特征就是遍布巨大的砾石和地洞的入口。那些食尸鬼们总的来说还算比较有礼貌，虽然其中一只试图捏他一把，而另外几只还若有所思地紧盯着他那瘦弱的身体。卡特耐心地咕呤咕呤地与食尸鬼们交谈了起来，向它们问起他那位突然消失了的朋友，结果却被告知他那位朋友已经变成了一只很有声望的食尸鬼，就生活在最靠近清醒世界的那个深渊里。一只颜色发绿的老年食尸鬼说它愿意带卡特去皮克曼现在的居所，所以，虽然本能地有些厌恶，但他还是跟着那只生物钻进了一个宽敞的地洞。他跟在那只老食尸鬼身后，在那漆黑一片，还散发着恶臭的土里爬了好几个小时，最后来到一个光线昏暗的平原上。这儿散布着很多来自地球的奇怪遗迹，包括古老的墓碑、破烂的骨灰瓮，以及怪诞的纪念碑碎片等。卡特意识到，这可能是自他从火焰洞穴走下七百级阶梯跨过沉眠之门以来最接近清醒世界的一刻了，这不禁让他有些感慨。

平原上有一块从波士顿的葛兰奈莱墓地偷来的1786年的墓碑，一只食尸鬼就坐在上面，这就是那位曾经的艺术家——理查德·厄普顿·皮克曼。它现在赤身裸体，像橡胶一样，而且它的相貌已经具备了太多食尸鬼的特征，以至于在它身上已经看不到什么人类的特质了。不过它还能记得一点儿英语，可以咕哝着用单音节词与卡特交谈，只是时不时地还是要靠食尸鬼那种咕呤咕呤的语言作为辅助。当它得知卡特想到迷魅森林去，并从那儿前往塔纳利亚山丘另一侧的欧斯－纳尔盖山谷里的塞勒菲斯时，它显得十分疑惑。因为它们这些生活在清醒世界的食尸鬼与上方梦境之地的坟场毫无关联——那些地方是那些盘踞在死城中的红腿蛙普（Wamps）的领地，而且它们生活着的深渊与迷魅森林之间也阻隔着许多东西，其中就包括那个由古革巨人（Gugs）统治着的恐怖王国。

那些古革巨人体型巨大，浑身长着毛发。它们过去曾在迷魅森林里设下石圈，用奇怪的仪式向外神和伏行之混沌奈亚拉托提普献祭。直到某天深夜，它们犯下的某件恶行传到了地球之神的耳朵里，于是被驱逐到了森林下方的那些洞穴里。地球上的食尸鬼们生活的深渊与迷魅森林之间仅靠一扇带有铁环的巨石活门连接着，而由于某个诅咒，那些古革巨人都不敢打开那扇活门。对于一个来自凡尘的入梦者而言，穿越它们统治着的洞穴王国，并通过那扇活门离开几乎是一件不可能的事情，因为过去它们曾以凡尘入梦者为食，虽然被驱逐之后，它们被限制只能吃妖鬼——一种生活在辛之墓群（Vaults of Zin）、像袋鼠一样用长长的后腿跳跃前进、会被光亮杀死的令人厌恶的生物——但直到现在，它们中间还流传着凡尘入梦者是多么美味可口的传说。

所以，皮克曼变成的食尸鬼建议卡特要么离开深渊前往萨克曼德（Sarkomand）——那是冷原下方山谷里一座废弃了的城市，里面有闪长岩雕成的长着翅膀的狮子和狮子守护着的，一直从梦境之地延伸至下方深渊的黑色硝石阶梯；要么穿越一个墓地返回清醒世界——然后重新走下浅睡的

Gug

七十级台阶，去到火焰洞穴，并再往下走七百级阶梯，穿过沉眠之门，重返迷魅森林。然而这两种选择都令这个苦寻着诸神的凡人不甚满意，因为一来他根本不知道怎样从冷原前往欧斯－纳尔盖山谷，二来他也不愿意从梦里醒来，因为他怕自己会忘掉他到目前为止收集到的信息。忘掉那些从北方航行到塞勒菲斯做缟玛瑙生意的水手们那种威严而非凡的面孔肯定会给他的探寻之旅带来灾难性的打击——因为那些水手们正是神灵的子嗣，他们肯定可以为他指明一条通往寒冷荒野和梦境诸神的居住地卡达斯的道路。

经过卡特的反复劝说，食尸鬼终于同意领它的客人进入古革巨人王国的高墙。事实上，那些巨人们在饱餐之后会回到室内酣然大睡一会儿，这时卡特有一个小时的时间偷偷穿过那耸立着圆形石塔的昏暗国度，到达一座附有卡斯之印（Sign of Koth）的中央高塔，沿着那儿的阶梯一直向上走，就可以找到通往迷魅森林的石头活门了。皮克曼甚至愿意让三只食尸鬼帮他用一块墓碑做杠杆，撬开那扇石门。因为那些古革巨人似乎有些害怕食尸鬼，当它们看到有食尸鬼在自己那巨大的坟场里享受盛宴时，它们常常会匆匆地逃开。

另外，皮克曼还建议卡特自己也化装成一只食尸鬼，刮掉那些他放任生长的胡子（因为食尸鬼没有胡子），光着身子在土里打滚（使他的皮肤看上去跟食尸鬼一样），而且还要学着它们的样子瘫软着大步前进。他的衣物被他捆成一束带在身边，就像带着从坟墓里挖出的上好食物一般。他们只需穿过正确的地洞，在那座带阶梯的卡斯之塔附近的一块墓地里爬上地面，就能抵达那座古革巨人居住的、连接着整个国度的城市了。但他们必须警惕那块墓地附近的一个大洞穴，因为那是辛之墓群的入口，那些心怀怨恨的妖鬼们一直穷凶极恶地在那儿守候着那些追逐捕食它们的上层深渊的居民。古革巨人睡着的时候，那些妖鬼会跑出来，而且无论是古革巨人还是食尸鬼它们都一样乐于攻击，因为它们根本没法区别两者。它们是非常原始的生物，甚至会同类相食。古革巨人在辛之墓群中一处狭窄的地方设了一个哨兵，但它经常昏昏欲睡，有时甚至会突然被一群妖鬼袭击。尽管那些妖鬼无法在真正的光亮下生存，但还是可以忍受几个小时深渊中的灰色微光。

所以最后，卡特与三只帮忙的食尸鬼一起爬进了那似乎永无止尽的地洞。那三只食尸鬼还抬着一块板岩墓碑，上面刻着尼希米·德比上校，卒于1719年，葬于塞伦的查特墓地。当他们再次回到亮着微光的地面时，已经

到了一个长满青苔的巨石森林。那里面的巨大独石几乎与他们的视线一样高——那些便是古革巨人常用的墓碑了。在他们爬出来的地洞右边，穿过独石林立的通道，是一片由巨型圆塔构成的壮观景象。那些圆塔无边无际地耸立着，直插地球内部灰暗的天空。这就是古革巨人生活着的雄伟城市——这儿的门都有30英尺高。食尸鬼们常常到这儿来，因为一只古革巨人的尸体几乎就够一群食尸鬼吃上整整一年了，而且，就算要冒些额外的风险，但挖掘古革巨人的尸体总比去打扰人类的墓穴要好。卡特现在总算知道他在潘斯山谷里偶尔摸到的那些巨大骸骨来自何处了。

他们的正前方，刚出墓地的地方，耸立着一面垂直的陡峭悬崖，而悬崖的底部正敞着一个看上去险恶无比的巨大洞穴。食尸鬼们让卡特尽量避开那个洞穴，因为那就是污渎的辛之墓群的入口了，古革巨人们正是在里面的黑暗中捕食妖鬼的。事实上，它们的警告很快就应验了。当时，一只食尸鬼正悄悄地向那些巨型圆塔爬去，想看看它们估算出的古革巨人休息的时间是否正确。突然，那个巨大洞穴的幽暗中闪现出一双黄红色的眼睛，接着又闪现出一双。这说明古革巨人的哨兵又少了一个，同时也说明妖鬼们确实有着极佳的嗅觉。所以那只前去查看的食尸鬼转身回到了地洞边，并示意它的同伴们保持安静。它们都觉得最好还是不要去招惹那些妖鬼，因为它们可能很快就会撤回去，毕竟它们刚在那黑暗的墓群里对付完一个古革哨兵，肯定已是十分疲倦。过了一会儿，一只足有小马大小的东西跳了出来，显露在灰色的微光下。那是一只猥琐而又令人生厌的东西，它的模样让卡特几乎吐了，它的面容奇怪得极像人类，不过并没有鼻子、前额，也没有其他一些比较重要的特征。

过了一会儿，又有三只妖鬼跳了出来，加入它们的同伴。这时，一只食尸鬼低声咕呤咕呤地对卡特说，那几只妖鬼身上并没有战斗留下的伤痕，而这对它们而言并非一个好现象——这说明它们根本没有对付古革哨兵，只是在它瞌睡的时候悄悄溜了出来，所以它们的力量和凶残程度一点也没有被削弱，而且，直到它们找到并处理掉一个牺牲品为止，它们会同样强壮而残忍。那些不成比例的污秽动物很快便增加到十五只左右，在灰色的微光下，它们在巨塔和独石林立的地方东挖西刨，还像袋鼠一般跳来跳去。这实在是一幅令人极不舒服的情景。而当它们用妖鬼特有的如咳嗽般的喉音相互交流着的时候，就更让人厌恶了。不过尽管妖鬼已经非常可怕了，但不久后从洞穴里出来的、让妖鬼都突然惊惶失措起来的东西就更令人感到恐惧了。

那是一只直径足足 2.5 英尺的爪子，上面还长着可怕的锐钩。接着另一只爪子也伸了出来，再接着，一根长满黑毛的巨大手臂出现了，而先前那两只爪子就通过两根较短的前臂连在这只手臂上。然后，洞穴里亮起了一双粉红色的眼睛，随后苏醒了的古革哨兵如水桶一般大的头颅就摇晃着出现在卡特的视线里。那巨人的两只眼睛从头颅两旁向外突了足足 2 英寸，被粗糙毛发丛生的骨质凸起遮住了。而脑袋上最可怕的地方还是那张恐怖的大嘴。它长着巨大的黄色獠牙，而且，它并非像寻常生物的嘴一样水平地张开，而是垂直地从头顶一直裂开到底部。

但不等那倒霉的古革巨人从洞穴中爬出来，舒展开它那足有 20 英尺长的身躯，那些怀恨在心的妖鬼就已经一拥而上，包围了它。卡特很是担心了一会儿，因为他害怕那个哨兵会发出警告，唤醒它的同类，但一只食尸鬼轻声咕呤着告诉他说，古革巨人不会发声，只能靠面部表情进行交流。接下来，那两种怪物展开了一场激烈的战斗。那些恶毒的妖鬼从四面八方拼命地冲向那只尚在爬行的古革巨人，用牙齿啃咬撕扯，同时还用它们那又尖又硬的蹄子凶残地踢打它。整个过程中它们都在用那种类似咳嗽般的喉音兴奋地交流着，而当古革巨人那张纵裂着的大嘴偶尔咬住它们其中一员时，它们便放声尖叫。所以，要不是那只越来越弱势的哨兵开始逐渐向洞穴退去，那战场上发出的喧闹噪声肯定已经把这座沉睡中的城市吵醒了。不过随着哨兵的

后退，骚乱很快便从卡特的视线中退到了黑暗里，只有偶尔传出的邪恶回声表明战斗仍然在继续进行着。

这时，那只最为警觉的食尸鬼发出了前进的信号，于是，卡特跟着他那三只大步前进的同伴，离开了独石森林，走到了城里那些散发着恶臭的黑暗街道上。这座可怕的城市里有许多由巨石修建而成的圆塔，它们高高地耸立着，直达视线之外。卡特他们一路沉默，摇摇晃晃地走在粗糙的岩石路面上，厌恶地聆听着从那些巨大的黑门内传出来的令人憎恶的低沉鼻息声——那代表古革巨人们正在沉睡。由于担心巨人的休息时间即将结束，食尸鬼们加快了脚步。但即便如此，这段路程也并不能在短时间内走完，因为，在一个巨人生活的城镇里，任何距离都会放大数倍。最后，他们总算来到了一个较为空旷的地方，那后面有一座看上去比别的巨塔还要大一点的高塔，巨大的塔门上方固定着一个大得出奇的浮雕标志。尽管不知道标志的意义，但它还是令人不禁颤抖起来。这就是那座带有卡斯之印的中央高塔，而塔内那些在昏暗的光线下若隐若现的巨大石头台阶正是一条通往上方梦境之地和迷魅森林的巨型阶梯的开端。

接着，他们便开始在完全的黑暗中爬起那条似乎没有尽头的阶梯来。这阶梯是为古革巨人修建的，每一级台阶都大得出奇，几乎有一码高，所以他们爬起来异常困难。至于这阶梯到底有多少级台阶，卡特根本没心思估量，因为他很快就已疲惫不堪了，而那些灵活且不知疲倦的食尸鬼们只好一路协助着他。整个没完没了的攀爬过程都充满了被古革巨人发现并追赶的危险，虽然由于梦境诸神的诅咒，没有哪个巨人敢打开那扇通往迷魅森林的石门，但这并不意味着它们不会进入这座高塔或爬上这条阶梯，实际上，它们常常在这儿追捕某些逃脱的妖鬼，直至塔的最顶端。古革巨人们的耳朵非常灵敏，它们醒来之后，很轻易就能听到这几个赤裸着手脚的攀爬者发出的声音。而且很显然，对于那些已经习惯在没有光亮的辛之墓群中捕食妖鬼的巨人们来说，只需大跨几步，就能很快追上它们那正在慢慢攀登巨大阶梯的渺小猎物。而更令人绝望的是，那些古革巨人追赶的时候根本不会发出任何声音，所以它们可能会令人惊骇地突然出现在这些攀爬者上方的黑暗中。这时候古革巨人惯有的对食尸鬼的害怕可能也指望不上了，因为在这个特殊的地方，巨人们的优势实在是太明显了。另外，那些鬼鬼祟祟而又恶毒无比的妖鬼也是一种危险，它们常常会趁古革巨人们熟睡的时候跳进塔里。如果古革巨人们睡得比较久，而妖鬼们又很快完成了它们在洞穴里的勾当，重新出了洞，那么这些不怀好意又令人作呕的东西很容易就能闻着攀爬者的气味追上他们。如果是那样的话，他们还不如被古革巨人吃掉呢。

这时，在经过了似乎永无止境的攀爬后，他们听到上方黑暗中传来一声咳嗽般的声音。事情出现了非常重大而又出人意料的转折。

那儿明显有一只妖鬼，或者可能是很多只。它或它们可能早在卡特及他的向导们进入高塔前就已经在这儿迷路了。很明显，这个危险的距离非常非常近。几秒钟的屏息后，领头的食尸鬼将卡特推到墙边，并用最佳的方式安排好自己和它们的同类，它们将那块古老的板岩墓碑高高举起，以便在敌人出现时给予其致命一击。食尸鬼能在黑暗中视物，所以此时的境况要比卡特独自一人时好得多。片刻之后，上面传来蹄子的咔嗒声，这说明至少有一只怪兽开始往下跳了，而三只抬着墓碑的食尸鬼也准备好自己的武器，准备重击敌人。很快，两只黄红色的眼睛便闪现着出现在视野里，在咔嗒咔嗒的蹄声中，妖鬼的喘息声也能听见了。当它正好跳到食尸鬼上面一级的台阶上时，后者用惊人的力量将那古老的墓碑向它挥去，只听一声喘息声和一声哽咽声，那个受害者就坍成一堆难闻的肉酱了。这儿似乎只有一只妖鬼，食尸鬼们聆听了片刻之后，轻轻拍了拍卡特，示意他继续前进。当然，和之前一样，它们还是不得不协助着他攀登，不过他很乐意离开这个屠杀现场，那只妖鬼的丑恶尸体就摊在这儿，隐没在无尽的黑暗中。

最后，食尸鬼们带着它们的同伴停了下来。卡特摸索着上方，意识到自己终于抵达那扇巨石活门了。完全打开这么大一扇门根本是件无法想象的事情，食尸鬼们只希望可以稍微把它抬开一点，将那块墓碑塞进去作为支撑，这样卡特就能从缝隙中脱身了。而它们自己则打算重新走下阶梯，穿过古革巨人的城市，回到自己的深渊里。它们很善于躲避，因此无须担心巨人的追捕。而且，虽然通过萨克曼德城里一扇由狮子看守的大门也可以回到深渊，但它们根本不知道该如何从陆地到达那座幽灵般的城市。

那三只食尸鬼使出了极大的力气试图抬起上方那扇石门，而卡特也尽他所能帮忙推着。它们判断，靠近阶梯顶层的边缘是最好推的地方，所以便在那儿用上了它们那通过不太体面的方式滋养出来的肌肉里的全部力气。片刻之后，一道光线出现了，卡特赶紧按之前分配的任务将那古老墓碑的端部塞进缝隙里。接着，它们愈发用力地向上抬，但整个过程进行得非常缓慢，每次只要它们没能成功地把墓碑翻转过来撑住大门开口，它们就不得不回到最初的状态。

这时，它们听到下方台阶传来一个声音，这让它们的绝望之情瞬间被放大了数千倍。那只是被它们杀死的长蹄子妖鬼的尸体向下滚落时发出的碰撞声，但无论是哪种原因让那具尸体移动和滚落，都不能让它们放心。因此，那三只非常了解古革巨人的行为方式的食尸鬼开始发疯般卖力地干起活来，它们在短得令人吃惊的时间里将门抬高了一段距离，并一直坚持住，让卡特将墓碑翻转过来，撑住石门，留下一个足够大的开口。然后，它们又协助卡特爬上那个开口，让他踩在它们橡胶般的肩膀上，随后，当他抓住外面上方梦境之地那受诸神祝福的泥土后，又指引他的脚继续向上爬。下一秒，食尸鬼们也跟着爬了出来，并在下方传来的喘息之声已清晰可辨之际敲掉了那块墓碑，紧紧关上了那扇巨大的活门。由于梦境诸神的诅咒，没有哪个古革巨人敢从那扇大门里出来，所以卡特渐渐放松下来，带着一种安详的感觉，静静地躺在迷魅森林里那些密密麻麻的怪诞蘑菇上，而他的向导们则蹲坐在他旁边，用食尸鬼自己的方式休息起来。

迷魅森林还和卡特许久之前穿过时一样怪异，不过与他曾经身处的那些深渊相比，这儿简直是一个令人愉悦的天堂。现在他们周围没有什么活物，因为祖格们会因为恐惧而避开那扇神秘的大门。卡特随即与食尸鬼们商量起它们接下来的行程。它们已经不敢再返回刚才那座高塔了，而当它们得知必须经过神父那许与卡曼－扎所在的火焰洞穴后，它们对清醒世界也失去了兴趣。所以最后，它们决定前往萨克曼德，通过其中的深渊之门返回自己的家园。不过它们现在还完全不知道该怎样到达那儿。这时，卡特突然想起那座城市就坐落在冷原下方的山谷里，同时他也回忆起他曾在狄拉斯－琳见过一位不太面善的斜眼老商人，据说那个人就在与冷原的居民做生意。所以他建议食尸鬼们去狄拉斯－琳找找看，并告诉它们，穿过这片林地，走到尼尔，然后沿着史凯河，一直走到它的河口就可以抵达狄拉斯－琳了。食尸鬼们立即决定就这么做，并且片刻也不想耽误地就大踏步离开了，因为越来越浓郁的黄昏说明它们还将走上一整晚。卡特与这些看上去仍然令人生厌的怪物一一握爪道别，感谢它们一路上的帮助，并请它们代他向那只曾是皮克曼的食尸鬼致谢。待它们离开后，他还是情不自禁地舒了口气，感到很高兴，因为食尸鬼毕竟只是食尸鬼，对人类而言，最多只能算一种比较讨厌的同伴而已。随后，卡特在森林中找到一个水塘，把抹在自己身上的地球下方的泥浆洗净，随即重新穿上那些他一直小心携带在身边的衣物。

这个时候，夜幕已经降临这片生长着巨大树木的可怕森林了，不过由于到处都有磷光，卡特还是可以像白天一样在林中穿行，所以他出发，沿着那条早已了然于心的路线向位于塔纳利亚山丘另一侧的欧斯-纳尔盖山谷中的塞勒菲斯走去。走在路上的时候，他突然想起自己在遥远的奥里亚布岛上攀登恩格拉尼克山时曾骑过的那匹斑马，他还记得自己把它拴在山上一棵白蜡树上——那似乎是发生在千万年前的事情了。他想知道是否会有熔岩采集者给它喂食或将它解开。然后，他又想起了自己在亚斯湖岸边的远古遗迹中过夜的那个晚上被杀害的那匹斑马，不禁猜测自己是否还有机会回到巴哈那港，赔偿斑马的主人——如果那位年长的熔岩采集者还记得他的话。也只有在上层梦境之地的空气里，他才有心思想起这些事情。

突然，卡特因为一棵非常巨大的空心树木中传出来的声音而停下了前行的脚步。他已经避开了那个巨石围成的圈，因为他现在没兴趣与祖格交谈，但那棵大树中传出来的奇怪的振翼之声却说明祖格的某些重要的议会正在某个地方开会。他靠近了一些，发现那儿正进行着一场紧张而又激烈的讨论。不久后他就弄明白了事情的缘由，而且事情还吸引了他极大的关注。那是祖格的首领们正在讨论一场与猫族的战争。事情的起因是那一小队跟着卡特偷偷溜进乌撒而后便失去踪影的祖格——它们只是因为自己不正当的意图而受到了应有的惩罚。但这件事激怒了祖格，它们汇集起来，准备现在，或者至少在这个月内，对整个猫族展开一系列的突然袭击，它们将出其不意地拿下单只或一小群猫，甚至根本不给那些生活在乌撒的无数猫咪一个训练或动员的机会。这就是祖格的计划，而卡特知道，自己必须在继续那非凡的探寻之旅前破坏掉这个计划。

所以，伦道夫·卡特悄悄地摸索到森林边缘，在星光闪耀的田野上发出了一声猫咪特有的叫声。接着，附近农舍中的一只肥大的老雌猫接过了他的任务，将警告传过数里格的连绵起伏的草地，传给那些大大小小，或黑或灰或虎斑或白或黄或杂色的战士们。那警告声回响着穿过尼尔，越过史凯河，甚至传进了乌撒。生活在乌撒的众多猫咪被这合唱般的警告声召集起来，组成了一列行进的大军。幸运的是，此时月亮尚未升起，所以，所有猫都还在地球上。它们敏捷而安静地从每个壁炉边跳出来，从每个屋顶上跳下来，汇聚成一片皮毛海洋，跨越平原，来到森林的边缘。而卡特就在那儿，等待着它们的到来。在亲眼见过无数奇怪的东西，并且与其中一些一起在深渊里走了那么久之后，看看这些线条优美、丰满匀称的猫对他的眼睛实在是大有裨益。他很高兴地看到他那值得敬重的朋友，那只曾经救过他的猫，就跳跃在乌撒分遣队的最前面。它那光滑的脖子上戴着一个象征身份的项圈，而它的胡须则威武地翘着。更妙的是，现在军中那只年轻而活泼的猫中尉正是之前他路过乌撒时在旅舍中结识的那只小猫咪，在很早之前的某个清晨，他还曾给过它一碟丰盛的奶油。它现在已经成长为一只身材健壮而且颇有前途的猫了，此时它正一边叫着，一边与它的朋友握手问好。它的祖父告诉卡特，它在军队里表现很好，再参加一场战役也许就能被升为上尉了。

卡特大致描述了猫族面临的危险，而作为回报，猫咪们纷纷从喉咙深处发出感激的呜呜声。与猫将军们商议后，他制订了一个即时行动的计划，也就是立刻行军前往祖格议会的所在地和其他已知的祖格根据地，抢先行动以破坏它们的突然袭击，并迫使它们在动员大军展开入侵之前就终止整个入侵计划。随后，这片由猫组成的浩瀚海洋一刻也没有耽误，如潮水般涌进迷魅森林，包围了祖格议会所在的那棵大树和那个巨大石圈。看到这些不速之客，敌人的振翼之声迅速升高，表现出惊慌失措的频率。那些鬼鬼祟祟又十分古怪的棕色祖格并没有进行太多的反抗。它们明白自己已经被提前打败了，所以，它们的想法也立即从报复变成了眼下该如何自保。

此时，半数的猫围坐成一个环形的编队，将那些被俘虏的祖格围在中央。同时，编队一侧还留有一个开口，顺着开口一路往下，正行进着一列从森林其他地方俘虏来的祖格，由其他猫看守着押送至此。最后，双方请卡特担任它们的翻译，开始协商停战条款，并最终决定祖格仍然保持自由部族的身份，但必须给猫族献上大量贡品作为补偿，其中包括从森林里那些不那么神秘莫测的地方捕获的松鸡、鹌鹑和野鸡等。十二只来自贵族家庭的年轻祖格将被作为人质带走，关押到乌撒城里的猫之神庙中。而且，胜利者还明确地表示，如果以后有任何猫在祖格领地边界失踪的话，那猫族必将让祖格们品尝极其糟糕的苦果。处理完这些事情后，那些集合成编队的猫散开阵型，允许祖格一只接一只地溜回自己家中。那些祖格们匆匆地溜走了，其中不少边逃还边愠怒地往后瞥望了几眼。

后来，由于认为祖格们很可能因为战争计划受挫而对卡特心怀强烈的怨恨，那只年长的猫将军提议由它们护送他穿过森林，到达他原定前往的边界。卡特满怀感激地接受了这个提议，这不仅仅是因为它们可以确保自己的安全，更重要的是因为他很喜欢与这些优雅的猫为伴。所以，在那群已成功履行完自己的职责并放松了下来，正嬉戏打闹着的可爱猫军团的簇拥下，他开始神气十足地穿越那片由巨大树木构成、闪着磷光的迷魅森林。一路上，他与那只年长的猫将军及它的孙子谈论着自己的探索之旅，而其他猫则在他们旁边，或者沉醉于奇妙的雀跃，或者追赶着被风从长满蘑菇的原始地面上卷起的落叶。那只年长的猫告诉卡特，它曾听说过很多关于寒冷荒野上的未知卡达斯的事情，但却不知道它具体坐落在哪儿。至于那座精妙绝伦的日落之城，它就连听都没有听过了。不过它也说，如果以后再听说了些什么的话，它很乐意转告卡特。

另外，它还向这个探寻者教授了一些极具价值的、在梦境之地的猫咪之间流传的密码，并说它会特意将他介绍给塞勒菲斯——他即将前往的地方——的猫首领。卡特对那只年长的首领早已略有耳闻，据说那是一只威风凛凛的马耳他猫，对所有事务都具有很大的影响力。后来，当它们抵达森林边缘时，天已经快亮了，卡特依依不舍地与他的朋友们道了别。如果不是老将军明令禁止的话，那只年轻的中尉也许就跟他一起走了——毕竟当它还是小猫咪时他们就已经认识了——但那位严厉的家长坚持它应该对整个猫族和军队负责。所以卡特独自上了路，而猫咪们则返回了森林。此时，他脚下是一片神秘的金色田野，那田野沿着一条两岸都是柳树的小河，向远方延展开去。

这个旅行者很清楚，这片园地就位于森林和塞达瑟里亚海之间，所以他愉快地跟着那条一路欢唱、标示着他行程的奥卡诺兹河一直走了下去。太阳渐渐升高了，照耀在遍布小树林和草地的平缓山坡上，令千万朵点缀在各个小山丘上正随风轻摆的花朵开得愈发灿烂鲜艳。一片令人愉悦的薄雾笼罩着整个区域，这个地方的阳光比其他地方更加明媚，鸟儿和蜜蜂所演奏的夏日嗡嗡曲也更加悦耳动听，所以，穿行其中的人们就像穿越仙境一般，感受到的快乐和奇妙也比他们往后能回忆起的任何一次旅行都更为强烈。

中午时分，卡特抵达了凯兰（Kiran）的碧玉阶台。那些阶台倾斜着，向下一直延伸到小河边，而阶台上方则挺立着一座美丽的神殿。埃莱克-瓦达国王每年都会乘坐一顶金色的轿子从他那位于暮光之海上方的遥远国度来到这儿，在神殿里向奥卡诺兹河之神祈祷——因为国王年少时曾住在奥卡诺兹河边的一间农舍里，那时奥卡诺兹河之神曾为他歌唱过。整座神殿，它的高墙、庭院、七座耸立着的尖塔，以及内部的圣坛，都是用碧玉建成的，占地足有1英亩。奥卡诺兹河的河水能通过暗渠流经内部的圣坛，河神晚上就在那儿轻声歌唱。很多次，当月亮将自己的光辉洒向这些庭院、阶台和尖塔时，他都能听到奇异的歌声，不过除了埃莱克-瓦达国王之外，没有人知道那究竟是奥卡诺兹河之神的歌唱，还是那些神秘的神父们吟唱圣歌的声音，因为只有国王一人曾进入过那座神殿，也只有他见过那些神父。不过，现在正是一天中最令人昏昏欲睡的时候，那座雕满花纹的精美神殿非常安静。当卡特走在那令人陶醉的阳光下时，只能听到连续而轻柔的水流声和鸟儿与蜜蜂欢愉忙碌的歌唱声。

随后的整个下午，这个朝圣者要么漫步在芬芳的草地上，要么走过河畔平缓小山丘的背风处。那些山丘上分布着一些宁静的小茅屋和供奉着碧玉或金绿玉雕成的和善神灵的圣坛。有时，他也会靠近奥卡诺兹河的河岸，对那些在清澈河水里活蹦乱跳的虹彩色的鱼儿吹口哨，而还有一些时候，他会在飒飒的疾风中停下来，凝视河对岸那片巨大而阴暗的森林。那片森林里的树木一直往下生长着，都快长到水边了。在以前的梦境中，卡特曾见过一些古怪而又笨拙的伯帕斯（Buopoths）畏畏缩缩地从那片森林里走出来，到河边饮水，不过他现在却一只也没有看到。此外，他偶尔还会停下来观看食肉鱼捕食水鸟的情景。那鱼先是在灿烂的阳光下炫耀自己诱人的鳞片，将水鸟引诱到水中，然后当那只长着翅膀的捕食者准备俯冲下来叼它的时候，后者立刻用自己的巨大鱼嘴将鸟喙紧紧咬住。

接近傍晚的时候，卡特登上了一座长满青草的矮山。在他眼前，索兰那数以千计的镀金尖塔此刻正被夕阳的余晖染得通红。这是一座令人叹为观止的城市：它的城墙全都由条纹大理石砌成，洁白如雪，高得令人难以置信，城墙顶部略有收拢，呈现出内倾的形态，而所有墙体被精心制作成一块实心的整体——没有人知道它们是如何被修建成这样的，因为它们甚至比人类的记忆更加古老。虽然城墙极高，而且上面还建有一百扇大门和两百座塔楼，但那些簇拥在城墙内部、位于金色塔尖之下的那些通体雪白的高塔要比它们更为高大、雄伟、壮观。附近平原上的人们都能看到那些耸入高空的高塔，它们有时清晰地闪烁着光芒，有时塔顶缭绕着云与雾，有时则被云层遮住低处，只见最高处的尖顶在水汽之上自由地闪光。索兰的一些城门就开在河上，附有大理石砌成的巨大码头，用芬芳的雪松和黑檀造成的华丽大帆船就静静地停在那儿，而那些蓄着奇怪胡须的水手则坐在木桶和包裹上——那些木头和包裹上都写有来自远方的某种象形文字。而城墙外侧则是一片田园风光，小小的白色农舍在小山之间安静地沉睡着，而窄窄的通道和众多的石桥则优雅地在溪流和园地之间蜿蜒盘绕。

傍晚时分，卡特向下穿过了这片葱郁的土地，看到暮色已渐渐从河上升起，浮动在索兰那些精致壮观的金色尖塔上。黄昏来临的时刻，他正好走到南面的大门前。一个穿红色长袍的哨兵拦住了他，直到他讲出三个令人难以置信的梦境，证明自己是一个入梦者，完全有资格在索兰那陡峭而神秘的街道上行走，并有资格在那些出售华丽大帆船上的货物的市集上漫步时，哨兵才让他通过。随后，他便走向了那座不可思议的城市。他先是穿过了一面城墙，由于城墙太过厚实，城门仿若一条长长的隧道；接着，他又走到了那些分布在高耸入云的尖塔之间，曲折、起伏、蜿蜒而又狭窄的道路上。灯光从配有格栅和窗台的窗户中透出来，隐隐约约的鲁特琴声和长笛声也羞怯地从房屋内庭传了出来，而内庭里的大理石喷泉正欢快地喷着泉水。卡特知道自己该怎么走。他缓缓地向下，穿过更加昏暗的街道，来到河边。那儿有一间老旧的海员酒馆，他在里面找到了那些他在其他诸多梦境中结识的船长和水手。他向他们买了一张船票，准备乘坐一艘绿色的大帆船前往塞勒菲斯。那儿还有一间旅舍，里面有一只德高望重的猫咪正在一个大大的壁炉前眯着眼睛打瞌睡，做着关于古老战争和已被遗忘的诸神们的梦。卡特与这只猫严肃地交谈了一会儿之后，就在旅舍里住了下来。

第二天清晨，卡特登上了那艘开往塞勒菲斯的大帆船。他坐在船头，看着绳索被放下，一段驶向塞达瑟里亚海的漫长航程便正式开始了。他们最先驶过的数里格的河岸与索兰附近的河岸并没有什么明显的不同，他不时能看到一座奇怪的庙宇矗立在右岸远处的小山上，或者一个寂静的小村落坐落在河畔——村里那些陡峭的红屋顶和渔网全都舒展在明媚的阳光下。不过卡特仍一心想着他的探寻之旅，他挨个询问那些水手，向他们打听那些他们曾在塞勒菲斯的酒馆里见过的人。如果有水手提到一些奇怪的人，长着狭长的眼睛、长长的耳垂、细瘦的鼻子和尖尖的下巴，乘坐黑色大船从北方航行到塞勒菲斯，在那儿用缟玛瑙交换雕刻好的翡翠、金丝和塞勒菲斯出产的一种会唱歌的红色小鸟，那么卡特还会问他们这些怪人的名字和习惯。不过水手们对这些人知之甚少，只知道他们很少说话，而且散发着一种令人敬畏的气质。

那群怪人居住在一片名叫因伽诺克（Inquanok）的遥远大陆上。很少有人愿意去那儿，因为那是一片寒冷而昏暗的大陆，据说那令人厌恶的冷原也坐落在附近。不过，传说中冷原四周矗立着无法通行的高山，所以根本没人能说清那片邪恶的高原以及高原上那些令人恐惧的石头村落和不堪提及的修道院到底是不是真的就在因伽诺克大陆附近，又或者，那些传闻仅仅只是胆怯的人们在夜里看到那些如屏障般难以翻越的高峰在渐渐升起的月亮下阴森地耸立在远处时感到恐惧而传出来的谣言。不过很显然，通过普通的几片海洋是没法到达冷原的。那些水手们不知道因伽诺克大陆还与其他哪些地方接壤，此外，除了在一些含糊不清，而且根本没有提及位置的报告中偶尔看到之外，他们没再听说过寒冷荒野和未知卡达斯。至于卡特苦苦追寻的那座精妙绝伦的日落之城，他们就完全一无所知了。所以，这个旅行者也就不再向他们询问那些遥不可及的事情，而是选择耐心地等待时机，等到他能与那些来自寒冷而又昏暗的因伽诺克大陆的怪人们交谈时再作打算——这些怪人应该就是那些将自己的容貌刻在恩格拉尼克山上的诸神的子孙。

那天稍晚些的时候，大帆船航行到横贯肯德（Kied）那芳香丛林的河湾处。卡特很想上岸去看看，因为那错综复杂的热带丛林里沉睡着一些令人惊叹不已的象牙宫殿，传说曾有统治着某片大陆的君王们住在那里——他们的名字早已被世人遗忘，但那些宫殿仍然孤独完好地散布在丛林中。它们被远古诸神的咒语保护着，毫无损坏、永不腐朽，因为根据某些文字的记载，将来某一天它们可能还会派上用场。曾有大象商队在月光下远远地瞥见过那些宫殿，但由于那些以保护它们的完整性为己任的守卫者，没有人敢过分地靠近。可惜的是，大帆船并没有停留，而是很快地驶过了那片河湾。此时暮色将至，白天的喧嚣渐渐安静了下来，第一颗星辰开始在天空中闪烁，回应着岸边那些早起的萤火虫。丛林很快便被大帆船远远地抛在了身后，空气中只剩下它的芳香，作为船曾驶过的纪念。那天晚上，大帆船就漂浮在过去那些看不见的未知神秘上。其间一个瞭望员曾报告东面的山上有火光闪现，但困倦的船长只回复说最好不要盯着那些火光看太久，因为没人知道它们究竟是被什么人或什么东西点亮的。

第二天早上，河面已经开阔了许多。两岸出现的房屋让卡特意识到他们已经很靠近塞达瑟里亚海上那座巨大的商贸之城——海兰里斯（Hlanith）了。那里的城墙都是由坚固耐用的花岗石砌成的，房屋上神奇地修着尖顶，而且还带有三角墙，墙上抹有灰泥，还架设着横梁。与梦境之地其他地方的人相比，海兰里斯的居民与清醒世界的人类更为相似，所以没有人会特意探寻这座城市，不过要是想做些交易的话，这可是个好地方，因为这里工匠的手艺是出了名的扎实可靠。海兰里斯的码头是用橡树修建的，卡特乘坐的那艘大帆船就停靠在这儿，水手们将船拴紧，而船长则走进码头附近的酒馆，与那儿的人做生意。卡特也上了岸，好奇地看着眼前的情景。这里的街道都有车辙，木制牛车正缓缓地行驶在上面。市集上，兴奋的商人们正空洞地吆喝着，叫卖他们的商品。码头附近有许多鹅卵石铺成的小路，路面上全是海潮溅出的浪花蒸发后留下的盐渍。许多海员酒馆就开在小路边，它们看上去都非常老旧，有着带黑色横梁的低矮天花板和装了泛绿色牛眼玻璃的窗扉。酒馆里，年老的水手们讲述着与遥远港口相关的事情，也讲了很多关于那些来自昏暗的因伽诺克大陆的怪人们的故事，但这些故事基本上与大帆船上的海员讲的差不多，并没有什么新讯息。后来，在经过大量的卸货和装载工作之后，卡特乘坐的大帆船再次起航，驶向了夕阳下的海洋。海兰里斯那些高高的城墙和三角墙渐渐地越来越矮了，白天最后一缕金色的阳光照耀着它们，把它们装扮得格外奇妙、美丽。

随后的两天两夜，大帆船都航行在塞达瑟里亚海上，其间根本看不到任何陆地，除了另一艘船外，也没有见到其他任何东西。后来，在第二天接近傍晚的时候，前方突然出现了覆盖着皑皑白雪的阿阑山峰顶（Aran）和那摇曳着银杏树的低矮山坡。卡特知道，他们已经抵达欧斯－纳尔盖山谷和那座非凡的城市——塞勒菲斯了。很快，这座传奇城镇里那些闪闪发亮的叫拜楼、无瑕的大理石城墙与城墙上面的青铜雕像，以及架在与大海交汇处的纳拉克萨河（Naraxa）上的巨大石桥都逐一映入眼帘。随后，城镇后面那些平缓的山丘也出现了，上面散布着茂密的小树林、种植着日光兰的花园，以及小巧的圣坛和农舍。再远一点的背景里，塔纳利亚山（Tanarians）紫色的山脊高高地耸立着，看上去既巍峨又神秘。山后则是几条通往清醒世界和梦境之地其他地区的禁忌之路。

港口停满了涂漆大帆船，其中一些来自塞拉尼安（Serannian）——一座由大理石修建的云之城，坐落在海天相接处以外的缥缈空间里；另一些则来自梦境之地其他更为坚实有形的地方。舵手驾驶着船只在那些涂漆大帆船之间穿梭着，最后停到了弥漫着香料芬芳的码头边，水手们则在那儿将船牢牢拴好。此时黄昏已至，城里的万家灯火渐渐开始在水面闪烁起来。这座不朽的城市看上去就像新建的一样，因为在这儿，时间已失去了使事物变旧或损毁的能力。如过去一样，这座城市仍然是纳斯-霍尔萨斯的绿宝石，而那八十个戴着兰花花环的祭司也正是1万年前修建这座城市的那些人。巨大的青铜城门时至今日仍然光亮如新，而那些缟玛瑙铺设的路面也没有丝毫的磨损或残破。城墙上矗立着巨大的青铜雕像，正俯瞰着来来往往的那些年龄比神话还老、而分叉的胡须却丝毫不见花白的商人和骆驼骑手。

上岸后，卡特并没有第一时间前去寻找神庙、宫殿或城堡，而是暂时在海边停留下来，混迹于商人和水手之间。不过此时天色已晚，不太适宜向他们打听传闻和故事，所以他来到了一家他非常熟悉的老酒馆，在那儿休息起来。当天晚上，他梦到了自己苦苦追寻的未知卡达斯上的梦境诸神。第二天，他沿着码头寻找那些来自因伽诺克的奇怪水手，却被告知那些人现在都没在港口里，而且，那些怪人的船要整整两周后才会从北方航行到这里。不过卡特也并非一无所获，他找到了一个来自索伯里艾（Thorabonian）的水手，那人曾去过因伽诺克，并在那个昏暗地方的缟玛瑙采石场工作过一段时间。那个水手告诉他，在那儿，人们居住的区域向北确实有一片荒野，而且所有人似乎都很害怕那个地方，都回避着它。那个索伯里艾人认为那片荒野连接着一片无法翻越的山峰的最外沿，而那些山峰就环绕着那可怕的冷原。他觉得那就是人们害怕那个地方的原因，不过他也承认那儿还流传着其他一些关于某种邪恶存在和无名哨兵的含糊不清的传说。那个人并不清楚那儿是不是就是传说中那片坐落着未知卡达斯的寒冷荒野，不过他说，如果那些邪恶存在和无名哨兵真的存在的话，那它们似乎不太可能驻守在一片什么也没有的荒野之中。

接下来的第二天，卡特沿着立柱之街登上了绿宝石神庙，并与那儿的大祭司交谈了一番。虽然塞勒菲斯最主要的神灵是纳斯－霍尔萨斯，但每日祷告时每一位梦境诸神都会被提到，所以祭司自然对它们每一位的脾性都很熟悉。与远在乌撒的阿塔尔神父一样，他也强烈建议卡特不要试图去寻找诸神，因为它们脾气暴躁、反复无常，而且还被宇宙之外的那些愚蠢的外神以一种奇怪的方式保护着——那些外神的灵魂和使者就是伏行之混沌奈亚拉托提普。它们既然精心隐藏了那座精妙绝伦的日落之城，就很明确地说明它们不希望卡特找到它。没人知道它们会怎样对待一位以面见它们和向它们恳求为目的的客人。过去从来没有人找到过卡达斯，而将来也同样不会有人知道它的所在地。虽然的确有一些传说提到了梦境诸神居住的缟玛瑙城堡，但那些传说却没有一个能让人放心。

谢过那个戴着兰花花冠的大祭司后，卡特离开了神庙，随后便前去寻找羊肉贩子所在的集市，因为统领着塞勒菲斯众多猫咪的老首领就惬意地居住在那儿。当这位拜访者走到它面前的时候，那只皮毛光滑、威风凛凛的灰色生物正趴在缟玛瑙路面上晒着太阳，懒洋洋地伸展着它的爪子。不过，当卡特复述出乌撒那只年老的猫将军教给他的密码和它准备的那些介绍语之后，那只毛茸茸的元老立即变得热情而健谈起来。它给卡特讲了许多只有居住在欧斯－纳尔盖山谷朝海那面的山坡上的猫才知道的秘密传说。而且，最好的是，它还向他转述了不少居住在塞勒菲斯滨水区的那些胆怯的猫悄悄告诉它的与因伽诺克人有关的事情，据说没有猫会乘坐他们那艘黑色的大船。

那些人身上似乎有一种并非源自俗世的气质，不过这可不是没有猫乘坐他们的船远航的原因。真实的原因是因伽诺克那片大陆上的阴暗。没有任何一只猫可以忍受那些阴暗，所以，在那个寒冷而昏暗的国度里，永远也听不到任何欢快的呜呜声和普通的喵喵声。那些阴暗究竟是从传说中的冷原而来，飘荡在那无法翻越的山峰上空，还是从那刺骨的荒野不小心渗漏到北面，却没人能够说清。不过有些事情还是可以确定的，比如那片遥远的土地上一直笼罩着一丝外层空间的感觉，那是猫咪们不太喜欢的一种感觉，而且它们对那种感觉也要比人类更为敏感。由于这些原因，它们绝不会登上那些开往因伽诺克的玄武岩码头的黑色大船。

那只年老的猫首领还告诉卡特在哪儿可以找到他的朋友库拉尼斯王。在卡特后期的梦境里，他的那位朋友轮流在位于塞勒菲斯的那座用玫瑰色水晶修建而成的无上喜乐之殿和位于飘浮在空中的塞拉尼安的塔楼云堡里统治着他的子民。不过，这两个地方似乎都已无法再让他感到满意，他反而更加怀念自己少年时期见到过的英格兰悬崖和低地——那里有梦幻般的小村落，每当夜幕降临时，总会有古老的英格兰歌谣从格子窗后面飘出来；那儿还有惹人喜爱的灰色教堂，那些尖塔隐隐约约地从远处翠绿青葱的山谷里探出头来。但他已经没法回到清醒世界寻找这些东西了，因为他的身体已死。不过，他还是尽自己所能做了些事情。他在城东的一块土地上想象出一小片那样的乡村田园景色，在那里，葱茏柔软的草地优雅地从海崖一直铺到塔纳利亚山脚，一座哥特式的灰色石头庄园面朝大海坐落着，他就住在庄园里，并努力把它想象成古老的特雷弗塔，因为他就是在特雷弗塔里出生的，而且他的十三代祖先们也都是在那儿第一次见到光明的。此外，他还在附近的海岸上修了一个康沃尔式的小渔村，里面到处都是铺着鹅卵石的陡峭小路，住在渔村里的人全都长着最纯正的英格兰面孔，而且，他还试着把他记忆中康沃尔老渔民使用的那种亲切的口音教给他们。除此之外，他在不远处的一个山谷里修了一座诺曼式的修道院，以便从自己房间的窗户就能看到它的尖塔，还在修道院的墓地里竖起了一些灰色的墓碑，将自己祖先的名讳刻在上面，他甚至还在墓地里种上了古英格兰时代经常可以看见的那种苔藓。虽然库拉尼斯是梦境之地的一位君王，一声令下就能坐拥所有充满想象力的盛观奇景、绚丽美妙、欢愉欣喜和新奇刺激，但他依旧会欣然地永远放弃自己的所有权利、奢华和自由，只求像个单纯的小男孩一样，在纯净而平和的英格兰度过幸福的一天——因为他所钟爱的那片古老的土地塑造了他的全部，而他也必然永远是那片土地的一部分。

所以，与那只长着灰色皮毛的老猫首领道别后，卡特并没有前去寻找那座沿斜坡修建的玫瑰色水晶宫殿，而是从东边的城门出了城，穿过长满雏菊的田野，径直向一面尖顶山墙走去——那是他透过倾斜在海崖边的一座公园里的橡树瞥见的。他很快便来到一面巨大的篱笆旁，那儿有一间砖砌的乡间小屋。他敲响了门钟，前来迎接他的并非身着长袍、受过涂油礼的宫殿侍从，而是一个矮小而瘦弱的老人。那人穿着工作服，说话时尽可能地带着那种属于遥远康沃尔的古雅口音，他蹒跚地邀请卡特进了门。随后，卡特走过一条树木掩映下的阴凉小道——那些树木也尽可能地与英格兰的树木相似，在仿安妮女王时代风格的花园中攀上几个梯台，来到一扇两侧按旧式设计安置着石猫的门前。一位穿着合身制服、蓄着胡须的管家将他引进了门，并随即将他带进了书房。书房里，库拉尼斯，那位统治着欧斯-纳尔盖山谷和塞拉尼安周边天空的君王，正忧郁地坐在靠窗的一把椅子上，一边凝视着自己那座小小的海滨村落，一边由衷地希望他那位年迈的保姆会在这时走进来，责备他怎么还没准备好去参加郊区牧师举办的可恶的草坪聚会，马车已经在等候，而且他的母亲就快要失去耐心了。

库拉尼斯披着一件晨衣——款式是他年轻时伦敦裁缝最喜爱的那种，热情地起身迎接他的客人。见到一位来自清醒世界的盎格鲁-撒克逊人对他而言实在是件难得的好事，虽然卡特只是一个来自马萨诸塞州波士顿——而非来自康沃尔郡——的撒克逊人。他们谈论了许多关于旧时光的事情，能聊的话题太多了，因为两个人都是非常老练的入梦者，对那些出现在不可思议的地方的非凡奇迹简直如数家珍。实际上，库拉尼斯还曾去过群星之外的终极虚空，而且据说他是唯一一个经历了那样的旅程还清醒返回了的人。

最后，卡特将话题引到自己的探寻之旅上，并向他的主人询问那些他已问过很多其他人的问题。库拉尼斯也不知道卡达斯或那座精妙绝伦的日落之城在那儿，不过他很肯定，梦境诸神是一些非常危险的存在，探寻它们的所在一定困难重重，而且，那些外神还用奇怪的方式保护着它们，以免它们被好奇的鲁莽之人打扰。库拉尼斯说他曾在遥远的太空区域中了解到很多关于外神的事情，尤其是在那些不存在实际形体的空间里——在那儿，五彩的气体们正研究着那些隐藏在最深处的秘密。紫色气体辛咖珂曾给他讲过不少关于伏行之混沌奈亚拉托提普的可怖事情，还警告他永远不要接近那片中央虚空，因为恶魔之王阿撒托斯就在那片虚空的黑暗中饥饿地吞噬着。

总之，打扰远古诸神绝不是件好事，如果它们坚持拒绝外人涉足那座精妙绝伦的日落之城的话，那人们最好就不要去寻找那座城市了。

此外，库拉尼斯还怀疑，就算他的客人找到了那座城市，也很有可能一无所获。他自己就曾梦见过可爱的塞勒菲斯和欧斯－纳尔盖山谷，并为之向往了很多年，另外，他还向往充满自由、色彩和丰富经验的生活，并希望能避开其中的枷锁、俗套和愚蠢。现在，他已来到这座城市和这片土地，并成了其中的国王，但他却发现自由和鲜活全都很快便消磨殆尽了，剩下的只有单调的渴望，渴望能与那些真实存在于他的感觉和记忆中的东西发生些许关联。他是欧斯－纳尔盖山谷的君王，但却找不到作为君王的意义，反而常常为了那些他所熟悉的英格兰的东西，那些塑造了他整个青年时代的古旧之物而意志消沉。为了那回荡在低地上空的康沃尔的教堂钟声，他可以放弃他的王国；为了他家附近的村落里的陡峭而平凡的屋顶，他可以放弃塞勒菲斯里成千上万的叫拜楼。所以，他告诉他的客人，那未知的日落之城里可能根本没有他想追寻的内容，将那座城市留在一个似忘非忘的华丽梦境里也许才是最好的选择。过去在清醒世界里的时候，库拉尼斯经常拜访卡特，所以他清楚地知道，卡特就出生在新英格兰的一片可爱的山坡上。

他几乎可以确定，到了最后，这位探寻者唯一渴望的东西将变成那些存在于他早期记忆中的景色：贝肯山丘在日落时分散发出的光辉，古香古色的金斯波特城里那些高高的尖塔和蜿蜒的山间小道，那座古老的、时常聚集着女巫的亚卡汉姆城里那些灰白色的复折式屋顶，还有那令人愉悦的草地和山谷，以及草地和山谷上蔓延着的石墙和隐约从葱翠的树荫中探出来的白色农舍的三角墙。他把这些事情全都告诉了伦道夫·卡特，但这位探寻者还是不肯放弃自己的探寻。最后，他们谁也没能说服谁，各自怀着坚定的想法分开了。卡特穿过青铜城门，返回了塞勒菲斯，走下立柱之街，回到古老的海堤边。他在那儿一边与更多来自远方港口的水手们闲话交谈，一边等待着那艘来自寒冷而昏暗的因伽诺克的黑色大船，等待着那些长着奇怪面容、体内流淌着梦境诸神的血液的水手和缟玛瑙商人。

终于，在一个星光璀璨的夜晚，灯塔闪耀着照射在港口上的时候，卡特盼望已久的那艘大船来了。那些长着奇怪面容的水手和商人一个接一个、一群接一群地出现在海堤边那些古老的酒馆里。再次见到这些与恩格拉尼克山上雕刻着的神灵面孔如此相似的鲜活面容是件非常令人兴奋的事情，不过卡特并没有急于与那些沉默的水手攀谈。他不知道这些梦境诸神的子嗣还保留着多少骄傲与秘密，也不清楚他们还残存着多少关于神灵的模糊记忆，不过他很确定，无论是直接告诉他们他的探寻之旅，还是太过迫切地追问铺展在他们居住的那片昏暗大陆北面的寒冷荒野都是不明智的做法。他们很少与那些古老海员酒馆里的其他人交谈，而是成群地聚在远远的角落，相互传唱一些回荡在未知区域上空的歌曲，或用与梦境之地其他地方都不尽相同的口音吟诵长篇传说。那些歌曲和传说是如此罕见而动人，所以，虽然歌唱者和讲述者的语言到了普通人耳里仅仅只是一些奇怪的节奏和费解的旋律，但旁人仅从倾听者的面部表情就能猜到它们的奇妙与非凡。

接下来的一周，那些奇怪的水手要么在酒馆里消磨时间，要么在塞勒菲斯的集市上做生意。卡特在他们返航之前成功取得了登上他们黑色大船的资格——他告诉他们自己是一名熟练的缟玛瑙矿工，很想去他们的采石场工作。那是一艘非常漂亮、做工也十分精巧的大船，船身由柚木制成，配有乌木配件和黄金窗饰，而那些供旅行者休息的船舱则挂满了丝绸和天鹅绒的挂毯。某天清晨，当潮水转向的时候，水手们升起了帆，起锚开始了他们的返航之旅。卡特站在高高的船尾，看着永恒塞勒菲斯城内那被朝阳染红的城墙、青铜雕像和金色的叫拜楼缓缓没入远方，也看着阿阑山那覆盖着皑皑白雪的山峰变得越来越小。等到了中午的时候，他视线里除了塞达瑟里亚海那片温和的碧蓝，以及远处一艘正驶向海天相接处的塞拉尼安的涂漆帆船外，就什么都没有了。

很快，夜幕便降临了，群星开始在天空中璀璨地闪烁起来，黑色大船向着环绕天际缓缓摆动的北斗七星和小熊座的方向驶去。水手们唱着回荡在未知土地上的奇怪歌曲，再后来，当沉思的瞭望者开始小声吟诵古老的圣歌时，他们便一个接一个地偷偷溜到前甲板上，靠着栏杆，俯瞰海面之下那些闪闪发亮的小鱼儿在水草间嬉戏游玩。午夜时分，卡特回到船舱睡了一觉，然后在次日清晨的阳光中醒了过来，阳光的位置说明太阳似乎比以往更偏南了一些。第二天，他一整天都在试着了解船上的那些人，渐渐地，他们开始愿意谈论一些自己生活着的那片寒冷而阴暗的大陆、那座精致的缟玛瑙城市，以及他们对传说中冷原所在的位置周围的那些高不可攀的山峰的恐惧。他们告诉卡特，他们非常遗憾没有猫愿意待在因伽诺克那片土地上，而且他们认为肯定是隐匿在附近的冷原让猫咪们拒绝前往。他们唯独不肯谈论的是因伽诺克北方那片满是石头的荒野。那片荒野中似乎存在着什么让人不安的东西，所以他们认为还是不要承认它的存在比较好。

接下来的几天，他们都在讨论卡特声称自己要前去工作的采石场。因伽诺克有许多采石场，因为整座因伽诺克城都是由缟玛瑙修建而成的，而且那些打磨后的大块缟玛瑙还会被运到雷纳（Rinar）、奥格洛森（Ogrothan）和塞勒菲斯卖掉，或就在当地与来自索拉（Thraa）、伊拉尼克（Flarnek）和卡达斯埃伦（Kadatheron）的商人交易，换取从那些传说中的港口运来的漂亮货物。在遥远的北方，靠近那片因伽诺克人不愿承认其存在的寒冷荒野的地方，有一座已经废弃了的采石场。它比其他所有采石场都大得多，在那些早已被遗忘的时光里，有人曾从那儿开采出大得惊人的缟玛瑙块。那些缟玛瑙块的巨大程度令人难以想象，据说人们仅仅是看到那些因开凿而留下的空缺，都会觉得恐惧不已。没人知道究竟是谁开采出那些令人难以置信的石块，也没人知道石块被运到了什么地方。不过大家都认为最好还是不要去打扰那个采石场，可以想象，那周围肯定仍然萦绕着那些超越凡人所为的记忆。所以那个采石场被独自抛弃在昏暗的微光中，只有渡鸦和传闻中的夏塔克鸟还会在它那巨大无比的空缺中筑巢孵卵。听到这个采石场的时候，卡特陷入了沉思，因为他从那些远古的传说中得知，那矗立在未知卡达斯顶峰的梦境诸神的城堡就是用缟玛瑙修建而成的。

随着时间一天天的过去，太阳在天空中的位置越来越低，而头顶的薄雾也变得越来越厚。两周后，阳光完全消失了。白天，只有一种怪异的灰色微光能穿透一片永恒之云的穹顶照耀下来，而到了晚上，星星也不见了，只有从那片云的下端散发出来的冰冷磷光。到了第二十天，卡特远远地看到海里耸立着一块嶙峋的巨大岩石，那是自从阿阑山那白雪皑皑的峰顶从船身后方越来越小，直至消失以来，他看到的第一片陆地。他向船长询问那块岩石的名字，却被告知它没有名字，而且也从来不会有任何船只去那儿进行探索，因为夜晚会有很恐怖的声音从那上面传出来。等到天黑之后，这个旅行者果然听到一阵阴森而又持续不断的号叫声从那块嶙峋的巨大花岗岩传来，他不禁庆幸他们并未做任何停留，也很庆幸那块岩石没有名字。水手们开始祈祷起来，吟唱着圣歌，直到那个可怕的声音听不见了为止。下半夜的时候，卡特还在这个梦境里做了个十分糟糕的噩梦。

随后又过了整整两天，待到第三天清晨的时候，前方东侧隐约出现了一排巨大的灰色山峰，峰顶都隐没在这个昏暗世界上方那似乎永无变化的云层中。看到那些山峰后，水手们唱起了欢快的歌曲，有一些还跪倒在甲板上开始祈祷起来。卡特由此得知他们已经抵达因伽诺克这片大陆了，而且很快就能到达那座与这片土地同名的巨大城镇，泊进那里的玄武岩码头。快到中午的时候，一条昏暗的海岸线出现了，接着，不到下午三点，北方的海岸上渐渐呈现出那座缟玛瑙城市里球根状的穹顶和梦幻般的尖塔。那座古老的城市奇怪地耸立在它的城墙和码头上方，所有东西都呈现出一种精美的黑色，还镶嵌着由黄金制成的卷形装饰、凹槽和蔓藤图饰。那里的房屋都很高大，上面开着许多窗户，各侧都雕有花朵和图案。那些黑色图案所展现出来的对称性令人眼花缭乱，其中蕴含的美感甚至比明亮的色调更为浓烈。一些屋顶采用先是膨胀然后逐渐收缩成一个尖顶的穹顶结构，另一些则采用阶梯状的金字塔结构，金字塔上面还耸立着成群的尖塔，各个方面都展现出一种强烈的奇妙感和非凡的想象力。城市的城墙很低，上面开着许多城门，每一扇门的上方都有一个巨大的拱顶耸立着，高出城墙的其他部分。拱顶上方雕刻着神灵的头，其雕刻技巧明显与刻在遥远的恩格拉尼克山上的那个巨大面孔所用的技巧相同。城市中央的一座山丘上挺立着一座有十六只角的巨塔，它比城里其他塔要高大，扁平的穹顶上还高高地竖立着一座尖塔状的钟楼。那些水手告诉卡特，那是供奉远古诸神的神庙，由一个因内心的秘密而痛苦不堪的年迈大祭司掌管着。

每隔一段时间，钟楼里一只奇怪大钟发出的声都会响彻整座缟玛瑙城的上空，而每次钟响之时，总会有一阵由喇叭声、古提琴声和吟唱声混合而成的神秘音乐与之相和。此外，在某些特定的时刻，神庙那高耸的穹顶周围的一圈走廊上安放着的一排三足鼎还会迸发出强烈的火光。因为这座城市的祭司和居民都很精通那些原始的秘密，并且还忠诚地按照比《纳克特手抄本》还要古老的卷轴上的记载，保留着梦境诸神的旋律。船渐渐驶过巨大的玄武岩防波堤，泊进了港口，原本还比较小声的城市喧嚣变得明显起来。卡特看到码头上挤满了奴隶、水手和商人。那些水手和商人都长着与神灵相似的奇怪面容，但那些奴隶却很矮胖，还长着斜眼。有传闻说他们来自冷原另一边的山谷，不知用什么方法穿越或绕过了那些无法翻越的山峰，漂流到此。码头在城墙之外延伸出很宽的距离，上面堆满了各种各样从停在港口里的帆船上卸下来的货物。而码头的另一侧则成堆成堆地摆着缟玛瑙，其中有雕刻好的成品，也有未经加工的石块，全都等待着被运往远在雷纳、奥格洛森和塞勒菲斯的集市。

卡特乘坐的黑色大船停靠在一个突出的石头码头边时，天色尚早。船上的水手和商人们排着队上了岸，穿过拱形城门，进了城。这座城市的街道都是由缟玛瑙铺设而成的，其中一些又宽又直，而另一些则狭窄而弯曲。靠近水边的房屋比其他地方的要低矮，它们那奇怪的拱门上方都装饰着特定的、黄金制成的符号，据称是为了纪念那些庇佑自己的弱小神灵。船长把卡特带到了一个古老的海员酒馆里，那儿聚集着来自各个稀奇古怪的国家的水手们。另外船长还承诺，第二天就带卡特游览这座昏暗城市里的各种奇观，并把他带到北方城墙附近那些缟玛瑙矿工经常出入的酒馆。此时，夜幕已经降临了，小小的铜灯亮了起来，酒馆里的水手们开始唱起远方的歌谣。不过，当那座钟楼上传来的钟声响彻整座城市的上空，而那阵由喇叭声、古提琴声和吟唱声混合而成的神秘音乐也响起来附和着钟声的时候，所有的人都停止了歌唱和讲述，安静地鞠着躬，直至最后一声回响消失殆尽。因为这是发生在因伽诺克这座昏暗的城市里的一个奇迹，人们不敢在它的仪式上表现出丝毫松懈，唯恐厄运和报复会出人意料地悄悄降临到自己头上。

这时，卡特突然在酒馆的阴暗处看到了一个他不太喜欢的矮胖身影，那无疑就是他很早之前曾在狄拉斯－琳的酒馆里见过的那个年老的斜眼商人了。据说那人在与冷原上那些恐怖的石头村落里的人做生意——那可是个没有哪个正常人愿意造访的地方，而且每当夜晚降临的时候，那儿还会燃起邪恶的火光，很远就能看到。另外还有传言说，他甚至与那个无法描述的高阶祭司也打过交道——那个祭司脸上总是遮着黄色丝绸面纱，独自居住在一座非常古老的石头修道院里。当时，卡特向狄拉斯－琳的商人打听寒冷荒野和卡达斯的时候，那个人就表现得很奇怪，看上去好像知道些什么一样。而他现在又出现在了这昏天暗地且鬼魂萦绕的因伽诺克，这个与北方那些神秘事物如此靠近的地方，这实在不是件令人安心的事情。可惜的是，卡特还没来得及跟他说话，他就已经溜走了，消失在视野里。后来，卡特听那些水手们说，他是跟着一个牦牛商队一同来到这里的，不过牦牛商队从何而来却没人能够确定，他们带着传闻中的夏塔克鸟所生的巨大而美味的蛋而来，交换商人们从伊拉尼克（Ilarnek）带来的精致的翡翠高脚杯。

第二天一早，那位船长果然领着卡特，穿行于因伽诺克昏暗的天空下那些由缟玛瑙铺设而成的黑色街道，浏览起这座城市来。那些内嵌的门、饰有花纹的房屋正面、雕刻过的露台和镶着水晶的凸窗全都闪现着一种昏暗忧郁却又精致优雅的可爱与美好，时不时会看到一些广场，上面竖着黑色的立柱和柱廊，还有一些似人非人的奇怪生物的雕像。沿着长长的笔直街道望下去，或穿过侧巷，越过那些球根状的穹顶、尖塔和饰有藤蔓图案的屋顶眺望远方，会看到无数奇异美丽的景色，根本无法用言语加以描述。不过，这一切都比不上城市中央耸立着的那座供奉远古诸神的巨大神庙，它那巍峨的海拔、十六只雕刻了花纹的边角、平坦的穹顶，还有那高耸的尖塔状钟楼，都远比其他东西更加辉煌壮丽。它凌驾于其他所有建筑之上，而且，无论前景如何，它都显得那么雄伟庄严。而在城市的东边，远在城墙和方圆若干里格的牧场之外的地方，屹立着一片荒凉的灰色山坡。那就是那些看不见顶峰也无法翻越的山脉，据说那令人惊骇的冷原就坐落在山脉的另一侧。

船长带着卡特来到那座雄伟的神庙前。它坐落在一个巨大的圆形广场上，城里那些街道就以这个广场为中心，像轮毂上的轮辐一样向四面八方散射。神庙周围有一座带围墙的花园，围墙上开有七扇拱门，每扇上方都雕刻着一张面孔，与城门上雕刻的那些一样。这七扇门常年都开着，人们可以随意进出。不过，来到此地的人都极为恭敬，他们漫步在那些铺着缟玛瑙瓷砖的小路上，或是穿行于两旁排列着界标和神龛的小道间——那些界标都长得奇形怪状，而那些神龛中则都供奉着和善的神灵。花园里散布着由缟玛瑙修建而成的喷泉、池塘和水洼，用来反射从高处走廊上的三足鼎里频繁喷出的火光，水里还养着潜水者从海底的水草中捉来的会发光的小鱼。据说，当那深沉的当当声从神庙顶上的钟楼里传出来，回荡在花园乃至整个城市上空，而那阵由喇叭声、古提琴声和吟唱声混合而成的神秘音乐也从花园大门旁的七间小屋里涌出来与之相和时，还会有七列祭司组成的长纵队分别从神庙的七扇大门里走出来。那些祭司全都身着黑衣，戴着面具和头巾，在身前一臂的距离处托着一只不断腾起奇怪热气的黄金大碗。那七列纵队会用古怪的动作昂首阔步地走成一列纵队，然后膝盖僵直着，大步前行，走上通往那七间小屋的走道，最后消失在小屋里，不再出现。据说那些小屋的地下建有通往神庙的通道，七列由祭司组成的长纵队就通过那些通道返回神庙，不过也有一些窃窃私语称那些缟玛瑙阶梯的深处直通某些从来没有人提起过的神秘世界。另外，还有很少一部分传闻曾暗示说，那些戴着面具和头巾、组成纵队的祭司其实根本就不是人类。

卡特没有进到神庙里面，因为只有覆面之王才能进入那里。不过，在他尚未离开之时鸣钟的时间就到了，他听到那令人战栗的当当声震耳欲聋地回响在他的头顶，随后那阵由喇叭声、古提琴声和吟唱声混合而成的响亮和声也从门边的小屋里呼啸而出。接着，那七条宽敞的走道上便出现了七列高视阔步、动作奇怪、托着金碗的祭司纵队。此情此景让这位旅行者感到一种在面对人类祭司时通常不会体会到的恐惧。当最后一个祭司也消失后，卡特离开了花园。离开之前，他注意到那些手托金碗的祭司走过的路面上残留着一个污点。但就连船长也不喜欢那个污点，所以他急匆匆地带着卡特前往另一座山丘——那上面坐落着覆面之王那座金碧辉煌的、有着很多穹顶的宫殿。

除了一条供国王和他的随从骑牦牛或坐牛拉双轮车通行的既宽敞又弯曲的大道外，其余通往那座缟玛瑙宫殿的路全都又陡又窄。卡特和他的向导爬上了一条全是阶梯的小巷，行走在镶嵌着奇怪黄金符号的墙壁之间。他们头顶是露台和凸窗，偶尔会有轻柔的音符或充满异域风情的芬芳从上面飘下来，而前方则始终若隐若现地耸立着巍峨的高墙、雄伟的拱壁和成群的球根状穹顶——覆面之王的宫殿就是因为这些穹顶而声名远扬。后来，他们走进了一扇巨大的黑色拱门，来到君王最喜爱的花园里。花园中美不胜收的景致差点没让卡特晕厥过去。那里有缟玛瑙建成的梯台和带柱廊的走道，有色彩艳丽、精致优美的带花乔木攀附在黄金格子架上形成的树墙，还有雕刻着精妙浮雕的黄铜大瓮和三足鼎，带纹理的黑色大理石雕刻而成的雕像栩栩如生地搁在基座上，用玄武岩铺底的潟湖和砌着瓷砖的喷泉里养着闪闪发光的小鱼，小型庙宇的雕花圆柱顶上停留着鸣唱的彩虹色小鸟，巨大的青铜门上雕刻着精妙的蔓叶花样，还有盛开着鲜花的藤蔓在修剪后爬满了光洁的墙壁。这一切构成了一幅绚丽的画卷，美好得超越了现实，就算在梦境之地也如神话般不可思议。它在灰暗的天空下微微地闪着光，宛若一场幻觉。这片风景前面就屹立着那座带穹顶和格子装饰的雄伟宫殿，右边则是远处那些无法翻越的山峰展现出的奇妙轮廓。这儿的小鸟和喷泉始终歌唱着，那些珍贵花朵散发出的芬芳像面纱一样笼罩在这座不可思议的花园周围。现在这里除了他们之外并没有其他人，这让卡特感到十分高兴。参观完这幅美景，他们便转身离开，走下了那条全是阶梯的缟玛瑙小巷，因为参观者是不能进入宫殿的，而且长时间牢牢盯着宫殿中央那个巨大的穹顶也不是件好事——据说那个穹顶里住着所有传闻中的夏塔克鸟的远古先祖，它会将古怪的梦境送给那些好奇之人。

接下来，船长把卡特带到了城镇的北边，靠近商队之门的地方，那儿散布着一些牦牛商人和缟玛瑙矿工出入的酒馆。他们在一间天花板颇为低矮的采石工旅舍里道了别，船长还有生意上的事情要忙，而卡特则热切地盼望着与那些矿工谈谈关于北面的事情。那间旅舍里有不少人，但这位旅行者并没有与他们交谈太久。他自称是一个熟练的缟玛瑙矿工，迫切地想知道一些与因伽诺克的采石场相关的事情。但他从他们口中打听到的都是些他早已知道的消息，因为那些矿工在谈到北面那片寒冷荒野和那座已无人造访的废弃采石场时都显得很胆怯，闪烁其词。他们害怕那些从传说中冷原所在地周围山上过来的密使，也害怕最北面那些散乱的岩石间出没的邪恶存在和无名哨兵。另外，他们还低声说传闻中的夏塔克鸟并不是一种正常的生物。事实上，从来没有人真正见过它们才是件最好的事情（正因为如此，传说中那只住在国王宫殿的穹顶中的夏塔克鸟先祖一直都是在黑暗中喂养的）。

接下来的第二天，卡特谎称想亲自去看看那些各式各样的矿藏，并顺道参观一下因伽诺克地区零星分布的农场和古怪有趣的缟玛瑙村落。他租了一头牦牛，带上几只塞满干粮的大皮鞍袋，随后便开始了自己的旅程。走出商队之门，只见一条大道在耕地之间笔直地延伸着，两旁还散布着许多带有低矮穹顶的奇怪农舍。探寻者时不时地会在其中一些农舍前停下来，询问一些问题。有一次，他遇到了一个面色严肃、寡言少语的主人，后者浑身上下透着一丝难以言述的威严，与恩格拉尼克山上雕刻的那张巨大面孔极为相似。所以卡特十分确定自己遇见的是一位居住在人类中间的神灵，或者至少是一位有着百分之九十神灵血统的人。因此，他小心翼翼地向这位面色严肃、寡言少语的农舍主人称赞起梦境诸神来，并赞美了他们曾赐予他的所有祝福。

当天晚上，卡特把牦牛拴在路边一棵高大的莱格斯树（Lygath-tree）

上，自己就在树下的一块草地上过了一夜。第二天清晨，他又继续向北，开始自己的朝圣之旅。大约十点的时候，他来到一个名叫乌格（Urg）的小村落，村里的房屋都修着小小的穹顶，往来的商人们全在这儿歇脚，而矿工们也在这里讲述他们的故事。卡特在村里的酒馆里待到了中午，随后便继续前行。那条商队大道从这里开始转向西面，向着瑟拉（Selarn）延伸而去。但卡特还要继续向北，所以他踏上了一条采石场的小道。整个下午，他都沿着这条上坡小道前行着。这条路比之前那条要窄一些，路边的岩石也明显比耕地里多很多。等到傍晚时分，卡特左边的景色已经由低矮的山丘变成了巨大的黑色峭壁，他由此得知自己已经很接近矿区了。整个旅程中，他右边始终耸立着那片无法翻越的山峰，远远就能望见那些巨大荒凉的山坡。他一路上从零星遇到的农夫、商人以及运送缟玛瑙的笨重推车车夫那儿听到了很多关于那些山峰的传说，而且他走得越远，听到的传说就越糟糕。

第二天晚上，他露宿在一块巨大的黑色危岩投下的阴影里，把牦牛拴在附近一根立在地面的桩子上。他观察后发现，北边的阴云散发出的磷光要更亮一些，而且，他还不止一次地觉得，在那磷光的照耀下，自己看到了一些黑色的轮廓。第三天清晨，他遇到了第一个缟玛瑙采石场，并与那些拿着锄镐和凿子劳作的工人们打了招呼。当天傍晚来临之前，他一共经过了十一个采石场。那片土地上全是缟玛瑙峭壁和巨大的砾石，完全看不到任何植被，只有巨大的岩石碎块散落在一层黑色土地上。而那些无法翻越的灰色山峰就一直荒凉而险恶地耸立在他的右侧。第三天晚上，他留宿在一个采石工的营地里，营地中摇曳的火光在西边光秃秃的悬崖上投下了很多诡异的反光。采石工们唱了很多歌，讲了很多故事，还跟他分享了很多他们所了解的有关往昔岁月和诸神习性的奇怪知识。这让卡特意识到，这些人的记忆深处还潜藏着很多与他们的祖先——梦境诸神相关的记忆。他们还问他想去往何方，并劝他不要往北方走太远。不过，他只是回答说他想寻找一些新的缟玛瑙峭壁，不会比一般探矿者冒更大的风险。次日清晨，他与那些采石工道了别，骑着牦牛继续向那越来越昏暗的北方行去。那些人曾警告过他，说他会在那儿找到那个令人恐惧、已无人造访的采石场——曾有比人类更加古老的双手在那里开凿那些巨大无比的石块。当他转过身去最后一次向那些人挥手道别时，他觉得自己看到了那个闪烁其词的斜眼老商人，那矮胖的身影正向营地走去，他想起自己在遥远的狄拉斯－琳时听人们猜测说那个人在与冷原上的人做生意，这让卡特感到十分不舒服。

经过两个采石场后，因伽诺克有人类活动的区域似乎就到尽头了，道路也越来越窄，直至变成一条仅容一头牦牛通过的小径，在令人生畏的黑色悬崖之间陡峭地向上延伸着。而他的右边还是始终远远地耸立着那些荒凉的山峰。随着他在这个人迹罕至的地方越攀越远，他感觉周围变得越来越暗、越来越冷了。很快，他发现脚下那条黑色小径上已经完全看不到任何脚印或蹄印了，他意识到自己确实已经走上了那条早已被弃用的、奇怪的远古道路。偶尔会有渡鸦在头顶哇哇乱叫，而且时不时地还有一阵拍打声从一些巨大的岩石后面传来，让他不安地想起传闻中的夏塔克鸟。但大多数时候，只有卡特与他那头毛粗而蓬松的坐骑孤独地前行。不过，那头一路上尽忠尽职的牦牛也越来越不想往前走了，而且越来越容易对着路边传出的细微声响惊恐地喷着鼻息，这让卡特感到十分苦恼。

后来，道路在黑得发亮的崖壁之间越缩越窄，而且比之前更加险峻陡峭了。这样的路极不好走，牦牛常常会因为周围密密麻麻散布着的岩石碎块而滑倒。又前行了两个小时，卡特终于看到一个明确的顶点出现在前方，而那之后就只有一片阴沉而灰暗的天空了。他不禁祈祷到达那儿后能看到一片平地或一条向下的道路。不过，爬上那个顶点也不是件容易的事情，因为这条路此时几乎已经垂直了，而且松散的黑色砂砾和小石块也让攀登变得十分危险。最后，卡特不得不从牦牛背上下来，牵着那头靠不住的牲畜往前走，而当它畏缩或绊倒的时候，他还得用力拉动它，同时还要尽力让自己站稳。接着，突然之间，他就爬上那个顶点了，也看到了远方的情景，并为之倒吸了一口冷气。

他确实看到了一条笔直的小径略微向下延伸着，小径两旁与之前一样，也是一行行天然形成的高大崖壁。但在他左手边出现了一个巨大的空间，占据了数英亩的面积。在那儿，某种远古的力量撕裂了那些天然的缟玛瑙峭壁，形成一个巨大的采石场。那些坚实的断崖上还留着巨型凿孔，地面上也还敞开着向深处挖掘的痕迹。这绝不是人类的采石场。那些凹面上至今仍残留着很多长宽数码的正方形凿痕，向人们展示着那些被无名的双手和凿子切下的石块究竟有多么巨大。它那参差不齐的边缘上空，肥大的渡鸦正拍打着翅膀，哇哇乱叫。而在那看不见的深渊里，还有阵阵含糊不清的嗖嗖声传来，说明有蝙蝠或鄂赫格（Urhags）或者其他不值一提的生物在那无边无际的黑暗之中出没。昏暗中，卡特就站在那条狭窄的小径上，前方有一条散布着很多石块的小路倾斜向下，右边是高高的缟玛瑙峭壁，一直延伸到他看不到的远方，左侧则是那些高大的悬崖，就在前面被斩断了，修建成了一个超自然的恐怖采石场。

这时，那头牦牛突然发出了一声哞叫，接着便挣脱了他的控制，跃过他，惊恐地向下冲去，渐渐消失在那条通往北方的狭窄坡路上。它那飞驰的蹄子踢落了很多石块，掉下采石场的边缘，消失在黑暗中，却听不到任何落底的声音。不过卡特已经顾不上这条狭窄小道的危险了，他气喘吁吁地追在那头飞奔的坐骑身后，向前跑去。很快，他左侧的悬崖又重新出现在路旁，再次将脚下的道路挤成了一条狭窄的小径，而那位旅行者仍然跟在牦牛身后，沿着它仓皇逃窜时留下的宽大蹄印向前追逐着。

追逐中，他觉得自己似乎听到那头受了惊的牲畜在狂奔中发出的蹄声，他因此备受鼓舞，更为加快了脚步。追了数英里之后，前方的道路越来越宽，随后他便意识到自己肯定很快就能抵达北方那片令人畏惧的寒冷荒野了。远处那些不可翻越的山峰荒凉的灰色侧面再一次出现在他右手边的峭壁之上，前方则是一个散落着岩石和巨砾的开阔空间，很明显地预示着一片昏暗、贫瘠，而且无边无垠的平原即将出现。这时，他又听到了另一阵蹄声，比之前听到的更为清晰。不过，这阵声音带给他的却不是鼓舞，而是深深的恐惧，因为他突然意识到这并非那头受惊逃窜的牦牛发出的声音。这阵蹄声显得坚决果断、目的明确，而且，就在他身后响起。

此时，卡特已经从对牦牛的追逐变成了对某个未见之物的逃避，虽然他不敢回头，但能感觉到身后的那个存在绝不是什么安全的或者人们经常提及的东西。他的牦牛肯定是先听到或感觉到了那个东西的存在才惊惶逃跑的，而他现在也根本没心思去考虑它到底是从尚有人烟的地方就开始跟在他身后，还是后来从那个黑暗的采石坑里挣扎着爬上来的。与此同时，那些峭壁已经被他远远地抛在身后了，所以，在即将到来的夜晚，他只能在那片由砂砾和幽灵般的岩石组成的巨大荒野里穿行，但那儿根本就找不到任何通路。这时他已经看不到牦牛留下的蹄印了，但身后却始终跟着一阵可恶的蹄

Shantak

声，偶尔还夹杂着拍打声和嗖嗖声——他幻想那是一对巨大的翅膀扇动时发出的。他很清楚，情况正变得越来越糟，而且他还绝望地发现，自己在这片只有毫无意义的岩石和杳无人迹的砂砾、既残破又贫瘠的荒野里迷路了。他右侧还远远地耸立着那些不可翻越的山峰，似乎可以让他找到一点方向，可惜随着灰色的微光愈发黯淡，逐渐被阴云散发出的苍白磷光取代，就连那些山峰也越来越模糊。

这时，在一片昏暗朦胧中，他瞥见自己北边的黑暗土地上似乎有个什么可怕的东西。有那么一会儿，他认为那是一排黑色的山脉，不过现在他看出事实并非如此。笼罩在上空的阴云所散发出来的磷光使它变得清晰起来，那些位于它背后的水汽所发出的微光甚至还勾勒出了它的部分轮廓。卡特看不出它离自己具体有多远，但他可以肯定绝对不近。它足有数千英尺高，从那些不可翻越的灰色山峰一直延伸到西面那些无法想象的空间，形成一个巨大的凹弧。它过去确实是一些巍峨的缟玛瑙山丘组成的山脊，但现在那些山丘已经不再是山丘了，因为某些比人类更加伟大的存在用双手改造了它们。如今它们犹如饿狼或食尸鬼一般沉默地蹲在这世界之巅，以阴云和薄雾为冠，永世守护着北方的秘密。这些像狗一样的山脉全都蹲在一个巨大的半圆里，被雕琢成了可怕的守护雕像，而它们右手还高高地举起，似乎在威胁着人类。

它们那戴着头冠的双头看上去似乎在移动，但卡特知道，那只是阴云发出的摇曳磷光造成的效果。不过，当他蹒跚前行时，突然看到那些模糊的山顶上真的升起了一些巨大的阴影，那样的动作绝对不是幻觉。那些阴影挥着翅膀呼啸而来，每一刻都在变大，而旅行者也知道自己的蹒跚之行到了尽头了。那些不是地球或梦境之地上其他地方曾出现过的任何鸟类或蝙蝠，因为它们比大象还要大，而且长着像马一样的头部。卡特知道它们肯定就是那些邪恶传闻中所提到的夏塔克鸟了。而他现在也不再好奇到底是怎样的邪恶守卫和无名哨兵让人们对这片北方的岩石荒野避不可及了。此时，他已决定放弃抵抗。他停了下来，并最终壮着胆子向后看了一眼。这时他发现身后跟着的居然是那个又矮又胖名声又不好的斜眼商人，那人骑在一头瘦弱的牦牛身上，咧嘴笑着，身后领着一大群目光猥琐、让人厌恶的夏塔克鸟，它们的翅膀上还黏着地底深处才有的白霜和硝石。

虽然被困在一个由那群长着马头和翅膀、如噩梦般的巨大怪物围成的邪恶圆圈里，但伦道夫·卡特并没有失去意识。那些庞大的怪鸟高高地耸立在他身旁，令他感到十分恐惧。这时，那个斜眼商人跳下了牦牛，仍然咧嘴笑着，站到了这个俘虏面前。随后他示意卡特骑到一只令人厌恶的夏塔克鸟背上，并且在卡特与自己的厌恶作斗争而显得犹豫不决时帮了他一把。爬上一只夏塔克鸟并不是件容易的事，因为它身上长的并不是羽毛，而是鳞片，且那些鳞片还很滑。等卡特终于坐稳后，斜眼商人也骑了上去，坐在他身后，那只瘦弱的牦牛则由一只大得惊人的怪鸟领着向北而去，前往那圈被雕琢过的山脉组成的巨环。

接下来，怪鸟打了一个令人惊骇的回旋，飞上了寒冷的天空。它一边无休无止地向上，一边往东朝着那些无法翻越的山峰荒凉的灰色侧面飞去，而那些山峰之外，就是传说中冷原的所在地了。它在云层之上的高空中飞着，直到最后，下方出现了一片仅存在于传说中的峰顶——那些峰顶从来都不曾为因伽诺克的人亲眼所见，而且始终耸立在闪光迷雾所构成的高空旋涡中。当怪鸟从上方飞过的时候，卡特清楚地看到了它们，并且还看到那些最高的山峰上有一些奇怪的洞穴，这让他想起了恩格拉尼克山上的那些山洞。但他并没有向那个抓他的人询问相关问题，因为他注意到，那个人和那只长着马头的夏塔克鸟都对洞穴表现出了很古怪的恐惧，他们提心吊胆地仓促掠过，看上去都极为紧张，直到那片区域被远远地抛在身后才略有好转。

后来，夏塔克鸟飞低了一些，阴云之下的情景尽收眼底。那是一片灰暗而贫瘠的平原，上面还闪烁着一些相距甚远的微弱火光。随着怪鸟越飞越低，平原上不时地出现了一些零星分散的花岗石小屋和一些萧瑟的石头村落，那些小小的窗户里透出些许苍白的光亮，同时还传来一阵嗡嗡的刺耳笛声和咔嗒、咔嗒令人不快的铃锤声。这证明因伽诺克的人们对这片区域的传言是正确的。因为旅行者之前曾听说过这种声音，他知道它们只会飘荡在那片寒冷而荒凉的高原之上，也就是那个正常人类从来不会造访、萦绕着邪恶和神秘的冷原。

在平原上那些微弱的火光周围，一些黑色的轮廓正在翩翩起舞，卡特不禁好奇那究竟会是些怎样的生物，因为从来不曾有正常人类到过冷原，这个地方唯一为人所知的东西只有那些远远就能望见的火光和石头小屋。那些轮廓缓慢而笨拙地跳动着，还伴有不宜观看的疯狂扭动和弯折，所以卡特一点也不奇怪为何那些模糊的传说会把所有可怕的邪恶之事全都归咎于它们，也不奇怪为何整个梦境之地都对这个可恶而冰冷的高原感到害怕。此时，夏塔克鸟飞得更低了，而它背上的囚犯对那些舞蹈者也不再仅仅只是感到排斥和厌恶，反而察觉出一丝令人毛骨悚然的熟悉之感。他一边睁大双眼仔细看着，一边努力在自己的记忆中寻找线索，希望可以记起以前曾在哪儿见过这样的生物。

那些东西跳动的样子就好像长着蹄子，而非双脚一样，而且看上去似乎戴着一种有小犄角的假发或者头饰。除此之外，它们身上再没穿其他任何衣物，不过大都披着长长的毛发。它们长着短小的尾巴，当其往上仰望的时候，卡特还看到它们都有着一张过分宽大的嘴。他随即便知道这是些什么东西了，而且也知道它们根本没有戴着任何假发或者头饰。因为这种神秘的冷原居民与那些乘坐黑色多桨大帆船到狄拉斯－琳贩卖珠宝的可恶商人其实是同一种族，只不过那些似人非人的商人早已沦为月亮上那些巨型怪物的奴隶了。事实上，很早之前，正是那些与它们长得差不多的黝黑商人将卡特诱骗上那艘散发着恶臭的大帆船，而且，在那座被诅咒的月亮城市的肮脏码头上，他还曾看到它们的同类被成群驱赶着，其中较为瘦弱的被挑去做苦工，较为肥胖的则被装在板条箱里运走了，被它们那些水螅般的、没有固定形状的主人留作他用。现在卡特终于知道那些模棱两可的生物是从哪儿来的了，当他想到月亮上那些无定形的可恶怪物肯定知道冷原这个地方时，他不禁打了个寒颤。

所幸那只夏塔克鸟并没有在这儿降落，它飞过了火光、石头小屋以及那些有点像人类的舞蹈者，接着又掠过那些贫瘠的灰色花岗岩山丘，继续翱翔在这片遍布岩石、冰块和积雪的昏暗荒野上。此时白昼已至，北方世界那迷雾般的微光逐渐代替了那些低处阴云散发出来的磷光，而那只令人厌恶的怪鸟仍然扇动着翅膀，穿过严寒与沉寂，向目的地飞行着。那个斜眼商人偶尔会用一种难听的喉音语言对他的坐骑说话，那只夏塔克鸟则会用一种类似嗤笑的音调回答他，声音刺耳得就像刮擦毛玻璃时发出的声响。在此期间，地面一直在逐渐变高，最后它们飞到了一块被风吹成的台地之上——那地方看上去正好像一片荒蛮而渺无人烟的世界的屋顶一般。在那儿，在一片肃静、幽暗与寒冷中，一座用原始石块堆建而成的无窗建筑独自耸立着，这座低矮的建筑周围还矗立着一圈天然的独石，整个布置看不出任何人类所为的痕迹。根据那些古老的传说，卡特猜测自己肯定是到了整个梦境之地里最可怕、最传奇的地方——那个无法描述的高阶祭司独自居住着的偏远的修道院，那个祭司头戴能够遮挡自己面孔的黄色丝绸面纱，向外神和它们的伏行之混沌奈亚拉托提普祷告。

那只令人厌恶的怪鸟在这儿着了陆，斜眼商人跳下鸟背，并帮忙让他的囚犯也降落到地面。此时，卡特已经非常确定那个人为什么要抓自己了，很明显，斜眼商人是那些黑暗势力在梦境之地的代理人之一，他急切地想把一个胆敢寻找未知卡达斯并妄图在梦境诸神的缟玛瑙城堡里当着诸神的面说出自己祈愿的放肆凡人抓到他的主人面前。卡特上次在狄拉斯－琳被那些月亮怪兽的奴隶抓走很可能也是他的杰作。现在，他似乎打算继续执行那件被那些营救卡特的猫破坏掉的任务——将这个牺牲品带到某个可怕的地方与令人恐惧的奈亚拉托提普见面，并讲述其为了寻找未知卡达斯都做了哪些大胆放肆的事情。冷原和因伽诺克北边的寒冷荒野肯定距离外神的所在地不远，而此地那些通往卡达斯的道路必定都被重重把守着。

那个斜眼的老人虽然矮小，可他身旁那只长着马头的怪鸟却庞大如山，所以卡特只好顺从他的指引，穿过那圈挺立的独石，从一个低矮的拱门进入了那座无窗的石头修道院。屋里没有一丝光亮，但邪恶的商人随即点亮了一只刻着诡异浮雕的小泥灯，并推搡着他的囚犯穿过一些狭窄、蜿蜒，宛若迷宫般的通道。那些通道的墙壁上画着很多可怕的场景。这些画比历史还要古老，绘画的风格也是地球上的考古学家一无所知的，而且，虽然经历了数也数不清的亘古岁月，但画的色彩仍然鲜艳如新。这是因为这片可憎的冷原寒冷而干燥，很多原始的东西都可以保存得栩栩如生。借着那盏摇动的泥灯所散发出来的暗淡灯光，卡特匆匆瞥了几眼那些壁画，并被其中讲述的故事吓得颤抖不已。

在那些古老的壁画里，冷原的历史昂首阔步地行走着，而那些长着犄角、蹄子和宽大嘴巴的类人生物也一直在那些早已被遗忘的城市里邪恶地舞蹈着。一些壁画记录的是远古战争的场面，生活在冷原上的类人生物正在与附近山谷里浮肿的紫色蜘蛛战斗。另一些壁画描绘的则是那些黑色多桨大帆船从月亮上来到这里的情景，那些水螅般的、没有固定形状的亵神之物从船上或跳跃或挣扎或蠕动出来，冷原的居民则对它们表示屈从。类人生物将那些黏滑的、灰白色的亵神之物视作神灵，就算后者用黑色多桨大帆船带走了它们很多健硕肥胖的雄性同伴，它们也没什么怨言。那些畸形的月亮怪兽将自己的营地设在海中一座嶙峋的小岛上，卡特从壁画中看出，那个小岛就是他航行来因伽诺克时曾在海上见到过的那块孤独的无名岩石——那是一块受到诅咒的灰色岩石，因伽诺克的水手们都会尽力避开它，而且每到夜晚都会有阴森的号叫声从那上面传出来。

另外，壁画还展示了那些类人生物曾生活过的巨大海港和都城——它骄傲地挺立在悬崖与玄武岩码头之间，城里修满了令人惊叹的台柱、高大的寺庙和雕花的建筑。大大的花园和两侧立着圆柱的街道分别从悬崖和六扇以狮身人面像为顶的大门延伸至一个巨大的中心广场，广场上有一对带翅膀的巨型狮子，守卫着一条通向地下的楼梯顶部。那些巨大的、带翅膀的狮子一遍又一遍地出现在壁画里，无论是在白天灰色的微光中，还是在夜晚阴云散发出的磷光下，它们那闪绿岩制成的强壮侧翼都闪烁着灿烂的光芒。卡特跌跌绊绊地走着，一次又一次地经过那些频繁而重复的图片，最后，他终于意识到它们是什么了，而且也意识到那座在亘古时代——早在黑色多桨大帆船到这儿之前——被那些类人生物统治着的城市到底是哪座。他绝不会弄错，因为梦境之地流传着的相关传说非常多、非常丰富。毫无疑问，那座古老的城市就是那传说中赫赫有名的萨克曼德城（Sarkomand）。早在第一个真正的人类见到光亮之前，它的遗迹就已经褪色足有100万年了，城里那对孪生的巨大狮子则永恒地守卫着从梦境之地通往大深渊（Great Abyss）的阶梯。

除此之外，壁画展示的内容还包括那些将冷原与因伽诺克分开的荒凉而灰暗的山峰和那些在半山腰的岩架上筑巢的怪异夏塔克鸟。另外它们也同样展示了那些最高顶峰附近的奇怪洞穴，以及就算最大胆的夏塔克鸟也会尖叫着飞离那些洞穴的情景。卡特在飞过顶峰时曾看到过那些洞穴，他当时就注意到它们与恩格拉尼克山上的岩洞十分相似。现在他知道那种相似并非偶然，因为这些壁画也画了居住在其中的可怕居民，那些长着蝙蝠翅膀、弯曲犄角、倒钩尾巴、适合抓握的爪子和橡胶般身体的生物对他而言并不算陌生。他之前就曾见过那些能够无声无息地飞掠和抓取的生物，它们是没有思想的大深渊守卫者，甚至连梦境诸神也害怕它们，它们奉头发灰白的诺登斯为王，而非效命于奈亚拉托提普。因为它们是令人畏惧的夜魔，由于没有脸，它们从来都不会笑，而且它们永远都飞翔在潘斯山谷与通往外部世界的通道之间的黑暗中。

这时，斜眼商人推搡着卡特走进了一个很大的圆顶房间，房间四壁刻着骇人的浮雕，中央大张着一个圆形深坑，深坑周围立了六个沾染了邪恶污秽的石头祭坛，围成环状。这个散发着邪恶味道的巨大地穴里没有一丝光亮，而那位阴险商人拎着的小泥灯散发出的光芒又实在太过微弱，根本不足以照亮整个地方，只能供人一点一点地抓住房间里的细节。在房间的远端有一个修在五级台阶之上的高大石台，上面的金色王座上坐着一团笨拙的人影，它穿着绣有红色花纹的黄色丝绸袍子，还戴了一张黄色的丝绸面纱遮着自己的面孔。斜眼老人对着那团人形做了个特定的手势，那个潜藏在黑暗中的东西用它那丝绸包裹着的爪子举起一只雕刻有令人厌恶的图案的象牙长笛，从飘拂着的黄色面纱下吹奏出某种十分难听的声音，作为对商人的回应。这样的对话持续了一会儿。对卡特而言，这种笛音和这个地方所散发出的恶臭有着某种令人作呕的熟悉之感。这让他想到了那座亮着红灯的恐怖城市，也想起了那支从城市中穿行而过的叛乱队伍，以及地球上那些友好的猫咪前去营救他之前，他被迫在月亮荒郊之上攀爬的可怕经历。他知道，石台上的生物无疑就是那个无法描述的高阶祭司了——人们在讲述传说时常常会窃窃私语它可能是一种如恶魔般的异常存在，但卡特还是很害怕去想象这位令人厌弃的高阶祭司到底是什么东西。

这时，一只灰白色的爪子从那绣着图案的丝绸袍子下滑了出来，卡特立即知道那可憎的高阶祭司究竟是什么东西了。在那令人惊骇不已的时刻，极度的恐惧促使他做出了一件他在理智尚存之时绝对不敢尝试的事情，因为他受到了严重的惊吓，意识里只剩下一个疯狂的念头，那就是逃离那个蹲坐在金色王座上的东西。他知道在自己与外面那寒冷的台地之间隔着令人绝望的石头迷宫，而且，就算他逃到了台地上，那儿也还有一只令人作呕的夏塔克鸟在等着他。尽管他很清楚这些，但当时他的脑海里只有一个念头，就是他必须从那个正扭动着的穿着丝绸长袍的丑陋怪物那儿逃开。

那个时候，斜眼男人已将那盏奇怪的泥灯放在了深坑旁一个高大的、沾染着邪恶污秽的石头祭坛上，自己则向前走了几步，以便用手势与高阶祭司进行交流。乘此机会，之前完全处于被动状态的卡特用尽自己在极端恐惧下的疯狂力量狠狠地推了那个男人一把，立刻把那个牺牲品推进了大张在房间中央的圆形深坑里——传说它通往地狱般的辛之墓群，古革巨人就在那儿的黑暗中捕食妖鬼。几乎是在同时，卡特抓起了祭坛上的那盏泥灯，飞奔出房间，冲进了描绘着壁画的迷宫里。他沿着随机确定的道路没命地向前奔跑着，努力不去思考那无形的爪子是否会跟在自己身后、在石头上偷偷地前行，也不去想在他身后那没有一丝光亮的通道里肯定有无声蠕动爬行着的东西。

片刻之后，他就为自己不假思索的草率行为感到后悔了，后悔自己当时没有尽量按照之前进来时走过的路跑出迷宫。不过，虽然这个迷宫的确非常复杂，非常容易让人糊涂，根本不可能给他带来任何好处，但他还是庆幸自己做出了那样的尝试。现在他看到的东西远比之前看到的更加恐怖，而且他很清楚，自己并没有在那条通往外界的通道里。他渐渐确信并没有东西跟着自己，所以略微放慢了脚步。但他几乎没有半点放松，因为此时又有新的危险困扰着他了，他手里的泥灯已经逐渐黯淡了下去，很快，他就会置身于一片完全的黑暗中，看不到任何东西，也得不到任何指引。

灯光完全熄灭后，他在黑暗中慢慢地摸索着前行，同时向梦境诸神祈祷，希望他们可以给他一点帮助。偶尔，他感觉脚下的石头路面在向上或向下倾斜，有一次，他还被一级莫名其妙出现的台阶绊倒了。他越走越远，四周的空气似乎也越来越潮湿。一路上，每当他摸索到路口或侧道口时，他总是选择倾斜向下而且坡度最缓的那条路，因为他相信正确的路线大致应该是向下的。不过，四周散发出的墓穴般的臭味越来越浓郁，油腻的墙壁和同样油腻的地板上留下的污垢也越来越多，这一切似乎都是在警告他，他正一步一步地钻入冷原上那个邪恶台地的深处。然而，对于他最后将会遇到什么东西，周围却没有任何警告，只有那个东西自己和它所带来的恐惧、惊骇以及那令人几乎无法呼吸的混乱在下面静候他的到来。前一刻他还在一处几乎水平的黏滑地板上慢慢地摸索着，下一秒他就已经头晕目眩地穿过一条几乎垂直的地道，跌入下方的黑暗中了。

他无法确定自己究竟在那可怕的地道里滑行了多远，但他觉得自己那种神志不清的恶心和恍惚的癫狂之感仿佛持续了数小时之久。然后，他意识到自己已经停下来了，而北方夜晚那散发出磷光的阴云就在他头顶无精打采地闪烁着。周围到处都是断裂的墙壁和破损的圆柱，他自己则躺在一条路上，路面稀稀拉拉长着杂草，不时还有灌木和树根穿透，将其撑得四分五裂。他身后有一座高不见顶、几乎垂直的玄武岩峭壁，深色的岩壁上雕刻着许多令人厌恶的图案，还开了一道雕花的拱形入口，通往一片无尽的黑暗——那就是他跌出来的地方。他前方有两排立柱往前延伸着，还有一些碎块和立柱的基座，说明这儿过去曾是一条宽阔的大道。通过那些沿路布置的瓮盆，他意识到这条大道曾穿行于花园之中。大道尽头，立柱分散开去，围住一个巨大的圆形广场。在这苍白的夜色之下，一对巨型的可怕东西若隐若现地矗立在那片圆形的开阔地带上。那是一对闪绿石制成的带翅膀的巨型狮子，它们之间，只有无尽的黑暗与阴影在蔓延着。它们足有 20 英尺高，那怪异而不羁的头颅高高地仰着，似乎正冲着周围的废墟嘲弄地咆哮。卡特非常清楚那是什么，因为传说中只提到过一对这样的东西。它们是大深渊永恒不变的守护者，而这片黑暗中的废墟就是那自原始时代遗留下来的萨克曼德了。

卡特首先做的是关上峭壁上那道拱门，并用掉落在附近的石块和古怪岩屑在门前设了个路障。他不希望有任何东西跟着他从冷原上那个可恶的修道院来到这儿，因为前面的路上肯定还潜伏着很多其他的危险。他完全不知道该如何从萨克曼德去往梦境之地上那些有人居住的地方，而他继续往下深入食尸鬼生活的洞穴肯定也不会有太大收获，因为他清楚，那些食尸鬼知道的并不比他多。之前那三只协助他穿过古革巨人的城市回到地面世界的食尸鬼在返程的时候也并不知道该如何前往萨克曼德，而是计划去狄拉斯－琳询问那里的商人。他不想考虑再次穿过古革巨人居住的地底世界，冒险进入那座令人惊恐的卡斯之塔，通过塔里那些巨大的阶梯爬回迷魅森林，但他知道，如果其他方案都行不通的话，他就只能沿着这条路线再试一次了。在没有任何协助的情况下，他根本不敢翻越冷原，穿过那座孤零零矗立在那儿的修道院，因为那位高阶祭司肯定有很多密使，而且，在这条旅途的终点，他无疑还得想办法对付那些夏塔克鸟，甚至可能还要对付其他一些东西。如果能弄到一条船的话，他也许可以考虑走海路，驶过大海中那块令人毛骨悚然的嶙峋岩石，返回因伽诺克。因为根据修道院迷宫墙上的那些原始壁画，他发现这个可怖的地方距离萨克曼德的玄武岩码头并不太远。但是，在这个早已废弃千万年的城市里找到一艘船根本就是件不可能的事情，而现在让他自己造一艘出来似乎也不太现实。

就在伦道夫·卡特苦苦思索这些事情的时候，一个新的想法突然在他脑海里转动起来。在此之前，铺展在他面前的始终只有那座传说中的萨克曼德城，在夜晚的阴云散发出来的苍白光芒下，那座城市与城里那些残破的黑色立柱、摇摇欲坠的以狮身人面像为顶的城门、巨大的石块，以及那对带着翅膀的巨型狮子犹如一具巨大的尸体一般，横躺在他面前。然而此时，他突然注意到右前方的远处忽闪着一丝并非阴云所能散发出的光芒，他顿时意识到，在这座死城的寂静中，并非只有他一人。那丝光芒忽明忽暗地闪烁着，透着淡淡的绿色，这可不是一个能让这位观察者安心的讯号。于是他顺着街道往下匍匐前行，穿过坍塌的墙壁之间的狭窄缺口，向那丝光芒靠近了一些。他发现那是一堆燃烧在码头附近的营火，许多模糊的身影就簇拥在它周围的黑暗里，此外，还有一股危险的恶臭浓烈地笼罩在所有这些东西之上。营火后面，油腻的海水正轻轻地拍打着海港，一艘巨大的海船就停在那儿。这时，强烈的恐惧使卡特停了下来，因为他发现，那艘停泊着的海船其实正是一艘从月亮上驶来的令人恐惧的黑色多桨大帆船。

于是他决定悄悄爬回去，避开那堆可恶的营火。不过就在此时，他看到那些模糊的黑色身影中发生了一阵骚动，还听到一种非常特殊的、绝对不会弄错的声音。那是一只食尸鬼受到惊吓时发出的咪砰声。紧接着，那个声音更大、更响亮了，汇成了一片真实的痛苦和声。由于身处巨大废墟的阴影里，卡特感觉比较安全，所以他任由自己的好奇战胜恐惧，停止了后退的动作，转而继续向前悄悄爬去。当穿过一条开阔的街道时，他把肚子贴在地面上，像蠕虫一样蠕动着前行；当他经过另一个地方时，他又不得不踮起双脚，以免在一堆倒塌的大理石堆里弄出声响。还好，他总能成功地避免被发现，并且很快便找到了一个绝佳的观察点——那是一个位于巨大立柱后面的隐蔽之处，在那儿能清楚地看到那片被绿光照亮的地方究竟发生了什么事情。卡特在那儿观察着，他看到一堆骇人的营火，里面正燃烧着月亮蘑菇那恶心的茎秆，一群蟾蜍状的月亮怪兽和它们那与人类十分相似的奴隶正蹲坐在营火周围，围成一个恶臭熏天的圆圈。其中几只奴隶正用那跳动的火焰炙烤着几只奇怪的铁矛，并不时地用白热的矛尖戳刺三个囚犯。三个囚犯则被紧紧地捆住，躺在那群东西的首领前面，不断挣扎着。通过它们触角的动作，卡特可以看出那些长着迟钝鼻口部的月亮怪兽非常享受眼前的情景。此时，他突然认出了那发疯般的咪砰声，而他的恐惧也瞬间被放大了无数倍。他意识到那三只正在受折磨的食尸鬼正是曾帮助过他的那三只，它们将他安全地带出深渊后，便从迷魅森林出发，前去寻找萨克曼德城和城里那扇通往它们故乡深渊的大门了。

那些散发着恶臭，聚集在绿色营火周围的月亮怪兽为数众多，卡特清楚自己现在根本无力营救他曾经的盟友。他不知道那三只食尸鬼是怎样被抓住的，但他猜想，可能是它们在狄拉斯－琳打听前往萨克曼德的路线时被那些灰白色的、犹如蟾蜍般的亵神之物知道了，而那些东西并不希望它们如此靠近这座令人憎恶的冷原和那位无法描述的高阶祭司，所以便抓了它们。他斟酌片刻，考虑自己究竟应当做些什么，这时，他突然想起自己距离那扇通往食尸鬼黑暗王国的大门并不太远。很显然，现在悄悄爬到东面那个矗立着孪生狮子的广场，并立刻从那儿进入深渊是最明智的做法。在深渊里，他不可能遇到比上面这些更恐怖的东西了，而且他应该很快就能找到热心营救自己同胞的食尸鬼，说不定还能借助它们的力量将那些月亮怪兽全都彻底消灭。另外，他还想起，与其他通向深渊的大门一样，这个入口很可能也被一大群夜魇守护着，但他现在已经不再害怕那些没有面孔的生物了。他已经知道，那些生物与食尸鬼之间有着非常严肃的契约，而那只过去曾是皮克曼的食尸鬼还教会了他如何用食尸鬼的咕呤咕呤的语言说出夜魇能听懂的暗语。

所以，卡特开始再一次悄无声息地爬过废墟，向着中央广场和那对带着翅膀的狮子慢慢移动。这是件棘手的事情，其间他曾两次不小心在零散的石块中弄出了轻微的声响，不过好在那些月亮怪兽正忙于尽情地折磨囚犯，所以并没有听到他这边的动静。最后，他终于抵达了那片开阔地，并在那些矮小的树木和藤本植物里找到了路。在夜晚阴云散发出的苍白磷光下，那两头巨大的狮子就恐怖地矗立在他上方，若隐若现，但他仍然勇敢地朝着它们爬去，并很快来到它们的正面。他知道，它们守卫着的巨大黑暗世界的入口就在这儿。那两座面带嘲讽的闪绿石野兽相距10英尺，各自蹲伏在侧面凿刻着可怕浮雕的巨大基座上，沉思着。它们之间有一座铺着瓷砖的庭院，庭院中央的空地上曾竖立着缟玛瑙制作成的栏杆小柱。这片空地的中央有一个敞开着的黑色深井，卡特很快便发现他其实已经抵达那座大张着的深渊了，一些表面结垢、已长满霉菌的石头台阶就从那儿开始向下延伸着，通往那噩梦聚集的隐秘地穴。

这段在黑暗中下到深渊的过程十分可怕。卡特在伸手不见五指的黑暗中一圈又一圈地走下那些陡峭、黏滑，而且深不可测的螺旋状阶梯，很快，数个小时就过去了。那些台阶磨损得十分厉害，又非常狭窄，而且由于覆盖着从大地深处渗出来的软泥，还十分油滑，这让这个攀爬者完全不知道自己什么时候会突然经历一段让人窒息的滑落，什么时候又会摔进无底的深坑里。同样，他也不确定如果真的有夜魇驻守在这个通道里的话，那它们会在什么时候以什么样的方式突然把自己抓住。他所能感受到的只有周围那来自下层深渊令人窒息的恶臭，这让他感觉这些淤积在令人窒息的深渊里的空气根本不适合人类呼吸。后来，他渐渐变得麻木呆滞、昏昏欲睡了，继续向下的动作也由理性意愿的驱动变成了无意识的机械运动。最后，甚至当某些东西从他身后静静地把他抓住，让他完全停顿下来的时候，他也完全没有意识到任何变化。他被那些东西带着，在空中快速地飞行。直到它们恶意地挠他痒痒时，他才意识到那些橡胶般的夜魇已经在履行它们的职责了。

当卡特意识到这一点时，他已经被那些没有面孔的振翼者冰冷而潮湿的爪子牢牢抓住了。不过他很快便记起了食尸鬼教他的暗语，并在狂风与飞行造成的混乱中尽可能大声地将它们咕哝了出来。虽然传说夜魇毫无心智可言，但暗语的效果是立竿见影的，所有对他的搔弄都立刻停止了，而且那些生物还迅速地将它们的俘虏换到了一个相对比较舒服的位置上。这样的效果鼓励卡特大胆地作了一番解释，他告诉夜魇那些月亮怪兽捉了三只食尸鬼，正在折磨它们，所以他需要组织一支队伍去营救它们。虽然夜魇不会说话，但它们似乎能理解他的意思，所以它们飞得更快，也更有目的性了。后来，浓密的黑暗突然消失了，取而代之的是大地深处的灰色微光。卡特眼前敞开着一片平整而荒芜的平原，他知道，食尸鬼们就喜欢蹲坐在这样的平原上啃咬食物。平原上零星地散落着一些墓碑和骸骨碎片，这更能说明这儿的居民究竟是些什么东西了。于是，卡特大声地咪砰出紧急召唤的声音，随即，一大群皮质坚韧、像狗一般的住户便从它们居住的洞穴里蜂拥而出。这时，夜魇们也飞得低了一些，将它们的乘客放在地上，然后退后了一点，弓起身体，在地上围成了一个半圆，而那些食尸鬼们则向它们的拜访者打起了招呼。

卡特快速而明确地将自己带来的消息咕呤给了那群怪诞的生物，随即，四只食尸鬼便分别钻入不同的洞穴，将这个消息传达给其他同伴，并开始集结一支适合进行营救的部队。等待了一会儿之后，一只比较有地位的食尸鬼出现了，它对夜魇们做了几个意味深长的手势，随后，两只夜魇便飞入了黑暗之中，并很快带来了更多的同伴。躬身聚集在平原上的夜魇越来越多，直到最后，这片黏滑的土地几乎都快被它们那黑色的身影覆盖完了。与此同时，新来的食尸鬼们也一个接一个地从洞穴中爬了出来，它们一边激动地咕呤着，一边在距离那些挤作一团的夜魇不远的地方排成了一个简单的作战队形。随后，波士顿艺术家理查德·皮克曼变成的那只骄傲而又颇具影响力的食尸鬼出现了，卡特咕呤着将所发生的事情详尽地告诉了它。过去曾是皮克曼的食尸鬼一方面很高兴能再次见到它的老朋友，一方面也对他带来的消息十分重视，于是，他和其他几位食尸鬼首领开了个短会，而在离它们不远的地方，那个食尸鬼队伍仍在不断壮大着。

最后，在仔细审视完队伍之后，聚集在一起的首领们发出了统一的咪砰声，并开始咕呤着向那群食尸鬼和夜魇下达命令。一大群长着犄角的飞行者组成的分遣队立刻便消失了，而剩下的夜魇则两两一组地跪下，伸直前脚，等待食尸鬼一个接一个地靠近。当一只食尸鬼靠近指派给它的那对夜魇时，后者便会将它抬起，载着它飞进黑暗之中。直到最后，除了卡特、皮克曼、其他几位食尸鬼首领以及几对夜魇外，聚集起来的整支队伍都消失了。皮克曼解释说，夜魇是食尸鬼的先锋和坐骑，而那支军队已经出发前往萨克曼德对付那些月亮怪兽了。随后，卡特和几位食尸鬼首领也走向了那些等候着的坐骑，并很快被它们那潮湿而滑腻的爪子抓住，带离了地面。片刻之后，他们便呼啸着进入了狂风和黑暗中，开始无止境地上升、上升、上升，直到飞过那扇由带翅膀的狮子守护着的大门，进入原始萨克曼德城那块特别的废墟。

很长一段时间之后，当卡特再度看见萨克曼德夜空散发出的苍白光芒时，他发现那个巨大的中央广场上已经挤满了战意昂扬的食尸鬼与夜魇。他敢肯定，白天就快来临了，但这支军队是如此的强大，以至于根本没必要对敌人采取突然袭击。那堆靠近码头的淡绿色营火还在微微燃烧着，但那三只被囚禁的食尸鬼发出的痛苦的咪砰声已经消失了——这说明那些月亮怪兽暂时停止了对它们的折磨。食尸鬼对它们的坐骑和前方那群无人驾驭的夜魇低声咕呤出一些指令，随后便立刻呼啸着排成纵队，掠过那荒凉的废墟，直扑那堆邪恶的火焰。卡特此时就跟在皮克曼身边，冲在食尸鬼队伍的最前面。当他们靠近那个散发着恶臭的营地时，他发现那些月亮怪兽完全没有任何防备。那三个囚犯被绑着，一动不动地躺在营火旁边，那些俘虏它们的蟾蜍状生物则毫无次序地瘫坐在周围，昏昏欲睡。那些与人类十分相似的奴隶也都睡着了，甚至连负责守卫的哨兵也逃避了自己职责，打起瞌睡来——它们肯定认为在这片区域放哨是件完全可以敷衍了事的工作。

夜魇和骑在它们身上的食尸鬼所作出的最终扑击十分突然，那些灰白色的蟾蜍状亵神之物和它们那些与人类十分相似的奴隶甚至还没来得及发出任何声音，就已经被一组夜魇牢牢抓住了。当然，月亮怪兽本来就不会发声，那些奴隶则根本没有任何机会放声尖叫，直接就被夜魇那橡胶般的爪子卡住了喉咙。在被夜魇冷笑着抓住后，那些犹如水母般没有固定形状的巨大怪物会恐怖地翻腾扭动，不过，在那适合抓取的黑色利爪所具备的强大力量面前，任何挣扎都是徒劳的。如果某只月亮怪兽扭动得太过剧烈，夜魇便会抓住它那颤抖着的粉红色触角，用力拉扯，这样做的效果很好，那牺牲品疼得太厉害，所以立刻便停止了挣扎。卡特本以为会看到一场大屠杀，但现在他却发现，食尸鬼们的计划远比他想象中的更加细致、狡猾。它们咕呤着对牢牢抓住俘虏的夜魇们下达了一些简单的命令，信任地将剩下的事情都交给了后者。很快，那些倒霉的生物便被夜魇抓着，无声地带进了大深渊里，公平地分给巨蠕虫、古革巨人、妖鬼以及其他那些生活在黑暗中、进食方式能让牺牲品痛苦不堪的居住者们。与此同时，食尸鬼们释放并安抚了那三只被绑起来的同类，还派了几个小分队搜索邻近的区域，寻找是否还有残存下来的月亮怪兽。另外，它们还登上了那艘停在码头上，散发着恶臭的黑色多桨大帆船以确保没有任何东西能逃过这场战斗。可以肯定的是，这些胜利者俘虏得非常彻底，因为它们再没有发现任何生命存在的痕迹。卡特急切地需要保住一条前往梦境之地其他地方的路线，所以他强烈要求它们不要将那艘停泊着的大帆船弄沉。为了感谢他通报那三只被囚禁的食尸鬼所面临的困境，它们也爽快地同意了他的请求。后来，他们在船上找到了一些非常奇怪的器件与装饰品，其中一些卡特一看到就立刻扔进了海里。

接下来，食尸鬼与夜魇各自分成了几组，前者向它们救出的同类询问起事情的经过来。原来，那三只食尸鬼按照卡特所指的路线，沿着尼尔的大路和史凯河，一直从迷魅森林走到了狄拉斯－琳。它们从一间孤独的农舍里偷了些人类的衣物，一路上也尽可能地学着人类走路的样子大步前行。不过，在狄拉斯－琳的酒馆里，它们那怪诞的举止和面孔还是引起了不少闲话，但它们一直都坚持不懈地打听前往萨克曼德的路线，直到最后，终于从一个年长的旅行者那儿得到了相关信息。它们得知只有前往勒拉格－冷（Lelag-Leng）的一艘船能帮助它们抵达目的地，所以就耐心地等待着那艘船的到来。

但是，邪恶的间谍无疑报告了很多关于它们的事情，因为不久后便有一艘黑色多桨大帆船驶进了港口，接着，在一间酒馆里，一些宽嘴巴的红宝石商人邀请食尸鬼们一起喝酒。那酒是从一个用整块红宝石制成的、雕刻着怪诞图案的不祥酒壶里倒出来的，喝完之后，食尸鬼们与卡特之前经历的一样，发现自己成了那艘黑色多桨大帆船上的俘虏。不过这一次那些看不到身影的桨手并没有让船航向月亮，而是来到了古老的萨克曼德——显然，它们想把这些俘虏带到那无法描述的高阶祭司面前。在路上的时候，它们曾登上北方海洋中间那块令因伽诺克的水手唯恐避之不及的嶙峋岩石，食尸鬼们也在那儿第一次看到了那艘桨帆船的真正主人——虽然它们本身已经变得比较麻木迟钝了，但那些生物恶劣得没有定形的样子和散发出来的骇人臭味还是让食尸鬼们感到恶心作呕。此外，它们还目睹了那些驻守在岩石上的蟾蜍状卫兵那不可名状的消遣之举——夜晚从岩石上传来的令人惊恐不已的号叫声就是由那些消遣造成的。离开那块岩石后，多桨大帆船又继续前行了一阵，最后在萨克曼德的废墟边靠了岸。随后，那些怪物便开始折磨它们，直到被刚才的营救活动打断。

讲述完毕后，它们便开始讨论起下一步的计划来。那三只刚获救的食尸鬼建议前去袭击海上那块嶙峋的岩石，根除驻守在上面的蟾蜍状卫兵。不过，夜魇们却反对这样做，因为这势必要让它们飞越海面，而那对它们而言并不是件愉快的事情。大多数食尸鬼倒是很赞成这个计划，但是如何在没有可以飞行的夜魇的帮助下执行这个计划却让它们感到一筹莫展。卡特意识到食尸鬼们不会驾驶那艘停泊着的多桨帆船，于是便主要提议让自己教它们使用那一组组巨大的长桨。这个提议得到了食尸鬼们的热切赞同。这时，灰暗的白昼来临了，在北方那阴沉沉的天空下，一支精心挑选出来的食尸鬼分遣队排成纵队登上了那艘散发着恶臭的大船，坐到了桨手的长凳上。卡特发现它们非常善于学习，当天入夜前，它们就已经冒险地绕着港口进行了好几次试验性的航行。不过，直到三天后，他才确定它们的确可以安全地远航出征了。于是，那些受过训练的桨手和那些夜魇们稳稳地坐进了水手舱里，而这支军队也终于起航了。皮克曼与其他几位首领聚集在甲板上，讨论它们该如何接近敌人，又该如何实施作战计划。

当天夜里它们就听见了那块岩石上传来的号叫声，那个声音非常恐怖，大帆船上所有的成员都明显被吓到了，但颤抖得最厉害的还是那三只被营救出来的食尸鬼，因为它们非常清楚那种号叫声意味着什么。这支军队认为在夜晚发动进攻并不是最好的选择，于是，它们将大船停泊在泛着磷光的阴云下，等待一个浅灰色黎明的到来。当光线渐渐充足，号叫声也停止之后，桨手们又开始继续划动起长桨，让大帆船一点一点地靠近那块嶙峋的岩石——岩石上面那些花岗岩尖峰看上去像是在撕扯着阴沉的天空一般。岩石的各侧都非常陡峭，不过，在各处岩石的突出部分，却能看到古怪的无窗住所凸起的墙壁，还能看到低矮的栏杆守卫着几条供人通行的大路。从来没有哪艘人类驾驶的船只曾如此靠近过这个地方，或者至少说从来没有哪艘人类驾驶的船只能如此靠近这个地方随后又安然离去。但卡特和那些食尸鬼们却毫不畏惧，不屈不挠地继续前行。它们绕着岩石东面寻找那三只被营救出来的食尸鬼描述的码头——据它们所说，那些码头就位于一座由陡峭海岬构成的港口南侧。

从严格意义上来说，那些所谓的海岬其实只是小岛的延伸部分，它们相距很近，一次仅容一艘船从它们之间通过。外面似乎并没有看守，所以这艘多桨帆船大胆地驶了进去，穿过水槽样的海峡，进入里面淤积着腐臭死水的港口。这儿却是一片忙乱而喧嚣的场景：几艘帆船停靠在一个险峻的岩石码头边，几十个类人奴隶和月亮怪兽在滨水区忙碌着，要么搬运板条箱和盒子，要么驱赶一些难以形容的、只存在于传说中的恐怖生物拉动笨重的推车。码头上方那几乎垂直的峭壁上开辟着一个小小的石头城镇，一条蜿蜒的小道从那儿开始，呈螺旋状往上延伸至更高处的岩石突出部分，最后消失在视线之外。那儿还有一座巍峨的花岗岩山峰，没人能说清里面有些什么。不过，单就外面所能看见的东西而言，它们远远不能给那些入侵者任何鼓励。

这时，码头上那些忙碌的群体已经看到了这艘新驶入的桨帆船，它们全都表现出极大的热情，那些有眼睛的生物全都死死地盯着这艘船，而那些没有眼睛的则期待地扭动着它们那粉红色的触角。当然，它们并没有意识到这艘黑色大船已经易了主，因为食尸鬼们看上去与那些长着犄角和蹄子的类人生物十分相似，夜魇们则全都待在下方视线以外的地方。这时，几位领导已经制订出了一个完整的计划，那就是待船一抵达码头便立刻放出夜魇，随后它们则直接驶离港口，将问题完全交给那些几乎没有心智的生物，任它们凭本能行事。被放到岩石上之后，那些长着犄角的飞行者肯定会首先抓住它们能找到的任何活物，随后，由于它们除了回家这个本能的念头外几乎不会思考其他事情，所以它们很可能会忘掉自己对水的恐惧，迅速飞回深渊，而它们捕获的那些散发着恶臭的猎物也会被带到那位于黑暗中的目的地，后者被抛到那里之后，就不太可能活着出来了。

于是那只曾是皮克曼的食尸鬼走到下面，给夜魇们发出了一些简单的指示，与此同时，船也离那个带着不祥预兆且散发着恶臭的码头越来越近了。这时，滨水区又起了一阵骚动，卡特意识到这艘桨帆船的运动已经引起了敌人的怀疑。很明显，舵手们没能将船停靠在正确的码头上，而且那些看守很可能也已经注意到丑陋的食尸鬼与它们替代的类人奴隶之间的区别了。它们肯定已经发出了一些无声的警报，因为几乎立刻便有一大群散发着恶臭的月亮怪兽从许多无窗房屋的黑色小门里蜂拥而出，沿着右边那条蜿蜒的小道蠕动下来。当船头撞上码头时，许多奇怪的标枪如雨点般洒落到桨帆船上，当即便击倒了两只食尸鬼，还让另一只受了点轻伤。但也就在此时，所有的舱门都突然被打开了，一大群夜魇呼啸着飞了出来，黑压压地如同乌云一般涌入小镇。它们盘旋在小镇上空，犹如一群长着犄角的巨型蝙蝠。

那些水母般无定形的月亮怪兽拿起一根巨大的长杆，试图将那艘入侵的大船推离码头，不过，当夜魇们开始袭击时，它们便再也顾不上这件事情了。那些橡胶般的无面戏弄者挠着它们的猎物以作娱乐的场面十分可怕，而由它们组成的浓密黑云扫过小镇，然后沿着蜿蜒的道路往上飞到高处的情景也极其令人震撼。偶尔，因为黑色振翼者的失误，会有一两只蟾蜍状的俘虏从高处掉下来。这些牺牲品摔破在地的样子简直令人不堪忍受，而且还会散发出一股令人作呕的臭味。当最后一只夜魇离开大船后，食尸鬼的首领们便咕呤着下达了撤退的命令，于是，桨手们安静地将船划出了灰色海岬之间的港口，将那仍然充斥着战斗和征服的混乱小镇留在了身后。

皮克曼变成的食尸鬼给夜魇们留了几个小时，好让它们有时间用自己那不太发达的头脑下定决心，克服在海洋上飞行的恐惧。它让多桨帆船停泊在距离那块嶙峋岩石大约一英里的地方，然后一边耐心等候着，一边为伤员们包扎伤口。此时，夜幕降临了，灰色的微光渐渐消散，取而代之的是那低矮的阴云散发出来的苍白磷光。这段时间里，食尸鬼头领们一直观察着那块邪恶岩石的高峰，寻找是否有夜魇飞走的迹象。等到凌晨时分，它们终于看到一块黑斑胆怯地盘旋在最高的尖峰之上，紧接着，那块黑斑扩大成了一片黑云。即将破晓之际，那片黑云渐渐散了开来，随后在不到一刻钟的时间里便完全消失在东北方的天空中了。其间有一两次，它们还看到似乎有什么东西从那片黑云中掉到了海里，但卡特并不担心，因为据他观察得知那些蟾蜍状的月亮怪兽不会游泳。最后，食尸鬼们满意地看到所有夜魇都带着它们那些在劫难逃的猎物飞回萨克曼德和大深渊了，于是，这艘船再度驶回了那个灰色海岬之间的港口。卡特和他那些丑陋的同伴们全都登上岸，好奇地在那块光秃秃的岩石上闲逛，看着那些从坚硬岩石里开凿出来的高塔、要塞和高处的住屋。

卡特在那些邪恶的无窗地穴里发现了很多骇人听闻的秘密，因为那儿还有很多月亮怪兽尚未来得及消遣取乐的残存物，不过那些东西全都不同程度地偏离了原样。他扔掉了其中那些奄奄一息的，但另外一些却让他感觉不太正常，所以便赶紧避开了。那些恶臭熏天的房子里主要摆放着用月亮树雕制作成的怪诞凳子和长椅，还涂有难以形容的疯狂图案。房屋周围散落着不计其数的武器、工具和装饰品，其中包括一些用实心红宝石制成的巨大神像，它们表现的全是一些地球上并不存在的怪异生物。虽然这些神像材质珍贵，但卡特却一点也没有将其据为己有或长时间把玩它们的兴趣，他甚至还费心地将其中五件砸成了很小的碎块。此外，他还将散落在四处的长矛和标枪收集起来，并在过得皮克曼同意后将其分发给了食尸鬼。对那些像狗一般的喜欢大步前行的生物而言，这些工具完全就是新鲜玩意儿，而且使用方法相对比较简单，所以在得到一些简单的指点后，它们很快便掌握其用法了。

修建在岩石上半部分的建筑大多是庙宇而非私人住宅，卡特在庙里开凿出来的众多小房间里找到了不少刻着恐怖图案的祭坛、沾染着可疑污渍的洗礼盆，此外还有很多神龛，里面供奉的生物远比卡达斯峰顶的野蛮神明更加可怕。在一座巨大神庙的后方，一条黑乎乎的低矮通道向前延伸着，直达岩石深处。于是他举着火把，顺着通道走去，最后来到一个规模巨大、黑暗无光的穹顶大厅里。大厅的拱形圆顶上刻满了恶魔般的图案，大厅中央则敞开着一口污秽、深不可测的井——它与冷原上无法描述的高阶祭司独自居住的那座恐怖修道院里的井十分相似。在昏暗的大厅远侧，那口深井后面，似乎有一扇奇怪的青铜小门。但不知道为什么，他看到那扇门后就感到了一种无法形容的畏惧，所以便没有走过去打开它，甚至也没有靠近它，而是转身匆匆离开了洞穴，回到他那些丑陋的盟友身边——这时它们正悠闲恣意地在附近晃荡着，而他却一点也体会不到它们那种轻松的心情。食尸鬼们也注意到那些月亮怪兽尚没来得及消遣取乐的残存物了，而且还以自己的方式从中得到了些好处。另外，它们还找到了一大桶颇有酒劲的月亮酒，并把它滚到了码头上，打算带回去，以后用来招待外族。不过，那三只被营救出来的食尸鬼还清楚地记得当初在狄拉斯－琳时这酒所发挥出来的效力，所以警告它们的同伴千万不要去尝这个东西。此外，它们还在靠近水边的一个储藏室里找到了大量从月亮上的矿藏里开采出来的红宝石，其中一些尚未经过加工，有一些则已经经过打磨了。不过，当食尸鬼们发现这些宝石并不能食用时，便对它们失去了兴趣，而卡特也并不打算带走一些——他太了解那些开采这种宝石的家伙了，所以根本不愿意碰它们。

这时，驻守在码头上的哨兵突然发出了一阵激动的咪砰声，于是，这些丑陋的征服者全都放下了手里的工作，聚集到滨水区，盯着大海的方向。在那灰色的海岬之间，另一艘黑色多桨大帆船正快速前行着，只须再过片刻，甲板上的那些类人奴隶就会发现这个小镇已被入侵，并且向待在甲板之下的可怕生物发出警告。幸运的是，食尸鬼们都还带着卡特之前分发的长矛和标枪。于是，在皮克曼变成的那只食尸鬼的支持下，卡特命令这些生物排成作战队形，准备阻止那艘大船登陆。很快，那艘船上便起了一阵骚动，这说明那些船员已经发现事态有变了。随后，船还迅速停了下来，这更加证明它们已经注意到岸上这些食尸鬼了，而且它们肯定十分重视这些在数量上占绝对优势的不明入侵者。犹豫了片刻之后，那艘新来的大船安静地调转了船头，再次穿过海岬，开走了。不过食尸鬼们还不能认为冲突已经避免，因为那艘黑色大船有可能会去寻求增援，船上那些船员也可能打算从别的地方登岛。因此，它们立即派遣一小队侦察兵登上顶峰，查看敌人行进的路线。

几分钟后，一只食尸鬼气喘吁吁地回来报告说那些月亮怪兽和类人奴隶已经在崎岖的灰色海岬之外偏东侧的地方登了岛，此时正沿着几条就连山羊也几乎没办法安全通行的隐秘小路和岩架往上攀爬。几乎就在同时，它们看到那艘多桨帆船再次从那水槽样的海峡前驶了过去，不过只持续了短短一瞬便不见了。又过了一会儿，第二只食尸鬼也喘着气从高处跑了下来，报告说又有另一队船员在另一个海岬处登岛了，而且它还说，那两支队伍都十分庞大，远远超过了那艘船看上去应该能装得下的数量。很快，那艘多桨帆船又出现在了峭壁之间，仅靠稀稀拉拉几个桨手划着桨缓慢地移动着，最后停在了那散发着恶臭的港口，似乎准备观察那即将展开的战争，并在必要的时候提供支持。

这时，卡特和皮克曼已将食尸鬼们分成了三队，其中两队前去阻截那两支入侵的队伍，剩下的一队则留守小镇。接到阻截任务的队伍立即出发了，向着各自的方向往岩石上方爬去。负责留守的那支被细分为了陆战队和海战队。其中海战队在卡特的指挥下登上了它们那艘停泊着的大船，将船划了出去迎战那艘新驶来的人手明显不足的多桨帆船，但后者立刻穿过海峡，撤退到了开阔的海面上。卡特并没有下令追击，因为他知道，城镇附近更需要他的支援。

与此同时，两支由月亮怪兽和类人奴隶组成的可怕分遣队已经慢慢地爬上了海岬顶，在泛着微光的灰暗天空下显露出它们那令人惊骇的轮廓。入侵者开始用手里的长笛吹奏令人毛骨悚然的哀号声。这两支一半没有定形一半类似人类的混杂军队给人留下的印象就如同那些月亮上的蟾蜍状亵神之物所散发出来的恶臭一般，令人作呕。随后，两支由食尸鬼组成的队伍也出现在了那幅只能隐约看到轮廓的全景图里。标枪开始从双方的队伍中飞出，食尸鬼们那跌宕起伏的咪砰声和类人奴隶发出的野兽般的号叫声逐渐与那地狱般的长笛哀号声混杂在一起，汇成一片疯狂而又难以描述的恶魔杂响。不时有身体从海岬狭窄的脊背上跌落下去，摔到外侧的海水里或者内侧的港口中。

如果是摔到港口中，那么它们很快便会被某种潜伏在水底的生物吸下去——没人知道那是些什么东西，只有巨大的气泡能表明它们的存在。

这两个战场所发出的喧嚣在天空中回荡了足足半个小时，直到西面峭壁上的入侵者被悉数歼灭后才略微平静一点。不过，东面的峭壁上似乎有月亮怪兽一方的首领在，食尸鬼们的阻截进展得并不太顺利，已经被迫慢慢撤退到尖峰的山坡上了。看到这一情况后，皮克曼迅速指挥增援部队从城镇开往这一前线，而这些增援也在战斗的早期阶段提供了很大的帮助。随后，西面的战斗结束后，得胜的幸存者们也快速赶到东面，支援它们那些正处于被压迫状态的同类们。这些力量迅速扭转了战局，迫使那些入侵者重新退回到海岬那狭窄的脊背上。到了这时，那些类人奴隶已经全都被消灭了，只有最后一些蟾蜍状的恐怖生物仍然用它们那恶心但却很有力的爪子抓着巨大的长矛，绝望地反击着。标枪已经基本上用完了，战争也变成了少数持长矛者在狭窄的背脊上相遇后展开的白刃战。

随着暴怒和鲁莽的进一步升级，从海岬背脊上跌落下来的身体越来越多。那些摔到港口中的躯体全都被水下那看不到身影的莫名鼓泡者给吸走了，而那些摔进外侧开阔海域里的还能游到峭壁脚下，爬上潮间的岩石。敌人那艘停泊在不远处的大船也因此救下了好些月亮怪兽。除了那些怪物登岛的地方以外，峭壁的其他部分根本无法攀登，所以那些待在岩石上的食尸鬼也无法再度投入战斗了。它们有的被敌方船上或上方的月亮怪兽投来的标枪给杀掉了，但也有少数幸存了下来，等待营救。确定陆战部队的安全能得到保障后，卡特指挥着桨帆船从海岬间驶了出去，将敌人的船驱逐到遥远的海域里，并救下了那些待在岩石上或还在海里游泳的食尸鬼。另外，几只待在岩石或暗礁上被海水冲刷着的月亮怪兽也被它们迅速地清理掉了。

最后，月亮怪兽的多桨帆船被驱赶到了完全无法构成威胁的远处，而那些入侵的陆战部队也都集中到了一个地方。卡特组织起一支强大的部队，从敌人后方的东面海岬登了陆。在那之后，战争实际就变得相当短暂了。在两面夹击下，那些令人厌恶的挣扎者很快便被砍成了碎块，或被推到了海里。待到夜幕快要降临的时候，食尸鬼首领们一致确定这个海岛上的所有月亮怪兽又一次被清除干净了，同时，敌人那艘多桨帆船也已经消失不见了。不过它们还是决定赶快离开这块邪恶的嶙峋岩石，以免那些月亮上的恐怖怪物集结起一支它们无法抗衡的大军，再次对这些胜利者发起攻击。

所以，皮克曼和卡特连夜召集起所有的食尸鬼，仔细清点了一番，结果发现日间的战斗令它们损失了超过四分之一的成员。伤员们被安置在多桨帆船里的铺位上，因为皮克曼一直反对食尸鬼的古老习性——将伤者杀死并吃掉。其他身强力壮的成员则被派去划桨或做其他最能发挥其作用的工作。终于，在夜晚那泛着磷光的低矮阴云下，这艘多桨帆船起航了，而卡特却一点也不为离开那座深藏着邪恶秘密的岛屿感到遗憾。不过，那个黑暗无光的穹顶大厅和大厅中那口无底深井以及那令人不安的青铜小门却始终徘徊在他的脑海里，令他不安。第二天凌晨，从船上已经可以看到萨克曼德那废弃的玄武岩码头了，几只夜魇哨兵依旧在那儿等待着，它们如同长着犄角的黑色怪物一般，蹲坐在那座早在人类时代到来之前就已经存在并消亡了的恐怖城市里那些残破的柱子和摇摇欲坠的狮身人面像上。

食尸鬼们在萨克曼德的落石间扎了营，并派了一名信使前去召来足够的夜魇供它们骑乘。由于卡特所给予的帮助，皮克曼和其他几位食尸鬼首领对他的感激之情都溢于言表。而他现在也开始感觉自己的计划正在逐步成熟，他觉得自己不仅可以要求这些可怕的盟友帮助他离开梦境之地的这个地方，而且还能请求它们帮忙，完成他那最终的探寻之旅，也就是找到未知卡达斯顶峰的诸神，并到达那座那些神灵一直奇怪地拒绝在他睡梦中展示的精妙绝伦的日落之城。所以，他对食尸鬼的首领们讲述了这些事情，告诉它们他所了解的卡达斯所在的寒冷荒野，以及守护着那片荒野的可怕的夏塔克鸟和那些被雕刻成双头雕像的山脉。他还说起了夏塔克鸟对夜魇的恐惧，说起那长着马头的巨鸟在飞越那些将因伽诺克与可憎的冷原分割开来的荒芜的灰色尖峰时是如何尖叫着避开峰顶的黑色洞穴的。此外，他还谈到了自己从那无法描述的高阶祭司居住的无窗修道院里的壁画上了解到的有关夜魇的知识，比如就连梦境诸神也惧怕它们，以及它们的统治者其实并非伏行之混沌奈亚拉托提普，而是大深渊之主，头发灰白的太古诺登斯。

卡特咕哝着对聚在一起的食尸鬼们讲述了所有事情，接着，他便简略地提出了早已在脑海中构想好的请求。考虑到自己刚刚为这些长得像狗一样，又如橡胶一般的大步跨行者提供的帮助，他觉得自己的请求并不过分。他坦言自己非常希望能有足够多的夜魇载着他安全穿过夏塔克鸟的领地和那些被雕刻过的山脉，然后飞进那从来没有任何凡人能够折返回来的寒冷荒野。他想让夜魇们带着他直接飞到寒冷荒野里未知的卡达斯峰顶，以便他进入坐落在那儿的缟玛瑙城堡，恳求梦境诸神告诉他如何才能到达那座它们拒绝向他展示的日落之城。他很确定夜魇能够毫无麻烦地将自己带到那儿，它们能高高地飞过平原上的所有危险，同样也能越过由那些哨兵般的、永远蹲伏在灰色薄暮中的山脉雕刻而成的丑陋双头。地球上没有任何东西能够对这些长着犄角的无面生物造成威胁，因为即便是梦境诸神也都畏惧它们。而且，夜魇们甚至也无须担心那些外神所带来的不测，尽管外神很可能时刻都在监视着与那些较为温和的俗世之神有关的所有事情，但那外层空间里的地狱对这些沉默而滑腻的飞行者而言根本不值一提，况且，它们并不效力于奈亚拉托提普，而只会向那强大而又古老的诺登斯俯首称臣。

卡特咕呤咕呤地告诉食尸鬼们，十到十五只夜魇就足够令任何夏塔克鸟团队不敢靠近了。当然，如果再加入一些食尸鬼管理它们就更好了，因为食尸鬼是夜魇的盟友，肯定比人类更加了解它们的行为方式。等到达那座传说中的缟玛瑙城堡后，夜魇和食尸鬼可以将他放到城堡里任意一个比较方便的地方。当他冒险进入城堡，向俗世之神祈祷时，它们可以躲在阴影里等他回来，或者等他发出相应的信号。当然，如果有食尸鬼愿意护送他进入梦境诸神的王宫的话，他肯定感激不尽，因为它们的存在将会加重他恳求的分量，让他的恳求显得更为重要。不过他不会坚持要求食尸鬼们这样做，他仅仅希望它们能够将他送到未知卡达斯峰顶的城堡里，然后再将他带回来。至于他最后的一段旅程——如果诸神仁慈，那么他就将前往那座精妙绝伦的日落之城，但如果他的祈祷没有任何效果的话，那他就将返回迷魅森林，通过那里的沉眠之门回到现实中。

卡特讲述这一切的时候，所有的食尸鬼都听得非常认真。随着时间的推移，那名信使召来的夜魇越来越多，它们像黑压压的乌云一般，把天空都遮完了。当那些长得像狗一样的首领们仔细考虑这位俗世旅行者的请求时，这些长着翅膀的坐骑便降落在食尸鬼军队周围，围成半圆，恭敬地等候着。曾是皮克曼的那只食尸鬼对它的同伴们严肃地咕呤了一阵，最后，它们给卡特提供了远比他最奢侈的期望还要慷慨的帮助。由于他协助食尸鬼打败了月亮怪兽，所以它们愿意帮他完成这次大胆的旅行，前往那些从来不曾有人返回的地方。它们借给他的并非只是一小队与它们结盟的夜魇，而是现在扎营于此的整支军队，包括那些战斗经验十分丰富的食尸鬼和那些刚刚集合起来的、同样非常善于打斗的夜魇。它们只留下了一小支守备队，用来看守那艘俘获来的黑色多桨大帆船和其他一些从海中那块嶙峋的岩石上抢掠回来的战利品。它们说，只要卡特愿意，它们随时可以出发，而在抵达卡达斯之后，一队数量合适的食尸鬼还会隆重地护送他进入梦境诸神的缟玛瑙城堡，陪他在诸神面前提出自己的祈求。

卡特一边因难以言表的感激和满意感动不已，一边与食尸鬼的首领们一起为接下来那段大胆的旅程制订计划。他们决定让军队高高地飞过那令人惊骇的冷原，直接掠过那座无名修道院和那些邪恶的石头村落。途中他们只打算在那巨大的灰色尖峰上稍作停留，因为峰顶那些蜂窝般的洞穴里居住着令夏塔克鸟惊恐不已的夜魇，他们想与其商讨一下相关事宜。随后，他们可能会根据那些峰顶住民的建议，选择最终的路线。他们要么穿过因伽诺克北面那片坐落着雕刻山脉的荒野靠近未知卡达斯，要么经由比那令人厌弃的冷原更偏北的地方抵达目的地。由于那些像狗一样的食尸鬼和几乎没什么心智的夜魇天性使然，所以无论那片杳无人迹的荒野上出现什么东西，他们都不会感到害怕。而且，当它们想到那座孤独耸立在荒野之上的卡达斯及其顶峰那座神秘的缟玛瑙城堡时，也不会产生任何有威慑力的敬畏之情。

随后，大约正午的时候，食尸鬼与夜魇们都作好了飞行的准备。每只食尸鬼都为自己挑选了一对合适的、长着犄角的坐骑。卡特稳稳地坐在纵队的前方，与皮克曼并肩而行。队伍最前面有两行没承载任何生物的夜魇，它们充当着先锋的角色。这时，皮克曼轻快地咪砰了一声，整支令人震撼的军队便如同一片噩梦似的乌云般腾空而起，飞到了原始萨克曼德城里那些断裂的柱子和摇摇欲坠的狮身人面像之上。它们越飞越高，渐渐地，城镇后方那面巨大的玄武岩峭壁消失了，而冷原外围寒冷而贫瘠的台地也完全呈现在它们的视线之中。不过这一大群黑色坐骑并没有停止上升，它们仍然越飞越高，直到连那片台地也在下方变得渺小起来。当它们在那片被风吹成的恐怖高原上空向北方飞去时，卡特再一次看到了那一圈天然独石和那座低矮的无窗建筑，这让他不禁打了个寒颤，因为他知道，那个可怕的、戴着丝绸面纱的亵神之物就住在那座建筑里，而自己不久前才刚从它的魔爪里逃了出来。不过这一次，他并不会在这里降落。这支军队像蝙蝠一样从那片贫瘠的土地上方掠过，又从非常高的地方经过了那些令人生厌的石头村落里燃烧着的微弱火堆，完全没有停下来欣赏那些永远围着火堆舞蹈、吹奏的，长着蹄子和犄角的类人生物所跳出的扭曲病态。其间有一次，他们看到一只夏塔克鸟低低地飞过平原，不过，那只鸟一看到他们便发出了一声令人作呕的尖叫，并在怪诞的惊恐中扑着翅膀往北方逃去了。

黄昏时分，他们抵达了那些参差不齐、构成因伽诺克天然屏障的灰色山峰，并一直在顶峰附近那些奇怪的洞穴周围徘徊——卡特还记得，就是这些洞穴令夏塔克鸟极其惊恐。食尸鬼的首领们在附近坚持不懈地发出咪砰的呼唤声，随后，一群长着犄角的黑色飞行者便从高处的一个个洞穴里涌了出来。与卡特同行的食尸鬼和夜魇们用难看的手势与这些飞行者商议起相关事宜来。很快，他们便了解到，最佳路线是飞越因伽诺克北边的寒冷荒野，因为那些位于冷原北边的地方全都是看不见的陷阱——那些东西就连夜魇也觉得厌恶。那里有很多奇怪的小圆丘，很多股深不可测的势力就集中在圆丘上那些半圆形的白色建筑里，很多民间传说总是令人不悦地将它们与外神及其伏行之混沌奈亚拉托提普联系在一起。

不过，这些生活在山巅之上的振翼者对卡达斯所知甚少，它们只知道北方肯定有一些壮观的奇迹，而夏塔克鸟和那些被雕刻过的山脉就是奇迹的守卫者。它们暗示说，有传闻称远方数里格无路可行的荒野上出没着一些畸形的怪物，另外，它们还回忆起有一些含糊不清的流言称那儿有一个永久笼罩在黑夜中的王国。不过它们却无法给出更确切的信息了。于是，卡特和他的同伴们亲切地谢过这些飞行者，然后便越过那些最高的花岗岩山峰，向因伽诺克的天空飞去。这时他们飞得低了一些，降到了那些泛着磷光的夜云之下。他们看到那些可怕的怪诞雕像就蹲伏在远处——那些东西原本是连绵的山脉，但一些巨手却将它们原始的岩石雕刻成了如今的可怕模样。

那些雕像呈半圆形蹲伏在那儿，让人毛骨悚然。它们的腿立在荒野上的沙砾中，头冠则穿过了那些闪闪发亮的云层。它们看上去十分险恶，像狼一般，长着双头和狂怒的面孔，右手高高举着，阴郁而又满怀恶意地注视着人类世界的边缘，并用自身的可怕守护着那不属于人类的寒冷北方世界。许多如大象般巨大的邪恶夏塔克鸟从那些雕像骇人的膝盖上腾空而起，不过，当看到那些作为先锋的夜魇出现在朦胧的天空中时，它们全都发出疯狂的嗤笑声逃走了。卡特他们在那些怪诞雕像上方向北飞着，越过了数里格[1]连一个界标都看不到的昏暗荒漠。云层发出的磷光越来越黯淡，直到最后，卡特能看到的只剩下一片漆黑了。不过这些长着翅膀的坐骑并没有因此而减缓速度，因为它们本就生存在地球上最黑暗的地穴里，并非用眼睛，而是用自己黏滑身体的潮湿表皮辨物。夜魇们不停地飞着，穿过了充斥着可疑臭味的狂风和蕴含着可疑意义的声音。它们一直处于最浓密的黑暗之中，飞过的空间广阔得令人难以想象，以至于卡特都开始怀疑自己究竟是不是还处在地球的梦境之地里。

这时，云层突然变得稀薄起来，而群星又如同鬼魅般出现在了上方。下面仍旧是一片黑暗，但天空中出现的那些苍白光点似乎洋溢着某种在其他地方从来不曾让人感受过的内涵和指向意味。这并非因为星群的形状发生了变化，它们仍然还是熟悉的模样，但那种模样此刻却展示出某种之前从未能清楚表达过的深意。所有的一切都在朝着北方集中，闪闪发亮的天空中的每一道弧线、每一个星群都变成了一幅巨大图案中的一部分，那幅图案先是催促着看到它的眼睛，随后便是整个观察到它的人，越过在前方无止境蔓延着的冰冷荒野，前往某个隐秘而又可怕的目的地，也就是所有一切的汇集点。卡特往东看了看，发现东边那些屏障般的山峰的巨大山脊仍旧沿因伽诺克的边境矗立着，在星光的映衬下，一片嶙峋的轮廓显现出来，这说明它们一直都在那里。不过它们现在显得更加凹凸不平了，敞开着巨大的裂缝和变幻莫测的尖峰。卡特仔细研究了那片怪诞轮廓那些充满暗示意味的转向和倾斜，发现它们似乎与群星一样，也在微妙地促使着人往北前行。

它们飞得极快，所以这位观察者必须努力睁大双眼捕捉细节。突然，在星光的映衬下，他看到那一行最高的山峰上方有一个黑色的物体在移动，而且那个物体的行进路线恰好与他们这支怪异的队伍平行。食尸鬼们好像也瞥见了那个东西，因为他听到它们在他周围低声地咕呤着。有那么一会儿，他觉得那东西是一只巨大的夏塔克鸟，只是体型比那种生物的平均体型还要大出许多。但很快他就意识到这种想法并不正确，因为那个东西显露在山脉之上的外形一点儿也不像那种长着马头的巨鸟。在星光之下，那东西的轮廓虽然十分模糊，不过还是能看出它像极了一只带着头冠的巨大头颅，或是一对被无限放大了的双头，而它快速摆动着在天空中飞行的样子看上去极其古怪，很像某种没有翅膀的东西在行走。卡特看不清它到底位于山脉的哪一侧，不过他很快便察觉到自己刚才其实并没有看到那东西的全貌，他最初看到的只是它的上面部分，因为当它飞过山脊上那些深深的裂缝时，本来能透过裂缝看到的星星都被它完全遮住了。

紧接着，山脉上出现了一条巨大的鸿沟，群山彼侧那可怕的冷原通过一条被黯淡星光照耀着的低矮山口与这侧的寒冷荒野连接了起来。卡特非常认真地盯着那条鸿沟，因为他知道，在鸿沟另一侧天空的映衬下，自己或许可以看清那个在尖峰之上起伏飞行着的巨大东西的下面部分。那个物体此时正飞在比他们略为靠前的地方，所以队伍中所有的眼睛都紧紧地盯着那处裂口，希望可以看到它在那儿展示出完整的轮廓。那个飞行在山峰之上的巨物渐渐靠近了鸿沟，而它的速度也稍稍放缓了一点，仿佛意识到自己已经把那支食尸鬼大军远远地抛在后面了。紧接着，悬念变得强烈起来，因为那短暂目睹完整轮廓和揭露真相的时刻随后便到了。所有食尸鬼都因为巨大的恐惧而发出了敬畏而近乎哽咽的咪砰声，而对于这个旅行者而言，他灵魂深处那股从来没有完全离开过的寒意又深深地袭了上来。因为他们这时已经知道，之前看到的、在山脊顶上摆动着前行的庞然大物确实仅是一颗头颅——一对带着头冠的双头——而支撑着头颅的是一具可怕的臃肿身躯，正在令人畏惧的浩瀚空间里迈着大步。那高大如山的怪物悄然前行着，天空下，它那具与人类颇为相似的巨大身躯在黑暗中小跑向前，扭曲得如同鬣狗一般，那对令人厌恶的双头则带着锥形头冠直耸入云，足足达到天顶一半的高度。

作为一个经验丰富的入梦者，卡特并没有被眼前的情景吓得失去意识，甚至也没有放声尖叫。不过，当他再看向自己后方时，他还是真切地恐惧与战栗起来。他看到山峰之上还有其他巨大头颅的轮廓正悄然跟在第一对后面，摆动着前行。而在南方星空的映衬下，他还能清楚地看到自己正后方也有三个如山脉般巨大的身影，正缓慢地像狼一般踮着脚前行，它们那高高的头冠则在数千英尺的高空中上下摇晃着。此时，那些被雕刻过的山脉已经不再像之前那样，高举着右手、呈半圆形蹲伏在因伽诺克北部了。它们有任务要完成，而且绝不会疏忽怠慢。但可怕的是，它们从不言语，甚至在行走时也不会发出丝毫声音。

与此同时，曾是皮克曼的那只食尸鬼咕呤着向夜魔下达了命令，于是整支军队开始快速向更高的地方飞去。这支怪诞的队伍直冲星辰，一直飞到天空中再也没有任何东西耸立的高处。这时候，不论是那些静止不动的灰色花岗岩山脊，还是那些前行着的戴着头冠的雕刻山脉全都不见了，它们下方只有一片黑暗。这支拍打着翅膀的军团穿过呼啸的狂风和从太空中传来的无形狂笑，飞快地向北方前进着。此后，再也没有夏塔克鸟或其他更加不值一提的东西从那片鬼魂萦绕的荒野里飞上来追赶它们。这支队伍越飞越远，也越飞越快，不久之后，它们就达到了令人头晕目眩的速度，似乎比步枪子弹还快，甚至接近了行星在轨道上运行的步伐。卡特不禁好奇，为何它们以这样的高速飞行时，地球还是能在它们的下方延伸，不过他也知道，梦境之地的次元里存在着一些奇怪的特质。他敢肯定，此时它们已经飞进一个永夜的国度里了，他想象头顶上的星群肯定已经巧妙地加重了向北汇聚的倾向。它们在天空中聚拢起来，想要将这支飞行的军队掷入北方极地的虚空中，这就好像将一只袋子的褶皱全都收拢起来，想要倒出里面最后一点东西一样。

这时，他突然惊惶地发现夜魔们的翅膀已经没有再继续拍动了。这些长着犄角的无面坐骑收拢了它们那薄膜般的附肢，颇为被动地静止在一片混乱之中，任由在周围回旋、嗤笑的狂风托着它们。一股明显不属于地球的力量抓住了这支军队，而食尸鬼和夜魔们在那疯狂而残暴地将它们拖向北方的气流面前，根本毫无反抗之力，只能任由自己被拖进那个从未有人从中折返的世界。后来，一道孤独的苍白光芒出现在了前方的天边，并随着它们的靠近而稳定地上升着，光芒下方有一大块黑色的东西，将星星都遮挡住了。卡特意识到那肯定是某个耸立在山巅之上的灯塔，因为从如此惊人的高空看去，只有山脉才能这般庞大地耸立着。

那道光芒和它下方的黑色轮廓越升越高，直到后来，整片北方的天空都被那崎岖的锥形物体遮挡住了。虽然这支军队已经飞得很高很高了，但那发射出苍白光芒的邪恶灯塔还是矗立在他们上方，它傲视着地球上所有的山峰和其他事物，甚至触碰到了只有神秘的月亮和疯狂的行星旋转运动着的太空。这阴森耸立在它们面前的东西绝对不是人类所知的任何一座山脉。高空云层也远远达不到它的高度，只能在它的山麓边缘徘徊，那令人眩晕的顶层空气也不过只是它腰上的一条系带。它是连接地球与天堂的桥梁，幽灵般轻蔑地矗立在永夜之中，头戴未知群星交织而成的双重冠——它的头冠有着令人敬畏而又意味深长的轮廓，每时每刻都在变得更加清晰。食尸鬼们看到这一切时，不由得发出了惊叹的咪砰声，而卡特则害怕得颤抖了起来，唯恐它们这支飞驰的军队会一头撞上那面巨大而坚硬的缟玛瑙峭壁，从而粉身碎骨。

那道光芒还在越升越高，直到最后，它与天顶上最高的轨道混在了一起，对着下方的飞行者耀眼而嘲弄地闪烁起来。在它之下的整个北方世界此刻都变成了一片漆黑，恐怖的黑暗从无限的深处延伸到无限的高空，唯有那闪烁着苍白光芒的灯塔还挺立在无法抵达的视线顶端。卡特更加仔细地研究起那道光芒来，最后，他终于看清了它那漆黑的背景中群星标示出来的轮廓。那巍峨的山巅之上令人惊骇地矗立着一排排、一簇簇的穹顶高塔，它们不仅数量繁多，而且设计也远远超越了任何可以想象的人类工艺。此外，那儿还有许多奇迹般却又充满危险气息的城垛和梯台，由星辰交织而成的双重冠此刻正在视野最遥远的边缘充满恶意地闪烁着，在星光的映衬下，那些城垛和梯台显得又小又暗，遥不可及。最后，在那最为高大的山脉顶峰还耸立着一座超越了所有凡人想象的城堡，那道恶魔般的光芒正是从那座城堡里照射出来的。这时，伦道夫·卡特意识到，他的探寻终于走到终点了。在经历过所有不被允许、大胆放肆的旅程之后，他的目的地终于出现在了他的上方——那就是传说中位于未知卡达斯之巅的梦境诸神那令人难以置信的家。

然而，就在他意识到这一点的同时，他也发现它们这支被风驱使着乱飞的无助队伍突然改变了前进的方向。它们此刻正在陡直地上升，而且很显然，它们飞行的终点就是那座发射出苍白光芒的缟玛瑙城堡。那座巍峨的黑色山脉现在离它们非常近，随着它们的直冲向上，山坡就在眼前令人晕眩地快速闪过，不过在黑暗里，完全无法分辨那上面到底有什么东西。那些阴森耸立在上方那座黑暗城堡里的阴暗高塔变得越来越大，卡特甚至觉得它们已经巨大到可以算是亵渎神灵的地步了。修建城堡所用的石块很可能就是某些无名工匠从因伽诺克北边那条令人恐惧的鸿沟里开采出来的，因为它们的尺寸是如此巨大，以至于当一个人站在它的门槛上时，就仿佛一只蚂蚁爬在地球上最高大的要塞的台阶上一般。那未知群星交织而成的双重冠环绕在数不胜数的穹顶塔楼上方，散发出灰黄色的阴沉光芒，因此，那些光滑的缟玛瑙修建而成的阴暗石墙周围也都笼罩着一层微光。那座发射出苍白光芒的灯塔此时也出现在了视野之中，它其实只是一座高塔上的一扇透着光亮的孤独窗户。当这支无助的军队快到达山脉顶峰时，卡特觉得他看到某些让人颇为讨厌的阴影正从那片泛着微光的区域掠过。那是一扇十分奇怪的拱形窗户，它的设计对于地球上的生物而言完全是陌生而怪异的。

后来，坚固的岩石被那座可怕城堡的巨型地基取代了，而这支队伍的速度似乎也比之前有所减缓。四周庞大的高墙直耸上天，旅行者们还瞥见了一扇巨大的门，并且随即便从中掠了过去。大门后面是一个笼罩在黑暗之中的广阔庭院，随后出现的则是位于内部的更为深邃的黑暗，那个地方就如同一个巨大的拱形入口一般，将整支军队吞噬掉了。潮湿的冷风打着旋在漆黑的缟玛瑙迷宫里涌动着，而卡特永远也说不清他这一段似乎永无止尽的、在空气中旋转的旅程到底经过了多少巨大的台阶与无声的通道。它们一直都在可怕的黑暗中上升，没有任何声音、触感和视觉能打破那层用神秘交织而成的厚重帷幕。虽然这是一支由食尸鬼和夜魇组成的庞大军队，但它们却迷失在了更为广阔的虚空之中，尘世间任何一座城堡里都不可能存在如此巨大的空间。最后，它们突然来到了那座窗户如同灯塔般闪亮的高塔的一个房间里。在苍白光芒的照射下，周围的一切都明亮了起来，卡特花了很长时间才看清四周隔得很远的墙壁和那又高又远的天花板，确定自己的确已经没在外面那漫无边际的空中了。

伦道夫·卡特本希望能让食尸鬼们在他两侧和身后排成令人印象深刻的仪式队形，护送他镇定而庄重地走进梦境诸神的王宫，然后像一个自由而强大的做梦专家一样提出自己的恳求。因为他知道梦境诸神并不是不可战胜的，有时候仅凭凡人的力量也可以应付它们，而且他相信自己足够幸运，那些外神和它们的伏行之混沌奈亚拉托提普不会凑巧在他向诸神提出恳求的关键时刻赶来阻止他，因为它们通常在凡人苦苦寻找地球之神的居所或山脉时就已经出手干预了。而且就算外神和它们的伏行之混沌奈亚拉托提普出现，他也能靠自己身边这骇人的护卫队进行反抗，因为他知道食尸鬼们是没有神灵可以控制的，而夜魇们也只奉古老的诺登斯为主人，而非奈亚拉托提普。不过现在，他发现这位于寒冷荒野的、至高无上的卡达斯周围充斥着许多黑暗奇迹和无名哨兵，也意识到外神其实是非常警惕地监护着那些温和软弱的地球之神。虽然这些存在于外层空间的、既无心智又无固定形状的亵神之物并没有支配食尸鬼和夜魔的权力，但在必要的时候，它们还是能对其加以控制的。所以，当伦道夫·卡特和他的食尸鬼同伴们一起进入梦境诸神的王宫时，完全称不上正式隆重，他的样子也根本不像一个自由而强大的做梦专家。它们是被噩梦般的群星暴风卷着聚拢在一起，被北方荒野上看不见的恐怖事物尾随着驱赶到这里的。整支军队如囚犯般无助地漂浮在那耀眼的光线中，然后，当某个无声的命令让可怕的狂风退散后，它们便被重重地扔到了缟玛瑙地板上。

伦道夫·卡特面前并没有金色高台，也没有一圈戴着皇冠、头上闪烁着光环、与恩格拉尼克山上雕刻着的那副面孔一样长着狭长眼睛、长耳垂、细瘦鼻子和尖下巴的庄严尊贵的存在供这位入梦者祈求。除了那间高塔上的房间外，卡达斯顶端的缟玛瑙城堡到处是一片黑暗，而城堡的主人们也并没有在这里。卡特抵达了位于寒冷荒野上的未知卡达斯，但却没有找到梦境诸神。不过，苍白的光芒仍然照耀着高塔上的房间——这个房间十分巨大，因此看上去与户外几乎没什么区别，它的墙壁和天花板都遥不可及，似乎就快要消失在缭绕的薄雾中了。地球之神确实不在这儿，但这里却并不缺少另一些更加微妙、更加难以察觉的存在。那些温和的神灵并没有出现，不过这并不意味着外神们在这儿就没有代表。很明显，一定有些东西住在这座比世间一切城堡都更加雄伟的缟玛瑙城堡里。卡特完全无法想象接下来会看到怎样一些极其恐怖的骇人事物。他觉得有人早已预料到了他的到来，所以他不禁想知道伏行之混沌奈亚拉托提普一直以来都对他实施了怎样的严密监视。那个奈亚拉托提普，有着无限身形的恐怖存在，是令人畏惧的外神的灵魂和信使，还是那些海绵般的月亮怪兽的主人。同时，卡特还想起了之前他们在海中那块嶙峋的岩石上与那些蟾蜍状的亵神之物展开的战斗，想起战局转向他们后便消失了的那艘黑色多桨大帆船。

他一边回想着这些事情，一边摇摇晃晃地站了起来，站在他那群丑陋可怕的同伴之间。这时，在没有任何预警的情况下，这间被苍白光芒点亮的辽阔房间里响起了一阵难听的喇叭声。那声音既恐怖又刺耳，一共响了三次。当第三声的回音逐渐消失后，伦道夫·卡特发现自己已经只身一人了。他根本无法理解那些食尸鬼和夜魔到底是为什么，又是如何从他眼前消失的，而且也完全不知道它们去了哪儿。他只知道忽然之间便只剩下自己一个人了，而且，无论是什么无形力量嘲弄地潜伏在他周围，那都必定是不属于地球那友善的梦境之地的力量。不久后，又有一阵新的声音从房间的最远端传了过来。仍然是一阵极富韵律的喇叭声，不过这声音的来源似乎要比先前那三声使他的庞大队伍消失了的刺耳巨响要更远一些。那低沉而嘹亮的喇叭声中回荡着缥缈梦境里的一切奇迹和美妙旋律，超乎想象的美好展望从每一个奇妙的和音与略显怪异的节奏中飘扬出来。随后，周围出现了一阵与那金色音符极其相称的芬芳气味，而他头顶也亮起了一道强烈的光芒，光芒跟随着喇叭声，以一种奇异的和谐步调循环闪现出完全不同于尘世光谱的各种色彩。远处的火炬被点亮了，与此同时，鼓声也响了起来，在一波波紧张的期望中逐渐靠近了。

随后，那逐渐变淡的薄雾和弥漫着奇异芬芳的云朵里走出了两列腰间缠着七彩丝绸的高大黑奴。他们头顶上绑着用闪闪发光的金属制成的、犹如头盔般的巨大火炬，无名香脂的芬芳从其中散发出来，像烟雾般呈螺旋状弥漫到各处。黑奴的右手举着水晶制成的手杖，手杖顶端雕刻着斜眼睨视的奇美拉（Chimaeras）；他们的左手则握着细瘦修长的银喇叭，之前传来的喇叭声就是他们轮流吹奏出来的。这些人全都戴着金臂环和脚镯，每对脚镯之间还连着一条金色的锁链，以便让他们的步态一直保持沉稳持重。乍看之下，他们的确与地球梦境之地的黑人一模一样，但他们的仪式和装束似乎与地球上的任何东西都不尽相同。这两列队伍在距离卡特 10 英尺远的地方停了下来，而在停下的同时，他们还突然将手里的喇叭塞进了自己那厚厚的嘴唇里。接着，房间里便爆发出了一阵热烈而狂喜的喇叭声，随后，这些黑奴又张开了自己的黑色喉咙，异口同声地高呼起来，他们的嗓音因为某种古怪的技巧而变得尖锐刺耳，所以他们的高呼声比之前的喇叭声还要热烈响亮。

片刻之后，一个孤单的身影沿着两列纵队之间的宽阔通道大步走来。那是一个高大而瘦削的身影，长着一张古代法老年轻时的面庞，身披五光十色的华丽长袍，头戴一顶闪烁着天然光泽的金色双重冠。那帝王般华贵的身影大步向卡特走来，高傲的举止与智慧的面庞都充满了只属于黑暗神灵或堕落大天使的魅力，它的双眼周围还隐隐闪现着不太明显的反复无常的情绪火花。它开口说话了，那醇厚的嗓音中似乎有遗忘河（Lethean）的流水奏出的狂热音乐在泛起阵阵涟漪。

“伦道夫·卡特，”那声音说道，“你来到此地，妄图与那些严禁凡人看到的梦境诸神见面。守护者已经提到了这件事情，而在那无人敢高声提及其名讳的恶魔之王所盘踞的终极黑暗虚空中，当外神们随着细瘦长笛发出的笛声毫无心智地转动翻滚时，他们也嘟哝到了这件事情。

“智者巴尔塞曾妄图攀上哈提格－科拉山峰，目睹月光下梦境诸神在云端之上舞蹈与呼号的情景，但他再也没能回来。外神们就在那儿，他们做了自己应该做的事情。来自艾弗特（Aphorat）的珍格曾想抵达寒冷荒野上的未知卡达斯，而现在，他的头颅就安在一枚戒指中，被某位我无须提及其名讳的人物戴在自己的小拇指上。

“但是你，伦道夫·卡特，在勇敢面对了地球梦境之地中的所有危险后，你心中仍然燃烧着熊熊的探寻烈火。你来到这里并非因为好奇，而是为了寻找那原本就属于你自己的东西，而且，你也从未对那些温和的地球之神们失去过敬意。然而，那些神灵却禁止你再次见到你梦境之中的那座精妙绝伦的日落之城，那完全是因为它们的一己私欲，因为它们渴望得到你的想象力所塑造出来的那种奇异的美好，并且还立誓说此后再也不会将其他地方作为自己的居所。

“它们离开了未知卡达斯上的城堡，住进了你那座精妙绝伦的城市里。白天，它们在那些用带纹理的大理石修建而成的宫殿中狂欢作乐，而当夕阳西下的时候，它们便走出宫殿，去到芬芳的花园里，观赏那被夕阳的余晖镀成金色的神庙和柱廊、拱桥和银底喷泉，还有两旁闪闪发亮地排列着的有繁花盛放的瓮坛和象牙色雕塑的宽阔街道。黑夜降临以后，它们会在露水中爬上高大的梯台，坐在斑岩雕成的长凳上审视整个星空，或是俯身扑在栏杆上，凝望城市北边那些陡峭的山坡，看着普通蜡烛散发出的令人平静的黄色烛光柔柔地从那古老的尖顶山墙上一个接一个的小窗里透出来。

“那些神灵爱上了你那座精妙绝伦的城市，而且不再像真正的神灵那样行事。它们已经忘掉了地球上的高地，也忘掉了那些见证过它们年轻岁月的山脉。地球上已经不再有任何能称得上是神灵的神了，只有来自外层空间的外神们仍然统治着无人记得的卡达斯。伦道夫·卡特，那些随心所欲的梦境诸神正在你童年时生活过的一个遥远山谷里嬉戏享乐。噢，聪明的入梦者，你的梦境实在是太美好了，因为你将梦境中的诸神从一个由所有人的幻想构成的世界里吸引到了一个完全由你自己的梦境组成的世界，你根据自己童年时代的小小幻想建造了一座比过去所有迷人幻境都更加美好的城市。

“地球之神将它们的王座留给蜘蛛织网，将它们的王国留给外神任其用黑暗的方式统治，这并非一件好事。伦道夫·卡特，那些来自外层空间的力量非常乐意将混乱与恐惧施加在你身上，因为你就是它们的烦恼之源。但它们也知道，只有通过你的力量才能将梦境诸神送回它们原本的世界里。来自最外层的永夜之地的力量无法进入你创造出来的那个半梦半醒的世界，因此，只有你才能将那些自私的梦境诸神体面地送出你那座精妙绝伦的日落之城，让它们穿过北地的微光，回到它们应该待着的地方——寒冷荒原里的未知卡达斯之巅。

“所以，伦道夫·卡特，我在此以外神之名宽恕你的罪过，命令你前去寻找那座属于你的日落之城，并将那些倦怠懒惰的神灵送回等待着它们的梦境世界。寻找那座城市并非难事。那是一个令地球之神为之狂热的玫瑰色世界，那里回响着天堂喇叭吹奏出的嘹亮乐曲和不朽铜钹碰撞发出的神奇音符。从清醒大厅到睡梦之渊，那座神秘之城的位置和它蕴含的深意始终困扰着你，此外，它还一直用有关褪色记忆的暗示和失去美好而重要东西的痛苦折磨着你。它是你那些最为丰富的想象力的象征和纪念品，事实上，它只是一块稳定而恒久的珍宝，其中包含了你所有的好奇火花，它们结成晶体，照亮了你在黑暗中的道路。看！你的追寻之旅不该走向那茫茫的未知海洋，而应当回到那些你早已熟悉的岁月里，回到你幼年时期曾见过的灿烂而奇妙的事物中，回到那些阳光普照的日子里对古老场景的匆匆一瞥中——正是这些富有魔力的场景拓宽了你年轻的眼界。

“因为你应当知道，那座充满奇迹的金色大理石城市只是你幼年时期见过并喜爱过的东西的总和。那其中有波士顿山坡上的屋顶和西边被夕阳染红的窗户，有花朵芬芳的公园，有小山上的巨大穹顶，还有紫色山谷里的山墙和烟囱——横跨着许多桥梁的查尔斯河正懒洋洋地在那山谷里流淌着。当你的保姆第一次推着小车里的你外出春游时，伦道夫·卡特，你就看到了这些东西，而它们也成为你的记忆和热爱之眼永远不会忘掉的东西。除了它们以外，那座城里还有古老的塞伦和它那些沉思的岁月，有幽灵般的马布尔黑德攀在岩石峭壁上走入过去的几个世纪，还有在夕阳下站在马布尔黑德那横跨港口的草原上遥望塞伦的高塔和尖顶时所看到的美丽余晖。

“那座精妙绝伦的日落之城里还有古香古色的普罗维登斯，它傲然挺立在蓝色港口旁的七座小山上，翠绿的梯田一直延伸到那些仍旧生机勃勃的古老尖塔和城堡所在的高处，而纽波特则像幽灵一般攀爬在它那仿佛只存在于梦境之中的防波堤上。亚卡汉姆和它那些长满青苔的复折式屋顶以及城市后方散布着石块的草坪也在其中。除此之外，还有古老的金斯波特与它那成堆的烟囱、废弃的码头、悬垂的山墙，以及令人惊叹的高大悬崖和飘着浮标、笼罩在乳白色迷雾中的浩瀚海洋。

“康科德凉爽的山谷、朴次茅斯铺满鹅卵石的小巷，以及新罕布什尔州公路上的昏暗弯道与路边躲在巨大榆树后面若隐若现的白色农舍院墙和嘎吱作响的水车；格洛斯特的盐商码头，特鲁罗迎风飘动的柳树；远远的、满是尖塔的小镇和沿着北海岸连绵起伏的小山，罗德岛乡间布满石块的寂静山坡和修建在巨大圆石下背风处的已爬满了常青藤的低矮农舍；海洋的气息和田野的芬芳；幽暗森林的魅力和拂晓时分果园和花圃里的欢愉。伦道夫·卡特，这些就是你的城市，因为它们就是你自己。新英格兰孕育了你，她在你的灵魂深处灌注了一种永远不会消亡的纯净美好。多年以来，你的记忆和梦境使这种美好成型、结晶、打磨，最后生成了那些耸立在缥缈落日中的层层叠叠的奇迹。所以，如果你想要找到那面围着奇特瓮坛和雕花栏杆的大理石矮墙，并最终走下那无穷无尽的安置着扶栏的阶梯，进入那座有着宽阔广场和七彩喷泉的城市，那么你只需转身，回到你童年时代的思绪和幻想中去。

“看！那扇窗户外，群星正在永恒的黑夜里闪烁着。尽管如此，它们也同样在你熟悉并珍爱的那些场景上方闪亮，而领略了那些美景的魅力后，它们在梦境花园上空的闪耀肯定会显得更加可爱。那是心大星——它此刻也正对着特里蒙特大街两旁的屋顶眨着眼睛，而你通过贝肯山丘上的窗户也同样能看到它。这些星辰之后便是洞开的深渊了，我那些几无心智的主人即是从那儿将我派遣至此。有一天也许你也将横渡那些深渊，不过如果你够聪明的话，肯定会提防这样的愚蠢行为，因为那些曾抵达那儿并安全返回的凡人中只有一个保全了自己的心智，没有被虚空中重击抓扯着的恐怖事物撕成碎片。恐怖事物和亵神之物为了空间而相互吞噬着，但其实那些较小的存在却比那些较大的潜藏着更多的邪恶。你已经见识过那些试图将你交到我手上的东西所犯下的罪行了，但我自己其实并不想毁灭你。事实上，如果不是忙于别的事情，而且很确定你能够自己找到来这儿的路的话，我很早之前就会帮助你抵达此地。那么现在，避开外层空间的地狱，坚持回忆你年幼时期拥有过的令人平静的美好事物吧。找到你那座精妙绝伦的城市，把那些叛逃了的梦境诸神赶出那里，将它们体面地送回那些见证了它们的年轻岁月、此刻正苦苦等待它们归来的场景里。

“我为你准备了另一个比回忆那些模糊记忆更为简便的方法。看！那儿有一只巨大而怪异的夏塔克鸟，一个奴隶正领着它走过来，不过为了你内心的平和，我已经将奴隶隐形了。骑上它，作好准备——来！黑人尤咖斯会帮助你骑到这只有鳞怪物的背上。骑着它，向天顶正南方向上那颗最亮的星星——也就是织女星——前进，两小时内就能抵达你那座日落之城的露台上空了。向着织女星前行，直到你听到高高的太空中传来遥远的歌声为止。那比太空还高的地方潜藏着一些疯狂的事物，所以，当第一个音符开始引诱你的时候，你就得勒住你的夏塔克鸟。到那时候，回望地球，你将会看到艾莱德－纳（Ired–Naa）那永恒不灭的圣坛烈火的光辉从一座神庙那神圣的屋顶上透出来。那座神庙就坐落在你一直追寻着的日落之城里，所以，你应当在听到歌声并被其引诱得迷失方向之前，向着神庙前进。

“随后，你会看到一堵高墙——你过去就在那里凝望那一片延伸开来的壮美瑰丽。你应当骑着夏塔克鸟向着那堵高墙驶去，在快要接近那座城市的时候，猛戳你的坐骑，让它放声大叫。那些梦境诸神就坐在那芬芳的露台上，它们将听到夏塔克鸟的叫声，从而泛起思乡之情，到时候，你的日落之城中的所有奇迹都无法慰藉它们因失去卡达斯之巅的冷酷城堡和城堡顶上永恒星辰交织而成的双重冠而产生的失落之感。

“接下来，你必须骑着夏塔克鸟降落到它们中间，让它们看到并摸到这只令人厌弃、长着马头的巨鸟。同时，你还要向它们讲述你不久之前才刚刚离开的卡达斯，告诉它们那些辽阔的大厅——它们过去曾在天堂光辉下跳跃狂欢的地方——如今是怎样的孤单、黑暗。这只夏塔克鸟也会用夏塔克鸟的方式与它们交谈，不过除了让它们回想起过去那些岁月之外，它没有任何能劝服它们的力量。

“你必须一遍又一遍地对那些四处游荡的梦境诸神提起它们的家园和它

们年轻时的岁月，直到最后它们流下眼泪并请求你为它们指明那条它们早已忘掉的回家之路。到那个时候，你可以松开那只一直等待着的夏塔克鸟，将它送入天空，它会发出归巢的叫声。听到它的叫声后，梦境诸神将带着古老的欣喜欢腾雀跃，并立刻以神灵的方式大步紧跟在这只邪恶的大鸟身后，穿过天界的深渊，回到卡达斯那熟悉的高塔和穹顶之间。

“然后，那座精妙绝伦的日落之城便会重回你的怀抱，供你永远珍爱和居住，而那些地球之神也会重新坐回它们所熟知的王座，继续统治人类的梦境。现在，出发吧——窗扉已经打开了，群星在外面等候着，而你的夏塔克鸟也已经在不耐烦地喘息和嗤笑了。穿过黑夜向织女星前进，但一定要记得在听到歌声时调头。千万不要忘了这个警告，否则你将被无法想象的恐怖事物吸进深渊中，那里充斥着无数尖叫、哀号着的疯狂之物。此外，也不要忘了那些外神，它们伟大、恐怖却又毫无心智，就潜伏在外层虚空里，它们才是你真正应该避开的神灵。

“嘿！阿－夏塔奈葛！起飞吧！将地球之神送回它们经常出入的未知卡达斯，并向所有空间祈祷你永远也不要再遇到以另一千种形态出现的我。别了，伦道夫·卡特，你要当心，因为我就是伏行之混沌——奈亚拉托提普。”

于是，伦道夫·卡特喘着气，头晕目眩地坐在那只极其丑陋的夏塔克鸟背上，尖叫着冲进了空中，向着北方那颗散发着蓝色冷光的织女星飞去。其间他只回头向后望过一次，看了看那些一簇一簇、混乱无序地耸立在噩梦般的缟玛瑙城堡中的高塔，其中那扇敞开在地球梦境之地高处的空气和云层之上的窗户仍然散发着孤独的苍白光芒。黑暗中，巨大的、犹如水螅般的恐怖东西从他身边悄然滑过，无数看不见的蝙蝠翅膀在他周围拍打着，但他仍然紧紧地抓着那只令人生厌、长着马头和鳞片的巨鸟身上让人恶心的鬃毛。群星嘲弄地舞蹈着，不时变换位置，组成一些预示着毁灭的苍白符号，让人奇怪之前怎么没有看到这些符号并为之感到恐惧。就连下方的狂风都在呼啸着诉说宇宙之外那片模糊的黑暗和孤独。

不久，当他骑着夏塔克鸟穿过前方那闪闪发亮的苍穹后，一片充满凶兆的寂静降临了。所有的狂风和恐怖事物全都悄悄遁走了，就像那些在夜里活动的东西在黎明到来前销声匿迹一般。一缕缕金色的星云在波浪中颤抖着，看上去十分古怪。突然，一阵隐约的旋律远远地传了过来，低沉地响起在我们的星空宇宙从来没有听过的模糊和弦中。随着乐声渐响，夏塔克鸟竖起了耳朵，向前猛冲而去，而卡特也俯下身子，试图抓住每一个美妙的音符。那是一首歌，但却不是一首用任何声音唱出的歌，黑夜和群星才是它的演绎者。它十分古老，早在空间、奈亚拉托提普和外神诞生之时，它就已经存在很久了。

夏塔克鸟飞得越快，它背上的骑乘者就俯得越低，他完全陶醉在那奇异深渊里的神奇之中了，同时也在外层空间的魔法形成的透明圆圈中急转起来。这时，他突然想起了那邪恶存在的警告，想起那恶魔特使的讽刺叮嘱——它曾命令这位探寻者要小心这首歌中的疯狂力量。不过，一切都太晚了。奈亚拉托提普特意为卡特指明了这条能安全抵达那座精妙绝伦的落日之城的路，但它这样做不过是为了嘲弄。而那位黑暗信使还揭露了那些游荡在外的神灵的秘密，可那也只不过是为了戏耍后者。其实，只要它愿意，它就能轻易地把那些神灵带回来。这一切都是因为疯狂之物和虚空的野蛮复仇是奈亚拉托提普留给胆大妄为者的唯一礼物。虽然骑乘者发疯般地试图让那只令人作呕的坐骑转向，但那只斜眼睨视、低声嗤笑的夏塔克鸟依旧猛烈而无情地前进着，以一种恶毒的欢愉情绪拍打着它那双光滑的巨大翅膀，径直飞向那些从未有梦境抵达过的污渎深渊。在那最深处的混沌中，那没有定形的毁灭存在正待在无垠的中心处冒着泡，亵渎着一切神灵——那便是毫无心智的、没有哪张嘴敢大声说出它名讳的恶魔之王，阿撒托斯。

那只令人毛骨悚然的巨鸟顺从着那邪恶特使的命令，坚定不移地向前冲去，穿过了许多在黑暗中潜藏着、跳跃着的没有定形的东西，以及一大群空虚地飘浮着，只会触碰、摸索，摸索、触碰的虚无存在——那些就是不可名状的外神幼体，它们与外神一样盲目愚昧，另外还有着不同寻常的饥饿和渴望。

那只长着鳞片的可怕怪物载着它背上无助的骑乘者坚定不移而又冷酷无情地径直向前飞去，一边还欢快地嗤笑着。而在那咯咯轻笑和歇斯底里的狂笑声中，黑夜和群星所演绎的歌声还在回响着，声音也越来越大。它疾驰猛冲，划开了最远的边缘，跨越了最外层的深渊，将群星和有形事物的国度远远地抛在身后，如同流星一般穿过那些完全没有定形的存在，射向时间之外那令人难以置信的无光巨室——那里回响着邪恶大鼓敲打出的令人发狂的低沉鼓声和可憎长笛吹奏出的单调空洞的哀号声，而那不成样的阿撒托斯就在那些声响之中贪婪地吞噬着。

前进——前进——穿过那些尖叫声、咯咯的笑声，以及那黑暗的拥挤深渊——接着，在某个模糊却神圣的远方，一幅图案和一个念头出现在了即将被毁灭的伦道夫·卡特面前。奈亚拉托提普将它的嘲弄和逗引计划设计得太好了，因为他拿出了一件任何冰冷恐怖的狂风都无法完全抹去的东西：家——新英格兰——贝肯山丘——清醒世界。

“因为你应当知道，那座充满奇迹的金色大理石城市只是你幼年时期见过并喜爱过的东西的总和……那其中有波士顿山坡上的屋顶和西边被夕阳染红的窗户，有花朵芬芳的公园，有小山上的巨大穹顶，还有紫色山谷里的山墙和烟囱——横跨着许多桥梁的查尔斯河正懒洋洋地在山谷里流淌着……多年以来，你的记忆和梦境使这种美好成型、结晶、打磨，最后生成了那些耸立在缥缈落日中的层层叠叠的奇迹。所以，如果你想要找到那面围着奇特瓮坛和雕花栏杆的大理石矮墙，并最终走下那些安置着扶栏的无穷无尽的阶梯，进入那座有着宽阔广场和七彩喷泉的城市，那么你只需转身，回到你童年时代的思绪和幻想中去。”

前进——前进——头晕目眩地前进，穿过黑暗空间——那些目盲的试探者就在那儿摸索着，黏糊的鼻口在那儿推挤着，而无名之物也在那儿一遍又一遍地嗤笑、嗤笑、嗤笑着——奔向那最终的毁灭。但那图案和念头却出现了，伦道夫·卡特很清楚地知道自己是在做梦，而且只是在做梦，而在那背景之中的某个地方，清醒世界和他幼年时曾生活过的城市依然静静地存在着。那些话再次回响在他的耳边——“你只需转身，回到你童年时代的思绪和幻想中去。”转身——转身——四周全是黑暗，但伦道夫·卡特仍然可以转身。

虽然意识全都牢牢地集中在那只疾飞的梦魇身上，但伦道夫·卡特仍然可以转身，可以移动。他能动，如果愿意的话，他就可以从这只遵照奈亚拉托提普的命令载着他飞向毁灭的邪恶夏塔克鸟背上跳下去。他可以跳下去，勇敢地面对那敞开在下方的漫无止境的黑暗深渊——那些可怕深渊中的恐怖之物终究比不上那潜藏着的等待在混乱核心的、无可名状的最终毁灭。他可以转身，可以移动，可以跳下去——他可以——他会这样做的——他会——他会的。

这个即将毁灭、已经完全绝望了的入梦者跳下了那只长着马头的巨型怪物，向下坠去，穿过了无穷无尽的、他感觉似乎拥有知觉的黑暗虚空。千万年的时光过去了，宇宙消亡然后又重生，群星变成了星云，星云又变成了群星，而伦道夫·卡特却感觉自己仍然穿越在那由有知觉的黑暗所构成的无尽虚空里。

最后，在那缓慢前进着的永恒之路上，宇宙最外层的循环翻滚着进入了另一个徒劳的完结中，所有事物又再度变得和无数劫（Kalpas）之前一样。事物和光亮重生成为它们之前的样子，彗星、太阳、世界又热烈地涌现出生命，虽然并没有任何东西能够存活下来告诉他们这一切都曾存在过，又消亡了，存在过又消亡了，反反复复，永久循环，没有起点。

接下来，那仍在下坠的入梦者眼里又出现了苍穹，随后是一缕微风，一道紫色的光亮。有神灵、有各种存在，还有意愿；有美好与邪恶，还有可憎的黑夜掠夺它的猎物时响起的尖叫。由于那未知的终极循环里曾存在过一个入梦者童年时期的思绪和幻想，所以现在一个清醒世界和一座古老而令人珍视的城市也被重新创造出来，以体现并证明那些东西的存在。虚空之外，紫色气体辛咖珂已指明了道路，而古老的诺登斯则从无人知晓的深处大声喝出了它的指引。

星星越来越多，黎明到来了，随即，曙光迸裂成了金色、深红色、紫色的喷泉，而那位入梦者仍然在下坠。外层空间的邪魔袭来，但光芒交织而成的缎带击退了它们，呼喊声响彻太空。奈亚拉托提普也试图靠近它的猎物，但一道强光将它派出去狩猎的无形恐怖之物全都烧成了灰色灰烬，这让它困惑地停了下来。这时，头发灰白的诺登斯发出了一声胜利的呼号。伦道夫·卡特最后确实走下了那宽敞的大理石阶梯，来到了那座属于他的精妙绝伦的城市里，因为他再次回到了那生他养他的美丽新英格兰。

于是，当清晨那无数的汽笛声交汇成动人的旋律，拂晓的耀眼晨光穿过小山上州政大厅那巨大的金色穹顶上的紫色窗格时，伦道夫·卡特大叫着在他位于波士顿的家中挣扎着醒了过来。鸟儿正躲在花园里唱着歌，攀爬在他祖父搭建的藤架上的藤本植物则散发着浓郁的芬芳。那古典的壁炉、雕花的飞檐和饰有怪诞花纹的墙壁全都闪烁着亮丽和光辉。与此同时，一只皮毛光滑的小黑猫打着呵欠从它在炉边的小憩中醒过来，它被主人的惊跳和尖叫吵醒了。而在那遥远的浩瀚空间，伏行之混沌奈亚拉托提普正阴郁地大跨步穿过那沉眠之门，经过了迷魅森林、花园田地、塞达瑟里亚海和因伽诺克昏暗的领地，走进寒冷荒野中未知卡达斯之巅的缟玛瑙城堡，无礼而傲慢地嘲弄着那些温和的地球之神——它刚粗暴地将这些沉浸在那座精妙绝伦的日落之城的芬芳之中尽情狂欢的神灵拽回此地。

超越时光之影

一

在经历了二十年的噩梦和恐惧之后，我只存有最后一丝绝望的念头：但愿那一切只是源于神话故事，那一切只是遗留在我脑海中的某些影像片段。我极不愿承认1935年7月17日夜里在澳大利亚西部发现的那个真相。我有理由相信那次经历完全是，或者说至少其中一部分是幻觉——事实上，我能找到很多类似的依据。然而，那件事的真实性是如此的让人恐惧，有时我甚至会发现，自己对事情真实性的怀疑是无理的。

如果那件事的确是发生了，那么人类必须要作好准备，去接受一些和宇宙相关的理念，去接受人类正处于激荡的时光漩涡之中的说法——提及这种说法只会让人类呆若木鸡。但人类必须处于警觉的状态，要提防一种特别的、潜伏着的危险，尽管这危险并不能将整个人类吞噬，但可能会给人类中某些胆大的、爱冒险的家伙带来恐惧，而这恐惧荒诞离奇，令人匪夷所思。

正是因为这一点，我才会竭力去劝诫他人，放弃那些对未知的、原始的残垣破壁进行挖掘探究的想法。我的探险队曾经就去过那种地方进行探险。

假如那天晚上我确实神智正常，处于清醒状态，那么，在此之前，那晚我所经历的事情应该从不曾降临在其他人身上过。此外，这可怕的经历证实了那一切，那曾经被我看作是神话或梦境，并力图从自己身边消除的一切。欣慰的是，在极度的惊骇之中，我丢失了那可怕的东西，那足以成为无可辩驳的、如山的铁证——如果一切都是真实的，而我又能够从那恐怖的邪恶深渊中把它带到这人类的世界。

我独自一人经历了这恐怖的一切——到目前为止，我未曾向他人透露过。我无法阻止他人沿着它的方向再次进行挖掘。然而，世事的偶然性和荒芜的流沙掩盖了一切，迄今为止，还没有人发现它。现在我必须要对那次经历作一个详细的说明——不单单是为了寻求内心的平静，更是为了警示读到它的人能严肃慎重地对待这一切。

坐在回家的船舱里，我写下了这些文字，对那些经常阅读一般科普读物的读者来说，前面的部分并不会显得陌生。我要把文稿交给我的儿子温盖特·匹斯里，他在密斯卡塔尼克大学当教授。在我很久之前患上奇怪的健忘症后，他是唯一一个还愿意与我亲近的家人，我也只想与他分享我的此次经历，只有他不会对那个灾难性的夜晚所发生的事情嗤之以鼻。

起航之前，我并没有向他讲述我的那些恐怖经历。我认为写下来是让他熟知事件内情的最好方式。因为，他可以在空闲时一遍遍地阅读，这样印象就更为深刻，也更有说服力，这种方式当然要比我含糊迷惑地讲述要好得多。

他可以按照他认为最好的方式去任意处理这些文字——比如，在任何合适的角落加上适当的评论，然后公布于众。考虑到那些对我前部分篇章内容并不知情的读者们，我在叙述事件之前写下了背景摘要，以此为序。

我是纳撒尼尔·温盖特·匹斯里。那些还能回忆起上一代的报刊故事，或是还记得六七年前心理学杂志上刊登过的信件和文章的人们，也许会知道我是谁，对我的情况也会有一个大概的了解。那个时期，新闻报纸版面上总是充斥着关于我在 1908 年至 1913 年患上失忆症的细枝末节，而且大多数报道都讲述了流传于古老的马萨诸塞州小镇上的恐怖、疯癫以及巫术，我曾经住在那里，现在依旧住在那里。然而，我很清楚，自己的遗传基因和前期的生活中都不存在所谓的疯癫或是邪恶因素——在那片阴影突如其来地从外界降落到我身上之前——这绝对是一个极为重要的事实。

也许是几百年来的阴郁之气让亚卡汉姆小镇已近崩溃，满城的谣言私语使这里更加脆弱无助，无法抵挡那片阴影的入侵——不过，后来我知道其他地方也发生了同样的事情，那么这个理由就似乎有些牵强了。最重要的是：我的家族血统和人生背景都正常。是一种来自某个地方的异物降临到了我的身上——坦白地说，直到现在，我都无法断言它到底来自哪里。

我是乔纳森和汉娜·温盖特·匹斯里的儿子，他们都是古老的黑弗里尔家族里的健康正常人。我在黑弗里尔靠近戈登山的博尔德曼大街一个老庄园里出生并在那里长大。我从未去过亚卡汉姆，直到1895年，我以政治经济学教员的身份进入密斯卡塔尼克大学工作，才第一次到亚卡汉姆这个地方。

在我人生中的那十三年里，感情顺利，生活幸福。1896年，我娶了同样是黑弗里尔家族的姑娘艾丽丝为妻，1898年、1900年和1903年我们先后有了三个孩子：罗伯特、温盖特和汉娜。1898年我被评为副教授，1902年晋升为教授。在那段时间里，我根本没有时间，也没有兴趣去接触神秘主义或是变态心理学。

1908年5月14日，星期四，就在这一天，我的生活发生了巨变——我患上了奇怪的失忆症。这件事来得如此突然，很多年后我还能回忆起。在发病之前的那几个小时里，我的脑海里出现了短暂的、隐隐微光的幻象，那应该是发病的先兆——那是一些以前从未出现过的、混乱无序的幻象，它极其严重地扰乱了我的思绪。我头疼得厉害，接着产生了一种奇怪的感觉：某种东西正试图侵占我的思想。这是一种从未体验过的奇异感觉。

让人崩溃的事情发生在那天早上的十点二十分左右。那时我正在教室里给大三，还有一小部分大二的学生讲政治经济学的第六章。讲到历史和现代的经济趋势时，我的眼前开始出现了一些奇形怪状的东西，而且我感觉到自己正身处一个怪异的房间，而不是在教室里。

之后，我的思想和语言开始游离于这堂课的主题，学生们也发现我的状态很不对劲。我跌坐在椅子上，意识全无，处于昏迷状态，根本没人能把我叫醒。当我再次睁开眼睛，看到属于正常世界的阳光时，已经是五年四个月零十三天之后了。

当然，昏迷后发生的事情都是后来从别人口中得知的。在陷入昏迷之后长达十六个半小时的时间里，我的身体没有出现任何恢复意识的迹象。那时，我已经被送回到克雷恩大街27号的家里，并开始接受最好的医学治疗。

凌晨三点，我睁开眼睛，开始说起话来。而那时，我的家人却完全被我的面部表情和所说的话给吓坏了。很显然，我已经完全不记得自己的身份以及自己的过去。当时的我看起来相当慌张，似乎出于某种原因，想方设法去掩饰某些东西。周围的人认定，我的确是失忆了。我的双眼紧盯着周围的人，一脸陌生的神情，面部肌肉扭曲异常，对于他们来说，当时的我完完全全是一个陌生人。

就连我说话的声调也异常奇特。我笨拙地试着用自己的声音器官去发音，措辞稀奇古怪，毫不自然，仿佛照着书学习说英语，极不流畅，很是费力。语音语调中透露出粗鲁，还有原始的怪异，有时，句子中还掺杂着些许拗口的古语和一些让人完全无法理解的词句。

时隔二十年之后，当时在场的最年轻的心理学家回想起我吐露出来的那些言语。特别是其中一句，让人感觉到强大的说服力，更是令人惊恐不安。

之后的一段时间里，一个词语在社会上流行起来——先是在英国，接着在美国——尽管它很复杂，而且毫无疑问属于新奇词汇一类，但它依旧出现在了 1908 年有关亚克汉姆怪病患者那一系列怪异神秘举动的每一篇细节描述报道中。

我的体力很快就恢复了。不过，让人觉得古怪的是，我得重新学习使用双手、双腿以及自己身体上的其他器官。正是因为这些，因为失忆而导致的障碍，我不得不频繁地接受一些严格精确的医学治疗。

当我试图隐藏自己失忆症状的努力失败后，我放弃了，公开地承认了。随后，我如饥似渴地去获取生活中各个种类的知识信息。在医生看来，我已经意识到了自己的失忆，并很自然地接受了这一事实，可是，我对找回自己本来的性格却毫无兴趣。

周围的人发现，我把主要精力全放在学习某一阶段的历史、科学、艺术、语言以及民俗学上——其中有些知识极其深奥，而且阴郁晦涩，也有些知识则幼稚浅显——大多数情况下，我竟然对所看过的内容过目不忘，这确实有些古怪。

与此同时，他们也注意到，我还具备了一种对未知事物的知晓能力，因为这些事物对普通人来说几乎是无从知晓的，这也着实令人费解。而我自己似乎试图去隐藏这种能力，并不想被他人发现。偶尔，不经意间，对超出人类所接受的历史范围之外的混沌时代所发生的事件，我也会作出肯定的断言。可是，当我看到他们脸上的惊异神情时，又会借口以玩笑了之。当论及未来之事时，我的发言又三番两次地引起他们的惶恐。

接下来，这些神秘离奇的现象很快就不见了。不过周围的人还是能觉察得到，并不是我把那些荒诞离奇的知识给淡忘了，而是我开始更加小心翼翼地去掩饰。事实上，我正在异常贪婪地汲取语言、礼仪和习俗的信息，以及这个时代各个层面的知识，仿佛我是一个来自遥远异国的、热衷于学习的旅行者。

一获得学校的允许，我就把所有的时间都花在了图书馆里；不久之后，我又开始给自己安排一些奇怪的旅行，而且在美国和欧洲的几所大学里也申请了奇怪的课程，这些行为在之后的几年里都引起了众多的热议。

那些日子里，我从没有为缺少学术上的交流访问而苦恼。因为我的案例在当时的心理学界已经有了一定的知名度。而我本人也被作为第二人格特征的典型，在学术课堂或是学术交流中经常被提及，我偶尔流露出来的一些奇异症状，或是小心遮掩着的、奇怪的嘲笑神情似乎让学者们迷惑、诧异。

然而，这些年里我几乎没有结交到真正意义上的朋友。遇见的每一个人，他们都会从我的言谈举止中感觉到某种模糊不清且无法说明的畏惧和厌恶，似乎我早已被排除在健康、正常人群之外。这种阴郁而又隐含着惧怕的想法，致使我和他人之间的交往有了距离感，这种距离感，像无法测量的沟壑一般横在我面前，怪异、普遍而又持久。

就连我的家人也无一例外地开始疏远我。自打从昏迷中醒来，做出怪异举动起，我的妻子对我既恐惧又厌恶。她对外宣称，当时的我并不是原来的我，而是某种外来生物侵占了她丈夫的身体。1910 年，她与我解除了婚姻关系，即使我在 1913 年恢复正常后，她也不愿意再和我会面。持有同样看法的还有我的大儿子和小女儿，1910 年以后，我就再也没有见到过他们之中的任何一个。

只有我的二儿子温盖特，似乎并没有因为我的变化而恐惧和排斥我。其实，他心里也能感觉到，我已经不是原来的我。可是，那时他虽然只有 8 岁，却坚信我一定会恢复。当我恢复正常后，他找到了我，而且当地的法庭也批准了我对他的监护权。在随后的几年里，他一直协助我，研究本来的我在那段时期究竟被带往了何处。现在，他已经 35 岁了，已成为密斯卡塔尼克大学的一名心理学教授。

而我对于自己所引起的一系列恐慌并没有感到吃惊——因为我能确定，1908 年 5 月 15 日从昏迷中清醒过来的生命，它的思想、声音以及面部表情都不是我自己的，绝不是真正的纳撒尼尔 · 温盖特 · 匹斯里。

关于 1908 年到 1913 年的生活细节我不愿赘述。读者们大可以从那些年的旧报纸、科学期刊中搜集到详细内容。那些细节大致和我当时真实的生活情形相符。

我开始规划我所有的资金，明智地把它们投入到旅行和各式各样的学术研究上。然而，我的行程仍显得极为怪异，都是一些偏远而荒凉的长途之旅。

1909 年，我在喜马拉雅山脉待了整整一个月。1911 年，我又对探险产生了极大的热情，骑着骆驼前去阿拉伯半岛那些不知名的沙漠区域。至于在那些旅途中发生了什么，我已不记得了。

1912 年的夏天，我租了一艘轮船，航行到北极的卑尔根群岛北部，之后却失望而归。

同年的后半年，我又花了几周的时间，独自在弗吉尼亚州西部一个巨大石灰岩溶洞中进行了一次探险，那次探险可以说是前无古人，后无来者。那个地方漆黑得像迷宫一样，地形极为复杂，没有人知道我到底深入到那个洞穴中的什么地方。

在几个大学的学习期间，我对知识的消化速度超过任何人，这给人们留下了深刻的印象，似乎我的第二人格具有很高的智力，而且这智力极大程度地超越了我本身。我也发现自己的阅读和独立学习的效率惊人。我甚至可以在翻看书页时，粗略地一瞥就记下这本书中的每一个细节。而且，我在瞬间就能计算出复杂的算式结果，这种能力也相当了不起。

有时，也会有一些用心险恶的报道，说我拥有一种能影响周围人的思想和行为的神奇力量，尽管我已经很小心谨慎地掩饰着这种能力。

另外，还有一些负面报道声称，我与神秘主义团体的领袖关系甚密。还有一些学者则怀疑，这一切与某些丑恶的古老世界的祭师有某种不可言明的联系。尽管这些谣言从未得到证实，但我在图书馆所借阅的书籍，却让这些流言变得确信无疑——毕竟人们都知道我在图书馆里秘密咨询并借阅了那些古怪的珍藏本。

不过，还是有些确凿的证据——以书籍中旁注的形式——证明我曾经用心地翻阅过一些邪恶异端的东西，像埃雷特伯爵的《尸食教典仪》，路德维希·蒲林的《蠕虫之秘密》，冯·容兹所著的《无名祭祀书》，以及让人困惑的《伊波恩之书》残本和由阿拉伯狂人阿卜杜拉·阿尔哈萨德所著的令人恐惧的邪书《死灵之书》。而且，不可否认的是，在我发生奇怪变化的那段时间里，的确有一股新的、邪恶的狂热祭祀活动正在秘密地铺展开。

1913 年的夏天，我开始显露出无聊、倦怠的迹象，对之前感兴趣的东西不再有热情，并且暗示身边所结交的各类人士，在我身上很快会出现一种新的变化。我告诉他们我恢复了我生活早期的记忆——然而大多数人都认为这不是事实，因为我所叙述的那些回忆都很随意，诸如此类的生活回忆都可以从我之前的旧日记里获悉。

大约八月中旬的时候，我回到了亚卡汉姆，重新住进了在克雷恩大街闲置已久的房子里。我在这里安装了一台异常怪异的机械装置，它是用从美国和欧洲科研机构制造的零碎物件组装而成的，并且我小心防范着不让任何高智商、能够分析研究它的人看到。

还是有人见过它——一个工人、一个仆人，还有我的新管家——他们描述那台装置是一台古怪的混合物，混杂着许多管子、轮子和镜子，只有 2 英尺高、1 英尺宽、1 英尺厚。置于中心位置的镜子呈圆形，凸面。能确定的是，这台装置确实是由能找到制造商的一一个零部件组装而成的。

9 月 26 日，星期五的晚上，我把管家和仆人都打发走了，让他们第二天晚上再回来。那晚，屋里的灯光亮到很晚才熄灭。有人说，在屋外的汽车里看到一个精瘦、皮肤黝黑的外国男子带着一个神情古怪的男子。

灯光大约是在凌晨一点钟时熄灭的。凌晨两点十五分时，警察巡视到这里，那陌生人的汽车还停在路边。到凌晨四点的时候，汽车开走了。

清晨六点钟，一个人在电话里告诉威尔逊医生我陷入了奇怪的昏迷，他吞吞吐吐，操着外国口音，让医生来我家救治。后来，这通电话——长途电话——被追踪到是从波士顿北站打来的，但是再没有丝毫有关那个精瘦的外国人的信息。

医生赶到我家，发现我瘫坐在起居室的安乐椅上，已经失去了意识。安乐椅的前面安放着一张桌子，桌子光亮的表面有几处划痕，证明这上面曾经压放过某些重物。那台古怪的机械装置已经不翼而飞，之后再也没有听到过有关它的消息。毫无疑问，那个黑瘦的外国人把它拿走了。

书房的壁炉里留下了许多灰烬，显然是焚烧了我患失忆症后记录的一些纸张。威尔逊医生察觉到我的呼吸异常，就给我做了皮下注射，之后我的呼吸又恢复了正常。

9 月 27 日上午十一点十五分时，我的身体动了动。直到那时，像面具一样的脸上开始出现了表情。威尔逊医生认为那种表情不是我第二人格的表情，看起来更像是我自己正常的表情。大约十一点三十分时，我嘴里嘟哝着一些奇怪的音节——那些音节听起来不像是任何人类的语言，而我看起来好像是在和什么东西抗争。那天下午——我的管家和女仆回来的时候——我开始用英语喃喃自语。

"——作为那个时代正统的经济学家，杰文斯作为科学系统联系经济模式的代表，他试图把繁荣和萧条更替的商业循环与太阳黑子活动的物理循环周期联系起来，太阳黑子很可能构成了——"

纳撒尼尔·温盖特·匹斯里已经回来了——我的思维意识还停留在时间表中 1908 年星期三早上的那节政治经济课上，经济班的学生正双眼凝视着讲台上已然破损的讲桌。

二

重新回到正常的生活中是一个既痛苦又艰难的过程。五年多的自我遗失给我带来的并发症状，其复杂程度是他人所无法想象的。在这个案例中，还有不计其数的琐事在等待着我去确认。

从其他人那里听到自 1908 年以来有关我自己的言行，让我感到惊异和不安，但我还是尽我所能，明智冷静地去看待这件事。最终，我重新获得了二儿子温盖特的监护权，和他一起在克雷恩大街的房子里安顿了下来，并竭力去重新开始我在大学里教书的工作——学校很好心地恢复了我之前的教授资格。

我从 1914 年 2 月的那个学期开始工作，却只持续了一年。那时我才意识到之前的经历给我带来了多么糟糕的影响。尽管现在已经很正常了——我希望如此——而且，我本来的人格品性也没有因此出现什么瑕疵，已不再是之前那个神经兮兮的神秘怪人了。可是，那些模糊的梦境和怪异的念头仍然频繁地纠缠着我，让我痛苦不堪。第一次世界大战爆发的消息把我的思绪带回到历史中，我意识到，自己正在以一种异常古怪的方式想起各个时代和那期间发生的事件。

我对时间的概念、对历史事件顺序性与同时性的区分好像变得混乱起来，这很微妙，以至于在脑海中形成了这样一个妄想的念头：生活在一个时代，却熟知过去和将来发生的所有事情。

这场战争给我留下了奇怪的印迹，我记起了一部分关于这场战争的结果以及其带来的深远影响——就好像我知道这场战争是如何爆发，并且站在未来的角度，以未来的信息来回顾战争的经过一样。伴随这类似记忆的东西而来的是疼痛，那感觉仿佛是某种人为的心理障碍正在奋力阻止着这些“记忆”的到来一样。

当我踌躇着把这种情形告诉其他人时，我遭遇到了各种各样的反应。其中有些人总是会以一种让人极不舒服的眼光盯着我看。数学系的一些同事告诉我一些关于相对论研究的最新发展——相对论在那时还仅限于在学术圈里被学者们讨论——不过不久之后，这个理论就在世界上闻名了。他们说，阿尔伯特·爱因斯坦博士将时间迅速地压缩成一个层面的状态。

离奇的梦境和困扰的感觉依然侵蚀着我，我不得不在1915年放弃了这份固定的工作。可以确定的是，我脑海中的那些模糊景象总是以一种让人憎恨不已的形式表现出来——强迫性地往我的思想里灌输着这样一种观念：我的失忆症促成了某种邪恶的交易；我的第二人格确实经历过时光和位置的穿越。

于是，我又陷入了模糊不清而又令人惊骇不已的推测中，冥思着，在我身体被异物侵占的那些年里，真正的我又去了哪里？当我从周围人群、报刊中知悉了更多细节，了解到关于那个曾经在我身体里逗留过的异类，以及那些奇特陌生的学识和匪夷所思的言行后，我心中的不安与烦躁变得越来越强烈。

那些曾经困扰过他人的奇异古怪，仿佛正在与我潜意识的沟壑里已经溃烂的邪恶知识背景相呼应着，让我惊恐。我开始疯狂地去寻找在异类侵占下那黑暗的几年里我外出研究和旅行的相关信息。

我的困扰还不只是这些半抽象的东西，那些梦境仿佛变得越来越生动鲜活、具体真实。我知道很多人关注这些，除了我的儿子和某些值得信任的心理医生，我很少对他人提起。到了最后，为了搞清楚像我这样的情形在失忆病人中是不是典型的，我开始着手对其他失忆病人的病例进行科学研究。

在不少心理学家、历史学家、人类学家，还有经验丰富的精神专家的帮助下，我的研究覆盖了恶魔附身的传说和现代医疗实例中所有关于人格分裂的记录，并得出了结果。可是，这最初得到的研究结果并没有给我带来些许安慰，反而给我增添了更多的困扰。

开始研究不久，我就发现了在大量的失忆症真实病例中，根本就找不到与我梦境的症状相符合的记录。然而，我还是找到了一些和我的经历相类似的蛛丝马迹。这些很有价值的重要记录让我困惑、震惊了很多年，它们之中有一些来自古老的民间传说，另一些则是医学年鉴里的历史病历，还有一两个片段是隐匿于正史之后的奇闻轶事。

从这些记录可以看出：人类有史以来，类似于我这种症状的病例相当罕见，但这种情况仍在历史上间或出现。有些世纪中可能会出现一两次，甚至是三次这样的情形，而有些却一次也没有发生——至少没有在历史上留下记录。

这些记录的内容都大致相同——一个思维敏捷的人突然获得了奇异古怪的第二人格特征，而且在一个或长或短的时间段内，开始了一种完全不同的异类生活。首先是声音发生变化，身体变得笨拙；然后，开始大量地学习有关科学、历史、艺术和人类学的相关知识——在这种知识习得的过程里，会显现出极为狂热的热情，以及超人类的吸收能力。接下来，在某个时刻又突然恢复到正常的人格意识状态，但仍然时时被一些无法确定年代、地点的梦境困扰着。那些梦境隐隐约约地显示着一些让人惊恐的成分，尽管这些成分已从脑海中抹掉，只有片段残留。

那些病例所述的噩梦情境与我身上发生的竟然如此相似——即使是在一些微小的细节上——这让我毫不怀疑地相信这一切都具有典型性。其中的一两例还隐约提到，渐弱的铃声和一些亵渎神明的随意言行，我好像以前从宇宙通道中听到过与此类似的东西，它们畸形、恐怖，让人惶恐，我不敢专注精力去冥思苦想。另外，还有三个病例特别提到了一个不知名的机械装置，正好与我恢复正常之前出现在我家里的那个装置相似。

调查过程中，另一件事情让我感到惴惴不安，即更多的记录记载着这些被确诊为失忆症的病人，他们频繁地在这种噩梦中瞥见了某个他们从未到过的地方，短暂而模糊。

他们大多都只是智力平常的普通人，或者更糟——有些人甚至还处于原始阶段，他们几乎从未想到过，自己成了某些异端的学识或超自然的精神侵蚀的载体。一瞬间的工夫，外来的力量就侵入他们的思想，然后沿着时间的隧道一路倒退，脑海中仅仅残存一丝模糊、苍白，并且会被迅速遗忘的片断。

在过去的半个世纪里，至少有三起类似的病例——有一例就发生在十五年前。难道在这个世界里，有什么东西从某个未知的时光深渊而来，在人类的世界摸索前行吗？这些隐晦的病例，难道都是某种异类出于同一目的所进行的怪异而邪恶的实验吗？

这只是我在这几个小时的推测——那是在未曾接触过的、神秘未知的幻境刺激下产生的想法。我深信，是那从远古流传下来的某种传说，在我的脑海中催生了拥有如此惊人又可怕的印象。不过，很显然，与近期的失忆案例有关联的病人及医生和我一样，是不可能知道这远古传说的。

我害怕去讨论那些逐渐变得越来越杂乱的噩梦与景象的具体内容。那一切听起来似乎有疯癫的感觉，有几次我真的相信，我正在走向疯癫，变成一个真正的疯子。是不是真的有一种特别的错觉幻境正折磨着那些饱受穿梭于时光的记忆之痛的人们？可以想象，潜意识正力图用一些虚假的记忆去填补大脑中那令人困惑的空白，这样就有可能产生古怪的、幻想的异常行为。

这种想法，也确实是——尽管对我来说，另一种远古民间传说的说法貌似更有道理，更说得通——医生们所坚持的解释，即那些帮我搜寻相似病例，在调查研究中为偶尔发现的、完全相似症状而和我一样感到迷惑的医生们的解释。

医生和专家们并没有把这种病症称为真正的精神病，而是把它归类到神经错乱的一种。现在我不再徒劳地去寻找消除这种症状或是遗忘的方法，而是尽最大的努力去查出根源并进行分析。医生们都很支持我的这种做法，因为根据最好的心理学原理、法则，这种做法是正确的。另外，我也很重视医师们的建议，尤其是那些在我的身体被第二人格占据时对我做过临床研究的医师们的建议。

我早期的那种幻境根本不是某些视觉上的场景或景象，而是一种我之前曾经提到过的、更为抽象的东西。就我自己而言，我也深深地感到一种印象极为深刻却又无法解释的恐惧。后来，这种恐惧竟然发展到对我自己身体的恐惧：当我看到自己的影像时，我的眼睛似乎能看到暗藏在我身体里的某种东西，一种可憎的东西，十分怪异而又不可思议。

我低头看自己，看到的依然是那个我所熟悉的、用灰白色或是蓝色外套包裹着的正常人类。这时，我总是会感觉到一种轻松，莫名、古怪却如释重负——尽管为了获得这种轻松，我必须去克服那无穷的恐惧。于是，我只好尽可能地去躲避任何一面镜子，就连刮胡子也尽量去找理发师。

就这样过了很长时间之后，我的幻境慢慢开始有了变化。我这才把在心里产生的那些令人沮丧的感觉和转瞬即逝而又栩栩如生的梦境联系起来。第一次察觉到这种联系，与我当时产生的一种奇怪感觉有关：我感觉到有一种从外界而来，并非人为的力量抑制着我的记忆。

那时我已经意识到，自己在一瞬间所感受到的幻象中，隐含着一种更深广而恐怖的含义，而且很有可能与我自己有着某种惊人的关系。但是，当我试图去领会那些隐藏的含义和内在的联系时，总会有一股强劲的力量阻止我继续思考下去。这种古怪的情况发生得越来越多，我开始绝望，时间概念对我来说变得奇异古怪，我尝试记下这些呈片段的梦境，按照它们原有的时间与空间顺序排列起来。

起初，对那些支离破碎的片段我并不觉得可怕，只是觉得古怪。梦境中，我似乎置身于一个巨大的拱形大厅内，巍峨的巨石威严高耸，几乎消失在头顶上空的黑暗之中。无论什么时候、什么地方，场景中都会出现那种由罗马人设计，广泛应用于建筑的拱形顶结构。

拱形大厅里有巨大的圆形窗户，高耸的拱形大门，每一个柱脚或者圆桌都是普通房间的高度。乌木制成的巨型书架挨着墙壁排列着。在那书架上面，似乎摆放着大量的、超大型号的书籍，在书的横脊上还标注有奇怪的象形文字。

视线所及的一些石制工艺品上凿有奇异的雕刻，通常是以数学方面的构思设计而成的曲线型，那些石刻上还凿刻着清晰可见的铭文，用的是和书脊上同类的象形文字。这座阴暗的花岗岩建筑，遵循着一种巨大雄伟的风格，却显得怪异。一列列凸出来的巨型石块正好整齐地镶嵌在往里凹进的石壁之中。

室内没有椅子，但那巨大的石座上面，零乱地堆放着一些书籍、纸张和一些看起像是用来书写的工具——一个古怪的、淡紫色的金属罐子，表面绘有花纹，还有几根端部着色的棍状物。虽然那些石座很高大，但有时我似乎能从上方看到它们上面放置的物件。这些石座中有一部分的上端置有巨大的水晶球，闪闪发光，像是电灯一样用于照明，还有一些用玻璃管和金属杆组合装置起来的机器，令人费解，难以描述其形状。

窗户似乎是装着玻璃的，看上去像是被粗短厚实的横条分割成了格状。尽管我不敢走到窗户旁透过它们向外面张望，但我还是能从我站的地方看见外面有一片像是蕨类植物的东西波浪一般地摆动。这里的地面巨大，由呈八角形的薄层砂岩石板构成。房间里既没有铺地毯，也没有任何帘布。

之后，我的视线穿过了巨大的石砌长廊，上下打量着同样巨大的石制建筑上的一处处截面，却没有在任何地方看到阶梯，也没有不足 30 英尺宽的走廊。我的身子飘浮着，穿过了很多高大的建筑物，它们足有 3 000 英尺，高耸在上空。

视线向下，我看到了层层叠叠的黑色拱形穹顶，还有一些从未被打开过的天窗。那些天窗被金属条加固密封着，好像隐晦地暗示着某种不同寻常的危险。

我仿佛被监禁在那里，对所看到的一切都充满了恐惧——因为那里所有的东西都阴郁异常，令人惊骇。我能感觉到，那刻在石壁上的、曲线型的象形文字正以嘲笑的目光盯着我，试图强制将它们所携带的信息灌注到我的思想之中。可是，我连一丝与之抗拒的权利都没有，更无法视而不见。

在之后的梦境中，我从那巨大的圆形窗户看到外面屋顶平台上的一切情景：古怪的花园、广阔却贫瘠的土地，在巨大的石制建筑上那一处处截面后面隐藏着的高大、呈扇形的石制栏杆。

几乎每一处花园里都建有许多大型建筑物，它们沿着足足有 200 英尺宽的、铺砌平整的道路整齐地排列在两边。一眼望去，那片高大的建筑群连绵不断，看不到尽头。这些建筑从外观上来看，大多风格相异，但是林立的建筑群中，几乎没有面积小于 500 平方英尺或者高度低于 1 000 英尺的建筑。其中有很多看起来似乎没有边际，单是从正面看，就有数千英尺的规模；另一些则被建在巨大的高高山地上，耸入弥漫着雾气、阴郁灰暗的天空。

看起来，它们主要是用石块或混凝土建成的，其中大多数都反映出类似囚禁我的那座石制建筑所具有的建筑风格——古怪而呈曲线形。建筑物的屋顶多是平的，屋顶上面覆盖着同样古怪的花园，而且四周都围着一种扇形栏杆。有些屋顶花园的中间清理出一大片宽阔的空地，建有露台以及通向露台的石阶。在宽广的道路上，有隐约活动的迹象，但是在最初的幻境中，我根本就没有用心注意这些细节。

在有些地方，我观察到一种巨大的圆柱体高塔，它们高高地兀立在那里，远远高过周围其他的建筑物。从外观上来看，它们似乎显示了另外一种完全不同的风格，年代已久，破损失修，着眼处尽显古老岁月的沧桑。这些外形奇异的高塔是用方方正正的玄武岩巨石建造而成，上端的圆顶上微微收拢成锥形。高塔之上，没有任何地方有丝毫的迹象表明开有窗户或是有留作大门的入口。我还留意到一些稍低的建筑物在万古的岁月中，在气候的侵蚀下已风化，显得支离破碎，摇摇欲坠。它们和那些黑色圆柱形高塔的建筑风格基本相似。这些建筑群用方方正正的巨石堆建，在它们奇异的周围，弥漫着一种难以言喻的危险氛围，聚焦起一种浓厚的恐怖气氛——就像那些被金属条状物加固着的、密封着的天窗所带给人的感觉一样。

随处可见的花园面积大得离奇，宽阔的道路两边排列着怪异的石体雕塑，这些奇怪的植物我从未见过，它们茂密地生长着，遮住了道路上方的那片天空。那些植物大多数看起来像是蕨类，却大得异常——一些是绿色的，另一些则是惊人的真菌般的惨白色。

在那些蕨类植物中间，还生长着一种大型的、幽灵一般的植物，看起来像芦木。竹子一样的枝干，直直地往上生长，长到一个让人难以置信的高度。还有一簇簇形状如苏铁的植物，深绿色的奇异灌木丛，以及结着球形果的针叶类树木。

但这里的花却很小，而且没有颜色，都是我不认识的种类。它们静静地盛开在呈几何形状的花床里，盛开在那一大片的绿色植物中。

有几处的露台和屋顶花园里盛开着更多更大的花，但那些花的形状却让人感觉很不舒服——那些花像是带着攻击性，看起来似乎是人工栽培出来的。另外，还有一些菌类，以某种图案的方式点缀其中，它们的大小、形状和颜色让人难以想象，却展示出了某种良好的园艺技术——这种熟练的技术不被人类知晓。地面上的花园面积更大一些，看起来似乎在尽力保留原本的自然风貌；屋顶上的花园里，所有的植物带有更多的选择性，更有修剪的园艺痕迹。

那里的天气好像总是潮湿多云的阴郁。有时，我似乎还亲眼看到倾盆大雨从天而降。可是，有几次我还看到过太阳和月亮——太阳超乎寻常地大；那月亮也和正常的月亮有一点不同，至于到底哪里不同，我也无法说清楚。夜空清晰明朗的时候——这种情况很少——我还能看到天上的星星，可那些星星我都不认识。有时那些星座的大体轮廓和我知道的有些相似，但少有完全相同的。我能识别出的一些星座的位置，我想我大概是在地球的南半球，在靠近南回归线的某个地方。

遥远的地平线总是迷雾一片、模糊不清。但是，我能看见城市之外的那片广阔丛林。在那处丛林里，有着不知名的像树一样的蕨类植物、芦木、鳞木以及封印木。在变幻的迷雾中，它们那奇异古怪的枝叶带着嘲弄的味道摇曳着。时不时地，天空中好像有东西活动的痕迹，可是在早期的梦境中，我从没有注意过。

到了 1914 年的秋天，我开始少有频率地有这样的梦境——漂浮于那个城市的上空，而且就这样漂浮着，穿过城市周围的区域；我看见了丛林，丛林里高高低低地生长着一些斑驳杂色的植物；一条似乎永无止境的长路从那可怕的丛林中穿过，并贯穿到另一些怪异的城市，和那个经常困扰着我的城市一样怪异。

我还看见，林间的空地里有一些巨大的黑色高楼，或是彩虹般绚烂的建筑。那里永远被薄暮笼罩着，阴郁昏暗。穿过建于泥沼之中的冗长堤道，四周异常昏暗，我几乎无法看清那些潮湿的植物。

有一次，我在一块绵延数英里的地面上，看到散落在那里的玄武岩废墟，在时光的侵蚀下显出荒芜的沧桑。从那残余的废墟上，还隐约能看出与一直萦绕在我心头那无窗、圆顶高塔的城市相类似的建筑风格。

还有一次，我看到了海洋——那是一片遥无边际、雾气萦绕着的辽阔海域。海边有一座满是穹顶和拱桥的巨大城镇，用巨石堆砌而成的码头，延伸到海里。巨大无形的阴影总是笼罩在那片海域上空。海面上并不宁静，随处可见喷涌而出的激流。

三

正如我之前所说，这些疯狂的幻象并没有在最初就立刻展现出它们恐怖的实质。当然，有很多人都会梦到一些本来就很奇怪的东西——这些东西掺杂了一些与日常生活并无密切关联的琐碎片段、画面以及书中所记述的内容，这混杂的种种通过睡眠状态下的梦境，以一种不可思议的古怪形式出现，而这种梦境的反复无常又无法用人为的方式去加以抑制。

有些时候，我会把那些梦境当成很自然的现象，即使之前我从未这样频繁地做梦。我试着给自己的梦境找出可以解释的理由：大多数虚幻的梦境都应该是源自生活中那些不计其数的琐碎之事，正是因其过于琐碎，才不会在记忆中留下印象，所以无法究其根源；另外一些梦境，它们所反映的是关于两亿五百年前的原始世界——二叠纪时代或是三叠纪时代的情境，以及那个时期生长的植物。这些都是普通的教科书所涵盖的科普知识内容。

然而，在那几个月里，恐惧的因素一直在不断地累加，让我害怕不已。我的梦境开始连绵不断，并且在我脑海中留下了深刻的印象；我的思维开始把这些梦境和那些不断增加的抽象型困扰联系了起来——感觉到了一种外在的力量在强行抑制着我对时光的奇怪记忆。另外，我开始对 1908 年 9 月 13 日发生的第二人格转变事件有了极为厌恶的感觉。随后，我对自己本身也开始莫名其妙地强烈憎恨起来。

当某些清晰明白的细节开始在我梦境中出现时，这些幻境所带来的恐惧感陡然增加了一千倍——直到 1915 年 10 月，我意识到，我必须采取一些行动来应付这些无穷无尽的梦魇。就是在那个时候，我开始了对其他失忆症的病例、病人出现的幻境进行集中深入的研究。我期待着能以此找出问题的根源，消除我在情绪上的恐惧，放松我紧绷的神经。

可是，正如之前所描述的，这次研究最初得出的结论正好适得其反：许多相关的病例都发生在过于遥远的历史中，缺乏相应的地理知识针对这个主题去描述梦中的幻境。我想去发现他们的梦境与我的梦境是如此的相似，同样都出现在远古大陆的景象，而这些严重地干扰了我。

另外，那些记录中很多都记述着患者看到了巨大的建筑物和丛林花园，以及与之相关的、更多的恐怖细节和细致描述。我自己在梦境中的真实所见和模糊的印象已经足够糟糕了。然而，从和我有类似症状的其他患者那些确定或是阴晦的描述中来看，那些梦境中的情景更是透露出疯狂和亵渎神明的意味。最为糟糕的是，我自己的伪记忆被这些描述唤醒，其中的那些细节暗示即将到来的真相在脑海中变得更加清晰。尽管如此，大多数医生总的来说还是赞成我的做法，认为这是一种明智的行为。

之后，我又系统地学习了心理学，在耳濡目染之下，我的儿子温盖特也开始进行了同样的学习。也正是那段时间的学习，慢慢地把他引入了心理学研究之中，使他最终成为一名心理学教授。1917 年到 1918 年，我依旧在任职教授几门专业的课程。其间，我不知疲倦地对医学、历史学、人类学的记录进行查证。有时为了借阅相关的资料，我还专程前去相距甚远的图书馆。到了后来，我甚至开始去翻阅那些古老而邪恶的禁书——我的第二人格曾令人不安地对那里面所记述的远古传说表现出极大的兴趣。

上面有些叙述都是我的第二人格所查阅过的记录，在某些地方出现了手写的眉批或旁注，并用习语对书中骇人听闻的内容作出了明显的改正，那些注释和修改透露出一种怪异，感觉不像是人类所为，这让我极为不安。

书中的这些备注，大多是用书籍的同类语言写下的。尽管明显用的是学术术语，不过写下它们的人好像很精通这些语言，能轻易灵活地运用。一条附在冯·容兹特所著的《无名祭祀书》中的备注令人极为惊讶。这条备注用的是和之前的德文备注一样的墨水，却是用某种几何形的象形文字所书写，下面也没有可识别的人类文字。这些象形符号很古怪，却和在我梦境中不断出现的那些怪异文字极为相像，这点我绝不会弄错。有时看到这些奇怪的象形符号时，我总会在一瞬间觉得我明白它们的意思，或是正在回忆起它们含义的边缘徘徊。

图书馆的工作人员很明确地告诉我，根据之前的馆内书籍查询借阅记录和对这些笔迹的鉴定，这些书中留下的备注全是我自己在第二人格状态下留下的。他们的话让我彻底陷入深深的困惑之中。尽管事实是，我之前和现在根本就不懂这备注中用到的三种语言。

我在大脑中把这些散乱的记录、远古时期和现代的人类学、医学记录放在一起全部拼接起来，得出了一个统一且肯定、糅杂着传说和幻境的结论，这结论所涉及的领域以及具有的疯狂颠覆性让我头晕目眩。唯一让我感到安慰的是，这些神话传说都是存在于早期的远古时代。到底是怎样的一种已然消逝的文化，能把这古生代或是中生代的情景带进这些原始的神话传说中去，我无从知晓，甚至无法想象。可是那些梦境中的画面确实就在那里。于是，这些幻境中的画面就形成了一种固定幻觉的基础。

这一类的失忆症，无疑在病人的大脑思维中建立了一个大体的神话模式，但是到了后面，这些梦境中的幻觉应该又对失忆病人产生了影响，加深了病人大脑中的虚假记忆，使那些虚境在大脑中变得越来越清晰、深刻。在丧失自己本身记忆的那段时间里，我的第二人格曾经翻阅和听说过所有早期的古老神话传说，这一点我已经查证过，确实是实情。那么，在我第二人格所具有的古怪的记忆影响下，我自己本身的梦境和感官上的印象已被较重的色彩渲染，而且在我记忆中逐渐成形，这一切到底是不是一种自然现象呢？

有一些神话与另一些关于人类存在之前的远古世界的模糊传说之间存在着重要的联系。尤其是那些古老的印度传说，其中涉及让人目瞪口呆的时间漩涡。这些传说也是现代通神学家必须了解的一部分。

这些远古的神话和现代的错觉同时出现，颠覆了一直以来的基本设想——在这个星球漫长而又有大部分未知的历程之中，人类是唯一的，至少是高度进化并且占支配地位的种族。那些神话暗示道：三亿年前，人类那两栖动物祖先，还在艰难地从温暖的海洋里匍匐爬向陆地时，在这片土地上就已经存在着另一种物种，它们有着人类无法想象的形体，并在这片土地上建造出无数高塔直耸入天际，它们探索了这个世界上的每一个秘密。

在这些远古居民中，有一部分是从其他星球来到这里，它们中的少数甚至和宇宙本身一样古老；而另一些则是由地球上本身存在的细胞，在第一次生命周期之后的一个漫长的时间中进化形成，这段时间好比现在的人类与细胞开始进化时期相隔的那般漫长，而这些单细胞进化到最后就是我们人类。那些神话记述了很多在这数十亿年之长的时间跨度中，关于其他星系和宇宙的事情。事实上，这些关于时光的概念，早已完全超出了人类所能理解、接受的知识范围。

但是绝大多数这类神话都提到了一个种族。这个种族在相对较晚的时期出现，有着难以想象的怪异形体。它们与现代科学中有过记录的任何生命形式都完全不同，但它们一直生活在地球上，直到五千万年前地球上出现了人类。神话中提到，它们是那些远古居民中最为伟大的种族，因为只有这个种族曾经征服了时间。

这个伟大的种族能通过强烈的精神力量穿越到过去或未来——甚至能穿越千百万年的时光隧道——去学习并掌握任何一个时代的所有知识。通过这种方式，它们掌握了地球上当时已经知晓的或将会被知晓的所有知识。正是因为有了这种博大精深的神奇造诣，这个伟大的种族出现在了所有关于先知的传说之中，包括人类的神话体系在内。

这个种族巨大的图书馆里存有浩瀚的书卷和绘画。在这些书籍图画中，详细地记载着在这漫长岁月中地球所经历过的全部历史，并详细描述了每一个曾经在地球上出现或是将会在地球上出现的物种，不光如此，书中还完整地记录了所有物种的艺术、成就、语言以及心理特征。

拥有了这些从古至今、积累万世的知识，这个伟大的种族，从每个时代和各种生命形式中，选取那些在思想、艺术和进程上可能与它们的本质和情形相符合的种族进行研究。它们把思想附着于其他物种——这超越了人类的认知范围——以此在过去和将来获取它们所需要的信息。不过，用这种精神上的方法去获取那些过去的知识，要比获取未来的知识困难。

对于它们来说，获取未来知识的过程越容易，所得的收获也越多。在一种合适的机械装置的辅助下，这个种族的个体能够将自己的思想投射进时光隧道中，摸索着去寻找隧道之中并不清晰的超越感官的路径，直到接近了预期会到达的年代。在经过一系列最初的实验之后，它的思想会侵蚀进那个时代中最明显、最具有代表性的最高级生命形式，它的思想会进入所选择的生物的大脑，并在其中建立起自己的脑波频率。与此同时，被侵蚀生物大脑原本的思想会被带到伟大种族所属的那个时代，并且停留在那个种族个体的身体里，直到两种思想的反转过程完成。

如果这个种族选择了投射到未来，它的思想也会进入未来生物的身体，尽力表现出所选择的这个种族成员的言行，并尽可能迅速地去了解关于那个时代的一切，去学习那个时代大量的知识文化和先进技术。

至于那被取代的思想，反射回思想入侵者所处的时代和它的身体之中，并被细心地保护起来，防止它让占据着的身体受到伤害。同时，这个不属于这个时代的思想还要面对一系列的询问，并倾倒出所有的知识。在询问中，这个伟大的种族会用之前探索未来所留下的语言记录进行提问，通常情况下是用被询问思想的母语进行。

在有些情况下，当这个伟大的种族由于身体构造而无法使用被询问思想的语言时，它们就会制造出一种灵巧的机器，代替它们用外来语发问，就像人类使用乐器演奏一样。

根据古书中的记述，伟大种族的个体成员体形巨大，呈不规则的圆锥体，身高10英尺。它身体的顶端伸展出四条可以收缩、1英尺厚的肢体，头部和其他的器官都附在肢体之上；其中两条肢体的末端生长着巨大的钩爪，这些钩爪互相摩擦，或是互相敲击发出刮擦声或拍击声，这些发出的声音就是它们的语言，它们就是这样交流的。在它们的身体底部附有一层有黏性的部位，通过这个黏性部位的膨胀与收缩，它们便可以蠕动前行。

当被捕获的思想对发生的一切的惊愕和愤怒随时间消逝，而且对它所附属的、陌生的、暂时性身体再也无恐惧之感时——如果它原来的身体和这个种族的身体有着很大的差异——这个种族就会允许它去认识这个新环境，并与之适应，体验这个伟大种族的神奇与智慧，进行全新的奇怪体验。

作为对所捕获思想帮助的交换，在适当的防范之下，伟大种族会允许让它乘坐巨型飞艇飞遍所有适于居住的世界；或是乘坐巨大的船型核动力交通工具，在广阔的大路上纵横驰骋；或是在囊括了这个星球过去与未来知识信息的图书馆里自由地阅览、探索以及学习。

这些做法确实安抚了不少被迫至此地的其他种类的思想：因为没有什么能克服各类生命对好奇的渴望。对这些被迫来此的思想来说，揭开隐藏在过去和未来之后的神秘篇章，这绝对是生命体验的最高级形式。对过去，它是尘封已久、根本无法想象的情景；而对未来，在让人眩晕的时间漩涡之中，它们远远走在自然时间之前。尽管这种体验总会揭露出深不可测的恐怖秘密，却仍不失为这星球上的生命进行体验的最高方式。

偶尔，某些思想俘虏还能被允许与另一些从未来捕获的思想俘虏会面交谈，有意识地去交流那些生活在自己所属时代千百万年之前或是之后的其他的思想观念及知识。当然，所有的交流都要分别用不同时代的语言书写下来，而这些书写记录文件都会被送到巨大的中央档案馆整理归档。

另外，在书中还提到一种特殊种类的思想囚徒。在那里，它们所拥有的特权远远超过其他众多的思想囚徒。它们都是一些即将消亡的永久流亡者：当伟大的种族中有些成员即将死亡，而它们又强烈地想继续活下去，这时它们就会占据其他物种的身体继续生活下去，逃避精神思想上的彻底毁灭。而这样做就导致了被捕获的思想永远都不可能回到属于自己时代的身体之中，只能在这些异类的身体里等待死亡的来临。

而那些思想的流浪者却没有普通人所想的那般忧郁。伟大种族的寿命都很长，生命的冗长早已减弱了对生命的强烈热爱——尤其是那些具有精神思想穿梭能力的高级成员。正是那些伟大种族中的年老成员的精神思想，在时空中穿梭转移，所以才会造成一些历史上轰动一时的永久性人格转换病例，包括人类历史在内。

至于伟大种族在其他时代的探索——当种族的成员已经掌握了它所希望在未来了解的东西之后，它就会制造出一台像那种开始飞行之后又可以逆向操作的发射器。通过这个发射器，它就会再回到属于它自己的时代，重新进入自己本来的身体。这个时候，被捕获而来的思想便会返回到本身所处的时代的身体里面。

只有当其中一个或是另一个在这种穿梭于时空的思想交换中死去时，这种思想的复位才无法进行。当然，这种情况下，正在进行探索的思想——那些逃避死亡的伟大种族成员的思想——就会一直停留在未来的异类身体之中；或者那个被捕获的思想——临近死亡的思想流亡者——就会一直寄居在伟大种族成员的体内，在那个属于伟大种族的过去时代等待生命的终结。

偶尔，分别处于不同时代的伟大种族，自身也会进行思想穿梭交换，这种交换并不可怕，也并不少见，因为不管处于任何时代，所有的物种最为关注的绝对是它们自己种族的未来。伟大种族的成员中面临着永久死亡的思想流亡者的数量非常少，这主要是因为这个种族针对垂死的成员向自己种族的未来时代进行思想穿梭的程序，制订了极其严厉的惩罚措施。

在这种种族内部思想转换的项目中，之前已设置好的惩罚机制已依附于整个过程之中，如果这个时代的思想胆敢对未来身体里的思想作出伤害，惩罚机制就会发挥它的作用——所以，有时那些伟大种族成员在自己的物种内进行思想时光穿梭，而后它们的思想乖乖地进行返程穿梭复位，这是在严厉的惩处制度下迫不得已的行为。

在进行时光穿梭思想交换的过程中，一些较为复杂的情形，或是那些从过去各个不同时代已经获取到的思想，都被逐一细致地记录了下来，并且做了精心的保存修订。自从思想交换探索这种穿越时光的方式被伟大种族发现以来，在每一个时代里，伟大种族都会有一小部分人得到众成员的许可，带着这个种族过去时代的思想，来到不同的时代，进行或长或短的逗留。

当被捕获的异族思想返回到未来属于自己的时代、自己本来的身体中时，它在伟大种族时代所看到的、学到的东西，都会在一种错综复杂的机械催眠状态中被净化掉。这是因为伟大种族发现，让那些异类物种携带回大量的知识、信息，总会引起某些麻烦或是不好的后果——这是绝对的。

有几次，发生过未经思想净化而直接把捕获的思想传送到未来的行为，或许将会在未来已知的时间里带来巨大的灾难。而且主要也是因两起事件——那些古老的神话中有记载——使得人类得知一些关于伟大种族的相关事情。

书中记载道，所有的描述都是从远古时代直接流传下来的。那个遥远的世界，现在仅剩下巨石的废墟遗址和残留的《纳克特手抄本》上的文字——遗址现已在遥远的大海深处，让人恐惧的《纳克特手抄本》也只剩下残留的一部分。

因此，当那些复位的思想回到了属于自己的时代时，在被捕获的这段时间里所经历的一切，只会残留下极为模糊的记忆，而且大多都是支离破碎的印象片段。一切能够被抹掉的记忆全部被抹去了，因而在大多数这一类情形中，思想被入侵者只剩下梦境——从思想被入侵那时起，记忆只剩下附有些许阴影的空白。有些人可能要比其他人回忆起更多的东西，可是即使能进入回忆之中，却很少有人能把梦境中那些暗示着禁地的过去和未来之间的记忆碎片串联拼接起来。

不管是过去还是现在，这个世界中的异教组织或是邪教团体，也许从来就没有停止过去膜拜这些来自伟大种族时代的暗示，并且将它们视若珍宝。《死灵之书》中就记述了这样一个存在于人类世界中的异教组织。这个组织有时会对通过时光穿梭，对从远古而来的伟大种族思想的入侵给予帮助。

而且，伟大种族穿梭时光进行思想探索使得它们的知识信息储存越来越多，对所有的事情它们几乎无所不知。它们甚至转向其他星球，与外星上的生物进行思想交流，去探索它们的过去与未来。它们也寻找过那深不可测的万古的过去以及起源——那是黑暗沉寂的遥远时空中的一个了无生命的天体，而伟大种族的思想正是从那里遗留下来的——这伟大种族的思想比它们的身体拥有更古老的历史。

生活在那个古老的、已消逝的世界中的生物知晓一切，它们洞悉了世界上隐藏最深的秘密。它们为自己规划好未来，探索所有的思想，为自己寻找一个生活着全新种族的全新世界。在这个世界里，它们能够继续存活下去，它们的思想也得以延续下去。于是，这个种族的所有成员，集体进行思想的时光穿梭转移，侵入到最适宜它们思想寄居的种族——远在十亿年前的地球上曾经居住过的锥形生物。

伟大种族侵入了这些原始生物的思想，形成了新的生命。而那些无数被交换的思想被遣返回了过去的时代，只能在面对着陌生怪异的新生命形体的恐惧之中慢慢死去。后来，伟大种族再次面临死亡，它们仍然用同样的方法，再一次把它们最好的思想集体移居到生活在它们时代之前的未来生物的身体之内，那些生物拥有更广泛的生命范围。

传说与幻想交织、缠绕着，这就是它们的背景故事。大约在 1929 年，我把所有搜集起来的资料拼凑起来，形成了一个连贯的影像，算是有了点眉目。我感觉到之前一直紧绷着的神经，终于开始稍稍地放松了。尽管这些设想是由我无绪的激情所引发出来的，可不是正好解释了之前大多数发生在我身上的怪异之事吗？现在我不会放过任何机会，去了解我在失去记忆的那段时间里所进行的研究探索——在接下来的时间里，我翻阅了那些禁书中的传说，并去拜见了古老的、被视为邪恶组织的成员。我所做的这些努力，坦白地说，确实为我在恢复记忆之后而产生的那些梦境和让我不安的感觉提供了根据。

至于那些以前在我梦境里出现过的象形文字和我用不知晓的语言在古书上所写的批注，只是被图书馆的工作人员放在了我的门口——在第二人格时期，我可能很轻易地就能弄懂那些文字及语言所表达的意义。而那些象形文字，无疑是在我看了那些远古传说的详细描述后而产生幻想杜撰出来的，之后又交织在我的梦境之中。我试图通过和已经认识的异教领袖交流，去核实查证某些要点，却还是没能成功地建立起所有事情之间的正确联系。

这么多类似的情形发生在离我如此遥远的各个时期，当我梳理着它们，进行对比时，我还是无法理清头绪，得不到明确的结论，一切又回到了最初。不过，从另一方面我想到一点：那些怪异的民间传说在过去要比现在更为普遍，这一点毋庸置疑。

或许那些有着和我类似症状的受害人，都曾经长时间地翻阅过我在第二人格状态下去研究过的神话传说，而且对它们相当熟悉。而当这些受害者的思想被入侵、丧失了记忆之后，他们就在潜意识中，把自己与那些神话传说中能够入侵人类思想并与之进行思想交换的生物联系了起来。因而，他们开始无止境地去探索并学习所有的知识信息——他们认为这样可以把这些知识和信息带回到属于他们的过去。

可是，当他们的记忆又回到自己大脑里时，整个脑部想象活动又颠倒了过来。他们会在潜意识里感觉到自己是被奇怪生物入侵的思想囚徒，而不再是思想的捕获者了。因此他们的梦境和虚假的记忆也就按照这种常见的神话传说模式相互交织起来。

尽管这些解释看起来错综繁复，但它们最终还是取代了我脑海中所作出的其他假设，因为其他假设存在更严重的、明显的漏洞，而且为数众多的著名心理学家和人类学家也渐渐地认可了我的这种假设。

我越是思考，越是觉得我的这种假设很有说服力并且站得住脚。最后，我意识到自己找到了一个真正有效的壁垒，防范、抵挡那些依然在对我进行骚扰、让我不安的幻境和错觉。难道我真的在夜里亲眼看到了那些奇怪的东西？难道这些不是从传说和古书中留下的故事交织在我的梦境中？难道我真的有一些稀奇古怪、令人讨厌的想法和虚假记忆？还是，这些也只不过是我在第二人格阶段所翻阅过的远古神话在我大脑中残留的影像，我所梦到的东西，我所感觉到的东西，都没有任何实际的意义？

当这种观念在我脑中逐渐加强时，我的梦境变得越来越频繁了，梦境里那些原本模糊抽象的影像变得越来越清晰，而且出现了更多让人更加不安的具体细节，但我还是很轻易地就摆脱了之前神经上的过度紧张，心里很快就恢复了平静。

1922 年，我感觉自己有能力再去担任常规的工作，于是我就接受了大学心理学讲师的职位，并且把我最近所学到的知识与实际运用联系了起来。那时，我之前所教授的政治经济学早就由其他人接手了，除此之外，经济学的教学方法也与我在担任教授期间所运用的方法有了很大的改变。这个时期，我的儿子温盖特已是一名硕士研究生，正在进行心理学研究。正是这段时间的研究使他成了一名心理学教授。我和他一起工作了很长时间，并取得了很大的进展。

四

我坚持记录下那些愈加栩栩如生且大量向我涌来的梦境。我认为这些记录真正的价值仅仅是作为一种心理学相关病例的描述。尽管我找到了一个相当有效的方法，成功地避免了内心的紧张和不安，但是在梦境中所看到的景象仍然像极了回忆。

在记录下这些梦境时，我试着把梦境中的幻象当作自己目睹过的事物来进行描述；而在其他时候，我则把它们当作夜间普通、虚无缥缈的梦，抛在脑后不加理会。我从不在日常普通的谈话中提起我在梦境中的幻象。尽管我在报告中已经过滤掉了那些关于对梦境的描述，但是仍然传出了很多关于我有精神问题的谣言。有意思的是，这些谣言竟然出自那些对心理学一无所知的门外汉，没有一个权威的精神病医生或是心理学家对此持肯定态度。

在这里，我只想提到一小部分 1914 年之后在我的梦境中所出现的幻象。更为全面的内容和相关记录，我已交由一些对此认真严肃的学者进行研究。随着时间的流逝，曾经在我大脑中竭力抑制我回忆幻境的那种神秘力量，很显然已经慢慢地减弱，而我在梦境中看到的情形也越来越多。不过，所看到的一切仍然只是一些不连贯的杂乱碎片，表面上看来没有任何明确的联系，也看不出目的何在。

在梦境中，我似乎获得了更多的自由去四处游荡。我在空中飘浮着，越过大量古怪的石制建筑物，沿着某种庞大的地下通道从一个地方到达另一个地方。这些地道似乎就是这里用于交通运输的普通街道。有时，我会发现一些处于这个城市最底层的那些巨大的活板门，它们都被紧紧地密封了起来，周围弥漫着一种可怕的气息，让人感觉到止步不敢入内的压抑。

我还看到一些怪异惊人的水池，分布成棋盘格状；还有一些房间，里面摆满了无数各式各样怪异得难以描述的器具。接着，我看到了许多巨大的洞穴，那里置放着复杂的机器装置，这些机器的外观和具体用途对我来说，是全然陌生的。在经历了很多年梦境的困扰之后，我才听到那机器发出的声音。在这里我可能需要说明一下，在那个梦境的世界里，我一直都只能体验到视觉和听觉这两种感觉，其他的感觉都没有。

真正让我开始感觉到恐惧的噩梦是在1915年的5月，那是我第一次在幻境的世界里看到了有生命的东西。那个时候我还没有对相同的病例进行研究，还不知道神话传说和历史上的类似病历所描述的情形，也不清楚我的梦境里到底会有什么出现。那时，我思想中神秘的阻碍力量已经变得越来越弱。在梦境中，我看到有许多建筑物和下面的街道都被一层薄薄的雾气笼罩着。

接下来，这些雾气渐渐地变得浓郁，这种情形越来越明显。到了后来，我甚至可以轻易地描绘出这些雾气可怕而怪异的大体轮廓了，这让我心里极不舒服。它们看起来像是一个巨大的彩虹色锥体，约有10英尺高，底部也有10英尺宽，由一些表面呈纹状、附有鳞片、有一定弹性的物质构成。在锥体的顶端延伸出四只灵活柔韧的圆柱体形状的东西，每一个都有1英尺厚，和锥状物体一样，它们也是由那些表面呈纹状、凸凹不平的物质构成。

有时，那顶端柱形的东西会收缩起来，几乎什么也看不到，有时它们则可以伸展到10英尺长。其中两只的末端生长着巨大的爪子或者钳状物；第三只的末端有四个像喇叭一样的红色附属物，最后一只的末端则生长着一个不规则的淡黄色球体，直径大约有2英尺，沿着它的四周排列着三只巨大的黑色眼睛。

在它的头部上方有着四只纤细的灰色茎秆状肉条，肉条的顶端生长出像花朵一样的器官，下面则悬挂着八条绿色的线状物或是触须之类的东西。中间庞大的身体底部，沿锥底周边生长着一层有弹性的灰色物质，通过这层灰色物质的伸展和收缩，它的整个身体就可以移动起来。

它们的行为，虽然并没有对我造成什么伤害，却比它们丑恶的外形更让我感到恐惧——当看到这些庞大的丑恶生物做出了一些被我们认为只有人类才会有的行为，我觉得极为怪诞，心生恐惧。这些生物在巨大的房间里智慧地移动着，从书架上取下书籍，然后把它们放到巨大的桌上，或是把桌上的书放回到书架上，有时，还可以看到它们用头部绿色的触肢卷紧一支特别的圆棍，在桌上勤奋地书写。那些触肢上巨大的钳子用来携带书本，还可用来交谈——它们通过刮擦和敲击这些钳状器官发出声音进行交流。

这些生物身上都没有任何衣物，却都在身体背后挂着一个书包或是背包，系在圆锥体身躯的上端。虽然它们的身体总是频繁地扩展或是收缩，但一般情况下，它们都会保持头部以及生长在头部的各种器官一直处在身体的顶部。

另外三条触肢，当它们没有被使用时，则沿着锥形身体安静地垂落着，各自之间像是约定好的一样，保持着5英尺的距离。从它们行为的效率来看，不管是阅读、书写，还是操作机器——那些机器就摆放在桌子上，不知道用了什么方法，那些机器可以与它们的思想联系起来——我可以推断出它们所拥有的智慧已经远远超过了我们人类。

之后，我在梦境中的每一处都看到了它们的身影：它们在每一个巨大的房间内和走廊里群集；在拱形的地下室里看管、维护着一些怪异的机器；沿着宽阔的道路，驾驶着船形的巨型车辆竞技般地飞驰而过……慢慢地，对这些怪异的生物，我已不再害怕。因为看起来它们只是所处环境中的高级形体，是极为自然的一部分。

同时，它们之间的个体差异也开始慢慢显现出来。它们中的一小部分看起来像是受到了某种抑制或是约束。那一小部分成员尽管在外形上与其他的没有什么差别，但它们表现出的形态各异的姿势和各自的习惯，使它们能和其他大部分成员显著地区分开来，而且它们中的每一个都可以辨别出来。

在我云雾一般的梦境中，这一小部分成员用大量不同的字符在书写着什么——那些绝不是被大多数生物使用的那种典型的象形符号。我好像在幻境中看到有少数几个使用的是我们人类所熟悉的字母。比起那些大多数成员，这一小部分成员的行为要慢得多。

一直以来，在我的梦境中，我自己似乎总是没有实体，却有着比平常更为宽广的视野，还能自由地漂浮于各个地方，不过并不是完全的自由——我只能在普通的街道以一种被限制的速度移动着。直到1915年8月，一些身体上的实体存在开始让我感到困扰。我称之为困扰，是因为在最初的阶段，那些幻象虽然让人感到恐惧，却只不过是一种很抽象的东西，之前我曾提到过的幻境中的景象，让我对自身产生了一种厌恶感，这之间是有关联的。

有一段时间，我在梦境中最为在意的事情，就是避免往下看自己的身体。我还记得在梦境中，我所在的古怪房间里完全没有镜子，这让我感到很欣慰。但那时，我对一件事情感到非常不安：我经常看到那些巨大的桌子——那些桌子的高度绝不会低于10英尺——重点是，我是从一个高于那些巨型桌子的角度往下看到桌面的。

于是，我便有了一种想俯身看看我自己的渴望，而且这种畸形的渴望变得越来越强烈，直到有一天晚上，我再也无法抵制这种病态的诱惑。起先我往下看，什么也没有看到。过了一会儿，我感觉到，这是因为我的头正处于脖子末端的位置上，这个脖子极长，而且是可灵活收缩的。我缩回了脖子，迅速地往下看去。我看到了，看到了一个锥形身体，它表面呈纹状，如彩虹般绚烂，高10英尺，底部宽10英尺。接下来，随着一声尖叫，我从睡梦的深渊里惊醒过来——我的那一声尖叫，足以惊醒半个亚卡汉姆城的居民。

这样的噩梦持续了几周之后，我已经开始能勉强接受梦境中自己怪异的形体。梦境中，我开始移动着这怪异的身体，在其他未知的实体中穿行，并去翻阅那些从永无尽头的书架上取下的怪异古书，用从我头部垂悬下来的绿色触肢卷紧尖笔，俯在巨大的桌子上一连书写了好几个小时。

我在梦境中所翻阅的和书写的东西，开始会在我的记忆里停留一小会儿了。这些内容大多都是有关那些其他世界，甚至其他宇宙的悠长历史，以及存在于所有宇宙之外的无形生命的萌芽。那些书中还记载着一些在这个世界的过去和未来的漫长历史中的居民们透出一种古怪的恐惧；一些曾经生活在我们这个世界的遥远过去的各种异类生物；同时还描述了一些在人类灭绝之后的千百万年里，将会在这个世界上居住生活的、有着奇异形体的高智商生物。

在书中，我还获悉了人类历史篇章中的秘密，这个秘密在当今世界，还没有一个学者能嗅到它的存在。这些古书中的大多数内容都是用象形符号书写的，这是一种黏合性的语言，从词根体系上来看，它与所有在人类历史上已被发现的语言都完全不同。不过，桌上机器发出了低沉而单调的嗡嗡声，在机器的帮助下，我以一种奇怪的方式学会了这种语言，因而能看懂那些古书中的内容。

在其他古书中所出现的不知名的语言，我也是通过这种奇怪的方法学

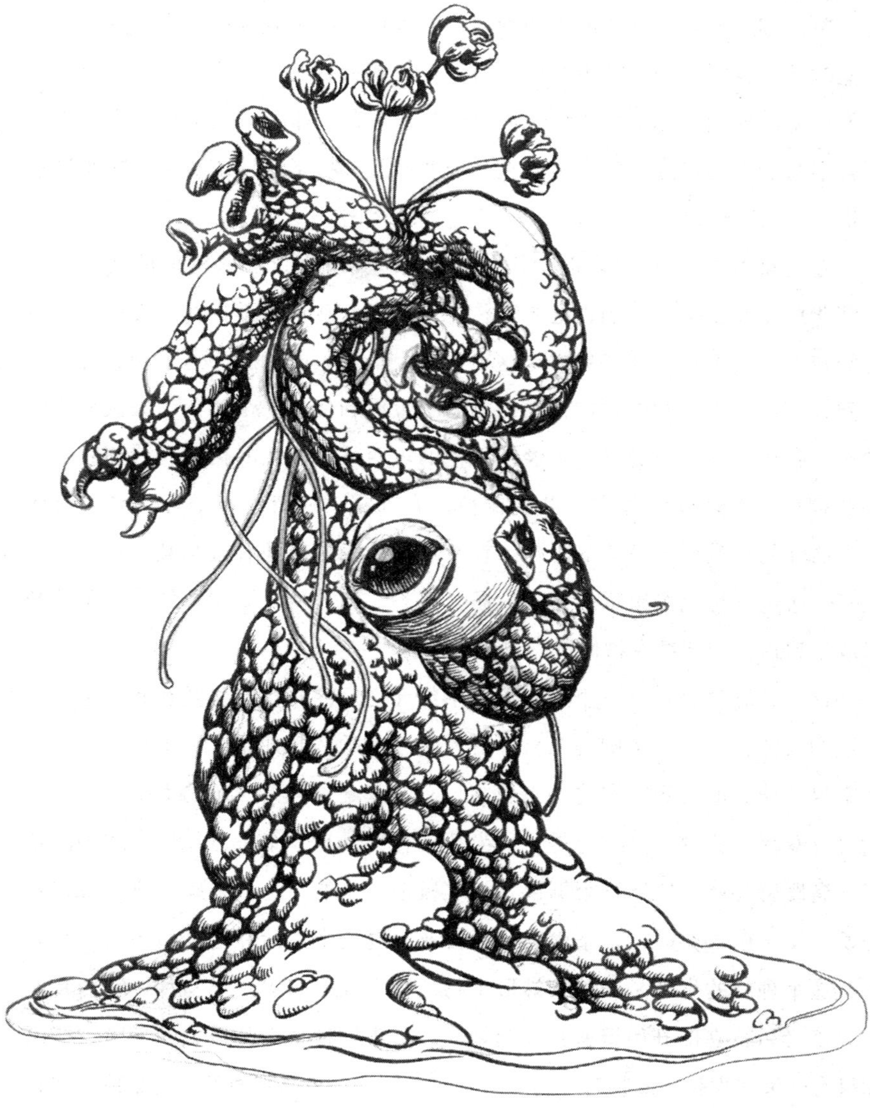

会的。我只发现了很少的几本书是用我所认识的语言撰写的。另外，书架上还存放着许多技艺娴熟的画，有的穿插在古书的文字之中，还有的被成册装订，单独搁置一处。这些清晰的画面，很大程度上帮我理解了书中的内容。有些时候，我好像一直在用英语书写着关于我所处时代的历史。醒来时，我还能记得所翻阅过的那些历史。但是却只能想起一小部分在梦中用那不知名语言书写的不知名的文字，尽管在梦中我已经掌握了这些语言，但醒来以后却根本无法回忆起它的意思。

在之前的日子里，从梦境中清醒之后，我研究过那些类似的病例，或是那些构成我梦境源头的古老神话传说。可是，在这之前，在梦境中，我就已经知道我所看到的那些生物是这个世界上最伟大的种族，这个种族征服了时间，并且能通过时光隧道把它们的思想投射到任何一个时代，去做相应的探索。我也知道，我的思想曾经被其他的东西从我所属的这个时代捕获，而那些神秘的东西同时侵占了我的身体，在那里，还有一小部分怪异的身体之中居住的是其他被捕获的思想。在梦境中，我好像还有过和其他生物的交谈——通过一种敲击钳爪所产生的怪异语言，和其他从太阳系的各个角落被迫放逐到这里的智慧生物们进行思想交流。

这些智慧生物，有一个来自无数个纪元之后的时代，生活在我们称之为金星的天体上；有一个则是来自千百万年之前的环月卫星——木星。还有一些来自地球上的思想，在这些思想中，有一些是来自第三纪的南极大陆，它们身有双翼，头部呈星型，是一种半草食种族；有一个来自传说中的玛路希亚，属爬行种族。还有三个据说是从北极地区来的，这个种族满身还覆盖着毛发，属于前人类时代，崇尚着撒托古亚。另两个生活在地球的最后一个阶段，这个种族的生命是一种蜘蛛形生物。还有五个是甲虫类物种，它们在人类灭绝之后就立即开始繁盛强大起来——这类物种将面临极大的危险。据说如果有一天伟大种族面临着灭顶之灾，它们就会把最高智商的思想集体转移到这类物种的身体上。另外，还有一些种族是属于人类的分支物种。

在梦境中，我和很多的思想都作过交流：一个来自公元5000年，名叫杨利的哲学家，他来自一个叫赞禅的残暴帝国；一个来自公元前50 000年的将军，他居住在非洲南部，是一个军事首领，那里的人民脑袋硕大，棕色皮肤；巴托罗梅奥·柯尔西来自12世纪，是一个佛罗伦萨僧侣；有位国王，他统治着可怕极地的洛玛尔王国某个时期，十万年之后，他的帝国被来自西方的矮胖黄种伊奴托人征服。

还有其他的一些：包括努格·索斯，他是公元16000年黑暗征服者中的一名，是一个魔术师；泰特斯·塞普罗纽斯·布莱瑟斯，古罗马苏拉统治时期的一名官员，他曾经做过主管财务的官吏；凯夫涅斯，埃及第十四代王朝的人，他向我透露了一些关于奈亚鲁法特的丑恶秘密；亚特兰蒂斯中部王国的一名祭司；詹姆斯·伍德维尔，他是克伦威尔统治时期英国萨福克郡的一名绅士；印加帝国的一名宫廷天文学家；内维尔·京·布朗，他是澳大利亚的心理学家，据伟大种族的古书记载，他将会死于公元2158年；还有太平洋上已经消失的耶和帝国中的一名大魔法师；提奥多提德，希腊属大夏国的一名官员；皮埃尔·路易·斯·蒙塔吉尼，路易斯十三世在位期间的一位法国老人；罗姆·雅，公元前15000年前后西米里亚的一个首领；以及其他许许多多的思想家。而在这期间，他们告知我的那些秘密令人震惊，奇异事件让人目眩头晕，这些事情几乎塞满了我的大脑。

每天早上我醒来时，都会显得极为狂热。有时我甚至会疯狂地试图从现代人类知识范围中去查找相关的信息，然后去核实或者反驳我在梦境之中所获取的信息。在我查证的过程中，历史上所记载的事实开始展现出全新的、可疑的一面。我的梦境幻象竟然可以虚构出如此惊人的历史和科学事件，这让我感到万分惊异。

对于尘封于过去历史中的那些神话传说，我开始感到害怕，对于将来这个世界会面临的灾难，我战栗不已。有些地球上存在的物种，来自人类灭亡以后时代，在与他们的思想交谈后，我得知了人类未来的命运。这些对我产生了极大的影响。在这里我不会把这种命运写出来。

人类灭亡之后，一种强大的甲虫类生物文明将会在地球上出现。有一天，当巨大的厄运降临到伟大种族所存在的古老世界时，面临可怕的灭顶之灾的伟大种族将自己的思想集体投向未来的甲虫生物时代，占据那些甲虫生物的身体，从而得以延续下去。再往后去，当地球的生命结束时，这些迁移的思想将会再一次穿越时间和空间，穿梭到太阳系中的水星上，寻找另一个新的逗留地，它们的思想将会整体地迁移到水星上的居民——球根状植物种族的身体里。但是在占据着甲虫形体的伟大种族之中，总还会有物种坚持守

着这个冰冷的地球，悲观绝望，为自己挖掘出充满恐怖的深穴，直到地球最后毁灭。

同时，在我的梦境里，我一直在持续不断地为伟大种族的中央档案馆写下我正处于的这个时代的历史事件。做这种工作，一半出于我自己的意愿，另一半是为了得到更多的知识信息和穿梭于时光的旅行机会。档案馆位于靠近城市中心的地下，是一座巨大的建筑物。之前的梦境中，我常常来这里做书写工作，并与其他思想交谈，所以对这里并不陌生。伟大种族为了让这些建筑在它们的时期一直保持存在，在这座雄伟的知识宝库上花费了很多心思。这座档案馆不论是在表面的壮观，还是在坚固程度上，都远远超过了其他任何一座建筑物。

在档案馆里，所有的记录都被手写或印刷在一页页纤维织物上，这些纤维织物巨大、坚韧、奇怪，然后它们被装订成从上端翻开的书，书被存放在一个个独立的浅灰色金属盒子里。这种奇怪的盒子几乎没有什么重量，而且永远也不会生锈。盒子上用数学图形设计作装饰，然后再用伟大种族的曲线象形符号标注上具体的标题。

这些装着书的金属盒子，一层层地储藏在像地下室一样封闭的长方形架子上，这些架子是用与盒子同样的、永不生锈的金属制成的，并由做工极为复杂的金属物牢牢地锁上。我书写的历史资料被指定放在金属架的最下面一层，那一层是专门用于存放脊椎动物历史资料的地方。这一层，伟大种族所存放的，是在它们种族占据陆地支配地位之后，迅速出现的人类文明、长有毛发的种族以及爬虫类种族的历史。

不过，从来没有一个梦境能给出那里日常生活的一个完整画面。我所看到的也只是非常模糊的、并不连贯的破碎片段。毫无疑问，这些生活的片段并没有按照它们正常的顺序一一展现。例如，在那里我似乎拥有一个属于我自己的巨大石房。而之前在梦境中，我像一个被囚禁的流浪者一样，处处受到限制；现在这些梦境正渐渐不再出现，那些我像一个囚徒一样处处受到限制的梦境似乎正在逐渐消失。新的梦境在出现：我自由地穿过丛林间广阔的大道，逗留在一些奇怪的城市里，去一些巨大的废墟里冒险探索，这些废墟阴森黑暗，没有任何窗户。对于这阴暗的废墟，伟大种族总是会表现出一种奇怪的恐惧。梦境中，我也曾乘坐有着多层甲板的巨型船只在海上航行，这些船的速度快得让我难以置信。我还乘坐过一种借助于静电磁力飞行、外形如发射弹一样的封闭式飞艇旅行至蛮荒之地。

在辽阔而温暖的大海那边，是伟大种族的其他城市。在一处遥远的大陆之上，我看到了一些简陋的原始村庄。在那里，生活着一群黑色鼻口、身带双翅的生物。在将来的某个时期——伟大种族为避开那慢慢逼近的灾难，而把它们最智慧的思想集体投射到未来之后——这些带翅的生物种族将会在不断进化之中发展为一个占据陆地统治地位的种族。一眼望去，目及之处都是平坦单调的大地，覆于其上的是那些繁茂生长的绿色植物，这些就是梦境中的整个场景。那里并没有多少山峰，只零落着低矮的山丘，稀稀疏疏，通常都是火山喷发后留下来的。

至于在梦境中我所看到的动物，我想我能描述出很多。它们全都是野生的，伟大种族高度发达的机械化文明，已经使得这个种族在很早之前就不再蓄养家畜了，而它们所吃的食物也都是一些植物以及一些合成食物。那些极为笨拙的爬行动物数量众多，总能看到它们的身影：在热气腾腾的沼泽湿地中，翻腾着身体爬行。在阴郁的天空中，拍打着翅膀飞行；或是在海洋和湖泊中喷出水柱。在这些动物中，我感觉自己能模糊地辨别出少数的、一些不同形体的古生动物——恐龙、翼手龙、鱼龙、迷齿螈、蛇颈龙，以及其他一些古生物学中经常出现的生物。而我却没有发现任何鸟类或是哺乳动物。

地面和沼泽里不断地会有蛇、蜥蜴和鳄鱼出现，昆虫嗡嗡地在苍翠茂盛的植物间穿行。在遥远的海平面，总会看到一些潜伏于水下的不知名的怪物，将巨大的水柱喷出海面，冲向雾气蒙蒙的天空。在幻境之中，曾经有一次，我乘坐一艘巨大的水下船只潜入了海底，在探照灯光的照射下，我看到了数量众多的、活生生的恐怖生物，还看到了沉没在海底的巨大的城市废墟，让人难以置信，以及无数的海百合纲生物、腕足类生物、珊瑚以及像鱼一样的生物。

关于伟大种族们的生理情况、心理特征、社会习俗以及这个种族详细的历史，我在梦境里几乎没获得关于此类的信息。我所记录下来的散乱的东西，很多都是通过对那些古老的神话传说和其他一些案例的搜集研究间接得来的，并非出于我自己的梦境。

那段时期，我翻阅了各种古书中的神话传说，尽可能地大量搜集资料，并做了相关的调查。这些非梦境时的工作，让我能在知识信息上及时地赶上甚至超越我在梦境中所在的阶段。所以，某些在梦境中出现的一些片段也就能用我之前所学到的知识来解释，同时那些片段也正好证实了我所搜集的那些资料。这一切都让我更加坚定了自己之前的设想：我在第二人格状态下所完成的那些阅读和研究，形成了由虚假记忆所编织的与书中相似的恐怖幻境。

我在梦境中所处的时期，很显然在公元前两亿五千万年左右，正好是古生代与中生代交替的时期。但是，那些被伟大种族的思想所占据的物种，实际上没有显示出延续的迹象，甚至在能被科学证明陆地进化过程的地质层上，也没有证据证明这些特别的存在。不过，在我的梦境中，它们是一种有机生物类型，极为罕见，种群单一，异常特殊。从这种情形来看，它们更倾向于被归类到植物类型而并非动物类型。

它们的细胞活动是一种非常独特的构造，这种构造使它们不会感到疲劳，因此完全不需要睡眠。它们通过身上那个红色的奇怪器官——像喇叭一样依附于一条触肢末端——吸收营养。它们的食物一般都是一些半流体状的东西，而这些食物从许多方面来看，和任何一种现存动物所食用的东西都不相同。

这些生物只有我们人类所熟知的两种感官：视力和听力。它们的听力完全通过花朵状的器官来进行，这个花朵状器官生在它们头顶的茎秆上端。另外，它们还有其他我们难以理解的感官——不过，这些其他的感官，大多不能很好地被那些借宿于伟大种族身体之内的异类思想所利用。这种生物有三只眼睛，而且这三只眼睛的位置能很好地给它们提供一个比正常人更为宽广的视野。它们的血液是一种绿色的黏液。

它们的世界里没有性生活，但是它们能够通过身体里集中的大量种子或者孢子进行后代繁殖。这些孢子只能在水底发育成形，伟大种族建立起了巨大的浅水池塘，用来繁殖它们的后代幼体以及供幼体的发育成长，它们的生命周期一般可以长达四千至五千年。鉴于此类生物种族个体有极长的生命周期，所以繁殖培养后代的数量并不多。

在幼体的培养过程中，一旦发现某些个体存在明显的缺陷，伟大种族就会迅速把这些有缺陷的单个幼体处理掉。由于这类物种没有触觉，也感觉不到生理的疼痛，所以当某个个体出现疾病或临近死亡时，只能依靠视觉所能观察到的症状加以识别判断。

这个种族会为每一位死去的成员举行一个庄严的仪式，焚烧它们的遗体。像前面提到的，偶尔也会有某个伟大种族成员试图通过与来自未来的其他物种交换思想的方式逃避自己的死亡，但这类情况并不多。一旦真的发生了，伟大种族会尽最大的努力去善待这个被迫从未来流亡至此的异类，直到它最终在这个陌生的身体里死亡。

伟大种族似乎建立起了一个单一的、松散的国家或者是社会团体，尽管这个团体被明显地划分为四个部分，但却拥有共同的主要社会体系。每一部分的经济和政治体系都类似于法西斯式，主要的资源被合理地统一分配给每个个体，而权力则交由一个较小的管理委员会去实际行使。委员会的每个成员都由所有的种族成员投票选出，这些种族成员必须能够通过某种教育和心理测试。尽管它们也认可家族成员之间的血统纽带，而且年轻的幼体一般也是由它们的父母培养长大，但是在这个种族的社会里，并没有过分地重视家族式团体。

伟大种族的社会与人类的观念及社会体系一样，也有着与人类相似的态度和习俗，最突出的表现在这些地方：一方面，伟大种族会关注一些高度抽象的事物，但这大多表现在一些抽象的精神领域；另一方面，伟大种族也会以那些适用于所有有机生物的基本法则和制度来统治这个种族的社会。随着伟大种族对未来世界的探索，它们会采用一部分它们比较欣赏的、来自未来社会的方法和理念，应用到自己的种族内，于是一小部分的相似性就可以被发现了。

它们的工业高度机械化，几乎不需要种族成员花费什么时间去致力于这方面，所以它们拥有大量的空余时间。在这充足的时间里，它们进行各种各样的与知识、智力、艺术、美学相关的活动。

它们的科学已经发展到一个让人难以置信的高度，艺术也成为它们生活中极为重要的一部分，尽管在我的梦境里所反映的那段时期，伟大种族的社会已经过了艺术的巅峰时期。在远古时期，惊人的地质剧变带来了一系列自然灾难，为了在这些灾难中得以生存，以及延续它们的伟大城市，这个种族不断地挣扎着，努力着，而它们所掌握的技术也因此突飞猛进，得到了极大的发展。

在它们的社会里，犯罪行为简直罕见得出人意料；就算出现了犯罪行为，它们的警务系统也能高效地处理。它们的刑罚措施从剥夺某些特权、终身监禁到实行精神上的惩罚不等。在任何惩罚实行之前，它们都会对犯人的犯罪动机进行谨慎细致的调查研究。

过去的几千年里，种族中发生的内战并不多，可是一旦发生，就会带来毁灭性的后果。不过有时，它们要对付爬行类生物或者章鱼科生物的入侵，或是与集中出现在南极大陆、身带膜翼、头部呈星形的种族交战。伟大种族拥有一支强大凶猛的军队，它们使用一种像摄像机一样的武器，这种武器能产生强大的电磁效应。它们作战的目的很少被提及，但是可以看出，伟大种族对那些黑暗无窗的古老废墟以及位于地下最底层的、被密封着的巨大地下室无时无刻都充满着畏惧，所以其作战目的应该与此有一定的联系。

对玄武岩废墟以及密封的地下室心存畏惧，这是伟大种族不能说的秘密——最多也只能私下秘密地议论；在那些摆放在图书馆书架上的普通书籍中，也找不到与此相关的一点信息。显然这已被视为伟大种族社会中的一项禁忌。不过，这很可能涉及伟大种族过去进行的某种可怕的战争，或者有朝一日，伟大种族被迫要将它们最智慧的思想集体向未来转移，以及时避免毁灭性灾难有着关联。

就像在梦境和传说中所出现的其他事件一样，伟大种族的这种禁忌在梦境中也并不清晰，甚至被刻意遮掩得更为隐蔽。那些模糊的古老神话传说也

Flying Polyp

回避记载此事——或者是，所有与之相关的记录都因为某种原因被全部抹去了。在我自己和历史上记载的同样病例患者的梦境中，对此事的线索也格外稀少。伟大种族也绝不会刻意地去提起这些事情，只能从一些观察力更为敏锐的思想囚徒那里收集到一些与此相关的信息。

从那些零碎的信息来看，伟大种族的恐惧源自一个可怕的古老种族。这个种族比伟大种族更为古老，它们的形体有一半类似于水螅。早在六亿年前，这个种族在宇宙之中穿越了无法计量的遥远距离来到这里，占据并统治了地球和其他三颗太阳系行星。它们的身体只有一部分是我们所能理解的实体物质；它们的意识形态和感知方式与那些生活在地球上的有机生物完全不同。比如说，它们的感官能力中并没有视力，所以它们的精神世界很是怪异，用一种非视觉的感官方式在运转。

不过，这个种族部分的实体身体足以使它们能正常地运用宇宙中所存在的、由正常物质所构成的工具。而且，它们需要栖息之所——尽管是以一种很奇怪的形式进行。它们的感官能渗透任何物质，实体部分的身体却无法做到。某种形式的电磁能量就能够将它们完全毁灭。这个种族还具有飞行的能力，尽管它们没有翅膀，也没有任何可见的飘浮方式。另外，它们的思想也很特别，伟大种族根本无法侵入它们的思想，或是与之进行思想交换。

当这个种族来到地球上时，它们建造起了许多高耸入天的无窗巨塔建筑，这些建筑组成了城市，并且它们极为凶残地捕食在地球上发现的一切生物。也就是在同一个时期，伟大种族的智慧思想穿越过太空，来到了地球上，告别了那个阴暗、几乎横穿整个星系的世界——在那令人不安又充满争议的埃尔特顿陶片上称为伊斯。

新来的伟大种族倚着它们所造的武器，轻而易举地征服了之前的掠食者，并把它们驱赶到地底可以与地面高塔建筑相通的洞穴之中。然后，这外来的伊斯种族便在地球上居住了下来。

随后，伟大种族就封住了那些洞穴在地面的出口，让其在地下自生自灭。接下来，伟大种族占领了它们绝大多数的城市，却出于某种原因保留了它们的一些重要建筑物。或许因为伟大种族对此并不在意，或是鲁莽欠考虑，或是对科学和历史有极大的热情，然而更大的可能是出自一种迷信。

随着亿万年时光的流逝，地球上出现了一些模糊而邪恶的迹象：尘封在地下洞穴中的种族变得越来越凶残，繁殖数量也日益增多。在伟大种族统治下的某些偏远小城市开始不时地出现了零零散散的恐怖入侵现象；在一些被伟大种族荒芜废弃的古老城市里，通往地下洞穴的入口没有被严密封死或是疏于防守。

于是，伟大种族制订实施了一项更为严格的防御措施，把许多通向那些遥远的地下洞穴的通道永远地封闭了——不过，考虑到那些生活在地下的种族会在某一天从某些意想不到的地方冲出，伟大种族出于战略上的用途，还是留下了少许地下门，密封的通道也没有封死。

地下洞穴种族的入侵肯定给它们带来了无法描述的震骇，并在它们的心里留下了畏惧的阴影，这种畏惧永远不可能消除。这种持久畏惧的心理使得伟大种族的生物再也不愿意提起任何与之有关的事情。我也就没有办法去弄清楚那些生物到底是什么样子。

从一些闪烁其词的描述中，我知道它们是怪异的软体生物，身体时隐时现；还有一些不完整的传言则声称它们有控制强风的能力，并能呼唤强风与敌人进行战斗；还有描述说它们会一些类似于哨声的语音，有巨大的五个圆形脚趾的足印。

很显然，伟大种族对这即将到来的厄运深感恐惧，并陷入了绝望。而那令它们恐惧的厄运，正是由那些居住在地下洞穴的生物的最后一次成功入侵所带来的。厄运到来的那一天，伟大种族只能将它们智慧的思想发射至太空，穿梭到时间的峡口，去更加安全的未来寻找新的身体得以延续。

穿梭于时空的思想早就清晰地预言了恐怖的末日，伟大种族也深知自己必遭此劫，于是决心不再回避，而是面对。伟大种族很清楚，将要面临的劫难只是深居洞穴的种族的一次报复性袭击，并非试图再次攻占这个外面的世界。这些伟大种族是从地球之后的历史中得知的——它们的思想探索结果显示，在它们消失之后，地球上随后出现的各个种族都没有受到那个恐怖种族的攻击。

或许，相对于狂风肆虐、天气多变的地球表面，这些洞穴种族更愿意选择生活在地底深处的黑暗深渊里，因为它们没有视觉，地面的光线对它们来说没有任何意义；也有可能，在亿万年的时间中它们慢慢地退化了，不再如之前般凶猛。不过，可以确定的是，在人类灭绝后，被伟大种族思想占据的甲虫时代里，地球上已经没有它们的踪迹了。

在那一时期，伟大种族时刻保持着警戒之心，随时准备好强力有效的武器。尽管它们已经强制它们的社会成员，在日常交谈中不准提及此类话题，而且也不允许对此事作任何形式的记录。不过，无法言述的恐惧阴影还是在那密封的地下室大门，以及阴暗无窗的古老高塔四周徘徊游荡，久久不能散去。

五

那就是我的梦境世界。每天晚上那些梦境都要把我带入昏暗迷惘之中，只留给我一些零乱的梦境片段，随处都是，却并不清晰明确，也不连贯，我根本无法体会其深意。我也并没有期望能够找到在这恐怖幻象之中所蕴含的真实意义，因为整个幻境只不过是建立在一些虚体之上——我对那些虚幻的记忆所产生的强烈感觉以致生成幻象，无法感受其存在，更让人无法理解。

正如我之前所说，我的调查研究从心理学的角度为这一切幻境给出了一个合理的解释，慢慢地，这种解释让我心中的不安得以平和。随着时间的推移，我慢慢熟悉了梦境中的所有事物，更加微妙地让这种解释增大了对我的影响。尽管这些模糊不清、毛骨悚然的恐惧感随时会再次降临在我身上，但它们终不能再像以前那样吞噬我，使得我惊魂不定。1922 年之后，我的生活已经很正常了，除了工作就是娱乐。

在那些年间，我想到应该把我的经历和历史上同样的情形，以及与此相关的远古神话传说清楚、明确地作个汇总，并出版发行，这样可以让一些严谨的学者对此情形进行更进一步的探索研究。于是，我撰写了一系列文章，详细地介绍了整个事件的基础背景，并在文字中插入了一些粗糙线条所勾勒出的图像——我从梦境中记下来的形象、场景、装饰图案以及一些象形符号。

这些文章在 1928 年至 1929 年间被陆续刊登发表在美国心理学会期刊上，可是并没引起多少人的关注。在那期间，我仍然坚持着尽可能详细地记录下我的梦境，这些梦境的记录慢慢地在我的书架上占到了很大一部分。1934 年 7 月 10 日，美国心理学会转交给我一封信。这封信最终把我引向了这场被梦境疯狂折磨的高潮以及最可怕的终极阶段。信封上的邮戳是西澳大利亚的皮尔巴拉。信中的签名经我查询，被发现是当地一位相当有名的采矿工程师的。信封中还附带了一些相当怪异的照片。我将在这里把信中的原文完整地抄写下来。不过，我想不会有人能体会到这封信以及信中所附的照片所带给我的巨大震撼。

看完这封信后，有很长一段时间，我几乎一直处于惊骇之中，而且感到疑云重重。尽管我经常抱以这样的想法：那些交织在我梦境之中，同时加重了幻象笔墨的远古神话传说，在某个阶段可能确实建立在真正的历史事件基础之上。可是这么长时间以来，我却从来没有准备去面对任何实物证据——从那已不复存在的远古世界所遗留下来的，让人根本无法想象的有形物件。所有的一切中，真正摧毁我之前所坚信的是那些附在信中的照片。在这些冰冷而无可争议的照片里，经历过漫长历史的风侵雨蚀、电闪雷鸣，如今已然沧桑的巨石，兀自矗立在那一片黄沙之中。它们微微凸起的顶端和向下凹进的底座，寂然无声地讲述着它们自己的故事。

当我用放大镜对着照片仔细地观察时，在巨石满是疮孔、坑洼不平的表面，我明白无误地辨别出巨大的曲线图案以及个别象形符号所留下的痕迹，这些遗迹的意义足以让我毛骨悚然。以下是整封原信，这一切还是让这封信自己来述说吧。

1934 年 5 月 18 日

西澳大利亚，皮尔巴拉，丹皮尔街 49 号

美国纽约市 41 号大街东 30 号

美国心理学会转呈 N.W. 匹斯里教授收

尊敬的先生：

最近我和珀斯的 E.M. 波伊尔医生进行了交谈，我从他带给我的报纸上读到了一些您写的文章。看完这些文章，我觉得有必要和您谈一谈我在本地金矿东边的大沙漠中所发现的一些东西。根据您在文中所提到的那些远古传说？就是关于那些有着巨型石制建筑、奇异图案和象形符号的远古城市记述，我感觉我可能发现了一些非常重要的东西。

我们这里的澳洲土著居民经常会谈起一些“身刻符号的巨石”，而且他们看起来好像对这些东西很是畏惧。他们经常会把这些东西和他们民族传说

中的人物“拜迪”联系起来。在他们的传说里，拜迪是一个古代的巨人，他头枕手臂，在地下世界沉睡了无数个世纪。不过，在将来的某一天，他会清醒过来并吞噬掉整个世界。

当地还有一些传说，古老得几乎快被遗忘了。传说中描述：在这里的地下深处，存在着一些由巨石建造的、比较简陋的建筑，这些建筑里面还挖有通道。这些通道一直往地下延伸，通往地底。在那里，曾经发生过让人毛骨悚然的惊恐事件。那些土著居民声称，曾经有一次，一群从战场上逃跑的士兵逃匿进了其中一个通道。他们进入通道后不久，一股可怕的狂风从里面汹涌喷出，而他们再也没有从那里出来。不过，那些土著居民经常讨论的一般来说也不会是什么很重要的事情。

但是我要告诉你的还不止这些。两年前，我在沙漠东边500英里的地方勘探矿物，偶然间发现了很多奇怪的石头碎块，那些碎块上还饰有图案，大约3英尺 ×3英尺 ×2英尺大小。我发现它们时，石块已经被严重风化腐蚀。

起初，我并没有在这些石块上找到土著居民所提到过的图案符号，但是当我靠近它们仔细观察时，就辨认出一些较深的雕刻线条，尽管这些石头已经被风蚀得很厉害了。石块上面有的雕刻很古怪，就像那些土著居民曾经描述过的一样。我猜想，这个地方应该曾经有过三四十块巨石，其中一些应该就被掩埋在这附近的沙子下面，大体应该不会超出四分之一英里的直径范围。

我还真找到了一些类似的石头。之后，我更加仔细地在附近查看，试图找到更多。所以，就直接用当时随身携带的仪器对发现的石块进行了一次详细的勘测，并把其中最典型的一些石块拍摄了下来。信中附有它们的照片，您可以看看。

之后，我把所搜集到的信息以及图片一起交给珀斯政府，可是他们好像对这些并不理会。然后我就遇到了波伊尔医生，他在美国心理学会期刊上看到过您的文章，而我又碰巧在和他的交谈中提起了那些在沙漠中发现的石头，他对这些产生了极大的兴趣。当我拿出那些拍下的石头照片时，他显得更加兴奋。他告诉我，这些石头上面的雕刻符号，很像您梦境中出现过的、刻于石制建筑之上的图案，以及您在古老传说中看到的关于巨石建筑描述中的那些图案。

波伊尔医生原本打算写信把这些告诉您，不过因为某些事情给耽搁了。

在那期间，他给我带来了许多刊登了您文章的杂志。我拿到这些杂志后立即开始阅读。根据您文章中的插画以及具体的文字描述，我想我找到的那些石头正是您所描述的那一种。您可以对照着信封里的照片进行鉴别。以后您还可以从波伊尔医生那里了解到更多的情况。

现在，我能理解这些于您而言有多么重要的意义。毫无疑问，我们正面对着比之前所有的想象更为古老的远古文明所留下的遗迹，而您在文中所提到的那些古老神话传说正是扎根于此。

作为一名采矿工程师，我了解不少关于地质学的知识。我可以确切地告诉您，这些石头古老得让我感到恐惧。它们大多数都是砂岩和花岗岩，不过其中有一块肯定是用某种特别的水泥或者混凝土制成的。

这些石头上面都有水蚀的痕迹，好像在之前的世界里，它们被制造出来投入使用后曾一度被置于水中，经过漫长的时间后，又从水中露了出来。也许这些石头已经有几十万年的历史了，上帝才知道它们到底会有多古老，我根本就不愿去想这个问题。

鉴于您之前曾费尽心力去搜集和调查过这些远古神话传说，以及与之相关的一切东西，我想您会愿意带领一支探险队深入沙漠探险，并进行一些考古发掘。如果您或者您知道的某个组织能筹措到资金的话，我和波伊尔医生都愿意与您合作，加入这样的探险考古工作中去。

我可以召集起十几个矿工来干些挖掘的体力活——土著居民不会起到多大的作用，因为我发现他们对那块特别的区域存在着一种近乎疯狂的恐惧。对于这些事，波伊尔医生和我都没有对其他人提起过。因为我们认为，关于这方面，您有明显的优先权去进行探索发现，以及享有因此而带来的荣誉和声望。

我们的装备中拖拉机是必不可少的，您可以从皮尔巴拉开着拖拉机去那里，大约需要四天的时间。那个地方在1873年华伯登大道的西南方向，距乔安娜泉东南方向100英里。我们也可以不从皮尔巴拉出发，而是沿着德格雷大河漂流而下——不过，这些可以放在以后再商量。

那些石头分布在东经22° 3′ 14″，南纬125° 0′ 39″左右的区域。那里属热带气候，酷热难耐，而且沙漠环境可能会更让人难受。我希望能与您就这些事作进一步的沟通交流，殷切地期待着您能拟订关于这方面的计划，我会鼎力相助。翻阅过您的文章后，我已经被您所描述的整个情形所隐藏的深意深深地吸引住了。晚些时候，波伊尔医生也会给您来信。如果您想用更快的方式与我们交流，可以发送无线电报到珀斯。

期待收到您的回信！

请相信我！

您最忠实的朋友 罗伯特 · B.F. 麦肯齐

这封信立马引起了轰动，之后的情形在报纸上都有详细的报道。我运气还算不错，密斯卡塔尼克大学愿意对这次探险提供资金上的支持，而麦肯齐先生和波伊尔医生在澳大利亚，也为这次探险做了非常重要的前期工作。我们并没有向媒体公开此次探险的具体细节，因为整个事件本身早已在小道消息媒体上引起了轰动。它们以一种嘲弄的口吻来报道此事，让人很是不快。结果，正规媒体并没有对此次探险作很多的报道，不过已经足够说明，我们此行的目的是去寻找一些澳大利亚的遗迹，而且一些报纸还报道了我们前期所做的各方面的准备工作。

随我一道参与此次探险工作的人有：密斯卡塔尼克大学地质系威廉 · 戴尔教授，他曾担任过 1930 年 10 月密斯卡塔尼克南极探险队的领队；古代史系的费迪南德 · C. 阿什利；人类学系的泰勒 · M. 弗里伯恩；以及我的儿子温盖特。

我的搭档麦肯齐先生，1935 年年初来到达亚卡汉姆，协助我们完成了最后的前期准备工作。他 40 岁左右，和蔼可亲，见多识广，而且各方面能力都很强。另外，他对澳大利亚的自然环境相当熟悉，这些对此次探险都提供了很有利的条件。

他开着拖拉机，在皮尔巴拉候着其他人，我们租来了一艘很小的货船，借以沿着德格雷河漂流而下直达目的地。我们已经准备好要以最科学、最谨慎细致的方式去挖掘那里的每一寸土地，详察每一粒沙子，争取让每一样东西都以它最初的状态毫发无伤地被挖掘出来。

1935 年 3 月 28 日，我们乘列克星敦号邮轮，从波士顿出发横穿大西洋和地中海，再穿过苏伊士运河，沿红海向南航行，最后斜穿印度洋到达了我们的目的地，这段海上旅程还算轻松。沿着澳大利亚西海岸线是一片贫瘠荒凉的沙漠，那景象让我顿生压抑，无法描述；之后拖拉机把我们拉到了矿区，着眼处满是金色的沙子，单调沉闷且荒凉不堪，无法不使我产生厌恶之情。

我们在那里见到了波伊尔医生。他要比我们年长一些，人很随和，而且很聪明。波伊尔医生的心理学知识非常渊博，我和温盖特多次与他就心理学上的相关问题进行交流讨论。

当我们一行十八个人踩着沙子前行进入那片只有沙砾和石头的不毛之地时，一种令人不适，却又带着期盼的古怪情绪在我们心中弥漫。5 月 31 日，周五，我们涉水渡过德格雷河的一条分流，进入了那片荒芜之地。当我们真正踏入那片在远古神话中出现过的远古世界的领地时，我的心中确实开始滋生出某种恐惧感。当然，这些可能与我之前的那些梦境以及大脑中存在的虚假记忆有关。直到现在，它们还是会经常出现，时时困扰着我。

直到 7 月 3 日周一那天，我们才看见了第一块半掩在沙子下的石块。当我在客观的真实中，真真正正地触摸到这块无论从哪个方面来说都像极了我梦境中那些建筑物的一部分的残石时，我根本无法描述当时的心情。残石明显有雕刻的痕迹，我能认出其中一部分的曲线图案。我敢肯定，在这些年所经历的可怕梦魇里，在这些年所经历的令人困惑的探索中，正是这些曲线形图案让我深感恐惧、饱受折磨。我的双手在颤抖。

一个月的挖掘工作，让我们找到了约 1 250 块这样的石头，它们都有不同程度的磨损，其中有一些已经碎裂。这些巨石中的大多数都是顶部凸起、底部凹陷，显然都经过了加工。另外一些石块要小一些，更加平整，表面被打磨得很光滑，并被切割成四方形或是八角形——很像我梦境中的那些铺成地面或道路的石头。还有一小部分石块却显得异常厚重，而且是弯曲的，呈一定角度的倾斜，这让我想起了梦境里那些用于拱顶结构或是交叉结构建筑物的石块，或者是拱门的一部分，又或是圆窗的窗棂。

我们向东方和北方越挖越深，发现的石块也越来越多。但是我们还是没有发现任何建筑排列的痕迹。戴尔教授完全被这些碎片那无法计量的年代震撼住了。弗里伯恩在石块上面发现了一些符号，这些符号正好与巴布亚和波利尼西亚境内流传的远古神话中所描述的一些东西相对应。这片沙漠的荒芜以及零乱散落的巨石正在无声地述说着让人目眩头晕的时间轮回，以及原始年代宇宙间地质上的沧桑巨变。

此次探险中我们还弄来了一架飞机，我的儿子温盖特经常驾驶它飞到不同的高度俯视下方那片满是砂石的荒漠，寻找一些轮廓巨大、线条却并不清晰的东西——有层次感的建筑物遗迹或是散乱分布的巨石。结果却总是不尽人意。就算有一天他认为自己找到了一些有重要意义的遗迹，但在下一次飞行时，他就会发现另外一些类似的其他影像，这是风沙导致的不可避免的结果。

在往下挖掘的过程中，我的大脑里总会不时地冒出一些古怪且让我不快的念头，又很快消失。不过，这些念头好像总是和我梦境中的，或是我所读到的一些东西可怕地吻合，到底是什么东西我却再也想不起来了。对于它们，我有一种熟悉的感觉，但这种感觉却让我恐惧——不知怎么的，我总是会担心地偷偷望向北方和东北方向那片贫瘠荒凉的沙漠，心中充满了厌恶。

大约是在 7 月的第一周，我开始对东北方向的那片地域产生一种莫名其妙的复杂情绪，那情绪里混杂着恐惧与好奇，而且还不止这些，还有一种持续存在的、令人费解的记忆错觉。

我尝试着用所有种类的心理学方法，试图把这些莫名其妙的念头从大脑中驱逐出去，却没有什么效果。而且我总是会在夜里失眠，不过这并不是件坏事，因为这样一来就大大缩短了我处于可怕梦魇中的时间。慢慢地，我养成了深夜独自在沙漠中散步的习惯——通常情况下都会往北或者是东北方向走去，无论这种行为有多古怪，大脑里好像总会有一些新鲜怪异的念头，驱使我前行。

有些时候往前走着走着，我会被那些几乎完全被沙子埋没的远古建筑的碎块绊倒。虽然在东北方向那片区域，可以看见的石块要比之前开始挖掘的地方少很多，但是我能感觉到，在这片沙子掩盖的地下有大量的遗迹。这片区域的地面不如营地附近平坦，沙漠中盛行的强风，偶尔会把沙粒堆砌成一个巨大的临时沙丘。这时候，那些被其他痕迹掩盖了的古老巨石的一角便显露了出来。

我带着一种奇怪的心情，渴望着去挖掘这一片区域，直到看到其中的恐怖，可是同时我又害怕这下面所隐藏的某些东西。很显然，我陷入了一个相当糟糕的状态，全是因为我无法对所有这一切作出一个合理的解释。

仅仅是从我对一处古怪遗迹的反应，就能看出我当时的精神状态有多么糟糕。就在 7 月 11 日的那天晚上，月光如洗地倾泻在微微隆起的沙丘上，透露出一股神秘的气息。

那晚，我依旧在夜间漫步，不知不觉已经走出了平日所走的范围。突然，我看到了一块巨石。它与我们之前发现的那些完全不同，我用手抚开它上面的沙土，之后，借着月光和随身携带的手电筒，开始细细观察这块石头。

和之前的那些巨石不同的是，这块石头切面平滑光洁，表面没有凸起的曲线，也没有倾斜度。而且，它看起来像是暗玄武岩质地，和之前找到的砂岩、花岗岩或者偶尔出现的混凝土碎石完全不同。

突然间，我跳了起来，以最快的速度跑回了营地。那一刻我没有意识，也没有了理性，只是疯狂地奔跑。直到我看到营地的帐篷时，我才意识到我为什么要跑。我想起来了：那块奇怪的黑石，曾经在我的梦境中出现过，我也曾经在远古神话传说中看到过它。这块黑石与那些远古神话中最恐怖的事物之间有着紧密的联系。

它就是那些远古神话中所提到的，让伟大种族望而生畏的巨型玄武岩石制建筑中的一部分——那些玄武岩石制建筑雄伟高大，却没有任何窗户，是在深远地下的黑暗深渊里徘徊不去、半实体状的怪异种族遗留在地面的遗迹。这些时隐时现的异物，用它们像风一般的隐形力量疯狂地撞击着已被密封且日夜有哨兵守卫的地下之门。

那一夜，我几乎一夜无眠。直到黎明时分，我才突然意识到自己有多么愚蠢，竟然被这些远古神话传说的阴影扰乱了心绪。我不应该对此感到恐惧，而是应该表现出一个探险者应该有的热情兴奋。

第二天的上午，我告诉了其他人我的发现。戴尔、弗里伯恩、波伊尔、温盖特随我一同前去查看那块不同寻常的石头。可是却没有找到。我当时并没有认真地去记住那块石头的具体位置，而夜间的狂风已经完全移动了昨晚聚成的沙丘。

六

现在，我要叙述整个事件过程中最关键，也是最难以描述的部分——它之所以难以描述，是因为我到现在都不能非常确定自己这段经历的真实性。

有时，我会痛苦地感觉那既不是我的梦境，也不是我的幻觉；正是那晚客观存在的事实或者说是我的亲身经历背后所蕴藏的东西给我带来的感觉，驱使我留下了以下这些记录。

只有我的儿子——一名专业的，并且最为了解我在整个事件中的所有感觉的心理学家，才能为我所说的一切作出重要的判断。

首先，让我把整件事的大体情况概述一遍，就像在营地告诉那些同我一起进行此次探险活动的人们一样。不知是7月17日还是18日，那天白天刮了一整天的狂风。到了晚上，我很早就躺下休息了，却始终没能睡着。大约接近晚上十一点时，我从床上爬了起来，北方或是东北方向那片区域传递给我的那种怪异的感觉，又像往常一样爬上心头开始折磨我。接着，我又往夜间经常走的那个方向漫行。路上我只碰到了一个人，一个叫塔珀的澳大利亚矿工，并和他打了声招呼，然后离开了营地。

那晚的月亮很大很圆，因为刚过满月。皎洁的月光从夜幕中洒落下来，覆盖在这片古老的沙漠之上，显出了白亮的鳞状光辉。这一切在我看来仿佛隐隐透着无尽的邪恶。那时，以及接下来将近五个小时的时间里，都没有一丝风。这一点塔珀和其他在路上看到我的人都可以证实。他们看到我迅速地走过了无生气、兀自矗立在夜幕之中的沙丘，向东北方走去。

大约在凌晨三点的时候，刮起了一阵猛烈的狂风。那强劲的风声惊醒了营地里的所有人，还刮跑了三顶帐篷。当时天空中并没有一丝云，沙漠依旧在苍白的月光之下隐隐泛着光。他们在帐篷里没有找到我，但是他们都知道我有夜间散步的习惯，所以都没有太在意。不过，当时营地中的三个澳大利亚人却感觉到了空气中好像弥漫着某种邪恶的气息。

麦肯齐先生向弗里伯恩教授解释说，这是土著居民的远古神话中所聚集而来的恐惧气氛——土著居民编织出一个古怪邪恶的神话传说。这些传说里提到，晴朗的天气里，间隔一段时间，就会有强风横扫沙漠卷起漫天的黄沙。而这些呜咽着的狂风，正是从那些深置于地下的巨石建筑中喷涌而出的。这种情况下，那里总会有令人毛骨悚然的事情发生。另外，沙漠中只有在散落着带着图案的巨石那片区域，才会发生这样的情形。临近凌晨四点的时候，这场突如其来的狂风突然间平息了，就像它来时一样毫无征兆，只留下由黄沙堆砌而成的陌生沙丘。

四点刚过，天上那轮带着光晕的圆月正在西沉，就在那时，我蹒跚地步入了营地——衣衫已破，脸上带着伤痕，浑身血迹，帽子和手电筒都不见了。这个时间点，大多数人都已经回到床上睡觉去了，只有戴尔教授还坐在他的帐篷前抽着烟斗。当看到我气喘吁吁而又近乎疯狂的状态时，他立刻叫醒了波伊尔医生，还有另外两个人把我搀扶到了小床上，让我感觉舒服一点。我的儿子也被吵醒了，他很快跑过来和他们一起迫使我躺在吊床上，想让我先睡一会儿。

可是，我一点困意都没有，根本无法入睡。此刻，我正处于一个之前从未体验过的奇异心理状态。过了一会儿，我坚持要和他们说我刚刚见到的事情，在叙述中我一直显得神经兮兮、焦虑不安：我从营地走了出去，中途渐渐感觉到疲惫，就在沙地上躺了下来，准备小憩一会儿。然后，我告诉他们，我梦到了一些比平时梦境更可怕的东西。突然，一阵狂风厉声呼啸，让我高度紧张的神经啪的一声折断，我这才从噩梦中惊醒过来。接着，我爬了起来，惊慌失措地从那里逃离。一路上我不断被那些半掩在沙子下的巨石绊倒，弄得衣衫褴褛，满身是血。我一定在那里睡了很久，因为我已离开营地好几个小时了。

到底看到了什么奇怪的东西或遭遇了什么不同寻常的事情，我什么都没有说。在这方面我表现出了强大的自制力。但是我却向他们提议，关于挖掘的工作要作些改变，并极力劝说所有人先停下往东北方向上进行的挖掘。不过，我所给出的理由却很牵强：认为往东北方向的那片区域没有我们所寻找的石块，也不希望因此去冒犯那些迷信的矿工，而且学校提供的资金可能短缺，以及其他一些虚假的、与此并不相关的理由。自然而然地，没有人同意我的新主张，包括我的儿子在内。很明显，他现在关心的是我的健康问题。

第二天，我感觉好了一点，能起床走动了，就在营地附近闲逛，但并没有参加挖掘工作。考虑到我无法克制自己想继续工作的意愿，我决定尽快回家，松弛一下我紧绷着的神经。我让儿子用飞机把我送到西南一千英里外的珀斯去，那时他在飞机上俯视那块我不想提到的区域。

我一直在思考这样一个问题，如果我曾见过的那些东西被其他人看到的话，即使会引来他们的嘲笑，我还是要给他们一个更明确的警告。可以想象，那些熟知当地传说的矿工们会站在我这一边。让我深感庆幸的是：尽管我的儿子每天下午都在飞机上往下查看，在我可能走过的那一片沙漠上空盘旋，寻找着所有的迹象，但是却没有发现我曾发现的东西。

和之前那块怪异的巨型玄武岩情形一样，移动的沙丘抹掉了所有的痕迹。有片刻，我还为自己在极度的恐慌中，没有记清楚那块可怕石头的具体方位而后悔不已。但是我现在已经意识到，没有找到它其实是一件很仁慈的事情，我仍然可以相信我所有的经历都只是幻觉——我会虔诚地祈祷，希望那个地狱般的深渊永远也不会被发现。

温盖特虽然拒绝了我劝他放弃挖掘的要求，但还是在7月20日用飞机载我到了珀斯，而且还陪我在那里待到了25日，直到前往利物浦的汽船起航。现在，我坐在皇后号的船舱里，回想着这漫长而又疯狂的整件事情，并决定让我的儿子知道其中的详情。至于以后是否将这些公开让更多的人知晓，那就由他来决定了。

考虑到各种可能的后果，我已经把自己的背景都给了一个大概介绍，其他人可能已经通过各种途径零星知道了点。另外，我准备尽可能简单地描述一下那个毛骨悚然的夜晚，我离开营地后所发生的，可能是真实的一切。

那种无法解释、混杂着恐惧的记忆和冲动涌上了紧绷的神经，激发出一种邪恶的渴望，推动我向东北方向沉重地前行。我行走在那仿佛在燃烧的邪恶月光下，拖动着缓慢的步子。目光所及之处皆是半掩在黄沙之下的巨石——早已被遗忘的、无名的亘古世界遗留下了它们。

那无法测算的古老年代和这片怪异沙漠所孕育的恐惧，开始前所未有地压在我的身上，如此沉重。我开始无法不去想我的那些使人发狂的梦境，想那些以它们为根基而生长的可怕神话传说，想那些当地人和矿工对这处沙漠以及对刻着图案的巨石所表现出来的畏惧。

然而，我仍然迈着沉重的脚步继续前行，就好像我正在赶着去参加某种可畏的集会——令人困惑的幻境、某种强迫性的念头，还有一些虚假记忆越来越多地混杂在一起，强制性地让我继续往前走。我想起了我曾在温盖特的飞行记录上看到过的一些石块组成的线条轮廓，我惊异着为什么这些石头看起来是如此的熟悉，而且第一眼就感觉它们带着一种邪恶的气息。朦胧中，吱吱嘎嘎的声响让我感觉到，某些东西正在黑暗之中摸索着我的记忆之门和那门上的闩，而另一种未知的力量试图去阻止记忆之门被打开。

那是一个没有风的夜晚，苍白的沙丘上上下下起伏着，了无生气，仿佛是一片冰冷的海洋。我毫无目的地拖着脚步前行，就像那是我宿命中制订好的路线一样。渐渐地，我梦中的情形开始在这个真实的世界里涌现出来：每一块掩埋在沙中的巨石，在我眼里都变成了那些史前石制建筑的一部分，数不清的房间和长廊，饰刻着曲线图案和象形符号的墙壁。这么多年的梦境里，我的思想被伟大种族所囚禁，我早已经熟识了这些怪异的符号。

有几次，我好像都看到了那些无所不知的锥形异类在四处移动，忙碌于日常的活动。我不敢往下看自己的身体，因为我害怕——害怕发现自己也是它们中的一个。现在，我既能清晰地看见那荒芜的沙漠和掩埋在沙子下面的巨石，也能看到用石块建制的巨大房间和无尽长廊。这两种不同的景象竟然同时重叠在我的眼前；那燃烧着的邪恶月亮仿佛就是房间里闪闪发光的球形水晶灯；那无边无际的沙漠，就像是那圆窗外遍布的、摇曳着的蕨类植物的丛林。这一刻，我正同时行走于现实和梦境之中。

我不知道自己到底走了多久，也不知道走了多远，甚至不知道自己正朝着哪个方向行走。我只记得我首先发现了一堆石头，是狂风把它们揭开，暴露在我的眼前。那绝对是我迄今为止见过的最大的一堆石头，给我留下了极为深刻的印象。因为看到了它们以后，我突然感觉到，神话传说中的那些远古景象已经在我眼前消失不见了。

此刻，我所能看到的只有无边的荒漠、邪恶的月光以及一个无法猜度的远古过去所遗留下的碎石。我停下了脚步，往坍塌的石堆靠近，并用手电筒向它们照过去。覆盖在废墟上的沙子早已被风吹走，只留下一个低矮的、并不规则的圆形石堆，还有一些 40 英尺宽、2 到 8 英尺高的较小碎块。

在一开始，我就意识到，那一堆石头肯定对这次挖掘考古工作具有前所未有的重要意义。这不仅仅是因为它们的数目之多，是之前所无法企及的；更重要的是，当我借着月亮和手电筒的光线，从这些巨石上一眼扫过时，一些在风沙磨蚀之后留下的石刻图纹完全吸引了我的视线。

其实，它们上面的纹路图案，在本质上和我们以前找到的样本并没有很大的不同，但是它们流露出一种奇怪的气息。我发现，当我只盯着其中的一块石头查看时，那些关于远古的印象并不会浮现出来，但是只要我同时扫视几块石头，就会看到那幻境中的东西。

我顿然醒悟。这沙漠中掩埋着的石块上出现的曲线图案符号之间是密切相关的，它们同属于一个巨大的装饰性图案。这是我第一次在那片经历了远古时期的动荡荒野中，在它古老的遗址处找到了这远古时期的建筑物。尽管它已然坍塌，只留下了残破的碎片，但从某种明确的意义上来说，它依然是存在的。

我从这片废墟的一个较低的地方开始往上爬，花费了不少力气才爬上了顶部。一路上我用手清理掉覆盖在上面的沙子，努力地去猜测建筑的尺寸、形状和风格，以及与雕刻其上的图案之间所存在的关联。

过了一会儿，我能勉强估计出这座远古时期的巨大建筑原来的结构，也能够描绘出那曾雕刻在这座远古建筑物表面的图案。它的整体竟然与在我梦境中出现的某个令人惊恐的场景完全吻合。

这里原本应该是一条 30 英尺高的巨大走廊，地面用八角形的石板铺砌而成，上方是圆拱形的穹顶。正对着走廊的右边应该还建有许多房间，而在更远的尽头地面，怪异地往下倾斜成坡度，延伸到更深的地下。

当我的大脑里开始有这些设想时，我自己都吓呆了。它们已经远远超越了这些石块所能提供的信息范围。我怎么会知道这些长廊本应该隐藏在远离地面的地下？怎么会知道那通向上面的斜坡就在我的身后？怎么会知道那条通往柱石广场的地下通道应该在我这一层的左上方？

我知道两层之下的房间里应该放置着机器，沿着通道右拐就能到达中央档案馆；我还知道有一扇用金属条加固密封的地下室门就在这走廊四层之下的最底部……但是，我怎么可能会知道这所有的一切？原本属于梦境中的影像，却闯入了我的真实世界，让我茫然不知所措。此刻，我发现自己开始战栗，我的全身已经被冷汗所浸湿。

忽然，我在慌乱中触碰到了一块石头，感受到了从靠近废墟中心的某个地方渗透出来的一股微弱而寒冷的气流。刹那间，就像之前那样，我眼前的景象不见了，只有邪恶阴冷的月光、广阔无边的沙漠和零落在沙漠之上的第三纪建筑残迹。尽管夜色中充满着无限黑暗的神秘，但总还有些东西仍是真实的，而且触手可及。那股寒冷的气流只能说明一种情形，那就是，在这片散落着杂乱碎石的地表之下存在着一个巨大的深渊。

我首先想到了那些流传于土著间的邪恶神话：在表面散落着巨石的遥

远地下，每当有邪恶的恐怖之事发生时，地下的深穴之中都会喷涌出强劲的狂风。接着我的梦境又开始浮现，我感到模糊的虚假记忆正在牵制着我的思想。我的脚下到底是一个什么样的地方？而我又将会揭开怎样一个古老得令人不可思议的、能衍生出那些远古神话以及邪恶梦魇的世界？

我只有片刻的犹豫。因为一种比好奇心和探索狂热更加强烈的力量正驱使着我，并阻挡住了在心里升起的恐惧。

我几乎是在无意识地行动，就像是被某种迫近的命运捆绑住了身体。我把手电筒放进了衣袋，使出一股从未想象过的力量开始挪动那些巨型石块。我一块接一块地把那些碎石搬到一边，直到最后，那里面涌出一股强烈的气流。那股潮湿的气流与沙漠里干燥的空气相比显得很异常。然后，我看到了一道黑暗的裂缝。等我把周围那些小的碎石通通移开后，终于，在苍白月光的照耀下，一个足够我钻入的洞口出现在了我的面前。

我取出手电筒，从洞口往里照。下面是一堆杂乱的、已倒塌的建筑物，往北边方向大致呈 45° 的坡度往下倾斜，显然这是由于原来位于上方的建筑物坍塌所造成的。

坑道的地面和地表之间形成了一个深坑，里面是无边的黑暗。在深坑的上方，还有一些巨型拱顶结构所留下的痕迹。从这点看来，这片沙漠正好覆盖在地球早期某座巨型建筑上面。在这数亿万年的地质变化中，这些建筑怎么还会保存下来？我当时甚至都不想去作任何猜测。

我回顾起当时的情形，只是突然的一种想法——决定独自深入一个什么都无法确定、疑云重重的深渊——没有任何人知道我身在何处，这种情形简直就是在精神完全错乱的状态下所产生的疯狂行为。也许我当时的确已经精神错乱了。但是那一晚，我没有半丝犹豫，就踏出了迈向深渊的第一步。

接下来，那种仿佛一直在掌控着我的命运、诱使我前行的力量又一次出现了，一直随我前行。为了节省电池，我时不时地开关着手电筒。沿着洞口往下，我开始在那可怕的巨石斜坡上爬行。可以找到落脚点或是支撑点时，我就面朝前方爬行；有些时候就只能面朝身后的那堆巨石倒退着谨慎地向下滑行。

在手电筒光线的照射下，左右两面隐约可见到一些有雕刻痕迹的残垣破壁。然而，在我的前方，只有永无止境的黑暗。

往下爬的途中，我几乎忘记了时间。看到那些在我梦境中堆积的记忆和景象，我感觉所有的东西看起来都远不可及，那种无法测算的距离让我困惑无比。我的身体好像已经失去了感觉，甚至连心中的恐惧也像是幻影一样怠惰起来，虚弱无力地盯视着我。

最后，我终于到了一块平地。地面上散落着动滑轮的装置、倒塌的巨石，还有满地的沙子和各种各样的石头碎末。在每一边大约相隔 30 英尺的距离，矗立着厚实的石墙，支撑着巨大的穹顶。我还能辨别出那上面的雕刻痕迹，但是这些雕刻图案的意义已经超过了我的认识范围。

最引起我注意的是我头顶上巨大的穹顶。它太高了，手电筒的光线根本无法照射到顶部。但是一部分较矮的、精心设计的拱形结构还是能清楚地看见。那种结构与我在梦境中的远古世界里所看到的一模一样。那时，我第一次真正地从心底感到了恐惧。

在我身后的上方，从洞口透进一丝微弱模糊的光线，这是外面世界那遥远的月光。脑海中一些模糊的念头在告诫着我，不能让这丝微弱的光线离开我的视线，否则我会迷失在这地下的深渊，再也找不到回去的路。

现在，我朝左边前行。那边的石墙上还遗留着印迹深刻的纹路。地面上杂乱地散落着碎石，就像之前从洞口沿着斜坡往下一样难以穿越。但我还是坚持选择了这条艰难的道路。

到了一个地方，我搬开了一些大一点的石块，然后清理了地面上剩余的碎石，以便看清楚地面的样子。当看到那些紧紧拼接在一起的八角形石板所铺成的简单地面时，那种特别熟悉的感觉让我不寒而栗，瑟瑟地抖动了起来。

我从石墙的位置后退了几步，然后将手电筒的光投射在石墙上面，慢慢地观察着已受损剥落的石刻。在过去的漫长年代里，水流在它的表面留下了一些痕迹。可是除了水痕之外，还有一些古怪的垢类，我也不明白到底是什么。

这座石制建筑的有些地方已经变得松落而且有些变形。我不禁有些好奇，这座隐埋于地下的古老建筑，到底还能在随后地球地质变动的漫长岁月里维持多少个世纪呢?

但最能激起我思想波动的还是那些雕刻图案。尽管它们饱经岁月的磨蚀，但我还是能轻易地将它们联系起来。当我观察到那些雕刻的每一处图案时，那种油然而生的亲切与熟悉的感觉，让我从心里感到震惊。

这座古老建筑的主要特征让我感到很熟悉，这很正常，可以理解——某些神话给我带来了极为有力的影响，那些神话传说中所描述的种种情景及神话中所涵盖的神秘信息，不知怎么回事，在我失去记忆的那段时期里被我看到了，它们在我的潜意识里唤醒了那些栩栩如生的景象。

然而，我又如何解释此刻出现在我眼前的一切呢？这些雕刻图案中最微小的线条，以及那种怪异的螺旋式的设计，都与在我梦境中所出现的那些完全相符合。到底是怎样的已被我遗忘了的阴暗晦涩画面描述，才能持久地在我夜复一夜的梦境中如此精确地复制出那雕刻上面的每一根线条、每一处底纹？

不可能会有这样的巧合现象，也不可能有这般的相似度。我现在所处的，这深藏于地下万世的通道，真真正正就是我在梦境中所熟知的实物，我对这些就如同对我坐落在亚卡汉姆克雷恩大街的我的家一样熟悉。这确实都是真的，我的梦境展现了它们尚未坍塌时的原貌，但这些建筑并不会因为这些就不真实。我曾经如此地熟悉这座古老建筑的每一个地方。

我熟知此时置身的这座特殊的古老建筑，对它在梦境中那座可怕的远古城市之中的具体位置也了如指掌。我本能地恐惧起来，因为我意识到自己能准确无误地找到这个建筑，以及这座躲过了漫长岁月变迁与蹂躏的城市之内的任何一个地方。天啊，这究竟意味着什么？我怎么会意识到我熟知这一切？那些讲述生活在这片远古巨石迷宫里异类的古老神话背后，究竟还隐藏着怎样可怕的真实？

那些此刻正在侵蚀我思想的恐惧和迷惑在我脑中不停地翻腾着，哪怕是用文字也无法完整地描述这种精神上的混乱。我知道这个地方；我知道前面会有什么在等着我；我知道在我头顶之上，那无数的巨石建筑倒塌，只遗留下些许断壁残垣；我也知道被荒漠掩盖之前这里到底是一个什么样的世界。我战抖着想到，也许我再也不需要那来自外面世界的月光来指引我离开了。

那时，熊熊燃烧的好奇心驱使我不断前行，宿命般的力量混合在一起形成了一种狂热，这种狂热与试图从此地逃离的强烈愿望激烈地交织在一起，我的大脑好像被撕裂开了一样痛苦。在梦境中那个时代之后的千百万年里，这个古老而巨大的城市到底发生了什么事情？我也想了解，历经了万亿年剧烈的地壳运动之后，这些曾负载着巨大城市并且连通着城市中巨型高塔的地下迷宫现在还有多少残余？我想找出答案。

我能突然发现一个被掩埋于地下却完整而又邪恶的远古世界吗？我还能够找到那些书写着历史的大师们曾经待过的房间吗？我还能找到那座来自南极大陆，有着星形头部的叫作斯格哈的思想家曾经在石壁的空白处刻画了一些画面的高塔吗？

设置在地下第二层的通道有没有被阻塞？还能通行吗？那原本是通向异族思想居住的大厅的通道，在那间大厅里，居住着一群让人难以想象的异族思想群体——这个群体来自1 800万年后，横穿于冥王星之外的某颗未知行星上的半塑胶形体的居民。它们就在那间大厅里留下了一个用黏土制作的模型。

我痛苦地闭上了眼睛，徒劳地用双手拼命地拍打自己的脑袋，试图把这些极度疯狂的梦境片段从我的意识中驱赶出去。紧接着，我突然敏锐地感觉到一股带着潮湿气味、正在流动着的冰冷气流。我打了个寒战，意识到在离我更远或是在我下方的某个地方，一定还存在着一连串经历了万古岁月的黑暗的黑色裂口。

我想到了曾经在我的梦境里出现过的那些可怕的房间、长廊和往下的斜坡。那通往中央档案馆的通道还能通行吗？我想起了那些让人敬畏的历史记录，它们曾经被永远不会生锈的金属矩形盒子密封起来置放于架子之上，这时，那种宿命中的神秘力量再次执着地驱使我继续前行。

在我的梦境和那些远古神话里，那个地方置放着整个宇宙时空的全部历史，从过去到现在以及未来。这些历史都是各个时期太阳系里各个星球上的各类思想所书写下来的记录。这听起来绝对荒谬！但是如果我从来没有进入到一个像我一样疯狂的世界呢？

我想起那些锁着的金属架子，那些需要一个个拧开的旋钮把手。我又一次进入了潜意识中那些栩栩如生的幻境。我曾多少次以错综复杂的方法，通过旋转摁压才打开那被置放于架子最底层、归属于地球脊椎动物区域的盒子啊！那过程中的每一个细节对我来说陌生而又熟悉。

如果那里真的存在这样一个曾经在我梦境中出现过的金属架子，我一定能立刻打开。那时，大脑中的那股狂热已然完全控制了我。片刻之后，我经过一路的磕磕碰碰，穿过那满是岩石碎块的地面，朝着我记忆中更深的地下斜坡摸索而去。

七

从那时起，我印象中的记忆几乎都不可靠。确实，直到现在我还抱着最后一丝绝望的期盼，希望那一切都不过是恶魔般的梦境的一个片段，或者是精神错乱后产生的错觉。一股狂热在我脑海中肆意窜行，一切事情回想起来，仿佛都笼罩着一层朦胧的阴霾，有些时候那些记忆只有断断续续的影像。

在那里，手里的手电筒所发出的光是如此的微弱，瞬间就被那深沉的黑暗吞噬，只能带来些许幽灵一般的景象。所见之处全是些饱经岁月磨蚀后衰落的石墙与雕刻，对这些，我再熟悉不过了。途中我路过一个地方，由于一座巨大的拱顶坍塌以致废墟堵塞住了通道，我不得不爬上那堆山丘般的巨石。那堆巨石很高，几乎快要接近那些挂着奇异的锯齿状钟乳石的顶部了。

那几乎是噩梦的高潮部分了，而脑中所存的那些虚假记忆让一切变得更加糟糕。所有的影像中只有一件事情是陌生的，那就是，在这座庞大的巨石建筑的对比之下，我显得极为渺小。这种异常的渺小让我感到极度压抑，仿佛以人类的体型来重新观察这些高耸的石墙，我反而觉得有些陌生且反常。一次又一次，我紧张地看向自己的身体，竟然对自己处于人类的形体之中隐隐感到些许不安。

我跌跌撞撞地穿过了这片黑暗深渊。一路上摸索着前行，磕磕碰碰，苦不堪言，有一次还差点把手电筒给摔破了。我熟悉这魔鬼般的深渊里的每一块石头和每一个角落。在很多地方，我停了下来，用手电筒去照亮那些已经被碎石堵塞或是岩块已剥落的拱形门，它们依然让我觉得熟悉。

有一些房间已经完全坍塌，还有一些房间里面什么都没有了，或是堆满了碎石。在为数不多的几个房间里，我看到了一堆金属器物，有些仍然完好无损，有些则已经被压碎或是磨损得不成形状——在这其中，我认出了一些在我梦境中出现过的巨大石座或桌子留下的残骸，至于它们原来真实的样子，我不敢去想。

之后，我找到了那条倾斜向下的斜坡，并沿着路朝下走去。可是，没过多久就看到了一条裂开的巨大缝隙，我停住了脚步。那道裂缝最窄的地方差不多只有 4 英尺，原本置放在那里的一些石雕工艺已经完全垮塌掉落，显露出下方无法估量的一片漆黑深渊。

我知道在这座雄伟的巨型建筑下面还有两层地下室，而且我想起来了，有一扇用金属条加固密封的大门就在这座建筑的最底层。这些让我禁不住颤抖起来。现在那里应该没有卫兵把守了，因为那些潜伏在地下的远古异类，应该在很久很久以前就已经完成了那骇然的报复行动，并陷入了它们漫长的衰亡时期。到了人类灭绝之后的甲虫时代时，它们就已经不见踪迹了。然而，当我想起那些流传于土著居民之间的传说时，我不由得又害怕起来。

跃过那裂开的裂缝，我花费了不少精力。因为地面散乱着碎石，根本没有办法助跑，但大脑中莫名的狂热，却依然执着地驱使着我不断向前。最后我只得选择从一块靠近左边石墙的地方——那是整个裂缝最窄的地方，而且我看到正对面的地上没有多少碎石——我纵身一跃，在疯狂的瞬间之后，安全地落到了裂缝的另一边。

最后，我到了下面一层。在那里，我碰巧找到了那条两边都设置了房间的通道。那些房间之前都摆满了古怪的机器，而现在只剩下一大堆形状怪异的金属废墟，被从上面倒塌下来的拱顶半掩着。房间内所有的东西都还摆放在我所知道的位置上。一些碎石正好堵在一条横向隧道的入口处，我没有止步，信心十足地往碎石堆上爬，我相信那条通道可以把我带到位于城市中心的地下中央档案馆。

在我跌跌撞撞地沿着那条散布着碎石的隧道前行时，无穷无尽的岁月似乎在我脚下铺展开来。我总能在那些饱经岁月沧桑的石墙上辨认出那些雕刻的图案。有些很熟悉，另外一些似乎是在我的梦境之后的年代雕刻上去的。因为这是一座地下建筑，虽然还连接着主干道，但那些通向更低一层的各种建筑的通道却都不存在了。

在其中的一些交叉口处，我会停下脚步转向一边，长时间凝视着那些记忆中的通道与房间。我发现只有两处与梦境中的情形有一些大的改变。在其中一处，我还能找到在梦境中的拱门因封闭而留下的一些印痕。

我草率地踏上了一条不应该选择的通道，穿过其中一间已经坍塌的巨大塔状建筑——这个建筑风格奇异，没有建造任何窗户，全部用玄武岩石块建成。这时，我强烈地感觉到心绪不安，并且察觉到一股奇异的阻碍正迫使我减缓自己的脚步。我仿佛听到那玄武岩的建筑中有窃窃私语声，好像在传递着某种信息：那就是恐怖的根源。

在这里，原始的拱顶呈圆形，足有200英尺宽。不同于其他地方的雕刻，在那些暗色的石头上没有留下任何饰纹。这里的地面上，除了尘土和沙子什么也没有。我还看到了一些可以通往上方或是下方的洞孔。这里没有任何楼梯或是倾斜的通道——确实，在我的梦境里，那些传说中的伟大种族，从来没有靠近过那些更为古老的高塔建筑。那些建造它们的远古异类生物从来就不需要楼梯或是倾斜的通道。

在梦里，那些通向下方的洞孔总是被牢牢地密封着，而且日夜都有守卫，时时刻刻紧张地看守着那里。而现在，它却敞开着，露出下方深邃的黑暗，往外冒出一股冰冷潮湿的气流。那地下永恒的黑夜到底孕育着怎样一个了无边际的黑暗深渊，我不允许自己再猜想下去。

随后，我穿过了这个可怕的地下室，并沿着一段被严重堵塞的路向前走，来到另一个地方，那里的屋顶完全凹了进去，碎石堆积得像一座小山。我只能继续往上攀爬，接着过了一个广阔而空荡的世界。在那里，我的手电筒根本照不到周边的石壁和头上的穹顶。我估摸着，那应该是位于堆放金属器材的房间下面的地下室。它正对着离档案馆不远的第三广场。至于这里到底经历了怎样的变故，我实在推测不出来。

在堆积成山的碎岩和巨石之下，我再次找到了通道的入口。仅仅在通道里前行了一小段距离之后，我就发现前面完全被堵住了。倒塌下来的建筑穹顶堆积在隧道里，几乎要碰到摇摇欲坠的天花板。我不知道自己当时是怎么挪开那么多的石块的，竟然能在废墟之中清理出一条通道来；也不知道当时我怎么敢去移动那些紧密堆积在一起的碎石——即使是最简单的均衡移动，都可能导致所有那些压在上方的、数吨重的碎石垮塌下来将我碾成肉末。

如果我所经历的那些危险的冒险行为不是一种令人毛骨悚然的幻觉，也不是一系列的恐怖梦境——我倒是希望那一切只是一种可怕的幻觉或是恐怖的梦境——那么我只能说，那是一种完全疯狂的力量在引导着我、驱使着我做出这样冲动的疯狂行为。然而，我的确清理出了，或是在可怕的梦境中，我清理出了一条尺寸大小足够我勉强爬过的通道。我打开了手电筒，放在口中衔着，蠕动着身体，在一堆碎石中匍匐前行。一路上，我感觉到自己的身体几乎被上方那些参差不齐的怪异锯齿状钟乳撕碎了。

我还是从那里爬了出来，现在已经很接近我心目中所想的目标——那座雄伟的地下档案馆。借着手中时亮时灭的手电筒发出的微弱光亮，我沿着碎石堆积的稍远的另一边，往下一路滑行，接着顺着一直往里延伸的通道走进去，最后来到了一个低矮的环形地下室。地下室每一边的拱形门都打开着，里面的一切都保存完好，简直不可思议。

我借着手电筒的光亮，在石壁上或只是电筒光所能照射的一部分石壁上看到一些密密麻麻的象形符号，以及那种很典型的曲线形图案。其中有一些在我的梦境中并没有看到过，应该是之后才凿刻上去的。

我意识到，这里是我命中注定要来的地方。我快速地转身拐进了左边一扇熟悉的拱门。在那里面，我找到了一条尚未被碎石堵住的通道，它连通着上上下下还存在着的各个楼层。很奇怪，我竟然没有任何疑虑。这就是那座数亿万年来深藏于地下的雄伟建筑，里面存放着整个太阳系的所有历史记录。伟大种族用它们超自然的技术和力量，建造了这座中心档案馆，使它得以与太阳系本身一样，长久地持续存在下去。

惊人的巨石依照天才般的数学设计，用一些异常坚固的混凝土黏合了起来，构成了这座如同地核一般坚实的雄伟建筑。在历经了我能正常想象到的悠久岁月之后，这座被埋藏了的庞然大物，依然保持着它最初的轮廓屹立在这里，岿然不动。灰尘覆盖着的广阔地面上，几乎没有散落的、遍布于其他地方的碎石。

行走于档案馆中，相对于其他地方来说显得很轻松，这反而让我的大脑产生了一种怪怪的感觉。所有那些被某种力量压抑着的疯狂渴望，至此以一种狂劲的速度喷涌而出，控制着我的大脑，驱使着我沿着拱门后那低矮的走廊一直前行，这条走廊在我的记忆中是如此熟悉。

此后，我已不再对那些熟识的感觉感到惊异恐慌。昏暗中，隐约可见走廊两边那些数不尽的巨大金属柜门，上面饰刻着象形符号。其中一些仍然在它原本的位置上；另一些柜门已经被弹开了；还有一些，在过去数亿万年中的地质剧变所产生的强大力量下，已经扭曲变形，这种地质剧变所产生的能量，还没有强大到可以摧毁这座宏伟的巨石建筑，它只可以让这些金属柜门发生些许的变化。

在这里，到处都是空空如也的金属架，它们下面早已堆积了厚厚的灰尘。这一切情形好像在讲述着地震时原本置于金属架之上的盒子纷纷从上面掉落的真实景象。偶尔，在有些柱子上，还能看到标示书卷种类和子类的各种符号或是字母。

有一会儿，我在一个打开的架子前稍作停留。在那里，我看到一些常见的金属盒子仍然摆放在它们原来的位置上，被掩盖在那些无所不在的沙尘之下。我用力取出了其中一个较小的盒子，而后把它放在地面上仔细地查看。盒子上面标注着那种常见的曲线形象形符号，但是这些字母的排列方式仿佛有些不同寻常。

那种怪异的钩形扣件装置，我早已是再熟悉不过了。很快我就打开了那个仍未生锈、完好如初的盒盖，并取出了放在里面的书籍。不出所料，那些书长 20 英寸，宽 15 英寸，厚达 2 英寸，外面罩着金属的封面，要从上端打开。

翻开书本，那用牢固的纤维编织的页面，在经历了无穷的岁月流逝后，似乎并未受到多大影响。我看到了书页中那些颜色古怪的文字符号，它们和伟大种族所使用的那种曲线象形文字，或是人类所了解的任何字母体系不同，那是一种完全相异的文字符号系统。这时，一直徘徊在我心中的记忆渐渐开始苏醒。

我慢慢想起来，这是某一个被囚禁于此的思想所使用的语言，对那个思想我不太了解。那个思想来自一颗体积很大的小行星，那颗小行星原本是一个更为古老的行星的一部分。这颗小行星上面，还残存着古老的生命和大量古老的知识信息，它们大部分原本是生活在古老行星上的。与此同时，我也回想起，档案馆的这一层应该是专门用于存放外行星历史记录的地方。

我从这本难以置信的历史记录上收回了视线，因为我发现手电筒的电池已经快没电了。于是赶紧换上了随身携带的另一块备用电池。借着更明亮的光线，我重新恢复了之前激动狂热的情绪，快步穿梭于永无止境的长廊和通道。我不断地看到那些熟悉的金属架。在这四周的沉寂之中，我的脚步声在这远古的地面上回响着，极不协调。

我并不清楚自己为什么要来这个地方，对此行的目的我大脑中一片空白。然而，有一种潜在的邪恶力量，正用力地拖曳着我早已眩晕的思想不停地往前，并勾起了我所有的回忆。我甚至模糊地感觉到自己并不是漫无目的地行走于此。

我来到一处往下的坡面路段，并沿着它走向地下更深处。在快速行走的过程中，层层楼层在我眼前一一闪过，但我并没有停下来去探索深藏于其中的秘密。我的大脑眩晕不止，竟然开始感觉到一种节奏，这种节奏使得我的右手和着节拍不住地抽搐起来。我想着要去开启某样东西，而且感觉自己早已深谙那些烦琐复杂的程序。那个东西类似于现代的保险箱，需要密码来开启。

这一切究竟是不是梦境？我之前就知道，现在也明白。如果是梦境，或者是潜意识中存留的远古神话片段，它又如何能够向我展示一系列如此详细精密并且复杂烦琐的具体细节？我只是不想对自己作出所有的解释。我大脑中的思想已经不再清楚、连续。我竟然熟知这一系列未知的废墟遗址；而现在，这些展现在我眼前的情境，与我的梦境以及一部分神话传说中的描述竟然如此精确吻合——我这次经历的所有事情，它本身不就是一种超越了人类理性范围的恐怖吗？

也许当时，即使是现在这理智的时刻，我执着相信的根本信念是：我不是清醒的，这只是幻境，那整个被掩埋于地下的城市，也只是狂热的幻想片段而已。

最终，我来到了最底层，很轻易就从右边通过了。出于某种似有似无的原因，我试着放轻了脚步，尽管这样一来减慢了行走的速度。似乎在这深埋于地下的最后一层里，存在着某个我害怕去面对的地方。

当我慢慢地靠近那里时，我恍然记起那个地方到底有什么东西让我如此恐惧，就是那一扇被金属条牢牢密封的地下室大门。现在，那里应该不会再有卫兵严密看守了。就是这个缘故，我不由得颤抖起来，踮起脚尖，放轻了脚步。就像是之前行走于那间黑色玄武岩拱顶的建筑一样，那里有着类似的地下室大门，不过那扇门已被打开。

我感到一股寒冷而潮湿的空气在我身边流动，和之前那里的情形相仿。我一直希望自己会改变方向，转向其他路线。至于为什么我还是选择了现在这条特别的路线，我一无所知，全是茫然。

我还是走进了这个地方。看到那原本被牢牢密封起来的地下室大门，如今却敞开在那里。再往前，又是那些存放记录的金属架。我发现，架子前的地面上堆放着几个盒子，上面只覆盖着一层薄薄的尘土，应该是最近才从金属架上落下来的。与此同时，一种新的恐慌攫住了我的思想，纵然在一时之间，我还没有意识到这突如其来的恐慌究竟是什么原因所导致的。

大量的金属盒散落于地，对这个地方来说，应该并不算稀奇——这座黑暗无光的迷宫，在漫长的岁月中已饱经了地质剧变所带来的动荡，每隔一个世纪，总会回响着实物翻落引起的声响，震耳欲聋。直到我要穿过那块区域时，我才意识到自己为何会如此胆战心惊。

让我惧怕的不是那些散落在地上的金属盒子，而是覆盖于地面上的那些尘土。借助手电筒的光线，我看到那些地方的灰尘，似乎不像是应该出现的那种情形——有些地方的灰尘似乎没有另外一些地方的厚，似乎就在几个月前，那里曾被什么东西翻整过一样。但我还不是很肯定，因为即使有些地方灰尘相对薄一些，灰尘也不少了。不过，那些看似并不一致平整的灰尘中透露出的某种规律，让我起了疑虑，也使得我极度焦虑不安。

手电筒光照向其中一块怪异的地方，我看到了上面一些我不希望看到的东西——我想象的那种规律性变得更加确定，就是那留在地面灰尘上的印迹。那些印迹有着固定的轮廓，共有三个，每一个的面积大约都超过了 1 平方英尺。而每个印迹中，都有五个直径将近 3 英寸的、近乎圆形的痕迹，一个在前面，还有四个在后面。

这些印迹大约有 1 英尺见方，大概是从两条路线延伸开去，就好像是有某种东西走到了某个地方之后又折返了回去。它们并不是很清楚，而且有可能是我的错觉，或是某种事故造成的。不过，这些被我猜想成某些东西所留下来的路线印迹，还传递着另外一些少量的、模糊的但是却恐怖异常的讯息。因为其中一条线路，最后就终止在那些肯定是不久之前才散落于地面的盒子旁边，而它的另一端正是延伸至那透露着邪恶的地下室大门——无人防守的大门敞开，从那里涌出了一股股潮湿冰冷的气流，下方则是那无法想象的深渊。

八

那种一直驱使我前行的强迫性力量，又一次作用于我的思想，征服了我内心的恐惧，显露出它深厚以及势不可挡的邪恶。在看到那些灰尘上的印迹，并作出了那些毛骨悚然的猜测，由此激起大脑里那些梦境般的回忆之后，我想绝对没有一种合乎理性的动机能驱使我继续前行。而我的右手，即使已经开始恐惧地战抖，却还是有节奏地抽搐着，急切地打开它一直渴望找到的锁。当我意识到这些时，我已经从那些不久前才散落于地面的盒子旁边走过，踮着脚尖急速走进了走廊。走廊里满是灰尘，看起来并没有什么东西从这里走过。我要从这里走向一个我异常熟悉却又害怕的地方。

我开始在心里问自己一些问题。不过，我才刚刚开始去猜想这些问题的起源以及与此的关联性。一个人类的身躯可以够得着那些金属架吗？人类的双手真的能完全掌握记忆中远古时期那错综复杂的开锁方法吗？那个历经了数亿年岁月的锁，是否未有任何损坏，尚能使用？我究竟该做些什么？我敢对那个现在才意识到既希望又害怕去找到的东西做些什么？它能证明某些超越人类正常观念范围，令人类困扰的恐怖真相吗？或者，它只会在我的梦境中出现？

接下来，我意识到自己停了下来，不再踮着脚往前走，而是僵直了身子，双眼直盯着熟悉得令人发狂的金属架，这个金属架用符号标注过。它们几乎保存得完好如初，只是靠我这边的三扇柜门是敞开着的。

我无法描述出对这些金属架的感觉。这种感觉如此迫切，就像是遇到了旧相识。我抬起头查看着一排高至屋顶、根本无法够到的柜子，开始琢磨怎样才能爬到一个最合适的位置去够着它。从下往上第四排的柜门是开着的，或许对我会有些帮助。那些紧闭着的柜门上面的把手，也可以作为合适的落脚点或是双手的攀附处。像之前在其他地方那样，当我的双手都无法工作时，我可以用嘴巴衔住电筒来照明。这儿所有的一切绝对不能发出声响。

可是那个我打算从柜子里移出来的东西，如果要从上面搬下来就有些困难了，我也许能利用它上面可活动的扣件钩住外套上的衣领，然后像背背包一样把它携带下来。我又开始想那个柜子上的锁是否还未损坏。一直以来，我丝毫不曾担心自己能否重复出梦境中熟悉的每一个动作。我希望打开柜门时不要发出刮擦声，那样我就可以正确地完成每一项步骤。

我大脑里还在思考着这些细节，身体就已经开始行动了。我把手电筒放到嘴里衔着，开始往上攀爬。计划中可以派上用场的柜锁并没有起到什么作用；不过，那些打开的柜门确实如我预期的那样帮上了大忙。我用手抓住那些柜门作为着力点，而且还很好地利用了那些柜子的边缘来踏脚。在往上爬的过程中，我尽量避免制造出任何很响的声音。

踩在最上层打开的柜门边沿，我保持好身体平衡，然后尽力往右边较远的位置倾靠，正好可以够到我寻求的那把锁。这样的攀爬过程已经使我的手指此时趋于麻木状态，所以当我尝试着用手打开那把锁时，我的手显得极为笨拙。不过，我很快就发现，从人类双手的生理结构上来讲，我的双手还是可以完成这项工作的。随着先前那种记忆中的节奏，我的双手战抖得也更厉害了。

接下来，仿佛什么东西从那未知的时间深渊中往我的脑中精确地投射了每一个具体的细节，于是，我用双手做出了那一系列神秘而错综复杂的动作。之后在不到五分钟的时间里，柜子里传出咔嗒的一声。这声音，是如此的熟悉，我现在更多的是诧异。我一直未曾有意识地去期望听到这个声音。又过了片刻，伴随着微弱的响声，金属柜门缓缓地弹开了。

恍然间，我看到了柜子开口处露出来的一排让人眼花缭乱的灰色金属盒子，心头涌动着一股完全无法描述的强烈情绪。就在我右手能够到的地方，我看到了一个盒子，表面上标注着曲线形象形符号。我的身子猛地一颤。随之，内心深处升起了极度的痛楚——比单纯的恐惧更为复杂的痛楚。尽管如此，我还是要把它从如沙子一般多的盒子中抽出来，放到我身上而不发出任何大的声响。

和先前看到的那些盒子差不多，它大约有 20 英寸 ×15 英寸大小，可能还要大一点，只有 3 英寸厚。盒子的表面雕刻着一些数学设计的图案花纹。

我把它夹在了我的身体和柜子中间，用身体贴紧它以免掉下去。然后摸索着盒子上的扣钩，终于打开了它。而后揭开了盖子，把这个重物挪到了我的背上，把扣钩挂在了我的衣领上。双手解放后，我笨拙地从上面爬下来，落在满是灰尘的地面上，准备开始查看我的战利品。

屈膝跪在满是尘土的地上，从背上把那盒子取下来摆在我面前，让它正对着我。我的双手在颤抖，却不敢从这个盒子里取出置放于里面的书卷。我对此深感恐惧，同时，我又充满着渴望，渴望把书取出来。这种渴望与我心中的恐惧一样强烈。而且，我又感觉到了那股强制性的力量，它在驱使我继续下去。渐渐地，我才开始意识到我会在这盒子里发现什么，这种意识几乎让我一动也不动地僵在那里。

如果那样东西确实在这个盒子里，而我并没有在梦境之中，那么它所蕴含的意识必将远远超越人类思想所能承受的范围。而最让我痛苦不堪的是，在这个瞬间，我却不能再让自己坚信我周围出现的所有事物只是一个梦境。那种真实感使我惊恐万分，即使是再次的回忆，恐惧依然存在。

终于，我战抖着从盒子里把那本书取了出来，盯着封面上那熟悉的象形符号，如痴如醉。它们仿佛还保持着最初的状态，那标题中的曲线形字符却深深地吸引了我，让我几乎产生了一种幻觉，就像我真的能看懂它们一样。实际上，我并不敢起誓说我完全无法看懂这些符号。在某些东西唤醒了我那不正常记忆的短暂而可怕的片刻，我能看懂它们。

我不知道自己到底花了多长的时间，才敢去翻起那张薄薄的金属封面。我一直拖延着，并为自己找了个借口：从口中取出了手电筒，关上了它以节约电量。然后在一片黑暗之中，我终于鼓起了勇气，在没有光亮的情况下翻开了那张封面。最后，我举起了电筒，照射在刚刚翻开的书页上——我已提前做好了心理准备，不论我将看到什么，都要控制住自己不发出任何声音。

在那一瞬间我看到了，我感觉整个世界都崩溃了。然而，我还是咬紧牙关，没有发出任何声音。在吞噬一切的黑暗之中，我一只手摁着前额，整个身子瘫软在地。我心中一直渴望并畏惧着的东西就在那里，在我的面前。这要么只是一场噩梦，要么就是时间和空间都只是荒谬的无稽之谈。

我一定是在做梦！我会把这个东西带回去给我的儿子看，以证实这恐惧到底是不是来自真实的存在。尽管四周没有任何东西打破这阴郁的黑暗，但这还是让我感到极度不安，头晕目眩。那短暂的一瞥揭开了我所有的记忆，最为恐怖的景象和设想蜂拥而至，扰乱蒙蔽了我所有的感官。

我想起了尘土上的印迹，我被自己的呼吸声惊吓得颤抖起来。我再一次打开了手电筒，去翻看那些书页，就如同一个将要被毒蛇吞噬的猎物，正瞪视着蛇眼与毒牙，惊恐万分。

接着，我关上了手电筒。黑暗之中，我用笨拙的手指合上了书，战抖着把它放进了盒子里，啪的一声合上盖子，扣上了锁钩。我必须要把它带回到外面的人类世界去——如果它真的存在，如果这个深渊真的存在，如果这个世界真的存在。

到底是什么时候拖着双脚开始走向回程的，我自己也不太确定。我所经历的一切是如此怪异，就好像我对时间的感觉已经和正常的世界分离开来。在地下那恐怖的几个小时里，我甚至都没有用手表查看时间。

我拿着手电筒，把那个邪恶的盒子夹在腋下往回走。最后，我竟然发现，自己在一种恐惧的寂静中，踮着脚走过了喷着寒冷气流的深渊和留有印痕的那片区域。之后，沿着那条仿佛永无止境的坡路往回攀爬，我放松了之前的警惕，却始终挥不去心头恐惧的阴影。奇怪的是，这种恐惧在来时的这条路上并不存在。

我感到畏惧，一想到自己要再次穿过那座比这整个城市更为古老的黑色玄武岩建筑，在那个地方，有无人防卫的黑暗深渊，还有从中喷涌出来的阵阵冷流，我惧怕了。我想到了那些让伟大种族都畏惧的异类种族——它们可能仍旧潜伏在这黑暗深渊里，尽管这个种族已经衰落或已灭亡，但它们可能还在这里；我想起了那五个圆形的脚印，它们在尘土上留下的印迹，与梦境之中曾经获悉的是同样的描述，以及伴随着它们而来的怪异的狂风和哨音。我还想到了那些流传于澳洲土著居民间的当地传说——在那掩埋于地下的废墟之中，存在着狂风和无法描述的恐怖之物。

从之前看到的另一本书中，我得知这条路上有一面雕刻着图案的石壁，走到那里之后要向右拐。之后会走到一个巨大圆形区域，那里有很多的拱形门。现在我已经到了这个地方。进入大厅后，我立刻就辨认出了右边那条我来时经过的拱形门。进入之后，我想起了之后要经过的路线，意识到剩下的路程会更加艰难，堵塞在档案馆外通道中的巨石岩屑实在太多了。我身上背负着新增的负担，在散落着碎石和岩屑的地面穿行，行走越来越困难，可是我尽量不发出任何声响。

接下来，我走到了那堆几乎要触到屋顶的石堆前面，在那里我挖出一条狭小的通道。当我意识到必须再次匍匐穿过那条通道时，我的惧怕又增加了。因为来时穿过这通道时，我就发出了不小的声响。而现在，当看到那些疑似脚印的痕迹后，我最惧怕的就是声音。而且，我带着的那个盒子也大大地增加了穿越这道狭窄缝隙的难度。

但我还是尽力爬上了那个阻挡在我前面的巨石堆，先把盒子塞进了前面的洞孔。然后用嘴咬住手电筒，勉强爬出那道缝隙。我的背部像之前那样，几乎被上面的钟乳石撕裂。

出了那狭小的通道之后，我就赶紧用手把前面的盒子抓紧。在往下倾斜的碎石斜坡那一段，它在惯性作用下一直往前滑落，一路的碎石发出了很响的哗哗啦啦的碰撞声，在洞穴中激荡起了一片回声，这让我很是不安，吓出了一身冷汗。我猛地冲了过去，一把抓住了它，这突然的动作并没有制造出什么声音来——可就在那之后，我脚下的石头竟然松动了，往下滚动了一会儿之后，发出了一阵突然的、前所未有的巨大声音。

就是这声巨响给我带来了随后的厄运。不知道我自己是不是耳朵出了毛病，我想我听到了远在身后的那个世界对这声巨响作出的恐怖回应。我想当时我所听到的是一阵尖利无比的、类似于哨声的声音。那哨音不同于人世间存在的任何声音，也无法用任何贴切的言辞来对它加以描述。如果我确实是听到了那哨音，那么之后发生的一连串事情，简直就是一种冷漠的讽刺。如果不是这哨音让我惊慌失措，陷入慌乱之中，那么接下来的另一件事情就不会发生。

事实上，那一刻我已经完全陷入一种疯狂的状态，愈来愈强烈，没有丝毫缓解的迹象。我一只手举着手电筒，另一只手虚弱无力地携带着那个金属盒子，鲁莽地往前冲去。此时我的大脑里一片空白，只有一个疯狂念头——渴望从这片噩梦中的废墟跑出去，回到那月光下的沙漠中去。那里才是清醒的正常世界，可是那个世界好像离我很遥远。

我几乎不知道自己是什么时候赶到了那个顶部已经塌陷的建筑旁边。建筑的上边堆满了碎石形成的小山，四周则是无尽的黑暗。我只得沿着那些险陡的碎石往上爬。一路上，那些参差不齐锯齿般的石棱割开了我的皮肉，我已被碰得鼻青脸肿，狼狈不堪。

而更为巨大的灾难就在这个时候降临了。就在我摸索着爬上这座石堆的最顶端时，我完全没有预料到自己的前方是突如其来的陡坡。我脚下一滑，身体向后着地，随即立刻被卷进了一系列毁灭性的碎石崩塌之中。那些急速往下滑落的石块发出了轰轰隆隆的巨大声响，并给这黑暗的巨穴中带来了强大的气流，激起了一连串回声，地动山摇、震耳欲聋。

这场巨大的喧嚣声中还发生了什么，我已经记不起来了，意识中只有一些模糊的片段：在一直回荡的响声中，我一路往下滚落，在乱石上翻滚，沿着通道跌跌撞撞前行。混乱之中，我一直把手电筒和那金属盒子紧紧攥在手中。

然后，就在我已经接近那座让我恐惧万分的远古玄武岩地下室时，让我完全疯狂的东西到来了。此时，那场碎石崩塌所引起的巨大回声已渐渐平息，却不知从哪里传来一阵连续不断的恐怖哨声，这是那异类种族所发出的声音，和我之前听到的一样。这一次，我确定没有听错。而且更为恐怖的是，这声音并不是从我的身后传来的，而是在我的正前方。

那个时候，我很可能发出了厉声的尖叫。我的记忆中只剩下模糊昏暗的画面：我飞一般地穿过那座地狱般的玄武岩远古建筑，那无人看守的敞开通道下面，无尽的黑暗深渊里传出了那魔鬼般诡异的声音。同时，从那里涌出了狂风——不再是之前那样寒冷、潮湿的气流，而是一阵猛烈的阴冷之风，它带着某种目的肆虐而出，暴烈而又冰冷，就是从那让人憎恶的哨音所传出来的黑暗深渊之中喷涌而出的。

在模糊的记忆中，我狂乱地跨越过每一个障碍，穿越每一个通道。我的身边，喷涌而出的狂风，连续不断地扫掠过一切，邪恶的哨音尖啸声越来越响亮。狂风与哨音充满恶意地自我身后的地下不断地涌出，在我身边盘旋着，不肯离去。

我背后那狂风产生了一股奇怪的力量，没有正常地往前推动我，却好像是一股绳索束缚着我，捆套住我，阻碍着我往前行进。我已不再去想着避免发出任何声响，而是奋力地翻过一片大石堆，弄出了稀里哗啦的声响。之后，我再一次回到了那栋通向地面的建筑物里。

凭记忆，我从其中一个拱形门内穿了进去。那里通道一边的房间里堆满了机器。当我看到里面的情形之后，我几乎要大叫起来：我看到了一条通向地下的倾斜通道。据我猜测，位于两层之下的地下室大门此刻也一定是敞开的。我并没有大声地喊叫出来，而是开始喃喃自语了起来：所有的一切都只是一个梦，我不久就会从这梦中醒来。或许我还在营地里，或许我一直都在亚卡汉姆市的家里面。借着这些希望的支撑，我慢慢恢复了理智，开始往上面一层的通道走去。

当然，我一直都记得，到了前面，我还得从一个 4 英尺宽的裂缝上跨过。但是其他的恐惧一直占据着我的大脑，我未曾去想它给我带来的恐惧。直到我走到这裂缝处时，我才意识到了这种巨大的恐怖。我来时处在往下行的位置，要跃过这道裂缝自然不是很难。但现在是要往上行走，而且此时的我已是惊恐万分、精疲力竭，身上负有一个金属盒子，而那邪恶的劲风还在把我往后拖曳，我还能跨跃过这条裂缝吗？直到最后一刻我还在考虑着这些情形，也想起了那些能潜藏在裂缝之下的、那黑暗深渊里的未知异类。

手中摇晃着的手电筒射出来的光线已逐渐暗淡，当我靠近那道裂缝时，凭借一些模糊的记忆，我还能记得那道裂缝就在我的前方。身后不断袭来的阵阵冷风与那令人厌恶的尖锐哨音。这时，时间仿佛显露出了仁慈的一面，它们给我打了一剂镇静剂，淡化了我对前面裂缝之下的黑暗深渊里所隐藏的恐怖之物的想象。接下来，我渐渐察觉到，在我的前方涌出了更多的狂风与哨音。这些让人深恶痛绝的东西如潮水一般，源源不断地从那无法想象且难以想象的深渊里喷涌而出，蔓延开来。

此刻，这噩梦中所存在的东西已经开始向我靠近。我已没有了理智，脑中一片空白。身体里仅存的动物的本能驱使着我一路狂奔。我闪避着路上的碎石，奋力往前冲去，仿佛前面的裂缝深渊根本就不存在。接下来，我看到了裂缝的边缘，用尽了身上的每一分气力，疯狂地往裂缝的对面跃去，但我很快就被那交织着可恶声音和有形的黑暗的漩涡所吞噬。

就我的回忆而言，这里就是我在地下洞穴中冒险经历的终点。至于之后其他的印象，完全是在精神错乱的状态下出现的千变万化的、魔术般的梦呓。梦境、疯癫和记忆杂乱地融合在了一起，构成了一连串荒诞离奇、支离破碎的臆想，与真实的世界完全没有半点联系。

在我的记忆中，还有一段向下坠落的恐怖历程。我跌进了深不可测的深渊，陷入仿佛黏黏糊糊且具有意识的黑暗之中。在那里，我听到一片嘈杂的声音，完全不同于地球上我们所知晓的任何有机生物所发出来的声音。我身上那些潜在的、原本已休眠的感官开始在体内活跃起来，让我感觉到那些住满了恐怖异类的岩缝和洞穴，将我引向那暗无天日的峭壁、阴霾笼罩的海洋，无窗的、黑色玄武岩制成的巨塔，以及建筑物密集得没有一丝光亮的城市。

这个原始星球的秘密以及它无法追忆的远古过去在我的大脑里一一闪过，既没有画面也没有声音。那些东西即使在我之前最为荒诞的梦境中，也未有过任何蛛丝马迹。潮湿的水汽一直用它冰凉的手指紧紧地攥住我的身体，似乎是在斥责。而那些让人畏惧的、该死的哨音恶魔般地厉声尖叫着，掩盖了这黑暗漩涡中的死寂。

后来，出现了一些在我梦境中出现过的巨大石制城市的景象——不再是一片废墟，而是像我的梦境里那样。而我自己，再一次置身于圆锥形的非人类的身体里，混在众多伟大种族与其他被囚禁的思想之中。它们携带着书卷，行走于宽广的走道和倾斜的路径之上，来来往往、熙熙攘攘。

另外，还有一连串令人恐惧的感觉重叠在这些画面之中，只在我的意识里一闪而过，作了片刻停留。在这些感觉里，我无法看到任何东西：伴着恐怖哨音的狂风，无形的手想攥住我的身体，我绝望地挣扎着，痛苦地扭动着身体，想从中挣脱出来，如同蝙蝠一般在黏稠的空气中飞行，在旋风肆虐的黑暗中兴奋地钻进一条通道，跌跌撞撞地攀爬上已经倒塌的巨石废墟。

大脑中也曾浮现出这样一个奇怪而模糊的景象：一处正在扩散的蓝色光辉在我头顶上方弥漫着。接着又出现了另一个梦境——一阵狂风在我身后追逐着我的脚步蜿蜒而行，而我一直在不停地往上攀爬。穿过一堆杂乱的碎石，我看到了冷漠的月光。而在我身后，那成堆的碎石开始滑落，在那阵邪恶的飓风之中轰然崩坍，所有的一切都跌落进那黑暗的深渊。最后，我看到了邪恶而单调的月光投洒在我的身上。此时，我渐渐意识到，自己已经回到了那个我曾经熟悉的、客观而清醒的世界。

我俯卧在这澳大利亚的沙漠之上，用手抓起地上的沙子。四周呼啸而来的狂风正在厉声尖叫着，我从来都不知道在这个星球之上会有这样的情形。我的衣服已经被撕扯成碎条，而我的身体上则全是大片的瘀肿和擦痕。

慢慢地，我恢复了所有的意识。然而，我自己也说不出那精神错乱之下的梦魇是在什么时候消逝而去的，也不知道我脑中的记忆又是从什么时候开始真实的。似乎曾经过一堆巨大的石块，而在这巨石堆之下潜藏着黑色的深渊。曾经还有过一段关于远古的情景，最后以梦魇般的恐怖作为结局。可是，这所有的一切又有多少是真实的呢？

我的手电筒不见了，与之一起丢失的，还有那个我可能发现过的金属盒子。真的有这样一个盒子，或是这样一个深渊，抑或那碎石岩屑堆积而成的山丘？我抬起了头，往我身后望去，只看到那贫瘠荒芜的沙漠在身后绵延起伏。

邪恶的狂风已经渐渐平息，散着光晕的圆月，泛着微红的光亮向西沉去。我费劲地站了起来，瘸拐着走向西南方向的营地。在我的身上到底发生过什么？难道我仅仅是晕倒在这片沙漠里，拖着受尽噩梦折磨的身体，走过

数英里的沙丘和被掩埋的巨石？如果不是这样，我又如何能够存活下来？

之前，我一直认为那些噩梦般的经历都不过是神话催生出来的幻境，并非真实。现在，这种新的疑虑，让所有那些建立在此基础之上的信念又一次全部崩塌，瓦解于那邪恶的猜想之中。如果真的有那样一个深渊，那么伟大种族也应该是真实的存在。那么这个种族在宇宙范围中的时间漩涡里，自由穿梭并捕获思想的种种也不再是什么神话或噩梦，而是足以让灵魂震裂的恐怖现实。

而我，难道在患上失忆症之后的那段阴郁得让人沮丧的日子里，确实被带回到了两亿五千万年前的人类史前世界？难道我现在的躯壳，真的曾被一个来自时光漩涡中的异类思想侵占过？我真的曾经做过那些恐怖异类的思想囚徒，并且目睹过这座被诅咒的巨石城市全盛时期的种种景象，还用我的思想寄居其中的那具恶心的身体蠕动着走在那些熟悉的走廊和通道之上？这些折磨了我二十多年的梦境，就是那段完全荒谬怪异的记忆的产物？我真的曾经和那些来自这宇宙中的、永远无法触及的角落里的异类思想交谈过，还了解了这个宇宙从古至今，甚至是未来的秘密？我真的曾经书写过我自己时代的历史，并将其存放在巨型档案馆建筑里的金属盒子里？难道当各种形态的生物在这颗星球历经沧桑的地面上延续着它们数千万年的进化历程时，而另一些则在真实存在的黑暗深渊里，那些携带着哨音与狂风、令人战抖的远古生物正在那深埋于地下的洞穴之中游荡着、潜伏着、等待着，并且逐渐走向消亡？

我不知道。如果那个黑暗的深渊以及我在地下所经历的一切全都是真的，那么我已经不再有希望了。如果所有的一切都是真的，那么那些能超越时间和空间、让人类深感不可思议的黑暗阴影一直带着嘲弄地俯视着这个人类的世界。但是，让我觉得仁慈的是，此刻并没有证据来证实我所经历的一切，它可能只是神话孕育出来的梦境中的新篇章。我并没能把那个能作为证据的金属盒子带到这个正常的世界。到目前为止，那些埋藏于地下的巨大建筑并未被发现。

如果这个宇宙的原则是趋于仁慈的，那么一切就应该永远不会被发现。但是，我必须将我目睹的，或者是我认为自己看到的一切告诉我的儿子，让他用心理学的知识来判定这次经历的真实性，也让他把对这些所作出的解释公布于众。

我曾经说过，折磨我这么多年的梦境所隐藏的真相，绝对产自于那些我认为自己在那深埋于地下的巨大废墟中所见到的一切。对我来说，很难把那本书中所记述的东西诉诸于文字，我想也没有哪位读者会猜出我到底记述了些什么。当然，它现在还被记录在那本书里，而那本书仍然置放于金属盒子之中——我于千百万年沉积下来的尘土之中找到的那个金属盒子。

自从人类出现在这个星球上，从未有过任何人得以眼见此书，也从未有过任何人得以翻阅此书。然而，当手电筒发出的光在那个恐怖的深渊里闪烁时，我看到那些饱经岁月沧桑而渐显脆弱的发黄纤维书页上那些奇怪的书写符号，其实并不是什么地球早期出现过的未知的象形符号，它们就是我们所熟悉的字体，是我亲手书写出来的英语词句。

疯狂山脉

一

科学家们不知晓事情的内幕，拒绝听取我的建议，我迫于压力不得不发表相关演说。道出反对进入南极探索的原因已经违背了我的意志，加之南极一带残留着很多珍贵的化石以及大片正在融化的古代冰盖，众多探险者肯定不会采纳我的建议，于是我更加怀疑自己是否非得冒此不韪。同时，公众不可避免地会怀疑我言辞的真实性，但真相本身就是那么的狂放而难以置信。一些隐藏至今的相片轮廓分明、十分生动，包括普通摄影和航拍的，都可以成为我有力的说服证据。另一方面，公众或许会认为我提供的照片是经过后期处理的伪造品，至于那些油墨绘图更会被冠以明目张胆进行欺骗之名。其实，只要艺术专家们留心，完全可以发觉其中的绘画技巧非常值得深入探究。

我这次发表的声明能否成功，取决于极少数权威科学人士的判断和立场。一方面，这些权威人士在思维上能足够独立地根据某些极具疑惑性的原始神话全集，对我所提供的令人发指同时又无法不使人信服的数据资料作出判断；另一方面，他们的影响力足以推迟任何前往南极的疯狂山脉地区进行探索的鲁莽计划。不幸的是，我和我的同事们只是名不见经传的普通人物，供职于名不见经传的普通大学，因此对于那些疯狂离奇和极具争议的重要事件只享有微乎其微的话语权。

更为不利的一点，从严格意义上讲，我们还算不上相关领域的专家。作为一名地质学家，我主要在密斯卡塔尼克大学研究来自南极地层深处各个部分的岩石和土壤标本。我校工程系的弗兰克·H.帕伯迪教授研制出的性能出众的钻孔机，已成为整个南极探险征程的重要辅助工具。我从没奢望能够成为地质学界的领军人物，但也确实想借助这台新型机械沿着前人的探索路线，从更深的地底勘探出寻常采集方法所不能及的新物质。帕伯迪的钻孔机械设备正如公众从我们的报告中所了解到的那样，轻巧且携带方便。它结合普通自流钻孔和小型循环钻孔机的技术要领，能够迅速处理不同厚度的岩层。这个钻孔设备由不锈钢钻头、分节辊轴、汽油发动机、可拆卸的木制井架、爆破工具、绳索、垃圾清除装置以及直径 5 英寸、长达 1 000 英尺以上的分段管道构成，连同所有不可或缺的辅助部件一起，仅需三辆由七条狗拉行的雪橇就能拖动，设备如此轻巧易携主要由于它取材于轻便的铝合金。另外还有四架道尼尔公司专门设计的大型喷气式飞机，可以适应南极高原极端的纬度条件，飞机上附置有帕伯迪教授研制的燃料升温和快速启动装置，能够将我们整个探索队伍从巨大的冰堤总基地边缘运往内陆各个合适的基地分部，每个基地分部都有足够配额的雪橇犬供使用。

我们计划在南极冰盖上逗留一个季度实施考察，如果确实有必要，条件也允许的话，时间还可以延长，主要探索区域包括罗斯海南部的山脉及高原地带。这些地区在之前分别由沙克尔顿、阿蒙森、斯科特和伯德等科学家进行过不同程度的开采。我们经常长距离地飞行穿梭于不同地点，频繁更换驻扎的营地，期望能够挖掘出某种数量空前的物质，更是对一直以来就鲜有新发现的前寒武纪狭窄地层抱以厚望。同时，整个探索队伍也希望获得尽可能多的地表化石，因为这片充斥着寒冰与死亡的惨淡之地自从有原始生命以来就对研究人类地球的历史有着极大的重要性。众所周知，南极大陆曾经气候温和，甚至可能是一片热带地区，长有丰富的植被，繁育了种类多样的动物生命，现如今，据说这片大陆上的残存物种只剩下地衣、海洋动物、蛛形纲和北部边缘的企鹅。我们希望能够有所发现，最好能从多样性、准确性和细节上完善和例证该说法。只要钻探一发现有化石存在的迹象，我们就会通过爆破扩大岩层空隙，尽量多地挖掘出尺寸和保存情况都适当的标本。

钻探的深浅程度主要视上层土壤或岩石的具体情况而定，整个钻探作业也一直局限于裸露的或是近乎裸露的地表——有时还迫不得已在斜坡和山脊上进行钻探，因为部分地势较低处竟覆盖有厚达 1 英里乃至 2 英里的冰层。尽管帕伯迪已经制订相关计划，将铜质电极沉入密集成群的钻头中，并通过汽油驱动产生的电流融化有限区域的冰层，我们也不能大量地浪费任何人力物力对相当厚的纯粹冰川层进行钻孔作业。帕伯迪的此项计划还不适宜大规模地付诸实践，只能进行试验性尝试，我从南极返航归来后就一直劝阻斯塔克韦瑟·摩尔探险队，劝他们不要全面采用该计划，但这行人非常固执并决定即将起航。

公众通过我们频繁发给《亚卡汉姆广告者》的无线电报，以及之后帕伯迪和我自己发表的文章知道了密斯卡塔尼克大学的南极探索征程。此次探索队成员包括我们学校的四人——生物系的帕伯迪和莱克、物理系的阿特伍德（同时也是一名气象学者）、我（代表地质学系，并兼任整个探索队的名义负责人）。除此之外，还有16个助理，包括七名密斯卡塔尼克大学的研究生以及九名熟练的技工。这16人中有12人是合格的飞机驾驶员，除两人外均能胜任无线电报的收发任务；其中八人能够使用指南针和六分仪导航，外加帕伯迪、阿特伍德和我。此外，我们的两艘木制捕鲸船也配足了人手，并针对冰川可能对其造成的损害完成了加固工作，配置了附加的蒸汽系统。纳撒尼尔·德比·匹克曼基金会以及其他几笔专项捐款资助了这次探索行动，虽然缺乏公众的广泛关注，我们的准备工作仍旧很充分。狗、雪橇、机械设备、营地材料和五架飞机及不可拆卸的部件都被运到了波士顿，将在那里装船。我们探索队因为肩负特殊任务，所以这一次的装备可算是异乎寻常的优良。另外，无论是有关物资的供给、配置、运输还是营地建设方面的问题，有许多极其杰出的前辈们给我们后来者留下了丰富的经验。正是由于众多前辈们不同寻常的名气，使我们这次准备得如此充裕的远征最终得到了一些公众关注。

如新闻报道所称，我们于1930年9月2日从波士顿港起航，悠闲地顺海岸而下，穿过巴拿马运河，在萨摩亚和塔斯马尼亚岛的首府霍巴特稍作停靠，并在后者完成了最后的物资供给。我们探索队的所有成员无一人到过极地地区，因此都非常依赖两名船长——指挥“亚卡汉姆”号方帆双桅船的J.B.道格拉斯海军司令官和指挥“密斯卡塔尼克”号三桅帆船的格奥尔格·索福里森，二人都是在南极海域驾驶捕鲸船的好手。在逐渐远离了人类居住的热闹世界后，天边的太阳越落越北，我们在地平线以上待的时间也一天天变长。在快接近南极圈，约南纬62°的地方，我们看见了第一个冰山群，它们仅桌子般大小，边沿垂直。10月20日，我们正式进入南极圈并为此举办了一个小型的庆祝仪式。同时，海上冰原也给探索队造成不小的困扰。我们漫长的海上航行经过了热带地区，如今急剧下降的气温很是扰人，但我已经准备迎接更加严峻的考验。很多次我都被奇妙的大气现象深深吸引，我还第一次见到了海市蜃楼——远处成片的冰山仿佛是座座雉堞守卫着大得超出想象的雄伟城堡。

幸亏我们遇到的冰原地带并非十分广袤，冰层也不算特别厚，历经艰辛后终于在东经 175°，南纬 67° 处重新进入开阔的海域。10 月 26 日早晨，探索队一行人似乎看见南部海域出现了一片陆地。临近正午时分，一条高大巍峨、被冰雪覆盖的山脉清楚地映入眼帘，大家都抑制不住内心强烈的兴奋之情。该山脉显然就是罗斯之前发现的阿德米拉蒂山脉，它如同前哨基地般守卫着这片充斥着冰冻与死亡的神秘世界。现在我们的任务是绕阿黛儿海角，一直沿维多利亚地带的东岸航行，抵达位于南纬 77° 9' 的麦可默多海峡。该海峡位于厄瑞波斯火山山脚，是计划中的营队基地。

前往目的地的最后一段航行，在某种程度上可称作视觉盛宴，激起了一行人翩翩遐想：贫瘠却雄伟的山峰在远处神秘地若隐若现，正午时分，北方天空低垂的太阳，抑或是子夜时分下沉至地平线以下的太阳，把它朦胧的泛红光线洒在皑皑白雪上，洒在微微泛蓝的冰块及海面上，洒在裸露着花岗岩的斜坡上。南极地带的刺骨寒风间歇性地横扫过一座座荒凉的山峰，凛冽的风啸声有时让人隐隐地以为是狂野而煽情的动人笛声。此情此景下，我不禁联想到尼古拉斯·罗列赫[1]那令人不安且怪异荒诞的亚洲绘画；甚而还联想到邪恶传说中那更加令人不安、更加怪异的冷之高原，疯狂的阿拉伯人阿卜杜拉·阿尔哈萨德的《死灵之书》中曾提及该地。说来愧疚，我从南极探索归来后曾到学校图书馆翻阅过那本荒诞丑恶的邪书。

11 月 7 日，探索队在行经富兰克林岛时，视野中向西延伸的那条山脉居然从眼前暂时消失了。第二天，我们看见了前方位于罗斯岛的厄瑞波斯山和特纳山，以及更远处帕里山的漫长轮廓。巨大的白色冰障呈一条白线低低地朝着东方伸展着，垂直高度约 200 英尺，如同魁北克那岩石嶙峋的峭壁一般，标志着我们南向航程的终点。下午，探索船队行至麦可默多海峡，停靠在烟

---

①尼古拉斯·罗列赫（Nicholas Roerich）：俄罗斯“通神论者”，著名神秘主义画家、哲学家、科学家、作家以及旅行家。——编者注

雾缭绕的厄瑞波斯火山的背风海岸。巍峨的厄瑞波斯山映衬着东部的天空高高耸立着，海拔约12 700多英尺，与日本绘画中庄严的富士山十分神似。坐落其后的特纳山宛如幽灵般雪白，海拔近10 900英尺，是一座停止喷发的死火山。探索队中一名年轻聪慧的研究生助理丹佛斯指出，厄瑞波斯山断断续续喷出的烟雾就像是白雪覆盖的斜坡上流淌着的火山岩浆。他还评论说，这座于1840年被发现的山峰无疑是知名恐怖小说家爱伦·坡的创作源泉之一。发现厄瑞波斯山后的第七年，爱伦·坡写道：

“——无尽流淌着的岩浆呀，
它们翻滚着地狱般的波浪沿亚涅克山而下，
亚涅克位于极地最深的角落，
它为了岩浆的陨落而叹息。”

丹佛斯阅读过大量的怪诞书籍，也时常谈及爱伦·坡。我对坡感兴趣则是因为他在其唯一一部长篇小说中描写到南极的场景——那本如谜一般难解而令人不安的《阿·戈·皮姆的故事》：以荒芜沉闷的海岸和高大的冰障作为背景，无数奇形怪状的企鹅拍打着翅膀发出咯咯的嘈杂叫声；海水中许多体态肥胖的海豹清晰可见，它们或是在缓缓漂移的大块浮冰间游泳，或是懒散地躺卧其间。

子夜后不久，探索队一行人终于在9日凌晨借助小船艰难地登陆了罗斯岛，经商议决定采用裤型救生圈卸载物资补给，两条船上的电缆也被一并扛上岸。尽管司各特和沙克尔顿的探险队早已到过该地，我们第一脚踏上南极土地那一刻，心情仍然激动而复杂。而搭建在火山斜坡下的冰冻海岸边的营地也是暂时的，总部依旧设在“亚卡汉姆”号船上。我们紧接着便卸下探索队所有的钻探设备、狗群、雪橇、帐篷、食物、汽油罐、试验性的融冰装置、普通及航拍的照相器材、飞机零部件以及其他的一些附属装置，如三套小型便携式无线电设备（不包括飞机本身附带的无线电设备），足以保证“亚卡汉姆”号方帆双桅船与探索队即将前往的各基地分部联系畅通，及时地把大批的物资运往所需地点。“亚卡汉姆”号将通过位于马萨诸塞州金斯堡·海德的大功率无线电台向《亚卡汉姆广告者》发送新闻报道。我们计划在一个夏季之内完成南极所有的探索任务，若未能按时完成任务很可能会留下来过冬，并安排“密斯卡塔尼克”号赶在严冬海面封冻前输送第二次的夏季物资供应。

新闻中已报道了我们探索队初期的工作进展情况，在此我没有必要再次逐一重复：如登顶厄瑞波斯山；依靠帕伯迪教授研发的机械装置在罗斯岛，甚至是岛上坚硬的岩石层速度奇快地成功完成了好几处钻孔作业；对小型融冰设备的临时测试；装置有供应物资的雪橇艰难地登上危险冰障地带；在冰障顶端顺利组装完成五架大型喷气式飞机。整个探索队包括22人和55条阿拉斯加雪橇犬，健康状况都很良好，当然这仅仅是在我们还未遭遇任何具有真正毁灭性的低温或风暴袭击之前的情况。大部分时候气温都在华氏零度至20或25度以上波动，以前在新英格兰地区过冬的经历很大程度上帮助了我们适应这里的严寒。另外，搭建在冰障上的营地是半永久性的，里面储存有汽油、食物、炸药及其他的物资供给。我们共安排了四架飞机负责当前急需物资的运输任务，第五架飞机与一名飞行员和两名物资储存船上的工作人员留守营地，以便在前四架飞机全部失踪后可以与各分基地的探索队员相接应。晚些时候，不需要四架飞机全部用于设备运输时，我们会再调动其中的一两架专门负责在物资储存营地与另一处的永久基地间往返穿梭，该基地位于600至700英里以南、毕尔德摩尔冰川前方的大高原。虽说极地大高原会时常突发凛冽的狂风和可怕的暴雨，但我们出于经济及利润方面的考虑，最终决定放弃新建中转站。

无线电台播报了我们探索队在11月21日那次长达四小时扣人心弦的直飞行程，此次飞行途经西面高耸的群峰，翱翔在雄伟壮观的陆架冰原上空，除了飞机引擎的轰鸣外，周围全是一片深不可测的死寂。当时的风势还不足以对飞行作业造成太大困扰，我们借助无线电罗盘顺利走出了一场阴暗的浓雾。行至南纬83° 126′ 到84° 之间的某个位置，前方隐约出现一个巨大隆起，大家都意识到我们探索队一行人将马上抵达全世界最大的山谷冰川——毕尔德摩尔冰川，那里曾是冰封的浩瀚大海，现已被一条地势险恶的多山海岸线替代。最后，我们终于真正踏上了世界最南端的毕尔德摩尔冰川，这片沉寂了亘古万世的惨白之地。意识到这点时，位于远东方向高达15 000英尺的南森峰已经赫然映入了我们的眼帘。

接下来，探索队在南纬86° 7′，东经174° 23′的冰川上成功搭建了南部基地，我们搭乘雪橇和喷射机短途飞行，这已经帮助我们在不同的地点以惊人速度高效地完成了各项钻孔及爆破作业。同时，12月13日至15日间，帕伯迪教授与两名研究生助理葛德尼和卡罗尔，历经艰险成功登顶了南森峰。探索队一行在高于海平面约8 500英尺的冰原进行试验性钻探时，发现某些地点的坚硬地表距离冰层表面竟浅达12英尺，于是我们大量利用小型融冰设备配合钻孔作业，在先前的探险家未曾想过会有矿石标本的多个地方进行了爆破，收获颇丰。此次开采的前寒武纪花岗岩和比肯砂岩更加坚定了我们一直以来的想法：这片冰雪高原与相隔在西面的广袤大陆同源，只是，位于东面，南美洲以下的那部分陆地与之略有不同——我们当时认为那是一块从罗斯海及威德尔海海域分离出的小片陆地，但该假想后来经伯德证明是错误的。

钻孔作业中若发现砂岩，我们会马上实施爆破和开凿，进一步揭露它们的本质，其中有一些十分有趣的化石遗迹和残骸——尤其是蕨类植物、海藻、三叶虫、海百合，以及软体动物如舌行贝和腹足类的蜗牛，等等——这些似乎对于研究该地的原始历史有极其密切的联系。我们还发现了一块带条纹的三角形化石痕迹，其最宽处的直径约1英尺。同时，莱克在亚历山德拉皇后山脉的一次深层爆炸作业中发现了三块板岩碎片，将它们拼凑起来则与之前诡异的痕迹刚好吻合。此项巧合在生物学家莱克看来很是令人费解，似乎还带有几分激发挑衅的意味，尽管以我地质学家的眼光看，那只不过是沉积岩共有的一些合理而常见的连锁反应。该板岩仅仅是沉积岩层受挤压发生了变形的产物，并且压力本身对岩脉也会产生古怪的扭曲效果，因此我并不赞同过多地关注板岩本身的条状纹路。

1931年1月6日，莱克、帕伯迪、丹佛斯、6名研究生和4名技工加上我分乘两架大型喷气式飞机，直接飞往南极。途中由于突遇短暂强风，幸而未演变成典型的风暴，我们在稍作停留后又继续前行了。正如报纸中刊登的那样，这是我们为数不多的观测飞行中的一次，其他几次观测飞行主要是探索前人未到达之地的地貌特征，若将此作为评判标准，那么我们初期几次探索的结果都不尽如人意。当然，我们探索队取得的成果也值得一提：比如掌握了大量有关极地地区丰富多彩又极具欺骗性的海市蜃楼的研究资料；海上航行也带给了我们简要的征兆提示，等等。远方的山峦漂浮在天空中，好似一座座引人陶醉的迷人城市，很多情况下，这个堆砌着漫漫冰雪的白色世界会幻化出一片交织着金黄、银白和猩红色的五彩斑斓，仿佛置身在邓萨尼勋爵[①]笔下的梦境之中，子夜时分，在低落的太阳下，又有多少颗悸动的心渴望去冒险他乡？每逢阴云密布的天气，我们的飞行都会遭受严峻的考验，白雪皑皑的陆地与天空融合成一片神秘的乳白色空虚，让人辨不清哪里才是海天交接处。

我们最终决定执行向东飞行 500 英里的原初计划，动用四架探测飞机，在那里建立一个新的附属基地。同时我们仍一如既往地误以为该地就是南极大陆分裂的地方，从而误信从该地获得的地质标本会更有利于比较研究。探索队一行人健康状况良好；酸橙汁提供的维生素很好地弥补了罐头食品与腌制食品造成的营养不均衡；气温基本保持在华氏零度以上，所以我们不穿压箱底的皮毛衣物就可将就应付。现在正值南极的盛夏季节，如果我们抓紧时间，小心仔细的话，可能在 3 月前完成预期工作，从而避免在漫漫极夜的恶劣寒冬中逗留。西面曾突发了几场来势汹汹的强烈风暴，但是凭借阿特伍德高超的技能，修建了简单的飞机避风所和防风障，我们有效抵挡了猛烈的大风雪，对营地的主要建筑也都进行了加固。好运与高效率一直伴随着我们，这确实显得太诡异、太不合常理了。

当然，外部世界也知道我们整个的南极探索进展工作，听闻莱克执拗地坚持探索队往西，更准确地说是往西北方向进行勘探，而且最好能赶在我们整个队伍迁往下一个营地之前完成。莱克似乎对那块带条纹的三角形板岩思考了很多，他的想法如此激进大胆，简直让人震惊不已。他从这些条纹中仿佛读出了自然界中、地质时代期间的某些矛盾，这愈发将他的好奇心推向顶点。那片挖出了板岩残骸的土地向西绵延，莱克热烈渴望着能够在这片土地上实施更多的钻探和爆破。他执着而莫名地坚信板岩上的岩脉出自某种高度进化且不可分类、笨重庞大的未知生物的化石残骸，尽管这块化石起源于非常古老的年代——即便不是出自前寒武纪，也至少是寒武纪时期——如此一来不仅排除了所有高等进化生物存在的可能性，就连任何单细胞动物也不能

---

①邓萨尼勋爵：奇幻小说的开山鼻祖，著有《奇谭录》（The Book of Wonder）等作品。——编者注

纳入其中，顶多可以推至三叶虫时代。根据这些化石碎片及其奇特的岩脉推断，它们至少有 5 亿年至 10 亿年的漫长历史了。

二

我们发出的无线电简报提及莱克朝西北方前进，踏上了一片从未有人涉足，甚至无人大胆想象过的土地。我推测这条消息一定在公众间引起了强烈反响，诱发大众浮想联翩。自然，我们并未提及莱克同时还心怀着变革整个生物学及地质学界的疯狂希望。1 月 11 日至 18 日期间，莱克与帕伯迪及另外 5 人揭开了西向钻探工程的序幕，然而就在穿越广袤冰原上一条巨大的挤压脊时，一行人乘坐的雪橇车翻倒，损失了两条雪橇犬。就在这条挤压脊上，一行人挖掘出许多太古时期的板岩，在不可思议的古老地层出土了如此大批量的化石，就连我也不禁对整个离奇事件产生了兴趣。然而，那批化石大多来源非常原始的生命形式，与人类现有的科学认识也没有明显的矛盾，只是出现在这些化石中的生命形式看起来都应该是出自前寒武纪。我依旧看不出莱克有什么合情合理的理由要求暂停我们时间紧迫的探索行程，并驾驶四架探测飞机，带领大量人手和大部分的钻探设备前往西北方向勘探。到最后，我没有对莱克古怪的西北方向勘探计划投否决票，然而也拒绝随行前往，尽管他一再请求，表示希望得到我在地质学方面的建议。莱克一行人离开后，剩下我、帕伯迪，以及另外 5 人留守基地，我们负责制订向西进行勘探工作的最终计划。为了准备这次基地转移，一架飞机已经飞往麦可默多海峡负责转移所需的汽油补给，但该项工作可以暂时停止。这片死寂了亘古千年的世界到处都杳无人迹，无论任何时候，最好保证身边有可用的交通工具，因此，我在基地留下了一架雪橇车和九条雪橇犬。

莱克指挥的探索分队深入了一片未知冰原，他们通过飞机上装载的短波发射机发送简报，我们在南部基地以及停靠在麦可默多海峡的“亚卡汉姆”号船都可以同时接收，后者还专门用 50 米的波长将简报转播到外界。莱克一行人在 1 月 22 日凌晨 4 点启程，两小时后我们收到了对方发出的第一条无线电消息，消息称探索小队在离我们 300 英里左右的地方着陆，已开始小规模的融冰及钻孔作业。六小时后，莱克发出第二条简报，内容十分激动人心，称一行人斗志昂扬、积极努力地工作，在钻探并爆破一口较浅的矿井后发掘了大量板岩残骸，其中有几块化石残骸的岩脉竟然与之前那块引起了众多疑惑的板岩化石大致相似。

三小时后发来的简报称，莱克一行人正顶着呼啸刺骨的寒风重新开始飞行作业。我回复了消息反对他们作出进一步的危险举动，然而莱克只是简略地发来简报称只要可以挖掘出新样本，一切冒险都是值得的。对此，我只能眼睁睁地看着莱克内心的激动与兴奋发展至如此危险的地步，却无法牵制他们一行人不顾大局草率冒险的行径。想到莱克指挥的探索分队正一步步深入终日呼啸着暴风雪、危险而可怕的皑皑无垠之地，我就不禁骇然。那片无垠冰原一定埋藏着不为人知的秘密，其绵延不断的海岸线长达 1 500 英里，一直延伸至玛丽皇后地[①]和诺克斯地那不为人知的荒凉海岸。

大概一个半小时后，莱克从高空发来了令人兴奋无比的消息，几乎扭转了我之前的想法，甚至有些后悔自己当初没有随探索分队同行。

“晚上十点零五分，飞行中。暴风雪之后，眼前绵延着我有生以来所遇到的最高大的山脉。高度甚至与喜马拉雅山脉相当，大概是在南纬 76° 15′，东经 113° 10′。看不到山脉左右两端的尽头。似乎有两座冒火的火山口。所有的山巅都黑漆漆一片，无积雪覆盖。山谷间刮来阵阵狂风，难以飞近观察。”

自那以后，我与帕伯迪以及其他所有人一直屏气凝息守在无线电波接收器旁。这座 700 英里以外的巨大山脉激起了我们内心最深处想要冒险的渴望，虽然没亲自加入这次勘探征程，但自己所在的探索队能够成为这条山脉的发现者也同样令人激动。半小时后，莱克再次发来了简报：

“莫尔顿驾驶的飞机在高原的丘陵地带迫降，无人受伤，飞机或许还可修复。把迫降飞机上的补给品转移到另外三架飞机上后将视需要选择返航，

---

①玛丽皇后地 (Queen Mary Land)：东南极洲濒印度洋的一部分地区。在伊丽莎白女王地和威尔克斯地之间，即东经 91° 52′ —102° 之间。外有谢克尔顿陆缘冰。1911—1914 年澳大利亚人首先到此，以英国玛丽女王的名字命名。——编者注

还是继续下一步行动。目前不会进行更多的负重飞行。我将搭乘卡罗尔的飞机进行勘探，但得事先卸载飞机上的物资。眼前的景象简直难以置信。最高的山峰估计高于35 000英尺。珠穆朗玛峰与之相比也得甘拜下风。阿特伍德正在用经纬仪测量山峰的具体高度，我和卡罗尔打算登顶考察。或许之前关于火山口的推测有误，因为这里的山峰是分层的。可能前寒武纪的岩层与其他岩层发生了混合。山峰映衬在天空的轮廓有些奇特——许多规则的立方体截面环绕在最高峰周围。太阳很低，红色和金色交相辉映的阳光下，一切事物都变得奇妙无比，像是梦中的神奇之地，又像是通往禁忌之地的门户，里面充满了无数奥秘等人揭晓。真希望你也在现场可以一起探讨。”

尽管严格来说，已经到了睡觉时间，但守在接收机旁的我们都毫无睡意。麦可默多海峡那边肯定也兴奋得难以入眠，因为那里的物资供给存储基地和“亚卡汉姆”号船也接收到了同样的无线电简报。道格拉斯船长还亲自发简报，祝贺莱克一行人的重要发现；物资供给存储基地的话务员谢尔曼也随后致以了同样的贺电。当然，我们大家都对受损的飞机深感遗憾，希望能成功修复。接着，在晚上十一点左右，莱克发出另一条消息：

“和卡罗尔一起越过了前陆丘陵地带的最高地区。当前天气条件恶劣，暂不敢尝试攀登更高的山峰，稍后一有时机我们就会出发。当前海拔下的攀登作业困难重重，但一切付出都值得。高大的山脉绵延不绝，看不见它后面是怎样一番情景。山脉主峰的高度超过了珠穆朗玛峰，形状怪异，其构造类似前寒武纪的板岩，迹象明显表明山脉还混合有很多种其他不同时期的岩层。之前关于火山口一说确证有误。山脉朝两端延伸到我们目所不及的远方。我们攀登到21 000英尺的高处时发现地面积雪全无。最高的那几座山峰山体构造诡异奇特。整条山脊呈巨大的方块状，但山坡几近垂直，山脉四周侧峰的坡面也呈垂直状，但较为低矮，仿佛依傍着悬崖峭壁而建的亚洲古堡，整幅景象与俄罗斯的神秘主义者兼画家罗里奇的绘画风格神似。仅仅是远观此山脉已让人永生难忘。靠近其中一些山峰飞行，卡罗尔发现它们都是由分离的碎石块构成，可能是风化造成的。众多山峰边缘都有破碎的痕迹，棱角全无，像是经历了几百万年的狂风暴雪等各种恶劣气候的洗礼。山脉的部分地带，尤其是靠近山顶的部分，更像是由浅色的岩石构成，区别于山坡地带明显的多时期岩层构造，这些彩色石头显然属于水晶类矿石。贴近山峰飞行时还发现了很多处洞穴，其中一些洞穴的轮廓出奇地规整，呈现出方形或是半圆形。你一定得来研究一番。我猜想自己看见了一座高度约 3 万至 3.5 万英尺的山峰顶端建有正方形的城墙，我当前所在的海拔是 21 500 英尺，刺骨寒冷。猛烈的冷风呼啸着从洞口刮进刮出，发出阵阵令人毛骨悚然的诡异声响，我们的飞行作业到目前为止还算顺利。”

接下来的半小时，莱克又发了一连串的简报，称自己打算徒步攀登其中的一些山峰。我回复他，称只要能派来一架飞机，我就即刻加入他们的探索分队，另外，我和帕伯迪将拟出最好的汽油供给方案，即根据整个探险队的工作进程，安排好应该在何时何地集中我们的汽油供给。显而易见的是，莱克的钻孔勘探和飞行探测行动都需要大量的物资补给，他计划在山脚建立新的营地，这样一来，我们之前设计的西向转移行动可能得推迟到下一个季节。针对这一突发情况，我用无线电短波联系了道格拉斯船长，让他尽量卸载船上的物资，然后驾着我们留在那里的唯一一支雪橇队登上冰障。我们的当务之急是开辟一条直接连通探索队所在的未知之地与麦可默多海峡的新航线。

晚些时候莱克告诉我，说他决定让探索分队驻扎在莫尔顿的飞机迫降地附近，受损飞机的修复工作也有新进展。当地的冰层很薄，到处隐约可见黑色的陆地，他打算在开展进一步的雪橇远行和登山探险前，加强整个探索分队的钻探和爆破作业量。莱克还提到，当地的整体景象是难以形容的雄伟，站在萧瑟高山的背风处会不由得心生一股莫名感动，这些绵延的山峰坐落在世界的边缘，如一堵城墙直耸云霄。阿特伍德的经纬仪观察结果表明，这一带最高的五座山峰海拔都在 3 万到 4 万英尺之间。让莱克极度困扰的是，这片未知之地暴风雪频发，时不时还会出现异常猛烈的狂风。他们驻扎的营地距离山脉骤然隆起的前陆丘陵约 5 英里远。当莱克强调探索分队应该加紧工作进程，尽可能快地结束在这片奇怪的未知之地的勘探工作时，我几乎能够从这些话语中觉察出对方潜意识中的恐慌，即使我们相隔着 700 百英里的广袤冰川。莱克终于结束了这一天天连续不断的艰苦工作，并以空前的高效率取得了让人瞩目的收获，他总算要去休息了。

早上，我、布莱克和道格拉斯船长在相隔遥远的营地进行了一次无线电短波的三方会议，并协商决定，莱克将派遣其中一架飞机飞往我所在的营地，把我、帕伯迪和另外5名工作人员接往他们分队所在的营地，顺便装载尽可能多的汽油同行。莱克近期营地所需的供暖和钻探用油配备充足，因此关于悬而未决的燃油补给问题，以及向东转移等事项可以先搁置几天再作讨论。我们在南方的旧营地到最后肯定需要重新的物资补给，东向的探险计划一旦取消，我们会一直等到次年夏季才会重新启用南方营地；同时，莱克必须动用一架飞机负责勘探连接他新发现的山脉与麦可默多海峡的直航线路。

帕伯迪和我准备根据探索分队的实际进展情况，或长或短地关闭我们所在的基地，如果要在南极过冬，到时候很可能从莱克的营地直接飞往“亚卡汉姆”号，不必再折返此基地。基地一部分圆顶帐篷已用坚硬的冰块进行了加固，并决定把这里建成一个永久性的爱斯基摩极地村。由于帐篷的供应源极其充足，即使我们一行7人突然到达，莱克也保留有足够的帐篷供计划中的新基地使用。我发送无线电波告知莱克，帕伯迪和我经过整个白天的准备工作，将休息一晚后动身向西北方向出发。

然而，在下午四点以后，我们原本昂扬的斗志发生了小波动，因为莱克发送无线简报告知了一个最离奇也最振奋人心的消息：当天的探索行动刚开始时并不顺利，一架勘测飞机在靠近裸露的岩石表面时，竟没有发现预期中的太古代和始生纪岩层，正是这些裸露的岩石构成了一座座可望而不可即的高大山峰，它们坐落在探索分队营地不远处。这些岩石乍看非常像是侏罗纪和卡曼奇纪的砂岩以及二叠纪和三叠纪的片岩，其中裸露着些许有光泽的黑色物体，据推断应该是坚硬的板岩煤。突如其来的发现让莱克有点沮丧，他一直都预估这次探索所发掘的化石标本至少都应是5亿年以前的。他也清楚地认识到，要想重新挖掘出属于之前古怪岩脉的太古代化石，必须带领雪橇队进行更长的远行，必须从前陆丘陵地带出发，步入这些巨大山峰深处的陡峭边坡。

不管怎样，莱克还是指挥队员在当地展开了例行的钻探作业，这也是整个探索分队总工作项目的一部分。在确定了钻孔地点后，安排五人接着完成钻探的后续任务，其他队员则负责搭建营地，修理受损飞机等工作。一块较软的可见岩石——离营地四分之一英里远的地方挖掘出的砂岩——被选作第一个样本。这一阶段的钻探作业并未过多求助于爆破，就取得了极佳的进展。大概是三小时以后，一名钻探人员突然大喊大叫起来，这次作业的代理领班葛德尼风风火火地冲进营地，带回一则令人吃惊的消息。

他们钻井组在爆破时发现了一个洞穴。前期所勘探到的砂岩竟带有部分卡曼奇纪的石灰岩，岩层中布满了各种各样的小型化石，其中有头足类动物、珊瑚、海胆、腕螺，偶尔还夹杂着类似于硅质海绵类生物和海洋类脊椎动物的骨骼残骸，至于后者，很可能包括有硬骨鱼、鲨鱼以及硬鳞鱼。这是勘探作业中发掘的首块海洋类脊椎动物化石，对整个探索队而言都极其重要。然而没过多久，钻探队员们突然明显感觉钻头穿过岩层后仿佛下沉到一片空旷中，工作人员们抑制不住内心的惊喜和兴奋，瞬间沸腾起来。经过相当复杂的爆破处理后，终于揭开了深藏地底的秘密：透过一道宽 5 英尺、深 3 英尺的缝隙，狂热的探索者们看见了一个低矮的石灰岩凹洞，5 000 万年前，来自热带世界的地下水曾从这里涓涓地淌过，侵蚀留下了如今的通道。

这一层空旷之处高不过七八英尺，却延长到四面八方，一股微微流动的新鲜气流表明这个洞穴应该属于一个更大规模的地下通道系统。洞穴的顶端和下部都生长有很多石钟乳和石笋，有些上下相连形成了石柱，更为重要的是，一大堆贝壳和骨骼几乎要堵塞了通道。这堆骨骼混合物很可能是从长满中生代树蕨类植物和真菌的未知丛林冲刷而来，包含白垩纪和始新世的众多动植物物种的化石，具体种类数可能比最伟大的古生物学家在一年内可以计算或归类的还多。各种大的、小的、已知的、未知的物种化石——如软体动物、甲壳类动物、鱼类、两栖类、爬行动物类、鸟类和早期哺乳动物，等等。难怪葛德尼会高声呼喊着跑回营地；难怪所有人都停下手中工作，不顾刺骨寒冷奔赶至高大的井架，该井架已标志着一个新发现的门户——可以通往神奇的地球内部，通往不复存在的亘古永世。

莱克在满足了自己原始冲动下的强烈好奇心后，在笔记本上草草地做了一段记录，然后差遣年轻的莫尔顿跑回营地通过无线电发布该喜讯，这也是我收到的关于该新发现的第一条消息。消息称，他们识别出这些化石残骸包括早期的贝类、硬鳞鱼和盾皮鱼的骨骼、迷齿亚纳类动物和槽齿类动物的遗骨、古老的沧龙科动物头盖骨碎片、恐龙的椎骨和骨板、翼手龙的牙齿和翼骨、始祖鸟残骸以及另外一些例如貘马、剑齿兽、恐角兽、曙马、岳齿兽和雷兽等古老动物的化石，尚未发现近代的乳齿象、大象、骆驼、鹿或牛科动物。由此莱克认为，这堆残骸里面年代最近的化石也是渐新世时期，空旷的底层已经保持当前的干涸、死寂、不可接触状态至少有3 000万年之久。

另一方面，洞穴中发掘的极早期的生命形式异常众多。虽然整个洞穴的构成是石灰岩，但其中嵌有典型的普通海绵纲化石残骸，因此断然无误地属于卡曼奇纪，不可能出自更早时期。洞穴中其他零散化石中远古时期生物残骸占了惊人比例——甚至包括初始的鱼类、贝类，以及早至希留利亚纪或是奥陶纪的珊瑚类。由上述种种，我们不可避免地推测出这片洞穴所在地于30亿年前至3亿年前，生物体的繁衍兴盛已经达到了无与伦比的惊人程度，至于此般的繁衍兴盛过了渐新世，即该洞穴被尘封后又维持了多久也就不得而知了。无论如何，在50万年前的更新世——如果以洞穴自身的年代看可能仅仅相当于发生在昨天——那可怕的冰雪天气摧毁了全部的原始生命，若没有此次意外，这些生物体本该活得更长。

莱克在发送出首条有关洞穴新发现的消息后，还未等莫尔顿返回，又手写了一份新的简短公告派手下送至营地，并使用无线电波对外发出。之后，莫尔顿一直守在其中一架飞机所装载的无线电发射机旁边，专门负责将莱克的探索成果发送给我，然后我再转发至“亚卡汉姆”号船，最后由“亚卡汉姆”号传输到外界，单是递送莱克频繁的附言后记就动用了一小队人员。这则报道发自下午，在科学界掀起了高昂的热情，当时读了相关报纸的人一定能够回想起它。没想到多年后，该报道竟指引和诱使我竭力阻止斯塔克韦瑟·摩尔发起的南极科考之行。同时，我最好把莱克发给我的简报原封不动地转发，营地的话务员麦克泰负责速记并将之转写成文本：

“富勒在爆破后的砂岩及石灰岩碎片中有重大发现，其中竟有好几块类似于先前所发掘的太古时期板岩，呈明显的三角形，岩脉清晰。这证明留下此类岩脉的生物从6亿年前一直存活到卡曼奇纪，并且其形态和尺寸大小较前期而言也无显著变化。媒体强调该发现对于生物学所产生的重要影响不亚于爱因斯坦对于数学和物理学所做出的贡献。同时附上我前期的工作进展并补充相应的推断。正如我怀疑的那样，种种迹象显示地球见证了有机生命体的整个抑或是多个进化演变的循环过程，最早的生命体可能先于太古时期的细胞进化发展，它们远在10亿年前就已开始细胞的进化和分化，当时的地球还年轻，不适宜任何生命形式或普通的原生质结构生存。所有的疑点集中在整个进化过程所发生的时间、地点和经过。

“晚些时候，检验了部分大型陆生及海生蜥蜴类、原始哺乳类动物的化石残骸，发现局部骨骼有受过创伤的痕迹，据推断，这不可能是任何时期的任何一种已知的肉食性动物所为。共有两类伤痕——垂直深入的孔径，以及明显的劈砍截面。发现有一两例被利落切断的遗骨。残留有伤痕的化石残骸很少。我已派人回营地取手电筒，并砍断钟乳石以扩大地底的探索范围。

“之后，发掘出罕见的滑石碎片，宽约6英寸，厚1.5英寸，与当地的任何可见的构造都截然不同。该滑石通体泛绿且光滑异常，无证据推测其年代，形似尖端破损的五角星，在内角及岩表的中央处也出现了裂痕；无裂痕的岩石表面则是光滑的小凹坑。我很好奇这块滑石的起源及其风化过程，有可能是受到水流侵蚀的影响。卡罗尔用放大镜进行了仔细观察，认为还可以发掘更多的地质信息。表面排列着很多组有规律的圆点。狗群在我们工作时不安地狂吠着，似乎很厌恶这块滑石，该滑石是否散发了某种怪异的气味还有待检验。现在只等米尔斯取来手电筒，我们就立即深入地底探索，到时再进一步联系。

“晚上十点十五分，有重大发现。奥伦德尔福和沃特金斯于九点四十五分持手电筒深入地底，找到桶状的怪异化石，属于完全未知的种类，可能是海草，也可能属于未知且形态偏大的海生类放射虫纲。其身体组织中保留有明显的矿物盐痕迹，质如皮革，但某些部位有惊人的弹性。尖端和边缘有破损的迹象，整体像一个侧板为五条隆起的脊状物的圆桶，这些脊状物的中端处有如植物茎秆般的裂痕。每两条脊状物的褶皱间长有奇特的梳子状或翼状纹路，像折扇一般，有的收拢，有的散开。大多数都破损严重，只有一块桶状化石除外，它如翼状般分散开，宽近7英尺，诡异的造型很容易让人联想到原始神话中的某些怪物，尤其是《死灵之书》中传说的旧神。其翅膀近似于膜状，内有腺状管道支撑翅膀张合，翼端的腺状管道有明显的小孔。身体两端皱缩，难以推测其内部结构，也许该部位被折断过。很多疑点都有待返回营地再作探讨。无法确定该化石究竟源于植物还是动物。许多特征都具有原始性，让人难以置信。我已经发动全体工作人员砍劈石钟乳以寻找更多样本。再次挖掘出带伤痕的遗骨化石，但这不是我们关注的重点。狗群骚动不安，忍受不了发掘的新样本，如果不把狗群隔离在足够远的距离外，它们很可能会把我们的样本化石撕成碎片。

“晚上十一点三十分。戴尔、帕伯迪、道格拉斯请注意，我们探索分队有了重要的，甚至可以说是卓越超常的新发现。‘亚卡汉姆号’船须即刻把该消息转发至位于金斯堡的输油首站。之前发掘的桶状生命体化石证明是太古代生物所留。米尔斯、波德鲁和富勒在距离洞口 40 英里远的地方，发现有十三堆乃至更多的化石残骸。其中也有呈诡异星形的滑石碎片，比之前发掘的那块小，除尖端外岩表无明显裂痕。这些古生物化石有八块保存得十分完好，就连附肢附器也一应俱全。已将所有样本转移至地表，狗群被隔离在远处。很奇怪它们为什么如此难以容忍这些出土的化石。我们将密切关注这些化石的细节描述，晚些时候会通过无线电简报予以精准回复避免差错。

“其中一块桶状化石全长 8 英尺，躯干上有 5 条长达 6 英尺的脊状物，中端内径约 3.5 英尺，底端内径 1 英尺。该化石通体呈深灰色，质地坚硬却不乏柔韧性。同样颜色的膜状翼展最宽有 7 英尺，它们在脊状物的褶皱间有的收拢，有的张开。翼端的腺状管道呈浅灰色，也有小孔，展开时边缘为锯齿状。躯体中端有五条纵向脊状物，它们就像是圆桶的侧板，各条脊状物的末端有 5 组浅灰色的柔韧手臂或是触手，这些手臂或触手状的器官有的紧贴着躯干，有的则四散开，最长可达 3 英尺，就像原始的海百合的触手。主干触手直径 3 英寸，延伸 6 英寸后发出 5 个分支触手，这 5 个分支触手接着延伸 8 英寸后，再各自发出 5 个更小的锥状触须或卷状须，这些触手全部相加有 25 个。

“躯干顶端是浅灰色的圆球状颈部，颈侧长有类似鳃状的器官，头部有 5 个海星状的尖端，并且呈环形，覆盖着长约 3 寸的坚硬彩色纤毛。整个头部宽约 2 英尺，厚实而肥满，5 个尖端各发出一条 3 英寸长的微黄色导管。头顶正中央有一条裂缝，可能是呼吸通道。每根导管末端有球形的膨胀物，其表面覆盖着淡黄色薄膜。透过薄膜，虹彩色球状晶体依稀可见，很明显该部位是生物体的眼睛。5 条更长的微红色管道从海星状头部的内角发出，它们的末端长有同样颜色的囊状隆起，其钟形孔口的最大直径有 2 英寸，孔口四周分布着白色牙齿状的锋利突起，可能是嘴部。所有这些导管、纤毛和海

星状头部的末端都收拢紧贴着躯干，它们的柔软程度令人吃惊，其韧性也同样可圈可点。

“躯干底部长有浅灰色的圆球状伪颈，颈侧无任何腮状器官，下端也是有 5 个尖端的海星状肢体，与头部相比，其排列方式略显粗糙，功能也自然不同。长达 4 英尺的触手肌肉发达而结实，从直径 7 英寸的基部呈锥状逐渐变细，到末端直径只有 2.5 英寸。触手尖端长着淡绿色的三角形薄膜，每张薄膜长约 8 英寸，最宽处约 6 英寸，膜上分布有五条经脉，暂且称之为脚蹼、鳍或伪足。正是这个器官在 10 亿至五六千万年以前在岩石上留下了奇怪的三角形纹路。海星状伪足的五个内角延伸出 2 英尺长的红色锥形导管，从基部直径 3 英寸逐渐细到端部直径 1 英寸。所有这些器官都坚韧如皮革，同时也极富弹性。触手长 4 英尺，长有脚蹼，其肌肉十分发达，无疑是用于行动，或走或游。正如样本所展示的那样，该生物化石的触手全都紧紧贴靠着伪颈和躯干，与躯干上端头部的排列情况一致。

“尚不能断然确定样本究竟属于动物还是植物，但归类于前者的可能性更大。或许也可以推断，放射虫纲在保留某些原始特征的情况下，同样可以发生令人难以置信的高度进化。尽管证据间存在相互矛盾之处，但它们确实与棘皮动物类似。鉴于该生物栖息在海洋中，其翼状结构就难免让人困惑不解了，但也有可能是用于海中航行。这个生物体的对称结构竟与植物类的构造十分相似，它属于植物类典型的上下结构，而非动物类的前后结构。发生进化的年代久远得让人吃惊，甚至比人类迄今为止所知晓的最简单的太古原生动物还早，根本无从猜测其起源。

“新发掘样本竟然与原始传说中的某些生物存在神秘的共通之处，这就不可避免地暗示着南极洲以外也可能有远古生命体存在。戴尔和帕伯迪翻阅过《死灵之书》，也看见过克拉克·阿什顿·史密斯基于该文本所创作的犹如噩梦般的画，所以我猜想，他们俩在我提及远古存在时能够明白个中缘由。学者们也向来认为，这些远古传说来源对热带放射虫纲动物的各种病态构想。我也一度痴迷于威尔玛斯所谈及的史前传说中的存在——如克苏鲁邪神教团，等等。

“它开启了科学研究的广阔新天地。从相关的样本推断，我们发现的遗骨残骸堆可能出自白垩纪晚期或始新纪早期。有大规模的石笋沉积其上。砍伐工作烦琐艰难，幸而样本化石的柔韧性极佳，基本避免了破损现象发生。显然是受石灰岩影响，化石的完好保存状况令人称奇。目前无新发现，稍后继续探索工作。当前的首要任务是护送14份大型样本平安返营，务必注意远离狗群，因为狗群一直在怒冲冲地狂吠，要防止狗群靠近样本化石。发掘现场共有9名工作人员，留下3名照料狗群，尽管当前风势猛烈，余下6人刚好够驾驭三架雪橇回营地。必须尽快与麦可默多海峡建立空中物资运输联系。在休息前我必须开始样本的分离工作。真希望挖掘现场有一个设施完备的实验室。想必戴尔已经对之前阻止我向西的探索行动后悔了吧，最先是发现了全世界最高大的山脉，接着又是诡异的生物样本。如果这些都算不上此次探索行动的精彩之处，我真不知道还会有什么更新奇的发现？恭喜你，帕伯迪，是你研制的新型钻探设备开启了这个洞穴。现在，请‘亚卡汉姆’号回复描述以供确认。”

在收到这条简报时，我和帕伯迪激动的心情简直无法用言语表述，身后的同伴们同样沉浸于一片兴奋喜悦之中。此刻，麦克泰全神贯注地守在无线电接收器旁，已经从电波的嗡嗡声中翻译出好几点重要信息了，待到莱克的话务员停止电波发送，麦克泰已完整地速记并概要翻译出整个简报的内容。所有人都意识到此次发现是划时代性的，当“亚卡汉姆”号话务员应莱克要求，将关于该发现的描述性部分复述后，我也向莱克致以了诚挚的祝贺，紧接着，位于麦可默多海峡物资供给存储基地的话务员谢尔曼以及“亚卡汉姆”号船长道格拉斯也表达了同样的贺词。作为整个探索队的负责人，我在“亚卡汉姆”号对外界转发了这条喜讯后加注了简短的评论。不用说，在如此高涨的欢欣氛围中，大家到了休息时间仍睡意全无。我也一心盼着早日赶到莱克所在的营地，当莱克发来简报称，由于当地山脉间猛烈的暴风雪势头渐涨，近期内飞机无法出航，这让我很是沮丧。

可是一个半小时之后，事态的新进展驱散了我的失望情绪。莱克发来了更多的消息，称已经顺利将14块大型样本化石安全运回营地。因为这些东西都出奇地沉重，整个旅程自然是艰难异常，但我们探索队的9名工作人员漂亮利落地完成了任务。当前，一部分队员正在营地不远处紧锣密鼓地修建牲畜栏，让样本化石与狗群保持一个互不干扰的安全距离，同时，也方便对狗群的喂养照料。所有样本都整齐排放在营前坚硬冰冷的雪地上，莱克取出了其中一块，正在对其进行初步分离。

样本的分离工作似乎比预期中艰难。在新搭建的实验室帐篷里使用汽油炉对其进行加热，结果该样本化石材质柔韧只是表象，几经摆弄仍旧完好无损，让人无从下手。莱克很是苦恼：究竟采取何种方式才能获得研究所必需的样本切片呢？切割方式若过于猛烈，可能会打乱化石内部精密的结构，而整个研究的重点也正是其内部构造。莱克还拥有另外 7 块更完美的标本，这是事实，但贸然用完所有样本，洞穴中又不能再挖掘出更多化石，这岂不让人追悔莫及？几经思量，莱克重新换了一块化石进行切割，这块样本化石尽管两端还保留有海星状构造，但破损十分严重，躯干上的其中一个褶皱已经断裂。

切割结果很快通过无线电波进行了发报：它既令人困惑，又激发了大家更高的研究热情。由于这块化石异常坚硬，几乎无法切开，我们得不出任何细致准确的研究结果，然而莱克取得的仅有一点进展让所有人都震惊不已，也更加疑惑了：这个生物违背了人类现有的科学常识，竟然不属于任何细胞发育的结果，现有的生物学有可能被完全改写。整整 4 000 万年前就存在的生物体，其内部器官竟然完好无损地保存至今，也未发现任何矿物替代的痕迹。该生物皮革般的材质耐腐蚀，牢不可破或许就是其内在特性，同时涉及了无脊椎动物在古第三系的进化过程，完全超出了人类已知的知识范围。起初，莱克发掘的样本完全是干燥的，后来可能是帐篷内不断升高的室温产生解冻效果，该样本未受损的一侧竟然冒出有机水分，同时散发出刺鼻的臭味。那不是普通意义上的红色血液，而是一股黏稠的深绿色的液体，其效用很可能与血液相同。莱克的切割工作进展至此时，探索队全部的 37 条狗也被带到了营地附近尚未完工的牲畜栏，即使相隔有一段距离，刺鼻的臭气四散开后，仍然瞬间就惹得狗群不安起来，开始凶猛地狂吠。

这次临时性的切割工作非但没有揭开这种奇怪生物体显现出的种种疑团，反而为其增添了更多的神秘色彩。虽然对这种生物体外部器官的猜测都正确，但我们仍不敢轻易地论断其为动物。同时，通过内部解剖居然发现它具备了更多植物所专属的特性，这一矛盾状况让莱克困惑到几近绝望。该生物体拥有消化系统和循环系统，通过海星状底座的红色管道排泄。据粗略推测，它的呼吸器官专门处理氧气而非二氧化碳，证据表明其身体内部有多个储存空气的气腔，借助两种方式呼入空气，即通过腮和毛孔。显而易见，这是种两栖类生物，可以适应漫长休眠期的不通风环境。发声器官似乎与主要的呼吸道系统相连，其中也存在部分暂时无法解释的疑点。至于其发声讲话，音节发音对于该生物而言显然不现实；但是，发出音域宽广的动听声音倒是极有可能，其肌肉系统也惊人地发达。

该生物体神经系统的复杂性和高度发达性让布莱克感到骇然。它虽然在某些方面极度原始古老，但内部的一系列神经节中心和神经缔结说明其部分器官发生了极端的进化发展。该生物体浅裂成五部分的大脑的发达程度也很罕见，有迹象表明，生物体头部坚韧的纤毛可能发挥着感觉器官的作用，这与其他陆生动物有明显区别。它或许不止有五种感官，因而我们也无法通过类比推断其生活习性。据莱克分析，这种生物体感官敏锐，其生活的远古世界里极有可能分工精细而明确，就像我们今天的蚂蚁和蜜蜂一样。它们非常类似于隐花植物，尤其是蕨类植物，进行孢子繁殖，明显由叶状体或原叶体一类的组织进化而成的孢子囊就分布在这种生物的翼端。

切割工作即使深入到该阶段，我们仍难以归类这种生物。它看起来像辐射形动物，事实却并非那么简单。它有一部分植物的特征，同时有四分之三的结构类属于动物。从它对称的轮廓和其他一些属性看来，很明显是起源于海洋，可我们无法弄清什么原因限制了它后来的进化演变。翅膀的存在有力证明了这种生物可以飞翔。在年轻的地球上以惊人的速度发生了复杂的进化演变，并及时地在太古代岩石上留下痕迹，它是如何做到的？各种反常情况远远超出了莱克的理解范围，他竟不时地回想起远古神话中关于旧日支配者的传说：旧日支配者来自遥远的星球，据说它们仅因为一个玩笑或失误才创造出地球生命。莱克所在的密斯卡塔尼克大学的英语系有一名同事同时也是民俗学研究者，他曾经讲述了远古存在从外太空而来，并潜藏在隐秘深山的故事。

莱克很自然地推测出，可能是这些生物尚未进化完全的祖先在前寒武纪板岩上遗留了痕迹，但考虑到那些较古老的生物反而表现出更加高级的结构特征时，便很快否决了这个过于简单的结论。非要论区别，就在于这种生物在晚期时的轮廓非但没有进化，反而有衰退迹象。伪足部的尺寸缩小了，整个形态似乎也更显粗糙和简单化，而且，就刚才所检测过的神经系统和部分器官来看，竟有奇怪的退化迹象，从更加复杂的器官退化至现在的形态，这一点在萎缩和发育不全的部位体现得尤为突出。总而言之，此次的解剖工作几乎没能揭秘任何疑点，莱克只得暂时转向神话学领域，希望为该生物体暂定一个名字——他把自己的新发现诙谐地称作“远古种族”。

凌晨两点三十分左右，莱克决定暂缓工作进程，稍事休息。他用篷布遮盖好切割样本后走出了实验室帐篷，接着又重新燃起了对完整样本的研究兴趣。南极极昼的太阳使这些样本的躯体组织稍微柔软了几分，其中两三个样本头部的触手出现向外伸展的迹象。但莱克无法相信这些样本在近乎华氏零度以下的空气中会立即融化。虽说如此，他还是将所有未经切割的标本转移在一起，并搭上备用帐篷以避免太阳光的直接照射。这样一来，也可稍稍阻止样本化石可能散发的臭味飘至狗群，狗群现今是探索队一个不小的麻烦，连长远的距离和不断向上垒高的冰墙也无法阻隔雪橇犬们充满敌意的狂吠和骚乱，当前已经增派了人手修建牲畜栏，人数接近探索队总人数的四分之一。莱克必须用厚重的冰块压住帐篷角以免越刮越猛的寒风将其吹挪了位置。最近，那高大巍峨的山脉似乎即将迎来一场罕见的大风暴。早先关于突发性南极风暴的忧虑再次抬头，阿特伍德监督整个探索队采取各种防御措施，如加固帐篷、新建畜栏、为飞机搭建简易的避风棚，等等。之前趁空余时间搭建的庇护所都达不到应有高度，后来的庇护所便在此基础上继续垒高。莱克最终决定让队员们停下其他的工作，调集所有人手加紧完成所有庇护场所的搭建任务。

一直到凌晨四点以后，莱克才结束无线电简报的发送，并建议我们去休息。等到探险队队员们把庇护所的墙体再修建高一点，他们也可以休息了。他还和帕伯迪就乙醚展开了友好的交谈，再一次称赞对方研制的高性能钻探设备帮他取得如今的重大发现。阿特伍德也对帕伯迪给予了同样的问候和赞扬。我热情地表达了对莱克的祝贺，并爽快承认他提议的西向探索行动非常正确。我们相约在早上十点通过无线电再次联系。如果到时候风停了，莱克就派飞机接我们一行 7 人。在临睡前，我向“亚卡汉姆”号发送了最后一条简报，指示他们暂不要向外界播报我们今天的简报内容。今天谈及的所有细节都过于极端，在没有得到进一步证据之前极有可能招致公众的怀疑。

三

估计在那天早上，我们中间没人睡得很沉或是连续睡了较长一段时间，莱克的新发现带来的兴奋与愈发猛烈的狂风都让我们不能安然入睡。那些天就连我们所在的营地也同样寒风呼啸，我们不由得猜测莱克那一带的情况究竟会糟糕到何种地步，毕竟这场风暴的发源地就位于莱克营地附近的巍峨山脉。麦克泰十点准时醒来，按照之前的约定开始借助无线电波与莱克取得联系，结果失败了，可能是受西面气流不稳定的影响，导致无线电波无法正常发射。我们与“亚卡汉姆”号船的电波传送情况稳定，道格拉斯船长也表示无法联系到莱克。他甚至不知道有暴风雪发生，因为麦可默多海峡平静得几乎没有一丝风，而我们基地一带的暴风却没有减弱的趋势。

一整天我们都守在无线电波接收机旁竖起耳朵焦急地等待，每隔一段时间就试图联系莱克，但总没有结果。接近正午时分，一阵狂烈异常的风暴从西方刮来，我们很担心营地能否安全躲过这一劫，风势终于渐渐变弱，到下午两点左右已经变成若有若无的微风。三点以后周围都安静下来了，我们又加倍努力，希望能与莱克取得联系。考虑到他有四架飞机，并且每架都装载着优良的短波发报机，我们无法想象一次普通的事故竟然摧毁了他所有的无线电设备。不管怎样，冷酷无情的死寂仍在持续。当我们意识到这场猛烈异常的大风暴肆虐了莱克所在的营地时，都忍不住对事情作出了最可怕的猜想。

等到下午六点时，我们内心的恐惧开始激烈和明确起来，与道格拉斯和索福里森借助无线电简报协商后，我决定采取行动展开调查。探索队的第五架飞机停放在麦可默多海峡谢尔曼所在的物资供给存储基地，这架飞机保养得很不错，随时可以开始飞行作业，现在也到了该它履行任务的紧急时刻了。我通过无线电短波指示谢尔曼，趁当前的气流状况非常适合高空飞行，让他以最快的速度带上两名水手飞往我们所在的南方基地。然后又讨论了新成立调查小组的人员名单，决定动用所有的工作人手，也包括跟随我的雪橇队和狗群。虽说这样一来运载量很大，不过尚且难不倒我们这架专门用于负责重型机械运输的大型飞机。我依然不时地试图联系莱克，但都是无果而终。

谢尔曼和水手贡纳松、拉尔森三人在七点半起飞，飞行中还几次发来简报称他们的旅程十分平稳。一行人在子夜时分到达了我们的营地，等他们一下飞机就召集所有工作人员，计划下一步行动。单独一架飞机飞行在南极洲上空，沿途也没有任何营地，这无疑是一件很危险的任务，但我们无一人退缩，眼前的紧急事态让一切冒险都变成了情理之中的举动。我们完成了对飞机的初步装载后已是凌晨两点钟，大家上床小睡了一会儿，仅四小时后又都起身接着进行此次飞行的装载和打包工作。

1 月 25 日早上七点十五分，麦克泰驾驶着飞机朝西北方向前进，随行共十人、七条狗、一辆雪橇车，装载了燃料、食物供给以及其他的必需品，比如说飞机上的无线电装置。天气放晴，气流平稳，温度也相对宜人，我们预计能够顺利到达莱克及其队员所在的营地。令人担忧的是：我们抵达后将会发现什么，或者是当我们的飞行结束后能不能找到所期待的东西。一路上，我们向莱克的营地发出接连不断的电波简报，但依旧无人回应。

此次时长四小时三十分的飞行经历在我生命中至关重要，至今我仍清楚地记得整个经过。它标志着我在 54 岁时，作为一个心智正常的人，在适应了外部自然环境及自然法则后丧失了精神上所应有的安宁与平衡。从那以后，我们十个人——尤其是研究生丹佛斯和我，将面对一个时刻潜伏着恐惧，且恐惧还被无限放大的丑恶世界，没有任何东西可以消散我们内心的阴影，我们必须克制自己，不向他人讲述自己在那个冰封世界里的可怕遭遇。当期的报纸报道了我们在飞行过程中发出的公告，讲述了中间没有停顿的连续飞行，两次与高空强风暴对抗的危险经历，我们看见了莱克在三天前发掘的新洞穴及炸开地表留下的裂痕，看见了好几只怪异而蓬松的圆桶状冰雪物在风中滚动，沿着无边无际的雪原翻滚到看不见的远方。这时候，我们感觉新闻媒体所能使用的任何词汇都难以表达我们内心的感觉，不久之后便意识到必须严格审查发布给外部世界的内容。

水手拉尔森首先发现了前方阴森恐怖的圆形山顶以及高峰之间连接成锯齿状的轮廓，他的尖叫引得所有人都围到这架大型飞机的舷窗前观看。尽管我们的飞行速度很快，但整个山脉的起伏变化很慢，说明我们距离山脉仍极其遥远，若不是它们宏大异常，我们根本就不可能辨认出来。然而，这些可怕的山脉居然朝着西方的天空一点点地升高，让人依稀观望到裸露而荒凉的山峰都泛着淡淡的黑色，形态各异。南极洲上空微红的阳光映衬着闪闪发亮的冰晶云，我们一行人不禁产生了一种奇特的幻觉。此般诡谲景象下，一个暗含着惊天秘密的启示挥之不散，仿佛在这些如噩梦般光秃秃的尖顶搭起一个可怕的通道，通向梦幻满满的禁忌星球，通向充斥着浩瀚时空与终极维度的复杂鸿沟。我不由得感觉到这一切都属于邪恶之物——这里根本就是一片疯狂的山脉，远处的山坡之外就是被诅咒的终极深渊。天空中微微发亮且不断翻滚沸腾的云层不可言状地暗示着，这片光辉之中有一处是距离人类很远的天涯海角，模糊而空灵；暗示着这片深不可测的南国之地深藏在不可企及的远方，充斥着骇然的分离、荒凉以及亘古万世的死亡。

年轻的丹佛斯最先留意到，天边那条高高的山体轮廓线规律而怪异地蜿蜒起伏着——像是许多块规整的立方体紧密贴靠在一起。莱克在他之前发的无线电简报中也提到，这里的山脉神似于画家罗里奇笔下梦幻般的原始古庙遗址，残垣断壁零落地留守着亚洲旷野，环绕在烟云弥漫的大山之巅。这片神秘的山脉的确存在某种超自然的东西，如罗里奇笔下的画一般让人流连忘返。我在10月首次瞥见南极洲的维多利亚地时就产生过类似的痴迷不舍，今天同样的感觉再次油然而生。然而，让我深感不安的是，眼前的景象与太古时代的神话非常相像，它根本就是一块死亡之地，相当于原始传说中恐怖的冷之高原。神话学家们一直认为冷之高原坐落在中亚，但人类，或者人类之前可能存在的生物们拥有这漫长的种族记忆，流传在平原、山地以及庙宇的一部分惊悚传说极有可能比亚洲，乃至是任何已知人类世界的历史还早。少数大胆的神秘主义者暗示残缺不全的《纳克特手抄本》也许是起源于更新世，他们还另辟蹊径地推测追随撒托古亚的信徒们如同撒托古亚邪神一样与人类格格不入。无论是从空间还是时间而言，我都不愿意停留或接近冷之高原，当然也不喜欢任何与之相关的世界，莱克之前也说这里曾经孕育出不为人知的太古代畸形怪物。我百般悔恨自己当初为何要去翻阅万人皆憎的《死灵之书》，为何与学校的民俗学研究者威尔玛斯谈论禁忌之说。他见识渊博到快要遭人嫉妒的程度。

不安和悔恨涤荡心间，当我们的飞机离乳白色山峰越来越近，层叠起伏的山麓小丘也愈发清晰起来，奇怪的海市蜃楼突然出现在眼前时，我内心的惊奇简直难以言表。前几周，我在这块极地上已看过了几十次海市蜃楼的景象，其中一些就如同我们现在所见到的这样栩栩如生，它们都极尽怪诞离奇而又天马行空。不同之处在于，这一次的景象更加新颖、晦涩，似乎预示着某种险恶即将降临。沸腾着白汽的迷幻宫殿、神话般的城墙和塔楼在动乱不安的雾气里若隐若现，我再也无法抑制内心的恐惧，瑟瑟发抖起来。

海市蜃景中矗立了一座巨石之城，别具一格的建筑风格远非人类所能想象，漆黑如夜的石块凑聚成一堆，不仅颠倒了所有几何规则，还怪诞邪恶到无以复加的地步。我们看见了散落满地的截锥体石块，它们有的呈阶梯状堆积，有的表面分布着凹槽；断裂的圆形石柱在顶端肿胀成怪异的球茎状，周围覆盖有层层相叠的扇形薄片；奇特的悬垂状建筑物如桌般大小，不由得引人联想到众多的矩形砖块或圆形石板抑或五角星状的物体一堆堆地重叠积聚。零落的锥体石块与复合火山堆要么单独堆积，要么就遮盖在圆形石柱，或立方体，或平面截锥，或金字塔状建筑之上，少数几处甚至还覆盖在聚合为五角星状的尖塔群之上。这些疯狂的建筑物仿佛全部都是由管状的桥梁，在令人眩晕的不同高度首尾相连而成，整个建筑物隐含的规模，如果从是否庞大这方面考虑，它让人感觉惊悚而压抑、无与伦比。此次海市蜃楼的形态比不上1820年北极捕鲸船“斯科比”号所观察到和图绘出的那么狂野，但此时此地，前方未知的黑暗山峰高耸入云，大家也一门心思致力于发掘不规则的远古世界，可能发生的灾难深深笼罩着此次南极探索的大部分征程。我们一行人寻找到的除了潜在的恶意和邪恶的征兆，似乎别无他物。

我为海市蜃景开始消散破碎而感到释然，虽然在这过程中，各式各样有如噩梦般的尖塔和圆锥扭曲变形成无比可怕的样子。整个幻想溶解成一团乳白色的光辉，我们一行人向东望去，看见了此次旅程的终点就在不远处。眼前的未知山脉在顶端隆起了一道道巨大的壁垒，让人眼花缭乱，即使不借助望远镜也可以清楚地看见它们呈怪异的规律高低起伏着。我们降落在山麓丘陵的最低处，远远地看见广阔无垠的冰原上有几个暗黑的斑点，估计是莱克及其队员们扎营进行钻探勘测的地方。五六英里外地势渐次抬高，从它们高得可怕的山体轮廓线推断，最高的山峰足以让珠穆朗玛也汗颜。终于，麦克泰机长的副驾驶洛普斯，一名研究生，准备将飞机降落在左边的黑点聚集处——那里很可能是莱克探索队的营地所在。就在这时，麦克泰向外界发出了最后一条无保留的无线电简报。

当然，每个人都阅读过关于探险队剩余成员在南极后期探险活动中那些令人不安的简报和公告。我们着陆后不久，便向外界保守地报告了所发现的惨象，并极不情愿地宣布：莱克及其全体队员在昨天或是前天那场阴森惊人的暴风雪中被彻底掩埋了，有 11 人确认死亡，年轻的葛德尼失踪。外界公众或许是考虑到此次惨痛悲剧对探索队剩余成员的打击实在太过沉重，对于我们没有具体描述事发现场细节的行为表示了谅解，当我们称猛烈的风暴已经把尸体破坏得面目全非无法进行转移时，他们也真的相信了。绝非自吹自擂，即使我们处于极度的悲痛、彻底的困惑和揪心的恐惧之中，也没有对任何情况进行失实的虚假报道。

那场咆哮狂虐的风暴确实造成了严重破坏，令人震惊。在此般恶劣至极的天气状况下，即使没有遇到其他的东西，也很难断定莱克探险队全体成员能否顺利脱险，风暴中甚至夹杂有细小冰块，气势汹汹。一座飞机掩蔽库似乎一直都处于脆弱的不完备状态，几乎被整个摧毁；远处的钻井铁塔也被刮得完全散了架；停在地表的飞机和钻孔设备暴露在外面的金属部分被强风刮擦得明光锃亮；两座小帐篷尽管事先曾用冰砖加固，也被无情地掀翻。暴露在所有风暴中的木质结构不仅在表面出现凹痕，而且油漆也脱落殆尽，雪地上的脚印早被强风暴席卷得一干二净。事实上，我们虽没能发掘出任何完好无损的太古代生物样本，但是在一堆巨大的倒塌物中收集了一些矿物质，包括几块绿色的滑石碎片，它们的轮廓呈五角星状，表面有许多个怪异组合的模糊圆点，后来有许多心存疑虑者为此进行了比较；我们还发现了少量岩表有奇怪伤痕的典型化石样本。

离营地不远处，用冰块匆忙堆砌而成的牲畜栏几乎被整个摧毁，没有一条雪橇犬得以幸存。这很可能是强风造成的，但面朝营地的那壁冰墙，虽然并非处在迎风面，反而遭受了更大的破坏，这似乎可以解释成围栏中的雪橇犬曾经一拥而上，向外跳跃，试图逃脱。四架雪橇车全部不翼而飞，估计是被呼啸的狂风卷到其他地方去了。钻井附近的钻孔设备和融冰装置同样遭到了严重破坏，很难断言是否还能被重新修复，因此我们用它们来堵住莱克一行人之前炸开的那条微微令人恐惧不安的通道，而且还将两架受损最严重的飞机遗弃在营地。剩下的队员中只有四名专业的飞行员——谢尔曼、丹佛斯、麦克泰与洛普斯——其中，丹佛斯的精神过于恐慌衰弱，只能进行导航。我们带走了能够找到的所有书籍、科学设备以及其他的零杂物件，但是更多的物品都已经离奇地消失在未知之处。此外，探索队的备用帐篷和保暖用皮毛制品要么是踪迹全无，要么就是破损不堪。

下午四点左右，我们经过大范围的飞机巡航，仍一无所获，最终决定放弃对葛德尼的搜寻工作。接着，我们又向“亚卡汉姆”号船发送了保守有限的消息供对方传播给外界。该消息经过字斟句酌，让外人看后觉得整个事件还算风平浪静，实际上我们却是不置可否，并没有明确给出任何意见。我们顶多向“亚卡汉姆”号提及，随行的雪橇犬表现得很狂躁，其实可怜的莱克在先前发回的简报中已经说过，狗群靠近那些诡异的生物样本时会变得不安躁动。然而，我们没有告知“亚卡汉姆”号：事发现场，雪橇犬在嗅探奇怪的绿色滑石块和某些物品如科学器材、飞机残骸、营地以及钻井旁的机械装置时，表现出了同样的不安。此外，这些机械装置中的部分零件发生松动、被取掉，或是被胡乱摆弄过。这场残酷的风暴难不成还怀有异常的好奇心，喜欢调查研究？

外界一定会谅解我们对于那十四个生物样本的不确定描述。简报中，我们称所发现的生物样本全部遭到严重损坏，但即使是这些破碎不堪的样本，但仍足以说明之前莱克给出的描述，不仅令人印象深刻而且完全精准。我们确实很难做到在调查过程中不掺杂自己的个人情绪——也没有说明发现样本的具体数量，抑或是详细地述说我们的整个发现过程。当时，我们达成一致共识，在向外界发布消息时，省略可能让莱克及其队员蒙上疯狂愚蠢之名的那部分内容。原因在于我们竟然发现六具不完整的畸形怪物被小心地竖直埋葬在雪地里，这些坚冰砌成的五角星状坟堆高约 9 英尺，坟堆表面有许多组圆点构成的图案——与那些从中生代、第三纪岩层中发现的诡异绿色滑石上面的图案完全相同。我们没有找到莱克提及的八个完整的生物样本，它们极有可能是被风暴席卷到了很远的地方。

探索队的剩余成员们都尽量避免打扰公众内心的平和与安宁，因此我和丹佛斯没有对外透露我们俩第二天在那片雄伟山脉间的阴森恐怖之旅。由于只有最大限度地减轻飞机的载重量才有可能穿越这条极尽高远的山脉，这座直插云霄的山脉仁慈地将随机勘察的人数限制到最少——我和丹佛斯两个人。当我们第二天凌晨一点返航回队时，丹佛斯在精神上已经濒临歇斯底里，但他依旧坚定沉着，对航程见闻不露声色，令人佩服。丹佛斯不经我提醒或说服就许下诺言，不向任何人展示我们的速笔草图或是装回衣袋里的其他物件；许诺除了我们一致同意可以告知外界的消息外，绝不多透露半个字；并且把我们拍摄的胶卷底片隐藏起来供个人研究所用。因此，我现在要透露的故事就连帕伯迪、麦克泰、罗普斯、谢尔曼以及其他所有队员也未曾耳闻。说实话，丹佛斯比我还要守口如瓶——有一件他看到的，或者是说他以为他看到了的事，我至今也毫不知情。

众所周知，我们发送的无线电简报包含了一段艰难的驾机登顶之行，通过这次飞行，我们证实了这些山峰属于太古代板岩及其他非常久远年代的褶皱地层，它们的构造至少是从卡曼奇纪中期以来就一直维持不变。其他的简报内容还有：常规评论了依附在山顶附近的立方体和壁垒结构；由洞口的岩层构造确定，山洞是流水腐蚀溶解石灰质而产生的；并猜测经验丰富的登山者可以通过某些山坡和小道穿越山脉；我们还观察到山脉另一侧也同样神秘诱人，坐落着一方巍峨的超级大高原，它似乎同山脉本身一样古老而且经久不变——一座海拔 2 万英尺、风格奇异的岩石构造穿破薄冰，直上九天。旷达无垠的高原表面与最高峰的陡峭山崖之间是一片地势渐次下沉的前陆丘陵地带。

这部分数据报告的主体材料绝无半点捏造，同时也没有让故去的莱克和队友蒙羞。但是，我和丹佛斯这趟勘探航程共耗时十六小时——比公告外界用于飞行、着陆、勘探及岩石采集整个行程安排的所需时间稍长，我们给出的解释是，逆风飞行延误了返航进程，不过关于我们着陆在山脉另一端的丘陵地带一说确属事实。幸运的是，我们精心设计的故事听起来是如此地真实而又平淡，而且不露声色地打消了其他人试图再次航测疯狂山脉的想法。如果真有人打算冒此风险的话，我肯定会竭尽所能进行劝阻——若换成丹佛斯，真不敢想象他会采取何种更加偏激的方式。趁我们航测疯狂山脉的时候，帕伯迪、谢尔曼、洛普斯、麦克泰和威廉姆森则加班加点地进行飞机修理工作，试图重新启动莱克留在营地的那两架破损程度较轻的飞机。让人想不通的是，它们的机械操作系统被扰乱了，这难以解释。

我们决定在第二天早晨装载好所有的物资并尽快返回到之前的营地。同时，大家商讨选择了一条迂回但是最安全的航线间接到达麦可默多海峡；若要直飞就必须经过一片亘古死寂、无边无际且未为人知的荒凉冰原，那样的话指不定还会遭遇多少额外的危险考验。此外，继续探索南极洲的方案几乎不可行，我们人员伤亡惨重，钻探装置也受到了不可挽回的损坏，疑虑和恐惧的情绪紧紧围绕着我们——尽管没有明显地溢于言表——大家只希望能即刻逃离这片孕育着荒芜与疯狂的终南之地。

正如公众了解的那样，我们的返航之行没有遇到更多的灾难，顺利抵达了目的地。经过一段快速的连续飞行，第二天傍晚，即 1 月 27 日，我们先飞抵了先前的营地。28 日，又马不停蹄地飞往麦可默多海峡，中途做了一次短暂调整，主要是因为我们在飞离大高原穿越冰架时遇到了强风暴，导致航向出现了些许偏差。五天后，“亚卡汉姆”号和“密斯卡塔尼克”号装载着剩余的全体成员和仪器设备撞破开始逐渐变厚的冰层驶离罗斯海。维多利亚地西面隐约起伏的群山映衬在南极洲动荡不安的天空下，好像是在嘲笑我们的怯弱；呼啸的狂风也扭曲成音域宽广的笛声，似乎在呜咽着送行，战栗和恐惧一直渗透至我的灵魂深处。不到两周我们便完全驶出了南极，感谢上天让我们一行人逃离那片弥漫着恐惧的被诅咒之地——自地壳尚未冷却，生命第一次蠕动着群拥在尚未冷却的地壳表面时，生命与死亡、时间与空间就已经在未为人知的新纪元结下了亵渎神灵的邪恶同盟。

我们在返回后一直致力于阻止其他人的南极探险之行，并且保持团结和忠诚的优秀品质，把自己的某些疑虑和猜测深埋心底。就连年轻的丹佛斯，即使已经精神崩溃也没有畏惧退缩，也不曾向他的私人医生泄露半点秘密。正如我之前提到的那样，丹佛斯心里埋藏了一件他认为仅自己一人看到，甚至对我也守口如瓶的恐怖事件。依我拙见，一方面，丹佛斯若愿意说出这个秘密肯定有益于他的精神状态；另一方面，他头脑中的秘密经过这些年的积淀，很可能受到了虚妄与困惑不安的加工，最终变得不实而走了样，即便这样仍可以解释和揭露许多东西。我得出上述推论的主要依据是，丹佛斯在情绪不能自已的场合向我私下耳语了一些杂乱破碎的信息，一旦他恢复清醒就会激动地矢口否认刚说过的一切话语。

制止人们前往南极绝美的白色冰原十分困难，或许正是出于我们的努力，才激起更多人想要探索的好奇心。我们从一开始就应该意识到人类好奇心永无休止这个规律，之前发布的探索结果也足以吸引更多人接替这项由来已久、探寻未知世界的使命。莱克对于那些畸形生物体的报告已经最高限度地激起了自然主义学家和古生物学家的研究兴趣；尽管如此，我们还没有愚蠢到对外界展示那些更加吸引眼球的带有伤痕的遗骨和绿色的滑石碎片；那些我和丹佛斯严密看守的在穿越疯狂山脉时拍摄的照片；那些被我们抚平后装入衣兜带回，并加以反复研究的褶皱之物。

但是现在，斯塔克韦瑟·摩尔探险队正组织起来，其装备也远比我们优良。如果不加劝阻，他们将进入南极洲最深处开展钻孔融冰作业，直到招引出那些可怕的怪物，摧毁整个已知的人类世界。终究，我决不能这样继续沉默下去——即便是必须亲口提及疯狂山脉背后那些不可名状的终极恐怖之物。

四

一想到要让自己的思绪重新回到莱克的营地，回忆起我们在现场找到的各种物件，以及住在山脉背后阴森可怕的怪物，内心的犹豫和反感就汹涌地激荡交织在一起。我总是避免回忆当时发生的每一个细节，任由自己的主观暗示代替实际发生的事实和那些不可避免的推论。我想自己透露的信息已经足够多了，简略提及事件的余下部分即可——那些发生在营地里的恐惧。我之前讲述过被狂风席卷的土地、毁坏的避风棚、凌乱的机械设备，也提及了狗群表现出的各种程度的不安、消失不见的雪橇车以及其他物品，还谈到探索队队员和狗群的死亡、被胡乱地掩埋起来的 6 具畸形生物样本——这些已经死去 4 万年之久的样本，尽管身体结构受到重创，肌肉组织竟出奇地完整。不记得之前是否说过当初在清点雪橇犬尸体时少了一具。对此我们也没放在心上，直到之后——事实上，也只有我和丹佛斯还想过那个问题。

我一直对外界有所隐瞒的最主要的一件事就和这些尸体有关，可能会给已经明显混乱的事发现场平添更多的恐惧和丑恶，让人难以置信。当时，我尽量引开大家对这些细微之处的关注。这些细节本身也显得如此简单，如此平凡——只需把一切都推脱给莱克以及队友，称有些人突然精神错乱即可。当时的种种迹象都暗示着，那有如魔鬼般恐怖的巍峨山脉，位于尘世间一切神秘与荒芜的中心，完全有可能把任何一个正常人逼疯。

如果不出意外，整个事件最反常之处在于尸体被发现时的情况——不管是人还是狗——都处于一种令人毛骨悚然的怪异状态，即被某种残忍并且完全不可解释的方式撕裂或砍碎。我们由此推断，所有的死亡都是出自勒颈窒息或是划破撕碎。显而易见的是，队里的雪橇犬们引发了这次灾难，它们暴力地撞倒了用冰块临时砌成的牲畜栏，蜂拥破栏而出。考虑到狗群对那些令人毛骨悚然的太古代生物样本极度仇恨，新建的牲畜栏与营地特意隔了相当一段距离，但看来这个预防措施只是徒劳。试想，探索队狗群被单独圈留在凶猛如地狱般的风暴中，加之周围的牲畜栏既不够高也不牢固，受到惊吓的狗群便冲破围栏四散逃开了。至于究竟是风暴本身的威慑力，还是顺风势飘至的、虽稀薄却逐渐浓烈起来、发散自那些可怕生物样本的臭气才是罪魁祸首，我们就不得而知了。此外，虽然所有样本均覆盖有篷布，但它们在南极洲低垂太阳光的持续照射下难免会受影响，记得莱克也曾说过：太阳光热不仅会诱发奇怪声响，还促使生物样本坚硬的肌体组织松软并向四周伸展。也有可能，猛烈的风暴早早地就掀飞了篷布，虽然这些生物体来自极其遥远的古代，但是在风力作用下相互推挤撞击，它们原本就十分刺鼻的气味愈发浓烈了。

但是无论发生了什么，都相当可怕，令人憎恶。或许我应当把自己容易厌恶和不安的臭脾气抛至一旁，直接说出事件最糟糕的部分——首先声明，所有内容均基于我和丹佛斯在现场观察后，适当删减筛选达成的一致共识，即我们发现失踪的葛德尼绝不可能是这场惨痛悲剧的幕后黑手。之前说过，事发现场的所有尸体都被可怕地砍成碎段；现在我要补充一点，其中一些尸体被切割的方式堪称全世界最诡异、最冷血、最无情的方式——不管是狗还是人。那些较为健康和丰满的尸体——不管是四肢动物或是两足的——大部分身体组织仿佛被切断或移除，仿佛出自一个审慎的屠夫之手。更惊悚的是，尸体周围竟撒有盐粒，估计是从被摧毁的飞机补给箱中取出——这难免不让人产生最恐怖的联想。我们从其中一个草草搭成的飞机避风墙后将飞机拖出，但随后而来的狂风把它席卷得没了踪影，也中断了我们重要的调查线索。只见从人类尸体上粗暴撕下的衣服碎片散落四处，从中找不出任何蛛丝马迹。坍塌的牲畜栏附近有一处残余的避风墙，我们在墙上发现有模糊的奇怪印迹，它们绝对不是人类的足迹，但很明显与前几周莱克谈到的化石岩脉有关联。当一个人位于这些疯狂山脉的阴暗背风处时，必须谨慎思索，以免由于过分想象而招致恶果。

正如我之前指出的那样，我们发现葛德尼以及一条雪橇犬失踪了。事实上，在到达那座可怕的避风墙前，一共失踪了两名队员和两条狗，就在我们调查完可怕的雪地坟墓，走进那座完好无损的样本切割帐篷时发现惊人的一幕。切割室中已经不是莱克离开时的模样，他原本留放在临时切割台上的远古生物体标本已经消失不见。实际上，我们在掘开雪地坟墓时就意识到这六个被疯狂地加以埋葬的残缺生物样本中，有一个散发着尤为浓烈的刺鼻臭味，全身仿佛由不同的部分拼凑而成——很明显是莱克的切割研究造成的。帐篷内的切割台上及其周围还散落着其他的东西，没多久我们就意识到它们来自一个人和一条狗的尸体碎片，仿佛被人不熟练地以某种奇怪的方式切割下来。为了照顾幸存者的感受，我在此最好是省略受害人的姓名。莱克的切割器械也失踪不见了，但发现了清洗这些器械而留下的痕迹。汽油炉也不见了，尽管在其周围发现了一堆凌乱的火柴。我们把切割室中被残忍切割的尸体碎片埋葬在其他 10 人和 35 条狗的坟墓旁边。至于实验台上被粗暴地扔弃一旁的杂乱图册堆中出现的诡异污点，我们也手足无措，一头雾水。

这是整个营地中最为恐怖的一幕，其他一些事情也同样令人费解。失踪的不仅仅是葛德尼、一条狗、八个完整的生物样本和三架雪橇车，还包括部分器械、科技图册、文具用品、电筒和电池，此外还有食物和燃料、供暖装置、备用帐篷、皮毛制品，等等。让我们感到困惑的还有某些纸页上溅落的墨滴；飞机和钻探设备的零部件有被摸索和进行试验的痕迹，方式陌生怪异而笨拙。我们的狗群似乎极其痛恨这些以奇怪方式拆解过的器械。另外，食品室也是一团杂乱，某些重要食材不见了；一堆凌乱的罐头在最意想不到的地方以最意想不到的方式打开，场景很是滑稽可笑；大量散乱的火柴——有完整无损的、折断的以及燃过了的；旁边有几张篷布和一些皮毛制品，它们被诡异地撕裂，据推断可能是计划以某种拙劣方式完成某种人类难以想象的改造。施加在人和狗尸体上的残忍暴行，以及对残缺的太古代生物样本进行疯狂的埋葬都只是整个疯狂事件的一部分，令人崩溃至极。为了避免同样的惨剧重演，我们小心谨慎地拍下了营地中癫狂无序的整个场景，并将这些照片的复印件作为证据，竭力说服斯塔克韦瑟 · 摩尔探险队放弃他们的南极之行。

我们在避风墙发现尸体后的第一反应就是拍下照片，掘开冰原上那些五角星状的疯狂墓穴。我们不禁注意到怪异荒谬的坟堆有许多组点状图案，这与可怜的莱克之前对绿色奇特滑石给出的描述很相似。显然，这八方冰原雪冢的整体构造，让大家联想到长有海星状头部的太古代生物体，非常可恶，并且认为，莱克及其队友肯定也得出了同样的可怕暗示。我们第一眼真真切切看见被掩埋的远古生物体时，内心的恐惧惊悚简直无法言表。我和帕伯迪更是忍不住联想到我们曾阅读过或是听说过的远古神话传说。大家一致推断认为：莱克一行人最终陷入疯狂是因为他们目睹了可怕的“远古种族”；这些“远古种族”将持续存在；沉重的孤独也会深深环绕坐落在终南之地的这片恶魔般的疯狂山脉。

根据我前面所讲的故事，估计所有人都会自然而然地把这场惨剧归咎于莱克及其队员中有人出现精神错乱，其中失踪的葛德尼嫌疑最大。但是，我不会如此天真地相信竟有人不曾产生任何疯狂的猜测——只是理智不允许我们进行彻底完全的表述而已。当天下午，谢尔曼、帕伯迪和麦克泰乘飞机在附近仔细搜寻，试图借助望远镜寻找葛德尼以及各种离奇失踪的物品，结果此行只是无功而返。他们报告称巨大的山脉就像一座屏障，向左右无边无际地伸展，不仅看不到它们高度有任何降低，其山体结构也未发生变化，尽管其中一些山峰的顶端依附有规则的立方体和巨大的壁垒结构，这一切就像是罗里奇笔下描绘亚洲山脉废墟的奇妙画卷。微微泛黑的无雪山巅分布着大量的神秘洞穴，几乎在飞机沿途经过的地方都能见到。

看过了一幕胜似一幕的恐怖景象后，我们仍旧保留有足够的科学探索热情和探寻未知领域的冒险精神，去往那片神秘山脉的后方。正如之前探索队发出的无线电简报所称，我们历经了一整天的恐怖与迷惑后，终于在午夜后得以休息，并暂计划于第二天早晨乘一架负载量减至最轻的飞机进行一次或多次横跨山脉的高空飞行，同时随机装载航拍相机和地质学勘探的必需设备。大家探讨后最终决定由我和丹佛斯进行第一次试飞，我俩七点就起床打算尽早启程。不幸的是，由于大风——正如在简报中对外界提到的那样——一直延误到近九点才正式起飞。

之前已经说过我和丹佛斯返航后告诉营地队友们的那个不置可否的故事，回营十六小时后我们又把该故事转播至外界。接下来便是最令我讨厌的可怕任务——把最初我们为了不扰乱人类心智而有意编造的空白时间段填补完整，即向外界坦白，我们在疯狂山脉背面看到的那个深深隐藏着的可怕世界，正是来自这个世界的一些东西导致丹佛斯精神完全崩溃。我希望丹佛斯能坦率地说出其内心认为的、仅他一人所看见的恐怖事物，其实这些恐怖可能只是丹佛斯精神紧张而产生的幻想，但它们已经逐渐演变成了压倒他的最后一根稻草——尽管他一直反对这种说法。我们俩在共同经历了一系列真实有形的恐怖事件后开始启程返航，在途经暴风呼啸的山口时有什么东西吓得丹佛斯惊声尖叫，他接下来就不停地胡言乱语；而我能做的只是复述丹佛斯暗自呢喃的那部分支离破碎的话语。这也是我这份声明的最后部分内容。如果我所揭露的事情——恐怖的“远古种族”显然将继续存在——仍不能阻止他人莽撞地闯到南极洲内陆，至少不去深究那片终南之地隐藏着的不为人类所知、遭亘古万世之荒芜所诅咒的禁忌隐秘；那么，由此酿成的难以形容、不可丈量的恐怖将与我无关。

丹佛斯和我在研究了帕伯迪前一天下午的飞行勘测中使用六分仪观察所作下的笔记后，估算整条疯狂山脉可供通行的最低山峰位于我们的右方，高出海平面约 23 000 千或 24 000 英尺，站在营地即可看见。确认这一点后，我们便轻装上阵开始了新的探索航程。我们的营地位于一片海拔约 12 000 英尺的内陆高原之上，由于营地本身的海拔就高，因此需要攀升的山峰实际高度其实很小。随着飞机向上攀升，我们明显感觉到空气变得稀薄起来，气温也开始骤降。因为打开了机舱舷窗以保证能见度，我们便穿上了自己压箱底的保暖装备。

陡峭巍峨的群峰绵延起伏在裂开了巨缝的广袤雪原和间质冰川之上，当飞机靠近这些黯淡的不祥山峰时，我和丹佛斯注意到，山坡周围聚集了越来越多规则怪异的坡体结构。见到此情此景，我不禁再次想起了尼古拉斯·罗列赫笔下那些奇诡的亚洲风景画。这一带古老的风化岩层与莱克发回的报告完全相符，还有证据表明，这些山峰在地球历史早期极其古老的时候——可能是在 5 000 万年之前就已形成，它们高耸至今但构造竟未曾有任何改变。至于这片疯狂山脉的初始高度现已无从猜测，从现场观测和采集的证据一致得出结论：当地奇特的大气环流状况非但无助于改变岩层构造，反而在很大程度上抑制了它们的瓦解衰变过程。

最令我们不安的是山坡上杂乱散布着的规则立方体、壁垒以及洞穴。丹佛斯负责飞行，我则使用小型双筒望远镜和航拍摄影机仔细地探测观察。虽然我关于飞机驾驶的知识仅与业余爱好者的水平相当，可还是不时接替丹佛斯驾驶，让他腾出手用望远镜观察。我们清楚地看见了大量浅色的太古时期石英岩结构，这样的情况在整个山脉地表都显得极为突出，可怜的莱克从未提及，这一带竟分布着此般让人神秘不解且规整到了极致的岩石构造体。

这些我们暂且称作是建筑物的构造体，历经万古的恶劣气候打磨后，边缘部分已经破碎脱落，棱角也被风蚀殆尽，但是由于本身的材质坚硬超常，才免遭岁月的淘汰。世界其他地方也有类似的整体构造，如安第斯山脉上的马丘比丘古城遗址，或者是牛津大学联合菲尔德博物馆组成的科考队于1929年在波斯湾的基士岛发掘的原始地基，等等。我和丹佛斯会偶尔感觉自己看到了许多根独立的巨大石柱，应该就是上次莱克和卡罗尔一起航测时看到的那些构造。我作为地质学家不由心生一股奇怪的卑微感，面对这些突兀出现的石柱竟毫无头绪。火成岩常常会表现出奇特的规律性——如爱尔兰著名的巨人堤坝——但我们眼前这条巨大雄伟的山脉在结构上很明显不是火山构造而成。

在这些诡异洞穴周围出现的古怪岩石构造体明显要比其他位置多，由于此处的轮廓极具规律性，我们暂且将之算作一个较小的谜团。如莱克在简报中所说，洞口形状近似于方形或半圆形，仿佛有一双魔力之手对这里的天然洞穴进行了二次改造加工过一般。它们数量多、分布广，其石灰石岩层中所溶蚀出的密集管道已形成了纷繁复杂、错落有致的蜂巢状结构。我们因为时间有限，没能进到洞穴深处勘察，但很明显里面没有石钟乳和石笋的影迹。出洞后我们发现洞口附近的山坡地表居然还保持着一成不变的规则与光滑。丹佛斯感觉这些因风化而形成的细小裂缝和浅坑似乎构成了奇特的形状，代表着更深层的含义。估计莱克营地的惨状在丹佛斯脑海中依然挥之不散，导致他觉得洞穴口浅坑的分布形状与始自原始时期的绿色滑石表面的点状分布有关联之处；抑或是与埋葬着畸形生物样本的形态奇诡的雪冢外那些可怖的圆点组合如出一辙。

我们穿过了疯狂山脉的山麓丘陵，选择了一条相对低矮的航线继续往前飞行，俯瞰下方的冰雪通道时，我不禁心生疑问：科技不发达时期，人类仅仅借助简单有限的登山装备能否爬上这些山峰呢？接下来的航程比我们预想的顺利很多，虽说也遇到裂缝以及其他各种险要地势，但似乎没能阻挡南极探险家斯科特、沙克尔顿或阿蒙森的雪橇队。部分冰川不知出于何种原因向上持续抬高，甚至高到与狂风大作的山间隘道相连，我们选择飞行的那条隘道也不例外。

尽管我们没有理由认为，山脉背后的景象与我们已经看到过和飞行过的那部分地区的景象会出现本质的不同，但是在准备绕过山脉顶部瞥一眼那片无人涉足的神秘世界时，内心所激荡着的期待和紧张情绪仍是不可言喻。山脉高耸如同屏障一般，山峰之间那片若隐若现的乳白色天空令人心动，似乎还潜藏着些许无法用言语解释的邪恶。其实，这只是一种晦涩的心理象征和审美联想——融合了异国情调的诗作和绘画，杂糅了为人避之不及的禁忌古籍中的原始神话。狂风的咆哮中也好似潜伏着一种故意为之的怨恨，片刻间，风声中夹杂了一种音域宽广的怪异哨声或是笛声，回响群山，混合其间的还有狂风席卷那些无所不在的怪异洞穴时所引起的共鸣声。耳边种种浑浊的声响让我潜意识里滋生了一种模糊的抵触和反感，就像我头脑中产生的其他神秘现象一样复杂难解，无从追溯确定的方位。据无液气压计显示，我们经过一段缓慢的上升航程后已经飞至海拔 23 570 英尺的高空，那些积雪覆盖的山坡被远远地甩在身后。现在，我们能看见未被冰雪遮埋的裸露的昏暗山坡以及高低不平且棱角起伏的冰川始端——然而，眼帘中那些让人心生疑惑的立方体结构、壁垒和回响着阵阵风声的洞穴交织成一幅恍如隔世的画卷，仿佛置身在奇特的梦境之中。窗外那排列成一线的山峰顶端似乎真的堆砌了一座壁垒状的建筑结构，就像可怜的莱克之前所提及的那样。它们在诡异的极地雾霭中似有似无，或许这点可以解释为何莱克最初以为自己看到了喷烟的火山口。须臾间，原本恍惚可见的隘道清晰地出现在我们眼前，长期曝露于狂风怒号中使它在险恶的锯齿状山崖间显得尤其光滑。山脉另一边的天空中翻滚着漩涡状烟雾，在低垂的极地阳光照耀下，仿佛点亮了一片从未有人目睹过的神秘世界。

往上再飞行几英尺，我们便可纵观全景。咆哮呼号的刺耳狂风中，我和丹佛斯只有通过大声喊话才能盖过风声和轰鸣的飞机引擎声勉强交谈，再后来就必须借助眼神交流。在翻越了最后几英尺后，我们终于真真切切地观望到巨大鸿沟对面的景象，得以目睹有关“远古种族”和原始地球那深埋已久的惊天奥秘。

五

当我们最终飞离隘道，清清楚楚地看见眼前究竟有什么存在时，都不禁失声尖叫起来。心底翻滚着的敬畏、恐惧让我们无法相信自己的双眼。当然，我们不可避免地依据生平所学，对所见景象推理猜测了一番：映入眼帘的可能是科罗拉多州众神之园中那些被风化的奇特红岩；可能是亚利桑那州沙漠里那些经风雕琢而成的、荒诞而对称的巨石。我们甚至感觉自己看到的只是幻象而非真实存在，就像我们首次抵达疯狂山脉所遇到的海市蜃景一般。肯定是这样！我们一眼望过那片久经狂风肆虐的广袤高原，目不转睛地盯着一座漫无边际的巨石迷宫，所有石柱都呈现出规则的几何形状。我和丹佛斯在心底深处都期盼着可以找到一些符合自然规律的正常概念，解释当前所见的怪诞景象，然而充斥眼前的仍旧是一座顶部出现了破裂及凹痕的岩体构造耸立在无垠的冰川上，冰川最厚之处不超过 40 或 50 英尺，并且某些地方明显薄出很多。

我们无法用任何语言来形容眼中这幅令人惊悚愕然的景象，它完全无情地颠覆了人类所知的任何自然规律。这片犹如地狱般恐怖的高原海拔高达 2 万英尺，当地气候环境在至少 50 万年前尚无人类存在的时期就恶劣得不容居住，可是映入我和丹佛斯眼帘的却是一座堆砌整齐的岩石宫殿，宏大得让人不能尽收眼底——只有那些想要竭力保持内心平和的人才会试图安慰自己，相信这样的建筑绝非神志清醒的人类所为。不然他们还有其他的选择吗？当这片区域屈从于死亡阴霾下的冰河时期时，人类几乎尚未从类人猿的种群中进化成型。

但是，这个理由似乎动摇了：各式各样的岩石堆砌成这座巨石迷宫，有正方形的、曲线的和其他一些棱角分明的石块，仅此一点就斩断了一切自欺欺人的想法。毋庸置疑，那座蜃景中出现的亵渎之城只是眼前鲜明、客观和不可避免之现实世界所展现出的形象。那个令人畏怯的征兆竟然还拥有一个真切存在的源头——高空中有一排水平排列的冰晶云，这座阴森恐怖的巨石之城出于最简单的反射原理将自己的影像倒映在了山脉的另一边，从而出现在了我们眼前。当然，我们所看到的蜃景难免会发生扭曲或夸张，甚至会呈现出其真实源头中也没有的景象；可是现在，我们看到了真实的源头，强烈地感觉它比那个远处反射的景象更加丑陋、险恶。

巨型石塔和壁垒群厚重坚实到这种程度，令人难以置信。以此作为庇护，这些可怖的邪恶建筑才得以挺立数十万年而未消亡——或许是数百万年，一直屹立在荒凉的冰雪高原接受狂风呼啸的考验。“世界日冕……世界屋脊……”透过舷窗往下望是奇特到让人难以置信的景象，我们嘴里情不自禁地涌出各种千奇百怪的词汇来。我又一次回忆起众多诡异可怖的远古传说。这些神话传说在我第一次踏上南极这片死寂之地时就一直在脑海中挥之不去，它们有的讲述了阴森的冷之高原；刻画了邪恶的米·戈，或者是那些出没在喜马拉雅山脉、惹人憎恶的雪人；还有的提及了《纳克特手抄本》以及书中关于人类出现以前时期的暗示。除此之外，这些神话里还谈及了克苏鲁邪教和《死灵之书》，以及那些关于撒托古亚的极北乐土传说——它甚至要比那些虚渺无定形的群星聚集体更加让人毛骨悚然。

这座巨石之城面朝四面八方伸展，让人看不到尽头。城市所在的山脉与临近的山麓丘陵交界处地势逐渐抬高。总之，我们在目之所及的地方没有发现任何建筑变稀少的趋势，但有一处例外，我们飞行经过的那条低矮隘道左侧凭空多出了一段不和谐的空白地带。由此推测，我们眼前所见也许只是某个无比巨大城市的一个狭小角落。山麓丘陵一带分布着许多古怪的岩石结构，从而把恐怖的巨石之城与紧靠山坡周围的、我们已经见过多次的立方体和壁垒连接成一个整体。显而易见，这些立方体和壁垒的数量不亚于怪异的洞穴群，相对于山上的城市而言担负着前哨的重任。

这座无名的岩石迷宫绝大部分是由石墙构成，石墙高约 10 到 150 英尺，厚约 5 到 10 英尺不等，主要包括奇特异常的黑色原始时代板岩、页岩和砂岩。至于尺寸，一般是长 4 英尺、宽 6 英尺、高 8 英尺——尽管有些地方的结构似乎直接凿刻于凹凸不平的前寒武纪坚硬板岩。城市中的建筑大小不一，可以看见不计其数的蜂巢状错综复杂的巨大建筑结构，也可以看见多个较小型的独立建筑结构。它们的轮廓主要倾向于圆锥形、金字塔形以及梯形等，也有一部分建筑结构呈现规则的圆柱状、单独的立方体、立方体聚集体和其他的长方体结构。巨石之城中还星星点点地坐落着其他一些倾斜的建筑物——呈五角星形的奇特建筑物，相当于现代社会的防御工事。城市的建造者还修筑了许多拱形结构，而且都运用得恰到好处。据推测，该城市的全盛时期很可能还掌握了穹顶结构的建造技术。

整座巨石之城被严重风蚀后呈现出畸形怪异的形态，冰川表面投射着尖塔留下的倒影，还零星散布着脱落的岩石和远古时代留下的残骸。在透明地带的冰川可以看见城市建筑的低矮部分，还有数量众多的被冰雪覆盖着的石桥，它们连接着远远近近的各座高塔。暴露在外的石墙满目疮痍，估计很久以前这些墙上也连接有更高的石桥。凑近观察，我们发现巨大的窗户数不胜数，其中一些窗户关得严严实实，覆盖其上的木头挡板已完全石化；更多的窗户则险恶不祥地裂开大口。当然，这座城市残骸的屋顶多数已经坍塌不见了，只剩下被风磨圆了棱角的石墙高低不齐地挺立城中。城中剥落的岩石碎片与坑洼之地无所不在，保留了完整轮廓的建筑寥寥可数，大概只有那些头顶着圆锥形或金字塔形尖角的高塔，以及受到更高建筑庇护下的房屋。我们借助望远镜可勉强看清分布在石墙上的带状装饰性雕纹——雕纹中也出现了奇怪的圆点聚集图案，由此观之，那些古老滑石上的图案一定代表着更深层次的重要含义。

城中很多地方的建筑都已经完全坍塌，广袤的大冰原受各式各样的地质作用影响撕裂着巨缝，一些石墙已磨损至和冰面齐平。城中一条宽阔的长条形地带在高原深处蜿蜒伸展了约 1 公里远，连接着我们之前经过的隘道。根据推断，这段条形地带在远古时代可能是宽广的河道，在第三纪时期——近数百万年前——这条大河浩浩荡荡地穿城而过，远远地流向屏障般宏伟山脉的山麓丘陵。显而易见的是，至今从未有人踏入过这里的洞穴、深渊，至于地底所埋藏的秘密也远远超出了人类的理解范围。

回想第一眼瞟见这座可能是来自人类出现以前时期的断壁残垣时头晕目眩的场景，我不禁怀疑当时我和丹佛斯如何还能故作镇定，面不改色？我们已经隐约联想到了什么东西——不管是关于年代学的科学理论，还是主观的自我意识——扭曲了内心的悲伤和痛苦，然而，我们还是稳定了情绪，操纵飞机继续前行，眼前所有的事物都是那么的清晰，我们小心地拍摄了一系列照片，绝没想到这些照片在未来某天会派上拯救人类的大用场。就我个人而言，根深蒂固的科考热情发挥了重要作用，内心燃烧的好奇心最终战胜了疑惑和恐惧，渴望去揭晓更多的古老秘密——究竟是什么东西修筑了这座巨石之城并长居于此？它们与当时世界和现代世界又有何关系？

这绝不是一座普通的城市。它一定在地球历史某个古老篇章中起过令人难以置信的核心作用，在人类尚未完全从猿猴进化至人形以前就已从地球上消失——这段历史我们只能模糊地追溯至那些最晦涩最怪异的神话传说。这座绵延起伏在第三纪的特大城市可与众多伟大都市相提并论，如亚特兰蒂斯与利莫里亚、科莫里昂和乌兹达尔隆、洛玛尔大陆上的奥拉斯；这片曾经兴盛的稠密居住区甚至堪比人类出现以前时期亵渎神明的城市瓦鲁西亚、拉莱耶、摩揭陀古国的伊布地区，等等。当我们飞过错综复杂的荒凉塔群，我的想象力偶尔会冲破一切束缚，漂泊在奇妙的梦幻国度——甚至把眼前失落的巨石城与自己最疯狂的梦境、与莱克营地发生的恐怖事件联系在一起。

为了最大限度地减轻机身重量，我们并没有把飞机的油箱加满，因此在勘察时尽量减少不必要的航程，即使这样我们还是飞越了很宽阔的地区——或是天空——随后降落到一个在风力小到可以忽略不计的平面缓缓飞行。山脉绵延到没有尽头的远方，坐落在山麓丘陵内侧恐怖的巨石之城似乎也望不到终点。我们沿着山脉两端飞行，各飞行了 50 英里也没发现巨石城有明显的变化，它就像是无止境的冰原上躺着的尸体。然而，一些山峰着实引人瞩目，比如说发源于前陆丘陵的曾经的河谷地带，其两边山崖都有雕刻。河流入口处的岬地被大胆地雕刻成巨大的桥塔，圆桶状的塔桥表面还有诡异的隆起设计，这激起了我和丹佛斯一种模糊而古怪的厌恶之情，总感觉在哪里见过相似的设计。

我们还飞经了几块星形空地，显然应该是公共广场之类的建筑结构；另外还有一些高低不平的地形。山峰隆起处的内部竟然被掏空过，并代之以石砌的巨型建筑结构，但是有两处例外：其中一座小山由于被风化得太严重，已经无法推测山巅上曾有何种建筑；另一座的顶端修建有不可思议的圆锥形纪念碑，这些纪念碑由实体岩雕刻而成，大致像是约旦佩特拉古城著名的蛇墓。

从绵延广大的山脉飞往高原内陆，我们发现巨石城沿着山麓丘陵地带蔓延至无边无际的远方，其宽度却是有限的。飞行了约 30 英里后，这座怪异的岩石建筑的密度开始变得稀疏，再往前 10 英里便是一片连绵不绝的荒地，没有任何人工建筑的迹象。城外有一条宽阔的下陷地带，很显然在当时是河道，不知为何，飞到这里明显发觉地势愈加崎岖陡峭，并微微向上抬升，直到消失在西方的雾霭中。

到目前为止我们还没有着陆。在即将离开这片高原前，不亲自到地狱魔鬼般的巨石城勘测简直令人难以想象，于是我们决定沿飞行的航线附近找一个山脚处的空旷平地着陆。尽管平缓的斜坡上星星点点地散落有部分残骸，但是通过低空飞行我们找到了好几个适合停落的地方，最终选择了离航线隘道最近的一块空地。夜间十二点半左右，飞机成功着陆在一块无任何障碍物的坚硬雪地，其地形非常适合稍后的起飞。

考虑到停留时间短，所在区域也暂无狂风来临的迹象，我们并没有修建飞机的避风墙，只重点注意了雪橇的安全存放和关键勘探器材的防冻措施。步行考察最好是轻装上阵，于是我们脱掉了飞机上穿的厚重皮毛衣物，只随身携带了简单的科考装备：袖珍罗盘、手控摄影机、少量食物、很多笔记本和纸页、地质考察专用锤和凿、样品袋、登山绳、配有备用电池的大功率手电筒。之所以在此次航程前配备了这些物品，主要是考虑我们可能会中途着陆并实地拍摄一些地面照片、描画草图、进行地质测量计算、从裸露山坡采集样本，以及在裸露山坡、出露地表及洞穴采集样本，等等。幸运的是，由于备用纸张充足，我们可以把撕碎的照片放进样品袋，然后用古老的猎狗追兔的方法标注出我们在迷宫中走过的线路。这种简单迅速的策略主要适用于洞内气流平稳的条件，从而取代了通常那种较麻烦的岩石凿刻法。

我们小心翼翼地踩在结了冰的地面上，朝西方乳白色天空下的巨石迷宫跋涉，不由得强烈预感到奇迹即将来临，正如四小时以前，飞机飞抵那条不为人知的广阔山间隘道时心生的惊叹一般。确实，我们已经熟悉了这座高大如屏障般的山脉背后所隐藏的秘密，但亲自走进这片古老石墙后，却再一次被深深地震撼了，不得不畏怯于它的雄伟气势和诡异设计。最让人叹为观止的是，这些石墙早在几百万年前就被某些有自觉意识的生物修建起来，那时甚至连人类也尚未诞生。当前位置的海拔极高，空气稀薄，各种行动也变得相对困难，然而我和丹佛斯的适应能力都不错，自信满满，认为自己能很快上手即将面临的任何工作。走了不几步，眼前便出现了一座风化得不成样子，几乎与雪地齐平的废墟，往前再走 50 到 70 码之后，还有一座无顶的巨大壁垒。壁垒高 10 到 11 英尺，表面的五角星轮廓保存完整。我们一直向前走，直到可触及那些壁垒，壁垒紧密联系着人类世界和那被遗忘的万古永世，我们突然感觉自己与它们产生了某种邪恶联系，这种联系史无前例而且亵渎神明。

这座堡垒轮廓呈星形，两角之间的距离大概300英尺，由侏罗纪时期尺寸不一的砂岩石板堆砌而成，这些石板平均长约6英尺，高8英尺。壁垒上有一组拱形圆洞很可能是窗户，宽约4英尺、高5英尺，它们对称地分布在星形壁垒的端点和内角处。这些圆洞的最低处离冰面约4英尺。透过洞口往里看，我们发现内部的岩石层厚达5英尺，城内也没有被其他的结构隔开，这座巨大城市的古墙内侧还分布着带状雕刻和浅浮雕的残痕。之前我们从空中低低地掠过这座堡垒及其他堡垒时，进行了空中勘探，情况与我们所推测的结论完全相符。同时，有迹象表明，这个区域所覆盖的厚厚冰层下面一定掩埋了巨石城低矮部分的建筑。

我们爬进其中一扇窗户，试图破解墙壁上残留雕纹代表的深层含义，结果只是枉然。当时我们并没想过敲开冻结成冰的地面来进一步观察。一开始的定位飞行就已发现，巨石城中有许多建筑的冰封程度并非十分厉害，因此我们或许可以从内部完全没有被冰冻的建筑找到与地下建筑相连的直接通道。在离开这座壁垒前，我和丹佛斯仔细地拍下了照片，这座巨型石造建筑没有使用灰泥黏合的技术工艺，我再一次完全迷惑、完全折服。真希望帕伯迪当时也能在场，他渊博的工程学知识可能会帮助我们推测出，在古老到令人难以置信的时代，究竟采取了何种方法搬运那些巨型石柱，从而修建了这座城市及其市郊的壁垒城墙，等等。

沿山坡继续下行，我将铭记那最后半英里的路途——它真正接通到城市——比如头顶猛烈的狂风、身后直插云霄的高峰等细枝末节。突然，前方出现了恐怕只有在奇特梦境中才会出现的视觉效应：在我们与西方天空翻腾的雾气之间，矗立着阴森恐怖的黑色石塔群，我们每换一个不同的角度，眼前的塔群都变换着呈现出超出常规的形态，难以置信。它一次次地震撼着我们。要不是当时照了相片，我怎么也不相信自己曾经看见过黑色岩石上所影射的奇妙蜃景。石塔的整体造型与我们之前看到的壁垒基本相同，但前者建筑阵容极具前瞻性，奢华得无法形容。

我们拍摄的照片只能从一两个方面展示出岩石塔楼奇异无限、变化无止境、雄浑异常，充满陌生的异国情调。各式各样的几何图形，可能连数学家欧几里得在世也无法为其想出合适的名字——角度各异或是被截掉了顶部的怪异锥体、千奇百怪的不对称阶梯、上部有奇特球状隆起的轴状结构，其他的还包括由断裂圆柱堆积而成的怪诞组合、带有五个端点或是五条脊状线的疯狂结构，等等。再靠近些，我们可以看见某些透明冰层处下方的情景，观测到一部分石造的管状桥梁，这些桥梁把位于不同高度的散乱建筑连接成错综复杂的有机整体。这里绝对看不到一条外观整齐有序的街道，在左方1英里处有一块宽阔的长条形空地——一条古老的河流无疑曾经沿着这里穿城而过，最终消失在巍峨的群山之中。

我们透过望远镜发现，古老石墙上残留着大量的带形雕纹和点状图案，它们几乎要磨灭殆尽，难以想象这座巨石之城在当初保存完整之时究竟是何等的雄浑壮观——虽说现今城中绝大部分的屋顶和尖塔结构已经不可避免地断裂坍塌了。整体观之，此地蜿蜒曲折的巷道和小径交织在一起，如同险峻的悬崖一般；它们中的一部分在末端位置向外悬伸至石室或石桥，犹如隧道一般于前方尽情伸展着。这座宏大的石城在西方天空的迷雾映衬下，如同梦境中的幻影一般，午后低垂在天际的太阳似乎想要竭力穿透浓雾，发射出微微红光。霎时之间，天空的云层浓密起来，周遭的世界仿佛全都笼罩在一片阴影之中，敏锐地渗透着些许令人不安的征兆。我真希望自己再也不必亲口描绘此番凶险的景象。我和丹佛斯虽然感觉不到身后远方山隘间的呼呼狂风，却仍然听到风中传递的轻微笛声和咆哮声，其间夹杂着一股极具狂野和决绝的恶毒。我们沿山坡而下，即将进入城市时，那段路冷不丁地陡峭起来，山路尽头突兀地连接着一块巨石，山坡角度急转，不禁让我们心生疑惑：这里曾经是一座人造的石头宫殿吧？冥冥之中，我们总感觉在地表冰层下一定也修建着楼梯或是类似的建筑结构。

艰难跋涉后，我们爬过坍塌的外沿墙体建筑，终于深入这座岩石迷宫的最里端。剥落的岩块无处不在，靠近凹凸不平的古老石墙时，我们压抑得快要窒息了，内心都涌荡着逃离此地的冲动。此刻，我不禁再一次为我们竟然还残留有自我控制力而深感惊叹。凭心而论，丹佛斯的性格略带神经质，他开始对莱克营地发生的惨剧进行疯狂而冒昧的猜测——这无疑加剧了我内心的不悦，因为这座巨石城的源头可以追溯至弥漫着亘古死亡的远古时代，它表现出的某些特征让我自己也不禁作出类似的猜测。在这座岩石宫殿的某个地方——一条撒满了碎石残骸的街道在此地陡转——丹佛斯坚称自己看见地面有处模糊的痕迹，它十分像我们先前反复碰到的诡异图案，令人厌恶。然而，在另外一些地方，丹佛斯又会猛地停下，侧耳倾听一些他从未知角落想象出的细微声响。他甚而还宣称自己听见了一阵低沉的笛声，这声音从整体上讲，虽与之前风吹洞穴所夹杂的笛声无二致，但二者间还是有些许令人不安的区别。放眼望去，映入眼帘的全是数不胜数的五角星形建筑及古墙上难以计量的五角星形壁饰，壁饰中的涡卷线状图案散发着邪恶的暗示，强烈而晦涩难懂，让人无从躲避。我们不禁下意识地产生了疯狂的猜测：一定有某种人类未知的原始生物体曾经修建并长住在这座亵渎神灵的岩石宫殿之中。

不管怎么样，我们胸怀的科学探索热情和冒险精神尚未失却殆尽，还是机械地按原计划从宫殿古墙上采集了不同种类的岩石样本。我和丹佛斯都后悔没有携带一套完整的设备，这样一来或许可以更准确地判断这地方的年代。据简单推测，这些高大的外墙结构绝对早于侏罗纪或白垩纪的卡曼奇纪时期，整座宫殿中似乎也没有晚于上新世的岩石。可以确信的是，我们正游荡徘徊在一座被死寂统治了长达 50 万年之久——甚至可能更加古远的荒城中。

当我们穿行于这座倒影斑驳的岩石迷宫时，会在每一个身高可及的圆洞处短暂停留，并小心观察其内部情况，希望找到一处可进入的洞穴。一些洞穴位置太高，其他一些则延伸到被冰层覆盖的遗迹表面，与山坡上那座破败的无顶结构壁垒情况近似。有一处洞穴倒是宽敞诱人，只可惜它似乎一直通向不可丈量的深渊，也没有明显可供下去的道路。我和丹佛斯时不时还有机会发掘到保存完整的石化窗棂木，这些木头化石及其古老的渊源给我们留下了深刻印象，其表面尚可辨析的纹路显示，它们大部分来自中生代的裸子植物与针叶树——尤其是白垩纪的苏铁植物——显然还有属于第三纪的扇叶棕榈和早期的被子植物。我们至今还未发现任何晚于上新世的东西。窗棂边缘还发现了很久以前铰链留下的奇怪痕迹，这些铰链有的套在窗户外侧，有的则套在内侧，其用途可能并不单一。窗棂木被卡在适当位置，与其说是起连接作用，还不如说它们很可能是金属材质的固定装置和紧固零件，使其保存得更为长久。

过了片刻，我们无意中看到一个顶部未断裂的五脊锥体建筑，怪异不堪，其膨胀突起处有一排窗户，通向一间保存完好的巨大石砌地板房。窗口与房内地板之间的距离很高，没有绳子是无法安全着地的。我们随身带有一段攀山绳，但是若非必要，我们可不愿劳神费力地下降到20英里以下的地方，而且身在空气稀薄的高原已经增加了我们心脏的负担。这个面积极为宽广的房间可能担负着会堂或中央大厅之类的作用，借着电筒光我们看见它轮廓清晰、造型独特。房间四面的古墙上水平排列着带状雕纹，同等宽度的传统涡卷线状图案将这些雕纹以相应的间距隔开。我们小心地记录下房间的具体位置，计划若是找不到更容易进入的洞口，就返回此地勘探。

后来，我们发现了与我们预期中一模一样的理想通道——一个高约10英尺、宽6英尺的拱廊，拱廊尽头是一座横跨于街道上方的天桥，距离当前结冰地面约5英尺高。拱廊建筑与上一楼层的地板齐平，有一个楼层尚且称得上保存完好，我们便毫不迟疑地走了进去。在入门左手处是一系列向西的矩形建筑。街道对面还坐落着另外一个拱廊，该拱廊已十分破败且窗户全无，外形像一个圆木大桶，顶端照样有一个高约10英尺的怪异隆起状结构。廊内漆黑一片，就像一口通往无限空虚的深井。

一堆堆的岩屑残骸使我们顺利进入左边的建筑物，尽管如此，我和丹佛斯面对这期待已久的机会还是迟疑了片刻。虽然我们已经深入了这座错综复杂的古老迷宫，但是若要真真切切地置身其中——一座经历了难以置信的久远年代所残存下来的神秘宫殿，并且这座宫殿邪恶的本质越来越明显地展现在我们眼前——则需要更大的决心和勇气。但我们最终还是决意冒险前行，沿着碎石堆爬进了敞开的入口。进入后我们发现房间对面的地板铺设有巨大的板岩石块，很可能是前方一座走廊的出口，这座墙面里的走廊刻纹装饰又高又长。

近观发现，拱道里侧竟分叉出许多个更小的拱道，我们这才意识到，该建筑的里面部分就像是一个构造复杂的鸟巢，因此决定采取我们那套猎狗追兔的方法以免迷路。迄今为止，借助手中的罗盘，以及频繁留意身后那位于群塔间的高大山脉，就足以保证我和丹佛斯不会迷失方向；但是从现在起则有必要使用手工制作的替代品。于是，我们开始把备用纸张裁成合适尺寸，将之放进丹佛斯随身携带的样品袋，在保证稳妥的前提下尽量节约用纸。由于当前这座古老的宫殿内无任何强气流，采用此方法应该可以确保我们不迷路。一旦刮起大风，或是纸张用完，我们就只能付诸于更冗长、缓慢的老办法：在岩石上凿刻记号。

我们若非亲自试探，绝不曾料想到竟会开拓出如此广阔的空间。每座建筑之间联系在一起，频繁而紧密。我们经由这些冰下的天桥，来回穿梭于不同的建筑。当然，宫殿内局部的坍塌和地质裂缝在某种程度上对进一步的勘探造成了障碍，但几乎没有冰层渗透至巨大的石城以内。我们发现，覆盖着寒冷坚冰的绝大多数地方都显示冰面下方的窗户紧闭，仿佛这座城市在冰雪尘封前就被有意地保持着与外界隔绝的状态，其低矮处的建筑在后来的时间里就一直掩埋在冰层之下。由此种种很容易让人联想到：似乎这座巨石迷宫不是被突如其来的灾难淹没，也并非因为年代古老而风蚀破败——它根本就是在过去某个昏暗时代被拥有者谨慎关闭并遗弃。难道这座巨石古城里难以名状的居民竟提前预知了它们的家园即将罹难于毁灭性的冰雪袭击，所以全体迁移以寻找更安全的住所？关于该地冰原构造所需的精确地形学条件还有待进一步研究，并没有明显的冰川消融迹象。其地质情况可能与冰雪造成的压力相关；可能是河道中汹涌的河水或是高大山脉某个古老冰堤被冲垮造成了眼前的奇特景观。只需拥有天马行空的大胆想象，我们几乎就能解决与这座宫殿相关的任何疑点。

六

要描述我们在那个死寂千古的洞穴中进行勘测的过程，而且做到滴水不漏，恐怕是件分外辛苦的事。历经数代以后，隐藏了无数秘密的恐怖洞穴再次回荡起人类的脚步声。这的确是个诡异之处，如此多的紧张场面和刺激的发现都仅仅源自那些无处不在的古墙壁饰。当时借助电筒光所拍下的许多珍贵照片，都将为我和丹佛斯揭露终南之地的真实恐怖提供有力的证据。可惜我们没有携带足够多的胶卷，等所有胶卷用完时，只好草草地将壁饰及雕纹的显著特征在笔记本上画作素描图。

我们走进了一座装饰精美、巨大无比的建筑物。相比以前见过的一些古老且不知名的石墙结构，它赋予了我们所谓建筑的真正概念。城里的隔墙没有外面的城墙那么厚重，但较低的一层几乎完美无损。整座建筑物像迷宫一样复杂，每一层的室内布置都奇怪神秘、变幻莫测，总体设计极具特色。幸好我们沿途用碎纸片作了标记，不然我们肯定会迷失在这偌大的迷宫之中。我和丹佛斯决定，先去探索上面那层更古老的构造。我们来到迷宫上面约100英尺的地方，接着又爬上最顶端的阶梯层，发现了一个洞口指向天空的巨大洞穴。这里的大部分阶梯层都已腐朽破损，覆盖着层层积雪。向上攀爬的道路比较陡峭，但室内竟然还有横向棱纹的斜坡或斜面，以及斜坡上难以计数的阶梯，所有这些都被我们征服在脚下，并远远地甩在了身后。我们途中所遇到的房间囊括了人类能想象到的所有形状与比例：从五角星形到三角形再到完美的立方体。根据粗略目测，这些房间的平均面积约为30英尺乘30英尺，高约20英尺，当然还有比这更大的。我们首先彻底检查了上层房间，然后一层接一层地往下探索，一直走到埋藏在冰层以下的建筑部分。我们到达后便很快发现，自己真正来到了一个由众多密室和通道相互连接的迷宫，所有通道仿佛永无止境，无一例外地指向了迷宫以外的其他地方。这里的一切都巨大无比，让我们不禁产生了强烈的压抑感。诡异的岩石迷宫不管是从外形、大小比例，还是装饰、建构特征等方面看来都特别像是一个亵渎神灵的石砌建筑——它仿佛暗含了某种模糊的东西，某种绝对不属于人类的邪恶之物。不久，我们就从这些雕塑中认识到眼前骇人的巨石宫殿至少也有数百万年悠久的漫长历史。

这座巨石宫殿中运用了大量的拱形结构，我们还暂时不能揭示，它们究竟利用了何种建筑原理来平衡和稳固那些巨大的岩石。我们所进入的房间都空空如也，所有能带走的东西都被带走了，这无疑使我们更加坚信，该宫殿是被其拥有者谨慎关闭并遗弃的。宫殿中最华美的装饰特色在于一幅幅无处不在的古墙壁饰。3英尺宽的水平条纹从地板一直蔓延到石墙底部，在石墙上部的时候又转变为同样宽度的几何蔓藤图案，并覆盖了整个天花板，中间也夹杂有样式不一的花纹，但丝毫不减蔓藤图案向上扩张蔓延之势。其中还含有圆点组成的奇怪图形，它们构成一系列的螺旋状图案，嵌入奇异的蔓藤图纹中。

我们很快发觉，虽然对于任何人类已知的艺术惯例来讲，该巨石宫殿的每一个细节都应该是来自陌生的外星球——这毫无疑问；但另一方面，我们可以清楚地看到，该宫殿建筑者的建筑技巧是如此地娴熟，从美学角度观之，还具有极高的人文优势。我敢发誓，在自己生平见过的所有雕刻中，没有一件能赶得上它。古墙上的壁饰逼真地描绘出了那些植物或者动物复杂而细微的生命瞬间，比一般的雕刻设计更加精巧细致、错综复杂，让人叹为观止！所有蔓藤图案都是以五为基数设计，由一些模糊的对称曲线和角度组成，在其组合排列时，还熟练地应用了深奥的数学原理。线条的绘制则运用了超高标志的传统模式外加非常奇特的视角处理。尽管这些古墙壁饰不可避免地遭受了漫长地质时期的巨大影响，我们仍旧被其势不可挡的卓越艺术技巧深深感染了。在横截面处理时，壁饰及雕纹艺术家们应用了设计超凡的二维剪影并列法，同时体现了心理分析法——这些现代的人类文明成果出现在太古时期简直让人不敢想象！将我们在博物馆里陈列的任何艺术品与古墙壁饰雕纹相比较都是毫无意义的。看过我们所拍的照片的人，估计只能在某些超前未来主义者的某些荒诞意念中才能找出与之相似的物体。

所有的蔓藤图案都是由下凹的线条组成，线条在未被风化且宽厚不一的墙壁表面向内深入至 1 到 2 英尺处。那些螺旋状圆点聚集组合好像是一些用不可知的远古语言和字母写成的碑文。凹陷下去的光滑表面可能有 1.5 英寸厚，而点状图案大概有半英寸厚。壁饰线条是一些对立的嵌入型浮雕，其背景比原来的墙面下陷约 2 英寸。历经了漫长年月，曾经使用的任何天然色素都会被风化分解，但我们却在一些染色标本中发现了颜色遗留下的痕迹。无论谁，只要他对这类非凡的技艺研究得越多，他就越敬畏这些艺术品。瞻仰了这群卓越的远古艺术家们华美的作品后，每个人都会抓住机遇，仔细观察并体会它们的精湛技艺，而事实上，远古艺术家们采用的创作手法，也象征和强调了每个要描绘事物的真正本质或重要特征。我们还得出结论，佳作不应该只有我们看到的这些，更多的绝美艺术品就潜藏在我们的视野之外。于是，我和丹佛斯到处摸索观察，找到了一些潜伏在人类感知范围以外的线索，即部分不易被发现的标志和符号。这些线索可能将成为我们的另一个精神支柱，带来更加充分的或是完全不同的感官体验，也可能招致更深远的痛苦。

很明显，这些浮雕所刻画的主题，来自远古艺术家所存在的那个早已消亡时期的生活，包含了它们历史情况的很大部分。这个古老的种族对自己历史的重视超乎寻常，并经过一次亘古难遇的巧合，把这绝世之作奇迹般地展现在我和丹佛斯眼前，我们把这些拍摄的照片和草绘的手稿也都奉为至宝。一些房间的壁饰组合方式会随着一些大尺寸地图、天文图表和科学设计图的变化而发生相应改变——这些都可以轻易地从雕纹的饰带和护墙板上自然而然地得到恐怖的证实。在揭露诡异的雕纹和壁饰所给出的可怕暗示之前，我希望自己的叙述对于那些相信我的人来讲，激起的是理智的谨慎而非危险的好奇心。若我的警告反而诱使更多鲁莽人士憧憬向往那片弥漫着死亡和恐怖的国度，那就实在太悲哀了。

高高的窗户和 12 英尺宽的巨门穿插在这些布满壁饰和雕纹的巨石古墙之间。构成门和窗的厚木板也早已石化——它们都经过了细致的雕刻和漆涂等后期加工。事实上，百叶窗和门上的很多金属装置都消失殆尽，只有少数门得以完好地保存在原来的位置。当我们在不同的房屋间穿梭的时候，时常得把这些残存的木门推至一边。此外，窗框上所镶嵌的透明窗玻璃大多呈奇特的椭圆形，它们分布范围虽广，但保存完整的并不多。随处可见的还有巨大的壁龛，大多都是空的，偶尔会有绿色滑石雕刻而成的怪异物体从中滑落而出。这些滑石雕刻物多半都残缺不全，大概是因为它们不具备一并搬走的价值吧。确凿无疑的是，正如许多古墙壁饰所描绘刻画的那样，其他一些洞穴中肯定也存在着一些年代久远的机械设备，如供暖、照明等相关设施。房间天花板的装饰相对比较朴素，有时也会镶嵌些许绿色滑石或瓷砖，但大多已经脱落了。地板的铺设以平坦的石板为主，间或穿插着一部分与天花板样式相同的瓷砖。

如我所说，这如坟墓般死寂、荡响着回声的房间里，除了一些壁饰雕纹可以说明此处曾经布满了奇怪的设施外，就没有任何家具和其他可移动的物品了。总的说来，冰层以下的房间都布满了碎石、垃圾和残骸，但是更深处的楼层则显得干净很多。一些低处的房屋和走廊只积有薄薄的一层砂砾或是来自远古的积尘。我们偶尔还能见到一些地方干净无瑕，好像被人打扫过一样，十分诡异。当然，那些出现了裂痕和倒塌的底层建筑，也和上层建筑一样，凌乱不堪。一个中央庭院——正如我们在空中所观察到的其他建筑结构一样——使得整个建筑物的内部不至于一片漆黑。我和丹佛斯在上层房间时，几乎用不上电筒，除非我们要仔细研究古墙上的壁饰和雕纹。冰层上方的地板上面，通常覆盖着一层厚厚的碎石、褥草和瓦砾，但是越往下，这一覆盖层就变得越薄。然而冰盖之下的光线昏暗得犹如暮色将至一般，某些结构错综复杂的楼层更是一片漆黑。

若要描述我们初入这座沉寂了永世、非人类建筑而成的岩石宫殿时脑中所初步形成的想法，肯定每个人都会联想到捉摸不定的情绪、记忆和印象中无助与困惑相互交织成一片混沌的画面。即使没有发现莱克营地发生的离奇惨案，即使没有认识到古墙的雕纹和壁饰中一一应验的恐怖暗示，单单是充斥着整个宫殿那些骇人的古老和致命的荒凉，就足以让任何一个心智敏感的人一蹶不振。想必大家都已清楚了解到，远古艺术家们留下的所有壁饰和雕纹都真实确凿地记载了它们种族的发展历史，容不得半点模糊解释。我们随后便来到了一处保存完整的壁饰前方，经简单研究后，发现了令人惊悚的丑恶——若我和丹佛斯宣称，各自在之前并没有在私底下猜疑过这个真相，就未免太幼稚了——尽管我们都小心翼翼地克制自己避免给对方造成不好的暗示，然而此时此刻，我们不应当继续对那个远古种族的本质抱有任何仁慈的疑虑，正是它们早在数百万年前就建造了这座巨大怪异、死气沉沉的城市并居住其中。那个时候，我们的人类祖先还是一群原始的哺乳动物，大批恐龙还漫步在欧洲与亚洲的热带大草原上……

我们之前一直都绝望地坚持着另一种信念——纯粹是为了安慰自己脆弱不安的内心——那些无所不在的五角星图形只是暗示了太古时代的某种自然事物，同时也很可能代表着远古种族们发展的文化或者宗教崇拜。这就像克里特岛人用装饰性图案赞扬圣牛，埃及人赞扬圣甲虫，罗马人赞扬狼和鹰，以及各种野蛮部落赞美某些精心挑选的图腾动物一样。但现在，这座孤零零的避难所已经从我们身旁被夺走，我们很清楚自己最终不得不面对那令人震惊的现实，即读者们在一开始就已经意料到的结果。我现在仍无法忍受将它记录于白纸黑字之中，或许也没必要这么做。

这座恐怖宫殿的修建者和居住者并非恐龙，而是较之更早的生物。前者只不过是一群年轻且头脑简单的生物——但是巨石宫殿的建造者们更加智慧，出现的时间也比恐龙更古老。10亿年前它们就已在岩石间留下了自己的明显痕迹……那时候地球上真正的生命形式还只是一团有待进化的可塑细胞群……甚至早在地球上真正的生命形成之前，这座石砌宫殿就已然存在。远古种族们其实就是地球生命的缔造者与征服者。毫无疑问，《纳克特手抄本》和《死灵之书》这类邪恶典籍中提到的可怕原型——战栗着暗示古老传说中邪神的原型，它们是地球形成之初从其他行星中分散出来的旧日支配者，拥有地球生物不具备的超能力，进化成极端怪异的陌生外形。估计是我和丹佛斯最先发现这些历经了千万年留下的古老生物体化石，在这之前见过这些畸形化石的应该只有白日青天了吧……只有可怜的莱克和他的同伴见过远古种族们完整的轮廓……

当然，我们也无法将各类恐怖章节中有关人类出现以前时期远古生物体的发展历史按顺序一一罗列。在第一次被某些启示震惊后，我们不得不停下来，稍作整顿并试图挽回损失。三点过后，我们才开始了真正意义上系统的勘测作业。我和丹佛斯进入了一栋建筑物，里面的壁饰和雕纹出现的时期较晚，根据这些艺术品表现出的地质学、生物学和天文学特征，可以初步推测它们大概起源于200万年前。之后，我们走过冰层下方的石桥，来到了年代更为久远的建筑，但其中的雕纹都无法与之相比，这些出现较晚的雕纹表现出了明显的衰落和颓废迹象。途中，我们还进入了一座直接从实体岩上凿刻而出的大楼，其年代似乎有四五千万年之久，那时正值早始新世或晚白垩纪时期。这座实体岩大楼中的浅浮雕无一不技艺卓越，几乎超越了我们所见过的任何雕刻，但只有一处例外。我和丹佛斯后来还一致同意，这座大楼是我们仔细研究过的最古老的建筑物。

如果没有我们当时所拍摄的照片作为证据，我定会绝口不提自己所得出的那些可怕发现与推测，以免被公众冠以疯子之名。之前拼凑起来的那部分故事暗示，早在地球存在生命前就出现了外星球生物——抑或是外星系生物，或者外宇宙生物——那些故事可以理解为关于远古生物体自身的匪夷所思的神话。雕纹中偶尔还会有一些设计和图解，它们在数学推测和天体物理学推测上与最近的神秘发现竟然惊人地相似，这使我简直不知道该做何感想。就让其他人看到我即将出版的照片后自己作出判断吧。

当然，巨石古墙上的每一组雕纹都只讲述了一个连贯故事的其中一个小片段，很多时候我们甚至无法着手将事件的各个阶段按适当顺序进行排列。就建筑设计风格而言，部分较大的房间可以看作是独立的单位；一系列历经沧桑的房间和走廊连起来很像一部连续不断的编年史。最好的地图和简表都雕刻在冰层以下可怕深渊的古墙上，其中一个洞穴大概占地200平方英尺，高约60英尺，仿佛这里曾经是一个教育中心。部分不同房间和建筑里的雕纹主题出现了发人深省的重复。有的主题似乎是在总结经验教训，有些则是概况种族历史，少数主题下的雕纹似乎尤为受远古艺术家们的喜欢，因而装饰得尤其精致华美，并且大多都保存良好。有时，雕刻者们还会就同一主题发展出不同类型的雕纹描述，这种做法显然有助于解决争议，但也有可能是为了填充壁饰的间隙。

我和丹佛斯在如此短暂的时间内竟作出了如此多的推断，这至今还使我感到惊讶。不过直到现在，我们拥有的仅仅是最简单的轮廓而已，更多结果将会在我们对照片和草图进行研究后予以揭晓。也许正是后期的研究唤醒了丹佛斯在当时的恐怖回忆和模糊印象。另外，丹佛斯生性敏感，连同他一直未向我透露的最后一瞥所看见的可怕景象，种种因素最终导致了他现在精神崩溃的状态。虽然我深知在证据不足的前提下，贸然发出警告是极不明智的行为，然而发布警告始终是我任务的重中之重。那片不为人知、阴森不祥的终南之地的时空被无情扭曲，其自然法则也与人类截然不同，还寄居了某种邪恶的力量一直徘徊不散——所有这一切决定了我们的当务之急就是阻止任何进一步探索南极的行动。

七

以下要讲述的整个故事将发表于密斯卡塔尼克大学的官方学报上。在这里我将简单介绍其中一些较为精彩的部分。不管是神话还是其他什么题材，古城石墙上的雕纹讲述了长着星形头部的生物和其他一些外来生物，诸如致力于某一时期的空间开拓者们，它们可以挥动着巨大的膜状翅膀穿梭于星际之间。在早些时候，一个研究古文物的同事给我讲过的民间神话传说中，也巧合地提到过这些长有奇妙膜状翅膀的生物。它们群栖在海洋之底，建造了无与伦比的城市，还操纵着使用未知能源的精良武器与难以名状的敌人进行规模浩大的残酷战争，虽然这些远古生物体只在被逼无奈的情况下才会动用那些极具威慑力的强大武器。很显然，它们的科学知识和机械设计能力都远在现代人类之上。部分雕纹还暗示远古生物体们曾经穿越了数不胜数的星球，过着很长一段时间的高度机械化生活，但是似乎这些仍旧不能让它们感到满意。远古种族们的身体组织坚韧牢固，异乎寻常，加之其自然需求简单，使得它们非常容易就可以维持日常生活——不吃水果，不需要加工产品，甚至不必穿衣物，除非偶尔用以防御恶劣的自然环境。

远古种族创造的第一个地球生命出现在海底，起初只是为了满足它们的进食需要，之后又发展了额外的用途。随着它们将各类宇宙敌人一一歼灭，使用的武器也越来越精良。它们在地球之外的其他星球上也做了同样的事情——不仅制作必需的食物，还创造出一些原生质的多细胞体。在催眠作用下，这些物质能够将它们的细胞组织仿制成各种临时的身体器官，因而也就成了远古种族们最理想的奴隶，用以完成社会生活中的各种负重工作。毫无疑问，这些原生质的多细胞物质就是阿卜杜拉·阿尔哈萨德在他可怕的《死灵之书》中透露的“修格斯”，那个疯狂的阿拉伯人也没有暗示，修格斯曾经生存在地球上，只有某些咀嚼了含生物碱植物的人可能会在梦境中瞥见一眼它们畸形的可怕形态。当长有星形头部的远古种族来到地球的时候，它们合成出简单的食物，并培育了大量的修格斯。为了各种目的，他们允许这些原生质的多细胞体生长成为不同形式的动植物，同时会及时消灭任何可能造成麻烦的危险衍变。

修格斯通过膨胀自身，能够举起超强负荷的重物，正是在它们的帮助下才将那座海底的小城市发展成雄伟的巨石迷宫，其外观也与后期陆地上所建造的巨大宫殿如出一辙。事实上，那些适应性非常强的远古居住者们在其他星球的陆地上生存过，很可能因此而延续了在陆地修建城市的传统。当我们研究所有这些雕纹中出现的巨大城市建筑时，我们正穿过其中一座古老宫殿的走廊，不由感叹这真是一个奇妙的巧合，远远超出了我们所能解释的范围。由于历经了漫长岁月的无情侵蚀，我们眼前这座宫殿多处都已坍塌断裂，早已衰败得不成样子。让人迷惑不解的是，宫殿里侧的天花板却展现着清晰可见的雕纹，顶部仍然矗立着针状的巨大塔尖群，末端是一些精致的圆锥形和金字塔形奇特结构；宫殿顶部的部分位置曾竖立着许多根圆柱轴，轴端覆盖有多层薄薄的扇贝状圆盘帽。这番景象与我们初次抵达莱克营地途中，在翻越渊深莫测的疯狂山脉时所看见的——死寂了亘古的巨石宫殿映射在空中的那个恐怖凶险的海市蜃景——出奇地一致。它那浩渺如天际的建筑模糊了我们无知的双眼，让我们不自觉地无尽疯狂起来。

若要谈论远古种族们的生活，包括起初住在海底以及后来移居到陆地这部分内容，恐怕好几本专著也仅能略述一二。那些居住在浅水区的远古种族们充分运用头顶五个触角末梢的眼睛发展了雕刻和书写的技能。它们依靠很普通的方法完成书写，即用尖笔在不透水的蜡面书写。至于生活在海底更深处的远古种族们，还制造了一种可以散发磷光的奇怪生物体用以照明。尽管如此，所有远古种族的头部也长有彩虹色的发光纤毛，可以产生特殊的模糊光线。这种特异功能减少了它们在紧急情况下对于光线的依赖。随着一代代的传承，它们雕刻和书写的形式已经变得非常奇怪，还加入了明显的化学涂改成分——或许是出于固定磷光的目的，总之它们拥有的艺术技巧为人类难以理解。远古种族们在海里通行，一半是靠身侧的海百合状臂膀游动，另一半则是靠伪足底部层叠的触须进行蠕动。有时它们也会借助两组或更多组可折叠的扇形翅膀完成长距离卧冲，它们在陆地的短距离行程主要通过伪足完成，并时不时地扇动翅膀飞掠高地，进行长途跋涉。远古种族们的海百合状臂膀分化出无限多的纤细触角，那些触角柔软却不失强壮，同时反应灵敏，巧妙地协调整个肢体的肌肉与神经，从而确保了它们在制作艺术品和手工物品时，可以最大限度地发挥自身超乎寻常的技巧和灵活性。

远古种族们的坚韧程度简直让人不可思议，即便是来自海底最深处的超强摧毁力在它们面前也黯然失色。它们很少会因为外力而死去，并且可供埋葬的地方也太少。当古墙壁饰上描绘远古种族把同类的尸体直立着埋葬在五角星形的土丘时，我和丹佛斯当场就吓得面无血色，都不自主地作出同样的可怕联想，好长一段时间才勉强回过神来。正如莱克所推测，这些生物们像蕨类植物一样通过孢子进行繁殖。它们体型庞大，组织器官坚韧而且长寿，也没有生育繁殖的必要；所以，除非是移居新的殖民地，它们一般不赞成大规模地繁殖后代。幼体的远古种族会迅速地发育成长，并接受教育。很明显它们的教育水平远超出我们人类能够想象到的任何水平。此外，前沿的智力研究和美学艺术很快融入远古种族的日常生活，由此它们还设立了稳定健全的社会习俗和社会制度。这些我会在接下来的篇章中作更详细的介绍。陆居或水居的远古种族会因为生活环境的差异而略有不同，但是都拥有相同的基础和本质。

它们虽然可以像蔬菜一样从无机物中汲取营养，却更加喜欢有机物，尤其是以动物为食。生活在海底的远古种族生食海洋生物，陆居的则倾向于把食物煮熟后再吃。它们经常进行狩猎，同时也喂养专供食用的兽群——经我们研究发现，这些古老的生物用作屠杀的工具是某种带有奇怪记号的锋利武器。不可思议的是，它们可以适应所有的常见气温，甚至还可以本能地适应残酷的极寒环境。当更新世逐渐临近之时——大概是100万年前——整个地球都笼罩在冰冷刺骨的严寒之中，居住在陆地的远古种族，不得不自己制作供暖设备勉强存活。之后所演化出的致命的极端严寒天气终于把所有的远古种族都重新赶回深海。传说中提及远古种族们在史前的宇宙航行时，可以吸收某种化学物质，然后就几乎不必进食、呼吸或是取暖，但随着天气愈发变得严寒不堪，这种功能就逐渐退化。无论如何，远古种族再也无法在它们层层堆砌的巨石之城中无忧无虑地安稳生活。

由于远古种族们不需要交配，部分身体结构也呈现出植物的特征，因此缺乏像哺乳动物那样进行家庭组建的生物基础，但是，古墙雕纹描绘了它们在日常生活和娱乐活动中依然组成了大家庭。这些共同生活的成员组建家庭时，以空间适用和性格相投为原则。在装饰家园的过程中，它们把所有东西都放在大大的房间中央，在靠墙壁处留出空间方便后期可能的装饰。陆居远古种族的照明设备似乎带有化学电的装置。这些古老的生物体不论是陆居还是水居，都有设计新奇独特的桌子、椅子和床。它们的床像一根圆柱，因为它们休息和睡觉时都是站着的，只需将身体周围的触手收拢即可。另外，它们还有搁物架，架上摆放着表面布满圆点的铰链式物品，看起来像是一本本的书籍。

尽管从雕纹中我们不能得到确切的信息，但是远古种族们的政府显然非常复杂，甚至有可能是一个社会主义政府。因为它们用一种小型的五角星状扁平物当作钱币，钱币上面还有铭文。可能之前我们探险发掘的较小一类绿色滑石就属于这样的货币。虽然远古种族们的城市文化占主流地位，但是它们各地间的贸易往来频繁，城区内部的、城区之间的交易广泛。一些农业和畜牧业依旧存在，还有采矿业和数量有限的制造业。它们会经常短距离旅行，但是除了声势浩大的殖民扩张运动以外，永久性迁移似乎比较少见。这些古老的生物体作短距离旅行时，从不使用任何辅助设备。无论是在水中，空气中还是陆地上的运动，它们快速运动的能力似乎永远不会消减。然而，远古种族同时还创造了专门的动物用以负担重物，即海底的修格斯；晚些时期它们还逐渐驱使部分原始的脊椎动物拖拉重物。

那些脊椎动物连同不计其数的其他生物种类，如海生和陆生动植物，以及鸟类，原本都是远古种族们通过细胞组合构成的生命体，这些生命体小心地避开它们造物主的注意，逐渐进化并最终发展成现在的复杂生物体。众多动植物得以毫无阻碍地发展进化，主要是因为它们与主宰者即远古种族没有发生冲突；至于那些不服从统治的“讨厌的家伙”则会被远古种族毫不犹豫地消灭。我们饶有兴趣地发现，在最晚期出现的破败雕纹中出现了一类步履蹒跚的原始哺乳动物——时而像一个小丑滑稽可笑地取悦陆居的远古种族，时而则被无情的主宰者们用以果腹。然而确凿无误的是，这类原始哺乳动物已经模糊地显示出类人猿乃至人类的典型特征。还有一些雕纹显示，远古种族在指挥建造陆地城市时，曾经驱使了某种如翼龙的生物，它们挥动着巨大翅翼，搬运巨型石块修建了直插云霄的高塔。迄今为止，古生物界对这种古老生物仍一无所知。

远古种族顽强地经历了无数次剧烈的地壳运动，并在各种地质变化中得以幸存，这不能不说是一个奇迹。尽管它们最初生活的城市在太古时期后就已不复存在，但是有关它们文明以及文明传播的记录从来没有间断过。远古种族首次降临地球的位置是在南极海域，或许正是这个时候，月球脱离地球产生的强大张力，才使南极大陆从附近的南太平洋脱离。根据古墙上所雕刻的其中一幅地图显示，当时整个地球表面都被水覆盖，经历了漫漫的亘古永世之后，远古种族们修建的巨石之城开始浮出海面，并扩展到南极海域以外的广阔区域。而在另一幅地图中，南极附近露出了大片的干燥陆地，尽管后来远古种族的居住中心再次沉入了邻近的海底，陆地上仍明显地残存着它们居住过的痕迹。较之稍晚的地图则显示这块陆地曾经发生了分裂和漂移，其中的小部分陆地出现了向北移动的迹象，这些古墙地图无疑都有力地支撑了泰勒、韦格纳和乔利所提出的大陆漂移说。

随着一片新的陆地从南极海面隆起，许多重大事件便接踵而至。远古种族居住的一部分海底城市被撕扯得七零八落，然而这还算不上最糟糕的事情；远古种族与另一个陆地种族之间爆发了可怕的战争，并一度因战败被赶回海底的旧居。这类与章鱼颇为相像的陆地种族，极有可能是前人类时期邪神克苏鲁的星间子孙，它们从巨大的宇宙虚无中汲取能量后，便降临地球发动了这场浩大的侵略之战。不幸的远古种族眼睁睁地看着对手在陆地的据点渐渐增多，自己却被赶回海底，这无疑是个沉痛的打击。最终，两个种族间缔结了和平条约，远古种族掌管海洋以及所有的旧大陆；而克苏鲁的星间子孙则执掌露出海面的新生陆地。新生陆地的城市如雨后春笋般被纷纷修筑起来——其中最大的一座出现在南极洲，因为克苏鲁的星间子孙把它们初次降临之地看得庄严而神圣。从那时起，远古种族的文明中心依然在南极海域，仍和从前一样。它们后来将克苏鲁的星间子孙们在新生陆地上建立的城市一一毁灭。突然在某个时期，位于太平洋的大陆陡然下沉，可怕的石城拉莱耶和所有的章鱼怪物也随之被埋葬到海底深处。远古种族东山再起，重新成为地球的主宰者，对于之前不堪回首的恐惧和失败它们再也不愿意提及。到后来，远古种族的城市星罗棋布地散落在地球的所有大陆和海洋——因此，我会在即将出版的专著中推荐一些相距甚远的寂寥之地，供考古学家使用帕伯迪研制的钻孔设备进行系统的勘探研究。

尽管远古种族从来没有将海洋彻底遗弃，但是它们一直都持续着从海底向陆地的迁徙。其中，不断冒出海面的陆地起了重要的刺激作用。导致这种迁徙出现的另一诱因是修格斯。远古种族在培育和管理它们的奴隶修格斯时遇到了新的困难。古墙上的雕纹不无遗憾地暗示我们，光阴荏苒，从无机物创造新型生物的技术已经遗失，因而远古种族物只能模仿那些业已存在的生命形式制造生物。它们还发现陆地的爬行动物并不难驾驭，但海底的修格斯不仅能够分裂生殖，部分竟然发展了极具威胁性的思考能力，这种情况一度让其造物主远古种族们感到坐立不安。

远古种族一直都借助催眠的方式控制修格斯，把这群奴隶柔韧又极富可塑性的身体暂时变化成各种不同的肢体和器官。但渐渐地，修格斯们有时候居然能独立地进行自我塑造，大多是模仿之前的远古种族们指挥它们所变成的形态。修格斯似乎发育出一种半稳定的大脑，它们独立的意志偶尔会变得非常倔强，对于远古种族发出的号令只是随声附和却不实际执行。这些修格斯的雕纹使我和丹佛斯充满了极度的恐惧和厌恶。它们通常由无定形的黏稠胶状物质构成，就像一个个直径约 15 英尺的脓包聚集凑拢而成。它们的形状和体积不停息地变换，从而呈现出各式各样的临时形态，它们模仿形成主人的视觉和听说器官——要么是自发的，要么是遵循远古种族的催眠式命令。

接近二叠纪中期时，大约在2亿5 000万年前，修格斯们似乎变得越发倔强，越发棘手，难以管理。当时，居住在海底的远古种族们为此还专门发起了一场名副其实的二次征服之战。一部分古墙雕纹提到了这次战争，并进行了详细描绘，远古种族们头部被移除，浑身包裹着黏液，这就是修格斯处理俘虏的通常方式。这些壁饰雕纹虽然与我们隔着深邃无限的岁月鸿沟，却依旧让后来者感到惊悚万分，不可思议。远古种族们运用具有分子干扰威力的奇特武器对付反叛者们，最终完胜。雕纹还显示，在接下来的时期中，武装精良的远古种族们彻底击垮和驯服了修格斯，就像是美国西部的牛仔驯服了野马一般。尽管修格斯在反叛战争中发展出脱离水体也能继续生存的新能力，远古种族们并没有进一步强化它们这种新能力。修格斯新增的陆上有用性远不能与它们不服从管理而引发的困扰相抵消。

到侏罗纪时期，远古种族遇到了来自外太空入侵的新灾难——一种半似真菌、半似甲壳纲的怪异生物，它们所来自的星球如新近发现的遥远冥王星一样可以辨认，无疑与北方地区某些悄然流传的高山传说中所提及的生物一致，如人类熟知的深居于喜马拉雅山脉的米·戈，或令人憎恶的雪怪。为了抵抗这些入侵者，远古种族们试图重新返回外太空的以太世界，这是它们自登陆地球后进行的首次太空穿梭。远古种族们像以前那样做好了所有的登空准备，却发现自己再也离不开地球的大气层。就这样，关于行星间穿梭的古老秘密在一个种族间彻底陨落了。到最后，来自外星球的米·戈把远古种族完全驱逐出北方的大地，但是对于存在于海底那部分远古者却无能为力。自此以后，远古种族们开始逐渐返迁至它们最初的南极栖息地。

令我和丹佛斯相当好奇的是，那些专门描绘战争的古墙雕纹，暗示克苏鲁的星间子孙以及米·戈的构成物质与我们所知道的、远古种族的构成物质大不相同，前者拥有对手所不具备的变形和重新组合的能力，由此推测，它们很可能来自宇宙空间中更加遥远的无限深渊。至于远古种族，假如抛开它们异乎寻常的柔韧性以及重要的特异功能不谈，其构成材料与人类所熟知的也无甚大差异，这就肯定源于我们已知的时空连续体。若要论及其他生物的最初来源，大家只能屏气凝息私下猜测了。当然，上述种种都得基于一个假设，即入侵的外星球敌人真正具备特异功能而非神话传说。可以想象，远古种族们最明显和典型的心理特征是对历史的强烈兴趣以及自豪感，它们很可能为此发展出一个宇宙构架背景为自己偶尔的失利辩解。值得注意的是，远古种族并没有在它们的编年史中提及某些高级而强大的生物存在，而这些生物存在的强势文化以及高耸的城市形象却持续不断地出现于某些晦涩难懂的神话传说中。

许多雕刻在石墙上的地图和场景看起来仍然栩栩如生，暗示世界经历了不断发生变化的漫长地质时代，相当令人惊讶。某些地方，人类现有的科学还仍待修订，而其他情况下，科学上的大胆推论却得到了很好的论证。如之前所讲，泰勒、韦格纳以及乔利曾假设所有的大陆都来自最原始的南极大陆板块碎裂后的产物。这个原始的南极大陆板块受到离心力发生断裂，严格说来，断裂后的碎块四下漂移，滑至具有黏性的更低处地表——非洲和南美洲刚好吻合的轮廓线；以及高大山脉间高低起伏和互相挤压的构造方式都有力地论证了这一假说——估计没人猜想到竟然是一些超自然的神秘现象启发了该假说。

从这些雕纹地图可明显看出，在一亿年前或是时代更久的石炭纪，世界已经出现了重大的裂痕，这就注定之后的非洲必定会从欧洲（在当时是恐怖的原始神话中提及的伐鲁西亚）、亚洲、美洲以及南极洲的整体大陆中分裂出去。其他雕纹图表——当中最重要的一个与我们身旁那个巨大的死寂之城有关——显示了这座石城建于5 000万年以前，当时的大陆已经高度分化成多块陆地。在我们发现的最晚时期的图表中——大概要追溯到上新世时期——能够相当清楚地辨别出一个与当代极其相似的世界，尽管阿拉斯加和西伯利亚仍连接在一起，格陵兰岛也连接着美洲和欧洲，南美洲通过格雷姆大地与南极洲相连接。在石炭纪的雕纹地图上，整个地球——海底就如陆地上裂开的土块——已经标志出远古种族所居住的巨石之城。但是在更晚期的图表明显地暗示南极洲在不断衰退。在最晚的上新世图表里，除了南极洲和南美洲一角外，远古种族们没有其他的陆地城市。当然，在平行于南纬50°以北的地方也没有它们的任何海底城市出现。远古种族对北方世界的知识和兴趣逐渐淡却，除开一项可能的海岸线研究——它们曾挥动着扇形的膜状翼展在北极一带进行了长期的飞行探索。

群山之间互相挤压隆起、世界大陆由于离心力而裂开、陆地或者海底遭受地震的撼动，以及其他各种自然原因都导致了远古种族们城市的毁灭，这样的雕纹记录不在少数。但令人奇怪的是，随着年代的更替，远古种族新修的城市建筑也越来越少。我和丹佛斯身旁这座破败却仍不失浩瀚的死寂之城，始建于白垩纪早期，大概算得上远古种族们的最后聚集地。在当时，距此不远处原本还有另外一座规模更大的巨型石城，结果被一场惊天动地的地质巨变夷为平地。种种迹象表明，这座巨石之城可能是远古种族们最为尊崇的神圣之地，据说第一批来到地球的远古种族就定居于此，只不过当时这里还是一片汪洋。从一些雕纹中仍然可以看出，我们如今身处的这座新城具有当初的许多特征。该城沿着山脉朝两侧各延伸一百里，远远超出了我们每一项航测的最远界限——据说这里极有可能保留有远古种族修建的神圣石块，这个神圣石块是第一座海底城市使用的，具有深远含义。不知经历了多少个世纪的漫长变迁，这座海底城市也伴随着地层的挤压与褶皱过程，逐渐浮出水面，耸立于青天白日之下。

八

丹佛斯和我出于本能，怀着特别的兴趣以及一种独特的个人敬畏感，仔细研究了有关身旁这座宫殿的一切。古墙上提供的雕纹材料十分充裕，我们也很幸运地在扑朔迷离的巨石迷宫中找到了一座年代久远的建筑物。尽管古墙不可避免被临近的一条裂缝损坏，但仍能勉强分辨出墙面的颓废雕纹，从中可以看出这座巨石宫殿经历的风云变幻史，其中描述了很多上新世那幅地图中所没有的内容，据此便可以对前人类时期的整个世界拥有总体概览。同时，这也是我和丹佛斯进行详尽观察的最后一处地方，因为在那里的某些发现敦促我们立即着手下一个不容耽搁的新任务。

我们当时身处在地球某个最陌生、最怪异、最恐怖的角落之中，这是确定无误的。就所有现存的土地而言，它称得上古老至极。我和丹佛斯坚信，这块丑陋的高地必定就是远古传说中提到的如噩梦般的冷之高原，甚至连《死灵之书》的疯狂作者都不愿谈及这个地方。它雄伟的山脉绵延不绝——以威德尔海岸边低矮的路易波尔德地为起点，大致穿越了整个大洲。山脉的最高处约起于东经 60°、南纬 82°，止于东经 115°、南纬 70°，就像一个遒劲的圆弧，圆弧凹陷处刚好面朝我们的营地；然而朝向海洋的那一端则渐行渐远，消失在漫长的冰封海岸线上，在南极圈的威尔克斯和莫森研究站就能瞥见它绵延不绝的巍峨山脉。

然而，大自然中还有某些更可怕的巨大异形就近在咫尺。我曾说过，这里的山脉比亚洲的喜马拉雅山脉还要高大，但古墙上的雕纹却否决了它们是地球的最高点的说法。那令人生厌恐怖的头衔是为了一些东西所保留的，这毫无疑问。而这些东西又恰恰连半数的雕纹都不愿记载，即使少部分稍微提及了也带着明显的厌恶和害怕。当地球甩开月球，来自群星间的远古种族们在地球安定下来后，最原始的那一部分陆地开始冒出海面，作为远古土地的一部分，它始终被当成若隐若现且不可名状的邪恶之地——甚至连远古种族也对其避之唯恐不及。建在那条山脉的城市在被突然遗弃后竟莫名其妙地骤然塌陷。随之而来的是史无前例的剧烈地壳运动，这片处在白垩纪与侏罗纪交替时期的原始土地在震颤中严重变形，伴随骇人的嘈杂声以及混乱新生出一条急剧上升的可怖山脉——就此，地球迎来了它最令人恐惧、最令人敬畏的巍峨山脉，空前绝后！

要是这些雕纹的尺寸无误，那些令人憎恶的高峰肯定远远不止 4 万英尺高——甚至比我们之前所越过的蜿蜒起伏的疯狂山脉还要庞大。它们大约从东经 70°、南纬 77°一直伸展到东经 100°、南纬 70°的广大区域内——离当前这座死寂的巨石之城不到 300 英里。因此，若不是周围弥漫着乳白色模糊雾霭，我们也能在远处昏暗的西方天空下瞥见那直插云霄的可怖尖峰。不出意外，在玛丽皇后地漫长的南极圈海岸线上，也同样能观望到此条山脉的北段部分。

在那段日渐衰微的时间里，一些远古种族还面朝那条可怖山脉做些奇怪的祷告，但即使这样，它们中也没人接近过那些群山，甚至都不敢猜测群山后究竟隐藏着什么。没人亲眼见过它们的真面目，就连我在研究那些雕纹所传达出的情感时，也不禁祈祷最好永远都不要有人看见。山脉的外环沿威廉二世地与玛丽皇后地的海岸线分布着一系列小山丘，仿佛是守卫的士兵——谢天谢地！这样一来，也就没人贸然攀爬地球最巅峰的可怖山脉了。现在的我也不再像以前随性地怀疑远古传说以及恐怖神话，更不会去嗤笑那群远古艺术家怪诞的雕纹。远古种族认为，雷电霹雳不时地闪现在各个峰顶都有其深远意义，漫漫极夜里，还会有一些我们无法解释的赤热在群峰之巅熠熠发光。由此观之，出现在古老的纳克特传说中位于冰冷荒原的卡达斯或许还代表着阴森悚然的深远意义。

即使这片近在咫尺的土地并非出人意表地难以名状，但依然是如此的怪异不祥。该城市建立后不久，高耸的可怖山脉就新添了不少庄严神圣的寺庙。许多雕纹都显示，山脉间有一些怪诞奇特的尖塔高耸入云，但是如今我和丹佛斯看到的，只是部分立方体结构以及壁垒状建筑的诡异的依附堆积。不知经历了多少个世纪的变迁，地下水严重侵蚀并掏空了当地的石灰岩岩层，因此在这片山脉以及山脉两侧的丘陵、平原下方出现了错综复杂的洞穴和通道。古墙雕纹生动再现了远古种族在地底深处探索考察的真实局面。它们最后发现，潜藏在地球内部有一片暗无天日、极尽阴森恐怖的汪洋大海。

这个被黑夜笼罩的巨大深渊显然已被汹涌的大河冲刷出了痕迹，大河发源于那不可名状且走向朝西的恐怖山脉，曾经在远古种族们居住的山脚下转向，并且顺山脉最终流进了印度洋，入海口位于巴德地和托顿地之间的维尔克斯海岸线上。在河流的转弯处，河水点点滴滴地侵蚀着石灰岩的山体，直到最后，奔腾的水流打通了地下溶洞，形成一个不可丈量的幽暗深渊。整个河流改道后流入被掏空的群山之中，只剩一条汇入海洋的干枯河床凄凉地留守原地，后来建起的城市大多都位于大河的河床之上。远古种族对当地历史了如指掌，同时还具备有敏锐的艺术灵感，澎湃的大河拍打着浪花，充斥着永世黑暗的无底深渊，在其入口处，很多山石形成的岬角都被它雕刻成了装饰华丽的高塔。

我和丹佛斯在空中勘察时清楚地看到，这条河流在流入深渊之前还穿过了大量宏伟高大的石桥。巨石之城中许多处雕纹都有留下这条河流的身影，帮助我们了解它在这一地区漫长的历史岁月中经历的不同的风貌。借助以上种种，我们便能粗略地勾勒出一张草图，将比较显著的地标详细标出，如广场、重要的建筑物等，这对随后的探索非常有益。透过雕纹我们可以准确地知晓当时这座巨石宫殿、不祥山峦、广场、郊区的地貌以及繁茂的第三纪植被为哪般形态，由此便能在头脑中即刻勾勒出百万年前，千万年前，乃至是五千万年前的恢弘壮观。想到当时绮丽的神秘景象——巨石之城在那个久远的残酷年代所呈现出的宏伟、死寂、与世隔绝——我都禁不住感到病态险恶的强烈压抑感。然而，一些雕纹显示，甚至连当时居住在城中的远古种族也感受到了同样的威胁，因为许多昏暗忧郁的场景在雕纹中反复出现，很显然那些远古种族们正惶恐地躲避着什么不祥的恐怖异形——这个恐怖异型究竟为何物，雕纹一点也没透露，只是模糊地暗示，它似乎是在那条大河中被发现，这也意味着是从长满了藤蔓和苏铁的那片阴森恐怖的西向山脉冲刷而至。

在一座较晚建成的建筑中我又发现了另一组雕纹，得以获悉导致该巨石之城被荒废并最终酿成大灾难的主要诱因。尽管远古种族当时正处在紧张不安的动荡时期，对艺术的热诚和渴望也相应地减弱，但我和丹佛斯都很肯定还能在别处找到更多同时期的雕纹。果不其然，我们很快就找到了确凿证据，证明这样的雕刻作品确实存在。然而这是我们遇见的第一组也是唯一一组同时期的雕纹。我和丹佛斯本打算在之后开展进一步探索；但正像我之前所说，我们还有一个急需解决的新任务，必须得暂停对于古墙雕纹的研究。推测可知，远古种族们极可能是在意识到无法长久地居住在巨石之城后，才不得不伤感地终止所有的壁饰创作。冰河时期的到来则意味着毁灭性的最后一击，使得大半个地球都处于冰冻之中，南北两极更是从此都笼罩在亘古不变的严寒之中——与远古种族一同陨落的还有位于世界另一端那传说中的洛玛尔之地和希伯里尔终北大陆。

很难确定南极具体什么时候开始变得越来越寒冷难耐，但我们一般把冰川期开始的时间定在距今 50 万年前，但是在南北两极，这场骇人的灾祸肯定要来得更早些。当然，眼下所有的定量工作都只是猜测而已；但很有可能这些已经风化的雕刻作品所产生的年代远远不及 100 万年，并且巨石之城被真正遗弃的时间也远远早于学术界公认的更新世早期，即大约 50 万年以前。

从那些衰落颓废的壁饰雕纹中，我们可以看出地球各处的植被都越来越稀疏，远古种族也越来越倾向于留在城市，因为乡间的气温实在太低，城中开始出现取暖设备。另外，可以看出，冬季的旅行者身披保暖的织物外出远游。我们之后还发现了一系列的楔形文字，记载了成群结队的远古种族逃往距离最近的温暖地带；有的逃到远离海岸的海底深处；有的顺着群山之中的洞穴和通道躲入了邻近的暗黑深渊之中。

最终，容纳了最多避难者的似乎是临近的深渊。一方面无疑是由于这块特殊的土地向来就很神秘；更有可能的是，这样一来它们就可以继续使用蜂巢状群山上雄伟庄严的寺庙，同时方便了夏季返回城中居住，更可以将城市作为通向各个地道的中转枢纽。为了把新旧居住地更好地连接起来，远古种族们升级改善了山间的洞穴通道，还开凿出无数的直通地道，连接古老的巨石之城和无底的暗黑深渊。经仔细分析后，我们在先前绘制的地图上小心标出了这些通道的入口。显然，我和丹佛斯所在这座巨石之城附近的地下，至少有两条这样的地道，都是在城市的边缘面朝不祥山峦的方向挖掘，其中一条距离古河道不到四分之一英里，另一条则在相反的方向，隔古河道大约0.5英里的距离。

根据雕纹分析，黑暗深渊有几处陡峭的边缘似乎很干燥；但是远古种族却在水下修建了新城——毫无疑问，这是因为水中的气温更暖和，温差更小。这片潜藏渊底的海域看似很深，从地球内部散发出的热能就可以无限期地保证新城的宜居性。远古种族起初只能部分时间——到最后当然是完全地——适应了水下生活，它们的鳃也一直没有发生退化。很多组雕纹描述了远古种族们经常走访它们位于海底的同族，并且习惯畅游在大河深处。对于早已习惯了漫长极夜的远古种族而言，地底深渊的无尽黑暗并未给它们造成过多困扰。

这些最近时期的雕刻风格无疑都相当颓废，但它们所讲述的在大海深处建立新城的故事，确如史诗般气势恢宏。远古种族按科学的方法修建了新城。内部群峰中心如蜂巢般纵横交错，他们从中挖掘出无法溶解的石头，并从最近的海底城市雇佣专业工人，运用最高超的技术来进行建设。这些专业人士带来了完成这场新冒险必不可少的所有物品，其中有修格斯原生质组织体，并把它们制作成搬运巨石的驮兽。此外，工人们还带来了原生质物体，用以塑造成散发磷光的有机体，作为照明设备使用。

最后，一座威严雄伟的大都市从冥河般幽暗的海底中浮现出来，它的建筑风格与地面这座巨石宫殿极为相似，其手工艺技巧也没有过多展现出颓废之感，因为每个建筑过程都经过了精确严密的数学计算。新长成的修格斯体型巨大无比并且凝聚了高度智慧。根据雕纹描绘，它们不仅能够以惊人的速度完成远古种族们下达的命令，似乎还可以模仿主人的声音进行交流。在最开始的时候，远古种族主要使用催眠术对修格斯发号施令，发展到后来就只需口头分配任务即可。如果可怜的莱克提供的分析结果正确无误，奴仆修格斯们发出的声音应该是类似乐曲般的笛声，音域宽广。这段时间，修格斯一直处在其主人远古种族们的牢牢掌控之中。另外，那些散发出磷光的有机体实际有效地提供了大量光线，把整座海底之城照耀得灯火辉煌，丝毫不亚于之前外部世界那早已熟悉了的明亮极光。

远古种族虽然开始表现出颓废的倾向，但艺术创造的壁饰雕纹仍然是它们锲而不舍的追求目标。它们似乎也意识到本族在逐渐衰落。我们从好几组雕纹都可以预见，远古种族们采取了与君士坦丁大帝类似的政策，把陆地城市中的雕刻建筑转移到海底新建的大都市。同样都身处在一个渐行衰落的时代，君士坦丁大帝曾经掠夺了希腊和亚洲最好的艺术品，用以装饰他新建的拜占庭首都，最终如愿地使自己的宫殿熠熠生辉、华丽辉煌。由于远古种族并未大规模地把巨石雕刻统统转运至海底，这无疑表示它们没有打算完全遗弃陆地之城的事实。等到彻底的遗弃确实发生的时候——肯定是发生在极地进入更新世很久以前——远古种族或许对它们已经衰落的艺术沾沾自喜，亦或许它们已经不再能清楚认识到古代雕刻的出众卓越了。无论如何，我们周围这万古沉寂的废墟之城肯定并没有经历过大规模的雕纹转移，尽管其中最好的雕像跟其他可移物品一样已经被搬运一空。

巨石之城中衰颓的涡卷式雕纹和护墙板正诉说着我之前提到过的故事，即在我和丹佛斯最后有限时间的探寻中所获得的最新发现。古墙的壁饰雕纹给我们留下了这样一番景象：每每盛夏将至，远古种族就在陆地城市居住；及至严寒难耐的冬天便返回海底城市，它们在两地之间来回穿梭，有时候还会与南极海岸线以外的海底城市进行贸易往来。这一时期的古墙雕纹显示，地球许多地方都遭到了严寒的恶意入侵，远古种族毫无疑问也意识到陆地城市难逃毁灭的最终厄运。渐渐地，地表植被大肆凋零，恐怖的漫天大雪即使在炎炎夏日也不会彻底融化。飞鸟走兽几乎会全部灭绝，连哺乳动物也不能安好地适应生存。为了维持在陆地世界的正常生活，远古种族不得不塑造了一大批修格斯用作奴仆苦力，它们是无定形且可以抵御寒冷的新品种。若放在以前，远古种族们绝不情愿这样做。那条大河也早已变得死气沉沉，上层海面除了海豹和鲸以外没有任何生物。所有的鸟类都四散逃离了，南极大陆剩下的唯一鸟类就只有怪异可笑的巨型企鹅。

随后又发生了什么，我们只能猜测。海底城市苟延残喘了多久？直到现在为止，它还依然像一具冰冷的尸体般躺在永世不见天日的漆黑海底吗？地下水最终凝固成冰了吗？海底城市与陆地城市会有怎样的不同命运呢？远古种族们最终离开冰盖遍布之地，向北迁徙了吗？人类当前的地质学研究还无法说明有关它们存在的任何讯息。那可怕的米·戈对北部的陆地城市仍然构成威胁吗？现如今，又有谁能够断言某些生物是否依旧徘徊在深不可测的暗黑深渊？那些生物似乎能够承受任何数值的强压——虽然人类偶尔也会从海中捞出一些古怪奇特的物体。此外，早在一代人以前，博克格雷文克所注意到南极海豹身上野蛮而神秘的伤疤，真的是杀人鲸所为么？

可怜的莱克发现的那些样本没有成为我们猜想的一部分，因为它们的地质背景证明，其生活的年代早在千万年之前。若根据发掘的位置推断，它们肯定远不止三千万年的历史。我和丹佛斯推测，在那些古老样本存活的时期，海底的繁荣城市尚未建成，甚至连群山间蜂巢状的洞穴通道也还没有形成。在它们的回忆之中应该是一番更古老的情形——到处都是苍翠繁茂的第三季植被；陆地上一座艺术创作之风盛行的年轻石城环绕身旁；一条宽阔的大河在雄伟的山脉间滚滚北流，汇入热带的大海。

无论如何，我和丹佛斯还是禁不住去考虑这些古老的样本——尤其是之前那八个完整的样本，它们在莱克的营地遭到可怕的蹂躏时离奇消失。整个事件总有些地方显得不大正常——因此，我们总是竭力将那些奇怪的事情归咎于某些人的疯狂行径——那些诡异的星形雪冢——那些离奇失踪物品的数量和性质——葛德尼——畸形的远古生物样本体现出的超乎寻常的坚韧性，以及当前的壁饰雕纹还显示远古种族们曾经……丹佛斯和我在刚刚过去的几小时见识了很多东西，也准备好相信并死守有关原始自然的所有秘密，不管这些秘密是多么的可怕，多么的不可思议。

九

我之前说过，在研究过那些残垣败壁般的雕纹遗迹后，我们的探索目标便发生了变化，这与地底那条凿向暗黑深渊的通道有直接联系。我和丹佛斯当时虽然对那条通道一无所知，却迫不及待地渴望能深入其中并有所发现。

大量雕纹明显提示，无论选择哪条临近的隧道，只要下行1英里远的险峻道路，都可以通向地底深渊悬崖边上，悬崖暗无天日、令人头晕目眩。然后，沿山崖往下行走，这条坡道已经被远古种族们认真地修整过，平坦宽敞，最终到达漆黑如夜般浩渺汪洋的嶙峋海岸。知晓了事件真相，还可以在荒凉阴郁的现实中真真切切地看见那片令人难以置信的深渊——无疑是一个巨大的诱惑。然而，如果我们想要把这片不为人知的暗黑深渊也囊括在这次探险之中，就必须马上采取行动。

当时已经晚上八点，电筒的备用电池也快要耗尽，我和丹佛斯在冰层以下的建筑物作了大量研究，还画了许多草图。由于过于频繁且长时间使用电筒，剩余的电池量仅能持续支持四小时左右——我们决定两人共同使用一个电筒，除非是路过一些有趣的地方或者难走的路。这样一来，就可以竭力节约一点电量，尽量延长使用时间。在地下这些巨大的黑暗墓穴里，没有指路的电筒光线将寸步难行，因此，为了能继续探索地底的暗黑深渊，我们不得不放弃破译墙上的壁饰雕纹。不过，数天或者数月之后，我们会再次来到这个地方，进行深入的研究和拍摄。虽然对此地的好奇心已经战胜了我们内心的恐惧，但电量不足的情况要求我们必须加快勘测速度。另外，可供用作路标的纸张已所剩无几，而且我们也不想浪费任何做笔记和画草图的纸，不过出于情形所需，我们还是把一本厚厚的笔记本撕碎作了路标。如果演变至更糟糕的情况，我们只得诉诸原始且易于操作的岩石凿刻法。这样一来应该不会轻易迷失方向，逐步让隧道一个接一个地亮起来，因为只要有足够的时间反复试验，我们就可以把相连的隧道逐个凿通，总会得以重见天日。于是我们便急切地动身前往最近的隧道。

根据古墙雕纹所绘制的地图显示，那个期望中的隧道入口距离我们仅四分之一英尺远。在一栋栋看起来很结实的建筑物中间，似乎留有空隙以供通行，即使我们位于冰层下方也可顺利到达。从离我们最近的山麓丘陵方向望去，敞开部分应该是一处建筑物的地下室，而巨大的五角星结构则明显带有仪式场地的性质。我和丹佛斯曾试图通过航测数据，推算此处建筑的具体位置。回想之前空中勘测的具体经过，我们似乎不曾遇见过这样的建筑，由此推断，很可能是该建筑物的上层部分受到了极大损坏的缘故，也可能是在冰原断裂时遭到了彻底的破坏。随后我们又发现前方的隧道已经堵塞了，因此不得不选择另外一条离我们最近的路。的确，如果离我们最近的两条通道都无法顺利通行的话，我们的电筒电量很难维持到下一个向北的通道——距离我们将近 1 英里之远。

我们借助地图与指南针的帮助穿行于昏暗的迷宫之中——走过了许多个房间和长廊，这些房间和长廊保存完好的程度不一。我们爬上斜坡，穿越上方的楼层和石桥，接着又顺斜坡蹒跚而下，沿途见到了许多堵塞的甬道和成堆的瓦砾，时不时还匆匆地走过保存完好、洁净无瑕的神秘长廊。一旦走错了方向，就必须原路折返，这种情况下，我们会收回身后用作路标的碎纸片。偶尔我们会经过一些未遮蔽的天井，陆地表面的阳光透过井口倾洒而下。我们一次次地匆匆走过路边古墙的壁饰雕纹，也只能干着急。大部分雕纹肯定是在诉说着某些重大的历史事件，但我和丹佛斯只能期望在随后遇到的壁饰中，能够停下来稍作研究。若是携带了更多的胶卷，我们一定会作简短停留，给某些浅浮雕拍摄照片；再加上时间紧迫，绘制草图显然也不可能。

此时此刻，我再一次犹豫不决：是字斟句酌地给以暗示？还是直陈其词，干脆爽快地告知读者整个事件的可怖真相？为了判断进一步的探险是否会挫败我们的积极性，揭开剩余旅程的神秘面纱极有必要。

我和丹佛斯缓慢前行，预计已经非常接近洞口了。接下来又穿过了一座位于二楼的石桥，进入了一个走廊，这个走廊向下延伸且破损严重，走廊内侧许多精心设计的晚期雕塑业已变形，带有明显的宗教性质。晚上八点半左右，丹佛斯敏锐的嗅觉捕捉到了一些不寻常的东西。如果我们有只狗的话，或许能提前得知这些迹象。刚开始，我们无法说清楚清澈如水晶般的透明空气到底有何异常，仅几秒钟后，我们的记忆瞬时作出了明确无疑的回应。我还是鼓起勇气跟读者说说这事儿吧。空气中飘散着一股怪味——只有聚精会神才能依稀闻到的怪味，分明类似于我们之前掘开那几座疯狂雪冢时扑鼻而至的令人作呕的恶臭。我们永远都无法忘记雪冢内那一尊尊可怜的畸形生物体。它们曾被莱克切割过、被诡异地竖立埋葬。

当然，这种启示在当时并不像现在说起来这样轮廓清晰。我和丹佛斯小声嘀咕了几个可能性较大的解释。最重要的是，在经历过这么多常人难以想象的惊悚和恐怖后，我们绝不会轻易中止任何进一步的探索行动，绝不胆怯退缩。无论如何，那些我们必须要考虑的问题，竟然如此的疯狂而让人难以置信，同样的事情在人类日常生活中是不可能出现的。或许是出于某种不合逻辑的荒谬的本能，我们调暗了唯一的电筒光线，也不再受身旁那些预示着灾难的颓废雕纹所诱惑——阴沉压抑的石墙上一组组不祥的雕纹仿佛在恶狠狠地瞥视着我们——我和丹佛斯都小心翼翼地踮着脚尖前行，尽量悄无声息地爬过了越来越杂乱的地板和大量废墟。

事实证明，丹佛斯的眼力同他的嗅觉都比我好。当我们走过好几段通往底层房间和走廊、被部分堵塞的过道时，也是他首先发觉了地面怪异的碎石残骸。这些残骸看上去并不特别像是历经千百万年后所应有的形态。我们谨慎地调亮了电筒光线，发现似乎有某物最近在此通过时在残骸中留下了一条痕迹。不规律的瓦砾掩盖了许多痕迹，但是在平整的地段还可以发现拖曳重物而留下的拖痕。同时，地面还有几条平行的痕迹，这使我们再次停了下来。

不一会儿，我和丹佛斯同时闻到了前方传出的另外一种气味。反常的是，这气味既可怕又不可怕——它的本质其实并非那么令人惊悚，只因为我们了解了事件的部分情况，这气味才显得极其吓人……当然，除非葛德尼已经……因为这仅仅是我们熟悉的石油或者日常使用的天然气的味道。

至于让我们坚持下去的动机，我想交给心理学家来解释。我们很清楚，那个亲手造成莱克营地骇人惨象的东西，现在也爬进了这万古黑暗、永世埋葬的坟地，毫无疑问，刚刚或现在，我们前方有难以名状的东西存在。但是，我们或者仅仅出于熊熊燃烧的好奇心，或者焦虑，或者自我催眠，或者是怀揣着对葛德尼负责任的模糊想法，或者其他种种——驱动着我们一直坚持到了最后。丹佛斯又小声地告诉我，他似乎在上层废墟过道的拐弯处见过类似的奇怪痕迹。音乐般的模糊笛声很可能对于解释莱克的分析报告有着重大意义，尽管它与山顶洞口多风的回声是如此惊人地相似。丹佛斯回想，他后来在地底的暗黑深渊里也依稀听到过这种声音。轮到我时，我小声地跟他说了莱克营地罹难后的惨状——有哪些东西离奇消失了，以及一个孤单幸存者所构思出的种种令人难以置信的疯狂想法——他是如何穿越了可怖的高大山脉？又是如何下行来到一座不为人知的原始巨石宫殿……

但是我们无法说服对方，甚至是自己去相信任何确定无疑的东西。当我们站立不动时就会关掉所有的电筒，并且隐隐约约地发现，外界天空中一丝模糊的光线冲破层层阻挠渗透进入漆黑的隧道，使这深幽的地下世界不至于完全与世隔绝。我和丹佛斯开始机械地向前移动，在断断续续的电筒灯光下继续前行。之前那堆怪异的碎石残骸一直萦绕在脑际；同时，天然气的味道也愈发浓烈；越来越多的瓦砾出现在面前，阻挡了前行的去路。很快我们便走进一个死胡同，前行之路被瓦砾彻底堵死了。我们之前在航测时对于所见裂痕作出的悲观猜想都准确地一一应验了——这次甚至连通向地底深渊的那间地下室也无法到达。

我和丹佛斯站在被堵塞的隧道中，手中的电筒在周围雕刻着奇异壁饰的石墙上反射出一道道光束。我们看见好几条通道被不同程度地堵塞，其中的一条通道甚至传出了汽油味——中间明显混杂有其他的气味——二者有着显著不同。我们又定睛细看，发现了有人于最近将此地简单打扫过的痕迹，因为这里的瓦砾跟入口处略有不同。无论潜伏的恐惧为何物，我们都相信眼前的通道即可径直通向地底的暗黑深渊。我觉得任何人应该都会明白，我们为何在采取进一步的行动前竟长长地迟疑了好一阵。

我们迟疑了片刻，最终还是硬着头皮进入了黑色拱道，随即的第一印象竟是些许的失望。我们经过走廊后，便进入一个四壁都雕刻着花纹的地下室，它的轮廓是标准的正方体，边长大约20英尺。由于室中没有发现任何可以立刻识别出大小且来自现代的物体，因此我们就依靠着自己的直觉试图寻找其他的出口，结果却只是徒然。转瞬间，丹佛斯敏锐的视觉捕捉到，室内地板上的一处残骸有被挪动过的迹象，我们俩激动地将两个手电筒都打亮进行仔细观察。借着光亮，我们发现那其实只是一堆简单琐碎之物，此刻我依然不愿讲出那究竟为何物——这些物体背后所代表的含义实在太骇人听闻了。那是堆表面被草草平整过的岩石碎屑，其上随意摆放着几件小样物品。这堆碎石的一个角落残留着有大量汽油曾泼洒于此地的痕迹，在当时，身居超级高原的极端海拔竟还能闻到一股强烈气味，说明遭泼洒的石油量确实不少。换而言之，这个地方除了是营地之类的地方，难道还会有其他的可能性？这个地方非常有可能曾驻扎过一个如我们这般爱好探索、积极求知的生物群体。

说得坦白点，这些零散物品就实质而言，全都来自莱克的营地，它们包括：以奇怪方式打开的食品罐头——就和我们之前在罹难后的营地所见一样——有许多用过的火柴、三本被或多或少诡异地弄脏了的图册、一个空墨水瓶及其附带插图和使用说明的外包装盒，另外还有一只坏掉的自来水笔、几块以奇怪方式裁剪过的皮毛衣物和帐篷边、一节被用过且外裹说明书的电池、帐篷加热器、一本文件以及少量皱巴巴的纸。本来这就够糟了，但是当我们展开纸团，看到里面写有的具体内容时，心情简直就压抑到了极点。虽说之前在莱克营地搜寻所得、无法解释为何玷污了的纸张，帮助我们对即将所见稍做了心理准备；然而，置身一座噩梦般的巨石迷宫中、一间源自人类出现以前时期的地下室，再次目睹到同样的纸片时，难免会心生无以复加的恐惧。

或许是神志不清的葛德尼模仿绿色滑石在这些纸片上绘制出奇怪的圆点组合，有如那些疯狂的五角星状坟墓上的圆点一般；他甚而还可能在途中匆忙而粗略地画了草图，大致勾勒出城中临近建筑的位置，并简要地圈出所经路线上的标志性建筑，比如我们在古墙雕纹中看到了圆柱状尖塔、在航测时瞥到的一沟圆形的浩大深渊，尽管这些草图的精确度稍有欠缺。我得再次重申，葛德尼绘制了该地的路线草图之一可能性极大。眼前这张纸片上标注的路线和我们的一样，很明显，也是从这座冰冷迷宫的某面古墙上的晚期雕纹中摘抄而得，但不一定刚好就是我们所借鉴的那面墙绘。然而，葛德尼向来对艺术一窍不通，不可能拥有如此自信而高超的绘画技艺。况且，纸片上的草图在匆忙和无意间，竟展现了比城中古墙壁画还更胜一筹的精湛画艺——很明显，也只有身居这座死寂之城全盛时期的远古种族才具有此般技艺。

不出意外，肯定有人觉得，我和丹佛斯在经历了如此多的诡异和恐怖后居然还不离开，真是十足的疯子！其实，我和丹佛斯之所以一直坚守至最后时刻，是因为我们种种狂野而不着边际的猜测竟然都一一应验，此外，已经阅读了此篇报告的大半内容的读者，也该对本报告起草人的好奇心、探索热情印象深刻了吧。或许我们俩还真的疯了——难道我之前没提及这些恐怖的高峰正是被称作“疯狂山脉”？但是，我想我能从其他一些人士——比如那些在非洲丛林跟踪凶猛野兽，拍摄照片并研究其生活习性的勇士们一样——追溯到和自己相同的精神品质，只不过我和丹佛斯的举动更为激进罢了。虽说我们在每个恐怖的瞬间几乎都要被吓得瘫倒过去，但所有的畏惧情绪都被内心熊熊燃烧着的好奇心和探索精神最终击倒，使我们有勇气一路向前。

当然，我们并没准备要去面对它，或者它们——那些曾经居住于该城的东西，内心深处也觉得那些东西早就远去了吧。但是，它们现在也可能已经找到了通向这深渊的其他入口，穿过在那深不见底的深渊如夜般的漆黑，穿过等待它们的无数断壁残垣。或许通往这片终极深渊的某些入口已经被封堵，它们得继续北向前进寻找新的入口。斑驳的墙绘图案让我们猜测：这些东西在一定程度上并不依赖光线生存。

回顾那一刻，我几乎找不出合适词语表述当时的心情——眼前的景象瞬息万变，远超我们的意料。当然，我们也不想直面内心深深恐惧着的古老生物体，却又不得不承认，我们的意识中确实潜伏着一丝希望，可以有幸暗中窥见某种东西从未知角落突然冒出。也许我和丹佛斯一直都没有放弃亲眼窥探那深渊的疯狂念头，虽然我们计划中的行动是找到那张褶皱图纸上所圈出的地点。我们即刻意识到，那个被圈出的地方是那座阴森恐怖的圆柱形尖塔，它在非常早期的古墙雕纹中出现过，这座尖塔曾以巨大光圈的形态出现在天边的海市蜃景中。这张图纸虽是草草绘制而成，但纸上的尖塔形象令我们非常难忘，让我们不禁觉得塔下那掩埋在冰层以下的部分一定具有不同寻常的重要意义。也许尖塔本身就是人类史无前例的一个建筑奇迹。根据古墙上一幅幅壁绘的记载推测，这座尖塔必定是起源于令人难以置信的遥远古代，甚而是整座巨石宫殿中首批建成的建筑。如果塔中的雕刻保存完好，一定有极高的科研价值。而且，它或许还保存着一条通往冰层上方的道路——可能是居住在城中的那些东西去至冰层下方的捷径，比我们先前小心谨慎开辟出的那条路线更短。

无论如何，我们仔细研究了那份偶然拾得的可怕草图，后来还发现它竟完美地印证了我们自己所设计的路线图。我们开始沿原线路返程，回到草图上被圈出之地，而那些不可名状的祖先肯定早在我们之前就已经两次折返于这条线路，通往深渊的另一扇临近的门就在圈中之地的更远处。我没必要过多谈论这次行程，途中也无非就是继续尽量节省地使用碎纸片，在身后留下记号——与我们之前走入一条死胡同的情况大致相当。只是当前这条线路更加接近地平面，有些路段甚至下陷到了地下室走廊。不时地，我们可以从脚下的岩屑残骸中追踪到令人不安的痕迹。向前走了很长一段路程后，汽油味逐渐微弱起来。就在这时，我和丹佛斯竟然再一次断断续续地闻到一阵更加恶心、更加持久的气味。当我们走上一条岔路后，开始间或地用单独一只手电筒光悄悄地扫过两边墙壁，并注意到那些奇特的雕纹无处不在，很可能是远古种族们用以宣泄审美情趣的主要方式之一。

下午九点三十分左右，当我们穿过一条长长的圆顶拱廊时发现：越往前行，冰层逐渐变厚的地板越来越低于地平面，走廊的顶部也相应地低矮起来。我和丹佛斯的眼前开始出现一道强烈的光线，于是关掉了手中照明的电筒。看来我们已经接近草图中画圈的那片宽广区域，距离高空大气也不是很遥远。走廊尽头那扇拱门相比于周遭的岩石废墟而言，显得异常低矮，虽说我们还未进入就已看见门内的许多蹊跷之处。那是一片直径达200英尺的巨大圆形空间，到处都散落着岩石碎片，大部分拱门包括我们将要通过的那扇拱门，都被堵塞了。拱廊四壁全在我们可以企及的范围内，它们是由设计大胆、呈夸张比例的螺旋状宽石板构成。由于长期暴露在外，这些宽石板上雕刻着的花纹已经被风蚀得模糊难辨，却还是让人强烈地感受到一种光彩华丽且见所未见的艺术风格。眼前凌乱的地板上冻结着厚厚的冰层，我们禁不住浮想联翩：沉卧于地底最深处的宫殿结构究竟会是怎样一幅壮观景象？

然而此处最吸引人眼球的还是那道巨大的石砌斜坡，斜坡一个急转弯，巧妙地避开了拱门，伸向空旷的地板。它沿着圆柱状的石墙螺旋上升，与攀绕在阴森尖塔附近的建筑结构遥相呼应，有几分神似古巴比伦的金字神塔。由于之前在空中的飞行速度过快，我们透过舷窗俯瞰之景象与高塔的内墙混淆一起，也就未曾留意这座特色鲜明的建筑，同时也导致我们必须另寻通往冰层以下的其他通道。若帕伯迪在当场，他或许可以告知此建筑的设计应用了何种工程学原理，但我和丹佛斯当时能做的只有钦佩和惊叹。石头枕梁和支柱随处可见，却无论如何也猜不出它们的具体用途。鉴于高塔的顶端部分长期暴露在外，能够较完整地维持至现今的模样已经非常难得。另外，墙壁上的雕纹奇形怪状又令人不安，这些塔尖结构起了非常重要的庇护作用。

当我们走出高塔进入整个宫殿，见到最恐怖的圆柱形底部建筑结构时——其历史长达5 500万年，无疑是当前人类见过的最为原始的古老建筑——它们横贯覆盖了大片山坡一直伸展到足足60英尺的高处，让人看得头昏眼花。回想当时空中勘测的情景，我们飞越过张着大口的深渊，透过飞机舷窗远远地看见下方有一堆坍塌破损的建筑物，高约20英尺。整堆坍塌处有四分之三的地方都被一段更高的石墙庇护遮掩着。根据古墙上的刻纹显示，巨大的圆形广场中央竖立着造型独特的高塔，其高度约500或600英尺，靠近塔顶处水平分布着多层圈状图案，高塔最顶端有一排针状的微型尖塔。让人百思不得其解的是，巨石城中大部分建筑都是朝内倒塌，而非朝外——这实属幸事，不然坍塌物一定塞满了整个坡道，从而封锁掉通往建筑内部的道路。但是坡道部分实际上也受到了倒塌建筑结构的重创，同时，高塔底层的拱廊显示，该建筑坍塌下坠的残骸最近曾被简单清理过。

我和丹佛斯即刻作出结论：那些东西就是通过这条通道深入到巨石宫殿内部，因而我们应该也可以由此上升到冰层以上的地表，尽管我们之前一直都有使用碎纸片沿途留下路标。高塔入口处距离山麓丘陵以及我们的飞机停靠点都不远，经由此处比我们最初进入这座古老迷宫的线路要便捷很多，显然，从这里出发，开展后续的勘探工作会是个不错的选择。奇怪的是，我俩仍然在周密计划着接下来的行程——似乎一路上所看到和预知的恐怖都不能阻止我们的科学探索热情。我们小心翼翼地绕过地面散落的岩屑残骸一路前行，全然没有预料到一个惊骇悚然的场景即将进入视线。

山坡远处一条向外突出的低矮小径上，整齐地停靠着三辆雪橇车，因为地势很隐蔽，我们之前一直都没有注意到。让人震惊不已的是，这些雪橇车正是莱克营地中消失不见的那三辆——可能是过度使用的缘故，已经破损至摇摇欲坠的程度。据推测，它们极有可能在没被冰层覆盖的宫殿和岩石残骸中强制拖行了很长距离，或是在其他多个不可通行的场所中被粗暴地用作运输工具。雪橇车表面还残留着被小心捆扎和加固过的痕迹，车内座位上摆放着我们熟悉得不能再熟悉的东西——汽油炉、燃料罐、工具箱、食物罐头，一个鼓鼓的帆布包很明显塞满了书，另有一些从外表看不出里面装有何物的帆布包——全部都是莱克营地中不翼而飞的装备器材。自从不久前在那间地下室发现了奇怪物品后，我和丹佛斯在一定程度上就做好了遭遇类似情景的准备。我们走上前，打开了一个轮廓让人些许不安的帆布包，真正的恐惧由此揭开——看来有人和莱克一样也喜欢收集典型的生物样本，包内也是两具冻硬了的样本，保存还算完整，这两具样本脖颈处的伤痕已经使用胶布黏合在一起，并被整个谨慎包裹起来以避免被进一步地破坏——这两具是年轻的葛德尼和失踪的雪橇犬的尸体！

十

若是公众知晓，我和丹佛斯在发现如此严峻而又阴郁的恐惧后，竟然又开始考虑探索北方的隧道和深渊时，可能会批判我们的无情和疯狂。我只想说这些想法并非没有根据，只因一个突发的特殊情况促使我们打破以往，建立了一个全新的推断思路。我们用防水篷布盖住了可怜的葛德尼，静默地呆站在一旁，心中茫然不知所思。不知过了多久，耳边传来的些许声响将我们从沉思中唤醒，这是我们除地表群峰间呼啸的风声外，下入地底后首次听到的其他声响——尽管这些声响于现世人类也非常熟悉，但它们出现在这片寂寥的死亡之地时却远比任何怪诞、可怕的声音都让人始料未及——这些声响催促着我们重新定义有关宇宙和谐的概念。

若那些声响与音域宽广的怪异笛声相似，那么根据莱克的分析报告，可以推断我们身处的巨石之城中存在其他某种东西——确实也是这样，自从到过莱克那惨遭蹂躏的营地后，耳边哀号的风声都能把我们的紧张演变成恐惧与害怕——很可能无尽的残酷与这片亘古的死亡之地相互交融，紧紧地围绕在我们身边。来自其他时代的声音，属于其他时代的墓穴！然而，那些声响却粉碎了人类根深蒂固的传统观念——我们都心照不宣地认为南极内陆就如荒凉贫瘠的月轮一般，完全不存在任何生命的迹象。我们听到的不是埋葬在古老的地球深处、亵渎神灵且让人难以置信的恐怖音符，而是一些平凡普通又稍带嘲讽的戏谑之声。我们在驶离维多利亚以及待在麦可默多海峡的日子里就已经熟悉了这些声音。我和丹佛斯不由得颤栗着思考，这样的东西不应该在这里啊！简单地说吧——那声音其实是企鹅沙哑的叫声。

低沉的声音从冰层下方深远处飘来，几乎算是面朝我们走过来的那条通道。声音似乎还指明了去往无尽深渊的另一条通道。一只活蹦乱跳的水鸟就出现在这样一个死寂了亘古的荒芜世界里——我们由此产生的第一个想法便是去证实那声音客观真实的存在。那声音确实又出现了，仿佛还不止来自一只企鹅。为了寻找它的来源，我和丹佛斯进入了一个碎石残骸被小心清理干净了的拱门。当我们再次步入一片漆黑时，重新开始了沿途留下纸片以作路标的老办法——此时我们的备用纸张已经严重不足，不得已只能扯下了一块用以遮盖雪橇的防水篷布作为补充。

当结成冰的地面开始布满小碎石时，我们很清楚地从中觉察到了一些诡异的拖痕，一次，丹佛斯甚至还发现了轮廓清晰的脚印——至于是什么样的脚印，恐怕读者早已心中有数。企鹅叫声所指示的方向与我们的地图和指南针给出的正确路径完全吻合。很庆幸，我们还在地面上找到一个无须穿越石桥的通道，通道尽头也没有被碎石残骸堵塞。根据图表显示，该通道应该发源于一个金字塔状巨型建筑的地下室。我们之前在航测时曾模糊观察到那个金字塔状建筑似乎保存得非常完好。一路上，我和丹佛斯借助一把电筒发出的光线，如往常一样看到了大量的壁饰雕纹，但我们没有多余的时间暂停下来仔细研究。

突然，一个庞大的白色物体隐约地出现在我们面前，我们迅速地打亮了第二把电筒。不久前，我们还一直心惊胆战地小心防卫着自以为就潜伏在附近的恐怖之物，但闯入眼帘的新发现吓跑了脑中的一切杂念。估计所有的杂念都被我们遗留在死寂的巨石之城那一处规模庞大的环形废墟遗址中了，此时此刻，我和丹佛斯已经抛弃了所有的小心谨慎，仿佛任何恐怖、任何危险都不曾存在过一般。太奇怪了！这些步履摇摆的白色家伙高整整 6 英尺，我们似乎即刻就感知到它并不属于一只普通的企鹅。根据古墙雕纹的描述，一般的企鹅身躯高大，通体呈黑色。尽管它们外形怪异，长着海生动物特有的触须，但丝毫无碍于它们在地表上出奇敏捷的行动。老实说，庞大的白色家伙的确吓到我们了。在那一瞬间，我们简直害怕得快要发疯了——古老原始的畏惧比任何理性逻辑所推测出的恐怖更加强烈，更加耸人听闻。接着，情况变得颇为扫兴起来，两个和那白色物一样的东西发出沙哑的声音，那个白色的庞然大物侧身滑进我们左边的一个拱门，回应着另外两个同类的沙哑叫声抽身离去——原来它也是一只企鹅，一种未为人知的白化企鹅，比已知帝企鹅中最大的个体还要庞大。无目与白化的特征让它显得尤为诡异、可怖。

我们跟着那个白色的大家伙进入了侧旁的拱门，把两个电筒都同时打亮，照向这三只冷漠的水鸟，结果发现，它们都属于同一个未知种类的企鹅——白化无目，体型巨大。这不禁让我们回想起远古种族所绘制的浮雕上面那些古企鹅。我们很快断定，它们应该就是那些古企鹅的后代。毫无疑问，它们因为迁移到这个较温暖的深渊地带才得以幸存。由于这里长期不见天日，它们身体的色素沉积过程遭到破坏，双眼也萎缩成无用的细缝。毫无疑问，这些畸形企鹅的栖息地正是我们苦苦寻找的暗黑深渊所在。不可丈量的暗黑深渊至今仍然适合企鹅的居住，气候温暖，仅仅这些就足以让我们充满强烈的好奇和欣喜，想象着些许令人心绪不宁的情况。

我们急切地想知道究竟是什么让这三只鸟冒险离开了它们原本的栖息地？那座规模巨大的死寂之城明显暗示，我们那里绝对不会被企鹅们当做季节性的栖息地。然而，这三只水鸟对我们的唐突造访表现出的漠然不由得让我们心生疑惑，好像曾经有其他的探索队伍来过这里，惊扰过他们了。会不会有这样一种可能，即那些到访过此地的探索者为了获取肉类以供食用，曾试图攻击过这几只鸟——这点我们还不确定。我们甚至大胆猜测：那些刺激探索队雪橇犬，使其狂躁不安的刺鼻臭气会不会对这里的企鹅产生相同的作用？很显然，它们的先辈们和远古种族相处得融洽和睦。既然如此，这群滑稽的企鹅就应该长久地生存在深渊底部，远古种族们生存了多久，它们也能同样地生存那么久。让人懊恼的是，我们心中虽然重新燃起了科学探索的熊熊烈焰，却不能拍下这些怪异的生物，于是稍作停留后便继续朝渊底方向走去，身后那阵嘈杂的沙哑鸣叫声也逐渐消失在耳边。地面企鹅留下的少许脚印更加清楚确定地为我们指明了深渊的方向。

不久之后，眼前出现了一条地势低洼，没有拱门也无甚独特雕饰的通道。我们沿着陡坡下行一段距离之后最终相信，我们正逐渐抵达通往暗黑深渊的隧道出口。途中我们又看见了两只企鹅，并且听到前方不远处似乎还有更多的企鹅。接着我们走到了通道的尽头——一个异常庞大的空旷洞穴，使我们都不自觉地倒吸了一口凉气。洞穴呈一个翻转的标准半球形，很明显位于地底深处。其直径足有 100 英尺，高达 50 英尺，沿洞口周边分布着多扇拱门，其中一扇几乎高达 15 英尺的拱门打破了整体的对称分布，它敞着黑漆漆的大口，显得分外恐怖——那里就是不可丈量的暗黑深渊入口处。

这个半球形巨大洞穴的凹顶已经遭到严重的破损，精美的雕刻仿佛把它装扮成了一座天堂般美妙的原始穹顶。几只白化了的企鹅在不远的地方摇摇摆摆，看起来非常漠然，对我和丹佛斯的突访也熟视无睹。黑漆漆的隧道在陡坡底部裂开了缝隙，其入口处还装饰有奇形怪状的门框和门楣。站立在神秘的隧道入口，我们依稀感觉到一股轻微的暖流，甚至怀疑其中抑或混杂有湿润的雾气；我和丹佛斯都很好奇——在这片连续的蜂窝状土地和雄伟的山峰中，在地下那个不可丈量的深渊里，除了企鹅究竟还潜藏有什么生物？我们也想知道——可怜的莱克首先注意到的山巅的雾霭，以及我和丹佛斯航测时看到的环绕山顶壁垒所积聚的奇怪阴霾，或许就是从难以测量的地心深处散发出，并行经弯弯曲曲的通道洞穴最终攀爬至地表高处而形成。

进入隧道后，我们得以看见内侧的轮廓——至少看清了开始那段——宽和高都约为 15 英尺。周围的墙壁、地面及拱顶都是由普通的巨石堆砌而成，两边的石墙稀稀落落地装饰着晚期颓废风格的涡卷式雕纹，所有的建筑结构及雕刻都被完好地保存着。地面除了少量碎石屑，显得非常干净。我们越往前走就感觉越热，到后来甚至解开了厚实大衣的扣子。不知道下方是否留下了火成岩形成的痕迹，也不知道那暗无天日的汪洋中汹涌着的海水是否温热。再走过一段不太远的距离之后，铺设于隧道的岩石逐渐被实体岩所取代，尽管隧道的高和宽仍保持着同样大小的比例，其雕饰也呈现出同样的规则性。偶尔，隧道内一些路径坡度陡转，以至于修建者特意在坡道上凿出凹槽以防打滑。我们注意到边侧通道的开口在我们绘制的图表上并无记录，不过这一情况并没有使我们的返回之旅复杂化，反而很庆幸遇到了这样的建筑结构——若是在我们去往深渊的路上遇到一些不受欢迎的东西，可以当作不错的避难所。隧道中那些东西散发出的无以名状的气味愈加明显。在明知前方有可怖异物的情况下，还硬闯隧道的行为无异于愚蠢的自杀行为，然而对未知事物进行探索的诱惑在某些人身上远比任何恐惧都来得更强烈——实际上，正是这种诱惑最先将我们带到了这个荒废的神秘极地。途中，我和丹佛斯看见了几只企鹅，并由此大概推测了最终到达深渊必须穿过的路程。古墙雕纹显示，我们只需走 1 英里陡峭山路就可抵达深渊边缘，然而我们之前的曲折行程证明，那些雕纹给出的比例也不是完全可靠。

大约走了四分之一英里远，那股无以名状的气味竟然越来越强烈，我们小心地记录下途经的侧旁通道入口的具体位置。这里不像入口处洋溢着明显可见的雾气，可能是因为缺乏形成强烈反差的较冷空气。气温开始急剧上升，而我们对于偶然遇到的一堆杂乱物体也毫不诧异，这些物品真实得再熟悉不过——莱克营地中离奇消失的毛皮衣物和防水篷布。我们并没有停下来研究那些被砍得奇形怪状的纤维物。再往前行小段路程，我们注意到边侧通道的数量不断增加，尺寸也不断变大，这极有可能是因为我们已经到达前陆丘陵一带蜂巢状地形集中分布区。那股莫名的气味现在又与一股能依稀闻到而且不那么刺鼻的奇怪气味混合在一起，然而，我们对于新出现的气味究竟发源于何处也无从猜测，尽管我和丹佛斯都认为可能是腐烂发臭的生物体，抑或许是未知的地下真菌。就在这时，隧道猛然开阔起来，我们都大吃一惊，因为远古种族创作的雕纹上并没有如此描绘——隧道拓宽抬高，形成一个极其恢宏的椭圆形天然洞穴，约 75 英尺长，50 英尺宽。它地底平坦，侧旁又生出数不清的巨大通道把人引入秘密的黑暗之中。

尽管这个洞穴看起来仿佛是天然形成的，但我和丹佛斯同时打亮两个电筒仔细检查后推翻了该假想——其实是当初的修建者凿通邻近的蜂窝状地质结构后，才出现了眼前这出奇雄伟的巨型洞穴。洞内四壁很粗糙，高高的拱顶排列着浓密的钟乳石，但实体岩铺设的地面相当光滑，并且碎片、岩屑全无，甚至连尘土也没有。除了我们过来时的那条通道，几乎所有的大型通道都一尘不染，诡异至极。对于这种奇特情形，我们只能枉然困惑而难得其解。那无以名状的恶臭愈发刺鼻，以至于其他的气味都被遮盖了。这整个地方有许多反常之处，尤其是那铿亮得甚至能反光的地面，比我们之前遇到的其他任何恐怖的东西都要让人深感困惑和害怕。

正前方的通道形状十分规则，周围还有大面积的企鹅粪便，我们从而能够在众多迷离错杂的洞穴中识别出正确的路线。虽然如此，一旦前方有任何突发状况使局势复杂化，我和丹佛斯还是得重新诉诸之前的碎纸片开路法，这是因为跟踪尘辙的策略在当前情况看来是不可能了。我们又接着勘探前进，行程中不时地用手电筒光照射两边的墙壁——没多久我们发现石墙上的雕纹开始变得与刚才所见完全不同，抑制不住心中的惊讶，就停下脚步仔细观察起来。当然，我们在进入通道不久，就已经意识到远古种族们在隧道修建时期就开始逐渐衰落，甚至留意到身后石墙上那些伸展张开的涡卷线状图案。但此刻我们在洞穴的深处发现了一个完全无法用言语解释的突显差异——这些差异不仅表现在质量上，还表现在它们之间基本性质的不同。后期的石墙雕纹在技艺上发生了极其深远乃至是灾难性的降格。单凭我们在这之前看到的雕刻水平看，无论如何也料想不到它们的艺术水平竟会衰落至如此地步。

这些水平严重退化的新近雕刻图案粗糙而醒目，也没有对雕纹本身作出任何精致的细节处理。它们同样是呈带状向墙内凹陷，并且下陷的程度严重，其外形基本沿袭了之前稀疏分布的螺旋形花饰，然而所有的后期浮雕都没有达到石墙两端的基本高度。对于这一点，丹佛斯解释说很可能是二次雕刻造成的。所谓二次雕刻，即涂抹掉原来的雕纹，并直接在其表面再次雕刻。从本质上讲，这些退化的雕纹也完全是装饰性的，与传统习惯相符，依据远古种族的五分相（即相隔 72°）的数学传统，由粗糙达到螺旋和角度构成。然而，这些二次雕纹怎么看都只像是对古老传统的拙劣模仿，而非传承发扬。让我和丹佛斯难以忘记的是，这些雕刻技艺背后所隐藏的美感似乎被添进了某些细微却意义深远的因素——据丹佛斯分析，显然是由于费力的拙劣模仿行为而导致的。这些二次雕纹与我们了解中的远古种族掌握的艺术风格相像，同时又在某种程度上展现出令人不安的不同。它们不断地提醒我回想起一些杂合物，比如罗马风格的帕尔米伦雕塑，等等。可以肯定的是，不久前有人先于我们留意过这里的雕刻，因为我和丹佛斯在这某组特点最鲜明的雕纹前发现一节用过的电筒电池。

由于我们没有多的时间仔细研究，于是粗略看了几眼这些墙绘后又继续上路了，害怕会错过这些装饰性雕纹可能出现的任何变化，我和丹佛斯在途中频繁地使用电筒照亮两边的古墙。尽管某些地方的雕纹分布得稀稀落落，但我们并未发现有任何本质性的变化。大概是隧道两侧洞穴太多的缘故，不仅见到的企鹅数量少了，传入耳中的企鹅叫声也越来越少，但我们的内心总是隐约感觉到，这群水中飞鸟声势浩瀚的合唱从地球内部的深远之处传出。一股陌生而又令人费解的恶臭愈发强烈起来，我们几乎没有觉察到夹杂其中的另外一阵不可名状的气味。前方有许多股明显的水蒸气袅袅升起，与大深渊两旁那终日无法照进阳光的峭壁在温度与相对整洁方面更形成了鲜明的对比。令人惊异的是，前方那条亮堂堂的通道上竟然出现了诡异物——由外形观之绝对不可能是企鹅。在确定这些物体是完全静止的以后，我们打亮了第二只手电筒。

十一

我又一次深深感受到，重新回忆和讲述之前的南极之行是多么地艰难。此番探险后我本该变得更加坚强，但是某些经历及其背后的暗示已经在我的精神上造成了难以愈合的伤口，使自己也愈加敏感，时不时脑中的回忆就会重新唤起那段原始的恐惧。正如之前所说，我和丹佛斯在前方亮堂堂的地板发现有阻碍物，还得补充一点，之前那阵铺天盖地的臭气竟然愈演愈烈，其间明显混杂着赶在我们前面的那些东西所留下的难以名状的气味。同时打开两把电筒后，那个阻碍物就清清楚楚地展现在了我们眼前。我和丹佛斯之所以能壮起胆子走上前去，仅仅是因为我们远远地看见：那些障碍物就和我们在莱克营地的星形雪冢中发现的六具生物样本一般，已经再无力施展危害了。

与我们之前所发掘的样本一样，它们实际上都是残缺不全的。根据这些生物样本旁边那滩深绿色黏稠液体推断，它们身上的伤害绝对是新近造成的。如果莱克之前发送的简报属实，那么至少有八具生物体样本先于我们进入该隧道，然而地上只发现有四具尸体。我们怎么也没有想到竟会以这种方式与它们相见，非常想知道这片黑暗中究竟上演了一场怎样激烈的争斗。

众所周知，企鹅一般是集体攻击敌人，用锋利的喙野蛮反击对方。就在这时，我们的双耳告诉我们，远方极有可能存在着一个企鹅群栖息地。难道是这几个古老的生物体干扰了此地，从而招致企鹅发起这场残忍的攻击？但根据种种证据却暗示事实并非如此。试想：就连莱克专业的切割器械都无法打开的坚硬身体组织，怎会被区区的企鹅鸟喙啄出此般不堪入目的恐怖伤口？再者按常理讲，这些体型庞大的无目企鹅大都生性平和，不好争斗。

难道是生物体间自相残杀，而不见踪迹的另外四只就是酿制了整个争端的罪魁祸首？若真如此，那它们现在身居何处？难不成就藏匿在附近，并随时有可能向我们发起攻击？坦白地讲，可能是出于内心的畏惧情绪，我和丹佛斯都稍稍缓下了前进的脚步，不安地扫视着旁边几处路面闪闪发亮的侧边通道。不管这场争端是出于何种原因，这里的企鹅群很显然是受到惊吓才徘徊至这片陌生之地。这一带通常没有任何鸟类生存，估计企鹅们很可能是栖息在远方那个不可丈量的深渊，耳边隐隐约约地传来它们的不安的叫声。或许那场激烈的争端就案发于此处，渐渐败下阵来的那方试图驾驶雪橇逃跑，结果不幸被紧紧追逐，结束了性命。我和丹佛斯甚至还能想象出当时那扣人心弦的场面：不可名状的畸形古老生物体，从暗黑深渊的某个角落汹涌而出，身后死死地跟随着黑压压的一群巨型企鹅，死咬对方不放，尖声鸣叫着向前方猛追。

之前说过，我们缓慢而又勉强地靠近那些四散在地面上残缺不全的尸体，但愿我们从来就不曾走上前去；但愿我们当初以最快的速度逃离了那段地面滑溜溜的、亵渎神灵的通道；但愿我们从未接触过那诡异的壁绘——这些壁绘无一不是在模仿和嘲弄远古种族们，那些被它们取而代之的曾经的主人；但愿我和丹佛斯的回忆不再受到痛苦的煎熬。

我们用电筒灯光照亮了躺在地面的畸形尸体，发现了造成它们残缺不全的决定性因素——尽管这些尸体身上有被殴打、窒息、扭曲和撕裂的伤痕，但它们共有的致命伤是斩首。每具古老生物体那长有触手的星状头部都被移除了。当我们走近些观察，发现头部被移除的方式并非普通形式的劈开，而更像是被凶恶地撕裂开或抽吸掉。尸体旁边是一摊深绿色的恶臭脓水，向四周蔓延，有如小水池一般。然而，这些生物体散发的恶臭逐渐被另外一阵席卷而至的怪异气味覆盖，此处的臭气比我们之前整个勘探途中所到的任何地方都要浓烈。只有当我和丹佛斯距离那些畸形生物体足够近时，才看到另一阵气味的发源处——当即，我和丹佛斯都不约而同地联想到某些非常形象生动的古墙雕纹。这些雕纹来自距今 2 亿 5 000 万年前的二叠纪时期，记载了远古种族们的漫长历史。丹佛斯再也无法自控，终于爆发了一声精神长期被扭曲所导致的尖叫，叫声久久地回荡在布满了二次雕纹的拱形古老通道。

我也应声随丹佛斯发出了尖叫，因为我自己也看见过这些原始的古墙壁绘，颤抖着无比敬畏那些无名的艺术家们在壁绘中描绘的情景：身体不完整的远古种族败倒在恶心黏液中——恐怖的修格斯在反抗镇压的超级大战中，用其独有的方式大肆屠杀和吮吸俘虏，最后只剩下可怕的无头尸体。这些墙上的雕纹在讲述一些古老的往事时，仍然显得臭名昭著，枉如噩梦一般，因为修格斯及其丑恶行径本不该被人类窥探到或是被任何生物将之描绘出。《死灵之书》疯狂的作者甚至还神经质地企图发誓称，地球上根本就不存在修格斯这类的生物；只有服过迷药的梦想家或许可以构想出这些恐怖存在的具体形态。作为无定形的原生质，可怕的修格斯可以模仿和映现出所有的形态、器官和行动——由一大堆黏糊糊的气泡体结构聚合在一起——直径达15英尺的橡胶质球体，具有无限的可塑性和延展性——所为远古种族们意念的奴隶，巨石宫殿的修建者——它们愈发地阴郁、愈发地智慧、愈发地适应于水陆两栖，并愈发地善于模仿——天啊！亵渎神明的远古种族一定是疯了，竟会愚蠢地创造并奴役修格斯这类危险而可怕的怪物。

此刻，我和丹佛斯看见无头尸体旁那摊黑色黏液反射出彩虹般的七彩亮光，闪耀夺目；除了畸形生物体本身散发的污秽臭气外，还新添了另一股恐怕只有病态幻想才能构思出的恶臭，难以用任何语言名状。进行了二次雕刻过古墙上竟残留着一系列点状图案，它们由黑色黏液组成，闪闪发光——我和丹佛斯猛然意识到，纵使人类无边无际的恐惧发展到最大限度也莫过于此。让我们毛骨悚然的不再是那四个失踪的远古生物体——估计它们已经无法继续作祟了。可怜的家伙！终究，它们对于自己的种族来讲并不邪恶。它们也是人，来自另一个时代，源于另一种生物体系。大自然对这些远古种族开了一个惊悚可怖的玩笑——正如此般玩笑也可能应验于其他生物体一样，或许从今以后，人类身上的疯狂、麻木不仁和残酷无情将再度拖行在那片死寂的或是邪恶沉睡着的终南之地。

它们甚至还算不上野蛮人——难道是因为做过什么伤天害理的事？反而是它们在冰天雪地中在一个未知新纪元被外物吵醒——或许有许多四肢动物，浑身长毛且疯狂吠叫着，它们只得茫然地自卫；或许有好几只白皮肤的类人猿用奇怪的包装纸和仪器设备……可怜的莱克！可怜的葛德尼……以及可怜的远古种族们！难道我们置身于当时当地的境况不会作出和它们一样的选择？上帝啊，这是何等难能可贵的智慧与坚持！它们究竟面临了怎样不可思议的境况！正像那些进行壁绘的亲属和祖先们所面临的情景一样，或许少了几分难以置信吧！辐射状结构、植物、怪物、群星聚集体——不管它们各自所属的生物体系有何不同，却都拥有和人类一样的灵性。

此时此刻，许多想法在我和丹佛斯的头脑中一致闪现出来：比如它们竟然翻越了积雪覆盖的高山，曾经还在山坡的神殿参拜神灵，曾经漫步在树木般葱郁的蕨类植物之间。它们发现自己的城市被诅咒笼罩，并且从石墙上的壁绘上读出自己的种族将被灭绝的命运，正如我们之前看到的那般。它们试图在去往传说中那未曾见识过的暗黑深渊，与尚且活着的同族取得联系——

到达之后又有何发现？当我们目睹了那些包裹着深绿色黏液的畸形尸体、目睹石墙上二次雕刻留下的令人憎恶的雕纹、目睹了肮脏的黏液溅洒至周旁石墙组成的如恶魔般的一系列点状图案，我们目睹并意识到究竟是谁最终得胜，并一直幸存于那个巨大无比的海底城市之中，旁边是边缘栖息着企鹅的暗黑深渊。现在，一股邪恶的迷雾毫无光泽地不知从何处打着旋儿喷发而出，好像是在回应丹佛斯歇斯底里的尖叫声。

在识别出这些黏液和无头躯体竟然是莱克提及的古老生物体时，我和丹佛斯都震惊了，呆呆地说不出一句话，仿佛雕塑一般，还是在后来的谈话中才得知，当时我们俩的想法竟然完全一致。我们似乎呆立了有亘古之久，但事实上至多只有十秒或二十秒而已。那股苍白而令人憎恶的烟雾环绕着向前趋进，似乎被远处某个行进中的巨大物体所驱逐——接着传来一个声响，将我们刚才作出的大部分决定都颠覆了，但同时也将奇怪的魔咒打破。我和丹佛斯得以重新掌控自己的身体行动，就像之前聒噪困惑的企鹅一般，疯了似的沿原路飞奔返程。一路上我们跑向地面的巨石宫殿，沿着寒冰覆盖的石砌廊道返回原来的圆形大广场，紧接着又冲上古老的螺旋状坡道，没时间多想就下意识地直奔出城，投身到外界理智的空气与阳光之中。

正是可怜的莱克所进行的切割实验，引导我们认识到那些被误以为已经死去的东西究竟为何物。我对这个新的声音已经很熟悉了，由此打乱了之前大部分的安排。晚些时候丹佛斯告诉我，那声音与他起初在冰层上方的某条巷道深处所听到的声音一样，并且和位于山峰极高处山洞口听到的风声非常类似。冒着可能会被视作孩子气的风险，我还要再透露一件事——因为，我和丹佛斯竟然就这点达成了惊人的共识。当然，促使我们见解达成一致的很重要的原因是，我们平常的阅读趋向比较接近。尽管如此，丹佛斯偶尔还会向别人暗示一些奇特观点，比如说，他认为一个世纪前，爱伦·坡在创作《阿·戈·皮姆的故事》时，很可能接触过一些被禁止的来自未知世界的创作源泉。人们将会记住那个来源不明、惊悚万分而且意义重大的词语，与终南之地紧密相连，在那片凶险之地的中心，体型庞大、雪白如幽灵的鸟群在永恒不朽地鸣叫着那个词——“塔克利－利！塔克利－利！”我或许得承认，那就是我们俩以为自己所听到的声音，它通过后方那团向前奔涌的苍白迷雾传来——那声音犹如音乐般抑扬顿挫，音域出奇地宽广。

还没等那三个音符或是类似于音符的声音传入双耳，我和丹佛斯早已全速飞奔而逃了，尽管我们心里也很清楚：远古种族们动作如此迅捷，只要它愿意就完全可以在顷刻间追赶上任何侥幸逃脱的幸存者。然而，我们依然怀揣着一个渺茫的希望：即使不幸被俘虏，远古种族们也会念及同宗血缘关系，顶多把我们用以向族人展示而不会有伤害之举。当然，它们若胸怀满腔的科学探索热情则另当别论。毕竟，如果是面对一个它无须害怕的东西，也就没有必要对其施以伤害。值此之际，躲避也是徒劳。我们借着电筒光亮飞快地朝身后一瞥，发现迷雾已经逐渐消散开去。难道我和丹佛斯到最后还会看见一个完整存活的古老生物体？此刻，耳边再次传来抑扬顿挫的邪恶叫声——“塔克利－利！塔克利－利！”

这时，我们竟发现自己逐渐甩开了身后的追逐者，因而猜想那个东西肯定是受伤了吧。但是我们必须谨慎行事，因为那个东西很明显是回应丹佛斯的尖叫声才跟来的，而并非出于逃离危险之类的原因。那东西在丹佛斯的尖叫声后即刻应声而答，难道还有比这更充分、更有力的危险提示信号吗？至于那些更加难以想象、更少被人提及的恐怖存在的行踪——如那些散发着恶臭、坐落在位置隐秘之处并且由喷涌着黏液的原生质所构成的山峰，它们一族占领了深渊，派遣拓荒者来到地面之上对宫殿进行重新雕刻，它们蠕动着令人恶心的原生质躯体在山坡的洞穴间缓慢穿行——这些都不难猜测。虽然我和丹佛斯都感到了真真切切的痛楚，最终还是决定抛下这个可能已经残废了的远古种族者——它或许是族群中唯一的幸存者——任凭它孤零零地面对被再度抓获的危险，接受难以名状的悲惨命运。

谢天谢地我们没有放慢逃跑的脚步。那团袅袅升起的迷雾开始再次变浓并提速向前趋近。身后那些迷了路的企鹅表现得十分惊慌，粗厉地尖声嘶鸣，这情景让人很是吃惊。因为之前我们从这群企鹅身旁经过时，它们只是小小地困惑。那个音域宽广的邪恶叫声再次回荡在空气中——“塔克利－利！塔克利－利！”我们之前的猜测是错误的，那东西并没有受伤，它只是因为偶然碰见同伴倒在黏液中的尸体，暂停下来稍表缅怀而已。我们永远也不会知道，其叫声究竟传递着哪番恶魔般的深层含义——但是，莱克营地那些被埋葬的尸体说明，这些古老生物体非常重视对死者的安葬。手中的电筒胡乱扫射，照亮了前方巨大的洞口，多条通道交汇相织。我们不禁为摆脱了那些恐怖丑恶的二次雕纹而长长地松了一口气——即使不回头看，也能察觉到这种侥幸逃脱的欣慰感。

这个洞穴的出现还激发了我们的另一个念头，即我和丹佛斯可以趁追逐者在洞穴各条通道错综复杂的汇聚处举棋不定时，将其远远地甩在身后。眼前的空地中有几只无名的白化企鹅，它们对于即将来临的东西如此恐惧，甚至达到了令人费解的地步。在当时的情况下，我们把电筒的亮光调节到最暗，能够满足我们前行的需要即可；保持光亮一直照见前方，千万不要往后回看，以免暴露行踪。那些水鸟们体格巨大，惊声鸣叫响亮喧杂，或许可以盖过我们的脚步声，从而掩蔽了我们的真实路线，甚而把追踪者引到错误的方向。在螺旋上升的雾霭中，岩屑满地且不反光的主隧道与亮堂堂且极尽阴森的其他通道并未表现出太大差异。根据我们目前的情况猜测，那些远古种族拥有超常视觉能力，遇到危急情况时，可以在一定程度上脱离光线看清物体；但是在当前关头，就算追逐者具有夜视的能力，它也得花一定时间在众多通道间辨别出正确的路线。当然，我和丹佛斯已经决定直奔死寂的巨石之城而去，若是在这个蜂巢般纵横交错的巨石宫殿中迷路，后果将不堪设想。

最终，我们得以幸存，这表明身后的追逐者一定是走错了岔路，而我和丹佛斯如有神助，在匆忙逃跑中没有迷失方向，这很幸运。多亏了迷雾的帮助，单单靠企鹅们震耳欲聋的嘈杂叫声，我们是无法得救的。大概是老天开眼才在生死关头让缭绕的雾气浓密得恰到好处，因为当时的迷雾不停地变换移动，随时都可能消散一空。那飘忽不定的雾，确确实实在我们离开隧道，飞身进入洞穴时，消失了几秒钟——那些隧道装饰着令人作呕的二次浮雕。我们赶紧调暗电筒光线并躲至企鹅群中，暗自祈祷能够避开身后可怕的追逐。这时候，我们极度惊恐地向后瞥了一眼，看到了对我们紧追不舍的究竟是何物，仅此一眼。如果说命运女神赐予浓重迷雾帮我们躲过一劫是善良的，那么驱散迷雾使我们隐约看见身后之物则绝对是邪恶的。虽说昏暗光线下的一瞥很快就闪过不见了，但视野中那个恐惧之物的模糊轮廓却如梦魇一般永永远远地折磨着我们的心智。

我们回头看的确切动机或许可以借用人类最原始的本能进行解释，逃亡者想要预测追逐者的跟踪路线；也或许是出于我们潜意识中自然而然的反应。逃奔途中，所有人都会把注意力集中于逃命，完全没有工夫观察和分析各种细节；尽管如此，潜意识的脑细胞还是对我们闻到的气味感到吃惊。随后我们意识到——在我和丹佛斯离开那几具被恶心的黏稠物覆盖、散发着臭味的无头尸体的同时，追踪者也开始对我们紧追不舍，至于为何交互闻到多种不断变化的恶臭则远非人类的逻辑能够解释：当时我们站在平躺于地的尸体旁边时，闻到的主要气味是一阵新近出现的、难以解释的恶臭；随后，这股恶臭又逐渐消散，让位于其他一些难以名状的诡异臭味。然而事情远非这样简单——因为事实上，最晚出现的、略微让人不那么难以忍受的气味非但没有减弱，反而是分分秒秒都在变得越来越浓烈。

所以，我们几乎在同一时刻偷偷回头看了看，但毫无疑问，最先发出动作的那个人会提示另一个人，使其下意识地进行效仿。我和丹佛斯都不约而同地把两个电筒都调至最亮的光线——可能纯粹出于渴望看清眼前景象的本能；也可能只是赶在我们调暗光线躲至企鹅群之前，无意识地晃动手中的电筒，企图眩晕追逐者的视线。这可真不是个明智的举动！我们因为这回头一望所付出的惨重代价甚至连俄耳甫斯①和罗德的妻子②都远远不及。再一次，四面八方回响起那音域宽广的恐怖叫声——“塔克利 – 利！塔克利 – 利！”

虽说我不能忍受过于直白的表述，却还是打算更加坦率地讲出我们究竟看到了什么。当时我们两人都对之感到难以置信。读者只能阅读相关的文字描述，根本无法感同身受地体会到当时场面究竟是多么地恐怖。我们的知觉意识完全崩溃了，以至于我都怀疑自己怎会残存清醒的意识，按照原计划调暗电筒光线，并且奋力奔向通往死寂石城的正确通道。一定是求生的本能支撑着我和丹佛斯脱离了险境——或许比理智更管用。然而，即使求生本能使我们获救，我们也付出了昂贵的代价——残存的理智已经消失殆尽了。丹佛斯已经完全神经衰弱了，关于之后的行程，我能回忆起的第一件事，就是听见他头昏目眩地吟唱一些歇斯底里的词句，大概因为我只是普通人吧，觉得他的唱词全是些毫不相关的疯言疯语。丹佛斯的颂唱宛如假声般回荡在企鹅群嘈杂的鸣叫声中；回荡着穿过前方的拱形圆顶——谢天谢地——后方的拱形圆顶已经悄寂无声了。幸亏丹佛斯没有一开始就高声颂唱——不然我们就不可能还活着，也无法全速地向前狂奔。每每想到当时他神经紧张的反应如有导致半点偏差，将带来怎样的后果，我就会感到不寒而栗。

“南站下——华盛顿下——帕克街下——坎德尔——中央站——哈佛……”这可怜的家伙絮絮叨叨地念着从波士顿到剑桥之间那一个个耳熟能详的地铁站名，这条隧道位于千里之外的新英格兰——我们宁静的家乡。可对于我而言，这些念词丝毫没能引起思乡之情的共鸣，只是毫不相干的念叨。因为我很清楚这些念词其实暗示着深深的恐怖，暗示着某些难以名状且令人惊悚的类比。我们心想，如果迷雾足够稀薄，便可以看一眼那个骇人而飘忽不定的东西，但不管怎样，我们对那个恐怖之物已经多多少少心中有数了。事实上，我们真的如愿看见了——周围的雾霭确实也愈发邪恶地稀薄起

①俄耳甫斯：古希腊神话传说中的人物。其父亲是太阳神兼音乐之神阿波罗，母亲是司管文艺的缪斯女神卡利俄帕。他生来便具有非凡的艺术才能，凭着他的音乐天才，在英雄的队伍里建立了卓越的功绩。——编者注

②罗德的妻子：《圣经》中的人物，罗德一家在逃离索多玛城时，他的妻子因种种原因回头而变为盐柱。——编者注

来——总而言之，那是个未为人知又面目可憎的东西，简直就等同于奇异小说家口中那“不该有的存在”具体化后的形态。若要用最通俗易懂的话语来解释，那东西就像是站台上的超长地铁车厢，向前飞驰——它那巨大无比的黑色“机车头”从远处的无尽深渊中朝我们可怕地急速逼近，周身怪异的七彩光亮交相辉映，仿佛活塞被塞进了气缸一样，满满地充斥着眼前那大得惊人的通道。

但我们并非站在地铁月台上，而是站在圆柱状生物体前行的道路上，这个生物体体长约 15 英尺，散发着宛如噩梦般的恶臭。彩虹色渗出物覆盖全身，维系着整个身躯往前涌进。这东西竟然逐渐加速到令人难以置信的程度，驱使着一团由深渊的苍白水汽构成、呈螺旋状不断加厚的迷雾越行越远。那个无法描述的恐怖之物比任何地铁都要庞大——它由原生质液泡组成，浑身散发着淡淡荧光，身体布满了难以计数的假眼，不间歇地反复成形和分解着，仿佛是发射出绿色光亮的脓包。那东西充斥了整个隧道，朝我们飞驰而来，把途中狂乱的企鹅群压得粉碎。但凡是它滑经之地，地面即刻变得一尘不染，熠熠闪亮，这是因为它以及它的同类总会邪恶地将所及之物一扫而光。空气中依然久久回荡着充满嘲讽意味的可怕叫声——“塔克利－利！塔克利－利！”最终，我们记起了魔鬼般的修格斯——远古种族们赋予修格斯生命和思想，使其可以根据意志构成种种不同的器官组织，由于没有自己的语言，只能借助点状组图相互交流——同时也没有自己的声音，只能模仿它们过去主人的腔调。

十二

我和丹佛斯还记得先前去过那个半球形巨大洞穴，四壁装饰着雕纹；记得曾经沿原路折返，途经那些巨型宫殿和通道时，它们处于死寂的亘古的巨石之城中。但是这些记忆没有意识，没有细节，也没有真实的行动，纯粹是些梦境般的零散片段。我们好像漂浮在一个模糊的世界或空间里，完全丧失了时间、逻辑和方向的概念。微微泛白的日光倾洒照耀在巨大的圆形遗址上。我们稍微清醒了些，却不敢再次上前去查看那被防水篷布遮盖的雪橇，也没有再望一眼可怜的莱克和可怜的雪橇犬。他们已经安躺在异乡的巨大陵墓之中，我希望直到这个星球走向毁灭之时，也不会再有其他人或其他东西打扰他们的清幽。

我们在螺旋状的斜坡上艰难地攀爬，突然第一次感到极度疲劳并且呼吸短促，这很可能是由于高原空气稀薄。在重返阳光普照、晴空万里的正常世界之前，不管遇到地质塌陷还是其他任何艰险，我们都绝不会停下行进的脚步。同时，还有一些隐约的微妙征兆也在暗示着，我们确实应该离开这个被掩埋了万古的荒芜之地，我和丹佛斯气喘吁吁地蜿蜒爬上了一座巨型远古建筑物，它高 60 英尺，呈圆筒状，此时我们看到身旁的石壁上一系列的壁饰雕纹，它们如史诗般雄伟壮丽，那是已经故去的远古种族在它们初期尚未衰落时留下的卓越艺术品——5 000 万年前留下的临别寄辞。

最后，我们爬出筒状建筑物的顶部，来到了一堆倒塌了的废墟之中。举目四望，西边耸立着倾斜的石墙；东面破败的古老建筑摇摇欲坠，更远处是绵延不断的高大群峰，笼罩在一片阴郁恐怖之中。子夜时分的终南之地，低垂的太阳从地平线上缓缓升起，微微泛红的光线照耀凌乱的废墟残骸，时隐时现——这才是人们印象中所熟悉的南极风光！头顶上方的高空再一次翻滚着稀薄的乳白色水汽，刺骨的寒意紧紧地抓住了我们的命脉。我们疲倦地放下了手中的工具袋，刚才逃跑时出于本能，一直都把它死死拽在手中。我们重新系好衣服扣，跌跌撞撞地爬下凌乱的巨石堆，穿过了那亘古沉寂的迷宫石殿，来到了我们停靠着飞机的前陆丘陵地带。对于那个驱使我们逃离地球的神秘黑暗、逃离古老深渊的恐怖之物，我和丹佛斯都再没有提起过。

不到一刻钟的工夫，我们便找到了通向前陆丘陵的陡峭斜坡——很可能是远古时代的一段阶梯——顺着斜坡上行，远远地，我们从稀稀落落的废墟遗址间分辨出飞机的黑色机身。向上攀登的中途我们停了片刻，稍作休息，并再次回头望了望我们山下那些奇妙卓越、让人难以置信的巨石宫殿——它们那神秘诱人的轮廓再一次映衬在未为人知的西空之中。就在我们看得入神时，远处的天空下，清晨的雾霭已经消散，翻腾不止的寒冷蒸汽升腾到天穹最高处。这些蒸汽的轮廓充满了不屑的嘲讽意味，似乎正准备变幻成什么怪异的形状。至于具体是哪般的怪异形状，我和丹佛斯都再也不敢妄下结论或描述了。

此时此刻，在那荒诞的巨石之城后方出现了一条白色的地平线，我们可以依稀看见那里一排精灵般的紫罗兰色尖峰。那些针尖状的山峰，如同虚幻的梦境在西方玫瑰色的天空下时隐时现。一条古老的河道蜿蜒围绕在群山之间，就像一条不规则的灰色绸带。一瞬间，我们都为眼前无与伦比的美景深深折服，紧接着隐隐的恐惧渗入我们的灵魂。因为那片紫罗兰轮廓就是那条不可言状的可怖山脉——地球的巅峰之最、邪恶之都。那里潜伏着难以形容的恐惧和太古久远的神秘；那些害怕雕刻出山脉真实含义的艺术家们都小心地避开它、向它祈祷；地球上尚未有任何鲜活的生命接近过此地；然而，时常有凶险之光和奇异之亮在极地之夜穿越了高原前来拜访——毫无疑问，这条山脉就是位于冰冷荒原的卡达斯地的陌生原型。它所在的位置比令人憎恶的冷之高原还要偏远隐秘，甚至连亵渎神灵的远古神话传说也只是闪烁其词地稍稍提及此地。我和丹佛斯是迄今为止目睹了这座可怖山脉的首批人类——希望上帝保佑让我们也是最后的一批。

如果那些人类出现以前时期的巨石城堡中雕刻的地图和壁画都是真实的，这些神秘的紫罗兰色山脉应该至少在300英里以外，但它们昏暗的轮廓却明显地凸显在那些遥远的雪山边缘，就像是在可怕的锯齿状边际，一颗陌生的诡异星球要返回自己原本的太空，世间任何已知事物都无法与之一较高远。这些山脉直上云霄，大概已经插入了稀薄的大气层。曾经见过气态幽灵的鲁莽飞行员，遭遇了难以解释的坠落后，几乎不可能再活命，不可能向他人低声耳语自己所见到的那条可怖山脉呈现出的诡异轮廓。看着它们，我不安地联想到某些古墙雕纹提供的线索，那条宽大的古老大河正是从这条紫罗兰色山脉的可怕斜坡倾流而下，进入雄伟的巨石之地。我们还特别好奇，既然远古种族们遗留下的雕刻中对这条山脉表现得如此讳莫如深，那么它们的深深的恐惧中究竟有几分理智？又有几分愚蠢？我猛地回忆起，这条紫罗兰色可怖山脉的北端肯定靠近玛丽皇后地沿岸，那时候，道格拉斯·莫森男爵率领的探险队伍也正在不到1 000英里的远处进行勘测考察。我希望道格拉斯男爵一行人不会遭遇此般厄运，没有人会在不经意间瞥见岸边低矮山丘背后的景象。这些想法适当地缓解了我当时的紧张情绪——可丹佛斯的状态似乎比我还要糟。

然而，在我们途经那个伟大的星形遗址，到达飞机停靠处之前，心中的恐惧已略有减弱，但又即刻面临着重新翻越雄伟的疯狂山脉之重任。在山麓丘陵西面，那座承载着废墟遗址的黑色山坡显得十分突兀显眼，让人生厌。这般景象再次让我和丹佛斯回想起尼古拉斯·罗列赫创作的亚洲风景画，风格怪异。当我们重新记起山坡内部那些该死的蜂巢状密集通道，记起那些浑身散发着恶臭、蠕动着爬上高塔最顶端的无定形怪物时，我们心存畏惧，再也无法飞过邪恶洞穴的上空。那些邪恶洞穴面朝天空，风吹过时便发出魔鬼般的呼啸声。更糟糕的是，好几处山丘顶端萦绕着清晰可见的层层雾霭——可怜的莱克还误以为它们是喷发的火山口——我们都禁不住颤栗，联想到我们刚刚所摆脱的邪恶迷雾，联想到迷雾的来源地——亵渎神明、万恶丛生的恐怖深渊。

飞机一切正常，我们笨拙地穿上飞行专用的厚重御寒衣物。丹佛斯顺利地发动了飞机引擎，离开这座噩梦之城。我们看到原始的巨石宫殿在下方向四周广泛蔓延，就像我们第一次看见时一样——两次相隔的时间其实很短，却让人感觉无限漫长——飞机开始上升、转弯，为接下来穿越隘道进行风向测试。高空中的气流非常不稳定，天空中的冰晶云在不停地幻化出各种奇妙形态。然而，海拔 24 000 英尺的高空即是当前飞行所需的高度，该层面的气流出奇稳定，因而我们的驾驶工作相当轻松。当我们飞近突出的高峰时，怪异的风声愈发清晰可闻，丹佛斯的双手也不由自主地颤抖起来。我虽然只是一个业余飞行驾驶爱好者，但就穿越山间危险隘道而言，我可能比处于失控状态的丹佛斯有更好的表现。于是，我示意和丹佛斯交换座位，由我来接替飞机的驾驶工作，他也没有反对。我尽量保持沉着冷静，发挥出自己所能的最佳驾驶状态，两眼紧紧盯着远方两峰之间的通道——下定决心不去在意山顶喷发出的阵阵烟雾，希望自己的耳朵被蜡封住，就像奥德修斯的手下，不被塞壬女妖蛊惑人心的歌声影响，力争顺利地通过海岸一样。

但是，取消了驾驶任务的丹佛斯很可能损伤到了神经，仍然很激动，一刻也安静不下来。我感觉到，他痛苦地扭动身体，不时回望渐行渐远的可怕石城——遥望那些山峰，其内部布满洞穴、顶部环绕着立方体结构；遥望那些前方被积雪覆盖、壁垒压顶的山坡；遥望翻滚着怪异乌云的天空。这时，正当我努力操控飞机，试图安全通过隘道时，丹佛斯冷不防的一声尖叫打破了我所有的泰然自若，我霎时之间慌乱无助地摸索着操纵装置，试图进行补救。所幸我的意志即刻取胜，最终飞机安全驶过了隘道——但丹佛斯恐怕再不可能像从前一样了。

我反复说过，丹佛斯一直拒绝透露他在最后时刻究竟目睹了何等恐怖事物，致使他发出如此疯狂的尖叫——我悲痛地意识到，那个恐怖事物正是造成丹佛斯如今精神崩溃状态的罪魁祸首。我们在安全抵达疯狂山脉另一侧后，曾在呼啸的风声和飞机引擎声中，进行过断断续续的高声交谈，内容主要是就离开恐怖的巨石之城后发誓要对外保密等。我们还达成共识，某些事情绝不能轻易地告诉他人或是对外界谈论——若不是为了阻止斯塔克韦瑟·摩尔探险队的南极之行，我是无论如何也不会透露半句的。我的所作所为绝对必要。为了全人类的和平及安全，我们最好不要去打扰地球上那部分死寂的黑暗角落——某些未经探测的深渊，否则会将某些沉睡的畸形怪物唤醒，那些残存于世、亵渎神灵的梦魇鬼灵之物也将从黑色巢穴中蠕动着蜂拥而出，又一次大范围地继续它们的征服历程。

丹佛斯仅仅暗示我，称他最后所看到的恐怖事物只是一场蜃景。他还声称，那个恐怖事物与我们遇到的很多怪异现象毫无关系，比如山巅周围的立方体结构、发出回响的洞穴、飞机所翻越的那座烟雾朦胧且内部复杂如蜂巢般的疯狂山脉；那个恐怖之物仅仅是如魔鬼般不可思议的惊悚一瞥——它位于沸腾着的云层下方，在散发着紫罗兰色光芒的西向山峰的背面，那东西就连远古种族们也避之不及。它可能只是丹佛斯在经历了众多危险后，精神高度紧张而产生的幻觉；也可能是由于前一天在莱克营地附近看到的、山脉彼边之城所反射的实际存在却难以辨出的蜃景。不管怎样，这一切对丹佛斯而言却如此真实，至今仍深深困扰着他。

丹佛斯偶尔会对我窃窃私语，全是一些内容不连贯且听似不可靠的事情，比如说“暗黑深渊”“雕纹装饰”“原始的索托斯”“无窗的五面立方体”“难以名状的圆柱结构”“古神灯塔”“犹格—索托斯”“最初的白色胶状物”“星之彩”“翼族”“黑暗之眼”“通月之梯”“原始永恒、不灭”，以及其他的怪诞概念。然而，一旦丹佛斯恢复清醒，就即刻否认刚说过的话，并将之归咎于他早年阅读了大量死亡主题的怪诞书籍。据说，丹佛斯是为数不多、敢于完整地阅读邪恶恐怖的《死灵之书》手抄本的人士之一。那本虫蛀严重的古老典籍一直被锁藏在学院图书馆，绝不轻易外借。

当我们飞过疯狂山脉时，天空高处肯定是雾霭朦胧，极不平静。虽然我没有抬头仰望，但仍然能够充分想象出空中的旋涡状冰晶云，不停地变幻出奇怪的形态。一个人若知道远方栩栩如生的景象，有时能够产生反射或折射，并通过躁动不安的云层将之表现出来，那么他的想象力可以很轻易地完成余下所有工作——当然，丹佛斯在重新回忆起他过去读过的那本邪恶古籍之前，从未暗示过任何特定而具体的恐怖之物，也就不可能在瞬间的回头一瞥看到如此多的东西。

在那时，他的惊声尖叫仅仅局限于不断重复着一个词语，一个来源实在太过明显的疯狂词语：

“塔克利－利！塔克利－利！”

皮克曼的作品原型

艾略特，你别认为我疯了。还有很多人抱有比你更为古怪的想法。你干吗不去嘲笑奥利弗的爷爷，那个从不坐车的老头儿？我讨厌乘坐那该死的地铁，那是我自己的事情，况且我们乘坐出租车来这里更快一些。要是我们坐公交车的话，还得从帕克大街走到山上来。

比起你去年见到我时，我现在显得更神经兮兮，这些我知道。但你也没必要为这个进行临床诊断吧。我弄成这样，有太多的原因了。天知道啊，我想我应该为自己现在还神智健全感到庆幸。为什么是三级？你以前可没这么好奇。

好吧，如果你想知道，我也没有理由不告诉你。或许你应该知道这些，因为你听到我开始退出艺术俱乐部，并远离皮克曼时总是表现得像一个为此伤心的家长那样，试图搞懂我的想法。

不，我不知道皮克曼发生了什么事情，我也不想去猜测。你肯定在猜测我把他一人丢下时有什么隐情——那也是我不想去想他究竟去哪儿的原因。还是让警察们去找吧——估计也不会有多少线索，连他以“彼得斯”之名租用老北角区那片土地的事情警察都不知道，其他还能查到什么呢？我不能确定自己是否还能找到那个地方——我也不想再去找，大白天也不行！是的，我知道他为什么要去弄那块儿地，我害怕我知道的这些。我马上就会说出来。我想你会理解我为什么不告诉警察这些事情。如果和他们说了，他们肯定会让我引他们去那个地方，就算我还记得那条路我也不能再次回到那个地方。那里不对劲儿，有什么东西在那里——到现在我都不会再去坐地铁（这个你可能也觉得可笑），也不会再去地下室。

我希望你能明白，我并不是因为那些愚蠢的原因离开皮克曼，就像那难缠的老女人：里德博士，乔·米诺特或是博斯沃斯所揣测的那样。那些变态的艺术并没有让我觉得震惊，能结识像皮克曼那样的天才我觉得是一种荣幸，不管他从事什么方面的工作。波士顿没有一个画家能比得上理查德·阿普顿·皮克曼，我以前这样讲，现在还是这么认为，就算他给我看《食尸鬼吞噬图》时，这种想法也不会有丝毫改变。而那时候米诺特因为这个与他绝交，这个你得知道。

要知道，必须要同时具有浓厚的艺术功底和对自然敏锐的洞察力才能造就像皮克曼这样的天才。任何一个杂志封面插画师都能粗犷地挥洒油彩成画称之为梦魇、女巫之安息日或是魔鬼图像，可只有卓越的画家才能把那样的场景描绘得如此惊骇逼真。那是因为只有真正的艺术家才知晓那恐怖画幕的真实场景或是能感受到来自生理的恐惧——那是潜在本能或是与世代相传的那种恐怖记忆紧密结合的画面线条和比例，以及那发挥着反衬和对比功能去唤醒隐匿于身体之中的怪异感的精确色彩。这就是为什么一个菲尤泽利能令人因恐惧而颤栗，而一页廉价的鬼故事插图只能让我们发笑的原因。 那些家伙肯定是看到了什么——生命之外的东西——那些景象能被我们在瞬间捕捉到。道尔做到了，塞姆做到了，芝加哥的安格罗拉也做到了。而皮克曼所捕捉到的景象，之前没有人看到过——祈求上天——以后也不会再有人看到。

不要问我他们看到了什么。在这个世界上，从普通艺术的层面来讲，从自然或是从真实模特中获取灵感而创作的重要且逼真的艺术品，与那些按照规则行事在单纯的工作室里靠凭空想象而创作出来的艺术品总是截然不同。嗯，我应该说真正特立独行的艺术家们具备着一种视野，这种视野造就了画面模型，或是他们能把那些陆离光怪的鬼魅从所生活的世界中召唤出来呈现出真实的场景。不管怎样，他试图呈现的结果与那些假装者从想象中拼凑出来的碎片情景截然不同，正如生活场景画家的作品与同一学院出来的漫画家的作品所呈现出的差异一样。如果我见过皮克曼所见到的那一幕——不要！在继续讲述下去之前，我们先喝点酒吧。天啊，如果我看到了那个人——如果他是人的话——看到的东西，我肯定不会活着！

你让我想起皮克曼的面容。我真不敢相信自戈雅[①]之后还有人能把一个

①弗朗西斯科·戈雅(Francisco José de Goya y Lucientes，1746年3月30日—1828年4月15日)。弗朗西斯科·戈雅是西方美术史上开拓浪漫主义艺术的先驱。早期喜欢画讽刺宗教和影射政府的漫画，贪婪的修道士、偷盗、抢劫、接生婆，全部被他画成魔鬼的样子。——编者注

人的面容堆置成地狱般的景象，狰狞扭曲。在戈雅之前的时代，你就只能返回中世纪穿上护腿套裤在圣母和蒙特·圣米歇尔前充当魔鬼石像和喷火银鲛。他们能接受世间万态——可能他们已阅尽世间万物，因为中世纪时代中有一些奇怪的篇章。我记得在你离开之前的那一年，你曾经自己去问过皮克曼究竟在什么情形下产生这样的想法和幻象。他不是带着厌恶嘲笑了你吗？那很大程度上是因为里德同样以那种方式嘲笑了他。里德，你知道的，着手于比较病理学，总是对生物学或进化论的意义夸夸其谈，要么就是浮夸生理和心理的临床病症。他声称皮克曼日渐排斥他，而且到了最后几乎把他吓死——皮克曼脸的上的动作和表情渐渐以一种令人不能接受的方式发生变化，不像是人类所有的表情。他还就饮食大谈特谈，说皮克曼肯定不正常，很是古怪。如果你和里德有机会说到这些，请你转告他，他肯定是被皮克曼画作上情形占据了大脑，并以此加以梳理产生的幻象。我记得那时我自己也和他说过这些。

不过，要记住的是我并没有因为类似这样的事情远离皮克曼。相反地，我对他的敬仰之情越来越多，因为《食尸鬼吞噬图》是一项巨大的成就。你知道的，俱乐部不会展览这种作品，艺术博物馆也不会接受它，而且也没有人会出资购买它，所以皮克曼一直把它放在他的家中，直到他失踪。现在那幅画在他塞伦的亲人手中——你知道皮克曼生于塞伦的一个商户之家，祖上曾出过一个女巫，在 1692 年被施以绞刑。

我已经养成了给皮克曼打电话的习惯，通话相当频繁，尤其是在我准备为奇怪艺术品作专题论文前的准备阶段。把他的想法注入进我的大脑里或许也成了他的一项义务，不管怎样，随着我的深入挖掘，我发现他就是一个活的数据库，能列出很多素材。他把他所拥有的所有画作展示给我看，包括一些钢笔画出的素描图。我相信如果俱乐部的那些成员看到这些草图的话，肯定会把他从这个团体踢出去。很久以前，我完全是一个狂热的爱好者，我能像一个学童那般听他讲几个钟头的艺术理论和哲学推测，那些疯狂的想法足以使他被人当成疯子送进丹佛斯的收容院。当时，人们开始越来越疏远他，我炙热的崇拜使得他给予我相当的信任。有一天晚上，他给了我这样的暗示：如果我能管好嘴巴严守秘密并且保持情绪不会有大的波动，他可能会带我去看一些不同寻常的东西——比他屋里的那些东西更异常一些。

“你要知道，”他说，“有些东西不可能出现在纽伯里街——那些东西不适合在这种地方，也不可能在这种地方被孕育出来。我的工作就是去捕捉这类灵魂之音，你们不可能在既定领域的人工作品堆积之地发现它。”后湾区并不是波士顿——说起来这地方什么都算不上，因为在这里没有闲暇去捡拾历史回忆，对当地的鬼魂毫无吸引力。如果这里有鬼魂的话，那肯定是来自盐沼地和浅谷之中的那类屈从乏味的鬼魂，而我想要找到的是人类鬼魂——那类鬼魂有较高的组织形态得以看到地狱万象并知晓所看到情形的意义。

“一个艺术家住的地方是北角区。一个情感真挚的唯美主义者，就能为了大众的传统习俗去授受贫民窟的生活模式。我的上帝，人类啊！难道你没有意识到，像那样的地方不仅仅是既定的创作之地，实际上它还是不断滋生创作灵感之地吗？一代又一代的人在那里生活，在那里感受，在那里死亡，白天里人们不会惧怕在那里生活、在那里感受，在那里死亡。难道你不知道1632年时克普山上有一座工厂，那里现存的街道半数都形成于1650年间吗？我能带你去看看那些老房子，它们矗立在那儿长达两三百年，甚至更久，见证了一座庭院从建立之初的崭新格局到溃烂化为泥土的过程。现代人对这尘土之下的生命和斗争又知道多少？你可以声称塞伦巫术是一种错觉导致的欺骗，不过我将会把我曾曾曾曾祖母召唤出来给你解惑。她被众人和那个道貌岸然的科顿·马瑟绞死在格乐山上。马瑟，该死的家伙，他害怕有人会传承下去踢破这被诅咒过的单调乏味的樊篱——我真希望能有人对他施下咒语或是对他在夜间噬骨！

“我能带你去看他所居住过的房子，也能带你去另一处他害怕进入的房子，即使是他鼓足所有的勇气也不敢进入的地方。他有自知之明，不敢把有些东西归入那愚蠢的玛格诺拉或是幼稚的无形世界奇观之中。喂，你知道吗？整个北角区曾经有过地下道，那是为了方便某人在其他民居、墓园及大海通行。就让那些人在地面上进行告发检举以及迫害吧——在白天继续穿行的那些东西他们根本就无法捕捉，夜间的那些嘲笑声他们也不知所以然！

“那地方有十幢建于1700年前房屋现在还在，也没有搬迁。我打赌，其中八幢房屋的地下室我都能让你看到一些相当奇异的东西。没有一个月，你是绝不会知道工人们发现老房子里那些用砖垒成的穹顶和井口无法通往任何地方——要是在去年，你就能看到高架铁路不远处亨切曼大街上一处这样的地方。那里有女巫以及她们用咒语召唤过来的东西，海盗及他们从海中带来的东西，走私犯，私掠者——我告诉你，在那些古老的时代，人们知道如何生存，知道如何延长寿命。这并非聪明勇敢的人所知道的唯一的世界——呸！反过来想想现在，如果一幅画作超越了那些艺术界里所谓的艺术家们在比克恩大街上悠然品茶的艺术感官界限，那些大脑苍白的家伙们就会全身战栗、抽搐惊厥！

“现阶段人类仅存的优点就是他妈的太过愚蠢，不质疑过去。那些地图、记录还有那些导游册子又能让人们了解多少北角区的事情？呸！我会带你穿过普林斯大街北边三四十条小巷子，那个地方除了那些蜂拥而至的老外们，本地人不会有十个。那些意大利佬们知道那地方有什么意义吗？不，瑟伯尔，这些古老的地方正处于华丽的梦境之中，那里充溢着奇异和恐惧，与平凡之物相距甚远。然而，还没有一个活着的人能把它们弄明白，也并没有从中得到什么好处。或者可以说，还有一个知道此事的人还活着——那是因为我不曾毫无缘由地去深挖那段过去的历史。

“看吧，你对这类事情很感兴趣。我在那里曾经还有另外一个工作室，可以在那个地方寻觅到年代久远的夜间鬼魂并把它们画下来，这类事情在纽伯里那地方我连想都不敢想。我告诉你这些，你作何感想？这些东西，我自然不会对俱乐部里的那些该死的老女人们谈起——她们总是私下传话给里德那个混蛋，好像我是个怪物似的正在滑向堕落的一端。是的，瑟伯尔，我很早以前就认为一个画家必须能描绘出生活中美好的一面，也能展示出生活中令人恐惧的东西。所以，我在几个地方进行了探索性的尝试，我有理由在那些地方去了解可怕的生命。

“我选了一个地方，我不会相信三个活着的北欧人所说的话，除非我自己亲眼看到。若以距离论，那里离高架铁路并没有多远，但若以灵魂之距来计，那里却有几百年之远。我选择了那个地方是因为地下室里那口用奇怪的砖块砌成的井，年代久远——我和你讲过的那一类。那居室几乎全部坍塌，没有人还能在那里居住，我真不想告诉你我花了多么少的钱弄到这个房子。房屋的窗户上用木条封死，我很喜欢这一点，因为我不想让日光干扰我所要做的事情。我在地下室作画，在那里作画灵感最为丰富。地面上的几间房间配备着家具。房子的主人是一个西西里岛人，我以彼得斯这个名字租下了它。

“现在，要是你敢的话，我今晚就带你去那里。我想你会欣赏那些画作，因为我说过，在那里我会稍微放松自己。那地方并不远——有时我走路过去，因为我不想在那样一个地方引起出租车的注意。我们可以在南站坐班车到贝特利街，到了那儿以后就不用再走很远。”

好了，艾略特，在他滔滔不绝地讲完之后，我也没什么事情，于是抑制住自己的激动，走过去拦下我们看到的一辆没有客人的出租车。之后，我们在南站的高架铁路那里换乘，大概在晚上12点钟时沿着台阶走到贝特利街上，沿着海滨走过康斯特提新码头。我没有去留意那些十字路口，也没法儿告诉你我们是从哪里开始往上走的，但是我知道那里不是格林洛夫大道。

我们转而往上走，穿过一段荒芜的小巷，那是我一生中所见过的最古老而肮脏的巷子。墙壁上岩块已尽数剥落，小小窗格的窗户破烂不堪，年代久远的烟囱矗立在月光下，早已溃烂。我绝对相信自己所见到的那三座房屋自科顿·马瑟时代就矗立在那儿了——我瞥到其中两座房屋带有那种凸出来的楼角，我记得我还看到了尖尖的屋顶，那是一种几乎被人遗忘的复折屋顶建筑样式，尽管古文物学家曾说过那种建筑样式在波士顿没有残留。

那条巷子里光线极为昏暗，我们向左拐进一条同样静寂却更为狭窄的巷子里，那里几乎没有任何光；有一分钟的时间，我一直在琢磨着黑暗中右边那些弯曲下垂的房檐。没过多久，皮克曼打开了手电筒，我看到一扇样式古老的大门，那门上有十个镶框，已被虫子啃噬得不成样子。皮克曼打开门，带着我穿过破败不堪的门厅，深色橡木制作的镶嵌饰面让人想起这里曾经的辉煌，并不浮华的装饰影射出安德罗斯家族、菲普斯家族以及巫术横行的那年代。接着，他把我带进左边的一扇门内，点燃一盏油灯，让我放轻松，不要那么紧张。

艾略特，我现在处事淡定，波澜不惊，可以算得上这一条街上的“老油条”了，不过坦白地说，当时我在那房间的墙上所看到的东西带给了我极大的震撼。那些是他的画作——你知道的——他在纽伯里那一带是绝不可能画出这些的，也不可能示之于人。那时他说他“放开了自己”，他是对的。来，再喝一杯吧，不管怎样，我还得再喝一杯！

无论我现在怎么向你描述那些画面，我想都无济于事，因为那简单线条所勾勒出来的极为恐怖的亵渎神明之物，那令人难以置信的厌恶之感以及精神道德上的肮脏确实超出了语言所能描述的范围之外。那些画面中并没有西德尼森那美那种独特的描绘手法，也没有克拉克·阿什顿所描绘出的土星上的风景地貌以及月球上的菌类，足以让人惊骇得血液凝固。画面背景大多是一些荒芜的墓地，幽暗的树林，海边的悬崖，石砖砌成的地下道，古老的房屋，或单是石屋的穹顶。尤其是离这座房屋相隔几个街区的科普山上那片墓地，是作者最爱选用的背景。

画面之中的身影中影射出疯狂以及畸形——皮克曼的画作的变态尤其体现在那恶魔般的肖像绘制中。那些身影不会是人的身影，从多种程度来说只能算是接近人类的范畴。它们中多数有两只脚，身体向前滑动，那动作像犬类动物往前冲一般。那种感觉就像是它们本身具备很大的弹力，弹出去一样。啊！我现在就能看到它们！它们的日常活动——嗯，不要问我过于细致的东西。它们通常在进食——我不想说这个。有时，它们会成群地出现在墓地，或是地下通道，经常会在猎食的撕扯中现身——那些猎物更应称为它们的地下宝藏。皮克曼有时会描述那些滞留在停尸房里的看不见面孔的东西，真该死！那些东西偶尔会在夜间从打开的窗户跳进来，或是蹲在熟睡者的胸膛之上，紧盯着人的喉咙。有一幅画面描绘的是那些东西围成一圈，在格乐山一个被绞死的女巫尸体周围长声吠叫的场景，死去女巫的面部呈现出和它们类似的表情。

你千万别认为就是这样的主题和场景所呈现出来的恐怖把我吓得半死。我可不是一个3岁的孩子，而且在这之前我已经看到过类似这样的画作。令我觉得可怕的是那些脸，艾略特，是那些被诅咒的面孔，画布中那些脸上斜睨的神情以及弄湿画面的口水，还有那带有生命气息的呼吸！上帝啊，我真的相信他们是活着的！那个令人讨厌的家伙像巫师一般用颜料重新点燃了地狱之火，他的画笔成了一枝生成噩梦的魔杖。把酒壶给我，艾略特！

有一幅画题名为《教训》——上天怜悯我——我曾经见过它！听——你能感受到有一群像狗一样的东西在墓地里蹲坐成一圈，正在叫一个小孩儿如何像它们那样吃东西吗？我想，那是它们暗中调换的孩子——你听过那个古老的传说吗？一些行为怪异的人类把孩子放在摇篮里去偷普通人家的孩子作为交换。皮克曼让我知道了那些被偷走的孩子身上发生了什么事情——他们如何长大——之后，我开始认清了一种可怕的关系，那些人类和非人类身影的面孔上所呈现出来的关联性。他正在他所有变态的先辈中，在清白的非人类和退化的人类之间建立一种令人深感讽刺的结合和演变。那些狗一样的东西竟然是从凡人进化而来！

就在我琢磨着那些东西何以把它们的幼儿以调包的方式留在人类之中时，我的眼睛扫视到一幅画，描述的正是我刚才所想。那是一间古老的清教徒房间——室内设有很多柱子，窗户呈格子状，一条长椅，笨重的17世纪的家具，家庭成员围坐在四周，父亲读着经文。所有的面孔中只有一张脸看起来仪表堂堂，但也正是那张仪表堂堂的面孔反衬出处于中间位置那个小小东西的拙劣。那中间是一个幼小的孩子，无疑是那位虔诚父亲的儿子，但实质上它是那些不干净的东西的同类，是它们调包过来的幼儿——皮克曼刻画出了与他自己极为相似的面部特点，对此赋予了极致的讽刺。

就在这时，皮克曼点亮了相邻房间的油灯，彬彬有礼地抓住打开的房门请我入内，并询问我是否愿意看他的“现代研究”。我已经无法向他过多地表达我自己的意见——恐惧和恶心充斥着我的身体，我惊骇无语——而他，我想他充分地明白我现在状况，并满心欢喜。现在，我想再次向你说明一点，艾略特，我绝非胆小之辈，不是那种见到丁点儿不合常理的东西就能高声尖叫的懦夫。我，我人已至中年，久经世事，经验丰富。我想在法国时你已经足够了解我了，你应该知道我不是那种大惊小怪的人。不过，你也要记得，我那时已经恢复了呼吸的节奏，也习惯了那些可怕的画面——那些能够把新英格兰变成新炼狱的画作。 嗯，尽管如此，隔壁房间里的一切还是把我吓得发出尖叫，不得不用手攥紧门上的把手防止门被关上。隔壁的房间里，一群食尸鬼和巫师正凌驾于我们先辈所在的那个世界之上，但这次所产生的恐惧正好击中我们自己的日常生活！

天啊，那家伙是怎么画出这些东西来的！有一幅画作名叫《地铁事故》，在那幅画里，一群邪恶的东西正在从一些未知的地下墓穴通过波尔斯顿街区地铁站的地上裂缝往上攀爬，并袭击那些站台上的人群。另一幅画描述的是坟茔之中科普山上的鬼舞，背景就是今天的情形。还有一些其他的地下室情景描绘，怪物们在建筑物的裂缝和洞里爬行，蹲在酒桶或是火炉的后面咧开了嘴笑，等待着猎物从楼梯下来的那一刻。

有一张帆布上像是描绘着比康山内的横截面情形，一队队像蚂蚁似的令人作呕的怪物们紧密地挤在蜂窝巢穴状的洞穴之中，那情形实在令人无法接受。四处都是现代墓地里的鬼舞情形，剩下的那些图画中最令我感到震撼的是——在一处未知的穹顶，众多兽类围坐一团，中间的怪兽拿着那本有名的波士顿指南手册，显然在大声着朗读着手册里的内容。所有的一切都指向一处，所有的面孔都显得像癫痫一般的狰狞扭曲，并发出洪亮的笑声，我几乎认为自己都听到了那恶魔般邪恶的笑声在室内的混响。那幅画上标注着名称，“霍姆斯、洛厄尔、朗费罗 · 李， 葬于奥本山”。

我渐渐稳住自己的情绪，让自己慢慢适应这充斥着残暴和变态之物的第二个房间，我开始分析自己对这些画面深感恶心和厌恶的因素。首先，我告诉自己，这些东西之所以令人深感排斥是因为它们都是非人类，在皮克曼的画笔之下显得冷酷无情。那家伙肯定是全人类的公敌，竟然弄出这些东西来折磨人的大脑、肉体以及精神之寄托，并此为乐。其次，它们令人感到恐惧是因为它们的伟大。它们所反映出来的艺术才是艺术——当我们看到这些画面时，我们就看到了魔鬼本身，并且感到恐惧。最为奇特的在方在于，皮克曼在创作这些时并没有选择性地描绘或是用奇异的技巧去勾勒。画中没有模糊、扭曲或是那些司空见惯的手法；线条锐利，栩栩如生，细节部分也轮廓分明。尤其是面部！

我们所看到的不仅仅是艺术家们的诠释，那本身就是魔窟之所在，显而易见的客观存在。上帝啊，那就是！那家伙并非异想天开或是浪漫主义追随者——他甚至没有把这些光怪陆离、异常混乱的幻象呈现在我们面前，只是态度不友好且带有嘲讽意味地向我们反映了一些固定的、已然存在的恐惧世界。那个世界他已充分、彻底且全方面地看透。上帝才知道那个世界是怎么一回事，他又是在哪里瞥见那些或走或爬的亵渎神明的东西。然而，不管他的那些画作素材源自何处，有一件事情却是明白无误。皮克曼从各种感官上来看——概念也好，执行也罢——都是一个不折不扣的勤勉的、科学的现实主义者。

主人在前面领着我往地下室走，去他真正意义上的工作室，我在那些未完成画作的画布中穿行，尽力撑着不受那些恶魔影响的侵蚀。当我们下到那楼梯潮湿的底部时，他把电筒射向手边一处开阔空间的角落，手电筒的光线下，那里是一处用砖垒成的圈状，显然是土层下的一口大井的边沿。我们走了过去，我观察那进口直径应该有 5 英尺，边沿足足有 1 英尺厚，高过地面 6 英寸——那应该是 17 世纪的土建成果，或许是我弄错了。皮克曼说，那是他曾经谈论过的那类东西——地下隧道网络的一处穴口，用于从地底挖掘山体。我无所事事地看了看那里，那不像是用砖往上堆砌成的，一块厚实的圆形木板盖在上面。如果皮克曼那狂乱的暗示并非信口开河的话，那么那口井应该与那些怪异的东西有关，想到这里，我的身体不禁微微一颤。接着，我跟着他向上走了一步，穿过一扇窄门进入一间正常大小的房间，地上是木头地板，室内装备得像一个工作室。一全套电石瓦斯装备为这里提供工作所需的光亮。

画架上或是斜靠在墙边的那些未完成的作品和楼上那些成品一样令人感到可怕，由此也可看出作者勤勉的工作方式。画面场景描绘得极为细致，石墨的线条勾勒出精确的细微之处，这是皮克曼一贯用于处理透视远景和比例大小时的方法。这家伙太伟大了——就我所知道的来说，到现在我还是这样认为。桌上的一台大相机引起了我的注意，皮克曼告诉我他用那个相机取景作为画面背景，这样他就可以直接在工作室里根据照片来描绘作品，而不用背着装备在城镇里为这样那样的景象到处逛荡。他认为照片上的景色和真实的场景或是持续工作的模特一样逼真，并宣称自己经常用照片来绘画。

那些令人讨厌的素描草图和完成了一半的怪物从房间的各处斜睨过来，很是令人不安。当皮克曼突然掀开室内远离光亮一边的画布时，我终于忍不住尖叫了一声——这是那天晚上我第二次尖叫。我的叫声在陈旧的散发着砂石味道的地下室的昏暗顶部回响着，我不得不压抑住身体里涌出的反应，那是一种感受到威胁想要爆发出歇斯底里的笑声的反应。仁慈的造物者啊！艾略特，我真不知道有多少是真实的，又有多少是狂热的幻想。对我来说，地球之上的人类无法承受那样的梦境啊！

那东西巨大异常，不可名状，完全是对神明的亵渎。它闪耀着赤红色的眼睛，它瘦骨嶙峋的双爪间抓着一个人，像小孩子吃糖那般啃噬着人的头颅。它蹲伏在那里，看着它，能感觉到它随时会丢下现在口中的猎物去寻找更可口的食物。然而，这该死的，并非因为这种残忍的主题令该画作成为不朽之作——根本不是这回事！不是它那张犬类面孔，以及那尖尖的双耳、血红的双眼、扁平的鼻子以及挂着涎液的唇；也不是它那带有鳞片的双爪，发霉结块的身体及肿胀的双脚——不是因为这些，尽管上述之中的任何一样都可能让一个情绪激动的人类陷入疯狂。

令人恐惧的是那种描绘的方法，艾略特——是那被诅咒的、亵渎神明的、非自然的手法技巧！我是一个活人，我从来没有在其他地方看到过这种带有呼吸的真实生命能与画布融合在一起。那个怪物就在那里——它瞪着眼睛，啃噬着，啃噬着，依然瞪着眼睛——我知道，只有在自然法则停止运作了，人才能在没有模型的情形下画出那样一种东西——没有被魔鬼慑去灵魂的凡人们绝不可能会瞥视到那地狱里的情形。

画布一块空白处用圆钉固定着一张纸片，那张纸现在可能已经卷得很厉害；我想，那应该是一张皮克曼用来参照描绘背景的照片，像噩梦一般可怕的东西。我走过去把它展开，就在这时我突然看到皮克曼像子弹一般迅速开始了动作。自从我的那声尖叫在黑暗的地下室里引起了不同寻常的回响之后，他就开始高度紧张地在注意倾听什么声音。而此时，他好像很恐惧，那种恐惧和我的又不相同，生理上的恐惧要多过于心中的害怕。他操起一把手枪，用手示意我不要出声，接着走出我们所在房间走到地下室的主间，并关上了身后的门。

在那一刻，我想我全身都已经僵硬起来。我学着皮克曼去听动静，感觉自己听到一阵微弱的声音，像是有什么东西在某个角落因急跑而发出的喘息声，还有一连串的啸叫声或是鸣叫，我无法确定那声音是从哪个方向传来的。联想到巨大的老鼠，我害怕得抖起来。紧接着，传来一阵弱下去的咔嗒咔嗒声，不知怎么，那声音莫名地让我浑身起了鸡皮疙瘩——那声音听起来鬼鬼祟祟，像是在黑暗中摸索的声音，可是我真的无法用文字来表达出那种声音给我带来的感受。就像是浓重的木头掉落在石头或是砖块上发出的声音——砖块上的木头——这让我想到了什么？

那声音又来了，越来越响，就像是那块木头比之前坠落得更远而产生的那种振动。接下来是一阵尖锐刺耳的杂音，皮克曼大声呼叫起来，他说得很快我什么也听不清楚。左轮手枪发出的一声震耳欲聋的子弹爆破声在六个房间里回响着，犹如驯师人用枪对天开火以达到震慑作用。只听到一声低沉的长啸，然后“砰”的一声响。接着，是更多的木头与砖块的摩擦声，声音中止了一会儿，接着是撞击门的声音。在门口，我承认自己那时已开始变得暴躁不安。皮克曼拿着还在冒烟的手枪过来了，口中咒骂着大量出没于那口老井的肿胀的老鼠。

“那些鬼东西知道它们要吃什么，瑟伯，”他咧嘴笑起来，“因为那些古老的地下通道连通着墓地、巫师老窝和海岸。但无论如何，它们并没有流窜到很远，因为它们这类邪恶的东西总是渴望跑出去。你之前的尖叫声惊扰了它们，我想是这么回事。在这种古老的地方，还是谨慎为好——这类啮齿类动物朋友在这种地方总归算是威胁，尽管有时借助于氛围和颜色的作用把它们描绘出来时我认为它们还有利用价值。”

呃，艾略特，这就是那天晚上经历的尾声。皮克曼答应带我去看那个地方，天知道他都做了些什么。他好像是从另一个方向带我走出那个纷乱的巷子，当我们看到一个路灯时，我们已经走在一条不算陌生的大街上了，那片街区里出租的房屋和一些旧房子混杂在一起。查尔特大街，应该是那里了，可是因为我当时的情绪过于激动，并没有注意到我们是怎么走到那条街上的。我们回得太晚了，没有赶上车，只能穿过汉诺威大街走回市中心。我记得走的那段路，从特里蒙特往上走到比康恩，之后我在乔伊街那里和皮克曼分开，我从那里回家，再也没有和他说话。

我为什么要丢下他？别心急。等我要杯咖啡再说。我们都已经吃饱了，但我还是需要点咖啡。不是——根本不是因为我在那个鬼地方看到的那些画，虽然我敢发誓那些画足以令波士顿这一片的圈子把他拒之门外；另外，我猜，你根本不会想现在我为什么绝不会坐地铁也不去地下室。那是因为在第二天早上我在自己外套里发现的东西。你应该记得我刚才提到的那张纸片，被钉在地下室那幅可怕画布上的卷边儿的纸片。我当时认为那是一张他用于描绘怪兽背景的参照照片。当我把它伸展开来时，最可怕的事情来了。后来，我茫然地在口袋里把它揉搓起来。咖啡来了，艾略特，最好多加点糖。

是的，那张照片才是我不愿搭理皮克曼的原因。理查德·阿普顿·皮克曼是我所认识的最伟大的艺术家——同样也是最邪恶的家伙，他曾经跨越生命的界限跳进疯狂和神秘的坑底。艾略特，老里德对他的评价确实没错。他并不是真正意义上的人类。要么他出生在奇怪的阴影之中，要么他找到了一种方式打开了禁闭之门。不管是哪种情形，现在都一样，因为他走了——回到他喜欢的那处令人难以置信的黑暗之中。唉，我们就不要再谈论那个调包的家伙了。

不要让我再解释什么，也不要去猜测我烧掉了什么。不要再问我像鼹鼠一样攀爬的皮克曼后面究竟是什么东西能像老鼠一样敏捷地逃窜。总会有些秘密，你知道的，那些秘密可能来自那古老的塞伦时代，那个时代的科顿·马瑟所讲述之事更为诡异。你知道皮克曼所画的那些该死的画作有多邪恶吗——你知道我们如何揣测他从哪儿捕捉到这些面部素材吗？

呃——那相纸并不是任何一处背景的照片。那上面呈现的就是他在那张画布上正在描绘的怪物。那就是他所使用的画作原型——它的背景只不过是工作室里的那堵墙。不过，艾略特，那也算是一张来源生活的照片，感谢上帝。

Formless Spawn

坟 墓

“至少我能在死亡中找到一个平静的天堂。”

——维吉尔

联系那些导致我被控精神错乱，进而被监禁在这个庇护所里的事件，我知道以我目前的处境，别人怀疑我的陈述的真实性是件很自然的事情。很不幸，大多数人的精神视觉都太有限，无法耐心而智慧地考虑那些超越了普通经验的现象，仅有极少数心理十分敏感的人才能看到或感受到那种孤立的现象。智商较高、见多识广的人都知道，真实与非真实之间并没有明显的区别，而且所有事物表现为现在的样子也只是因为我们通过那微妙而脆弱的个人身体和精神介质意识到它们是那个样子而已。但对于大多数人而言，他们所持有的毫无想象力的唯物主义却会将那些一闪而过、穿透了经验主义常见面纱的超凡景象视作疯狂。

我叫贾瓦斯·达德利，从很早很早的童年开始，我就是一个梦想者，一个幻想家。我家很富有，足以让我过上优越的生活，但我脾气不好，喜怒无常，不适合像我那些熟人一样进正规学校学习，开展正常的社交娱乐活动。我一直都住在与可见世界分隔开来的国度里，我的整个童年和青春期都花在阅读那些很少有人知道的古老书籍和在我家那祖传的宅子附近的田野与树林里漫游上了。我并不认为自己在那些书上读到的东西和在那些田野与树林里看到的东西与其他男孩读到的和看到的完全一样，但对于这个问题我不能说太多，因为详细的论述只会进一步证实那些加诸于我智慧之上的残忍诽谤——我无意中从我周围那些鬼祟的侍从的低语中听到了那些诽谤。对我而言，只讲述事实、不分析原因已经足够了。

我刚才说过，我住的地方是与可见世界分隔开来的，但那并不意味着我独自住在那里。没有任何人会独自居住，因为如果缺少与活物的友谊，他就会不可避免地与那些非活物或者不再活着的东西相伴。我家附近有一个奇特的、长满了树木的山谷，很多时候我就待在那昏暗的山谷深处，阅读、思考、做梦。我婴儿时期就在那长满苔藓的山坡下留下了我的第一串脚印，而我少年时期的第一批幻想也是在那些节多得有些怪异的橡树周围编织的。我渐渐认识了那些掌管树木的精灵，还经常欣赏它们在一轮亏月努力释放出来的月光下跳出的热情舞步——但现在我要讲述的并不是这些事情。我要说的是一座隐藏在山腰灌木丛中最黑暗地方的孤坟，海兹家族——一个古老而高贵的家族，它的最后一位直系后裔在我出生前数十年就已经躺在那黑暗的凹穴中了——的荒废坟墓。

我所说的那座坟墓是由古老的花岗石建成的，由于世世代代的迷雾和湿气，已经风化褪色了。它的背面嵌入山坡，因此只有在入口处才能看到。墓门是一块令人生畏的笨重的厚石板，上面挂着生了锈的铁铰链，按照半个世纪以前那种恐怖的流行方式，由沉重的铁链和挂锁固定在微微敞开的位置上，给人一种古怪的不祥之感。那个家族的所有后裔都已经被埋在这儿了。他们的府邸以前就坐落在这座坟墓所在的斜坡的最顶处，但由于一场由灾难性的闪电引发的大火，它早已被烧塌了。住在这一片的老年人有时还会用担忧的语气小声谈起那场摧毁了那座阴森府邸的午夜暴风雨，他们隐晦地说那是“神的愤怒”。我一直觉得这座隐匿于森林暗处的坟墓有一股很强的魅力，而这些说法后来更是使那种魅力增添了不少。那场大火烧死了一个人。而后来，当海兹家族的最后一个后裔被埋入这阴暗而安静的地方时，他的骨灰是从一片遥远的大陆运到这儿来的，因为府邸被烧毁后，那个家族就搬到那片大陆去了。没有人留下来在那花岗岩入口献上鲜花，也极少有人愿意勇敢地面对那些沮丧的幽灵——它们似乎就怪异地徘徊在那些已被水滴穿了的石头周围。

我永远也忘不了某个下午，我第一次无意中发现那个十分隐蔽的死人居所时的情景。那时正是仲夏，自然的魔力让森林变成了鲜艳的、几乎均匀的一片绿色，我的感官完全陶醉在一片潮湿的青葱草木的涌浪中，沉浸于土壤和植物那精妙得难以言述的味道里。在这样的环境下，心灵失去了视角，时空已变得不重要、不真实，一个早已被遗忘的史前的回声不停地敲打着我那已经被迷惑了的意识。我整天都游荡在山谷中那个神秘的树林里，想着一些我现在不必谈论的事情，与一些我现在无须提及的存在交谈。虽然我只是一个10岁的孩子，但我已经看过或听过许多其他人都不知道的奇迹了，而且在某些方面还出奇的成熟。当我在两丛荒蛮的荆棘之间找路时，突然就看到了那座墓穴的入口，而我当时完全不知道自己发现了什么。那些黑色的花岗石块、那扇非常古怪、微微敞开的墓门，以及那拱顶上的葬礼雕刻都没有让我产生任何悲伤或可怕的联想。对于坟墓和墓穴，我了解过、也想象过很多，但由于我那古怪的脾性，我被禁止与任何教堂墓地或公墓私下接触。对我而言，这座坐落在长满树木的山坡上的奇怪石头房屋只是一个兴趣和思考的来源，而当我徒劳地通过那个诱人的缺口往里仔细看时，似乎也并没发现那冰冷而潮湿的内部有任何死亡或腐烂的迹象。不过在那个好奇的瞬间，我倒是产生了一种极其不理智的渴望，正是那种渴望将我带到了这个禁忌地狱。森林里的骇人灵魂似乎发出了召唤之音，在那个声音的激励下，我决心进入那块诱人的阴暗，不过笨重的链条却阻止了我的前进。在渐渐褪去的白昼光亮中，我时而将那个生了锈的障碍物敲得当当作响，希望能把石门再打开一点，时而试着将自己纤细的身体挤过原本就有的开口，但这两个方案都没有成功。如果说最开始我只是好奇的话，那么现在我则有点慌乱了。后来，暮色越来越浓，我也踏上了回家的路，但我向小树林里上百个神灵起誓，不论付出任何代价，总有一天我会进入那个似乎在召唤着我的黑暗而冰冷的深处。那个每天都到我房间里来的、长着铁灰色胡须的内科医生曾告诉一位拜访者，这个决定标志着一种可怜的偏执的开始。不过等我的读者了解所有事情之后，我会把最后的判断留给他们。

接下来的几个月里，我都在徒劳地试着打开那扇微微开启的墓门上那把复杂的挂锁，并小心谨慎地打听着与那座构筑物的性质和历史相关的事情。带着小男孩天生善于接收的双耳，我查到了很多事情，同时，一种习惯性的隐匿令我没有将我得到的信息或我的决心告诉任何一个人。另外，值得一提的是，当我得知那是一座坟墓后，我完全没有感到惊讶或害怕。我对生与死的看法相当原始，这让我能以一种模糊的方式将冰冷的肉身与呼吸的身体联系起来，而且我还感觉，那个府邸被烧毁了的伟大而险恶的家族的某些方面就体现在我想要探索的那座石头建筑里面。那些关于过去在那间古老的大厅里举行的古怪仪式和亵神狂欢的含糊传说让我对那座坟墓产生了全新而强烈的兴趣，我每天都会在它门前坐上几个小时。有一次，我在那几乎关闭着的入口处点了一根蜡烛，但是除了一段向下延伸的潮湿的石头阶梯外，其他什么也看不见。那个地方的味道令人厌恶，却又令人着迷。我感觉自己在很早以前，早在一个超越了所有记忆的遥远过去，甚至早在我占用自己现在拥有的这副躯体以前，就知道这个地方了。

在我第一次看到那座坟墓后的第二年，我无意中在我家那装满书的阁楼里发现了一本破烂不堪的《希腊罗马名人传》的译本。在读到忒修斯（Theseus）的生平时，我对其中的一段描述留下了深刻的印象。它讲述的是那位英雄在年少时一直试着抬起一块大石头，等他成长到足以抬起那块巨石的重量之时，就是他出发前去寻找他命运信物之日。这个故事有效消除了我那种迫不及待地想要进入墓穴的心情，因为它让我感觉时机尚未成熟。我告诉自己，我以后会变得更加强壮、灵活，足以毫不费力地打开那扇被沉重链条锁住的墓门，而在那之前，我应该更加遵从命运的意愿。

于是，我在那潮湿入口处的守望变得不那么坚持不懈了，而是把大部分时间花在了其他同样奇怪的嗜好上。我有时会在夜里悄悄起床，溜出家门走进那些父母从来不让我靠近的教堂墓地和埋葬用地。我不会告诉你们我在那些地方干什么，因为我现在还不能确定某些事情的真实性。但我知道，这样的夜间漫步后的第二天，我常常会用我在那些已经被遗忘了很多代的话题上的见识令周围的人感到惊讶。而也正是在这样的一个夜晚后，我对著名的富人斯夸尔·布鲁斯特的葬礼的古怪观点令整个社区都震惊了。那个人是地方历史的缔造者，葬于1711年，他那雕刻着骷髅图的板岩墓石正在慢慢地碎裂成粉末。在一个幼稚的幻想时刻，我发誓说葬礼的承办人，古德曼·辛普森，在葬礼前把死者那缀有银扣的鞋子、丝绸长筒袜和缎子紧身短裤都给偷了，而且，就连斯夸尔自己也并没有完全死亡，在葬礼后的第二天，他还在那已经被盖上了泥土的棺材里翻了两次身。

不过进入墓穴这个念头从来没有离开过我的脑海，事实上，一个意外的有关族谱的发现让这种想法更加强烈了——我无意中发现我母亲那一系的祖先与那据推测早已灭绝了的海兹家族至少有着些微的联系。我不但是我父亲那一系的最后一个孩子，还同样是那个更加古老、神秘的家族的最后一个后裔。自此，我开始感觉那个坟墓就是我的，并且热切地期待着那个我可以进入石门、走下黑暗中黏滑石头阶梯的时刻到来。而且我还形成了一个习惯，就是在那个微微敞开的入口处非常仔细地聆听，通常，我会选择自己最喜爱的午夜寂静时分去做这古怪的看守之事。当我终于到了可以进入其中的年龄时，我已经在那满是泥土的山腰正面前方的灌木丛中清理出了一小块空地，并让周围的植物环绕着它，悬挂在它的上方，就像森林里的凉亭的墙壁和屋顶一般。这个凉亭就是我的神庙，而那扇固定着的门就是我的圣坛，我常常会摊开手脚躺在那长满苔藓的地面上，想奇怪的事、做奇怪的梦。

第一个启示降临的那个夜晚十分闷热。我之前肯定因为疲倦而睡着了，因为当我听到声音的时候，有一种明显的睡醒的感觉。我有些犹豫要不要讲那些声音的语气和口音，它们的性质我是绝对不会讲的，不过我倒是可以说那些词汇、发音和发声方式都呈现出某种不可思议的不同。新英格兰的各种方言，从清教徒殖民者那粗俗的音节到五十年前的严谨修辞，似乎都在那模糊的谈话中表现了出来，不过这些都是我后来才注意到的。而当时，我的注意力完全被另一个现象吸引住了，那个现象非常短暂，一闪而过，因此我无法发誓说它肯定是真的。不过由于我刚醒来，所以那也不太可能是我的幻想。我看到一道光线飞快地在那凹陷的坟墓里熄灭了。我不认为自己当时大吃了一惊或者感到极度恐慌，但我知道，在那个晚上，我被极大地、永远地改变了。回到家后，我直接走到了阁楼中一个快要烂掉的柜子前，在那儿找到了一把钥匙，而第二天，我便用它轻松地打开了那个我一直以来都在徒劳地想要摧毁的障碍。

在某天傍晚柔和的阳光中，我第一次走进了那个位于山坡之上的废弃墓穴。一股魔力笼罩了我，我心里充满了难以描述的狂喜之情，心跳得非常快。我关上了身后的门，就像对路线很熟悉一般，在唯一一支蜡烛的光亮中走下了湿淋淋的阶梯。虽然蜡烛在这个地方令人窒息的恶臭中噼啪作响，但我对那种骨灰存放所一般的霉臭空气却很适应，甚至不可思议地感觉就像在家里一样。我向四周看了看，发现了许多大理石石板，上面放着棺材或棺材残骸。其中有些棺材密封着，完好无损，但另一些却几乎已经不复存在了，只剩下银把手和金属牌孤独地躺在一堆堆发白的古怪粉尘之中。我看到其中一个金属牌上写着杰弗里·海德爵士，他于1640年从苏塞克斯来到这儿，几年后便过世了。另外，一个显眼的凹室里还有一个保存得相当完好、尚未被占用的棺材，上面只刻着一个名字——那个名字令我微笑，同时又让我颤栗。一种古怪的冲动让我爬上那块宽大的石板，熄灭了蜡烛躺在那个空棺材里。

后来，在黎明的灰色光亮中，我摇摇晃晃地从那个墓穴里走出来，并锁上了墓门上的链条。虽然目前为止我的身体只经历过二十一个寒冬的考验，但我已经不再是一个年轻人了。早起的村民注意到我是往家里走时都奇怪地看着我，为在我身上看到那种下流狂欢的痕迹而吃惊不已，因为众所周知，我一直都是节制古板、离群索居的。回到家后，我睡了很久，直到精力恢复后才出现在我父母面前。

此后，我每晚都会去那个坟墓，但我在那儿的所见、所闻和所做之事，我却绝不能透露半分。我的说话方式一直很容易受环境影响，因此它成了第一个被改变的东西。而我的措辞和发音突然带上古风也很快便被别人注意到了。后来，我的举止渐渐奇怪地变得大胆而鲁莽起来，直到最后，虽然我还是一直隐居着，但不知不觉中，我的举止已经与其他通晓人情世故的人无异了。我以前总是沉默寡言，但现在渐渐变得健谈起来，而且还带着契斯特菲尔德式的从容优雅或罗契斯特式的不敬神的玩世不恭。我展示出来的学识完全不像我在青春期阅读的那些不切实际的僧侣知识。我在书的扉页上写了许多即兴而作的讽刺短诗，它们令人想起盖伊、普莱尔，以及最为风趣的奥古斯都智者和诗人。一天早上，在吃早餐的时候，我差点酿成了大祸，因为我用明显很怪异的口音大声地发出了18世纪酒神节的欢笑，还开玩笑地作了一首绝不会被收录进任何书里的乔治时代的诗，它是这样说的：

到这儿来，我的小伙子们，带着你们的大号啤酒杯，
为当下而干杯吧，在它逝去以前；
在你们的大浅盘上堆满牛肉，
因为正是吃和喝让我们感到宽慰；
　　所以倒满你们的玻璃杯吧，
　　因为生命即将消逝；

你们死后，就再也无法为你们的国王或姑娘而干杯了！

他们说阿那克里翁长着红鼻子，
但是如果你们快乐而幸福，长着红鼻子又怎样呢？
如果切刀劈开了我，那我宁愿自己长着红鼻子，
也不愿鼻子像百合花一样白——但是已经死了半年了！
　　所以贝蒂，我的姑娘，
　　快来亲吻我吧；
地狱里可没有这样的旅店老板的女儿！

年轻的哈利还在尽自己所能支撑着，
但他很快就会丢掉假发，滑到桌子下去；
但还是倒满你们的高脚酒杯相互传递吧——
滑到桌子下总比埋到地底下好！
　　所以狂欢吧、大笑吧，
　　当你们饥渴地畅饮时；
六英尺之下的笑容就没这么容易了！

魔鬼的折磨令我忧郁！我几乎不能走路了，
该死，我连站直或交谈都做不到！
这儿，店家，让贝蒂拿把椅子来吧；
我先睡一会儿，因为我妻子没在那儿！
　　拉我一把吧，
　　我站不起来了；
但是我很快乐，当我漫步在地上时！

大约正是在这个时候，我发现自己十分害怕大火和雷暴雨。之前这些东西对我而言都是无关紧要的，但现在我对它们有一种无法言述的恐惧，每当天空表现出即将有闪电出现时，我就会退到房子最里面的隐秘处。我白天最喜欢去的地方是那座被烧毁的府邸里已是废墟的地下室，而当我在幻想的时

候，我总会想象那座建筑在全盛时期的景象。曾经有一次，我令一个村民大吃了一惊，因为我自信地带着他找到了一个浅浅的小酒窖，我看上去对它的存在了若指掌似的，但事实上，那个地方已经很多代人都没有看到过，早已被遗忘很久了。

最后，我一直害怕的事情终于发生了。我父母对他们唯一的儿子那突然改变的举止和表现感到十分担忧，开始好意地监视我的行动，而这种监视最终导致了灾难的发生。我从未将我发现坟墓的事情告诉过任何人，从童年开始，我就一直用一种宗教般的热情守护着自己的秘密墓地。不过现在，我被迫小心翼翼地穿过那长满树木的山谷里的迷宫，以便摆脱掉可能存在的跟踪者。那把开墓穴的钥匙被我用一根细绳穿起来挂在脖子上，只有我知道它的存在，而且我也从来没有将自己在坟墓中见到的东西带出来过。

一天清晨，当我从潮湿的坟墓里爬出来，用我那有些颤抖的手固定住入口处的链条时，我看到了附近的灌木丛中一个跟踪者那满是担忧的脸。显然，结束的时候快要到了，因为我的凉亭已经被发现了，而我的夜间之旅的目的地也暴露了。那个人没与我说话，所以我急匆匆地赶回了家，想偷听他会向我那忧心忡忡的父亲报告些什么。我逗留在那扇被链条锁住的门里的事情会被全世界知道吗？你们可以想象一下，当我听到那个间谍用一种谨慎小心的耳语告诉我父亲说我在坟墓外面的凉亭里过夜时，我有多高兴，多讶异；他说我那双满是睡意的眼睛紧紧盯着那扇微微开着，却被挂锁锁住的入口处的裂缝！是什么样的魔力让那个观察者撒这样的谎呢？这时我才意识到有一种超自然的东西在保护着我。这种上天的恩赐令我变得大胆起来，我又开始直截了当地走进那座坟墓，自信没有任何人能目睹我的进入。那种我不能描述的恐怖欢乐持续了一个星期，随后，那件事情发生了，而我也被带到了这个悲哀而枯燥的可恶地方。

本来那天晚上我是不会冒险出去的，因为云层中传来了阵阵雷声，而且那个山谷底部那恶臭的沼泽里也亮起了点点令人毛骨悚然的磷光。此外，那些死者的召唤也有些不同。我并没有去山腰上的那个坟墓，而是去了山坡顶上那个被烧焦的地下室——掌管着那儿的恶魔用看不见的手指示意我到那儿去。当我从废墟前方平原上的一个小树林里走出来时，在朦胧的月光下，我看到了一个我一直以来都隐约期待着的东西。那是那座已经消失了一个世纪的府邸，它再一次高贵地挺立起来，出现在了狂喜的我的视线里。它的每扇窗户都透出无数蜡烛的明亮光辉，那条长长的路上跑动着波士顿绅士的轿车，同时还有一大群略施粉黛、衣着华丽的人从附近的府邸中走出来。我与这群人走在了一起，不过我清楚，我是主人中的一员，而不是与客人一起的。大厅里回响着音乐、笑声，每个人手里都持着酒。我认出了其中一些人——如果他们没有干枯或者被死亡和腐烂吞噬的话，我肯定会更为了解他们。在一大群疯狂而鲁莽的人中，我是最为放浪形骸、无拘无束的。放荡的亵神言辞从我的嘴唇倾泻而出，在我那些令人震惊的俏皮话中，我根本没有考虑上帝、人类或自然的任何法则。这时，一阵比那场下流狂欢中的喧闹声还要洪亮的雷声突然响了起来，它劈开了屋顶，令那群喧闹的人惊恐地安静了下来。红色的火舌和灼烈的热风吞没了整间房子，一场灾难似乎超越了那无法控制的大自然的界限，它的侵袭令那些喧闹者惊恐不已，尖叫着逃进了夜色里。只有我留了下来，一种我以前从来没有感受过的卑躬屈膝的害怕令我呆坐在自己的座位上。这时，第二个恐惧又占据了我的灵魂。被活活烧成灰烬后，我的身体就会随风四下飘散，我永远也不能躺进海兹家族的坟墓里！我的棺材难道不是为我准备的吗？我难道不是那个永世安息在杰弗里·海德爵士的后裔之中的人吗？是！尽管我的灵魂长久以来一直在寻找另一具肉身，想要让其代替它躺到墓穴中的凹室里那个空着的石板上，但我仍将索取我的死亡传统。贾瓦斯·海德永远也不会重蹈巴利纽拉斯[①] (Palinurus)的悲惨命运！

随着那座燃烧着的房子的幻影渐渐消失，我发现我自己正在两个男人的臂膀里疯狂尖叫、挣扎，其中一个就是那个曾跟踪我到坟墓的间谍。瓢泼大雨倾泻而下，南边的地平线上闪烁着刚才出现在我脑海中的光亮。当我大叫着我要躺进那座坟墓时，我的父亲满脸悲伤地站在我身旁，不停地提醒那两个抓着我的人尽量温柔一点。那个早已被毁掉的地下室的地板上有一个熏黑的圈，那就是来自天空的残暴袭击所留下的痕迹。一群好奇的村民正打着灯在那儿窥探一个古老的小盒子，那是被雷电掘出来的。我停止了自己那毫无用处并且没有目的的挣扎，观察着那些围观者——他们正在查看那个埋葬在

①巴利纽拉斯：古罗马诗人维吉尔（Virgil，公元前 70—19 年）所著史诗《伊尼特》（Aeneid）主人公伊尼斯的船上的舵手，曾堕海失事。——编著注

地下的宝贝——他们允许我参与他们的探索。那个盒子的扣绊已经被将它掘出的雷电弄坏了，可以看到其中装着不少纸张和许多值钱的玩意儿，不过我的眼睛只紧盯着一样东西——一个戴着漂亮卷曲丝带的卷发年轻男人的瓷器微型雕像，那上面刻着“J.H.”字样的缩写。而当我盯着那张脸的时候，我就像在看镜子里的自己一般。

第二天我就被带到了这个窗户被拦起来了的房间里，不过，一个头脑简单的老仆人一直在向我通报着一些事情——我从幼年时期就十分喜欢他，而且他与我一样，也爱着教堂墓地。我大着胆子讲述的我在墓穴中的经历只给我带来了一些同情的微笑。我父亲常常来看我，他声称我根本没有进入过那个被链条固定着的入口，并发誓说当他检查那个生了锈的挂锁时，他发现它至少已经有五十年没被动过了。他甚至还说整个村庄里的人都知道我常常到那个坟墓去，常常有人看到我睡在坟墓正前方的凉亭里，我那半睁着的双眼就紧紧地盯着那条通往内部的裂缝。我找不到确凿的证据来推翻他的这些断言，因为在那个充满恐惧的夜晚，我在挣扎的时候把那把能打开那个挂锁的钥匙弄丢了。至于那些我在与死者的夜间会面时得知的关于过去的奇怪事情，他则认为是我一直兴趣广泛地翻阅家庭图书馆里的古老书卷的结果。如果不是我的老仆人海勒姆，我现在早已被确诊为精神失常了。

但是直到最后还对我忠心耿耿的海勒姆对我很有信心，正是他鼓励我至少公开我的一部分故事。一周前，他把那扇一直微微开着的墓门上的锁给炸了，然后打着灯笼走进了那黑暗的墓穴深处。他在一间凹室里的一块石板上找到了一个老旧但却空着的棺材，棺材上那早已失去光泽的金属牌子上面只有一个词——“贾瓦斯”。他们答应我，当我死后，会将我装入那个棺材，埋进那座墓室里。

魔屋梦魇

沃尔特·吉尔曼不清楚究竟是噩梦引起了发烧，还是发烧导致了噩梦。一切事物背后都潜伏着挥之不散且日益加深的恐怖——关于这座古城和肮脏发霉的阁楼的恐怖。每当他在劣质铁架床上辗转反侧、难以入眠时，就会起身坐在阁楼里书写、学习，与数字和公式抗衡。吉尔曼的听觉越发地敏锐，甚至到了令他无法忍受的超自然程度。由于受不了钟摆那如大炮射击般的滴答声，很久以前他就让那廉价的鼓形钟下岗了。一到晚上，屋外就传来黑暗城市里微妙的骚动声，被虫蛀的隔间里传出老鼠疾跑的声响，连这座年代久远的古屋里一些隐蔽的木地板也咯吱作响……这一切足以让他感觉仿佛置身于喧闹刺耳的战场。暗夜里总是充溢着无法解释的声音——吉尔曼怀疑噪声背后还潜藏着其他某种微弱的声响，有时他甚至会因为这噪声而止不住地全身颤抖。

吉尔曼居住的亚卡汉姆镇虽然一成不变，却也萦绕了不少离奇的传说故事。城市的折线形斜屋顶聚集成群，顶端的阁楼间高低不一。据说在黑暗的古普罗维登斯时代，许多女巫为了躲避国王卫兵的追捕就躲藏在那些阁楼里。在令人毛骨悚然的回忆里，没有其他任何一个地点比吉尔曼居住的山墙阁屋更陡峭了——正是那栋楼的那个房间曾经住过古老的女巫凯齐娅·梅森，至今也无法解释她当时是如何成功地逃离了萨勒姆监狱。那是在1692年——监狱长突然神智失常，含混不清地嘟囔着：一个毛茸茸的、长有白色獠牙的小东西从凯齐娅的牢房逃出。就连牧师科顿·马瑟也无法解释牢房灰色石墙上，红色黏稠液体组成的各种曲线和夹角究竟有何意义。

或者吉尔曼本不该这般努力地学习。非欧几里得微积分和量子物理足以让任何一个人费透脑筋，然而吉尔曼竟把二者与民间传说混合，并试图探查哥特式故事、烟囱角落里疯狂耳语的恐怖暗示的背后那些多维真相的奇怪背景。没人能真正做到完全不受紧张心理的影响。吉尔曼的老家在黑弗里尔，他一直到来亚卡汉姆上大学后才开始把数学与旧魔法中的奇妙传说联系起来研究。这个古老小镇的空气里似乎隐匿着某种物质在影响他的想象力。密斯卡塔尼克大学的教授们都劝告吉尔曼放缓学习节奏，还主动削减了他好几个方向的课程，并阻止他查阅锁藏在学校图书馆地下室中的、关于禁忌学识的可疑古籍。但是这些预防措施都晚了一步，吉尔曼已经从这些邪书，比如：阿卜杜拉·阿尔哈萨德的《死灵之书》《伊波恩之书》、冯·容兹的《无名祭祀书》的片段中得到一些极度恐怖的暗示，同时结合了空间性质的抽象公式和已知、未知次元连接方面的知识进行研究。

吉尔曼知道他的房间以前有女巫居住过——而且，这也正是他选择这间房的原因。他痴迷于埃塞克斯郡的档案中记载的大量关于凯齐娅·梅森的审判，以及她迫于压力在听审判决庭所承认的口供等相关内容。女巫告诉霍索恩法官，通过这些直线和曲线的指引，可以从墙壁穿越至其他更远的空间，并暗示这些线条经常被用来促成某个午夜的会面，比如牧场山外耸立着白石的黑山谷地区的会面，或是河水中央无人居住的小岛上的见面。她还提到了黑暗恶魔、她的誓言，以及她在司仪神父引导下采用的新的秘密名号。接着，她把这些图案涂画到牢房墙壁后就消失得无影无踪了。

只要是有关凯齐娅女巫的传说，吉尔曼都深信不疑，他在得知女巫死去235年后居所仍然屹立不倒时，就感到了一阵莫名的兴奋。当吉尔曼听说亚卡汉姆镇居民低声耳语，称凯齐娅反复出现在破旧的古宅和狭窄的街道；听说许多旧房的居民，包括凯齐娅的故居里某些人睡觉醒来时，身上出现不规则的人类牙齿咬痕；听说在沃尔帕吉斯之夜[①]和万圣节那段时间会出现孩子似的哭喊声；听说那些可怕的时节一过，旧房的阁楼里就会散发出恶臭；还听说在黎明前的黑暗中，出没在朽烂建筑物周围那些毛茸茸的、长着锋利牙齿的小东西会用鼻子轻拱人类等种种怪事之后，他就下定决心不管付出任何代价也要住进那个地方。这栋旧楼其实很不受欢迎，少有人问津，因此住宿费低廉，吉尔曼轻易地在这里租了一间房。他也说不清自己想在这里找到什

①沃尔帕吉斯之夜（Walpurgis Night）：是瑞典的传统节日之一，人们为了迎接春天的到来，在4月30日到5月2日会燃起篝火狂欢。——编者注

么，但就是想住进这栋楼，毕竟这里的某些环境曾或多或少地给一名生活在17世纪的老妇人赋予数学方面的敏锐洞察力，使她的成就甚至超越了现代最顶尖的大家们：普朗克、海森堡、爱因斯坦和威廉·德·西特。

吉尔曼仔细检查了楼房内每一个可以触碰到的角落，特别是大梁和灰墙以及墙纸剥落了的地方，期望能找到神秘符号的痕迹。不到一周，他如愿搬进了西阁楼，那里曾经是凯齐娅女巫练习咒语的地方。西阁楼之前一直空着，没人愿意长时间待在里面，但是波兰籍房东在出租那间房时已十分谨慎。吉尔曼发高烧之前还未遇到过任何诡异情况：没看见幽灵似的凯齐娅掠行过阴森的大厅和卧室；没看见毛茸茸的小东西爬进凄凉的阁楼，用鼻子轻轻拱他——虽然几经寻找也未发现关于女巫念咒的记载。有时，吉尔曼会走过一段幽暗发霉且未铺路面的小巷，小巷散发出阵阵臭味，两旁耸立着年代已无从考证的褐色怪异建筑。这些略微倾斜了的建筑摇摇欲坠，似乎在透过狭窄小窗嘲弄地斜视着远方。吉尔曼深感此地肯定发生过诡异事件，而且隐约地暗示以前的每一个诡异事件并没有——至少是在最黑暗、最狭窄、最杂乱扭曲的巷道里——完全消失。他还两次划船去往河中央一座臭名昭著的小岛，岛上竖立着许多根远古时代起源不明的灰色石柱，柱面爬满了一道道的青苔。他还勾勒有每根石柱倾斜角度的草图。

吉尔曼租住的房间面积虽大，但外形不规则，显然北墙从外端到内端都向屋内倾斜，房间低矮的平顶也朝着同样的方向微微往下方歪曲。屋内除了一个明显的鼠洞和其他几个已封堵的鼠洞外，就没有别的通道——也没有曾经有过通道的迹象——可以通向那面倾斜的墙与房间北边垂直的外墙之间，尽管从外部看，可以推断这里有过一扇窗户，但在很久远以前就被堵住了。天花板上方的阁楼——之前肯定铺设过倾斜的地板——同样也难以接近。吉尔曼沿着梯子向上攀爬，他猛然发现布满了蜘蛛网的阁楼最顶端有一道年代久远的缝隙，这道缝隙被殖民时代常见的牢靠木钉和旧式厚木板堵得严严实实。后来，无论吉尔曼如何劝说，冷漠的房东都不再允许他对这两个闭合空间中的任何一个进行调查。

时光渐渐流逝，吉尔曼越发全神贯注地研究起他房间里的不规则墙壁和天花板，同时也开始估计奇特角度在数学上的重要性，并认为角度的奇特性为所要达到的效果提供了模糊的线索。吉尔曼心想，古老的凯齐娅选择住在这个角度奇特的房间肯定有她的理由，女巫声称穿越了我们已知世界的边界，难道就是依靠这些特定的角度？吉尔曼的兴趣逐渐偏离了倾斜表层以外深不可测的虚空，因为这些表层所产生的效果似乎与他站立的平面有着关联。

2 月初，吉尔曼开始做恶梦，并感染了脑膜炎。有一段时间，房间的奇特角度曾一度对他产生了怪异甚至可以说是催眠术般的影响。寒冬将至，他发现自己更加专注地凝视墙角，也就是向下歪曲的天花板与向内倾斜的墙壁相连接的地方。同时，吉尔曼对自己无法将精力集中到正式的课程学习的情况也非常担心；即将到来的期中考试让他的恐惧感越来越强烈；听觉太过敏感的糟糕情况也丝毫没有任何好转。生活对于吉尔曼来讲，已经变成一阵迫切的甚至是不可忍受的刺耳杂音，其他声响同样进入他的耳朵——或许是来自日常生活以外的声响——对他造成了持久而可怕的影响。就具体的噪声而言，古老隔间里的老鼠尤为糟糕。有时它们发出的隐秘的刮擦声似乎是有意为之。鼠辈们的刮擦声从倾斜的北墙传出时常常会伴随一阵单调的嗝嗝声。当刮擦声从尘封百年的阁楼顶上的歪曲天花板发出，吉尔曼总会打起精神，仿佛是在期待某种骇然怪物的来到。这个怪物不是不来，它只是在伺机从天而降，好将他整个吞噬。

吉尔曼的梦境完全超出了健全精神的界限，这可能是他同时学习数学与民间传说而产生的后果。吉尔曼对于某些问题考虑得太多了：比如从学校里学到的相关公式告诉他，模糊领域一定是存在于我们所知的三维空间以外的维度；比如古时的凯齐娅受某些无法预测的影响所指导，真正找到通往模糊领域大门的概率有多大。泛黄了的国家档案记录了当时凯齐娅及其原告的证词，二人的证词让人不得不联想到超越人类经历之外的事情——一个动作敏捷、覆有毛皮的小东西效命于女巫的相关描述是绝对真实的，尽管个中细节的确难以让人置信。

这东西——个头比一只发育良好的老鼠还小，被小镇居民打趣地称作“布朗 · 詹金斯”——似乎可算作“群体幻想共鸣”特例结出的果实，因为仅在 1962 年就有不下十一人做证看到过它们。最近相关流言也不少，竟然还有很多人信以为真。根据证人的描述，那东西体形跟老鼠很像，身上长有长毛，牙齿尖利，邪乎的是脸上长着像人类一样的胡须，有着人手形状的小爪子，专门负责在古时的凯齐娅和魔鬼间传递信息。它从小就像吸血鬼一样靠吸食女巫的血液长大，发出的声音像是在令人作呕地偷笑，能讲各种语言。在吉尔曼梦到过的所有奇异的怪物中间，没一样能比这个亵渎神灵的小杂种更能让他感到恐惧和恶心。吉尔曼在幻觉中看到的那个小东西比他在头脑清醒时从古代记载和现代传言中推断出的怪物样子还要恶心一千倍。

吉尔曼常梦见自己一头扎进无限的深渊，深渊里交织着难以说明颜色的微光和令人困惑的杂乱响声。他一点也不能解释深渊的物质性质、引力性质以及与他的存在之间的关系。在梦里，吉尔曼虽没有行走、攀登、飞翔、游泳、爬行或蠕动，但总是在半主动半被动地以某种形式运动；他也没办法判断自己的情况，混乱、怪异的视角让他看不到自己的手臂、腿和躯干；他发现自己的身体组织和身体器官竟然奇异地发生了变形和倾斜的突出——尽管这些变化与他正常的比例和性质也不是说没有某种奇特的关系。

深渊里绝不是空的，里面充满了许多难以描述的、呈现出陌生色彩且棱角分明的物质，似乎可以分成有机物和无机物两种。少部分有机物有助于吉尔曼回想起一些早已抛之脑后的记忆，至于这些记忆是否有其他的暗示意义，就不得而知了。在不久前的梦境中，吉尔曼开始对那部分有机物体进行分类，发现每类物体都有截然不同的行为模式和基本动机。特别是其中有一类的动作与其他种类相比，总是略微显得不相干和更不合逻辑。

所有的客体——不管是有机物或无机物——全都超出了描述甚至是理解的范围。吉尔曼有时会拿无机物质与棱镜、迷宫、立方体和平面的聚集群，以及巨石堆砌的建筑相比较。他惊讶地发现那些有机物各式各样，如泡沫群、章鱼、蜈蚣、活生生的印度神祇，以及蛇类活物中复杂难解的蔓藤花纹。他所看到的每一样东西都是无法形容的险恶和恐怖。每当某种有机物表现出注意到他的迹象时，吉尔曼就会感到一阵僵硬，夹杂着厌恶的恐惧情绪便将他从睡梦中摇醒。至于这些有机物的移动方式，他却讲述不清，一如他弄不清楚自己的移动方式。终于有一次，吉尔曼观察到了一个更深远的奥秘——某些特定种类的存在往往是突然凭空地出现或是突然凭空地消失。弥漫在整个深渊中的那些尖叫和咆哮声是无法用音准、音色或节奏来分析的，所有的无限客体，不管是有机的还是无机的，都在同步地发生着模糊的形态变化。吉尔曼内心挥之不去的恐惧感在不断波动着，这股恐惧将不可避免地在将来某一天发展到令他无法忍受的地步。

在这个翻卷着各种怪异物质的旋涡中，吉尔曼却没有见到布朗·詹金斯。那个可怕的小东西是专门为那些更浅、更锐利的睡梦预留的，总是在他刚要进入深度睡眠时进行骚扰。摇曳而柔和的光星星点点地布满了这个历史悠久的房间，紫罗兰色的迷雾中出现了多个成角度的平面，不知不觉中逐渐控制了他的思想，他躺在床上，拼命地告诉自己一定要保持清醒。梦中，吉尔曼看见那个小恶魔突然从老鼠洞中冒出来，那张像人类一样长着胡须的脸仿佛藏着什么邪恶的期待，它踩着微微下陷的木地板啪嗒啪嗒地越走越近……谢天谢地！噩梦总是在小恶魔即将走近用鼻子轻拱他之前消失了。那东西长着如恶魔般、长而锋利的犬类牙齿，吉尔曼每天都试图堵住老鼠洞，但每晚这个小隔间的真正租客都会咬去阻塞物，不管什么材质的阻塞物都敌不过它锋利的牙齿。有一次，吉尔曼让房东钉了一块白铁皮在洞口，可是第二晚，鼠辈们就重新咬了一个新洞，可能只是为了把一块奇怪的骨头碎片从鼠洞拖到外面来。

吉尔曼没有告诉医生自己在发高烧，因为当前的分分秒秒都应该用来狂背功课，如果住进校医务室就肯定不能通过考试了。事实上，他的D级微积分和高等普通心理学还没及格，不过要想在期末前进行弥补也不是不可能。

从3月开始，吉尔曼的浅度梦境中出现了新成员。在梦里，布朗·詹金斯旁边那团星云状的污点越来越像一个驼背的老女人。这个新成员带来的骚扰他难以描述，但最终吉尔曼判断，它就是一个来自古代的干瘪老太婆，他曾在一个废弃码头旁纵横交错的黑暗小巷中见过那个老太婆两次。那些时候，丑陋老太婆邪恶嘲讽、动机不明的凝视曾把他吓得瑟瑟发抖——特别是第一次，有只个头特别大的老鼠迅速穿过邻街阴暗的街头，这让他没由来地就想到了布朗·詹金斯。吉尔曼心想，以前的恐惧情绪现在都如实地反映到了他混乱的梦境中。吉尔曼不得不承认住在那所旧房子里是有损身体健康的，但他觉得自己的病不太严重，还继续住在那里。他还争论说，导致他每晚幻想连篇的只有发烧这一个因素，只要烧一退就能摆脱畸形怪异幻觉的困扰。但是每一个梦都是那样的栩栩如生和令人信服，吉尔曼每次惊醒后都隐隐约约地觉得自己在梦中的实际经历比记得的内容要多得多。虽说有些骇人听闻，但是他很确定自己在未能回想起的梦中的确与布朗·詹金斯和老太婆都有交谈，并且它们俩还催促自己一道去参见拥有了更强大力量的第三存在。

3月底，吉尔曼的数学成绩开始有了起色，尽管其他学科的学习越来越艰难。他靠直觉找到了解开黎曼方程的诀窍，班里的同学都为第四维度以及其他相关问题很头疼，但吉尔曼却提出了自己的精辟见解，让厄提姆教授大为吃惊。一天下午，班里在讨论空间里可能出现的怪异曲率，以及从理论上讲，我们所在的平面是否可能靠近甚至是接触宇宙中各种各样的其他遥远区域，比如说最远的星球，比如说星系间的裂口——甚至是爱因斯坦四维时空连续区以外那些可想象的实验性宇宙单元。吉尔曼对于这个主题的理解赢得了所有人的钦佩，尽管其中的一些假想性例证也给他招来更多的闲言碎语，一直以来他都被大家当作神经兮兮的独居怪人。吉尔曼提出了一个让同学们都直摇头的理论：只要一个人掌握的数学知识比全人类可能知晓的所有知识还多，他就可以从容不迫地从地球踏向其他任何一个天体，宇宙系统虽然无限广大，但每个天体总是位于其中特定的一点。

据吉尔曼讲，完成这一步需要两个阶段：第一阶段，有一个通道可藉以离开我们所知的三维空间；第二阶段，有一个通道可藉以让我们从一个点——或许那个点无限遥远——返回到原来所在的三维空间。有说法称在许多情况下这样的跨步不会造成生命危险。来自三维空间的任何一点的任何一人都有可能在第四维空间里存活；一个人在第二阶段，即返回原来的三维空间之后能否继续存活，则取决于他所选择的返回点。一些星球的居民可以继续生存在其他某些特定的星球——甚至是属于其他星系的星球，或是其他的时空连续区中类似的维度结构和相位点——当然，宇宙空间中还必须得有许许多多的相互间不宜居住但数学上相并列的主体或区域。

同样，一个特定维度领域的居住者也可能顺利进入额外倍增空间或是不确定倍增空间中的多个未知的、深不可测的区域，当然就这点来讲至今仍然是众说纷纭。我们可以确信无疑的是，由任何一个特定的空间平面进入下一个更高级的空间平面时所发生的变化类型，从生物完整性方面理解是完全无害的。吉尔曼所提出的后一个假设还不成熟，给出的解释也模糊不清，这与他之前在很多复杂问题上都能给出清楚说明的情况相比显得有失平衡。厄提姆教授特别欣赏他关于高等数学与特定时期之魔法传说存在亲属关系的示范证明。这些传说都来源一个早到无法形容的古老存在——人类，或是先于人类的存在——它掌握的关于宇宙和宇宙运转规律的知识比现在的人类都多得多。

4月1日左右，吉尔曼的高烧丝毫没有好转的迹象，他颇为焦虑，同住的房客竟然说他出现梦游症状，这也让他很烦恼。据住在楼下的房客讲述，每晚特定的时间，吉尔曼房间都会传出光脚踩地板的嘎吱声，有时还有穿着鞋踩在地板上的声音。吉尔曼对这个说法却不以为然，因为他每天早晨起床后看见自己的鞋子连同衣服都整整齐齐地摆在原处。居住在这样一所恐怖的古老楼房中，一个人可以把他听到的声响想象演绎出无数多种可能——即使是吉尔曼本人，在白天也总感觉，倾斜的墙壁外与下陷的天花板上方的黑暗虚空中传出的，除了老鼠的刮擦声外，还有别的怪异噪声，他那双敏锐到病态的耳朵能清楚地听到头顶尘封已久的阁楼传出微弱的脚步声，有时，他的这种幻想居然真实到让他痛苦难忍的程度。

然而，吉尔曼发现自己竟真的变成了一名梦游症患者，有两次他不在房间，可衣物都还放在原处。这个情况还是他的同学弗兰克·埃尔伍德告诉他的。弗兰克家境贫困，不得不选择这间不受欢迎的肮脏小屋，他熬夜学习，在凌晨时分碰到了微分方程方面的难题打算向吉尔曼请教，敲门后却没有应答。虽说在这种情况下直接推开未上锁的房门过于贸然，但是弗兰克确实非常需要帮助，他觉得房间主人大概不会介意被轻轻摇醒。但是那两次弗兰克都发现房间里空无一人。当吉尔曼被告知这个情况后，很惊讶自己当时只穿有睡衣打着赤脚，究竟在何处游荡。吉尔曼下定决心，如果还有人告知自己出现梦游症状，他一定会深入调查。房间唯一可能的出口只有门，狭窄的窗外根本没有地方落脚，那么他可以在走廊的地上撒面粉，看脚印究竟通向何方。

4月就这么一天天过去了，吉尔曼因发烧而变得极度敏锐的听觉被乔·马祖勒维兹哼哼唧唧的祈祷声扰乱了。乔是个迷信的织布机修理工，住在一楼，经常讲些冗长而杂乱的故事，这些故事基本上都和古时的凯齐娅及用尖牙轻拱人类的恐怖东西有关。乔还说，他有时被闹鬼事件弄得极度困扰，只有圣·斯坦尼斯诺斯教堂的伊万里奇神父专门赠予的银十字架才能给他带来安慰。

这次乔祈祷的原因是女巫的安息日快到了。五一节的前一天晚上是沃尔帕吉斯之夜，每当这个时候，地狱中最凶恶的魔鬼会来到地球散步，撒旦的所有奴隶也会为无名的仪式和契约而聚集在一起。这天对于亚卡汉姆镇也是危机重重，尽管当地密斯卡塔尼克大街和索斯顿托尔大街的善良居民都假装什么也不知道。同时，镇上还会发生一些糟糕的事，可能还会有一两个小孩失踪。这些事是乔从祖母那里听来的，乔的祖母则是从她的祖母那里听来的。在这样的季节里祈祷、数念珠是明智的选择。长达三个月的时间里，凯齐娅和布朗·詹金斯都没敢接近乔的房间，或保罗·霍因斯基的房间，或其他任何一个地方——它们这样迟迟不现身绝非吉兆，肯定是忙于策划更为恐怖的阴谋。

吉尔曼在4月16日顺道拜访了医生的诊所，这才发现原来自己的体温并没有想象中那么高。医生在询问了一些尖锐的问题后建议他去看神经科专家。事后，他十分庆幸自己没有去校医务室，那里的医生更喜欢追根究底。

老沃尔德伦，就是先前削减了吉尔曼课程的那名教授，本来建议他好好休息一下——吉尔曼现在绝不会那样做，他还差一点就能顺利解出方程了。吉尔曼已经非常接近已知宇宙与第四维度的边界了，谁知道他还能向前走多远呢？

但是，当上述想法涌入吉尔曼的脑海时，他万分惊奇自己究竟是从哪里获得这种奇怪的自信心。难道他所有的危险紧迫感仅仅来源自己成天写在纸上的那些公式吗？头顶那尘封已久的阁楼中传出的幻想中的鬼鬼祟祟的细碎脚步声早就让吉尔曼心力交瘁了。另外，吉尔曼还愈发强烈地感觉到有人在不断怂恿他去做一些他不能去做的邪恶勾当。他的梦游症是怎么一回事？梦游的晚上他究竟去了什么地方？大白天，甚至是神智完全清醒的状态下，吉尔曼也听到在多种可辨别声音的相互混杂中流淌着另外一个奇怪的声响，这个奇怪声响又隐藏了怎样的暗示呢？它的旋律与地球上的任何一样东西都不符合，或许只有信魔者在夜半集会上不堪出口的唱词可能会有一两个节奏会与之相似。有时，他还害怕那个奇怪声响的特征会与自己梦中那些陌生深渊里发出的模糊的尖叫和咆哮相符。

与此同时，吉尔曼的梦境开始变得越来越骇人听闻。在他浅睡阶段出现的那个邪恶老太婆现在已经显得分外狰狞，吉尔曼知道那个在码头陋巷中吓了自己一大跳的人就是她。她是个驼背，长着高鼻子、皱缩的下巴，这些特征绝不会弄错，连身上的棕色外衣也跟记忆中一模一样。那老太婆的表情充满了丑陋的恶毒和邪恶的洋洋得意，每次吉尔曼从梦中惊醒都能回忆起一个“嘎——嘎——”的嗓音在怂恿、威胁他，让他必须与黑暗恶魔见面，并和它们俩一道去往终极混沌的中心处拜见阿撒托斯神。那个老太婆还说，吉尔曼的自由研究已经做得太过火了，他必须用自己的鲜血在阿撒托斯神的名册上签字，并且起一个新的秘密名号。吉尔曼之所以没有听信老太婆，也没有和她以及布朗·詹金斯一起去往那个鸣响着空洞而愚蠢的笛声的混沌王国，是因为他曾经在《死灵之书》中看到了“阿撒托斯”的名字，知道这个名字代表一个恐怖到无法描述的原始恶魔。

老太婆总是在两面分别为下斜和内斜墙壁相交接的角落里凭空出现。当她处于一个更靠近天花板、远离地板的点时，其形象就会具体化，每晚在吉尔曼的梦境消失之前，她都会越来越靠近和清晰。同样地，到后来布朗·詹金斯也在靠近了，甚至还可以看到它那泛黄的白色獠牙在一片怪异的紫罗兰色亮光中闪耀。它那尖锐而令人作呕的偷笑声也愈发强烈地撞击着吉尔曼的心智。到了早晨，吉尔曼还能回忆起布朗·詹金斯在梦中发出了“阿撒托斯”和“奈亚拉托提普”这两个音。

吉尔曼深度睡眠中的梦境也开始清晰起来，他感觉梦中那模糊不清的深渊就是第四维度中的深渊。那些看起来以最不相关、动机最不明的方式运动的有机存在，可能是我们自己星球上生命形式的投影图，当然也包括人类在内。至于无机存在在它们各维度空间是以怎样的方式运动的，他连想都不敢想。无关运动着的物质包含两种——较大的那种是彩虹色的扁球形气泡聚集体；较小的那种是不知名颜色的、飞速转换着表面角度的多面体——似乎都在留心和跟踪着吉尔曼或是漂浮在他头顶上方，尤其是他在巨大的棱镜、迷宫、立方体和平面的聚集群和准建筑物之间改换位置时。那些模糊的尖叫和咆哮也越来越响亮，就好像达到了某个完全不能忍受的怪异高潮。

在4月19日和20日这两天夜里，情况有了新发展。吉尔曼半无意识地走在模糊不清的深渊，深渊上空漂浮着气泡状物质和小多面体，他发现一些巨大的相邻棱镜聚集群的边缘组成了有规律的奇特角度。转眼间，吉尔曼突然就离开了深渊，瑟瑟发抖地站在沐浴着四散强烈绿光的多石山腰上。一阵打着旋的水蒸气掩藏了一切，眼前只剩下下陷的地形，他想到可能从蒸汽中涌出的声音时，不禁往后退缩。

接着，吉尔曼看见两个东西费力地向他爬来——那个老太婆和那个毛茸茸的小东西。干瘪的老太婆伸直了膝盖，以一种怪异的方式交叉着双臂；布朗·詹金斯则艰难地举起它可怕的类人前爪，指向一个特定方向。吉尔曼在一种非自身的冲动影响下，挣扎着朝老太婆手臂的角度和小怪物前爪所指方向的道路前进，他拖着脚还没走出三步便发现自己又回到了昏暗不清的深渊。

那天早晨的吉尔曼无所事事，有意避开班上的同学。一些未知的吸引力从某个看似不相干的方向牵引着吉尔曼的目光，他禁不住凝视着地板上的某个空白点。这一天慢慢地过去了，吉尔曼空洞的双眼也改变了关注的角度，到中午他终于克制了自己盯着空虚点一直看的冲动。他在两点左右外出吃午饭，踏上城市狭窄的小道，他控制不住自己一直朝西南方前行，直到走到教堂街的一个自助餐厅，才终于使自己停下了脚步。午饭过后，他感觉那股未知的牵引力更加强烈了。

吉尔曼到底还是应该向神经科专家咨询，这可能与他的梦游症也有联系，但是，他至少也得尽自己努力打破那个恐怖的魔咒。毋庸置疑，吉尔曼还能够设法走出奇怪牵引力的影响，他鼓起勇气抵抗魔咒，故意拖曳着身子沿着加里森街往北走。走到密斯卡塔尼克上方的大桥时他浑身直冒冷汗，紧紧抓住桥边的铁栏杆，凝视着上游那座臭名昭著的小岛，岛上整齐排列的古代巨石柱在午后的阳光下忧郁地沉思着。

突然，吉尔曼吓了一跳：上游那座废弃小岛上出现了一个明显而逼真的背影，再一看，他确定是那个奇怪的老太婆，她的邪恶外貌如此强烈地印刻在吉尔曼的梦中。老太婆身旁的杂草也在随之移动，似乎有其他的生物在地面匍匐前行。当老太婆开始转身面向他时，他猛地飞奔下大桥，逃到了小镇迷宫般的码头小巷中。虽然与小岛相隔甚远，他还是可以感觉到，在那个驼背棕衣的老人嘲讽的凝视下可能会出现一个不可征服的畸形魔鬼。

吉尔曼仍然受到西南方向牵引力的影响，他只有依靠强大的毅力才能拖曳着腿回到自己古老的房子，爬上摇晃的楼梯。好几个钟头里，他就静静地、毫无目的地呆坐着，视线逐渐向西转移。六点左右，吉尔曼敏锐的耳朵听到了住在两层楼以下的乔·马祖勒维兹哼哼唧唧的祈祷声，他无可奈何地抓起帽子来到洒满金色阳光的大街，任凭那股奇怪的牵引力把他带到任何方向——当前朝南。一个小时后天已经黑了，他发现自己来到了韩格曼小溪边上的露天空地，头顶是闪烁的群星。那个向前行的牵引力逐渐神秘地变为向上，吉尔曼这才猛地意识到奇怪牵引力的真正源头在哪里。

源头就在天空。群星之中的一个绝对点在召唤吉尔曼，显然这个点就在长蛇星座和南船星座之间的某个位置。吉尔曼明白，自他醒来的黎明破晓之后不久，自己就一直被迫切地推近该点。早上这个点还踩在他的脚下，现在已经大体位于南方并有逐渐西移之趋势。这个新东西有什么意义？他正在走向疯狂边缘吗？这股牵引力又会持续多长时间？再次给自己鼓足勇气后，吉尔曼转身拖着脚步艰难地返回那座邪恶的古老房屋。

乔·马祖勒维兹显得忧虑又极不情愿地嘟哝着几句新的迷信祷文，正在房门前等他。女巫之夜即将到来，乔早先在外面参加过庆祝该夜来临的宗教典礼——那天也是马萨诸塞州的爱国日——在午夜以后才回家。他从外面看这座古楼房时，最开始还以为吉尔曼房间的窗户是黑乎乎的，不久他看见里面有微弱的紫罗兰色亮光在闪烁。他想要提醒吉尔曼小心那个闪光，因为亚卡汉姆镇的人都知道那是凯齐娅女巫之光，常常浮现在布朗·詹金斯和那个臭老太婆幽灵的附近。乔以前从没提过这个事情，但现在他必须讲出来，因为凯齐娅和她的长牙妖精正在纠缠着那位年轻的绅士。有时，乔、保罗·霍因斯基和房东布洛夫斯基认为他们看到了，年轻绅士房间上方那个尘封已久的阁楼缝隙中渗透着亮光，但都相互约定不对外泄露任何风声。然而，年轻绅士最好还是换个房间，并佩戴上一些由虔诚的神父，如伊万里奇神父，所给予的十字架。

乔喋喋不休的漫谈让年轻的吉尔曼感到有股无名的恐惧扼住了自己的咽喉。他推断昨晚乔回来时肯定已经喝得半醉了，但关于阁楼窗户有亮光这点非常重要。在吉尔曼的浅度睡眠阶段的梦境中，每当他一头扎进未知深渊前，总会看到那个丑陋的老太婆和毛茸茸的小东西逐渐摇荡着柔和的微光。醒着的人可以看见他人梦中光亮的想法是完全不理智的。然而乔又是从哪里得到了这些奇怪的观念呢？难道他自己也曾经在这座古老的破败楼房里梦游过？不，乔说，他从来没有过——但是吉尔曼必须对这点进行核实。或许弗兰克·埃尔伍德能告诉他一些情况，尽管他很不想去问。

高烧——疯狂的梦境——梦游症——幻听——来自天空特定一点的牵引力——如今还有些许荒唐的梦呓！吉尔曼必须对自己负责，停下学业去问诊神经科专家。爬到二楼时，他停下来走到了埃尔伍德门口，发现这个青年没在家。吉尔曼极不情愿地爬上他的顶楼房，端坐在一片漆黑中。仍然有一股南向的牵引力在拉动着他的目光，吉尔曼发现自己同时也在专注地倾听从头顶那尘封的阁楼里所发出的声响，并半心半意地想象着：有一道邪恶的紫罗兰色亮光从向下倾斜的天花板的细小裂缝中渗透而出。

那晚在吉尔曼睡下后，一道渐强的紫罗兰色亮光惊醒了他，老巫婆和那毛茸茸的小恐怖接近了他，比以往任何一次都要近，并且还用残忍的尖叫声和穷凶极恶的姿态嘲弄他。尽管彩虹色的气泡聚集体和万花筒般的小多面体的追逐很险恶又令人气恼，但吉尔曼还是乐于下陷到那隐隐咆哮着的昏暗无尽之深渊。一个看似光滑的物体若隐若现地出现在吉尔曼的头上和脚下，该物体众多的巨大聚合平面间出现了转移——就在吉尔曼谵妄的一瞬间转移停止了，一道未知的奇异火焰中疯狂地糅合了分不开的黄色、洋红色、靛蓝色。

吉尔曼半躺在一个高高的、四周布置着奇异栏杆的平台屋顶，向下可以俯瞰无边无际的偏僻丛林、让人难以置信的山峰、匀称的平面、圆屋顶、尖塔、安装在尖塔上的水平圆盘，以及无数更原始的形状——比如石头和金属的形状——在七彩的天空下华丽地闪耀着各式各样、近乎刺眼的强光。抬头向上望，吉尔曼看到三面由火焰组成的巨大圆盘悬挂在那无限远的、弯曲地平线上的矮山上空，高矮不同，颜色各异。身后，层层相叠的平台依次堆积到了他目所能及的最高处。平台屋顶下方的小城一直延伸到吉尔曼视线的尽头，他真希望城市上空不要涌现任何声响。

吉尔曼手扶着一块连自己也无法辨认的、表面有纹理的光滑石头从屋顶平台上轻松站起，惊讶地发现地砖被切割成怪异的角度，这些角度甚至比他难以掌握的神秘对称规律还要令人费解。平台屋顶四周齐胸高的栏杆精致优雅，沿栏杆还排列着一尊尊造型奇特、做工优良的小雕像。这些雕像连同所有的栏杆，似乎都是由某种闪光金属制造而成，金属的色彩仿佛已经融汇成光辉交错的混沌，让人无法描述具体色调，金属的性质也同样难以判断。它们表现了一些隆起的桶状物体，物体的中心环上伸出细小的水平手臂，头部和基座部分则有垂直的圆头饰和梨形凸出。每五个又长又平的、尖端纤细的手臂以圆头饰为中心呈三角形排列，就如海星的手臂一般——几乎是水平的，但又微微偏离桶状物中心。底部圆头饰的基座与长栏杆之间的接触点精致纤细，以至有几尊雕像已经被折断而丢失不见了。雕像高约4.5英寸，其细长的手臂若按最大直径算，约2.5英寸。

吉尔曼站起身来，光脚踩在地砖上感觉比较烫。平台屋顶只有他孤零零一人，他的第一个动作是走到栏杆旁，俯瞰差不多2 000英尺下那无边无际的巨大城市，感到有点眩晕。吉尔曼侧耳倾听，阵阵微弱的美妙笛声音域宽广，有规律地混杂在一起，从狭窄的街道间涌出，他真希望自己能够分辨出当地居民住在何处。不久，屋顶的景观让吉尔曼头昏眼花起来，要不是本能地抓着一根光洁的栏杆，他早就摔倒在地了。吉尔曼右手扶住一尊突出的雕像，稍稍稳住了他倾倒的身体。这精致的异域金属手工制品怎能承受如此大力，那雕塑就这样被突然折断，吉尔曼还是半晕半醒，他右手还继续抓着已被折断的雕像，另一只手抓着光滑栏杆。

听！吉尔曼过于敏感的双耳感到身后有声响，他回头望向水平屋顶的对面：五个身影静静地向他走来，并没有显出一副偷偷摸摸的姿态，其中的两个身影分别是邪恶的老太婆和长有獠牙的毛茸茸的小动物。另外三个身影则把吉尔曼吓得不省人事，它们是高 8 英尺的活物，形象竟然和栏杆上的细长雕像一模一样，用它们底部的海星状手臂如同蜘蛛一般蠕动着前行。

吉尔曼从床上惊醒过来，冷汗湿透了全身，脸上、双手、双脚都感到了强烈的刺痛。他跳下床疯狂地匆忙洗漱穿戴，他必须尽快离开房间。吉尔曼也不知道究竟想去什么地方，他再一次感觉必须牺牲自己的学业。那股把他拖向长蛇星座和南船星座之间特定一点的奇怪牵引力已经开始减弱，但取而代之的是另一股更加强大的力量。现在他感觉自己必须往北走——无限地往北。吉尔曼害怕穿越密斯卡塔尼克那座荒凉废岛的大桥，于是他改走了皮博迪街大桥。他时不时被绊倒在地，因为他的眼睛和耳朵都受到茫茫天空中一个极高点的束缚。

约一小时后，吉尔曼逐渐恢复了对自身的控制，他发现自己已经离城市很远了。绵延四周的盐沼地是一片凄凉的空旷，前方有一条小径通向印斯茅斯镇——一座亚卡汉姆居民不愿造访的、半是荒芜的奇怪古镇。尽管北向牵引力对吉尔曼的影响并未减弱，他却成功地制服了这股牵引力，就像自己曾经所抵挡过的其他牵引力一般。最终，吉尔曼竟然发现自己可以自主地平衡各股不同引力的影响。他拖着沉重的步伐返回小镇，到冷饮柜台喝了一点咖啡，然后踉踉跄跄地进入公共图书馆，漫无目的地翻阅了几本轻松杂志，途中还遇到了一群朋友，他们问他为何被晒伤得如此古怪，但是吉尔曼没有透露自己的行程。三点左右，他到餐馆去吃了午饭，同时意识到影响自己的那股牵引力既没减小也没分岔。接下来，吉尔曼到了一家廉价电影院消磨时间，完全没注意到自己已经盯着那愚蠢的表演看了一遍又一遍。

夜间九点左右，吉尔曼游荡着返回家中，把自己关进那古老破败的房间。乔·马祖勒维兹哼唧着莫名难懂的祷文，吉尔曼也没停下看埃尔伍德是否在家，就匆匆忙忙地上到他的阁楼房间。他在打开电灯时不禁被吓破了胆：他猛地看见本来空无一物的桌上摆着一个东西，再一看就毋庸置疑了。那东西侧躺着——因为它不能独立站立——正是他在怪梦中从奇特的栏杆上所折断的奇异细长雕像。那雕像的细节保存完好：隆起的桶状中心、四散的细长手臂、每个端点的圆头饰以及从圆头饰上分散出的水平且微微外弯的海星状手臂——一应俱全。在灯光下，雕像呈现出闪光的灰色，其中还夹杂着条条绿光。吉尔曼此刻的心情十分复杂，恐惧和困惑互相交织，他注意到雕像其中一个圆头饰的顶端有参差不齐的缺口，与他之前梦中那个栏杆的交接点相一致。

若非吉尔曼出现了眩晕迟钝的状态，他早就大声尖叫起来了。梦境与真实此番的融合实在是让人难以忍受。趁眩晕感尚未消失，他抓着那个长而尖的东西，跌跌撞撞地跑到楼下房东东布洛夫斯基的住处。迷信的织布机修理工哼哼唧唧的祷告声穿过发霉的墙壁，但此刻吉尔曼毫不介意。房东刚好在家，还亲切地同吉尔曼打了招呼，说自己之前从未见过这东西，也不知道它的来历。但是他的妻子说她中午在整理房间时，发现其中一张床上有个滑稽的锡制品。于是，东布洛夫斯基高声呼叫妻子，那女人就摇摇摆摆地走了过来。“是的，就是那个东西。”她是在年轻绅士吉尔曼的床上发现的——当时它侧靠着墙壁。她也认为这件物品很奇怪，但是我们年轻绅士房里的奇怪物品还不够多吗——书籍、古董、图画以及纸上的种种记号？她对这东西自然是一无所知。

吉尔曼精神混乱地跑回楼上，坚信自己要么是仍然在做梦，要么就是他的梦游症已经恶化到了令人难以置信的地步，甚至还引领着他到未知地进行掠夺。他是从哪里得到这个古怪东西的？他可不记得在亚卡汉姆的任何一个博物馆看到过这东西。它无论如何总得有个来源地吧？一定是因为吉尔曼在梦游时一把抓住了某个雕塑而导致了这幅屋顶平台奇遇的诡异梦幻图景。第二天他得做些谨慎的小调查——或许还要去拜访神经科专家。

同时，吉尔曼尝试对自己的梦游症情况做记录。他在上楼及穿越阁楼走廊的地面撒了一些刚从房东那里借来的面粉，并坦率地承认了自己这样做的目的。途中，他曾在埃尔伍德的门前停了片刻，但发现里面漆黑一片。吉尔曼回到自己的房间，把那个细长的东西搁在桌上。由于身心已经非常疲劳了，他连衣服也懒得脱就躺到了床上。倾斜的天花板上方那尘封的阁屋又传出隐约的刮擦声和轻走声，但吉尔曼实在是身心紊乱到不想再去理会。那股北向的神秘牵引力再次变得强烈起来，但这次的牵引力似乎来自天空一个较低的点。

在梦境中那耀眼的紫罗兰色光亮下，那个老太婆和长着獠牙且毛茸茸的小东西再一次出现了，比之前任何一个场合都更加清晰。这次两个东西是真真切切地来到了吉尔曼跟前，他甚至还感觉到干瘪老太婆那干枯的双爪抓着他。吉尔曼被拉下了床进入虚无的空间，片刻后，他听到一阵有节奏的咆哮，看见模糊深渊中的无定形微光在自己身边沸腾。但那个瞬间只是一闪而过，吉尔曼来到了一个简陋的无窗空间——令人讨厌的光线和厚木板高度刚及自己头顶，脚下是一块下陷的怪异地板。地板由许多个装满了关于古物和蜕变的书籍的矮木箱支撑着，中心有一张饭桌和一条长凳，都已被固定在适当的位置。未知形状和未知性质的各种小物品排列在木箱上方。在一片热烈的紫罗兰色亮光里，吉尔曼认为自己看到了那个让自己冥思苦想的细长雕像的副本。左方的地板突然下陷，留下一个三角形的黑暗深渊，在一阵单调的咯咯声后，从里面爬出了那个可恶的毛茸茸的小东西，长着黄色獠牙，如人类般留有胡须且面容邪恶。

那个邪恶地咧着嘴笑的老太婆仍然抓住吉尔曼不放，桌子后方还站着一个之前从未谋面的身影——一个精瘦的黑皮肤的高个儿男子，却没有丝毫非洲人种的特征，没有一根头发和胡须，身上仅穿着一件衣服，即一件用某种黑色的笨重纤维织成的怪异长袍。因为饭桌和长凳的阻挡，看不清他的脚，但肯定是穿有鞋子，因为这男子每换一个位置都会发出咔嗒声。男子没说话，整齐纤细的五官也没流露出一丝表情。他只是指着一本摊开在桌上的大书，老太婆立即把一只巨大的灰色鹅毛笔塞到吉尔曼的右手里。此刻，所有一切都犹如笼罩了一层极度令人恼火和恐惧的气氛，并且在毛绒物跳到做梦者的衣服上时达到了高潮，这个毛绒物接着又跳到做梦者的肩膀上，顺着左臂向下爬，最后它站在袖口，对着手腕处狠狠地大咬一口。鲜血从伤口处涌出，吉尔曼瞬时昏倒在地。

吉尔曼在 22 日早晨醒来，左手腕处仍隐隐作痛，袖口被干涸了的血液染成褐色。他能回忆起的事情十分混乱，但是一名黑皮肤男子站在未知空间的画面总会鲜明地突显出来。肯定有老鼠趁他睡着时咬了他，也正是这点使可怕的噩梦达到了高潮。吉尔曼打开门发现过道地板上的面粉没有被扰乱，除了几个大大的脚印，这些脚印肯定是居住在阁楼另一端的粗野同伴所留下的。由此可知，这次吉尔曼并没有梦游，但必须想办法治治可恶的老鼠们，他一定得把这些情况告诉房东。吉尔曼必须再一次想办法堵住位于那面斜墙底部的老鼠洞，他发现这个老鼠洞刚好够一根烛台的深度。他的耳朵一直在可怕地嗡嗡响，仿佛是梦境中一些恐怖噪声的残余回声。

吉尔曼在洗澡更衣时，努力地试图回想自己在紫罗兰色明亮的空间之后还梦到什么场景，但头脑中没能形成任何具体的形象。那个猛烈攻击着吉尔曼想象力、被遗忘了的场景肯定与头顶那尘封已久的阁楼遥相呼应着，但是他对于后半段梦境的一切印象都很微弱朦胧。梦境中模糊昏暗的深渊，以及后方那更巨大、更黑暗的邪恶渊底肯定隐藏着深层含义——然而，对于任何深渊都没有固定的解释。吉尔曼被一直尾随他的气泡聚集体和小多面体包围着，但这两样东西和他一样，已经变幻成终极深渊那更远处空虚中的缕缕雾霭。处于最前方的是另外一些东西——一大捆偶尔会浓缩为无名形式的东西——吉尔曼认为它们不是按直线前进，而是沿怪异曲线和一些神秘的旋涡状螺旋行进，它们所遵循的运行规律无法以任何一个可能宇宙中的数学和物理学知识所解释。此外，还存在着跳跃的巨大阴影、怪异的半声学脉冲、一支看不见的笛子发出的微弱单调笛声——但再无其他了。吉尔曼认为后一个概念来源自己曾经读过的《死灵之书》，其中提到了愚蠢的存在阿撒托斯，阿撒托斯在混沌中心的黑暗王国统治着所有的时间和空间。

吉尔曼把手腕上的血迹冲洗干净后，发现伤口其实很小，但是对于这两个刺痕的位置很困惑。他所躺的床单上并无血迹——考虑到他皮肤和袖口的大量血痕，这点就很让人费解。难道他当时正在屋内梦游？难道老鼠是在他坐在椅子上或是处于另外一些更不合理的姿势时开口咬他的？吉尔曼找遍了房间的每一个角落也没能找到任何褐色污点或是痕迹。他认为自己最好把房里房外都撒上面粉——尽管有关他梦游症的证据已足够多了。吉尔曼知道自己确实会梦游，当前需要做的就是使自己停止梦游。他必须向弗兰克·埃尔伍德求助。这天早晨，来自天空的持续不断的奇怪牵引力似乎减弱了，尽管取而代之的是另外某种更加难以解释的知觉。那是一种想要飞离现状的持续不断的模糊冲动，可惜他尚未得到究竟会飞往哪个具体方向的暗示。当吉尔曼拾起桌上那尊细长的奇怪雕像时，突然发现之前那股北向的牵引力变得稍微强烈了些，即使这样，他还是被这个更加令人困惑的新冲动完全支配着。

吉尔曼带上这尊细长的奇怪雕像下楼来到了埃尔伍德的房间，努力忍受着从底楼传上来的织布机修理工念祷文的哼唧声。谢天谢地！埃尔伍德在家，他在房间里四下走动，好像在忙什么事情。出去吃饭上学之前还有一点时间可供交流，所以吉尔曼匆忙把自己近来的噩梦和恐惧一并倒了出来。他的同学颇具同情心，同意确实应该采取相应措施。埃尔伍德被他那副憔悴枯槁的样子吓坏了，同时还注意到上周其他人说起的吉尔曼身上怪异而反常的晒伤。

尽管如此，埃尔伍德所能领会的并不多。他从没见过吉尔曼任何一次梦游的征程，对于那些古怪形象也没概念。但是，埃尔伍德曾在某个晚上听到住在吉尔曼楼下的法裔加拿大人与马祖勒维兹的谈话。他们都在向对方讲述自己是多么惧怕沃普尔吉斯之夜的到来，过不了几天就是那个恐怖的节日了；接着，还交换了对于穷人和被诅咒的年轻绅士吉尔曼的怜悯。德斯罗切尔，就是住在吉尔曼楼下的那个家伙，谈到了夜晚听到的脚步声：有穿鞋的，也有光着脚的。一天晚上，他忐忑不安地偷偷走到吉尔曼门口，通过锁眼往里窥探时看到了紫罗兰色亮光。他告诉马祖勒维兹，当时他看见门四周的裂缝中也渗透着亮光，就再也不敢往里偷窥了，但屋内竟然还有低声说话的声音——然后就开始用几乎听不到的耳语向马祖勒维兹具体描述。

埃尔伍德想象不出有什么事情，值得这两个迷信的家伙这般地饶舌碎嘴，他猜测激起他俩妄想的原因有二：吉尔曼的熬夜、梦游、说梦话等习惯，以及历来让人毛骨悚然的沃普尔吉斯之夜即将到来。德斯罗切尔从锁孔里听到的声音无疑是吉尔曼在说梦话，关于紫罗兰色亮光引发的各种奇谈怪论也就此传开。头脑简单的人就这样，无论是听到了什么或是看到了什么，立刻就不假思考、天马行空地幻想开了。至于行动计划——吉尔曼最好搬到埃尔伍德的房间，尽量避免单独睡觉。这样，只要埃尔伍德没睡着，就可以在吉尔曼梦游或者说梦话的时候随时制止他。吉尔曼还得尽快找神经科专家就诊。同时，他们可以带上那尊细长的奇怪雕像到各个博物馆咨询相关专家，到时候就谎称是在公共垃圾箱里无意捡到的。另外，房东东布洛夫斯基必须积极采取措施，毒死墙洞里的老鼠。

与埃尔伍德的友谊让吉尔曼重新打起精神，他当天还到学校去上课了。各种奇怪的冲动仍旧在影响着吉尔曼，但都被他极其成功地拖延住了。课后，吉尔曼向几位教授展示了那尊奇怪的雕像，教授们都对之十分感兴趣，却没人能清楚说出雕像的本质和起源。那天晚上，吉尔曼睡的沙发，是埃尔伍德让房东搬进来的，近几周来吉尔曼第一次完全没有受到不安梦境的影响。但发烧症状还在持续，织布机修理工嘴里让他紧张不安的哼唧声也在持续着。

接下来的几天里，吉尔曼几乎完全不受任何恐怖表现的影响。据埃尔伍德讲，吉尔曼并没有说梦话或是梦游的倾向；同时，房东在房间的每一个角落都撒了毒鼠药。若是非要指出一点让人不安的成分，那就是迷信、情绪变得异常激动的异邦人之间散布的流言蜚语，马祖勒维兹一直孜孜不倦地劝说吉尔曼佩戴十字架，终于成功地硬塞了一个给吉尔曼，还说那个十字架是被好心的伊万里奇神父净化过的。德罗斯切尔也有话说，他坚称就在吉尔曼搬离的头两天晚上，他还听到楼上的空房中传出小心翼翼的脚步声。保罗·霍因斯基说他晚上听见大厅和楼道有奇怪的声响，并且有人轻轻地拉了拉他的房门。东布洛夫斯基夫人发誓自己第一次见到布朗·詹金斯就是在万圣节后。但是这些天真的言论对吉尔曼没用，他只是把那个低廉的十字架随意地挂在了衣橱的一个把手上。

整整三天，吉尔曼和埃尔伍德马不停蹄地跑遍当地所有的博物馆，结果没有任何人能够鉴别这尊细长的奇怪雕像。雕像每到一个地方都会激起人们强烈的兴趣，它十足的异域陌生风格对每个科学好奇者而言，无疑是巨大的挑战。埃勒里教授摘下雕像的一只手臂进行化学测试，发现其主要成分是一种铂、铁、碲的怪异合金，还混合有至少三种，现有化学仪器无法测量出的其他高原子能成分。雕像的组成材料不符合任何一种现有已知成分，也不属于元素周期表中任何一种可能存在的未知元素。这个谜底直至今日仍未破解，雕像还在密斯卡塔尼克大学的博物馆展出。

4 月 27 日清晨，吉尔曼客居的房间里出现了一个新的老鼠洞，房东当天晚些时候用白铁皮把洞封住了。毒鼠药似乎也无甚效用，因为夜里的刮擦声和疾跑声几乎一点没减少。

那天晚上埃尔伍德很晚也没回家，吉尔曼就一直坐着等。他不想单独睡一个房间——特别是在他恍惚看见那个讨厌的老太婆从黄昏薄暮中逐渐走入自己的梦境之后。吉尔曼很疑惑，她究竟是谁？那个站在肮脏庭院入口处的垃圾堆上把锡罐弄得咯咯响的东西又是什么？

第二天，两个年轻人都觉得非常疲倦，到晚上睡得像死猪一样沉。傍晚时分，两人昏昏欲睡地讨论了深深吸引着吉尔曼的数学问题，这些问题占据了吉尔曼的大部分时间和精力；他们还大胆推测了数学与古代魔法、民间传说之间可能存在的阴暗关系。在谈起古时的凯齐娅·梅森时，吉尔曼认为她隐瞒了一些奇怪但重要的信息，埃尔伍德也觉得该想法极具科学说服力。女巫所归属的神秘邪教从被遗忘的古老旧神那里得到了许多惊天秘密，这些秘密被小心保守并代代相传，凯齐娅女巫已经掌握了在不同空间自由穿梭的法术也不是不可能的。传统上人们认为，实体屏障对终止女巫的魔咒徒劳无用。

一个现代的大学生能否仅仅依靠数学研究获得类似的能力还有待观察，吉尔曼补充说，这可能把人成功地引入想象不到的危险境遇，谁能够预测一个正常情况下难以接近的相邻平面会发生什么情况？另一方面，各类生动如画的可能性历历可数，某些空间带不存在时间概念，如果有人进入并停留在这些特定的空间带，就可以无限地保持其生命和年龄；只要不回到自己原本的平面或类似的平面，他的器官也不会发生新陈代谢和衰退。比如说，一个人可以进入一个永恒的维度，然后以当时的年龄出现在地球历史上的任何一个遥远年代。

没有丝毫的依据可以推测出是否真有人成功地做到了这点。古老的传说模糊不清，并且有史以来，所有穿越禁区的尝试都因为与外来生物和外来使者结成危险且奇怪的联盟而变得更加复杂。隐秘而令人恐怖的魔鬼们都有太古的代表和信使——拜女巫教中的“黑暗魔鬼”和《死灵之书》中的奈亚拉托提普。另外还有次级信使或调解者的障碍难题——类似动物的东西和怪异的杂种，它们在传说中都被刻画成女巫手下的妖精。吉尔曼和埃尔伍德困乏得实在是无法继续往下交谈，于是就睡下了，他们听见乔·马祖勒维兹喝得半醉踉踉跄跄地回到了家，乔哼哼唧唧的念祷声中满是绝望的疯狂，吓得两个年轻人直打哆嗦。

当晚，吉尔曼再次看见了紫罗兰色亮光。在梦中，他听到隔间传来一阵刮擦声和老鼠的啃咬声，有人笨拙地摸摸索索着打开了门闩，接着，他看见那个老太婆和毛茸茸的小东西踩着地毯向他走来。丑陋老太婆脸上洋溢着残忍的狂喜之情，而满口病态的黄牙的小东西，指着沉睡在屋子另一头的埃尔伍德痴痴地嘲笑着。恐惧顿时让吉尔曼全身瘫软，快要窒息了的他想要大声呼喊。就像上次一样，可憎的老太婆一把抓住吉尔曼的肩膀，把他猛拉下床至虚空中。无限深渊大声咆哮的画面一闪而过，转眼间，吉尔曼感到自己来到了一个散发着恶臭、黑暗泥泞的不知名小巷，一座座摇摇欲坠的古老建筑从四面八方渐次冒出。

前方身着长袍的黑皮肤男子在之前的梦境中见过，老太婆则站在不远处凶狠地狰狞着脸召唤他过去，布朗·詹金斯亲昵而欢快地蹭着黑皮肤男子那大部分被深厚淤泥遮蔽住了的脚踝。黑皮肤男子指了指右方一扇开着的黑色大门，于是老太婆咧嘴笑着拖住吉尔曼宽大的睡衣长袖往里走。门里，散发着邪恶气息的楼梯间不祥地吱吱作响，老太婆朝着那儿发射出一道微弱的紫罗兰色亮光，最里面出现一扇通向楼梯平台的门。老太婆摸索着拉开门闩推开了门，她打手势让吉尔曼在原地等待，然后就走了进去，消失在黑色缝隙中。

年轻人过度敏感的耳朵听到一声可怕的被手捂住的尖叫，不久老太婆便提着一个不省人事的小东西从房里走出来，并把那东西塞给做梦者，仿佛是在命令他拿好。吉尔曼看了一眼手里的东西和它脸上的表情，咒语就被打破了。吉尔曼依旧眩晕得无法喊叫出声，他不顾一切地冲下恶臭的楼梯来到外面的泥地，结果被等待着的黑皮肤男子一把抓住，吉尔曼惊吓得几乎快窒息。随着意识的消失，年轻人隐约听到那个长着獠牙、类似老鼠的畸形怪物发出刺耳的、哧哧的偷笑声。

29 日清晨，吉尔曼从恐惧的旋涡中惊醒过来，睁开眼睛的一瞬间他就知道出大事了：他居然回到了原来的阁屋，那个墙壁和天花板都发生了倾斜的地方，自己正摆成大字形状躺卧在未整理的床铺上。吉尔曼的喉咙莫名其妙地疼痛，在挣扎着坐起身后，他惊恐地发现自己的脚上和睡裤上粘满褐色的厚泥块。他的记忆是一片绝望的模糊，但至少知道自己昨晚肯定梦游了。当时埃尔伍德一定是因为睡得太沉而没有发现并阻止他。地板上满是混乱的泥印，说来也怪，最诡异的是，这些泥印并没有一直延伸至门口。吉尔曼越想越觉得奇怪，还发现地板上的泥印比自己的脚印要小，大致呈圆形——很像大椅子腿或桌子腿留下的印迹，但是它们大多数都好像被分成了两半。另外还有老鼠的足迹，有些泥印从一个新的鼠洞四散开来，也有些泥印则是返回鼠洞的。当吉尔曼蹒跚着打开房门，彻底的困惑和恐惧深深折磨着他——门外没有任何泥印。对于那个令人惊骇的梦境，他回想起的越多，越是感到害怕。此刻，楼下传来的乔·马祖勒维兹悲哀的颂唱声更让吉尔曼绝望。

吉尔曼下楼来到埃尔伍德的房间，叫醒仍在沉睡的埃尔伍德，并告诉他自己的奇怪发现，但埃尔伍德难以想象究竟发生过什么事情。吉尔曼梦游到了何地？他又是如何回到房间却没有在走廊留下脚印的？阁楼地板上怎会夹杂着类似家具腿的泥印？……这些问题都无从推测。还有就是吉尔曼喉咙上铁青的痕迹，好像他曾试图勒死自己。吉尔曼举起手伸向这些勒痕，发现自己的手掌与喉咙上的勒痕完全不相符。就在两个年轻人谈得深入时，德斯罗切尔顺便来访，还说自己昨晚黎明前听见楼上传出可怕的叽叽喳喳谈笑声，但这怎么可能呢？楼上那间房已经没人居住了，但德斯罗切尔就在子夜以前还听见阁楼里传出令他讨厌的轻微脚步声和谨慎下楼的声音。德斯罗切尔补充道，现在已经进入对亚卡汉姆人来说一年中最糟糕的时节，年轻绅士最好戴上乔·马祖勒维兹给他的十字架。大白天也不安全，这楼房拂晓以后就开始传出奇怪的声音——像一阵尖细的孩子般的哭声被人匆忙捂住。

那天早晨吉尔曼麻木地去上了课，完全不能把心思投入学习中。恐惧和期待之情牢牢地控制着他，似乎在等待某个毁灭性打击的到来。正午时分，吉尔曼到学校冷饮部吃午餐，在等着上甜点时他随手拿过邻座的报纸阅读。哪知，报纸首页的一则新闻标题吓得吉尔曼浑身瘫软，瞪大了双眼，他能做的只有匆匆结账，跌跌撞撞地回到埃尔伍德的房间。

昨晚，在奥恩过道发生了一起奇怪的绑架案，一位名叫安娜斯塔西亚·沃雷科的，模样有点呆傻的洗衣工报案称自己2岁大的孩子凭空消失了。这位母亲看起来似乎对这个事件恐惧了好长一段时间，但是她对自己恐惧的原因给出的说法如此可笑，以至于都没人认真对待。她竟然声称自己早在3月1日后就不时看见布朗·詹金斯在附近活动，从布朗·詹金斯的鬼脸和哧哧笑声就知道小拉迪斯拉斯一定会被选作沃普尔吉斯之夜信魔者集会上的祭品。母亲曾经叫邻居玛丽·曹奈克到她家一起保护孩子，但是玛丽不敢。她没有向警察求助，因为他们从不相信这类事情。在这位母亲的记忆中，小孩们每年就是这样失踪的。至于她的朋友彼得·斯托瓦奇没有伸出援助之手，则是因为他不希望孩子阻挡了他的好事。

真正把吉尔曼吓得直冒冷汗的是另一则关于两个纵酒狂欢者的报道。两个人在昨晚半夜以后也经过了奥恩过道的入口处，尽管已经醉醺醺了，但他们发誓看到三个穿着怪异的人偷偷地进入黑暗的过道。这三个人，一个是身材高大长袍加身的黑鬼，一个是衣衫褴褛的小个子老太婆，还有一个是身穿睡衣的年轻白人。那老太婆拽着年轻人往前走，黑鬼脚旁有一只被驯服的老鼠在褐色泥浆中磨蹭打滚。

吉尔曼茫然地呆坐了一下午，埃尔伍德——已经看过报纸并对整个事件经过形成了可怕的猜想——回到家中看到了此刻已身心交瘁的吉尔曼。这一次，两个人都十分强烈地感应到某些骇人听闻的危险事物在向他们逼近。在噩梦的幻象与客观世界的现实之间，一种怪异且无法想象的关系正在逐渐成形，只有依靠惊人的警惕才能避免不祥事态的进一步升级。吉尔曼迟早都得向精神科专家咨询，但不是现在，不是报上登满绑架事件之时。

整个事件的真实情况是那么模糊，吉尔曼和埃尔伍德交换了各自最近听到的有关绑架事件的一些疯狂的言论。就空间和维度方面的学习，难道吉尔曼在不知不觉中就比别人知道得更多？难道他竟然溜出了人类的领域，进入既无法猜测也难以想象的地点？吉尔曼被魔鬼驱身的那些夜晚都到过哪些地方？——如果这些地方真实存在的话。那咆哮着的昏暗深渊——绿色小山——酷热的平台屋顶——来自星星的牵引力——终极黑色旋涡——黑皮肤男子——泥泞的小巷和阶梯——古老的女巫和长有獠牙的恐怖毛绒物——气泡聚集体、小多面体——诡异的晒伤——手腕的伤口——无法解释的雕像——沾满泥的双脚——喉咙上的勒痕——迷信异邦人的传说和忧虑——这些意味着什么？在这种情况下，理智的法则又可以被适用到何种程度？

当天晚上，两个年轻人谁也无法入睡，第二天他们都没去上课，而是在房间里发呆。这一天是 4 月 30 日，伴随黄昏而来的是令人毛骨悚然的信魔者夜半集会，所有的异邦人和迷信的老者都深深畏惧这天的到来。马祖勒维兹六点回到家，他说磨坊的人们都在窃窃私语，谈论着沃普尔吉斯之夜的狂欢活动将在草甸后的黑山谷举行，那个峡谷里耸立着一块来自亘古的白色巨石，巨石周遭寸草不生。他们中甚至有人将这次集会告诉警察，建议他们到那里去寻找洗衣工沃雷科丢失的小孩，虽说小孩到那时多半已经命丧黄泉，但尸体应该可以找到。乔坚持让可怜的年轻绅士戴上十字架镍链，吉尔曼为了称他的意，就带上十字架，把它塞进了衬衣里。

深夜，两个年轻人躺在椅子上打瞌睡，听着楼下织布机修理工的祈祷声，内心逐渐平静下来。吉尔曼边听边打盹儿，他那异常敏锐的听觉似乎在拼命追寻这座古老楼房之外的某个轻微而可怕的低语声。关于《死灵之书》和《黑魔书》中存在的各种恐怖回忆涌了出来，远处传来信魔者夜半集会那最黑暗的典礼上的颂唱声，吉尔曼发现自己竟应着节奏左右摇摆，尽管那邪恶声音的节奏起源于人类所知的时间与空间以外。

不久，吉尔曼终于意识到自己究竟在留神听什么——远方黑暗峡谷里司仪神父令人毛骨悚然的颂唱。他怎么知道如此多他们所预期的事情？他怎么知道此刻司仪神父和他的助手应该端着溢满的碗跟在黑公鸡和黑山羊之后？他看见埃尔伍德已经熟睡，便想大声喊叫将他叫醒，然而什么东西堵住了吉尔曼的喉咙。他已经无法控制自己！他到底有没有在黑皮肤男子的契约书上签字？

接着，吉尔曼那高度兴奋、敏锐异常的听觉捕捉到远方由风挟来的音调。他们跋涉数英里的高山、田地和峡谷而来，吉尔曼仍然认出了来者为谁。火把必须点燃，舞者才开始起跳。他怎能阻止自己止步不前？什么东西牵绊了他？数学——民俗传说——古屋——古老的凯齐娅——布朗·詹金斯……此刻，他看见房中沙发旁的墙角出现了一个新的老鼠洞。除了远处的颂唱声以及较近的乔·马祖勒维兹的祈祷声，还有另外一个声音——隔间中一阵隐秘而坚定的刮擦声。他希望电灯千万别熄灭。紧接着，他看到老鼠洞口有一张留有胡须长着獠牙的小脸，随即意识到这张脸和凯齐娅女巫手下的布朗·詹金斯是多么可怕地相似，门口也传来微微的摸索声。

尖啸的昏暗深渊一闪而过，吉尔曼感觉自己在色彩斑斓的气泡聚集体中如此无助。前方，千变万化的小多面体竞相奔跑；在整个虚空搅动的期间，一个模糊的声调模式不断地升高和加速，仿佛预示着某个不可言表且难以忍受的极点即将到来。他似乎知晓接下来会发生什么——沃普尔吉斯之夜的旋律可怕地爆发了，音色宽广的旋律被所有原始的、终极的时空烈焰围绕，这些烈焰隐藏在集结的物质领域之后，时常迸发在有节奏的回响中，回响依稀渗透到每一个实体层，在某些特定的恐怖时段，整个世界范围内都充斥着一片狰狞。

但是，这一切瞬时又消失了。吉尔曼再次返回到那个亮着紫罗兰色灯光、有遮檐的狭窄空间，空间的一边有倾斜的地板、装满古书的矮木箱、长凳和饭桌、各种怪异的小物件和三角形深渊。桌上躺着一个小小的白色身影——一个男婴，被脱光了衣服且不省人事——对面站着一个恶意瞥视的畸形老太婆，她右手拿着一把闪闪发光的把柄怪异的匕首，左手端持一个比例奇特且颜色暗淡的金属碗，碗表面有奇怪的镂刻设计，侧边处理也十分精致。老太婆正在用一种吉尔曼听不懂的语言嘶哑地吟诵着，好像还谨慎地引用了《死灵之书》的内容。

吉尔曼眼前的场景逐渐清晰起来，他看见那个来自古代的老太婆弯腰把空碗递到桌子对面——吉尔曼完全不受身体控制地远远向前伸出双手接过碗，这才发现其质地原来很轻盈。同一时刻，那让人厌恶的布朗·詹金斯从左边的三角形黑色深渊边缘爬出来。老太婆示意吉尔曼站在指定的位置捧住碗，她则竭尽所能地在苍白小祭品上方高高举起那把巨大的怪异匕首。长有獠牙的毛绒物开始发出哧哧的笑声作为该不知名仪式的延续，一旁的老巫婆嘶哑着嗓子给出令人作呕的回应。吉尔曼感到一个折磨人的可憎事物射穿了他已经麻痹的精神和感情，那只握着轻盈金属碗的手在不停颤抖。不一会儿，伴随着匕首向下的运动，咒语被完全打破，只听一阵如钟鸣般响亮的叮当声，吉尔曼疯狂地猛冲过去想要阻止这恐怖而残忍的行径。

刹那间，吉尔曼沿着倾斜的地板走到桌子的一端，他从老太婆的手爪中一把夺过匕首并用力扔到了狭窄的三角形深渊边缘。然而在另一个瞬间，事件发生了逆转，老太婆凶残的手爪紧紧地锁住吉尔曼的喉咙，同时那张布满皱纹的脸也因疯狂的愤怒而扭曲变形。吉尔曼感觉廉价的十字架镍链勒进脖子，危急中不禁猜想：邪恶的怪物们见到这个十字架会受到影响吗？老巫婆的力气自然是凌驾于人类之上的，她继续扼着他，这时，吉尔曼摸索着伸手到衬衫下面掏到那个金属标志，他啪的一声扯断链子拿出了十字架。

一见到这个物件，老巫婆就惊慌失措起来，她紧掐的动作松弛了，让吉尔曼有机会彻底地挣脱魔爪。要不是老巫婆接受到新的力量重新逼近的话，吉尔曼早就把她推下了无底深渊。这一次他决定以其人之道还治其人之身——伸出自己的双手掐住恶魔的喉咙。趁对方还没看穿自己的计谋，吉尔曼用十字架链子使劲勒紧老巫婆的脖子，不一会儿，他就成功地切断了对方的呼吸。就在老巫婆垂死挣扎的最后关头，吉尔曼感觉有东西在咬自己的脚踝，这才看到是布朗·詹金斯来帮忙了。吉尔曼粗鲁地一记飞脚把那病态的小东西踢到深渊边上，然后就只能听见渊底深处传出的呜咽啜泣声。

吉尔曼也不确定自己是否解决掉了丑陋的老巫婆，只见她倒在地上，没有进一步对付她。然后，在转身离开时，吉尔曼看到桌上一个场景几乎要扯断他最后那根理智之弦：布朗·詹金斯——虽然是血肉之躯，长了四只如魔鬼附体般灵巧的小手，在女巫试图掐死他时也没有帮上忙——虽然吉尔曼成功地阻止了老巫婆将匕首插进受害者的胸膛，但这个亵渎神明的毛绒物用黄色獠牙咬伤了他的手腕——桌上那具死气沉沉的小身体旁边摆着满载的金属碗，而这碗不久前还是被摔在地上的！

在梦幻般的精神错乱中，吉尔曼听见无限远处传来了信魔者夜半集会上那如地狱般节奏的陌生颂唱，他知道黑皮肤男子肯定也在集会上。困惑的记忆与数学难题混淆在一起，潜意识里，吉尔曼认为自己找到了可以引导他第一次独立地回到正常世界所需的角度。吉尔曼确信自己身处自己房间上方的、已经尘封了远古的阁楼中，非常怀疑还能否从倾斜的地板或是狭长门廊的出口处逃生。此外，从梦幻阁屋逃出后会不会意味着又进入另外一个梦幻房间——一个他所寻找的真实地点的反常投影？在自己的经历中，吉尔曼完全无法理解梦境与现实究竟有何关系。

穿过黑暗深渊的通道将会非常可怕，因为那里将颤动着沃普尔吉斯之夜的旋律，到最后，吉尔曼还必须忍受让他产生致命恐惧感的、隐藏至今的宇宙之脉动。即使是现在，他也能觉察出那节奏已经烂熟于心的怪异的低沉震动声。每到信魔者夜半集会之际，这个旋律就会上升到人类世界，召唤信徒去参加无名的典礼。信魔者的夜半集会多半的唱词都模仿了吉尔曼无意中听到的那个轻微震动声，震动的空间充实性为任何一双世俗的耳朵所不能忍受。吉尔曼还纳闷，他是否能够相信自己的本能可以带他返回空间的正确区域？他怎样才能确信自己不会着陆在远方星球那点缀着绿光的山坡？或是银河系以外触角类怪物所居住的城市上空那棋盘格的平台屋顶？抑或是那愚神及苏丹魔鬼阿撒托斯所统治的混沌王国之终极空虚里面的黑色螺旋状旋涡中？

在吉尔曼准备跃身跳进深渊的前一刻，紫罗兰色的灯光突然消失，女巫——古老的凯齐娅——司仪神父——那肯定意味着她的死亡。远处传来信魔者夜半集会的颂唱声，深渊底部发出布朗·詹金斯的呜咽啜泣声，吉尔曼听见，与这两种声音混杂在一起的还有从未知深处传来的另一阵更加疯狂的呜咽声。乔·马祖勒维兹——他的念祷声对抗着蠕动的混沌，现已变成一阵难以解释的胜利之尖叫声——讽刺现实的世界撞击着发热梦境中的旋涡——啊！莎布·尼古拉斯！山羊和一千个年轻的……

在黎明以前就有人发现，吉尔曼躺在那角度怪异的古老阁屋地板上。当时，一阵毛骨悚然的叫喊声把德斯罗切尔、霍因斯基、东布洛夫斯基、马祖勒维兹引到了房间，甚至还把酣睡在椅子里的埃尔伍德也惊醒过来。吉尔曼还没死，大睁着凝视的双眼，似乎快要不省人事。他的喉咙上还留有蓄意谋杀的手印，左脚脚踝处有一道不幸被老鼠咬过的伤口。吉尔曼的衣服皱巴得很厉害，乔给他的十字架不翼而飞，埃尔伍德浑身颤抖，甚至不敢猜测他的朋友又进行了何种新形式的梦游。马祖勒维兹似乎有心事，说道，针对他的祈祷之前有过一个带“预兆”的回复，当倾斜的隔间背后传来一只老鼠的刺耳呜咽时，马祖勒维兹立刻疯狂地对着胸口猛画十字。

把做梦者安置在埃尔伍德房间的沙发中以后，他们又请来了马尔科夫斯基医生——一个不会在适当场合饶舌他人是非的全科医生——他给吉尔曼皮下注射了两针，帮助他获得类似于自然睡眠的放松。白天晚些时候，病人偶尔会恢复知觉，然后不连贯地把自己的最新梦境小声告诉埃尔伍德。这是个痛苦的过程，并且在最开始就揭露出了一则令人不安的全新事实。

吉尔曼——前不久还拥有异常敏锐的听觉——现在完全聋了。马尔科夫斯基医生再一次被匆匆请来，医生告诉埃尔伍德说，病人两边的鼓膜都已破裂，仿佛听到过全人类都无法理解的某种惊人的宏大的声音。这样的声音如何在几小时以前发生，却没有惊醒整个密斯卡塔尼克山谷？这个问题连我们医德无量的医生也无从得知。

埃尔伍德把自己要说的话写在纸上，这样他们之间的谈话就能够顺利进行下去。二人谁也不知道该怎样应对这一切混乱的杂务，最终决定，尽量不要去思考事件本身可能会更好。尽管如此，他们一致同意，如果安排得过来，最好尽早离开这栋受到了诅咒的古老楼房。每家报纸都在谈论黎明前在草甸山外的一次警察突袭行动，此次突袭针对的是黑山谷中举止怪异的寻欢作乐者，报纸还提及谷中那块醒目的白色巨石长久以来一直是迷信的教徒们的崇拜对象。这次突袭行动暂无人被捕，但是在四处逃散的人群中隐约发现有一个身材高大的黑人男子。另一个专栏称，没有找到任何关于失踪小孩拉迪斯拉斯·沃雷科的线索。

空前绝后的恐怖就发生在当晚，埃尔伍德对那次经历毕生难忘，由此导致的神经衰弱使他在本学期剩下的日子里被迫离校。埃尔伍德认为整个晚上都听到隔间里的老鼠在躁动不安，但并未十分在意。然后，就在他和吉尔曼都已睡下很长一段时间后，开始传出阵阵残暴的尖叫声。埃尔伍德脑中不祥的预感一闪而过，他猛地跳下床打开灯，冲向客人躺睡的沙发。沙发上的那具身体发出的声音真叫名副其实地凄惨，就像被某种难以形容的痛苦折磨过一般。吉尔曼在被单下挣扎蠕动着，一个醒目的污点开始出现在毛毯上。

埃尔伍德简直不敢伸手碰吉尔曼，渐渐地，尖叫声和挣扎声平息了下来。这时，东布洛夫斯基、霍因斯基、德斯罗切尔、马祖勒维兹和住在顶楼的房客全都围到了门口，房东叫妻子去打电话请马尔科夫斯基医生。染满鲜血的铺盖里突然蹦出一个老鼠模样的硕大身影，它仓促地穿过地板逃到旁边一个新的鼠洞里不见了，在场的每一个人无不吓得放声尖叫。当医生赶到后拉下那可怕的被盖，发现沃尔特·吉尔曼已经死了。

种种迹象暗示一个非常残暴的东西害死了吉尔曼。实际上，吉尔曼身体内部被钻穿了——某种东西还吃光了他的心脏。东布洛夫斯基因为自己毒鼠行动失败懊悔得几近发狂，他也顾不得解决收取房租等问题，在一周内就匆匆地和昔日的房客一起搬到沃纳大街上一栋虽然肮脏但不那么古老的楼房。最糟糕的事情是如何让乔·马祖勒维兹安静下来，因为那个忧郁的织布机修理工绝不会保持冷静，还在不断地哀诉、喃喃低语着关于妖魔鬼怪的可怕祷文。

就在令人惊骇的昨晚，乔弓身察看过那些深红色的老鼠足迹，它们从吉尔曼所在的沙发一直延伸到旁边的鼠洞。地毯上的足迹已经模糊不清了，在地毯边缘与护壁板之间还插有一小片楼板。马祖勒维兹认为自己发现了怪异的东西——或是以为自己发现了，但没有人完全同意他的看法，虽说足迹怪异这点是不可否认的。地板上的足迹与普通老鼠留下的痕迹非常不同，但霍因斯基和德斯罗切尔并不承认它们长得像四个小型的人类手掌印。

这栋楼房再也没人租住。自东布洛夫斯基离开后，荒凉开始降临，让人避之不及的恶名外还出现了新的刺鼻臭气。或许是前房东的老鼠药终于发挥效用了吧，因为在他搬走的不久以后，这里就变成了邻里的公害所在地。卫生官员追踪气味一直跟到了该楼房东面阁屋上方及旁边的密闭空间，并一致认为，死老鼠的数量肯定很庞大。然而，他们最终觉得不值得辟开并消毒尘封已久的空间，况且当地也并不鼓励发展过分讲究的高规格市政建设。每年，沃普尔吉斯之夜和万圣节过后的那几天，女巫曾住过的古老房间就散发出一股无从解释的恶臭，关于这方面当地还流传了很多模糊的传说。邻居们惯性上可以接受这座公害建筑的存在——但是当这公害发出冲天的恶臭时就应另当别论了。最终，这栋楼房还是被房屋检查官员判定为可居住建筑。

吉尔曼的诡异梦境和伴随的各种情况从未得到过解释。对整个事件有着几乎令人发狂想法的埃尔伍德于次年秋天重返学校，并在接下来的6月毕了业。他发现镇上关于幽灵鬼怪的流言蜚语也减少了不少，事实上，尽管废弃古屋中关于如幽灵般哧笑声的传言持续了和这座建筑本身一样悠久的历史——吉尔曼暴毙之后，再没其他人低语称自己看到了古老的凯齐娅女巫或是布朗·詹金斯。幸运的是，埃尔伍德在那年的晚些时候并没有待在亚卡汉姆镇，那段时间，镇上又发生了很多灵异事件，重新点燃起人们对于古老恐惧的窃窃私语。

1931年3月，那座曾有女巫居住过的古屋被一阵狂风席卷了屋顶，连大烟囱也未能幸免，那些剥落的砖块、变黑了的长有青苔的圆屋顶、腐烂的支架和横木稀里哗啦地砸毁了阁楼，压穿了下面的地板。整个屋顶层都被埋没在一片残骸之中，在这座衰落的古建筑即将被夷为平地之前，没人会不嫌麻烦地来收拾这个烂摊子。在接下来的12月，一个心里惴惴不安的工人极不情愿地对吉尔曼曾居住过的古屋进行清理，也就是从这一刻起，流言蜚语开始传播。

从古老的倾斜天花板上坠落下来的垃圾中，有几样物品让工人犹豫不决，于是他请来警察处理。不久后，警察先后召集了法医和几名大学教授。验证表明，这是一些已严重压碎和破裂的白骨，仍可清晰辨别出是人骨头——骨头经测试很明显来自现代人类；然而它们唯一可能的隐藏地点就是尘封在头顶上方低矮的、地板倾斜的阁屋，这说明骨头很可能又来自十分遥远的古代。这两个推论是如此令人困惑地相互冲突。验尸医生断定一部分骨头属于一个小孩，其他某些部分——连同腐烂的棕色衣服碎片一起——属于一个体型较小的驼背高龄女性。仔细筛选碎片后发现，坍塌的废墟中有许多微小的老鼠骨头，以及一些年代更久的、被小獠牙以一种无法定论的方式所啃过的老鼠骨头。

其他的发现还包括许多书籍和文件的碎片，连同一些更加古老的书籍和报纸完全风化而成的微黄色粉末。毫无疑问，所有书刊似乎都以一种最高级最恐怖的方式与巫术密切相关，其中部分书刊也显然是出版于最近时期，因此与之前提到的现代人类骨头一起仍属于未解之谜。更神奇的是，各式各样文件的纸张和水印表明它们相差了至少150年到200年的时间，但其难解而古老的笔迹却完全同质。不过对某些人而言，最神奇的可能要算此次所发掘的令人费解物体的多样性——这些物品的形状、材质、做工类型和目的完全难以猜测——让密斯卡塔尼克大学的几名教授兴奋起来的是一个被严重损坏的巨大而丑陋之物，与之前吉尔曼带到学校博物馆的那尊雕像明显很相似，只是现被发掘的这座雕像体型更大，由某种奇特的泛蓝色的石头而非金属制成，斜置的雕像底座不可思议地刻有无法辨认的象形文字。

考古学家和人类学家们仍在试图解读一个由轻金属构成、被压碎了的碗表面所镂刻的奇特造型，这只碗被发现时内侧还有微褐色的不祥污点。异邦人和轻信的老祖母们同样喋喋不休地考证着散落在残骸堆中、链子已然断掉的现代镍制十字架，乔·马祖勒维兹颤抖着鉴定出正是自己多年前赠送给可怜的吉尔曼的那枚。有人相信十字架是被老鼠拖到尘封了的阁屋中去的；也有人认为它那时候就在吉尔曼房间地板上的某个角落；还有一些人，包括乔自己，则持有一些缺乏清醒凭证的、更疯狂、更荒诞的看法。

当吉尔曼房间中倾斜的墙壁被推倒之后，位于隔间与房屋北墙之间那尘封已久的三角形空间中，建筑残骸极少，即使按体积来计算，也无法构成相应的空间大小，然而，在这三角形空间中堆着的一层古老的物质差点把房屋拆迁人吓得瘫痪过去。简言之，这层空间可以算是小孩尸体的藏骨堂——其中一些颇具现代特征，另一些则估计可以追溯至无限遥远的极古时期，几乎完全风化成了碎片。厚厚的骨层上搁置着一把很明显来自古代的尺寸极大的匕首，造型怪诞，装饰着异国情调的设计——上方堆积着无数的残骸碎片。

残骸中央，一根倒下的支架与一堆破损烟囱散落下的水泥砖块之间卡着一个物品。在这次发掘被诅咒闹鬼建筑行动的所有发现物中，只有这个物品注定会在亚卡汉姆镇引起最多的困惑、隐藏的畏惧和公然的迷信言论。

该物品是一个巨大的病变老鼠被压碎了的部分骨骼，其异常形态至今仍是密斯卡塔尼克大学解剖系教员间辩论的话题以及奇异沉默的来源。研究员极少对外泄露这些骨架的消息，但是发现它的工人们都在私下谈论着巨鼠身上令人吃惊的微黄色长毛。

有谣言称，小爪子上的骨头具有适于抓握物体的特点，暗示着它更可能是一只小个头的猴子而非老鼠；至于小头盖骨上凶狠的黄色毒牙则极度反常，从某些角度看就像一个出现了可怕退化现象的人类头盖骨的缩影。工人们在发现这个亵渎神明的东西时惊恐地在胸前画十字，但晚些时候又到圣斯坦尼斯诺斯教堂点燃了感恩的蜡烛，因为他们本以为自己不会再次听到那可怕的刺耳哧笑声。

《死灵之书》的历史

该书最初以阿拉伯语命名Al Azif，意为夜间之音(昆虫所发出的声音)，被认为是魔鬼的啼吟。

该书的作者阿卜杜勒·阿尔哈扎德，是也门的一个疯子诗人，据说在公元700年的奥米阿德·阿里发在位时期曾经风光无限。他曾独身一人去探访巴比伦遗址和孟斐斯城地下的秘密，在阿拉伯半岛南部浩瀚的沙漠中度过了数十年的光景——那片沙漠，阿拉伯古语称之为Roba el Khaliyeh或意为“死亡之境”，现代阿拉伯人称其“Dahna”或血红之漠，据称那片沙漠被邪恶之灵和死亡之兽所占据。有不少自称穿越过那片沙漠的人们口中流传下许多令人难以置信的奇异之说。在阿卜杜勒·阿尔哈扎德人生的最后几年里，他在大马士革生活，正是在那里他写下了《死灵之书(*Al Azif*)》。据说，公

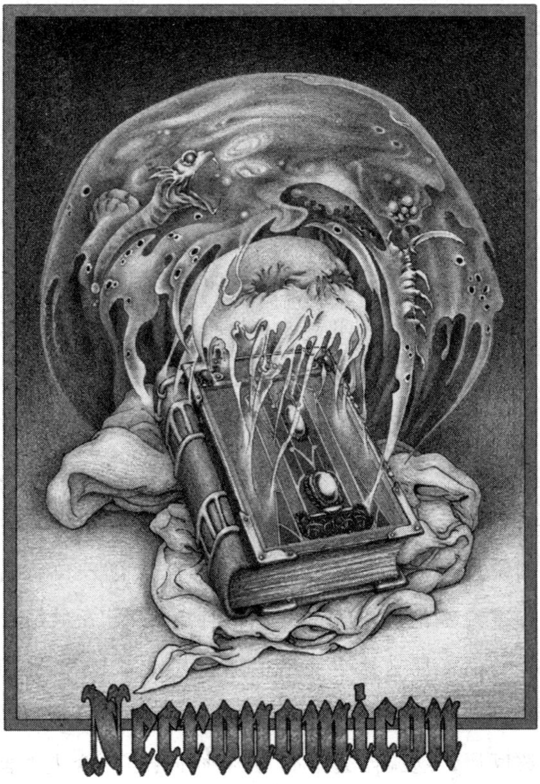

元 738 年，他的死亡或是消失也充满着令人费解的恐怖之迹。伊本·赫里康（12 世纪的传记作家）称阿卜杜勒·阿尔哈扎德在青天白日之下被一种无形的怪物所摄，并在一众因惊骇万分而呆若木鸡的目击者眼前把他吞噬。不少传言都描述了他的疯癫之举。他声称自己曾经见过传说中的埃雷姆或是千柱之城，并声称在某个无名的沙漠小镇的废墟之下发现了令人震惊的历史记载，以及比人类还要古老的另一种族遗留下来的秘密。他只是一个无足轻重的人，敬仰的是他称之为犹格－索托斯和克苏鲁的不为人知的神祇。

公元 950 年，《Al Azif》在那个时代的哲学家中间大范围地私下传阅，君士坦丁堡的特奥多鲁斯·菲勒塔斯秘密地把此书译成希腊文，书名为《死灵之书》。

整整一个世纪，总有人在该书的诱导下进行可怕的尝试，此书被主教米迦勒列为禁书并进行焚烧。自此之后，该书只在暗中有所耳闻。1228 年，中世纪的后阶段时期，奥洛斯·沃尔密乌斯把它译成了拉丁文版本，之后这版拉丁文本进行过两次印刷——一次是在 15 世纪被印制成黑体字发行（确定是在德国），另一次是在 17 世纪（可能是在西班牙）——两版都没有留下可识别的印记，只能凭内部印刷的证据锁定印制时间和地点。就在该书的拉丁版本发行不久，引起了罗马教皇格雷戈里九世的注意，于 1232 年把该书两个版本明令禁止。而该书的原始阿拉伯语版本早在沃尔密乌斯时代就已经遗失，在他的序言中有过记载；自 1692 年塞伦某一图书馆被焚毁之后，希腊语版本也无迹可寻——该版印于 1500 至 1550 年的意大利。由迪伊博士所译的英文版本从未印制过，从原始手稿中重新获取的只有一些破碎的章节。拉丁文版本（15 世纪印制）的该书如今仅存一本，被封存于大英博物馆；另一版本（17 世纪印制）存放于巴黎的国家图书馆。哈佛大学的怀德纳图书馆，位于亚卡汉姆的密斯卡塔尼克大学图书馆，以及布埃诺斯·艾尔斯大学图书馆各有一本 17 世纪印制本。可能还有不少其他的复印本被人私下保存着，据说还有一本 15 世纪的印制本被美国一位有名的百万富翁收藏起来；也有传言说塞伦的皮克曼家族保存着一本 16 世纪希腊语印制本，可是如果是这样的话，那么这个文本也随着艺术家 R.U. 皮克曼 1926 年初的人间蒸发而销声匿迹。该书被很多国家的当权者以及教会机构所严禁。阅览此书总会招致厄运，这源自关于此书的种种传言（众人对此知之甚少），据称 R.W. 钱伯斯的早期小说《黄衣之王》从中汲取了灵感。

年代表

公元 *730* 年阿卜杜勒·阿尔哈扎德著 *Al Azif* 于大马士革

公元 *950* 年特奥多鲁斯·菲勒塔斯把此书译成希腊文，译名为《死灵之书》

1050 年主教米迦勒下令焚书（注：希腊语版本），阿拉伯语版文本已遗失

1228 年奥洛斯把希腊语版文本译成拉丁文

1232 年罗马教皇格雷戈里九世下令禁书（拉丁语版和希腊语版）

14×× 黑体字印制本（德国）

15×× 希腊语印制本（意大利）

16×× 西班牙再次印制拉丁语文本

节 日

“是魔鬼迷惑了人心，让虚幻成为现实。”

——拉克坦谛[1]

此刻的我远离家园，山脚下延伸出的那片东方海洋的魅力深深地吸引了我。暮光之下，我能看见那片倚于山下的大海，听到海潮撞击岩石的阵阵响声。此时，天空一览无余，刚刚出现的点点星光与山上缠绵悱恻的杨柳相映成趣。在父辈们的召唤下，我要去一个位于城郊的古老城镇。山路崎岖，我艰难地沿路前行，雪花稀稀疏疏地洒在路上。我站在林间往天上望，金牛星闪烁着，顿时孤独感油然而生。再往前，便是那古老的城镇，我从未去过，却常常梦到。

人们把这个节日称为圣诞，尽管他们心里清楚这个圣诞日比伯利恒（耶稣降生地）和巴比伦的建成还要古老，也早于孟菲斯甚至人类的出现。圣诞节气氛随处可见，我终于到达这座古老的海边小镇。我的族人居住于此，即使在早期节日被明令禁止时，他们仍然坚持着这个节日的传统。他们命令子孙后辈每一百年要庆祝一次圣诞节，这样，节日最初的根源便不会被遗忘。曼族是一个古老的民族，早在三百年前人类在这块土地上安顿之时就已存在。曼族人很奇怪，好像来自迷幻的南方兰花园那般神秘，行为诡异。在学会蓝眼渔民的语言之前，他们讲的是另一种语言。如今他们分散于其他族群

①拉克坦谛（Lactantius，约 250—330 年）：古罗马拉丁语修辞学家，著有《神之教》等。原文为拉丁语：“Efficiunt Daemones, ut quae non sunt, sic tamen quasi sint,conspicienda hominibus exhibeant.”——编者注

之中，仍然坚持着自己神秘的种族仪式，其他族群都无从理解。而我，是唯一在那晚回到这古老渔镇的人，目睹并记住了那一幕。

越过山顶我看到了金斯堡，在西下的夕阳之中延伸着——古老的风向标、尖塔、房屋、屋顶的烟囱、码头、小桥、垂柳和坟地；街道连续不断，像迷宫一般，陡峭、狭窄而拥挤；让人眩晕的中央峰，峰顶有一座教堂，岁月不曾在它身上留下印记；不断堆砌的殖民式房屋散落在城镇的各个角落，如同小孩子散乱的积木一般；山墙和屋顶上都是积雪，古老的气息扇动着灰色的翅膀在上空盘旋。在这寒冷微暗的薄暮下，扇形窗楣上的小拼格窗户和天上的猎户星座，还有古老的恒星一起隐约地闪现出光亮。海浪撞击着破败不堪的码头。在较早的时期，人类便是在这神秘古老的大海中孕育而生的。

在山顶的路边，突兀地立着一个小丘，风肆虐而过，显得荒凉而阴冷。我觉察到那是一块坟地。暗黑的墓碑毛骨悚然地立在雪地中，像极了一具硕大的、正在腐烂的尸体上已破损的指甲。冬雪覆盖下，脚下的路已全无痕迹。偶尔我认为自己听到风中有绞刑架吱吱嘎嘎的声音，似乎从遥远的地方传来。我想起了 1692 年，曼族的 4 个族人因巫术的罪名被绞死，但我并不知道刑场在哪儿。

沿着向海边倾斜的下坡往前行，我试着倾听傍晚时分村庄里发出的欢嚣声，却什么都未能听到。然后我想到现在正值冬季，可能这些清教徒民族的圣诞习俗跟我们的大相径庭，他们可能只是在家里的炉边和家人静静地祈祷。因此，我没有再想着要听到节日的欢闹声音或是看到路上聚集的人群，依然继续前行。我穿过亮着灯却一片寂静的农场和阴暗朦胧的石墙。在那里，带着咸味的海风吹得老店和酒馆的招牌吱吱作响，奇形怪状的门环在这荒凉中闪着微光，倚着窗帘中透出的微弱光线，可以看到脚下未铺砌的道路。

之前，我曾在地图上看到过这个城镇，知道在哪个地方能找到我的族人；也被告知他们认识我，还说在这里我会受到热情的接待，因为在关于乡村的神话传说里一直是这么写的。于是我加快脚步穿过后街来到环形广场，沿着镇中铺砌的石板路，经过市场后面的格林路来到了这个地方。古老的地图仍然起了作用，我没有遇到任何麻烦。在亚卡汉姆时他们可能撒了谎，他们告诉我这个地方有电车通行，可我抬头根本就没有看到一根电线。要不就是雪隐藏了路轨。我很庆幸自己选择步行来这里，从山上俯视，整个村庄非常漂亮；现在我迫切渴望去敲响族人的门，那是在格林路左边的第七座房子，有着古式的尖形的屋顶和凸出的第二层楼，建于1650年之前。

我走到那房子前，里面有灯光。我从窗户的菱形格子里往里看，房间内的布置古色古香。它的上部分楼层悬空于浅草丛生的街道之上，几乎和对面房屋外悬的部分相接。这样看起来，我现在所处的位置就像一个通道。低矮的石阶之上并无积雪。这里没有人行道，路边有很多的房屋。房屋的外门都很高大，门外建有双层的石阶，被铁栅栏围着。这场景很奇怪。我对新英格兰并不熟悉，所以在此之前也不知道它到底是一个什么样的地方。不过，如果我能在街道上看到雪地里被踩踏出来的脚印，能看到街上有熙熙攘攘的行人，路边的房屋窗户不再被厚实的窗帘遮住，那么这个地方给我的感觉可能会好一些，也会让我感觉愉悦。

我叩击着门环。当我听到古老的门环发出的声响时，心中不免萌生出畏惧感。这种畏惧感开始在我的身体中聚集起来，它很可能是源自家族遗传中自带的陌生感，也可能是由于这个地方傍晚的阴郁萧瑟，还有这古老城镇出奇的寂静带来的怪异感觉。接着，我听到有人应门，当时我已经彻底被恐惧的情绪包围了。门嘎吱开启之时，我不曾听到任何脚步声。还好，这种恐惧并没有持续多久。开门的是一个老者，身着长袍，趿着拖鞋，脸上的表情平淡无奇。我之前的种种疑虑顿时烟消云散，心中的不安也渐渐消逝。他用手势告诉我他是个哑巴，并用随身带着的铁笔写下了极其古雅的语句，表达对我的欢迎之情。

我跟着他往屋里走。他把我领进一间低矮的房间。房间内点着蜡烛，在昏暗的烛光之下，我看到室内的景象：房屋的椽木完全暴露在外面，房间内僵立着黑乎乎的家具，这些家具属于17世纪，对于现在来说，已经属稀少之物了。历史在这里显出了鲜活的生机，古老时代的东西在这里一一呈现。室内建有一个洞穴状的壁炉，竟然还摆放着一架手纺车。一个驼背的老太太正在手纺车上忙碌着。她裹着松散的袍子，头上戴着帽子，帽檐压得很低。她背对着我坐在纺车前一声不吭地进行着纺织工作，即使是在这节日里，也没停下来。这地方似乎潮气很重，我揣摩着在这里是不是能点燃火。室内的高背长椅正对着左边的窗户，窗户上挂着厚重的帘布。我感觉好像有人坐在那长椅上面，却不能肯定。我强烈地感觉到，眼前的一切都极为阴郁，我并不喜欢。于是，刚刚抑制下去的恐惧感又在心中蔓延开来，而且比刚才来得更为强烈。我开始打量着领我进来的老人，他的脸上没有任何表情。可是，我越是盯着这张毫无表情的脸，越是对这张脸上淡漠的表情感到恐惧。他的双眼一直未曾转动过，脸上的皮肤看起来像是蜡制的。最后，我确定——那根本就不是一张人脸，而是一张魔鬼般的面具。我的身体突然紧绷起来。不过，我又想到他软弱无力的双手、稀奇古怪的手套以及刚刚在纸片上写下的欢迎词句，我暗暗告诫自己，在被领到节日场地之前我必须耐心等候。

老人指了指椅子，示意让我坐下。椅子前是一张桌子，桌上堆积了大量的书。之后，老人便从房间里出去了。我坐下开始看那些堆积在桌上的书籍，并发现这些书籍的年代极为久远，书页都已经发霉了。这堆古老的书籍里面包括：毛里斯特古老而荒诞的《科学的奇迹》，约瑟夫·格兰威尔在1681年出版的、骇人的《撒督该教徒的胜利》，以及1959年在里昂出版的让人震惊的《恶魔崇拜》。最为糟糕的是，其中还有无法提及的阿拉伯疯癫之人阿卜杜拉·阿尔哈萨德所著的《死灵之书》，用的是奥洛斯·沃尔密乌斯已被禁用的拉丁版本。我从来没有见过这书，但是却听说过这些书中记录着一些极为可怕的东西，我似乎还从中听到不间断的低吟耳语。屋内并没有人和我交谈，窗外的吊牌在风中吱嘎作响，纺车的轮子发出飕飕声。老妇人依然坐在纺车前劳作着，一句话都没有说。屋内的气氛、古老的书籍以及一声不吭的老妇人，这一切都让我感觉到恐惧，心中越发感觉到不安。

为了谨遵祖辈的古老传统，我才来到这里参加怪异的节日盛宴。在此之前，我早已作好了思想准备，在这个地方会碰到一些荒诞怪异的东西或是脾气古怪的人。我翻了翻桌上的那堆古书。没过多久，我便沉浸在那本邪恶的《死灵之书》中。书中描述的一些东西让我战抖不已：书中的种种暗示以及所描述的可怕传说对于人的心智或是意识来说都显得极为丑恶，让人从心底感到惊恐，我讨厌这种感觉。朦胧中，我好像听到有人关窗户的声音，就是屋内的长椅正对着的其中一扇窗户，似乎之前一阵嗖嗖的声音把那扇窗户打开过一样。那种嗖嗖的声音却不像是那老妇人的纺车发出来的。不过，我对此并没有在意，因为老妇人仍旧在纺车上纺织，室内那上了年纪的老钟也一直发出单调的声音。之后，我完全沉浸在那些古书之中，书中的记载和描述让我战栗不止。所以当领我进来的老人换好长靴和宽松古老的长袍返回到这屋子并坐到长椅上时，我完全没有感觉到，没有感觉到背对着我的长椅上坐着人。这绝对是一场让人紧张万分的等待，毫无疑问我手中的那本亵渎神明的书更是加重了这让人窒息的不安。

当十一点的钟声敲响时，老人站了起来，走向屋子角落处的一个衣橱，衣橱和室内其他的家具一样古老，上面布满了雕刻的花纹。老人从中取出两个有罩盖的斗篷，他戴上其中一顶，又把另一顶给那老妇人戴上，那老妇人此时已经停下了一直在做的活。然后，他们向门外走去。老妇人一瘸一拐地蹒跚着走出门外。老人收起了我正在看的书，示意我跟他们一起出去，随后便扯下斗篷上的面罩覆在他僵硬的脸上——或是说面具上。

我们行走在这座古老城镇呈网状交错的道路上。天上没有月亮，四周漆黑一片。一路上我看到从路边房屋的窗帘后透出的灯光一一熄灭。暮色中天狼星斜睨着从各家各户默然而出的人们，他们都戴着斗篷，用黑纱罩住面部。这一群怪异奇特的人行走在街上，一路上经过了店牌在风中作响的古老店铺、陈旧破损已剥落的山墙、茅草屋顶的破烂房屋以及路边菱形拼格的老式窗户；然后，他们从越来越险峻的小路上穿行而过——路旁陈腐的房屋横七竖八地挤在一起，有些甚至已经坍塌，经过露天广场和教堂，他们都一直寂然无声，没有任何交流。摇曳的灯笼映衬着时隐时现的星辰，在夜色中显得更加诡异。

我在这寂然无声的人群中紧跟着领我前来的老人。在密行的人群中，我的身体曾被挤压过，我感觉到那些触碰到自己的胳膊出人意料地柔软；当我的胸腹和他人相撞时，我也感觉到对方身体的柔软异常，如同果浆一般。但是，在这熙熙攘攘之中，我却从不曾真切地看到过任何一个人的脸孔，不曾清楚地听到过一个字。这支奇怪的队伍向上蜿蜒前行着，当走到靠近城中央山顶上的一个巷子时，我看到所有的人都在往同一个地方聚集，在那里矗立着一座宏伟的白色教堂。黄昏时分我在山路上寻视金斯堡城镇时曾隐隐见到过它。金牛星在教堂鬼魅般的螺旋尖顶上方忽闪着，诡异无比，让我自心底生出一股寒意。

教堂四周是一片开阔的空地，一部分的空地已作墓地，幽灵般的竖杆散落其中。修砌了一半的广场上曾有雪覆盖，狂风过后，积雪几乎被风卷刮而尽。教堂附近，目及之处是一排排陈腐破旧的房屋，这些房屋皆有尖尖的房顶和悬伸出来的三角墙。鬼火在墓地坟间跳跃，即使没有鬼影，仍是一场阴森沉沉的恐怖景象。墓地中并无房屋遮挡，我的视线越过山顶看到海港上空星光闪烁，相衬之下，这城镇便在一片漆黑之中仿若无存。不时地，灯笼在穿过曲折蜿蜒的小巷前行的人群中摇曳。现在这些人已经默然进入教堂——人潮涌入那黑色的古老大门，随后零零星星的路人也全部进入，我仍在一旁僵持着不肯入内。领我前来的老人扯了扯我的衣袖，我暗自决定一定要最后一个进去。最终，我还是进去了，跟着那带着一股邪恶气息的老人和纺线的老妇人走进教堂。走进入口，我便感觉到在这神殿之内，人群聚集在一起。这神殿之内是全然未知的黑暗。墓地里的磷火一瞬间发出了微弱的光，我立刻转身向教堂外望去。转身后，我悚然而立——狂风席卷之后，广场上的积雪所剩无几，只有靠近教堂门口处的空地上有部分残留的积雪；可是，就在刚刚转身向后一瞥中，我仿佛不敢相信自己的眼睛，那门口的积雪上并无任何踏过的足迹，甚至也没有我自己的脚印。

被人群带进教堂的灯笼并没有给这里带来多少光亮，此刻那些人大多已消失了踪影。人群穿过白色高排座位之间的通道向地下室的环形入口涌入。那环形入口就在布道坛的前面，仿佛一张张开的大口令人厌恶。队伍正蠕动着前行进入入口，却未有嘈杂之声。我一声不吭沿着众人踩踏过的台阶往下走，来到潮湿阴暗、令人窒息的地下室。队伍尾部的夜行者看起来很可怕，当我看到他们蠕动进入这年代久远的地下墓穴时，觉得他们的举止更为可怕。我注意到人群是通过地上一个环形穴口进入地下室的，他们正从这穴口往下移动。我们也跟着人群往下走。下去之后便是粗陋简单的石阶，狭窄且呈螺旋状往下延伸。这里潮气很重，散发着一种难闻的气味，让人顿时心生不祥之感。无尽的石阶一直深入山腹之中，所经之处是千篇一律的山墙、呈下坠状的石乳和有裂痕的石灰岩。整个过程中，人群依然是沉寂的，让人觉得不可思议。短暂的恐惧之后，我发觉这些无尽的石墙和石阶竟然有了些许的变化，它们仿佛是在山岩上凿出来的，轮廓鲜明。真正让我困惑不解的是，这么多的人在这山腹之中行进，却没有发出任何声音：没有脚步声，也没有回声。在仿佛经过了长达几个世纪的徒步前行之后，我看到了旁边有许多侧道或是洞穴，带着如夜一般漆黑的神秘。慢慢地，这些洞穴数量越来越多，像地下墓穴一样，潜伏着无可名状的危险。刺鼻的腐烂气味让人越来越难以忍受。我很清楚此时我们已从地下穿透了这座山，正处于金斯堡镇的地底。这时，我惊恐不已地发现这个古老城镇的地底竟然隐匿着如此之多的蛆虫。

接着，我看到了一丝微弱模糊的光线，还听到了地下暗流的声音。我又一次感到了恐惧，因为我不喜欢黑夜带来的所有东西，我痛苦地希望我的父辈们从来就没有召唤我来到这个地方参加这原始的节日仪式。前行的石阶和通道渐行渐宽，我仿佛听到了一种声音，像是笛声，微弱哀怨。突然，一个阔无边境的地下世界豁然在我眼前出现——在一根喷射出绿色火焰的柱形物照出的光亮之下，我看到一条宽大黏腻的河，仿佛从地狱流出的河水不时地冲刷着巨大的、长满霉菌的大滩，流向未知而古老的漆黑海洋。

我看到了被亵渎的黑暗之界、巨大的伞菌、鳞状的火焰、黏滑的水流；我还看到披着斗篷的人群围着那闪耀的柱子呈半圆形排列开来。这一切都让我眩晕，让我喘不过气来。这是比人类还要古老的圣诞庆祝仪式，被注定会流传下来。最初的圣诞仪式是为了庆祝冬至和瑞雪后春天的到来，这是一个以篝火、常青树、灯光和音乐构成的欢庆仪式。而我此时此刻所见到的节日仪式却是在这阴暗的洞穴之中举行的：他们正进行着仪式的步骤，膜拜着病态的、燃烧着火焰的柱形物，手里抓着一把把用黏糊糊、有些萎黄的绿色植物做成的东西，并把它们投到水里，不知是什么东西怪异地蹲坐在远离灯光的地方吹着长笛，让人心生厌恶。我木然地注视着这一切，笛声响起时，我想我听到了闷抑着的战抖声，从看不到的、散发着恶臭的黑暗中飘来。然而，最让我害怕的还是那正在燃烧着的圆柱，它从深处如火山爆发般喷射出来。更让人难以置信的是，它并不像正常的火焰那样在地上投下影子。包裹着火焰的石头上，生出了肮脏的、有毒的铜绿。熊熊的火焰在燃烧，但并未让人感觉到温暖，只感觉到死亡和腐烂的湿冷。

带我过来的老人在那可怕的火焰旁边扭动着身体。他面对着呈半圆形排列开来的人群，僵硬地做出仪式的手势。当他把那本可恶的《死灵之书》高举过头顶时，所有人都卑躬屈膝地匍匐在地上以示虔诚；而我接受了这所有的敬意——是被父辈的书信特意召唤我到这个地方加入这节日的仪式的。接下来老人对着在黑暗中半隐半现的奏笛人做了个手势。顿时，奏笛人不再是低沉地嗡鸣，而是把音调升高，响亮地吹奏起来，急转的音调让人顿生恐惧。这恐惧使我几乎在青苔横生的泥土中沉陷。我惊呆了——这恐惧并不属

于这个世界或者任何世界，只属于那星光闪耀的诡异空间。

在冷焰闪烁之后是无法想象的黑暗，油腻的河水穿过幽灵般的人群诡异地卷起层层浪，悄无声息。伴着一阵有节奏的扑扑声，突地从那黑暗之中飞出了一群带着翅膀的异形东西，它们很明显受过训练，正常人的双眼无法看到它们的全部，正常人的大脑也无法记住它们的全部。这些东西不是乌鸦，不是鼹鼠，不是秃鹫，不是蚂蚁，不是蝙蝠，也不是腐烂的人尸，而是一种我不能，也无法回忆起的东西。倚着有蹼的双爪和带膜的双翅，它们软塌塌地向前飞行。当它们飞到进行仪式的人群中时，带着斗篷的人们抓住它们并翻身跃上，一个接一个地骑在这不知名的物种身上，沿着漆黑一片坑洼不平的河流边缘，进入让人惊恐不已的廊道，在那里，邪恶的细流汇聚成了未被探索到的、惊人的大瀑布。

之前一直在纺织的老太太也随着人群一同骑上那怪异生物往前飞去了，只有领我来的老人还留在这里——因为当他示意我去抓住那异形动物并像其他人那样骑上去时，我僵持着没有照做。我步履蹒跚往前行，看到那个奏笛者已消失在光线之中，却还有两个兽类耐心地蹲坐在那里。就在我犹豫不肯上前的时候，老人掏出了笔和纸片，在上面写道："我的父辈们在这古老的地方创建了这种圣诞仪式，而他就是我父辈们的代理人；早已定好了我要回到这里来，这是命令，而且最神秘的宗教仪式还尚未进行。"他写字的时候我看到了他的手，那是一只很苍老的手。看到这些，我仍然犹豫不决。这时，他从宽大的袍子里扯出一枚印章指环和一块钟表用来证明他所说属实——这两样东西的确出自我的家族。但这种证明方式却很让我顿生恐惧，因为我从古老的书中得知，那块钟表已在1690年随着我的祖祖祖祖父一同葬于地下了。

这时，老人揭开了脸上的面纱指着他的脸，这脸上带有家族的相似性。我在发抖，因为我能确认这张脸不过是一张邪恶的蜡制面具。此时，那些飞行的异形动物正不安地从青苔上刮擦而过。我注意到老人也在不安地焦躁着。当其中一只异形动物开始摇摇摆摆蹒跚而行时，他立即转过身去阻拦。这突如其来的急促动作使原本应该在他脸上的蜡制面具脱落。我惊愕了。我处在一个如梦魇般可怕的位置，我不可能绕过那些石阶回到我下来的地方。于是，在我高声尖叫的愚蠢行为可能会把这里潜伏着的成千上万的毒虫招来之前，我纵身跃向那油腻不堪，还不断冒着气泡的地下河水，跳进正在腐烂的、骇人的泥汁中。

我醒来时，已躺在医院里。他们告诉我，拂晓时分我在金斯堡港口被人发现时全身已被冻僵，紧紧握着漂浮的桅杆不放手，正是这桅杆救了我的性命。他们还告诉我，昨天晚上我在山上分岔路口那里走错了路，跌落到悬崖下的奥兰治——这是他们从雪地上留下的脚印推断出来的结论。我还能说些什么呢，因为所有的事情都是错误的。透过宽大的窗户我可以看到众多的屋顶，大概只有五分之一的屋顶是老式的，我听到了楼下手推车和摩托车的声音。他们说这里是金斯堡，我无法否认这一点。我神志昏迷时听到他们说这家医院就坐落在中央峰上老教堂的旁边，他们要把我送到亚卡汉姆的圣玛丽医院，在那里我能得到更好的治疗。

我喜欢那里，那里的医生见多识广，通情达理，甚至通过他们的影响力帮我从密斯卡塔尼克大学的图书馆借来了珍藏的阿尔哈萨德的禁书——《死灵之书》的复本。他们讨论了一些关于精神错乱的东西，建议我最好抛开那些困扰着我的记忆的东西，不要再去回想。

于是，我又一次看到那吓人的篇章，全身更为剧烈地战栗起来，因为它对我来说不再陌生了。在此之前我已经看到过这些描述，脚印便能说明它们可能是什么；至于我看到这东西的地方最好是永远忘记。清醒时，没有什么东西能让我想到它；但是，在我的梦境中却总是充满了恐怖的情景，我不敢复述那些章节。唯一敢引用的那一段，我尽我所能把拉丁语翻译成英语。

“最下面的洞穴”，那个疯癫的阿拉伯人写道，“是常人的眼睛无法洞察到的，因为它们奇异古怪、令人恐惧。诅咒这大地，在这里死去的思想重新复活并且古怪地附体，邪恶所附的身体是没有头颅的。如明智的伊本·斯卡卡保所说，幸福就是没有巫师躺过的坟墓，小镇夜晚的幸福就是那里的巫师已化作灰烬。在古老的传说中，恶魔侵蚀时并不是从血肉，而是从脂肪开始，并指定某种蠕虫来啮咬，进而侵蚀。直到从这渐渐的腐烂中涌出可怕的生命，那些泥土中迟钝的食腐动物巧妙地激怒并折磨它。地上的小穴足够被隐秘地挖掘成大洞，那些东西学会了行走——不，应该是蠕动前行。”

犬吠

一

耳边持续传来梦魇般的呼呼声和不间断的拍拍声，还有像是从远处传来的、模糊不清的犬吠声。这些声音一直在我的耳边回响，久久不肯离去，让我痛苦不堪。这一切并不是梦境——绝对不是。我此刻已是惊魂未定，甚至神智不清——种种怪异之事，让我疑惑重重，不得其解。圣·约翰现在已成为一具被撕咬得体无完肤的破碎尸体。这其中的原委恐怕只有我一人知晓。此刻，我清楚地感觉到，我的大脑很快就要爆裂了，这都是源自那骇人的恐惧。我惊悚得无以言述，害怕自己也将会像圣·约翰那样被撕裂成碎片。黑暗无形的涅墨西斯[①]涤荡着可怕幻想中那阴暗无尽的长廊，引领我走向自我的毁灭。

愚妄和弱智让我和圣·约翰两人走进了如此荒诞怪异的命运，愿上帝能宽恕！这是一个平凡且单调的世界，在这个世界里，连浪漫冒险所带来的乐趣也会很快趋于陈腐。我们都极为厌倦这种平凡乏味的生活，于是我们满腔热情地去参加每一项高品位、高智商的活动，这些活动会让我们从单调贫乏中暂时得到解脱。我们去解密象形符号、欣赏拉斐尔前派[②]的艺术、探索过往时代，这些都让我们感受到了激情的乐趣。但是每一种新的乐趣很快就失去了最初的新奇感和吸引力，变得寡然索味。只有庄严阴郁的颓废哲学能震

①涅墨西斯（希腊语：Νμεσι，“复仇”；英语：Nemesis，“报应”）为希腊神话中冷酷无情的复仇女神。——编者注

②拉斐尔前派（Pre-Raphaelite Brotherhood），又常译为前拉斐尔派，是1848年在英国兴起的美术改革运动。这个画派的活动时间虽然不是很长（约持续三四年的时间），但是对于19世纪的英国绘画史及方向，带来了很大的影响。——编者注

住我们，任凭我们冥思苦想却无法参透。然而，这也只是在我们的洞察力和参透力渐渐增强的时候才会有效。波德莱尔[①]和于斯曼[②]很快就耗尽了所谓的刺激，最终能记住的也只是那些非自然的个人经历和冒险。正是这种疯狂可怕的情感需求，最终把我们带进那噩梦般的轨道上去。那些经历，即使是现在提起，我仍会为此悔愧无比，怯意依然——那都是些盗掘坟墓的可恶行径，穷途末路的丑恶暴行。

在这里我不能透露我们掘盗坟墓经历中的任何细节，也不能列出我们在此过程中的战利品，即使是最不起眼的东西。我们曾经在一个大石屋里建立了一个不知名的收藏室，用来摆放所有的收集品。这个石屋只有我们两个人居住，没有任何仆人，极为孤寂冷清。收藏室带着一股邪恶的味道，绝对是一个亵渎神明的地方，任何人都难以想象那里究竟是怎样的场景。里面摆放着我们从坟墓中盗掘出来的大量古物，恐怖和腐烂的气息遍布室内。我们就用这神经质般的癖好来刺激早已乏倦至麻木的神经。

那是一处极为隐秘的地方，建在深深的地下。那里，有玄武岩和黑玛瑙雕塑的巨大有翼恶魔，它咧开的大嘴里吐出奇异的绿光和橙光，隐藏的管道铺设成千变万化的形状，构成了死亡之舞的轮廓。黑色幕帐下，这些阴森的物件交织紧密。我们最渴望闻到的味道便是从那些管道中散发出来的：有时是葬礼上百合的味道，有时是想象中东方王室圣祠中让人镇定的檀香气味，还有时是——我着实害怕去想起这种气味——那让人毛骨悚然的，被揭开坟墓后的尸臭味道。沿着那间防水地下房屋的墙壁杂乱地摆放着许多大大小小的容器，里面装的都是年代久远的木乃伊。在手艺精湛的标本制作师手下，这些栩栩如生的尸体被完美地存放进了相应的容器内。除了木乃伊之外，还有从世界各国收集来的墓碑，它们都是从古老的墓园里得来的。房间内遍布的壁龛里装着形态各异的颅骨，还有经过种种工序保存完好的头颅。在那里，你可以看到已腐烂至露骨的名人头颅，也能看到最近埋葬的、眉目依然清秀的孩童脑袋。室内的雕像和书画均是以恶魔为主题，其中一部分是我和

---

①夏尔·皮埃尔·波德莱尔（Charles Pierre Baudelaire，1821年4月9日—1867年8月31日），法国19世纪最著名的现代派诗人，象征派诗歌先驱，代表作有《恶之花》。——编者注

②乔里－卡尔·于斯曼（Joris-Karl Huysmans），原名夏尔－马利－乔治·于斯曼，19世纪法国伟大的小说家，西方现代主义文学转型中的重要作家，象征主义的先行者。主要作品有《逆天》《该诅咒的人》《起航》《抛锚》《玛特，一个妓女的故事》。——编者注

圣·约翰的作品。室内还有一个上锁的公文包，它是用人皮做的，已呈暗黑色，里面装着某些未知的和难以描述的图画，据说是戈雅的作品，可是他却不敢承认。那里还有腐臭得令人作呕的弦乐、管乐和木制的乐器。圣·约翰和我有时会用它们演奏出糟糕透顶的、不协调的音乐。然而，在内壁上镶嵌的众多的乌木壁柜中，存放着各式各样从坟墓中盗出来的墓葬品，那才绝对让人难以置信，也难以想象。我们的这种行为应该是源于人类本性中的疯狂和邪恶。在这些墓葬品收集中有一样东西，我尤其不能透露——感谢上帝让我在了结自己之前有勇气把它毁掉。

在掘盗墓穴这种掠夺或是偷盗的过程中，我们积攒了不少罕见的珍宝。这些疯狂的经历从艺术的角度上来说，是让人难以忘记的事件，它们牢牢地盘踞在我的记忆之中。我们并不是古书中通常提到的食尸鬼，只是在特定的条件下才会做出这些行径。而且这项工作涉及我们的心情、周围的环境、天气的变化、季节的转变，还有月亮的圆缺。对我们来说，这种类似于疯狂和邪恶的消遣是最高雅脱俗的艺术的诠释，而且我们会给那些挖掘出来的东西最为完美的技术保护。另一方面，从墓穴的土中所挖掘出来的一些世人皆认为的邪恶秘密也能带给我们极大的欢欣和快感。不适宜的时间、不和谐的光线、笨拙的操作，任何一种因素都会把这种快感毁灭掉。我们一直在追求那些奇异的场景和带有感官刺激的情形，这种追求极度狂热，让人欲罢不能。圣·约翰一直是这项工作的头儿，也正是他，最终把我们带到那个受过诅咒的地方——那个给我们带来死亡厄运的地方。

究竟是怎样的恐怖厄运，才把我们带到那让人毛骨悚然的荷兰墓地？我想应该是那阴郁的传闻奇谈吧！那个诡异的故事描述了一个已被葬入地下500年之久的人，变成了一个食尸鬼，并且从一个权贵的坟墓中盗出了一样极有威力的东西。在这生命的最后时刻，我开始复述这个故事——那是一个秋天，月光惨淡地照在坟墓之上，在地上投下了阴森的黑影；奇形怪状的树木无力地低垂着，稀稀落落的枝叶俯视着久被忽视的草地和干涸的大地；成千上万只体形大得异常的蝙蝠从空中掠过；被常青藤遮盖着的古老教堂的尖顶指向青灰色的天空；远处角落的紫杉下萤火虫闪着磷光跳着死亡之舞；霉烂的气息、单调的草木、远处的海洋和沼泽吹来的晚风混合着难以言状的东西；还有，隐隐传来的大型犬类的咆哮声，微弱却低沉。我们无法看到，也不能确定是从哪个方向传来的。

这声音让我们从心底不寒而栗，我们想起了那个农民的故事——他就是我们要寻找的那个人，在几百年前他就在我们站立的地方被发现，身体已经被一些难以名状的野兽用利爪和尖齿撕裂，惨不忍睹。

我不会忘记用铁锹把这盗尸者的坟墓挖开的情形，我也不会忘记在那幅画面里我们有多么狂热和兴奋：坟墓、惨白的月光、阴森的阴影、奇异的树林、巨大的蝙蝠、古老的教堂、飞舞的萤火虫、令人作呕的恶臭、低吟的晚风、隐隐可闻却不明方向的犬吠，即使我们不能确定要寻找的目标是不是真的存在。接下来，我们正在挖掘的铁锹在土里触碰到了比泥土要硬的东西——一个已经腐烂的长方形的棺木。由于置于地下的年代久远，棺木上面已经生出了一些矿物质。这棺木异常沉厚结实，不过因为年代太久已经陈腐，我们最终还是把它给撬开了。我们瞪大了双眼准备享受视觉的盛宴，想看看这里面到底会是些什么。

太让人吃惊了！尽管已经有500多年了，棺木里的东西竟然什么都不少。那具骷髅，除了被怪兽的利爪撕碎的部分以外，其余部分竟然都还完整结实地连在一起。我们贪婪欣喜地盯视着那具白骨：白森森的头盖骨、长而结实的牙齿、已经没有眼睛的两个黑洞。那双眼睛曾经也对着坟墓发出贪婪的亮光，就像我们现在一样。棺材里有一块设计奇特的符，不像本地的风格。从磨损的痕迹可以很明显地看出，这块符一直挂在死者的脖子上。那是一个极为奇怪的式样，形如半蹲着的、带翼的猎犬，或是半犬面貌的斯芬克斯，极为精致地以东方式样雕琢在一小块翡翠上。符上的表情让人极不舒服，看到它就会立刻联想到死亡、兽性和怨恨。符的四边铭刻着奇怪的符号，圣·约翰和我都不认识；符的底部，像是制符人的记号，刻着一个奇异可怕的骷髅。

一看到这块符，我们立即认为它是属于我们的。因为这符是我们从这五百年的古墓里挖掘到的宝贝，我们把它据为己有也合情合理。尽管我们对这符的形状并不熟悉，却依然想得到它。之后，当我们仔细地端详这块符时，却又发现它对我们来说并不是完全陌生，有一种似曾相识的感觉。

和思维正常的人们所见识过的艺术文化相比，这块符确实显得异常。不过，我们认为这符是那疯癫的阿拉伯人阿卜杜拉·阿尔哈萨德所著的禁书《死灵之书》中提到过的东西——食尸邪教的可怕鬼魂符号，他们居住在亚洲中部难以接近的寒冷高原上。在久远的年代，阿拉伯鬼神学者曾提到过这样一件邪恶物件。他在书中描写道："那些暴怒而亡的鬼魂会以超自然的模糊暗淡形态出现，那物件的大致样子就是来源此。"而我们现在拿到的这块护身符的样子大致与此符合。

手中紧握着这块翡翠色的符，我们最后扫视了这墓主惨白无眼的头骨一眼，盖好了棺盖，恢复成之前的原样。圣·约翰把翡翠放进口袋里，我们匆匆离开了那阴森的地方。那会儿，我好像看到了一大群蝙蝠从空中落到地面，就落在我们刚刚掘棺的坟墓那儿，仿佛是在寻找一些被诅咒的邪恶的食物。然而，月光实在惨淡，这么暗的光线下我无从确认是否真的看见。在我们第二天离开荷兰回国时，我仿佛听到了从后面遥远的地方传来隐隐可闻的犬吠；然而，秋风如此凄然低吟，我不能确定是否真的听见了。

二

在返回英国后不到一周的时间里，怪异的事情就开始发生了。我们两人一直过着近似隐居的生活，没有朋友，没有仆人，在一片荒凉阴冷、人迹罕至的荒野地带的一个古老庄园里居住，很少有来访者。但是，最近一段时间的夜里，我们总是会被一些声音惊扰，像是有什么东西在庄园里搜寻什么一样。而那些声音不单单是来自门的附近，还有窗户旁边，地上地下的房间也是如此。有一次，我们惊恐地看到藏书室的窗户被一个巨大的身影遮住，那时月光正照在窗户上，那身影清晰可辨。还有一次，我们听到了嗦嗦或是啪啪的声音从不远处发出来。可每一次都没有发现任何东西，于是我们把这些怪异事件都归因于长时间独处一地，心理上产生的幻想——而与之相似的奇怪幻想是，在荷兰墓地时我们仿佛听到的从远处传来的那犬吠声仍然在我们的耳边微弱地回响着。

那枚翡翠符现在被放置于我们的收藏馆，有时我们会在它的前面点起香烛膜拜。从阿卜杜拉·阿尔哈萨德的《死灵之书》中，我们了解到了很多东西：这符的性能，以及与它所象征的那些鬼魂之间的关系。随着了解越来越深入，我们心里越来越感到不安。紧接着，恐怖的灾难就来临了。

9 月 24 日那天晚上，七点十分——我听到敲门声，以为是圣 · 约翰，就让他直接进来。然而，并没有人进来，只有一阵刺耳的窃笑声。我走出房外查看，却发现房间外的走廊上并没有任何人。在惊恐中，我把圣 · 约翰从床上叫醒，他却声称对刚才的事情一无所知，他的表情和我一样惊慌失措。就在那天晚上，这片荒野中不断发出的微弱的犬吠声，令我们感到真真切切的恐惧。四天之后，正当我们俩同在隐秘的收藏室里时，从楼梯间门口那里传来了一阵低低的、小心翼翼的刮擦声——那是通往这个隐秘地方唯一的一扇门。这时我们所担心的情形就不止一个了，除了对那未知东西的恐惧之外，我们还担心被其他人发现我们那些可怕的收藏。我们灭掉了灯光，潜行至门口，然后猛地拉开门。一股莫名其妙的气流涌了进来，像是有什么东西在慢慢远去，还有一些声音——窸窣作响声、窃笑声，甚至有清晰的喋喋私语。我们是不是已经疯了？或这只是我们的一场梦境？或只是我们自己的想象？这一切，我们都不想确定。当意识到刚才那缥缈的窃语毫无疑问说的是荷兰语时，我们立刻陷入了深深的恐惧中。

从那以后，我们便生活在惊悚和幻境之中，而且这种让人惊魂不定的恐惧还在不断地增长着。很多时候，我们都想着自己肯定会被这种非自然的生活给逼疯。不过有些时候，我们也满意这种戏剧化的体验，感到更加兴奋刺激。在这毛骨悚然的体验中，作为受害者的我们等待着那潜近的悚然厄运慢慢地到来。

最近一段时期，怪异之事频频发生，根本无法一一道来。这荒凉的庄园竟然因为我们并不知晓的某种恐怖东西的到来而显出了生机。每天夜里，那恶魔般邪恶的犬吠都会在旷野的风中响起，声音越来越大。10 月 29 日那天，我们在藏书库窗户下面松软的地面上发现了一串脚印，那些印迹根本无法用正确的语言描述出来。另外，不知从哪儿来的一群群巨型蝙蝠开始在这片庄园上空盘旋，数量之多前所未有，而且还在不断地增加中。

到了 11 月 18 日，令人惊骇的恐惧到达了高潮。那天，圣 · 约翰从相距甚远的火车站往家走，那时天已经黑了。在回家的路上，他被一群食肉的兽类追着撕咬，很快便被撕成了碎片。惊心的求救声传到了庄园，我赶紧跑过去，赶到现场时只听到翅膀挥舞的呼呼声，远处一个模糊不清、黑乎乎的东西，在月光下显出了它的轮廓。当我试着和圣 · 约翰说些什么的时候，他已经快要死了，根本无法告诉我刚刚所发生的一切。他极其微弱地发出了最后的声音："那块儿——符，——那该死的——东西——。"接着，他僵直了身子，成了一具千疮百孔的尸体。

第二天的午夜12点，我把圣·约翰埋在了一个我们并不常去的小花园里。我对着他的尸体喃喃念着咒语，这是他生前偏爱的一种仪式。在念完最后一句咒语时，我又听到从远处的荒野中传来的犬吠。此时月亮高挂在夜空中，一切都显得很清晰，我却不敢随意地四下张望。当看到旷野之中一片巨大的、朦胧的黑影从丘地横扫而过时，我赶紧闭上了双眼，深埋下头对着地面。不知过了多久，我才战栗着直起身子，惊魂未定地踉跄进入室内，对着置于壁龛内的翡翠符惊恐万分地膜拜。

如今，这荒原上的古老庄园里只剩下我一个人了，我不敢继续待在这里。第二天，我便离开此地前往伦敦。走之前，我一把火把收藏室里那些邪恶的收集品烧毁、掩埋掉，随身只带着那枚邪恶的翡翠符。然而，第三天的晚上，我又听到了犬吠声。一周之前，每到天黑我都能强烈地感觉到有陌生的目光在黑暗之中盯视着我。一天傍晚，我在维多利亚堤坝上漫步，呼吸新鲜空气，水中一处灯光的倒影突然被一片黑色的阴影遮住。此时，一阵劲风吹过——这风绝不是正常晚风的力度。我明白，发生在圣·约翰身上的邪恶经历也要在我的身上上演了。

第二天，我小心翼翼地把那块符包好，带上它坐上驶往荷兰的船。我打算把这东西还给它静静躺在棺木里长眠的主人。我不知道这样做能否得到宽恕，又能得到怎样的宽恕。但是不论怎样，我至少应该尝试下这唯一能想得到的、合理的做法。至于那犬类是什么东西，它又为什么会持续地追击着我，这一系列的问题仍然是我心中含糊不清的疑问。我第一次听到犬吠是在荷兰那古老的墓园，后来发生的每一件事情，包括圣·约翰临死前说的话都证明这所有的一切都和从墓中盗窃那枚符的诅咒存在着某种邪恶的联系。之后，在我住进荷兰鹿特丹市的一家旅馆不久，我便陷入了绝望的深渊：不知道什么时候小偷盗走了我随身携带的那块符，符的丢失也毁掉了我唯一的自我救赎方式。

就在那天晚上，我听到了极其猛烈的犬类咆哮声。第二天早上起床后，我在城市某个肮脏的角落里知悉了一条小道消息：这个地方的老百姓正处于集体恐惧状态中，因为这条街的一处居民房内现在血流成河，那场景比这一带之前的谋杀犯罪现场更令人作呕。在一个肮脏不堪的贼窝里，所有的人都被一种未知的兽类撕咬得体无完肤。奇怪的是，这兽类并未留下任何足迹，而那些住在周边的人们声称他们整晚都听到了那盖过了平时酗酒后喧嚣的犬吠声，那是低沉而激烈的狂吠。

苍白的冬月在大地上投下了阴森丑陋的阴影，光秃秃的树枝阴郁地低垂了下来，正对着枯萎灰白的野草和已裂开的土地，依然爬满青藤的古老教堂的尖顶直指向同样阴郁的天空，夜风肆意地从已冻结的沼泽地和严寒的深海掠过，在旷野中疯狂地号叫。我又一次地站在这里，站在这年代已久、陈腐不堪的墓园之中。一路上，我耳边的犬吠声一直很微弱，当我靠近曾经被我们盗掘过的古墓时，这声音彻底消失了。我的突然到来吓跑了一群在古墓上空徘徊的、大得异常的蝙蝠。

我也说不明白自己为什么要去那里，除了祈祷，或是对着躺在棺木里的白骨喋喋而言、请求原谅之外，别无其他；然而，不论这种行为是出于何种原因，我终究还是来了，带着心底的绝望站在这墓园里被霜冻住的草地上。心底的绝望一部分来自我自身，另一部分来源我自身以外的另一种主导的意志或是希望。此番的挖掘比我预期中的要容易很多，尽管在掘墓的过程，有一时刻中我曾经受到诡异的干扰：一只瘦骨嶙峋的秃鹰突然从天空中猛冲下来，疯狂地在坟土上啄食着，直到我用铁锹把它拍死。最终，我挖出了那具腐烂的棺木，并移开了潮湿的棺盖——这算是我最后一次做出的理性举动。

棺木的四边竟然塞满了如梦魇般可怕的巨型蝙蝠。那数量不少的蝙蝠此时正静静地僵在那里，一动不动。一具骨架就蜷缩在这数百年之久的棺木中，它正是曾经被我和我的朋友掘出的那具骷髅。它不像我们之前看到的那样干净平和，骷髅的上面覆盖着已凝结成块的血块和碎片般的肉和毛发，散发着磷光的眼洞仿佛有知觉地斜睨着我，口中染满血迹的尖牙扭曲地张开，像是在嘲笑我那无法避免、即将到来的死亡厄运。突然，从它咧开着的口中发出了一声低沉的犬吠声，这声音极带有嘲讽的味道。我全身猛地一战，接着我看到了它那鲜血淋淋、污秽不堪的手爪中紧紧握住的正是那块已经丢失的翡翠符。面对这毛骨悚然的一幕，我大脑一片空白，只有疯狂地厉声尖叫。我僵硬着身体试图从此地逃离，但我的尖叫声很快就融入了一阵歇斯底里的狂笑之中。

星光下它疯狂地在风中穿行……利爪和尖牙在数百年的尸体上愈来愈锋利……滴着血的死尸跨坐在从掩埋在地下的魔鬼神殿中飞出的邪恶蝙蝠上……此时，那尸骨发出的犬吠声音越来越大，那被诅咒的、鬼鬼祟祟的、网状翅膀扇动的扑扑声越来越近，我开始在身上摸索着随身携带的左转手枪以寻求最后的遗忘——我迫切地渴望从这种未知的、难以形容的恐惧之中逃脱，此刻，自我了断是唯一的方法。

无名之城

早在接近这座无名之城时，我便意识到这是一座被诅咒的城市。月光下，我徒步走在干裂且极其阴森的山谷中。远远地便发现了这座神秘城市凸延在黄沙之上，就像暴露在破损墓穴之外的尸体。它在远古的那场巨大洪水中得以幸存，保留至今。这远古的沧桑可追溯至比世界上最古老的金字塔还要古老的时代。历经岁月磨蚀的巨石让人感到畏惧。它蕴藏着一股隐形的气息抗拒着我，命令我从这古老而邪恶的地方离开，远离那尘封已久的秘密——人类不应该看到这无名之城的秘密，也从来没有人敢来一探究竟。

这座支离破碎、寂然无声的无名之城位于阿拉伯半岛遥远的沙漠地带。低矮的城墙几乎全部被淹埋在无穷岁月的沙土之中。早在孟菲斯打下第一块基石之前，早在筑建巴比伦城的泥砖还未被烘焙之时，它已经是这般模样了。从来没有一个古老的传说提过它的名字，或者描述过它鲜活时的繁华景象。然而，篝火边流传的怪诞奇闻却总会提到这座城池，酋长帐篷里的年迈老妪也会喃喃地絮叨它的存在。结果，所有的部落都回避它，却统统不知缘由所在。疯癫的诗人阿卜杜拉·阿尔哈萨德曾经在夜间的梦境之中到过这个荒凉的地方，随后他便吟唱出了那让人费解的诗句：

“亡灵并非永远长眠于地下，
充满着奇异的万古之中，
即便是死亡亦会消逝。”

我本就该清楚，在阿拉伯人对这无名之城的避讳背后，总会隐藏着他们自己的某种缘由。关于这座无名之城，总会有一些古老的荒诞奇谈描述到它，却从来没有存活于世的人亲眼看到过它。可我还是对这种说法不屑一顾，牵着我的骆驼闯进了这片杳无人迹的荒漠。因为只有我亲眼见过这座城，所以你不会在其他人的脸上发现像我这般惊恐万分的神情，也不会看到其他人在夜风刮过窗台时像我一般全身瑟瑟发抖。只有我见过，这就是原因。当我靠近这阴森寂静、处于无尽长眠之中的无名之城时，它冷漠地盯视着我，那目光透过炙热沙漠中那轮冷月落在了我的身上，让我感到彻骨冰冷。当我回应着它的目光，扫过这片荒凉之地时，当初在荒漠中发现这无名之城的喜悦欢欣之情在一瞬间消失殆尽。我倚着骆驼止步不前，静静地等待，等待着黎明的到来。

经历了数小时的等待，群星渐渐地暗淡了下去，东方的天空已微微泛白。不一会儿，天边的灰白慢慢变成镶着金边的玫瑰色的霞光。此时，天空明朗，沙漠的边缘清晰可见，我听到一声哀号，接着便看到一阵沙尘暴在那些年代久远的石垣间肆意穿行。熊熊燃烧着的太阳突然从遥远的地平线升起，穿过那渐渐消散的沙尘暴在我眼前闪耀。我突然感觉到无比的振奋与激动，仿佛听到从遥远的地底深处传来一阵悦耳的金属碰撞声，与天空中升起的烈日产生共鸣，就像曼农[①]站在尼罗河畔对着太阳欢呼致意一样。那轰轰的声音一直在我耳边回响，我的想象也在此时开始跳跃激转。我牵着骆驼，步履缓慢地前行于黄沙之中。我来到这个沉闷而毫无生气的地方，来到那个古老得连埃及和麦罗埃[②]都无法比及的地方，来到这个只有我一个活人看到过的地方。

我穿行于房屋和宫殿的残垣中，却没找到一处雕刻或是铭文，记载生活在远古时代建造这座城市并居住于此的人（如果他们真是人类）。这座城市的古老让人从心底里萌生出阵阵厌恶之情。我期望着能找到一些痕迹来证明这城市确实为人类所建——不管是符号还是物品都好。虽然这废墟让我的内心深处感到极其不适，我还是细致地察看它的每一处遗址——从整体可以看出这城市是照着某种比例和规模构建而成。我用随身带着的工具挖掘了不少

---

①曼农：埃及和伊索比亚的法老。传说在特洛伊被希腊军队包围时，他帮助了此城，并杀了敌军的儿子，但自己本身也被杀，曼农的母亲请求宙斯让她的儿子一天之中至少醒来一次，因此每天清晨时，曼农即会发出一声长长的叹息，回应他的母亲。曼农巨像（Colossi of Memnon）矗立在尼罗河西岸和帝王谷之间原野上。人们认为石像是希腊神话中的曼农，就给它取名为曼农巨像。——编者注

②麦罗埃：苏丹北部尼罗河畔的古城遗址。——编者注

残垣断壁，可是进度却极为缓慢，也没有发掘出什么重要的物件来。月已升起，黑夜再度来临。此时，一阵冷风袭来，又增添了新的恐惧，我不敢再待在这古城中，便走到城外准备休息。我身后出现了一股小沙尘暴，掠过废墟间的巨石，发出叹息的声音。月亮依旧明亮，四周的沙漠也依稀可见。

拂晓时分，我从一连串的噩梦中惊醒过来，耳边仍然回响着金属的隆隆响声。狂风带来的沙尘暴在无名之城的上空呼啸盘旋，周边却宁静依然。我看见太阳透过最后一阵狂风凝视着大地。无名之城在漫天黄沙中高高隆起，像是躲藏在床单下面的食人恶魔。我再次进入了这让人匪夷所思、深感焦虑的废墟之城，试图去挖掘那被人遗忘的种族留下的遗迹，仍是徒劳无功。中午，我休息了片刻。下午，又继续之前的工作。我花了很长的时间去描摹城墙、曾经的街道以及几乎消失殆尽的房屋轮廓，得出一个结论——这座城市曾经很强盛，令人惊讶地宏伟和强大。后来，我描绘出了一幅即使是卡尔迪亚①这古老之国也无法追忆起的远古时期的壮丽辉煌。置身于此情此景，我想起了命定的萨尔纳特②，那座在人类刚刚出现之时便屹立于莫奈尔大陆的古城，现在已经灰飞烟灭了，我想起了依布那早在人类出现之前便已耸立着的灰白石刻。

后来，我无意间来到了一处地方。在那里，突兀于黄沙之上的光秃秃的石岩形成了一道低矮的断崖。就在那个地方，我欣喜地发现了一些东西，它们似乎能提供更多有关上古居民的线索。断崖的层面上嶙峋地突兀出几处矮小的石屋或是庙宇，很容易被辨识出来。尽管在悠长的岁月更迭中，风沙早已抹去了曾经的外部雕刻，但这些建筑内部也许还保存着许多久远得难以估计的秘密。

离我较近的入口低矮得难以想象，而且还被沙子堵住了。我费了不少气力才用铁铲把堵塞在入口处的沙子全部清除干净，然后点燃了一支火把爬了进去，我渴望去揭开里面掩藏着的一切秘密。走到里面，我发现它是一座神庙。我清楚地看到了一些印迹，在变成沙漠之前，那个种族在这里生活和膜拜时留下的印迹。里面，原始的祭坛、石柱与神龛应有尽有，却都出奇

---

①卡尔迪亚：古巴比伦人的一个王国。——编者注

②萨尔纳特：鹿野苑（Deer Park）的当地地名，位于印度教圣地瓦伦纳西以北 10 公里处，曾隶属于印度最强大的古国之一——摩揭陀（Magadha）王国。——编者注

低矮；虽然并没有看见任何雕塑和壁画，但那里的确有许多奇形怪状的石头被人为塑造成了种种具有象征意义的形状。在这间悬崖边凿造出来的房屋里面，我根本无法直起膝盖；可是内部的面积却相当大，我的火把一次只能照亮其中的一部分，根本无法窥其全貌。远处的某些角落总会让我感到一阵阵莫名的恐惧：因为里面放置的某些祭坛与石块让我想起一些早已被世人遗忘，却令人反感的可怕仪式。室内的摆设让我禁不住去思考，到底是一些什么样的人类才会建造出这样的一座神庙并频频来此参礼膜拜。当我把里面所有的地方都大致地看过一遍之后，我又从那低矮的洞口爬了出去，迫切地想去看看其他神庙里面都有些什么。

此时，夜幕已降临。那些我亲眼所见的、伸手可触的实物让我产生了极为强烈的好奇心，这种好奇盖过了内心深处的恐惧。此刻，我并没有从月光投下的长长的阴影中逃离，尽管第一次看到这无名之城时，那些阴暗的影子曾让我不寒而栗。暮色中，我很快清理出了另一个入口，举着火把从入口处爬了进去。我看到了更多模糊不清的石块与象征符号，但是与先前那座庙宇一样，这里也没什么东西能提供更多确切的信息。这个房间和先前的房间一样低矮，却要窄很多。房间的尽头是一条非常狭窄的走廊，里面堆满了隐晦而又神秘的神龛。正当我窥探这些神龛时，一阵夹杂着骆驼嘶叫的风声打破了这死一般的静寂，我不得不出去看看到底是什么惊吓了我的骆驼。

如水的月光在原始的废墟上洒下点点银光，也照亮了那如云团般的沙堆。这团沙云似乎是由前方悬崖吹来的一股狂风扬起的，这股风现在已渐渐减弱。我想就是这凄冷的狂风挟沙而来让骆驼受了惊吓。我打算把这畜生牵到一处能避风的地方去，这时我无意间地向悬崖处瞥了一眼，发现这崖顶上根本就没有丝毫的风。这让我异常惊异，我又一次地感到了恐惧。不过，我很快想起日出和日落之时我所看到和听到的那突如其来的局部狂风。于是，我暗自把突如其来的狂风当成正常的现象，不多加理会。我断定它是从某处通向洞穴的岩缝中吹出来的，于是开始仔细地观察这混乱不堪的沙团，希望能判断出那阵狂风的源头。很快，我便感知到风是从南边远处一座神庙的阴暗通道里喷涌出来的，那地方远在我的视野之外，要发现它还真是不容易。顶着让人几乎窒息的沙云，我吃力地朝那座神庙走去，举步维艰。走近时，我发现它比这里其他的庙宇要大很多，而且有一处入口并没有被沙子堵住。

要不是那极为强烈的冷风差点把我的火把吹灭，我就从那洞口处进去了。狂风从黑色的门内疯狂地向外涌，发出诡异的哀叹声，仿佛要挟着沙子把废墟全都掩盖起来。不一会儿，风开始减弱，沙子逐渐堆积起来，风暴终于停了下来。不过，似乎仍有什么东西还在巨石间如幽灵鬼怪般地潜行。我抬头望月，月亮似乎在战栗，投影荡漾在水面上。我莫名地愈发害怕起来，只是这畏惧远远不及我强烈的好奇心；风一停下来，我就走进这风的源头——那间黑暗的屋子里。

这间神庙正如我在外面时想象的那样，比我之前进去过的那些神庙都要大。据我推测，这是一处天然洞穴，正是从它深处的某个地方涌出了刚才那阵猛烈的狂风。在这里，我可以完全站直身体，可是这里的石块和祭坛仍然如之前庙宇中的一般低矮。在墙壁和洞顶上，我第一次看到了这个远古民族留下的些许图案痕迹。图案中那些奇怪的卷曲条纹差不多已经褪色，有些图案也已经剥落了；在其中两座祭坛上方，我很兴奋地发现了一组图案复杂、样式精美的曲线形雕刻。我高举火把以便看得更清楚，却发现这屋顶的形状极为规则，并不像是天然形成的。我不禁更加好奇，到底是怎样的史前工具才能在这些岩石上留下如此这般印迹？不过，这些也足以让我得出结论，这一史前种族在工程建筑方面肯定颇有建树。

这时，我手中的火把奇迹般燃烧得更旺了，明亮的光照着了我一直在寻找的地方——那个向远处悬崖涌出狂风的通风口。我发现在坚硬的岩石上凿刻着一扇石门，极为矮小，很明显是人工所为。我将火把伸进门，看到一条黑色的通道。那通道的顶部呈拱形，低低地悬在粗陋的石制阶梯上方。这里的石阶窄而小，级数却很多，异常陡峭地一直往下延伸。我以后肯定会经常梦到这石阶，因为后面发生的事情让我了解了它们的意义。但在那时，我完全不知道到底是称它们为石阶，还是一段在险峻陡峭下坡路上落脚的地方。疯狂的想法一直在我脑中回旋，阿拉伯先知们的言语和警告似乎从那片大地上穿过沙漠涌向这里。在那片大地上，人们都熟知这无名之城，却总是不敢来此一探究竟。尽管如此，我犹豫了片刻继续往前，踏进了那通道，小心翼翼地从那陡峭的通道往下爬，就像下梯子一样双脚先行。

只有在强烈的毒品幻觉或是精神错乱中，其他人才能感受到我正在经历的一直向下走的感觉。这狭窄的通道一直向下延伸，看不到尽头，仿佛一口鬼怪横生的悚然深井。我举在头顶的火把根本无法照亮正下方未知的无尽深渊。这一刻，我忘却了时间，也没有想着看看手表，但当我猛然想起自己穿越了多远的距离时，心中顿时感到无比恐惧。通道里的方向和石阶的陡峭程度在不断变化，这时通道变得漫长、低矮，却稍显平坦。在这里，连跪行都困难，我不得不沿着岩石地面蠕动前行，尽力伸长胳膊把火把举过头顶。过了这段路，又是更陡的石阶，我依然是漫无止境地往下走。这时，火把燃尽了。现在回想起来，那时我根本就没有注意到这点，因为我一直高举着火把，以为它一直燃烧着。我天生就有种感知奇异与未知事物的本能，这种本能使我心浮气躁，敢于勇闯天涯，去追寻那些遥远而古老的禁地。

眼前一片黑暗，我的脑海里突然浮现出我在自己珍藏的邪恶书稿中看过的一系列片段。那是疯癫的阿拉伯人阿尔哈萨德的描述，《达玛斯基奥斯》中那些无法证实的、如噩梦般让人不寒而栗的段落，戈蒂埃·德·梅斯在癫狂谵妄的《世界的图景》中写下的恶名昭彰的章节。我回顾着这些奇异、可怖、让人极为不安的字句所描述出来的景象，喃喃念叨着弗拉西阿卜以及同他一起沿着奥克苏斯河漂流而下的恶魔们；之后又反复吟诵着邓萨尼勋爵所著的《未有回响的黑暗深渊》中的一节。当向下的石阶变得异常陡峭时，我就朗诵起托马斯·莫尔曾经的咏叹，直到畏惧之情浓得让我不敢再念下去：

“那黑暗之池，
如女巫的器皿般黑暗，
装满了圆月销蚀时提炼的毒药。
若要从此经过定要倾身张望??
下方便是那远不见底的深渊。
我望见，那下方，
墨玉般的侧面如玻璃般光洁，
仿佛是死亡之海，
朝着黏滑的海岸袭来，
用乌黑阴暗的沥青，
掩饰着这死亡之所。”

终于，我的双脚又一次地踏在平坦的地面上，此刻，时间似乎停止了。这个地方的空间比那两座小庙稍高一点。现在，大概只有上天才知道那两座小庙究竟在我头顶上方多远的地方。我已经无法完全直起身子，但是可以跪起身来了。到处都是黑漆漆的一片，我拖曳着双腿向前行走，四处随意摸索着。很快，我发现自己在一个狭窄的通道里，墙壁两边排放着两列木质的箱子，它们有着如同玻璃的表层。在这个深不可测的地方，我摸索着如同抛光木材和玻璃材质的东西，突然产生了一种可怕的联想，让我不寒而栗。

这些长方形的箱子表面很平整，显然是按照固定的间隔距离沿着通道摆放在两侧。它们的形状和尺寸都像极了那让人心惊胆寒的棺材。我试着移动其中的两三个箱子做进一步证实，却发现它们竟然被牢牢固定着，纹丝不动。

我已经意识到这是一条很长的通道，所以急速往前匍匐爬行。一路上，我总是感觉到黑暗中有双眼睛在盯视着我，极为恐怖。我时不时地从这一边摸到另一边去感受周围的环境，唯一能确定的两边依旧是墙壁和排成列的箱子，不断向前延伸，无穷无尽。人类实在是太习惯依赖视觉所见去考虑问题，当下的我几乎忘掉了黑暗的存在，而为自己描绘出一条无尽延伸的通道，通道的墙壁两边是木头与玻璃制成的箱子，千篇一律地摆放着，仿佛这一切是我亲眼看到的一般。而后，在一瞬间，我真真切切地看到了这一切，当时的情绪根本无法用语言来形容。

我不知道在什么时候将自己的幻觉融入了真实的情境，但是正前方真实地出现了一丝亮光。借助这种未知的地下磷光，我才看到这条通道和两侧箱子模糊的轮廓。微光下，所有的情景和我想象中的完全吻合；可是，随着我继续蹒跚向前，走入较亮的光线之中，我才意识到自己的想象力是多么微弱和苍白。这个地方和地面上的神庙并不一样，它不是一处粗陋的遗迹，而是一座纪念馆，保存着壮丽辉煌而又充满着异国风情的艺术品。大量生动鲜活而又大胆离奇的图案与画卷构成了一幅连续的壁画。壁画的线条与色彩都难以诉诸文字。那些箱子则是由一种奇特的金色木头制成，前端镶着精致的玻璃。箱子里面装着某种生物已经风干的尸体，这些尸体甚至比人类最混乱的梦境更加荒诞离奇。

我根本无法定义这可怕的畸形生物。它们是爬行动物的一种，身体的形状有时会让人联想到鳄鱼，有时是海豹，但更多时候是连自然学家或是古生物学家也闻所未闻的模样。它们的大小接近一个矮小人类的身高，前肢生有纤细的足，明显像是人类的手和手指。最为奇怪的是它们的头部，形状违背了所有已知的生物规律。一切都显得如此怪诞，根本无法找出现有的东西与之比较——有一刻，我把它们比作猫、斗牛犬、神话中的萨特，甚至是人类。即使天神朱庇特也没那样宽大凸出的前额，而且生有犄角，没有鼻子，却有着短吻鳄般的下颚，这些生物特征把它们排除在所有已存物种之外。有那么一会儿，我开始怀疑这些干尸的真实性，猜测它们是不是人造的物偶；但是很快我便确定了它们确实是某种远古生物，当这座无名之城存在时，便生活于此。它们大多被包裹在用昂贵丝织品制成的华丽衣袍中，身旁堆积着大量的金饰、珠宝，还有一些不知名的、闪闪发光的金属饰物。这一切更加突显了它们的怪诞。

在远古时代，这些爬行类生物应该非常重要，因为它们在墙壁和洞顶上的壁画中都占据了重要的位置。那时的艺术家以巧夺天工的技艺把它们画入了一个属于它们自己的世界。在那个世界里，它们拥有适合自身大小的城市和花园。我不禁想到它们的图画历史也许是一种寓言，可能展现了以它们为图腾的远古种族的发展过程。我对自己说，这些生物相对于生活在无名之城的人类来说就像是罗马帝国的母狼，或是印第安部落的某种野兽图腾。

抱着这种想法，我想我已经能够大致了解这无名之城所见证过的壮丽史诗。故事讲述了一个在亚洲板块从海洋里升起之前就已存在的强大的海岸城市，它统治着世界。后来这个城市在海洋的渐渐消逝中苦苦挣扎，曾经富饶丰足的土地逐渐被沙漠吞噬。我看到了在这座城市里的战争和胜利，困扰和失败，以及后来与沙漠的抗衡。那时，成千上万的城民——在壁画中以寓言的方式用那些丑陋的爬行动物来象征人民——被迫以某种惊人的方式凿穿山岩开出一条路通向先知曾预言过的另一个世界。这壁画生动、怪异却栩栩如生，竟可以与那些我之前通过的、极其幽长的可怕通道联系起来。我非常确定这一点，因为壁画给了我指引。

我沿着通道爬向光线更亮的地方，看到这史诗图画的后半部分——这个曾生活在无名之城及其山谷附近超过 1 000 万年的种族举行的告别仪式；种族的灵魂不愿离开长久以来他们的躯壳已经熟悉的地方。他们在地球还年幼时就如游牧民一样在上面安顿下来，在原始的山岩中开凿出他们永恒膜拜的原始神殿。此时，光线更加明亮，我向前一步更加细致地去观察那些壁画。我知道这些图画中那奇怪的爬行动物一定象征着那未知的神秘种族。同时，我对这无名之城的风俗习惯陷入了沉思。壁画中描述的很多东西都很奇异罕见，让人匪夷所思。他们的文明，包括他们书写的字母表，似乎要比很久之后的埃及文明和卡尔迪亚文明更加先进，只是其中还是存在某些奇怪的疏漏。比如说，我在壁画中没有发现描绘死亡或是葬礼仪式的图片，只有一些牵涉到战争、暴力以及瘟疫的画面；这让我不禁好奇为何他们在自然死亡这类事情上表现得如此漠不关心。仿佛他们有一种令人欢心的错误信念，理想化地认为自己是永生的不朽之身。

快接近通道尽头处，画面中的场景更是栩栩如生、异常华丽。画面以对比的手法描绘了这无名之城被遗弃后变为废墟的场面，以及这个种族在山岩中开辟出道路通往全新的奇异领域或是天堂的场景。在这些图画中，城市和干涸的山谷总是笼罩在月光下，金色的光环笼罩在废弃的城墙之上。艺术家们以一种空灵且难以看穿的技巧较好地展现了那远古时代的壮观、辉煌和完美：天堂般的场景华丽得让人难以置信，这是一个拥有永恒白昼的隐匿世界，辉煌壮丽的城市，缥缈如仙境的丘陵与山谷。在壁画末端，我看到了艺术衰退的迹象。绘画的手法已不再娴熟，场景却更加怪诞离奇，远远超过了最初画面中最为疯狂怪异的场景。画面似乎记录了古老种族逐渐衰落的过程以及因为沙漠而离开，对外面世界表现出的越来越强烈的残暴。种族人类的身形——始终以那神圣的爬行动物为象征——仿佛日渐衰弱，尽管翱翔在月光之下的废墟上空的灵魂在不断增多。憔悴的祭司，以爬行动物的身形穿着华服，诅咒着上方的空气以及呼吸着这空气的生物。最后一处可怕场景中，一个原始人类——或许是古老的千柱之城埃雷姆的开拓者——被这个更为古老种族的成员撕裂成碎片。我还记得阿拉伯人有多么惧怕这无名之城。还好，在这个地方之外，那灰暗的墙壁和屋顶上什么都没有了，这让我感到庆幸。

当我看完这一系列历史壁画，已经快走到这低矮长廊的尽头了。这时，我注意到一扇大门，所有磷光就是从这门内散发出来的。我匍匐着向大门靠近。当看到大门之后的情景时，我超乎异常地大叫了起来。门后并不是类似刚才那样有光亮的房间，只有漫无边际的无尽虚空散发着光芒。你可以想象一下这种情景，就像是从珠穆朗玛峰顶端往下看，只能看到阳光照射之下的一片无尽的云雾。我的身后，是一条如此狭窄的通道，在那里我甚至无法直起身来；而我的前方，是一片无边无际的地下光芒。

从长廊通往那深渊的路径是陡峭的石阶——无数的狭小石阶，像极了之前在黑漆漆的通道里走过的那些石阶——可是，走不了几步，所有的东西都被那些闪耀的蒸汽隐匿起来。正对这通道左侧墙壁的是一扇敞开的厚重铜门。铜门厚重得让人难以置信，上面有奇异的浅浮雕装饰。如果没有打开，门里面的光根本就无法照到通道中。我看了看石阶，不敢再往前。随后，我碰了碰那敞开着的铜门，发现根本没法挪动。接着，我沿着石阶往下走，心里燃起连自己都无法相信的奇妙火焰，就算是在死亡之前精疲力竭地挣扎也无法将它扑灭。

我闭上眼睛，停下脚步静下心来思考。壁画中描绘的许多场景此时又在我大脑中闪现，不同的是，这次却被赋予了另一种可怕的意义——那些场景展现出无名之城的全盛时期，郁郁葱葱的山谷环绕在它的四周，广阔的大地上人们进行着买卖。那象征性的爬行类生物在各个场景中都存在，而且占据着重要的位置，这让我极为困惑不解。在壁画中，无名之城的比例正好适合那些爬行类生物。我想知道这城市真正的规模和曾经的富丽堂皇。有那么一瞬间，我突然想起在城市遗迹中发现的一些古怪之事。我想起那些低矮的原始庙宇和地下长廊，它们无疑是遵从了那些他们所膜拜的爬行类生物的特点而建的。可是这样一来必然会减少膜拜者的数量，因为在那里不得不匍匐前行。也有可能那种奇怪的膜拜仪式里本身就含有模仿生物爬行这一项程序。然而，任何宗教理论都无法轻易地解释将地下通道设计得与神庙一样矮小，或者比神庙更低矮的原因，在里面甚至连跪着前行都困难。一想到那些爬行类生物，它们那风干的丑陋尸体就在我眼前浮现，我感到一种新的畏惧，心悸不已。我在心里把所有一切联系起来，一种莫名的怪异感油然而生。要不是最后的壁画上那个可怜的原始人被撕成碎片，我真不愿意去这样想：此刻，在这远古的废墟和遗骸中，我是唯一的人类。

不过，正如之前一直重复发生的奇异经历，我那强烈的好奇心很快就代替了畏惧感——那闪闪发光的深渊和深渊里可能存在的东西在我心里埋下了一个大大的问号，这个疑问值得一个最出色的探险家去探知。我确信这个神秘奇异的世界就在那些小得出奇的石阶下面，希望能在那里找到壁画中没有描绘出来的、有关远古人类的记录。但壁画仅仅描绘了处在低矮领域中，令人难以置信的城市、山川、河谷。而我的思绪早已飞向那华丽而巨大的远古人类城市的遗址，它们一直在等着我去发现。

对之前所见的恐惧远远比不上我对即将面临的未知事物的恐惧。即使是当我处在那满是死去的爬行类生物和远古陈旧的壁画的狭窄通道中、当我在距离自己熟知的人类世界几英里之下的地下，面对着来自另一个世界的光芒和迷雾时所感觉到的生理恐惧，都无法与此刻我感受到这个深不可测的古老场景及它的灵魂时所产生的恐惧相比。这是一处多么古老的地方啊，如此广阔无垠，任何测量单位在这里都显得极为苍白无力。在无名之城，这种浩瀚无际的古老仿佛从这些原始的巨石和在山岩上开凿的神庙中斜睨着世间的一切。这时，壁画中最后出现了一幅令人震惊的地图，地图中展描绘着早已被人类遗忘的海洋和大陆，都是一些模糊却并不陌生的轮廓。图画消失了，这个厌恶死亡的种族终于走向衰败。后来在这万古之地上到底发生了什么，没人能猜到。曾经有大量的生命存在于这些洞穴和下面那发光的领地之中，而现在只有我独自面对这些鲜活的遗迹。一想到在难以计数的年代中这些遗迹就这样沉默地荒弃于地下，我就瑟瑟战栗。

突然之间，另一阵强烈的恐惧之感突然向我袭来。在我第一次看到凄惨月光之下的山谷和无名之城时，在我不顾疲惫、疯狂、兴奋地爬进通道时，在我步入通向外面世界的通道后回望那黑漆漆的长廊时，这种强烈的恐惧感不断撕扯着我的神经。此时我的潜意识和夜晚时要迫使我远离无名之城的那种情形相似。这种感觉很强烈，让人匪夷所思。不一会儿，我遭遇到了更为强烈的冲击——实实在在的声响，长久以来第一次打破了这如坟墓般深入地底的死寂。这是一声低沉的悲啼，像来自遥远的某处地方，像一群邪恶的鬼魂发出来的声音，那就是我凝视的方向。这声音的音量急速地增大。不一会儿，从低矮的通道里也传出了可怕的回响。那时，我意识到一股越来越强烈的冷流从通道里涌出来。这股气流的来袭似乎让我恢复了记忆，我立即想起每次日出和夜幕之时那突如其来的狂风，就是那狂风帮我找到了这隐藏的通道。狂风像傍晚时分那样横扫过洞穴。我看了看手表，发现很快就是黎明了。于是，我双手抱紧身体来抵制这股劲流的肆虐。我的恐惧感再一次被削弱了，因为一种自然现象很容易就能把对未知的恐慌驱散。

在厉声的呜咽之中，狂风越来越猛烈，疯狂地灌进这地下的深渊。我再次俯卧下来，双手紧扣地面，害怕自己被风从那敞开的大门吹进闪闪发光的深渊。我没想到这风竟如此猛烈，我意识到自己极有可能滑落到那深渊中，无数的恐惧和想象顿时包围了我。这恶意的狂风唤醒了我难以想象的设想，我又一次战抖着将我和可怕的通道壁画中那被未知的种族撕碎的唯一人类做了对照；这气流的旋涡像是一双邪恶的魔爪，似乎在实施一种对强者的残忍报复。我想，在那最后的时刻我一定在疯狂地尖叫——我快要疯了——不过，即使我确实尖叫过，在那如地狱般的场面中，我的叫喊声也肯定被那幽灵般的狂风怒吼所吞噬。我试着迎着这蓄意凶残的无形狂风匍匐前行，可是连自己的身体都无法稳固下来。我被慢慢地、无情地推向未知的世界。最后，咔嚓一声，我的神智肯定已被完全折断，因为我已开始喋喋咿呀，一遍遍地念叨着疯癫的阿拉伯人阿尔哈萨德那令人费解的诗句，他曾经在梦境之中到过这无名之城：

“亡灵并非永远长眠于地下，
充满着奇异的万古之中，
即便是死亡亦会消逝。”

只有那灰暗阴郁的沙漠之神才知道到底发生了什么——只有它才知道在黑暗之中我到底经历了怎样无法描述的挣扎与攀爬，只有它知道是什么魔鬼引领着我走向生路，在夜风中战战兢兢直到更为糟糕的死亡来临为止。这经历太过离奇荒谬、令人不寒而栗——远远超载了人类所有的想象，这种经历也许只有在静静等待诅咒降临的那无法入眠的几个小时里才能真切地感受到。

我曾说过，那汹涌而至的狂风犹如凶残的地狱恶魔——邪恶之神——它的声音带着荒凉凄冷、永世压抑的邪恶，让人毛骨悚然。此时，那些依旧喧嚣杂乱的声音在我已崩溃的大脑中，仿佛以另一种清晰有力的声音形式从我背后传来。外面的人类世界正迎来黎明，而我却置身于如地下坟墓一般的万古之地，听到操着奇怪语调的恶魔发出的恐怖诅咒和咆哮声。转过身，对着深渊里散发着光芒的迷雾，我看到了在幽暗通道里无法看清的轮廓——一群噩梦般可怕的恶魔正向前冲来，它们披着荒诞的盔甲，仇恨而愤怒地扭曲着身体，身体呈半透明状。它们正是那邪恶的种族，生活在这无名之城中的爬行类异族生物，这一点毋庸置疑。

这时，狂风已渐弱。我纵身跳入地底深处那聚集着邪恶生物的黑暗之中。此时此刻，我也只能如此，因为当最后一只邪恶生物爬进那片深渊之后，伴随着铿锵的声音，厚重的黄铜大门就紧紧关闭了。随之传来了音乐般震耳欲聋的金属奏鸣声。回响声蔓延向遥远的世界，就像站立在尼罗河畔上的曼农正为那缓缓升起的太阳而欢呼致意。

夜魔

我看见漆黑宇宙裂开巨缝，
无数昏暗星球漫无规律地运转——
它们在尚未察觉的恐惧中转动，
无所知、无光泽，也无名无姓。

——涅墨西斯

公众普遍认为罗伯特·布莱克死于闪电，或是某种因被电引起的严重神经性休克，谨慎的侦查人员对这一说法并未贸然提出质疑。确实，布莱克面前的窗户未曾破损，而且大自然也总能出乎人类意料地制造很多反常而奇特的现象，不是吗？很显然，从死者扭曲的面部表情来看，他的死亡并不像是因为看到了某种令人惊愕的景象，而是受到不明的强大外力所致。让人疑惑不解的是，从死者遗留的日记看来，他受当地迷信及个人偶然发现所影响，产生了很多荒谬的想象。至于斐德拉尔山顶那座废弃教堂的异常情况——精明的分析者将之归咎于江湖骗子有意或无意的蒙混欺瞒。总之，这次的意外死亡事件必定与死者本人有着某种神秘的关联。

受害人布莱克是一名致力于研究神话、梦境、恐怖传说和迷信的作家兼画家，对幽灵等奇异事物十分痴迷。他早年居住在城市，并拜访过一个颇好此道的古怪老头。那老头最终离奇地死于熊熊烈焰中，布莱克无疑是出于某种病态的本能才离开老家密尔沃基的。他可能知晓一些古老的传说，虽然在日记中他否认了这一点，他的死很可能会把某些意图在文学界引起轰动的惊天骗局扼杀在摇篮里。

尽管如此，有少部分人在研究完相关证据后仍固守那套不太合理的陈腐理论。他们倾向于布莱克日记的字面意思，并提出了几个有力证据：有关古老教堂的记录绝对没有造假；经证实，1877 年以前出现的、不被大众接受的异教“星慧教”今天依旧存在；一名好追根究底的记者埃德温 · M. 李利布里吉在 1877 年失踪，年轻作家死时脸部扭曲、表情恐怖。有人把在教堂尖塔发现的一块角度怪异的石头连同装饰奇特的金属盒一同扔到了海湾，根据布莱克的日记记载，这个盒子应该在钟楼，而不是放在没有窗户的教堂尖顶里。不管是公开场合还是在私底下，人们都讨厌他，布莱克——这名酷爱古老传说的知名内科医师——却声称自己为地球居民除去了某种十分危险的东西。

读者须在这两派意见中作出自己的选择。本文站在怀疑的视角客观交代了整个事件确切的细节，只待旁人根据罗伯特 · 布莱克所看到的——或是他认为自己所看到的——抑或是他假装自己所看到的，重现当时的情景。现在，让我们仔细、冷静和从容地研究这本日记，从主人公详尽的叙述中整理出事件的隐秘线索。

年轻的布莱克在 1934 至 1935 年的冬天回到普罗维登斯，暂居在一座古老寓所的楼上，寓所位于大东山顶学院街外一个绿草院落中，正好位于布朗大学约翰海图书馆背面。这里环境舒适、景色宜人，仿佛是古代村落里的绿洲花园，园中阴凉处有几只模样和善、体态肥胖的猫正在仰卧着晒太阳。这是一座乔治风格的公寓，讲究对称、庄严、通风屋盖、扇形雕饰的古典门廊、规律的小方格窗，其他 19 世纪早期建筑风格的特征也在这座公寓里有所体现。公寓里面有六格嵌板门、宽地板、殖民时期的螺旋形楼梯和亚当风格的白色壁炉台，在寓所后部、室内水平线以下三个台阶的位置还有并排着的房间。

西南方向那个很大的房间是布莱克的书房，可以正面俯瞰整个花园。书房向西的窗户下摆着书桌，从这个窗口向外望，能看到整个小镇里一个接一个的屋顶，夕阳西下时如烈焰燃烧的天空，再远一点还能模糊辨认出紫色的一片是当地村民的屋顶。大约两英里以外的斐德拉尔山格外显眼，那座小山丘有点邪气，和林立的屋顶及塔尖耸成一堆，在偏僻的远方勾勒出一幅神秘的轮廓，仿佛还在微微颤动。尤其是当小镇上空盘旋的袅袅烟雾和斐德拉尔山交织一起时，更显出一番美得让人难以置信的奇妙景象。布莱克居然常常想：如果自己真的找到了那座神奇的山峰并亲自去看看，那么在他眼前这个未知的、如天堂般飘逸的世界可能会从他的梦境里消失，或许也不一定。

布莱克写信让家人把他的大部分书籍邮递到新寓所，又购置了几件风格相称的古董家具，一切准备妥当后就开始写作和绘画——他独居于此，自己操持简单的家务。画室在北面的小阁屋，头顶便是用于通风的玻璃窗，采光很好。布莱克在搬入新居的第一个冬季创作出了自己最知名的五部短篇小说——《地下掘洞者》《地窖里的阶梯》《夏盖》《在纳斯谷》《来自星星的欢宴者》——还绘制了七幅油画，专门描绘不可名状的非人怪物和陌生的非地球景观。

每到日落时分，布莱克都会坐到书桌旁，神情迷离地盯着宽广无垠的西方——正下方是纪念馆的黑色塔群、乔治风格政府大楼的钟塔、城中心高高的尖顶，远方是发着微光的小山，山顶的钟楼和当地陌生的街道、错综复杂的三角墙……这一切都深深激起他无限的幻想。布莱克在当地的熟人寥寥可数，从他们那里打听到，远方山坡处是一个庞大的意大利人聚居地，尽管当地的很多房屋是当年新英格兰人和爱尔兰移民遗留下来的。他会不时用双筒望远镜透过盘旋的烟雾眺望远方的神秘小山，那里遥不可及，似乎有幽灵游荡。他可以分辨出每座民宅的屋顶和烟囱、每个尖塔，并猜测那些房屋里是否同样藏有奇特神秘的东西。虽然借助了光学辅助工具，但布莱克眼中的斐德拉尔山依然是陌生的，就像存在于古老的传说中或存在于他笔下故事和绘画中的那些虚幻无形的神秘事物。这种感觉竟一直回荡在布莱克的脑海里，久久不散。当盏盏街灯点亮时，魂牵梦萦的小山也逐渐消失在紫罗兰色的黄昏中，政府大楼的泛光灯和工业托拉斯灯塔的红色信号灯也依次点亮，在幽深的夜晚更显出神秘和怪异。

要说斐德拉尔山上最令布莱克痴迷的景观，一定非那座昏暗的大教堂莫属。教堂的轮廓在每天特定的时间段显得尤其清晰，一到日落时分，雄伟的钟楼和它那锥形尖塔就在红艳艳的天幕中若隐若现地勾勒出黑色的轮廓。据推断，教堂应该是坐落在地势险峻的至高处。教堂外观肮脏不堪，北面山坡上倾斜的屋顶和垂直突出的窗户从周围的树木和烟囱群中凸显出来，别有一番冷酷严峻的气势。它看上去是由石块堆砌而成的。经历了一个多世纪的洗礼，先是被烟雾上色，又在暴风雨的冲刷下褪去颜色。从窗户玻璃的造型来看，它属于哥特复兴式建筑，先于厄普约翰庄严的建筑风格，从教堂的部分轮廓和设计比例来看又有乔治亚风格，估计应该是修建于 1810 至 1815 年。

好几个月过去了，布莱克对那座遥远而令人生畏的建筑居然愈发感兴趣。那教堂估计早已废弃不用，因为从它的大窗户里从未透出过光亮。布莱克每天看的时间越久，想象力也奔驰得越远，直到有一天他开始产生古怪的幻想，竟相信教堂上方徘徊着一股模糊却非凡的荒凉气息。一般情况下，没有鸽燕类的飞鸟会在被熏黑了的屋檐上栖息，相反地，教堂周围的高塔和钟楼上却有大群飞鸟停下来歇脚。反正，布莱克是这样想的，并将之记录在日记中。他曾经把远方的教堂指给几个朋友看过，但从没有人到过斐德拉尔山，也未曾说过山上有座教堂或曾经有座教堂。

春天一到，布莱克越发感到坐立不安。他开始着手创作自己酝酿已久的小说——关于缅因州的女巫崇拜……可这个故事却迟迟没有进展。每每文思枯竭之时，他就坐到这扇向西的窗户旁，凝视远方的小山和飞鸟遮蔽的黑色尖塔。春风吹拂下，花园中的树木长出纤细的新叶，整个世界也呈现出欣欣向荣的蓬勃生机，但布莱克的不安却一个劲地猛涨。此时，他萌生了一个念头，他要穿过城市，亲自爬上山坡看一眼让自己魂牵梦绕的神奇之地。

4 月下旬，恰逢沃尔帕吉斯夜的前夕，布莱克开始了自己探寻未知之地的旅程。他吃力地行走在漫长、仿佛没有尽头的城市街道，穿过一块块衰败的空地，又依次走过历经百年风霜的古老台阶、下沉的多立克柱式[①]门廊、模糊的圆屋顶玻璃。他强烈地感觉到：前方的路正把他引向迷雾外那早已熟知却又遥不可及的目的地。道路两旁那些蓝白相间的指示牌对他来说毫无意义，川流不息的人群不知何时已变成他不熟悉的深色面孔，褐色、破败的建筑群中是一间间充满异域风情的小商铺，商铺名号全是陌生的文字。很奇怪，布莱克此时此地的见闻与他在远处窗口看到的景象完全不同，他由此推论，自己遥望斐德拉尔山时所见的远景只存在梦境中，活着的人根本无法寻找并置身其中。

---

①多立克柱式（Doric Order）：是古典建筑的三种柱式中出现最早的一种（公元前 7 世纪）。源于古希腊，一般都建在阶座之上，特点是柱头是个倒圆锥台，没有柱基。——编者注

一路上，布莱克不时会看到残存的教堂遗址、碎裂的尖塔，却没有看到自己要找的那个被熏黑的建筑物。他向一位商店老板打听附近是否有一座雄伟的石砌教堂，老板虽然能说一口流利的英语，却只是笑着摇了摇头。布莱克越往山顶爬，越发觉周围的环境变得更加怪异，迷宫般交错的复杂街道似乎全都通向南方。他穿过两三条较为宽广的大道，中途仿佛瞥到一座熟悉的高塔，于是再次向一个商人询问附近是否有一座石砌的宏伟教堂。商人说不知道，但很明显是在撒谎，因为那名深色皮肤男子的脸上掠过一丝掩饰不住的惧色，布莱克还看见男子用右手奇怪地比画了一下。

布莱克走着走着，发现在自己左方、阴沉沉的天空下远远地突然出现了一座黑色尖塔，尖塔比层层叠叠的褐色屋顶要高出许多，这些房屋都是沿着纵横交错的南向街道而修建的。他一眼就认出了它，立马穿过好几条未铺设的肮脏小径直奔而去，途中还有两次迷了路，但他再也不敢向任何一名老人、坐在门口的村妇，或是在林荫道的污泥坑中呼喊玩耍的小孩问路。

终于，布莱克看见钟楼清清楚楚地屹立在他的西南方，一团黑漆漆的建筑物就在街道的尽头耸立着。他站在四面通风的广场上，广场上点缀着许多鹅卵石，不远处还有高高的石墙。这里就是布莱克此次探寻的终点。空旷开阔的高地杂草丛生，四周设有铁栅栏——街道 6 英尺以外的地方是一个单独的小世界——里面有一个阴森、巨大的石砌建筑，布莱克很确定在他面前的就是自己日思夜想的神秘之地。

这座废弃的教堂摇摇欲坠，有几面高石扶壁已经坍塌，几个精致的尖塔装饰掉落在棕黄色的杂草丛中。被熏黑的哥特式窗户的石制直棂许多都已不见，但主体大部分还完好无损。布莱克很惊奇这些图案晦涩的窗户怎能经久长存，要知道当地有好些顽皮淘气的小男孩。教堂大门紧锁，紧紧包围着教堂的高墙外还有一圈锈迹斑斑的铁栅栏——空地往上是一小段阶梯，阶梯顶端通向铁栅栏的小门很明显被人上了锁。从栅栏到教堂的小径被疯狂生长的野草堵得严严实实。荒凉和腐朽犹如棺材盖一般笼罩着这个与世隔绝的小世界，竟然没有一只鸟在屋檐上停歇，就连常春藤也不敢攀上高墙，这一切让布莱克感到些许自己也无法名状的不祥之感。

广场上空无一人。布莱克看到北面小路的尽头有一名警察，于是急忙追上前询问关于教堂的情况。这名警察是个身体健壮的爱尔兰人，他在胸前画了个十字，并低声告诉布莱克，当地人从不谈论这座教堂。在布莱克的紧紧追问下，他才匆忙说道，有个意大利牧师告诫大家不要靠近这座教堂，据说里面曾经居住过一个凶暴的魔鬼，魔鬼在里面留下了它的记号。这名爱尔兰警察说自己的父亲至今还能清楚地回忆起儿时听到的种种奇怪声音和诡异谣传。

警察讲述道，很久以前有个非常邪恶的教派。这个被查禁的非法教派能够从不为人知的暗夜深渊召唤可怕的东西，据说只有功力高深的教士才能驱除邪魔，也有人说只有光才对邪魔有震慑作用。“如果欧马利神父还活着，他可以告诉我们更多的事情，现在这个秘密被永远埋藏了起来，谁也无从知晓。关于这一邪恶教派的知情人士要么作古，要么都远走他乡了。自从1877年那次变故后，许多当地人都像受惊的老鼠似的，逃得远远的了。这座教堂因为没有继承人终究会在将来某一天被新建的城市占领，可是但凡接触了这个教堂的人没有一个有好的下场。最好是谁也别来打扰这片清幽之地，就让无情的岁月来颠覆这座摇摇欲坠的建筑，否则一些本该永远沉睡在黑暗深渊里的东西将会被唤醒。”警察说道。

警察离开后，布莱克还久久地站在原地盯着这座带有尖塔的建筑物。他很兴奋，原来有很多人和他一样觉察到了这座教堂的凶气。爱尔兰警察反复强调的古老传说背后究竟隐藏有什么惊人的内幕呢？也有可能是当地人根据该地的阴森外景编造了相关故事，但不管怎样，布莱克总是感觉自己仿佛曾经真真切切地亲身经历过这些传说。

下午，天空的云朵渐渐散开，太阳也钻了出来，却总也照不亮耸立在高地上教堂那肮脏、漆黑的高墙。奇怪的是，春天虽已来到，但铁栅栏围绕的草地里依然是一片褐黄色的枯萎景象。布莱克向教堂趋近，一扇扇漆黑的窗户好像散发出不可抵挡的诱惑力，他真希望能在生了锈的栅栏圈中找到入口。阶梯上方的栅栏没有入口，好在北边有几根铁栏条倒了，于是布莱克登上阶梯，打算从栅栏的缺口处进去。如果人们都疯狂地恐惧这个地方，那么应该不会有人来阻拦他。

布莱克趁没人注意闪进了栅栏，然后悄悄地望了望周围的人，有一两个人小心翼翼地绕着广场边走，同时用右手做了个奇怪的手势，和之前在街上遇到的那个商店老板做的手势一模一样。几扇窗户被砰地关上，一个肥胖的妇女飞快地冲到街上，把几个小孩拖进一间摇摇晃晃的房里。栅栏的缺口很容易进入，不一会儿，布莱克就发现自己已经费力地走在野草交杂、散发着腐烂气息的荒凉院落里。很久很久以前，这个院落应该是一个坟场，随地可见残损的墓碑石块。布莱克走近教堂，丝毫没有因为垂直高耸的巨石感到压抑，他走上前试了试正前方的三扇大门，但都紧锁着。于是他又绕着教堂走了一圈，试图寻找一些小点的入口。即使在当时，布莱克也不清楚他是否想要继续走进这个荒凉和阴影交互笼罩的阴森之地，但是一股奇怪的力量仿佛在无意识地指引着他一直向前。

教堂后部的墙上有一道裂缝和一扇未安装保护措施的地下室窗户，为布莱克提供了绝妙的机会。他向里窥视，里面层叠的蜘蛛网和厚积的灰尘在夕阳的照耀下发出微光，残骸、旧木桶、破损的盒子以及各种各样的旧家具映入眼帘。每件物品表面都积满厚厚的灰尘，原本锋利的轮廓也变得柔和了许多。室内有一个热风暖气炉的残骸，可以看出直到维多利亚时代中期这里都有人居住和使用。

布莱克几乎想都没想就从窗户里钻了进去，跳到满是灰尘与残骸的水泥地板上。这间拱形地下室面积很大，也没有划分小隔间，他远远地看到右边屋角那密集的阴影下有一扇黑色拱门通向楼上。布莱克自打走进这座似有幽灵出没的建筑后就感到一股奇怪的压迫感，但他尽力克制自己的情绪，继续到处搜索——他发现一个密封完好的木桶，随即把它滚到刚才那扇打开的窗户前，这样他才感到自己还是处在现实世界里。接着，布莱克鼓足勇气穿过一层又一层蜘蛛网，终于走到了拱门前，他几乎快被无处不在的灰尘呛得窒息，全身也挂满了鬼魂似的蛛网。现在，他开始攀登那段消失在无尽黑暗中的楼梯了。布莱克没有灯，只能用手摸索着小心向前行进。转过一个弯，前方有扇锁着的门，他用双手试探了一番，原来是古时的门闩，他推开门，看见一段被微微照亮的走廊，走廊两旁镶着破败不堪的嵌板。

到了一楼，布莱克立刻开始四处搜寻，里面的门都是开着的，他自由地在各个房间来回穿梭。教堂的中殿尤其怪异，堆积得犹如小山般的灰尘布满了黄杨木长凳、祭坛、讲道坛和传声共鸣板，一张张巨大的蜘蛛网伸展在走廊上的各扇拱门之间，一根根哥特式圆柱的柱身也被厚厚的蛛网紧紧缠绕着。逐渐西沉的落日照进教堂的半圆形大窗，日光透过漆黑怪异的窗玻璃变成了一道丑恶的铅灰色亮光，映射在这片安静的荒凉之地。

教堂窗户上的图案被黑烟熏得模糊不堪，连布莱克也难以辨认它们代表什么意思，唯一可以确定的是这些图案一点不讨人喜欢。布莱克根据自己对晦涩的象征主义的一些了解，推断这里大部分都是传统的设计，应该属于古代的格局布置。其中有一两幅圣徒的画像，其绘画手法很是值得争议，透过其中一扇窗户似乎可以看到黑兮兮的背景下有一个螺旋状的发光体光芒四射。布莱克转过身来，猛地意识到圣坛上方的蛛网和普通的蛛网很不同，其形状类似远古时代的T形十字章或是古埃及一种顶上有圈的T形十字架。

教堂半圆形后殿的旁边是一间小礼拜室，里面有一张腐朽欲坠的书桌，还有一个高及天花板的大书架，书架上摆着霉迹斑斑、破损不堪的书籍。这些书全是被禁止的黑暗隐秘书籍，单是书名就让布莱克第一次感觉到实实在在的恐怖。大部分神智正常的人从未听说过这些书，即使听说过，恐怕也是在私底下胆怯地耳语。这些邪书里写满了模棱两可、被诅咒的可怕秘密，其中一本记载了上古时期的邪教祭祀致辞，如同汩汩的溪水，缓缓流过传说中人类出现以前的时光，一直流淌到如今人类繁盛的青壮年时光。布莱克之前看过为数不少的这类书籍——有令人憎恶的拉丁文版的《死灵之书》、邪恶的《断罪之书》、埃雷特伯爵臭名昭著的《尸食教典仪》、冯·容兹的《无名祭祀书》、老路德维希·蒲林的《蠕虫之秘密》。但这里还收藏有布莱克听说过但没看过的和一些从未耳闻的书，比如《波纳佩圣典》《多基安之书》，还有一卷用不知名语言写成的斑驳书籍。作为专门研究神秘学的学生，布莱克可以勉强辨认出里面的一些可怕的符号和图示。现在看来，流传在当地人中的恶魔传说并不是毫无根据。这里曾经居住着一个凶暴残忍的恶魔，它比人类的历史还要久远，比已知的宇宙更为宽广。

书架旁边摆着一张书桌，仿佛随时就会坍塌似的，上面摆着一本皮革包边的笔记本，本子里记载着一些奇怪的符码：有沿用至今的普通天文学传统符号，也有仅在古代使用的炼金术、天文学和其他不确定学科方面的符号——如代表太阳、月亮、行星、维面和黄道十二宫的符号——这些符号独立成章，并附有文字分段分区的解释说明，每个符号都有对应的字母表示。

布莱克把记载有密码的笔记本放进外衣口袋带走，打算以后抽时间再参详。还有许多书他也特别感兴趣，打算下次再来借阅。他很不解为什么教堂内的物品能够保存这么长的时间没被外人破坏。难道自己是六十年来能够克服恐惧情绪、拜访这荒凉之地的第一人?

布莱克把教堂底层仔仔细细探索一番之后，不顾飞扬的灰尘再次从阴森的中殿走到了前厅，他发现一扇小门和一段楼梯，很明显通向教堂上方那被熏黑了的高塔和钟楼——那就是布莱克闲居远方时长久观望、熟悉得不能再熟悉的地方。楼道上积满了厚厚的灰尘，蜘蛛也在这里恣意编织了密集的蛛网，向上攀登时飞扬的尘土几乎使他窒息。这段螺旋状的楼梯踏板极窄，踏板间距极高，他不时会经过一扇阴暗的窗户，可以隔着窗玻璃模糊地俯瞰整个小城。尽管之前在楼下并未看到有鸣钟用的绳索，布莱克还是期望钟楼里有一口大钟，能听到隆隆的响亮钟声穿过尖塔传到远方。他曾经无数次地从双筒望远镜里观望这座教堂及其钟楼上狭窄的尖塔百叶窗。看来布莱克这次注定要失望了，当他登上最后一级台阶后，发现钟楼阁屋里没有任何敲钟装置，这间空荡荡的屋子无疑另有用途。

阁屋的面积约 15 平方英尺，仅有的四扇尖塔窗分布四面，只能透进一丝黯淡的光亮，外面安装的百叶窗早已破败不堪。百叶窗外部还有一层严实的、不透光的幕布，幕布也在风雨的侵袭下破烂得不成样子了。阁屋地板上自然是厚厚的尘埃，中央突兀地竖立了一根角度很奇怪的石柱，高 4 英尺，平均直径约 2 英尺，石柱周围粗糙地刻满了奇怪的象形文字，完全无法辨认。石柱顶端放着一个图案不对称的怪异金属盒，用铰链连接着的盒盖是打开着的，盒子里盛满了灰尘，里面有一个类似鸡蛋状或不规则球体状的东西，半径约 4 英寸。围绕石柱呈圈状依次摆着七张哥特式高背椅，从椅子布满灰尘的痕迹看，已经很久没人触碰过。椅子背后摆着七尊巨大的黑色石膏雕像，这些行将破碎的石膏像和智利复活节岛上的巨石人像很类似，黑色石膏像沿着镶有黑色嵌板的墙壁均匀地摆放着。在一个蛛网密集的墙角伸出另一段楼梯，楼梯和墙壁相连，楼梯上方是通往尖塔的活板门。钟楼上方的尖塔没有窗户，漆黑一片。

布莱克逐渐适应了阁屋内微弱的光亮，这才看清那尊怪异的雕像是放在一个开着的泛着黄光的金属盒内，他走过去试着用手帕拂去雕像表面的灰尘，雕像怪异而恐怖，栩栩如生，其原形绝不是任何一种地球生物。经过擦拭，这个 4 英寸大小的球状物原来是个通体近乎黑色、带有红色条纹的不规则多面体，它要么是某种名贵水晶，要么是经细致雕刻和打磨的手工矿制品。多面体没有直接接触盒底，而是由盒中央的一根金属条支撑着，周围还有七个设计独特的垂直支撑点，一直对应地垂直延伸至金属盒内壁上端的七个顶角。布莱克被这块类似石头的东西所吸引，一直盯着这个多面体闪闪发光的表面，幻想着是否有个充满奇迹的半成形世界藏于其中。此刻，布莱克的脑海里闪现过一幅幅奇怪的画面：许多陌生的圆球里装有石砌的高塔，另一些圆球则装着生命迹象全无的高大山脉……直到他看到更远处跳跃的点点黑斑若隐若现时，才感到自己的知觉和意识尚未消失。

布莱克好不容易回过神来，把目光移到了别处，看见通往尖塔的石梯旁似乎有个小堆，他也说不出是个什么东西就被吸引了过去，也有可能是他潜意识觉得小堆的轮廓传递了什么秘密信息。他拨开层层蛛网走到小堆跟前，顿时阴森恐怖之感布满全身。布莱克再次用手帕拂开了真相——一具骷髅。这具骷髅应该在这儿已经很长时间了，身上的衣服风化成了碎布条，从纽扣和衣服碎片可以推断是一套灰色男士西服。其他的证据还有——鞋、金属扣、袖口的大纽扣、一个旧式的领带夹、一个印有旧“普罗维登斯电报局”字样的记者徽章、一个破旧的皮革封面笔记本。布莱克仔细翻阅了笔记本，发现里面放了几张陈旧的账单，一份 1893 年的赛璐珞广告日历，几张印着“埃德温 · M. 李利布里吉”的名片，一本铅笔字迹的备忘录，备忘录下面还另外压着一张纸片。

纸片本身就给人迷惑而不知所措的感觉，于是布莱克借着西方那扇窗户透过的微光，仔细研究起来。纸片上的记载很不连贯，内容如下：

“1844 年 5 月，伊诺克·鲍恩教授从埃及返家——6 月买下旧‘自由意志’教堂——他在考古学和神秘学方面取得的成就广为人知。”

“1844 年 12 月 29 日，第四浸礼会的德劳尼博士在布道中警告大家提防‘星慧教’的邪恶势力。”

“截至 1845 年底，共 97 人入教。”

“1846 年——3 人失踪——首次提及‘光辉之偏方面体’。”

“1848 年有 7 人失踪——开始流传‘血祭’一说。”

“1853 年的调查无果而终——出现关于‘怪异声响’的传说。”

“神父欧马利讲述了伟大的古埃及遗址中所发现的一个盒子与恶魔崇拜

有关联??邪教徒们可召唤一种怕光的东西。这种东西遇微光逃避，遇强光消失，消失后只能重新召唤。神父欧马利可能是从1849年加入星慧教的弗兰西斯·X.菲尼的临终忏悔中得知这些信息。这些邪教徒称，他们透过光辉的偏方三八面体看到了天堂和其他的非人间世界，看到夜魔以某种特殊方式告知教徒邪恶的秘密。”

“1857年奥林·B.艾迪的故事。教徒们凝视水晶，口中念着他们特有的语言，完成了对‘它’的召唤。”

“1869年帕特里克·里根失踪后，一群爱尔兰籍男孩包围了教堂。”

“1872年3月14日的杂志出现了关于含蓄隐秘的相关文章，但人们不敢相互谈论。”

“1876年有6人失踪——有神秘委员会成员拜访道尔市长。”

“1877年允诺采取行动——4月份教堂关闭。”

“暴徒团伙——斐德拉尔山男孩——威胁××博士——于5月威胁教区代表。”

“1877年的年底之前，有181人离开该城市——无具体姓名记载。”

“1880年左右，鬼怪故事开始流传——试图弄清楚‘1877年后无人进入过该教堂’的报道是否为真。”

“找拉尼根索要于1851年拍摄的照片。”

布莱克把纸片放回笔记本，然后一并装进了外衣口袋。他转过身又望了望尘埃中的骷髅骨架，这名男子在42年前走入这座其他人都不敢靠近的建筑物，希望能找到爆炸性的新闻题材。或许都没人知道他的这个计划——此时此刻，一切都无从考证了。记者也再没能回到报社。是不是记者内心努力压制的恐惧感重新抬头，把他吓得突然心力衰竭而死呢？布莱克屈身细细观察这堆有些微亮的骷髅骨，发现了一些怪异现象：一些骨头随意地散开着，少数骨头的顶端处有奇怪的熔解迹象，一部分骨头竟奇怪地呈现出黄色，仿佛燃烧过，一些衣服碎片也有同样的碳化痕迹。死者的头盖骨也有些异常：分布着点点黄斑，顶部有一条被碳化的缝隙，很像是遭受了强酸物质的腐蚀。布莱克简直不敢想象：这具被尘埃寂静埋葬的骷髅骨身上究竟发生过哪些不可思议的事？

还没等布莱克回过神，他的目光又紧紧盯住了那块诡异的水晶石，任凭水晶的奇妙法术在他的脑海里召唤出一片星云状的辉煌盛典。他看见一群穿长袍、戴头巾的非人类轮廓的东西排成长队，看见无边无际的荒漠边上竖立着高耸入云的雕花石柱，看见闪闪发光的紫色阴霾前方漂浮着一缕缕黑色薄雾在太空中打着旋涡。他还瞥见最远处充满了黑暗的无限深渊，只有在微风搅动下的固态和半固态的物质才荡漾可见。呈星云状聚集的力量似乎可以置规律于混沌之上，解答人类世界一切的悖论和秘密。

突然，一阵莫名的恐惧扰乱了布莱克的心智。他咳嗽着转身离开了水晶块，感到身旁有一些无形又可怕的陌生的存在，它正聚精会神地盯着自己看。他觉得自己被某种东西缠上了——那东西并不是来自水晶本身，而是在透过水晶石一直盯着自己——一种会永远缠住他的非物质存在。很显然，这个地方愈发让布莱克感到毛骨悚然——他的众多大发现也同样让人不寒而栗。阁屋内的光线在逐渐变弱，由于没有携带照明工具，他知道自己必须尽快离开这个诡异的地方。

布莱克借着黄昏薄暮的微光，觉得自己隐约看到那块角度怪异的水晶石闪现过一道弱弱的光芒。他试图努力控制自己不要去看，可是有一股隐秘的力量趋使他不得不去看。这个东西难道有微弱的磷光辐射？死者笔记本中关于“光辉之偏三八面体”一说究竟是何指？这个宇宙邪魔的废弃藏身地究竟是个什么地方？这时，一阵不可捉摸的恶臭从某个角落散发出来，布莱克一把抓过装有水晶石的金属盒，把开着的盖子咔嗒一声轻松关拢，将散发着微光的小石头严严实实地关进盒子里。

伴随着咔嗒声，头顶被黑暗笼罩的尖塔似乎也响起柔和的骚动声，声音就从不远处的活板门传出。毫无疑问肯定是老鼠在捣乱——它们是布莱克踏入这栋被诅咒的建筑物看到的唯一活物。布莱克几乎要被尖塔传来的骚动声吓晕过去，沿着螺旋状楼梯没命似的往下冲。他穿过恐怖的中殿和拱形地下室，终于跑出教堂，经过昏暗薄暮下的空旷广场，把斐德拉尔山地区那热闹、被恐怖气氛笼罩的街道甩在身后，他一直不停向前狂奔，终于回到了自己寓所所在的学院街区。

接下来的许多天里，布莱克对自己的探险之旅只字未提。他阅读了大量的相关书籍，查阅了近几十年的当地报纸新闻，兴趣高昂地钻研那本从布满蜘蛛网的小礼拜室里取出的、用密码写成的皮革封面笔记本。他发现那些密码都不简单，经过相当长时间的努力后，他可以肯定那些密码采用的语言不是来自英语、拉丁语、希腊语、法语、西班牙语、意大利语或德语。很显然，他只有竭尽毕生所学才有可能在密码研究上有所进展。

每个夜晚，布莱克都会再次萌生向西远眺的冲动。之前，他觉得远方黑色的钟楼和周围林立的屋顶一起构成了一个美妙有趣的新世界，而今，远眺钟楼只能带给他活生生的恐惧感。布莱克知道若揭开钟楼的面纱，里面肯定还藏有更多的恶魔传说，他的想象力也以一种前所未有的奇特方式在胸中酝酿沸腾。春天一到，燕子也从异乡飞回来了。布莱克每每看见夕阳下的燕群，便会想象出它们定会如往年一般，避开荒凉、孤独的钟楼飞翔。一旦靠近钟楼，燕子们一定会惊慌失措地急转弯，四散飞开——估计是距离相隔太远的缘故，他没能听到燕子们胡乱吵闹的叽叽喳喳声。

布莱克在6月份的日记中写道，他成功破译出皮革封面笔记本中密码记载的内容，并发现该密码源自一种神秘的阿凯罗语，主要是某些古老的邪教教派在使用，他只在之前的研究中隐约听说过这种语言。奇怪的是，日记只字未提他究竟破译出什么内容，但他公开表示对自己的研究结果感到敬畏和惶恐。其中提到：凝望“光辉之偏三八面体”可以唤醒夜魔，还有一些人把它叫作混沌的黑色海湾。据说夜魔无所不知，苛求最残暴的祭献形式。布莱克其中几则日记暴露了他深深的恐惧，他害怕那个被召唤的夜魔的猖獗，尽管有街灯作为壁垒阻挡那怪东西的靠近。

布莱克经常提及“光辉之偏三八面体”，称它是通往任何时间和空间的窗户，历史可以追溯到黑暗的犹格斯星球第一次制造出这块水晶，不久后旧神们把它带到了地球，并由南极洲的海百合类生物密藏放置在一个奇怪的盒子里，然后瓦卢西亚王国的蛇人把这块水晶从海百合的废墟中抢救出来，万年以后又被居住在里莫利亚的先民们觊觎。它在神奇的大陆和更加神奇的海域间流落颠簸，终而随着“亚特兰蒂斯号”沉入深海，多年后被一个克里特渔夫打捞出海，卖给来自漆黑如夜的赫姆地区的一名黑皮肤商人。勒弗棱·卡法老专门修建了带有无窗地下室的神殿供奉这块水晶，也正是因为该举动，人们在所有的纪念碑和史料中剔除了他的名字。自此以后，这块水晶一直静静地躺在被神父和新上任法老损坏的殿堂中，一直到探索者用铁锹把它挖出来，降祸于人间。

7 月初，报刊中的简报在不经意间补充了布莱克的日记内容，可以说，公布日记的内容才是这些报道作出的真正贡献。报道称，斐德拉尔山的当地居民在一名陌生人闯入镇上那座可怕的教堂后，新的恐惧不断加深。那些意大利人相互间低声议论，说是黑暗的无窗钟楼经常传出异乎寻常的骚动、碰撞和打斗声响，并请来牧师驱除每晚都萦绕在他们梦境里的某个怪异存在。居民们还说，有不干净的东西不断在门口窥视，打探屋内的光线，确认是否可以闯入。新闻栏目提到了一个在当地经久流传的迷信故事，却说不清故事早期的背景起源。如今的记者都年轻气盛，不屑于或是不擅长搜集古物资料。布莱克在日记中谈及这些情况时，语气中充满了懊悔，他觉得自己有责任把“光辉之偏三八面体”隐藏到不为人知的地方，是他让阳光照进顶端突出的可怕钟楼，从而召唤出可怕的怪东西，他有义务把它驱除。同时布莱克的好奇心已经滋长到十分危险的地步，他承认内心有个病态的期望——在梦里也强烈地梦见过——再次拜访那座被诅咒的钟楼，再次凝望那块承载着宇宙奥秘的发光小石头。

7 月 17 日杂志的一则报道把我们的日记记录者布莱克惊到发起了高烧的程度。这篇报道带着半开玩笑的口吻描述了斐德拉尔山地区居民的不安，但布莱克却被吓了个半死。报道说，受雷雨天气影响，当天晚上停电约有一个小时，当地的意大利人吃惊得快要疯掉。据住在可怕教堂附近的人称，尖塔里的怪东西趁着街道两旁的路灯都已熄灭，就下楼来到教堂的底层，似乎有一团黏糊糊的东西用令人毛骨悚然的方式，发出笨重的跌落和碰撞的声响。后来，这个怪东西好像又跌跌撞撞地重新登上钟楼，随即是窗玻璃洒落满地的声音。哪里有黑暗，怪东西就可以到那里去，只有光亮才可以把它吓跑。

当电力恢复供应后，钟楼里发出一阵可怕的骚乱声，即使是一点点微弱的光照进那被污垢熏黑、百叶窗覆盖的玻璃窗户，对那怪东西来讲也是莫大的折磨。它跌跌撞撞地及时滑行到钟楼黑暗的角落里——用那个疯癫陌生人的话讲，只要它被阳光照射的时间稍稍长点，它就会被重新打入深渊。在停电的一小时中，当地居民聚集到一起，在雨中围绕着教堂祈祷，点燃的蜡烛和灯盏在折叠纸和雨伞的庇护下，摇曳着微弱的亮光——这些光亮像守卫一样帮助小镇摆脱了那个阔步于暗夜的可怕怪东西的魔掌。

更糟糕的还在后面。布莱克看到当晚的一则新闻快报上称，有两名记者被这个恐怖怪状东西的反复无常激怒，他们不顾狂乱的意大利人群的阻止试图闯入教堂，试着推开几扇门发现都已上锁，就从地下室的窗户爬了进去。他们沿着一条奇怪的路前行，发现阴森的前厅和似有幽灵出没的中殿布满了灰尘，小片腐烂的靠垫和长凳的缎质内衬散落在地板上。一阵恶臭从四面八方涌来，到处都是带黄斑的碎片和似被碳化了的破布块。两人打开通向钟楼的小门，这时楼上传出刺耳的刮削声，他们停顿了片刻，顿时发现脚下这段狭窄的螺旋形楼梯已经差不多被打扫干净了。

钟楼里面也同样有粗略打扫的痕迹。两人还谈及了七边形石柱、翻倒的哥特式椅子、怪异的石膏雕像等。令人不解的是，他们竟没有提到金属盒和年久的残缺骷髅骨。最令布莱克感到不安的——除开污点、碳化物和恶臭给出的暗示——是报道最后对破碎玻璃的细节描述。教堂里的每一扇尖顶窗都已损坏，其中两扇不知被谁匆匆处理了一番：用缎质长凳内衬堵住百叶窗叶片间的倾斜缝隙，以维持钟楼内的黑暗。更多的零散碎缎片和成捆的马鬃杂乱地散落在新近打扫过的地板上，这些迹象仿佛在暗示，有人在整修钟楼，试图恢复钟楼至以前那种用帘布紧紧遮蔽的绝对黑暗状态。

他们在通往无窗尖塔的阶梯上也发现了泛黄斑点和碳化了的碎片，一名记者沿着阶梯向上爬，拉开那扇水平滑动的活板门，用微弱的手电筒光朝塔内照进去，发现里面除了恶臭和一片黑暗，其他什么也没有，门缝旁边有个不规则形状的异质碎片，好像是垃圾。毫无疑问，公众都认为这两人满嘴瞎话，一些人甚至嘲笑拉菲德尔山地区的居民迷信愚昧，还有人认为是有些少不更事的，或是久经世故的当地居民跟外部世界开了个精心布局的大玩笑。这件事之后还发生了一段有趣的小插曲：警局需要派一名警员实地去证实之前两位记者的报道。接连三人都找借口躲过了这门差事，第四名警员没办法，只能很不情愿地去了，但他很快就回到警局，也对此事三缄其口。

在这以后，布莱克在日记里越来越多地流露出潜伏的战栗和令人不安的恐惧。他谴责自己没有采取实际行动阻止事态的恶化，还大胆推测了下一次停电可能带来的严重后果。他的推测得到了三次证实——有一个雷雨天——他急匆匆地致电电力局，绝望地提醒他们要尽量避免和减少停电情况的发生。有时还在日记中表现出他对之前记者在探索幽暗的钟楼阁屋未找到金属盒和内置的水晶石，以及布满奇怪斑点的骷髅骨的深深忧虑。布莱克假设这些东西都被移走了——可是移到什么地方去了？是被谁或是什么东西移走的？这些都只能凭空臆想。但是，他最顾虑的还是自身的安危，自己的思想与远处钟楼里挥之不去的恐惧仿佛存在着一种邪恶的关联——那晚他因一时鲁莽从终极黑暗的空间中召唤出了那怪异的东西。布莱克的内心在激烈地挣扎，据那段时间里布莱克的访客回忆：他总是心不在焉地坐在西面窗户下的书桌旁向外凝视，专注地盯着烟雾缭绕的城市上空更远处那个尖塔林立的小山丘。他还在日记里单调地反复描述某个糟糕的梦境，总感觉有一种邪恶的“一致关系”在他入睡时不断膨胀。布莱克提到，有一天晚上醒来他发现自己穿戴整齐地出了门，无意识地下了学院山往西行走。他反复地斟酌一个自己不敢面对的事实：尖塔里的那个怪东西把自己的行踪掌握得一清二楚。

据知情人士回忆，从 7 月 30 日的最后一周开始，布莱克出现神经衰弱的症状。他整天都躺在床上，用电话预订一日三餐。拜访者注意到他的床头摆着一圈绳索，布莱克解释说，自己最近有梦游症状，每晚睡觉前都不得不捆紧踝关节防止自己到处乱走，但还是经常会出现为了挣脱绳索而从梦中惊醒的情况。

布莱克在日记中讲述了导致自己神经衰弱的一段难忘经历：30 日夜晚，他已经躺下睡觉了，突然醒来发现自己在几乎是伸手不见五指的黑暗空间中摸索，只看见一道水平方向的短条纹状蓝色微光，还闻到了令人难以忍受的臭气，感觉头顶上方许多种柔和而隐秘的诡秘声响交织在一起，仿佛还有声音在与交织在一起的每种声响发出共鸣——那是木板间里有物品小心翼翼的滑动声混杂着微弱的搅动声。

布莱克在一片漆黑中摸索到一根石柱，柱顶空无一物，接着发现自己抓着阶梯的一个梯级，这段阶梯和墙壁紧紧挨在一起，布莱克像没头苍蝇一样朝着上面乱走，突然闻到刺鼻的臭气，同时一股灼热的巨浪向他涌来。映入眼帘的是许多尊如幽灵般的石膏雕像如万花筒一般不停变换，它们间歇地依次融解成一幅深不可测的巨大深渊图，图中在宏伟的黑暗中多个太阳、多个世界在来回地不停旋转。布莱克此刻联想到了“终极混沌”的古老传说，混沌中央躺卧着愚蠢盲目的阿扎托斯神——万物之王，身旁围绕着一群同样愚蠢的无定形舞者，被无名手爪握着的魔鬼的长笛发出稀薄和单调的笛声，阿扎托斯听着笛声渐渐入睡。

外面传来的尖锐爆炸声使布莱克从昏迷中惊醒过来，他在确定自己身处何地后惊骇得说不出一句话来。那个怪东西究竟是什么？他永远也不会知道——可能是烟花爆竹迟来的炸响声，要知道，斐德拉尔山地区的居民会在整个夏天尽情燃放烟花爆竹，欢迎他们各自信仰的守护神，亦有意大利老家村落所供奉的神灵。无论如何，布莱克只能放声尖叫，疯狂地几步并作一步下了阶梯，跌跌撞撞地跑出如牢笼般围困着他的漆黑房间。

布莱克立刻就意识到自己身处何地了，他不顾一切地冲下狭窄的螺旋状楼梯，在每个转弯处跌倒摔伤后又爬起来。布满蛛网的巨大中殿有扇拱门，布莱克逃离中殿，从拱门斜视下的骇人阴影下穿过，如同做了场噩梦一般。他在一片漆黑中爬过满是垃圾的地下室，然后越过窗户攀爬到教堂外面，一瞬间感受到了空气和街灯的亮光，接着便发狂似的冲下这座凌乱石墙包围的诡异小山，飞奔出那个拥有黑色高塔的残忍而寂静的小城，沿着东向的陡峭绝壁回到自己位于学院街的老房子。

第二天一早，布莱克恢复知觉、神志清醒后，发现自己和衣躺在书房的地板上。周身沾满了尘土和蛛网，身上每一处都是瘀青，全身酸痛。站在镜子前方，布莱克看见自己的头发被严重烧焦，上衣外套还隐隐散发出奇怪而可怕的恶臭。就是在这一刻，他的神经终于彻底崩溃了。自此以后，布莱克就一直身着晨袍精疲力竭地在屋中闲逛，除了趴在西边窗户口凝视以外什么都不做，每次打雷就吓得全身战抖，并开始在日记里写些不着边际的疯言疯语。

大风暴在 8 月 8 日子夜前爆发了，接二连三的闪电打在城市的每一个角落，据报道，天空甚至还出现了两个不同寻常的大火球。雨滴如瀑布般猛烈地飞泻而下，连续不断的惊雷如炮弹齐发般震耳欲聋，那一夜注定几千人无法安然入睡。当地的供电系统很有可能瘫痪，这让布莱克极度恐慌，凌晨 1 点左右他致电电力公司，但那时电力公司出于安全考虑已经切断了电力供应。布莱克在日记中对每件事都有详细记载——用令人不安且常常无法辨认的大号象形文字讲述了不断增长的狂怒和绝望，还有在黑暗中摸索着潦草写下的内容。

布莱克必须保持房间的黑暗，这样他可以从窗户向外望得更远，多数时间他都呆坐书桌旁，透过窗外淅沥的雨幕，忧心忡忡地凝望着远处斐德拉尔山一带的灯光照着城市中央的屋顶闪闪发光。布莱克偶尔会笨拙地抓起笔在日记本上写下几行字，比如其中两页写着下列独立分离的句子“灯光绝对不可以熄灭”“它知道我在哪里”“我必须毁灭它”以及“它在向我呼喊，或许这次并无恶意”等。

根据发电站的记录，凌晨2点12分全城停电，但是布莱克的日记中未注明具体的时间。当天的日记只有一个短句“停电了——上帝快来救我。”斐德拉尔山上同样存在着如他一般焦虑的观察者，全身湿透的人群在教堂外的广场和街道上游行，他们有的打着雨伞保护手里的蜡烛不被雨淋灭，还有的拿着手电筒、油纸灯笼、十字架和其他一些意大利南部人熟知的各种魔咒符。人群在为每一道闪电祈福，后来暴风突然改变了风向，一部分人手中的光源越来越弱最终完全熄灭掉，这些人十分惊恐，纷纷用右手比划起神秘的手势。风势渐涨，大部分的蜡烛都被吹熄，周围的黑暗逐渐加深，仿佛是浩劫来临的前奏。有人请来圣灵教堂的梅尔鲁佐神父，神父匆忙赶到凄冷的广场念遍了所有可能有用的词调。从漆黑钟楼中的令人焦虑不安的古怪声音推断，除了邪恶的怪东西在作祟还会是谁?

关于凌晨2点35分时的情况，我们有一名机智、有教养的年轻牧师的讲述为证，还有中央车站的威廉·J.莫纳汉巡官，他是一名很受市民信赖的官员，由于教堂一带属于他的巡逻辖区，他专程来视察了祈祷的人群。聚集在教堂高墙外的民众共有78人——特别是那些广场上的人，他们可以清楚地看到教堂的东侧面，可是也没有证据证明任何自然规律以外的存在出现在那里。可能引起这场骚动的原因很多，没人说得清含有异物存在的、长时间废弃的、通风不良的古老大建筑中，究竟发生了怎样的怪异化学反应。有毒蒸汽——自燃——长期腐烂导致的空气高压——任何一种现象都可能成为事件的导火索。当时也绝不会排除恶意欺骗的因素。事件本身很简单，仅持续了不到三分钟的时间。梅尔鲁佐神父总是倡导凡事讲求证据，当时也反复地查看手表，心中默默记下准确的时间点。

事件是这样开始的：从黑色钟楼清晰地传出呆滞的摸索声，越来越响。教堂内飘溢出怪异而邪恶的臭气，味道越来越浓烈。接着是木块被掰碎的声音，同时一个大而重的物体撞击到院落中，正好掉在东面高墙的阴影下。此刻，蜡烛已全部熄灭，钟楼似乎也消失不见，靠东墙站立的人群看到，坠落院子的物体是钟楼东窗外那被浓烟熏黑的百叶窗叶片。

随即，从一个看不见的高度涌出一股完全不能忍受的恶臭，受惊而战抖不止的围观者们被呛得恶心、咳嗽，站在广场的人更是被熏得几乎昏倒在地。就在此时，周围的空气犹如飞鸟拍打翅膀一般开始上下颤动，突如其来的东风比刚才那阵疾风还要厉害，它掀掉了人们头顶的帽子，还在滴水的雨伞也被吹得变了形。在这个所有光源都被吹熄的暗夜，没人能看到确定的物品，尽管一些仰望的观众认为他们看见在漆黑的天空中，一个模糊、漆黑的污团在迅速向四周蔓延——某种如无定形云团状的浓烟以流星般的速度射向东方。

这就是整个事件的全过程。围观的人群内心交织着恐惧、敬畏、不安和不知所措的复杂情感，都如木鸡般呆立在原地。他们不知道究竟发生了什么，也不敢放松警惕；片刻之后，一道迟来的闪电撕亮了半边天空，接着是震耳欲聋的雷鸣和洪水般的倾盆大雨，人们纷纷口中念念有词地祷告上帝。

第二天的报纸对前一晚的大风暴只是轻微地一笔带过，似乎斐德拉尔山教堂事件之后的电闪雷鸣在其东部更远一带地区还要可怕，那里也同样散发了浓烈异常的恶臭。学院山地区发生的现象尤其值得一提：轰隆的雷鸣声惊醒了熟睡的居民们，并引发了一轮对未知的困惑推测。其中几个雷雨前就醒来了的居民称，靠近山顶的地方出现了反常的光亮；也有人注意到，有一股无法解释的强大气流涌上来，几乎卷光了花园中树木的叶子，许多花草也折掉殆尽。大家都推测，一定是突如其来的闪电球袭击了附近某个地方，尽管至今尚未发现被袭击的痕迹。据一名居住在头·欧米茄兄弟会会社的青年称，第一道闪电掠过之后，天空中出现了一团怪异而丑恶的雾团，可他的言论尚未得到证实。然而，这几位观察者都一致肯定猛烈的西风和难以忍受的恶臭出现在迟来的闪电之前，还有一种证据证明雷击之后的确有一股烧焦的气味。

鉴于上述观点很可能与罗伯特·布莱克的死因有关，所以都经过了细致的讨论。从塞·德尔塔兄弟会的学生房间的后窗可以望见布莱克的书房，他们于 9 日清晨看见书房西窗旁有一张苍白且模糊不清的脸，还在猜测究竟发生了什么情况。可是，这群学生发现到了傍晚那张脸还是以同样的表情出现在同一个地方，很担心是否发生了意外，他们焦急等待对方点亮寓所的灯。晚些时候，他们按响了这座被黑暗所笼罩的寓所门铃，自然是无人应答，于是才报警破门进入了死者的房间。

僵硬的尸体直挺挺地端坐在靠窗的书桌前，闯入寓所的学生们看到一双呆滞突出的眼睛，扭曲的五官说明死者生前受到惊吓而抽搐不止，他们压抑着想要作呕的恐慌，转身背对着尸体。屋内的窗户完好无损，法医手下的内科医生检查完毕后推断死因可能是电击或是放电引起的神经性休克。可内科医生忽略了死者面部骇人的表情，并认为这类想象力反常、神智不健全的人在受到强烈电击时，脸上出现令人惊悚的表情不是不可能。这是基于寓所内发现的奇怪的书籍、绘画、手稿和桌上日记本中潦草记载的胡话而得出的结论。布莱克直到生命最后一刻仍疯狂地往笔记本上匆匆写下几笔，临死时，他患发作性萎缩的右手还握有一支笔尖断掉的铅笔。

布莱克在停电后写下的日记非常不连贯，只能辨认出部分内容。侦查人员根据这部分日记内容得出了与唯物主义官方裁决所截然不同的推论，恐怕保守派人士无论如何也不能接受该推论。一些想象力丰富的理论家，比如迷信的德克斯特博士丢掉造型怪异的盒子连同成角的石头——一个在黑暗无窗的钟楼里被发现时就已发光的物体——把它扔进了纳拉甘赛特海湾最深的水道中。布莱克本身就有过多的想象和错乱的神经质，再加上他研究旧时邪教所发现的惊人秘密加重了他的神经衰弱病症。他在临终前受惊吓匆匆写下了自己最主要的秘密发现——也或许是他仅凭想象捏造的秘密发现。

“电还没来——肯定已经过去 5 分钟了。一切都取决于光亮是否出现。亚狄斯星球同意它继续……一些影响似乎可以消灭它……暴雨、闪电和狂风震聋了……那个东西正在掌控我的思想……”

“受记忆障碍困扰。我看到自己以前不曾知晓的东西。来自其他世界和其他星系……黑暗……闪电像是黑色的，黑暗在发光……”

“我在颠簸的黑暗中看到的小山和教堂都是虚幻的。肯定是光芒闪现后留下的视网膜印象。上帝允许意大利人在停电后点上蜡烛到外面去！”

“我究竟在怕什么？它难道不是奈亚拉托提普的化身吗？奈亚拉托提普游走在古老阴暗的赫姆地区时就已化作人形。我记得犹格斯星和更为遥远的夏盖星，以及黑暗星球的终极空虚处……”

“穿行在空虚间的漫长飞行旅程……无法横跨光之宇宙……光辉之偏三八面体掌控思想而重新制作了……派它穿越可怕的光辉之深渊……”

“我叫布莱克——罗伯特·哈里森·布莱克，来自威斯康星州，密尔沃基市，东奈普街六百二十号……我在地球上……”

“阿扎托斯发发慈悲吧！——雷电不再闪光了——可怕——我依靠荒诞的意识看世界，而不是双眼——光即是黑，黑即是光……小山一带的居民……守卫……蜡烛和符咒……他们的牧师……”

“丧失了对距离的感知——远即是近，近即是远。没光——没玻璃——看那尖塔——钟楼——窗——听得见——罗德里克·厄舍——我疯了，我快疯掉了——那东西在钟楼里移动、摸索——我就是它，它就是我——我要逃出去……必须出去，联合力量……它知晓我的行踪……”

“我是罗伯特·布莱克，我在暗夜中看见了钟楼。有强烈的恶臭味儿……感官扭曲了……降落在钟楼，窗户碎裂、倒塌……吾……恩盖……犹格……”

“我看见它了——走过来——地狱之风——泰坦愈加模糊——黑色羽翼——犹格－索托斯救命——三叶燃烧着眼睛……”

家门口之事

一

我想说我不是凶手——虽然我的的确确向我最好的朋友连开了六枪，可当你看完下面的故事也许就能理解我为什么一再强调自己并不是凶手了。也许一开始，你们会认为真正的疯子是我，而不是那个在亚卡汉姆疗养院的地窖里被我开枪射死的人。可是，当你看完我的故事之后，你们就不禁会去思考并扪心自问：若不是作者亲身经历，他怎么会相信自己的家门口会发生这么怪诞而恐怖的事呢？

对于那时我所经历的怪诞之事，我相当迷惑，直到现在，我也常常自问：难道我是被误导了？或者我压根就疯了？不过仍有人热衷于讲述那些与爱德华·德比和阿萨纳斯有关的怪事，而我对这些事却毫不知情。对于上次那令人胆寒的袭击，就连那些不动声色的警察也束手无策。他们只能试图炮制出一个看似合理的说辞来解释所发生的怪事，比如，他们会说这是奴仆们故意编造出的恐怖笑话或是骇人警告，只是想吓唬吓唬大家而已。但其实他们心里都明白，真正令人后怕和难以置信的是事实的真相。

所以我说，我并不是要谋害爱德华·德比。更确切地说，我是想为他报仇，让他摆脱那个一直折磨着他的魂魄，并为他扫除那阴魂不散、没完没了的恐惧。一般来说，我们日常生活轨迹的周边总有那么些黑色地带，一些邪恶的灵魂不时地在其间来回穿梭。碰到这种情况，了解状况的人都会奋力一搏以免发生什么严重的后果。

我是看着爱德华·皮克曼·德比长大的，关于他的事情，我都相当了解。他虽比我小 8 岁，但却非常早熟，因此在他 8 岁，也就是我 16 岁时，我们就已经有很多共同点了。可以说，当时的小德比，是我所见过的文采最为惊人的小孩，表现相当出众。7 岁左右，他就开始写那种忧郁到几乎病态的诗，这让他的家教老师惊讶不已。一个人的性格特征很大程度上受到家庭环境的影响，当然，德比也不例外。德比长期受到私人教育模式的影响，加上父母又对他非常溺爱，他的性格难免有些孤僻，自然而然就比其他小孩要早熟得多。德比是家里的独生子，由于体质虚弱，他的父母很是担心，因此他们寸步不离地将他绑在自己身边，没有护士相随，不允许外出。所以他很少有机会和其他孩子无忧无虑地玩耍。毫无疑问，所有的这些都使这个孩子养成了离奇古怪、偷偷摸摸的生活方式——总是活在自我幻想的自由王国里。

可不管怎么说，德比小小年纪，竟有这般学识，着实令人惊叹。尽管我年事已高，但对于他那轻而易举就完成的作品还是相当欣赏的。那时的我，对古怪之事较有兴趣，所以对这个小男孩就有种难得的亲近感。我和德比之所以会对虚幻和奇异之事情有独钟，都是因为我们居住的那个古老、腐朽而又恐怖的小镇——一个曾遭到巫婆诅咒、传说经常闹鬼的亚卡汉姆镇。尽管镇上的复斜屋顶挤作一团、摇摇欲坠，那些格鲁吉亚式的栏杆也已破烂不堪，但这个小镇仍然在令人恐怖的密斯卡塔尼克的低声呜咽中经历了好几个世纪的轮回。

我原本打算为爱德华所写的那本恶魔诗集制作插图的，可是后来，我跑去搞建筑设计了。即使如此，我们之间的友谊也从未受到丝毫的影响。在接下来的几年里，小德比奇特的天赋也得到了迅猛的发展，18 岁那年，他以“阿撒托斯和其他几名恶魔”的名义发表了梦魇诗集，这在当时引起了不小的轰动。同时，他还和臭名昭著的波德莱尔诗人贾斯汀·杰弗里保持着密切的书信往来，这个人写过《人的坝段》，但却在拜访了匈牙利的一个邪恶且备受歧视的小村庄之后，于 1926 年尖叫着死在了一个疯人院里。

由于从小备受宠爱，德比根本不能自食其力，也不能很好地处理一些实际事务。他的健康状况虽有所改善，但由于父母的过分溺爱，什么都给他一手操办好，使他习惯于依赖他人，跟个小孩没什么两样。也正因为这样，他从不单独出游、独自拿主意或承担责任。不过要是说他在商业领域或是专业学识领域无法立足，那还言之过早。光从他家里那充裕的财产来看，将来怎么也不会有悲剧发生在他身上。早已是男子汉的德比，至今却仍是小男孩的外貌，颇具欺骗性：金头发、蓝眼睛、小孩的肤质，就连费力去留的八字须也不易被人看出来。他的声音软而轻，未经磨砺的生活使他有点婴儿肥，但却不是成熟中年男人有的那种大腹便便；羞怯并未使他与世隔绝或成为书呆子，恰恰相反，标准的身高、帅气的脸庞使其成为一个相当有名气的时髦男士。

德比的父母几乎每个假期都会带他去国外走走，可他能较快理解的仅仅是欧洲人的思想和表达的浅层意义。他那诗人般的天赋也不断退化，就连对艺术的敏感和憧憬也只被激发了一半。在那段时间里，我们没少讨论这一情况。至于我，从哈佛毕业之后，便在波士顿建筑师事务所学习了一段时间，并在那举行了婚礼，有了自己的家庭，不过最终我还是回到了亚卡汉姆镇继续从事我的老本行。自从父亲因身体不佳搬回佛罗里达之后，我们全家就一直定居在亚卡汉姆索顿斯托尔街的一处家宅里。那段时间，爱德华几乎每晚都会前来拜访，渐渐地，我就把他当作家里的一分子了。他敲门的方式很独特，像某种暗号。每次晚饭后，我总能听到熟悉的敲门声：先是轻快的三次敲击，稍加停顿之后，紧接着又是两次敲击。我不常去他家，可能是因为不习惯自己以一种羡慕的眼光去翻阅他藏书室里那些不断扩充且又晦涩难懂的书吧。

德比的父母不愿意他离得太远，所以德比就在亚卡汉姆的密斯卡塔尼克大学度过了他的大学生涯。他 16 岁入学，三年就完成了全部课程，所学的专业是英语和法语，其实除了数学和科学，他的每门功课都相当优秀。尽管他也曾羡慕过那些“大胆另类”或“不入流”的风格，也模仿过那些所谓“时髦”的语言、虚假讽刺的姿势和不着边际的行为，可他却从不跟他们混在一起。

大学几年，德比疯狂地迷恋地下魔术。密斯卡塔尼克大学的图书馆藏有不少关于地下魔术的书籍，也因此闻名各地，享誉至今。德比总是在幻想着为了帮后人解疑答惑，开始深入探究历史遗留下来的神秘符号和咒语。通常，他读的大都是些离奇古怪的书，像是令人惊悚的《伊波恩之书》、冯·容兹所著的《无名祭祀书》，以及阿拉伯疯狂诗人阿卜杜拉·阿尔哈萨德所写的禁书——《死灵之书》。当然他是在父母毫不知情的情况下看的这些东西。我儿子出生时，爱德华已经 20 岁了，在得知我是以他的名字为我的新生儿取名为爱德华·德比·厄普顿时，他很高兴。

到了25岁时，孤立于社会和缺乏责任感成为他文学发展道路上的绊脚石，他的作品缺乏新意，书生气太浓，可是这丝毫不影响他成为一个令人惊叹的博学家、一位有名的诗人以及一名想象力丰富的思想家。我可能是他最亲密的朋友了，因此不管什么问题他都不会求助父母，而是向我讨取意见，不过在重要的理论课题上他总能表现出渊博的才识。由于内向、惰性以及长期对父母的依赖，他至今仍然单身。有时仅仅为了敷衍一下，他才会与社会接触。战争一来，由于他那虚弱的体质和懦弱的性格，只能被长期束缚在家。后来，我受人委托去了普拉兹堡，但却没能出国。

时间总是过得很快，爱德华34岁那年，他的母亲去世了，他也因为一些怪异的心理疾病而数月体力不支。后来他父亲带他去欧洲散心，虽然身体状况没有显著恢复，他却想方设法让自己看上去好像已经摆脱了疾病的困扰。他所表现出来的兴奋之情看上去有些古怪，好像是从某种看不见的束缚中解脱出来似的。随后，他开始混迹于更加“激进”的大学社团里，完全不顾及自己已是一个中年人，甚至还做出一些极端疯狂的事情来。有次竟然还为一个严重的勒索案买单（钱还是从我那借的），他这样做，就是为了使自己在逃脱父亲注意的同时，还能继续从事自己的事业。那段时间，有关密斯卡塔尼克大学体系的谣言到处都是，相当离谱，人们还在谈论巫术以及一些让人难以置信的怪事。

二

爱德华38岁时遇到了阿萨纳斯·韦特，我猜那时的她才23岁，正在密斯卡塔尼克大学修一门中世纪形而上学分支下的特殊课程。我一个朋友的女儿之前在金斯堡的霍尔学院见过她，还因为她那古怪的性格而故意避开她。她皮肤黝黑，身材娇小，要不是那双眼睛太过突兀，她的相貌还算是挺标致的，但是她表情里流露出的东西又极易让人疏远她。除此之外，她的出身以及谈话方式也迫使众人想要跟她保持距离。她是印斯茅斯镇韦特家族中的一员。现在，印斯茅斯镇虽然大部分已荒凉，不过有关该地如何衰落以及当地子民的黑暗传说，经历世世代代已结集成册。记录在册的传说除了那次发生在1850年前后的恐怖交易，还谈到一种“不完全受控于人”的奇怪元素，这种元素只有居住在破旧的渔港的古老家族才拥有，除此之外，还有别的一些传说——那些只有生活在远古时代，并拥有令人惊叹才能的上古的美国佬才能想得出的世代流传的传说。

伊法莲·韦特女儿的身份，让阿萨纳斯的境遇进一步恶化。她是韦特在暮年时期与一个一直戴着面纱的、不知名的女人所生的孩子。伊法莲住在印斯茅斯镇华盛顿街区一个几近衰破的宅邸里，曾有幸到过那个地方的人（因为亚卡汉姆民俗中是不允许随意参观印斯茅斯镇的），都断言阁楼的窗户都上了木板，但每当夜幕降临时，仍依稀能听到从里面飘出来的怪异的声音。据说，那个老头（韦特）在学生时期，魔力极强，传说中的他既能随心所欲地在海上兴起风浪，又能不费吹灰之力地将它平息。年轻的时候，我曾见过他一两次，每次都见到他来亚卡汉姆大学图书馆查阅禁书。那个时候，我挺讨厌他那张贪婪、阴沉的脸，还有那乱作一团的铁灰色胡须。然而颇具戏剧性的是，他的女儿——阿萨纳斯按照他的遗愿，委托别人象征性地为他安排了一个病房，之后她就进入大学学习，偏偏就在那个时候，他却因精神错乱而一命呜呼了，这真是诡异。阿萨纳斯也曾是他的学生，贪婪到几近病态，有时候看起来就跟他一样残暴。

在爱德华和阿萨纳斯·韦特约会的消息传开之后，那个曾和她一起上学的、我朋友的女儿便开始不断地向我讲述有关阿萨纳斯的怪事。阿萨纳斯在学校里总是装腔作势地摆出一副魔法师的样子，好像真能完成某些高深莫测的魔术似的。事实上，她一些表面上的成功主要得益于异于常人的预测技巧，可尽管如此，她仍妄言自己能呼风唤雨。她右手做出某种动作，就能使任何狗号叫，因此所有的动物都不喜欢她。有好几次，她都用一种非常独特的方式展示一些知识或语言片段。作为一个小女孩，用一种令人费解的睨视和眨眼方式来恐吓自己的同学，再加上她现在的处境，她遭到同学们无情且粗俗的反讽。

然而，让人匪夷所思的是，有确凿的证据表明她的确对其他人产生了影响。毫无疑问，她是一个真正的催眠师。她通过自己特有的方式凝视他人，通常会让对方明显感觉到灵魂的互换。仿佛催眠对象瞬间被移植到魔术师的身体里，透过半壁房间，就能看到自己的真身，但此时催眠者的眼睛往往会暴起，并充满怒火，完全一副陌生的表情。阿萨纳斯经常狂妄地标榜意识的自然属性及其独立的物理框架。只是，最令她愤怒的是自己的女儿身。因为她坚信只有男人的头脑才拥有宇宙的力量，独特而又深远。她声称，如果自己拥有男人的头脑，在掌控未知力量上，自己不仅会与父亲不相上下，甚至还会超越他。

爱德华和阿萨纳斯是在一个所谓的“知识分子”聚会上认识的，那次聚会是在一个学生的房间里举办的。而第二天爱德华来见我时，并没说什么特别的。后来，他发现阿萨纳斯兴趣广泛、博学多才，才开始不断关注她，而且他还深深迷恋于阿萨纳斯的姿色。我虽从未见过这个年轻的姑娘，就连对她的一些零碎的回忆也都很模糊，但我知道她是谁。看着德比将她抬得如此之高，着实令人遗憾，但我也没说什么让他泄气的话，因为我深知，迷恋至极必将朝着反方向发展。但他却是个例外，因为他甚至向他父亲提及了她。

接下来的几周，我没再听说其他什么事，倒是从小德比那听到了不少关于阿萨纳斯的事。尽管其他人都一致认为，他看起来和自己的真实年龄并不相近，就算他再怎么神勇，也不适合做一个护卫。但大家现在似乎都在谈论爱德华那日益衰退的神威。虽然他懒惰、自我放纵，但也只是稍微有点大腹便便，脸上没有任何细纹。相反，阿萨纳斯因受强烈欲望的驱使，脸上却提前出现了鱼尾纹。

有次爱德华带着那个女孩来拜访我，我一眼就看出他绝不是单恋阿萨纳斯，阿萨纳斯也时不时地瞄他，但却带着一丝贪婪的气息。这样我就意识到他们已经很亲密了，很难再将他们拆开。没过多久，我就去拜访了自己一直崇拜和敬佩的老德比先生。在听到他的儿子结交了新朋友之后，他便千方百计地想要打探这个小子恋情的整个原委。爱德华打算娶阿萨纳斯，还曾在郊区寻觅房子。鉴于小德比通常比较听从我的建议，老德比便想让我帮忙去阻止他们那种不明智的恋情。但我觉得对于这件事自己无能为力，最后只能遗憾地拒绝了。这次倒不是因为爱德华的意志变得坚定，而是因为那个女人的意志太强烈了。对于一个长期依赖父母的孩子，当决定把自己对父母的依赖转向一个新的、更强有力的人之后，恐怕外人无论做什么也已于事无补了。

婚礼在一个月后举行，应新娘的请求，由一个戴着胸章的法官主持。至于老德比，他也听从了我的建议，没有提出任何反对意见。他和我们一家一起参加了那个简短的婚礼，至于其他客人，大都是来自大学里的一群疯狂的年轻人。阿萨纳斯买下了乡下主街尽头的旧克劳宁希尔德住宅。他们还商量在结束了印斯茅斯小镇短暂旅游之后就搬去那儿住，这一路上，他们只带了三个仆人、一些书籍和部分家居用品。爱德华和他的父亲私下里都不希望离大学、图书馆以及那些“世故”的人群太近，可能正是由于他们没有太多其他的考虑，才使阿萨纳斯想要定居在亚卡汉姆而不是回到他们永久的家。

蜜月过后，爱德华就来我家了，我感觉他看上去稍微有些变化，阿萨纳斯已经让他理掉了那些还未发育完全的胡子，但他的变化远不止这些，他看上去更稳重、更体贴了。就连他那曾经因年少叛逆而一直板着的脸现在也换成了另一副几近真切悲伤的表情。我也说不清楚自己是否喜欢他的变化。当然，此刻的他比之前任何时候都更像是一个成年人了。也许结婚是一件好事，朝着独立方向改变只是他摆脱依赖他人的开始，而成为一个负责任的独立的人才是他的终极目标。因为阿萨纳斯很忙，所以这次他是一个人来的。阿萨纳斯从印斯茅斯小镇带回来大量的书籍和器械，此刻正在对克劳宁希尔德住处及地面进行修复（一提到印斯茅斯小镇，德比不禁战栗了一下）。

虽然她在那个小镇的家相当令人恶心，但是小镇上的某些东西却也让德比见识一些奇异的事。在阿萨纳斯的指导下，他现在对深奥学问的探究有很大进步。阿萨纳斯提出了一些大胆又激进的实验，虽然他现在还不能畅所欲言地对它们一一进行描述，但他对阿萨纳斯的力量和意图充满了信心。她的那三个仆人也相当怪异，其中的一对老夫妇曾经和老伊法莲生活在一起，偶尔也会隐晦地提到德比以及阿萨纳斯死去的妈妈。此外还有一个皮肤黝黑的少妇，相貌异常，浑身散发着鱼腥气味。

三

接下来的两年里，我和德比见面的次数越来越少了。有时候，不经意间几个星期就过去了，其间再也没有听到前门那熟悉的先三下、后两下的敲门声。有时即使他来拜访，带来的也是一次强过一次急促的敲门声。而我去拜访他时，他也不再愿意讨论一些重要的话题了，就连以前每时每刻都在描述讨论的玄学研究，现在也遮遮掩掩地不愿多谈，对于他的妻子，他更不愿多提。自从结婚后，阿萨纳斯的衰老速度惊人，更怪的是现在她看上去像是他们两人中较老的那个了。她的脸上总是呈现出某种欲望或做出某种决定的表情，这种表情之前我也见到过。从她目前的整个状态来看，好像受到了某种莫名而又摆脱不掉的强烈感觉似的。和我一样，我的妻儿也注意到了她的这种变化，所以我们渐渐地不再去他们家了。为此，爱德华不得不承认自己有时会有些孩子气，做事不得体，但他的妻子也都能接受。偶尔德比也会去长途旅游，说是去欧洲，但种种迹象表明他是去了某些不为人知的小地方。

他们结婚一年之后，大家又开始谈论起爱德华·德比的变化。因为是他心里的变化，所以大家谈论起来也都很随意，由此还引出了不少趣事。通过人们不时的观察，发现爱德华脸上的表情以及做事风格貌似和他一贯松散的个性不一样了。例如，以前他连车都不摸一下，现在竟然开着阿萨纳斯那强劲的帕卡德车在克劳宁希尔德车道上来回地穿梭，就像车的主人一样。他也总能巧妙地应对交通障碍，这完全不同于他以往的性情。就这样，似乎他一直都处在刚结束一段旅游、又开启一段新旅程的状态下。没人能猜得到究竟是怎样的行程，不过他比较中意的还是印斯茅斯镇的小路。

奇怪的是，变化后的他看起来并不那么讨人喜欢。人们说他看起来越来越像他的妻子或年迈的伊法莲·韦特本人了，这种情况罕有发生，只是那么一瞬间，所以看上去才很反常。有时候这种情形会发生在他车发动后不多久，每当发生这种情况时，他就会原路折回去，无精打采地躺在后座上，雇个司机或技工给他开车。同时，他在车技上压倒性的优势非但未能为他日益淡出社交圈（包括，就我而言，对我的拜访）增彩，反而被说成是他早些时候的优柔寡断在作祟——他不负责任的孩子气行为比过去更明显了。随着阿萨纳斯容颜日益衰老，除了在一些特殊场合之外，爱德华往往会极度放纵自己，甚至夸张到幼稚的程度，只有当一丝新的忧伤掠过或明白了一些东西时，他才会稍微收敛些。这确实令人困惑。同时，德比几乎淡出了大学同性恋圈子，并不是他们彼此厌恶对方，我们听说是因为他们当下研究的东西非常令人震惊，甚至比其他颓废派还要极端得多。

直到婚后第三年，爱德华才开始直率地向我表达他的一些恐惧和不满。对于“过犹不及”之事，他总会说些扫兴的话，也会阴沉地谈到自己想要“获得认同感”。起初，我并不理会他的这些话，但我总会想起朋友的女儿曾提到的阿萨纳斯对于学校女孩子们的催眠效力——学生们都普遍认为，催眠能将她们的灵魂移到阿萨纳斯的身体内，然后透过房间就能看到她们自己了。每想到此，我便会小心谨慎地问问德比。我的质疑似乎令他大为震惊却又心存感激。他说过些时日会和我进行一次详谈。也就是在这个时候，老德比死了，这使爱德华极其悲伤，但还不至于崩溃。我觉得对于爱德华来说或许是好事，因为结婚后，他就很少去见他的父母，他把对家的那份特殊情感完全倾注到了阿萨纳斯身上。有人说他冷漠无情，特别是他开车时所表现出的那副神采奕奕、趾高气扬的样子，显得越发自我膨胀。可现在他想搬回过去的家族豪宅住，而阿萨纳斯却坚持要待在克劳宁希尔德，理由是她已经完全适应这里。

不久之后，我的妻子就从朋友那里听到了一件怪异的事。那个朋友一直和德比夫妇保持着来往。她曾经到过大街的尽头去拜访他们，看到德比驾着车轻快地疾驰，坐在驾驶室里的他一副蔑视的嘴脸，自信得有些怪异。按响门铃后，那个讨人厌的女仆告诉她阿萨纳斯不在家，不过她可以在走之前参观一下他们的房子。透过书房的一扇窗户，她瞥见了一张闪躲的脸，那张脸上有着痛苦、失败、绝望的表情，让人感到莫名的悲切。看到阿萨纳斯的那些恶仆，很难想象她本人究竟是什么样子。但是那个朋友却信誓旦旦地说，每当阿萨纳斯对德比指手画脚时，可怜的德比总是悲切地注视着远方，很可怜。

爱德华如今对我的拜访更加频繁了。偶尔，他的暗示也不那么模糊了。奇怪的是，即使在有着悠久历史、到处充斥着传奇的亚卡汉姆镇，人们也不相信他说的话。即便如此，他仍能摆出一副真挚又令人信服的姿态，讲述他那所谓的黑暗传说，这不禁让人为他的神智而担忧。他会谈论在荒凉之地发生的可怕会面；在缅因州森林中央地带发生的巨大毁灭；在这片森林的下面，宽阔的楼梯直通黑暗的深渊，埋葬着许多不可告人的秘密。他还提到，穿过隐形的墙，绕过错综复杂的转角，就能进入其他时空，以及在偏远的禁区里仍允许人们探究的那些极其丑陋的人格互换，也就是不同的时空连续体。

他偶尔会支持一些荒唐的预测，展示一些完全令我困惑的东西——对一些有纹理的东西进行巧妙的改造，让它看起来就好像非地球生物一样。那些改造后的扭曲的曲线和表面，很难让人想象当初为什么改造它，也没有任何的几何模型可循。他说，这些东西来自外星球，只有他的妻子才知道如何得到它们。每次，德比都是以一种惊恐而混沌的耳语，去暗示一些有关年迈的伊法莲·韦特的东西，他还是以前偶尔在大学图书馆见到过年迈的伊法莲·韦特。这些预测从来都是模棱两可的，但看起来似乎一直都是围绕着一些极其恐怖的疑惑所展开的，有关老巫师是不是真的死了的疑惑——不光是肉体，还包括精神层面上的。

有时，德比在揭露一些事情时会突然停下来，我想可能是因为，阿萨纳斯已经预测到他在远处某个地方说的话，对他进行了某种心灵感应式的催眠，迫使他停止下来。那种催眠方式，她在学校也展示过。她肯定是怀疑德比向我泄露了一些东西。因为过去几周，她都竭力阻止德比到我这里来，不管是通过言语还是向他使眼色，她对他有种让人难以置信的影响力。克服重重困难后，他才得以和我相见。因为即使他假装去其他地方，也会有一些无形的阻碍来阻止他的行动，使他暂时忘记目的地。奇怪的是，有一次他对我解释，说自己通常是在阿萨纳斯的灵魂出窍时才得以和我相见，而阿萨纳斯在事后又总能知晓真相，原因是一直有仆人在留意着他的去向，不过，她也意识到事后若再做出任何过激的行为是不妥当的。

四

自那年八月收到他从缅因州发来的婚讯电报，德比结婚已经三年多了，我已经有两个月没见过他了，不过听说他出差去了。虽然听说德比家楼上那挂有双层窗帘的窗户下还站有他人，可阿萨纳斯也应该是和他一起的。他们要负责看管女仆们所买的物品。

现在，车桑库克市警察局局长不得不下令逮捕这个疯子，他刚跌跌撞撞地逃出灌木林，并央求我救救他，神志不清地尖叫着。这个疯子不是别人，正是爱德华，就在刚才，他突然记起了自己的名字和家庭地址。

车桑库克市位于缅因州，与那片最为原始幽僻的森林地带接壤，四周一片荒凉。要颠簸一天才能到那儿，沿途风景壮观威严却又阴森恐怖。我在当地农场的地窖里找到了德比，那时的他已神志不清，时而狂热，时而冷漠。

但德比当即就认出我来了，接着便向我语无伦次地念叨个不停，可又说不出什么。

德比嘀咕着："丹，看在老天的分上，该死的恶魔修格斯！往下走六千个台阶……真是可恶至极……绝不再让她占用我的身体了，后来我才发现自己原来在那里。真他妈倒霉！你知道吗，尼古拉斯这个邪神从祭坛上升起，同时还有五百来只幽灵在其上空发出阵阵哀号——这群头上长有顶冠的怨鬼不断哀鸣，发出'咣！咣！'的声音，而'咣'正是老伊法莲秘密聚会的暗号。被锁进图书馆前的一瞬，我正站在我妻子向我许诺的地方，她曾向我承诺她不会再附身于我。没想到的是，转眼间，就在那里，她的灵魂侵入我的躯体后随即飘然而去。在这对神灵彻头彻尾亵渎的邪恶之坑中，黑色势力便开始滋生蔓延，图书馆看守员也因此提高了警惕。我看到了恶魔修格斯——它已更换了身躯——这点我无法忍受——要是她再如此对我，我就杀了她！我要杀了她！他！还有它！我发誓，我一定会杀了它的！我要亲手杀了它！"

我花了足足一个小时才让他平息下来。第二天，我在当地镇上给他买了几件像样的衣服，便和他一起返回亚卡汉姆镇。在他歇斯底里地发泄完怨怒之后，现在需要安静一会儿。当车驶过奥古斯塔时，他暗自嘀咕了几句，这或许是因为该地景观勾起了他不愉快的回忆。很明显，德比并不想回家，考虑到他妻子对他的精神折磨，再加上他一直陷在对妻子不切实际的错觉中，我认为他不回家会更好。尽管这样会使阿萨纳斯不悦，我还是决定暂时忍受他一段时间，然后，再帮他和妻子离婚。毫无疑问，德比精神上的问题使婚姻成了他的一个致命打击。当我们再次踏入州境时，德比就不再嘟囔了，我开车时，他就在我身边迷迷糊糊地打着盹。

夕阳西下，当我们匆匆驶过波特兰时，德比又开始嘟囔起来，甚至比之前更明显。我听到的都是有关阿萨纳斯的一连串疯言疯语。爱德华整个脑子里都是对她的幻觉，足以可见阿萨纳斯对他的影响有多大。就德比目前的困境而言，时不时地暗自嘟囔几句也不过是他发泄、抱怨的一部分。阿萨纳斯牢牢掌控着德比，他自己也清楚地知道，阿萨纳斯永远不会放过自己，这一天迟早会到来的。阿萨纳斯不能一次附身德比太长时间，即使这样，阿萨纳斯不到万不得已也不会让德比自由。阿萨纳斯时常占用德比的身体，前往不知名的地方去参加一些莫可名状的仪式。灵魂交换之后的德比被可怜地锁在楼上。偶尔她也会无法驾驭他的身体，而德比也会突然发现自己又重回到自己的身体里，身处某个荒芜阴森恐怖又不知名的地方；有时她能牢牢地驾驭他，有时又会显得无能为力。我经常发现他被搁置在某些地方，最后又得自己摸索着回家，或找人载他逃离那可怕之地。

最糟糕的是，阿萨纳斯占用德比身体的时间越来越长，她想成为一个男人——一个真正的男子汉——这就是她附身于他的原因。驾驭他身体一段时间之后，她发觉，德比头脑缜密，但意志薄弱。她相信，总有一天，自己能完全掌控德比的身体，而成为像父亲那样的伟大魔法师，让德比代替她在女性的躯壳里受尽非人的折磨。没错，他现在对印斯茅斯小镇上血流成河的惨状已有所了解，事出于海上恐怖的走私事件。老伊法莲知道如何在年长时做出一些恐怖之事以使自己长命，他想要长命百岁。紧随其后就是阿萨纳斯巧妙地和德比灵魂互换，从中获得益处。

德比一直嘟囔个不停，我转过头近距离看他时，更加确信自己先前对他的观察了，他确实变了很多。奇怪的是，他的身体似乎比以往硬朗了很多，丝毫看不出病态。在他备受娇宠的一生中，这似乎是他首次表现得如此活跃和得体。不过有一点我敢断定，德比变得行为异常且过于警戒，一定是受到了阿萨纳斯的影响。而眼下德比的精神状况却让人十分担忧，他满脑子都是他的妻子、巫术、老伊法莲的传奇之事以及他那让我信服的怪异发现。此时的他正胡乱地喃喃自语着。他不停地重复咕哝着一些人名，而这些人名只有在昔日禁书中才能找到。德比所嘀咕的事件之间的高度连贯性犹如神话，不得不让人折服，有时甚至会让我不寒而栗。嘟囔时，德比会时不时地停顿一下，像是为揭穿那可怕的事实而鼓足勇气：

“哦，丹，丹，你不记得他了吗？就是那个眼神狂野、蓄着蓬乱邋遢胡子的疯子。他还恶狠狠地瞪了我一次，这让我永远也不会忘记，而现在他又那样凶神恶煞地怒视着我。我知道这是为什么！他是在《死灵之书》里找到那个公式的。我还不敢告诉你页码，一旦告诉你，你就能读懂它了。到那时你便知道是什么吞噬了我。他的意思就是他将永不灭亡，即使肉体已不复存在，生命指示灯也会闪烁一段时间，但他知道如何切断肉体和生命指示灯之间的通道。我会给你一些暗示，方便你猜测。听，丹，你知道为什么我的妻子会那么费劲地用自己并不擅长的左手写作吗？你曾经见到过老伊法莲的手稿吗？你想知道为什么我在看到阿萨纳斯匆忙写下的一些便条时会止不住地战抖吗？”

“阿萨纳斯？有这么一个人吗？为什么他们会质疑老伊法莲肚子里有毒药？又是为什么吉尔曼斯会向别人耳语自己尖叫的样子，就像一个受到惊吓的小孩，他一旦发疯，阿萨纳斯就把他锁在安有软垫的阁楼里，其他人也曾在这个阁楼待过？老伊法莲的灵魂不也锁在里面了吗？究竟谁锁了谁？他又为什么花费数月寻找头脑缜密、意志薄弱的人？为何他会咒骂自己的女儿竟不是个男孩？谁能告诉我？丹尼尔·厄普顿，在那令人发怵的楼房里究竟在进行着怎样的邪恶勾当？而就在这栋楼房内，那妖怪却随意摆布着他那可信却意志薄弱的、半人半妖的小孩。为何这恶魔不像我妻子折磨我那样一直摆弄他的小孩？告诉我，那自称阿萨纳斯的人为何写得如此不靠谱，以至于你无从辨别她的字迹？”

接下来所发生的事情使德比咆哮的声音比尖叫还要高上几倍，但瞬间又戛然而止，就像是安了一个机械开关似的。我想起了之前发生在家里的其他类似的情况，那时德比会突然间自卑起来，我想当然地认为，他是受阿萨纳斯的精神力量催发出的一些不可名状的心灵感应干扰，才会瞬间平静下来的。这次，尽管完全不同于寻常，但它给我的感觉更多的是恐怖，身旁的这张脸扭曲得已辨不出模样，就在这时，他全身像触电似的战栗不止——仿佛所有的骨骼、器官、肌肉、神经和腺体都作了自我调整，以适应各种完全不同的姿态，承受来自各方不同的压力。

我死也不会告诉你什么才是最恐怖的！厌恶感像洪水一样把我给湮没了，这种完全陌生和反常的感觉真令人窒息，以至于我虽握着方向盘却变得毫无方向感可言。我身边的人看上去不像是能相伴一生的朋友，而更像是来自外太空的入侵者——一些该死的、被诅咒的未知以及邪恶的宇宙力量。

我驱车缓缓前行了一小会儿，我的同伴一把抓住方向盘，非要我跟他换位置。我们把波特兰城市的灯火远远地甩在了身后，一路上弥漫的尘土让我看不清他的脸。但我从他那闪着光辉的眼睛里，觉察到了他异常兴奋的状态，这与平时的他大不一样——和其他人觉察的一样。爱德华·德比平日无精打采，连大声说话的力气都没有，他以前也根本没学过开车，而他今天居然从我手中抢走了方向盘，并对我吆三喝四，要知道我才是车的主人。他一直保持着平日的沉默，这点让我在莫名的恐惧中感到些许庆幸。

到达比迪福德以及萨克后，我发现德比更加缄默了，可眼中却迸出令人战栗的火焰。大家说得没错，他每每处于此种心境时，就会像他妻子和伊法莲那般可憎。我并不惊讶于他的这种心境会如此令人憎恶，因为其中确实有一些非自然因素——我听到的尽是些胡言乱语。所以一直以来总感觉那就是一种邪恶的力量。爱德华·皮克曼·德比，这个我穷尽一生才了解的男人，真是个怪胎——一个从某个黑暗深渊来的入侵者。

走到那条阴森漆黑之路，他才开始讲话。他的声音是那么的陌生，比之前我所听到的更深沉、坚定和果断。不止声音，连腔调和发音也完全变得模糊、缥缈，令人相当不安，但却使我回想起一些模糊的往事。然而，我觉得从德比的话语中，我们多少能察觉出他那意味深长的讽刺。当然，这里所说的讽刺并不是把一个乳臭未干的毛孩讽刺成久经世故的老手，尽管德比会习惯性地对这种讽刺施加影响，但那样的讽刺毫无意义。我们所讲的讽刺是阴森恐怖、四处弥漫又具有潜在罪恶性的。在听完德比那让人齿寒的嘟囔后，我十分惊讶自己能如此沉着镇定。“厄普顿，我希望你能忘了我无意间对你造成的伤害，”他语重心长地说道，“你知道我有时就是会精神失常，我想你会原谅我的。这次又是你载我回家的，我真的非常感激你。”

“我可能对你说过一些疯狂之事，有些是关于我妻子的，还有就是我生活中遇到的那些事，不过令人遗憾的是，你肯定也都记不起来了。这是我在这个领域用功过度的后果？我的人生哲学充斥着各种理念，它们都那么荒诞不经。每当我毫无头绪时，我那些离奇的人生哲学便会帮我分析，找到各种解决方法。从现在起，我要休息一段时间，你可能要过一阵才能见到我，但我觉得你也不必为此责怪阿萨纳斯。”

“此趟行程虽然有点古怪，却也相当简单。北方的灌木林和立石阵确实埋有一定数量的印度文物，而据民间传说称那儿的文物数量不少，于是我便和阿萨纳斯前往那里搜寻文物去了。为了寻找文物，我们不辞辛苦，极其艰难，所以那段时间，我觉得自己几乎都快要疯了。回家的话，我还得先派人去取车。相信经过一个月的休息，体力应该会恢复不少吧。”

我完全不知道自己在那次的会话中扮演着何种角色，因为自己全部的意识都被同坐乘客那令人困惑的外人身份所充斥着。而我对那来自宇宙让人难以捉摸的恐怖之物的恐惧感也愈来愈深，直到最后我开始幻想旅途已结束。德比自始至终都没有减慢车速，当看到朴次茅斯和纽波利波特从眼前飞速闪过时，我却出奇地兴奋。

当车行驶在那条既可绕过印斯茅斯镇又可通向内陆的干线公路的交叉口处，我担心司机会走那条荒凉的路，因为那条路不仅临近海岸，而且还会经过那令人憎恶之地。幸运的是他没走那条路，不过他仍开得飞快，急匆匆地驶过罗利和伊普斯威奇，直奔我们的目的地。我们到达亚卡汉姆时，差不多已是半夜，不过旧克劳宁希尔德家的灯还亮着。德比一下车，就不停地向我道谢，随后，我便独自驾车回家。奇怪的是，没有德比的陪行我反倒有种轻松舒心的感觉。这次出行着实令人后怕，我的恐惧感也越来越强烈，然而我却说不出个所以然来。德比说他要离开我一段时间，即使如此，我也不会因此而感到惋惜。

接下来的两个月里，大家都在讨论有关德比和阿萨纳斯的事。有人说德比现在的生活过得越来越有激情，而阿萨纳斯几乎不接见任何来访者了。爱德华唯一一次来我家还只是为了拿回他之前借给我读的那些书，当时还是让阿萨纳斯开车送他过来的——在缅因州，德比的那辆车常常因为随意停放而被政府没收。

德比相当兴奋，表现得极其活跃，偶尔停一下也只是为了给大家足够的时间对他的表现大加赞扬，就算那只是些出于礼貌、假惺惺的赞词。同时，我还发现他按门铃的方式也变了。那天晚上，我和德比同行时那种莫名的恐惧感让我觉得无助，所以当德比说他马上要离开一阵时，我似乎得到某种解脱。

九月中旬的一天，也就是德比离开的第二个星期 ，一些三流大学特意召开会议讨论一些怪事，仿佛他们已经知晓某些事情。更可笑的是，会议的主持者居然是那位臭名昭著的邪教头儿，他前不久刚被逐出英国，之前在纽约还成立了指挥部。至于我，自缅因州驾车回来后，那种恐惧感始终萦绕在我头脑中。我目睹的那次怪异的灵魂转化之事深深地影响着我，自打那以后，我便不断地推敲整个事件的来龙去脉，并一直在思考那时的我究竟为何会那么恐惧。

有传闻称，克劳宁希尔德家的那栋老房子时常传出抽泣声，似乎是女性的声音，有些年轻人觉得像是阿萨纳斯的声音。还听说那抽泣声时而有、时而无，有时房内抽泣的那个女人像是被什么卡住喉咙似的，喊不出声来。一开始大家还说要为此调查一下，不过很快便打消了这个念头，因为有一天，人们在街上看到了阿萨纳斯，只见她在跟很多熟人交谈，还有说有笑的。听说她还因这段时间的不辞而别而向熟人道歉，也顺便提到了她最近有点神经衰弱，不过她说有个从波士顿来的朋友来看她，还说她因此而兴奋不已。然而，人们从未见过阿萨纳斯所说的那位客人。她离开后，人们觉得没什么可说的，自然也就没再去关注那些传闻了。但是随后的一阵子，有人说从克劳宁希尔德家发出的抽泣声有那么一两次是男人的声音，这无疑使这离奇的事更加的复杂和神秘了。

10月中旬的一天夜晚，我家前门铃声响了，还是我熟悉的那种先三声、后二声的敲铃方式。开门时，我便发现爱德华站在了门外的台阶上，那一瞬间，我突然觉得他还是我以前认识的那个爱德华，那个自从上次从车桑库克开车回来后，就再也没看到过的爱德华。此时他表情混乱，时而恐惧，时而狂喜，整张脸都显得十分扭曲。在我关门时，他还悄悄地转过头往外看，像是怕有人跟踪似的。

他笨拙地跟我走进书房，要了些威士忌好让自己那即将崩溃的神经平稳下来。随后，我耐着性子向他询问了些事情，想让他讲讲究竟是怎么一回事，可是他却迟迟不出声，好不容易开口了，讲的却是些不着边际的事，他想说什么，就噼里啪啦地从哪开始说。不过，最后，他还是多多少少讲了些我想知道的信息：

“丹，阿萨纳斯已经走了。走之前，我们长谈过一次，当然，是在女仆不在场的情况下谈的，并且她也向我承诺过不会再附身于我。要知道我也有一套自我防御的神秘应对方法，只不过一直没告诉过你，所以她最后还是得放弃对我身体的占用。她气冲冲地收拾行李前往纽约，样子十分吓人，可没过一会儿，就急匆匆地去赶那趟八点二十分始发开往波士顿的火车。我知道人们肯定会对此事议论纷纷，但你知道，我又阻止不了。所以有人问起你时，你就说阿萨纳斯去科考旅行了，至于她身上到底发生了什么事就不必提及了。

“她可能跟她那群恐怖团伙中的一名信徒在一起。但我希望她能搬到西部去，因为那样的话我们就能离婚了，不过，不管怎样，我还是让她向我保证从此离我远点，不要再来干扰我的生活。丹，你是有所不知，她不但偷走了我的肉体，还活生生地将我的灵魂从我自己的身躯中剔除出去，让我跟一名失去自由的俘虏没什么两样，简直生不如死。有时我会故意平躺着身子好让她占用，还假装并不介意，但是我得十分小心，时刻保持警戒以免被她发现我的用意。虽然她能占据我的身子，但还不能完全读懂我的思想，所以我要是足够小心的话还是能为自己做些打算的。她现在所能感觉到的就是我体内的那股抵抗的力量，而且这在她看来，我是在白费心思，根本改变不了什么。她也压根没想过哪天我会令她沮丧，她一直都觉得我拿她一点办法都没有……可偏偏就有那么一两道符咒灵验了。”德比扭过头来看了一下，随即喝了些威士忌，只不过这次喝得比上次还要多。

“今天一早，那些该死的仆人一回来，我就给他们一个个都发了薪水。他们的行为相当粗俗，说话也很不得体，之前还向我提出过条件，让人很厌烦，幸好现在他们都走了。我就知道那些仆人跟阿萨纳斯是一伙的，串通好来对付我，因为他们都是阿萨纳斯的亲戚，一群来自印斯茅斯镇讨人厌的乡巴佬。我多么希望能一个人静一静，我讨厌他们临走时假笑的那个样子。不行，我得再雇用那些服侍过我父亲的老家仆，而且越多越好。那样的话，我现在就可以搬回家去住。

“丹，你肯定觉得我疯了，不过没关系，在亚卡汉姆发生过的事就能证明我刚才跟你说的和即将告诉你的事情是真的。就在我们从缅因州回来的那天晚上，在你车上我告诉了你一些有关阿萨纳斯的事之后，你不也目睹过那次灵魂转化之事吗？就在那时她找到了我，并将我的灵魂从我的身体里驱逐出去。我记得的最后一件事就是，那天我醒来后，本来打算告诉你阿萨纳斯到底是个多么邪恶的女人的，可还没等我开口，那该死的女人便又附身于我，没一会儿的工夫，我的灵魂便被她给拖回了家甚至还被那群可恶的仆人给关在藏书室里，随后他们丢给了我一个甚至称不上人体的恶魔般的躯壳……所以那天跟你同行而归的不是我，而是阿萨纳斯，当时她附身于我，这邪恶的女人，像恶狼般吞噬着我那可怜的身躯。可是不管怎么说，你应该能察觉出当时与你同行的人不是我啊，尽管样貌一直未变，但前后的行为举止、性格秉性都是如此截然不同！”

德比稍加停顿时，我顿时浑身发抖。那时我当然察觉出了前后的巨大差别——但我能相信德比刚才说的那些不可思议的事吗？我还没来得及思考，原本就神经紧张、心烦意乱的德比，现在变得更加狂野、精神更加失常了。

“丹，我必须要保护我自己，不得不这么做！要不然在万圣节那天，她就永远霸占我的身躯了——那天她和那群巫术信徒会在车桑库克附近举行一场半夜集会，祭品一旦摆上，一切便成定局，那狠毒的女人一直想要的就将实现，她将永远地占有我的身体，而我也可能一辈子都只能在她的躯壳里挣扎了。这样一来，她就如愿地变成一名男子、一个完完全全的男人，到那时她一定不会放过我，也许会让我和她那恶心的躯体一起消失，她一直想这么做，甚至很早就有这个想法了。”此时，爱德华的脸部表情狰狞，扭曲得已不成样子，着实令人可怕。接着，他像有什么秘密怕被人听到似的，突然俯下身悄悄地在我耳边私语起来，而那张抽搐的脸恰好面对着我，让我很压抑。

“上次在你车上，我记得向你透露过啊，你应该有点印象的——就是那天附身于我身上的那个灵魂，准确地说并不是阿萨纳斯本人，而是她的父亲，就是那该死的老伊法莲。其实，一年半前我就怀疑了，现在我敢肯定那就是她父亲。偶尔在她放松警惕的情况下，她的字迹就败露一直想隐瞒的秘密——因为有时她从著作中摘下来的笔记和她父亲所写的手稿像极了，甚至连每一个字的笔画都一样，而且有时她会说一些只有像老伊法莲这样的老一辈人才能讲的话。阿萨纳斯的父亲察觉到自己剩下的时间不多了，便和她交换灵魂——可以说阿萨纳斯是她父亲唯一一个最适合的人选，因为她不仅头脑发达，意志也很薄弱。于是他便像阿萨纳斯占用我的身躯一样，持久地附身于阿萨纳斯的身上，并在她的身上下了毒。在恶魔——阿萨纳斯的眼中，时常可见老伊法莲的灵魂，他时常凶神恶煞地怒视着我们，你难道没有看见过？当阿萨纳斯附身于我的时候，在我的眼孔中也没发现过？”

德比气喘吁吁地跟我耳语个不停，在他停下来喘气的时候我也一言未发；随后，他讲话的声音便回归正常了。他当时的状况让我觉得他跟精神失常没什么两样，即使这样，我也不想送他去精神病院。我想也许哪天他不再受阿萨纳斯的折磨了，自然也就正常了。那样的话，我估计德比应该再也不想陷入这种病态的神秘中了。

“丹，剩下的我以后再告诉你。现在我必须好好休息一阵。等我休息好了，我将告诉你那些阿萨纳斯对我做的恐怖的事，那些长久被恶魔教士流传的惊悚的事，还有极端的恐怖和影响力。在这大千世界里，有些事情是无人知晓或是无能为力的，可偏偏有那么些人不但对宇宙的天地万物无所不知而且无所不能。我已经无法忍受了，我要是密斯卡塔尼克的图书馆馆长的话，就一把火把那本令人厌恶的《死灵之书》和所有让我不安的魔魂给烧了。”

“趁现在她还不能附身于我，我得尽快离开那个被施了咒的房子，搬回老宅住。我知道，要是我需要帮助的话，你一定会帮我的。你知道的，那些恶毒家仆让我厌恶，但要是大家对阿萨纳斯的事刨根问底的话，该怎么说呢？你看，我又不能告诉他们她现在在哪儿……而且，肯定有些调查者或邪教分子在不知情的情况下，会对我图谋不轨，搞不好还会对我做出肮脏的事。即使我跟你讲了些让你震惊的事，可是不管发生什么，我确信你会站在我这边的。”

那晚，我把爱德华留在家里的客房过夜，第二天早上他看上去镇定多了。于是，我们就讨论了些有关他回德比公寓的安排。我希望他能立即做出决定。但是第二天晚上他没有打电话过来，不过在接下来的几个礼拜里我经常看到他。我们尽可能回避谈到那些怪异的事情，而且讨论了很多有关德比房子翻新的事，以及爱德华曾允诺过的要在下个夏天和我及我的儿子一起去旅行的事。

至于阿萨纳斯，我们几乎没提过她，因为我知道一旦提及这个话题就会惹来更多烦恼和不悦。当然，有关德比和阿萨纳斯的流言也愈传愈凶，不过谈来谈去的，不是他们夫妻俩的事，就是发生在克劳宁希尔德家老房子内的离奇事，再没什么新鲜的了。但是，爱德华有件事情做得相当令我不满。原来在印斯茅斯镇上时，他经常给那些摩西、阿比盖尔·萨金特人以及尤尼斯·巴布森人提供支票，这让人觉得那些恶仆在敲诈他似的。然而这些他都没跟我提及过。这件事还是他的管家在密斯卡塔尼克俱乐部赌博时由于激动无意中说漏嘴的。

我很期待明年夏天的旅行，那时我儿子所就读的哈佛大学应该也差不多放假了，那样的话，我们就能带爱德华去欧洲旅游旅游，好让他放松放松。所以我希望爱德华能赶紧恢复过来，不过，没多久我就发现爱德华的精神恢复得比我想象的慢很多。这是因为在他偶尔那么一两次兴奋激动的时候，还常常会夹杂着恐惧和抑郁的感觉。事实上，他一直摆脱不了恐惧和抑郁。德比家的老房子整修之事在十一月就准备得差不多了，可是，他还是不停地推迟搬家。尽管他很讨厌并畏惧克劳宁希尔德这个地方，同时，却莫名其妙地沉溺于此。爱德华也并不打算帮忙整修，也没看到他亲自动手拆卸破损横木之类的。这也就算了，他还编造出各种理由来推迟房子整修这事。而当我向他指明这件事时，他却突然莫名其妙地恐惧起来。之后，我在那里碰到了之前曾服侍过他父亲的那位老管家，还见到了另外一位熟悉的仆人，估计都是德比把他们招回来的吧。有一天，那位老管家跟我说他看到爱德华时不时地在房内鬼鬼祟祟地走来走去，不过更多的时候还是看到他在地窖里徘徊。在老管家看来，这很诡秘，他担心这样下去会影响德比的健康。我还在想会不会是阿萨纳斯给德比寄过什么扰乱人心的信，不过管家说从未收到过阿萨纳斯的邮件。

圣诞节那天晚上，德比打电话给我的时候，他的精神几乎崩溃了。正当我要跟他讨论有关明年夏天一起旅游的事时，他突然尖叫着从椅子上跳起来，满脸的恐慌，浑身战栗不止，这种无休止的恐慌和厌恶感就像一个神志清醒的人突然被幽灵般的噩梦惊吓到那样：

“上帝呀，丹，我的头，我的头都要裂开了，那该死的女魔头直到现在也不放过我，还没完没了地敲打、撕扯着我。这该死的恶魔修格斯呀！还有邪神尼古拉斯！”

我急忙将他拽回到椅子上，灌了他一些酒，慢慢地，他不再那么狂躁，平息下来。灌酒时他没有反抗，但嘴唇却一直在动，好似在自言自语。直到后来我才意识到他好像有什么话要跟我说，于是我便低下头尽力去听他的喃喃声：

“她不停地折磨我，其实我早已知道，可是我无力阻挡。施魔也好，装死也罢，始终逃不开躲不掉。她阴魂不散，总是在晚上来，我又挣脱不掉，太恐怖了。哦，上帝啊，丹，多希望你能体会这种恐惧。”

他突然昏迷不醒，我给他垫了一个枕头，让他好好睡上一觉。为了避免谈及他的精神状况，我没有请医生，我也想尽办法给他的精神留出自我修复的空间。半夜时，他醒来了，我领他到楼上去睡觉，但第二天一早，他却不辞而别。他悄无声息地走了，我和他的管家通电话时，他说德比已经到家了，正在书房门口踱步。

没多久之后，爱德华的身体每况愈下，也没再给我打过电话，但我还是每天去看他。每次见他时，他总是坐在他的书房内幻想着什么，两眼发呆，又似乎在听什么，很是反常。有时他倒是会说些清醒的话，可是说的总是些琐碎的事情。只要一提及有关他的烦恼、未来的打算或是任何有关阿萨纳斯的事，他就立即狂怒起来。据他的仆人说，德比犯有癫痫症，时常在夜间发作，由于无法忍受疼痛，他会做些自残的事。

后来，我跟德比的私人医生、管家以及律师就德比的事谈了很久，最后请了一名内科医生和其他两名专家医生来，看能否帮忙治疗德比。在医生向德比问了第一个问题后，德比就全身痉挛，样子令人怜悯，于是当天晚上，我们就开了辆带帐篷的车将全身发抖的德比送到了亚卡汉姆疗养院。我成了他的监护人，每两周去看他一次。每次去疗养院看他的时候，只见他时刻都在疯狂地尖叫，低声向我耳语个不停，嘴里还不断重复咕噜着："我不得不这么做，我不得不这么做，要不然它会杀了我，它会杀了我的——在那里——就在那个黑黝黝的地方——妈妈！妈妈！丹！救我——救我——"每次见他之后，我都相当揪心。

至于他的精神到底能恢复到什么程度，没有人知道，我还是尽量往好的方向想。如果他出院了，那肯定需要一个休息的地方，所以我就把他的家仆都叫到了德比的公寓去了，我想，德比清醒的时候，肯定也会这么做的。至于克劳宁希尔德这个地方该如何处理，我还没决定，就暂时搁置不管吧，因为那里的安排太复杂了，而且那些怪异的事情都是在那里发生的。同时，我还让德比的家仆每周检查和清扫主卧，并吩咐烧炉工这几天都把火给生上，好让德比回家后能安心舒服地休息。

圣烛节[①]前夕，噩梦还是发生了。可笑的是，在噩梦发生前，偏偏要让你对其抱有幻想，真是残酷。一月下旬的一天早上，我接到了从疗养院打来的电话，他们说爱德华突然恢复正常，神智也清醒了，还说可能由于脑部严重受损，所以他所能回忆起的事件之间没有什么连贯性，但是理智肯定是有的。当然，他还得留院再观察一段时间，不过可以肯定的是照目前的情况而言结果肯定差不到哪儿去，德比一周后就能出院了。

---

①圣烛节：2月2日纪念圣母玛利亚行洁净礼的基督教节日。——编者注

挂掉电话后，我兴奋不已，兴冲冲地赶到医院，可当护士领我到爱德华所在病房的门前时，我却直直地愣在了那里。我所探望的这位病人倒是很有礼貌地伸出手跟我打招呼，不过我当即就察觉到了他体现出来的那股激情根本就不是德比的本性时，那种令我莫名的恐惧感再次向我袭来，这咄咄逼人的特性不是别人的，正是爱德华的妻子阿萨纳斯的。此时的德比，完全就是阿萨纳斯和伊法莲的再现，他两眼闪烁，说话也咄咄逼人，话语中到处掺杂着无情的讽刺，就是这种讽刺让我感觉他浑身充满着潜在的邪气。没错，五个月前的那天夜晚，就是他整夜驾驶着我的车。自从他上次来过我家之后，我就再也没见过他，但却让我陷入莫名的恐惧深渊当中。记得上次来我家的时候，他不记得他那套一直惯用的按铃方式，在我家只待了一会儿就离开了。而此时此刻的他同样让我陷入了一种陌生而又无穷的恐惧之中。

随后，他便和蔼可亲地跟我谈及有关出院后的一些安排事项。尽管他记不清楚最近所发生的事情，表述的跟真实情况也相差甚远，不过他还是提出了一些想法。尽管我觉得他的那些安排让人觉得畏惧、离谱、异常，不过我除了赞同，还能怎么办呢？在这件事情上，我觉得有种前所未有的恐惧感。现在他就站在我眼前，神志还相当清醒——但他真是我认识的那个爱德华·德比吗？如果不是，那他是谁？而真正的爱德华又在哪里呢？难道说爱德华已经得到解放了，或是受到他人的限制？又或是说他已经被迫消失在这个地球上了？他说的每句话都带有讽刺的味道——特别是当他提起之前受严密监禁的那段时间里的所谓自由时，从他那貌似阿萨纳斯式的眼神中就让人感到一连串怪异和莫名的嘲讽！当时的我肯定相当尴尬，随后便欣然避开了。

那两天，我绞尽脑汁一直在想这些问题：到底发生了些什么事？透过爱德华脸上的那双迥异的双眼，能察觉出什么呢？我满脑子一直萦绕着这些令人困惑、恐惧的问题，几乎什么都干不了，更谈不上安心工作了。第二天早上，医院又打电话来说病人并没什么异常，一切如故。尽管肯定会有人觉得我随后产生的幻觉受其影响，但我承认当天晚上我的精神却几乎快要崩溃了。在这件事情上，我什么也不想多说，不过我想我那清醒的感觉就是真相的最好解释。

五

第二天晚上的下半夜，我感到无比恐惧，那黑色的致命恐怖一直萦绕在我脑海中，怎么也挥之不去。这一切都起源于午夜前接的那个电话。当时电话响了半天，可是都没人接，于是我便半醒半睡地走下楼去书房接了。可是当我拿起话筒时，却没声音。正当我要挂断电话去继续睡觉时，突然隐隐感觉到有微弱的喘息声从话筒的另一端传来。难道有人在十分艰难的情况下试图想要传达些什么？于是我停下听了一会儿，又听到了些咕嘟声响，像是半液体发出的沸腾声，"咕、咕、咕"——让人觉得听到的都是些模糊不清又晦涩难懂的单词和一些断断续续的音节。接着，我问了声："你是哪位？"但无人回应，听到的还是一声声的"咕、咕、咕、咕"，当时我就觉得可能是某种破旧的乐器发出的声音。但接着便想到就算是受损的乐器，那也只能收音而不能发音啊，于是我又说了句："我听不清你说的话，我们先挂掉电话问问问讯处。"紧接着，我便听到另一端挂听筒的声音，可能是没挂好听筒，偶尔还能听到嘟嘟的声响。

这只是半夜发生的事。后来我试着照那个号码打了过去，发现那是从老克劳宁希尔德家打过来的，可是女佣离开老克劳宁希尔德家已经整整半周了。我隐约能猜到那天老克劳宁希尔德家大概会是什么样子——无非就是那偏远地窖储藏室内的一片狼藉；原就不堪入目、到处都是污垢的衣柜被横扫一空；电话机上那令人困惑不解的记号、那一沓沓作废的信笺，还有令人憎恶的恶臭。而那帮可笑的警察却用他们那套故步自封的逻辑去逮捕老克劳宁希尔德家的仆人。事实上这次风波事件发生的时候，那些被解雇的邪恶家仆早已不见身影。他们说这是家仆们的报复，我被卷入其中，因为我是爱德华最好的朋友，也是他的监护人。

那群白痴警察，难道那些粗痞的小丑们还会伪造那份手稿不成？还奢望他们会将之后发生的事情坦白交代？对发生在爱德华身躯上的变化还要视而不见吗？至于我，现在终于相信了爱德华·德比之前告诉我的一切。有时，人类施加在他们身上的邪恶诅咒在我们所能理解的范围内，而发生在他身上的那超越生命界限的恐惧则是我们永远也无法猜想的。伊法莲、阿萨纳斯，都被邪魔一一控制，同时也像吞没我一样吞噬着爱德华。

我现在能保证自己不会遇到危险吗？这个问题支撑着我爬了起来。第二天下午，我已经能走路了，但只能连贯地说几句话。我走到精神病院，开枪打死了他，为了爱德华，也为了整个人类。但是在他被火葬之前我能保证吗？他的尸体被存放起来，不同的医生为他验尸。简直愚蠢至极！我说了，他必须被烧成灰。我开枪打死他的时候他体内的魂灵不是爱德华·德比，如果是他，我非疯了不可。因为要是那样的话，也许下一个被验尸的就是我现在的肉身。我必须凭借顽强的意志力阻止四处搜查的恐怖分子搞破坏。一个身体，里面有伊法莲、阿萨纳斯，还有爱德华的魂灵。还有谁知道？我不能就这样走，不能让这些魂灵就这样离开这具肉身，不能用这些魂灵为代价去换精神病院里那具浑身都是子弹的尸体。

不过我想连贯地讲讲有关那令人极度恐惧的事。当然，我并不想提及那群笨蛋警察一直忽视的问题，比如，大约快到两点的时候，至少有三名徒步旅游者在大街上都听说了那个怪诞且会发出恶臭的矮小东西的相关传说，分析那些烙在某些地方的单脚脚印。我只想谈论一下有关曾经惊醒过我的那两次门铃声和敲门声的事。不论是门铃声还是敲门声，都似乎掺杂着无奈和些许的绝望，不断相互交替地响着。每一次声响都试图去维持爱德华的那套老按铃方式——先三声后二声的信号按铃方式。

我醒来时脑子一片混乱。一个模糊的印象在脑海里闪现，站在门口的爱德华·德比，还有那些古老的咒语。但是醒来后这一切都记不起来了。是不是爱德华突然回到了他原本的样子？他为什么如此焦急紧张地出现在这里？他是被提前放走的还是私自逃了出来？我裹着浴袍边往楼下走边想：也许正是他回到原来的自己给他带来了麻烦，遭到追捕而陷于绝境？他奋力奔跑以获得自由？不论发生了什么，他要是能变回到原来的那个老好人德比，我就要搭救他。

我打开门时，一股散发着令人难以忍受的恶臭邪风朝我扑来，差点将我掀翻在地。我恶心得快要窒息，过了一秒钟才看到台阶上那个矮小、驼背的身影。之前一直是爱德华才会发出这样的召唤，那这个混球又是谁，弄出这般拙劣的模仿？爱德华此刻又去了哪里？明明在门打开的前一秒钟还听到他按响的门铃声。

爱德华的一件外套上安装有一个电话设备，这个外套的下摆几乎都要触地了，袖子虽卷了上去但仍能掩到手。他头上戴了一顶宽边软帽，帽子压得很低，加上一条黑色的丝绸围巾，把整个脸遮住了。就在我摇摇晃晃地朝前走时，那个身影又发出一种半流质的声音，这种“咕、咕”的声音我曾在电话中听到过，与此同时，他还向我掷来一张写得密密麻麻的纸，上面已经被一支长铅笔的尖端给刺穿了。刚才那股令人作呕、难以言说的恶臭直到现在还令我眩晕，不过我还是一把抓过这张纸，借助过道上的光费力地读起来。

可以确定，这是爱德华的字迹。我们离得如此近，为什么他不打电话而非要写到纸上呢，而又是为什么他的字写得歪歪扭扭、笨拙而粗糙？昏暗的灯光下我辨别不出什么，所以就又侧着身小心翼翼地折回大厅里，那个矮小的人拖着沉重的步伐机械地从我身边穿过，却在里面那个门口处停了下来。这个奇特的信使所散发出来的气味真令人恐怖，我希望（不要让自己徒劳无功，谢天谢地）我的妻子不要醒来，面对这一切。

之后，我读这封信时，眼前顿时一片漆黑，整个膝盖都软了。当我苏醒过来时，发现自己正躺在地板上。由于害怕，手指僵硬地攥着那张恶心的纸。信上写道：

丹，去疗养院，杀了他，把他彻底除掉。他已经不再是爱德华·德比了，而是阿萨纳斯，她变成了我的模样，事实上三个半月之前，她就已经死了。我骗你说她离开了，其实是我杀死了她，我也是逼不得已的。我们独处时，我正好在自己的身体里，也就是一瞬间，我看到了一个烛台，就朝她头上砸去。要不然到了万圣节那天，她就会永远地霸占我的身体了。

我将她埋在较偏远的地下储藏室里，上面盖了一些旧书，还清理了所有痕迹。第二天早上，仆人们便开始怀疑起此事，只是他们都有把柄落在我手里，所以都不敢报警。后来我把他们都遣送走了，但又有谁会知道他们和那些参加祭祀的人会做出什么事来。

我原以为自己已经恢复正常了，但不承想，没过多久，就感觉脑子像要裂开似的。我知道是怎么回事了，我记得，阿萨纳斯的灵魂，或者伊法莲的，还没有完全和我的身体分离，只要肉体存在，即使他们死去了，他们的灵魂还能照样运转。她找到我，逼迫我和她交换身体，她硬抓着我的身体，将我掷向她那已被埋于地下室的尸体上。

我知道自己接下来会面对什么，所以就奋力反抗，逃到精神病院。但是该来的还是来了，没多久我就发觉自己被困在黑暗中??阿萨纳斯的尸体在一堆盒子下面不断腐烂，那堆盒子还是我盖在她的尸体上的。我意识到，我在疗养院里的身体一定是被她占据了，永久地为她所用了。因为万圣节一过，即使她不在场，祭祀品也会发挥作用，它们神志清醒，已经准备好向全世界发布威胁。我绝望至极，尽管我也曾想尽办法要逃离她的魔爪。

我们离得太远，也找不到电话，所以无法交谈，但我仍可将这一切付诸笔端，不管怎么样，我都要安排好一切，给你捎去这最后的话和警告。如果你仍然珍视世界的和平和安详，就杀了那个恶魔。见到他就把他焚烧掉，如果不那样做，他就会永远地穿梭于不同的身体之间，生生不息，我也不知道他会做出什么疯狂的事来。远离巫术，丹，那是恶魔所用的伎俩。永别了，你一直都是我最好的朋友。告诉警察一切对他们办案有利的事，真抱歉，将这些棘手的事托付给你。我再也不会被这些事情所烦扰了，我将永远安息了。希望你能读到这封信，并杀了那个恶魔，让他永远消失。

你的朋友

爱德华

我是后来才读到了信的后半部分。因为在读到第三段末尾的时候，我晕厥了过去，看到被暖湿空气啃噬腐坏的门槛时，一股恶臭扑鼻而来，我便又昏迷了过去。而那个送信的人站在原地不能动弹，失去了知觉。

管家比我要坚强，不但没有晕厥，还打电话报了警。警察来了之后将我抬上楼，放在床上，但是其他人到了晚上都还躺在他们昏倒的地方，只是他们的鼻子还被盖上了手帕。

警察在爱德华怪异的装束里发现的大都是些令人恐惧的液体，除了一个凹进去的头盖骨，里面再没有其他骨头。经牙医鉴定，这个头盖骨是阿萨纳斯的。

印斯茅斯镇之阴影

一

1927年冬季，针对马萨诸塞州境内古老的印斯茅斯港口出现的某种情况，联邦政府派出了大量的人员，展开了一系列的秘密调查。公众最先是在2月份得知此事。当月，政府下令在印斯茅斯镇进行一系列的突击和逮捕；随后，政府采取了一些安全有效的防范措施，又对建在海滩周围的房屋有计划地进行了大规模焚烧和爆破——据说那里鲜有人至，大量房屋早已近乎坍塌，内部也已被虫子蛀蚀，空置在那里。一些市民不愿意对此事继续深究，只是把这次的政府行动当作是禁酒行动中的一次重大突击，并没有放在心上。

然而，还是有一些市民对此事抱以极大的热情，极度关注此事，纷纷猜测这次大规模的逮捕行动投入异常的警力，并对涉案犯罪人员进行秘密处置等一系列行为背后的动机。新闻媒体报道了这样的消息：此次的案件没有经过任何审判，甚至没有对犯罪分子进行明确的指控；之后，也没有人在国家正规的监狱里见到过此次涉案的任何一名犯罪分子。关于此事，社会上也开始出现了一些涉及疾病、集中营以及分散关押在海军和陆军监狱中的说法，言论大多模糊不清，最后也没有形成明确的定论。印斯茅斯这个港口城镇也因为此事人口剧减，直至现在才慢慢显露出人口复苏的迹象。

社会上的很多自由团体组织，针对此事向政府进行了抗议。政府便与这些组织的负责人取得了联系，并进行了长时间的秘密会谈，从他们中选出了少数的代表，送往某个营地或是监狱去查证事件真伪。结果是，这些社会团体在此之后就集体沉默，不再深究下去，这一结果使公众感到惊异。在报界工作的人员一向都很难应付，不过到了最后，好像连他们这些人也都大多采取了与政府合作的方式，对此事不再进行大事渲染。只有一家报纸在相关的报道中提到，一艘潜水艇深潜海下，向位于魔鬼海礁一侧的海底深渊发射了鱼雷。但这是一份小报，不按常规方式办报，所以在公众眼里，这家报社的报道的真实性也大打折扣。据说这条新闻报道是从一些海军士兵们经常出没的场合收集而来的。报道描述的情形也太过牵强，因为那片低矮的黑色海礁到印斯茅斯港口足足有 1.5 海里的距离。

居住在周围乡村和邻近城镇的人们，私底下相互交流过此事，却很少有人向外界透露与此相关的任何消息。近一百年来，这里的人们一直谈论着印斯茅斯镇缺乏生气和荒凉，可是近年来迅速传播的传言才是最荒谬、最让人生畏的。但居民们已经从很多事情中学会了躲闪和回避，所以根本就没有必要再施加任何压力来使他们对此事闭口不谈。此外，他们确实对此事知之甚少。因为印斯茅斯靠近陆地的一侧，与周边隔着一片宽阔的盐碱沼泽地，荒凉偏僻、人迹罕至。这种地理环境导致这一带的人们很少去印斯茅斯镇。

但是，我还是打算打破这种禁忌，不再对此事继续保持缄默。我确信政府那次行动相当彻底，如果我讲述一小部分那些惊恐万分的政府人员在印斯茅斯镇所发现的东西，我想除了会让人震惊而且滋生厌恶之外，应该不会对公众造成巨大的危害。另外，针对在那里发现的那些东西很可能会有多种解释——即使是我，也不知道自己对整个事件的了解有多少。我找出了很多种理由来说服自己不再对此事深入探究，尽管如此，我对此事的了解仍比其他任何一个外行人都要多，而那浮光掠影的粗浅印象，竟让我产生了不可理喻的极端反应。

1927 年 7 月 16 日的那个早晨，我近乎于疯狂地从印斯茅斯镇逃离出来，并恳求政府去那里进行调查并采取相应的行动，这才引出了后面的一系列新闻报道。在这个事情刚发生、还不能对事件下出定论的时候，我很愿意对此保持沉默；既然现在它已成为过去，公众对此事的兴趣和好奇也已消失殆尽，我产生了一种奇怪的想法，就是把自己在那个海港小镇几个小时内所经历的恐怖情形讲述出来——那是一个充斥着死亡和邪恶的地方，小镇被一片神秘的阴影所笼罩，并由此滋生出了骇人的传闻。纯粹的讲述有助于我身体机能的恢复，也让我从心底感到安慰：自己并不是第一个屈从于传染性梦魇幻境的人。同样，它也促使我抛开恐惧，下定决心往前迈出一步。

第一次，迄今为止也是最后一次见到印斯茅斯镇之前，我从未听说过这个地方。那时，我正前往新英格兰进行成人礼旅行，观光、古文物研究以及追溯家族渊源是我的主要安排。我计划从古老的纽伯里波特直接去亚卡汉姆，也就是母亲家族的繁衍地。我没有车，所以一路的旅程只能依靠火车、电车和大巴等交通工具，而我又总是尽可能地去寻找花钱最少的路线。到达纽伯里波特之后，当地人告诉我，得搭乘蒸汽火车去亚卡汉姆；当我去当地火车站的售票厅询问票价后，不禁为这趟列车过高的票价而隐隐为难；就在这时，我第一次听说了印斯茅斯这个地方。那个身材矮胖、一脸精明的售票员和我交谈了几句，听他口音应该不是本地人。看样子，他对我力图省钱的想法深表同情，就给我提出了一个省钱的建议。我之前也向其他人打听过，却没有人提到过他的这个建议。

“我想，你可以搭乘那辆旧班车，”他迟疑地说道，“但是在这附近一带，没多少人愿意乘坐。它途经印斯茅斯镇——你可能已经听说过这个地方——所以人们都不愿意搭乘这辆车。一个叫乔·萨金特的印斯茅斯人在运营它，但他从来没有在这个地方拉到过客人，我猜想在亚卡汉姆那边应该也是一样。唉，真不知道他怎么还能经营得下去。我想可能是因为他卖的车票很便宜吧，不过每次在车里也只能看到两三个乘客——都是印斯茅斯的当地人。如果那辆车近期没有更改时刻表的话，那么它应该是在早上十点和傍晚七点出发，一天发两次车，从广场始发——就是哈蒙德药房前面的那个广场。那辆车看起来很破，我从来没有上去过。”

那是我第一次听说阴影笼罩的印斯茅斯镇。只要是一般地图上没有标注过或是在近期的旅游指南中没有描述过的城镇，听人提及时，我都会对它们产生极大的兴趣；况且售票员说到印斯茅斯时，脸上流露出的那种古怪的神情更是激起了我的好奇心。我认为一个小镇能激起邻近地区居民如此厌憎的情绪，肯定有它的与众不同之处，值得游客关注。如果它在亚卡汉姆的前一站，那么我就中途下车在那个地方稍做停留。于是，我就向那个售票员询问了一些与印斯茅斯相关的事情。他的神色凝重起来，用一种略带优越感的语调，向我讲述一些他知道的事情：

“印斯茅斯镇？嗯，那个镇是很奇怪，位于马鲁克赛特下游河口，过去那里是一个城市，而且是一个相当不错的港口城市，不过那已是1812年战争[1]之前的事情了。在持续了一百年左右的战争之后，那个城市就彻底垮掉了，好好的一个城市被弄得支离破碎。那个地方现在没有通火车，因为‘波士顿—缅因’线路不从那里经过，从罗利到那里的铁路支线多年以前也已经废弃了。

“我猜想，那里的空房子可能比当地的居民都还要多，除了捕鱼和捕虾外，也没有什么生意可经营。那里的人大多来我们这儿做生意，要么就是去亚卡汉姆或是伊普斯威奇谋生。以前那个地方还有为数不多的几家工厂，现在差不多都没有了，只有一家冶金厂还在半死不活地支撑着。

“不过，说起来，那家冶金厂以前的规模可还不小，厂主是一个叫玛什的老头儿，据说他富得流油。那个老头儿很古怪，常年都待在家里，很少出来走动。有人说他在晚年患上了一种皮肤病，也有可能是身体出了什么异常，所以不能见光。早些时候，他的祖父奥贝德船长创办了这个冶金厂，他的母亲好像是个外国人，也有人说是从南海岛屿那边过来的，他在五十年前迎娶了一个伊普斯威奇姑娘，这件婚事曾在这一片儿引起了轩然大波。人们总是会刻意地避开印斯茅斯人，我们这里和附近一片儿的人总会竭力掩藏他们与印斯茅斯人的血缘关系。但我根本看不出玛什老头儿的儿孙辈和其他人有什么不同。有人把他们指给我看过，想起来的话，我近来都没有看到过他儿辈中那些年龄稍微大一点儿的人。至于玛什老头儿他本人，我可是从来都没有见过。

“我就不明白为什么所有人都看不起印斯茅斯那个地方。年轻人，你不要把这里的人说的话太当回事儿，像他们这些人啊，一般很难去认同一种想法，可一旦接受了，就会固执地一直坚守。在过去的一百多年里，这里的人们都在谈论一些关于印斯茅斯的事情，大多都是在私底下闲聊，从来没有间断过。而且，我还看出来了，他们这些人比其他任何人都要害怕印斯茅斯那个小镇。他们说的那些东西你可能会觉得可笑，说什么老玛什船长与魔鬼达成了交易，将地狱里的小魔鬼带到印斯茅斯镇生活；要么就是说，有人在1845年前后，曾无意中在码头的附近撞见了某种魔鬼膜拜的邪恶仪式，还看见有可怕的祭祀品。我是佛蒙特州潘顿人，这些乱七八糟的东西听得多了，

---

① 1812年战争：美国与英国之间发生于1812至1815年的战争，是美国独立后第一次对外战争。1815年双方停战，边界恢复原状。——编者注

所以对这类事情我不太会去相信。

“不过，你还是应该去听一听一些老辈人是怎么描述海岸另一侧那片黑暗礁石的，他们称那处礁石为魔鬼海礁。大多数时间它都会露出水面，极少被淹没，但是你还是不能把它当成岛屿来看。传说，有时能在那处礁石上看到数量众多的魔鬼，它们摊开四肢躺卧在上面，或是在靠近礁石顶部的各种洞穴中钻出钻进。那处礁石高低不平、嶙峋崎岖，在那一片海域蔓延，长达 1 海里多。在航海时代的晚期，船员们往往绕很远的水路，只为避开那里。

“那些船员都不是印斯茅斯人，据说有一次老玛什船长选在夜间潮汐水位适当的时候，登上那片礁石，船员们对这件事情心怀不满。或许老玛什真的上去了——因为我敢说——那片海礁的岩层确实很吸引人，也可能他去那里是为了寻找海盗以前藏在那里的赃物，好像还真给他找到了，不过我认为这种猜测不太现实。还有人说他在那里和魔鬼进行交易。事实上我猜想，那片海礁原本只是一块普通的礁石，是老玛什船长那个老家伙让它变得臭名昭著。

“那是发生在 1846 年之前的事情了。1846 年，印斯茅斯镇爆发了一场大瘟疫，夺走了镇上超过半数人的生命。他们也一直没有查明白，究竟是什么引起了那次瘟疫，我想很可能是海员从其他地方带过来的外来疫病。当时那里的情形确实很糟糕，而且瘟疫还滋生了民众暴乱，发生了各种各样惨不忍睹的状况，我相信那些惨状也只发生在印斯茅斯镇内，应该没有蔓延到其他地方。遭过这一番劫难之后，印斯茅斯那地方已是乱糟糟一片，越来越让人心生畏惧，大多数人都不敢再去那里。有少数幸免于难的人们死也不肯再回去，直到现在也只有不超过三四百名居民还住在那个镇里。

“但是，导致人们这种态度的真正原因是人种歧视——但我不是要指责那些抱有这种态度的人。连我自己也对那些印斯茅斯人深恶痛绝，不愿意到那个地方去。听口音，你应该是西方人，但我想，你也应该知道我们新英格兰曾经有大量的船只出海，到达过非洲、亚洲、南海等各个地方，轮船经常会停靠在一些陌生的港口，船员们当然也见过形形色色的人，有时也会有一两个船员将一些奇怪的人随船带回。你可能听说过住在塞勒姆的一个男人带回了一个中国女人做妻子，你应该还知道科德角附近那一片儿居住着一群斐济的岛民。

“嗯，印斯茅斯镇里肯定也有一些来自不同地方的人。那个地方总是被沼泽地或河流与其他的地方阻隔着，所以我们也不能确定事情的细枝末节；不过，老玛什船长在二三十年代的三次航海过程中，肯定随船带回了一些奇怪的人，这件事大家都相当清楚。所以，今天的印斯茅斯人身上肯定带有其他人种的血统——我不知道怎么和你解释，那种感觉总会让你觉得怪怪的。如果你搭乘了这辆车，你就会在萨金特身上明显地感觉到一点，在印斯茅斯本地人中，不少人的脑袋长得又窄又扁，鼻子塌在脸上，双眼凸出闪闪发亮，好像永远都不会闭上似的。而且，他们的皮肤也不大对劲儿，非常粗糙，上面还生有痂，脖子的两侧皱皱巴巴，堆满了皱褶。还有，他们年龄不大时就开始掉头发，慢慢变成秃顶；等到再老一些的时候，看起来就更糟了。事实上，我从没有见过那样的老头儿。我猜他们不是老死的，肯定是被自己镜子里的模样给吓死的！连动物都厌恶他们——在汽车出现在印斯茅斯之前，那里经常会有惊马的事件发生。

“这附近的一带，还有亚卡汉姆或是伊普斯威奇的人们，都不愿意和他们那儿的人扯上什么关系。而相应地，当他们来这儿或是有人想去他们那里捕鱼时，他们自己也会刻意避让。说来也怪，这片区域的其他地方都没有什么鱼，印斯茅斯海港那里却聚集了大量的鱼群——不过，你不要试图去那里捕鱼，那些家伙会把你驱赶出去的！过去那里的人经常坐火车来这里——步行到罗利，然后在那里搭乘火车来这儿——但是现在，他们都乘坐那辆车过来。

“是的，印斯茅斯有一家旅馆，叫吉尔曼旅馆。但我想这旅馆不会好到哪儿去，劝你还是不要去那儿住。你最好是在我们这个地方过夜，再搭乘明天上午十点钟的车去印斯茅斯，然后明天晚上八点钟，可以在那里搭乘晚班车到亚卡汉姆。记得是几年前吧，有一个工厂检验员曾经在吉尔曼旅馆住宿过，他对那个地方很是不满，好像是说那个地方住着一些怪异的人，而且那里大多数房间都是空着的。检验员住进去以后，听到了从另一个房间传出来的一些声音，他当时就怕得要命。在他听来，那些人完全是在用外语交谈；更糟糕的是，有时他们也会用英语说话。他还提到，那些声音听起来很不自然，就像带着滴答的水声。于是，他当天晚上就没敢脱衣服睡觉，整整一夜等着天亮，第二天一大早就匆忙地从那个旅馆离开。那些奇怪的声音几乎持续了整个晚上。

“那个检验员，名字叫凯西。他说，后来那些印斯茅斯人一直密切地关注他的一举一动，好像是出于某种警惕。他还发现玛什冶金厂有些古怪，那个工厂很旧了，位于马努克赛特河下游——他说的这些和我所听到的传言相差不多。据说，冶金厂的经营账簿一片混乱，根本就没有明确的交易明细记录。要知道，玛什家族究竟从哪弄到那些金子进行冶炼，这件事一直以来都很神秘。他们好像从来都没有购买过原材料，但是数年以前，他们竟然能用船运出数量惊人的金锭。

“以前也有人说过，有时一些船员和冶金工人会悄悄地变卖一些古里古怪的外国珠宝首饰；也有人在玛什家的女人们身上看到过一两件奇异的首饰。所以啊，人们就这样推测：可能是老船长奥贝德在某个外国的港口交易得来了那些东西，因为他总是成堆地定购一些玻璃珠儿和小装饰品。航海的人过去经常用这些东西和所到之处的当地人交换货物；也有些人一直坚持认为，奥贝德在魔鬼海礁上找到了一个过去海盗窝藏赃物的地方。但是，这事说来也怪，你说老船长已经死了60多年了，自从内战以来，印斯茅斯镇也没有大型的船只出海，可是玛什家族照旧不断地购买那些用于贸易交换的东西——他们告诉我，那些东西大多是一些用玻璃和橡胶制成的便宜货。说不定是印斯茅斯人自己喜欢这些小东西。天知道他们是不是已经快变成南海食人族和几内亚野蛮人了。

“1846年的那场大瘟疫，一定让那个地方最优质的血统彻底消失了。不管怎样说，那个地方现在的居民都让人生疑，玛什家族的成员和那里其他的富人没有一个好东西。刚才和你说过，我听人说那个镇里的街区不少，可是现在却只有不到400来人在那儿居住。我猜，被南方人骂作‘白色垃圾’的就是他们这些人——违法乱纪、鬼鬼祟祟，尽干一些阴暗的勾当。他们捕获大量的鱼虾，用卡车装运出去贩卖。那些鱼虾别的地方都不去，偏偏就往他们那片海域游？真是奇怪！

“没有人了解他们那些人，州立学校的行政官员和进行人口普查的工作人员也都被他们弄得很恼火。可以想象得到，任何进行探查的外地人，都受到印斯茅斯那一带当地人的排斥。我曾经听说不止一个商人或是政府人员在那个地方失踪，也有人说，有一个家伙去过那里之后就疯了，现在还在丹佛斯的精神病院里。肯定是他们故意弄出了什么可怕的情形吓疯了那个家伙。

“所以，换作是我，就不会选在夜间去那个鬼地方。我从来没有去过那里，也不想去。这附近的人可能会好意地劝你不要去那儿，不过，我想你白天去的话也不会出什么事儿。如果你只是为了观光旅游，寻找一些古物，那么印斯茅斯应该是个不错的地方。”

所以，那天晚上我花了不少的时间在纽伯里波特公共图书馆，查询有关印斯茅斯的信息资料。我试图向当地人询问有关的问题，在商店、餐厅、修车厂以及车站都问过，却发现比售票员估计的还要难，他们对此都不愿开口。我意识到自己不能再这样浪费时间，等着他们克服本能的沉默后再开口告诉我一些相关的事情。被询问的那些人都带着一种隐晦的疑心，好像觉得凡是对印斯茅斯过于感兴趣的人都不对劲儿。我去了青年旅馆过夜，那里的工作人员听说我要去那样一个阴郁、颓废的地方之后，唯一做出的反应就是劝阻我不要去——和图书馆职员的态度完全相同。显然，在这些受过教育的文化人的眼中，印斯茅斯只是一个文明过度退化城镇的典型实例。

图书馆馆藏的《埃塞克斯郡郡志》并没有对印斯茅斯做过多的记载，只记录那个城镇建于 1643 年，在革命爆发前以造船业著称；在 19 世纪前期，当地航海业发展得极好，一片繁荣的景象；之后凭借着马努克塞特河流的地理优势逐渐发展成一个小型的工业中心。郡志中，对 1846 年的那场大瘟疫和由此滋生的暴动着墨甚少，就好像那些事情会让整个郡蒙羞。

对印斯茅斯镇衰落过程的记载也是只言片语，没有详尽的描述。但是，后面的记录却隐含着重要的意义。在内战之后，整个印斯茅斯地区的工业运作仅限于玛什冶金公司，除固定的捕鱼业之外，金锭的市场交易成为主要商业贸易。随着渔业产品价格的跌落以及大型公司之间的激烈竞争，渔业所创造的利润越来越少，但因印斯茅斯海港附近海域的鱼群不见减少，所以捕鱼仍然是当地居民的主要营生手段。很少有外地人能在那里安顿下来，有一些被小心翼翼掩饰起来的记录，表明极少数的波兰人和葡萄牙人曾试图在那里居住，后来却以一种极为怪异的方式从那里逃了出去。

最引人注意的是，在郡志中也简略地提到了与印斯茅斯相关的那种奇异的珠宝首饰。很显然，这些珠宝首饰给整片地区都留下了深刻的印象。在亚卡汉姆的密斯卡塔尼克大学博物馆以及纽伯里波特社会历史学会的陈列馆里也收藏着这些珠宝首饰的样本。郡志中对这些首饰的描述并不完整，单调无味、平淡无奇，但是我却能从这些文字的背后，感觉到一种隐匿且持久的怪异。与此相关的一切似乎都显得如此的奇怪、刺激，这激发起我心中的好奇，给我留下了深刻的印象，挥之不去。时间已经很晚了，可是我想如果这个时间还能去参观的话，我要去亲眼看看收藏的那个样本。据说那件配饰尺寸不小，做工的比例也很特别，显然是一顶冠冕。

在我的恳求下，图书馆的管理员写了一张字条，把我引荐给历史学会陈列馆的馆长安娜·蒂尔顿小姐，她就住在这附近不远的地方。我简单地和她说明了情况，因为时间还不算太晚，所以那位和善的小姐把我领进了已经关闭的陈列馆内。馆内的收藏品确实很有名气，但我当时心情急切，什么都没有去细看，就径直奔到摆放在角落的一个展柜前，柜子里面就摆放着那件怪异的物件，在灯光的照射下闪耀出点点光亮。

我并不需要具备太多的审美意识，也能完全地领会到那件物件所散发出来的美丽。它被置放于紫色天鹅绒衬垫之上，散发着一种奇异的光彩，梦幻一般的华丽，充满着异域风情。但即使是现在，我也很难用言语描述出那所见之物，尽管它就像郡志中记载的一样，很明显就是冠冕的一种。它的前部比较高，外围很大，显得很不规则，好像是专为一种呈椭圆的畸形脑袋设计。它的材质好像主要是黄金，在光泽度上却又显得暗淡一些，没有黄金那般闪亮，似乎是某种与黄金一样漂亮却无法辨识出来的合金。整个物件看起来近乎完美，单是研究这令人惊异的打破传统的设计，就会花费几个小时的时间：它的外形设计中包含一部分的简单几何图形，还有一部分的海洋图案，以此为模制作出凸起的镂刻浮雕。这外形上所体现的高雅做工以及精湛技艺几乎难以让人相信。

我越是长时间地盯着它，就越是为之着迷。不过，在它散发的魅力之中，我还是奇怪地隐约感觉到一种令人不安的因素，很难辨识也无法描述。起初，我只是把这种不安的心绪归结于这件艺术品所具有的非尘世之物的特质。我曾经见过很多其他的艺术品，一些属于某些已知种族或国家的流派，另一些则是故意挑战已知艺术的现代主义流派。而这个冠冕却不属于两者之中的任何一种，在它的身上明显地展现出某种成熟完备的既定技巧以及完美的工艺，而这种工艺技艺又完全不同于那些我曾经见过或是听说过的典型艺术工艺，不管是东方的还是西方的，古老的还是现代的。这种工艺好像并不属于这个世界，而是源自另外一个世界。

我很快就意识到自己的这种不安还有另一个缘由——可能同样地具有说服力——它源自那物件奇异设计中的浮雕图案及数学上的精准程度。那种模式影射出时间和空间里遥远的神秘和难以想象的深渊，而且上面单一的水域特性显得近乎邪恶，上面雕刻着一些传说中才有的怪物，显露了无稽的荒诞和怨毒的恶意。那些图案看起来像是一种半鱼半蛙的怪物，让人不由得想到常常萦绕在内心深处的虚假记忆，感觉极不舒服，就好像它们从身体细胞和组织的深处唤醒了某种影像。这种令人敬畏的影像记忆功能，每个人生来便有，源于古老祖先的遗传。有时，我会想象到这些异端的鱼蛙身体上每一处的线条轮廓，它们无不充溢着那些非人类的未知邪恶所具有的根本特质。

蒂尔顿小姐在一旁给我讲述了这顶冠冕简略、平淡的历史——与它外观设计的奇异形成了鲜明的对比。1873 年，在州立大街的一家典当铺里，一个喝得醉醺醺的印斯茅斯男人以一个不可思议的低价典当了这顶冠冕，后来他在一次斗殴中丧命。历史学会听说之后，直接从典当铺老板的手中把它买了过来，让它陈列在馆内，终于拾回了应有的身价。在这个展柜上标注着“可能起源于印度东部或中国”，不过，这类归属只是假设的推测。

蒂尔顿小姐对它的起源，以及它为何出现在英格兰的种种假设，进行了细致严谨的比较。她倾向于认为，这顶冠冕是老船长贝尔德所发现的海盗赃物中异国珍宝的其中一件。玛什家族一听说这顶冠冕被陈列在历史学会的陈列馆，就立刻找到这里并坚持以高价收购，尽管历史学会声明绝不出售，但是直到今天他们仍在坚持要求购买。这一情形更让蒂尔顿小姐坚信她对此物来源的这种看法。

这位善良的女士把我送出大楼时还和我说了不少事情，让我明白，这片地区里的文化人士普遍都认可这种私下的推测结论，认为这顶冠冕来源玛什家族发现的异国珍宝。蒂尔顿小姐从未去过印斯茅斯，她本人对笼罩于阴影之下的那个地方的看法是：印斯茅斯是一个让人反感憎恶的地方，文化教养已经从那里的社区中渐行渐远，正在慢慢消失。而且，她还确定那里盛行着一个奇异的邪恶组织，它吞噬了所有的正统教会，部分地证实了传言中的魔鬼崇拜。

她说，那个邪恶的组织叫作“大衮秘令教”。毋庸置疑，在 100 多年前，正值印斯茅斯渔业日渐惨淡的衰落时期，这个从东方流传过来的，类似于异教的组织，充斥着邪恶与堕落。在“大衮秘令教”的作用下，大量的良种鱼群突然到来，而且这种情形一直这样持续了下去。有鉴于此，这个邪恶的组织在普通人群中产生了巨大的影响力，并很快在城镇中取代了共济会的地位，在位于新格林教堂的共济会大厅里设立了总部。

对虔奉于宗教的蒂尔顿小姐来说，所有的这一切成为她回避那片荒芜堕落土地的绝好理由；但对于我来说，这些反而成了新鲜刺激的诱因。我原本只对印斯茅斯那个地方在建筑和历史方面抱有很大的期待，而今又多了一份强烈的人类学方面的热情。夜晚的时间渐渐流逝，我却在青年旅馆的狭小房间内心怀着这些期待，激动得无法入睡。

二

第二天上午十点钟不到，我提着行李箱来到了年代已久的马凯特广场，站在哈蒙德药房前面，等待那辆开往印斯茅斯镇的班车。随着发车时间的临近，我留意到之前在广场上闲逛的人群纷纷向沿街的其他地方散去，有一些走向了广场对面的“美味午餐厅”。显然，那名售票员并没有夸大其词辞，当地人确实对印斯茅斯以及它的居民有厌憎之感。没过多久，一辆小型的灰色班车沿着州立大街“嗵——嗵——”地开了过来，班车车身破旧、污秽不堪。它调了个头，在我一侧的路边停了下来。我立马感觉到它就是我要搭乘的那辆车。车前的挡风玻璃上挂着车牌，上面模糊不清地写着“亚卡汉姆—印斯茅斯—纽伯里波特”，这几个字很快便证实了我的猜想。

车上只有三个乘客，他们皮肤黯黑、蓬头垢面，面部表情显得阴郁，多多少少还能看出一些年轻人的影子。车子停下后，他们动作迟缓地从车里走出来，一声不吭，沿着州立大街前行，显得鬼鬼祟祟。司机也从车上跳了下来，然后走进了旁边的药房买了些东西。我一直紧盯着他，猜想，他应该就是售票员提到过的乔·萨金特——我还没有去详细地打量他，就已从心底升起了一种厌恶感。这完全是无意识的行为，根本无法解释清楚。突然间，我萌生了这样一个想法：当地人不想搭乘他驾驶的这辆班车，也不愿意和这样一个人或像他那样的人群居住在一起——这其实是一种很自然的态度。

这时，那个司机从药店走出来了，我更加细致地上下打量他，试图确定我对他产生不好印象的根源。他长得很瘦，驼背，身高不过6英尺，身穿一套破旧的蓝色便服，头戴一顶高尔夫球帽，帽边已经开了线。他的年龄可能在35岁左右，但是脖子的两侧都已经长出了深深的褶皱，就算没看到他那张面无表情的呆板的脸，也会觉得他外貌显老；他的脑袋生得扁窄，双眼凸出，眼珠呈水蓝色，似乎一眨不眨；鼻子扁平，前额和下巴都往内缩，耳朵像是没有发育好，显得很奇怪；他的嘴巴很大，嘴唇肥厚，面部的皮肤粗糙、毛孔粗大，呈暗灰色，几乎没有胡须，头顶上只有稀疏的几绺黄色的毛发，凌乱地纠结在一起；皮肤表面有一些地方显得极为怪异，不太正常，好像患了某种皮肤病，致使表皮皮层脱落；他的双手很大，青筋暴起，显出一种并不常见的灰蓝肤色；手指与手掌的比例不符，手指显得很短，手掌却大得出奇，看起来十个指头总是蜷缩在手掌里。他向汽车走去，我观察到他步态蹒跚，双脚显得格外地大。我久久地盯着他的两只脚看，心里想着：他怎么就能买得到合适的鞋子穿。

这家伙身上的某种油腻感增加了我对他的厌恶。显然他是经常在渔业码头工作或是闲逛，身上带着一股很重的味道——典型的鱼腥味。至于他身上到底有没有外来的异族血统，我就不得而知了。他身上的特征很怪异，看起来不像是亚洲人、波利尼西亚人、黎凡特人，也不像黑人，即使这样，我也能理解为什么人们都认为他携带着异邦的血统。我自己会从他身上联想到生物学上的退化，而不会认为他是外国人。

看到车上不会再有其他的乘客，我感到很不自在。不知怎么的，我心里莫名其妙地生出了一种排斥感，不想单独与这个司机同车而行。随着发车时间的临近，我克服了心中的不安，跟着这个男人上了车，随后，递给他一美元的钞票，并对着他低声地说出了几个字“印斯茅斯”。他眼中流露出奇怪的神情，盯着我看了一会儿，然后找回了我四十分零钱，什么也没有多讲。我在离驾驶座很远的地方找了一个座位坐下，那座位和他在同一边，因为我想沿途观赏下海岸风景。

这辆破旧不堪的汽车猛地颤了一下，终于启动了。它“嗵——嗵”地从州立大街两边的砖瓦建筑中间驶过，留下了一串串尾气。我从车上瞥到了人行道上的行人，觉察出他们都不愿意去看我乘坐的这辆车，或者至少避免显露出他们在看它。接着，我们左转驶进了主干道，车子在这里开得比之前要平稳一些。车一路往前行驶，穿过共和国早期古老的高楼大厦，以及年代更为久远的殖民时期的农家小户，途经下绿地和帕克河域，最后进入了一片狭长开阔却略显单调的海滨乡村。

这一天阳光不错，天气也很暖和。车继续往前行驶，沙滩、莎草以及矮小的灌木丛一起构成了海边特有的景观。但是随着车辆的前行，这一切景象却显得越来越荒凉。从车窗往外，我能看到普拉姆海岛周边蓝色的海水和沙滩的轮廓。当车子从通往罗利和伊普斯威奇的主干道转向狭窄的小路时，我们已经离沙滩很近了。目所能及之处，没有房屋的影子，从道路上的情形也能推断，这一带少有车辆通行。路边历经风吹日晒的电线杆上搭着两根电线。我们不时地从位于潮溪之上的原始木桥上穿过，水流蜿蜒地延伸至内陆，将这块土地与其他地方隔离开来。

偶尔，在那一片流沙之中，会看到一些枯死的树桩，以及一些摇摇欲坠、已近坍塌的基墙。这让我想起，曾经在一本历史记载中看到过，这个地方曾经是一片肥沃的田园土地，物产丰富、人丁兴旺。据说，1846 年印斯茅斯爆发大瘟疫，给这里带来了转变，从此，生活在这片土地上的纯朴乡民与隐匿着的邪恶势力开始有了某种阴暗的瓜葛。事实上，这一切都源于人们在海岸边乱砍滥伐的愚蠢行为，土壤失去了最好的保护，狂风黄沙肆意侵虐。

最后，普拉姆岛消失在我们的视线里，左边所望之处是一望无际的大西洋。行车的道路开始变得陡峭，我看到了正前方孤寂的坡峰，这条满是车辙的窄路，几乎与天相接，我的心里开始产生了一种奇异的不安，越发地焦虑起来，仿佛这辆破车将会一直不断地往上行驶，完全离开正常的地球世界，融入高空的气流，直至那太空未知的深不可测之中。海风中夹杂着的海洋味道，似乎也蕴含着一种不祥的意味。司机依然沉默，弯着背脊，全身僵硬地坐在那里，我又一次注意到他的扁平脑袋，这一切都让我越来越感到憎恶。我的眼睛紧盯着他，我看到他的脑袋后面和面部一样，几乎没有什么毛发，灰色的粗糙表皮只生长着几根零散的黄色毛发。

紧接着，我们的车驶上了峰顶，下方是一片空旷的河谷，河流的两侧都是悬崖峭壁，一直延伸到金斯堡山头。向北的马鲁克赛特河流在那里汇入了大海，然后转流向安岬。远处雾蒙蒙的地平线上，我只能大致地分辨出金斯堡山头模模糊糊的轮廓，山顶上有座古老的房屋，显得有些怪异，这房屋在很多传言里都被提到过。但是此时，我所有的注意力全集中到我正下方较近的景象上。我意识到，我此刻所面对的正是那笼罩在传闻阴影下的印斯茅斯镇。

这个城镇的面积很大，建筑物密集，却感觉不到有生命迹象的存在，并隐隐显露出一丝不祥的气息。那一片混乱的大烟囱里很少有烟雾冒出，在临海一侧的地平线上，隐隐可见三座尖塔高高地矗立着，外墙没有粉刷过，乍地看去显得很突兀，也让人感受到了凄凉的味道。其中的一座高塔，顶部已经裂损，它和另一座高塔的外层上都有一个黑乎乎的大窟窿，应当是安放大钟的地方。巨大的复式屋顶紧紧挤在一起，陡立的墙面也已腐烂不堪。很明显，那里被蛀虫啃蚀得厉害。此刻，我们正沿着陡坡往下行驶，慢慢靠近城镇。我沿途看到大量的房屋屋顶已完全塌陷；还有一些方方正正的房屋，建筑面积很大，有四坡屋顶、冲天炉，屋顶还设有平台，四周以扶栏围绕，典型的乔治时代的建筑风格。这些建筑大多倚水而建，其中有一两栋看起来保存得还算不错。我看到了那条废弃的铁轨，从街区中间延伸至内陆，两边早已是野草横生，几乎把它掩盖。斜在一边的电线杆上已没有电线，以前通往罗利和伊普斯威奇的马车路线还隐隐可见。

靠近海边的一些地方衰败程度最甚，不过我还是在其中发现了那幢保存得相当不错的白色钟楼，它是砖石构造，看起来像是一个小型厂房。港口处建有一排防浪堤，看起来年代悠久，长期被沙子淤堵。现在，我已能辨识出一些在堤坝上盘坐着的渔民身影。堤坝的末端，好像还留着以前灯塔的基座。这道屏障的内侧形成了一长条沙地，上面还建有少数的简易小棚，旁边堆放着平底儿的小渔船，散乱地放着几个捕虾篓。马鲁赛克特河流经钟楼建筑，向南转向，在防浪堤坝处汇入大海，那一处水域看起来是唯一的深水区。

到处都残留着原码头的遗迹，它们从海岸伸展出去，延伸至海里的那一头大多已败落，看不清之前的模样，往南延伸得越远，败落的程度也最严重。远远的海面上，没有大浪，但我瞥见了一根黑色的长线，它并没有浮现在海面之上，却隐隐预示着潜伏的邪恶。我猜，那里一定就是魔鬼海礁。我紧紧地盯着它看时，心中除了涌出一种排斥、厌恶的感觉外，竟还有一丝微妙的深为神往的好奇。说来也怪，比起我对它最初的邪恶印象，这种微妙的暗示更让我感到莫名的不安。

一路上，我们没有遇到一个人。车辆从一些呈不同程度破败的农场穿过，我留意到了几间有人居住的房子，破损的窗户里塞满了破布，院子里也一片凌乱，地上的死鱼和海贝扔得到处都是。偶尔，我也会看到几个人，他们在荒瘠的田地里劳作，或是在散发着鱼腥味的海滩上挖蚌，看起来都无精打采的样子，一群全身脏兮兮、长得像猴子的孩子，在野草丛生的门口玩耍打闹。不知怎么回事，相比那些荒凉的建筑，我感觉到这些人反而更让我忧虑，几乎每一个人的面部和动作都有某种特别之处——让我在未辨认出这些怪异并细致地了解他们之前，就本能地对他们产生了厌恶感。有一瞬间，我想到自己曾经在什么画面中见到过这种典型的身体形状，也许是在什么书里，也许是在特别恐惧或忧郁的情形之下看到过，但是这种不太真实的想法很快就一闪而过。

汽车开到一处低地时，四周异常寂静。透过这不自然的静寂，我开始听到持续不断的瀑布声。在道路的两边，歪歪斜斜的房屋变得更加密集，没有粉刷，一片单调景象，和我们经过的那一带相比，这里更有城市的感觉。之前的远景在我的正前方收缩成了街景，有些地方还能看到卵石路面和砖石铺砌而成的人行道，这应该是以前就存在的。所有的房屋显然都被废弃了，无人居住。偶尔也会有一片空地，不过从倒塌的烟囱和地下室的墙壁看来，以前这里也建有房屋，只不过后来坍塌了。难以想象的是，这里的每一处、每一样东西都带有一种令人作呕的鱼腥味儿。

不久，我就看到了十字交叉的路口和街道。左边的街道通往海边，路面并未铺砌，显得破烂肮脏；右边的街道还能看出往昔的繁华，能想象昔日那一片车水马龙的景象。到现在我都没在街上看到一个行人，不过已经开始稀稀拉拉地出现了一些生活住所的迹象：沿街的房屋窗户上都垂落着窗帘，偶尔也会看见停靠在路边的破烂车辆。人行道和街边小道的界限也越来越分明，不过这里的房屋大多都很古老——还是20世纪初期所建的砖石结构——保持得不错，显然还能居住。这个地方具有古老的时代气息，未曾改变地被保留了下来。我是一个业余的古文物爱好者，置身于这古意盎然的街道中，之前心中滋生出来的危险以及厌恶排斥的感觉，几乎全部消失殆尽。

不过，抵达目的地之前，那种令人憎恶的深刻印象又回来了。汽车已经行驶到一个开阔的广场或是中心地带的地方，两边都有教堂，场地的中心是一个圆形绿化区，满地尽是泥污，脏乱不堪。在我前方右侧的交叉路口，有一座立柱装饰的大厅。那座建筑物的白色外墙现在变成了灰色，表层上有些许的剥落，挂在墙上的牌匾是黑底儿金字，字迹已经褪色，变得模糊不清。我勉强才能认出上面的几个字“大衮秘令教”。这里就是蒂尔顿小姐说过的那个地方，之前是共济会大厅，现在已被邪恶组织占用了。就在我费力地辨认牌匾上的那些字迹时，街道对面传来了一阵刺耳的钟声，吸引了我的注意。我迅速扭头，往车窗外望去。

钟声是从一座石砌的低矮教堂传出来的，它显然比那些古老的房屋要晚些建成——是哥特式的风格，显得很别扭。建筑的基底高得不成比例，窗户上全挂着百叶窗帘。大钟上并没有指针，不过从它发出的嘶哑撞击声可判断出现在是十一点整。接着，我估测时间的想法突然之间一扫而空——一个身影从那里猛冲出来，我还未辨识出它究竟是什么东西，便被它带给我的剧烈冲击以及无法言述的恐惧紧紧地攥住。教堂底层的大门开着，门框内是一片矩形的黑暗。我正盯着它看时，一个东西从那片黑暗中隐约穿过。那一瞬间，我感觉到了噩梦般的情景，而且比噩梦更让人崩溃，因为在这情境中找不到一处噩梦的特征。

那是一个活生生的东西，是进入城镇密集区之后，除司机之外我见过的第一个活物。要是我当时的情绪稍微稳定一些的话，我就根本不会感觉到它有什么恐怖之处。不一会儿，我就清楚地意识到那其实是一个牧师。他身上裹着奇怪的法袍，无疑是在“大衮秘令教”颠覆了当地教会仪式之后设定的教士着装。最先吸引我注意，使我为之侧目并产生奇异恐惧的东西，是那个教士头上戴的那顶冠冕，它和前一天晚上蒂尔顿小姐给我展示的那顶冠冕简直一模一样。这样东西激发了我无尽的想象，同时也对冠冕下面那张模糊不清的脸以及裹着法袍蹒跚而行的身体不自觉地附着了一种邪恶的特质。我很快就断定，自己对之前瞬间闪过的邪恶伪记忆产生战栗的恐惧完全是下意识的行为，没有任何缘由。一个地方性的秘密教会在设定一种教服之外，还设定一种莫名的为当地所熟悉的独特类型的头饰——或许那头饰确实来自海盗的宝藏，这难道不是一件很自然的事情吗?

现在，人行道上出现了几个看起来还算年轻的行人，年龄不大，却给人一种使人厌恶的感觉。他们有的独自在街上行走，有的三两结伴，都默不作声。街道两边破损的建筑底层有一些小店铺，店门口挂的招牌也很脏乱。我们的车“嗵——嗵”地沿街前行，我留意到沿途停靠着一两辆卡车，瀑布的水声此时也越来越清晰，不久，我就看到前方有一条深深的河谷，上方悬架着宽阔的公路桥，两边用铁栏护着。公路桥的对面是一个大型广场。车辆从桥上驶过，两侧的铁栏叮当作响，我向大桥的两侧望去，长满野草的断崖边缘以及沿路而下的山间竟然建有几座厂房。河谷的水量很大，两条瀑布从右手边的上游一泻而下，势不可当；左手边的下游位置，至少也有一股这样的劲流。在这个位置，耳边的水声震耳欲聋。接着，我们驶过了这条河谷，进入了对面半圆形的大广场，在一幢建有圆顶的高楼前靠右停下。这幢高大的建筑物表面还残留着黄色的涂料，楼上招牌的字迹已经褪去了不少颜色，但还能看出这里就是吉尔曼旅馆。

我很高兴能从那辆班车里下来，立即带着我的行李箱，走进破破烂烂的旅馆大厅去登记住宿。在大堂里，只有一个上了年纪的男人，他并不是我印象中的那种印斯茅斯长相。这时，我想起了曾经有人在这家旅馆发现的一些怪异的事情，不过我决定，不向他询问那些一直在大脑中萦绕不止的问题，一句也不会多问。我从旅馆走出，踱到了广场。汽车已从那里开走，我开始细致地查看周围的环境。

广场的地面用鹅卵石铺砌，它的一侧是一条笔直的河流，另一侧则是一幢半圆形的砖石建筑，建筑的顶端有些微微倾斜，看起来大约有1 800年的历史了。以它为中心，几条街道分别向东南、南边、西南方向延伸出去。街道上的路灯很少，而且照明度极低，全是功率较低的白炽灯，显得很压抑。尽管我知道今晚的月光会很亮，但还是庆幸自己计划在天黑之前离开这地方。这一片的建筑状况都还不错，其中可能还有十几家店铺正在营业；其中有一家是“第一国民”食品杂货连锁店，还有一家惨淡的餐厅、一家药店、一家水产品批发商铺。另外，在广场的最东边靠近河谷的位置，就是整个城镇唯一的工业企业的办公室——玛什冶金公司。我看到大概十来个人，还有零零散散的四五辆汽车以及大卡车停靠在那里。不用别人说，我也能猜出这里就是印斯茅斯的中心位置。往东望去，我看到了蔚蓝色的海港，在它的映衬下，那三幢乔治式高塔建筑高高地耸立在那里，曾经壮观的它们，现在已经衰败，格外引人注目。在朝着海岸方向的河岸另一侧，我看到了白色的钟楼，它矗立在玛什冶金厂之上，俯视着底下的一切。

出于某种原因，我决定先到食品杂货连锁店去询问一些事情，那里的店员不太像是印斯茅斯的本地人。店里只有一个大约17岁的小伙子在看管生意，看到他灿烂的笑脸和亲切的态度，我从心底感到愉悦。他似乎非常渴望与人交谈，和他聊几句我就了解到他不喜欢这个地方，不喜欢这个地方的鱼腥味儿，也不喜欢这个地方鬼鬼祟祟的当地人。对他来说，与来到这鬼地方的外地人说上一句话，也能算是一种心情的放松。他是亚卡汉姆人，借宿于一家伊普斯威奇人家里，只要空闲下来了，他就会回亚卡汉姆的家。他的家人并不想让他在印斯茅斯镇工作，但是这个食品杂货连锁店把他分派到这边的分店，而他又不想失去这份工作，所以不得不过来。

他告诉我，印斯茅斯这个地方没有公众图书馆，也没有商会。我应该已经识得路，我刚走过的街道是联邦大道，它的西边以前是高级住宅区，有很多有名的街道——百老汇街、华盛顿街、拉斐特街以及亚当斯街。联邦大道的东边则是靠近海边的贫民区。在这片贫民区里，我沿着主街能找到以前的乔治业风格的旧式教堂，不过它们已经被这里的人废弃很久了。在那一片区域，最好不要太引人注目，尤其是在河流以北的那一带。因为那里的人们阴郁可怕，充满着敌意。之前，曾经有一些外来人在那里失踪。

印斯茅斯镇里的某些地方几乎已成了禁区——这是他在付出巨大代价之后，吸取到的教训。比如说，你绝对不能去玛什冶金厂、仍在使用的教堂，还有新教堂绿地的“大衮秘令教”会堂这些地方，也不能在它们的附近逗留太长时间。那些教堂非常奇怪，分散于其他各个地区的同派教会一致地强烈反对它们；另外，它们所采用的教会仪式以及教士的法袍显然也非常怪异。它们的教义远离正统，异端而神秘，其中提到某种神奇的转换过程，这种转换的过程导致了肉体上有悖道德的堕落淫荡行为——对我们这个世界而言。这个小伙子的牧师，亚卡汉姆阿斯伯利卫理公会教堂的华莱士博士，曾经严肃地告诫过他绝不能加入印斯茅斯的任何一个教会。

至于印斯茅斯的当地人，这个年轻人几乎不知道他们究竟是一群什么样的人。他们像动物一样居住在洞穴之中，行为鬼鬼祟祟，很少出来。除了隔三差五捕鱼之外，很难想象他们如何打发一天里的其他时间。他们大量购买私酒——从此推断，可能白天的大多数时间里，他们都处于酒精的麻痹状态下，言行恍惚，昏昏沉沉，看起来整日都阴郁着脸，但他们持有共同的认识和看法，紧紧团结在一起，对这个世界不屑一顾，就好像他们有办法前往其他更好的实体星球一样。说起他们的外貌，尤其是那些一动不动的瞪视着的眼睛，好像从来不会闭上，这绝对令人感到惊异，而且他们的声音也让人心中生厌。他们晚上在教堂里喋喋地吟唱，非常可怕，尤其是在他们的主要节日或复活日期间，更是让人毛骨悚然；一年中有两次这样的节日，分别是4月30日和10月31日。

他们对水有一种特别的偏爱，喜欢频繁地在河谷和港湾游水。游到魔鬼海礁，早已是司空见惯的行为，而且只要是他见到过的本地人，每一个都似乎有能力完成这种极费体力的运动。回想起来，在公共场合见到的本地人都只是一些年轻人，他们中年纪最大的那些人的模样会更让人恶心。不过，也有例外，有些本地人的身上没有丝毫反常怪异的痕迹，例如吉尔曼旅馆的那个老职员。人们就觉得好奇，想不明白绝大多数的那些老家伙们到底是怎么回事，而且也不禁猜想那种“印斯茅斯长相”是不是一种阴毒的奇怪疾病，它长期地潜伏在人的身体里，随着年岁的增长而越发严重。

也只有世间罕见的疾病，在个体成年之后还能对其带来如此巨大的根本性的人体结构变化，甚至涉及像颅骨形状这样的骨质变化。但是，即使如此，也不如他们身体疾病的直观特性更让人不可理解，这种整体性的疾病简直是闻所未闻。小伙子含蓄地说，关于这件事情，很难形成任何真实的结论；因为无论你在印斯茅斯生活多久，你都不会把这些当地人弄清楚。

这个年轻的小伙子信誓旦旦地告诉我，在印斯茅斯的某些地方，还有一些更糟糕的东西，它们比人们看到的最糟的情形还要严重，那些东西长期处在室内，不为人所见。人们偶尔能听到一些很奇怪的声音。据说，河北面那些临海而建的简易房屋，隐匿着秘密的通道，因此成为名副其实的污秽场所，藏纳了不少不为世人所见的肮脏堕落之物。如果这些人确实有外来的血统，那么那究竟是一种怎样的血统？这些问题的答案根本无从知晓。因为，一旦有政府人员和其他地方的人员来到这个城镇，他们就会有所收敛，刻意地把某些招人憎恶的特性隐匿起来，不为他人所见。结果，一直以来都没人能清楚地了解这些当地人。

这个小伙子还说，向印斯茅斯的当地人询问任何与此地有关的事情，都不会有什么结果。这里唯一一个肯进行交谈的是一个上了年纪的老头儿。他相貌正常，居住在城镇北部边缘的贫民区，整日在消防站附近闲逛打发时间。这个白发苍苍的老人叫扎多克·艾伦，现今已是96岁的高龄，脑子有些不太正常，而且还是这地方有名的酒鬼。他行为古怪，感觉有些神经兮兮的，总是回头往后张望，好像是害怕身后有什么东西；他清醒时绝不会和陌生人说一句话。不过，这个老头儿嗜酒如命，只要是请他喝酒，他都会来者不拒，而且一喝便醉，一醉就会和人讲述一些陈年旧事。他描述的那些支离破碎的片段往往会把人惊得目瞪口呆。

不过，从他那儿毕竟也无法得到什么有用的信息。因为他讲述的东西往往是一些疯言疯语、一些根本不可能的奇异恐怖之事，没有什么可靠的来源，全是些语无伦次的幻想。没人会相信他的话，但印斯茅斯镇的本地人很讨厌他在酒后和别人乱讲，如果你向老头儿询问时被他们看到，可能会有危险。人们窃窃私语的那些荒诞离奇的传言很可能就是从老扎多克那里传出来的。

偶尔，也会有少数生活在这里的外地人说起他们偶然间瞥见的怪异之事。但是，因为有老扎多克那些荒诞的奇谈，加上这里的本地人本身就长得畸形可怕，所以这样的传言也就不足为怪了。另外，这里的外地人从来不会深更半夜还待在外面——这好像已经成为所有外地人的一种共识，他们都认为这样的行为绝不安全，而街上的那些路灯确实太暗，也会让人生畏。

说到这里的商业，这个地方的渔产确实异常丰富，但是本地人从中所获取的利润已变得越来越少。再者，水产品价格下跌，生意竞争也愈来愈激烈。当然，这个城镇真正的商业还是冶金。冶金厂的办公室就在广场那边，从这里往东只有百步之遥。老玛什从来没有露过面，即使有时去工厂那边，也是坐在拉上帘子的车内，密封得严严实实，根本就看不到本人。

关于老玛什现在的模样，人群中有各种各样的传言。他出身较好，曾经是一个纨绔子弟，爱好华衣打扮；据说，他为了掩饰身体上的一些不正常，现在仍保持着爱德华七世时代的华丽穿衣风格。之前，他的一个儿子曾在广场那间办公室管理公司业务，但是后来也和他一样彻底地退出了公众的视线，把公司主要的事务都交给年轻的一代接管。他的儿女们长得都很奇怪，尤其是年龄大的那些。有人说，他们的身体状况并不乐观，每况愈下。

老玛什的女儿中有一个长得像爬行类生物，那模样简直令人憎恶到极点。她的身上经常佩戴大量离奇的珠宝首饰。很明显，那些首饰和那顶奇异的冠冕属于同一类别，充满了异域情调。这个小伙子曾经多次看到过那些奇异的首饰，也曾听说过它们来自海盗的秘密窝藏点，或者是来自魔鬼的秘密宝库。而那些牧师或者是教士，或是现在以一些乱七八糟的称谓所指的那些人，也在头上佩戴着同一种类的首饰。不过，这些东西并不常见。尽管外界传言印斯茅斯这一片区域有不少种类的奇异珠宝首饰，但这位年轻人并不曾见过其他种类。

除了玛什家族外，城镇上还有另外三大家族——韦特、吉尔曼和艾略特家族，这些家族的成员也不常在公众场合露面。他们居住在沿华盛顿大街而建的豪宅里。据说其中的几幢房子里还藏匿着一部分当地登记过已死亡的家族成员，他们的模样已变得无法见人。

年轻的小伙子提醒我，街道上已经没有了方位图示，他很为我着想，费劲地帮我画了一幅这个沉寂城镇的草图。对我来说，这幅简易的地图已涵盖了足够的方位信息。仔细地观察了一番后，我发现它对我确实很有用处，向他真诚地致谢后，我便把地图放进了口袋。这个城镇只有一家餐厅，我刚才已经看到，感觉很肮脏，就不想去那里进餐，于是买了足量的奶酪饼干和一些姜味的威化饼，作为稍后的午餐。我这样计划着：先沿着主要的街道闲逛，如果遇到了外地人就攀谈一会儿，然后搭八点的车去亚卡汉姆。我已经看出，这个城镇已经形成了一种极为夸张的整体颓废的氛围，而且这整个社区还蕴含着不可告人的秘密。不过，我并不是社会学家，所以我只会将我的观察局限于此地的房屋建筑领域，不做其他探究。

就这样，我开始漫步在印斯茅斯狭窄的道路上，整体地去观察这个笼罩着一层阴影的城镇，心中滋生出不少困惑。我穿过了大桥，向下游轰然作响的瀑布方向走去。我慢慢地走近了玛什冶金厂，它和那些轰隆作响的工厂全然不同，没有发出机器的噪音，这很奇怪。这座工厂坐落于断壁上，这个断壁靠近大桥的陡峭河岸。我之前走过的几条大街就在这附近交汇，这里也许就是这个城镇的最早的城中心，革命之后才被现在的城镇广场所取代。

从主街道的大桥上走过，我又一次跨越这个河谷。对岸一片寂寥荒芜，我莫名其妙地打了个寒战。大量废弃倒塌的房屋的屋顶零落交错，在天空的映衬下，形成了不可思议的奇异轮廓。一座古老的教堂在这一片零乱之中赫然矗立，上面没有尖顶，仿佛一具没有脑袋的食尸鬼，令我心中为之一颤。主要街道沿线的房屋都有人居住，大多紧密地围建着栅栏。我沿着尚未铺砌的人行道往下走，看到了很多无人居住的废弃陋室，窗户大开，里面黑洞洞一片。其中很多房屋的地基已下沉，房子也已歪斜一边。那些黑洞洞的窗户像幽灵似的瞪视着我，我壮起了胆子才向东走到海边。由于废弃房屋的密度骤然增大，它们所带来的恐惧在这里自然呈几何级数增大，而不是算术上的那种简单递进。这一片房屋散落在海边，形成了一个孤寂荒凉的废墟之城。目之所及，是无尽的空置之屋，死一般的静寂。一想到在这片无尽的黑暗废墟之中全是蜘蛛网、蛀虫以及回忆，心中便会突然生出恐怖的阴影，随之而来的还有强烈的厌恶感，我想即使是最坚定的哲学理论，也无法让人驱走内心的这种狂潮。

鱼市和主街一样，也极为萧索，不过这条街上还有一些用砖石构建的仓库，目前保留完好。水街的情形和鱼市几乎一样，不同的是，它在靠海的那一侧有一些缺口，那里曾经是泊船的码头。除了远处防浪堤坝上零零星星的几个捕鱼人，我在这里没有看到一个活物；除了港口的海水拍岸，以及马鲁塞克特瀑布传来的声响，我在这里没有听到一点声音。这个城镇让我的神经越绷越紧，越来越焦躁不安。我往水街那座摇摇欲坠的桥走去，不时地悄悄往后看。根据草图上所示，鱼市的那座桥已经坍塌，无法通行。

在河的北边，我察觉到了污秽肮脏的痕迹。水街上的水产品仓库一片忙碌的景象，到处可见斑驳不堪的房屋，冒着烟雾的烟囱，偶尔还能听到一些不明所以的声音，阴郁的大街上和弄堂里不时地闪过几个摇摇晃晃的人影。然而，我感觉这里比南边更压抑——这里的人们看起来比城镇中心周边的人更丑恶，也显得更阴险，以至于我有几次都邪恶地联想到我无法言述的幻想之物。毋庸置疑，这里的印斯茅斯人比起远离海边的那些人，身上带有更多的奇异血统——除非“印斯茅斯长相”的确是一种疾病，而不是什么血缘关系。如果是这样，港口这一片儿的病情恶化得更加严重。

一个细节让我感到心烦意乱，就是我听到了一些动静，声音很微弱，就散布在周围。我自然而然地认为，它们是从那些明显有人居住的房屋内发出的，但事实上，最响的声音总是来自那些用坚硬结实的木板紧密地围起来的房屋内。有嘎吱嘎吱的声音，有匆忙疾走的声音，还有令人生疑的嘶哑的刺耳声音。我想起了那个杂货店年轻人提到的隐秘通道，心中感到了一阵不适。突然间，我很想知道这里的居民会发出什么样的声音。在这里的街道上走了这么久，我从没有听到过任何的说话声，同时，心中却焦虑不安，莫名其妙地希望不要听到他们的声音。

在这里，我稍做了些许逗留，在主街和教堂大街上，看了两座样式精美却已被破坏的老教堂。之后我就加紧了脚步，尽快走出那片临近海岸的邪恶贫民区。我的下一个目的地是新教堂绿地，可是不知怎么的，我不愿意再次经过来时在车上看到的那座教堂。就是在那座教堂的底层，我曾看到了那个令人费解的恐怖身影——一个佩戴着奇异冠冕的牧师或是教士，他让我感觉到了莫名的巨大恐惧。况且，杂货店的小伙子也和我说过，外来的陌生人最好不要靠近那座教堂以及"大衮秘令教"的会堂。

因此，我沿着主街一直往北走到了马丁大街，然后往内陆方向前行，穿过了位于绿地北面的联邦大街，进入了由百老汇、华盛顿、拉斐特以及亚当斯大街交织而成的北部贵族住宅区。这个高档的社区如今已经衰败不堪，古老街道的路面坑洼不平，显得很杂乱。尽管如此，两侧大道荫蔽在郁郁葱葱的榆木之下，原有的高贵气息并没有完全失落。一座座的大厦让我应接不暇，它们中的大多数年代久远，室外围有栅栏，四周的院落也无人照料。不过，每条街上都有一两幢这样的豪宅，显示出有人居住的迹象。华盛顿大街沿街的一排有四五幢房屋，保养得非常好，室外的草坪和花园也修葺得相当整齐。其中一幢最为豪华的房屋，室外宽阔的花园台阶都已延伸至拉斐特大街。我猜这幢房子一定是那个饱受病痛折磨的冶金厂主老玛什的家。

在这些街道上，我没有看到一个生命。印斯茅斯这个地方竟然完全没有猫和狗这些小动物，这让我很纳闷。另外让我不安和迷惑的是，即使是保养得最好的那些房屋，它们三楼和阁楼的窗户都关闭着，并被窗帘挡得严严实实。这座死一般沉寂的陌生城镇之中，好像弥漫着一种鬼鬼祟祟的隐秘气息。而我总感觉到，自己被道路两侧房屋内的一双双永远不会合上的眼睛密切监视着，这种诡异的感觉挥之不去，一直在我心头萦绕。

左边的钟楼敲响了三下，这钟声让我不禁颤抖了一下。声音源于那座低矮的教堂，我记得很清楚。沿着华盛顿大街往河谷的方向走，我来到了一处新的区域，这里曾经是工业和商业区。在我的正前方不远处便是一处工厂的遗址，在河谷上游的右边，还有一些其他的工厂废墟，另有不少迹象表明，再远一些的地方曾经有过一个火车站以及带顶的铁路大桥。

我前面有一条并不安全的大桥，桥身上面贴有警告的标识，但我还是冒险从上面穿过，又来到了河的南岸，看到了生命的迹象。附近总有一些人偷偷摸摸地在看我，有些神秘兮兮。面相正常一点的人则目光冷漠，带着些许的不解。我越来越无法忍受印斯茅斯这个极为怪异的地方，于是转向佩因大街，往广场的方向走，想随便搭乘某辆汽车带我离开这里去亚卡汉姆，不想在这里一直等那辆邪恶的班车。

就在这时，我留意到了街道左边破旧的消防站，在那里有一个满脸通红、胡须浓密的老头儿。他的双眼淌着水，衣衫褴褛，此时正坐在消防站前面的长凳上，和两个蓬头垢面却面相正常的消防员说着些什么。这老头儿一定就是那个疯疯癫癫、嗜酒如命、已 90 多岁高龄的扎多克 · 艾伦。他曾经在酒醉时向人讲述过印斯茅斯古老的传言，这传言的阴影如此可怕，令人难以置信。

三

一定是某种邪恶的小鬼，或是某种隐匿于黑暗的东西的嘲讽，使我改变了自己原来的计划。早在之前我就决定，只将自己的注意力局限于此处的建筑方面，我甚至都已经快速地往广场方向奔走，想随便搭乘上什么车子，好早点从这个蔓延着死亡与堕落的城镇离开。然而，当我的目光落到了扎多克 · 艾伦这个老头儿身上之后，我的思想剧烈地翻起了波动，然后不确定地慢下了自己的脚步。

杂货铺的那个年轻人曾明确地告诉我，那个老头儿只会杂乱无章地说出一些荒诞离奇的怪谈、一些令人无法置信的传言，他也提醒过我，被当地人看到和那个老头儿交谈会招致危险。但是，当我想到，这个上了年纪的老人见证过印斯茅斯这个城镇的衰落历程，他能追忆到这个城镇早期的航海时代和工业时代，即使有再多的理由，对我来说都无法抗拒这种诱惑。毕竟那些最为离奇、最为怪异的神话传说，通常也只会是基于事实之上的象征或是寓言，而老扎多克肯定目睹了过去九十年印斯茅斯这个城镇所发生的每一件事情。我的好奇心骤然熊熊燃烧起来，把理智和谨慎烧成了灰烬；倚着自己的年少轻狂，我想浓烈的威士忌应该能够让老头儿源源不断地胡言乱语起来，并从他混乱夸张的言语中找出真实的核心，还原印斯茅斯这个城镇真正的历史。

我很清楚，我不能在那个时候，也不能在那个地点故意和他搭腔，因为那两个消防员肯定会注意到并且会予以阻止。想了一会儿，我认为自己应该先去杂货店——小伙子告诉我的那个货源丰富的地方弄到一些私酒。然后，等到扎多克起身开始继续闲逛时，我再装作漫不经心的样子，正好溜达到消防站附近与他偶然相遇。那个年轻人曾说过，这老头儿总是焦躁不安，静不下来，每次很少在消防站附近待到两个小时以上。

在艾略特大街的广场附近，一家杂货店后面，我轻而易举地买到了一瓶威士忌，尽管价钱并不便宜。卖酒给我的那个家伙看起来脏兮兮的，瞪着的眼睛显出了几分“印斯茅斯长相”的影子。不过，他还是用他自己的方式表示出对我的礼貌。或许他已习惯了一些找乐子的陌生人——卡车司机、金锭买家等诸如此类的客人，他们偶尔会来到这个城镇做生意。

又一次走到广场后，我发现自己的运气来了。我刚从吉尔曼旅馆的拐角处走出佩因大街，就瞥到了那个身影，高高瘦瘦、穿得破破烂烂的扎多克·艾伦。依照之前的计划，我故意晃动着手中刚买的那瓶酒，吸引他的注意；当我意识到他拖着脚步跟上来之后，就拐到了怀特大街，往我认为的荒芜偏僻的地方走去。

我照着杂货店小伙子给我画的地图，在街道上穿行，径直往南边那片完全被荒弃的临水位置走去。那里唯一能见到的人，就是远处防浪堤坝上的那些渔人，再继续往南走上一段路程，我就能避开那些人的耳目，在码头上找两个能坐的地方，在长时间无人看到的情况下，自由地向老扎多克发问，想问什么就问什么。还未走到主大街，我就听到身后传来一个微微喘息着的细小声音：“嘿，先生！”我稍稍放慢了步子，好让老头儿赶上来，之后又让他对着瓶子猛灌了几口烈酒。

当扎多克跟着我一起，走进遍布荒凉的凌乱废墟时，我开始试着问了他几句，却发现这老头儿并不像我预料的那样很快就能松口。我看到不远处延伸开来的土石码头，上面长满了杂草，在摇摇欲坠的残垣中，有一块面向大海的空地。那里靠近水边的石头上已长满了青苔，但勉强可以坐下。北边有一座破落的仓库，正好遮挡住了所有人的视线。这个地方是个可以长时间秘密交谈的理想场所，我把老头儿引到下面，在长满青苔的石头中找了一块地方坐了下来。空气中弥漫着死亡和荒凉的气息，令我感到毛骨悚然；浓烈的鱼腥味无所不在，让人几乎无法忍受。但是，我下定了决心，没有什么能阻止我。

在赶去亚卡汉姆的车辆来之前，我还有四个小时可与扎多克交谈。于是，我开始给这个老酒鬼灌更多的酒，自己则吃着之前备好的简单午餐。我在劝酒的同时，还得小心翼翼地阻止他过量，因为我希望能让扎多克在醉酒后喋喋不休地说话，而不是酩酊大醉后昏迷不醒。一小时之后，他身上那种诡秘的缄默开始出现消退。不过，令我相当失望的是，对于我询问的那些有关印斯茅斯，以及与它被阴影笼罩的过去等相关的问题，他总是转移话题，绕开不答。他的胡言乱语全是关于当今的话题，在我面前卖弄他熟知的时事、农村的习俗，或是故作高深状大谈哲理。

近两个小时后，我担心这瓶威士忌对他根本就起不了作用，心想着是不是该暂时把扎多克老头儿一个人留在这儿，再去弄些酒来。然而，就在那时，事情有了转机，我之前询问过的那些问题很快就有了答案。老头儿气喘吁吁，胡言乱语，突然转移了方向，我赶紧探过身去，提高警觉去听他说些什么。我和他相对而坐，我背对着散发着鱼腥味的大海，而他是正对着的。我留意到，不知出于什么原因，他神志恍惚的涣散目光竟然落在远处海中魔鬼海礁的轮廓上，此时的魔鬼海礁在海水中清晰可见，几乎全部露出海面，显得极为魅惑。他好像很不高兴看到那海礁，因为他嘴里开始发出一连串的咒骂，最后一边窃窃地低语，一边斜睨着那片海礁。他朝我倾身过来，一把抓住了我的衣领，嘶哑着嗓子一字一顿地对着我说：

“所有的事情都是从那片深水中的海礁开始——那是一个被诅咒的地方，充满着邪恶和堕落。它是地狱之门——通向无尽的海底深渊，人类根本无法测量出来的无尽深渊。都是老船长奥贝德干的好事——就是他在南海海岛上发现太多的事，太多他不该知道的事情。

“那个时期，每个人的日子都不好过。市场生意一落千丈，新兴的工厂也没有什么生意可做，我们这些热血青年，一部分积极投身于1812年爆发的那场战争①，另一部分随着‘伊丽兹号’和‘漫游者号’出海而葬身海底，这两艘船都是由吉尔曼家族出资。奥贝德·玛什拥有三艘船——一艘双桅帆船‘哥伦比亚号’、一艘双桅横帆小帆船‘哈费特号’，以及一艘三桅帆船‘撒玛特丽女王号’。那时也只有他在继续从事东印度洋海域以及太平洋海域的对外贸易，爱斯德拉斯·马丁的三桅帆船‘马来新娘号’在之后的1828年才第一次出海。

“从来没有一个人像老船长奥贝德那样——他简直就是魔鬼的左膀右臂！咳，咳！我现在都还记得他那时说的——他侃侃而谈地说起外国的形势，还说当地的居民太过愚蠢，加入什么基督教会，温驯而卑贱地背负起精神的重担。他说所有的基督教众们，都应该像某些印度群岛的人们一样信仰更有用的天神——那些天神会以大量的鱼群来作为民众供奉的回报，真正地让民众的祈祷得以实现。

“奥贝德的大副马特·艾略特也讲述了不少的事情，只是他反对民众加入异教，做一些异教徒的事情。他说起位于奥撒海特海礁东面的一个岛屿，岛上全是些巨石的古老废墟，没人知道它们到底历经了多少岁月，就像位于加罗林群岛中的波纳佩岛屿上的那些古老石墟一样。只不过波纳佩岛上的石墟上雕刻有面孔，看起来像太平洋复活节岛上的巨大雕像。那个岛屿的附近还有一个很小的火山岛，岛上也有一些其他不同雕刻的遗迹，那些遗迹看起来像是曾经在海底被海水磨蚀过一般，上面都是一些可怕的怪物图案。

“哦，马特说那座岛屿上的土生居民，常年都有大量的鱼可捕，他们身上都佩戴着一种用奇怪的金子制成的手镯、臂环以及头饰，这些奇异的首饰上雕刻的图案，与那个小岛屿巨石上的雕像一模一样——一种长得像鱼的蛙类或是像蛙的鱼类，它们如同人类一样摆出各种各样的姿势。没人能问得出这些东西是从哪儿弄来的，其他岛屿上的居民也深感奇怪：与之邻近的岛上居民根本就捕不到什么鱼，而他们怎么就能捕到那么多的鱼？马特自己也觉得奇怪，奥贝德船长也一样。另外，奥贝德船长注意到，岛上那些英俊的年轻男人间隔几年就会从人们的视线中消失不见，只留下一些老人。而且，他认为岛上有一部分人的相貌，就算对于这南洋群岛的肯纳卡人来说，也算得上奇异。

“最后还是奥贝德船长从岛屿上的异教徒口中得到了事实的真相。我不知道他是怎么做到的，但是从那以后，他就开始和当地的那些异教徒进行交易，换取他们佩戴的那些像是用金子做成的奇异首饰，并竭力要问出那些东西是从哪儿弄来的，怎样再多弄一些，最终从被称作‘哇啦基’的老酋长那里慢慢得知了整个的情形。除了奥贝德之外，没有人愿意相信面色发黄的老魔鬼，不过奥贝德确实能看穿这座岛上的原始居民。咳！咳！现在我和他们讲这些，根本就没有人相信。小伙子，我想你也不会相信我说的这些——不过，让我好好看看你，你有一双犀利的眼睛和奥贝德船长一样能洞彻人的心扉。”

扎多克老头儿的声音越来越小，尽管我知道他讲述的东西很可能只是酒后的幻想臆语，但是我还是发现，从他语调中透露出来的真诚，以及那恐怖的凶兆预示已经使我战战兢兢。他继续说：

“嗯，先生，奥贝德他了解，地球上有很多事情，大多数人都是无法弄明白的，相信他们也从未听说过。看来，这些肯纳卡人把岛屿上成群的年轻小伙儿和姑娘们都当成了祭祀品，供奉给居住在深海之下的某种神一般的东西，以换取各种丰裕的回报。他们在那座满是废墟的小岛上碰到了那些东西，那些可怖图案上刻画的鱼蛙怪物应该就是那些东西。可能就是基于这些奇异生物的图案才流传起那些美人鱼故事。

“那些东西在海底拥有各种各样的城市，而那个小岛就是从海底升起来的。看样子，当那个小岛突然从海底升起，显露于海面之时，那些东西中有一部分在那些石制建筑中现身。肯纳卡人就是这样从它们那里得知，这群生物原本生活在海底。肯纳卡人在克服了最初的恐怖之后，通过手势的比画进行交流，不久就达成了交易。

“那些东西想要人类作为祭祀品，在很久以前它们就曾经享用过这种供奉，若干世纪之后，它们与海面世界的联系被阻断，所以无从得之。它们对那些受害者究竟都做了些什么，我没法说。我想奥贝德也没有想到这么多，应该没有去追问这些问题。但是那些异教徒并没有认为这有什么不对，因为他们之前的日子过得很艰难，对一切都已灰心失望，现在遇到这样的机会，愿意不顾一切地去冒险。于是，他们每年都会把一定数量的年轻男女向海底的那些生物进行两次供奉，分别是五月前夕和万圣节前夜那天，尽可能地形成一种规矩。同时，也会向它们供奉一些自己手工雕刻的小装饰物件儿。而那些东西就以大量的鱼群作为这些供奉的回报——它们把海域中的鱼群全部驱赶到一处，另外还会给岛上的居民一些像是用金子做成的饰品。

“哦，我说过，那些岛上的居民会带着备好的祭祀品，乘着独木舟前去那座小火山岛与那些海底的生物会面，之后从它们那儿带回一些像金子的饰品。最初，那些海底的生物不会登上人类居住的岛屿，但是过了一段时间后，它们就随心所欲，想来就来。看样子，它们很渴望混迹于人类之中，一起参加一些重要的节日——5 月前夕和万圣节前夜。你应该明白，它们那些生物既能生活在水里，也能生活在陆地上。我想，就是人们称的那种两栖动物。那些肯纳卡人告诉它们，如果其他岛屿上的人们知道它们在这个岛上，可能会前来消灭它们。但是它们说根本就不在乎这些，如果有人要来滋扰挑衅，它们能轻而易举地把所有人类消灭干净——除非有人类掌握了那失传已久的古老密咒。不过，它们还是不愿意惹出什么麻烦，如果有人来到岛上，它们会躲避起来，不让人看见。

“当这些长得像蟾蜍一样的鱼类提出与人类交配的建议时，肯纳卡人开始有些畏缩，不过后来，他们换了另一个角度来看待这件事情。人类仿佛天生就与这样的水中生物有某种关系——任何一种生命体最初都源于水中，只需要一点点变化就能回归到最初。那些生物告诉肯纳卡人，如果人类和它们的血缘混杂在一起，交配生出的孩子的样貌最初会像人类，但是以后会越来越像那些海底的生物，直到最后进入水中，与生在海底的那些生物生活在一起。还有很重要的一点是，年轻的杂交种类变成鱼类后进入水中就会长生不死。那些海底的生物本身也不会死亡，除非被暴力杀害。

“看来，奥贝德认识那些岛上居民的时候，他们就已经拥有了那些来源深海生物的鱼类血统。当随着岁月的增长，他们开始显露出鱼的特征时，就会藏匿起来不为他人所见，直到最后离开陆地进入水中。这种变异对每个人来说程度各异，有一些人永远都不会转变成鱼类进入水中，但是大部分的人都会像那些海底生物所说的那样，发生一些身体上的变化。出生时的样貌接近鱼类，身体上也会早早地发生变化；而那些最初与人类样貌更相近的人，有的会一直生活在陆地上，直到活过 70 岁，尽管在此之前，他们也会经常进入水下做一些尝试，但也还是无法在水下生活。已经生活在水中的人也会经常回来故地重游，所以会出现这样的情形：一个人可以同几百年前或是更早就离开陆地，进入水中生活了几世的祖先进行交谈。

“除了那些死于与其他岛民战争中的人、作为海底之神祭祀品而死亡的无辜岛民，或是那些在转变成鱼类进入水中之前死于蛇毒、瘟疫、疾病或是其他的人群，每一个人都没有关于死亡的意识。他们急切地盼望自己的身体发生变化，并没有一丝惧怕。他们认为他们将得到的一切远远超过了那些不得不失去的东西。我猜，奥贝德在仔细地考虑了老酋长讲述的情形之后，自己也抱有同样的想法。不过，哇啦基酋长属于尊贵的血统，这种血统一直保留着与其他岛屿上的酋长家族通婚的规矩，所以他是岛上没有混杂入鱼类血统的少数几个人中的一个。

“哇啦基曾经向奥贝德透露过一些与那些海底生物相关的仪式和咒语，而且也让他看到一些岛上居民身体上发生的剧烈变化。但是，不知出于什么原因，他从没有让奥贝德直接见到那些从深海出来的原始鱼类生物。最后，哇啦基还把一个非常有意思的小玩意儿送给奥贝德，像是用铅之类的东西做的。他说这个小玩意儿能把任何地方的水中的鱼类召集过来，让它们一直在这个岛屿周围的水域窝居。具体的做法是，把它放在水里，并像教士一样口中念起正确的咒语。因为那些海底生物遍布于世界各地的海域，每一个那样的怪物都能找到鱼群聚集的地方，并把它们驱赶到想让它们去的地方。哇啦基也承认了这种说法。

“马特对这种交易深恶痛绝，也希望奥贝德远离这个邪恶的小岛。但是，船长却在这个地方敏锐地觉察到其中蕴含的商机。他发现他能以很低的价格，从这个地方购买到像金子一样的东西。他决定以后要专门经营这一产业。就这样，经过好几年的交易，奥贝德积累了大量的那种类金物件，后来就在韦特家族倒闭的磨坊厂的厂址上，开办起冶金厂。他不敢把这些类金物质以它们原有的形态出售给他人，因为人们肯定会不断追问这些首饰怪异的设计。尽管如此，他手下的船员偶尔还是能弄到一两件，私自处理掉，尽管他们曾发过誓绝不透露。而奥贝德自己也会挑出少数适于人类的首饰，送给家里的女人们佩戴。

“嗯，然后到了 1838 年，那时我只有 7 岁。奥贝德在往回的航行中发现，那个岛屿上的岛民全部消失了。看样子，其他岛上的居民得知了那个岛上的情形，然后动手解决了岛上的居民。我猜，他们一定掌握了那些古老咒语——海底生物曾经提到过的而且是它们唯一害怕的东西。当某个比大洪水时期还要古老的遗迹之岛从海底突然升出海面时，没人知道肯纳卡人会碰巧在那里发现什么。他们的确虔诚，除了少部分过于巨大无法敲碎的石块，他们把一切都清除得干干净净，没有在主岛和小火山岛上留下任何东西。在有些地方，还散落着一些像是符咒一样的小碎石，上面雕刻着一些类似于我们今天认为是古印度吉祥标志的记号，或许那些就是远古的符咒。岛上所有的人都被消灭干净了，也没有发现任何类金物质的踪迹；附近岛屿上居住的肯纳卡人也绝不肯对此事透露一个字，甚至不肯承认那个岛上曾经有人居住过。

“那个时期，奥贝德船长的正常生意很不景气，这件事自然给他带来了沉重的打击；对于整个印斯茅斯来说，这也同样是一个不小的打击。因为在航海时期，只有船主获取了丰厚的利润，船员才会按比例拿到自己的那一份。在那段艰难的日子里，印斯茅斯镇中的大多数人都像绵羊一样温顺地艰辛生活着。不过，当时的状况确实很糟糕，因为附近海域里的鱼量越来越少，而当地工场的经营也是每况愈下。

“就是在这个时候，奥贝德开始骂这些人是蠢猪，说他们只会温顺而虔诚地向上帝祷告，而上帝根本不会给予他们任何帮助。他告诉大家他认识一群人，他们所膜拜的天神会赐予大众需要的东西；还说如果大多数人都支持他的话，他可能得到神赐的力量，给大家召来大量的鱼群以及少量的黄金。那些曾经在‘撒玛特丽女王号’上工作过，并且去过那个岛屿的船员当然明白奥贝德这些话的意思，开始为他将要做的事情感到焦虑不安，因为他们不愿意去接近那些海底怪物；而那些毫不知情的人们却被奥贝德所说的话蛊惑了，思想开始动摇，并向他询问通过什么方式能让他们改变信仰，转而膜拜另一种能给他们带来结果的新的信仰。”

说到这里时，扎多克老头儿开始支支吾吾起来，小声地嘟哝着什么，并且陷入了忧郁和焦虑不安的沉默之中。他紧张地回头往身后张望，然后又扭过头出神地盯视着远处那片黑乎乎的海礁。我和他说话，他也没有回应。我想，必须让他把这一瓶酒全喝下去。刚刚听到的那些近乎于疯癫的讲述，激起了我极大的兴趣，我认为那些描述确实是基于印斯茅斯的怪异，未加任何修饰，并佐以极富创造力的即兴想象，以及少许的异域神话传说而作出的详尽阐述。我决不会相信这个故事有任何真正的实质基础；但我依然相信，这故事中确实携带着真实的恐怖，或许仅仅因为这个故事中穿插了一些奇异饰品，类似于我在纽伯里波特陈列馆看到的那顶邪恶的冠冕。毕竟，这样的装饰品很可能确实源于一些奇怪的海岛；而且，这个荒诞离奇的故事很可能是已经逝去的奥贝德编造出来的，而我眼前的这个老酒鬼并没有胡编乱造。

我把手中的威士忌递给了扎多克，他拿过去一饮而尽。我真想不明白他怎么能喝下这么多的烈酒。真是奇怪，我从他微带喘息的响亮声音中，根本听不出一丝的醉意。他把瓶口的几滴酒舔得干干净净，把空瓶子塞进了口袋，然后低下头开始轻声地自言自语。我凑了过去，想听听他在嘟哝些什么。在他浓密的脏乱胡须之下，我想我在这个窃窃私语的老头儿脸上看到了一丝嘲笑。是的，他的口中确实在吐露一些字句，而且大部分我都能听到：

“可怜的马特——马特一直反对这些——他曾试着说服人们站在他的一边，他还为这事和那些牧师长进行了长时间的交谈……但没用……他们管理着这个地方的公众理会牧师，卫理公会教徒也陆续退出……再也没见到浸信会的牧师……耶和华也愤怒了……我只是一个微不足道的小人物，但是我确实听到了，也看到了——大衮和阿什脱雷恩……贝力亚鲁和别西卜——金迦夫和迦南的偶像以及非利士人——巴比伦人所憎恶的东西——弥恩，弥恩，特克鲁，亚普哈里森……”

他又一次地停了下来。我看到他淌着水的蓝眼睛，很是担心他现在已经完全醉了。于是，我轻轻地摇了摇他的肩膀，他带着惊异的警惕把目光转向我，又张口说出一连串更加晦涩难懂的词句：

“不相信我说的吗，嗯？咳，咳，咳……那你告诉我，年轻人，为什么奥贝德船长会带着其他20个人在深夜把船划向魔鬼海礁，并在那里高声地吟唱？他们的吟唱声在风中传来声音极为响亮，整个城镇的人都能听到。你告诉我这是为什么，嗯？你告诉我为什么奥贝德往魔鬼海礁另一侧的深水区频频扔下重物，还用那么大的气力，就像是从悬崖扔东西一样？告诉我他究竟用哇啦基酋长送给他的那块造型滑稽的铅制物件做了什么？嘿，小伙子？他们在五月的前一夜，还有接下来的万圣节前夜都在叫嚷些什么呢？还有，为什么新教堂的牧师——曾经是他手下的船员——总是在身上佩戴一些奥贝德带回来的那些像金子的饰品呢？嗯？”

此时此刻，那双盈水的眼睛已经显露出了凶狠和狂怒，下巴上那簇花白的胡子也像触电般竖立了起来。老扎多克可能已经看到了我在不断地畏缩，他又开始邪恶地说起来：

“嘿，咳，咳，咳！你明白了吗？可能你像我一样，在那些日子里，每个夜晚都站在自家的屋顶上，望着远处那片深海。嗯，我要告诉你，我人虽矮，耳朵却很好使，人们传言奥贝德和那几个家伙去魔鬼海礁的事情，我绝不会漏掉一句！咳，咳，咳！那天夜里，我带着爸爸的航海望远镜到屋顶上，看到了那片海礁上有许多闪闪发光的影子，月亮一出来，它们就立刻跳进了水里。怎么样？

“奥贝德和他带过去的那些家伙们都在小渔船里，但我看到的那些影子在另一边，离他们很远，那些影子跳下水后就再也没有起来……

“你想想，一个站在屋顶的小孩儿，独自一人颤抖着身体，用望远镜去看那些不像人形的影子，是什么感受？嗯……咳，咳，咳……”

老头儿这时已经变得歇斯底里，我非常警惕，身体莫名地战栗起来。他一只手紧紧抓住了我的肩膀，也颤抖得厉害。在我看来这颤抖绝不是源于兴奋。

他说：“假如有一天夜里，你看到奥贝德在魔鬼海礁的一侧把什么重物丢到了深海里，而第二天，你又听说城镇里有一个年轻人从家里消失了。嘿！有人见到过海勒姆·吉尔曼一寸皮肤或是一根头发吗？还有尼克·皮尔斯、鲁莉·怀特、亚多尼兰·索斯维克，以及亨利·盖利森吗？有没有人见过啊？嘿！咳，咳，咳……礁石上的那些黑影打着手势，它们正在交谈——它们竟然真的有手……

“嗯，就是在那段时间，奥贝德又一次发财了。人们看到了他的三个女儿身上佩戴着一些像是用金子制作的首饰——之前从没有见到过这些怪异的首饰。冶金厂厂房的烟囱上面又开始冒出烟雾，其他人的日子也过得好起来了——因为鱼群开始在港口附近大量地聚集，捕鱼也变得轻松起来。天知道我们到底往纽伯里波特、亚卡汉姆和波士顿这些地方运出了多少鱼。也是在那段时期，奥贝德开通了那条铁路干线。一些金斯堡的渔民听说印斯茅斯这一片海域的鱼量很多，就开着船赶过来，但是他们全都失踪了，没有人再见到他们。我们的人这时组建起了‘大衮秘令教’，并向基督骑士团管理会所购买了共济会会堂，作为它……咳，咳，咳！马特·艾略特是共济会会员，他强烈反对售出会堂，可是就在那之后他就从公众的视线里消失了。

“你要记住，我没有说奥贝德一开始在印斯茅斯的土地上，全部实施肯纳卡岛屿上的那一套。我想，他最初并没有想过与那些海底生物混合血统，更没有想过和那些海底怪物孕育后代，等他们长大后，进入水中转化成鱼类长生不老。奥贝德想要的只不过是金子，他并不想付出这么惨重的代价。我想其他的那些人也曾经为当时的情形兴奋过……

“到了1846年，城镇上的人们也开始观察和思考这件事了。竟然有这么多人失踪，而且每逢礼拜天的教会集会，总会有太多荒诞狂野的说教，大多是与那片魔鬼海礁相关的东西。我想我还是做了点事情的，把我从屋顶上看到的情形告诉了行政委员莫里先生。在一天夜里，他们一队人尾随奥贝德船队去了魔鬼海礁，我听到了两船之间互相开枪射击的声音。第二天，奥贝德和其余的32个人都被关押进了监狱。镇上的每个人都不清楚究竟发生了什么事，开始议论纷纷，想弄明白到底是以什么罪名把这些人弄进了监狱。天啊，如果每个人都仔细地想一想……几个星期之后，这么长的一段时间再也没有什么东西被投进深海里……”

老扎多克露出了害怕和疲倦的神情，我趁他沉默的空当，焦虑地看了看手表。潮水此时转变了方向，向这边涌了过来。海浪哗哗的声音似乎把他从沉默中惊醒。潮水的到来让我感到很高兴，因为海滩的水位升高了，那些鱼腥味也就没那么浓烈了。我继续紧张地聆听扎多克的低声述说：

“在那个可怕的夜晚……我看到了它们。那晚我站在屋顶上……它们一大群……密密麻麻地登上了魔鬼海礁……往港口游进了马鲁塞克特河……

天啊！那天晚上印斯茅斯的大街小巷里都发生了一些什么……它们啪啪地拍打着我们的大门，我爸爸坚持不肯开……然后，他带着火枪偷偷从厨房爬了出去，去找行政委员莫里先生看看他能有什么办法……外面的街道上到处都是尸体和一些垂死挣扎的人们……枪声，还有刺耳的尖叫声……老广场、中心广场以及新教堂绿地广场上充斥着人群的叫喊声——监狱的大门被撞开了……宣称……叛变……外地人来到这里发现我们的人剧减了半数以为是瘟疫所致……除了站在奥贝德一边的人还有那些对此保持沉默的人群之外，其他人都不见了……我再也没有听说过我爸爸的消息……”

老人剧烈地喘息着，脸上流出了不少汗水。他把我的肩膀抓得更紧了：

“到了第二天早上，所有的一切都被清理掉，但仍留下了少量的痕迹……奥贝德开始掌管镇里所有的事情，他告诉大家所有的事情都将会有变动……其他的东西会加入我们，一起参与教会的集会；还要专门设置一些房子接待客人入住……它们想像之前对肯纳卡人一样和我们人类交配混杂血统，而他竟然不做任何制止……奥贝德已走得太远了……他在这件事上表现得完全疯狂。他说它们给我们带来了大量的鱼群和珍宝，我们也应该给予一些它们所企图的东西……

“如此荒谬的事已成定局，无法改变；只有不向外人透露此事，我们才得以保命。

“所有人都得加入‘大衮秘令教’并对其宣誓，之后它们又逼迫我们宣了第二誓言以及第三誓言。对于那些做过特别贡献的人类，它们也会给予特别的回报——那些类似金子的东西——它们在深深的海底有成千上万的那种东西。它们本来不愿意从海中上来消灭人类，但是一旦它们被人类逼迫放弃原来的想法，它们就会轻而易举地把人类消灭干净。而我们，并不像南海群岛的那帮人那样，掌握了古老的咒语可以此来制服它们，那些肯纳卡人也绝不会泄露他们的古老秘密。

“在它们需要的时候，我们必须得供奉充足的祭祀品，并随之附带一些小装饰品，还要在城镇内给它们提供专门的庇护所，这样它们就不会对我们做出什么恶意的举动。另外，它们不容许我们向外人透露这里的情形，也就是说，绝不能让外地人从我们的口中打探到任何与此相关的东西。所有的人必须团结一致，对‘大衮秘令教’保持绝对的忠诚。和它们所生下的孩子将会长生不死，但是他们得回到母神海德拉和父神达贡的身边，而我们也都源于那里……啊！啊！克苏鲁·弗特根！芬格鲁—玛格那弗—克苏鲁—拉莱耶—乌伽那格尔—弗坦。”

老扎多克完全陷入了疯狂之中，开始语无伦次，疯言疯语，惊得我屏住了呼吸。可怜的老东西——在酒精的麻醉下，加上他对周围堕落的人群、怪异的行为以及罕见疾病产生了强烈的愤恨，在这一切的作用下，他那想象丰富的大脑竟然把自己带进那深远的幻想之中，让人为之怜悯。此刻，他已开始呜咽，涌出的泪水沿着他沟壑交纵的脸颊往下流，一直流进了他浓密的胡须中：

“天啊，这十五年里我都看到了些什么啊！——弥恩，弥恩，特克鲁，亚普哈里森……还继续有人在失踪、自杀——亚卡汉姆、伊普斯威奇或是其他地方的人们常常会议论起印斯茅斯，说我们这里的人都不正常，就像你现在看待我的眼光一样——天啊，我都看到了什么啊——它们在很早之前，就想杀掉我灭口，因为我知道的太多，只不过我曾当着奥贝德的面发过第一誓言和第二誓言，除非有一个陪审团的人能证明我泄露了这里的秘密，它们还是不会对我动手的。不过，我没有宣那第三誓言——我死也不会发那种誓言——

“到了内战的年代，那些1846年之后出生的孩子已经有一些慢慢成人了。我很害怕，在那个可怕的夜晚之后，在我余生之年，再也没敢去窥探它们的行踪，再也没有看到过任何一只那样的海底怪物——我指的是那些无人类血统的纯种怪物。那段时期，我参加了战争。如果我有勇气或是有理智的话，就绝不会再回到这里，而是远离这个地方到别处安顿下来。但是，乡亲们在信中告诉我，家乡的情况并没有那么糟糕。我猜测，那只是因为1836年之后，政府派兵到印斯茅斯进驻。结果战争结束后，进驻的官兵也撤回了，这里的情形再次恶化。人们的生活越发艰难——工厂纷纷倒闭，港口也停止了航运，铁路干线也被废弃……可是，它们……它们仍不间断地在那片被诅咒的礁石处游出游进——越来越多的人家把阁楼上的窗户用木板给封死。从那些本应无人居住的破烂小屋里，传出了越来越多的怪异声音……

“外面的人对我们议论纷纷，还传了不少与我们相关的流言，想必你已经听过不少——从你问的那些问题上都可以看出来。那些传言中描述的情形，有些是他们不经意间偶然撞见的，也有一些源于那些不知从什么地方弄来的、并未全数融掉重制的奇异首饰。不过，不论怎么风传，他们都无法坐实。没有人愿意相信没有根据的事情。他们把那些类金物质看作海盗抢劫来的赃物，认为印斯茅斯的当地人身上带有异域血统，或是脾气古怪，或是其他什么。另外，这里的本地人会好心地尽力把一些外地人赶走，并提醒留在这里的部分外地人，不要好奇心太重，尤其是在夜间不要外出。牲畜也畏惧那些怪物，马比骡子表现得更明显，经常受惊，不过后来有了汽车以后，也就很少再见到因马受惊而导致的事故了。

“1846 年，奥贝德船长娶了他的第二任妻子，城里的人们从来都没有见过她，有人说奥贝德不想让她见人。后来，这个妻子为他生下了三个孩子——其中两个很小的时候就不见了，还有一个女孩看起来与常人无异，并去了欧洲留学。最后，奥贝德不知使了什么花招，把她嫁给了一个毫不知情的亚卡汉姆小伙子。不过，外边的人们都不愿意和印斯茅斯人扯上关系。现在经营冶金厂的是奥贝德的长孙巴拿巴斯 · 玛什，他的父亲阿尼色弗 · 玛什是奥贝德和他第一任妻子生下的儿子。不过，他的母亲是他们家族中另一个外人从来都没见过的女人。

“现在，巴拿巴斯已经发生了变化。他的右眼已经无法闭上，身上的情形也在恶化。据说他还穿着衣服，但不久他就会进入水里了。可能他早已经试过下水了，他们这种人都会在身体完全变化之前，先下水尝试一下，然后就永远进入水下世界。他已经有长达十年的时间没有在公众的视线里出现了。真不知道他可怜的妻子是怎么过的——他的妻子是伊普斯威奇人，记得 50 多年前他向她求婚时，玛什家族差一点要把巴拿巴斯以私刑处死。奥贝德在 78 年前逝世，他的儿女现在都已经不在了——第一个妻子生下的孩子都死了，至于其余的那些孩子……天知道怎么回事……”

潮水正在上涨，持续不断传来的水声似乎逐渐地改变了老头儿的心境，开始还是触动情绪的感伤，到了后来，就慢慢演变成警觉的恐惧。现在，他总会时时停下来，要么紧张地望望身后，要么不安地向远处的那片海礁瞥去。尽管他的讲述荒诞离奇，但我还是被他的紧张焦虑所感染，也变得惧怕起来。扎多克现在的声音已变得越来越尖利，好像是试图借助于响亮的声音来激起勇气：

“嘿，你，为什么不吭声？你愿意生活在一个这样的城镇里——一切东西都在趋向于腐烂，苟延残喘；你走到每一个地方，那些黑暗的地下室和阁楼都会传出怪物的爬行声和蹿跳声，羊一样的咩咩叫声或是狗一样的吠声？你愿意夜复一夜地听从‘大衮秘令教’会堂里传出来的哀嚎惨叫声吗？你知道那些声音意味着什么吗？你愿意在每年的五月前夕和万圣节前夜里听到源自那片可怕海礁的声音吗？嘿？你以为我这个老头儿疯了而且说的都是胡话，是吗？呃，先生，让我告诉你吧，这些都还不是最糟糕的！”

老扎多克现在已经是在叫喊了。他的声音中夹着狂怒，让我惊恐万分，远远超越了我的底线：

“该死的，别用他们那样的眼神瞪着我——我说过，奥贝德·玛什现在肯定已经下了地狱，受尽折磨，他罪有应得！哈哈哈哈……下了地狱，我肯定！这个不能怨我——我什么也没做过，也没有向任何人说过什么……

“啊，你，年轻的小伙子？呃，即使以前我没有对任何人泄露过任何事情，那么我现在会通通告诉你！你只需要坐在那里安静地听我说，孩子——这些话我从来没和别人说过……我刚才说过，那天晚上之后我就再也没有去窥探它们，但是我依然发现了不少事情！

“你很想知道真正的恐怖是什么，对吗？呃，这就是——不是那些鱼怪们做了些什么，而是它们将要做些什么！它们从它们的原始居住地往城里不停地搬运一些什么东西——这样持续了好几年了，最近才缓了下来。它们就住在河岸北面，水街和主大街之间的那些房屋里——那些屋子里全是鱼怪和它们搬过来的东西——一旦等到它们准备好了……我说，当它们准备……你听人说起过修格斯吗？

“嘿，你在听我说话吗？我告诉你，我知道它们是些什么东西——有一天晚上我亲眼见到过它们……当时……啊——啊——啊！呀……”

老头儿忽然尖叫了起来，声音中携带着惨烈的恐惧，几乎把我吓晕过去。他的目光越过我，直直地投向那片让人极为反感的海面，他的头僵在那里一动也不动。他脸上现出的惊恐表情只有希腊悲剧里才有，瘦骨嶙峋的手爪用力地扎进了我的肩膀，我扭转过头去看他，看他刚刚到底看到了些什么，而他还是一动不动。

我什么都没有看到，只看到海面上波浪连绵起伏，潮水不断地冲刷着海岸，荡起一层层浪花。可是，扎多克用力地晃动着我的身体，我转过身来，他刚刚面部上僵硬的表情此刻已融化成一片混沌的茫然，眼皮因恐惧在不停地颤搐，牙关咬得很紧。这时，他又开始说话了，颤抖地低语：

“赶紧离开这儿！赶紧离开这儿！它们看到了，快去逃命吧！别浪费时间了——它们知道了——快跑——快点儿——离开这座城——”

又一阵巨浪过来，冲击在这个往日的码头松动的基石上，响声把老头惊得更厉害，喃喃的低语一下子变成了厉声尖叫：“咿—啊！啊！……呀！呀！……”

我还没有回过神来，他就松开了放在我肩膀上的手，狂暴地沿着仓库的残墙边，向内陆的街道方向一路跑去。我又回头向海面看了一眼，可还是没有看到任何东西。随后，我走到了水街，往北看时，早已不见扎多克·艾伦的踪迹。

四

这是一段让人极为痛心的插曲，既疯狂又惨烈，既荒诞又恐怖。我无法描述经历这插曲之后究竟是一种怎样的心情。杂货店的小伙子早已和我说过了大概，让我有了心理准备，可现实的情形依然让我困惑不安。尽管这个故事幼稚可笑，但老扎多克在讲述时诚恳的语调中充满恐惧，确实增加了我内心的惶恐，与我之前对这个城镇以及阴影笼罩之下的萧索产生的厌恶感交织在一起。

我可能以后才会去好好考虑他讲述的这个故事，从中辨识出历史事实的真实情景。而现在，我只希望把它从脑海里驱赶出去。乘车的时间已经临近——我的表显示现在七点十五分，去亚卡汉姆的汽车八点整从中心广场出发。所以我一边竭力让自己的思绪尽可能地回复到正常，一边加快了脚步，迅速地穿过那些荒芜废弃的街道，往我存放行李箱的旅馆方向走去，打算取出行李后就赶去乘车。一路上所见到的房屋屋顶大多已经裂开，歪斜到一边。

傍晚的余晖洒落在这古老街道的屋顶以及破旧的烟囱上，镀上了一层金色的光，给这个小镇增添一种美丽宁静的气息，我忍不住时时回头，去欣赏这雅致的风景。我很高兴自己很快就要从这被阴影笼罩着，且充斥着恶臭的印斯茅斯镇离开；也希望自己能搭乘上其他的车辆，不想再见到那个面貌阴险的司机——萨金特那个家伙。不过，我并没有走得很快，因为在这个地方每一个凹进的角落里，都有一些值得欣赏的建筑物；而且，我也计算过时间，能在半个小时里轻易地走完接下来的路程赶上车。

我仔细地察看了杂货铺小伙子给我画的简易地图，找到了一条我之前没有走过的路线，没有从州立大街走，而是选择了从玛什大街走到中心广场。走到瀑布街的拐角处时，我看到一些人三两成群地在鬼鬼祟祟地窃窃私语。当我走到广场时，发现几乎所有闲逛的人都聚集在吉尔曼旅馆大门口的附近。我走进旅馆到前台去取行李，这时仿佛有很多双含水的凸出的眼睛，一眨未眨地奇怪地盯着我看，我希望一会儿和我同车的乘客中没有这样的怪异家伙，影响我心情。

班车在八点之前就到了站，车厢里只坐着三个乘客。一个面目邪恶的家伙站在人行道上，正对着司机低声说着什么，我没有听清楚。萨金特从车内扔出了一个邮递包裹和一卷报纸，然后下车走进了旅馆。那些乘客就是那天早上我在纽伯里波特看到的三个人，他们摇摇晃晃地走到人行道上，压低着喉咙发出一种微弱的声音，和路边一个游手好闲的人在交谈些什么，我敢发誓他们所用的语言绝不是英语。我上了那辆空车，选了我来时坐的那个位置。我几乎还没有坐好，萨金特就走过来了，用一种特别让人厌恶的喉音嘟哝着什么。

看来，霉运找到了我。汽车的引擎出了一些毛病，尽管从纽伯里波特开到印斯茅斯很准时，但是却无法再开到亚卡汉姆。是的，今晚不可能把这辆车修好，而且也没有任何其他交通方式能让我在今晚离开印斯茅斯，去亚卡汉姆或者是去别的地方。萨金特为此向我道歉，我也不得不在吉尔曼旅馆过夜。旅店的工作人员很可能会把我的房钱少算一些，但仍旧没有别的方法从这里离开。这突如其来的事端几乎让我眩晕，一种强烈的恐惧在我心中蔓延，我害怕这个光线昏暗的颓废小镇，害怕夜幕降临的那一刻。我下了车，回到旅馆的大厅。一个相貌怪异、满脸阴郁的工作人员告诉我，我的房间是428号，在顶楼的下一层。房间很大，不过没有自来水，这间房只收我一美元。

尽管之前就在纽伯里波特听说过关于这家旅馆的一些传言，我还是不得不在前台的登记簿上签了名字，交了一美元，让前台的工作人员帮我存放好行李，然后跟着一个冷冰冰的服务员，爬过了三层吱吱嘎嘎作响的楼梯，到了四楼。走廊上满是灰尘，看起来毫无生气。我的房间在这座楼靠后的位置，室内很阴沉，只有两扇窗户和一些光秃秃的廉价家具。从窗户往下看，是一个脏乱的院子，四周围建着低矮的废弃砖墙；还能望见楼下一排破烂不堪的屋顶，一直往西延伸，再远处就到了城郊的一片沼泽地。走廊的尽头是洗浴室，太过破旧，让人心生沮丧。洗浴室内有古老的大理石水钵、锡制的浴桶，屋顶的灯光昏暗，周围的木质嵌板也已经发霉腐烂。

趁现在天还未黑，我下楼到了广场，打算在附近找一个吃饭的地方进食；那些不怀好意的闲逛者总是怪异地看着我。这个时候那个杂货店已经打烊了，我只好前去另一家，这家是我之前不愿意进去的餐馆。当值的是一个男人和一个乡下姑娘，那男人脑袋扁窄，背部弯曲，两眼瞪视着我，一眨也不眨；而那个姑娘鼻子塌扁，两只手掌厚得不可思议，显得很笨拙。这家餐馆所有的服务都在柜台进行，我亲眼看着他们从罐头和包装袋里把食物取出来，这才放心。对我来说，一碗蔬菜汤加上一些面饼就已经足够了。吃完饭后，店员站在桌边，面容邪恶，我从店员那里取了一份晚报和一本污渍斑斑的杂志，然后很快走回了吉尔曼旅馆那间沉闷的房间。

此时，暮色已深。我打开了安置在廉价铁床上方的电灯，光线很暗，我费力地继续翻看报纸杂志，却根本看不进去。我意识到自己现在身处这个被阴影笼罩的古老城镇里，应该去想一些其他的事情，而不是满脑子思索着这个地方的怪异。之前从老酒鬼扎多克那儿听来的荒诞离奇故事，让我不可能再做出愉悦的美梦，我必须尽可能地避免去想他那双流着水、散发出狂野之光的眼睛。

而且，那个工厂检验员曾经告诉过纽伯里波特售票员的那些关于吉尔曼旅馆的一些事情——我也绝不能再去细想——吉尔曼旅馆里的房客所发出的奇怪的声音。不光是这些，还有从教堂黑洞洞的大门内跑出的头戴冠冕的教士的那张脸；为什么我会对那张脸心存畏惧，连我自己的思想意识也无法解释清楚。如果这房间干净整洁，而不是灰尘满地，让人心生恐惧，也许我就不会去想到那些令人困扰不安的东西。事实上，这房间内的陈腐霉烂味儿令人窒息，与城镇中弥漫的鱼腥味儿混杂在一起，迫使我不得不一个劲儿地联想到死亡和腐烂。

另一件事也让我感到不安，那就是我房间的门上没有插销。从门后面的痕迹显然能看出这里之前有插销，而最近被人给卸下了。很可能是原来的插销坏了，就像这座破旧的大楼中许多其他的东西一样。我紧张地在房间四周察看，在熨衣服的长板上找到了一个螺栓，好像和门上插销的尺寸大小一样。从螺栓上面的痕迹来看，很像是以前在门上的插销。为了稍微放松一下自己紧绷的神经，我开始借助于自己钥匙环上挂着的三合一工具——其中包括一把螺丝刀——忙着从熨衣板上把这个螺栓弄下来，安装到插销的位置。我把螺栓安装得很牢固，确认自己在室内休息时能把门牢牢地关紧，心里多少有一些放松。我并不是真的认为那个插销能起到什么作用，而是自己置身于这样一个环境之中，任何象征着安全的物件我都需要。整个室内还有两扇小房间的门，上面都有插销，我把它们都插紧了。

接下来，我并没有脱掉衣服，决定先翻看那些书报，直到自己有了睡意，然后只脱掉外套、领结和鞋子，躺到床上。我从行李箱里取出一个手电筒，把它放进我的裤兜里。这样一来，如果我在深夜醒了，还能看看手表上的时间。然而，我一直毫无睡意。等我不再去剖析自己的想法时，我才不安地发现，自己其实在无意识地想要听到什么东西——想要听到那些让我害怕却无法说清的东西。一定是那个工厂检验员的故事在我脑海里留下了印记，比我自己认为的更深刻。我继续试着去看书，却发现这个方式根本就不奏效。

过了一会儿，我好像听到吱吱嘎嘎的响声断断续续地从楼梯和走廊处间断地传来，好像是脚步踩踏的声音。我不知道是不是其他房间也住进了客人。但是，外面并没有说话的声音，而我能感觉到那种吱嘎声有点鬼鬼祟祟的意味，这让我心中一惊。我很讨厌这种声音，思忖着自己现在是不是得设法赶紧进入睡眠。这个镇上有这么多奇怪的人，而且这里还发生了几起失踪案例，这一点毋庸置疑。难道吉尔曼旅馆是一家黑店吗？外来的旅客会在这里失财丢命吗？可我看起来绝不像腰缠万贯的有钱人；难道这里的本地人真的对那些好奇的外地来客如此地忿恨？难道我之前在这城镇里频繁地察看地图，对照着相应的路线沿途观光，太过引人注目，引起了他们不怀好意？我意识到自己此时一定是过于紧张了，只是几声随意的吱嘎声就能引起我以这种方式去推测出种种。但是，我依然担心自己现在赤手空拳的状态会有危险。

最后，我还是没有睡意，只是感觉疲倦。我用新装上的插销把门插牢，熄掉了电灯，穿着衣服，躺到了高低不平的硬床上，甚至连外套、领结和鞋子都穿戴整齐。黑夜之中，每一丝微弱的声响好像都会被放大，令人不快的思绪加倍地向我席卷而来。我后悔刚才关了电灯，可又累得不想起来再把它打开。一段很长的沉闷之后，又响起了踩踏楼梯和走廊的吱嘎声。那该死的声音很轻，但我绝不会听错，这让我所有的恐惧变成了一种携带着恶意的事实。一点也不用怀疑，有人正暗中试着用钥匙小心翼翼地打开我的门锁。

我在之前已经感觉到了自己模糊的恐惧，尽管没有什么确切的原因，这种感觉却唤起了我本能的警惕，所以在意识到了真实危险的迹象之后，我反而没有显得很慌乱。不管这刚刚到来的真实危机究竟是什么，本能的警惕都给我带来了一定的优势。虽然如此，这种恐怖从之前模糊的前兆，转变成直接的真实情况，的确让我感到了震惊，并真真切切地向我袭来。这深夜的摸索声绝对不可能只是因为有人开错了房间。我所能想到的全都是恶意的企图，于是我保持安静，等待着即将闯进来的入侵者的下一步行动。

过了一会儿，那种小心翼翼的声响中止了。紧接着，我听到有人在用万能钥匙打开我房间北面的门，然后又用钥匙试探着打开与我房间相通的侧房门锁。当然，我的插销牢牢地把门固定住了，门并没有被打开。我听到了那人离开北面房间时地板发出的声音。没过多久，又传来一阵细微的声音，我知道那人进入了我南面的房间。同样又是一次偷偷摸摸的动作，那人试图从南边打开门进入我的房间，可是我已经用插销将其牢固，接着是再次撤回去的地板响声。这一次那吱嘎声从楼梯一直延至楼下的大厅，所以我很清楚，那人在意识到我所有的房门都被牢牢地关死之后，暂时放弃了他的企图。至于他间隔多久才会再次行动，之后才会见分晓。

我马上开始了行动计划，思维速度之快足以证明，早在几个小时之前，我的潜意识里已经感觉到了某种危险，并在那时就考虑到了一些可能的逃脱危险的方式。从一开始，我就感觉到那个未曾谋面的入侵者意味着一种危险，这种危险是我绝不能直面也无法凭个人之力去解决的，我唯一能做的只有尽可能地从此处逃离。接下来必须要做的一件事情就是，尽快活着从这家旅馆逃脱，绝不能从前面的楼梯和大厅往外逃，而是要通过其他的某种渠道逃离。

我轻轻地起身，打开了手电筒的开关，想打开床上方的电灯，挑一些私人物品塞进衣服口袋，然后立刻从这里逃走。然而，这种设想并没有发生。我发现电源已经被切断了。毫无疑问，某种神秘的邪恶行动正在大规模地准备中。至于究竟是什么样的邪恶行动，我也不知道。我站着思索，手还放在已失去作用的电源开关上。就在这时，我听到了从下面传来的声响，勉强能辨识出交谈的声音。过了片刻，我感觉到那些低沉的声音不怎么像说话的声音，那显然是一些嘶哑的吠声，一些音节松散的呱呱声，与已知的人类语言几乎没有相似之处。此时，我想起了那个工厂检验员夜里在这幢腐旧的大楼里所听到的声音，不禁为之一震。

借助手电筒的光亮，我把一部分东西塞进了口袋，然后戴上帽子，踮起脚尖往下看，考虑从窗户跳下去逃生的可能性。这家旅馆并没有按州立消防法规的规定，在这一侧设置安全出口，这间房的窗口正下方是鹅卵石铺砌的庭院，从这里到地面也只有三层楼的高度。不过，在下面的左右两侧是一些古老的商业大楼，紧挨着这家旅馆。那些大楼的屋顶朝这边倾斜，从我所在的四楼到下面屋顶之间的距离不远，我可以跳下去。但南北屋顶的落脚点都距我所在之处隔了两个房间。随后，我立即开始思考自己有多大的可能性能转移到南北相应的房间里。

我断定不能冒险走走廊，我的脚步声肯定会被听到，而且从走廊进入南北方向的任何一间房，都存在不可逾越的困难。如果要按刚才的设想行动，我应该从和这个房间相通的门穿过去，里面的门没有那么结实。如果它们挡住了我的去路，我可以用肩膀用力地撞门，直到把门锁撞坏，然后进去。我想这座房子和它里面的设施本来就不怎么牢固，人力很有可能能够撞开这扇门；不过，我也意识到，如果真这样做的话，肯定会发出很大的声音。这样看来，我只能指望自己到时候速度快一些，并且在邪恶的地方听到声音用钥匙打开一侧的房门之前，能够从那边的窗户跳下去。我得把房间的衣柜推到门后，加强自己房间外门的抵御能力——只能一点点地往门的方向推，尽量避免发出太响的声音。

我感觉到自己从这里逃生的希望很渺茫，我得充分地做好准备去应对凶险。即使我成功地从四楼跳到了旅馆一侧的屋顶，也无法解决问题，因为我还要从屋顶下到地面，还要从这个城镇逃离。对我有利的一点是，紧挨着这幢旅馆的房屋都已被人废弃荒置，上面有很多天窗，黑乎乎地开着大口。

从杂货店小伙子给我的地图上来看，从这个城镇逃脱的最佳路线是一路往南。所以，我先看了通往南边房间的房门。这道门设计的是向我的方向这边打开，我试着去拉门把手，却发现这门的另一面已经被牢牢地固定住，要想撞开它并不是件容易事儿。因此，我放弃了从这里逃出去的想法，小心翼翼地将床架移过来，紧紧地抵住这扇门，阻挡稍后可能从那边房间进行的任何攻击。通往北边房间的门是往外打开的，我试了试，发现它的另一侧好像也被锁着或是用插销固定着，可是相对来说会容易撞开一些，我知道它就是我出去的通道。如果我能跳到位于佩因大街的房屋屋顶，而且顺利地下到地面，我也许能够快速地从院子里跑出去，然后再穿过相邻的大楼，到达华盛顿大街或者是穿过正对面的建筑物跑到贝茨大街；也可以从屋顶下去以后，直接从佩因大街路口往南到达华盛顿大街。无论如何，我都得快速地离开中心广场这一片儿，直奔华盛顿大街那边。我必须得避开佩因大街，因为这条街上的消防站可能整夜都开着。

我一边考虑着这些问题，一边从窗户探出头，张望楼下那一片肮脏的屋顶。刚过满月之日不久，月光还算明亮，下面的情形在月光下显得很清晰。右手方向的那一边，黑乎乎的河谷横在中间；废弃的工厂和火车站像无脊椎动物一样紧紧地贴在河谷的两侧。远处，锈迹斑斑的铁轨和罗利路穿过一片平坦的沼泽地，向更远处延伸开去。几座小岛凸显于其中，上面长满了低矮的树木。左边的乡村离这里要近一些，在月光的照射下，那里的河流看得很清楚，通往伊普斯威奇的那条窄路也隐隐闪着白光。从旅店的这一边我所站的位置上看，看不到向南的道路，那里通往我原本打算去的亚卡汉姆。

我一直在想什么时候去撞北边的门，又怎样设法把撞击的声音降至最小。正在我犹豫不决时，我注意到楼下刚才那些模糊不清的声音已变成上楼时踩踏出的重重脚步声。一束摇摇晃晃的光亮从房间的气窗口透进来，接着走廊的地面也因沉重的负荷而嘎嘎作响。一些可能是从声道发出来的压抑着的低沉声音越来越近，最后，我的门上响起了重重的敲击声。

霎时之间，我屏住呼吸，静静等着会发生些什么。仿佛经过了无数个世纪一般，我好像嗅到周围空气中的鱼腥味儿突然之间变得浓烈，令人作呕。敲门的声音又响了起来，而且持续不断，带有执着坚持的势头。我意识到自己该行动起来了，随即毫不犹豫地抽出北边房门上的插销，振作起来准备用身体把门撞开。敲门的声音越来越大，我希望这些声音能把我的撞击声盖住。我终于下定决心开始，一次又一次地用我的肩猛烈撞击并不厚实的门板，根本就顾不上疼痛。这扇门比我预料中的要更坚固，但是我并没有放弃，还是继续撞下去。门外的喧闹声一直在增长。

终于，我撞开了那扇门，却发出了很大的声音，我想外面的那些人肯定也都听到了。瞬间，外面的敲击声就变成了猛烈的撞击声；同时，我两侧房间靠近走廊一边的房门上都响起了预示着恶意的钥匙转动声。我赶紧冲进刚打开的北侧房间，在那间房外门的锁被钥匙打开之前插上了插销；但这时，我听到了另一个房间，就是之前我考虑跳窗上屋顶的那间房，它的房门外也传来钥匙的开动声。

这一瞬间我感觉到了彻底的绝望，因为我此时已完全困陷于这个没有窗户的房间，一阵异常的恐惧向我席卷过来，我的身体止不住地颤抖起来。手电筒的光线照到了一处灰尘上的印迹，它们是之前入侵者留下的痕迹，正是他们试图从这间房进入我的房间。这痕迹更让我感觉到一种无法说明的奇异恐惧。尽管我现在已不抱任何希望，但还是凭借着一种惶惑眩晕之下的自发性动作，走向另一侧相通的那间房门，盲目地做出了推门的动作，想前往下一个带窗的房间，并在钥匙打开外门之前，把门从里面固定牢固，同时希望这间房的外门像刚才那间一样插销什么之类的都完好无缺。

急转而至的运气给我缓了死刑——我用手一推，面前的房门并没有被牢牢地锁着纹丝不动，而是半开着。我快速地走进去，用我的右膝和肩膀用力地抵着这间房的外门，那时这道外门显然已被钥匙打开并正往里推动。外面开门的人绝对没有提防到这一情形，因为我用力一抵，就把门给关上了，我像之前那样赶紧用插销把门固牢。我终于从危险中喘了一口气，听到外面另两扇门外的猛烈敲击声已经停了下来，而我抵着铁床的那扇房门内，却传来了哗哗啦啦的喧嚣。很显然，那帮想对我行凶的人现在已经进入了南边的房间，正聚集在门的那一边进行攻击。几乎就在同时，我听到了隔壁朝北另一间房门上也响起了钥匙的转动声，渐渐迫近的危险就在眼前。

套房中北边的侧门此时已开，我没有时间去考虑靠近走廊的外门的锁已经在转动。我现在所能做的，只有把套房开着的内门以及与它相对的那扇门关好，用插销固牢，然后用这间房里的床架和衣柜分别抵住这两扇门，又把脸盆架拖过来抵在靠近走廊的外门后面。我必须这样做，这是现在能想到的办法。我得依靠这类的权宜之计，借用这些障碍物拖延下去，为我赢得从窗户往下跳到佩因街房屋屋顶的时间。不过，就算是在这紧急关头，我主要的恐惧也不是来自身边薄弱的防御措施。此时的我已是全身战栗不止，因为尽管身后的行凶者以一种不规律的间隔时间发出了某种喘息声、低沉的咕哝声以及压抑的吠声，却没有一个人发出能让人听明白的清晰声音。

当我把所有的家具移过去堵住门口，冲到窗台边时，我听到了走廊上响起了一阵冲向我北边侧房的恐怖的脚步声，同时觉察到南边的撞击声已经停下来了。显然，多数的行凶者已打算集中攻击北侧房薄弱的外门，他们知道只要撞开这扇门，就能直接找到我。窗外，月光洒落在楼下的房屋上面，我清楚地看到下面的房顶坡度极为陡斜，从这里跳下去极度危险。

目测了下面的情形之后，我决定从其中一个比较靠南的窗口往下跳，计划落在屋顶向里的斜面上，这样有助于从最近的天窗钻进一座破旧的建筑物，但还得考虑怎么脱身；不过我还是希望跳下去以后能直接从那个昏暗院子一侧黑乎乎的门洞里出入，然后进入华盛顿大街，然后一路往南从这个邪恶的地方溜走。

北边侧房内门处的撞击声已大得可怕，我看到薄弱的门板上已经开始出现裂痕。显而易见，那些围攻者弄来了什么重物来撞门。不过，那个床架仍然牢牢地抵在门上，至少给了我从这里逃脱的微小机会。我打开窗户，看到窗两侧横着一根杆子，黄铜圈吊着的天鹅绒窗帘从上面悬垂下来，窗的外面还有一个巨大的窗钩来收帘。看到这，我想出了一个可行的方法，可以不用冒着危险直跳下去。我猛扯下窗帘，连杆子和铜环一起取下，然后迅速地把两个环挂在窗外的大钩子上，接着把窗帘掷出窗外。厚重的帐幔一直垂到下面的屋顶上，我认为那两个铜环和墙外的挂钩应该可以承受我身体的重量。于是，我探身出了窗外，沿着这临时制作的绳梯，一步步往下爬，把充斥着恐惧的吉尔曼旅馆永远地抛在了身后。

我安全地落在了陡斜的屋顶上，顶上的砖瓦已经松动。接下来，我小心地往那边黑乎乎的天窗口处移动，竟然没有滑倒。抬眼望向我刚刚离开的那扇窗户，那里依然是黑暗一片。然后，我越过已坍塌的烟囱往北走，看到了从“大衮秘令教”会堂、浸信会教堂以及基督教会理教堂这些建筑物里透出的邪恶灯光，一想起它们我就全身战栗。下面的院子里看起来没有人，希望在那些人在城镇里大面积搜查之前，我还有机会从这个地方逃脱。我用手电筒往天窗里照进去，看到下面没有梯子。不过还好，从这里下去并不高，所以我抓着天窗的边沿跳了下去，跌倒在一堆满是灰尘的破箱子上。

这个地方看起来很阴森，但是我根本就顾不上想这些，急忙看了看手表，现在是凌晨两点，我立即用手电筒照向四周，找到了下楼的楼梯。一踏上去，楼梯便吱嘎作响，不过看起来还算安全。我向楼下跑去，沿途经过了二楼，像是一个粮仓，接着到了一楼。这里荒凉无比，空旷地回荡着我的脚步声。最后，我走到了低矮的大厅，在它的尽头我看到了一丝微微的光亮，那里应该是门口，出去就是佩因大街。我往另一头走去，后门竟然也开着；外面延伸出向下的五步石阶，通向杂草横生、鹅卵石铺砌的院落。

月光无法照射到这里，但我不用手电筒也能找到路。吉尔曼旅馆那边许多的窗户亮起了灯光，能隐隐听到从那里面传出的一些混乱的声音。我悄悄地走到华盛顿大街的一边，发现了几处敞开的房门，于是选了最近的走进去。门厅里面很暗，当我走到另一端，发现通往街道的门已被死死地封住了。我决定再试一试其他的房屋，看看能不能走通，于是摸索着又回到了那个院子，但是在接近门口时我停下了脚步。

我看到吉尔曼旅馆敞开的大门口，涌出了一大群可疑的身影，他们手中的灯光在黑暗中很是显眼，他们用沙哑而可怕的声音低沉地交谈着，那些语言绝对不会是英语。那些身影犹豫不定，移动着脚步，我意识到他们现在肯定不知道我逃到哪里去了，这让我松了一口气。但是，就是远远看到他们，也让我感到害怕。我没能看清他们的容貌，但是，单单是那蜷缩佝偻的身形和蹒跚不稳的步态就让人感觉到极度的厌恶。最为可怖的是，我在那一群中竟然看到了一个穿着奇异教袍的身影，头部高高拱起，我看得很清楚，他的头上戴着一个高高的冠冕，这一切对我来说再熟悉不过。当那些身影四散开来时，我心中的恐惧又开始加剧。如果我无法在这座建筑里找到通向街道的出口会怎样？那种鱼腥味儿实在太让人厌恶，我不知道自己是否还能在清醒的状态下继续忍受这种气味。我又一次地向大街的方向一路摸索过去，打开了大厅另一边的一间房门走了进去。这是一间空房，窗帘紧闭却没有窗框。

我打开了手电筒，笨拙地向前走，发现窗帘可以打开，于是立即从那里爬了出来，然后把窗帘拉好，恢复成之前的模样。

现在，我已到了华盛顿大街，在这街道上暂时还未见到一个活物，除了月光之外，也没有见到一丝光亮。然而，我却听到了从远处几个不同的方向传来的嘶哑的嗓音，还有脚步声，还有一种奇怪的嗒嗒的拍打声——不像是脚步的声音。此刻我必须抓紧每一分每一秒的时间。对于这里的方位，我还算清楚。街道上所有的灯都已熄灭了，这让我感到庆幸。这也算是以前的一个习俗，富裕的乡村地区在月光明亮的夜晚会关掉路灯。南边传来了一些声音，不过我还是按照原计划朝那个方向逃。因为我想过了，一旦我在路上遇到了任何像那些行凶者的人或者是人群，我能立刻躲藏进那些数目众多的废弃房屋里。

我紧挨着路边的一排破房子小心翼翼地往前疾走。经过刚才紧张的攀爬之后，我的帽子不知落在何处，头发更是凌乱不堪，这样走在街上倒显得不那么引人注目。如果现在还能碰到一个随意闲逛的人，说不定他根本就不会注意到我，很自然地擦肩而过，这也正是我所希望的。

走到贝茨大街时，有两个摇摇晃晃的身影正从我的前方横穿过马路，我立即钻进了路旁敞开的一间破屋内，躲过他们后我又继续前行，前面就是艾略特大街和华盛顿大街在南边的交汇处，是一片开阔地带。尽管我从没有来过这里，但是从杂货店小伙子的地图上看来，这个地方对我现在来说很危险，因为那个地方没有任何障碍物。在毫无遮挡的月光之下，所有的东西都一览无余。现在也没有其他的法子避开它，其他的路线都要绕很大一个圈子，很可能会被那些人看到，也会拖延逃跑的时间。现在唯一要做的就是鼓起勇气，尽量模仿印斯茅斯本地人那种典型的走路方式，公然地从那片区域穿过，同时心里想着那个地方不会有人，至少没有那些追击我的人。

究竟是些什么人在追击我？他们为什么要追击我？我一无所知。这个城镇里好像有一种极不寻常的活动，但是我能判断出，我刚刚从吉尔曼旅馆逃跑的消息现在还没有在这个镇里传播开来。当然，我当务之急是尽快从华盛顿大街转移到某条其他向南的街道，因为刚才在旅馆前聚集的那帮家伙肯定是在搜寻我的去向。我在那幢旧房子满是灰尘的地面上肯定留下了一连串的足迹，说不定已经暴露了我的行踪。

路口的那片开阔的场地和我所想的一样，在月光下一切都显得如此清晰。场地的中央是一簇绿化带，四周用铁栏围起来了，整个看上去像个公园。我在这里能听到从中心广场那边传来的骚乱声、咆哮声，而且那声音越来越多；所幸此处空无一人。南街很大，路面也宽阔，一直沿着它往下走，直接通向海边，由于坡度很小，站在街上就能直接看到海面。我希望一会儿从路上穿过时，不会有人在远处看到。

一路走过去，我并没有遇到什么麻烦，也没有听到脚步声，证明我现在还没有被人盯上。我向四周瞥了一眼，立刻不自觉地放慢了脚步，向海的方向望去。这条街的尽头便是海岸，皎洁的月光洒落在海面，随着浪的起伏显出点点光亮，漂亮极了。远在堤坝之外是魔鬼海礁，黑色轮廓在这月色之中也隐隐可见。当看到那昏暗的黑线时，我不禁想起在之前二十四小时听到过的所有与它相关的那些可怕的荒诞奇谈。在那些荒谬的传言中，这座海礁被描绘成一扇名副其实的战栗之门，它通往那令人无法置信的、深不可测的未知恐怖领域。

接下来，没有任何预兆，我远远地看到那海礁上断断续续地闪起了一些亮光。确实是光，我绝没有看错，这一情形唤起了我脑海中一丝毫无理性的盲目恐惧。我全身的肌肉紧紧地绷着，惊恐地想逃走；只是眼前所见让我产生了某种无意识的谨慎，并令我陷入一种半催眠的状态，所以，我没有飞速地逃走。更为糟糕的是，在我身后的东北部方向隐约可以看到，吉尔曼旅馆的楼顶上也突然闪起了点点亮光，那一系列的光亮和海礁上的方式相仿，闪烁的时间却不尽相同，此起彼应，两者肯定是应答的信号指示。

我松了松身子，再次意识到我现在有多么容易被人发现，于是振作了精神，继续假装出蹒跚的步态往前走。但是，走在南街的路上，只要还能看到海面，我的目光依然落在那片令人毛骨悚然的邪恶礁石上。刚才看到的整个情形究竟意味着什么呢？我无法猜测。难道是与魔鬼海礁相关的某种奇怪的仪式，或者某些人群乘船登上了那邪恶的礁岩？此时，我走到了场地中间那片凌乱的绿地左边，不过我的眼睛始终望向大海，在这夏季的圆月之下，海面上幽灵般地映闪着点点的光辉。那些可疑的信号指示依然在闪烁，难以形容，令人费解。

就在那时，最为可怕的一幕从我脑中闪过，我确信了它的存在，它摧毁了我最后残留的自控力，我疯狂地往南边跑去，路两边的房屋大张着黑洞洞的门和窗，像死鱼的眼睛一般一动不动，瞪视着我的一举一动。我的目光又一次从海面扫视而过，月光下，海礁到岸边的那片海域并非什么都没有，那片海面上聚集着一大批的身影，他们正往城镇的海岸边游过来。这一刻，我全神贯注地盯着那里，即使相隔这么远的距离，我还是能辨识出那些露在水面的脑袋，不断挥动划水的手臂，几乎无法用语言描述它们所具有的怪异和畸形，也无法用正常的语句来表达。

还未跑过一个街区，我就停下了近乎疯狂的脚步，因为我听到左边方向传来了一些叫嚣声，像是一大群人有组织地进行追击。这里面夹杂着脚步声、机载侦察器的声音以及一阵“嗵嗵”的汽车马达声。这些声音正沿着联邦大街向南追近。这一刻，我所有的计划全被打乱了——如果前方向南的公路全被封锁的话，我就只能在印斯茅斯镇上另找出口。于是，我停下来，躲进了路边一户敞开的房屋里，希望那些追击者还没有追到平行的街道，我就已经走出了那片开阔地带。

再一想，感觉就不是这么回事了。因为他们是沿着另一条街赶来的，显而易见，他们那群人应该不是直接冲着我来的。我并没有被发现，他们只是在按照既定的计划切断我的逃跑线路。然而，这并不意味着逃离印斯茅斯的所有路线都已经部署了专人巡视，因为那些人并不知道我会选择哪条路线。如果全城确实已经戒严，那么我绝不能再走大路，得从乡下另觅路径。可是，这城镇的周围是一片沼泽地，其间有不少河流蜿蜒交错，我又如何能从中穿过呢？这一刻，我感觉到大脑中一片天旋地转，不单单是因为彻底的绝望，还因为空气中的鱼腥味在这一会儿变得越来越浓烈，令人窒息。

这时，我想到了那条废弃的铁路——坐落于河谷边缘的破旧火车站，它往东北方向延伸，通往罗利。如果镇上的那些人没有想到那个地方，那么对我来说这将会是一个很好的机会。因为那一处早已荒废，荆棘满地，行人很难通行，逃亡者最不可能选择的就是那条路线。之前，我从吉尔曼旅馆的窗户中曾经仔细地看过那里，对它的走向还算清楚。人们从罗利公路以及镇中地势高一点的地方，很容易看到它最开始的一段路线，这让我有点为难；不过，我想我可以在那些杂草下面匍匐前行，应该不易被人察觉。无论如何，那条线路是我唯一的机会，我没有其他的选择，只能去尝试。

我走进这破房子里面，立即打开手电筒，再次研究那幅地图。现在最直接的问题是，我怎么才能走到那条铁路；那条最安全的路线是先前往巴布森大街，然后往西走，走到拉斐特大街，到那里以后，我还得沿着路边绕过一个比较开阔的路口，和我刚才走过的那个路口相像，但绝不能再像刚才那样明目张胆地穿行；接着，再以“之”字形的路线交替往北和往西穿过拉斐特大街、贝茨大街、亚当大街以及河岸大街，也就是河谷边上的那条街，最后才能走到那座破旧的废弃火车站，我曾在旅馆窗户眺望过它。我之所选择往巴布森大街走，主要是因为我不愿意再从刚才那片空地穿过，也不想再沿着宽阔的南街往西。

我又开始行动了，过街走到了右边，在拐到巴布森大街时，尽可能地不让人觉察到。联邦大街那边依然叫嚣声一片，我看了看身后，发现我之前逃出来的那幢房屋的附近，已经出现了光亮。于是，我更加焦急，打算赶紧走出华盛顿大街，就开始轻轻地小跑起来，心中暗暗希望，自己能够靠运气不被任何人发现。一路跑到巴布森大街的拐角处时，我警觉地注意到，前边有一间房子有人居住，窗户上紧闭的窗帘证实了这一点。不过，房内并没有光亮，我竟然安全地从那里走过。

巴布森大街与联邦大街呈十字交叉状，那些追击者很可能会发现我的踪迹。我尽可能地紧贴着路边那些房屋墙面往前移动，那些墙面破破烂烂并不平整，有两次我听到身后的声音忽然变得响亮，我就赶紧停下扭身钻进身旁的屋内。正前方就是那片空地，在月光下显得宽阔而孤寂。不过，照我设计的路线，我并不用从那里穿过。第二次停下脚步时，我开始觉察到四周好像多了一种模糊不清的声音。躲在暗处，我小心翼翼地往外窥探，一辆汽车正从前面的空地飞驰而过，沿着艾略特大街一直往外行驶，那里正是巴布森大街和拉斐特大街相交的十字路口。

我密切注意着路面的情况，之前已渐渐减少的鱼腥味突然之间变得更加强烈，几乎让我窒息。接着，我看到了一群身体蜷缩的怪异身影，正往相同的方向摇摇晃晃地大步向前移动。我心里猜测，这些人肯定是被派去监守伊普斯威奇大街，因为艾略特大街一直延伸到那里。我瞥到这些人群里有两个身穿教袍的家伙，其中一个头上还戴有那种奇异的冠冕，在月光下发出惨白的光辉。这个身影的步态怪异，让我不禁打了个寒颤，因为在我看来这个家伙根本就是在跳跃，而不是走。

队伍中最后一个身影在我视线里消失之后，我又开始行动。我敏捷地拐进了拉斐特大街，接着又快速穿过艾略特大街，警惕着刚刚沿着大道向前的那帮队伍中还有少数落在后面的人。我听到了远处那种呱呱的叫声，咔嗒咔嗒的响声越来越逼近中心广场，但还是走完了这段路程，有惊无险。我心中最大的恐惧是要在月光之下重新走过宽阔的南街，还要看到南街尽头那片海面上的情形，这种痛苦的折磨让我又一次紧张起来。在那条街面上行走很容易被人看到，而且艾略特大街上很可能还有落在后面的人，他们从任意一个地点都能发现我。最后，我决定还是像之前那样，假装成一个印斯茅斯本地人，放慢步子踉跄前行，从十字路口那里走过去。

那海面又一次地展现在了我的眼前，这一次在我的右侧。我犹犹豫豫，决定不向那边张望，可是还是无法抵制诱惑，一边小心翼翼地模仿着摇摇晃晃的步态，往前面可以躲避视线的阴影处走去，一边斜视着靠海那一侧的情形。海面上没看到一只大船，这和我之前猜测的差不多。不过，海面上的一样东西却把我的目光吸引了过去。那是一艘小船，它正朝着废弃的码头方向划过来，船上好像载着一些很笨重的东西，用帆布遮盖得严严实实。尽管相距甚远看不大清楚，但仍能看出那些影影绰绰的划桨者尤其可憎，也可辨出在海中游过来的几个身影。同时，我看见在远处那片黑色礁石上，仍然有微弱的光亮闪烁，不过与之前见到的那种信号光不太一样，那是一种奇怪的无法确认的颜色。前面靠右边就是吉尔曼旅馆，它倾斜的屋顶上方却是漆黑一片，没有光亮。刚刚被风吹散的鱼腥味此刻又聚拢在我的周围，挥之不去，愈发地强烈。

我还未来得及穿过大街，就听到一阵嘟嘟哝哝的声音，一队人正从北边沿着华盛顿大街往前走。他们走在我前面，和我仅仅相距一个街区的距离。在月光下，我清楚地看到他们像兽类一样的畸形面孔，类似于犬类一般地蜷缩着的身子，以及具有亚人种特质的步态。其中有一个人完全像猿类一样走路，长长的胳膊频频碰到地面；而另一个，身穿教袍，头戴冠冕，从他的身形来看，几乎是以一种跳跃性的方式往前移动。我以此断定，这队人马就是我在吉尔曼旅馆的院子里看到的那一群，就是他们这些人一直在紧紧地追击着我。他们中的一些把头转向我这边张望，我简直吓呆了，但还是努力保持着我自认为自然随意的摇晃步态往前走。直到今天，我都不知道那时他们到底有没有看到我。如果确实看到了，那肯定是我当时的模仿奏了效，因为他们并没有改变路线向我追过来，而是继续往前走，一边走一边发出一些含糊不清的呱呱声，还有吱吱喳喳的声音，那可能是一种令人憎恶的方言，我无法辨识。

再次走进街边的阴影中，我又像之前一样小跑，把一排排矗立在迷茫夜色中的废弃房屋甩在身后。穿到了往西的人行道上，我从最近的角落绕到了贝茨大街，再紧紧靠着南边的建筑物边沿往前走。这一路上，我经过的两户人家显示出了有人居住的迹象，其中一家的楼上亮着微弱的光亮，不过对我来说，这不算什么障碍。顺利拐进了亚当大街之后，我感觉到现在的处境稍微安全一点。正在这时，正前方的房屋里突然走出一个人，吓了我一跳。不过，随后我便看出这人醉得不轻，十足是喝多了酒，对我构不成什么威胁。最后，我还是逃到河岸大街那一片仓库密集的地方，那里全是荒凉的破旧房子，我安然无恙。

坐落在河谷边的那条街道，死寂一片，空无一人，瀑布发出巨大水声，彻底淹没了我的脚步声。离目的地的距离并不算近，我开始向火车站废墟的方向小跑，途中经过的那些仓库砖墙似乎比那些破旧私宅的墙壁还要让我恐惧。终于，我看到了建有拱廊的古老火车站，或者只能说是古老火车站残余的一部分，然后径直沿着铁轨向远处的尽头走去。

铁轨上已是锈迹斑斑，但还算完整，只有不到一半的枕木腐烂。在这样的路面上，不论是走还是跑都很困难；但我还是尽力前行，总的来说前进的步伐并不算慢。有一段铁轨沿着河谷的边沿铺设，最后我沿着它来到了那座长长的大桥。桥的上方建有顶盖，它横跨河谷，高度的落差大得让人头晕目眩。这座大桥的状况将会决定我下一步的行动。如果上面还能过人，我就从这里走过去；如果不能通行，我将会冒险再从几条街道上穿行，赶到最近的那座完整的公路桥。

月光之下，这座古老的长桥像幽灵一般地闪着微光。我打开了手电筒，却惊起了一群蝙蝠，它们扑通扑通地从我身边飞过，险些把我撞倒。大概走到长桥的一半时，我看到前面的桥板上出现了一个极为危险的缺口，一时间我担心自己无法从这里过去，犹豫了起来。但是到了最后，我把心一横，冒险从那里跳过去，竟然幸运地做到了。

从那条毛骨悚然的通道走出来时，我很高兴自己再一次见到天上的那轮明月。旧轨道和河街交错在同一平面上，然后延伸至更加粗陋的乡村，印斯茅斯镇里恶心的鱼腥味儿也随之越来越淡。这里野草荆棘长势茂盛，给我的前行带来了极大的阻碍，也挂烂了我身上的衣服，但我还是很高兴，感激它们至少能在危险出现的时候成为我的藏身之所。我很清楚，我这条逃跑路线有相当长的一部分路程都能从罗利公路上看得到。

继续往前，一片沼泽地突兀地出现在我的面前。单线路轨架在低矮的路堤之上，这里生长的野草要稍微稀疏一些。接下来要走的地方地势较高，像是一座小岛。铁轨从一片洼地穿过，两旁全是灌木丛，其间荆棘横生。这一部分的遮掩物让我很高兴，据我之前从旅馆窗户的观察，这个位置离罗利公路相当地近。在洼地的尽头，罗利公路与铁轨交错，然后转向，那地方对我来说才会安全一些，但我必须更为谨慎。现在我能确认，在这个时间，铁路线这一带确实没有派出人来监守，谢天谢地！

就在我走进洼地之前，我回过头看了看身后，没有人追过来。衰败堕落的印斯茅斯镇上，螺旋上升的尖顶和古老的屋顶，此时正在幻境般的黄色月亮下微微发出了可爱的亮光，我想到，在那些阴影降落此地之前，这个地方又是一番怎样的模样。然后，我把目光从城镇的方向转到被环绕着的内陆土地上，一些看起来并不平静的东西瞬间吸引了我的注意，我顿时完全僵住了。

我看到的，或者说是我看错了的，仿佛是向南的远处有一片起伏的波动。就此，我推断出，必定有一大群人倾城而出，沿着伊普斯威奇公路往前。距离太远，我无法看得很清楚，但是，我很厌恶那群队伍向前移动的姿态，它起伏的幅度和频率都让人无法忍受。渐渐西沉的月光之下，它们闪烁的光芒过于明亮。尽管风吹向相反的方向，我还是隐隐听到一些声音，好像夹杂着兽类野蛮的刮擦声和咆哮声，甚至比我之前偶然听到的那些家伙的嘟哝声还要让人厌恶。

各种各样不愉快的猜测从我的脑海中一一掠过。这时，我想起了传言中所提到的那些极端典型的印斯茅斯本地居民，据说他们就隐匿于仓库附近的贫民窟中——那些破烂的房屋历经数百年之久，而今已摇摇欲坠，破烂不堪；我还想到了之前看到的那些径直往海岸游来的家伙，他们的身形奇怪，简直难以名状。于是，我开始在心里计算起人数来：远远看到的那一群人，加上可能去封锁另几条公路的那些家伙，这些追击我的人数数目，对于像印斯茅斯这样人口稀疏的一个小镇来说，绝对不可思议。

我现在所看到的这些人数众多的队列究竟是从何而来？难道那些年代已久、无人问津的贫民窟内，确实潜匿着一些身体畸形、未被统计的未知生命？或者真的存在某种未被人见过的大船，把一大批未知的外来者运到了这片恐怖的土地上？他们究竟是什么人？他们为什么要来到这里？如果有这样的一队人在沿着通往伊普斯威奇的公路严密搜索，那么其他的公路上的搜寻力度是不是也像这样大力加强了？

我已经进入了荆棘丛生的洼地，并以极慢的速度在挣扎着前行。这时，那该死的鱼腥味又变得极为浓烈。难道风向突然改了方向，从海面往东向小镇吹来？我推断，肯定是这样。原本寂静的方向开始传来可怕的低沉的咕哝声，这声音让我深感震惊。另外，还有一种声音——一种大规模发出的声音，极为响亮的扑腾声或是拍打声，它总是能让人莫名其妙地想起一些最为可恶的画面。听到这种声音，我竟然联想到远处通往伊普斯威奇的公路上那支人头起伏的队伍，心中泛起了一阵极为不快的感觉，简直不合逻辑。

接下来，那种恶臭的鱼腥味儿越来越浓烈，那种令人厌恶的声音也越来越响亮。我感到了深深的恐惧，全身战栗起来，不得不停下了脚步，同时庆幸自己有这些草木作遮掩。这时，我想起来了，这个地方与通往罗利的公路挨得很近，再往西的话，铁轨和公路就会交叉在一起，之后便各自延伸。一定是有什么东西沿着这条公路往这边走来了，我必须在这荆棘丛中躺下，直到那些东西从这里走过，甚至消失不见后我才能再行动。感谢老天，这些人没有用狗来追踪我，不过在这种鱼腥味无处不在的地方就算用狗也没办法嗅到我的所在。我整个身体蜷缩在草木丛中，虽然我清楚地知道，那些搜寻者将会在我前方不超过100码距离的地方跨过铁轨，可是身边那龟裂的沙土还是让我感觉到安全。我能看到他们，但是他们不可能看到我，除非是发生了什么险恶的奇迹。

他们就要从这里经过了，我突然感觉到了恐惧。月光之下，我紧紧地盯着他们将要经过的地方，竟然想到了他们将要经过的空间将会受到污染——无法挽救的污染，这很奇怪。他们可能会是印斯茅斯典型居民中最糟糕的一种，没有人愿意去搭理的那种人。

空气中的恶臭愈来愈强烈，简直无法抵抗；嘈杂声已扩大为动物的合奏，其中夹杂着呱呱声、狂吠声、厉叫声，根本没有人类的语言。这些真的就是那些追击者们发出来的声音吗？他们确实没有带狗来吗？迄今为止，我从来没有在印斯茅斯看到过任何牲畜。那些啪啪的拍打声或者是扑腾声，在我听来如此怪异甚至恐怖，我绝不会把这些声音归结为人类退化的结果。我打算闭上双眼，不去看任何东西，直到那些声音彻底消失在西边为止。那群家伙越来越近了，空气在它们嘶哑的咆哮中变得污浊不堪，地面在它们节奏怪异的步伐中颤动了起来。我几乎无法呼吸，聚集起全身的意志力迫使自己闭上眼睛。

我不愿意去讲述接下来的事情，是一种丑恶的真实或只是一个噩梦中的幻觉。在我近乎狂热的呼吁后，政府部门才采取了之后的行动，这点足可以证明，此事并非幻境，而是恐怖的事实。不过，那个城镇古老、诡异而且充斥着阴影，散发出一种类似于催眠的神秘魔力，在这种魔力之下，难道不会有恐怖的幻境重复出现吗？像这样的地方总会蕴藏着一种奇异的特质；置身于这样一个城镇——古老街道死气沉沉、恶臭熏天，房屋凌乱腐坏，屋顶尖塔摇摇欲坠，那些岁月悠久的荒诞奇谈很可能不止影响到一个人类的想象力。笼罩于印斯茅斯之上的阴影深处藏匿着一种真实的、具有传染性的、正处于萌芽状态的疯狂种子，难道这是不可能的事情吗？听到类似于老扎多克讲述的传说之后，又有谁能对事实有确实的把握呢？政府的官员再也没有找到老扎多克，也无从猜测他到底发生了什么事情。疯狂究竟会在哪里结束，而真实又会从哪里开始呢？难道连我最后的恐惧也有可能仅仅只是一种单纯的幻觉吗？

但是，我必须要告诉你们，那晚在那黄色月亮下我认为自己所看到的一切——当时，我蜷缩在那条废弃铁轨沿线的荆棘丛中，就在我眼前通往罗利的公路上，我看到了那些怪物在起伏跳跃。当然，我当时下决心闭眼不见，却以失败告终。这种决心注定要失败，因为当一大群来历不明的东西呱呱粗叫着，在你的前方不到一百码的地方扑腾扑腾地经过，又有谁能蜷缩在那里，并且坚决地闭上眼睛不看一眼呢？

我已经做好了最坏的准备，而且早就应该做好准备去考虑我之前所看到的东西。

那些追击者的模样已经是该死的变态畸形了，所以我已经做好心理准备去面对更加畸形的因素，去忍受完全不带正常因素的怪异形体。那些沙哑的喧嚣声变得越来越响，我睁开了双眼，在那洼地逐渐升成的平地上以及公路铁轨交叉的地方，我还能看见这支队伍中的很长一部分。我睁大了眼睛看着那些黄色月亮斜视之下的恐怖事物，再也没有迫使自己闭上双眼。

无论我还要在这个地球上生活多长的时间，我都要宣告，我内心深处残余的那一丝安宁在此结束，我对自然以及人类的完整性所持有的信心也在此结束。我能想象出的任何事情，甚至我根据老扎多克那疯狂的讲述所拼凑出来的一系列事情，都无法与我亲眼所见的——或是我认为我所见到的恶魔一般的邪恶真实相比拟。我一直在试着用暗示的方法，揭示它到底是什么，这是为了把直接下笔描述所带来的恐惧尽量往后拖延。这颗星球怎么可能繁衍出这样的东西？人类的眼睛又怎么可能真实客观地看到那些东西呢？那些东西迄今为止只有在狂热的幻想和隐晦的传说中才存在。

然而，我在一种无界限的幻境中见到它们了——扑腾着、跳跃着、呱呱地叫着、咩咩地叫着。它们在幻想的梦魇中，在幽灵一般的月光下，跳起了怪异而邪恶的萨拉邦德舞曲。它们中有一些头戴着由未知的类金物质所制成的奇异冠冕……有一些则身着无比怪异的教袍……还有一个，走在队伍的最前面，身上裹着黑色上衣和条纹裤子，像食尸鬼一般隆起后背，原本应该是脑袋的那儿空无一物，却在那无形之物上扣着一顶男式的礼帽。

我想它们身体的主色调应该是灰绿色，可是它们的腹部却又是白色。它们大多数身体都很滑溜而且有光泽，但是背脊上却生有鳞状物。它们的形体模模糊糊类似于类人猿，却生着鱼的脑袋，眼睛异常凸出，永远不会闭上。脖颈的两侧生有不停起伏的鱼鳃，两只长爪生有蹼。它们的跳跃动作也无规则可言，有时是用两只腿，有时则是用四只。它们除四肢之外并没有生长出其他的东西，不知怎地，我竟然为此感到庆幸。它们的呱呱声、犬吠声很明显都是在发出音节形成语言；不过，在它们发声之时，脸上毫无任何表情。

它们的这种怪异形体，对我来说已不再陌生。我也很清楚它们究竟是什么东西——对那顶收藏在纽伯里波特陈列室内的邪恶冠冕不是还记忆犹新吗？它们就是冠冕上面图案上的那些鱼蛙怪——活生生的恐怖之物——当我看到它们时，我也意识到，教堂里出现的那个头戴冠冕背部隆起的教士，他曾经让我联想到了什么。它们的数量多得根本无法猜测。在我看来，这支队伍无穷无尽，我在那一刻瞥见的仅仅是其中很少的一部分。在下一刻，我便晕了过去，也是生平第一次晕倒。天可怜见，清除了我眼前所有的东西，一切都随之消失不见了。

五

在铁轨旁荆棘横生的洼地里，天空下起了蒙蒙细雨，我从昏迷中苏醒过来。我挣扎着在铁轨旁站了起来，却发现泥泞的泥土上已没有了任何痕迹，而且空气中弥漫的那种可恶的鱼腥味也消散了。印斯茅斯镇上破烂不堪的屋顶和已近崩塌的高塔在东南方向隐隐可见，一片灰暗。我悄悄地向四周探视着这片荒凉的盐泽地，却未发现一个活物。我的手表仍在走动，时间显示已过了中午。

我非常怀疑之前经历的一切事情是否真实，这种不确定性在大脑中蔓延，但是我能感觉到有某种险恶的东西隐藏在幕后。我必须赶紧设法从邪恶阴影笼罩着的印斯茅斯镇离开，我先试着走了几步，看看自己疲惫僵硬的身子是否还能移动。尽管此时我已是虚弱无力、饥饿难忍、恐惧迷惑，但是没过多久，我就发现自己可以行走了。我沿着通往罗利的泥泞之路慢慢地往前行。傍晚之前我便赶到了一个村庄，并在那里饱餐了一顿，还为自己弄到了一身像样的衣服。我搭乘夜里的火车去亚卡汉姆，并在第二天和当地的政府官员进行了一次诚恳的长谈，之后到了波士顿也做了相同的事情。至于这些谈话的主要后果，社会公众现在已是耳熟能详。但愿当地的生活已回到正轨，我不想就此事再说些什么。可能我的身体里已滋生出疯狂的种子，但或许是一些更恐怖或是更离奇的事情正在慢慢蔓延着。

你们或许想象得到，之后的旅行途中，我放弃了原本计划要做的事情——观光、观察建筑物以及文物搜寻——我曾经对这些活动寄予厚望。而今，我也不敢去寻找那件据说是陈列在密斯塔尼克大学博物馆里的首饰。不过，在亚卡汉姆逗留期间，我还是做了一些事情，整理搜集了宗谱的一些资料，这也是我一直想要做的事情。这些资料在仓促中获得，内容很粗糙。现在我可能没有时间对它们一一核实并进行编纂，但我想之后它们一定能派上大用处。当地历史学会的馆长是B.莱布汉姆·皮博迪，他很客气地对我提供帮助。当听说居住在亚卡汉姆的伊莉莎·奥恩是我的外祖母时，他表示非常有兴趣。我的外祖母生于1867年，17岁时，嫁给了俄亥俄州的詹姆斯·威廉姆斯。

看来，我的一个舅舅，曾经在许多年前去过亚卡汉姆，并做过与我现在所做的类似的调查；而我外祖母的家族曾经也是当地人喜闻乐道的话题。皮博迪先生说，我外祖母的父亲本杰明·奥恩在内战刚刚结束不久就举办了婚事，曾经被当地人议论纷纷，新娘的家族和血统都不明确，让人迷惑。据说新娘是新罕布什尔的一个孤儿，与埃塞克斯郡的玛什家族是表亲，但由于她一直在法国念书，所以对她的家族知之甚少。她的一个监护人曾经在波士顿的银行为她和她法国的女家庭教师开有账户，维持她们两个的生活。不过，亚卡汉姆的当地人并没有听说过那个监护人的名字，而且到了后来他就消失不见了，所以那名女家庭教师经法院同意被任命为她的新监护人。而现在，那个法国女人早已去世，她活着的时候沉默寡言，不愿意多说一句话，但据说她知道很多的事情，只是未向公众透露。

最让人困惑的是，这个年轻新娘在文件记录上登记的父母是新罕布什尔的伊诺克·玛什和莉蒂亚·玛什，根本就没人能把他们与这个已知的家庭成员对号入座。很多人认为，她应该是玛什家族某一主要支系的私生女，她确实长着一双典型的玛什家族的眼睛。而后来，在她生下了她唯一的孩子——我的外祖母之后，年纪轻轻就去世了，这就留下了又一个谜团。玛什这个家族姓氏已经给我留下了不悦的印象，现在得知我自己的祖辈竟然也源于这个家族，我当然不会高兴，而且皮博迪先生竟然暗示，我自己也长着一双典型玛什家族的眼睛，也让我隐隐地感到不快。不过，我得到这么多有价值的资料，还是心存感激，并记录下了与奥恩家族相关的大量笔记和参考书的清单。

之后，我径直从波士顿回到了托莱多的家中，接着又去了莫米，好好休养了一个月。到了九月份，我去了欧柏林，完成了我最后的一个学年。从当年的9月一直到第二年的7月，我一直忙于学术研究和其他有益身心的活动，只是偶尔有政府官员来找我谈话——因我当初的呼吁和提供的证据，要采取相关的行动。只有此时，我才会想起已经过去的恐怖经历。7月中旬前后，即我去印斯茅斯整整一年后，我去了克利夫兰与我已故母亲的家人在一起待了一个星期。在这期间，我又找到了一些新的家族资料，并把它们与之前那些各式各样的笔记、传言，以及至今还保存着的少数几个祖传遗物，进行了一一核对，试图绘出一个家族的图谱。

我根本就不喜欢这项工作，因为威廉姆斯家的整个氛围总是让我抑郁。那里存在着一种病态的紧张压力，小时候，母亲就总不赞同我去她父母的家，但她却总是会欢迎她的父亲来托莱多看她。我对我那出生在亚卡汉姆的外祖母，总会心感怪异，甚至是恐惧，所以后来她去世时，我并没有感到悲伤。那时的我只是一个 8 岁的孩童，据说她是在我的舅舅道格拉斯，也就是她的大儿子自杀后，因过度的悲痛而离世。我的那位舅舅去新英格兰旅行，走的是和我去新英格兰相似的路线，之后就开枪了断了自己。毋庸置疑，也正是这件事才得以使得亚卡汉姆历史学会能记住他这个人。

这位舅舅的长相很像我的外祖母，我也从来没有喜欢过他。他们两人总是张着大眼瞪视、一动也不动，让我隐隐感觉到一种莫名其妙的不安。我的母亲和另一个舅舅沃尔特就不像他们那样，他们长得像他们的父亲。可是我可怜的表哥劳伦斯——沃尔特舅舅的儿子，他几乎就是我外祖母的复制品，长得和她极为相似，后来他自己出现了一些情况，被送进坎顿的一家精神病院，长期隔离疗养。我已经有四年没有见过他了，不过有一次听我舅舅说起了他现在的状态，精神和身体方面的情况都很糟糕。很可能就是因为对他过度担忧，才导致了他的母亲在两年前去世。

现在，克利夫兰的房子里只住着我的外祖父和他丧偶的儿子沃尔特，过去时光的痕迹却依然时时笼罩在这个家里。我厌恶这个地方，想尽快完成我的调查，然后离开这里。我的外祖父给我提供了大量的有关威廉姆斯家族的历史记录和与此相关的传言，而有关奥恩家族的资料，我就不得不依赖于我的舅舅沃尔特了，他将他所有的文件材料，包括一些笔记、书信、剪报、家传遗物、相片以及微型人物图像都拿出来，供我随意翻阅。

正是在翻阅奥恩家族的信件和照片时，我开始对自己的先辈的来历产生了一种恐惧感。就像我曾经提到过的一样，我的外祖母和那位道格拉斯舅舅总是很令我讨厌。如今，他们已经过世那么多年，现在我凝视着他们照片上的脸，那种厌恶排斥的感觉竟然更加强烈。一开始，我并不能理解这种心理的变化，但是渐渐地，一种可怕的对照开始强烈地侵入我大脑中的潜意识，尽管我的思想意识一直在坚决地否认它的存在，甚至连微小的怀疑都不允许。显然，他们脸上那种典型的面部表情，现在看来意味着一种之前我从来没有想到过的东西。如果我毫无顾忌地去思考这种东西的话，带给我的也只会是无尽的痛苦。

然而，还不仅仅于此。我的舅舅带我去看奥恩家族置放于保险柜中的首饰时，我感到了莫大的震惊。其中有一些首饰做工精致，让人眼前一亮；但是保险柜里还存放着一个盒子，里面装着一些很奇异的东西，那是神秘的外祖母所留下的遗物，舅舅根本就不愿意把它们拿出来。他说，那些首饰上面有一些奇形怪状令人生厌的图案设计，而且据他所知，从来没有人曾在公众场合佩戴过它们，不过，我的外祖母以前总是喜欢注视着它们。这些东西的周围总会聚集起一些代表着厄运的传言。据说，那位法国女家庭教师曾经劝诫过我的曾外祖母，不要在新英格兰佩戴这些首饰，因为这样不安全；不过在欧洲可以佩戴它们。

舅舅开始极不情愿地打开盒子，动作很慢。一边打开，一边提醒我不要被那些形象怪异的可怕图案给吓坏。他说，曾经见到过它们的艺术学家和考古学家都声称，这些首饰的做工极为精致，技艺相当娴熟，并带有一种异域的特色；可是好像一直没有人能确定它们的材质，也无法把它们归类于某种特别的艺术传统。盒子里只有两样东西，一顶冠冕、一枚胸针；那枚胸针上以高凸浮雕刻画着某些几乎让人无法忍受的身影。

在舅舅的描述过程中，我一直在竭力地抑制住自己的情绪，但是我脸上的表情肯定显示出我内心深处的惶恐。舅舅极为关心地望着我，停下了手中的动作，查看我脸上的表情。我示意他继续，他再次极不乐意、极为勉强地打开盒子。当第一样东西——那顶冠冕从包裹中拿出来时，他好像在期待着我的某种反应，但是我怀疑，他并未预料到我的反应会如此强烈。而我自己也没有预料到，我以为已经有了完全的心理准备去面对即将出现在我面前的那件配饰，可是没有。我一句未言地晕了过去，就像一年前晕倒在那条铁轨旁边荆棘丛生的洼地里一样。

自从那一天开始，我的生活就像是一场阴郁而恐怖的噩梦。我自己也不知道经历的那一切中到底有多少是丑恶的真实，又有多少是疯狂的幻境。我的曾外祖母来自玛什家族的某一支系；她的丈夫居住在亚卡汉姆。老扎多克不是说过，奥贝德曾经和一个怪物生下了一个女儿，后来通过哄骗欺瞒，把这个女儿嫁给了一个亚卡汉姆的男人吗？那个老酒鬼还曾低声地嘟哝着说，我眼睛的轮廓和奥贝德船长相像，这究竟意味着什么？而且在亚卡汉姆，历史学会的馆长也曾说过，我有一双典型的玛什家族眼睛。难道奥贝德·玛什就是我的曾曾外祖父吗？那么，我的曾曾外祖母又是什么人，或是什么东西？不过，或许这所有的一切都只是疯狂的幻境。那些类金物质制成的装饰品可能只是我曾祖母的父亲——不管他是谁，从一些印斯茅斯的船员那里花钱买来的；我外祖母和开枪自杀的舅舅两人脸上瞪视的表情可能只是我自己的幻想；这些都只是幻想，都是因为印斯茅斯阴影的影响，在我想象的图画上加重了笔墨。可是，为什么我的舅舅在经历了新英格兰寻根之旅后会开枪自杀呢？

两年多的时间里，我一直在竭力避免去想这些东西，收到了一些效果。我的父亲在一家保险公司为我找了一份工作，之后我就一直尽量让自己沉浸在工作的琐碎之中。然而，1930 年冬天，噩梦开始了。最初，这些梦境很少，也很隐晦，并没有引起我的注意。但是，随着时间一周一周地过去，这样的噩梦出现得越来越频繁，其中的画面也越来越生动。在我的面前，有一片广阔的水域，我好像与一群奇形怪状的鱼在一起，漫步于沉陷在海底的巨大门廊中，在飘摇着水草的乱石堆迷宫之中穿梭。接着，另外一个身影开始在我的眼前陆续出现。从噩梦中惊醒的那一刻，我总会带着一种无名的恐惧，但是在梦境中，我却一点也不惧怕它们——我就是它们中的一个，穿戴着非人类的服饰，和它们一样在水中游走，并在它们邪恶的海底神庙里像它们一样膜拜祈祷。

我不能把梦境中所有的情境都记下来，可即使是每天清晨醒来时，能回忆起来的东西都已足够让人们认定我要么是疯子要么是天才，不过我还不敢用文字将那些情形描述出来。我感觉到了某种可怕的影响正在缓缓地向我迫近，试图把我从这个由正常人群组成的正常世界拖出去，引向一个充斥着黑暗畸形的未知深渊。这一过程在我身上产生了严重的影响。我的健康状况越来越差，我的样貌也变得越来越糟糕。直到最后，我被迫辞去了工作，像病人一样过起了一种安静的独居生活。某种奇异的疾病紧紧地攥住了我的身体中的神经系统，有些时候我发现自己竟然无法闭上眼睛。

之后，我便带着惊恐的心绪，审视镜子中的自己，而且这种惶恐的感觉与日俱增。受疾病摧残后的面容一般都不怎么好看，不过，在我病情的背后，还隐藏着一些更加微妙、更加让人迷惑的东西。我的父亲也留意到了我的变化，他开始以一种奇怪甚至几乎是害怕的眼光来看我。我的身体里究竟发生了什么？难道我会变得越来越像我的外祖母和道格拉斯舅舅？

有一天晚上，我做了一个可怕的梦。梦里，我在海底见到了我的外祖母。她住在一个磷光闪闪的宫殿之中，宫殿里有很多亭台楼阁，花园里满是鳞状的珊瑚，还有一些奇形怪状的枝叶和花朵。外祖母热情地接待了我，这种热情蕴含着一种嘲讽的意味。她变了，就像其他进入水中的那些人一样，身体发生了变化。她告诉我她从来就没有死去，而是去了另一个地方；她死去的儿子曾经知晓，也注定要生活在这个奇异的王国；但是他却用一支冒着烟的手枪摒弃了这个地方。这里也将会是我的王国——我无法逃避这样的命运。我永远都不会死去，而是会与那些在人类出现之前就生活在这个地球上的生物永远生活在一起。

在那里，我也见到了我外祖母的祖母——普斯斯亚蕾伊。在过去的 8 万多年里，它一直居住在亚汉斯雷。奥贝德死了之后，它才从那边游了回来。地面上的人类向深海发射弹药进行轰炸行动时，普斯斯亚蕾伊逃过了一劫，并没有死去。它只是受了伤，还不至于被摧毁。这些深海之物绝不可能就此毁灭，即使是早已被遗忘的古老之族所拥有的第三纪的魔法令，也只是偶尔才能镇住它们。如今，它们暂且休养生息，但是总有一天，只要还能记起，它们就会再次浮出水面索要贡品，那是伟大的克苏鲁一直渴望的东西。到那时，它们的索要将不会再是印斯茅斯这样的小镇，而是面积更为广大的城池。它们曾经计划着要扩展领域，养育出大量在将来能帮助它们的下一代，但是现在，它们必须得再一次地等待。在得知这些之后，我深深地忏悔，因为正是我之前的举动，将会引来若干年之后地球人类的死亡。也正是在这个梦境里，我第一次见到了修格斯，那情形令我疯狂尖叫着惊醒。那天早上，镜子中的影像明白无误地告诉我，我已经长成了一副印斯茅斯的面孔。

到目前为止，我还没有像我的舅舅道格拉斯那样，对准自己开枪了结生命。我买了一把自动手枪，而且几乎就要走到这一步，但是某些梦境使我打消了这个念头。心中原本极端的恐惧已在慢慢减轻，奇怪的是，我竟然不再惧怕那片未知的大海深处所隐藏的东西，而是被它们深深地吸引。在睡梦中，我听到了一些奇异的事情，也做过了一些奇怪的事情，醒来时心中不再有恐惧，而是愉悦和欣喜。我相信自己不会像其他那些人一样，苦苦等到身体发生完全的变化之后再进入海中。我确实需要等，否则很可能会被我的父亲禁闭在疯人院，就像我那可怜的小表弟一样。前所未闻的惊人奇遇就在深海之下等着我，很快，我就会去寻找它们。“拉伊日拉耶尔—希乎依哈—弗鲁哥鲁尔—伊德拉！”不，我不会自杀——绝对不会自杀！

我打算设法把我的表弟从坎顿那座疯人院里弄出来，然后和他一起前去充满着神奇的印斯茅斯。我们跳进海里游向那片黑暗的海礁，潜入水下，穿过黑暗的深渊到达海底的那个地方——充斥着巨大乱石与石柱的亚汉斯雷。在那片深海之物的世界之中，神奇和荣光将永远与我们同在！

敦威治恐怖事件

蛇发女妖、九头蛇与吐火银鲛——关于昴星团和哈尔皮埃[1]的可怕传说在迷信人士的头脑中不断繁衍重生——这些骇人怪物确实存在过。传说故事只是抄本和典型——恐惧的原型就存在于我们之间，永远存在。不然这些传说怎能如此强烈地影响着每一个人，纵使人们清醒地知道这一切只是虚伪的讲述？难道人们自然而然地就从怪物中联想到恐怖，认为它们有能力对人类造成身体的伤害？哦！绝非如此！这些怪物由来已久，它们对人类的残酷折磨超越了肉体——或者让人类在毫发无损的情况下也同样可以受到毁灭性的打击……我们这里讲的是纯粹精神上的恐惧——那些地球上越是罕见的东西越能够更大程度地引起人们内心的战栗，它们在人类无辜的孩童时期占据着主导地位。如果我们有办法应对这些恐惧，便可以更准确地洞察人类前世的可能状态，甚至窥探到前世的隐秘之境。

——查尔斯·兰姆《女巫及其他暗夜恐惧》

一

一个游走于马萨诸塞州中北部的旅行者如果在迪恩地区与艾利斯布里公路相交处走错了岔路口，他就非常有可能步入一个荒凉而古怪的小山镇。

通向山镇的地势渐行渐高，弯弯曲曲的小路灰尘漫天飞扬，两旁攀爬着

①哈尔皮埃：出现在希腊和罗马神话中，身似女人而翅膀、尾巴及爪似鸟的怪物。——译者注

茂盛野蔷薇的石墙似乎在不断向路中间靠拢。这一带树木特别多，也异常高大，到处是郁郁葱葱的野草、荆棘还有牧草，要想在其他的定居点找到类似的青翠和安静恐非易事。这里的田地不仅贫瘠不宜耕种，而且数量也少。镇民们的房屋星星点点地四散分布着，让人惊异的是，每处居所都是整齐划一地古老、肮脏、摇摇欲坠。

在破烂的门阶处，或是布满碎石的斜草地上偶尔会坐着些许瘦骨嶙峋的孤单身影，但不知为何，任何一个走到该地的旅行者都不愿意向他们问路。这些身影是如此安静、神秘，让人觉得最好不要和他们搭上任何关系，仿佛与他们接触也是被禁止的。沿小路走到一个高处，映入眼帘的是高耸的群山，繁密的树林只能低低地俯首称臣，让人内心产生一种古怪的不安情绪。每座高山的山顶都出奇地浑圆、过分地对称，仿佛是在有意营造一种舒适感，却显得十分不自然。有时，天空的轮廓特别清晰，山顶上一圈圈突兀诡异的高大石柱也在天际映出了黑色的影像。

深不可测的峡谷和山涧横断了通行的去路，一座座粗糙的木桥总像是随时都会塌陷一样，毫无安全感可言。当旅行者沿小路再次走到一个地势较低处，就可以看到许多块让人生厌的沼泽湿地绵延到远方，到晚上这里才叫真正恐怖：看不见的北美夜鹰发出颤抖的凄厉尖叫；异常众多的萤火虫不知从哪个深幽角落突然钻出，它们和着牛蛙那令人毛骨悚然、沙哑刺耳的叫声不停地舞动。这湾沼泽在密斯卡塔尼克市上方的轮廓细成一根闪烁的线条，如同一条诡异的毒蛇在圆顶的山丘之间蜿蜒盘旋。

近距离接触这些山丘时，每一个旅行者总会首先注意到遍山的葱郁密林，而不是堆砌在山顶如皇冠般的怪石嶙峋。每一个山坡都出现得那么隐秘而险峻，让路人不由得希望和它们保持距离，但是却无其他路可绕道而行。穿过一座遮蔽风雨的简陋棚桥，就能看到一个蜷缩在溪流和圆顶山丘之间的垂直陡坡上的小镇，镇子里腐朽斑驳的斜折线屋顶群表明这里的建筑远远早于邻近地区的早期建筑，真是让异乡人惊叹不已。然而近前仔细观察可发现：大部分房屋都已废弃并逐渐下沉、摇摇欲坠，实在不是一幅让人宽慰的景象。在这个商业才刚刚萌芽的小山镇深处还隐匿着一个部分尖塔被毁坏了的教堂，现在已经沦为简陋而肮脏不堪的集市所在地。桥上黑暗得如隧道一般，无法让人忽视，使人有些胆寒，却仅此一条路可以通行。一旦过了桥，便可隐隐闻到一阵恶臭，那是小镇街道历经几个世纪沧桑的霉菌和腐烂不可避免的后果。沿着山脚的窄道继续往前，穿越一片平坦地区重新与艾尔斯伯里峰会合——能走出该地真是一种解脱。或许在后来的某一天，旅行者才知道自己原来当日经过的地方就是敦威治。

很少有外人访问敦威治小镇，在经过上次的恐怖事件后所有指向该地的路牌均被撤下。说心里话，若按普通的审美标准看，这里的风景比其他地方要美丽很多，奇怪的是从来没有大批的艺术家或是夏季游客涌入此地。两个世纪前，当人们还不会为因谈到巫血、撒旦崇拜和森林妖精感到可笑时，就总是借口这些诡异的存在而对该地敬而远之。在我们这个理智年代——自从1928年的敦威治小镇的恐怖事件发生后，一部分心存小镇，甚而要保全世界福祉的人们总是小心地有意避开谈论这个话题——尽管人们不知道原因，却仍然保持沉默。也许原因之一——尽管不能适用于不知情的陌生人——是当地人变得令人厌恶地堕落了，并且在这条堕落的不归路上越走越远，正如遍布新英格兰许多地区的一潭潭死水；他们相互间通过精神和肉体上的堕落以及近亲通婚，形成了自己的种族，镇民的智力也远远低于平均水平，但是他们那些明目张胆的邪恶、半遮半掩的谋杀、乱伦，以及几乎无法用言语表达的暴力和乖僻却遗臭万年。两三个族中拥有家徽的老绅士是1692年从塞伦而来，这些上流阶层待人接物都出其地保守和腐朽，尽管好几个分支的族人现已深深地沦为了肮脏的民众，如今只有通过各自的名字才能追溯到他们耻辱的先祖血统。一些维特利家族和毕晓普家族仍然把他们的长子送到哈佛和密斯卡塔尼克大学，但是年轻人很少再回到他们世代居住的破屋残檐之下。

没有人能说清楚敦威治小镇究竟有什么异样，就连那些熟知了最近这次恐怖事件的人也无法说明。虽然古老传说讲述了土著印第安人们不圣洁的祈祷仪式和秘密会议，并从巨大的圆形山脉中召唤出被禁止的形状怪异的可怕阴影，同时地底下响亮的爆裂声和隆隆声回应了他们狂野而放荡的祷文。1947年，新来到敦威治镇公理会教堂的阿拜贾·霍德利牧师，曾经就撒旦和它的随从小鬼即将来临的情况做过一次影响深刻的布道，他说：“我们必须承认，撒旦那帮地狱魔鬼发出了亵渎神明的言辞，这点毋庸置疑；有二十多名可靠证人能够证明他们亲耳听到地底下传来了亚撒色、巴兹拉尔、比泽卜和贝利阿这些魔鬼被诅咒的声音。不到两周前的一个夜晚，我就听到过自家屋后的山峦间有邪恶的魔鬼们在相互交谈。交谈声中还夹杂有翻滚声、嘎嘎声、呻吟声、尖叫声和嘶嘶声，地球上没有哪种东西能够发出此般声音。这些声音来自诡异的巢穴——恐怕是只有黑魔法才能发现、只有恶魔才能开启的巢穴。”

霍德利牧师在这次布道后不久就离奇失踪，但是他布道的文稿出版在斯普林菲尔德的刊物上，至今尚存。年复一年，敦威治镇绵延的山峦间各种怪异的声响从没间断过，那些声响一直都吸引着不少地质学家和地貌学者极大的研究热情。

镇里其他一些传说，有的是讲萦绕在山巅石柱间的令人厌恶的臭味；有的是讲大峡谷底部固定位置固定时间刮起的急促风声；还有一些则试图解释说明魔鬼们的聚众狂欢地，这个地方是被诅咒了的荒凉之地，不长一棵树，连灌木丛也没有，甚至连一片草叶子都看不到。另外，镇民们对于那些只在温暖夜晚里放声长啸的北美夜鹰感到揪心的害怕。他们发誓说这些鸟是亡灵的指引者，它们阴森恐怖的鸣叫与患者的垂死呻吟和着节拍。如果北美夜鹰抓住了死者刚出窍的灵魂，就会如魔鬼狂笑般凄厉地惨叫着鼓动着翅膀飞去远方；若是没能抓住，就会逐渐失望地沉寂下来，停止啸叫。

当然，因为这类传说是从非常古老的年代流传至今的，所以显得过时而荒谬。敦威治小镇的历史离奇悠久——比方圆 30 英里以内任何地方的历史都要久。在镇子南边也许还能有幸目睹修建于 1 700 年那些古老的毕晓普家族的地窖墙壁和烟囱；瀑布群旁边建于 1806 年的磨坊废墟也算得上是当地最现代化的建筑。这一带的工业发展没有兴盛起来，19 世纪的工厂化运动也很快夭折。要论该地残存至今最古老的遗迹则非山顶的石柱群莫属，一圈圈巨大的石柱大多被认为是土著印第安人建造的，而不是占领当地的殖民者所作。哨兵山上的石柱圈内以及如桌般大小的巨石上散布着头盖骨等各种骨骼，由此当地人都深信这些地点曾经是马萨诸塞州迪尔菲尔德地区印第安土著的坟场。然而，根据许多人种学者分析，上述观点实属荒谬，可能性也不大，并坚持认为这些遗骸属于高加索人种。

二

1913 年 2 月 2 日星期天，在敦威治辖区一座宽敞却破败的农舍里，威尔伯·维特利呱呱坠地。这个农舍坐落在小山坡上，离敦威治镇有四英里远，离最近的人家也有一英里半远。由于这天恰好是圣烛节[①]，镇民们一如往常地借助其他的名义用奇怪的方式庆祝节日的到来。前一晚，山上那诡异的声音再次响起，家家户户的狗都在整夜持续不断地狂吠。不太引人注意的一方面是，这位叫拉维尼娅的母亲也是堕落的瓦特利家族的一员，是个貌不惊人且稍带残疾的白化病妇女，35 岁左右。她和自己那长期处于半疯癫状态、年事已高的父亲住在一起。不少传言称，这位老人在青年时期曾经掌握了可怕的巫术。同时，大家也不知道拉维尼娅·维特利的丈夫是何方人士，但是依据当地传统，敦威治的镇民们也没有不接纳她的儿子，只是对于孩子的父亲作出了各自最大胆的推测。母亲拉维尼娅因为身患白化病身体虚弱，双眼呈粉红色，相反，她的孩子却皮肤黝黑，长了一张山羊脸。拉维尼娅似乎对儿子感到特别自豪，有人听见她含糊低语了很多怪异的预言，比如说这个婴孩具有超常力量和远大前程，等等。

拉维尼娅喜欢嘟哝一些奇谈怪论，谁让她自小就在狂风暴雨天徘徊于群山间，自小就阅读了大量祖辈继承下来的、散发着强烈气息的巨大古书呢。这些书籍由于年代久远和虫蛀等缘故都快要腐烂成碎片了。拉维尼娅从没上过学，但是老维特利向她灌输了很多古老传说的残章断句。镇子的居民从不轻易涉足这座偏僻的农舍，原因多种多样，比如说老维特利掌握了邪恶的黑魔法，因此名声很不好；比如说维特利夫人在拉维尼娅 12 岁时遭受了不明原因的暴力而突然致死，等等。拉维尼娅很喜欢做不切实际的白日梦，期望能从事一份与众不同的职业。她的空闲时间几乎不会用于打理家务，家中也早就是杂乱和肮脏得一团糟了。

就在威尔伯出生那天晚上出现了一声令人惊骇万分的尖叫，这声尖叫甚至超过了山峦间魔鬼们怪异的谈论声和群狗狂吠声，当晚小威尔伯便降临人世，也没听说有医生或产婆帮助，就连邻居也对此一无所知。直到一星期后，老维特利驾着他的雪橇穿过积雪来到镇子里，他前言不搭后语地告诉奥斯本杂货铺里的闲荡人群自己喜添外孙。这个老人似乎和以前有些不同——

他阴郁的头脑中仿佛增添了几分鬼鬼祟祟的秘密，并且从一个怪模怪样的人变成了令周遭畏惧的对象。话说回来，谁家还没有几件琐碎的家庭杂事？老维特利脸上挂着几丝喜色，那神情跟不久后在他女儿脸上捕捉到的一模一样。他还透露了一点关于孩子父亲的事情，多年后许多听众还对当时的情景记忆犹新：

“我不管旁人怎么想——如果拉维尼娅的儿子的长相随他父亲的话，你们绝对想象不出孩子的模样。你们完全不必考虑我们当地的人。拉维尼娅多少读了一点书，亲眼见识过许多你们仅仅有所耳闻的东西。我敢说她的丈夫比你们在艾利斯布里一带找到的任何男人都要优秀。如果你们能像我一般了解这些山峦，就不会去要求他准备一场更好的教堂婚礼。让我来告诉你们吧：在将来某一天，你们会听到拉维尼娅的孩子站在哨兵山巅大声疾呼他父亲的名号！”

在出生后的头一个月就亲眼见到小威尔伯的人只有两个：维特利家族中尚未衰退的老泽卡赖亚·维特利和厄尔·索耶合法同居的“妻子”玛米·毕晓普。玛米的来访很明显是受好奇心的驱使，随即传开的闲言碎语也确实掺杂了她的所见所闻；泽卡赖亚则带来了两头他从儿子柯蒂斯那里购买的奥尔德尼奶牛。自此也标志着威尔伯一家的奶牛养殖产业的开始，并一直到 1928 年的敦威治恐怖事件发生才终止。让人不解的是，维特利家那摇摇欲坠的牛棚从来就没挤满过。有段时间，甚至还有好奇的人偷偷到他家清点放牧在农舍上方陡峭山坡上的牛群数量，发现牛群毫无生机和活力可言，顶多不过十头或是十二头。很明显，正是由于不卫生的牧草以及肮脏牛棚里的病变真菌和木栅栏引起的瘟疫，造成维特利家中牲口的死亡率居高不下。牛群受到古怪伤口和溃疡的折磨，像是被利器所伤；前几个月，到维特利家拜访的人中有一两个声称他们看见须发灰白、未修面的老维特利和他那邋遢的卷发白化病女儿的喉咙上也有同样的伤口。

在小威尔伯出生后的那个春天，拉维尼娅恢复了她在山峦间散步的习惯，不成比例的手臂怀抱着一个黑黝黝的小孩在山间漫步。大部分镇民在亲眼见到过那个小婴孩后，就逐渐减弱了对维特利一家的关注程度，再没有人会不嫌麻烦地去评论这孩子身上似乎每天都有的快速成长变化。威尔伯的成长速度的确很惊人：他三个月时的个头和力气比一般 1 岁的小孩还大，他的动作和嗓音比一般幼儿显得克制、审慎得多。但最让人惊奇的是，这小孩居然在七个月大就能独自蹒跚学步，八个月后就能平稳自如地行走。

大约在同一年的万圣节之后，在堆积着如桌子大小的石头和埋葬了古老尸骨的哨兵山山顶，午夜时分燃起了一场熊熊大火。塞拉斯·毕晓普——一名尚未没落的毕晓普家族的一员——称自己在火灾被觉察前一小时看见威尔伯坚毅刚强地奔跑在他母亲前面。此番言辞无疑在公众间引出了大量的流言蜚语。当时，毕晓普正在驱赶走散的小母牛，他借着自己手上微弱的灯笼亮光瞥到两个身影一闪而过，悄无声息地快速钻进灌木丛，并且似乎是一丝不挂，这番景象着实让毕晓普吓了一跳。后来，他隐约回忆起男孩系着某种流苏腰带，身穿深色短裤或是长裤。在那之后，只要威尔伯精神饱满或是神志清醒，他总是扣好每一粒纽扣，穿戴整齐才出现在人前，任何紊乱或是潜在的紊乱都会让他暴跳如雷，感到担心害怕。威尔伯与母亲、祖父形成的鲜明对比一直都十分引人注意。然而，直到 1928 年发生的敦威治恐怖事件才对此给出了合理的解释。

第二年的 1 月份，拉维尼娅家的皮肤黝黑的调皮蛋开始说话，人们的注意力又才渐渐聚焦过来。这孩子才十一个月大，口音与当地的一般口音略有不同，并且也不像三四岁小孩那样咬词不清，从这点看来确实挺值得骄傲。小威尔伯并不健谈，但他说话时似乎反映出一种敦威治当地人完全不具备的、令人难以捉摸的因素。奇怪之处不在于他的话语内容，也不是他言谈时使用的简单习语，仿佛与男孩的语调或是身体内的发音器官有联系。威尔伯的面部表情也明显透露出成熟气质，他虽然继承了祖父和母亲的小下巴，但是坚挺早熟的鼻梁，一双大而黑犹如拉丁血统的眼睛赋予了他一个准成年人异常聪明的神态。威尔伯从外表看来拥有超凡的才智，却也奇丑无比：厚厚的嘴唇，毛孔粗大，黝黑皮肤还稍稍泛黄，粗糙的卷发，耳朵生得出奇的长，这些特征给人的感觉更像是一头山羊甚至某种野兽。威尔伯很快就遭到了镇民毅然决然的厌恶，比讨厌他的祖父和母亲更甚。所有围绕威尔伯的猜测都杂糅着老维特利过去掌握的黑魔法等相关传说。据称，一次老维特利站在石柱圆圈中央，双臂捧着一本翻开了的巨型书，在他尖声喊出犹格·索托斯的可怕名字时，群山也猛地开始颤抖。连镇里的狗也憎恶这个男孩，威尔伯不得不动用各种手段去抵挡此起彼伏的狂吠威胁。

三

与此同时，老维特利继续在不断地添置牛群，但牛棚中牛群的数量并未增加。他还砍伐木材开始整修家中没有居住的部分房屋。维特利家的农舍是一座宽敞的、带有尖屋顶的房屋，房屋后方隐藏在山坡上错杂堆砌的乱石中间，其中保存最为完好的三间屋子足够老维特利和他的女儿居住了。

老维特利身上一定蕴藏着惊人的力量，不然如何能够实施如此艰苦的工程？尽管他有时候还会喋喋不休地疯言疯语，但他的木工活却像是经过了精确的计量。威尔伯呱呱坠地那一刻起，老人就把众多工具屋中的一间整理干净，并装上隔板，安上了牢靠的新锁。现在，他开始整修位于农舍楼上废弃不用的房间。老维特利丝毫不逊于一个熟练的工匠，但是他把楼上所有的窗户都牢牢钉死，再次表现出他是个疯子，还有很多人认为整个房屋的修葺工作本身就是离谱的举动。

至于老维特利在楼下为刚出世的孙子准备房间倒还在情理之中。有好几个拜访者也参观了这间房，看见四面的墙壁都镶上了高大结实的书架，书架上快要腐烂成灰的古籍很明显是按某种特定顺序排列的。在此之前，这些书一直凌乱地堆放在各个房间的角落里。让人心生疑惑的是，楼上那被木板紧紧封闭的房间却严禁任何人靠近。

“我到底还是发现了这些书籍的点滴用处，”当老人使用摆放在生锈了的灶台上的糨糊试图修补一本黑魔法书籍时说道，“这孩子将会更好地使用它们，我得尽我所能完成修补工作，因为这些书就是他要学习的全部内容。”1914 年 9 月，威尔伯已经有 1 岁零七个月大，他的个头和所取得的成就都很是让人惊恐。他的体格有如 4 岁大的孩子，已经能够流利地与人交谈，遇事能随机应变。在外面，威尔伯整天在田地与山峦间疯跑，母亲每次散步都会陪同而去。在家里，他就勤奋刻苦地一头扎进祖父书籍中的古怪图片和表格里，老维特利也常常在漫长而安静的下午用问答的方式向孙子传授教义。到这个时候，农舍的整修工作已经全部完成，很多参观过新房的人都很疑惑，为什么要把楼上的其中一扇窗户改装成牢固的木板门。这扇窗户位于东山墙的末端，紧靠山坡，也没有人想象得出为什么修建一条通道使这扇窗户和地面相连。在快竣工阶段，人们才意识到那间堆放工具的古老小屋在威尔伯出生后就一直被紧紧锁着，连窗户都用木板密封了，废弃不用。一次，厄尔·索耶牵去一头牛打算卖给老维特利，结果他被牛棚内扑鼻而来的一阵怪异的气味熏得心烦意乱。他这辈子除了在山顶的印第安人石柱圈以外再也没有闻到过这种气味，这气味不可能出自什么健康正常的东西，也不像是来自地球。当时，敦威治镇子的居民家也没有发现明显的怪异气味。

接下来的几个月没有明显的异常事件发生，不过每个人都发誓自己听到山峦间怪异的阵阵声响在缓慢而持续地增强。1915 年的沃普尔吉斯之夜，敦威治小镇发生的震动就连艾利斯布里的居民也有轻微的感觉。在接下来的万圣节，地底下的隆隆声竟然伴随着地面突燃的熊熊烈火一同出现——这一切都是巫师维特利在哨兵山顶峰作的法术。威尔伯离奇的成长经历使他在 4 岁时看起来就有如 10 岁的小孩一般，他开始如饥似渴地大量阅读书籍，话也比以前少了很多。威尔伯一天比一天沉默寡言，周围的镇民也开始有意地谈论他山羊脸上逐渐显露出的魔鬼模样。他有时会以一种奇怪的节奏吟诵默念一个陌生术语，让听众无不感到莫可名状的毛骨悚然。狗群对于威尔伯的憎恶也是大家经常谈论的一个话题，因此他必须随身携带左轮手枪以确保自己能安全地通行于乡间小道。威尔伯有时不得不开枪射击攻击他的凶狗，但是这无疑让狗的主人更加讨厌他。

造访维特利一家的人寥寥可数，他们常常发现拉维尼娅总是一个人孤单地待在楼下，被木板封闭着的二楼则时不时回响起诡异的脚步声和尖叫声。她从不向外人泄露自己的父亲和儿子在楼上做什么。有一次，一名爱开玩笑的卖鱼小商贩试着推了推通向楼梯的已经上了锁的门，拉维尼娅转身看见后脸色霎时变得苍白，表现出异常的恐惧。访客们回想起老维特利年轻时候的故事都不禁会瑟瑟发抖，据传只要在特定的时候向某些异教神灵祭祀一头小公牛，便可以从地球内部召唤出奇怪的可怕事物。那段时间，镇民们注意到狗群开始如同讨厌威尔伯一般强烈讨厌和害怕整栋维特利家的农舍。

1917 年战争爆发了，由于敦威治镇庄的年轻人实在太少，乡绅索尔·维特利作为当地征兵委员会的主席想方设法也无法完成上级分配给敦威治的征兵配额，就连训练营的人数也无法凑齐。当地政府对于该地竟然人烟衰落到如此地步感到十分震惊，于是专门派遣了几名官员和医疗专家进行实地调查，《新英格兰时报》的读者或许还能够回忆起这次调查的结果。参与此次调查的大众意见促使新闻记者跟踪报道了维特利一家的事迹，《波士顿环球报》和《亚卡汉姆广告者》还浓墨重彩地讲述了年轻威尔伯的早熟、老维特利的黑魔法、堆满书架的各种奇异书籍、古老农舍被密封的楼层、整个敦威治地区的诡异以及群山间绵延不绝的奇怪响声，等等。威尔伯当时只有 4 岁半，但看起来和一个 15 岁的少年无异。他的嘴唇和脸颊已经开始冒出黑色绒毛，声音也如同进入青春期一般变得沙哑起来。

厄尔·索耶带着一大群记者和摄影师来到了维特利一家的住所，并把他们的注意力转移到楼上被密闭空间内渗出的奇怪恶臭。他还说，这座房舍整修完工后的工具间也曾经散发出一模一样的恶臭，另外，山顶的石柱圈内也会时不时飘荡出同样的臭气。敦威治本地人在阅读报刊中登出的故事时，对于其中明显的错误不由得咧嘴一笑。他们也想知道作者为什么要着力强调老维特利使用年代极其久远的金币购买牛群这一事实。维特利一家人对于访客们的厌恶之情难以掩饰，但他们却不敢采取暴力抵抗，反而缄默不语，唯恐会招来更多的公众关注。

四

此后的十年间，维特利一家的事迹就逐渐湮没在敦威治病态社会环境的琐碎生活中，他们仍然坚持着自己古怪的生活方式，坚持在沃普尔吉斯之夜和万圣节进行狂欢庆祝。他们每两年就会到哨兵山山巅点起火把，此刻群山就会一次比一次更猛烈地发出隆隆巨响。并且，不管是一年中的什么时节，孤独的维特利一家总会发生一些不祥的奇怪事件。在这段时间内造访维特利的访客都公然声称，当他们全家人都在楼下时，居然听见农舍中被密封的楼上传出怪响。另外，维特利一家如此频繁地用母牛和小公牛祭神也让访客们感到十分不解。传言称，有人曾经就维特利一家的举动向“动物保护协会”进行投诉，但是没有下文。再说敦威治地区的当地居民也从来没想过要吸引外部世界的注意力。

大概是在 1923 年，当威尔伯还是个 10 岁的小男孩时，他的思想、声音、体型和满脸的胡须都给人以成熟男性的印象，同时，维特利一家开始对他们的旧农舍进行第二次翻修，重点仍然是密封的二楼。人们从散乱的废弃木板猜测：这个男孩和他的祖父可能已经拆光了楼上所有的隔间，恐怕阁楼层也快被移除了吧，仅在二楼露台与尖屋顶间留下大片的空旷空间。他们甚至还拆掉中央大烟囱，另外安装了一层薄薄的白铁皮炉管。

这次大整修后的春季，老维特利留意到越来越多的北美夜鹰从冷春幽谷中飞出，每晚就在他的窗边唧喳而鸣。他似乎觉得这个情形具有非常重大的意义，于是还告诉奥斯本杂货铺的闲人们，说自己的大限已到。

“它们和着我呼吸的调子鸣叫而嘲笑我，”他说，“我猜它们已经准备好捕捉我的灵魂。它们知道它要离开我的身体，所以随时准备好一跃而上。在我断气后，伙计们，你们可以推断它们是否捉住了我的灵魂。要是捉住了，它们就会不停地啸叫和欢笑直至黎明到来；要是它们失手了，就会安安静静地待着。我期待这些凶残的鸟或许会与它们所等待的灵魂痛痛快快地打上一架。”

在 1924 年的收获节之夜，艾利斯布里的霍顿医生被威尔伯·维特利急匆匆地请了过去——威尔伯狠狠地抽打着家中唯一剩下的那匹马，漫漫黑夜下他终于快马加鞭地赶到奥斯本杂货铺致电医生。霍顿医生发现老维特利的病情十分严重，若有若无的心跳和费劲的呼吸都表明病者的生命即将走到尽头。长相丑陋的白化病女儿和留着怪异胡须的孙子并排站在床头，头顶上方仿佛有节奏地传来阵阵让人不安的波浪汹涌声和惊涛拍岸声。不过，医生主要是被吵闹的鸟鸣滋扰得心烦意乱，窗外的北美夜鹰根本就是一支源源不断的军团，反复地哀嚎着，就像魔鬼一般应和着垂死老人微弱的喘息节奏鸣叫。霍顿医生觉得整个情况简直太离奇、太反常了，他和整个敦威治地区的其他人一样，非常不情愿到这个诡异之地出诊。

快到子夜一点时，老维特利恢复了意识，尽力从自己费劲的喘息声中挤出几个断断续续的句子，他告诉孙子：“开辟更多的空间，威尔伯，要尽快去做。你在成长，但是那个东西长得更快。它很快就准备好来为你服务了。你要借助完整版第 751 页上那首长颂歌为犹格·索托斯敞开大门，点亮那个监牢。让火光在空气里燃烧，千万不要烧着它。”

很明显，老维特利已经完全神志不清了，他停了下来，窗外的北美夜鹰群也借此机会调整它们的叫声以适应老人改变了的说话节奏。远方群山间隐约传来奇怪的声音，老维特利又补充了两句：

“按时喂养它，威尔伯，要注意控制食物数量；不要让它长得太快了，不然这地方装不下它。如果在你为犹格·索托斯敞开大门前它就把地方撑破或是逃走了，一切就完了。只有那些来自遥远地方的它们才能让它繁殖和工作……只有它们，旧神期待着重新回来……”

老维特利必须得停下来喘口气，夜鹰也随即改变了它们鸣叫的节奏，这让拉维尼娅吓得惊声尖叫。就这样过去了一个小时，老人沙哑地哽咽了几句谁也听不清的临终遗言就去世了。霍顿医生掀起皱缩的床单盖住了老人呆滞的灰色眼睛，窗外喧闹的鸟鸣也逐渐消失为一片沉寂。拉维尼娅抽泣着，但是威尔伯只是伴随着若有若无的山间轰隆声咯咯暗笑。

“它们没能抓住它。”他低声喃喃道。

这时，威尔伯已经成为他所专攻学科方面的博学专家，因为保持书信往来，他已经与许多保存有古代稀有的、被禁止书籍的图书馆相当熟识了。然而，由于有人怀疑威尔伯与某些青年失踪案件有关，他越来越受到敦威治当地居民的憎恨和恐惧，但或许出于对威尔伯的害怕，或是古金币起了作用，当地居民最终选择了保持沉默。这段时间，维特利家族依然在继续着他们的牛群养殖业，并且像之前那样继续使用古金币有规律地购买了越来越多的牛群。威尔伯现在看起来已经十分成熟了，身高也达到了正常成人的高度，还有接着往上长的趋势。1925 年的一天，一个与他保持着书信往来的密斯卡塔尼克大学的学者亲自上门拜访，然而不久就苍白着脸困窘地告辞了。当时威尔伯已经整整六又四分之三英尺高了。

多年以来，威尔伯对待自己半残废的白化病母亲越发地轻蔑不屑，最后还不准母亲在沃普尔吉斯之夜和万圣节与自己一起去山峦间举行祭祀仪式。1926 年，这位可怜的母亲向玛米·毕晓普抱怨，说她非常害怕自己的儿子。

“关于他的事情我不敢全部都告诉你，玛米，”她说，“并且，我现在也越来越不了解自己的儿子了。我对天发誓，我一点也不知道他究竟想要什么，也不知道他如今在做什么。”

那一年的万圣节，山峦间的响声前所未有的强烈，哨兵山山巅也如以往般点燃了熊熊大火，然而最吸引人注意的是一大群北美夜鹰节拍清晰的鸣叫声。这年的夜鹰逗留得异常的晚，并且全部都聚集在维特利一家黑漆漆的农舍附近。午夜一过，夜鹰们刺耳吵闹的长鸣好像是在放声大笑，充斥着整个敦威治镇，这叫声一直到黎明前夕才逐渐消停。紧接着，它们就急匆匆地飞往南方去了，比往年的正常时间晚了整整一个月。这个情况难道有什么特殊含义？直到后来大家才知道，镇里好像没人去世——除了可怜的拉维尼娅·维特利，再没人见过这个可怜的畸形白化病女人。

1927 年夏，威尔伯对农舍中的两间小屋进行了修葺，开始把他的书籍和主要财产一一往里搬。不久后，厄尔·索耶告诉奥斯本杂货铺的闲人们，说维特利家的农舍面临着新的维修。威尔伯关闭了底楼所有的门与窗，开始打通里面所有的隔间，就像四年前他和他的祖父把二楼所有的隔间全部打通一般。他居住在其中一间小屋里，据索耶说，他看起来非同寻常地担心和害怕。当地人大都怀疑威尔伯知道自己母亲失踪的一些内幕，也没有人再敢靠近这座农舍。到现在，威尔伯身高已经有 7 英尺余，依旧没有停止生长的迹象。

五

接下来的冬天里，再没有其他事情能比威尔伯第一次踏出敦威治镇更奇怪的了。威尔伯曾经写信给哈佛大学的怀登纳图书馆、巴黎的法国国家图书馆、大英博物馆、布宜诺斯艾利斯大学和位于亚卡汉姆的密斯卡塔尼克大学的图书馆，向他们借阅一本他十分渴望的书籍，但都遭到拒绝。最终威尔伯决定亲自走一趟。他衣衫褴褛、肮脏不堪、胡须拉碴，操着一口粗鲁的方言来到离他地理位置最近的密斯卡塔尼克大学图书馆查询该书的副本。此时的威尔伯身高接近 8 英尺，手提一只才从奥斯本杂货铺买来的廉价旅行袋。就这样，一个皮肤黝黑、长着一张山羊长脸的怪人来到亚卡汉姆专门寻求一本锁藏在大学图书馆深处、被查禁的可怕书籍——疯狂的阿卜杜拉·阿尔哈萨德的《死灵之书》，17 世纪出版于西班牙，由欧拉乌斯·沃尔缪斯翻译的拉丁文版本。威尔伯从来没有到过城市，心里除了找到密斯卡塔尼克大学外没有其他的念头，他没注意到自己经过了一只长有白色大尖牙的看守犬，也没听到大狗充满愤怒和敌意的咆哮，这只凶猛的狗把结实的铁链拽曳得哗哗作响。

威尔伯随身带着的是祖父遗留给他的、魔法师乔恩·德翻译的英文版本，虽价值连城但内容却不甚完整。在得到许可阅读《死灵之书》的拉丁文副本时，他立即开始对照阅读这两本典籍，目的是发现自己所残缺的第751页。威尔伯没能压制住内心的激动，把这一切都告诉了图书管理员——同样博学多识的亨利·阿米塔格（密斯卡塔尼克大学文学硕士、普林斯顿大学哲学博士、约翰霍普金斯大学文学博士），他曾经造访过威尔伯的农舍，现在正在礼貌地询问威尔伯各种问题。阿米塔格必须得承认，威尔伯正在寻找包含着犹格·索托斯这个可怕名号的某种仪式或咒语，两个文本间的差异、重复和含糊不清让他很难做出抉择。当威尔伯摘抄下他最终选择的仪式时，阿米塔格博士不由自主地从背后瞥了一眼摊开的书页，他看见左方的拉丁文版本《死灵之书》竟然包含着如此可怕的、威胁着世界和平与理智的言论。

阿米塔格博士对于书页上的文字在头脑中翻译如下：

人类既非地球上最古老的生物，也非地球上最终的统治者，更没有与各种普通的物质和生命一起各行其道。旧神们昔日在，旧神们今日在，旧神们亦将永存。它们并非存在于我们熟知的空间，而是存在于各层空间之间。旧神们悄无声息地行走于宇宙的初原与异元之间，而且踪影全无。犹格·索托斯即是时间之门，犹格·索托斯即是钥匙，犹格·索托斯即是守门人。犹格·索托斯集过去、现在、将来于一体。他知晓太古旧神的出现之处和它们的再现之所。他知晓旧神曾经践踏过地球的哪些土地，也知晓哪些土地仍然遭受着践踏，他亦知晓为何旧神在践踏地球时人类无法目睹它们的尊容。通过旧神散发的气味，世人偶尔可能知晓它们就在咫尺，却从未有人看见过彼等之貌。旧神们既无定形也无实质，形态变化万千，漫步而过却无人可见。它们在精辟的地方于合适时机说出特定的词句、呼喊特定的仪式。风在傻傻地学舌着它们的话语，大地喃喃地传述着它们的意识。旧神们折弯了森林，压垮了城市，然而哪片森林、哪座城市得以目睹那行凶的双手？卡达斯在冰冷的废墟上认知了它们，但谁人又知晓卡达斯？雕刻师把旧神们的印章刻在了南极的冰原，刻在了沉没于浩瀚汪洋的小岛石柱上，但又有谁人亲眼看见过深埋海底的冰封城市？谁人又亲眼见过海草和藤壶所点缀的尘封高塔？伟大的克苏鲁邪神作为表亲，也只能模糊地窥探它们的所在。啊！莎布·尼古拉斯！你身为万恶母神应该知晓它们。就算旧神把手卡到你的脖子也还是无法窥探到它们的真容，它们的居所竟然就在你守卫的门口。犹格·索托斯是打开通往所有空间的门匙。人类现在所统治的正是它们曾经统治过的地方，人类现在的统治之地将很快由它们所取代。夏去冬来，冬去复夏。旧神们在耐心地等待，它们很快将恢复对这块土地的有力统治……

阿米塔格自己刚读到的与他听到的关于敦威治的传言、挥之不散的诡异存在，还有威尔伯·维特利阴暗丑恶的生平，从他有争议的出生到可能的弑母疑云，感觉如墓穴中刮来的一阵阴冷湿风般形象而真实的恐惧感向他涌来。身前这个长着一张山羊脸的驼背巨型青年仿佛来自另外的世界，仿佛只有部分属于人类，另一部分则与本质和实体的深渊相联系，像是超越了所有空间的力量与物质、时间与空间。此刻，威尔伯抬起头，用他那与普通人类发音器官异样、奇怪且洪亮的嗓门说道：

“阿米塔格先生，我想我必须把那本书带回家。书中的一些仪式所需的启动环节在这里无法开展。如果我被这里的繁文缛节困扰就罪恶深重了。请让我把它带走吧。先生，我发誓没人会觉察到其中的差别。不用说，我一定会好好爱惜保管该书。若换作我，绝不会把乔恩·德的书弄得此般破损……”

威尔伯看到图书馆管理员脸上坚定的否决表情后，停了下来，他的山羊脸上渐现出诡计多端的表情。阿米塔格或许先前可能会同意威尔伯对他的所需部分进行复印，但是突然联想到这样做可能酿成的恶果就打消了先前的念头。若将通往亵渎神明的外部世界的钥匙交给这样一个人，他就得承担更多责任。威尔伯在分析了事件可能的发展状况后就故作轻松地答道：“嗯，好吧。如果你非要坚持那么想的话，或许哈佛不会如此神经过敏。”他没有多说什么就径直走出大楼，弯腰走过了一扇扇门廊。

阿米塔格听见了巨大的看门犬发出凶猛的吠叫声，从窗口看见威尔伯像猩猩一样地走出了校园。他回想起自己听到的关于敦威治小镇的传说，记起了《广告者》报纸的周日故事会刊登的内容，以及他在旅途中听到的关于古老村镇以及村镇民间流传的民俗故事。一些不是来自地球的东西，至少不是来自三维空间的地球，比如新英格兰某些峡谷间涌荡着的可怕恶臭和群山顶峰散发的污秽气味。阿米塔格对于这些一直都很相信。现在，他似乎感应到一个令人心惊胆战的恐惧正在逐渐逼近，似乎还提前瞥见了古老梦魇统治的黑暗王国。阿米塔格十分厌恶地把《死灵之书》锁好，但是房间中仍然散发着一股亵渎神明且无法辨别的恶臭。“身为万恶之母你应该知晓它们。”他引用道。是的，这股恶臭与自己三年前在维特利农舍中闻到的恶心气味一模一样。他想起了威尔伯那张充满恶兆与不祥的山羊脸，不禁再一次因为镇里人对威尔伯生世的种种传言感到好笑。

“乱伦？”阿米塔格低声自言自语道，“万能的主啊！镇民们真是十足的傻瓜。若向他们展示阿瑟·玛沁的伟大潘神，他们肯定会以为是另一个不足为怪的敦威治丑闻！但是威尔伯的生父究竟是什么东西？究竟是这三维世界以内的还是三维世界以外的某种被诅咒的无定形力量？出生在1912年五朔节[①]的九个月之后——沃普尔吉斯之夜，那晚就连远在亚卡汉姆都可清楚听见敦威治山峦间传出的怪异声响。有谁知道是什么东西在群山间行走？这个半人的血肉之躯究竟与何种恐怖事物密不可分？”

紧接着的几周里，阿米塔格博士开始马不停蹄地搜索关于威尔伯·维特利以及萦绕着敦威治镇无形存在的任何相关信息。他与艾利斯布里的霍顿医生沟通，因为霍顿曾照料老维特利走至生命的尽头，这位医生提供的死者临终遗言也给了博士很大启发。此外，他还再一次走访了敦威治镇，但没有新收获；对《死灵之书》密切调查后，阿米塔格博士有了新的可怕线索，了解到那个隐约威胁着地球安全的诡异邪魔究竟是何本质、行恶方式以及它们的欲望。博士与波士顿大学几个古代传说方面的研究人员交谈，与许多其他地方的学者互通书信，他最初的好奇心逐渐变得越来越警觉，最终转化成深刻的精神恐惧。夏日一天天消逝，博士隐约感到自己必须针对潜伏在密斯卡塔尼克山谷上方的恐怖之物有所作为，针对潜伏在人类世界、被称为威尔伯·维特利的可怕存在采取措施。

六

那次敦威治恐怖事件发生在1928年的收获节与秋分之间，阿米塔格博

---

①五朔节：欧洲传统民间节日。用以祭祀树神、谷物神，庆祝农业收获及春天的来临。历史悠久，最早起源于古代东方，后传至欧洲。每年5月1日举行。——编者注

士本人也目睹了它的惊悚序幕。当时，他听说威尔伯·维特利怪诞的剑桥之旅——威尔伯疯狂地想尽办法在怀登纳图书馆借阅或是复印《死灵之书》。然而，威尔伯这些努力注定是无用的，因为阿米塔格博士已经事先对收藏有那本恐怖典籍的图书馆发出了最强烈的预警。威尔伯在剑桥大学表现出的紧张程度让人吃惊，他十分迫切地希望得到那本书，即使在返家后也是同样焦虑，可能是离家太久的缘故。

8月初，事件的进展或许也算得上在预料之中。凌晨三点左右，阿米塔格博士被校园图书馆那只凶猛看守犬愤怒而暴躁的狂吠声惊醒，半疯狂的咆哮和吠叫持续不断，声音低沉、恐怖，音量也在不断升高，间或穿插有令人惊骇的明显停顿。接着，突然响起一声完全不是人类喉咙发出的尖叫——几乎把半数的亚卡汉姆居民从睡梦中惊醒，并由此一直被噩梦萦绕和折磨——这声尖叫不可能是地球上任何一种生物所发出的，至少这生物并非全部来自地球。

阿米塔格随手抓起一件衣服就往外冲，他飞奔过街道，踏过草坪来到学校大楼，大楼旁已经有很多人围观，耳边图书馆的防盗报警器发出刺耳的声响。月光下，一扇开着的窗户张着黑漆漆的大口。此时，馆内传出的狗吠和尖叫声很快地衰减为混合着咆哮和呻吟的低响，无疑那名硬闯图书馆的人已经被成功截获。阿米塔格本能地感知到里面发生的一切绝对不适合一个没有心理准备的人看见，于是他一打开前厅大门后就权威地命令所有人群往后回避。在到场人群中，阿米塔格看见了沃伦·赖斯教授和弗兰西斯·摩根博士，于是他在向大家解释了自己的猜测和担忧后就与此二人一同进入图书馆。馆内，除了看守犬警惕的低沉哀号，其他声音都已平息下来。可是阿米塔格却听到了外面灌木丛中一群北美夜鹰发出的令人惊悚的有节奏的长鸣，仿佛在与一名生命垂危者的最后呼吸齐声共响。

图书馆内充斥着的恶臭对于阿米塔格博士而言太熟悉了，他们一行三人冲过大厅进到谱系类图书阅览室——就是从这间小屋传出了低沉的咆哮——一时间竟没人敢上前开灯看看究竟发生了什么事情，后来还是阿米塔格鼓足勇气摁下了电灯开关。三人中的其中一个——不确定是谁——看见躺在一片散乱的桌子与翻倒的凳子间的东西时不禁失声尖叫。赖斯教授声称自己当时尽管没有绊倒或昏厥，却也一瞬间完全失去了意识。

那东西侧身半蜷在一摊散发着恶臭的黄绿色脓水和沥青状黏稠物质中，身高约 9 英尺，凶猛的看守犬已经扯破了其身上所有衣物及部分皮肤。那东西余息尚存，在安静地断续性抽搐着，心脏的搏动与外面等待着的北美夜鹰的长鸣竟然诡异地契合着节拍。屋里零星地散落着死者衣服与皮鞋被撕咬下的碎片，窗户下方有一个帆布口袋，显然是被谁扔过去的。在中央书桌旁掉落了一把左轮手枪，一枚有凹痕的未发射的子弹解释了为什么没有枪声传出，然而在当时，地上那滩东西吸引了所有人的注意力。文笔难以对之进行描述的说法很老套，也不完全正确；事实应该是，如果谁对于形象和轮廓的概念仅仅局限于地球上的生命形式、仅仅局限于三维的已知空间，那么他就无法生动地描述出这个东西。毫无疑问，它具备一部分人类的特征，如像人一般的双手和头、小下巴的山羊脸，这些都是典型的维特利家族相貌特点。但是它躯干及以下部分十分畸形，只有借助宽松衣物的遮掩才能自如行走于世，不会招致公众的怀疑甚或是被根除消灭。

这东西腰部以上长得和人类很相似，只是它的胸膛上——现在还被看守犬的利爪警觉地死死摁着——覆盖着一层格状厚皮，就像是鳄鱼的铠甲一般；背部显现有黑黄相间的花斑，有点像是某类蛇表面的鳞状覆盖物。然而它腰部以下的模样才是最糟糕的：没有半点人类模样，纯粹是怪物状。皮肤上长有一层厚厚的黑色毛片，腰部挥舞着 20 只长长的灰绿色触手，瘫软的触手顶端长有红色吸收式口器。

这东西身上器官的排列方式很奇特，似乎遵循着某种地球乃至是整个太阳系都未曾耳闻的几何对称规律。髋骨两端各有两个长着细绒毛的粉红色圆环，就像是发育未成熟的眼睛。另外，在本该长有尾巴的部位是一个类似长鼻子或是触须的器官，上面还有圈状的紫色纹路，种种迹象表明这里应该是它未完全发育的嘴或喉咙。这东西的四肢要是没有黑色毛片就和史前巨型蜥蜴的后腿十分相像，并且顶端长得既非蹄亦非爪，而是脉络隆起的肉垫。这东西在呼吸时，身上的尾巴和触手会有节奏地变换颜色，仿佛是由于某种体液的流动导致身体从正常颜色渐变成非人类的淡绿色。另外，它尾巴模样的器官逐步转化为淡黄色，一圈圈紫色纹路之间出现令人厌恶的灰白色。这东西似乎没有真正的血液，只有一滴滴散发着恶臭的黄绿色脓水从身体里恶心地缓慢渗出，奇怪的黏稠物质肮脏恶臭。

这三人的到来似乎惊醒了地上那滩垂死的东西，它既没转身也没抬头，就开始嘟嘟囔囔起来。阿米塔格博士没能记录下它嘟囔的内容，但确定它说的不是英语。起先的音节不属于地球上的任何一种语言，但最后很明显是摘自《死灵之书》里面不连贯的文本片段，这个亵渎神明的怪物正是为了追寻该古籍才导致了毁灭。阿米塔格能够回忆起的语言片段貌似是“尼盖—尼古哈古阿—布戈—索果戈—尹哈：犹格·索托斯，犹格·索托斯……”在外面邪恶地守候着的北美夜鹰发出节奏渐强的长鸣，屋内那滩东西的说话声开始慢慢平息。

猛地，喘息声终止了，看守犬也仰头发出一声阴郁的长叫。地板上那张黄色的山羊脸起了变化，巨大的黑眼惊骇地闭拢。窗外北美夜鹰刺耳的鸣叫声也戛然而止，紧接着，围观人群的窃窃私语被夜鹰群突发的振翅声和嗖嗖风声盖过。这些覆盖着羽毛的守望者们鼓动翅膀直冲云霄，它们庞大的队伍甚至遮住了月光，然后很快飞离人们的视线，疯狂地追寻着它们等待已久的猎物。

毫无征兆地，看守犬开始疯狂咆哮，像是受了惊吓而猛吠不已，急躁地从它跳进图书馆的那扇窗户又跳了出去，奔向远处。接着，人群里传出一声尖叫，阿米塔格博士向他们大声呼喊说，在警察和法医赶至事发现场之前，任何人都不得进入图书馆。很庆幸那扇开启的窗户位置较高，馆外的人群无法窥探到里面的情况，他小心翼翼地拉拢各扇窗户的窗帘。到这个时候，有两名警察抵达了现场，摩根博士在门廊处负责接应，并且劝说他们等待法医完成尸检，把躺倒在地上的那滩东西盖好后，再进入臭气熏天的案发阅览室。

就在这个时候，地板上那滩东西发生了可怕的变化。估计没人能够描述出阿米塔格教授和赖斯教授眼前那滩东西以何种方式和速度逐渐萎缩、溶解。可以这样说，威尔伯·维特利身上除了脸和手外，类似人类的特征其实很少。等法医赶到，污渍斑斑的地板上只剩下一摊发白的黏稠物质，骇人的恶臭也挥发殆尽。出乎意料的是，威尔伯没有颅骨或是任何的身体骨架，这点或许与它未知的神秘父亲有些相似。

七

然而，这一切都只是敦威治恐怖事件真正来临前的序幕。对这一系列难以解释的怪异情况，困顿的有关当局仅在形式上走完了所有程序，避免向公众和媒体透露不恰当的异常细节，派人到敦威治镇和艾利斯布里地区清算刚离世的威尔伯·维特利的个人财产，并通知其可能存在的继承人。调查人员发现镇子里的居民处于极度的骚动不安中，主要是因为圆顶山脉下方发出的隆隆声一天比一天响亮。此外，维特利一家那座用木板封闭的农舍中散发出让人难以忍受的臭味，并且越来越频繁地传出阵阵如波浪汹涌、惊涛拍岸般的声音。厄尔·索耶在威尔伯远行那段时间负责照料他们家的马和牛，并由此很可悲地染上了神经衰弱的毛病。调查人员们编造了借口进去，但没有进入那个充斥着怪异声音的密闭房间，很高兴把对死者生前的住所和整修后农舍的调查控制演变成一次简单的参观。他们还向艾利斯布里当地政府提交了一份文笔艰涩的报告书称：密斯卡塔尼克山谷上游那些为数众多的维特利家族后人，不管是没落的还是没有没落的，仍然在就威尔伯死后的继承权纠缠不清地向法庭诉讼。

在死者家中发现，一张充当写字台的梳妆柜上摆着一份写有奇怪字符的冗长手稿，写在一个记账簿上。从手稿文字间的空距和墨水印迹的变化规律可推断这是一本日记，发现者对于日记内容非常困惑。经过长达一周的争辩后，这份手稿连同死者收集的怪异书籍都被一同送往密斯卡塔尼克大学进行研究。然而，就连最优秀的语言学家也很快发现，要解密这份手稿绝非易事。值得一提的是，在威尔伯房间中未发现老维特利经常用于牲畜买卖的古金币。

那个恐怖之物最终在9月9日晚上挣脱了束缚。那天傍晚，当地起伏的群山间发出的奇怪响声非常明显，家家户户的狗也整晚不停歇地狂吠。次日清晨早起的居民发觉空气中有一股怪异的恶臭。乔治·科里家雇佣的男仆路德·布朗在位于冷春幽谷和敦威治小镇之间的唐奥克利草原上放牛。上午十一点左右，他急急忙忙地赶着牛群往回奔跑，跌跌撞撞地进入厨房后全身都因为激烈的恐惧情绪而抽搐发抖，院子里同样受惊不已的牛群哞哞叫着疯狂地用蹄子扒地。男仆上气不接下气地向科里夫人讲述了他的故事：

“峡谷外的那条路上，科里夫人，有个东西在那里。它闻起来有雷电的气味，路边的灌木丛和小树都齐刷刷地倒向一边，就好像一座房子沿着那里被拖拉而过。但是，最可怕的事情还在后头呢！路上有脚印，科里夫人！水桶般粗大的圆形脚印，这些脚印都深深地陷进了地里，如同被大象踩踏过一样。不过，这绝对不是四条腿的东西踩出来的痕迹。我在逃跑之前仔细观察了一两个脚印，发现每个脚印里都有分散开的线条，就像一把大芭蕉叶扇子，不过比我们普通的扇子还要大两到三倍。脚印顺着小路一直向前延伸。还有就是那臭气，太糟糕了！就像巫师维特利农舍中散发的恶臭一样。”

讲到这里时，男仆更加结巴了，似乎再次被深深的恐惧情绪所影响。科里夫人无法再问出更多的信息，于是开始给邻居打电话。这预示着真正的敦威治恐怖事件拉开了序幕。当她致电离维特利家最近的赛思 · 毕晓普家时，女管家萨莉 · 索耶接了电话——这次变成是科里夫人当听众了：萨莉的小儿子昌西睡眠一直不好，一大早他就去攀爬通往维特利家的小山，在他看了一眼前方诡异的农舍，又看了一眼毕晓普先生畜养牛群的牧场后，立即匆忙地狂奔回家。

“是的，科里夫人，”电话另一头的萨莉颤抖着说道，“昌西刚回来，他吓得话也说不清楚。他说，天哪！维特利家的农舍被炸穿了，仿佛他们的房子里藏有炸药，木屑被炸得满地都是。只有房子的底层没被炸烂，但是不断有沥青状的东西从屋檐滴落下来，而且臭气熏天。院落里还有骇人的脚印，这些圆形脚印比大啤酒桶还要大，里面全是与被炸飞的房屋碎片上一样的黏稠物。昌西说那些脚印朝着草地走去了。那里的一个仓房也倒塌了，石墙碎片沿着脚印撒得一路都是。

“他说……他说，科里夫人，当他在寻找赛思先生的牛群时被吓坏了，他看见它们正在上游的草地，即靠近魔鬼狂欢地那里。近一半的牛群失踪不见了，另一半则被吸干了血液，身上留下的伤口就与拉维尼娅的小崽子出生后他们家牛群身上的伤口一样。赛思已经到现场去察看了，但我发誓他不会太靠近维特利家的农舍，昌西没有看清那些痕迹在离开草地后又去了哪里，不过据他推测应该是沿着峡谷小道进到镇子里去了。

“我跟你说，科里夫人，有一些不该出来的东西被放出来了，要我说，威尔伯 · 维特利那个黑小子根本就是罪有应得，他一直就在楼底饲养它。就像我一直告诉周围的人那样：威尔伯自己也不完全是人类。我认为他和老维特利一定在那密封的房子里养着什么东西，那东西比威尔伯还不像人类。敦威治镇子四周一直都有我们看不见的东西存在——并且还是活的东西——它们既非人类，也于人类无益。

“昨晚，地底下又出现了奇怪的声响。快到早晨的时候，昌西说他听到的北美夜鹰在冷春幽谷发出的长鸣声如此响亮，他就再没睡着。接着，他隐约听见巫师维特利家传来隐约的怪异声响——是木板被撕毁或是被扯裂的声音，就像是大木盒或板条箱被撑破了一般。昌西一直到太阳升起才勉强睡着了一会儿，一起床他就说要到维特利家看看究竟是怎么回事。我跟你说，他看得够多了，科里夫人！但我也不认为这是什么坏事，镇里的人应该团结起来，采取相应的行动。我总感觉附近有危险的东西，我估计自己也时日不长了，天知道那是什么东西。

“你家的路德知不知道那些脚印通向什么地方去？不知道？哦，如果脚印走的是峡谷这边的道路，并且还没有经过你家的话，估计一定是走到峡谷深处去了。它们可能会这样的。我早就说冷春幽谷那地方不干净。那里的北美夜鹰和萤火虫一点都不像是出自上帝造物主之手，还有人说，如果你站在适当的位置，即岩石坍塌与熊洞之间的某个地方，就有可能听见奇怪的声音，比如急促的风声或说话声。”

那天正午，敦威治镇里整整四分之三的男人和男孩都聚到了一起，一起穿过维特利家废墟与冷春幽谷间的小路和草地，心怀恐惧地察看了那些可怕的巨大脚印、毕晓普家遭受重伤的牛群、农舍中的怪异残骸，以及田地和路旁受到摧残而无精打采的植物。不管是什么东西摆脱束缚来到了这个世界，它肯定已经走进了哪个不祥大峡谷的深处。因为坡地上的树木已经悉数弯折，悬崖边上的低矮灌木丛中也被开辟出一条大道，仿佛是一座房屋在雪崩的推动下，从垂直山坡上生长的密集植被表面一滑而过。谷底一片死寂，只是远远飘来一股难以名状的恶臭。由此看来也难怪人们宁愿站在悬崖边上继续争辩，也不想下到谷底怪物的藏身处直面未知的巨大恐怖。人群中还另外有三只狗。它们起初一直在愤怒地狂吠，接近峡谷时就像是受到了惊吓一样，迟迟不愿继续前行。有人致电《艾利斯布里记录》告知了这个骇人听闻的消息，但是该报的编辑由于见识了来自敦威治镇太多的荒诞故事，只是把它作为一篇滑稽的短讯发表，不久美联社也发表了类似的报道。

当晚，人人都待在各自家中，把每幢房屋、每间马厩都锁得严严实实。不用说，绝不允许有牛群放养在露天的开放牧场。凌晨两点左右，一股令人毛骨悚然的恶臭以及许多狂野的狗吠声惊醒了埃尔默·弗莱伊一家老小。这家人都觉得自己听到了外面的某处传来了闷响的嗖嗖声或是研磨声。弗莱伊夫人提议给邻居打电话，就在埃尔默正要表示同意时，响起了巨大的木板撕裂声，中断了他们的讨论。声音很明显是从牲口棚传来的，紧接着是牛群发出的恐怖的嘶叫声、踩踏声。家中的几条狗紧挨在这家伙的腿旁边蜷缩成一团。弗莱伊习惯性地点亮了灯笼，他知道如果他们走出漆黑的院落只有死路一条。孩子和妇女低声抽泣着，她们出于残留的模糊的自卫本能都不敢哭出声来，此刻保持安静是想活命的唯一出路。过了不知多久，牲口棚的嘈杂声逐渐变为低沉的哀号，继而是震耳的猛扑声、碰撞声和爆裂声。弗莱伊一家人紧紧地相互偎依在起居室，不敢挪动一下，直至最后一声回响消失在冷春幽谷深处。接下来，峡谷里北美夜鹰们爆发出魔鬼般的尖锐叫声，这时一家子才松了口气。赛琳娜·弗莱伊踉跄地走到电话前，把这骇人的消息散播开去。

第二天，整个镇落都陷入一片恐慌。惊恐且沉默的人群在那场残忍行径的事发地来回踱步、不知所措。两行毁灭性的巨大残痕从峡谷延伸至弗莱伊家的院落，光秃秃的土地上布满了巨大的脚印，红色牲口棚的一边已经完全凹陷。至于牛群，只找到了其中的四分之一，其中还包括部分怪异的尸体碎片，那些活着的牛也不得不被射杀。厄尔·索耶建议向艾利斯布里或者亚卡汉姆地区求救，但其他人都表示那样没有用。老泽布伦·维特利——来自一个介于富庶和没落之间的维特利家族分支，提出疯狂的建议，认为应该到山巅完成某种他们应尽的仪式。他所在的家族分支十分注重古老传统的延续，并且，泽布伦记忆中在巨大石柱间颂唱的方式也不完全等同于威尔伯及其祖父的方式。

黑暗降临，由于受到沉重的打击，镇落里的人都非常消极，无法组成真正有力的防线。只有为数不多的几个家庭因为关系紧密联合起来。他们待在同一片屋檐下，在暗夜中轮流值班放哨。但是多数人家只是在黑夜来临前，无数遍地反复锁紧家门，徒劳地一遍遍将子弹推入枪膛，把干草交叉放在随手可及之处。然而，除了山峦间的奇怪声音外什么也没发生。当白昼再次降临，许多的镇民都祈祷这次新的恐惧就像它如此迅速地降临一般，也能迅速地远去。还有一些胆大的人建议主动出击，深入谷底进行探索，尽管这些人最终也未能给胆小的大多数人做出切实的榜样。

夜幕降临，人们又重新检查自家的门窗是否都已锁严实，不过因为恐惧而紧紧偎依一团的家庭少了很多。第二天清晨，弗莱伊一家和毕晓普一家都表示自家的狗显得十分激动，听到了远方传来的怪响，也闻到了恶臭。同时，几名早起的探险者还注意到环绕哨兵山的小道上出现了新鲜的可怕脚印。同往常一样，小道两旁被摧残的破败景象表明体型庞大的可怕怪物曾经从这里经过；这些脚印似乎去往了两个不同方向，就好像是一座移动的大山从冷春幽谷而来，又沿着原路返回。山脚处，一条宽 30 英尺有余、由弯折的灌木小树丛构成的残痕向山上延伸，但是搜寻者们发现即便是在完全垂直的地带，这条残痕也无丝毫要改变路径的意向。不管那个骇人的恐怖之物是什么，他竟然能攀登完全垂直的峭壁；当调查者们开辟了另一条更为安全的小径登上山顶后发现脚印于此地终止，更准确的说法应该是，它们按原路折返了。

正是在这个地方，维特利家族于沃普尔吉斯之夜和万圣节围绕山顶的桌状巨石点起他们的地狱之火、唱起了地狱颂歌。如今，那个如小山般的庞然怪物刚好把那块位于空地中央的桌状巨石掀翻了，巨石的表面略微凹陷，上面还覆盖着一层厚厚的恶臭之物，就和上次维特利农舍被炸毁后、散落在地面的沥青状黏稠物体一模一样。人们不禁面面相觑、喃喃自语。接着，他们朝山下望去，很明显这个恐怖之物正是沿着它上山的路径折返去了山下。所有猜测都是徒劳，一切理性、逻辑和关于正常动机的推断在此时此地都显得那么不堪一击。只有人群外的老泽布伦或许能够就整个事件给出公道的评论，至少可以提供貌似合理的解释。

星期四的夜晚和其他日子的情况无甚差别，但这天的结局着实无法让人高兴起来。峡谷里的北美夜鹰突然反常地叫个不停，许多镇民都因此无法入眠。三点左右，所有的共线电话突然骇人地响起，所有人拿起听筒都听见了一声害怕到疯狂的尖叫“救命！哦！天哪……”有人感觉这声惊呼之后还有一个猛烈的撞击声。每个人都被吓得不敢轻举妄动，直至第二天早上人们找出了电话从哪里打来。后来，他们开始向每一个认识的人打电话，发现只有弗莱伊一家没有人应答。真相在一个小时后揭晓了，当时一队匆忙组织起来的居民武装好自己后就迈开了沉重的步伐，朝坐落在峡谷入口处的弗莱伊一家行进。看到的结果十分令人吃惊，却也在预料之中。那里堆积了更多的植被被弯折的残痕和巨大的恐怖脚印，但是这里看不到任何房屋。原本的房屋就像脆弱的蛋壳一般凹陷不见了。弗莱伊一家的废墟当中找不到任何活物，连一个尸体也见不着，只剩下阵阵恶臭和沥青状的黏稠物。埃尔默·弗莱伊全家人就这样从敦威治镇里消失不见了。

八

在此期间，亚卡汉姆一间阅览室里书架林立，紧闭的大门背后邪恶地萦绕着一股表面平静但实质上很深刻的恐怖气息。那份奇怪的手稿记录（或是威尔伯的日记）被运回密斯卡塔尼克大学研究，谁料却引起了古今语言学家们深深的担忧和困惑。尽管手稿所采用的字母体系与美索不达米亚平原的阿拉伯语十分相似，却没有任何一名在场的权威人士表示能够理解。他们得出的最终结论是手稿采用一种模拟的字母体系，起到了密码的功效，然而，一般的破解密码的方法在此刻毫无用处，即使是考虑到作者可能采用的方言也没能帮助解密。另外，从威尔伯住所搜寻到的各种古籍虽然十分有趣，在某些情况下也有助于在哲学家与科学工作者间划一条新的可怕界限，却丝毫无助于破解这份神秘手稿。其中一本书页之间用环扣相连的方法，大部分还采用了另一种未知的字母体系——和手稿采用的字母体系很不一样，十分像梵语。最终，手稿的破译工作交由阿米塔格博士主持，因为他不仅对维特利家族的事情兴趣浓厚，还掌握了中世纪及之前神秘公式方面的广博技能和知识。

阿米塔格猜想，字母体系可能是远古流传下来的某个被查禁的邪教从萨拉逊世界里的巫师那儿继承的多种形式和传统，然而博士并没有过于看重这个问题。在他看来，若手稿使用的是现代世界的密码符号，那么去追寻符号的渊源就毫无意义了。考虑到手稿篇幅冗长，工作量巨大，作者除了在个别特殊的仪式和咒语表达外，应该不会去劳心伤神地使用另外一种自己不熟悉的晦涩语言。因此，他初步假设该手稿的绝大部分都是用英语写成的。

根据同事们一次次的失败经历，阿米塔格博士得出结论：这个谜题出奇的深邃、复杂，至于那些简单的解决方案根本没有尝试的价值。整个8月份，他大量地巩固了自己在密码学方面的知识，充分利用本校图书馆的丰富资源，日复一日地埋头苦读各种神秘典籍：特里特米乌斯的《密码术》、詹巴迪斯塔·波特的《书写中的隐蔽字符》、德·维吉尼亚的《数字论》、法尔科内的《秘忆解析》、戴维斯和斯克里斯发表于18世纪的论文，以及当代知名的权威人士如布莱尔、范·马腾和克鲁勃的文字体系，等等。很快阿米塔格博士就意识到，摆在他面前的是一份微妙的、精巧到了极致的密码文件，多个单独列表的字母像乘法口诀表一般对应排列，而且关键词的词义模棱两可，只有密码编写者才知道文本代表的真正意思。研究古代密码学的专家起到的帮助作用似乎更大些，阿米塔格推测这份手稿采用的密码体系来自非常遥远的古代时期，由一代又一代的神秘学试验者传承至今。有好几次，他似乎已经站到了成功的边缘，但又都碰到一些意想不到的障碍。快到9月时，手稿的破译工作终于有了眉目，从其中某些部分准确无误地出现了的某些字母来看，很明显手稿绝对就是用英文写成的。

9月2日晚攻克了最后一个重要难题，阿米塔格博士终于得以第一次连续地通读威尔伯·维特利的手稿记录——正如之前所料，这份手稿实际上是一本日记，清楚地显示出作者在神秘学识方面的渊博，但对于普通世事却是文盲一个。阿米塔格所破译的11月26日条目下的第一个长段落记载了十分令人吃惊而焦虑不安的内容。他还清楚记得，该篇日记由一个实际年龄3岁半看起来却如十二三岁的小男孩执笔，上面写道：

今天学了“召唤千军万马的阿克罗语”，我一点也不喜欢，山岭会给出回应，但空气不会。楼上那位学得比我想象的还要快，它似乎没有长太多的地球头脑。埃兰·哈钦斯的牧羊狗冲过来咬我时我朝它放了枪，埃兰说如果可以的话一定会杀了我，但我猜应该不会。昨晚，祖父一直让我练习“德沃仪式”，我好像从两个磁极望见地底之城了。如果到我负责统治地底之城时仍未掌握德沃—哈那仪式，我将在地球被清理掉时，从这两个磁极进城。就在我练习召唤千军万马的时候，它们从空气中告知，我还得花很多年才有能力清理地球，到那时祖父应该也已去世了吧，所以我必须得了解平面间的全部角度，学会犹格·索托斯和莎布·尼古拉丝之间的所有仪式。来自外面世界的它们可以帮忙，但是必须借助人类的鲜血才能显出实体。楼上那位好像也是同样的情况，每当我双手结成维瑞之印或是朝它吹撒伊本勇士之粉时都可以隐约辨出它的一点形状，这种情况在沃普尔吉斯之夜的山顶更明显。我的另一张脸可能会逐渐消失，不知道在地球被毁灭、地表没有一块泥土时我究竟会变成什么模样。和阿克罗的千军万马一齐来的那位说我很可能得变形，地球以外还有好多事情等着我完成。

第二天早晨，有人发现阿米塔格博士惊恐地直冒冷汗，看似疯狂实则高度清醒。他一整晚都在埋头钻研手稿，借着书桌上方的冷光用颤抖的双手翻过一页又一页，用最快速度破译眼前那份神秘文本。他还提前神经质地打电话告诉妻子今晚不回家，妻子从家中特意带来的早餐他也一口都吃不下。一整天他都不断地破译文稿，偶尔不得不在复杂的关键时刻停下来，非常令人恼火。给阿米塔格博士送去的午饭和晚餐，他都只吃了一点。翌日晚的子夜时分，他坐在椅子上睡着了，但很快又被一连串噩梦惊醒，这些噩梦与他发现人类生存岌岌可危的事实同样可怕。

9 月 4 日清晨，赖斯教授和摩根博士坚持要和阿米塔格见上一面，离开时两人都颤抖着面如土灰。当天晚上，阿米塔格博士只是断断续续地睡上了一小会儿。第二天是星期三，他又重新投身于研究手稿，开始就当前所阅读部分和原先已经破译的内容做了丰富的笔记。凌晨时分，博士在办公室的安乐椅上小睡一会儿后又接着破译手稿，一直忙到黎明才休息。这天临近中午的时候，他的私人医生哈特韦尔打电话说要登门拜访，坚持让他停止手头工作。博士予以暗示，自己目前所研究的日记具有生死攸关的重要意义，许诺会在适当的时间给出详细解释。黄昏薄暮之时，他终于完全结束了这份可怕手稿的破译，精疲力竭地瘫倒在椅子上。妻子送来晚餐时，发现他好像正处于半昏睡状态，其实不然，就在妻子目光瞟向桌上的笔记时，博士厉声呵斥她不要看。博士虚弱地起身整理书桌上各种散乱的笔记资料，把它们密封在一个大信封中，然后放进自己外套的内衬口袋。阿米塔格博士走回家的力气还是有的，但他急需医疗救助，于是立马请来了哈特韦尔医生。当医生扶他上床时，他嘴里不停地念叨着："但是，上帝啊！我们究竟能做些什么？"

阿米塔格博士终于睡下了，但第二天醒来时有点神志不清，也没对哈特韦尔作任何解释。在他清醒些的时候称自己十分急切地需要和赖斯与摩根进行详尽的商讨。他失控的胡言乱语着实令人吃惊了，甚至疯狂地恳求着什么，好像是说要拆除一座被木板封闭的农舍；还提及说，一些来自其他维度的古老族生物谋划毁灭地球上的所有人类、动物和植物。阿米塔格大声尖叫着人类处于危难之中，因为旧神们希望除掉人类，把地球抛出银河系乃至整个宇宙，回到万古永世前所在的平面或是实体位相。另外，他叫人送来恐怖的《死灵之书》和莱米·吉乌斯的《恶魔礼拜》，满怀期望地想找到某种仪式对付自己想象中的危险。

“阻止它们！快阻止它们！”他大声疾呼，“维特利一家意谋让它们进入地球，最糟糕的是它们来了就不再离开！告诉赖斯和摩根我们必须得采取行动——虽说人类的力量只能算是螳臂当车，但我知道怎样做……它自从8月2日——威尔伯在这里送了命之后就一直没有进食，按照那个速度……”

阿米塔格虽已73岁高龄但身体状况一直不错，经过一个晚上的休息，所有的机能紊乱现象全部消失，也没出现发烧症状。星期五那天，尽管一直饱受恐惧情绪的啃噬，肩上也背负着重大的责任感，但阿米塔格还是难能可贵地保持冷静清醒，一直工作到很晚。星期六下午，他觉得自己有精力走到图书馆，就召来赖斯和摩根会谈。三人进行了最疯狂的猜想，展开了最激烈的辩论，一直到傍晚才结束。他们从一列列的书架上、从书库里最安全的地方取出那些恐怖而奇怪的书籍，狂热地急速摘抄了数量惊人的各种图表和公式……三人都在紧张有序地做着准备，不带一丝怀疑情绪，因为他们都在这栋建筑的这间屋子中亲眼看到威尔伯的尸体。从那时起，他们都坚信那本神秘的日记绝对不是一个疯子的呓语狂言。

三人就是否将该紧急情况向马萨诸塞州警方报告的意见发生了分歧，但最终采取了反对的意见。人们对于有些事情如果没有亲身经历是很难相信的，在接下来的调查中这个道理表现得很清楚。深夜，三人散会了，也没达成最终的行动计划。第二天是周日，阿米塔格从早到晚都在繁忙地验证公式，并从学院实验室取来化学药剂进行配制。他越是仔细考虑那本令人毛骨悚然的日记，就越是怀疑任何物质的药剂都不能够消灭威尔伯遗留下来的那个怪东西——阿米塔格未知的那个威胁着整个地球的怪东西将于几个小时后现身，酿成人类永远无法忘怀的“敦威治恐怖事件”。

对于阿米塔格博士而言，星期一只是周日的重复，因为当下的工作要求他不断调查和实验。对日记的深入讨论让整个行动计划发生了各种变化，他清楚即使到了最后关头还是会存在大量的不确定性。直到星期二，阿米塔格博士才规划出采取行动的确切时间，相信他们在一周内会想办法赶往敦威治镇。然后，他无意间看见《亚卡汉姆广告者》一个非常不显眼的角落刊登着来自美联社的一条诙谐小标题——“专营威士忌私酒业的敦威治镇出现史无前例的大怪兽”，阿米塔格当场就震惊了，他立刻急电赖斯和摩根。三人一直讨论到深夜，第二天他们都旋风般快速收拾行装准备出发。阿米塔格深知这次会与强大的恐怖力量交手，但是他们别无选择，并且前人也没有指明方法如何对付这个极其神秘、极其邪恶的恐怖对象。

九

星期五一早，阿米塔格、赖斯和摩根驱车前往敦威治，到达小镇时已是下午一点左右。当天天气宜人，但是朗朗晴空下，这片受灾地区诡异的圆顶山峦和朦胧的峡谷全都被沉沉的死寂和凶意所笼罩，偶尔还可以瞥见某座小山顶端有一圈憔悴的石柱出现在天际。奥斯本杂货铺那寂静恐惧的气氛表明，此地不久前肯定发生过惊骇异常的灾难，随后又了解到埃尔默全家连同房屋都遭到了灭顶之灾。整个下午，三人不停地穿行于敦威治的各个角落，向镇民询问事件的发生过程，每走访到一个罹难事发处，他们内心的恐惧都要增加几分，他们实地造访了弗莱伊一家的废墟，他家院落里还残留着星星点点的黏稠物质和亵渎神灵的痕迹；他们还去看了赛思·毕晓普家受伤的牛群以及令人不安的受损植被带。在阿米塔格博士看来，沿着哨兵山向上、向下的两条拖痕几乎具有灾难性的意义，他久久地盯着山巅那块圣坛般的巨石。

事发当日早晨，有镇民在弗莱伊惨剧后立即报警，随后一小队州级警察从艾利斯布里赶来。阿米塔格一行三人最终决定找那些警察，设法说服他们提供案情调查记录以供参考，但无论如何也没找到他们的踪迹。本来应该有五名警察，但只看到停在弗莱伊家废墟旁的一辆空汽车。当地镇民在谈论到这一行警察时也和阿米塔格他们一样困惑不解。突然，老山姆·哈钦斯回想起了什么事情，脸色瞬时吓得煞白，他轻轻推开弗雷德·法尔，指着近旁黑暗而深不见底的大峡谷说道：

“天哪！我警告过他们不要朝峡谷深处走，我绝没想到有人竟然毫不畏惧这可怕的残痕、凶兆般的恶臭和北美夜鹰在可怕的正午发出的尖利鸣叫……”

老山姆的话让当地镇民和来访者感到不寒而栗，每一只耳朵似乎都在本能的驱使下紧张地倾听着什么。阿米塔格在亲身经历了突如其来的离奇失踪事件后，想到自己肩上背负着的重担，不禁微微颤抖起来。夜幕很快降临，高低起伏的山峦间像往常一样回响起阵阵轰隆声。

“不安在黑夜下漫步……”这位年迈的图书馆管理员复述着记忆中的咒语，手里拿着的纸上摘录了他记不住的部分，同时还必须确保自己手中的电筒一直保持工作状态。身旁的赖斯教授从箱子里取出一小瓶驱虫喷雾；同时，摩根博士也从盒中拿出一把专门猎杀大型猎物的步枪，尽管之前他们的同事一再强调过，任何实质性的武器对这头怪物而言都如蚍蜉撼树一般。阿米塔格阅读过那本恐怖的日记，因此他很清楚等待他们的那个东西究竟有多么令人毛骨悚然，但他并不想给敦威治镇民们早已被恐惧所绷紧的心弦添加负担，也就没有提供更多的线索和暗示。他只希望能够让世界人民在还没看到恐怖之物的全部面目前就已成功脱险。天色越来越黑，镇民纷纷躲回家中。尽管目前的证据已表明，在一种可以随意弯曲树木和粉碎房子的可怕力量面前人类所有的锁和门闩都是无用的，当地人还是渴望把自己严严实实地锁在屋里。对于来访者提出的守卫在峡谷入口处弗莱伊家废墟旁的计划，镇民们都摇头离开，心里都暗暗担心可能明天这三名守望者都无法活着出现在他们面前了吧。

那晚，山峦间同样响起了阵阵轰隆声，北美夜鹰群也在险恶地鸣叫着。偶尔，冷春幽谷会扫过一阵沁骨的凉风，夜晚阴郁的空气中时不时荡起一股难以形容的恶臭；三名守望者对这股臭气并不陌生，还记得当时他们站在一具走过了十五年光阴、垂死的半人类怪物旁边闻过同样的恶臭。但是，守望者预期中的怪物并未到来，不管藏在谷底的那个东西为何物，它一定在等待时机。阿米塔格告诉同事说，在夜间对该恐怖之物的攻击行为都无异于自取灭亡。

苍白的早晨缓缓来临，夜幕下恐怖的声响也已平息。灰色的天空显得阴冷异常，间或还会洒落几滴毛毛雨，云层在西北方的群山上空越积越厚。来自亚卡汉姆的三个人还未决定接下来该如何行动。雨越下越大，他们跑到弗莱伊家外屋的残檐下避雨，讨论究竟是按兵不动还是主动出击，深入谷底搜寻那个不可名状的巨大怪物。此刻，遥远的天边不时传来阵阵雷鸣，带状闪电发出微光，近在咫尺的地方又猛地掠过一道叉状闪电，仿佛直直地坠入了峡谷最深处。天色变得十分阴暗，守望者们都希望这只是一场猛烈而快速的暴雨，随后就是灿烂的晴天。

近一小时后，天色依旧笼罩在可怕的暗沉之中，路上传来嘈杂的说话声。不久就看见迎面走来一队人，大概有十三四个，他们面如土色，歇斯底里地奔跑着、呼叫着，甚至是抽泣着。领头的人呜咽着讲出事情原委，来自亚卡汉姆市的一行三人按捺着内心猛烈的惊恐情绪认真倾听，同时在头脑中勾勒出事件发生的整个过程。

“哦，我的上帝！我的上帝！”哽咽的声音继续说道，“那声音又响起来了，还是在大白天！这次——这次好像大地也在震动，就现在。只有上帝才知道那个恐怖之物何时会悄悄靠近我们！”

说话者喘着气陷入了沉默，另一个人接过话题接着讲道：“大概是一小时以前，瑞伯·维特利听见电话铃响了，是乔治的妻子——住在十字路口附近的科里夫人打来的。她说家里雇用的男仆路德在雷声大作时匆忙赶着牛群朝家里奔跑，途中看到冷春幽谷入口处的树木弯折一片，对面还散发出十分糟糕的恶臭，就和他在周一早上发现巨大的拖痕时闻到的臭气一模一样。路德说他还听见嗖嗖的风声和间或的拍打声，并且绝不是弯折的乔木和灌木丛所能发出的声响。突然，小路两旁的树被扫到一边，伴随着泥浆中的踩踏声和溅落声。但不可思议的是，路德除了压弯的树木和丛林外，什么东西也没看到。

“小路前方是毕晓普小溪，他听见小溪上方的木桥仿佛由于被过度拉紧而可怕地嘎吱作响，肯定是木板开裂而发出的声音。然而，自始至终路德都没看见任何东西，除了被压弯的树林和灌木丛。拍打声渐渐变弱，顺着小路朝巫师维特利家和哨兵山方向远去。路德竟然还有勇气走近查看。狼藉的灾后现场全是泥浆和污水，天空也黑沉沉的，雨水即刻就把地上的痕迹冲刷得干干净净。但是谷口处的树木倒成一片，有一部分可怕的脚印仍依稀可见，跟他星期一看到的巨大圆形脚印如出一辙。”

就在此刻，先前那位说话者插嘴道：“但是灾难还没有结束——那只是开始。瑞伯开始打电话给镇里每一个人，大家都在认真倾听，突然赛思·毕晓普家的电话打了进来。他家的女管家萨莉称自己刚刚看见弯折的树木齐刷刷地倒在一边，听见一阵类似在浓稠物中搅拌的声音，像极了大象的喘气声，那声音离房子越来越近。紧接着便闻到一股令人害怕的气味，儿子昌西惊声尖叫，还说那味道与他星期一早晨在维特利家闻到的臭气很相似。狗也狂吠起来，发出可怕的悲嗥声。

“接着，萨莉发出一声骇人的尖叫，说路旁的小棚突然倒塌，就像被风暴吹袭过，可是当时的风根本不足以吹塌房屋。镇民们专注地竖耳聆听，甚至可以感知到听筒前的每一个人都被吓得上气不接下气。突然，萨莉又尖叫起来，说院子里的尖木桩篱笆被压碎了，尽管看不见是什么东西在作怪。电话旁的人甚至还听见昌西和老赛斯·毕晓普也在疾声呼喊，然后感觉到前方有东西重重地撞击房屋，一下接一下，尽管眼前看不到有任何东西。接着……接着……”

每个人都被这名讲述者的话语吓坏了，阿米塔格也不停颤抖起来，但他勉强使自己保持平静并催促对方接着往下讲。

“接着……萨莉尖叫道：‘救命！房子塌了……’电话线另一端传来可怕的碰撞声和如地狱般的齐声惊呼……就和埃尔默·弗莱伊家发生的惨剧一样，只是更……”讲述者顿了顿，人群里另一个声音接着讲道：“整件事就是这样——之后电话里再没传出说话声，连嗞嗞的电流声也消失了。一直都静静的。于是，我们乘着福特车和马车，竭尽所能地把死去镇民的尸体聚集在科里的住所附近，然后就赶来这里看看你们有没有想出好主意。但是我认为这一切悲剧都是上帝对人类邪恶罪行的惩罚，凡人都逃不过这劫难。”

阿米塔格意识到积极出击的时机已经成熟，他决然地告诉这群被惊吓得步履蹒跚的乡下人：“伙计们，我们必须迎面直击危难。”他尽量安慰镇民们，“我坚信我们有机会消灭这个恐怖之物。你们都知道维特利一家人都是巫师——眼前一切灾难都是巫术造成的，我们也只有采用同样的手段才能制服这个怪物。我读过威尔伯写的日记，也翻阅过这个家伙曾经看过的奇怪古籍，我相信自己知道如何让这个恐怖之物逐渐消失的咒语。当然，没人能确定百分之百成功，但我们总该抓住机会尝试一下。它是隐形的——我就知道会这样——但我手中这个长距离喷雾器中的粉末可以让怪物短时间内显出真身。待会儿我们就会试一试。这个东西还活着无疑是件可怕的事，但若威尔伯还在世的话，他会让这个怪物活得更久从而酿成更恐怖的灾害。你们没看到我们的世界已经躲过了一场原本更可怕的浩劫吗？现在，我们面前的敌人只有这一个怪物，尽管它会造成许多毁坏，但是数量不会增多，所以我们必须毫不迟疑地把这个恐怖之物从人类世界清除。”

“我们必须勇敢地予以反击——第一步是查看事发现场。找个人到前面带路吧——我对你们这一带不熟悉，但我猜应该有捷径可走吧？你们说呢？”

镇民们相互推诿了一会儿，接着厄尔·索耶伸出沾满污垢的手指着渐小的雨幕小声说道：“我想要最快到达赛思·毕晓普家，可以穿过那片低洼的草地，涉水走过浅滩，以及前方的卡里尔草地和更远处的树林就行了。”

阿米塔格、赖斯和摩根一起开始沿着所指方向前行，大多数当地人也缓慢地跟在后面。天空也开始亮堂起来，估计是暴风雨减弱的信号。当阿米塔格不注意走错了方向时，乔·奥斯本提醒他小心点，然后自己就走到前面亲自带路。尽管那座树木林立、角度几近直角的山坡就是捷径的终点，穿行于这片精彩绝伦的古树间也如攀爬楼梯一般，但这些任务都是对人们品质和能力的严峻考验，整个队伍的勇气和自信渐行渐长。

最终，在大家走到泥泞小路的尽头时看见太阳出来了。他们离赛思·毕晓普家多走了一小截地方，但是，弯折的树木和绝不会弄错的可怕拖痕表明此地刚刚经历过一场浩劫。查看这个转弯处的废墟只消耗了几分钟，很明显整个事件都是弗莱伊惨案的重演。在毕晓普坍塌的房屋和牲口棚中他们没有找到任何人，不论是死是活都踪迹全无。谁也不愿在一片恶臭和黏稠物之间逗留，但是所有人都本能地沿着可怕足迹走向失事的维特利农舍遗址和哨兵山巅被石柱圈围绕的圣坛状巨石。

每一个从威尔伯·维特利农舍前走过的人很明显都在战栗发抖，似乎再次同时集踌躇和热忱于一身。要追踪一个体型大如农舍的隐形怪物可不是闹着玩的，整个过程就如同追踪一个十恶不赦的骇人魔鬼。哨兵山山脚对面的小径上仍残留了恐怖之物的足迹，小径两旁树木弯折和植被受损的迹象还十分新鲜——它们清楚地标出了该怪物之前的上山路径。

阿米塔格博士掏出一个高倍袖珍望远镜观察了小山陡峭的绿色山坡，随后把这个装置递给了视力好些的摩根。摩根片刻观望后惊讶地尖叫了一声又把望远镜传给厄尔·索耶，并用手指着山坡上一个特定的方向让他看。索耶虽然和其他很少接触光学设备的人一样显得很笨拙，但是经过一番摸索加之阿米塔格博士的帮助完成了聚焦，不一会儿，他便发出一声比摩根还要夸张的尖叫。

“万能的上帝啊！青草和灌木丛都在移动！它好像在向上缓缓爬行，此刻已经到达了顶峰，天知道它想干什么！”

接着，恐惧的胚芽在搜查者间蔓延开来，去追寻无名的实体怪物与实际找到它之间有很大的差别。咒语应该没有出错——但如果出了错，会发生什么？人群开始纷纷质问阿米塔格究竟对这个恐怖之物了解多少，但他们对得到的回答似乎并不满意，都感觉自己已经完全远离人类社会的理性经验，感觉那个被查禁的自然相位也仿佛触手可及。

十

最后，来自亚卡汉姆的三位男子——须发灰白的阿米塔格博士，铁灰色头发、健壮结实的赖斯教授和颇为年轻而精瘦的摩根博士三人孤独地往山顶攀登。在登山之前，他们向镇民们耐心地讲解了望远镜的调焦和使用方法，把观察望远镜的工作留给了呆呆站在路旁尚未走出惊恐的人群。好在一行三人在向上爬的同时，山下的人群通过镜片紧密地关注着他们的行程。这是一次艰难的跋涉，阿米塔格不止一次需要旁人的帮助。就在他们艰难行进着的山路上面蜿蜒着一条宽大的拖痕，这个地狱般凶险的怪物仿佛特意沿着原路下山去了。接下来，很明显追踪者开始在这场激烈的角逐中占得上风。

柯蒂斯·维特利来自维特利家族中一个尚未没落的分支，他此刻正通过望远镜看见来自亚卡汉姆市一行人彻底绕道离开了可怕的脚印。他告诉身旁的人群，那三人很明显是想先爬到一座较矮的山峰，找个适当位置得以俯瞰所有的拖痕并且刚好位于这些植被倒向的正前方。后来的事实也证明了这确实是个不错的计谋，他们发现那个恐怖之物很可能才从这里经过不久。

这时，接过望远镜的卫斯理·科里看见阿米塔格正在调试之前赖斯一直拿着的喷雾器，知道马上就会有好戏上演的他不禁激动得高声呼喊。整队人群一想到阿米塔格的喷雾器有望让隐形的怪物显身片刻就开始沸腾起来。有两三个人吓得早早就双眼紧闭，但柯蒂斯却一把夺过望远镜，精神高度紧张地盯着远方不动。他看见赖斯占据了一行三人中最有利的位置——恐怖之物的后上方，拥有绝佳的机会将这瓶神奇的强效粉末撒向那个东西可能出现的方位。

那些没有望远镜的人只看见一团瞬间闪亮的灰色云状物——大小如一座中等规模的建筑物——出现在靠近山巅的位置。此刻，柯蒂斯发出刺耳的尖叫声，同时手中的望远镜掉进了深及足踝的泥浆中。他走起路来也仿佛眩晕般地东倒西歪，要不是身旁的两三人及时扶住他，他很可能已经摔倒在地了。旁人听见他好像是在隐隐约约地呻吟着什么：

“哦，哦，伟大的上帝……那个……”

大家开始乱作一团地问这问那，只有亨利·惠勒急中生智地拾起掉落的望远镜，把表面的淤泥擦拭干净。柯蒂斯此刻给出的回答完全没有连贯性，但即使是这些脱节的答复似乎也让当事人难以承受：“比牲口还大……全身由蠕动扭转的绳子组成……这个令人毛骨悚然的东西形似母鸡产下的一只巨型蛋，周身长着好几打大桶状的腿，每当起步时嘴就会半合上……这东西绝不是什么固体……长得像个大果冻，像是很多根蠕动着的绳子糅合而成……长满了凸出的巨眼……边上长着一二十张嘴或是象鼻状的器官，炉管般大小，一张一合地左右晃动着……通体呈现灰色，带有蓝色或是紫色的环状花纹……我的上帝啊！那家伙的脸竟长在最顶端……”

不管可怜的柯蒂斯最后的记忆是什么样子，对他来讲都太过于沉重，话还未说完就瘫倒在地了。弗雷德·法尔和威尔·哈钦斯把柯蒂斯抬到路边，平放在潮湿的草地上。在一旁，亨利·惠勒浑身战栗着拿起捡回的望远镜鼓足勇气朝山上望去。通过镜头可依稀辨别三个微小的人影，很明显是在竭尽他们所能跑向山顶。只看见这些——此外无他！紧接着，人们听见身后低沉

的山谷，甚至是他们所在哨兵山上的矮灌木丛传出不合时宜的奇怪声响，那是不计其数的北美夜鹰在尖声齐鸣，它们那刺耳的合唱中的音符似乎隐藏着某种紧张的邪恶预期。

现在是厄尔·索耶拿过了望远镜，称那三个人影登上了最顶端的山脊，几乎与那块圣坛状的巨石处于同一水平线但还相隔着好一段距离。其中一个身影，他说道，似乎按照节奏性的时间间隔双手举过头顶，就在索耶描述镜头下的场景时，人群听见了远处有一个类似音乐的模糊声音，仿佛是伴随着人影时高时低的手势有节奏地大声颂唱。远方的山峰显现出诡异的轮廓，肯定有一幅无限古怪、无限感人的奇观，可是此情此景下怎会有人顾得上去欣赏风景？“我猜他一定是在念咒语。”惠勒低声说着又夺过望远镜。耳边，夜鹰们以一种极其神秘的不规则节奏疯狂地鸣叫，与眼前仪式的节奏截然不同。

突然，天空由于没有乌云的遮蔽投射出一道道明媚的阳光，这让所有人都清楚地看见这个非常奇特的现象。群山底下的轰隆声在蠢蠢欲动，它们与天外传来的清晰鸣动声和谐一致。空中顿时电闪雷鸣，困惑的人群四处观望也没找到一丝暴雨天气的征兆。这时，那几位亚卡汉姆人的颂唱声愈加清晰可闻，惠勒透过镜头看见一行三人都在跟着咒语的节奏有规律地举着手臂。远处有几家农舍传出狗群狂乱的吠叫声。

整个天空的光线变化越来越明显，人群都在困惑不解地盯视着前方的地平线。随着光谱中蓝色的加深，空中出现一团略带紫色的阴暗云团朝着隆隆作响的山峦逼近。这时一道雷电再次一闪而过，比先前的更亮，人们觉得自己好像看见远方山顶的圣坛状巨石上方有一团朦胧物。当时没有一个人在用望远镜观望。北美夜鹰还在不停地鸣叫着，四下的气氛变得极度紧张，勇敢的敦威治镇民们也振奋起来，大胆地准备好迎接某种不可估量的威胁。

接着，没有任何征兆地就响起一阵深邃而沙哑的刺耳话语声，估计会让任何亲耳听过的人永世难忘。这声音不可能出自人类的喉咙，人类器官不可能发出此般变态反常的声音。这声响若不是明显地源自山巅的圣坛状巨石，倒很有可能让人觉得是从峡谷谷底传来的。或许把它们称作声响这个说法本身就完全不对。它们令人毛骨悚然的低沉声响已经超出了人类对于潜意识和恐惧的感知，奈何那些话语虽然音色模糊内容却是无可争辩的清晰？当地镇民完全无处可逃。这些话语声甚是响亮——比山峦间的隆隆声以及遥相呼应的天边的鸣动声还要响——却看不见这声音究竟从何而来。人们都想象不出这诡异的声响究竟源自地球上的何种隐形物体，于是聚集在山脚紧紧偎依成一团，好像已经感知到接下来会发生更加难以预料的奇异事件。

“雅戈奈拉……雅戈奈拉……斯弗斯肯尼格拉……犹格－索托斯……”太空传来嘶哑的话语声，“伊布斯坦克……霍伊海耶—尼古尔克德拉……”

接着，连贯的话语忽然变得支支吾吾起来，似乎说话者内心正在经历某种可怕的挣扎。亨利·惠勒目不转睛地密切注视着望远镜的镜头，只看见山顶有三个奇异的人影轮廓，他们在咒语即将到达高潮时，疯狂地挥舞着手臂做出各种怪异的姿势。那些难以言传的如雷鸣般沙哑的诡异话语声，究竟来自哪一口满载阴郁和恐怖的黑井？来自哪一道流淌着外太空潜意识的海湾？来自哪一个晦涩难懂而长期潜伏着的遗传分支？目前，三人陷入了愈发明显、彻底的终极疯狂，开始蓄积新的能量和凝聚力。

“嗯—咿—呀—呀—呀—呀哈啊啊哈—厄呀呀呀啊啊啊啊……尼格哈啊啊啊啊……尼格哈啊啊啊……呵吁呵……呵吁呵……救命！救命！呼呼—呼呼—呼呼—父亲！父亲！犹格·索托斯！”

仅此而已——路旁的敦威治镇民们全被吓得脸色苍白，从疯狂的空虚中如狂风暴雨般倾泻而下的阵阵英文音节吸引了整个人群的注意力，那些毫无争论余地的音节源自哨兵山巅那块令人毛骨悚然的圣坛状巨石，后来也再没有传出类似的声响。相反，山峦被撕裂一般的声音让镇民惊得从地面跳起，无一人辨别出源头处那震耳欲聋的灾难性钟声是来自地底还是天空。接着，一道闪电从圣坛石的紫色顶部射出，一个个翻滚着隐形力量和难以形容其恶臭的巨浪气势汹汹地涌过小山，席卷了镇落里所有的大树、青草和矮树丛，只残留下一片狼藉。山脚的人群被这般情况吓得手足无措，难以忍受的臭气几乎熏得他们快要窒息而死，身体突然虚弱得连站立都困难了。狗吠声连同北美夜鹰的鸣叫渐渐平息了，各种苍翠的植被褪变成病恹恹的黄灰色，田野里和树林中到处都散布着夜鹰们的尸体。

恶臭消散得很快，但草木却再也无法回到原来的样子。直到今天，这座可怕山丘上及其周围的植被仍然透露着某种诡异、不洁的气息。清晨的阳光重新呈现出以前灿烂、纯净的状态，来自亚卡汉姆市的三人也安全返回，可怜的柯蒂斯·维特利这才慢慢恢复了知觉。三人仿佛还未走出前一个恐怖时刻所留下的记忆与反思，一直安静无语。那些把镇民们吓得战栗着围作一团的恐惧，与他们三人所经历的相比完全是小巫见大巫。面对镇民们七嘴八舌的提问，他们只是不停地摇头反复强调一个事实：

“那东西永远消失了，”阿米塔格说，“它已经被撕碎，分裂成了初始的状态，永远不会再存在。这是我们常规世界发生的一件不可能之事。它和它的父亲长得很像——它的大部分躯体也已追随其父亲去往了物质世界以外的某个领域或维度。”

接着是一段短暂的沉默，可怜的柯蒂斯·维特利散乱的思维似乎逐渐连贯起来，不禁双手捂住头呻吟着，好像重新记起之前发生的恐怖事件，那幅曾经把他吓趴在地的可怕景象历历在目。

“哦，哦，我的上帝，那张半人类的脸——半人类的脸居然长在身体最顶端……脸上长有一对红色眼睛和已经开始白化的卷发，跟维特利家族的人一样没有下巴……简直就是一只类似八爪鱼、百足虫和蜘蛛那样的东西，但是它们的顶端长着人样的脸，巫师维特利也是此般模样，只是这个怪物体型要大得多……”

柯蒂斯疲惫不堪地停顿下来，他身旁的人群也有些困惑，无法把该怪物的具体模样完全在头脑中成形。这时，只有老泽布伦·维特利能零星地回忆起部分关于旧神的故事，不过一直以来都对之缄口不言。

“15 年过去了，”他漫谈道，“我曾听闻老维特利说过，我们某天一定会听见拉维尼娅的儿子站在哨兵山巅呼喊出父亲的名号……”

但乔·奥斯本插嘴打断了他，急切地向亚卡汉姆市人询问：“那东西究竟是什么？不管怎样，真的是巫师维特利在年轻时把它召唤出来的吗？”

阿米塔格小心地措辞道：“它是……嗯，总的说来，它是一种不属于人类世界的强大存在，其行为、生长和外形也绝非遵循着人类的自然规律。我们无权将这种东西召唤至地球，只有那些非常邪恶的人和非常邪恶的异端教派才做过这方面的尝试。这东西部分存在于威尔伯·维特利的肉身上——这就足以把威尔伯也变为魔鬼、一头早熟的怪兽，并逐渐长成十分恐怖的模样。我打算烧掉威尔伯留下的那份可憎日记簿，如果你们够明智的话就应该快些去炸毁山巅那块圣坛状巨石，把其他山丘顶上的一圈圈石柱推倒。正是上述东西帮助维特利一家人将怪异可怕的东西召唤至地球，这些原本即将入侵地球的怪物计划完全消灭人类，同时出于一些我们尚未知晓的原因，企图把地球丢弃到不知名的荒凉宇宙中。”

“至于我们刚刚送回去的那个东西——维特利一家人把它喂养长大是为了不久后可以帮助他们完成某件恐怖的恶行。那东西长得又快又大，威尔伯也是出于同样原因长得快而大。然而威尔伯生长的速度远远不及那东西，因为怪物身上具备了更多来自外面世界的力量。你不必知道威尔伯如何将之从外空中召唤出来。那东西是威尔伯的孪生兄弟，并且长得更像它们的父亲。”

穿越银匙之门

一

这是一个巨大的房间，墙上挂着绣有奇异花纹的挂毯，地上铺着做工精良的波恩卡塔地毯，看上去颇有些年月了。四个人围坐在一张桌子旁，桌上凌乱地铺着些文件。远处的角落里飘来一阵阵具有催眠作用的烟气，那是乳香在锻铁制成的古怪三足鼎里燃烧散发出来的。一个穿着暗色仆人制服、老得不可思议的黑人正不时地往鼎里添着香料。房间的一侧有一个很深的壁龛，一只棺材模样的奇怪座钟在里面滴答作响。座钟钟面上画着一些令人困惑的象形文字，而它的四根指针也并非按照这颗行星上已知的任何一种时间体系在运动。这是一个令人略为不安的奇怪房间，但却与眼下正在其中进行着的事务颇为相称——这是这片大陆上最伟大的神秘主义者、东方学者和数学家位于新奥尔良的家，而这几个人正在商量如何处置另一位几乎同样伟大的神秘主义者、学者、作家和梦想家的财产——他四年前就已经从地球上消失了。

伦道夫·卡特一生都在试图逃离清醒世界的乏味和限制，进入梦境之地的诱人美景，踏上传说中其他维度的林荫大道。终于，1928 年 10 月 7 日，在他 54 岁时，他从人们的视线里消失了。他的一生是奇怪而孤独的一生，根据他所创作的离奇小说，人们可以推断他生命中的许多片段要远比那些关于他的文字记录更加稀奇古怪。他曾与哈利·沃伦——南卡罗来纳的神秘主义者，研究过喜马拉雅地区的祭司使用的原始那卡语，并得出了不少惊世骇俗的结论——交往甚密，但后来他们也断了联系。事实上，正是卡特目睹了沃伦在一个薄雾肆虐、疯狂而又恐怖的午夜钻进一片古老墓地里的一个阴湿恶臭的墓穴中，再也没有出来。卡特在波士顿定居，但他的祖先却全都来自受女巫诅咒的古老亚卡汉姆后方那片鬼魂萦绕的荒蛮山丘。而最后，他也正是消失在那片笼罩着神秘的远古山林。

他那位死于1930年初的老仆人，帕克斯，曾提到他在阁楼里发现了一个散发着奇异香味、雕刻着骇人花纹的盒子。盒子里面装了一卷无人能够破译的羊皮纸手稿和一把刻有奇异花纹的银钥匙。卡特在给别人的信里也提到过这些东西。老仆人说，卡特曾说过，那把钥匙是他的祖先传下来的，能帮助他打开通往他遗落童年的大门，还能帮助他进入一些他迄今为止只在模糊、简短而又难以捉摸的梦境中造访过的奇异维度和美妙国家。然后，有一天，卡特带着那个盒子和盒子里的东西驾车远去，再也没有回来。

不久之后，人们在破败的亚卡汉姆后方那片山林里找到了卡特的车，它停在一条长满杂草的古道旁。卡特的祖先们就曾住在那片山林里，甚至连他家那片巨大宅基的地窖遗址都还在那儿凝望着天空。1781年，另一位卡特家族的人也在附近一个长着高大榆树的树林里神秘失踪了。而再早一些的时候，古蒂·福勒，那个女巫，就在不远处一个大部分已经腐朽了的农舍里酿造着她那些不祥的药剂。1692年，不少为了躲避塞伦巫术审判的逃亡者来到这个地区定居，而直到现在，它的名字仍然象征着一些很难想象的、隐约带着不祥意味的东西。当年，埃德蒙·卡特及时地逃脱了绞架山的阴影，而有关他使用巫术的传说比比皆是。如今，他那唯一的后代似乎也去了某个地方，与他会合。

人们在卡特的汽车中找到了那个散发着芳香、雕刻着骇人花纹的木头盒子，还有那卷没人能读懂的羊皮纸手稿。但那把银钥匙却不见了——它很有可能与卡特一起消失了。除此之外，人们再也找不到更多确定的线索了。波士顿的侦探们称卡特家族的老房子里那些倒塌的木料似乎被古怪地挪动过，有人还在废墟后面，一个被称为蛇穴的恐怖洞穴附近一片岩石突起、恶木丛生的山坡上找到了一条手绢。

也就是从这时开始，那些关于蛇穴的乡野传说又重获了新生。农夫们开始私下讨论男巫老埃德蒙·卡特曾利用那个可怕的岩洞做过一些亵渎神灵的事情，而且他们还在讨论中加入了一些新近的故事，比如，伦道夫·卡特还是个孩子的时候似乎就对那个洞穴有着某种隐秘的喜爱。当他还是个孩子时，那座有着复折式屋顶的古老宅院还挺立在那片山林里，他的叔祖父克里斯多佛就住在里面。他当时常去那儿做客，还曾古怪地说了很多关于蛇穴的事情。人们记得他曾提起，蛇穴里面还有一条深深的裂缝和一个不知名的内室。而且人们对他 9 岁那年发生的事情也有诸多猜测——那时他曾在蛇穴里待了整整一天，随后，他的言行举止就发生了很多奇怪的变化。那件事情也发生在 10 月份——而且，从那以后，他似乎具备了某种能够预测未来的神秘能力。

卡特消失的那个晚上下了很久的雨，所以没人能追踪到他离开汽车后留下的脚印。由于大量渗水，蛇穴里也全是不成形的泥浆。不过，还是有一些无知的乡野农夫在低声谈论他们的发现——他们认为自己在那条高大榆树掩映的小路上，还有蛇穴附近，人们找到手绢的那个险恶山坡上都找到了足迹。他们还说，那些又粗又短的小印迹看上去就像伦道夫 · 卡特小时候穿着方头靴留下的脚印一样。可是谁又会在意这些荒诞不经的窃窃私语呢？那根本就是些异想天开的说法，跟那些人口中另一个流言一样疯狂——他们竟然说老贝利加 · 科里那独一无二的无后跟靴的鞋印与路上那些粗短的小印迹汇聚到了一起。老贝利加 · 科里是伦道夫年轻时受雇于卡特家族的佣人，他早在 30 年前就已经死了。

不过，正是因为这些流言，再加上卡特自己对帕克斯和其他人讲过的那些话——那把刻有怪异蔓藤花纹的银钥匙能帮他打开通往他遗落童年的大门，许多神秘主义研究者都认为这个失踪的男人实际上已经沿着时光之路转身，穿越 45 年的岁月，回到了 1883 年的那个 10 月——那时，还是个小孩子的他在蛇穴里待了整整一天。他们还认为，其实那天晚上在他出来之前，他就已经以某种方式进行过一次前往 1928 年的往返游了，因为他不正是从那个时候开始预知即将发生的事情的吗？而且他也从未预测过任何发生在 1928 年之后的事。

其中一个研究者，一位来自罗德岛普罗维登斯的古怪老人还有一个更为详尽复杂的理论。这个曾与卡特有过长期而密切的书信往来的学者相信卡特不仅是回到了自己的童年时代，而且还得到了进一步的解放——可以随心所欲地在他童年梦境里那些五光十色的美景中来去遨游。在经历了一次奇怪的幻觉之后，这个人发表了一个有关卡特消失的故事。他在故事里暗示说这个失踪者现在已经是埃莱克－瓦达（Ilek-Vad）的王了，正坐在猫眼石宝座上统治着他的城市——那个传说中的塔楼之城坐落在空心的玻璃峭壁之巅，俯瞰着微光之海，而在那微光之海中，长着胡须和鱼鳍的格罗林（Gniorri）修建了许多属于它们自己的奇异迷宫。

这位老人，沃德·菲利普斯，在法庭上高声恳求不要将卡特的财产分给他的继承人——也就是他那些远房的表兄弟们——因为他坚持说卡特仍然活着，只是生活在另一个时间维度里而已，也许某天就会毫发无损地返回这个世界。反对他的是几个远房表兄弟中的一位法律界人士，来自芝加哥的欧内斯特·K. 阿斯平沃尔，他比卡特年长 10 岁，但在法庭论战上的表现却激烈而尖锐，像个年轻人一样。争论持续了整整四年，但现在，分配财产的时间已经到了，位于新奥尔良的这间巨大而又奇特的房间就是他们商议相关事宜的场所。

这是专门研究神秘学和东方古物的著名克利奥尔学者艾蒂安·劳伦·德·玛里尼的家，他同时也是卡特的遗嘱执行人，负责处置卡特的文学和经济遗产。卡特与德·玛里尼是在战时相识的，当时他们都在法国外籍兵团服役，由于具有相似的品位和世界观而立即成了好友。在一个难忘的假期，年轻却博学的克利奥尔人带着那个苦闷的波士顿梦想家去了一趟法国南部的巴约讷，向后者展示了那座已有千万年历史的阴郁城市下方那些黑暗而古老的地穴中隐藏着的某些恐怖秘密，而在那之后，他们之间永恒的友谊便更加牢固了。卡特委托德·玛里尼做他的遗嘱执行人，而现在，这位热心的学者却极不愿意主持这项财产分配工作。对他来说，这是份令人伤心的工作，因为他和那个来自罗德岛的老人一样，也不相信卡特已经死了。但那些神秘的梦境又如何能与这残酷世界的智慧抗衡呢？

此时，在这间位于旧法国人特区的奇怪房间里，几个声称对卡特财产的处置程序很感兴趣的人正围坐在桌子旁。法庭之前曾按法律规定，在卡特的继承人可能居住的那些地方以书面形式发布了关于这次会议的公告，不过，现在却只有四个人坐在这里，聆听着那只棺材模样、根本无法显示地球时间的座钟发出怪异的滴答声，也聆听着从那半拉着窗帘的扇形窗户里传来的庭院里的喷泉冒泡的声音。随着时间流逝，四个人的面孔都渐渐被三足鼎里冒出来的缭绕烟气隐没了。此时，那些三足鼎上已经莽撞地堆了很多燃料，似乎渐渐不再需要那个无声地来回走动、越来越紧张的老黑人再多加照料了。

坐在那儿的有德·玛里尼本人，他很瘦，皮肤黝黑，面貌俊朗，虽然蓄有胡须，但看上去还是很年轻；还有代表继承人出席的阿斯平沃尔，他身材肥胖，满头白发，脸颊上蓄着短须，神情十分愤怒；另外还有来自普罗维登斯的神秘学者菲利普斯，他看上去很瘦弱，头发花白，长鼻子，胡子刮得光光的，肩膀有些窄；第四个人则看不出年纪，但还是很瘦，蓄须，肤色比较黑，他的脸长得十分匀称，却奇怪地没什么表情，他头上缠着一条象征高等婆罗门身份的头巾，那双如同夜晚般漆黑、热烈、几乎看不到虹膜的眼睛似乎正凝视着其他人身后非常遥远的地方。他自称查古拉普夏大师，说自己是一位来自贝拿勒斯的专家，带来了很重要的信息。德·玛里尼和菲利普斯都与他通过信，并且很快就意识到他那些神秘的自我介绍的确是真实的。他说起话来总带着一种古怪的、被强迫的味道，声音很空洞，听上去有金属般的质感，就好像用英语说话令他的发声器官十分吃力一样，不过他的措辞却又像任何一个土生土长的盎格鲁撒克逊人那般简洁、准确而地道。就基本的服饰而言，他与普通的欧洲人没什么两样，但他的衣服却都松垮垮的，怪异而难看地叠在他身上，再加上那浓密的黑胡子、东方式的缠头巾，以及那宽大的白色连指手套，浑身都透露着一种异域的古怪感觉。

这时，德·玛里尼一面拨弄着那卷在卡特的车里找到的羊皮纸手稿，一面说道：

“不，我没法从这张羊皮纸里得到任何信息。坐在这儿的菲利普斯先生也已经放弃了对它的研究。查斯霍德上校认为这上面的符号并非那卡语，而它们看上去也与复活节岛战棍上的象形文字没有丝毫相似之处，虽然那些出现在盒子上的雕刻的确很奇怪地能让人想到复活节岛上的图案。我能回忆起的与这些羊皮纸上的符号最为相近的东西是可怜的哈利·沃伦曾拥有的一本书上的文字——因为它们的字母似乎都是从一根横向的文字棒上垂下来的。那本书来自印度，1919 年我与卡特去拜访他的时候正好看到过，但他却从未告诉过我们任何关于它的事情，说我们还是不知道比较好，而且他还暗示那本书最初可能并非来自地球，而是地球之外的其他某个地方。12 月他在那个古老的墓地里钻进墓穴时，就随身带上了那本书，不过从那之后，不论是他，还是那本书，都再也没有出现过。不久前，我凭着记忆描画了一些书上出现过的文字，又影印了一份卡特的羊皮纸手稿，一同寄给了我们的这位朋友——查古拉普夏大师。他认为，在查阅某些资料后，他或许可以揭开它们的含义。

“至于那把钥匙——卡特曾给我寄过一张它的照片——上面那些奇怪的蔓藤花纹并不是什么字符，不过它看上去似乎与那张羊皮纸手稿源自同一种文化传统。卡特之前一直在说他就快要解开这个秘密了，但他却从来没有提到过任何相关的细节。他曾经一度将整件事情想得太过诗意了。他说那把古老的银钥匙能打开一系列的大门，而一直以来，正是那些大门阻止着我们自由穿梭在宏大的时空通道，抵达真正的边界——自从舍达德（Shaddad）利用自己那可怕的天赋建成千柱之城埃雷姆（Arabia Pettraea）里恢宏壮丽的穹顶和不计其数的叫拜楼，并将它们隐藏在阿拉伯佩特拉的黄沙中后，就再也没人穿过那条边界了。卡特曾写道，饿得半死的托钵僧和渴得发疯的流浪者回来向人们讲述那不朽的大门和雕刻在拱门拱顶石上方的巨大手掌，但是，却从未有人穿过那扇大门，再沿着自己的脚步返回，并宣称那些留在散布着石榴石的沙漠中的脚印能证明自己确实曾到过那儿。卡特猜测，那把钥匙能打开的，就是那只巨大的石刻手掌徒劳地想要抓牢的大门。

“我们并不知道卡特为什么没有将羊皮纸手稿和钥匙一起带走。也许他忘了；也许是因为他还记得曾有人带着一本写有类似文字的书钻进了一个墓穴却再也没有回来，所以才忍着没有带上的；还可能是因为这张手稿对他想要做的事情真的已经无关紧要了。”

随后，德·玛里尼停了下来，年迈的菲利普斯先生则用他那刺耳的尖锐声音接着说道：

“我们只有在梦里才能知道伦道夫·卡特的漫游之地。我曾在梦中去过很多奇怪的地方，还曾在史凯河（River Skai）对岸的乌撒（Ulthar）听到了不少非常奇怪却意义重大的事情。这张羊皮纸似乎的确是无关紧要的，因为卡特肯定已经重新进入了他童年梦境中的世界，并且成为埃莱克－瓦达之王。”

这时，阿斯平沃尔先生变得更加愤怒了，他激动地吼道：“难道就没有人让这个又老又蠢的家伙闭嘴吗？我们已经听够了这些废话。如今的问题是分割财产，我们现在该干的就是这件事。”

接着，查古拉普夏大师也首次开口了，他用自己那怪异的异国腔调说道：

“先生们，事情比你们想象的要复杂得多。阿斯平沃尔先生，请你不要嘲笑那些源自梦境的证据。不过菲利普斯先生阐述的观点也并不完整，这或许是因为他梦见的东西还不够多。而我自己已经做过了很多的梦。我们生活在印度的人经常做梦，就像卡特家族的所有人一样。不过阿斯平沃尔先生，你虽然是卡特的表兄，但在血缘上并不是卡特家族的一员。我所梦见的东西，再加上其他一些消息来源，让我知道了许多你们至今仍然觉得十分费解的事情。例如，伦道夫·卡特其实是忘了带上这张他无法翻译的羊皮纸手稿，而如果带上它的话，他的经历则会顺利得多。你们看，我的确知道很多事情——很多关于四年前的10月17日日落时分，卡特带着银钥匙离开他的汽车后发生的事情。”

阿斯平沃尔对查古拉普夏大师的话嗤之以鼻，但其他两个人却坐直了身子，表现出极为浓厚的兴趣。这时，从三足鼎里涌出来的烟雾更多了，而那只棺材模样的座钟发出的荒唐滴答声似乎也陷入了某种极为怪诞的模式中，就像发自外太空、根本无法解读的陌生电文的点和线一般。那个印度人靠在椅背上，半闭双目，继续用他那种古怪吃力却又措辞地道的方式讲述着。与此同时，一幅关于伦道夫·卡特的经历的画卷在他的听众面前徐徐浮现开来。

二

亚卡汉姆后方的山林里充满了奇异的魔法——也许早在1692年，当老男巫埃德蒙·卡特从塞伦逃到那儿之后，便从天上的星星和地下的地穴中召唤出了一些东西。伦道夫·卡特一回到那片山林，便立刻意识到自己已经接近其中一扇大门了——一些令人痛恨的，有着外域灵魂的胆大妄为之徒曾通过那扇门飞快地穿过阻隔在世界与世界之外的绝对空间之间的巨型高墙。在那年的这一天，他突然感觉自己能在这儿成功实现那把银钥匙传递给他的信息——他已在几个月前翻译出那把早已失去光泽、古老得不可思议的银钥匙上的蔓藤花纹所蕴含的信息。他现在知道应该如何转动它，如何将它举起来对准落日了，而且也知道在第九次和最后一次转动时，必须向着虚空吟诵怎样的仪式音节。在这样一个十分靠近暗极和感应之门的地方，它显然不会失去自己最初的功能。所以卡特知道，当天晚上他就能在自己那早已遗落、却从未停止过怀念感伤的童年里歇息了。

他将钥匙装在口袋里，走出了汽车。他向山上走去，沿着那条蜿蜒的小路，经过爬满藤蔓的石墙，穿过幽暗的林地和疏于照顾的果园，路过窗户洞开、早已废弃的农场小屋和无名的修女院，渐渐深入到那片鬼魂萦绕的阴郁乡野的昏暗核心。日落时分，当远方金斯波特的教堂尖顶在红润的光辉中闪亮时，他拿出那把钥匙，做了些必要的转动，并吟出了正确的音节。随后，他便意识到仪式已经迅速生效了。

接下来，在愈加浓郁的暮色中，他听到了一个来自过去的声音——他祖叔父的仆人，老贝利加·科里的声音。老贝利加不是在30年前就已经死了吗？可是是在什么时候的30年前？现在是什么时间？他究竟到了哪里？如果现在是1883年的10月17日，那么贝利加呼喊他的名字又有什么好奇怪的呢？他在外面逗留的时间难道不是已经超过了玛莎婶婶的规定吗？衬衫口袋里的钥匙是从哪儿来的？他的小望远镜又在哪儿呢？那是——应该是——两个月前，他9岁生日时，父亲送给他的生日礼物。这不是他在家里的阁楼上找到的那把钥匙吗？它是不是能打开那扇神秘的塔门？门就藏在山上蛇穴深处那个不知名的内室后面那些嶙峋的岩石之间，他用自己那双敏锐的眼睛找到了它。其他人总是将那个地方与老男巫埃德蒙·卡特联系在一起，他们是不会到那儿去的，所以，除了他以外，没人会注意到那儿有一间巨大的黑暗内室和一扇塔门，更不会有人蠕动着爬过那长满树根的裂缝去一探究竟了。是谁在那块未经开采的岩石上刻下了那扇塔门提示的呢？是老男巫埃德蒙·卡特——或者他用咒语召唤出来供他驱使的东西吗？

那晚，小伦道夫在那间有着复折式屋顶的古老农舍里，与克里斯叔叔和玛莎婶婶共进晚餐。

第二天早上，他早早地起了床，出门穿过枝丫交错的苹果园，来到山上的林地。蛇穴的入口就阴沉而险恶地隐藏在此地那些奇形怪状、过于茂盛的橡树之间。一种不可名状的期盼在驱使着他，甚至当他摸索衬衫口袋，检查那把古怪的银钥匙是否还安全地在他身上时，都没注意到自己的手绢掉了。

他用从起居室拿来的火柴照明，怀着紧张与一种冒险的自信，匍匐爬进了那黑暗的洞穴。片刻之后，他便已经蠕动着钻过另一端那长满树根的裂缝，来到那个不知名的巨大内室里了。这个内室最深处的那堵岩壁看上去有点像一扇被有意塑造成型的巨大塔门。他静静地站在那堵还在滴水的阴湿岩壁前，一根接一根地划亮火柴，在火光中充满敬畏地凝视着它。这扇想象中的拱门的拱顶石上方那凸起的石块真的是一只巨型的石刻手掌吗？随后，他拿出银钥匙，做了些动作，念了些咒语——虽然他已经记不清楚到底是从哪儿学来的动作和咒语了。是不是忘了什么事？他只知道自己希望能穿越屏障，进入自己梦境中那片自由自在的土地，还有那个所有维度都已消融在绝对空间中的深渊。

三

随后发生的事情几乎无法用言语加以描述。它充满了悖论、矛盾和异常——这些东西在清醒世界里绝对不可能存在，但它们却充斥着我们那些稀奇古怪的梦境，而且，直到我们从梦境中回到身边这个由有限因果和三维逻辑组成的狭隘、死板而又客观的世界之前，它们都被视作理所当然的事情。当那个印度人继续讲述他的故事时，他发现想要避开那些看似琐碎而又幼稚的荒谬情景——它们甚至比一个人穿越时光回到自己的童年这种想法更加夸张——变得越来越难。阿斯平沃尔先生一脸厌恶地坐在那里，不时发出愤怒的哼哼声，根本就没怎么在听了。

伦道夫 · 卡特在蛇穴中那个鬼魂萦绕的黑暗内室里拿着银钥匙做的仪式并非徒劳无功的。从他开始做第一个姿势、吟出第一个音节开始，四周的氛围就明显发生了一种怪异却又令人敬畏的异变——那是一种时间和空间都出现了无法估量的扰动和混乱的感觉，而置身其中的人也无法再感觉到我们认知中的动作和时间。渐渐地，诸如年龄、位置这样的概念就不再具备任何意义了。一天之前，伦道夫 · 卡特曾奇迹般地跨越了时光的鸿沟。而现在，男孩和男人之间也不再有任何差别。此刻所有的只是伦道夫 · 卡特这个存在，他脑海里还储存着某些画面，但这些画面已经与当初他在地球上得到它们时的场景和环境完全没有任何关联了。上一刻，这儿还是一个内室，它尽头的岩壁宛如一扇具有隐约暗示意味的巍峨拱门，上面还雕刻着巨型手掌。而现在，那个内室既不存在了，却也没有消失，而那堵岩壁也既不存在，也没有消失。这里只剩下不断变化着的印象——这些印象与其说是眼睛看到的，倒不如说是大脑感受到的。在这些印象中，伦道夫·卡特这个存在体验到了在他大脑中盘旋的所有感知，或者说所有记录，但对他是如何接收到这些感知和记录的，他却完全没有清晰的记忆。

仪式结束时，卡特知道自己现在所处的区域是地球上任何一个地理学家都无法定位的，而自己现在所在的年代也是任何历史都无法安排的；因为这正在发生的一切所具备的性质对他而言并非完全陌生。神秘的纳克特残本中有相关的暗示，而他之前在翻译银钥匙上雕刻的图案时，还发现阿拉伯疯子阿卜杜尔·阿尔哈兹莱德所著的禁忌之书《死灵之书》（Necronomicon）里也有整整一章都在讨论这件意义重大的事情。一扇大门已经开启了——但事实上，那并非终极之门，而是一扇从地球和时间通往位于时间之外的地球外延部分的大门。不过终极之门就在那里，从时间之外的地球外延部分通往位于所有星球、所有宇宙、所有物质之外的可怕而又危险的最终虚空。

那里可能会出现一个指引者——一个非常可怕的指引者，早在数百万年前，他就已经是地球上的一个存在了。那时，人类的出现还完全无法想象，只有一些早已被遗忘的东西在一颗蒸气腾腾的星球上移动着，修建起奇怪的城市——地球上第一批哺乳动物就在它们最后的破败废墟里嬉戏玩耍。卡特还记得那可怕的《死灵之书》曾含糊而又不安地预言过那个指引者的存在：

“如果有人，”那个阿拉伯疯子写道，“胆敢试图窥探面纱之后的情景，并胆敢将他视作指引者，则必须比避免与他进行交易更加谨慎小心；因为根据《透特之书》（*Book of Thoth*）的记载，仅仅一瞥也将付出极其惨重的代价。从未有越过此门之人能折返回来，因为在那片远远超越了我们世界的浩瀚空间里，黑暗之物正在抓捕、捆绑。那徘徊在黑夜中的事物，那玷污了旧印的邪恶，还有那站立守卫在每座坟墓里都有的秘密大门前，并且靠坟墓里的尸体上长出的东西繁衍壮大的兽群——所有这些都不及看守着终极之门的他恐怖阴险。他将引领那些鲁莽轻率之人翻越所有的世界，进入难以描述的贪婪吞噬者所在的深渊。因为他就是乌姆尔·亚特·塔维尔，传说中的太古者，著者笔下的永生者。”

记忆和想象在翻腾的混沌中形成了一系列仿佛图画般却又没有明确轮廓的模糊景象，不过卡特知道，那仅仅是记忆和想象而已。但他觉得自己的意识中出现了这些东西并非偶然，它们更像是某些庞大、不可言述，而且超越了任何维度真实地在他的意识中构建的。那种真实围绕着他，努力将自己变成他能理解的符号与象征。因为对那些交织在我们所熟知的时间和时间之外的隐匿深渊中的形体外延，地球上的任何心智可能都是无法理解的。

此刻，卡特面前漂浮着一场模糊不清的盛况，不知为何，它的形式和场景总让他想起地球上那早已被遗忘了千万年的原始过去。可怕的生物在各种景象和风景中不紧不慢地移动着，那些景象里充满了绝不会出现在任何一个理智梦境中的、奇形怪状的手工制品，而那些风景则是由不可思议的草木、峭壁、山脉和完全异于人类样式的石头建筑构成的。除此之外，那场盛况里还有位于海下的城市和城里的居民，以及屹立在广袤沙漠中的高塔，另外，还有球状、圆柱状和难以形容的带翼物体从沙漠中射向天空，或是从天空猛坠下来。这些就是卡特所领会的一切，不过这些景象之间没有任何联系，与他也没有丝毫关系。他所处的位置，甚至他自己的外形也在不断变化着，不过这种外形和位置在变化的感觉只是源自他那混乱的想象力。

他曾希望能找到那片在他童年的梦境中出现过的迷人地区，他记得，那儿的大帆船在奥卡诺兹河（Oukranos）上航行着，经过索兰（Thran）那些镀金的教堂尖塔；大象组成的商队迈着沉重的脚步穿过肯德（Kied）那弥漫着芬芳的丛林，而在丛林深处，一些早已被人遗忘了的宫殿和宫殿中矗立着的带纹理的象牙圆柱则完好无损地长眠在动人的月光之下。但现在，更加广阔的幻景让他欣喜若狂，他几乎已经忘掉自己要追寻什么了。关于无限的想法和亵渎神明的狂妄在他脑海中萌发了，他知道自己将毫无畏惧地面对那可怕的“指引者”，询问他与他有关的那些怪异而又恐怖的事情。

突然，那些由无数印象构成的盛况似乎达到了一种含糊的稳定状态。那里面出现了一大片高耸的巨石，上面雕刻着令人费解的怪异图案，而且还按照某种未知的反向几何学规则排列着。光线令人困惑地从相对的方向上，从一片说不清颜色的天空中透下来，仿佛有知觉般闪现在一行排成弧形的巨大基座上。那些基座表面都雕刻着象形文字，看上去更接近于六边形，而非其他形状，此外，它们顶上还安置着一些被遮盖起来、看不出轮廓的东西。

除此之外，那里面还有另一个东西。它并未被安置在基座上，看上去倒像是在模糊不清、仿佛地面一般的较低层面上滑行或飘动着。它的轮廓并非完全固定的，反而常常暂时性地呈现出一种与很早之前或者就是现在的人类十分相似的外形，不过要比普通人类大半倍。与那些安置在基座上的东西一样，它似乎也被某种素色的织物重重遮盖着。卡特没发现那些织物上留有任何孔眼，可供它往外凝望。可能它并不需要往外凝望，因为它似乎是属于另一种生物体系的东西，那种体系与仅有物质组织和肉体官能的人类体系相差甚远。

片刻之后，卡特便知道的确如此了，因为那个东西开始对他说话了。它并没有发出任何声音，也没有使用任何语言，不过它的话语却出现在了卡特的思想里。它说出了一个令人十分畏惧的名讳，不过，卡特却并没在恐惧中退缩。

他非但没有退缩，还同样用那种不发出任何声音也不用任何语言的方式回了话，并按照那骇人的《死灵之书》所教授的方法表达了自己的敬意。因为，那个东西正是自洛玛（Lomar）从海上升起，火焰迷雾之子（Children of the Fire Mist）降临地球，将古老的知识传授给人类后，整个世界便为之畏惧的存在——可怕的终极之门的指引者和守护者，乌姆尔·亚特·塔维尔，著者笔下的永生者。

指引者无所不知，所以它也知道卡特的到来和他想要追寻的东西，并且十分清楚这个梦境和秘密的追寻者对它毫无畏惧。它表现出来的样子并不可怕，也看不出一丝恶意，所以，有那么一会儿，卡特甚至怀疑那个阿拉伯疯子完全是出于嫉妒，或者是因为想做的事情——那也是他接下来即将要做的事情——被阻止了，才会将指引者描写得那么恐怖、那么亵渎神灵的。当然，也有可能指引者只在害怕它的人面前才会将自己的可怖与邪恶表现出来。随着交流的持续进行，卡特终于可以将那些表述转化成明确的语句了。

“我的确便是你所知道的太古者，”指引者说道，“我们——上古者们和我——一直都在等待你。欢迎你来到这里，虽然你已经耽误很长的时间了。你拿到了钥匙，并且打开了第一道门。现在，终极之门已经为你准备好了。如果你害怕，你可以停止前进。那么你或许可以毫发无损地沿着你来时的路回去。不过，如果你选择继续前进——”

这时的停顿充满了不祥的意味，但很快它的表述又变得友好起来。卡特并没有丝毫犹豫，内心那股灼热的好奇心驱赶着他继续前行。

“我选择继续前进，”他回应道，“并接受你作为我的指引者。”

得到回应的同时，指引者似乎做了个手势——他的长袍动了几下，也许是抬了下胳膊，或者动了下与胳膊类似的肢体，当然也可能没有。随后，第二个手势又出现了。凭借着自己丰富的学识，卡特知道自己终于非常靠近终极之门了。这时，光线变成了另一种无法描述的颜色，而那些在近乎六边形的基座之上的东西也变得更加清晰起来。当它们坐在而非站在基座之上时，它们的轮廓看起来十分像人，不过卡特知道，它们不可能是人类。现在，它们那被遮盖着的头顶上似乎戴了颜色不确定的巨大宝冠，奇怪地令人联想到某位早已被世人遗忘的雕刻家在鞑靼一座被视为禁地的高山上那些未经开采的峭壁之上雕刻出的莫名雕像。它们的覆盖物上的某些皱褶紧握着长长的权杖，那雕花的杖头让人体会到一种怪诞而又古老的神秘感。

卡特暗自猜测它们是什么东西，来自哪里，侍奉着谁，同样也暗自猜测着需要付出多大的代价才能得到它们的侍奉。不过他仍然心甘情愿，因为通过这次极其危险的冒险，他将能了解一切。他思索着，那些诅咒的话语不过是一些愚昧的人恶意传播的谣言，那些人的盲目导致他们总是在谴责自己看到的一切，哪怕只是用一只眼睛瞥到的东西。他对那些人所产生的荒唐幻想感到十分惊讶，他们愚蠢地唠叨着上古者的恶毒与可怕，就像后者会停下自己那永恒的梦境，将它们的愤怒发泄到人类头上一样。如果那样的话，他也可能会停顿很长时间，去实施一场对蚯蚓的疯狂报复。这时，那些位于那勉强可以算六边形的基座之上的东西集体用它们那雕刻着古怪花纹的权杖摆出了一个姿势，向卡特致意，并且传达出一些他能够理解的信息：

“太古者，我们向您致敬；伦道夫·卡特，我们也向你致敬，你的胆识让你成为我们中的一员。”

这时，卡特发现其中一个基座是空的，太古者用手势向他示意，那是为他保留的。此外，他还看见了另一个基座，它比其他基座都要高大，而且还坐落在那些基座排成的既非半圆，又非椭圆，既非抛物线，又非双曲线的古怪弧线的中心。他猜测，那应该就是指引者自己的王座了。卡特用一种很难描述的方式走了过去，登上了他的座位，而此时，他看到指引者也在自己的位子上坐了下来。

渐渐地，可以模糊地看出太古者的“手”似乎拿起了什么东西——与卡特所看到，或者他认为自己所看到的那些被遮盖着的同伴一样，太古者也借着它长袍上张开的皱褶握紧了某样东西。那是一个巨大的球体，或者说是一个看上去像球体般的东西，它由某种散发着朦胧光晕的金属制成，当指引者将它伸到前面时，一个仿佛幻觉般的低沉声音弥漫开来，并且按照一定的间隔起伏涨落——那间隔似乎是某种旋律，但却绝对不是任何来自地球的旋律。它似乎蕴含着吟颂的意味，或者说人类的想象力会将其诠释为一种吟颂。随后，那个类似球体的东西开始发光——先是微光，随后渐渐变成一种说不清颜色的、脉动着的冷光。卡特发现冷光的闪烁节奏正好与怪异的吟颂旋律一致。随后，那些坐在基座上，头戴宝冠、手持权杖的存在全都开始以同样一种无法说清的旋律轻微而又怪异地摇摆起来，同时，一种与那个看上去像球体一般的东西发出的光亮十分相似、无法归类的光晕也笼上了它们那被遮盖着的头部。

这时，那个印度人暂停了他的讲述，好奇地看着那只棺材模样的高大座钟——它有四根指针、钟面上画着象形文字，而且它发出的疯狂的滴答声并不遵循任何地球上已知的节奏。

“德·玛里尼先生，”他突然对那博学的主人说道，“不用我说，你应该也知道那些坐在六边形基座上、被遮盖着的东西是随着怎样一种独特的怪异旋律在吟颂和摆动的吧。你是整个美国除了卡特之外唯一与地球外延部分有过接触的人。那只钟，我猜是过去常常被提到的那位可怜的静修者哈利·沃伦送给你的。据先知所说，他是唯一一个曾到过依安·霍——那有着数千万年历史的冷原的隐匿遗珍——的活人，并且他还从那座被视为禁地的可怕城市带回了一些东西。我很好奇你对它那更加微妙的性质到底了解多少。如果我的梦境和我所阅读过的资料都是正确的话，那么它应该是由那些非常了解第一道大门的存在制作的。不过现在，还是先让我继续讲我的故事吧。”

那位大师继续讲述道：最后，摇摆和蕴含着吟颂意味的声音停止了，那些被包裹着的头部垂了下来，停止了动作，而环绕着它们的摇曳光晕也黯淡了下来。与此同时，那些被包裹着的东西突然奇怪地瘫软在了基座之上。然而那个类似球体的东西却仍旧有规律地搏动着，发出无法形容的光芒。卡特认为那些上古者们是睡着了，就像他第一次见到它们时那样。他想知道，当他到来时，它们是从怎样一些无边无际的梦境中苏醒过来的。渐渐地，一些真相进入了他的脑海，原来那种奇怪的吟颂仪式其实是一种指引，而他的新同伴们全都随着太古者的吟颂进入了一种新奇而独特的睡眠中，它们的梦境将会打开那扇终极之门，而银钥匙就是通过该门的凭证。他知道，在那种沉睡的深处，它们正凝望着绝对外界那未经探测的广袤，而且它们会满足他这个存在所要求的所有条件。

指引者并没有与那些上古者一同进入睡眠，它似乎仍然在用某种细微而无声的方式给出更多的指引。很明显，它正在将那些它希望上古者们梦到的画面植入它们的头脑。卡特知道，当一个上古者勾勒出规定的想法后，一幅他用自己俗世肉眼也能看见的图景的某个核心部分就能诞生。当所有上古者的梦境达到统一后，整幅图景就会出现，而他所需要的一切都将通过集中和浓缩被赋予有形形体。他在地球上曾见过类似的事情——那是在印度，一群围成一圈的专家通过联合和投射意志将一个想法转变成为触摸得到的有形物质，而在古老的阿特兰特也有类似的事情发生过，不过却极少有人胆敢提及。

不过，卡特此时还不能确定终极之门是什么，也不知道该如何穿越，只是感到一股紧张的期待在内心汹涌澎湃，几乎要将他淹没。他意识到自己具备了某种形式的身体，也意识到自己手里正握着那把至关重要的银钥匙。他对面那堆耸立着的巨石看上去似乎像墙面一般平坦，它们的中心吸引着他的双眼，完全令他无法抗拒。这时，他突然感到那种来自太古者的精神传达停止了。

卡特第一次感到了这种不论是精神上，还是物理上都绝对安静的情况是多么的可怕。之前，他周围总存在着一些他可以感知得到的韵律，即便那仅仅只是来自地球维度外延的一些模糊而又神秘的脉动，但现在，深渊的死寂似乎降临到了一切事物之上。虽然他还能感觉到自己的身体，但他却连自己的呼吸声也听不到了。这时，乌姆尔·亚特·塔维尔的类球体所散发出来的光芒也逐渐稳定了下来，不再跳动。一圈远比之前笼罩在上古者头上的光环更加明亮的光晕凝固在那位可怕的指引者那被遮盖着的头颅之上，发出强烈的光芒。

一阵晕眩向卡特袭来，而他那种迷失方向的感觉也被放大了数千倍。那奇异的光芒似乎具备了那种层层堆叠、根本无法穿透的绝对黑暗的性质，而同时，那些上古者周围，紧靠它们那勉强可以称为六边形的王座的地方，开始笼罩起一种令人茫然无措的偏远之感。接着他感觉自己飘向了深不可测的深渊中，一波波带着香味的温暖气息轻抚着他的脸庞。那种感觉就像他漂浮在一片散发着玫瑰芳香的炎热海洋中一样——那是一片由药酒组成的海洋，波浪拍打着黄铜色的火焰海岸，碎成一片泡沫。当他隐约看到那片汹涌的辽阔海洋正在拍打着它的遥远海岸时，一股强烈的畏惧感紧紧地拽住了他。不过，死寂也被打破了——汹涌的海浪正在用一种既没有实际声音，也没有清晰词句的语言向他说着话。

“真理之人超越了善与恶，”那个并不能称作声音的声音吟道，“真理之人来到了万物归一者面前。真理之人明白了幻觉才是唯一的真实，而物质则是个极善伪装的骗子。”

这时，那堆耸立着的、一直无法抗拒地吸引着他视线的石头建筑上出现了一扇巨大拱门的轮廓。那轮廓与他很早之前在三维地球那遥远而又不真实的表层世界上的蛇穴内室里瞥见过的大门并没有什么不同。他意识到自己已经使用了那把银钥匙——用一种无须习得，天性便已知，并且与之前他打开内层大门时用到的十分类似的仪式转动了它。接下来，他突然意识到那片轻抚着他面颊的玫瑰色海洋其实正是那面非常坚硬的固体石墙，石墙在他的咒语以及上古者们用来协助他咒语的思想旋涡面前变得柔软起来，最终软成了一片海洋。随后，他在本能和一种盲目决心的引导下向前飘去——穿越了终极之门。

四

伦道夫·卡特前行穿越那堆巨大的石头建筑的过程就像头晕目眩地急速穿行在群星之间的无垠深渊中一样。在很长的一段距离上，他都感到了胜利，感到了神圣，感到那极致的美好在周围澎湃。而在那之后，他仿佛听到了巨大翅膀发出的沙沙声，还似乎感到有许多不属于地球，甚至也不属于太阳系的物体在鸣叫，在窃语。当他向后瞥去时，他看到的并非一扇门，而是许许多多扇大门——其中一些的形状极其混乱，令他不得不一直努力想让自己忘掉那幅情景。

这时，他突然感到了一种更为强烈的恐惧——那种感觉远远超过了那些形状带给他的恐惧，而且还令他无法逃避，因为它本身就与他自己有关。虽然第一道门已经从他那儿拿走了一些稳定的东西，留给他一个不怎么确定的身体形状，而且让他与他周围那些界限模糊的事物之间的关系也变得十分不确定，但它至少没有破坏他的统一意识。他仍然是伦道夫·卡特，仍然可以算那翻腾的维度中一个固定的点。可是现在，穿越终极之门之后，他立即发现了一个极其骇人的事实——他不再是一个人了，他变成了许多个人。

他同时出现在了许多地方。在地球上，1883 年 10 月 7 日，一个名叫伦道夫·卡特的小男孩在沉寂的夜光中离开了蛇穴，跑下布满乱石的山坡，穿过枝丫交错的果园，回到了亚卡汉姆后方山林中他叔叔克里斯多佛的家中。而在同一时刻，不知为何来到了地球上的 1928 年，在地球的超维度外延中，一个与伦道夫·卡特差不多的模糊身影加入了一群上古者，坐上了基座。而同时，第三个伦道夫·卡特也在这个地方，就置身于终极之门后面那片巨大而无形的未知深渊中。除此之外，在别的地方，在一片由无数场景交织而成的混沌中——那数不胜数的数量和无穷无尽的变化几乎快把他逼到疯狂的边缘了——还有无数个令人困惑的存在，他知道他们就像现在这个穿越了终极之门的存在一样，都是他自己。

那些属于地球历史每一个时期的环境中都有卡特的存在——无论是那些已知、确定的时期，还是那些仅仅只是疑似存在的时期，甚至是那些超越了一切知识、怀疑和确信的地球实体存在的远古时期。那些卡特的外形各式各样，有人类的，也有非人类的；有脊椎动物的，也有非脊椎动物的；有神志清晰的，也有毫无心智的；有动物的，也有植物的。此外，甚至还存在着与地球上的生命没有丝毫共同之处的卡特——它们肆无忌惮地移动在其他星球、星系、银河系，乃至其他宇宙连续体的背景之中。还有永恒生命的孢子般的卡特——它们从一个世界飘到另一个世界，从一个宇宙飘到另一个宇宙，但却全都是他自己。某些匆匆的一瞥令他想起了自他第一次进入梦境之后的漫长岁月里他所做过的那些梦——那些模糊却生动、单一而又连续的梦。还有少数瞥见的情景却有着一种令他无法忘怀、令他着迷，甚至令他感到有些恐怖的熟悉之感——地球上的任何逻辑都无法解释那种熟悉感到底从何而来。

意识到这样的现实后，伦道夫·卡特完全被一种极致的恐惧掌控了——那是一种他从未经历过的恐惧，就算当初在那个令人惊骇的夜晚，在那最可怕的时刻，他们两人在一轮亏月下冒险爬入一个古老而又令人厌恶的墓穴，而最后只有他一个人出来，这样的经历也不足以与现下的情形相比。没有任何死亡、任何毁灭、任何痛苦能唤起这种因为丧失了自我而产生的极致绝望。消散在虚无中是一种安宁的忘却，但一边可以意识到自己的存在，一边却又知道自己不再是一个区别于其他东西的确切存在，知道自己不再有自我，却是所有痛苦和可怕的顶峰。

他知道曾有一个来自波士顿的伦道夫·卡特，却不知道他——这个置身于终极之门外的实体碎片或片面——是否就是那个伦道夫·卡特。他的自我已经湮灭了，但与此同时，他——如果真的还有一个存在可以被称作“他”的话，由于单独的个体存在已经完全失去了意义，所以这种假设其实也是无效的——却还能同样以某种不可思议的方式意识到无数自我的存在。那种感觉就仿佛他的身体突然变成了印度神庙中雕刻着的多肢多头的神像，而他凝视着那些肢体和头颅的集合，茫然地试图区分出哪个才是本体，而哪些又是后来添加进来的——如果确实存在能与其他化身区分开来的本体的话（这是一个极其可怕的想法）。

随后，在这些足以毁灭一切的深思中，那个穿越了终极之门的卡特碎片从似乎是天底的恐怖之地坠入了充斥着更多恐惧的黑暗深渊之中。这一次主要是来自外界的恐惧——那是一种人格的力量，它立即出现在他面前，并很快包围了他，笼罩着他；而且，除了在此地的存在之外，它似乎还是卡特自己的一部分，并且同样也与所有时间共存，与所有空间相连。这里没有可以看见的图像，但实体的感官与那结合了局部性、一致性和无限性的可怕概念都带来了一种令他呆若木鸡的恐惧——那种恐惧超越了任何一个卡特碎片迄今为止认为能够存在的任何一种恐惧。

面对这种令人畏惧的奇迹，那个穿越了终极之门的卡特碎片忘掉了自我已被毁灭这个事实所带来的恐惧。那是一个由无限的存在和自我所构成的、一切皆在其中，而其也存在于一切之中的东西——那绝非仅是一个处于空间－时间连续体中的东西；相反，它与所有存在的整个无边范围那赋予万物生机的终极本质有关——那个范围是一个终极的、绝对的范围，没有任何边界，甚至比幻想和数学等概念还要广阔。它也许就是地球上某些秘密异教暗自提及的“犹格·索托斯”，就是曾以其他名字出现过的一个神灵；也许就是犹格斯（Yuggoth）星球上的甲壳类生物所崇拜的超越者，螺旋星云中的那些雾状大脑通过一个无法解释的符号而知道的存在。不过，那个卡特碎片却在顷刻之间便意识到所有这些概念和构想是多么的渺小，多么的微不足道。

这时，那个存在对这个穿越了终极之门的卡特碎片说话了，惊人的表达浪潮重重地袭来，一边燃烧着，一边轰鸣着——那是一股浓缩的能量，它猛烈得令人几乎无法忍受，足以将它的接收者炸得粉碎，同时，它还表现出了一种绝非来自地球的节奏——在穿越过第一道大门之后的那个令人困惑的地方，上古者们就在这种节奏中奇怪地摇摆着，而那些可怕的光亮也在这种节奏中闪烁着。那种感觉就好像无数个太阳、无数个世界，还有无数个宇宙都汇聚到了一点上，然后被某种无法抵抗的狂怒所产生的冲击彻底毁灭掉。不过，在这种更加强烈的恐惧中，之前那些恐惧开始减少了，因为那股灼热的浪潮似乎用某种方法将这个穿越了终极之门的卡特与他那些数不胜数的复制本隔离开来——似乎在某种程度上为他恢复了一些关于身份与自我的幻想。过了好一会儿，聆听者才开始将那些表达浪潮翻译成他自己所能理解的语言形式，他的恐惧和苦闷也渐渐开始消退了。他的惊骇变成了纯粹的敬畏，之前那些看起来是亵渎神灵的异象此刻也似乎变成了难以言喻的壮美。

“伦道夫·卡特，”那个存在似乎在说，“我的那些置身于你的星球外延中的化身，那些上古者们，已将你送到了这里。你在不久前只是希望能回到自己那失落的小小梦境之地中，但在得到更多的自由后，便产生了更大、更崇高的欲望和好奇心。你曾希望航行在金色的奥卡诺兹河上，曾希望在盛产兰花的肯德找到那些早已被遗忘了的象牙之城，还曾希望在猫眼石王座上统治埃莱克－瓦达——那里令人难以置信的高塔和数不胜数的穹顶英武地耸立着，面对一片与你的地球以及其他一切事物都完全不同的苍穹中的一颗红色孤星。不过现在，在穿越了两道大门之后，你希望得到一些更加崇高的东西。你不会再像个孩子一样从自己讨厌的场景逃进自己喜爱的梦境里，而会像个成人一样，勇敢冲向那位于所有场景和梦境后方的、位于内心最深处的最终秘密。”

“我发现，你想要的东西很美好，所以我准备准予你的愿望——我之前曾准予过十一个愿望，全都针对那些来自你的星球的生物，其中有五次是针对那些被你们称为‘人’，或者与之相似的生物。接下来，我准备向你展示终极奥秘，看看是什么将会摧毁一个软弱的灵魂。不过，在你完全目睹那最终和最初的秘密之前，你仍然有自由选择的权利。如果你愿意的话，你可以不用撕下你眼前的面纱，可以穿过那两道大门，返回自己的世界。”

五

随后，那些表达的浪潮突然停了下来，将卡特留在一片既令他胆寒、又令他敬畏，还充满凄凉意味的死寂中。这片虚空——那无穷无尽的广袤从四面八方压迫过来。不过，追寻者知道，那位存在仍然就在附近。片刻之后，他思索了一些话语，并将那些话语的大意掷入那片深渊之中：“我接受。我不会后退。”

紧接着，那些表达浪潮再次涌了上来，卡特知道那位存在已经听到他的回应了。这时，知识和阐述的洪流从那个无垠的心智中奔涌而出，为这位追寻者打开了无数幕崭新的景象，让他做好准备，去领会那些他从来未曾奢望可以拥有、关于宇宙的一切。他被告知三维世界的概念是多么的幼稚和狭隘，以及除了上下、前后、左右这些众所周知的方位以外，还有无数其他的方向。他看到了那些渺小、俗气、无能的地球之神，也看到了它们那些琐碎的、与凡人无异的兴趣和关系——它们的憎恨、愤怒、喜好还有虚荣，它们对赞美和供奉的强烈欲望，以及它们对理性和自然相对的信仰的需求。

大部分涌向卡特的信息都自行转化成了他能够理解的语句，还有一些则利用其他感官解释自身。或许是通过眼睛，或许是通过想象力，卡特意识到自己正置身于一个维度超越了人类眼睛的可视范围和大脑可想象范围的世界。另外，他还看到了那个之前是力量的旋涡，随后变成无垠虚空的存在那笼罩一切的阴影，以及阴影中那一大片令他的理智完全困惑的造物。他站在某个匪夷所思的观察点，俯瞰着那些奇异的形状。虽然他一辈子都在研究各种神秘的事物，但那些形状、那各式各样的延伸也完全超越了迄今为止他能够理解的任何关于生物、大小和边界的概念。他隐约开始明白为什么那个在1883年时住在亚卡汉姆农舍里，名叫伦道夫·卡特的小男孩，那个穿越了第一道门，坐在勉强可以算六边形的基座之上的模糊身影，还有这个现在正置身于无垠的深渊，面对着一个伟大存在的卡特碎片，以及其他所有存在于他的幻想或想象的感知之中的卡特可以同时存在了。

这时，那些表达浪潮的强度加大了，力求提高他的理解力，让他——也就是现在这个极其微小的碎片——与那个复杂多样的实体重新融合在一起。它们告诉他，空间里的每个形状都只是它在多一维的维度中的对应形状的一个平面相交的结果——就像正方形是从立方体上切割下来的，或者圆形是从球体上切割下来的一样。同理，三维的立方体和球体也是从与之相对应的四维物体上切割下来的部分——不过人类并不清楚四维世界的存在，只能通过猜测和做梦略知一二。再进一步，那些四维的形状也是从五维的形状上切割下来的，以此类推，就能抵达那个原型无限、那令人晕眩并且无法企及的高度了。人类和人类之神的世界仅仅只是一件微小事情的一个微不足道的局面而已，只是那个通过第一道门而抵达的微小的统一体——乌姆尔·亚特·塔维尔就在那儿指挥着上古者的梦境——的三维局面。人类将其视为真实，而将那些认为其还有多维原型的想法斥为虚幻，可惜，那恰恰才是真实的反面。那些我们称之为物质和真实的东西只是投影和幻觉，而那些称为投影和幻觉的东西才是真正的物质和真实。

时间，那些表达的浪潮继续解释道，其实是静止的，没有开始也没有结束。那种认为它在流逝，认为是它导致了事物变化的想法其实是一种错误的观念。事实上，时间本身就是一种错误的观念，因为除了那些身处有限维度的生物那狭隘的见解中之外，其他地方根本就不存在过去、现在和未来这样的概念。人类认为有时间存在仅仅是因为那些他们称为变化的东西，不过所谓的变化本身也是一种错误的观念。所有那些过去存在的、现在存在的、将来存在的东西，事实上都是同时存在的。

这些启示伴随着一种犹如神灵般的庄严与肃穆进入卡特的脑海，令他无法质疑。虽然这一切几乎完全超出了他的理解范围，不过他仍然觉得它们肯定是真实的，因为这个最终的宇宙真相推翻了之前所有片面的观点和局限的见解，而他也早已习惯了从那些局部、片面的思想束缚中释放出意义深远的思索。难道他的整个探索之旅不就是基于一种认定那些局部和片面都只是虚妄的信念吗？

一段意味深长的停顿后，那些表达浪潮继续向他涌来，告诉他，那些维度较低的区域的居民所说的变化其实仅仅只是他们意识的作用而已，是他们从不同的宇宙角度观察外部世界产生的结果。这就像切割一个圆锥体得到的形状会因为切割角度的不同而发生变化一样——根据不同的切割角度，会得到圆形、椭圆、抛物线或双曲线等形状，但圆锥体本身却并没有任何变化——同理，从不同的宇宙角度看上去，一个无穷无尽的真实的局部方面似乎发生了变化，但它本身其实根本没有任何改变。那些生活在内层世界的弱小生物是这种由意识的角度造成的多变的奴隶，因为除了极少的例外，他们绝大多数都无法学会如何控制这种多变。只有屈指可数几个研究禁忌之事的学者能得到关于这种控制的提示，从而征服时间和变化。不过，那些大门之外的存在却能够支配所有角度，按照自己的意愿看到宇宙的无数部分——包括那因视角造成的零碎的变化，以及那些超越了视角的、永不改变的整体。

随后，那些表达浪潮再次停了下来，惊惧的卡特开始隐约理解之前那个令他极其害怕、有关失去自我的谜题的终极背景了。他的直觉将那些启示的碎片拼凑起来，带着他逐步靠近那个领会秘密的时刻。他知道，如果不是乌姆尔·亚特·塔维的魔法保护着他，以便他能够用那把银钥匙精确地打开那扇终极之门，那么早在他穿过第一道门，意识到无数个与地球上的他对应的“卡特”时，大量可怕的真相就已经袭向他，将他的自我意识撕裂了。不过，他仍然急切地希望能更加清楚地了解那些知识，所以他发出了自己的思绪浪潮，询问各个“卡特”之间的确切关系——这个现在置身于终极之门外的卡特，那个依然坐在第一道门外那勉强算六边形的基座之上的卡特，那个 1883 年的男孩，那个 1928 年的男人，还有各个远古的祖先——它们构成了他的传统和保护他自我的堡垒，以及那些其他时代、其他世界的不可名状的居民——仅须快速一瞥，便能感知它们与他是等同的。那个存在缓缓地用表达浪潮回应着他，试图向他阐明那些几乎完全超越了地球心智理解范围的事情。

那些表达浪潮继续解释道：有限维度中的每个生物的整条继承线，以及每个生物个体成长过程中的所有阶段，全都只是一个存在于超越了维度的空间中的永生原型的投影而已。每个生物——无论他是儿子、父亲，还是祖父或其他——以及每个生物个体的成长阶段——婴儿、孩童、青年、成人——都仅仅只是同一个永生原型无数个面中的一个而已。它们之所以看上去不同，只是因为意识层面选择了不同的切割角度。因此，任何年纪的伦道夫·卡特，以及伦道夫·卡特和他的所有祖先——无论那些祖先是人类还是比人类更早的生物，无论他生活在地球上还是生活在地球形成以前，所有一切都只是一个置身于时间和空间之外的、终极的、永恒的"卡特"的不同方面，他们都只是虚幻的投影，他们看上去各式各样也只是因为在各种情况下意识层面偶然地选择了不同的角度切割那个永生原型而已。

在这无尽的宇宙循环中，角度微微改变，便可以将今天的学者变成昨日的孩童；可以将伦道夫·卡特变成那个在1692年的时候从塞伦逃到亚卡汉姆后方的山林中的男巫埃德蒙·卡特，或者那个在2169年的时候用奇怪的方法击败了来自澳大利亚的蒙古部落的皮克曼·卡特；可以将卡特这个人类变成那些原始存在中的一员——它们来自曾经围绕大角星旋转的双星球卡斯艾利，降临到地球上后便居住在远古的北方净土之上，崇拜着黝黑而又可塑的撒托古亚；也可将一个生活在地球上的卡特变成一个居住在卡斯艾利上的、外形模糊的远古先祖，或者一个生活在银河系另一端的斯状提星（Stronti）上的更加远古的生物，或者一个历史更为悠久的时空连续体中的一个四维气态意识，又或者未来一颗有奇怪轨道和辐射能的黑暗彗星上的一个植物大脑等。

那些表达的浪潮有节奏地律动着，继续解释道：那些原型就是终极深渊的居民——它们没有固定形状、无法形容，在维度较低的世界里，只有极少数的梦想家才能猜到它们的存在。它们的首领就是现在这个正在作解释的存在——事实上，它就是卡特自己的原型。卡特以及他的所有先祖对那些被视为禁忌的宇宙奥秘所表现出来的那种怯弱的渴望正是源自这个至高无上的原型。每一个世界里的每一个伟大的男巫、每一个伟大的思想家、每一个伟大的艺术家，其实全都是它的投影。

在一股夹杂着震惊、敬畏、恐惧和欣喜的情绪中，伦道夫·卡特的意识向自己的起源、那个超然的存在表达了自己的敬意。随后，那些表达的浪潮再次停了下来，而他也在那片强烈的沉寂中思索起来，考虑着那些奇怪的颂词，那些更加奇怪的问题，以及那些最为奇怪的请求。各种稀奇古怪的概念在他那颗已经被那异乎寻常的情景和无法预料的揭秘弄得茫然不已的大脑里穿梭着，相互抵触、相互冲突。他突然意识到，如果这些启示是完全真实的，那么，只要他能够掌控那股改变自己意识层面角度的魔法，他也许就可以亲自去到那些非常远古的年代，去到宇宙的各个角落，去到所有那些他过去只能通过梦境才略知一二的世界。那把银钥匙所提供的不正是这样一种魔法吗？它不是先将他从 1928 年的一个成人变成了 1883 年的小孩，随后又将他变成了一个完全存在于时间之外的存在了吗？奇怪的是，虽然他现在明显已经没有身体了，但他知道，那把钥匙仍然与他同在。

四周的死寂仍然持续着，伦道夫 · 卡特将那些困扰着他的想法和问题传达了出去。他知道，在这个终极深渊中，他与他的原型的每一个片面都是等距的——不论那个片面是人类还是非人类，是存在于地球上还是地球之外，是在银河系内还是在银河系之外。他对这个存在的其他片面十分好奇——特别是那些在时间与空间上距离地球的 1928 年最为遥远的片面，或者那些终其一生都在极为固执地困扰着他的梦境的片面，那种好奇一直在狂热地击打着他的心。他感觉他的原型能够通过改变他的意识层面，随意地将他本身送到那过往的、遥远的生命，那无数的片面中的任意一个里去。虽然他之前已经经历过许多奇迹了，但他一想到那个更进一步的奇迹——在那个肉身中，走过那些他早已经零零碎碎地梦见过的、奇形怪状而又令人难以置信的场景——他还是不禁热血沸腾起来。

因此，虽然还没有任何明确的打算，但他还是向那个存在提出了请求，希望它将自己送往一个昏暗但却奇异的世界：那里有五彩的太阳、怪异的星群、令人头晕目眩的黑色峭壁、长着爪子和貘一般的鼻子的居民，还有奇形怪状的金属高塔、无法解释的隧道，以及神秘的圆柱浮体——这一切都曾一次又一次地降临他的睡梦。他隐隐感觉到，在所有想象得出的宇宙中，那个世界与其他世界的联系最为自由。而他也极其渴望能去探索那些他曾瞥见过其起源的场景，可以穿越太空，去到那些更加遥远，穿梭着长有爪子和貘一般鼻子的居民的世界。他根本没有时间去害怕。就像他那离奇的一生中面对所有危机时一样，那无穷无尽的好奇心又战胜了其他一切。

当那些表达的浪潮再次开始它们那令人敬畏的脉动时，卡特知道自己提出的可怕请求获得准予了。那个存在向他描述着那些他必须要跨越的黑暗鸿沟，那颗他必须要穿过的陌生五倍星——它就位于一个未知的星系里，而那个怪异的世界就围绕着那个星系旋转着，还有那些潜伏着的内部恐惧——生活在那个世界里的长着爪子和貘一般鼻子的种族一直都在对抗着这些恐惧。此外，它还告诉了他自己所对应的意识层面的角度，以及与他所追求的世界的时空元素相关的意识层面的角度，告诉他应该如何同时倾斜这两个角度才能转变成居住在那个世界里的卡特片面。

那个存在提醒卡特，如果他还想从他所选的那个遥远而怪异的世界里回来的话，他就必须牢记那些角度。后者有些急躁地作出了肯定的回应，因为他感觉那把银钥匙一直与他同在，而且他很自信那里面一定包含着那些意义重大的角度——他知道正是它倾斜了世界和自我层面的角度，将他带回了1883年。这时，那个存在感觉到了他的急躁，知道那意味着他已经准备好去完成那段可怕而仓促的旅途了。于是，那些表达的浪潮突兀地完全停止了，随之而来的是一瞬的寂静——就连那寂静中也充满了难以言诉又略微可怕的期待。

随后，在没有任何预兆的情况下，一阵嗖嗖声和敲击声突然响了起来，并很快变成了一种可怕的雷鸣声。卡特再一次感觉到一个由高度集中的能量构成的焦点压迫到了他身上，那个能量焦点按照那种他现在已经熟悉了的外太空节奏令人无法忍受地重击着、捶打着、炙烤着。他甚至根本无法区分那到底是一颗炫目的星星迸发出的灼热，还是终极深渊中那足以冻结一切的严寒。无数光带和光线发射出不属于我们世界的任何光谱的怪异颜色，在他面前摇曳着、交错着、编织着，而且他还意识到自己正在以一种极其可怕的速度运动。在某个短暂的一瞥中，他看到了一个身影正独自坐在一张模糊不清、很像六边形的王座上……

六

这时，印度人停下了他的讲述，他发现德·玛里尼和菲利普斯都入神地

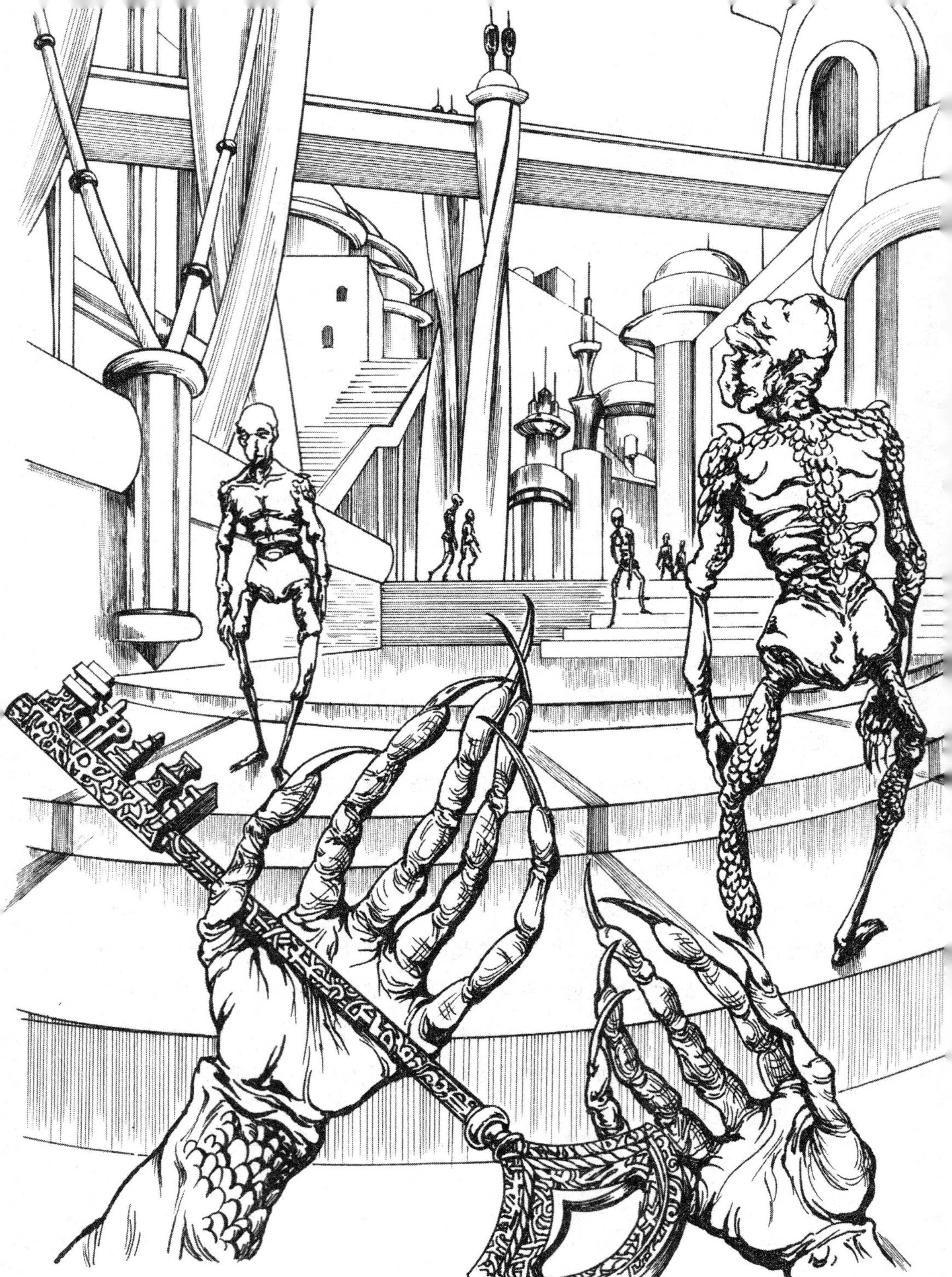

看着他，而阿斯平沃尔则装出一副充耳不闻的样子，双眼夸张地盯着眼前的文件。那棺材模样的座钟依旧照着那种怪异的旋律滴答作响，只是此时，那旋律似乎带上了一丝全新的不祥意味。那些没人照料、已塞满了燃料的三足鼎中散发出来的烟雾盘旋着，缠绕成各种奇形怪状不可思议的形状，与那随风摇摆的挂毯上的怪诞图案一起形成了令人不安的组合。之前照料它们的那个黑人已经不见了——也许是越来越紧张的气氛把他吓得离开了这个房间。当那个讲述者重新用他那古怪吃力却又措辞地道的声音开始讲述时，一阵略带歉意的踌躇似乎束缚住了他。

“你们可能已经发现了，这些与深渊有关的事情全都令人难以置信，”他说道，“不过你们很快还会发现，下面的故事中，有形的、实在的东西仍然少得可怜。这是我们的思维方式所决定的。当从模糊的梦境之地被带入三维世界的时候，那些奇迹会变得更加不可思议。我不应该告诉你们太多——那又将是另一个完全不同的故事。现在，我只会告诉你们必须知道的事情。”

在穿越了由怪异而多彩的韵律交织而成的最终旋涡后，卡特发现自己身处一个奇异的地方，有那么一瞬间，他还以为自己又回到了过去一直在做的梦里。他和之前许多个晚上一样，置身于一个发射着五彩阳光的圆盘之下，跟着一大群长着爪子和长鼻的生物，穿行在一座由样式令人费解的金属构成的迷宫里的一条条街道上。当他向下看时，他看到自己的身体就像身边的其他生物一样——满是皱褶，局部有鳞，长着在昆虫身上十分常见的奇怪关节，而外形却又滑稽地与人类外形相似。那把银钥匙仍然被他紧紧地拽着，虽然那只拽着它的手已经变成了一只看上去令人作呕的爪子。

一会儿之后，那种梦一般的感觉消失了，他觉得自己更像一个刚从梦中醒来的人。那个终极深渊、那个存在，还有那个置身于一个尚未诞生的未来世界、被唤作伦道夫·卡特的荒唐而怪异的族群——那些东西才是梦里出现的情景，是这个亚狄斯星球上的男巫扎库帕反反复复地做着的梦的一部分。那些梦境坚持不懈地出现着，干扰到了他的日常工作——编织咒语，将可怕的巨蠕虫压制在它们的洞穴中，并且逐渐与他记忆中那些他曾乘坐光束封袋造访过的无数真实世界混淆在了一起。而现在，它们变得前所未有的真实起来。那把沉重、有形的银钥匙就在他的右前爪里，钥匙上的某幅图案正是他曾梦到过的，而那图案绝不代表什么好事。他必须休息一下，仔细地想一想，查查奈兴（Nhing）的碑文，找到关于下一步应该做什么的建议。他走上一条从主干道岔分出来的小巷，爬过一堵金属墙，回到自己的住所，并径直走向了那个放置碑文的架子。

七个日段后，扎库帕惊惧而近乎绝望地蹲坐在他的棱镜前，因为真相为他打开了一系列相互冲突、相互矛盾的全新记忆。从此以后，他再也无法体会到那种作为一个独立存在的安详了。因为今后，不论身处何时何地，他都是两个人了：一个是亚狄斯星球的男巫扎库帕——他十分憎恶那个讨厌的地球哺乳动物卡特的思想，但他以后将会变成他，而且早已是他了；一个是来自地球波士顿的伦道夫·卡特——他则已经因为这具长着爪子和长鼻的身体而害怕地颤抖了起来，可是他过去就是这个样子，现在又再次变成了这个样子。

在亚狄斯星球上的那段时间，那两个“人”创造了一个三言两语根本说不清的传说。那个大师沙哑地继续讲述着——他那吃力的声音已经开始略显疲倦了。他们乘坐亚狄斯星球生物发明的光束封袋造访了斯壮提、姆斯乌（Mthura）、凯斯（Kath）以及其他分散在二十八个银河系中、他们可以到达的世界。他们借助银钥匙和亚狄斯星上的男巫们所掌握的其他各种符号，来回穿梭于千万年的时间跨度里。他们与那些苍白而又黏滑的巨蠕虫——它们藏身的原始隧道将那个星球变得像蜂巢一般——展开了令人胆战的战争。他们在图书馆里，徜徉在来自数万个尚且存在，或者早已消亡的世界的海量知识中，展开了令人又敬又畏的研究。他们还与亚狄斯星上的其他智慧存在——包括首席长老波——召开了气氛紧张的会议。扎库帕并没向任何生物提起在他身上发生了什么事，但当伦道夫·卡特那个片面占据主导时，他就会疯狂地研究一切能让自己回到地球、变回人形的方法，并且还会绝望地试图使用人类语言，虽然他那怪异的喉部器官根本无法适应那种语言的发声方式。

那个卡特片面很快便恐惧地发现银钥匙根本无法将他变回人类形态。根据他所能记起的事情、所梦见过的事情，以及他从亚狄斯星上的学识里猜测出来的事情，他推断那把银钥匙应该是地球上北方净土世界的产物，它所具备的力量只能改变人类的意识角度。但这已经太迟了。所幸，它还是可以改变行星的角度，让使用者随意穿越时间，只是身体无法改变而已。以前曾有一个额外的咒语能赋予银钥匙所缺少的那种无限力量，但那也是人类的发现——它为一个他在空间上无法抵达的地方所独有，不能被亚狄斯星上的男巫们复制。那个咒语就写在那张令人无法理解的羊皮纸上，与银钥匙一起，装在那个雕刻着骇人花纹的盒子里。卡特只能为自己忘了带上它而痛苦地哀叹。深渊中那个现在已无法接近了的存在之前曾警告过他要牢记自己的角度，而且无疑认为他一无所缺。

随着时间的消逝，他开始越发努力地研究和利用亚狄斯星上那些可怕的学识，试图找到一种方法，回到那个深渊，再次见到那个无所不能的存在。通过他掌握的那些新知识，他已经大致能读懂那张神秘的羊皮纸了，可是在目前这样的情况下，他的这种能力仅仅是个讽刺。当然，也有一些时候，扎库帕那个片面占据着主导，这时他就会努力地试图消除掉那些矛盾的、不断给他制造麻烦的属于卡特的记忆。

漫长的时间就这样缓缓流逝了——时间长得人类的大脑无法想象，因为亚狄斯星上的生物只有在经历过如此漫长的循环之后才会死去。经过千百次的变革后，卡特那个片面似乎已超越了扎库帕那个片面，他花费了大量的时间计算亚狄斯星与人类地球在时间和空间上的距离到底有多远。得出的数字是令人讶异的数千万光年，已完全超越了可以记数的范围，但亚狄斯星上那极其古老的学识使卡特完全能面对这样的情况。他利用做梦的力量让自己短暂地往地球的方向前行，并了解到了许多他以前从来不知道的、有关我们星球的事情。不过他却无法梦见那张遗失的羊皮纸，无法梦见他所需要的咒语。

最后，他想出了一个疯狂的逃离亚狄斯星球的计划——那个计划是从他发现了一种能让扎库帕那个片面一直沉睡，却不会消除扎库帕的学识和记忆的药物时开始萌芽的。他认为他的计算能帮助他乘坐光束封袋展开一段亚狄斯星上的生物从来未曾展开过的旅行、一段让他的肉身穿过难以言说的亘古时光，跨越难以置信的银河系，最终抵达太阳系和地球的旅行。

一旦抵达了地球，即便他的身体仍然是这副长着爪子和长鼻的模样，他还是有可能通过某种方式找到那张他在亚卡汉姆时留在汽车里的羊皮纸，译出上面那些奇怪的象形文字，然后借助那些文字和那把银钥匙的力量，将自己变回地球上的普通模样。

当然，他并没有盲目地忽视这种尝试中潜藏着的巨大危险。他知道，一旦自己将行星角度转到恰当的年代（他在空间中急速穿行时是无法做到这件事情的），亚狄斯星就会变成一个被胜利了的巨蠕虫统治着的死亡世界，这种情况下，他乘坐光束封袋展开的逃离之旅就可能会面临极大的挑战。同时，他也知道自己必须要像个专家一样达到一种假死的状态，以便忍受穿越深不可测的深渊时那长达数千万年的漫长飞行。此外，他还知道，就算他的旅行成功了，他还必须想办法让自己对细菌免疫，并应对地球上其他对亚狄斯星生物有害的环境。除了这些之外，他还必须想出个方法让自己伪装成人形，直到找到并译出那张羊皮纸，并真正恢复自己的形体为止。否则，他很可能会被其他人发现，并被那些惊恐万分的人类当作一个不应当存在的怪物而毁灭。另外他还需要一些黄金，以便度过那段寻找羊皮纸的困难时期——幸好，这个可以在亚狄斯星上得到。

卡特的计划缓慢地进行着。他为自己准备了一个异常坚固、足以承受那惊人的时间跨度和那个史无前例的太空穿行的光束封袋。他验算了自己的所有计算结果，并一次又一次地重复那些前往地球方向的梦，让它们尽可能地接近1928年。他练习着压抑自己的生命活动，进入假死状态，并取得了巨大的成功。他找到了自己需要的抗菌药剂，并解决了他必须面对的由于重力变化导致的问题。他巧妙地做了一个蜡质的面具和一套宽松的服饰，以便自己能勉强像个人类一样行走在人群之中。他还想出了一个非常、非常强大的咒语，以便当他启程离开亚狄斯星——那时它已经到了无法想象的遥远未来，变成了一个死气沉沉的黑暗星球——时，能够应对那些巨蠕虫。此外，他还谨慎地搜集了大量能够压制扎库帕那个片面的药物——因为他无法在地球上找到这种东西——足够他维持到摆脱这具亚狄斯躯壳的时候。另外，他也没忘记储备一些黄金，供他在地球上使用。

启程那天，卡特心中充满了疑虑和忧惧。他登上放着封袋的平台，谎称将前往三倍星尼索（Nython），随后便爬进了那闪闪发亮的金属护套。封袋里的空间正好够他执行转动银钥匙的仪式；而当他开始仪式时，他的封袋也渐渐漂浮了起来。天空剧烈地翻滚着，暗得吓人，而他也感到了一种令人不堪忍受的骇人痛苦。宇宙看上去就像因为无力支撑而蜷曲了一般，其他星群则在黑暗的天空中舞动着。

突然，卡特感到了一种新的平衡。星际深渊的刺骨严寒侵蚀着他的封袋的表面，他还能看到自己正自由地漂浮在太空中——那座他刚刚离开的金属建筑早在许多年以前就已经锈掉了。他下方的大地上都是巨大的、溃烂化脓的巨蠕虫，当他向下看时，其中一条还竖起了自己那几百英尺长的身躯，向他伸出了苍白而又黏滑的前端。不过他的咒语相当有效，下一刻，他已经毫发无伤地离开了亚狄斯星。

七

在位于新奥尔良的那间怪异的房间里——也就是那间让那个老黑人仆人本能地逃离了的房间，查古拉普夏大师那古怪的声音仍然在愈发嘶哑。

“先生们，”他继续说道，“在我向你们出示一些特别的证据之前，我是不会强求你们相信我所说的事情的。所以，你们可以把我的讲述当作一个神话来看。我将告诉你们，伦道夫 · 卡特以他那种不可名状、奇特怪异的模样，乘坐一个由电子激活的金属制成的薄薄的封袋，在空间里急速地穿行了数千光年，花费了几千年的时间，越过了数十亿英里的距离。他悉心安排了自己的假死期，计划在抵达旅途终点时——1928 年或 1928 年前后的地球，结束那种状态。

“他永远不会忘掉那次唤醒自己的情形。请记住，先生们，在那段长达千万年的沉睡之前，他已经在亚狄斯星球那怪异而可怕的奇迹之间清醒地活了几千个地球年了。那是刺骨严寒的骇人折磨，是一个险恶梦境的暂停，是通过封袋观察孔向外的瞥视。他四面八方只有恒星、星团和星云——直到最后，它们的轮廓渐渐与他所熟知的地球星群的轮廓相似起来。

“后来某一天，他进入了那个被称为太阳系的星群之中。他发现了位于边缘处的凯兰斯星和犹格斯星，靠近了海王星，并瞥见了长在其上的、那些令人毛骨悚然的白色真菌。近距离经过木星时，他看到了上面的重重迷雾，并由此了解了一个难以言述的秘密，另外，他还看到了木星的某个卫星上的恐怖之物。除此之外，他还久久地凝望了铺展在火星红润的表面之上的庞大遗迹。最后，当他逐渐靠近地球时，他发现它就像一弯薄薄的新月一般，但它的尺寸却在令人担忧地慢慢膨胀着。虽然重回故土的感觉让他不愿浪费一分一秒，但他仍旧放缓了速度。那些我从卡特那儿了解到的、他当时的感受，我就不试着向你们描述了。

“最后，卡特盘旋在地球的上层空气里，等待着西半球白天的来临。他想在自己离开的地方降落——也就是亚卡汉姆后方山林里靠近蛇穴的地方。如果你们中有人曾长时间的离家——我知道，你们中有一个人就是如此——那么你们肯定能想象得到，当新英格兰那些起伏的山脉、高大的榆树、多节的果树和古老的石墙出现在卡特视野中时，他是何等的感动。

“黎明时分，他在卡特家族老宅下方的草地上降落了。周围的寂静和荒僻让他备感庆幸。与他离开时一样，那时是秋天，山林的味道安抚着他的灵魂。他设法将那个金属封袋拖上了长满树木的山坡，拖进了蛇穴，不过它不能通过那个野草丛生的裂缝，所以也没办法被放到蛇穴的内室。他在那个地方用那套人类的服饰和蜡制的面具遮住了自己怪异的身体。金属封袋在那儿放了一年多的时间，直到后来，特殊的环境让他不得不重新找个藏匿地。

“他步行去了亚卡汉姆——附带练习了一下如何在地球重力的作用下，掌握自己的身体，保持人类的姿势——并在一家银行把金子兑换成了货币。另外，他还打听了一下——佯装自己是个不太懂英语的外国人——得知那年是 1930 年，仅仅与他计划抵达的 1928 年差两年。

“当然，他的处境还是十分糟糕。他不能公开自己的身份，而且每时每刻都不得不生活在警戒中，食物方面也有些困难，另外他还必须保存好那些能让扎库帕片面沉睡的怪异药剂。所以，他知道自己必须尽快展开行动了。他去了波士顿，在破败的西区找了一间房子，在那儿过着节俭而又不引人注意的生活。随后，他立即开始着手调查伦道夫 · 卡特的地产和财产。也就是这个时候，他得知这位阿斯平沃尔先生十分急于分割他的财产，也得知德 · 玛里尼先生和菲利普斯先生在勇敢地试图保护它的完整。”

这时，印度人鞠了个躬，不过他那张黝黑、平静并且长满浓密胡须的脸上却没有浮现任何表情。

他继续说道：“卡特间接得到了那张遗落了的羊皮纸的完好副本，随后便开始了自己的译解工作。我很荣幸地为他的工作提供了帮助——因为他很早之前就曾求助于我，并通过我与世界上其他神秘学者取得联系。我搬去了波士顿，与他住在一起——我们就住在钱伯斯大街上一个破败的地方。至于那张羊皮纸——我很高兴能在德 · 玛里尼先生感到困惑茫然时提供帮助。其实，那种象形文字并不是那卡文，而是拉莱耶文，那是许多许多年前克苏鲁的后代带到地球上来的。粗略地说，那只是一篇译文——它的原版出自北方净土，比那篇译文还要早数百万年，是用撒托－犹的原始语言写成的。

“需要译解的东西比卡特原以为的要多得多，但他从来没有放弃过希望。今年年初，他通过一本来自尼泊尔的书取得了巨大的进展，毫无疑问，他不久之后就能取得最终的胜利了。但不幸的是，这时出现了麻烦——那些能让扎库帕沉睡的怪异药物用光了。不过，虽然这算得上是个大灾难，但他却并不太害怕。卡特的人格已经逐渐取得了这具躯体的支配权，就算有时扎库帕还是能压制住他——这种情况持续的时间越来越短，而且现在只有少数不同寻常的刺激才会唤醒扎库帕——但它通常都十分恍惚，根本无法对卡特的工作造成任何麻烦。扎库帕无法找到那个能将它送回亚狄斯星球的金属封袋，尽管有一次它差点就成功了，但每次当它完全沉睡时，卡特都会将封袋重新藏一次。扎库帕制造的全部危害只是吓唬了一小撮人，并让一些梦魇般的传言在波士顿西区那些波兰人和立陶宛人之间流传起来。迄今为止，他还没有破坏卡特精心准备的伪装，但有时他会脱掉它们，所以那些被脱掉的部分需要做些必要的替换。我曾见过那幅伪装之下的存在——实在不适合让人看到。

“一个月前，卡特看到了关于这次会面的公告，他知道，如果他想保住自己的财产，就必须加快行动。他不能等到破译了羊皮纸，恢复了他的人类身体后再来处理这些问题。因此，他委托我代表他出席本次会议。

“先生们，我必须告诉你们，伦道夫·卡特并没有死，他只是暂时处于一种反常的状态而已。最多再须两到三个月，他就能以一副合适的外形再度出现，前来索取他的财产的保管权。如果你们觉得必要的话，我可以出示一些证据，我已经准备好了。因此，我恳请你们将此次会议无限期地延后。”

八

德·玛里尼和菲利普斯仿佛被催眠了一般，呆呆地盯着那个印度人，而阿斯平沃尔则发出了一长串哼声和咆哮声。这个老律师的厌恶之感此刻已经暴涨成公然的狂怒了，他一边大声嚷嚷着，一边用一只青筋暴起的拳头愤怒地敲打着桌面。

“这些蠢话我到底还得忍受多久？我已经听这个疯子——这个骗子——说了整整一个小时了。而现在，他居然还敢厚颜无耻地说伦道夫 · 卡特还活着——还敢毫无道理地要求我们让这次会议延期！德 · 玛里尼，你为什么不把这个无赖赶出去？你是不是想把我们都变成一个骗子、一个白痴的笑柄啊？”

德 · 玛里尼静静地举起他的手，轻柔地说道：

“还是让我们慢慢地、仔细地想一想吧。这的确是一个非常奇异的故事。不过，它其中的某些事情对我这个并非一无所知的神秘学者而言并不是完全没有可能的。另外，我从 1930 年起就一直收到大师的信，那些信件的内容与他的讲述也是相符的。”

随后他停了下来，年长的菲利普斯先生则冒昧地插了一句话。

“查古拉普夏大师刚才提到了证据。我也认为它们在整个故事中有着非常重要的地位。过去两年间，我也从大师那里收到了许多能古怪地印证这个故事的信件。不过，有些叙述实在是太超乎想象了。真的能展示一些有形的实物吗？”

最后，神情冷漠的大师用沙哑的声音缓缓地作出了回答，同时还从他那件宽松的外套的口袋里拿出了一样东西。

“先生们，你们谁都没见过那把银钥匙，不过德 · 玛里尼与菲利普斯都曾见过它的照片。那么，这东西你们熟悉吗？”

他笨拙地在桌子上摊开了手掌，那只大号的白色连指手套上是一把沉甸甸的、早已失去了光泽的银钥匙——它大约有 5 英尺长，做工十分怪异，似乎是通过某种未知的手艺做出来的，上面从头到尾都覆盖着极难描绘的象形文字。德 · 玛里尼和菲利普斯都深深地吸了口气。

“对！就是它！”德 · 玛里尼大声喊道，“照相机是不会说谎的，而我也绝对不会弄错。”

但阿斯平沃尔已作出了回应：

“蠢货！这能证明什么？如果这真的是那把属于我表兄的钥匙，那么这个老外——这个该死的黑鬼——就该解释解释他是如何拿到它的！伦道夫·卡特在四年前是和这把钥匙一起消失的。我们怎么知道他不是被抢劫和谋杀了？他本身就是个疯疯癫癫的人，而且还一直和那些更为疯癫的人有来往。”

“听着，你这个黑鬼——你是从哪儿拿到这钥匙的？是不是你杀了伦道夫·卡特？”

大师的面容出乎意料的平静，没有丝毫变化，但他那双冷淡的、几乎看不到虹膜的黑色眼睛里却闪烁着危险的光芒。他费力地说道：

“请你控制一下你自己，阿斯平沃尔先生。我还能给出另一种形式的证据，不过它恐怕会令大家都不愉快。让我们理智一点吧。这里有一些显然是写于1930年之后的信件，它们明显是出自伦道夫·卡特之手。”

他笨拙地从自己身上那件宽松的外套内侧抽出一个长长的信封，并将它交给了那个暴躁的律师，而思绪混乱的德·玛里尼和菲利普斯则怀着一种仿佛看见了非凡奇迹降临的感觉阅读了那些信件。

“当然，这些字迹几乎无法辨认——不过，请大家记住，伦道夫·卡特现在并没有一双能适应人类书写方式的手。”

阿斯平沃尔匆匆浏览了那些信件，他明显有些困惑，不过，他的举止却并没有任何改变。现在，房间里的气氛是既紧张又兴奋，还充斥着一种难以形容的忧惧。那棺材模样的座钟发出的声音对德·玛里尼和菲利普斯来说就如同魔鬼般可怕，但那个律师却似乎完全没有受到影响。

阿斯平沃尔接着说道：“这些信件看上去就像是巧妙的伪造件。就算它们不是，那也可能意味着伦道夫·卡特已经被某些怀着不良目的的人带走，控制了起来。那么现在我们要做的只有一件事情——将这个骗子抓起来。德·玛里尼，你能给警察局打个电话吗？”

“等一等，”那个主人说道，“我不认为这件事情需要警察来解决。我有个主意。阿斯平沃尔先生，这位先生是一个拥有真才实学的神秘学家，他宣称伦道夫·卡特将他视为知己，那么，如果他能回答出一些只有卡特将其视为知己的人才能回答出的问题，你应该就满意了吧？我很熟悉卡特，所以我能问出一些这样的问题。让我找本书来，我想我能进行一次很好的测试。”

他转身走向了那扇通往图书馆的门，而菲利普斯已经有些晕头转向了，机械地跟着他也走了过去。阿斯平沃尔仍然待在原来的位置，密切地注视着那个印度人，后者此时正用一张平静得有些异常的脸面对着他。当查古拉普夏笨拙地准备将银钥匙放回自己的口袋时，那个律师突然发出了一声大吼。

“哈，天哪，我知道了！这流氓是化了妆的！我根本不相信他是个东印度人。那张脸——那根本就不是一张脸，那是张面具！我猜是他讲述的故事让我想到了这点，不过这是真的！那张脸从来都没动过，他的缠头巾和大胡子盖住了面具的边缘。这家伙就是个普通的骗子！他甚至根本就不是个外国人——我一直都在注意他的遣词。他根本就是个美国佬。而且看看那双连指手套吧——他知道自己的指纹会被人认出来。该死的！我要把那东西扯下来！”

“住手！”大师那沙哑而又古怪的声音里充满了不同寻常的恐惧，“我早跟你们说过，如果有必要的话，我还可以给出另一种形式的证据，而且我也曾警告过你们，不要激怒我，让我走到那一步。这个面红耳赤、爱管闲事的老头说得对，我根本就不是个东印度人，我的确戴了面具，而面具下面的东西根本就不是人类。你们其他两个人应该已经猜到了——我几分钟前就感觉到了。如果我脱下面具的话，大家都会非常不愉快的——不过现在也管不了那么多了。欧内斯特，我还是告诉你好了，我，就是伦道夫·卡特。”

所有的人都停了下来，不再走动。阿斯平沃尔又发出了些气愤的哼声，还做了几个含糊茫然的手势。德·玛里尼和菲利普斯站在房间的另一头，一边看着那面红耳赤的律师的作为，一边审视着那个缠着头巾、与律师面对面的“大师”的后背。座钟那异样的滴答声让人感觉毛骨悚然，从三足鼎上飘来的烟气和那摇曳着的挂毯则一同跳起了死亡之舞。最后，那像是被噎住了一般的律师打破了沉默。

“不，你不是！你这个骗子！你吓不到我的！你不愿意脱下面具是因为你自己的原因。也许是因为我们认识你！脱下来——”

当他上身往前倾时，大师用自己一只戴着连指手套的“手”笨拙地抓住了他的手，并发出了一声混杂着痛苦和惊讶的奇怪喊叫。德·玛里尼向两人走去，但随后又迷惑地停了下来，因为那个假印度人的抗议喊叫变成了一种令人完全无法理解的咯咯声和嗡嗡声。阿斯平沃尔那涨红的脸上出现了狂怒的神色，他伸出另一只手，猛地抓住了对方那浓密的胡子。这一次，他成功地抓住了什么东西，而在他疯狂地拖曳下，整张蜡制面具都从缠头巾里松脱了下来，被那个暴怒的律师拽在拳头里。

阿斯平沃尔随即发出了一阵惊恐的尖叫。菲利普斯和德·玛里尼看着他的脸抽搐着，呈现出一种他们之前从来没有在人类脸上看到过的、因为极度的惊恐而产生的狂野、深刻、令人毛骨悚然的癫痫。与此同时，那个假冒的大师放开了他的另一只手，仿佛有些晕眩地站了起来，发出一种极其异样的嗡嗡声。接着，那个包裹着头巾的身影突然古怪地瘫软了下去，变成一种根本看不出人形的姿势，随后，他开始用一种极其怪异的动作向那只棺材模样、发出异常宇宙节奏的座钟行去，仿佛为它着了迷一般。他那张被剥去了面具的脸此刻正转向别处，所以德·玛里尼和菲利普斯无法知道律师的反应到底意味着什么。接着，他们的注意力转向了阿斯平沃尔，后者正笨重地跌倒在地板上。令他们一直静止不动的魔法被打破了，不过，当他们赶到那个老人身边时，他已经死了。

德·玛里尼飞快地转向大师那动作怪异、正渐渐远去的背影，他看见一只大号的白色连指手套无精打采地从一条摇晃着的胳膊上脱落下来。乳香的烟气此刻十分浓密，所以他只能瞥见那露出来的手是一种又长又黑的东西……就在克里奥尔人想去追那个渐行渐远的身影时，年迈的菲利普斯将手搭上了他的肩膀，阻止了他。

“不要去！”他低声说道，“我们根本不知道我们对付的是什么东西。你知道，那可能是另一个片面——扎库帕，那个来自亚狄斯星球的巫师。”

那个缠着头巾的身影此时已经走到了那只怪异的座钟面前。透过浓厚的烟气，两个观察者看见一只难辨的黑色爪子正胡乱地摸索着钟上那扇雕刻着象形文字的大门。那阵摸索还发出了一种奇怪的滴答声。接着，那个身影进入了那只棺材模样的钟壳，并随后关上了门。

德·玛里尼再也忍不住了，不过，当他快步走到门边，打开门时，座钟里面已经空了。那异样的滴答声还在继续着，击打出那种幽暗的、能让所有神秘大门都开启的宇宙韵律。地板上还躺着那只大号的白色连指手套，而死去的阿斯平沃尔手里还紧紧拽着那张满是胡须的面具，不过，它们却揭露不出更多的东西了。

一年过去了，仍然没有任何关于伦道夫·卡特的消息。他的财产仍旧没有处理。一个名叫“查古拉普夏大师”的人在1930、1931、1932年从一个波士顿的地址给许多各种各样的神秘学家发过咨询信。那个地址的确是租给了一个奇怪的印度人，但他在新奥尔良的会议举行之前不久就已经离开了那里，并且再也没有回去过。人们说他是一个黝黑、面无表情、长着浓密胡须的人。他的房东认为那张被正式展示出来的黝黑面具与他看起来十分相似。不过，从来没有人怀疑过他与流传在当地斯拉夫人之间的梦魇般的幽灵有任何瓜葛。人们也去亚卡汉姆后方的山林里搜寻过“金属封袋”，但并没有发现此类东西。不过，亚卡汉姆第一国家银行的一个职员确实记得1930年10月有一个戴着古怪头巾的男人曾用一些奇怪的金条兑换过现金。

德·玛里尼和菲利普斯不知道应该怎样处理整件事情。毕竟，到底有什么被证实了呢？

他们听到了一个故事，还看到了一把钥匙，不过那可能是有人按照卡特于1928年随意分发的照片中的某张仿制的；还有一些文件——不过仍然决定不了什么；还出现了一个戴着面具的怪人，但现在哪个活人见过面具下面的东西呢？在紧张的气氛和乳香烟气的帮助下，凭空消失在座钟里面可以轻易地被归结为一个双重幻觉的把戏。印度人可是很懂催眠术的。理性的判决说“大师”是一个企图霸占伦道夫·卡特的财产的罪犯。但尸检证明阿斯平沃尔死于休克。仅仅愤怒会造成他的休克吗？或者还有一些故事里讲述的东西……

现在，艾蒂安·劳伦·德·玛里尼常常会坐在一间巨大的房间里——房间的墙上悬挂着几张绣有奇异花纹的挂毯，房内充满了乳香燃烧后的烟气——怀着模糊的感触，倾听那只棺材模样的、刻有象形文字的座钟敲打出一种异常的节奏。

外神

地球之神居住在地球最高的山峰顶上，它们无法容忍任何凡人俯视它们。过去它们的居所并没有这么高，但随着平原上的人渐渐攀上那些被岩石和积雪覆盖的山坡，它们也被赶到了越来越高的地方，直至最后，它们就只剩这最后的一个地方可以居住了。当神灵离开自己曾经的居所时，会抹去所有相关的痕迹，不过也有例外，据说它们曾在一座名叫恩格拉尼克（Ngranek）的高山上刻下了自己的容貌。

现在，诸神已经住到了杳无人迹的寒冷荒野里的未知卡达斯之上，如果再有凡人找到这里的话，它们就没有更高的山峰可以躲避了，所以它们越发严厉起来，过去它们尚且能容忍人类的到来迫使自己离开，现在它们则严禁任何人来到这里了，一旦有凡人到达这里，他就再也无法离开了。对人类而言，对寒冷荒野中的卡达斯一无所知其实是件好事，否则他们肯定会不明智地想要攀上它。

有时，地球之神会为思乡之情所困，在夜深人静的时候探访自己过去曾居住过的山峰，一边轻轻啜泣，一边在它们记忆中的山坡上试着像昔日那样玩耍。凡人曾感觉到神灵的眼泪，不过他们认为那只是从白雪皑皑的苏莱山（Thurai）上滴下的雨滴；他们也曾听到过神灵的叹息，不过只以为那是雷里昂山（Lerion）上吹过的哀伤晓风。诸神习惯于乘坐云之船四处旅行，聪明的村民会相信传说，在多云的夜晚远离某些高峰，因为神灵已经不再像过去那样宽大仁慈了。

在史凯河（River Skai）对岸的乌撒（Ulthar），曾居住过一位渴望目睹地球之神的老人，他曾深入地研究过《玄君七章秘经》（Seven Cryptical Books of Earth），对那本现存于遥远而寒冷的洛马尔（Lomar）的《纳克特手抄本》（Pnakotic Manuscripts）也十分熟悉。他名叫智者巴尔塞，那儿的镇民们至今还在谈论他是如何在一个神奇的月食之夜登上一座山峰的。

巴尔塞知晓很多与诸神相关的事情，他可以预知它们的来去，猜出了它们的许多秘密，以至于他自己就被人视作半个神灵。正是他明智的建议才让乌撒的镇民制定了那条著名的不许杀猫的法律，也是他第一个告诉年轻的祭司阿塔尔那些黑猫在圣约翰日前夕的午夜时分到底去了哪儿。巴尔塞读遍了关于地球之神的传说，想要目睹它们面容的愿望在他心中膨胀。他相信自己学到的与神灵相关的秘密知识可以使他免于引起诸神的愤怒，所以，当他得知神灵会在月食之日出现在哈提格－科拉山（Hatheg-Kla）的最高点时，他就决定在那一夜爬上那座满是岩石的高山。

哈提格－科拉山远在哈提格（Hatheg）另一端的石头荒漠里，这也正是它得名的原因，它就像一座矗立在沉默神庙里的岩石雕像一般。山峰周围环绕着的迷雾总是充满了哀伤，因为那些迷雾就是诸神的记忆，过去住在哈提格－科拉山上时，它们就很喜欢这里。地球之神常常乘着自己的云之船造访哈提格－科拉山，使山坡笼罩在苍白的雾气之中，而它们则在皎洁的月光下怀旧地舞蹈。哈提格的村民说，无论什么时候攀爬哈提格－科拉山都是不祥的，而如果在苍白的雾气遮挡了最高峰和月亮的夜晚攀爬它则是致命的。不过，当巴尔塞带着他的弟子，年轻的祭司阿塔尔从邻近的乌撒来到这儿时，他却根本没把这些说法放在心上。阿塔尔的父亲只是个客栈老板，所以他有时还是会感到害怕，但巴尔塞的父亲却是个住在古老城堡里的伯爵，他的血统使他不会相信这些普通的迷信说法，所以他只是嘲笑了那些不安的村民。

巴尔塞和阿塔尔不顾农民们的恳求，离开了哈提格，走进了那个石头荒漠，夜里还在篝火旁谈论与地球之神有关的事情。他们走了很多天，终于看到哈提格－科拉山带着它那悲哀的迷雾光环远远地耸立在前方。第十三天，他们来到了荒凉的山脚下。阿塔尔述说着自己的害怕，不过年事已高、博学多识的巴尔塞却根本没有任何畏惧，他带头爬上了那座自参苏（Sansu）——古旧的《纳克特手抄本》用骇人的言语记载了他的事迹——生活的年代以来，还尚未有人曾攀爬过的山坡。

上山的路布满了岩石，裂缝、断崖和落石也随处可见，十分危险。后来，天气越来越冷，积雪也越来越厚。在斧头和木杖的帮助下，巴尔塞和阿塔尔开辟道路，艰难地往上攀爬着，一路上不知道滑倒了多少次。再后来，空气变得稀薄起来，天空也变了颜色，两位攀登者开始感到呼吸困难，不过他们仍然努力地爬啊爬，一边为奇异的景色而惊叹，一边又为想象中月亮出来、苍白的雾气散开时山顶上即将发生的事情而兴奋不已。他们爬了三天，越来越接近那世界的屋脊，随后，他们扎了营，等待着月亮被云层遮盖的时刻。

前四天晚上都没有云层出现，月光透过那薄薄的、环绕着寂静山顶的悲伤迷雾冷冷地照下来。随后的第五个晚上是满月之夜，巴尔塞发现遥远的北方出现了厚厚的云层，于是他与阿塔尔便彻夜观察着那些逐渐靠近的云层。那些浓密而高贵的云朵缓慢、从容不迫地向前移动着，围住了这两个观察者所在的山峰，遮住了月亮和峰顶。他们两人凝视了很长一段时间，看着雾气卷起旋涡，云之帷幕越来越厚、运动得越来越剧烈。熟知地球之神传说的巴尔塞仔细地聆听着一些声音，但阿塔尔却因为雾气的寒冷和夜晚的可怕而更加畏惧了。后来，巴尔塞开始向更高处攀登，当他急切地向阿塔尔招手时，后者过了很久都没敢跟上去。

浓厚的雾气使得向上攀登变得更加困难，虽然阿塔尔最后还是跟了上去，不过在被云层遮挡了的月光下，他只能勉强看到巴尔塞在昏暗山坡上攀爬的灰色身影。巴尔塞早已遥遥领先，尽管年事已高，但他爬起山来却似乎比阿特尔还要轻松。他根本不怕已经变得十分险峻陡峭的山路，虽然那种路只有强壮而无畏的人才能攀爬，而且他也从不在那些宽大的黑色裂缝面前暂停，而那些裂缝就连阿塔尔也只能勉强跳过。就这样，他们两人一边不停地滑倒，一边跌跌撞撞地爬过岩石和深渊，有时，他们还会因那荒凉的冰峰和缄默的花岗岩广阔的陡坡和那骇人的寂静而畏惧不已。

后来，巴尔塞突然从阿塔尔的视线里消失了，他已经爬上了一个可怕的断崖，那个断崖向外凸起，似乎是为了阻挡那些未经地球之神授意便来攀爬这座高峰的人。阿塔尔被远远地甩在后面，盘算着当自己爬到那儿后应该怎么做，这时，他注意到光线奇怪地变得强烈起来，似乎那没被云笼罩着的山峰和月光普照的诸神集会地就在附近一般。当他向着那凸起的断崖和亮着的天空继续攀爬时，他感到了前所未有的害怕。然后，他听到巴尔塞的声音从高处的迷雾中传来，那个声音狂喜地喊着：

“我听到神灵的声音了！我听到地球之神在哈提格－科拉山顶上歌唱！

先知巴尔塞听到地球之神的声音了！此处雾气稀薄、月光皎洁，我将看到诸神在它们年轻时就钟爱的哈提格－科拉山上狂野地舞蹈。我、巴尔塞的智慧令我比地球之神更加强大，它们的咒语和屏障在我的意志面前完全无效；我、巴尔塞即将看到神灵，看到那些骄傲而神秘的诸神，看到那些拒绝凡人视线的地球之神！”

阿塔尔听不到巴尔塞听到的声音，不过他现在已经离那个凸起的断崖很近了，正在仔细寻找着落脚点。这时，他又听到了巴尔塞的声音，这次的声音比刚才更加尖锐、大声：

“雾气很稀薄，月光皎洁得能在山坡上投下影子。地球之神的声音很大、很狂野，它们很害怕，因为比它们更加强大的智者巴塞尔到来了……月光闪烁着，地球之神正在月光下舞蹈。我即将看到诸神舞蹈着的身影了，看到它们在月光下又跳又叫……月光渐渐黯淡了，诸神很恐慌……”

当巴尔塞叫嚣着这些话的时候，阿塔尔感觉周围的空气发生了一种玄妙的变化，似乎地球的法则正在屈服于另一种更加强大的法则一般。虽然面前的道路仍然比任何时候都陡峭，但向上攀爬现在变得容易了起来——简直容易得可怕。而当他靠近那凸起的断崖时，也不再觉得它是一个障碍，冒着险就从它那凸起的表面向上爬去了。月光奇怪地黯淡下来，当阿塔尔在雾气中快速攀登时，他听到智者巴尔塞那尖厉的声音又一次在阴影中响起：

“月光暗了，诸神在夜晚舞蹈；天空中充满了恐惧，因为月亮正在被吞食，那是任何一本人类或地球诸神的书籍都未曾预言过的吞食……哈提格－科拉山上肯定有一股未知的魔力，因为那些受惊的诸神的尖叫已经变成笑声了，那冰峰也在无止境地上升，插入黑色的天空，而我所在的位置却在骤降……嘿！嘿！终于！在这昏暗的光线中，我终于看到地球诸神了！”

这时，阿塔尔正在那陡峭得令人难以置信的断崖上头晕眼花地向上移动着，他听见黑暗中传来了一阵令人作呕的笑声，其中还混合着一阵哀号——除了在那可怕得无法言述的熔岩之河（Phlegethon）里之外，再也没有任何人曾听过那种哀号，它似乎是将某个饱受折磨的生命一生的恐惧和痛苦全都集中到了一个骇人听闻的瞬间：

“外神！外神！那些来自外界地狱、保护着弱小的地球之神的神灵！……转过头去……回去……不要看！不要看！这是无限深渊的报复……

那个该死的被诅咒的深坑……仁慈的地球之神啊，我正在掉入天空之中！”

当阿塔尔紧闭双眼、捂住耳朵，全力抵抗着一股来自未知高空的恐怖拉力时，哈提格－科拉山上响起了恐怖的雷鸣声，轰鸣的声音惊醒了平原上那些善良的村民和哈提格、尼尔和乌撒的老实镇民，透过云层，他们看到了那没有任何书籍曾预言过的古怪月食。当月亮再次出现的时候，阿塔尔正安全地躺在某座较低山峰的积雪上，看不到任何地球之神或外神出现过的痕迹。

据古旧的《纳克特手抄本》记载，当这个世界尚且年轻时，参苏也曾爬上过哈提格－科拉山，不过他只看到了沉默的冰块和岩石。而当乌撒、尼尔和哈提格的居民强压着自己的恐惧，在白天爬上那座鬼魂出没的陡峭山峰，寻找智者巴尔塞时，他们发现顶峰那裸露着的岩石上刻着一个奇怪的符号，它足有五十腕尺（Cubit，古代的一种长度单位）宽，就像被巨型凿子凿在岩石上一般。那个符号与博学之人从那些太过古老而没人能够读懂的《纳克特手抄本》的可怕章节中解读出来的某个符号很相似。这就是他们发现的全部东西。

人们一直没有找到智者巴尔塞，也无法说服虔诚的祭司阿塔尔为他灵魂的安息而祈祷。此外，乌撒、尼尔和哈提格的居民至今都害怕月食，而且每当晚上苍白的雾气遮住山顶和月亮时，他们都会祈祷。地球之神有时还是会在哈提格－科拉山峰的迷雾上方怀旧地舞蹈，因为它们知道自己是安全的，而且它们确实很喜欢从未知卡达斯乘云之船来到这儿，像当初地球新生、人类尚且不热衷攀登不宜接近的地方之时那样玩耍。

凶宅

一

就算在最极致的恐怖境况下，具有讽刺意味的事情都时常发生。有的时候，事件本身就显得十分讽刺，而有的时候，则只是其中出现的人物和地点相对于事件而言具有讽刺意味而已。一件曾经发生在古城普罗维登斯的事情就是后一种情况的经典实例。19 世纪 40 年代末期，埃德加 · 爱伦 · 坡向天才女诗人惠特曼夫人求爱而不得，期间他就常常旅居普罗维登斯。坡一般会住在贝利菲特大街的万胜酒店——原名叫金球酒店——华盛顿、杰斐逊以及拉斐特等人都曾在那儿住过。他在那儿最喜欢的散步路线是沿着一条大街向北走——那条大街既可以通往惠特曼夫人的家，又可以通往附近山腰上的圣约翰教堂墓地，那儿有一块隐秘的开阔之地，其中那些 18 世纪的墓碑对他而言有一股特殊的魅力。

此时，具有讽刺意味的事情发生了。在这条大街上散步时——这件事情他已经重复过无数次了——这位世界上最伟大的恐怖小说和怪诞小说大师一定会经过街东侧一间很特别的宅子——那是一座昏暗而古旧的建筑，它矗立在陡峭的山坡之上，带有一个很大但却显得乱糟糟的院子，历史可以回溯到这个地区还只是个半开放乡村的年代。但他从来没有写过它，也没有谈起过它，甚至连他曾注意到它的证据都找不到。然而，对于两个拥有特定信息的人而言，那间宅子的恐怖程度却完全可以匹敌，甚至超过这个经常在不知不觉中经过它的天才的脑海里最为疯狂、最为大胆的幻想。它荒凉地挺立在那儿，像一个标志着所有无法言述的可怕事物的符号一般，睨视四周。

那间宅子曾经是——就这个问题而言，它现在仍然算是——那种很能吸引好奇之人注意力的类型。它原本是一座农村或半农村建筑，延续了18世纪中叶常见的新英格兰殖民地风格——共三层，还带一个没有天窗的阁楼，修着欣欣向荣的尖屋顶、乔治风格的门道，还饰有代表了当时时尚品位的内饰板。它坐北朝南，一面山墙端没入向东挺立的山丘中那些低矮的窗户里，另一面则露在面朝街道的地基中。过去的一个半世纪里，这间宅子的结构随着附近道路的变陡和变直而改变着，这是因为贝利菲特大街——起初被称为贝克大街——最开始只是一条在第一批定居者的墓地间蜿蜒迂回的小路，后来，人们将那些尸体移到城北墓地，确保可以体面地挖开那些古老家族的墓地后，它才被拓宽、矫直。

最开始，宅子的西墙离下方从路面铺展开来的陡峭草地有20英尺左右。但在独立革命前后，大街被拓宽了，中间那片空地大部分都被占用了，地基也露了出来，所以人们修了一面砖砌的地下室墙，这使得那个很深的地下室与大街紧邻，它的门和窗则位于地面之上，十分靠近那条新的市民出行路线。而在一个世纪之前铺设人行道的时候，中间仅剩的最后一点空地也被用掉了。因此，坡在散步的时候肯定只能看到一段用阴沉的灰色砖块砌成的陡峭阶梯，它与人行道齐平，而阶梯的顶部，10英尺高的地方就坐落着那间盖有木瓦的古老房屋。

农田般的土地在后方延伸，一直深入山丘，几乎与惠顿大街相连了。宅子南面与贝利菲特大街相邻的空地自然比现在的人行道高出许多，因此形成了一个以长满青苔的潮湿石头堆成的高堤墙为界的平台，一条由狭窄台阶组成的陡峭楼梯穿过高堤墙，在峡谷一样的地面向内延伸，直至上方——那儿有一片污秽的草地、几条阴湿的砖砌小道，还有若干无人打理的园地，园地里破损的水泥瓮坛、从多节枝干编成的三脚架上落下的生了锈的水壶，以及其他类似的随身用品衬托着那扇饱经风霜的前门和门上那残破的楣窗、半腐烂的爱尔尼亚风格壁柱和早已被虫蛀坏了的三角楣饰。

我小时候听说的关于凶宅的传说只是有很多很多人都死在那儿。据说，正因为这个原因，宅子的原主人才在它建成后大概20年后就搬了出去。那个地方很明显不太正常，也许是因为地下室的潮湿和真菌生长物，也许是因为到处都弥漫着的令人作呕的味道，也许是因为门厅的通风，又也许是因为从井里抽出来的水的质量。这些事情已经足够糟糕了，因此这些理由也取得了我认识的那些人的信任。但我的叔叔，古物研究者以利户·惠普尔医生的笔记却最终向我揭示了一些更为黑暗、模糊的猜测，那些猜测形成了一条关于在古时的仆人和下人之间流传的民间传说的暗流——那是一些从未流传开来的猜测，而且，在普罗维登斯发展成一个大都市，现代人口大量转移时，它们大部分都被遗忘了。

大致的事实是，社区的核心人士从未将那间宅子视作真正意义上的“鬼屋”。从来没有人低声散布过关于咯咯作响的链条、冰冷的气流、突然熄灭的灯光或窗户上的人脸的传言。有时，一些偏激的人会说那间宅子是“不吉利的”，不过那也是他们所说的最坏的程度了。真正无可争议的是死在那儿的人数量惊人，或者更确切地说，曾经死在那儿的人数量惊人，因为自从六十年前一些奇怪的事件发生以后，便再也没人敢租那座建筑，它也就慢慢荒废了。死在那儿的人并不是因为某个特定的原因突然倒下的，相反，他们的生命力仿佛是在不知不觉中被耗尽了，因此，每个人最先都是自然而然地衰弱起来，随后不久便死掉了。而那些没死的人也都不同程度地患上了某种贫血或肺病，有时还会智力下降，这些现象都说明那座建筑并不宜于人居住。另外必须要说明的是，附近的其他宅子似乎都没有它那种可怕的特质。

我坚持不懈地询问最终让我叔叔向我展示了他的笔记，而那些笔记又最终引导我们两人着手进行那令人惊骇的调查之前，这就是我所知道的一切。在我的童年时代，凶宅是空的，那个高高的平台上长满了不会结果的、多节的可怕老树，长长的、奇怪的呈苍白色的茅草和如噩梦般畸形的杂草，鸟儿都不会在那儿逗留徘徊。我们这些小男孩常常跑过那个地方，而我至今仍然能记起我年少时期的恐惧心情，那种心情不仅是针对那些险恶的植物所呈现出来的病态的陌生感觉，还针对那间破旧荒废的宅子那怪异的氛围和恶心的气味——我们常常战栗着从那扇未上锁的前门进去探索。那些镶嵌着玻璃的小窗大部分都破损了，一股不可名状的荒凉之感笼罩着那些不稳固的饰板、摇晃的内部百叶窗、翘起的壁纸、剥落的石膏、不牢靠的楼梯和仍然被扔在那儿的坏家具的碎片。灰尘和蜘蛛网加剧了那种可怕的感觉。而那个自告奋勇地爬上梯子、进入阁楼的男孩确实非常勇敢——那是一间宽阔的阁楼，仅靠从山墙端那小小的窗户透进来的光照明，里面装满了大量柜子、椅子和纺车的残骸，多年的堆放让它们的形状变得巨大而又令人毛骨悚然。

不过阁楼毕竟不是那间宅子最可怕的地方。最可怕的是那间阴暗潮湿的地下室——虽然它完全位于街边的地面之上，仅靠一面开有门和窗的薄砖墙与热闹的人行道分隔开来，但不知为何，我们对它总是有一种最为强烈的排斥感。我们根本不知道是应该受鬼魂魅力的吸引常常到附近徘徊，还是应该出于对自身灵魂和神智的考虑而远离它。一方面，那间宅子里弥漫着的那种臭味在那个地方最为强烈；另一方面，我们又都很讨厌那些白色的真菌生长物——在多雨的夏季，它们偶尔会从坚硬的泥地里冒出来。那些真菌与外面院子里的植物一样怪诞，而且外形真的十分可怕，就像是对令人厌恶的毒菌和水晶兰的拙劣模仿一般，我们在其他地方从来没有见到过与之类似的东西。它们腐烂得很快，在某个阶段还会发出淡淡的磷光。因此，夜里路过这儿的人有时会提起在那扇散发着强烈恶臭的窗户破损了的玻璃后面有巫火在闪闪发亮。

我们从来没有在夜里进入过那间地下室——就算在最为疯狂的万圣节气氛下也没有，但当我们白天进入其中，有时候也会看到磷光，尤其是当天色阴沉、空气潮湿的时候。另外，我们还常常觉得自己探测到了另一个更加诡异的东西——一个非常奇怪、但却最多也只是具有暗示意味的东西。我说的是地下室泥地上一种模糊不清、略微发白的图案——那是一种含糊、不断变化着的霉菌或硝石的沉积物，我们有时会觉得自己能在地下室厨房的大壁炉附近那些不多见的真菌生长物之间追踪到它们。这幅图案偶尔看上去不可思议地像一个弯着身子的人形，这让我们感到备受折磨，不过大多数时候这种相似性并不存在，而且通常情况下那种发白的沉积物也根本不会出现。

在某个下着雨的下午，那种幻觉变得极为强烈，而且，我还觉得自己瞥见了一缕微微发亮的淡黄色稀薄气体从那个大张着的壁炉附近的硝石图案中缓缓升起，于是我便对我叔叔讲了这件事情。他对我的奇异想法报以微笑，但我觉得他的笑容中似乎隐藏着一丝回忆的痕迹。后来，我听到那些流传在普通人之间的古老而疯狂的传说中也出现了一些类似的概念——那个概念间接提到从巨大烟囱里冒出来的烟形成的像狼一样的恐怖形状，还提到一些穿过松散的基石进入地下室内的弯曲树根形成的怪异轮廓。

二

直到我成年后，叔叔才向我展示了他的笔记和他所收集的与凶宅有关的资料。惠普尔医生是个神志清晰、观念保守的内科医生，在一所旧学校里工作，他对那个地方的兴趣并不意味着他想要鼓励年轻人相信异常事物。他自己的观点也与异常事物没有任何关系，只是简单地假设一座建筑和一个地方具有明显的不干净的特质。不过，他也知道，那些激起他兴趣的生动现象在一个小男孩那爱幻想的脑海里会轻易地与各种极富想象力的可怕事物联系在一起。

医生是个单身汉，一个满头白发、胡子刮得干干净净的旧式绅士，还是当地一位颇具名望的历史学家，常常与西德尼 · S. 瑞德和托马斯 · W. 比克内尔等比较有争议的传统守护者们发生争执。他与他的男仆一起住在北法庭大街上一间乔治风格的宅子里——那间宅子带有门环和用铁栏杆围起来的阶梯，虽然地处陡峭的上坡路，但却怪异地保持着平衡。北法庭大街就位于古老的砖砌法庭和殖民议院旁边，1776 年 5 月 4 日，医生的祖父——他的表兄就是那位声名显赫的私掠船船长惠普尔，他曾于 1772 年烧毁了全副武装的皇家纵帆船葛斯比号——就在那儿的立法机关为罗德岛殖民地的独立投了一票。宅子里有一间潮湿的图书馆，它的天花板十分低矮，馆内饰有已发霉的白色内饰板和沉重的拱形壁炉饰架，还带有已爬满藤蔓、镶着小块玻璃的窗户。在图书馆里，他周围全是各种遗物和他那古老的家族遗留下来的记录，其中有许多都对贝利菲特大街上的那间凶宅作了模糊的暗示。那个可怕的地方离这儿并不太远，因为贝利菲特大街就在法庭的上方，沿着第一代定居者攀爬过的陡峭山丘的边缘朝外延伸着。

最后，我多年来坚持不懈的纠缠和我的日渐成长终于让叔叔对我讲述了那些我一直追寻着的隐秘传说，一本十分奇特的编年史摆在了我面前。与其他编年史一样，它十分冗长，全是统计资料，而且十分枯燥地按宗谱排列着，不过，其中却始终贯穿着一条连续的线索——消散不去、坚持不变的恐怖和超自然的邪恶——这些东西给我留下的印象甚至比它们留给那位好医生的还要深刻。各个独立的事件神秘地结合在一起，看上去毫不相干的细节中潜藏着令人惊骇的可能性。看完之后，我心中燃起了全新的、更为强烈的好奇心，与之相比，我童年时代那种微弱而朦胧的好奇最多只能算是刚刚萌芽。

编年史揭露出的第一个真相令我着手进行了详尽的调查，并最终指引我实施了那次令人颤栗的探寻之旅——不过结果却证明那次探寻对我自己和我叔叔而言都是灾难性的，因为最后我叔叔坚持加入我发起的调查，而在某个晚上进入那间宅子后，他却并没有跟我一起出来。失去那个长年以来仅被尊重、美德、良好品位、善行和学识填满的温柔灵魂后，我感到十分孤独。我在圣约翰教堂墓地——坡十分喜爱的地方——埋了一个大理石骨灰瓮，用以纪念他。教堂墓地位于山丘上巨大柳树组成的隐秘小树林里，在那儿，无数坟墓和墓石安静地簇拥在灰白色的教堂和房屋与贝利菲特大街的高堤墙之间。

那间宅子的历史始于一堆迷宫般的日期，一开始，它并没有显露出任何与其结构或与修建它的那个兴旺而又可敬的家族有关的不祥迹象。但自从最初一次迅速演变成凶兆的不幸感染后，那种不祥的迹象就开始明显了起来。我叔叔仔细编制的记录始于 1763 年建筑物开始修建时，随后数量大得不太正常的细节都一直延续着同样的主题。凶宅最开始的居住者似乎是威廉·哈里斯和他的夫人鲁比·德克斯特，还有他们的孩子们，于 1755 年出生的埃尔卡纳，于 1757 年出生的阿比盖尔，于 1759 年出生的小威廉，以及于 1761 年出生的鲁斯。哈里斯是一个富有的商人和海员，从事西印度群岛贸易，与俄巴底亚·布朗及其侄子的公司有生意往来。1761 年布朗逝世后，新成立的尼古拉斯·布朗公司让他做了双轨横帆船审慎号的主人——那是一艘在普罗维登斯建造的帆船，足足有 120 吨重。这让他有能力修建新的家宅，完成他自结婚以来就一直想要完成的梦想。

他选择的地点十分理想，就位于那条新建的时尚贝克大街——它就沿着热闹的齐普赛街上方山丘的山坡一直延伸开去——附近刚被整顿出来的区域，而他修建的建筑也与那个位置相得益彰。那应该算是一个中产阶级能够负担的最好宅院了。在哈里斯的第五个孩子出生之前，他们一家就急急忙忙地就搬了进去。后来，12 月的时候，那个孩子出生了，可惜却是个死胎。从此以后的一个半世纪里，没有任何孩子在那间宅子里活着出生。

第二年 4 月，孩子们相继生了病，阿比盖尔和鲁斯当月就死掉了。乔布·艾夫斯医生的诊断是小儿发热，但其他人却认为那绝不仅仅是一种会令人日益消瘦或日渐衰弱的病。那种病似乎在任何情况下都能传染，因为到

7月份的时候，汉纳·鲍恩——两个仆人中的一个——也病死了。另一个仆人，伊莱·赖迪森也常常抱怨说觉得自己很虚弱，他本想回到他父亲位于雷霍博特的农场的，但却突然喜欢上了被雇来接替汉纳的梅海塔布尔·皮尔斯，所以便留了下来。他死于第二年——一个令人伤心的年份，因为那一年威廉·哈里斯也死了，据说他是受马提尼克岛的气候的影响而变得软弱无力的，但在过去十年间，他由于工作关系已经在那儿待过很长一段时间了。

寡妇鲁比·哈里斯再也没有从她丈夫逝世的打击中恢复过来，而两年后，她的大儿子埃尔卡纳的过世成为她理智崩溃的最后一击。1768年，她患上了轻度精神错乱，随后便被限制只能在宅子的楼上活动。她的未婚姐姐莫西·德克斯特搬了过来，接管这个家庭。莫西身材平平、骨瘦如柴，力气却很大，不过自从搬进来之后，她的健康水平也明显下降了。她全心全意地照顾着她那不幸的妹妹，而且对她仅存的侄子威廉——他已经从一个健康结实的婴儿长成一个细瘦病弱的小伙子了——倾注了特别多的关爱。这一年，女仆梅海塔布尔死掉了，而另一个仆人，普瑞伍德·史密斯也离开了，他连一个充分的理由也没留下——或者更确切地说，他只是讲了一些疯狂的故事，还抱怨说他不喜欢这个地方的气味。莫西一度请不到帮手，因为短短的五年间，这个地方已经死了七个人，疯了一个人，周围的人在炉边闲谈时不免会讲一些闲言闲语，而后来，那些闲言闲语演变成了极其怪异的传说。但她最后还是从镇外雇到了两个新仆人：安·怀特，一个脾气乖张的女人，来自北金斯顿（它现在已经是埃克塞特的一个镇了），以及泽纳斯·洛，一个能干的波士顿男人。

正是安·怀特最先给那些不祥的闲言闲语赋予了定形。莫西应该知道，雇用谁都比雇用来自鲁斯尼克山乡村的人好，因为当时——现在也一样——那个偏远的未开垦之地正是那些最令人不适的迷信思想的集中地。1892年的时候，埃克塞特的一个社区挖出了一具尸体，当地人隆重地烧了尸体里的心脏，以防天谴降临，对公众的健康和和平造成损害。可以想象，早在1768年的时候，那里的人们对这些事情的看法是怎样的。安的话很多，而且恶意十足，几个月后，莫西便辞退了她，找了一个来自纽波特的女人接替了她——那个女人名叫玛丽亚·罗宾斯，她高大强壮，忠实尽职，而且亲切友好。

与此同时，可怜的鲁比·哈里斯早已神志不清，整天嚷嚷着那些最为骇人的梦境和幻想。有时，她的尖叫声令人无法忍受，而且她还会长时间地发出十分恐怖的叫喊，因此她的儿子只能暂时搬出去与他的表兄皮莱格·哈里斯一起，住在新建的大学附近的长老会巷里。搬出去住过几次后，那个男孩的健康状况似乎有所好转，如果莫西的智慧和她的善意一样多的话，她就应该让他长期与皮莱格一起居住。至于哈里斯夫人在她的暴力发作时喊的是些什么，那些传说并没有说明。或者更确切地说，由于传说太过耸人听闻，人们都觉得那是十足的谬论，因此都不相信。当然，如果说一个只受过法语初级教育的女人常常用粗俗却地道的法语大声说上几个小时的话，或者说同一个被独自关着、还有人看守的人疯狂地抱怨有一个十分显眼的东西在不停地叮咬着她，那么听上去确实太过荒唐了。1772 年，仆人泽纳斯死掉了，当哈里斯夫人听说这个消息后，她居然放声大笑起来，而且表现出一种完全与其气质不符的令人惊骇的欣喜之情。第二年，她自己也死了，被葬在城北墓地，她丈夫的旁边。

1775 年，与大不列颠的战争爆发之时，威廉·哈里斯——尽管还不足 16 岁，而且体质虚弱——参了军，在格林将军的手下当了个侦察兵。从那时起，他的健康状况和声望都开始了稳步上升。1780 年，他已经是安吉尔上校手下的新泽西罗德岛部队的上尉了，遇见了来自伊丽莎白镇的菲比·赫特菲尔德，并与她结了婚。第二年，他光荣地退了伍，随后便携妻子回到了普罗维登斯。

那位年轻士兵的归来并非一件绝对幸福的事情。那间宅子的状况仍然十分良好，旁边的街道已被拓宽，名字也从贝克大街改成了贝利菲特大街。不过，莫西·德克斯特以前那强健的身体已经令人伤心而又奇怪地衰弱了下来，变成了一个弓腰驼背、声音空洞、脸色苍白得吓人的可怜人。而且怪异的是，剩下的那个仆人玛丽亚也与她一样具备这些特点。1782 年秋，菲比·哈里斯生下了一个死女婴，而在第二年的 5 月 15 日，莫西·德克斯逝世了，走完了她那有用、朴实而又正直的一生。

威廉·哈里斯终于彻底相信他家的住宅确实存在着一种极其不正常的特质，所以他决定从这儿搬走，将这间宅子永远地封闭起来。他暂时将自己和妻子安顿在新开的金球酒店里，随后便开始着手修建一间更好的新房子。新住宅坐落在威斯敏斯特大街——那条街位于大桥的另一端，这座城市新发展起来的区域。1785 年，他的儿子杜缇在新房子里出生了。他们一家人一直住在那儿，直到后来商业的入侵迫使他们又搬回了河对岸，住到山那边的安吉尔大街上。那条街位于新建的城东住宅区，1876 年，已故的阿切尔 · 哈里斯在那儿修建了他那间奢侈但却很难看的、带有法式屋顶的豪宅。威廉和菲比都死于 1797 年流行的黄热病，但杜缇却被他的表兄拉思伯恩 · 哈里斯——皮莱格的儿子——养大了。

拉思伯恩是个实际的人，所以，虽然威廉的想法是让贝利菲特大街上的那间宅子空着，但他还是把它租了出去。他觉得充分利用受监护人的财产是对那个小男孩负责的一种表现，而且，他根本不关心那些给房客带来了诸多变故的死亡和疾病，对人们对那间宅子日益增长的厌恶之情也并不在意。他似乎只在 1804 年的时候感到过些许苦恼，当时城里发生了四起死亡事件，人们议论纷纷，都推测是随后便渐渐消退了的热病导致的。市政会命令他用硫黄、焦油和樟脑给那间宅子消毒，因为他们说那个地方有一股热病的味道。

杜缇自己很少关心那间宅子，因为他长大后成了一名私掠船船员，1812 年的战争期间，他在卡洪船长的机警号上服役，表现十分优异。1814 年，他毫发未损地回来了，结了婚，并在 1815 年 9 月 23 日那个难忘的夜晚当上了父亲。那天晚上，一阵大风暴让湖湾里的水涨起来几乎淹没了半个城市，一艘高大的单轨纵帆船也漂上了威斯敏斯特大街，它的桅杆几乎碰到了哈里斯家的窗户，这似乎象征着那个新出生的男孩——韦尔科姆，是一个船员的孩子。

韦尔科姆还没他父亲活得长，1862 年，他光荣地牺牲在弗雷德里克斯堡。他和他的儿子阿切尔对凶宅都知之甚少，只觉得那是一间令人讨厌的宅子，几乎租不出去，而没人愿意租它的原因大概是因为它太过老旧，满是霉斑，还散发着令人作呕的味道。事实上，自从结束于 1861 年——当时，战争带来的兴奋已逐渐消退，变得默默无闻了——的一系列死亡事件后，就再也没有人愿意租它了。哈里斯家族的最后一个男性，卡林顿 · 哈里斯，知道的事情就更少了。在我向他讲述我的经历之前，他只知道那是一间废弃了的宅子，不知为何却成为那些栩栩如生的传说的焦点。他本想拆了它，在原址上重新修一座公寓，但听完我的讲述后，他决定任由它挺立在那儿，还安好了管道，准备把它给租出去。他在寻找房客这件事情上并没有遇到任何困难。恐惧已经消逝了。

三

可以想象，哈里斯家族的编年史对我的影响有多么的巨大。我始终觉得那些连续的记录中弥漫着一股持续不断的邪恶力量，它超越了我所知的自然界的任何事物，而且，它显然与那间宅子，而不是与那个家族有关。这种感觉在我看到我叔叔收集的那一系列各种各样的资料时被证实了。那些资料不如编年史那么系统，但包含甚广，其中有根据仆人的流言蜚语记录下来的传说，有从报纸上剪下来的新闻，有同年代的内科医生出具的死亡证明的复印件，还有其他类似的东西。我当然无法奢望能提供这些材料，因为我叔叔是个不知疲倦的古物研究者，而且对凶宅非常感兴趣。但我可以转述一些比较明显的观点——它们因为在许多出处不同的报告中重复出现而吸引了我的注意。比如，仆人们几乎一致认为那间宅子之所以存在具有邪恶影响的强大力量，完全是因为那个长有真菌、散发着恶臭的地下室，有些仆人——尤其是安·怀特——根本不愿意用地下室的厨房；另外，至少有三个意义明确的传说与那怪异得像人形一般，或者说像魔鬼一般的轮廓有关，人们猜测那些轮廓是由那个区域的树根和霉菌斑形成的。后一种说法引起了我极大的兴趣，因为我在童年时代曾看到过那些东西，但我觉得，这些情况所蕴含的重要意义大部分都被从当地鬼怪传说里引出的那些附加成分极大地掩盖了。

带有埃克塞特迷信思想的安·怀特传播了那些最夸张，但同时也是最为符合的传说；她坚持说那间宅子的地底下肯定躺着一只吸血鬼——一种保持着形体，靠活人的血或气息存活的死人——它们数量众多，每当夜晚来临的时候，它们的身体或精神就会跑出来捕食猎物。根据祖母们的说法，如果想摧毁吸血鬼，人们必须掘出它的尸体，并烧掉它的心脏，或者至少用一根木桩刺穿那个器官。安一直固执地想要搜查地下室的地底正是导致她被辞退的重要原因之一。

但她的说法吸引了一大批听众，而且更容易为人们所接受，因为那间宅子所在的那片土地之前确实是用来埋葬死人的。不过对我而言，它们的重要性并不在于这一环境条件，而在于它们能够非常古怪地恰好与其他一些事情吻合。那个离开了的仆人普瑞伍德·史密斯——他比安先在哈里斯家做事，从来没有听说过安这个人——抱怨说晚上总有一些东西“吸走他的气息”；1804 年，查德霍普金斯医生为那些死于热病的人出具的死亡证明显示死去的四个人都无缘无故地失了很多血；而且可怜的鲁比·哈里斯吼出的胡言乱语中也提到了一些令人费解的通道，她抱怨说一个长着玻璃状眼睛、半隐形的存在正用锋利的牙齿咬她。

虽然我并不相信那些毫无根据的迷信，但这些东西确实让我产生了一种古怪的感觉。后来，当我看到两份来源完全没有任何关系，但全都与凶宅里发生的死亡事件有关的剪报后，这种感觉更加强烈了。其中一份剪报来自 1815 年 4 月 12 日的《普罗维登斯公报和国家期刊》；另一份则来自 1845 年 10 月 27 日的《每日大事记》。这两份剪报分别详细地描述了一个令人震惊的可怕事件，而这两个事件的重复性是非常明显的。两个事件中，垂死之人——1815 年是一个名叫斯塔福的和蔼老妇人，而 1845 年则是一个名叫以利亚撒·德菲的中年教师——都变得极为恐怖，两只像玻璃一般的眼睛圆睁着，试图咬现场的内科医生的喉咙。不过更加令人迷惑的是最后一个事件，正是它导致了再也没人敢租那间宅子——许多人因患贫血症相继死亡，而之前他们都经历了一个逐步变疯的过程，而且那些病人都会诡谲地通过脖子或手腕上的刀痕袭击自己的亲属。

那是发生在 1860 年和 1861 年的事情，当时，我叔叔刚刚开始他的医疗实践，在他动身去前线之前，他从一些较为年长的同事那儿听说了很多关于那些事件的情况。真正无法解释的事情是那些受害者——都是一些对凶宅一无所知的人们，因为那间散发着恶臭的房子现在已经无法再租给其他听说过它的人了——都会用法语讲一些咒骂的话，但那却是他们绝不可能会的语言。这不禁让人想起那可怜的、生活在大约一个世纪以前的鲁比·哈里斯，这让我叔叔深受震动，所以，当他从战场上回来后不久，听完蔡斯医生和惠特马什医生的当面讲述后，他便开始着手收集与那间宅子相关的历史资料。事实上，我能看出我叔叔确实对这个问题进行了深入的思考，而且他很高兴我也对这个问题感兴趣——那是一种思想开明、极富同情心的兴趣，使他能与我讨论那些其他人只会报以嘲笑的问题。他的想象力不像我的那般无边无际，但他能感觉到那个地方那种极富幻想的潜力十分难得，值得被当作怪诞和恐怖领域的灵感记录下来。

就我而言，我更倾向于认为整件事情都具有深远的意义。因此，我立即着手进行了调查，我并非仅仅只是回顾了一遍那些证据，而是尽自己所能收集到了更多的资料。在年事已高的阿切尔·哈里斯于1916年过世以前，我与他交谈过很多次——后来我还和那间宅子现在的主人也交谈过——他和他那位现在仍然还活着的未婚妹妹爱丽丝证实了我叔叔收集的那些关于他们家族的资料都是真实可靠的。不过，当我问他们那间宅子可能与法国或法语有什么联系的时候，他们承认说自己也像我一样困惑，一样一无所知。阿切尔什么也说不出来，而哈里斯小姐能说的也只是她的祖父，杜缇·哈里斯曾讲过的一个古老典故里可能会有一些提示。那个老船员是在他儿子韦尔科姆牺牲在战场两年后过世的，他自己并不知道那个传说，但他能回忆起他最早的保姆玛丽亚·罗宾斯，似乎暗中意识到了一些东西，它们为鲁比·哈里斯用法语吼出的胡言乱语赋予了一个古怪的意义——在那个不幸的女人的最后时日里，玛丽亚经常听到她的乱吼乱叫。玛丽亚从1769年起就住进了凶宅，直到1783年整个家族一起搬出去，而且她还目睹了莫西·德克斯特的死亡。她曾暗示年幼的杜缇说莫西临死前发生了一件有些怪异的事情，但是她却很快就忘光了，只记得那件事情十分奇怪。而且，那个孙女至今还记得这些也实属不易。她和她的哥哥对那间宅子并不感兴趣，不过阿切尔的儿子，卡林顿——那间宅子现在的主人——却对这些事情十分感兴趣，在我亲身经历过一些事情之后，我与他也有过一番交谈。

从哈里斯家族得到他们能提供的所有信息后，我将自己的注意力转移到早期的城市记录和契约上，我对这些东西的热情比我叔叔之前偶尔表现出来的更加强烈。我想得到的是一份综合、全面的，始于1636年最开始有人定居此地的地方历史——当然，如果某个纳拉干族的印第安传说能被挖掘出来提供资料的话，我还希望能得到更早的历史。一开始，我便发现那片土地是最初划分给约翰·思罗克莫顿的一大片家庭用地的一部分。它是许多相似的地中的一片，始于河边的城镇街，一直延伸到山丘之上，到一条大约与现在的希望大街对应的线为止。当然，思罗克莫顿的地后来被多次划分，我努力地查询资料，希望能找到那片后来被贝克或贝利菲特大街贯穿的区域。结果正如传言所说，那个地方变成了思罗克莫顿家族的墓地，但我更加仔细地查看了相关记录，发现早期所有坟墓都已被转移到波塔基特西路上的城北墓地里了。

后来，我突然发现了一件东西——我是在极为偶然的情况下发现它的，因为它并不存在于记录的主要部分，很容易就会被忽略掉——它与整件事中最为怪异的那些部分吻合在了一起，因此激起了我最为强烈的热情。那是一份租约，一份签订于 1697 年的，将一小块土地租给艾蒂安·鲁莱和他的妻子的租约。与法国相关的元素终于出现了——由于我的离奇而又混杂的阅读，不只这个元素，另一个更为深入的恐怖元素的名字也从某个最为黑暗的深处显现了出来——我兴奋地研究着那块土地在贝克大街于 1747 至 1758 年贯穿其中和部分矫直之前的位置。我发现了自己之前已经隐约料到的事情，现在那间凶宅挺立着的位置正是鲁莱家族的墓地，它就位于他们那间带阁楼的一层小屋的后方，而且，没有任何记录显示那些墓地被转移了。那份文件事实上仍然残存着许多疑点，所以，我只好“洗劫”了罗德岛历史协会和谢普利图书馆，直到我找到一扇能将艾蒂安·鲁莱的名字解锁的门为止。最后，我真的找到了一些东西，一些虽然十分模糊但却非常重要的东西。于是，我立即开始着手，带着一种全新而兴奋的缜密心情检查了那间凶宅的地下室。

鲁莱家族似乎是 1969 年从纳拉干族海湾西岸下方的东格林尼治搬来的。他们是来自科德的胡格洛派教徒，普罗维登斯的行政委员允许他们在城里定居之前，他们遭到了很多敌视。他们是 1686 年南特赦令取消以后去的东格林尼治，从那以后，不受欢迎就一直纠缠着他们。有传言称人们讨厌他们的原因绝不仅仅是种族偏见和民族偏见，或者是与英国人的土地纠纷——那些纠纷牵涉了其他很多从法国来的移居者，那种敌意就连安德罗斯镇长都没法压制。不过，他们是热情的新教徒——也有人低声抱怨说太过热情了——而且他们实际上是被人从那个海湾下方的村子赶出来的，非常不幸，所以城镇官员对他们很同情。那些陌生人在这儿找到了避难所。皮肤黝黑的艾蒂安·鲁莱并不擅长务农，反而喜欢读些奇怪的书，画些奇怪的画，所以他谋得了一个书记员的职位，在离城镇街南边很远的帕登·蒂林哈斯特的码头上的一个仓库里工作。但后来——大约40年后，老鲁莱已经过世了——那儿发生了一场暴乱，从此似乎便再也没人听说过那个家族了。

鲁莱家族存在了一个多世纪，人们对其记忆深刻，还常常把与它相关的那些事情当作新英格兰海港那安宁平静的生活中发生的生动事件来谈论。艾蒂安的儿子保罗是个脾气很坏的家伙，很可能正是他那古怪的举止导致了那场彻底摧毁那个家族的暴乱，他更是各种猜测的起点。虽然普罗维登斯不像她的清教徒邻居，从来没有受过巫术恐慌的侵扰，但一些老妇人还是坦率地暗示说他的祈祷既不是在恰当的时间进行的，也没有指向恰当的目的。无疑，正是这一切构成了老玛丽亚·罗宾斯听说的那个传说。至于它与鲁比·哈里斯和其他凶宅的住户用法语吼出的胡言乱语有什么关系，就只能靠想象和进一步的探索才能确定了。我很好奇有多少听过那些传说的人会恐惧地意识到了那种附加联系——我是通过广泛的阅读推测出来的。那些弥漫着病态恐惧的编年史中有一条不祥的条目，它记录了1598年，科德的雅克·鲁莱被当作恶魔附身的人判处死刑，但后来巴黎议会没有用木桩刺死他，而是把他关进了一间疯人院。人们曾发现他出现在一片森林里，浑身都是血和肉的碎片，而当时附近刚刚有一个小男孩被两头狼杀死并撕碎，人们只看到一头狼毫发无伤地大步跑开了。这显然是一个典型的炉边故事，但其中提到的名字和地点却具有古怪的重要性。我敢判定普罗维登斯那些喜欢闲言闲语的人并没有听说过这个故事。如果他们听说过的话，名字上的巧合肯定会让他们害怕，从而采取一些激烈的行动——事实上，会不会正是那个故事在有限范围内的低声传播促成了那场暴乱，最终使鲁莱家族从镇上消失了呢？

我现在经常去那个受诅咒的地方，研究花园里那些令人生厌的植物，检查那栋建筑所有的墙壁，仔细地搜寻地下室的每寸泥地。后来，在得到卡林顿·哈里斯的允许之后，我给那扇紧邻贝利菲特大街的地下室的破门安了一把锁，希望能够通过它直接进入外面的世界，而无须再走过那些黑暗的阶梯，经过底层的大厅，穿过宅子的前门。无数个长长的午后，当阳光透过地上那些布满蜘蛛网的窗户洒进地下室的时候，我就在那个病态气氛最为浓烈的地方搜查、寻找着，那扇没锁的门使我与外面宁静的人行道只有几英尺的距离，从而给了我一种安全感。但我的付出并没有得到回报——除了那些令人沮丧的、完全相同的霉菌和那股恶臭及地上的硝石轮廓所给出的模糊暗示外，我没有发现任何新的东西——我想象着许多行人肯定曾透过那破损的窗玻璃好奇地看着我。

最后，在叔叔的建议下，我决定在夜里造访那个地方。于是，一个暴风雨的午夜，我打着手电筒来到了地下室，手电筒的光晃过发霉的地面，以及地上那些神秘的轮廓和散发着黯淡磷光的扭曲真菌。很奇怪，当晚那个地方仍然令我感到十分沮丧，但就在我准备离开的时候，我看到——或者我认为自己看到——那些发白的沉积物中间有一团特别明显的“蜷缩状态”的影子——我少年时代就怀疑自己看到过。以前它从来没有这样令人惊讶地清晰过，而且当我观察它的时候，我似乎又一次看到了那种淡黄色、闪闪发亮、稀薄的呼气——多年前那个下雨的午后，就是这种呼气让我受到了极大的惊吓。

它上升到壁炉附近那块显露出人形的霉菌上方，那是一种诡异、病态、几乎发光的气体，当它摇摇晃晃地飘在周围潮湿的空气中时，看上去似乎会形成某种模糊、令人震惊，并且极富暗示意味的形状。它渐渐地变淡了，显得模糊不清，最后飘进了那个巨大而黑暗的烟囱里，所到之处留下一股恶臭。它是真的非常可怕，而且由于我对这个地方十分了解，所以对我而言尤其如此。但我不想逃跑，只是观察着它渐渐褪去——在我观察的时候，我觉得反倒是它在用一双更多出自我想象的眼睛贪婪地盯着我。当我告诉叔叔这件事情时，他的兴趣被极大地激起了，在经过一小时紧张的思考后，他作出了一个重大的决定。他在脑海中权衡了那个东西的重要性，以及我们与它的关系所具备的意义，随后，他坚持我们应该一起在某个或某些晚上对那间被霉菌诅咒了的地下室实施侵略性的监视，以此测试——可能的话，甚至可以摧毁——那间宅子里的恐怖之物。

四

1919 年 6 月 25 日，星期三，在适当地告知了卡林顿·哈里斯后——但我并没有告诉他我们预计会发现什么东西——我和叔叔搬了两把轻便折椅、一张可以折叠的露营帆布床，还有一些更重、更复杂的科学装置到凶宅里。

当天，我们就把那些东西放进了地下室，并用纸糊住了窗户，计划晚上再回来实施我们的第一次监视。那扇从地下室通往屋子底层的门被我们锁上了，由于我有地下室那扇通往室外的门的钥匙，所以我们准备将那些昂贵而精密的器械——那是我们花了巨大的代价才偷偷得到的——放在那儿，直至监视结束。我们的计划是先一起熬夜到很晚，然后轮流监视两个小时，直到黎明降临。我先开始监视，然后换我的同伴，而闲着的那个人就在帆布床上休息。

天生的领导能力让我叔叔从布朗大学的实验室和克兰斯敦大街的军械库弄到了不少仪器，也让他本能地承担了我们冒险的指导工作。那种领导能力是对一位 81 岁的男人的潜在生命力和适应力的最佳诠释。要不是接下来发生事情的话，直到今天，以利户·惠普尔肯定还按照他作为内科医生所宣扬的健康法则精力充沛地活着。只有两个人怀疑过到底发生了什么——卡林顿·哈里斯和我。我必须得告诉哈里斯，因为他是那间宅子的主人，应该知道里面曾出现过什么东西，而且我们之前就已经告诉过他我们即将进行的探寻了。另外，我叔叔消失后，我觉得只有他能理解我，只有他才能在某些极其必要的公开解释中帮助我。听完我的讲述后，他的脸色变得苍白，但他还是答应帮助我，同时也判定现在将那间宅子出租应该是安全的。

宣称我们在那个下着雨的监视之夜并不紧张，肯定是种既荒唐又可笑的夸张说法。正如我之前所说的一样，我们一点也不相信那些幼稚的迷信之说，但科学的研究和思考告诉我们，已知的三维世界仅仅只包含了整个物质和能量宇宙的一小部分。在这件事情上，一种来源众多、真实，而且势不可挡的明显优势意味着某种能力强大而且异常邪恶（就人类的观点而言）的力量确实存在。说我们相信吸血鬼或狼人的存在其实是一种并不严谨的泛泛之说。更确切的陈述是，我们并不否认某些不为人所熟知、无法分类的生命力量和弱化物质的异体的存在可能性；由于它们与其他基本空间单元的联系更为紧密，所以在三维空间十分罕见，但它们却离我们这个空间单元的边界很近，因此偶尔会显现在我们面前，但由于我们缺乏正确的观点，所以可能从来也无法理解那种显现。

简而言之，对我和叔叔而言，一系列不容置疑的事实似乎都说明凶宅里存在着一种挥之不去的影响力。它可以追溯至两个世纪之前，定格在某个面色难看的法国定居者身上，而且，它现在仍然在通过某些罕见且未知的原子和电子运动定律发挥作用。鲁莱家族那些有文字记载的历史似乎证明了他们与实体的外圈——也就是普通人只会感到厌恶和恐惧的暗黑领域——有着一种异常的亲密关系。那么，那些发生在17世纪30年代的暴乱是不是并未能消除他们家族的一个或多个人——尤其是邪恶的保罗·鲁莱——那病态思想中的那种特定的运动模式呢？虽然他们的身体被暴民杀死并埋葬了，但他们的思想却令人费解地存活了下来，存在于某个多维空间，受那股对日渐侵入的社区的疯狂憎恨所控制，按照原来的力线运行着。

鉴于新近的科学理论——包括相对论和原子内运动——这样的事情显然并非一件在物理学或生物化学上完全不可能发生的事情。任何人都可以很容易地想象出一个来自外星的物质核或能量核，它可以是无定形的，也可以不是，它通过刺入生命体，有时也通过与生命体的某个组织完全结合在一起，不易觉察或不甚重要地消减该生命力或身体组织，以及其他更加实在的生物的汁液而存活。它可能是极不友善的，或者仅仅只会因为自卫这一盲目的动机才具备攻击性。不过，在任何情况下，这样一个怪物都必定会以异常物、入侵者的形象出现在我们的计划里，而任何一个对世界的生命、健康和健全神智没有敌意的人都会将根除它当作自己的首要义务。

唯一的困难是我们全然不知那个东西会以何种面貌出现在我们面前。没有任何神智正常的人曾见过它，甚至很少有人能确切地感受到它。它可能只是一股纯粹的能量——一种飘逸、超越了物质范畴的存在形式——也可能是部分物质的；可能是某种未知、模棱两可的可塑性物体，能够随意变成模糊不清的固体、液体、气体或精细的非粒子状态。它可能是地上那块人形霉菌，那浅黄色的气体形状，或者是某些老故事里出现过的树根弯曲形成的轮廓。不过，它的那种相似性到底有多典型、到底能持续多久，就没人能说得清了。

我们准备了两种武器来对付那个东西，其中之一是一根特制的超大型克鲁克斯放电管，由大功率蓄电池驱动，并且装配了特殊的屏幕和反射镜——如果它是不可触摸的，那么就只能用破坏性极大的醚辐射来对付它了；另一种武器是一对曾用于世界大战的军用火焰喷射器——用于它是半物质的、不能承受机械破坏的情况，因为我们计划向那些迷信的埃克塞特乡民学习，烧毁那个东西的心脏——如果那个能被烧毁的心脏确实存在的话。我们将所有这些攻击性的机械装置都装进了地下室里，而且还根据帆布床和椅子的位置，以及壁炉前霉菌展现出奇怪形状的地点对它们所在的位置作了精心的安排。顺便说一下，当我们摆放那些家具和仪器，以及当天晚上我们回到那儿实施监视的时候，那个极富暗示意义的地点都只是隐约可见的状态。有那么一刻，我甚至怀疑自己是否真的清晰地看到过那个确切的影子——不过我随即便想到了那些传说。

我们对地下室的监视始于夏令时晚上十点，但随着监视的继续，我们发现并没有任何相关事物出现的迹象。外面淋着雨的路灯散发出来的微光透了进来，而地下室里那些令人厌恶的真菌也散发着微弱的磷光，在它们的照耀下，所有白色涂料的痕迹都已完全消退的墙壁上湿淋淋的石头，那阴湿、散发着恶臭、长满霉菌的坚硬泥地和长在上面的污秽真菌，凳子、椅子、桌子和其他不成形的家具的腐烂残余物，头顶上底楼的沉重厚木板和巨大横梁，通往位于宅子其他部分下方的仓库和小室的陈旧板门，已经快崩溃了的石头阶梯和早已烂掉的木质扶手，那看上去像洞穴一般的简陋壁炉——它是由熏黑了的砖块砌成的，其中还残留着生了锈的铁碎片，说明过去曾配备铁钩、铁架、烤肉叉和吊钩，还有一扇与荷兰烤箱连通的小门——这些东西，以及简朴的帆布床和轻便折椅，还有我们带来的沉重而又复杂的破坏性机械，全都隐隐地显现了出来。

我们并没有锁上那扇通往街道的门，就像我以前独自一人来这儿探索时一样，如果出现的东西远非我们的力量可以对付的话，那我们至少还可以通过那扇直接而实用的门逃跑。我们的想法是，无论这里潜藏着什么恶毒存在，它都有可能因为我们连续几夜出现在这里而显形，而准备充分之后，我们就可以在认出并且充分地观察到那个东西后立即用某件早已准备好的工具处理掉它。不过，对于唤醒并消灭那个东西需要多长时间我们却没有任何概念。当然，我们也知道这次冒险绝对不会很安全，因为没人知道那个东西究竟具备多大的力量。但我们都认为这个游戏是值得冒这些风险的，因此便毫不犹豫地单独着手做这件事，因为我们知道，寻求外界的帮助只会令自己面临嘲弄，也许还会毁掉我们的整个计划。这些就是我们在交谈的时候各自的心情——那时候夜已经很深了，叔叔的睡意越来越浓，所以我提醒他是时候躺下睡两个小时了。

午夜过后，当我独自坐在那儿时，恐惧令我感到寒冷——我说独自是因为一个坐在熟睡之人旁边的人确实是孤独的，也许他甚至比他所能意识到的还要孤独。叔叔的呼吸声很沉重，他深深的呼气和吸气声伴随着外面的雨声，不时还会被另一个令人头疼的声音——远远传来的屋内的滴水声——打断，这是因为这间宅子就算在干燥季节也十分潮湿，而在这场暴风雨里，这儿几乎可以算是一片沼泽了。就着真菌的磷光和从那已被糊住了窗户透进来的微弱路灯光线，我无聊地研究着墙上那些松散、古老的砖石。而当这个地方令人难受的气氛几乎快要令我作呕时，我开了一次门，上下打量了一下外面的街道，那些熟悉的场景和健康的空气至少可以略微安慰一下我的双眼和鼻孔。后来，我的监视还是没有得到任何回报——仍然没有事情发生，我再三地打着呵欠，疲倦渐渐战胜了忧惧。

这时，熟睡中的叔叔晃动了几下，吸引了我的注意。在我监视的第一个小时的后半段，他曾不安地翻过几次身，但现在他的呼吸显得异常不规律，偶尔还会乱动，那其中隐含的意义绝不仅仅只是窒息的呻吟。

我用电筒照了照他，但他的脸却转到了另一边。于是我走到帆布床的另一侧，再次打开电筒，想看看他的表情。我看到的东西，虽然相对比较平淡，但却非常意外地令我慌乱起来。那绝对只是我们所处的古怪环境和我们正在进行的任务的险恶性质相结合导致的结果，因为我看到的东西本身并不可怕，也并无异常。那只是叔叔的面部表情，他无疑受到了怪梦的侵扰——那怪梦肯定也是因为我们的处境导致的——表现得十分焦虑，看上去与他的性格完全不符。他常有的表情都是亲切、很有涵养、平静的，但现在看上去他内心似乎有很多种情绪正在作斗争。总的来说，我觉得正是那种“很多种”的感觉最让我感到不安。后来，叔叔变得越来越烦乱，一边喘气一边摇晃，他的眼睛也慢慢睁开了，但看上去却不像一个人，而是有许多个人同时存在，而且他还诡异地给人一种外国人的感觉。

突然，他开始轻声低语了——我很不喜欢他说话时嘴唇和牙齿的样子。一开始，他吐露的语句难以分辨，随后——从一个令人震惊的起点开始——我意识到了一些事情，而那些事情立刻让我浑身都被冰冷的恐惧震慑住了，直到后来我想起叔叔受过的教育程度和他曾没完没了地翻译《两个世界评论》上刊登的那些人类学和古物研究文章，我的恐惧才略微减轻了一点。尊敬的以利户·惠普尔先生正在用法语轻声低语，而我能听懂的几个短语似乎都与他从那本巴黎著名的杂志上摘录下来的最黑暗的神话有关。

后来，这个沉睡者的前额突然冒出了汗水，而半醒半睡的他也猛地跳了起来。法语的胡言乱语变成了英语的喊叫，他激动地用嘶哑的声音吼着“我的呼吸，我的呼吸！”随后，他完全醒了，面部表情平静了下来，恢复了正常的状态。叔叔握住我的手，开始向我讲述他刚才做的梦，那个梦的核心极其重要，而我只能带着一种敬畏推测着它的重要性。

他说，他一开始只是在一系列平常的梦境中游荡，后来他飘进了一个场景，那其中的怪异之处与他曾读到过的任何东西都没有任何联系。那个场景就存在于这个世界，但又并不属于这个世界——那是一个鲜为人知的几何混沌，在那儿可以看到熟悉之物的元素以最为陌生、最令人不安的组合出现。那儿有古怪的无序图案一幅叠在另一幅之上的暗示；也有时间和空间的本质似乎都被消融，然后以最不合逻辑的形式混合在一起的安排。在那个幽灵般的图案组成的千变万化的旋涡中，偶尔会出现一些快照——如果你采用那个术语的话——它们极其清晰，但却令人无法理解的不统一。

叔叔曾一度认为自己躺在一个被漫不经心挖开的采石场里，一群被凌乱的锁和三棱顶板框起来的愤怒面孔皱着眉俯视着他。后来他又觉得自己在一间房子里，那明显是间老房子，房屋的细节情况和里面的住户一直在变，他根本无法确定那些面孔或家具，甚至连那个房间也不能确定，因为房间的门和窗似乎也像某些可以移动的物体一般处于不断变化的状态。一切都太古怪了——是那种可恨的古怪——叔叔讲述的时候甚至有些不太好意思，似乎有点希望自己所说的话不被相信，因为他说那些奇怪的面孔许多都明显具有哈里斯家族的特征。整个过程他一直有一种窒息的感觉，就像某些弥漫在此地的存在舒展开来，穿过了他的身体，想要占有他的生命过程一般。

想到那些持续运行了81年，已经磨损了很多的生命过程要与那些甚至连最为年轻、强壮的系统也会害怕的未知力量作斗争，我不禁打了个寒战。但随后我又觉得梦境毕竟只是梦境，那些令人不安的景象再怎么也不会超过叔叔对调查的反应和期待——最近这些东西已经完全占据了我们的脑海，排挤了其他所有事情。

谈话也很快地帮我驱散了那种怪异的感觉，我向自己的睡意屈服了，开始享受我的打盹时间。而叔叔现在似乎根本就睡不着了，因此，虽然由于噩梦的侵扰，现在他那两个小时的休息时间还远远没有结束，但他还是高兴地开始了他的监视时间。

我很快便睡着了，并立刻受到了那种最让人不安的梦境的侵扰。在我梦里，我感到了一种无边无际、深不可测的孤独。敌意从四面八方奔涌而出，扑向一间关押着我的监狱。我似乎被捆绑着，嘴里还塞着东西，周围回响着的叫喊声都在嘲笑我，那是远处的一大群存在发出的，它们都在渴望着我的鲜血。我叔叔的脸朝我走来，与清醒的时刻相比，他脸上的那种表情令人十分不愉快，而且我还回想起许多徒劳的挣扎，并试着尖叫。那并不是一场舒适的睡眠，有那么一会儿，我甚至并不遗憾那回响着的叫喊声劈开了梦境的屏障，让我突然惊吓着苏醒过来。醒来之后，我看到的每一件真实物体都很突出，比平常看上去更清晰、更真实。

五

睡觉的时候，我的脸一直背对着叔叔的椅子，因此，当我突然醒来时，看到的只有那扇通往街道的大门，以及朝向房间北面的窗户、墙壁、地板和天花板。在一道比真菌的磷光和外面街上路灯的灯光更加明亮的光线里，它们看上去全都带着一种病态的鲜明生动，深深地印在我的脑海里。不过那并不是一道强烈的光线，甚至连比较强烈都算不上——至少没办法借助那种强度的光亮阅读一本普通的书。但它将我和那张帆布床的影子投射到了地面上，而且它还带着一股微黄色的穿透力，这种力量对事物的影响比它的亮度对事物的影响更大、更有力。这时，我的听觉和嗅觉都遭受了猛烈地攻击——我的耳朵里一直回响着一种令人震惊的尖叫，而我的鼻孔则一直被满屋子的恶臭折磨着——但我的感觉却近乎病态的敏锐，所以能感觉到那股穿透力。我思想的警觉程度毫不逊色于我的感官，因此立即意识到了那种严重的异常。我几乎是下意识地跳了起来，转身去抓我们之前排成一排、放在壁炉前面那块长满霉菌的地上的破坏性武器。当我回头时，我十分害怕我将会看到的东西，因为之前那声尖叫是叔叔发出来的，而且我很清楚，不管面对的是何种危险，我都必须保护好他和我自己。

但最终，我看到的景象比我所担心的还要糟糕。我们知道这世上存在着一些远比恐怖之物还要恐怖的东西，而我所看到的，就是所有可以梦到的可怕事物的核心之一——那肯定是宇宙保留下来摧毁那些被诅咒、不幸的少数存在的。那长满真菌的地面上笼罩着一具发着光、全身呈黄色，而且显得极其病态的气态尸体，它冒着气泡，一波一波地涌至一个巨大的高度，整个轮廓十分模糊，有点像人，又有点像某种怪物，穿过它我可以看见对面的烟囱和壁炉。它浑身都是贪婪而嘲弄的眼睛，那长满皱褶、虫子一般的头颅在最顶处消融成一片薄雾，然后极其恶心地卷曲起来，消失在烟囱里。虽然我说我“看见”了这个东西，但事实上这些都只出现在意识回忆中，我才明确地查出了它那该死的成型途径。而在当时，我看到的只是一片沸腾着、散发出黯淡磷光、令人作呕的真菌，它包裹着一个物体，将其消融成一个可恶的可塑形体，而我所有的注意力都集中在那个物体身上。那是我的叔叔——值得尊敬的以利户·惠普尔先生——他一边用他那正在变黑、腐烂的面孔睨视着我，一边冲我胡言乱语，随后，在那个恐怖之物带给他的狂怒中，他还伸出了一双滴着水的爪子，想要将我撕碎。

是一种惯性的感觉令我免于疯狂。我曾反复训练自己应对这种紧急情况，而正是那种看似盲目的练习拯救了我。在意识到那个冒着气泡的邪恶之物并非某种靠物质或材料化学就可以触及的东西之后，我果断地放弃了就在我左手边的火焰喷射器，转而拿起了克鲁克斯放电管，将其对准那个无法消灭的亵神之物，发射出的极速可以从自然空间和流体里激发的最为强烈的醚辐射。经过一阵疯狂的喷射后，蓝色的雾霭四下弥漫，而我眼中那淡黄色的磷光也变得越来越黯淡。不过，我看到的黯淡只是一种相对情况，那个机器喷出来的气波其实根本不起任何作用。

随后，我看到那个极端邪恶的场景中出现了一个新生的恐怖之物，它让我吓得放声尖叫起来，笨手笨脚、跌跌撞撞地冲向那扇没锁的、通往外面那条安静街道的大门，完全不管我将何种异常的恐怖之物引到了这个世界，也不管自己大脑里现在是否还有人类的思想和判断。在那蓝色和黄色雾气的黯

淡混合物中，叔叔的身形正在令人作呕地液化，那种液化的本质任何语言都难以形容，而且在液化过程中，他那正在逐渐消失的面孔上呈现出了只有疯狂之人才能想象得到的身份变化。他一会儿是恶魔，一会儿是一群人，一会儿是间停尸房，一会儿又是场盛会。在那并不稳定的混合光线的照射下，那张凝胶状的脸上呈现出十几种——几十种——几百种面貌。当它下降到地上那具已像油脂般融化了的身体上时，还咧着嘴笑了笑，看上去与众多陌生而又并不陌生的人有些相似。

我看到了哈里斯家族的特征，有男人的、有女人的、有成年人的、也有小孩子的，还看到了其他或年老或年轻、或粗犷或文雅或熟悉或陌生的面容。有那么一瞬间，那可怜的疯女人鲁比·哈里斯的缩影一闪而过——我曾在设计学院的博物馆里看到过她的样子，另一时刻，我又觉得自己看到了骨瘦如柴的莫西·德克斯特——我知道她的样子是因为卡林顿·哈里斯家里有一幅她的画像。那幅场景看上去令人觉得不可思议的恐怖。最后，当仆人和婴儿的脸奇怪地混合在一起，闪烁着靠近那长满真菌的地面——那儿正蔓延着一摊绿色的油脂——时，那些不断改变着的面容看上去似乎在相互斗争，奋力想要表现出叔叔那种亲切的样子。我觉得那一刻是他存在着，他想要与我道别。我自己那焦干的喉咙似乎也发出了一声哽咽的道别，随后，我便摇晃着跑出地下室，来到了大街上，一条细细的油脂流跟着我穿过大门，也来到了那条被雨淋湿了的人行道上。

接下来发生的事情显得模糊而怪异。那条湿漉漉的大街上一个人也没有，而在整个世界上，我连一个可以倾诉的人都找不到。我漫无目的地往南走去，经过大学山和图书馆，走完惠普金斯大街，越过大桥，来到商业区——那些高大的建筑似乎在守卫着我，就像现代的物质守卫着这个世界不受那些古老而有害的怪事侵扰一般。后来，灰白的黎明潮湿地从东方延展开来，照射出远古山丘和山丘之上庄严肃穆的尖塔的轮廓，也召唤我重新回到那个我那项可怕的工作仍然没有结束的地方。最后，我顺从了那种召唤，没戴帽子、浑身湿透的我在晨光中恍恍惚惚地走进了贝利菲特大街的那扇可怕大门——我之前任由它半开着就逃开了，而它现在仍然神秘地摇晃着，那些早期的住户似乎仍在眼前，但我却不敢与他们交谈。

那摊油脂已经不见了，可能是渗进了发霉的地面。壁炉前面那个硝石痕迹构成的巨大的、弯着身子的人形如今也已经了无痕迹。我呆呆地看着那张帆布床、那两把椅子、那些仪器、我那被忽视的帽子，以及叔叔那顶黄色的草帽，恍惚的感觉达到了顶峰，我几乎已经分辨不出什么是梦境、什么又是真实了。后来，我的理智渐渐恢复，而我也意识到，我刚才见证的事情比我曾梦见过的所有可怕场景都要恐怖。

我坐了下来，试图用清晰的神智推测刚才发生的事情，想想我该如何终结那个恐怖之物——如果它真的存在的话。那个东西似乎并不是实物，也不是气体，甚至也不是凡人头脑可以想象出来的任何东西。那么，它到底是某种外来的放射物，还是某种吸血鬼性质的蒸气呢？例如，埃克塞特的乡野故事中所描述的，潜藏在某些墓地里的那种？我感觉这是一条线索，所以，我又一次仔细地检查了壁炉前方的地面——霉菌和硝石曾在这儿显现出十分奇怪的形状。

十分钟后，我脑子里已经有了主意，于是我拿起自己的帽子，准备动身回家了。到家后，我洗了个澡，吃过饭，并用电话订购了一把镐子、一把铲子、一个军用防毒面具和六只装满硫酸的大玻璃瓶，让他们明天早上把这些东西送到贝利菲特大街凶宅的地下室大门口。然后，我准备好好睡一觉，结果却根本睡不着，所以只好靠阅读打发时间，用那些毫无意义的空洞诗句来压制自己的情绪。

第二天上午十一点，我开始在地下室里挖掘起来。那天天气晴朗，阳光明媚，这让我感到十分欣慰。我仍然独自一人，因为虽然我非常害怕我正在探寻的那个未知的恐怖之物，但我更害怕把这件事情告诉别人。后来我对哈里斯的讲述也只是出于必要，而且他之前已经从一些老年人那儿听说过不少怪异的故事了，因此他比较容易相信我的话。当我挖出壁炉前面那散发着恶臭的黑色土壤时，我的铲子铲断了一些白色真菌，黄色的黏液从中渗了出来。我不太确定自己可能会挖出什么东西，而那些不确定的想法令我忍不住地颤抖了起来。地球内部的某些秘密对人类而言并没有任何好处，而现在我眼前的似乎就是其中之一。

我的手抖得很厉害，但我仍然没有停止挖掘，不久后，我便站到了自己刚刚挖出的大洞里。那个洞大约有 6 英尺大小，随着洞越挖越深，那股邪恶的味道也越来越浓烈，而我也越来越确定，我即将接触到一些令人毛骨悚然的东西，正是它的放射物令这间宅子受到了一个半世纪的诅咒。我很好奇它长什么样子——是什么形状，由什么物质组成，吸收了这么多年的生命后它变得有多么巨大。最后，我从洞里爬了出来，散开那些堆在一起的土，然后将那些装满硫酸的大玻璃瓶摆放在周围，靠近洞两侧的地方，这样的话，我就可以在必要的时候快速而连续地把里面的硫酸倒进洞里了。随后我又沿着另外两侧倒了些泥土。随着臭味越来越浓，我也放缓了自己的工作速度，而且还戴上了防毒面具。就在我几乎快要接近洞底那不可名状的东西时，我几乎快被吓死了。

突然，我的铲子碰到了一个比泥土更加柔软的东西。我打了个寒战，作势想要从洞里爬出去——它现在已经到我脖子的深度了。不过我很快找回了自己的勇气，打起手电，在灯光的照射下又铲掉了一些土。我即将挖出的那个东西的表面就跟鱼一样，而且十分光滑，有点像半腐烂了的凝固的果冻，而且是半透明的。我又继续铲掉了一些土，随后便看到它是有形的。那儿有一个裂口，那个物质的一部分就重叠在那里。暴露在外的部分很大，大致呈现圆柱形，就像一根巨大、柔软的蓝白色烟囱管分成两部分叠加在一起，最粗部位的直径足足有 2 英尺。我又铲了几下，然后突然跳出了那个洞，远离那个污秽的东西。我疯狂地拔掉大玻璃瓶的塞子，使之倾斜，然后将其中装着的腐蚀性物质全部倒入了那个恐怖的深坑，倒在那个令人无法想象的畸形之物——我已经看到它那巨大的肘部了——身上。

随着大量硫酸的突然涌入，那个洞里涌出很多黄绿色的狂暴蒸气，随后形成的那个刺目的大漩涡可能永远都不会从我的记忆中消退。山上的居民一直都在谈论那个黄色的日子，排入普罗维登斯河的工业废水产生了可怕的剧毒烟雾，但我知道，关于那些烟雾的来源，他们都错了。他们还谈到，就在同一时刻，地下某条失了控的水管或煤气总管也发出了令人惊骇的咆哮声——可惜他们又错了，如果我敢的话，我就可以纠正他们。当时那种震惊难以用言语形容，我都不知道自己是怎么经受住那一切的。倒到第四个大玻璃瓶时，烟雾开始穿透我的面具，倒空它之后我便晕了过去。而当我醒来时，那个洞里已经没有再冒出新的蒸气了。

我继续倒空剩下的两个大玻璃瓶，但并没有看到特别的效果，过了一会儿，我觉得现在已经可以安全地把泥土铲回那个坑里了。做完这一切之后，天色已经暗了，但恐惧却已经远离了那个地方。弥漫在潮湿空气中的那股恶臭不那么明显了，而所有怪异的真菌都已枯萎成一种无害的灰色粉末，像灰尘一样沿地面吹到了四周。地球最深处的某个恐怖之物被永远地摧毁了，如果地狱真的存在的话，那么它肯定终于接收了一个污浊之物的恶魔灵魂。当我填好最后一铲土后，我流泪了，那是为了我那敬爱的叔叔而流的，它们代表着我对他的最诚挚的敬意。

第二年春天，凶宅的花园里再也没有长出苍白的茅草和奇怪的野草，不久之后，卡林顿·哈里斯就把宅子租了出去。那儿仍然有些怪异，但现在它的奇妙完全迷住了我，如果人们为了给某个花哨浅薄的商店或某栋庸俗的公寓建筑腾地方而将它拆掉的话，我在松了一口气之余肯定还会感到一丝古怪的后悔吧。院子里那些以前不会结果的老树开始结出甜甜的小苹果，而去年，鸟儿们也开始在它们多节的树枝上筑巢了。

银钥匙

30 岁那年，伦道夫 · 卡特遗失了那把开启梦境之门的钥匙。在此之前，作为对平淡无趣的生活的补偿，他每晚都会到空间之外那些奇怪而古老的城市和以太之海（Ethereal Seas）对岸那些可爱而难以置信的园地旅行。不过，随着年龄的增长，他感觉这种肆意的自由正在一点一滴地溜走，直到最后，他与那些地方的联系被完全切断了。他的帆船再也不能航行在奥卡诺兹河（Oukranos）上，穿过索兰（Thran）的镀金尖塔，而他的大象商队也无法再迈着沉重的脚步穿行在肯德（Kled）那弥漫着芳香的丛林里——丛林深处，一些早已被遗忘的宫殿和宫殿中矗立着的带纹理的象牙圆柱正完好无损地长眠在动人的月光之下。

他曾读到过很多诸如此类的事情，也曾与许许多多的人探讨过这个问题。善意的哲人教他留心事情的逻辑关系，分析他的思维和幻想形成的过程。如此一来，奇迹便消失了，而他也忘了整个生活其实只是脑海中的一系列画面，那些源自真实事物的画面与那些源自内心梦境的并没有区别，没道理重视其中一种，轻视另一种。常识三番五次地向他灌输一种对有形的、实际存在的事物的迷信崇拜，令他暗自为沉溺于幻想而感到羞愧。贤者告诉他这样的简单幻想是幼稚而毫无意义的，而他之所以相信这点是因为他能看见它们确实很容易就呈现出这样的状态。他已经忘了其实真实也同样幼稚而毫无意义，甚至更加荒谬，因为尽管这个盲目的宇宙一直漫无目的地运行在从零到万物，又从万物归零的轨道上，既没注意到黑暗中偶尔闪现的希望和思想，甚至也不知道这些东西的存在，但那些演员却仍然坚持幻想一切都是有意义、有目的的。

他们用这样的事情束缚他，然后向他解释事情的运作方式，直至神秘从这个世界上完全消失。如果他有所抱怨，渴望逃到那些闪烁着微光的国度——在那儿，魔法可以将他脑海中那些生动鲜活的细琐片段和他所珍视的幻想塑造成一幅幅令人屏息的期待和无法抑制的快乐图景——他们就会让他把注意力转向那些新发现的科学奇观，让他到原子旋涡中寻找奇迹，在天空维度里探索秘密。而当他无法从这些法则早已为人所熟知、已经可以测量的东西中找到乐趣时，他们却说他缺乏想象力，极不成熟——因为他竟然更偏爱存在于梦境里的幻象，而非与我们的物理创造有关的奇想。

因此，卡特不得不试着像其他人一样，假装普通的事务和俗世思想的情感比那些珍稀而精妙的灵魂产生的幻想更加重要。当他们告诉他现实生活中一头待宰的猪或一个消化不良的农夫所感受到的疼痛要比那曾出现在他梦中，他现在仍然依稀记得的那美得无与伦比的纳拉斯（Narath）城和城里那数以百计的玉髓制成的雕花大门和穹顶更加重要时，他也没有提出任何异议。在他们的指引下，他逐渐艰难地培养出了一种怜悯之情和悲剧意识。

不过，他有时还是会忍不住去想人类的抱负是多么的肤浅、多变、毫无意义，与那些我们声称自己拥有的狂妄理想相比，我们的真实冲动又是何等的空虚。每当此时，他都会冲自己礼貌地一笑——他们教他用这个方法来对抗那夸张奢华而又矫揉造作的梦境。不过在他看来，我们这个世界的日常生活才是真正的夸张奢华、矫揉造作，而且，由于它不仅缺乏美，还愚蠢地不愿意承认自己毫无理性、毫无目的，因此根本就不值得尊重。就这样，他成了某种幽默大师，因为他尚未发现，在一个没有任何真实标准可以衡量一致或不一致的愚蠢宇宙里，就连幽默也是空虚的。

在他被束缚的头几天，出于简单的对自己祖辈的信任，他试图转而喜欢上那温和的教会信仰，期待从那里延展开来的神秘大道能让他逃离俗世生活。不过，在近距离接触到它之后，他才发现，那里面只有早已消逝的幻想和美丽、平庸而乏味的陈词滥调，以及看似严肃的庄重和所谓对坚实真理的可笑追索——这些烦人的东西压倒性地支配着它的大多数拥护者。他还感觉那里到处都充斥着尴尬，因为事实上，它只是一个原始物种在面对未知时恣意生长的恐惧和猜疑，但它却试图用这种尴尬一直保持活力。当卡特看到严肃的人们试图在那些古老的神话——他们引以为傲的科学的每一步都与之相悖——中寻找俗世的真实时，他感到了深深的厌倦。本来他还对某些古老信条有一丝好感，因为它们为人们的缥缈幻想提供了堂皇的仪式和情绪的出口，但这种错置的严肃将这最后一丝好感也抹杀掉了。

不过，当他开始研究那些抛弃了古老神话的人时，他发现他们比信仰神话的那些人更加丑恶。他们完全不知道美的本质在于和谐，也不知道在一个漫无目的的宇宙中，生活的可爱与否并没有任何标准可言，只能看其是否与梦境和感受相协调——正是梦境和感受将我们这个小星球从剩下的混沌中盲目地塑造出来，但它们早已消逝了。他们也看不到善与恶、美与丑其实只是因视角而产生的、仅有修饰意义的结果而已，这些东西唯一的价值在于其联系着那偶然间令我们的祖先开始思考和感受的事物，而对每一个种族和每一种文化而言，它们更为琐碎的细节都完全不同。相反，这些人要么完全否定这一切，要么将其视作粗俗而模糊的本能——那种他们与野兽、农民都共同享有的动物本能，因此，他们的生命才能在痛苦、丑陋和不匀称中令人厌恶地拖延下去，同时还充满荒谬的骄傲，认为自己逃离了某种不洁的东西——但事实上，他们逃离的东西绝不会比那些仍然掌控着他们的东西更加不洁。他们用对神灵的错误恐惧与盲目虔诚换来了放纵和无人管束的混乱。

卡特没有深入地体会那些现代的自由，因为它们的廉价和污秽让一个只热爱美好的灵魂感到厌恶，而且他的理智也拒绝相信那种经不起推敲的逻辑——现代自由的捍卫者试图通过这种逻辑用从他们已经抛弃的偶像那里剥离来的神圣粉饰兽性的冲动。他发现他们中的大多数与他们所唾弃的神职者一样，根本无法摆脱那个错觉——除了人在做梦时赋予的意义之外，生活还有其他的意义。他们还无法放弃那些原始的、与美无关的伦理和责任的概念，就算当大自然借由他们的科学发现向世人尖叫说自己既没有意识，也客观地不具备任何道德情感时也一样。他们因为预先形成的正义、自由和一致性等错觉而心存偏见、固执己见，抛弃了那些古老的知识和由古老信仰决定的古老方式，却从来无暇停下来反思那些知识和方式其实是他们目前的思想和判断的唯一缔造者，也是这个缺乏固定目标和稳定参考点的毫无意义的宇宙中的唯一指引和标准。失去这些人为的设定后，他们的生活也失去了方向和真正的乐趣。直到最后，他们只能努力用忙碌和所谓的价值、喧闹和兴奋，以及粗鄙的炫耀和兽性的感官来扼杀无聊。而当这些东西也变得平淡乏味、令人失望，以致遭受巨变而令人恶心之后，他们就转而冷嘲热讽、满腔仇恨，不断挑剔社会秩序。他们永远无法意识到自己那毫无理性可言的基础就像他们的前辈所信奉的神灵一样善变、一样充满矛盾，也无法想通此一时是福，彼一时是祸的道理。平静和持久的美丽只会在梦里出现，但是，当世界开始崇拜真实，抛弃童年和天真所蕴含的秘密之时，这个宽慰也被人们扔掉了。

在这种空虚而动荡的混沌中，卡特试图像一个有着敏锐思想和优良传统的人那样生活。随着他的梦境在年岁的嘲笑中逐渐消逝，他再也无法信仰任何东西，但是对和谐的热爱使他仍然保持着与他的血统和地位相称的言行举止。他木然地穿行在人类的城市里，为没有任何景象看起来是完全真实的而叹息。每一缕照射在高高的屋顶上的金黄阳光和每一次对华灯初上的雕栏广场的瞥视，都会让他想起自己曾经有过的梦境，令他无比思念那片他再也不知道应该如何去寻找的缥缈土地。旅行只是个笑话，就连战争也并没能让他有太多触动，尽管他在第一次世界大战开始时就在法国外籍兵团服役了。有时他也会交一些朋友，但很快就会对他们那种生硬的感情以及千篇一律的庸俗幻想感到厌倦。而当他所有的亲戚都开始疏远他，不再与他联系时，他甚至感到了一丝欣慰，因为他们永远也理解不了他的精神世界。能理解他的只有他的祖父和叔祖父克里斯多夫，但他们已经去世很久了。

后来，他又重拾了自己的写作事业——当梦境刚开始令他失望时，他曾放弃过写作。不过他仍然没能找到任何满足感或成就感，因为俗世的感觉已经占据了他的脑海，他根本没办法像往常一样想象那些美好的事物。他以前建立起来的那些闪烁着微光的叫拜楼被现在那种讽刺的幽默拖垮了，而那曾盛放在他的幻想花园里的精美异常、令人惊叹的花朵也由于对未必存在之物的世俗恐惧而枯萎了。伪装怜悯的习惯使他笔下的人物全都异常伤感，而他写出的关于某个重要真相和意义深远的凡人事务与情感的故事，则将他的所有高贵幻想都贬低成了寓意浅薄的寓言和廉价低级的社会讽刺作品。他的新小说文笔优雅，他在其中得体地嘲笑了自己简单描述的梦境。它们取得了前所未有的成功，但他知道，那不过是些空洞的作品，因为只有空洞的作品才能取悦那群空虚的读者；而且他也发现，它们老练世故，但却完全没有生命。所以他烧毁了它们，不再写作。

在那之后，他开始了自己那场精心构造的幻想，并开始涉猎一些怪诞而生僻的概念，作为针对平凡生活的对抗手段。但其中很大一部分很快就显现出自己的贫乏和无趣。他发现十分流行的神秘主义学说就像科学学说一般枯燥、僵硬，甚至还不如科学，因为没有真理或事实可以作为缓和剂对其进行些许弥补。那些愚蠢、虚假和混乱的想法绝对不是梦，也无法让人从现有的生命逃离到另一个更为高级的心智。因此，卡特又买了很多更加古怪的书，试图寻找一些掌握了更艰深、更恐怖的奇妙学识的人。他钻研很少有人涉足的、与意识相关的奥秘，学习与生活、传说和太古古迹秘密相关的事情——在此之后，这些东西就一直困扰着他。他决定过一种极其坦诚的生活，于是便重新装修了自己在波士顿的家，以适应自己的情绪变化。他将每个房间刷上合适的颜色，布置恰当的书籍和物件，并针对各种感官提供了相应的灯光、温度、声音、味道和气味来源。

有一次，他听说南方生活着一个人，为人们所躲避、害怕，因为其曾在从印度和阿拉伯偷运来的史前书籍和泥板档案上读到过不少亵渎神灵的事情。于是他便拜访了那个人，与之一起生活、研究了七年。直到后来的某个午夜，在一座不为人知的古老墓地里，恐怖之事突然降临到他们身上——他们两人一起进入了墓地，但只有他一个人出来。随后，他便返回了亚卡汉姆，那是新英格兰的一个巫术萦绕的恐怖古镇，他的祖先就曾生活在那儿。他在那里体验了一番在黑暗中置身于苍白的柳树和摇摇欲坠的复折式屋顶之间的感受，那种经历让他永远地封存了他的某位思想疯癫的祖先日记中的某几页。不过，这些恐怖之事只是将他带到了真实的边缘，而不是他年轻时所熟知的真正的梦境之乡。就这样，当他 50 岁时，他已经对这个变得太过忙碌而无暇顾及美、太过精明而无暇顾及梦的世界是否还存在任何安宁和满足感到绝望了。

意识到真实事物的空洞和虚妄后，卡特在幽静处过起了隐居生活，整日渴望能够重新拼凑起自己那充满梦境的年轻岁月的残破记忆。后来，他认为自己这么费心地继续活下去是件很傻的事情，于是便从一个南美熟人那儿弄来了一种非常奇特的液体，以便使自己毫无痛苦地忘却所有一切。不过，惰性和习惯的力量令他推迟了行动。他继续优柔寡断地徘徊在对昔日的怀念里，他从墙上取下那些奇怪的挂饰，并将房子改造成自己小时候的样子——紫色的窗格玻璃、维多利亚风格的家具，还有其他诸如此类的东西。

随着时间的流逝，他又为自己当初的徘徊犹豫感到高兴起来，因为他年轻的时候残留下来的记忆和他与世界的隔绝让生活和俗事变得非常遥远，非常不真实，那种遥远和不真实的程度很高，以至于少许他期待已久的魔力又悄悄地回到了他夜间的睡梦中。许多年以来，那些睡梦都与最为普通常见的睡梦一样，只是一些日常事务的扭曲倒影，但现在，一些更为奇怪、更为疯狂的东西又开始在其中闪烁了。那些东西有着含糊不清但却令人赞叹不已的内在，它们以来自他童年时代的清晰画面的形式出现在他的睡梦中，让他想起了一些他早已遗忘很久但却非常重要的事情。他常常会叫着自己母亲和祖父的名字醒来——他们两人都已经过世将近四分之一个世纪了。

后来，某天晚上，他的祖父让他想起了一把钥匙。那位头发花白、就像仍然活着般栩栩如生的老学者花了很长时间认真讲述了他们的古老家族，以及那些脆弱敏感的家族创始人的奇异幻想。他提到了一位双眼火红的十字军战士——那位先祖从俘虏他的撒拉逊人那儿得知了很多疯狂的秘密，也提到了伦道夫·卡特爵士一世——这位在伊丽莎白女王时期学习过不少魔法。另外，他还说起了埃德蒙·卡特——他在塞伦的巫术审判运动中逃脱了被吊死的命运，还将一枚他祖先传下来的银钥匙放进了一个古老的盒子里。卡特醒来之前，那位文雅的老神仙告诉了他应该到哪儿去寻找那个精雕细琢、充满古老奇迹的橡木盒子，据说它那奇怪的盖子已经整整两个世纪没有人打开过了。

后来，他在一个满是灰尘和阴影的大阁楼里找到了那个盒子，它躲在一个高大柜子的某个抽屉的最里面，已经被遗忘很久了。那是一个边长大约1英尺的正方形盒子，上面那些哥特式的雕刻十分恐怖，因此，他毫不惊讶为什么自埃德蒙·卡特以来，就再也没人敢打开它了。当他摇晃盒子的时候，并没有发出任何声音，倒是有一股早已被遗忘了的香味神秘地飘了出来。盒子里装着一把钥匙其实只是个模糊的传说，伦道夫·卡特的父亲根本不知道有这个盒子的存在。它被生锈的铁丝捆绑着，而且那把难以开启的锁似乎也没有办法可以打开。卡特隐约知道自己能在盒子里找到一把能打开失落的梦境之门的钥匙，但他的祖父却没有告诉他应该在哪儿使用它，以及如何使用它。

后来，一个老仆人用蛮力打开了那个雕花盖子。当他这么做的时候，他一直颤抖不已，因为那雕刻在发黑木头上的狰狞面孔不怀好意地睨视着他，还令他感到了某种不可名状的熟悉感。盒子里有一卷褪色的羊皮纸，而羊皮纸里则包裹着一把大大的、早已失去光泽的银钥匙，上面刻着神秘的蔓藤图案，但却没有任何可以辨认的阐释。那卷羊皮纸很长，上面用古代的芦秆写着某种古怪而未知的象形文字。卡特认出那些字符与他曾在某份莎草纸卷轴上看到的字符十分相似——那份卷轴属于那位可怕的南方学者，他已经于某个午夜消失在某个无名墓地中了。卡特记得，那个人每次读那份卷轴的时候都会忍不住颤抖，而现在，他也在颤抖着。

不过他仍然清洗了那把钥匙，将它放回了那个散发着芬芳的古橡木盒子，整夜陪伴着自己。与此同时，他梦境的生动程度大大增加了，尽管他还是没见到以前曾梦见过的那些神奇的城市和令人难以置信的花园，但所有梦境却全都呈现出一种明确的预示，那种预示的目的他是绝不可能弄错的。它们在召唤他回到过去，它们与他的先祖的混杂意愿一起，在将他拉向某个隐秘而古老的源头。于是，他知道自己必须回到过去，将自己与那些旧日的事物融合在一起。他日复一日地想着北方的山林，想着那鬼魂萦绕的亚卡汉姆，奔涌的密斯卡塔尼克河，还有他的族人曾居住过的荒凉的山野农庄。

在火红秋季的某一天，卡特沿着记忆中的老路踏上了行程。他路过一行行起伏的优美山丘和一片片被石墙分隔开来的草地，穿过偏僻的山谷和山坡上的林地，经过弯曲的小道和舒适的农场，沿着简陋的木桥或石桥来回横穿密斯卡塔尼克河那些清澈透明的河湾。在某个拐弯处，他看到了一片由巨大榆树组成的树林，一个半世纪以前，他的某位祖先就在那儿古怪地消失了。当风意味深长地吹过树林时，他不禁颤栗了起来。随后，他又看到了老女巫古蒂·福勒那破败的农舍，它那邪恶的小窗和巨大的屋顶倾斜着，几乎快要碰到北侧的地面了。经过农舍时，他有意加快了车速，并一鼓作气开到他母亲与他母亲的祖先出生的山丘上才减缓了速度。那座山丘上挺立着一座古老的白色房子，正穿过公路傲然凝视着山下那片可爱得令人屏息的景色，看着那遍布岩石的山坡和葱郁的溪谷，远处地平线上金斯波特城里那遥远的尖塔，还有最远的背景里那模模糊糊、满载梦境的古老海洋。

随后，在一片更陡的山坡上，他看到了那座他已四十多年没见的卡特家族的老房子。当他来到山脚的时候，已经快到黄昏了。他在山腰一个拐弯处停了下来，欣赏那笼罩在夕阳洒出的魔法中，因而变得金光灿灿、光彩夺目的绵延乡野。他近期梦境里的所有奇妙和期待似乎都呈现在这片超凡脱俗的宁静风景里，那荒无人迹的、如天鹅绒般的草地闪耀着起伏在断壁残垣之间，一片片仙境般的森林装饰着远处那些连绵起伏的紫色群山，闪烁着幽光、长满树木的溪谷渐渐在阴影中倾向阴湿的洼地，而其中潺潺的溪水正在肿胀而扭曲的树根之间低吟浅唱。当他双眼里出现这片美景时，他不禁想起了其他星球上的那些未知的荒僻之地。

他感觉汽车这种东西并不属于他所寻找的那个神秘王国，所以便把车停在森林的边缘，将那把大钥匙放进自己的外套口袋，随后徒步往山上走去。此时森林已经完全吞没了他，但他知道，那座房子就坐落在一个高高的圆丘上，那儿除了北面之外，其他各方都没有树木。他很好奇那间房子现在会是什么样子，因为自从30年前，他那古怪的叔祖父克里斯多夫去世后，由于他的疏忽，那儿就一直空着，无人照料。当他还小的时候，只要能长时间地留在那儿做客，他就会异常高兴，而且他还曾在果园那侧的树林里找到过许多古怪神奇的东西。

夜幕即将降临，他周围的阴影也越积越厚。在经过某个地方的时候，他右侧的树木留出了一道缝隙，让他向那方圆数里格的、闪烁着微光的草地告别，也让他瞥见了那位于金斯波特中央山上的公理会老教堂的尖顶——落日的余晖将尖塔染成了粉红色，小小的圆窗户上的玻璃也因为反射的夕阳火焰而闪烁起来。随后，当他再次踏入深厚的阴影之中时，他突然惊觉刚才那一瞥肯定来自他幼年时期的记忆，因为那座白色的老教堂很早之前就已经被推倒，重建成公理会医院了。他当时还挺感兴趣地读完了整条消息，因为报纸提到人们在教堂下方的岩石山丘上发现了一些奇怪的洞穴和通道。

正当他迷惑的时候，一个尖细的声音突然响了起来。他再一次震惊了，因为虽然相隔多年，但那声音仍然让他感到十分熟悉。那是他叔叔克里斯多夫一家雇用的佣人老贝利加·科里的声音。很久以前，当尚且还小的他来这儿做客的时候，贝利加就已经很老了，如果他现在还活着的话，肯定已经100多岁了，不过，那个尖细的声音绝对不是其他人发出来的。卡特听不清那个声音在说些什么，但那种语气萦绕在他心头，令他绝不会弄错。想想看，“老贝米利”竟然还活着！

“伦迪先生！伦迪先生！你在哪儿啊？你是想把你的玛莎婶婶活活吓

死吗？她不是告诉你下午只能在房子附近玩，天一黑就必须回家吗？伦迪！伦……迪！……这喜欢跑进树林的家伙是我见过的最调皮的小孩了，竟然会在上面那片森林里的蛇穴附近坐大半天！……嘿，喂，伦——迪！”

伦道夫·卡特在一片漆黑中停了下来，用手揉了揉双眼。事情有些奇怪。他正身处某个自己不应该出现的地方。他迷了路，偏离了自己的路线，来到了某个他并不属于的地方，而且肯定已经无可救药地迟到了。虽然他刚才本可以利用自己的袖珍望远镜轻易地看到金斯波特尖塔上的大钟显示的时间，但他并没有这样做，所以他不知道现在几点了，不过他可以肯定，自己的这次迟到肯定非常奇怪，而且之前从来没有发生过。他不太确定自己是否随身带着那个小望远镜，所以便把手伸进衬衫口袋想找找看。不，望远镜并没有在那儿，装在口袋里的是他从某个地方的一个盒子里找到的一把很大的银钥匙。克里斯叔叔曾给他讲过一些古怪的故事，说一个没人打开过的盒子里装着一把钥匙，不过玛莎婶婶却粗鲁地打断了叔叔的讲述，说这些事情不应该讲给一个已经满脑子都是离奇幻想的小孩子听。他努力地想记起自己究竟是在哪儿找到的这把钥匙，但有些事情却让他感到极为困惑。他猜那应该是在他位于波士顿的家中的阁楼上，而且他还依稀记得自己用半周的零花钱收买了帕克斯，让他帮忙打开盒子并对整件事情保密。但当他回想起这些事情的时候，帕克斯的脸却显得十分陌生，就像多年的皱纹突然都出现在了那个活泼的小伦敦佬的脸上一般。

“伦——迪！伦——迪！嗨！嗨！伦迪！”

一个摇摇晃晃的灯笼出现在漆黑的弯角处，然后，老贝利加·科里突然抓住了这个沉默而困惑的旅行者。

“该死的，小子，原来你在这儿！难道你一句喊声都没有听到吗，你不能答应一声吗？我已经这么喊了半个小时了，你肯定老早就听见了！你不知道你晚上跑出来你玛莎婶婶会担心吗？在这儿等着，等我告诉你克里斯叔叔再说！你要知道在这个时候，这片树林可不是个闲逛的好地方！这儿出没的东西对任何人都没有任何好处。这可是我祖父告诉我的。走吧，伦迪先生，不然汉娜就不会再为你准备晚饭了！”

于是伦道夫·卡特跟着老贝利加走上了回家的路。透过秋天的高大枝丫，他可以看到好奇的星星在天空中闪烁。当远处的拐角处亮起从小格窗户中透出来的黄色光线时，他还听到了狗叫声。昴宿星在一座开阔的小圆丘上空闪闪发亮，而一座高大的复折式房屋就挺立在圆丘上，在西面昏暗天空的衬托下显得十分阴暗。玛莎婶婶站在门口，不过，当贝利加推着这个四处游荡的小孩进屋时，她并没有过分责骂他。她很了解克里斯叔叔，因此也能猜到卡特的血液里流淌着怎样的天性。伦道夫没有向任何人展示他的钥匙，只是安静地吃完了自己的晚餐，他只在睡觉的时候表现出了一点抗拒，因为有时他醒着的时候能梦到更加美好的东西，而且他也想用一用那把钥匙。

第二天早上，伦道夫起得很早，要不是克里斯叔叔抓住他，强迫他坐回早餐桌前自己的椅子上，他肯定又跑进那片位于高处的密林中了。他不耐烦地四下打量这间布置简陋的房间，看着碎呢地毯和那外露的横梁与角柱，而当他看到果园里果树的枝丫已经碰到后窗那加了铅条的玻璃窗时，他才微微笑了笑。树木和群山让他感到十分亲近，而且这些东西也组成了通往他真正属于的王国——永恒国度的大门。

后来，当他可以自由活动时，他感到那把钥匙仍然待在自己的衬衫口袋里，于是便放下心来，匆匆出门，穿过果园，来到后面的斜坡上——长满树木的山丘从这儿再次向上延伸到比那光秃秃的圆丘更高的高处。森林里的地上长满了苔藓，显得神秘莫测；昏暗的光线下，爬满地衣的巨大岩石挺立在各处，就像神圣林地中那些肿胀而扭曲的树干之间耸立着的德鲁伊独石一般。向上攀登时，伦道夫曾跨过一条湍急的小溪，与小溪相连的瀑布正在不远处为潜藏着的半人半羊的农牧神（Fauns）、伊吉泮（Aegipans）和森林精灵（Dryads）吟诵卢恩文咒语。

后来，他来到了森林山坡上那个古怪的洞穴前，那就是令乡民们避之不及的恐怖“蛇穴”，贝利加曾一次又一次地警告过他要远离这个地方。洞穴很深，那种深度远远超过了所有人的想象，不过伦道夫例外，因为这个小男孩曾在洞穴最里面的黑暗角落里发现过一道裂缝，而那道裂缝又通向更高处的一个内室——那是一个鬼魅阴森的地方，它的花岗岩石墙会让人产生奇怪的幻想，似乎那其实是某种力量有意识修建的东西。这次他也像以往一样爬进了洞里，用自己从起居室的火柴盒里偷来的火柴照明。怀着一种自己也无法解释清楚的渴望，他缓缓地爬过了最后那道裂隙。他不知道自己为什么能够如此自信地靠近那面远远的石墙，也说不清自己为什么会像出于本能一般拿出那把很大的银钥匙。但他却这么做了。当天晚上，当他手舞足蹈地回到家里时，他并没有为自己的迟到而找任何借口，甚至也丝毫没有注意到由于自己没理会中午和晚餐的呼唤而招致的责备。

现在，伦道夫·卡特的所有远亲都一致认为他10岁那年肯定发生了某些让他想象力更加丰富的事情。他的堂兄，住在芝加哥，整整比他大10岁的欧内斯特·B. 阿斯平沃尔至今仍然能清楚地记起1883年秋天之后卡特身上发生的转变。伦道夫曾看到过一系列其他极少有人会注意到的幻象，而更加奇怪的还是他在面对非常世俗的事情时所表露出来的某些特质。简言之，他似乎突然间获得了某种古怪的预言能力，而且，他对某些事情的反应也异乎寻常，那些事情就算在当时没有任何特殊意义，后来都会证实他的那种独特的感觉。在接下来的数十年间，随着新发明、新名词、新事件一个接一个地出现在历史书里，人们时不时地就会惊异地回想起卡特曾在数年前无意中说出的一些漫不经心的词语——那些词语在当时听来十分奇怪，但无疑都是与现在新出现的这些东西有联系的。不过，他自己并不理解这些词，也不知道为什么某些事物会让他产生某些情绪。他一直幻想这是某些他早已忘却了的梦境在起作用。直到1897年年初的某一天，他突然整个脸都变得苍白起来。当时，某些旅行者突然提到了一个名叫贝卢瓦昂桑泰尔的法国小镇，而他的朋友们则想起1916年，当他在法国外籍兵团服役，投身第一次世界大战时，他在那个小镇上差点受了致命伤。

卡特的亲戚们谈论了不少诸如此类的事情，因为他最近突然失踪了。多年来一直耐心容忍着他的变化莫测的老仆人帕克斯最后一次看到他是在某天清晨，他带着一把最近刚找到的钥匙，独自驾车离开了家。那把钥匙是帕克斯帮忙从一个古老的盒子里取出来的，当时他还感觉自己奇怪地受到了盒子上的怪诞雕刻，以及其他一些他说不太清楚的古怪东西的侵扰。当卡特离开时，他曾说自己准备去看看自己的古老祖先位于亚卡汉姆附近的故乡。

人们在榆木山的半山腰，那条通往卡特家族老宅废墟的路上找到了卡特的车，它被小心地停在了路边，车里有一个散发着芬芳的木头盒子，盒子上的雕刻吓坏了那些无意中发现它的乡民。盒子里装着一卷古怪的羊皮纸，那上面的文字没有任何一个语言学家或古文书学家能译解出来，他们甚至连那是什么文字都不知道。雨水已经抹去了一些可能存在的足迹，但波士顿的调查人员在卡特家族的老宅那倒塌的木料间发现了一些被搬动过的痕迹，他们说最近似乎有人在那片废墟里摸索过。此外，人们还在山腰森林里的岩石间找到了一条普通的白色手帕，不过没人能确定那是否属于那个失踪了的男人。

相关人士在讨论是否应将伦道夫·卡特的财产分配给他的继承人，但我却坚决反对进行这一程序，因为我不相信他已经死了。时间与空间、幻觉与真实一直都相互纠缠，只有入梦者才能分清。以我对卡特的了解，我认为他只是找到了一种穿越这些迷宫的方法。我不敢断言他是否还会回来。他一直怀念着自己遗失了的梦境之地，向往可以回到自己的孩童时代。然后，他又找到了一把钥匙。不知为何，我总认为他能够利用那把钥匙得到一些奇怪的好处。

当我遇见他的时候，我会问问他，因为根据我的预测，我很快就能在某个我们过去都常常出没的梦境之城里见到他。在史凯河（Skai）对岸的乌撒（Ulthar），有传言称一位新的君王正端坐在埃莱克－瓦达（Ilek-Vad）的猫眼石王座上，统治着那座传说中的塔楼之城——它就坐落在空心的玻璃峭壁之巅，俯瞰着微光之海，而在那微光之海中，长着胡须和鱼鳍的格罗林（Gnorri）修建了许多属于它们自己的奇异迷宫。我相信自己知道应该如何解读这些传言。当然，我肯定也焦急地想要亲眼看看那把很大的银钥匙，因为它上面那些神秘的蔓藤图案可能就象征着这个盲目客观的宇宙的全部目的和隐秘。

自外而来

我最好的朋友，克劳福德·蒂林哈斯特身上发生的变化令我感到了一种超乎想象的恐惧。两个半月前的某天，他给我讲了他的物理学和玄学研究想要达成的目标，搞得我十分畏怯，甚至有些害怕，便劝诫了他一番，结果却换来他的一阵狂怒，还被他从实验室和房子里赶了出来。自那天起，我就再也没见过他了。不过我知道，他现在几乎把自己关在阁楼的那间实验室里，面对那台该死的电子机器，茶饭不思，甚至连仆人也不见。但我万万没有想到，一个人竟然能在短短十周内发生如此巨大的变化。看到一个原本强壮结实的人突然变得瘦弱不堪本身就是一件令人十分不快的事情，而当注意到他那松弛的皮肤开始泛黄甚至发灰，深陷的眼窝里不断转动的眼睛闪烁着诡异的光芒，前额青筋暴起、满是皱纹，双手不停颤抖，时不时地还会抽搐几下的时候，那种不快就更加强烈了。所有这些，再加上他那令人厌恶的邋遢——穿得乱七八糟，黑发丛生，发根灰白，曾经刮得干干净净的脸上现在杂乱地长满了白胡子——累积出的效果实在是令人震惊。而这便是我再次见到克劳福德·蒂林哈斯特时的样子。当时距我被他轰走已经好几周了，收到他传来的一条不太有条理的信息后，我当晚便去拜访了他。他像个幽灵一样，手持蜡烛，一边颤抖着迎接我，一边鬼鬼祟祟地看着自己的肩头，仿佛害怕这座孤零零坐落在本艾文伦特大街后方的古宅里隐藏着什么看不见的东西一样。

克劳福德·蒂林哈斯特进行科学和哲学方面的研究根本就是个错误。这些事情应该留给冷静客观的研究者去做，因为它们只会给感情丰富、行动积极的人带来两种同样悲剧的后果。如果他的探索失败了，他将会感到绝望；而倘若他成功了，他又会体会到无法言表、难以想象的恐惧。蒂林哈斯特曾经一度是失败、孤独和忧郁的牺牲品，但现在，我知道他已经成为成功的受害者了——这个事实让我既厌恶，又害怕。实际上，早在十周之前他突然说起他感觉自己即将发现的东西时，我就警告过他。但他那时异常激动、兴奋，讲话的声音也变得又高又不自然，虽然语气还是一如既往的迂腐卖弄。

他当时说道，“我们对周围这个世界和宇宙究竟了解多少呢？我们获得印象的方式少得可笑，而我们对周遭事物的了解肯定也是十分狭隘的。我们看事物仅仅是因为我们的构造让我们能看到它们而已，但对它们的绝对本质却一无所知。人类只有五种微弱而又无力的感官，便自以为能够领会这个无边无垠的复杂宇宙了；而另一些生物，它们拥有更多、更强，甚至完全不同于我们的感官，那它们也许就不仅仅是在以完全不同的角度看我们所看到的事物，而有可能是在看、在研究那些由物质、能量和生命构成的若干个完整世界——它们就在我们眼前，但我们的感官却无法发现它们。我一直知道我们周围存在着一些无法触及的古怪世界，而现在，我相信自己已经找到打破屏障的方法了。我没有开玩笑。桌子旁边的那台机器将在二十四小时产生一种微波，作用于我们身上那些不为人所知的感觉器官——它们是以萎缩或者尚未发育的退化器官的形式存在的。那些微波将向我们展现许多人类尚且不知的景象，其中一些不仅对人类，甚至对那些我们所认识到的有机生命体而言都是全然陌生的。我们即将看到黑暗中狗究竟是在对着什么狂吠，午夜后猫又到底是在侧耳倾听什么。我们将看到那些东西，而且，我们还能看到一些尚未有任何活物曾经目睹过的情景。我们将超越时间、空间和维度，身体无须动弹即可凝望万物的起源。”

当蒂林哈斯特说起这些的时候，我劝诫了他。我很了解他，所以那些话令我感到害怕，而不是好笑。但他当时异常狂热，甚至把我赶出了房子。现在他的狂热分毫未减，不过可能倾诉的欲望战胜了对我的愤恨，所以便以命令的口吻给我写了一条几乎无法辨认的信息。当我踏入这位突然变成颤抖怪人的朋友的住所之后，也逐渐受到了那些似乎正肆掠在所有阴暗处的恐怖之物的影响。十周前他所说的话、所传达的信仰似乎正在那小小的蜡烛光圈之外的黑暗中显现出来。而房子主人那种空洞、异样的声音也令我极其厌恶。我希望他的仆人们就在附近，但他却告诉我他们三天前就全都离开了，这可不是我想听到的消息。那些仆人在离弃他们的主人前竟然没通知一个可靠的朋友——比如我，这真是一件奇怪的事情，至少对老格雷戈里来说是这样——在我被暴怒的蒂林哈斯特赶出这座宅子后，就是他一直在向我提供与他主人相关的消息。

但很快，我的恐惧就被越来越强烈的好奇和着迷给压下去了。我不太清楚现在克劳福德·蒂林哈斯特想从我这儿得到些什么，但我毫不怀疑，他会告诉我一些惊人的秘密或者发现。之前我曾反对过他那些反常的窥探，认为那是不可想象的，但现在，他明显已经获得了一定程度上的成功，而我也被他那种情绪感染了，尽管我知道，成功的代价也逐渐在他身上体现了出来。我跟着这个不停颤抖的男人手里那根上下跳动的蜡烛，穿过宅子里黑暗的空旷地，往上走去。电似乎被切断了，而当我向我的领路人问起这件事时，他回答说这样做是因为一个特定的原因。

“那可能太多了……我不敢……”他继续喃喃低语。我特别留意到了他这个低声嘟哝的新习惯，因为那似乎并不像是在自言自语。我们走进了阁楼上的那间实验室，随即我便看到了那台可恶的电子机器，它正散发着阴沉而又邪恶的紫色光芒，与一个强劲的化学电池连接在一起，不过似乎并没有接收电流——因为我记得在实验阶段，这机器运行时会发出噼啪声和低沉的震颤声。对我的疑问，蒂林哈斯特只是含糊地说这种持续的光芒并不是某种我所能理解的电光。

现在，他让我坐在机器左边，靠近它的位置，然后打开了最高处那组玻璃灯泡下面某个地方的开关。我曾听到过的那种噼啪声响起了，随后转变成一种哀泣般的声音，最后又变为嗡嗡的声响。那嗡嗡声十分轻微，似乎很快就会归于安静一般。与此同时，紫色光芒也在变化着，先是变亮，然后转暗，最后呈现出一种苍白而又怪诞的颜色，或者说是各种我既无法分辨，又无法描述的颜色的混合体。蒂林哈斯特一直在观察我，还记下了我那困惑的表情。

“你知道那是什么吗？”他低声问道，“那是紫外线。”对我的惊讶，他古怪地暗笑了几声。“你一定认为紫外线是看不见的吧？它的确是看不到的——但你现在却能看见它了，现在你还能看见其他许多原本都看不到的东西。”

“听我说！这东西发出的微波正在唤醒我们体内一千多种沉睡的感官。

千百万年来，我们从超然电子状态进化到有机人类状态的过程中，那些感官就被继承了下来。我已经看到过真相了，现在，我将向你展示这个真相。想知道它看上去像什么吗？让我来告诉你吧。”随后，蒂林哈斯特坐到了我的正对面，吹灭了手中的蜡烛，然后以一种令人毛骨悚然的眼神盯着我的眼睛。“你现有的感官——我猜，最先应该是耳朵——将捕捉到大部分的印象，因为它们与那些沉睡的感觉器官联系得非常紧密。接下来就轮到其他感觉器官捕捉各种印象了。你听说过松果腺吧？我得嘲笑一下那些肤浅的内分泌学家，还有那些极易上当受骗又一副暴发户嘴脸的弗洛伊德主义者。松果腺其实是诸多器官中一个非常重要的感觉器官——我已经发现了。它最后能像视觉一样，向大脑传递可视图案。如果你是正常的，那么这就将是你捕捉到它们中的大部分的方式……我是指捕捉到那些自外而来的迹象中的大部分。”

我环顾着这间宽敞的阁楼，它的南墙是倾斜的，被普通眼睛无法看到的光线微微照亮，远处的角落里全是阴影，整个地方都呈现出一种朦胧的不真实感，模糊了它原本的样子，还将想象力往象征和幻象的方向引导。蒂林哈斯特安静了一会儿，没有说话，而在此期间，我则幻想自己正置身于某个浩瀚无边、令人难以置信的神殿，那儿供奉着一些早已消失了的神灵。那是一个模糊不清的大型建筑物，里面竖立着不计其数的黑色石柱，从一块潮湿的石板上挺立而起，耸入我视线之外那云雾缭绕的高处。有那么一会儿，这幅画面栩栩如生，但不久之后，便被一些更为恐怖的场景逐渐取代了。那是一种处于无穷、无视、无声的空间里彻底且绝对的孤寂。那个空间看上去似乎一片虚空，什么也没有，但我却感到了一股孩童般的恐惧，那种恐惧感迫使我从自己的裤后袋里抽出了一把左轮手枪——自从某天晚上在东普罗维登斯被抢劫后，我一到天黑就随身带着它。这时，从那偏远处最为遥远的地方突然传来一丝微弱的声音。那是一股极其轻微且精细的震颤声，毫无疑问十分悦耳，但却蕴含着一种不同寻常的狂野气质，使得它的冲击对我而言更像一种施加在整个身体的细腻折磨。那种感觉就像听到有人不小心刮到毛玻璃一样。与此同时，四周还出现了一种类似于冷气流的东西，横扫过我的身体，而且它明显与那些遥远的声音来自同一个方向。就在我屏息等待的时候，我发现那声音和气流都在逐渐加强，它们让我产生了一种古怪的想法，就像自己被绑在一对铁轨上，而一辆巨型火车正全速向我开来一般。我开始对蒂林哈斯特说话，而当我这样做的时候，所有异常的感觉都突然消失了。我只看到对面的那个男人、那台微微发光的机器，还有这个昏暗的房间。对我几乎在无意识的情况下掏出的左轮手枪，蒂林哈斯特报以了令人讨厌的微笑。不过根据他的表情，我可以肯定，他也看到并且听到了我所看到和听到的那些东西，说不定比我更多。我低声讲述了自己刚才经历的一切，而他则叫我尽可能地保持安静和包容。

“不要动，”他警告道，“因为在这些光线里，我们能看到的东西也能看到我们。我刚才告诉过你，我的仆人们都离开了，但我并没有说他们是怎样离开的。都怪那个头脑迟钝的管家——我警告过她不要开楼下的灯，可她偏不听，结果开灯之后，电线发生了共振。那肯定可怕极了——因为尽管我一直待在楼上，而且所见和所闻都是从另一个方向得到的，但我还是听到了尖叫声。后来，我还在房子里找到了许多空空如也的衣物，那真是可怕极了。厄普代克太太的衣物就落在前厅的电灯开关附近，所以我才知道是她开的灯。它把他们全都抓住了。但只要保持不动，我们还是非常安全的。记住，与我们打交道的是一个狰狞可怕的世界，我们在那儿几乎无依无靠……别动！”

他揭露出来的事实和突然下达的命令让我震惊不已，几乎快瘫痪了。而在这种恐惧中，我的精神再一次向那些幻——那些从蒂林哈斯特口中的“外界”而来的幻象——敞开了。此刻我正置身于一个声音和动作组成的旋涡中，眼前全是混乱的图像。我看见了这间阁楼模糊不清的轮廓，但在空间的某个点上，似乎有一个由难以辨认的形体或烟云组成的圆柱倾泻下来，它翻滚着，穿透我头顶上的坚实屋顶，落到我的右边。然后我又瞥见了那个神殿，但这次，它的柱子高耸着，淹没在一片虚无缥缈的光芒之海里，而那片光芒之海则沿着我之前看到的那个烟云圆柱投下了一道炫目的光束。随后，场景千变万化，在各种景色、声音和无法定义的感官印象混杂而成的混乱之中，我感觉自己快被瓦解，或者说快以某种方式失去自己的实体了。我一直对一个明确的闪影记忆犹新——在某个瞬间，我似乎看到了一片奇怪的夜空，那上面点缀着闪闪发亮、不断旋转的各种球体，而当这幅景象逐渐淡化的时候，我又看到了一个由若干耀眼的恒星组成的星群或者称星河，而这个星群或星河有着一个固定的形状，那就是克劳福德·蒂林哈斯特那张扭曲的脸。

在另一时刻，我感到一些有生命的巨型物体正疾驰着擦过我的身体，甚至偶尔走过或飘过我那本该是实体的身体；而且我觉得我看到蒂林哈斯特正盯着它们，就像他那些经过更好锻炼的感官可以在视觉上捕捉到它们一样。我想起他说的关于松果腺的事情，不由得好奇他透过那双超自然的眼睛究竟看到了些什么。

随后，我自己突然也拥有了一种更加强大的视觉能力。那片既明亮又有诸多阴影的混乱上方出现了一幅画面，它虽然模糊，但却连贯而又持久。事实上，我对它甚至可以称得上熟悉，因为那些异常的部分是叠加在常见的地球场景之上的，就像一个电影镜头投射在剧院中的彩色幕布上一般。我看到了这间阁楼实验室，那台电子机器，还有坐在我对面的蒂林哈斯特那幅难看的模样。但所有那些未被熟悉的实物占据的空间此刻没有一丁点儿是空的。无数个难以名状、无论死活的形体混合在一起，形成令人厌恶的无序状态，而每个我所熟知的东西附近都充斥着诸多陌生而未知的存在。那就像所有我所熟知的东西都进入了另一个由其他未知事物组成的世界，或者反之。那些活着的东西的最前面是一些巨大、漆黑，如水母般的怪物，它们随着那台机器的震动毫无生气地颤抖着，数量多得令人作呕，而且我还惊恐地发现它们全都重叠在一起。它们是半流体的，能彼此穿透，还能穿过那些我们认为是固体的东西。这些东西从来都不会静止下来，它们似乎永远都怀着某种邪恶的目的漂浮在四周。有时，它们还会相互吞噬，攻击者会突然冲向自己的猎物，随即让后者从我的视线里消失。我战栗不已，似乎知道是什么将那些不幸的仆人从这个世界抹去的了。尽管我奋力地想要观察这个世界——它一直存在于我们身边，原本不为人所见，现在却以崭新的方式呈现在我眼前——里的其他特质，却始终没有办法将那些东西从脑海中抹去。而蒂林哈斯特则一直观察着我，这时他开始对我说话了。

“你看到它们了吗？看到它们了吗？你看到那些在你生命的每个瞬间都在你身边漂浮、跌落，都在穿透你的东西了吗？你看到那些组成了人们称为纯净空气和蓝色天空的生物了吗？难道我没有成功地打破屏障吗？难道我没有向你展示一个其他活人从来未曾见到过的世界吗？”我听见他的喊叫声穿过那些恐怖的混沌，看着他那张疯狂的脸猛然凑到我的面前。他的眼睛里闪烁着火焰，它们死死地盯着我，带着一股势不可挡的仇恨。而此时，那台机器还在可恶地嗡嗡作响。

“你以为是那些胡乱挣扎着的东西带走了那些仆人吗？愚蠢！它们是无害的！但仆人的确不见了，对吗？你竟然试图阻止我！在我最需要任何一丝一毫我所能得到的鼓励的时候，你竟然让我泄气！你害怕这个宇宙的真相，你这该死的胆小鬼！但现在我逮住你了！究竟是什么让仆人们消失的呢？究竟是什么让他们放声尖叫的呢？不知道吧？啊？你很快就会一清二楚了！看着我——听清楚我说的话——你是不是认为真的有时间和维度这一类东西的存在？你是不是曾经想象过那些诸如形体或者物质之类的东西？我告诉你，我的研究已经达到了你这颗小脑袋永远也无法想象的深度！我已经看到无垠边界之外的世界了，而且我还从星空中招来了恶魔……我能控制阴影，让它们在各个世界之间穿越，散播死亡和疯狂……空间是属于我的，你听清楚了吗？现在那些东西正在追捕我——就是那些吞噬和瓦解的东西——但我知道如何躲避它们。它们抓住的将会是你，就像它们抓住那些仆人一样。激动吗，我亲爱的先生？我告诉过你移动是很危险的。我之前让你别动就已经是在救你了——我救你是为了让你看到更多的景象，让你听到我的这些话。如果你之前动了的话，它们早就抓住你了。不过不要担心，它们不会伤害你的。它们也没有伤害那些仆人——那些可怜的混蛋只是因为看到了它们才叫得那么大声的。我的宠物并不漂亮，因为它们来自一些审美标准，嗯，完全不同的地方。瓦解一点儿也不痛苦，我向你保证——但我希望你能看到它们。我几乎就能看见它们了，但我知道该如何停止。你不好奇吗？我一直都知道你算不上一个科学家！你在颤抖吗？啊？是不是因为急着想看我发现的终极之物而颤抖？那你为什么不动呢？是因为太疲倦了吗？好吧，不要担心，我的朋友，因为它们已经来了……看！看，快看！它们就在你的左肩上……”

剩下要说的事情就很简短了，可能与你们从报纸上读到的差不多。警察听到老蒂林哈斯特家里传来枪声，然后找到了我们——蒂林哈斯特已经死了，而我则不省人事。他们逮捕了我，因为那把左轮手枪在我手里，但三个小时之后就释放了我，因为他们发现蒂林哈斯特死于中风，而且我那一枪是对着那台有害的机器发射的——现在它已经碎成了小块，正无可救药地散落在实验室的地板上。关于曾经看到过的东西，我并没有透露太多，因为我怕法医会怀疑，但即便是根据我所给出的闪烁其词的陈述，医生仍然告诉我，我当时毫无疑问是被那个怀恨在心、嗜杀成性的疯子给催眠了。

我希望自己可以相信医生的话。因为我现在总会不由自主地琢磨自己周围和头顶的空气与蓝天，屏蔽掉那些想法肯定对我那不安的神经大有帮助。我再也没有独自一人或轻松舒适的感觉了，而且，当我疲倦的时候，总有一种令人恐惧的、被追踪的感觉向我袭来，令我颤栗不已。但我一直无法相信医生的话却是因为一个简单的事实——警察声称那些仆人是被蒂林哈斯特谋杀的，但却一直没能找到他们的尸体。

外来者

那一夜男爵梦见了许多灾变；
好斗的宾客也整夜做噩梦，
梦见了妖巫，恶魔，啃棺的蠕虫，
不断的鬼影憧憧。

——济慈

如果一个人孩童时期的记忆带给他的只有恐惧和悲伤，那么他无疑是不幸的。而如果一个人只能回望他在挂满棕色壁挂、摆满一排排令人疯狂的古书、虽然宽大但却阴沉压抑的房间里度过的孤寂时光，或者只能追忆他在奇形怪状、布满藤蔓，还无声地挥舞着高高在上的扭曲枝条的巨大树木组成的昏暗小树林里看到的可怕景象，那么他无疑是可怜的。但这些就是神灵赐予我的东西——赐予我，一个迷惘、沮丧的人，一个贫瘠、破碎的人的东西。不过我却十分奇怪地对这一切感到满足，而且当我的思想在刹那间有着超越其他人思想的迹象时，我还绝望地固守着那些早已枯萎的记忆。

我不知道自己出生于何地，只记得那座城堡极其古老，而且极其恐怖。里面到处都是幽暗的走道，天花板非常高，目之所及只能看到蜘蛛网和各种阴影。摇摇欲坠的走廊里的石头看上去总是令人讨厌的潮湿，而且到处都充斥着一股可憎的味道——与那种死去的几代人的尸体遗骸堆积起来发出的味道一模一样。那儿从来不见光明，所以我有时会点起蜡烛，死死地盯着它们的火光，寻求些许安慰。走出城堡也看不到太阳，因为周围那些可怕的巨木很高，比我所能爬上的最高的尖塔还要高。那儿只有一座黑塔的高度超过了那些树木，直插未知的天空之外，但它的大部分都已经变成了废墟，根本无法攀爬——除非一块石头接一块石头地堆积起来爬上那面垂直的高墙——但那几乎是不可能的。

我肯定在那个地方生活了很多年，但具体是多长时间却无从得知晓。当时应该有人在照顾我的生活起居，但我却记不起除了自己之外的其他任何人，甚至连其他任何有生命的活物也想不起来了——当然，那些无声的老鼠、蝙蝠和蜘蛛除外。我觉得无论照顾我的是什么人，他肯定都异乎寻常的老，因为我对活人的第一个概念就是与我自己滑稽地相似，但却是扭曲、皱缩、正在腐烂衰败的，就像这座城堡一样。对我而言，散落在城堡地基中某些石头地窖里的骸骨并不算什么怪异或可怕的东西。我曾令人难以置信地将这些东西与日常生活联系在一起，认为它们比我在那些发霉的书籍里看到的彩色生物图片更加自然、常见。我所知道的一切都是从那些书籍里学到的。没有老师督促或指导。另外，我也不记得自己在那些年里听到过任何人类的声音——甚至就连我自己的声音也没有，因为虽然我读到过有关谈话、演说的事情，但却从来没有想过要试着大声地说话。同样，我也从来没有考虑过自己的外表，因为城堡里没有镜子，而我也仅仅是出于本能地认为自己与书中画的那些年轻人长得差不多。之所以注意到年轻这件事，是因为当时我脑子里的记忆还很少。

我常常走出城堡，穿过那条散发着恶臭的护城河，在那些幽暗而悄无声息的大树下躺上好几个小时，幻想自己曾在书里读到过的一切；或者满怀热情地想象自己走出这片无边无际的森林，来到阳光普照的世界，置身于欢乐的人群中的情景。有一次，我试图从这片森林里逃出去，但随着我离城堡越来越远，那些阴影也越来越浓密，萦绕在空气中的恐惧也越来越加剧，最后我发疯般地跑了回去，生怕自己在那如黑夜般死寂的迷宫里迷了路。

所以，我只能在永无止尽的昏暗中做梦、等待，但又不知道自己究竟在等待着什么。后来，在那充斥着阴影的孤寂中，我对光亮的渴望越发强烈，直至疯狂，再也无法安睡下去了。所以，我向那座已然破败的黑色高塔举起了自己那双乞求的双手——它是唯一一座比森林里的巨木还高、直插未知天空之外的高塔。尽管知道自己可能会跌落下来，但我最终还是决定攀上它的塔顶，因为瞥一眼天空而后死去，总要好过从未见过天光的活着。

于是，我便在一片潮湿昏暗中踏上了那些古老而破旧的石头阶梯，一直爬到它中断的地方，然后又冒险，攀在小小的立足点上，向上攀去。那些毫无生气、没有阶梯的圆柱形石块本就十分可怕，四周还有受了惊的蝙蝠无声地飞过，更显得黑暗、荒芜、残破、不祥。然而更让我恐惧的是我那缓慢的进度，虽然我一直都在不停向上爬，但头顶上的黑暗却没有变薄一丝一毫，而且周围那挥之不去、年岁已久的霉菌还带着一股新的寒意向我袭来。我一边颤抖着，一边思索为什么自己无法看到光亮，如果我胆子够大的话，恐怕还会往下张望。我幻想肯定是黑暗突然降临到了我的周围，甚至还用空出来的那只手四处摸索，徒然地想要找到一个窗口。因为那样的话，我就可以看到外面和上方，确定自己目前所在的高度了。

就这样，我在那面令人绝望的凹陷绝壁上经过了一段似乎永无止尽，极其恐怖，而且什么也看不见的攀爬，然后，我突然感觉自己的手摸到了一个坚实的东西，我知道自己肯定爬到了塔顶，或者至少爬到某一层的顶端了。黑暗中，我举起自己空着的那只手，试着摸了摸那个屏障，发现它是石质的，无法推动。于是，我又冒着生命危险，依附于那面粘黏泥泞的墙上能落脚的任何东西，环绕高塔爬了一圈，直到摸到那堵屏障的出口——一个石板或一扇门。然后，我便继续向上爬去，由于爬行过程中两只手都被占用了，所以我只好用头顶开了那个石板或者说门。上面还是没有光亮，而当我将手伸向更高处时，我知道自己的攀爬暂时已经到了终点。那个石板其实是盖在某处开口上的活板门，而那个开口则直通一个周长比高塔下方更长的平坦石头平面——那无疑是某个位于高处的宽敞观察室的地面。我小心地穿过开口，并试图不让那个厚重的石板掉回它原来的位置，但失败了。当最终筋疲力尽地躺在石头平面上时，我听到了它掉下去时发出的可怕回响，只能希望在必要的时候还能再次将它撬开。

我相信自己现在正处在一个极高的位置，远远超过了森林里那些受过诅咒的树枝，所以便挣扎着从地板上爬起来，四处摸索寻找窗户，以便能生平第一次看到我之前只从书里读到过的天空、月亮还有星星。但每一步的摸索都只带给我失望——我摸到的只是一些宽大无比的大理石架子，上面搁着一些招人讨厌，尺寸也令人不安的长方形盒子。我反复思索，想知道这个位于高处，千万年以来早已与下面的城堡断了联系的房间里究竟隐藏着一些什么样的古老秘密。突然，我的双手出乎意料地摸到了一扇门，那儿悬着一个石制的入口，还刻着奇怪的雕刻，从而显得高低不平。我试着推了推，发现它似乎是锁着的，但在用尽全身力气之后，我克服了所有的阻碍，将它向内拉开了。随即我便感受到了一种前所未有、最为纯粹的狂喜，因为在我面前，一轮光芒四射的满月那耀眼的光辉正静静地穿透一扇华丽的铁质栅门，倾洒在我刚才找到的那扇门延伸向上的一条短小的石阶通道上——除了在梦里和在那些我甚至不敢称为回忆的模糊印象里，我还从未看到过它。

我猜自己大概已经到达城堡的顶峰了，于是便快步跑上了门后的那几级台阶，但突然，一朵乌云遮住了月亮，而我也随即绊倒在地，只能在黑暗中慢慢地摸索着前进的道路。当我来到那扇铁栅门前时，四周仍然漆黑一片——我仔细地摸索了一遍，发现这门并没有上锁，但我并未立即将它打开，因为我怕自己会从这令人惊诧的高处跌落下去，摔到我之前爬过的地方。不久之后，月亮又出来了。

在所有震惊中，最为凶狠邪恶的当属完全、彻底的出乎意料和荒诞怪异的难以置信。如果要论恐怖程度的话，我之前经历过的任何事情都无法与我现在所看到的景象，以及这番景象所蕴含的离奇含义相比。其实那幅景象十分简单，一如它所带来的惊骇。一眼望去，我没有看到从一个显赫的高度看过去应该见到的令人眩晕的树梢风景，却发现在我周围，就在那穿过铁栅门的平面上，铺展开的是坚实的地面，以及地面上装饰着的大理石板和大理石柱。所有一切都笼罩在一座古老的石头教堂投射下来的阴影里——而那座教堂，它那早已沦为废墟的尖顶正在月光中如幽灵般微微地闪烁着。

半知半觉中，我推开那扇铁栅门，跌跌撞撞地走上了那条往两个方向不断延伸的白色碎石小路。虽然我的思想因极度震惊而混乱不堪，但却仍然保持着对光明的疯狂渴望，就连那种急切地想知道到底发生了什么的心情也无法阻止我的脚步。我既不知道，也不在乎自己当下的经历究竟是精神错乱的产物，还是只是在做梦，或者是因为魔法而造成的，但我下定决心，不惜一切代价也要紧紧凝望那片光辉与华彩。我不知道自己是谁，不知道自己是什么，也不知道自己身处什么样的环境，但当我蹒跚而行时，突然想起了一些潜藏在脑海深处的可怕记忆，它们的存在说明我的举动绝非偶然。我穿过一道拱门，走出那片满是石板和石柱的区域，开始在一片旷野上游荡起来。我时而沿着一条能看清的大道前行，时而又好奇地偏离开它，踏过草甸——那上面零星地散布着一些废墟，表明远古时期这儿曾有一条早已被人遗忘的小路。期间我甚至还游过了一条湍急的小河，河边有一些摇摇欲坠、长满苔藓的石头残迹，说明这儿曾有一座已经消失了很久的小桥。

我花了大概两个多小时才抵达那看似是我目的地的地方——一座古老的城堡。它坐落在一个树木繁茂的公园里，外墙上爬满了常青藤。它让我感到令人发狂的熟悉，同时却又令人费解的陌生。我看到护城河已被填满，一些众所周知的高塔也被拆毁了，但旁边却修着一些新的边房，这令我这个旁观者感到十分困惑。而我最感兴趣、也最令我感到高兴的是那些敞开的窗户——它们闪烁着华丽的光辉，还传出最为愉悦的欢宴才有的声音。我走近其中一扇窗户，朝里张望，的确看到了一群穿着古怪的人，他们正纵情欢笑，相互间爽朗地畅谈着。我之前似乎从来没有听到过任何人讲话，所以只能胡乱地猜测他们在说些什么。其中一些人脸上的表情似乎唤醒了我脑海中极为遥远的记忆，而其他的对我而言则是全然陌生的。

随后，我跨过一扇低矮的窗户，准备走进那间灯火辉煌的房间。而当我这样做的时候，我也从一个单纯美好而又满怀希望的瞬间走向了一个最为黑暗的绝望与顿悟的时刻。噩梦很快降临到了我的头上，就在我即将踏入房间的那一瞬间，我曾设想过的最为恐怖的一幕发生了。正当我准备跨过窗台时，一股毫无预兆、极其强烈的恐惧突然向那群人袭了过去，令每张面孔都扭曲起来，还导致几乎每个喉咙都发出了最为惊惧的尖叫声。逃跑是他们的普遍反应。一片混乱和恐慌中，有些人甚至晕倒在地，随即便被他们那些疯狂逃窜的同伴拖走了。许多人都用双手挡着眼睛，盲目而笨拙地四下逃散，撞翻了家具，还没来得及跑到房间的任何一扇门前就把自己绊倒在了墙边。

那些哭喊声十分骇人。最后，当我独自一人茫然无措地站在灯火通明的房间里，听着那些逐渐消散的回音时，我也不禁颤抖着思索周围到底潜藏着什么我看不到的东西。乍看之下，这个房间似乎已经被刚才那群人抛弃了，但当我向一个凹室走去的时候，我想自己肯定发现了什么——在那扇通往另一个类似房间的金色拱门的前方，有着些许活动的迹象。当我靠近那扇拱门时，那种察觉到某个存在的感觉也越发清晰了。随后，我发出了自己的第一声，也是最后一个声音——那是一种可怕的嗥叫，它令我感到强烈的反感，就像导致我发出它的那番恶毒景象一般——我清清楚楚地看到了那个逼真得可怖、难以想象、无法描述，甚至不宜提及的怪物——它一出现，就让一群欢乐的人变成了一伙精神错乱的逃亡者。

我甚至无法暗示它看上去像什么，因为它就是所有肮脏、怪诞、讨厌、畸形、可憎之物的集合体。它是腐朽、古老，以及荒芜的恐怖阴影，是带来恶毒启示的堕落而潮湿的妖魔，是仁慈大地一直想要隐瞒之物的可怕暴露。天晓得，它肯定不属于这个世界——至少不再属于这个世界——但最令我感到惊恐的是，我在它那被啃噬得骨骼暴露的轮廓中依稀看到了一个恶意十足、令人憎恶、拙劣滑稽的人形，另外，它那早已发霉、几近支离破碎的衣物也让我产生了一种难以言述的感觉，而正是这种感觉让我感到了前所未有的寒意。

我吓到几乎无法动弹，不过仍有一丝力气支撑着我，让我无力地逃开。我跌跌撞撞地后退着，却无法打破那无可名状的沉默怪物施加在我身上的咒语。它那玻璃般的眼球可恶地、死死地盯着我的双眼，蛊惑了它们，让它们无法闭上。不过幸好，我的眼睛已经模糊了，在经过了第一眼的惊惧之后，此刻只能朦朦胧胧地看到那个可怕之物的大致轮廓。我试着举起双手挡住视线，但我的神经却太过眩晕，使得手臂都无法完全听从意愿的指挥了。不过这个举动却让我失去了平衡，所以我只得向前踉跄几步，免得摔倒。而当我这么做的时候，我突然痛苦万分地发现那个腐肉横生的怪物正在靠近我，依稀中，我甚至觉得自己已经听到了它那既可怕又空洞的呼吸声了。而我虽然几乎快要疯掉了，但还是腾出一只手来，试图阻止那只散发着腐臭的恶鬼的靠拢。接下来，在那个如同置身于无穷尽的噩梦和地狱般的意料之中的灾难瞬间，我的手指触碰到了那个怪物已经伸到了金色拱门下方的腐烂利爪。

我没有尖叫，但在那一刻，所有乘着夜风飘荡的残忍厉鬼都因为我而尖叫起来。就在那一瞬间，一些早已湮灭在灵魂深处的记忆如同转瞬即逝的雪崩一般轰然涌出，击碎了我的意识。我在刹那间明白了曾经发生过的所有事情。我记起了那座恐怖城堡和那片阴森树林之外的世界，也认出了自己目前所在的这座早已面目全非的建筑，而最令人恐惧的是，当我飞快地缩回自己那已被玷污了的手指时，我还认出了这个满怀恶意地站在我面前的邪恶之物。

在这个世界里，有痛苦就会有安慰，而最好的安慰就是忘却。在那最为恐怖的一瞬间，我忘记了是什么让我感到恐惧，而那些汹涌而出的黑色回忆也在一片由反复回荡的画面交织而成的混乱中消失了。在一个梦境中，我从那座鬼魂萦绕、备受诅咒的旧建筑里逃了出去，飞快而无声地奔跑在月光之下。当我返回那座大理石教堂，走下那段阶梯之后，却发现那扇石头活板门再也打不开了。但我并不觉得难过，因为我早已恨透了那座古老的城堡以及那些阴森的大树。如今，我就与那些善于嘲弄却十分友好的鬼魂一起，乘着夜风四处飘荡，而白天则在尼罗河畔那个无人知晓的封闭的哈多斯（Hadoth）溪谷里的纳菲恩卡（Nephren-Ka）墓穴间嬉戏游玩。我知道，除了那照耀在奈卜（Neb）的石墓之上的月光之外，其他光芒都并非为我而亮；我也知道，除了奈托克里斯（Nitokris）在大金字塔下举办的那些不可名状的盛宴之外，其他的欢愉都没有我的一份。不过，在那新生的疯狂与自由中，我几乎就快要欣然地接受这份属于异乡人的苦涩了。

因为尽管忘却令我平静，但我却十分清楚，自己是一个外来者。对这个世纪而言，对那些仍然是人类的人而言，我都是一个怪异的异乡人。在我向着那个巨大的镀金框架中的可憎之物伸出自己的手指之时，在我伸出自己的手指，却触碰到一面锃亮的镜子那冰冷而坚硬的表面之时，我就意识到了这一点。

墙中鼠

1923年7月16日，在最后一个工人完成了他的工作之后，我搬进了伊克汉姆修道院。重建这个小小的修道院是个堪称浩大的工程，因为除了一个空壳般的废墟之外，这栋早已荒废的建筑几乎什么也没有剩下。但由于它是我祖上的宅邸，所以我不惜一切代价地修复了它。自英王詹姆斯一世在位期间，这个地方就一直无人居住。当时这儿发生了一件极其可怕，而且大部分现象迄今都没有得到合理解释的悲剧——房屋主人和他的五个孩子，还有好几个仆人，全都被杀害了。当时所有的怀疑和恐惧都笼罩在房屋主人的第三个儿子头上——他就是我的直系祖先，也是那个遭人憎恶的家族的唯一幸存者，伊克汉姆男爵十一世，沃尔特·德·拉·普尔。由于唯一的继承人也是谋杀嫌犯，这处房产便被皇室收回了，而那个遭到指控的人也没有任何替自己辩解或试图夺回财产的举动。他受到了某种极端恐怖情形的严重惊吓——那种惊吓的影响远远超过了事情发生后他良心上受到的谴责以及法律对他的制裁。他只表达了一个疯癫的愿望，就是不要再让那栋古老的建筑出现在他的视线之内和记忆之中。后来，他逃到了弗吉尼亚，并在那儿组建了自己的家庭，在那之后的一个世纪里，那个家庭逐渐发展成了后来的德拉普尔家族。

就这样，伊克汉姆修道院一直无人租住，尽管它后来被划到了诺里斯家族的名下，而且许多人都因为它那独特的混合建筑风格而对它进行过研究。这座建筑有几个哥特式的尖塔，但全都挺立在撒克逊或罗马式的底部构造上，而如果传说是真的，那它的地基采用的则是更为早期的风格，或者说是几种风格的混合体——包括罗马式、督伊德教式或威尔士本地的风格等。它的地基设计也十分奇怪，其中一端与一处断崖上的实心石灰石融合在一起——小修道院就建在断崖边缘，俯瞰着一条距离安切斯特村以西3公里的荒芜溪谷。建筑师和考古学家很爱研究这座自那早已被人忘却的年月里遗留下来的怪异遗迹，但附近的村民却很讨厌它。几百年前，当我的祖先尚且住在这儿的时候，他们就憎恶它，而现在，他们还是一如既往地厌弃它，还有它上面覆盖着的那些因为遭到遗弃而长出的苔藓和霉菌。在得知我的祖先曾居住在这样一座被诅咒的宅子里之前，我从未到过安切斯特。而这周，工人们已经爆破了伊克汉姆修道院，正在忙着抹去它的地基的各种痕迹。

关于我家族的历史，我只知道一些简单的统计数据，以及我的第一位美国祖先是在深陷谋杀疑云的情况下来到殖民地的。至于细节，我则完全不了解，因为沉默寡言是德拉普尔家族的一贯原则。与我们的种植者邻居不同，我们很少夸耀家族里那些参与了十字军东征的先祖和中世纪及文艺复兴时期的英雄，也没有任何形式的传统或习俗流传下来——除了记录在一个密封的信封里的那些东西——在南北战争之前，家族里的每一代乡绅都要将那个信封传给他的长子，并吩咐说必须在自己死后才能打开。我们所珍视的，全是家族里的人在移民之后取得的荣耀，也就是这个骄傲、体面、略微有些沉默寡言、不善交际的弗吉尼亚家族的人所取得的荣耀。

南北战争期间，我家族的好运到了头，我们那位于詹姆斯河畔的家，卡费克斯（Carfax）发生了一场大火，它将整个家族的境况完全改变了。我那年事已高的祖父在那场纵火犯的暴行中过世了，而与他一同消失的还有那个将我们与整个家族的过去联系起来的信封。火灾发生时我才 7 岁，但时至今日，我仍然能回忆起那场大火，仍然记得北方联邦士兵的呼喊，女人们的尖叫，还有奴隶们的吼声与祈祷。我父亲那时在军队里，参与里士满保卫战。后来，经过无数道手续之后，我和母亲到了前线，与他团聚。战争结束之后，我们搬到了北方，我母亲的出生地。我在那儿长大成人，直到中年，最终变成了一个富有却木讷的北方佬。我父亲和我都不知道那个世代相传的信封里写着什么，而随着对马萨诸塞州那单调乏味的商业生活的愈发融入，我对那些明显潜藏在我的家族背后的神秘事件也逐渐失去了兴趣。我的确曾经怀疑过它们的性质，不过我还是很乐意将伊克汉姆修道院留给苔藓、蝙蝠和蜘蛛网的。

我父亲死于 1904 年。他过世的时候并没有留下任何信息给我，或给我的独子，阿尔弗雷德，一个幼年丧母的 10 岁男孩。对家族的历史，这孩子知道的比我还多，因为我只能开着玩笑给他讲一些关于过去的推测，但他却能写信告诉我很多关于我们祖先的有趣传说——我记得那是第一次世界大战期间，1917 年，他在英格兰当空军军官。显然，德拉普尔家族有着一段丰富多彩，甚至略显不祥的历史。我儿子的一个朋友，英国陆军航空队的爱德华·诺里斯上尉就曾住在安切斯特村，离我家族祖宅不远的地方。他给我儿子讲了很多在当地农民间流传的迷信传说，它们相当疯狂，令人难以置信，就连小说家笔下的故事也很少有能与之媲美的。诺里斯自己当然并没把它们当回事儿，但我儿子却对它们很感兴趣，还把它们变成了给我写信的素材。那些传说让我把注意力完全转移到了自己在大西洋彼岸的那座遗产身上，还促使我下定决心买下并修复了那座古老的宅邸——根据诺里斯对阿尔弗雷德的讲述，它就是一个风景如画的废弃地。当时诺里斯的叔叔正是那座宅子的主人，所以我以一个出乎意料却又合情合理的价格顺利地买下了它。

我是在 1918 年买下伊克汉姆修道院的。就在我准备修复它的时候，我儿子因伤残退役归来了，而我也因此分了心，搁置了修复计划。随后的两年，我除了照料他之外，什么都无暇顾及，甚至连生意也交给合伙人去打理了。1921 年，我痛失爱子，变成了一个漫无目的、不再年轻的退休制造商。所以我决定到自己新买的房产里度过剩下的岁月。我于 1921 年的 12 月造访了安切斯特，并受到了诺里斯上尉的热情款待。他是一个胖胖的、和蔼可亲的年轻人，对我儿子的评价很高。他向我保证会帮忙筹集方案和那些与宅子有关的轶事趣闻，以便对即将展开的房屋修复提供指导。我对伊克汉姆修道院本身并没有什么热情，在我眼里，那只是一堆摇摇欲坠的中世纪废墟而已——它危险地栖息在断崖之上，表面覆满了苔藓，被到处都是的白嘴鸦巢穴搞得像个蜂窝，除了几座单独开来的塔楼的石墙之外，它的地板和其他的内部装饰都已经完全剥落了。

当我逐渐复原了这栋建筑物在三个世纪之前，我的祖先离开时它的形象之后，便开始着手雇工人来进行修复。我不得不到其他地方去雇人，因为安切斯特的村民对这个地方有着一种令人难以置信的恐惧和憎恶。村民的那些情绪十分强烈，有时甚至影响了我从外面找来的工人，开小差的情况时有发生。而且，他们的情绪似乎并不是只针对那座小修道院，还针对曾经居住在其中的那个古老家族。

我儿子曾告诉过我，当他造访安切斯特的时候，由于他是德·拉·普尔家族的人，当地居民总是有意无意地回避着他。而我现在也发现，自己也因为差不多的原因而遭到了一些排斥。直到我说服那些农民，我对这个家族和这座遗产一无所知之后，情况才有所改善。但即便如此，他们还是不太喜欢我，所以我不得不通过诺里斯家族的斡旋才收集到大部分的乡野传说。也许，真正让那些村民无法原谅的是我来到此地的目的——修复一座令他们无比憎恶的象征。因为，无论这是否有道理，他们眼里的伊克汉姆修道院绝对是一个出没着魔鬼和狼人的地方。

拼凑起诺里斯一家为我收集的传说故事，再加上几个对这座废墟有过研究的学者的叙述后，我推测出伊克汉姆修道院是修建在一座史前神殿的旧址上的——那是一座督伊德教或前督伊德教的神庙，与巨石阵差不多同时代。毫无疑问，这儿曾举行过一些难以描述的仪式。根据一些令人颇为不快的传说，那些仪式后来又转移到了从罗马传来的、对西布莉的崇拜仪式中。直到现在，修道院的地窖下层仍然能看到一些铭文，上面明确地刻着一些字母，例如“DIV…OPS…MAGNA.MAT…”等，那似乎是大圣母玛格那玛特的标志——罗马曾一度禁止公民参与对她的黑暗崇拜，但却徒然无效。安切斯特曾经驻扎过奥古斯都的第三军团，许多遗迹都证明了这一点。而且据说西布莉的神殿曾经辉煌壮观，挤满了朝拜者，他们应一个佛里几亚祭司的邀请，举行着一些不可名状的仪式。传说还提到那个古老宗教的没落并没有使神殿里进行的神秘仪式终止，那些祭司换了信仰，但实质上却没作任何改变。此外，据说那些仪式也同样没有随着罗马势力的败落而消失，某些撒克逊人的仪式加入了那些从神殿里残存下来的仪式中，给予了它一个重要的轮廓，并一直得以保留下来，而且还使它变成了一种令七国联盟里的一半都感到恐惧的祭祀核心。大约在公元1 000年，这个地方被载入了史册——据史料记载，它是一座坚固的石头修道院，里面存在着一个奇怪而又强大的教团，它周围环绕着广阔的花园，尽管没有围墙，但那些对这里恐惧不已的平民根本不会靠近它半步。那个教团从未被丹麦人摧毁过，但诺曼征服之后，它肯定严重地衰败了，因为当1261年，亨利三世将这个地方赐予我的祖先，伊克汉姆男爵一世，吉伯特·德·拉·普尔的时候，并没有遇到任何阻碍。

在那之前，并没有任何关于我家族的负面说法出现过，但当时肯定发生了一些奇怪的事情。一部编年史曾在1307年提到过某个德·拉·普尔家族的成员，将其称为“被上帝诅咒的人”，同时，那些乡野传说也一直在强调人们对那座在古老神殿和修道院的基础上修建起来的城堡的那种邪恶而疯狂的恐惧。村民的炉边故事多半是一些极其可怕的描述，而他们由于受到惊吓变得沉默寡言或者含糊其词这一事实则显得更为恐怖。根据他们的说法，我的祖先们是一群世袭的恶魔，与他们相比，吉勒斯·德雷茨和德·萨德侯爵只能算最为青涩的新手。那些交头接耳中的低语还暗示说，几代以来偶尔发生的村民失踪案也与我的祖先们有关。

传说中最为糟糕的人物自然是那些男爵和他们的直系继承人，至少大多数村民的窃窃私语都是关于他们的。据说，如果某个继承人有往正常、健康方向发展的趋势，他肯定会神秘地早逝，让位于另一个更具有典型家族特征的子孙。这个家族似乎有属于自己的内部教团，它由房子的主人主持，有时会完全关闭，只对极少数成员开放。这个教团接纳成员的准则明显不是血统，而是某种气质和性情，因为有几个因为婚嫁而进入家族的人也成了教团的成员。来自康沃尔郡的玛格利特·特雷弗女士，男爵五世的二儿子戈费雷的妻子就曾是其中之一。她当时是村里所有小孩的灾星，还是一首特别可怖的老歌谣里的恶魔女主角——那首歌谣到现在都还在流传，时至今日，仍然能在威尔士边界附近听到。另外，与玛丽·德·拉·普尔女士有关的那些令人毛骨悚然的故事也被写入民谣流传了下来，不过它讲述的重点不一样——这位女士嫁给了谢斯菲尔德伯爵，但婚后不久就被她丈夫和婆婆杀死了。然而，在听完两个凶手的忏悔和那些他们不敢再向世人复述一遍的内情后，牧师竟然宽恕了他们，甚至还给了他们祝福。

这些传说和歌谣显然只是一些粗鄙的迷信故事，但却仍然令我十分反感。它们的持续流传，以及它们对如此之多的我的祖先们的牵涉尤其令我恼怒。而且，那些关于怪异习性的污名还让我极不愉快地想起了一件与我的近亲有关的丑闻——我那住在卡费克斯的表兄，年轻的伦道夫·德拉普尔，从墨西哥战场上回来之后，跑去与黑人混在一起，还成了一名伏都教祭司。

相比而言，另一些更为含糊不清的传说则并未对我造成太大困扰——它们讲述的是那石灰石悬崖下面那个贫瘠荒凉、狂风肆虐的山谷中传出的哀鸣与咆哮，或是春雨过后弥漫在空气里的、来自墓地的腐臭，或是某天夜里，约翰·卡拉维爵士的马在一片荒凉的平原上踩到的某个挣扎着、尖叫着的白色东西，又或是某个因为在光天化日之下看到了一些潜藏在修道院里的东西而被吓疯了的仆人。这些都是常见而老套的鬼怪故事，而我当时则是一个彻底的无神论者。不过，那些关于村民失踪的说法却是我不太容易回避的，但考虑中世纪的风俗习惯，它们也不见得有多么特别的重要意义——在那个年代，好奇的窥探就意味着死亡，不止一个人的头颅曾被砍下来挂在伊克汉姆修道院周围的堡垒上示众——现在那些堡垒早已不见了。

此外，还有极少一部分传说故事异常生动奇特，让我不由得后悔自己年轻时没能多学一点关于比较神话学的知识。比如，有一种看法认为，有一支长着蝙蝠翅膀的恶魔军团每晚都在小修道院里举办巫妖狂欢——它们的存在解释了为什么修道院周围那些广阔的花园里要种上多得与修道院人口明显不成比例的粗劣蔬菜。而所有一切中最为栩栩如生的当属一首令人印象深刻的、关于老鼠的叙事诗了——传说那场导致这个修道院被遗弃的悲剧发生三个月后，一支由污秽害物组成的仓皇奔跑的大军突然从城堡里蜂拥而出，那是一支瘦骨嶙峋、肮脏丑恶而且贪婪成性的军队，它在耗尽自己的疯狂愤怒前，横扫了一切挡在它面前的东西，吞噬了家禽、猫、狗、猪、羊，甚至还有两个不幸的人。后来，围绕那支由啮齿动物组成的、令人难以忘却的军团衍生出了一系列各式各样的传说，因为那些老鼠最终分散到了村民的家里，给他们带去了无尽的诅咒与恐惧。

当我怀着老年人特有的顽固，坚持推进祖宅的修复工作时，就是这类传说故事一直困扰着我。它们已经主导了我的心理状态，而这显然是因为我对它们思考太多造成的。但另一方面，诺里斯上尉和那些在我周围协助我的考古学家则一直在不断地称赞我、鼓励我。后来，当那耗时两年的修复终于完成时，我看着那些宽敞的房间、装饰着护墙板的墙壁、拱形的天花板、带竖框的窗户，以及宽大的楼梯，心里洋溢着骄傲与自豪——这种感受足以补偿那惊人的修复花费了。每个中世纪的特征都被巧妙地复制了出来，而那些新修的部分也与原有的墙壁和地基完美地融合在一起。现在，我祖先的宅邸已经修复完成了，而我则期盼着能最终挽回这个终于我这一代的家族在当地的声誉。我会永远在这儿住下去，证明德·拉·普尔（我又重新采纳了这个姓氏最初的拼法）家族的人并非恶魔。更令我感到安慰的是，虽然修复后的伊克汉姆修道院仍然是按照中世纪的风格装修的，但它的内部却是真正的焕然一新，绝不会再遭受远古害物和幽灵之类的东西的侵扰。

正如我先前所说，我于 1923 年 7 月 16 日搬进了伊克汉姆修道院。我的新家庭由七个仆人和九只小猫组成——后者是我特别喜爱的一种生物。那只最为年长的猫名叫尼格尔曼，已经 7 岁了，是我从马萨诸塞州博尔顿的家中带过来的。其他几只则是我在修复修道院期间，借住在诺里斯上尉家里时慢慢收养的。刚搬进修道院的前五天，我们的一切日常生活都有条不紊地进行着，而我的大部分时间都花在整理家族的旧资料上。我手上有一些非常详尽的报告，它们完整地记录了那场最后的悲剧，以及沃尔特·德·拉·普尔的逃亡，而我认为这些大概也正是那份世代相传，最后遗失在卡费克斯的那场大火里的文件的主要内容。我的那位祖先当时似乎发现了一些令他万分震惊的事情，从而性情大变，两周后，他便与四名协助他的仆人一起，趁家族里的其他成员熟睡之际，将他们全部杀害了——至少他是以诸多理由被这样指控的。至于他到底发现了什么，除了一些模糊的暗示之外，他并没有向任何人透露过——也许他曾告诉过那几个协助他的仆人，但他们后来都逃亡了，根本无从联系。

那场精心策划的大屠杀一共夺走了六个人的性命，其中包括一位父亲、三个兄弟和两个姐妹，但它却得到了大多数村民的宽恕，甚至连法律也没有严惩凶手——他毫发无损、光明正大，甚至是光荣地逃到了弗吉尼亚。大部分传言认为他净化了一片自古以来就遭受诅咒的土地。我根本无法想象到底是怎样的发现会促使他犯下如此可怕的罪行。沃尔特·德·拉·普尔对那些与自己家族相关的不祥传说肯定早有耳闻，所以那些材料应该不会令他产生这种新的冲动。那么，他是不是在修道院或者修道院附近目睹了某种骇人的古老仪式，或者无意中发现了什么能透露内情的恐怖象征呢？据说，他在英格兰的时候，一直是一个腼腆害羞、温文尔雅的年轻人。而到了弗吉尼亚之后，也并没有表现得非常冷酷无情、满腔仇恨，反而有些苦恼和惴惴不安。另一位绅士冒险家，来自贝尔威的弗朗西斯·哈利还在日记中将他描述成了一个无比正义、品行端正、优雅谨慎的人。

7 月 22 日，第一件事情发生了。尽管这件事当时被轻易地略过了，但它却与后续发生的一系列事件有着异乎寻常的重要关系。说起来，它十分简单，几乎可以忽略不计，而且在当时的情况下，也不太可能会被注意到——要知道，当时我住在一栋除了墙壁之外，其他陈设布置都是全新的建筑里面，周围还有一群神智健全的仆人，所以尽管所处的位置有些异常，但要说会感到恐惧和忧虑的话，就不免显得荒唐可笑了。后来我只记得当时我那只老黑猫——我对它的脾性十分了解——显得异常警惕和焦躁，与它平日的性情完全不同。它不安地在各个房间里转来转去，还不断地嗅着那座老哥特式建筑的墙壁。我知道这听起来有多么老生常谈——就像每个鬼怪故事里都必然有一条狗，而且它总会在它的主人看见那个被裹尸布包裹着的东西前突然大声吠叫一样——但这却是真的，而且我还无法像往常一样让它安静下来。

第二天，一个仆人向我抱怨说房子里所有的猫都显得躁动不安。他来找我的时候，我正待在自己的书房里——那是位于二楼西面的一个房间，装饰着穹棱拱顶、黑色橡木镶板和一扇哥特式的三层窗户，从窗口望出去，正好能看到那个石灰石悬崖和悬崖下面的荒凉山谷。就在他说话的时候，我看见尼格尔曼那漆黑的身影正沿着西墙爬行，并不断地抓挠着那些覆盖在远古石块之上的新镶板。我对仆人说，一定是那些古老的石制品散发出了某种古怪的气味或者其他散发物，人类的感官无法察觉，但即便是透过那些新装的木制品，还是被那些敏感的猫咪感觉到了。我真的是那么认为的。当那个仆人暗示说会不会是房子里有老鼠时，我回答说这儿已经300年都没有出现过老鼠了，而且这些高墙里面就连周围地里的田鼠也很难看到，从来没人见过它们出没在这个地方。当天下午，我去拜访了诺里斯上尉，他也很肯定地告诉我，田鼠以这样突然而空前的方式骚扰修道院是件令人难以置信的事情。

当天晚上，我照例与一个仆从一起巡视了宅子，随后便回了西面塔楼上的房间——那是我为自己挑选的卧室，它与我的书房之间只隔了一段石头阶梯和一条很短的走廊。那段石头阶梯有一部分是远古的遗迹，而走廊则完全是新建的。我的卧室是圆形的，很高，墙上没有装壁板，而是挂着一些我亲自从伦敦挑回来的挂毯。我看到尼格尔曼就在我身边，于是便关上了那扇厚重的哥特式大门，在巧妙做成蜡烛样子的电灯泡散发出来的光线中躺了下来，然后关了灯，深深地陷入那张雕着精美花纹、带有罩盖的四柱大床里。那只老猫则躺在我的脚边——那是它惯常休息的位置。我没有拉床帘，而是凝望着我正对面那扇朝北开着的狭小窗户。窗外的天空中有一丝极光，令人愉悦地勾勒出窗户上那些细致优雅的窗饰的轮廓。

有一段时间我肯定进入了平静的梦乡，因为在我的回忆里，当猫突然从自己的位置上惊跳起来的时候，我有一种清楚的离开某些离奇梦境的感觉。在一片朦胧的极光中，我看到它的头向前拉伸，前脚摁在我的脚踝上，后腿则向后伸直，紧张地盯着窗户略微偏西的墙面上的某一点。在我看来，那儿什么也没有，但当我的注意力完全集中到了那一点上，仔细观察过后，我发现尼格尔曼也许并非在凭空激动。我不敢肯定地说那面挂毯是不是真的在动——我只是感觉它动了，尽管十分轻微，但我敢发誓，我的确听到那后面传出一阵低微却清晰的老鼠疾跑声。在那一瞬间，猫儿纵身跳上了那掩盖着墙壁的挂毯，用自己的身体将它拽到了地上，露出一面潮湿、古老的石墙——那上面到处都是修补者留下的修补痕迹，却全然没有任何啮齿动物跑过之后的踪影。尼格尔曼在那面墙前面的地板上奔来跳去，抓挠着掉下来的挂毯，还时不时地尝试着将爪子探入墙和橡木地板之间。但它却什么也没有发现。过了一会儿，它疲倦地回到了我脚边那个属于它的位置上。我一直没动，但之后却再也没有睡着。

第二天早上，我询问了所有仆人，但他们都没有注意到任何不同寻常的事情，只有我的厨娘记得一只睡在她窗沿上的猫有些奇怪的举动。那晚不知什么时候，那只猫突然发出一阵愤怒的嘶吼，厨娘被惊醒了，随即便看到那只猫像是发现了目标一般，冲出房间，又奔下了楼梯。我昏昏沉沉地消磨掉中午的时光，下午便立即再次拜访了诺里斯上尉，而后者则对我告诉他的事情表现出极大的兴趣。那些离奇的事件——虽然微不足道，但却十分奇怪——引起了他的注意，同时也让他想起了一系列在当地流传的可怕传说。我们都对老鼠的出现感到十分困惑，诺里斯借了些捕鼠器和巴黎绿给我，而我回到修道院后，便让仆人们把这些东西放在了老鼠可能出没的地方。

当晚我感到十分困倦，早早地便睡下了，但却一直被最为恐怖的噩梦侵扰着。梦里，我似乎站在一个非常高的地方，俯瞰着一个亮着微光的巨大洞穴，那里面装着及膝深的污秽之物，一个花白胡子、犹如恶魔一般的放牧人正用棍子驱赶着一群覆满真菌、软弱无力的畜生，它们的模样则让我感到一股难以言述的厌恶。然后，当那个放牧人停下来打起瞌睡的时候，一大群老鼠像雨滴般纷纷落下，掉入那个散发着恶臭的深渊，开始贪婪地啃噬起那群

畜生和那个人来。

就在此时，像往常一样睡在我脚边的尼格尔曼突然动了起来，将我从如此恐怖的梦境中唤醒过来。这一次，我没有疑惑它为什么会低吼和嘶叫，也很清楚它为什么会害怕到不自觉地将爪子掐进我的脚踝里。这个房间的每一面墙都在发出令人作呕的声音——那正是那些贪婪成性的巨大老鼠匆匆跑过时发出的。这天晚上窗外没有极光，所以我也看不到挂毯的情况——昨晚被猫拽下来的那条已经重新挂上去了——不过我还没有害怕到不敢开灯的地步。

灯泡发出光亮后，我看到所有挂毯都在令人惊骇地抖动着，使得那本就有些奇特的设计仿佛在上演一出怪异的死亡之舞。但那些抖动几乎立刻就消失了，随之而去的还有那些声响。我从床上跳了下来，用放在床边的暖床器的长柄轻轻地拨动墙上的挂毯，并挑起其中一条，想看看下面到底藏着些什么。但那儿除了那面修补过的石墙之外，什么也没有。此时，就连猫也失去了对异常存在的警觉。随后，我又检查了那个放在房间里的圆形捕鼠器，结果发现所有开口都弹上了，但上面却并没有留下任何有东西被抓住而后又逃脱了的痕迹。

再继续睡下去已经是不可能的事情了，所以我点亮一支蜡烛，打开房门，穿过走廊，向楼梯走去，打算去我的书房。尼格尔曼紧紧地跟在我的脚跟后面。但还没等我走到那段石头阶梯，它就突然向前猛冲过去，超过了我，消失在那古老的楼梯下方。当我独自走下楼梯的时候，突然觉察到下面一个房间里有声响传出——就是那些我绝对不会弄错的声音。那些装着橡木镶板的墙壁里全是老鼠，它们仓皇奔跑、四处逃窜。与此同时，尼格尔曼也带着一个满腹疑惑的猎手应有的狂怒在周围奔走追赶。我走下楼梯，打开了灯。但这一次，灯光并没有让噪声消失。那些老鼠继续喧闹着，它们逃窜的脚步声是如此有力而清晰，甚至连我后来也能确定它们活动的确切方向了。它们的数量明显很多，似乎正在进行一次规模庞大的迁徙——从某个无法想象的高处，去往某个可以预见，或者同样不可思议的地下深处。

这时，我听到回廊里响起了脚步声，随后两个仆人推开厚重的房门，走了进来。他们俩正满屋子地搜索，试图找到某些骚乱的未知源头——它让所有猫咪都陷入了恐慌，不断发出嘶嘶的怒吼，还纷纷猛冲下几段楼梯，蹲在地下室下层那扇紧闭的大门前放声吼叫。我问他们是不是也听到了老鼠的声音，但他们却都说没有。而当我试图让他们注意镶板后面的动静时，却发现那些杂音已经消失了。随后，我与他们一起来到了地下室下层的大门前，却发现那些猫咪已经不见了。我决定随后到下面的地窖里一探究竟，但眼下只是简单地查看了一遍布置在那儿的那些捕鼠器。如我所料，它们都弹上了，但却什么也没有抓到，什么也没有留下。后来，在确定了除了我和那些猫咪之外，再也没有谁听到老鼠的声音之后，我在自己的书房里坐到了天亮。我想了很多，还仔细地回忆了我挖掘到的每一个与我目前居住的房子有关的传言。

上午的时候，我靠在那张舒服的书房椅上睡了一会儿—— 尽管这栋建筑是以中世纪的风格装修的，但我可不会放弃这么舒服的一把椅子。醒来后，我给诺里斯上尉打了个电话，请他过来帮我一起查探那间地下室的下层。我们并没找到任何可能带来麻烦的东西，不过，地下室出自罗马人之手这个事实让我们都有点不可抑制的激动。那儿的每一扇低矮的拱门、每一根巨大的石柱都是罗马式的——并非笨拙粗糙的撒克逊人那种品质低劣的罗马式，而是出自凯撒时期严谨而和谐的古典主义风格。事实上，那儿的石墙上全都刻满了铭文——那些曾反复考察过这个地方的考古学家对它们再熟悉不过了——诸如“P.GETAE.PROP…TEMP…DONA…“和“L.PRAEC…VS… PONTIFI…ATYS…”之类的东西。

铭文里提到的阿提斯（Atys）让我不寒而栗，因为我曾读过卡图卢斯的诗，对这个东方神灵的那些令人毛骨悚然的仪式有一定的了解——对它的崇拜曾与对西布莉的崇拜混杂在一起。借着提灯的光亮，诺里斯和我试着解读一些几乎已经被磨掉了的古怪图案——它们就刻在几块普遍被认为是祭坛的不规则长方形巨石上——但我们根本看不明白。我记得其中一个图案看上去就像个发光的太阳，研究者们认为它并非起源于罗马，这也许说明这些祭坛只是罗马祭司从同一位置上的某个更加古老、甚至是原住民的神殿里拿过来继续使用的。在这些巨石中，有一块上面残留着褐色的污迹，这让我十分惊讶。而那块位于地下室中心的、最大的石头的表面还有一些被火烧过后留下的痕迹——那也许是焚烧祭品或牲礼时留下的。

这些便是地下室里的全部情况——但猫咪们的确曾蹲在它的门前不断嘶吼，所以诺里斯和我决定在这儿度过接下来的那个夜晚。仆人们搬来了睡椅，我告诉他们不要在意那些猫在夜间的举动。另外，我还让尼格尔曼留了下来，因为它既可以给我们提供一些帮助，又能陪伴着我。我们决定紧闭那扇橡木大门——那是一扇现代的仿制品，上面留有缝隙，以便通风；还决定不熄灯。然后，诺里斯和我便躺了下来，等待着可能发生的事情。

这个地下室深深地嵌在修道院的地基深处，毫无疑问，它离那个向外突起、俯瞰着荒凉山谷的石灰石悬崖的表面十分遥远。我很确定，这里就是那些混战骚动、令人费解的老鼠的目的地。至于原因是什么，我却毫无头绪。当我们充满期待地躺在那儿的时候，我发现自己偶尔会陷入半醒半睡的状态，而躺在我脚边的尼格尔曼那不安的动作则总会将我从梦境中唤醒。那些梦境并不平和，恐怖程度堪比前一晚我做的那个梦。我又一次看到了那个亮着微光的洞穴、那个放牧人，还有他那些在污秽之物中肆意翻滚、覆满真菌、不堪提及的畜生。当我看着这一切的时候，它们似乎离我越来越近，也变得越来越清晰——清晰到我几乎可以看清它们的容貌。随后，我真的看清了其中一个软弱无力的畜生的样子——我尖叫了起来，随后便猛然惊醒了。尼格尔曼被我的尖叫声吓了一跳，而一直没睡的诺里斯上尉则笑得前俯后仰。如果诺里斯知道是什么东西令我尖叫的话，他可能会笑得更加厉害——也可能就笑不出来了。但我当时并没有想起自己在梦里到底看到的是什么。极端的恐惧常常会颇为仁慈地让记忆完全瘫痪。

异常现象出现时，诺里斯唤醒了我。他轻轻地摇了摇我，催促我听猫的动静，从而让我从同一个恐怖的梦境里解脱了出来。事实上，当时可以听到的还有很多声音。那扇紧闭的大门外，石头阶梯的端部传来了猫咪们噩梦般的嘶叫和抓挠。同时，尼格尔曼则丝毫没有注意到那些被挡在门外的它的同类，而是兴奋地在那些光秃秃的石墙周围跑来跑去。石墙里传来一阵老鼠疾驰而过的嘈杂声，就与昨天晚上打扰到我的那些声音一模一样。

我心里涌起了一股强烈的恐惧，因为我突然发现了一些任何正常思维都无法解释的异常情况。那些老鼠——如果它们不是一种只有我和那些猫才患有的精神错乱的产物的话——肯定就在这些我曾认为是实心的石灰石块筑成的罗马式石墙里挖掘钻洞、蹑足前行……也许这17个世纪以来，这些石墙已经被水侵蚀出了一条蜿蜒曲折的通道，而那些啮齿动物则进一步将通道啃磨得干净而宽敞了……但即便是这样，我那种幽深的恐惧还是没有丝毫减少，因为倘若这些墙里真的有那些活生生的害物的话，为什么诺里斯听不到它们制造的、令人恶心的骚动呢？为什么他只是催促我留意尼格尔曼的动静和聆听外面的猫发出的声音呢？为什么他一直在胡乱而模糊地猜测到底是什么惊扰了那些猫呢？

正当我尝试着尽可能理性地告诉他我认为自己听到了些什么的时候，我的耳朵告诉我那些老鼠疾驰而过的声音正在逐渐远去，退向更为下面的位置，消散在远远低于这个地下室下层最深处的地方，直到最后，似乎下面的整个悬崖里都充斥着四处探寻的老鼠。诺里斯并没有像我预想地那般怀疑我说的话，反而像是被深深地震动了一般。他示意我注意门边的那些猫咪，此时它们已经停止了吵闹，似乎已经放弃追逐那些早已逃远的老鼠。但与此同时，尼格尔曼却突然爆发出一阵新的躁动，开始在那个最大的石头祭坛的底部周围疯狂地抓挠——那个祭坛位于地下室的正中央，相比之下，更靠近诺里斯的睡椅，而不是我的。

这时，我对那些未知之物的恐惧已经非常强烈了。显然，某些令人极其惊骇的事情已经发生了。我看到诺里斯上尉，一个比我更加年轻、结实、也许还更加坚定的天生唯物主义者，此刻却与我一样惊恐不已——这也许是因为他生来就一直与当地的神话传说亲密接触的缘故。当时我们什么也做不了，只能呆呆地看着那只黑猫——它仍然在不停地抓挠那个祭坛的基底，但已经没有那么狂热了，偶尔还会抬头看看我，对我发出喵喵的叫声——这是当它希望我为它提供某些帮助时经常采用的劝说方式。

后来，诺里斯拿起一盏提灯，靠近那个祭坛，检查尼格尔曼抓挠过的那些地方。他悄悄地跪了下来，刮去那些存在了若干世纪的地衣——这些地衣将那块从前罗马时代遗留下来的巨大石头与拼花地板连接在了一起。但他什么也没有找到。正当他准备放弃努力的时候，我突然注意到一个微不足道的细节——尽管这个细节只是暗示了一些我已经猜想到的事情，但却仍然令我不寒而栗。我给诺里斯讲了那个细节，然后，我们便一起仔细地盯着它那几乎令人无法察觉的表现。我说的是那盏放在祭坛旁边的提灯的火焰，它正轻微却真实地摇曳着——那是一股之前并不存在的气流所造成的，而那股气流无疑来自诺里斯刮去地衣后露出来的地板和祭坛之间的裂缝。

那天晚上剩下的时间我们都待在我那间灯火通明的书房里，焦急地讨论下一步应该怎么做。在这栋被诅咒的建筑物下方那个已知的、由罗马人修建的最深的石头地下室下面又发现了一个更深的地窖，而三个世纪以来，那些好奇的考古学家从来都没有设想过它的存在——就算没有那些不祥的背景，这个发现也足以令我们兴奋不已了。而在当下这种情况，它的魅力又增加了一倍。但我们仍然无法抉择，不知道到底是应该遵从那些迷信传说的告诫，放弃探索，永远地离开这座修道院，还是应该满足自己的冒险精神，勇敢地面对那在未知的深度等待着我们的任何恐怖之物。直到第二天早上，我们才终于达成一致，决定前往伦敦，召集一批更加适合处理这种谜团的考古学家和科学家。必须说明的是，在离开那个地下室下层之前，我们曾试着移动那个位于房间中央的祭坛，但却徒劳无功。现在，我们一致认为那肯定是一扇大门，通往一个充满了无可名状的、恐惧的、新的深渊。至于打开那扇门后会发现些什么秘密，就交给那些比我们更加聪明的人去探索吧。

在伦敦的那些日子，诺里斯上尉和我先后拜访了五位赫赫有名的权威专家，向他们讲述了我们的发现、我们的猜测，还有那些流传已久的传闻轶事。我们相信这些专家会尊重任何一个通过进一步探索便可能发现的家族秘密。他们中的大多数并没有对我们的讲述一笑置之，反而表现出了强烈的兴趣和真诚的共鸣。虽然没有必要一一列举这些人的名字，但我还是想说，其中包括威廉·布林顿爵士——他当年主持的特洛亚特（Troad）的发掘工作令整个世界都为之兴奋。当我们一起乘着火车回到安切斯特时，我感觉自己正悬在某些可怕的真相边缘——甚至在世界的另一头，因为总统的意外逝世而弥漫在许多美国人之间的那种哀痛气氛似乎也是我那种感觉的象征。

8 月 7 日晚上，我们回到了伊克汉姆修道院。仆人们向我保证说这些日子并没有什么不同寻常的事情发生。那些猫都显得异常平静，甚至就连最为年老的尼格尔曼也不例外；安置在房子里的捕鼠器也都没有弹起来过。在说好第二天就开始探索后，我将我的客人们一一安排到了设施齐全的房间里，随后自己也回到塔楼上的那个房间，而尼格尔曼还是照例睡在我的脚边。我很快便睡着了，但又进入了一些极其骇人的梦境之中。我梦见了一场罗马宴会，它就像特里马乔举办的那些一样，其中一个盖着盖子的大浅盘里还盛着一些令人十分害怕的东西。然后我又看到了那些老是重复出现的该死的东西——那个亮着微光的洞穴里的放牧人和他那些污秽的畜群。第二天，当我醒来的时候，天色已经大亮了，楼下传来一些正常的日常生活的声音。至于那些老鼠，无论它们是活生生的还是如幽灵般的异常之物，当晚都没有出来侵扰我，尼格尔曼也安静地熟睡着。下楼之后，我发现修道院的其他地方也同样呈现出一片宁静祥和，但已经聚集在一起的几个仆人中，有一个专注于巫术、名叫桑顿的小伙子却莫名其妙地对我说，目前的这种状态只是某些力量想要向我展示的情形而已。

随后，一切都准备就绪了，上午十一点整，我们一行七人，带着大功率的电动探照灯和挖掘工具，下到了地下室的下层，并闩上了门。尼格尔曼一直跟着我们，因为几个研究人员都发现它的应激性不容轻视，而且，如果周围真的有啮齿动物的痕迹的话，大家也都希望它能在场。我们只是粗略地看了一下那些罗马时期的铭文和祭坛上的未知图案，因为三个专家都已经看过，并且很熟悉它们的特征了。我们的注意力主要集中在房间中央那块巨大的祭坛上。不到一个小时，威廉·布林顿爵士就令它向后倾斜了，还用了某种我不太清楚的平衡物令它保持着平衡。

此时呈现在我们面前的是一幅非常恐怖的场景，要不是事先早有准备，对它的恐惧肯定已经将我们全都击倒了。倾斜的祭坛下面露出了一个几近正方形的开口，透过开口，可以看到里面有一段石头阶梯，它磨损得相当严重，中央部分几乎已经变成一段倾斜向下的平面了，而在这段石阶上，令人惊骇地排列着大量的人类或半人骸骨——它们仍然保留着骨骼的排列方式，而那些姿势显示它们的主人临死前肯定经历了十分可怕的事情，而且所有骸骨上都留有啮齿动物啃噬过的痕迹。至于那些头盖骨，除了表明它们的主人可能是弱智、呆小症患者或者有原始半猿人特征的人类之外，其他什么也说明不了。那段令人惊骇地堆砌着骸骨的石头阶梯上方拱着一段向下延伸的通道，看上去似乎是从那实心的岩石里凿出来的。一阵气流从通道里传来——它并非那种从一个刚打开的地窖里突然涌出的、带有难闻气味的气流，而是一阵冰凉而且新鲜的微风。我们并没有在这儿停顿太久，而是颤抖着清理出了一条通往那段阶梯的通道。然后，威廉爵士检查了那些被凿开的墙壁，得出一个古怪的结论——根据凿痕的方向来看，那条通道应该是从下往上凿开，而非从上往下挖出来的。

但我表现得非常镇定与从容，谨慎地挑选着合适的词句表达了自己的看法。

随后，我们在那些满是啃咬痕迹的骸骨堆里开辟出了一条路，向下走了几步，接着便看到前方有光亮——那并非什么神秘的磷光，而是从外面透进来的日光。它肯定是从那个俯瞰着下方的荒凉山谷的悬崖上某些不为人所知的缝隙里透进来的。从外面看肯定注意不到那些缝隙里有什么不同寻常的事物，这不光是因为整个山谷都没人居住，还因为悬崖本身就很高、很陡峭，大概只有气球驾驶员才能看清它的全貌与细节。又继续向下走了几步之后，出现在我们视线里的场景几乎夺走了我们的呼吸。那种恐惧是如此的强烈，以至于桑顿，那个巫术研究者，当下就晕了过去，倒在他身后那个同样头晕目眩的人的怀里。而诺里斯那张圆圆胖胖的脸立即变得惨白，只简单地发出了一声含糊的尖叫便浑身瘫软了下去。至于我，只是紧闭双眼，倒吸了一口凉气或者发出嘶叫的声音。站在我身后的那个人——也是这群人中唯一一个比我年长的——则用嘶哑的声音喊了句毫无新意的“上帝啊！”，但那大概是我有生以来听过的最为沙哑的呼喊了。在我们七个有教养的人中，只有威廉·布林顿爵士还保持着镇定——这实在是值得大肆赞扬的表现，因为他是我们这个小组的领队，而且肯定最先看到那幅场景。

展现在我们面前的是一个亮着微光的洞穴，它高得超乎想象，延伸到所有人视线之外的地方。那是一个充满无限神秘和恐怖迹象的地下世界，残留着一些房屋和其他类型的建筑遗迹。在我那充满恐惧的匆匆一瞥中，我看到了一个样式古怪的坟墓、一个原始而简陋的巨石环、一座带有低矮的半圆形屋顶的罗马式建筑、一栋杂乱摊开着的撒克逊式建筑，还有一幢早期的英格兰式木制大厦。但与呈现在旁边一大片地面上的恐怖奇景比起来，这些东西全都显得十分矮小、不甚起眼——在离阶梯几码远的地方，铺展着一片混乱不堪、足以令任何人疯狂的人骨，或者至少是与人类类似的某种生物的骸骨，就像石阶上的那些一样。它们宛如一片泛着白沫的海洋，四下延伸着，其中一些已经分散、破碎了，但其他的仍然完全或部分地保持着骨骼的形状。那些仍旧保持着骨骼形状的骸骨全都摆出一种着魔发狂般的姿势——要么正极力想要摆脱某种威胁，要么紧紧抓住其他骸骨，透露出想要吞噬同类的意图。

当人类学家特拉斯克博士弯下腰，为那些头盖骨分类时，他发现了不同等级的人种混合的现象，这让他彻底迷惑了。这些头骨的主人大部分在进化程度上都比皮尔丹人低，但不管从哪方面来看，他们的确都是人类。其中很多都具有较高的进化等级，还有很少一部分已经达到高度发达、敏锐易感的程度了。所有的骨头上都留有被啃咬过的痕迹，大多数是老鼠造成的，但也有一些是其他半人畜牲留下的。这些骸骨中还混有一些老鼠的小骨头——一定是那支终结了那部古老史诗的致命军团的某些成员掉落下来后留下的残骸。

我很怀疑，在经历过充满如此可怕的发现的一天之后，我们中谁还可以神智健全地继续生活下去。无论是霍夫曼还是于斯曼都无法构想出一幅比那个亮着微光的洞穴更加疯狂而不可思议、更加令人发疯般的反感，或者更加充满哥特式怪异风格的场景。我们七个人跌跌撞撞地穿行在里面，揭露出一个又一个的残忍真相，最后只得努力克制自己，暂时不要去想 300 年，或者 1 000 年，或者 2 000 年甚至 1 万年前这里到底发生了些什么。这里就是地狱的前厅。最可怜的是桑顿，当特拉斯克告诉他某些骸骨的主人在经过 20 年或者更多代的退化后，最终又变成了四足动物时，他又一次晕了过去。

当我们开始解读那些建筑遗迹时，恐惧又一次被叠加放大了。那些四足动物——偶尔也有一些两足动物加入，成为它们的新成员——曾被圈养在石圈里。最后，在极度饥饿，或者对老鼠的极端恐惧中，它们冲破了石圈，跑到了外面。那些畜生的数量极其庞大，而且明显被劣等蔬菜养得又肥又大——直到现在我们还能在那些巨大的、比罗马时期的建筑更加古老的石头仓库底部找到那些蔬菜制成的、某种令人恶心的青储饲料的残留物。我现在终于知道为什么我的祖先们需要那么大的花园了——苍天在上，我是多么希望能忘掉这一切啊！至于饲养这群畜生的目的，我想我就无须多问了。

此刻，威廉爵士正举着自己的探照灯，站在那座罗马式建筑的废墟里，大声译读一个我迄今为止所知道的、最为令人震惊的宗教仪式，还详细描述了某个上古时期的祭仪食谱——显然，西布莉的祭司发现了它，并将它与他们自己的食谱混合在了一起。诺里斯则走进了那幢英格兰建筑，尽管他现在已经渐渐习惯这里的环境了，但当他从里面出来的时候，还是有些步伐不稳。那是一间肉店和厨房——至少他进去之前是这样以为的——但在这样一个地方看到熟悉的英国器具，读到熟悉的英国涂鸦，感觉真是太糟糕了，其中一些涂鸦甚至是 1610 年左右留下的。而我则根本不敢走近那幢建筑——因为我知道，那里面曾经发生过的、唯有恶魔才会犯下的行径，最后都只在我的祖先沃尔特·德·拉普尔的匕首面前才得以终止。

我敢冒险进入的只有那栋低矮的撒克逊式的建筑。它的橡木大门已经倒塌了，我在里面找到了一排令人恐惧的石头牢房，它们一共十间，全都装着早已生锈的栅栏。其中三间里面还关着些什么东西——从骸骨来看，全是进化程度比较高的人类。我在其中一个囚犯的食指骨上找到了一枚印章戒指，而它上面竟然刻着我家族的盾徽。另外，威廉爵士在一座罗马式的小礼拜堂下方发现了一个地窖，里面也有一些牢房，只是年代更加久远，而且全是空的。那些牢房的下面还有一个低矮的地穴，里面摆着一些整齐装满着骸骨的箱子，其中一些还刻着彼此类似的可怕铭文——有些是拉丁文，有些是希腊文，还有一些则是佛里几亚本地的语言。与此同时，特拉斯克博士也掘开了那座史前坟墓，在里面找到了一些头骨——它们仅仅比大猩猩更略像人一点，上面刻着一些难以描述的表意性雕刻。在整个令人惊骇的探索过程中，只有我的猫泰然自若地四处漫着步。有一次我甚至看到它诡异地蹲坐在一座由骸骨堆积而成的小山的顶峰，这不禁让我好奇，它那双黄色的眼睛后面到底藏着些什么样的秘密。

从这片亮着微光的区域——就是那个最近总是以极其恐怖的预兆形式出现在我梦境中的地方——探索到一些可怕程度略低的真相之后，我们便开始转向了另外一些地方——那些明显深不可测，而且没有一丝光亮能够透过悬崖裂缝照射到里面的永夜深渊。我们只往那儿走了一小段距离便停下了，因为尽管可能永远也不会知道是怎样的地狱般的世界在更远的地方敞开着，但我们都很清楚那里面的秘密肯定是不适宜让人类知晓的。即便如此，那些近在眼前的黑暗中仍然有大量值得我们关注的东西，因为我们还没走多远，探照灯就照出了那些被诅咒的无底深渊——那些老鼠就曾在这样的深渊里享受它们的盛宴，而当食物补给突然出现短缺后，那些贪婪成性的啮齿动物便将利齿伸向了那群同样饱受饥饿折磨的活物，然后，当吞噬掉这里的一切之后，它们又从小修道院里蜂拥而出，造就了历史上那场永远不会被这里的村民遗忘的纵情蹂躏。

上帝啊！这些就是那令人作呕的、充斥着被啃断剔净的骨头和打碎了的头盖骨的黑暗深坑！这些就是那噩梦般的、堆积着无数个污渎世纪以来的猿人、凯尔特人、罗马人和英格兰人的骸骨的裂口！其中一些已经被填满了，没有人说得清它们原本是有多深。而其他一些则仍然深不见底，就连我们的探照灯也照不到尽头，里面充斥着不计其数的无名幻想。而我在想，那些在探索这个恐怖的地狱深渊时失足掉入这样的深坑陷阱里的倒霉老鼠后来变得怎样了呢？

探寻过程中，我的脚有一次不小心滑到了一个极其可怕的裂口的边缘，那一瞬间，我体会到了一种癫狂的恐惧。我肯定是走神得太久了，因为除了胖乎乎的诺里斯上尉之外，这个探险队里的其他人我都已经看不到了。这时，那个漆黑一片、无边无际的遥远深处突然传来一阵声响——那是一阵让我觉得有些熟悉的声音，然后我就看到我的那只老黑猫猛地向前扑去，超过了我，如同一个长着翅膀的埃及神灵一般，直冲向那个通往未知世界的无尽深渊。而我也紧随其后，因为我几乎瞬间就明白了过来——那就是那些邪魔所生的老鼠在疾跑时发出的可怕声音。它们总是在寻求着新的恐惧，并决定将我引入那些在地球中心咧嘴大笑的洞穴——在那儿，奈亚拉托提普，那个疯狂的无面之神，正伴随着两个没有定形的愚蠢乐手吹奏出来的长笛声，盲目地咆哮着。

我的探照灯熄灭了，但我仍然继续奔跑着。我听到了一些声音、一些哀号，还有一些回响，但那亵渎神灵而又险恶诱惑的老鼠疾跑声却在缓缓增强，压过了其他的所有声音。慢慢地越变越响、越变越响，就像一具僵直肿胀的尸体慢慢浮上一条油腻的小河——小河流淌着，穿过一座又一座永无止尽的缟玛瑙桥，最终流入一片散发着腐臭的黑色海洋里。什么东西撞到了我的身上——一些软软的、圆圆胖胖的东西。那肯定就是那些老鼠了，那支不管是死物还是活物都一概吞噬的黏黏糊糊、贪婪成性的凝胶状大军……如果德·拉·普尔家族的人可以吃掉那些禁忌之物，那为什么老鼠不能吃掉德·拉·普尔家族的人呢？战争吞噬了我的儿子，他们都该死……北方佬用大火吞噬了卡费克斯，烧掉了德拉普尔祖父和那个秘密……不，不，我告诉你，我可不是那个亮着微光的洞穴里的那个恶魔般的放牧人！那个软弱无力、覆满真菌的东西头上长着的可不是爱德华·诺里斯的那张胖脸！谁说我是德·拉·普尔家族的人？他还活着，可我儿子却死了！一个诺里斯家族的人怎么可以占有属于德·拉·普尔家族的土地？那是伏都教的巫术，我告诉你……那条长满斑点的毒蛇……我诅咒你，桑顿，我会告诉你我的家族都做了些什么，让你再次吓晕过去！……Sblood，thou stinkard，I’ll learn ye how to gust……wolde ye swynke me thilke wys? ……Magna Mater! Magna Mater!……Atys……Dia ad aghaidh ’s ad aodann……agus bas dunach ort! Dhonas ’s dholas ort，agus leat-sa!……Ungl……ungl……rrrlh……chchch……

据说这些就是他们三个小时之后在那片黑暗中找到我的时候我所说的话。当他们找到我时，我正在一片黑暗中、蹲在诺里斯上尉那已经被啃掉了一半的肥胖身体上面，而我的猫则在一边跳来跃去，撕扯着我的喉咙。后来，他们炸毁了伊克汉姆修道院，从我身边带走了尼格尔曼，将我关进了汉温镇（Hanwell）的这个房间里，还私下传播了一些与我的遗传和经历有关的可怕谣言。桑顿也被关在我隔壁的房间里，但他们不允许我跟他说话。除此之外，他们还试着隐瞒与那间修道院有关的大部分事实。当我谈起可怜的诺里斯时，他们都指责我竟然犯下如此可怕的罪行，但他们肯定知道，那些不是我做的。他们肯定知道那是那些老鼠的杰作——就是那些滑溜着疾跑而过的老鼠，它们奔跑的声音让我永远也无法入睡；就是那些恶魔般的老鼠，它们在这个房间的镶板后面奔驰着，引诱我深入那些比我现在所知的更为恐怖惊骇的地方；就是那些他们永远无法听到的老鼠；那些老鼠，那些墙中之鼠。